REBECCA GABLÉ

Teufelskrone

Weitere Titel der Autorin:

Das Lächeln der Fortuna
Das zweite Königreich
Der König der purpurnen Stadt
Die Hüter der Rose
Das Spiel der Könige
Hiobs Brüder
Der dunkle Thron
Das Haupt der Welt
Der Palast der Meere
Die fremde Königin
Drachenbanner

Von Ratlosen und Löwenherzen

Titel auch als Hörbuch erhältlich

Über die Autorin:

Rebecca Gablé studierte Literaturwissenschaft, Sprachgeschichte und Mediävistik in Düsseldorf, wo sie anschließend als Dozentin für mittelalterliche englische Literatur tätig war. Heute arbeitet sie als freie Autorin und lebt mit ihrem Mann am Niederrhein und auf Mallorca. Ihre historischen Romane und ihr Buch zur Geschichte des englischen Mittelalters wurden allesamt Bestseller und in viele Sprachen übersetzt.

Rebecca Gablé

Historischer Roman

Teufels Krone

lübbe

Dieser Titel ist auch als Hörbuch und E-Book erschienen

Die Bastei Lübbe AG verfolgt eine nachhaltige Buchproduktion. Wir verwenden Papiere aus nachhaltiger Forstwirtschaft und verzichten darauf, Bücher einzeln in Folie zu verpacken. Wir stellen unsere Bücher in Deutschland und Europa (EU) her und arbeiten mit den Druckereien kontinuierlich an einer positiven Ökobilanz.

MIX
Papier aus verantwortungsvollen Quellen
FSC® C014496
FSC www.fsc.org

Vollständige Taschenbuchausgabe

Dieses Werk wurde vermittelt durch die Michael Meller Literary Agency GmbH, München

Innenillustrationen: Jürgen Speh
Titelillustration: © jessicahyde/stock.adobe.com; bluepen/stock.adobe.com; alexus/stock.adobe.com; pixelrobot/ stock.adobe.com; Glassseeker/ stock.adobe.com; bourbonbourbon /stock.adobe.com
Umschlaggestaltung: Johannes Wiebel | punchdesign, München
Satz: Dörlemann Satz, Lemförde
Gesetzt aus der Aldus
Druck und Verarbeitung: GGP Media GmbH, Pößneck
Printed in Germany
ISBN 978-3-404-18917-5

5 4 3 2 1

Sie finden uns im Internet unter luebbe.de
Bitte beachten Sie auch: lesejury.de

Für
meinen Vater Wolfgang Krane
in liebevoller Erinnerung

*Sterben, das heißt freilich die Zeit verlieren und aus ihr fahren,
aber es heißt dafür Ewigkeit gewinnen und Allgegenwart,
also erst recht das Leben.*
Thomas Mann

Zur Aussprache der Namen

Bevor ich mit diesem Roman begann, las ich zur Einstimmung auf die Epoche wieder einmal Chrétien de Troyes' wundervollen Versroman *Yvain*, der im letzten Drittel des 12. Jahrhunderts entstand. Und irgendwie geschah es, dass mein Romanheld den Namen des »Löwenritters« bekam. Die englische Aussprache dieses Namens reimt sich auf »Elaine« oder »Domain«, mit der Betonung auf der zweiten Silbe. (Ein deutsches Reimwort konnte ich leider nicht finden.) Die französische Aussprache ist so ähnlich, aber mit der Betonung auf der ersten Silbe und einem Nasallaut am Ende, also ungefähr so, als hätten Sie einen Schnupfen.

Dieser Roman spielt während der linguistisch verwirrenden Epoche, als nur die bäuerliche Unterschicht in England Englisch sprach, die adlige Oberschicht jedoch Französisch. Deswegen müssten wir uns die Namen der Könige und ihrer Höflinge eigentlich in französischer Aussprache denken, aber als emanzipierte Leserinnen und Leser dürfen wir das halten, wie wir wollen. Das »Æ« in den angelsächsischen Namen entspricht dem deutschen »Ä«.

Dramatis Personae

Es folgt eine Aufstellung der wichtigsten Figuren, wobei die historischen Personen mit einem * gekennzeichnet sind.

Waringham

Yvain of Waringham
Jocelyn, Earl of Waringham, sein Vater
Maud de l'Aigle of Pevensey, seine Mutter
Guillaume of Waringham, sein Bruder
Cecily of Waringham, seine missratene Schwester
Adelisa of Waringham, seine ewig abwesende Schwester
Amabel of Hetfield, Lord Jocelyns Mündel

Plantagenet

Richard »Löwenherz«*, König von England
John »Ohneland«*, König von England
Aliénor von Aquitanien*, Königin von England und vieles mehr, ihre Mutter
Isabella d'Angoulême*, Johns Gemahlin
Henry*, Richard*, Joan*, Isabella* und Eleanor*, die Prinzen und Prinzessinnen
Joan*, Johns uneheliche Tochter
William »Longsword«*, Earl of Salisbury, ein unehelicher Bruder der beiden Könige
Arthur*, Herzog der Bretagne, ein Neffe der beiden Könige
Constance de Bretagne*, seine Mutter
Eleanor*, seine Schwester

Hof und Adel

Guillaume de Braose*, ein mächtiger Adliger und treuer Anhänger König Johns

Maud de Braose*, seine allseits gefürchtete Gemahlin

William de Braose*, ihr Sohn, Ritter in König Johns Haushalt, Yvains bester Freund

Justin de Béthune, Adam de la Pomeroy und Baldwin Beaumont, ebenfalls junge Ritter in Johns Gefolge, genau wie

Pentecôte FitzHugh, Yvains erbitterter Feind

Fulk de Cantilupe*, König Johns treuer Ritter

Hubert de Burgh*, König Johns Justiciar, Chamberlain und vertrauter Freund

William Marshal*, Earl of Pembroke, der mächtigste Adlige in England und eine Legende

Mercadier*, Söldner, König Richards Lieblingsschlächter

Brandin*, Söldner, König Johns Lieblingsschlächter

Roger Bigod*, Earl of Norfolk, Mitinitiator der Magna Charta

Hugh Bigod*, sein ältester Sohn, ebenfalls Mitinitiator der Magna Charta

Thomas Bigod*, noch ein Sohn, Yvains Knappe und Freund

Hugo de Lusignan*, ein mächtiger aquitanischer Adliger

Beatriz de Lagrave, Königin Isabellas Vertraute

Robert FitzWalter*, Verschwörer, Rebellenführer und Mitinitiator der Magna Charta

Terric »der Teutone«*, Königin Isabellas Leibwächter

Kirchenmänner

Geoffrey FitzStephen*, Meister der Templer in England

Hubert Walter*, Erzbischof von Canterbury

Stephen Langton*, Erzbischof von Canterbury, sein Nachfolger

John de Gray*, König Johns Vertrauter, Bischof von Norwich und beinah Erzbischof von Canterbury

Prolog

Erdberg, Dezember 1192

»Wir haben die Schlacht von Arsuf überlebt, wir werden auch dies hier überstehen«, sagte Richard grimmig. Todesmutig führte er den Rührlöffel an die Lippen und kostete den zähflüssigen Brei, dessen schlammige Farbe und Beschaffenheit nichts Gutes verhießen. Mit einem gedämpften Protestlaut ließ er den Rest vom Löffel zurück in den Kessel tropfen und rührte in der blubbernden Masse. »Allmächtiger … Das ist *wirklich* schauderhaft.«

Einer der beiden abgerissenen Pilger, die mit ihm am qualmenden Herdfeuer standen, verschränkte die Arme und seufzte. »Sagtest du nicht kürzlich, du wüsstest zu gerne einmal, was er *nicht* kann, Guillaume? Ich schätze, wir sind im Begriff, es herauszufinden.«

Guillaume grinste abwesend und sah zum Dachstuhl hinauf, dessen geschwärzte Balken vernehmlich knarrten, weil der eisige Dezemberwind durch die Strohschindeln pfiff. »Wetter hin oder her, wir sollten aufbrechen«, riet er leise, aber eindringlich. »Wir sind schon zu lange hier.«

»Oh, jetzt mach dir nicht ins Hemd«, entgegnete sein Gefährte unbekümmert. »Morgen Abend sind wir in Mähren, und dann hat der ganze Spuk ein Ende.«

»Bis morgen Abend kann noch viel passieren, Maurice. Außerdem sind es mindestens fünfzig Meilen bis zur Grenze, und der Schnee liegt jetzt schon eine Elle hoch. Also …«

»Du hast ja recht«, unterbrach Richard ihn beschwichtigend. »Aber wenn wir jetzt aufbrechen, kommen wir nirgendwohin, Freunde, weil die Pferde erfrieren würden und wir vermutlich auch.« Er schob den Kessel beiseite, der an einem langen, schwenkbaren Eisenhaken über dem Feuer hing, und drehte ungeschickt den Spieß mit dem mageren Huhn gleich daneben, den Blick auf die schwärzlich verbrannte Haut gerichtet. Selbst im Schummerlicht dieses erbärmlichen Gasthauses schienen seine stahlblauen Augen zu leuchten. Vitalität, Klugheit, die unerbittliche Beharrlichkeit eines Visionärs – all das war in diesen Augen zu lesen, aber die Züge verrieten seine tiefe Erschöpfung. Sie waren alle müde nach den Wochen der Flucht, und keiner von ihnen konnte dem Ritt durch die Winternacht wirklich ins Auge sehen, auch Guillaume nicht.

»Soll ich vielleicht?«, fragte er und zeigte auf das Huhn.

»Kommt nicht infrage«, gab Richard kurz angebunden zurück. »Willst du etwa behaupten, ich sei nicht einmal in der Lage, ein Huhn zu braten?«

»Wie oft habt Ihr es denn schon gemacht?«, wollte Maurice wissen.

»Alles hat ein erstes Mal«, gab der Koch leichthin zurück, und seine Gefährten lachten.

Der fette Wirt, der mit einem Mönch und einem halben Dutzend Bauern aus der Gegend an einem der Tische saß, schaute verstohlen zu ihnen herüber, die Augen verengt, den Mund verkniffen. Die drei fremdländischen Pilger waren ihm nicht geheuer. Sie reisten in schäbigen Kleidern und ohne Dienerschaft, sodass sie sogar ihr eigenes Essen kochen mussten, aber sie waren mit den kostbarsten Pferden gekommen, die man in Erdberg seit Menschengedenken gesehen hatte. Auch die einheimischen Zecher betrachteten die sonderbaren Reisenden furchtsam. Erdberg lag kaum mehr als einen Bogenschuss von den Toren Wiens entfernt, aber dennoch waren Fremde hier weder häufig noch gern gesehen.

»Mehr Wein!«, orderte Richard, und während er mit der Rechten weiter den Spieß drehte, fischte er mit zwei Fingern der Linken eine Goldmünze aus der Börse am Gürtel und schnipste sie dem Wirt zu.

Sie beschrieb einen funkelnden Bogen durch den verqualmten Raum, wie ein Komet in einer sternlosen Nacht. Der Wirt hob im letztmöglichen Moment die Hand, fing die Münze auf und starrte einen Moment darauf hinab. »Das kann ich nicht wechseln«, nörgelte er.

Richard verstand die Worte nicht, wohl aber den Sinn, und winkte gleichgültig ab. »Schon gut. Aber mehr Wein, wenn du hast?« Er sprach überdeutlich und mit untypischer Nachsicht, als hätte er ein verängstigtes Kind vor sich.

Der Wirt erhob sich ächzend, ging in die finsteren Regionen am Ende des Schankraums, wo seine Fässer standen, und man hörte das dumpfe Scheppern eines Zinnkrugs.

Der Wind legte noch einmal zu und heulte mit Furienstimmen um das Gasthaus.

»Ich hoffe, diese jämmerliche Spelunke wird nicht einfach umgepustet«, murmelte Maurice. Es sollte verächtlich klingen, aber man hörte sein Unbehagen.

Plötzlich hob Guillaume den Kopf. »Reiter.«

»Oh, komm schon«, protestierte Maurice. »Erzähl mir nicht, du kannst bei dem Geheul Hufschlag im Schnee hören oder …«

»Schsch«, unterbrach Richard knapp. Er schenkte seine volle Aufmerksamkeit wieder dem Brathühnchen und machte scheinbar zufällig eine Vierteldrehung, sodass er den breiten Rücken der Tür zuwandte.

Der alte Wirt kam herübergeschlurft und stellte einen Krug auf das leere Fass, das ihnen als Tisch diente. »Wohl bekomm's.«

Becher gab es nicht, also setzte Richard den Zinnkrug an die Lippen und trank. Er reichte den Krug an Guillaume weiter, als sich knarrend die Tür öffnete.

In einer gewaltigen Schneewolke drängelten sich vier gerüstete Männer über die Schwelle, zwei die gezückten Schwerter in der Hand, zwei mit Fackeln.

Die Bauern verstummten und starrten die Ankömmlinge an, reglos wie Kaninchen vor der Schlange. Der Wirt versuchte, seine Furcht zu verbergen, und fragte mit aufgesetzter Herzlichkeit: »Was kann ich für Euch tun, edle Herren?«

Sie würdigten ihn keiner Antwort, sondern traten langsam zu Richard und seinen Gefährten.

»Drei Pilger, sieh mal einer an«, sagte der Vordere, dessen schwarzer Bart und Augenbrauen schneeverkrustet waren. Er sprach wenigstens so etwas Ähnliches wie Französisch, sodass sie ihn verstehen konnten. Ein zerfranstes Kreuz zierte seinen Mantel. Wer lange genug im Heiligen Land gewesen war, lernte früher oder später zwangsläufig ein paar Brocken Französisch, denn es war die Sprache des christlichen Königreichs Jerusalem.

»Gott sei mit Euch, Freund«, grüßte Maurice und hielt ihm einladend den Weinkrug hin.

»Was verschlägt Euch in diese abgelegene Gegend so fernab aller Pilgerstraßen?«, beharrte der Bärtige, ohne den Krug anzunehmen.

»Unwägbarkeiten auf der Heimreise«, antwortete Richard.

»Wie bedauerlich. Habt Ihr etwa in Aquileja Schiffbruch erlitten?«

»Aquileja? Wie kommt Ihr denn darauf?«, verwunderte sich der ungeschickte Koch.

Maurice und Guillaume tauschten einen sehr verstohlenen, *sehr* beunruhigten Blick.

»Wir hörten so ein Gerücht«, erwiderte Schwarzbart leichthin. »Von einem Heimkehrer aus dem Heiligen Krieg, der vor Korfu sein Schiff im Sturm verlor, ein Piratenschiff kaperte, um die Reise fortzusetzen, nur um dann vor Istrien schon wieder Schiffbruch zu erleiden.«

»Das muss ja ein wilder Geselle sein«, spöttelte Guillaume.

Schwarzbart nickte. »Deswegen nennen sie ihn Löwenherz.«

»Nun, wir sind auf dem Landweg aus dem Heiligen Land zurückgekehrt, denn wir sind arme Pilger, wie Ihr seht«, erklärte Maurice. »Wir haben kein Gold, um Schiffe zu bezahlen.«

»Wirklich?«, fragte Schwarzbart amüsiert und wies auf die Hand, mit der Richard den Spieß drehte. »Ich wette, mit dem Klunker hättet Ihr eine ganze Flotte bezahlen können.«

Betreten starrte Richard auf den kostbaren Smaragdring am rechten Zeigefinger, den abzunehmen er irgendwie vergessen hatte.

Der zweite Ankömmling, der die blanke Klinge in der Hand

hielt, trat aus dem Halbdunkel nahe der Tür in den zuckenden Fackelschein und streifte mit der freien Hand seine Kapuze zurück. »Gott zum Gruße, edler König. Ihr ahnt nicht, welche Freude es ist, Euch wiederzusehen.«

Richard gab die Verstellung auf. »Herzog Leopold. Ich hoffe, Ihr vergebt, dass meine Freude sich in Grenzen hält.«

Der Herzog von Österreich lächelte, und der Hass, der in seinen dunklen Augen funkelte, konnte einem den Atem verschlagen. »Ich verhafte Euch im Namen des Kaisers.«

»Tatsächlich?« Scheinbar gedankenverloren nahm Richard den geschwärzten eisernen Spieß vom Feuer.

Sie hatten die Waffen abgelegt, um den Bauern die Furcht zu nehmen, und das rächte sich nun. Aber der Bratspieß war lang und spitz. Mit einem eleganten Aufwärtsschwung lehrte der König von England das halb verbrannte, halb rohe Brathühnchen das Fliegen, und es entschwand Richtung Dachgebälk. Gerade als Richard sich Leopold mit seiner sonderbaren Waffe zum Kampf stellen wollte, öffnete die Tür des Gasthauses sich erneut, und fünf weitere bewaffnete und gerüstete Männer stürmten herein.

Guillaume und Maurice hatten ihre Schwerter in den Binsen hinter der Sitzbank fast erreicht, als vier der Neuankömmlinge sich auf sie stürzten und sie an den Armen packten. Hände tasteten unter ihren Pilgermänteln, suchten und fanden die dort verborgenen Dolche und warfen sie auf den Boden.

Herzog Leopold machte noch einen Schritt auf Richard zu. »Ergebt Euch. Selbst Ihr müsst einsehen, dass Ihr keine Chance habt.«

Die unverkennbare Nervosität in seiner Stimme war immerhin ein Trost. Richard Löwenherz, so sagte die Legende, war der größte Feldherr seines Zeitalters, ein unbezwingbarer Schwertkämpfer obendrein, egal wie groß die feindliche Übermacht.

Doch die Legende übertrieb. Nicht einmal Richard Löwenherz konnte mit einem Bratspieß eine feindliche Übermacht von neun zu eins besiegen. Und er dachte nicht daran, sich bei dem Versuch zum Gespött zu machen.

Also warf er Leopold den Spieß vor die Füße. »Das Huhn schenke ich Euch dazu«, sagte er liebenswürdig.

»Das würde ich mir an Eurer Stelle noch einmal überlegen«, entgegnete der Herzog. »Es könnte für lange Zeit das letzte Brathühnchen sein, das Ihr seht.« Er gab seinen Männern ein Zeichen. »Na los, worauf wartet ihr?«

Sie zögerten nur für die Dauer eines Lidschlags. Dann setzte Schwarzbart dem König die Klinge an die Kehle, während zwei weitere auch ihn nach verborgenen Waffen abtasteten. Ein vierter trat hinzu, und ein dumpfes Klirren war zu vernehmen.

»Ich hoffe, Ihr seht mir nach, dass ich keine silbernen Ketten mitgebracht habe, wie Ihr sie für meinen Vetter Isaac von Zypern anfertigen ließet«, höhnte Leopold bitter. Die Schmach seines Cousins war nur ein Punkt auf der langen Rechnung, die er mit Richard von England offen hatte.

»Grämt Euch nicht«, entgegnete dieser tröstend. »Goldene Ketten wären ohnehin angemessener gewesen, meint Ihr nicht?«

Für einen Moment sah es so aus, als würde Leopold die Beherrschung verlieren und mit der Klinge oder den Fäusten auf ihn losgehen. Aber er nahm sich im letzten Moment zusammen. »Schafft ihn hinaus«, befahl er seinen Männern.

»Wo bringt Ihr ihn hin?«, fragte Guillaume. »Wisst Ihr eigentlich, was Ihr tut, Euer Gnaden? Welch furchtbare Sünde Ihr begeht, einen Heiligen Krieger auf der Heimreise zu überfallen?«

Leopold schnaubte belustigt. »Ich werde versuchen, es bei der nächsten Beichte nicht zu vergessen. Und jetzt gib Ruhe, Söhnchen. Wenn du schön artig bist, darfst du noch ein bisschen weiterleben.«

Guillaume sah ihm in die Augen. »Ich bin kein Söhnchen, Euer Gnaden. Mein Name ist Guillaume of Waringham, und ich gehe, wo immer König Richard hingeht.«

»Maurice de Clare«, meldete sein Freund sich zu Wort. »Und das gilt auch für mich.«

Leopold winkte desinteressiert ab. »Ihr täuscht euch beide. Da, wo er hingeht, braucht er keine Gesellschaft. Gerhard, Wilhelm, bindet sie und behaltet sie im Auge. Morgen früh lasst sie meinethalben laufen.«

Schwarzbart und einer seiner Kumpane traten mit erhobenen Waffen auf die beiden jungen Kreuzfahrer zu, die sich gleichzeitig mit einem plötzlichen Ruck aus den nachlässigen Griffen ihrer Wächter befreiten, nach links und rechts wegduckten und dann wieder aufrichteten, der eine mit einem Scheit aus dem Feuerkorb in der Hand, der andere mit einem Holzschemel.

»Halt«, befahl Richard. So viel Autorität lag in der Stimme, dass nicht nur seine beiden Ritter, sondern auch die des Herzogs von Österreich innehielten. »Habt Dank, Freunde.« Er trat unter leisem Kettenklirren zu seinen beiden Gefährten. »Wenn dies hier Gottes Wille ist, dann soll es eben geschehen. Doch ihr habt jetzt Wichtigeres zu tun, als sinnlos euer Leben wegzuwerfen, versteht ihr mich?«

Sie nickten stumm – sprachlos angesichts dieser tückischen Wendung, vor allem angesichts der rostigen Eisenschellen an den Händen und Fußknöcheln ihres Königs. Er sah erst dem einen, dann dem anderen in die Augen, seine Miene ernst, aber ein verräterisches Funkeln in den Augen. »Also geht mit Gott. Wenn ich es recht bedenke, möchte ich lieber nicht mit euch tauschen. Ich gehe lediglich in Festungshaft. Ihr hingegen müsst meiner Mutter erklären, wieso Ihr ohne mich heimkommt.«

ERSTER TEIL
HÖLLENPAKT
1193–1194

Waringham, Januar 1193

»Na los, komm schon, Yvain«, rief Jean FitzEdmond. »Du schläfst mir doch hoffentlich nicht ein?«

Yvain warf ihm einen blitzschnellen Blick zu, ehe er wieder auf Rogers tanzende Klinge schaute, den Schild anhob und zum Konter überging. Klirrend trafen die stumpfen Übungsschwerter aufeinander, zweimal, dreimal, in schneller Folge, und die beiden Kontrahenten entließen gewaltige weiße Atemwolken in die kalte Winterluft.

Yvain stellte ungläubig fest, dass er Roger jetzt ganz allmählich zurückzwang. Fast hatten sie schon die Mitte des Sandplatzes erreicht.

Jean FitzEdmond blieb auf einer Höhe mit ihnen, wenn auch gut fünf Schritte zur Seite, um ihnen nicht ins Gehege zu kommen. »Gut so! Vergiss deine Deckung nicht, Roger. Und du beweg die Füße, Yvain. Wer den anderen entwaffnet, darf morgen mit zur Falkenjagd.«

Die beiden Knappen tauschten einen Blick, und innerhalb eines Wimpernschlages wurde aus Übung bitterer Ernst. Sie beide *wollten* diese Jagd.

»Auf Leben und Tod, de Lacy«, knurrte Yvain.

»Auf Leben und Tod«, stimmte Roger grimmig zu und ließ ohne jede Vorwarnung das Schwert auf Yvains Schild niedersausen.

Yvain spürte die Erschütterung bis in die Fußspitzen und erkannte voller Schrecken, dass sich doch nichts geändert hatte: Roger war immer noch stärker als er, haushoch überlegen. Wie hatte er sich nur einbilden können, er habe aufgeholt?

Rogers Schwerthiebe fielen wie Hammerschläge auf seinen Schild, und nun war Yvain derjenige, der zurückgedrängt wurde.

Alles wie gehabt, dachte er wütend, biss die Zähne zusammen und stemmte sich dem Ansturm entgegen, lauschte auf den Rhythmus, wich mit einer eleganten Vierteldrehung nach links, sodass Rogers nächster Stoß ins Leere ging, und griff ihn von der Seite an.

Aber Roger de Lacy – dieser gottverfluchte *Hurensohn* – hatte auf alles eine Antwort. Er parierte Yvains Finte mit beleidigender Mühelosigkeit, rammte ihm den Schild gegen die Schulter, und als Yvain den Schildarm abwinkelte, um das Gleichgewicht zu halten, stürzte Roger sich auf die Lücke in seiner Deckung wie ein Habicht auf eine lahme Ente. Yvain spürte einen Schlag vor die Brust wie den Stoß eines Rammbocks. Er landete auf dem Rücken im schneeverkrusteten Sand, die Arme ausgebreitet wie ein Gekreuzigter und regungslos, weil der Aufprall alle Luft aus seinen Lungen gepresst hatte.

»Gut gemacht, Roger!«, rief ihr Lehrer aufgeräumt, kam mit langen Schritten herüber und drosch dem Sieger auf die Schulter. »Wie beglückend, dass wenigstens einer von euch sich gelegentlich merkt, was ich euch beizubringen versuche.«

Seite an Seite standen sie turmhoch über Yvain und schauten auf ihn hinab, Jean mit verschränkten Armen und einem mitleidigen Lächeln auf den Lippen, Roger außer Atem, den Schild immer noch in Position, als rechne er damit, dass sein gefällter Gegner plötzlich aufspringen und wieder angreifen werde.

Mit verblüffender Plötzlichkeit fühlte Yvain Luft zurückströmen und befand, dass er hier lange genug wie ein hilfloser Käfer auf dem Rücken gelegen hatte. Er richtete sich auf und schlug die behandschuhten Fäuste in den Sand. »Mist!«

Roger und Jean gaben keinen Kommentar ab. Sie warteten.

Der Unterlegene kam mit einer verstohlenen Grimasse auf die Füße und verneigte sich vor seinem Bezwinger. »Wie es aussieht, muss ich noch ein wenig härter trainieren. Die Jagd gehört dir.«

Roger erwiderte die Verbeugung, wandte sich an den Lehrer

und bemerkte: »Der Wettkampf war unfair. Ich bin zwei Jahre älter als er.«

»Auf dem Schlachtfeld kümmert das niemanden«, gab Jean verächtlich zurück. »Wer nicht lernt, einen stärkeren Gegner mit überlegener Technik zu besiegen, stirbt als *sehr* junger Held, schreibt euch das endlich hinter die Ohren. Außerdem seid ihr gleich groß.«

»Aber …«

Yvain legte Roger kopfschüttelnd die Hand auf den Arm. »Halt die Klappe. Ich fühle mich noch besiegter, wenn du Ausflüchte für mich vorbringst.«

Jean FitzEdmond lachte in sich hinein und klopfte auch dem jüngeren seiner Schüler kurz die Schulter. »Deine Schwertkunst mag noch nicht sehr entwaffnend sein, aber deine Aufrichtigkeit ist es allemal.«

»Sie rettet einen auf dem Schlachtfeld aber auch nicht«, gab der Junge düster zurück, bückte sich nach seinem verlorenen Schwert und wischte mit dem Ärmel Sand und Schnee von der matten Klinge.

»Wohl wahr«, räumte Jean augenzwinkernd ein.

Er war einer der jüngeren Ritter im Haushalt des Earl of Waringham. Die meisten seiner Altersgenossen waren mit dem König ins Heilige Land gezogen, aber Jean hatte aus Gründen, die er nicht preisgeben wollte, verzichtet. Yvain hatte manches Mal darüber gerätselt, was einen Ritter veranlassen konnte, sich die Ehre, den Ruhm, die Vergebung seiner Sünden und nicht zuletzt die Stundung seiner Schulden entgehen zu lassen, die ein Kreuzzug mit sich brachte, aber er war alles in allem froh, dass Jean zu Hause geblieben war. Denn er war ein guter Fechtlehrer, der seine Zöglinge mit dem Beispiel seiner eigenen vortrefflichen Waffenkunst inspirierte.

Er entließ sie mit einem nachlässigen Wink. »Das war alles für heute. Bringt die Ausrüstung in die Waffenkammer, und dann rauf in die Halle mit euch ans Feuer, eh ihr mir zu Eiszapfen werdet.«

Seit Neujahr vor gut einer Woche war kein Schnee mehr gefallen, aber der weite Himmel über Kent zeigte eine unheilschwangere, bleigraue Farbe, die nichts Gutes verhieß.

Yvain ging den Burghügel hinab und sah einen Bussard vorüberziehen und im Wald verschwinden. Unwillkürlich dachte er an die Beizjagd am folgenden Tag, die er versäumen würde. Sein Vater würde nicht begeistert sein. Jocelyn of Waringham war kein reicher Mann. Selbst wenn er einen Grafentitel besaß, war die Baronie doch viel zu klein, um Wohlstand einzubringen. Im Gegenteil, manchmal war es schwierig genug, Pferde, Rüstung, Waffen und Unterhalt für den Earl selbst und sein Gefolge zu bestreiten. Trotzdem hatte Jocelyn das teure Jagdrecht für die Wälder rund um Waringham von der Krone erworben, und Yvain vermutete, er hatte sich diese untypische Extravaganz geleistet, um seinen Söhnen eine höfische Erziehung bieten zu können, zu der eben auch die Jagd gehörte. Also würde er heute vermutlich die Stirn über den jüngeren seiner Söhne runzeln. Aber das machte nichts. Yvain war daran gewöhnt.

Der überfrorene Schnee knirschte unter seinen guten, wenn auch abgetragenen Stiefeln, als er den Mönchskopf überquerte. Oben auf der kahlen Kalksteinkuppe, welcher der Hügel seinen Namen verdankte, wehte es eisig. Mit der freien Hand schlang Yvain ungeschickt den Mantel fester um sich. In diesem Mantel konnte einem nicht einmal der bitterste Wind etwas anhaben, denn die dicht gewalkte Wolle war mit Kaninchenfell gefüttert. Nur seine Finger nahmen allmählich einen bedenklichen Purpurton an, vor allem an der Linken, die den vollen Wassereimer trug, und von seinen Zehen spürte er auch nicht mehr sonderlich viel, als er sein Ziel erreichte. Rechterhand des Mönchskopfes und ungefähr gleich weit von Dorf und Burg entfernt lag Waringham Heath, eine unberührte Heide, die sich in sachten Wellen bis zum Waldrand erstreckte. Niemand wusste so recht, warum der Wald dieses Land nicht erobert hatte. Lord Waringham sprach gelegentlich davon, dass er es unter den Pflug bringen wolle, aber der Boden war karg, erinnerte seine Gemahlin ihn dann regelmäßig, das Heidekraut und der Ginster, die dort wuchsen, störrisch und wehrhaft, wenn man sie auszumachen versuchte.

Waringham Heath war ungezähmt und für Yvain der schönste Flecken Erde auf der großen weiten Welt, selbst wenn er zugeben musste, dass er noch nicht viel von der großen weiten Welt gesehen hatte. Ein einzelner Baum erhob sich inmitten der Heide, eine knorrige Erle, die nie besonders anmutig gewesen war. Sie hatte sich im Wachstum vom Wind weggeduckt und in sich selbst verdreht und verschlungen. Natürlich nannten die alten Weiber sie einen Feenbaum, und das ganze Dorf war erschüttert gewesen, als letzten Sommer der Blitz hineingefahren war und den Feenbaum in schwarz verkohltes Totholz verwandelt hatte. *Ein schlechtes Zeichen*, hatte die alte Wilona gemunkelt, *ein schlechtes Zeichen für ganz Waringham, für Dorf und Burg, für Mann und Maus.*

Also hatte Yvain beschlossen, den toten Baum wieder zum Leben zu erwecken, um das böse Omen zu bannen, und zur allgemeinen Belustigung kam er jeden Tag her und kippte einen Eimer Wasser an die Erle. Heute war nicht das erste Mal gewesen, dass er das Eis auf dem Brunnen der Burg hatte zertrümmern müssen, um sein Wasser zu schöpfen, und die Belehrung der Burgwache, dass man Pflanzen im Winter nicht gießen müsse – tote erst recht nicht –, hatte er auch schon ein paarmal gehört. Das war ihm gleich.

Er leerte seinen Eimer am geschwärzten Stamm und bekam wie meistens ein paar Spritzer auf die Stiefelspitzen. Mit der Rechten strich er über die verkohlte, raue Borke. »Trink«, murmelte er. »Ich weiß, es schlummert noch Leben in dir, also trink und wach auf. Sag deinen Feen, sie sollen sich mal ein bisschen anstrengen. Ein einziger kleiner Trieb im Frühling, wie wär's?«

Helles, zweistimmiges Gelächter hinter ihm ließ ihn zusammenfahren, und er wirbelte so hastig herum, dass ihm der Eimer aus der Hand fiel.

»Immer mit der Ruhe, wir sind's nur«, sagte seine Schwester mit nachsichtigem Spott.

»Hast du gedacht, die Feen kämen dich holen?«, fügte Amabel lächelnd hinzu.

Yvain las den Ledereimer auf. Das war ein guter Vorwand, den Kopf abzuwenden, damit er ihr Lächeln nicht länger sehen musste. »Vielleicht ist es ja so, und ihr *seid* Feen, die sich unter die Sterblichen gemischt haben, um Schabernack zu treiben oder Unheil zu stiften«, argwöhnte er. »Was sonst könnten zwei junge Ladys hier in der Heide zu suchen haben?«

Sie hakten sich links und rechts bei ihm ein, und Amabel nahm ihm den Eimer ab. »Wir waren im Dorf bei Vater Cyneheard«, klärte sie ihn auf. »Die Frauen haben heute den Weihnachtsschmuck in der Kirche abgenommen, und eure Mutter hat uns geschickt, ihnen ein paar Früchtebrote zu bringen und zu helfen.«

»Der Berg aus verwelkter Stechpalme und Rosmarin, den wir in der Kirche zusammengekehrt haben, war höher als der Mönchskopf, das kannst du mir glauben«, behauptete Cecily.

»Ich fürchte, das kann ich *nicht* glauben«, widersprach er trocken und drückte ihr einen schnellen Kuss auf den rotblonden Schopf. Cecily war elf – vier Jahre jünger als er – und seit jeher Yvains Objekt zur Erprobung seiner ritterlichen Beschützerqualitäten gewesen. »Was gibt es Neues im Dorf?«

»Matthew der Schmied hat sich die Hand gebrochen.«

»Wie kann man sich während der Feiertagsruhe die Hand brechen?«, fragte Yvain erstaunt.

»Mit ein wenig Hilfe aus der Nachbarschaft«, antwortete Amabel. »Von Elfhelm, zum Beispiel.«

»Haben sie sich schon wieder geprügelt?«

Matthew der Schmied und sein Vetter Elfhelm stritten um den Besitz eines Ochsen, der vor zwei Jahren bei einem bierseligen Würfelspiel gesetzt worden war, und aus der anfänglichen Meinungsverschiedenheit war im Laufe der Zeit eine bittere Feindschaft geworden.

Amabel nickte. »Vater Cyneheard sagt, seine Lordschaft müsse ihnen ins Gewissen reden, ehe einer den anderen umbringt.«

Yvain gab keinen Kommentar ab, aber er dachte, dass es vermutlich nicht viel nützen würde. Die Bauern und Handwerker von Waringham hatten Respekt vor ihrem Lord, weil dessen Mutter eine angelsächsische Lady gewesen war und weil er mehr von der Landwirtschaft verstand als die meisten anderen Männer seiner Klasse. Sie nahmen die Mützen vom Kopf und lauschten andächtig, wenn er ihnen etwas zu sagen hatte. Aber sobald er den Rücken kehrte, machten sie doch wieder nur das, was sie für richtig befanden.

Cecilys Gedanken schienen in die gleiche Richtung zu gehen. »Mutter sollte sie sich vornehmen. Wenn überhaupt, werden sie eher auf sie hören.«

»Du hast recht«, stimmte Amabel zu. »Sogar in Hetfield fressen ihr die Bauern aus der Hand, und jedes Kind weiß, wie stur die Leute dort sind.«

Amabel stammte aus Hetfield, einem ansehnlichen Landgut, das südwestlich an Waringham grenzte. Ihr Vater hatte mit eiserner Hand über Gut und Bauern und auch über seine Tochter geherrscht, bis er mit dem alten König in den Krieg gezogen und gefallen war. Seine Frau war schon zwei Jahre zuvor gestorben, und Amabel – sein einziges Kind und somit seine Erbin – hatte der König als Mündel in die Obhut des Earl of Waringham gegeben, auf dass der sie mit seinem Sohn vermählen und die Landsitze zusammenführen konnte. Ein übliches und vollkommen vernünftiges Arrangement, wusste Yvain. Nur leider war nicht er derjenige, der Amabel heiraten würde. *Das Mädchen aus Schnee und Ebenholz,* wie seine Mutter sie wegen der schwarzen Haare und der makellos weißen Damenhaut nannte, war die Braut seines Bruders. Und ganz gleich, wie viele Nächte Yvain wachliegen und sich sehnlich wünschen mochte, es wäre anders – er konnte sie niemals bekommen.

Die beiden Mädchen berichteten ihm abwechselnd, was sie sonst noch an Neuigkeiten im Dorf gehört hatten. Wie meistens war nichts übermäßig Aufregendes dabei, aber das machte nichts. Yvain war vollauf damit zufrieden, dem Klang ihrer hellen Stimmen in der kalten, klaren Winterluft zu lauschen und dabei verstohlen in Amabels Nähe zu schwelgen. Er spürte ihre Hand ganz deutlich in seiner Armbeuge, obwohl die Berührung federleicht war.

Cecily machte sich von ihm los. »Es fängt an zu schneien!« Sie breitete die Arme aus, legte den Kopf in den Nacken und streckte die Zunge heraus, um eine Flocke zu erhaschen.

»Sehr damenhaft«, lobte der große Bruder.

Cecily zog die niedliche Stupsnase kraus. »Und wenn schon«, sagte sie, während sie wieder neben ihm einherstapfte. »Was soll ich im Kloster mit höfischen Manieren?«

»Äbtissin werden?«, schlug er vor.

»Oh ja. Das ist mir förmlich auf den Leib geschnitten«, gab sie lachend zurück.

Yvain sah seine kleine Schwester von der Seite an und versuchte zu ergründen, ob ihre Unbeschwertheit aufgesetzt war, aber er konnte keinerlei Anzeichen dafür entdecken. Am Tag ihrer Geburt hatte ihr Vater Cecily der Kirche versprochen – sie hatte also reichlich Zeit gehabt, sich an den Gedanken zu gewöhnen. Bislang immer eine ferne Zukunftsaussicht, war ihr Eintritt ins Kloster indes mit einem unerwarteten Ruck nähergekommen, als ihr Vater ihnen an Weihnachten eröffnet hatte, dass er Cecily nach Wiltshire in die Abtei von Amesbury bringen werde, sobald der Schnee geschmolzen war.

Möge der Frühling dieses Jahr spät kommen, fuhr es Yvain durch den Kopf.

Die Halle von Waringham Castle war ein wundervoller Saal, der fast das gesamte erste Obergeschoss des mächtigen Bergfrieds einnahm. In den beiden mannshohen Kaminen in der Nord- und Südwand prasselten Feuer, aber nur wenig Rauch drang in den Raum – der Blick zur hohen Decke und der Galerie entlang der Ostseite, wo bei Festen die Spielleute musizierten, war ungetrübt.

Ein paar dienstfreie Wachen saßen am unteren Ende des linken Seitentischs über dampfende Bierbecher gebeugt, ein Stück weiter hockte die alte Edith mit ihrem unvermeidlichen Nähzeug und erzählte eine Geschichte. Ein halbes Dutzend Kinder saß links und rechts von ihr auf der Bank und lauschte gebannt, während drei andere Knaben lautstark mit zwei zotteligen Hunden im Bodenstroh balgten. Auf der gegenüberliegenden Seite saß Jean FitzEdmonds Frau, ein dickes Buch vor sich aufgeschlagen auf dem Tisch, und erteilte ihren beiden Töchtern und drei weiteren Kindern Leseunterricht, wobei sie in regelmäßigen Abständen finstere Blicke zu den lärmenden Bengeln mit den Hunden hinüberwarf. Zwei von Lord Waringhams Rittern brüteten über einem Schachbrett. Die hohe Tafel an der Stirnwand, die dem Earl und seiner Familie vorbehalten war, stand verwaist.

Dorthin führte Yvain seine beiden Begleiterinnen, und im Vorbeigehen rief er die Hunde mit einem Pfiff zur Ordnung. »Loki, Baldur, Schluss mit dem Getöse. Das gilt auch für euch Rabauken«, fügte er an die drei Knirpse hinzu. »Setzt euch zu Edith oder verschwindet nach draußen.«

Scheinbar geläutert trollten sie sich zur Tür, aber der Sohn des Stallknechts streckte hinter Yvains Rücken die Zunge heraus, ehe er auf der Treppe verschwand.

»Das hab ich gesehen, Tom«, rief Yvain ihm hinterher und folgte Amabel und seiner Schwester grinsend zur hohen Tafel. Kaum hatte er sich in seinen Sessel mit den verschlissenen Damastkissen gesetzt, kam Baldur zu ihm getrottet und legte die Schnauze auf seinen Oberschenkel.

»Wo stecken Vater und Mutter denn überhaupt?«, fragte Yvain.

Lady Waringham verbrachte einen Großteil ihrer Tage in der Halle, denn ihr oblag die Führung des Haushaltes, und hier kamen all jene zusammen, mit denen sie Dinge zu besprechen und zu regeln hatte. Der Earl war bei halbwegs erträglichem Wetter hingegen meist von früh bis spät auf seinen Besitzungen unterwegs, aber nicht an eisigen Wintertagen wie heute.

»Keine Ahnung«, gab Cecily zurück und sah sich um, als erwarte sie, dass ihre Eltern plötzlich hinter dem großen Wandteppich zwischen den Fenstern hervorkommen müssten. »Mutter ist wahrscheinlich in der Küche und macht Rowena die Hölle heiß, weil wir zu viel Räucherfisch verbrauchen.«

Yvain nickte und kraulte seinen Hund hinter den langen

Schlappohren. Baldur kniff vor Wonne die Augen zu. »Eins ist sicher, wenn du nach Amesbury gehst, wirst du fürstlicher schmausen als hier und nicht den ganzen Winter geräucherten Hering vorgesetzt bekommen. Es heißt, es sei eins der reichsten Klöster in England.«

Cecily nickte und atmete tief durch. »Ich schätze, das *ist* ein Vorzug«, räumte sie ein. »Wie kommt es, dass die Abtei so reich ist?«

»Keine Ahnung«, musste ihr Bruder bekennen.

»Weil sie der königlichen Familie nahesteht«, erklärte Amabel. Sie ergriff einen runzeligen Apfel aus der Tonschale auf dem Tisch. »Das Kloster von Amesbury ist ein Ableger der Abtei von Fontevrault im Anjou, wo der alte König begraben liegt. Er hat die Niederlassung hier in England gegründet, darum hat die Abtei natürlich die besten Beziehungen und bekommt großzügige Erbschaften und so weiter.«

»Woher weißt du das?«, fragte Yvain verblüfft.

»Mein Vater brachte meine Mutter hin, ein paar Monate bevor sie starb«, erklärte Amabel. Sie legte den Apfel vor sich auf die Tischplatte und strich mit beiden Daumen über die raue Schale. »Die Äbtissin gilt als große Heilerin, die schon viele Schwindsüchtige kuriert hat. Aber Mutter nicht. Jedenfalls haben sie mir von Amesbury Abbey erzählt, als sie heimkamen. Es sei ein wundervolles Kloster, sagte Mutter.«

Amabel sprach nicht oft von ihren Eltern und ihrem Leben in Hetfield. Sie war zehn gewesen, als sie vor vier Jahren nach Waringham gekommen war, und sie hatte sich schnell eingelebt und war Teil der Familie geworden. Yvain hätte gerne gewusst, ob sie noch oft an ihre Eltern dachte. Ob sie sie vermisste. Aber irgendetwas warnte ihn, danach zu fragen.

»Vielleicht besuchst du mich dort einmal«, schlug Cecily vor.

»Das werde ich ganz bestimmt«, versprach Amabel. »Ich komme im Sommer, und dann können wir …« Sie brach ab, als der alte Hugh de Martigny an die hohe Tafel trat, der schon Yvains Großvater gedient hatte. »Dein Vater wünscht dich zu sehen, Junge«, richtete er aus.

Yvain blickte unwillkürlich zur Tür, aber keine Spur von Lord Waringham.

»Oben«, fügte der alte Ritter ominös hinzu.

Yvain tauschte einen Blick mit seiner Schwester.

»Hast du etwas ausgefressen?«, fragte Cecily.

»Bestimmt.« Er stand auf. »Ich weiß nur nicht, was.«

Das Gemach seiner Eltern war der schönste Raum der ganzen Burg. Auf der Südseite im Obergeschoss des Bergfrieds gelegen, bot es einen Blick auf den Garten, wo Lady Waringham die Heilkräuter für die Versorgung des Haushaltes züchtete. Im Frühjahr und im Sommer waren die Beete mit kleinen Blüten in allen nur erdenklichen Farben betupft, und der Wind trug manchmal die herrlichsten Kräuterdüfte herein.

Yvain klopfte an die massive Eichentür und trat ein. »Du hast nach mir geschickt, Vater?«

Zwischen dem Fenster und dem ausladenden Bett mit den geschlossenen Vorhängen stand ein klobiger Tisch, und dort saßen seine Eltern Seite an Seite. Das Bild erschien Yvain sonderbar. Sein Vater war ein rastloser, ungeduldiger Mann, für den Stillsitzen eine Strafe war. Seine Mutter war von früh bis spät auf den Beinen und meist in Eile, weil der Tag immer mehr Pflichten als Stunden für sie hatte. Yvain konnte sich nicht erinnern, seine Eltern an einem Werktag außerhalb der Mahlzeiten je so untätig gesehen zu haben. »Was ist das hier?«, fragte er argwöhnisch.

»Setz dich zu uns, mein Junge«, lud Lady Maud ihn ein, und die Geste, mit der sie ihm einen Schemel am Tisch anwies, wirkte seltsam abwesend. »Es ist gut, Anna, du kannst gehen«, sagte sie zu der Dienstmagd, die den Ipogras gebracht hatte. Der Krug stand unberührt auf dem Tisch und verströmte aromatischen Dampf.

Das Mädchen knickste und schlüpfte hinaus. Yvain hörte in seinem Rücken das verhaltene Poltern, mit dem die schwere Tür sich schloss. Er sah seinem Vater ins Gesicht. »Was ist passiert?« Er spürte sein Herz in der Kehle flattern, aber er achtete darauf, sich seine Furcht nicht anmerken zu lassen. »Ist es Guillaume?«

»Wie hast du das nur erraten, Bruder?«, kam eine vertraute Stimme hinter dem Bettvorhang hervor. Dann teilte sich der grüne Wollstoff, und zwei rissige Stiefel kamen zum Vorschein, ehe Guillaume vom hohen Bett ihrer Eltern stieg und mit ausgebreiteten Armen auf ihn zutrat. »Da bin ich.«

Erleichterung und Freude durchzuckten Yvain, doch ein Instinkt warnte ihn, seinen Jubellaut zu dämpfen. Er schloss die Lücke zwischen ihnen mit zwei Schritten und umarmte seinen lang entbehrten Bruder. »Oh, der Herr sei gepriesen! Du bist nach Hause gekommen …«

Guillaume legte ihm die Hände auf die Schultern. »Sieh dich nur an. Wie du gewachsen bist, Yvain! Du warst ein Knäblein, als ich fortging, und auf einmal bist du ein Kerl geworden.«

Yvain registrierte flüchtig, dass er tatsächlich nur noch einen halben Kopf kleiner war als sein Bruder, aber das war ihm im Moment völlig gleich. »Seit wann bist du zurück? Wie ist es dir ergangen? Wie geht es dem König? Wie war …«

»Ich fürchte, du wirst deine Neugier noch ein Weilchen zügeln müssen, Yvain«, unterbrach sein Vater. »Schenk uns ein. Und setzt euch hin, alle beide.«

Sie nahmen nebeneinander auf den beiden Schemeln ihren Eltern gegenüber Platz. Yvain füllte vier der Zinnbecher, die auf dem Tisch bereitstanden, aber er verschüttete ein paar Tropfen, weil er die Augen nicht von seinem Bruder nehmen konnte.

Guillaume war ein großgewachsener Mann von beinah sechs Fuß. Das gewellte, kinnlange Haar und der kurze Bart waren weizenblond, die bestürzend blauen Augen hatten ihr übermütiges Funkeln nicht verloren. Aber er wirkte hagerer, als Yvain ihn in Erinnerung hatte. Das Gesicht war gebräunt, und wenngleich Guillaume erst fünfundzwanzig war, hatte das gleißende Sonnenlicht im Heiligen Land sichtbare Krähenfüße in seine Augenwinkel gegraben. Das änderte indessen nichts daran, dass Guillaume ein auffallend gutaussehender Mann war. Der etwas zu breite Mund war von Natur aus zu einem Lächeln geformt und hatte schon so manche Frau schwach gemacht. Yvain vermutete, dass einige Väter und Ehemänner in Waringham erleichtert gewesen waren, als der junge Lord mit dem König ins Heilige Land zog.

Doch nun war er zurück.

»Guillaume ist letzte Nacht in aller Heimlichkeit nach Hause gekommen«, berichtete Jocelyn of Waringham seinem jüngeren Sohn, die sonst so volltönende Stimme gesenkt. »Über die Mauer, sodass nicht einmal die Nachtwache am Tor ihn gesehen hat.« Wie eh und je konnte er den Stolz auf die Tollkühnheit seines Ältesten nicht ganz verhehlen.

»Höchste Zeit, dass wir die Mauer erhöhen«, warf der ein.

Ihr Vater ließ sich nicht ablenken. »Er hat schlechte Neuigkeiten mitgebracht, Yvain: Der König ist auf der Heimreise einem seiner schlimmsten Feinde in die Hände gefallen, dem Herzog von Österreich.«

Yvain spürte einen heißen Stich in der Magengegend. Er stellte den unberührten, dampfenden Becher zurück und wandte sich an seinen Bruder. »Oh, Jesus. Wie konnte das passieren?«

»Alles ging schief«, antwortete Guillaume und zuckte die breiten Schultern. »Wir waren schon fast in Marseille, als ein entgegenkommendes Schiff uns warnte, Raymond de Toulouse liege auf der Lauer, um den König gefangenzunehmen und an Philippe von Frankreich auszuliefern. Also drehten wir nach Süden ab und versuchten, durch die Straße von Gibraltar zu segeln, aber der Wind blies uns die ganze Zeit ins Gesicht. Vermutlich eine göttliche Fügung, meinte Vater Jerome, denn es wäre gefährlich gewesen, an Philippes Küste entlangzusegeln und …«

»Augenblick«, unterbrach Yvain verständnislos. »Sind nicht König Richard und Philippe von Frankreich als die dicksten Freunde zusammen auf den Kreuzzug gegangen?«

Guillaume trank einen Schluck. Es war, als versuche er, Zeit zu gewinnen, um seine Worte mit Bedacht zu wählen – was ihm nicht ähnlich sah. »Die Freundschaft hielt bis Sizilien«, sagte er schließlich. »Dort verlobte Richard sich mit Berengaria von Navarra, statt sich für Philippes Schwester Alix aufzusparen, wie eigentlich versprochen. Als Philippe ihn an das Versprechen erinnerte, sagte Richard, Alix sei die Geliebte seines Vaters gewesen –

was ja auch stimmt. Dafür gebe es Zeugen, sagte er, und wenn Philippe ihn nicht aus dem Versprechen entließe, werde er den Skandal öffentlich machen.«

»Er hat ihn erpresst und ohne Not gedemütigt«, warf ihr Vater stirnrunzelnd ein. »Wie er es ja so gerne tut.«

Guillaume strich sich ein wenig ratlos mit dem Handrücken über den Bart. »Vielleicht. Jedenfalls … war es von da an vorbei mit der innigen Freundschaft. Philippes Zorn ist unversöhnlich. Deshalb blieb uns der direkte Seeweg nach England versperrt. Also beschloss Richard, um Italien herumzusegeln und auf dem Landweg heimzukehren. Aber vor Aquileja soffen wir ab. Die meisten schafften es an Land, doch weil wir in feindlichem Gebiet gestrandet waren, beschloss Richard, als Pilger verkleidet mit nur zwei Gefährten weiterzureisen. Das waren Maurice de Clare und ich. In der Nähe von Wien erwischte uns Leopold von Österreich, legte den König in Ketten und ließ Maurice und mich laufen. Das war kurz vor Weihnachten. Wohin sie ihn gebracht haben, weiß ich nicht. Ich habe auch keine Ahnung, was Leopold mit ihm tun wird, aber auf Seidenkissen betten wird er ihn nicht, denn seit der Belagerung von Akkon hegt der Herzog einen bitteren Groll gegen ihn.«

»König Richard hat ein bemerkenswertes Talent, sich Feinde zu schaffen«, warf ihre Mutter ein.

»Wie jeder König, der sich nicht auf der Nase herumtanzen lässt, oder?«, konterte Guillaume. »Jedenfalls steckt er jetzt so richtig in der Klemme: Leopold wird ihn an den Meistbietenden verhökern. Richards Feinde werden Schlange stehen, um ihn in die Finger zu bekommen. Und nach dem, was du mir berichtest, Vater, dürfen wir Prinz John wohl getrost zu Richards Feinden zählen«, schloss er und stieß hörbar die Luft durch die Nase aus.

»Und was jetzt?«, fragte Yvain in die kurze Stille hinein.

»Jetzt muss Guillaume so schnell wie möglich an den Hof, um der Königinmutter zu berichten, was passiert ist«, antwortete Jocelyn. »Und zwar inkognito. Niemand außer ihr darf ihn sehen oder von der Gefangennahme des Königs erfahren, vor allem Prinz John nicht.«

»Was ist mit diesem Maurice de Clare?«, wollte Yvain wissen. »Wird er dichthalten?«

Guillaume nickte. »Normalerweise würde ich nicht unbedingt mein letztes Hemd auf seine Diskretion verwetten, aber sein Gaul ist kurz vor Gent auf vereister Straße gestürzt, und beide haben sich ein Bein gebrochen. Ich musste ihn in einem Kloster zurücklassen. Er wird wieder, sagen die Mönche, aber es kann ein paar Wochen dauern.«

»Und das Pferd?«

Guillaume schüttelte den Kopf. Dann streckte er die Rechte aus und fuhr Yvain ruppig über den Schopf. »Immer noch der Pferdejunge, was?«

Yvain zog mit einem kleinen Ruck den Kopf weg. Er erinnerte sich plötzlich daran, dass Guillaumes Gönnerhaftigkeit ihm früher manchmal auf die Nerven gegangen war. Das hatte er in den zweieinhalb Jahren, die sein Bruder fortgewesen war, doch tatsächlich vollkommen vergessen. Und es beschämte ihn ein wenig, dass es keine Viertelstunde gedauert hatte, ehe sein Unwillen sich wieder eingestellt hatte, der vermutlich nur aus Neid geboren war. Denn Guillaume war ein Held. Ein Kreuzfahrer von solchem Ruhm, dass der König unter all seinem Gefolge ausgerechnet ihn ausgesucht hatte, um die gefährliche Heimreise mit ihm anzutreten. Yvain hätte nicht gewusst, was er anfangen sollte, wenn sein Begleiter bei Schnee und Eis mitten in der Fremde einen Reitunfall erlitt und sich das Bein brach. Er argwöhnte, dass er sich an den Wegesrand gesetzt hätte und beim Warten auf einen guten Samariter erfroren wäre …

»Wir haben einen Plan gefasst, bei dem wir deine Hilfe brauchen«, eröffnete Lady Maud ihm.

»Was für ein Plan?«

»Wir haben gute Neuigkeiten für dich, Yvain«, sagte Lord Waringham, aber er sah irgendwie nicht besonders glücklich aus. »Hast du je von der ›Armen Ritterschaft Christi und des salomonischen Tempels zu Jerusalem‹ gehört?«

Yvain starrte seinen Vater ungläubig an. »Ich soll ein *Templer* werden?«

»Schsch, nicht so laut«, warnte Jocelyn. »Es ist der berühmteste Ritterorden der ganzen Christenheit, eine Aufnahme zu erlangen daher ein Privileg, das nur wenigen zuteil wird. Aber Robert de l'Aigle, der Bruder deiner Mutter, gehört dem Orden an und ist bereit, sich für dich zu verwenden. Was sagst du dazu?«

Yvain sagte erst einmal gar nichts. Ihm war plötzlich ziemlich warm geworden, wenngleich die kleine Kohlenpfanne unter dem Tisch der eisigen Kälte im Raum nicht viel entgegenzusetzen hatte. Er saß mit gesenktem Kopf auf seinem Schemel, die Hände lose auf den Knien, und dachte nach. Er hatte immer davon geträumt, eines Tages ein gefeierter Ritter wie Guillaume zu werden und an König Richards Seite in den heiligen oder irgendeinen anderen Krieg zu ziehen. Darum stellte er sich jeden Tag auf den Sandplatz unten im Hof, egal ob Schneesturm oder Sonnenschein, und trainierte immer mit den größeren und älteren Knappen im Haushalt seines Vaters: Weil er so schnell wie möglich so gut werden wollte, wie er konnte. Aber ein Ritterorden?

»Es ist eine große Ehre, die dir zuteilwird«, sagte sein Vater. Es klang barsch.

»Ich weiß. Aber hab ich sie auch verdient? Ich hatte nie das Gefühl, berufen zu sein.«

Jocelyn winkte ab. »Was spielt das für eine Rolle? Du weißt, ich kann dir kein Land vererben. Also wenn du nicht eines Tages als landloser Ritter von der Mildtätigkeit deines Bruders leben möchtest, solltest du nicht lange überlegen.«

»Doch«, kam Guillaume seinem Bruder zu Hilfe. »Er sollte überlegen. Lange und vor allem gründlich.« Sein Ausdruck war mit einem Mal untypisch grimmig. »So groß die Ehre auch sein mag, bedeutet es ein Gelübde, das man nicht leichtfertig ablegen sollte: Armut. Gehorsam. Und Keuschheit.« Er schnitt eine Grimasse, die so urkomisch war, dass Yvain lachen musste.

»Der Schutz der Pilger mag ein hehres Ziel sein«, fuhr Guillaume fort, »aber die Templer verlangen große Opfer von den Ihren. Und wenn ich euch die ungeschminkte Wahrheit sagen soll: Der ganze Kreuzzugsgedanke ist eitel. Schlimmer, er ist Wahnsinn.«

»Was König Richard bedauerlicherweise nicht davon abgehalten hat, England zu schröpfen, um dieses Abenteuer zu finanzieren, nur um dann auf dem Heimweg verloren zu gehen«, entgegnete Lord Waringham. »Im Übrigen wirst du ketzerische Reden in meinem Haus gütigst unterlassen.«

Guillaume schlug die Beine übereinander und nahm einen ordentlichen Zug aus seinem Becher, um zu bekunden, dass er nicht sonderlich beeindruckt war. »Ich will nicht respektlos sein, Mylord, aber ich war zwei Jahre im Heiligen Land und habe gesehen, wie Christen und Heiden sich gegenseitig abgeschlachtet haben, um einen verdorrten Sandhügel zu erobern oder zu verteidigen, und am Ende hatten wir außer einem Leichenberg nichts vorzuweisen. Der König ist anderer Meinung, und wenn er je wieder auf freien Fuß kommt, wird er ins Heilige Land zurückkehren, so schnell er nur kann. Aber mal ehrlich: Er hat jede Belagerung und jede Schlacht auf diesem Kreuzzug gewonnen und den verdammten Krieg trotzdem verloren. Wenn nicht einmal *er* Jerusalem zurückerobern konnte, wer soll es dann bewerkstelligen? Er hat einen Friedensvertrag mit Saladin geschlossen, der christlichen Pilgern freien Zugang zu den heiligen Stätten garantiert, und auch wenn sein Zorn über diesen schmählichen Frieden ihn fast umgebracht hat, war es doch eigentlich das, was wir alle wollten, oder?«

Lord Waringham bedachte ihn mit einem Stirnrunzeln väterlicher Missbilligung. Er war kein Mann, dem man sich leicht widersetzte: Ende vierzig, höchstens zwei Zoll kleiner als sein Erstgeborener, mit grauen Schläfen und Silberfäden im dunkelblonden Bart. Vom linken Augenwinkel verlief eine schmale Narbe abwärts über die Wange, bis sie sich im Bart verlor, und erinnerte an die Zeiten, da Jocelyn of Waringham zusammen mit dem berühmten William Marshal dem Jungen König gedient hatte, Richards älterem Bruder, der ihrem Vater auf den Thron gefolgt wäre, hätte ihn nicht die Ruhr geholt. Jocelyn of Waringham hatte in Schlachten und Turnieren gekämpft, solange er musste, aber keinen Tag länger. Yvain wusste nicht, warum genau sein Vater der Welt des Hofes und der Mächtigen den Rücken gekehrt hatte, doch bald nach dem Tod des Jungen Königs war er nach Hause gegangen, um sich seinen Besitzungen und seiner Familie zu widmen. Waringham, wusste Yvain, kam für seinen Vater immer an erster Stelle, und von seinen Kindern erwartete der Earl deshalb die Bereitschaft, ihre persönlichen Wünsche den Belangen ihres Hauses unterzuordnen.

Er tippte auf eine versiegelte Pergamentrolle, die vor ihm auf dem Tisch lag. »Hör zu, Yvain. Dies ist ein Empfehlungsschreiben deines Onkels Robert an Geoffroy FitzStephen, den Meister der englischen Templer. Wie der Zufall es will, ist FitzStephen gerade als Gast der Königinmutter bei Hofe. Du wirst mit Guillaume zusammen aufbrechen, sobald es völlig dunkel ist, damit niemand in Waringham deinen Bruder sieht. Du reitest nach Winchester, überbringst dem Meister der Templer das Schreiben und bittest höflich um Aufnahme. Guillaume wird dein unauffälliger Begleiter sein, dein Diener vielleicht, ungerüstet und in einfachen Kleidern. Es ist seine beste Chance, unerkannt zur Königinmutter zu gelangen, verstehst du?«

Yvain nickte. »Soll ich … Soll ich um sofortige Aufnahme ersuchen?«, fragte er, und er war einigermaßen zufrieden mit sich, weil es gelassen geklungen hatte. In Wirklichkeit jagte die Vorstellung ihm eine Heidenangst ein, dass dieser Tag das Ende all dessen sein könnte, was ihm lieb und vertraut war.

»Nein, nein«, beruhigte sein Vater ihn. »FitzStephen wird dich wissen lassen, wann du dich wo einzufinden hast. Bis es so weit ist, kommst du wieder nach Hause.«

Danke, Jesus, dachte Yvain und atmete verstohlen auf. Er wandte sich an seinen Bruder. »Lass uns bis zwei Stunden vor Mitternacht warten. Dann können wir sicher sein, dass ganz Waringham schläft – alle bis auf die Torwache zumindest –, und gehen über die Mauer, so wie du gekommen bist.«

Guillaumes Augen funkelten. »Das nenn ich einen Löwenritter!«, lobte er und drosch seinem Bruder auf die Schulter, dass Yvain beinah vom Schemel gekippt wäre.

Der Jüngere verdrehte die Augen. In den Geschichten um König Artus war Yvain der Ritter, der den Löwen vor der Schlange gerettet und anschließend gezähmt hatte. Selbst unter den ruhmreichen Männern der Tafelrunde war er ein gefeierter Held. Und solange Yvain of Waringham denken konnte, hatte man ihn mit diesem Namensvetter angespornt oder gemessen oder aufgezogen, je nachdem. Er fand, es reichte eigentlich, einen Bruder wie Guillaume zu haben, aus dessen Schatten zu treten er kaum je erhoffen konnte. Ein zweiter, obendrein arthurischer Schatten wäre wirklich nicht nötig gewesen …

»Es tut mir leid, dass wir dich so plötzlich damit überfallen, Yvain«, sagte Lady Maud. »Dein Vater und ich sind schon letztes Frühjahr nach Pevensey geritten, als mein Bruder gerade aus dem Heiligen Land zurück war, und haben ihn um seine Empfehlung für dich gebeten. Er hat sie bereitwillig gewährt, und wenn du ihm begegnest, wirst du feststellen, dass du einen klugen und wohlwollenden Mentor hast. Von humorvoll ganz zu schweigen.«

Ein Lächeln huschte bei der Erinnerung an diesen Bruder über ihr Gesicht und strahlte einen Moment in ihren Augen. Auch mit vierzig Jahren und nach sechs Schwangerschaften war seine Mutter immer noch eine schöne Frau, fand Yvain. Das Gebende unter dem hüftlangen Schleier, das ihr Kinn und den Ansatz der rotblonden Haare bedeckte, verlieh ihr einen Anstrich von Strenge, aber die freche Stupsnase mit der Prise unverwüstlicher Sommersprossen links und rechts war näher an der Wahrheit. War Lady Waringham auch eine stolze Dame aus altem normannischen Adel, hatte sie das nie davon abgehalten, mit ihren Kindern im Heu zu toben oder zum Fischen zu gehen. Sie konnte in Fragen von Ehre und Anstand ebenso unerbittlich sein wie Lord Waringham, aber für ihre Kinder ebenso wie für Gesinde und Hörige des Gutes war sie oft Vermittlerin und Fürsprecherin. Sie vergötterte ihren Gemahl – liebte ihn vermutlich mehr als jedes ihrer Kinder –, aber sie war wohl der einzige Mensch in Waringham, der keine Ehrfurcht vor ihm empfand.

»Wenn du zurück bist, werden wir dir in Ruhe erklären, warum wir glauben, dass dieser Weg der richtige für dich ist.«

»Schon gut«, versicherte Yvain verlegen.

Sein Vater hatte ihm die wahren Gründe ja bereits genannt.

Für ihn gab es kein Land. Auf eine reiche Erbin konnte er auch nicht hoffen, denn ihr Geschlecht war zu unbedeutend, um einen Vater oder Vormund zu ködern. Seine Eltern hätten ebenso gut beschließen können, ihn ins Kloster zu stecken. Also dann doch lieber ein Ritterorden, befand Yvain.

Winchester, Januar 1193

»Mein Name ist Yvain of Waringham, ich bringe eine Nachricht für Geoffroy FitzStephen, den Meister der Templer.«

Eine der Wachen löste sich aus dem Windschatten am Tor, trat näher und warf einen Blick auf das Siegel, das Yvain ihm hinhielt.

Er winkte ihn durch. »Sein Quartier ist im Ostturm, aber wahrscheinlich findet Ihr ihn um diese Zeit in der Halle«, sagte er hilfsbereit. »Euer Bursche kann versuchen, im Stall dort drüben noch Platz für Eure Tiere zu finden. Es ist allerdings ziemlich voll hier im Moment, also wenn Ihr nicht lange bleibt, bindet sie gleich vor der Halle an. Aber dann lasst Euren Burschen Wache stehen – Ihr glaubt ja nicht, wie viele Gäule hier verschwinden. Auf Nimmerwiedersehen.«

»Danke.« Yvain drückte Guillaumes herrlichem Fuchs, der ihn vortrefflich nach Winchester getragen hatte, sacht die Fersen in die Seiten und ritt durchs Tor.

Sein »Bursche« folgte auf einem Maultier. »Wurd auch Zeit«, knurrte er gedämpft. »Man kann seine Tarnung auch übertreiben, scheint mir. Ich dachte, ein Schiff sei die grauenvollste Art zu reisen, aber der Rücken eines Mulis steht dem in nichts nach.«

Yvain biss sich grinsend auf die Unterlippe. »Komm schon, du beleidigst die arme Pansy. Sie ist ein wackeres altes Mädchen. Und mutiger als jedes Pferd. Letzten Herbst hat sie Cecily gegen einen wilden Hund verteidigt, ob du's glaubst oder nicht.«

»Da sie dir so teuer ist, hast du ja sicher keine Einwände, wenn wir für den Heimweg wieder tauschen«, konterte Guillaume gallig.

Ein Knecht kam aus dem gedrungenen Stallgebäude geschlurft, sodass Yvain eine Antwort erspart blieb.

Wegen der winterlichen Straßen hatten sie drei Tage für die Reise nach Hampshire gebraucht, aber das Wetter war ihnen einigermaßen hold gewesen. Bis auf ein paar Schauer hatte es nicht geschneit, nur der scharfe, eisige Wind hatte sie stetig begleitet. Die erste Nacht hatten sie in einer Scheune unweit von Tonbridge verbracht und jämmerlich gefroren, die zweite komfortabler in einem Gasthaus in Guildford, und an den Abenden ebenso wie während der langen Stunden im Sattel hatten die Brüder Gelegenheit gefunden, zu reden und wieder vertraut miteinander zu werden.

Guillaume hatte alles wissen wollen, was während seiner Abwesenheit in Waringham passiert war, woran der alte Gaston de Falaise und die Müllerin gestorben waren, wie die Ernten verlaufen waren und natürlich alles über seine Verlobte. Yvain wusste, dass es kindisch war, aber er war seltsam unwillig gewesen, Guillaume von Amabel zu berichten.

Als weitaus unwilliger erwies sich indes Guillaume, wann immer Yvain ihn drängte, vom Kreuzzug zu erzählen. Als der jüngere Bruder das stichhaltige Argument vorbrachte, dass er doch nun selber ein Kreuzritter werden solle und nicht ahnungslos vor Geoffrey FitzStephen erscheinen wolle wie das Lamm an der Schlachtbank, gab Guillaume nach, aber er beschränkte sich auf die Heldentaten des Königs: seine fast beiläufigen Eroberungen von Sizilien und Zypern auf dem Weg nach Palästina. Die Belagerung von Akkon, die jahrelang auf der Stelle getreten hatte, aber kaum führte Richard sie an, fiel die mächtige Hafenstadt nach nur einem Monat. Dann die Schlacht von Arsuf – um die sich schon etliche Legenden rankten, wenngleich sie erst eineinhalb Jahre zurücklag –, bei der Richard seinem geliebten Feind Saladin eine erdrückende Niederlage beigebracht und die gesamte Küstenregion bis hinunter nach Jaffa gesichert hatte.

Yvain hatte der Aufzählung königlicher Ruhmestaten ein wenig ratlos gelauscht, denn so sehr er sich auch bemühte, stellten sich keine Bilder ein, kein Eindruck davon, wie es im Heiligen Land *wirklich* gewesen war. Dabei war Guillaume früher immer so ein großartiger Geschichtenerzähler gewesen, den ihre Mutter regelmäßig mit einem Räuspern zur Ordnung rufen musste, wenn er sich in Fahrt redete und die Tatsachen zu sehr mit den Gebilden seiner Phantasie ausschmückte. Doch das Heilige Land, so schien es, hatte den Quell dieser Phantasie ausgetrocknet.

Guillaume wies mit dem ausgestreckten Arm auf die andere Seite des großzügigen Innenhofs. »Dort drüben. Lass uns gehen, eh wir hier festfrieren.«

Er zog sich die Kapuze seines fadenscheinigen Mantels tief ins Gesicht und folgte Yvain zu der großen, aber altmodischen Fachwerkhalle auf der Westseite der Anlage. Im Hof regte sich so gut wie nichts, nur ein paar Mägde und Knechte begegneten ihnen, die Köpfe gegen den schneidenden Wind gesenkt.

Am Eingang der großen Halle wurde Yvain wieder anstandslos vorgelassen, sobald er das Siegel seines Onkels präsentierte. Im Innern des dämmrigen Saals standen fein gekleidete Höflinge und Geistliche in kleinen Gruppen um das muntere Feuer in der Mitte herum, während die Diener die Tafeln für das Nachtmahl aufbockten und lange weiße Tischtücher darauf ausbreiteten. Die wenigen Fenster waren mit Holzläden verschlossen. Hohe schmiedeeiserne Kerzenleuchter standen in kurzen Abständen entlang der Wände und ließen die Goldfäden in den kostbaren Tapisserien funkeln.

Yvain brauchte den gewisperten Hinweis seines Bruders nicht, um die Königinmutter zu erkennen. Aliénor von Aquitanien stand ein wenig abseits der Höflinge vor dem verwaisten Marmorthron am Ostende der Halle, die Hände auf einem Gehstock verschränkt, dessen Knauf ein goldener Löwenkopf war. Sie war eine uralte Dame von siebzig Jahren, hatte Yvain gehört, aber ihre Haltung war kerzengerade und königlich. Sie schien den Ausführungen eines Bischofs zu lauschen, der respektvoll, vielleicht sogar eine Spur nervös vor ihr stand, aber ihr Blick glitt dabei geruhsam durch den Saal. Als er auf Yvain verharrte, fühlte der Junge die Kraft ihrer Persönlichkeit, so wie man die Hitze eines Feuers spürt, dem man sich nähert. Nie zuvor war er einem Menschen mit solch einer Ausstrahlung begegnet, aber sie machte ihn mutig statt scheu.

Er trat unaufgefordert näher, sank vor der Königinmutter auf ein Knie und fiel dem Bischof rüde ins Wort: »Vergebt mir, meine Königin, aber meine Nachrichten dulden keinen Aufschub«, sagte er auf Französisch. »Mein Name ist Yvain of Waringham, und ich bringe Neuigkeiten aus Hodierna.«

Es funktionierte, genau wie Guillaume vorhergesagt hatte. Hodierna war nämlich keineswegs ein Ort, sondern der Name von König Richards Amme gewesen, und die alte Königin erkannte ihn sofort. Nichts rührte sich indes in ihrem runzligen Gesicht, in welchem die strahlend blauen Augen wirkten wie Seen in einer Felslandschaft. *Tiefe* Seen, womöglich gefüllt mit eisigem Wasser, still an der Oberfläche, unergründlich darunter.

»Ich fürchte, wir müssen unsere Unterhaltung später fortsetzen, mein lieber FitzStephen«, entschuldigte sie sich bei ihrem Gesprächspartner. »Aber dies hier ist wichtig.«

Yvain erkannte mit sinkendem Herzen, dass es keineswegs ein Bischof, sondern sein künftiger Dienstherr war, den er so unhöflich unterbrochen hatte. Der Meister der englischen Templer streifte den knienden Jüngling mit einem angemessen frostigen Blick, verneigte sich vor der Königinmutter und ging mit langen Schritten davon.

Fabelhaft, dachte Yvain und spürte einen feinen Schweißfilm auf der Stirn.

»Folgt mir, Waringham«, sagte Aliénor, und während sie sich abwandte, streifte sie Guillaume mit einem flüchtigen Blick. »Bringt Euren Diener mit.«

Sie nahm den Stock in die Rechte, während sie zu einer diskreten Seitentür ging, aber weder hinkte sie, noch konnte man ausmachen, dass sie einer Stütze bedurfte. Sie führte die Brüder einen zugigen Korridor entlang zu einer Treppe, die in die über der Halle gelegenen Privatgemächer führte. Der Wachsoldat vor der ersten Tür verneigte sich vor Aliénor und öffnete ihr. Sie gelangten in eine kleine, behagliche Halle, wo ein lustiges Feuer seine tröstende Wärme an leere Brokatsessel verschwendete, und weiter durch die nächste Tür in einen ebenso großen und kostbar eingerichteten Raum mit einem Bett, dessen geschlossene purpurne Vorhänge mit Greifen und Drachen und noch absonderlicheren Fabelwesen bestickt waren, deren Namen Yvain nicht kannte. Das ausladende Kohlebecken auf dem Fußboden verströmte nicht nur angenehme Wärme, sondern ebenso einen dezenten, betörenden Duft, weil irgendwelche Essenzen auf die Holzkohle geträufelt worden waren.

Die alte Königin setzte sich auf den mit kostbaren Pelzen gepolsterten Fenstersitz, verschränkte die Hände auf dem Goldknauf und sah unverwandt zu Guillaume. »Zeigt mir Euer Gesicht.«

Er hob beide Hände, langsam, als graue ihm vor diesem Moment der Wahrheit, und schob die Kapuze zurück.

»Guillaume of Waringham«, sagte sie. Es war eine nüchterne Feststellung, klang weder überrascht, erfreut noch besorgt.

»So ist es, Madame.« Er schluckte sichtlich. »Euer Sohn lebt und ist unversehrt. Aber in Gefangenschaft.«

Ihre Brauen verzogen sich für einen winzigen Moment nach oben. Das war alles. Was immer Königin Aliénor empfinden mochte, behielt sie für sich. »Wessen Gefangenschaft?«

»Des Herzogs von Österreich.«

Sie strich mit den Daumen über die Mähne des goldenen Löwen. »Erzählt der Reihe nach.«

Guillaume wiederholte, was er Yvain und seinen Eltern am Abend seiner Heimkehr berichtet hatte. »Sie hielten de Clare und mich eine Nacht in dem Gasthaus fest, damit wir ihnen nicht folgen konnten«, schloss er. »Darum weiß ich nicht, wohin der König gebracht wurde, Madame. Es tut mir leid.«

»Das müssen wir schleunigst herausfinden«, erwiderte Aliénor. »Und vor allem müssen wir verhindern, dass dieser Leopold von Österreich meinen Sohn an Philippe von Frankreich verkauft.«

Guillaume nickte beklommen. »Sagt mir, was ich tun kann, und es ist so gut wie geschehen.«

»Ihr könnt mir einen Becher Wein einschenken«, gab sie trocken zurück.

Auf Guillaumes diskreten auffordernden Wink hin sah Yvain sich um. An der Wand stand ein schmaler Tisch aus einem polierten, sehr dunklen Holz, darauf ein wundervoll ziselierter goldener Krug mit zwei passenden Bechern. Er füllte einen mit dem hellen Rotwein aus dem Krug, brachte ihn der Königin und reichte ihn ihr mit einer kleinen Verbeugung.

»Hab Dank, mein Junge. Yvain, richtig?«

Er musste sich räuspern, ehe er antworten konnte: »Ja, Madame.«

»Ich könnte mir vorstellen, er ist zuzeiten eine Bürde, dieser Name.« Sie sah ihm unverwandt in die Augen, und er schlug den Blick nieder. Weil es sich nicht gehörte, die Königin so lange anzustarren. Und weil er das gruselige Gefühl hatte, sie könne geradewegs bis in seine Seele schauen. »Aber von allen Rittern der Tafelrunde war er mir immer der Liebste«, fügte Aliénor unerwartet hinzu. »Geh hinunter in die Halle und iss, Yvain of Waringham. Dein Bruder und ich haben viel zu erörtern, warte dort auf ihn. Und ich muss wohl kaum erwähnen, dass du zu niemandem ein Wort über die Gefangennahme des Königs sagen darfst.«

»Natürlich nicht, Madame.«

»Lange werden wir es nicht geheim halten können«, fügte sie versonnen hinzu, mehr an sich selbst als an die Brüder gewandt. »Aber *ich* bestimme den Zeitpunkt, wann es publik wird, niemand sonst.«

Mittlerweile hatten sich viel mehr Menschen in der Halle eingefunden und an den fertig gedeckten Tischen Platz genommen. Eine ausgelassene Schar junger Damen saß an der rechten Seitentafel. Ein Page füllte die hübschen Bronzebecher, die sich je zwei von ihnen teilten, verschüttete einen ordentlichen Schwall auf das weiße Damasttischtuch, weil er mit den Damen tändelte, statt seiner Aufgabe die gebotene Sorgfalt zu widmen, und erntete eine schallende Ohrfeige vom Mundschenk, der unglücklicherweise in der Nähe stand. Die Damen protestierten lautstark.

Yvain machte einen Bogen um die Szene und ging zur anderen Seite des Hufeisens, welches die Tische bildeten, wo es nicht so voll war. Ganz am unteren Ende legte er den schweren Mantel, den er über dem Arm getragen hatte, auf die Bank, setzte sich darauf und hoffte, dass bald aufgetragen werde. Er war ausgehungert.

Rasch füllten sich die Bänke. Eine Gruppe aus englischen und normannischen Mönchen – Schreiber der königlichen Kanzlei, tippte Yvain – ließ sich ganz in seiner Nähe nieder und ignorierte den Jungen in ihrer Mitte vollkommen. Das war ihm gleich, und er lauschte ungeniert und mit zunehmender Faszination, während sie in einem urkomischen Kauderwelsch aus Englisch und Normannisch über die Darbietung eines provenzalischen Troubadours am Abend zuvor debattierten.

Ein kostbar gekleideter, kahlköpfiger Bischof und ein kleines Mädchen saßen an der hohen Tafel und fanden einander offenbar nichts zu sagen. Die restlichen Plätze dort oben waren immer noch leer. Die alte Königin würde das Essen heute vermutlich ausfallen lassen, nahm Yvain an. Mit einem unangenehmen Stich in der Magengegend fiel ihm ein, dass er hier ja noch etwas zu erledigen hatte, als er den Meister der englischen Templer die Halle betreten sah. Dieser hatte seinen dunklen Mantel inzwischen abgelegt, sodass ihn niemand mehr für einen Bischof hätte halten können, denn er trug die Tracht seines Ordens. Kurz ließ er den Blick durch die Halle schweifen und hielt dann entschlossenen Schrittes auf die Estrade an der Stirnseite zu.

Yvain stand auf, ehe seine Gelegenheit ungenutzt verstreichen konnte, und schnitt ihm den Weg ab. »Vergebt mir, Monseigneur …«

FitzStephen hielt inne und wandte den Kopf. »Sprichst du mit mir?«

Der Junge nickte und trat zu ihm. »Mein Name ist Yvain of Waringham, Monseigneur, und ich bin hier, um Euch meine Aufnahme in Eure heilige Bruderschaft anzutragen und ein Empfehlungsschreiben meines Onkels, Robert de l'Aigle, zu überbringen.«

»Tatsächlich?« Der Meister der englischen Templer stemmte die Hände in die Hüften und musterte den jungen Mann vor sich gemächlich von Kopf bis Fuß. »Und ich könnte schwören, du seist hier, um meine Audienz mit der Königinmutter zu unterbrechen, auf die ich seit zwei Tagen gewartet habe.«

Yvain spürte seine Wangen heiß werden. »Das war nicht meine Absicht. Ich bitte um Verzeihung.«

Geoffrey FitzStephen gab ein unbestimmtes Brummen von sich. »Was hattest du ihr denn so Wichtiges zu berichten?«

»Darüber darf ich nicht sprechen.«

»Ha. Das wird ja immer besser, Bübchen ...« Aber er lachte in sich hinein. Das machte Yvain ein wenig Mut, und er hob den Blick wieder.

FitzStephen streckte die Linke aus. »Dann lass dein Empfehlungsschreiben einmal sehen.«

Er war ein schlanker Mann mit einem glattrasierten, kantigen Kinn und dunklen Augen. Das kurz geschnittene Haar, das seine Tonsur umkränzte, war grau und drahtig. Der wadenlange weiße Bliaut mit dem roten Tatzenkreuz darauf wirkte makellos sauber. Yvain betrachtete ihn ehrfürchtig. Reinheit und Tugend symbolisierte die weiße Tracht, das rote Kreuz ritterlichen Kampfesmut und die Bereitschaft, für die Ehre Gottes und den Schutz seiner Gläubigen das eigene Blut zu vergießen.

Yvain fischte den zusammengerollten Brief seines Onkels aus dem Beutel am Gürtel und legte ihn in die ausgestreckte Hand.

»Und sag mir, Yvain of Waringham, warum wünschst du, ein Templer zu werden?«

Es ist der Wunsch meines Vaters, wäre die ehrliche Antwort gewesen. Aber Yvain hatte die drei Tage im Sattel auch dazu genutzt, sich auf Fragen wie diese vorzubereiten. »Um die Pilger an den heiligsten Stätten der Christenheit zu beschützen, Monseigneur, und im Einklang mit dem Wort Gottes zu leben, wenn ich kann.«

»Wie alt bist du?«

»Fünfzehn.« Beinah jedenfalls …

»Wo hast du als Knappe gedient?«

»In Waringham.«

»Hm.« Es klang abschätzig. Yvain wusste sehr wohl, dass es keinen sonderlich guten Eindruck machte, wenn ein junger Mann von Stand zu Hause ausgebildet wurde, statt am Hof irgendeines großen Lords. Doch er war unwillig, diesem Fremden die Gründe darzulegen.

»Unser Leben ist hart und entbehrungsreich, mein Junge. Wir leben in Bescheidenheit und mönchischer Gemeinschaft. Die meisten Brüder sterben jung, sie fallen im Kampf gegen die Ungläubigen oder erliegen den Gefahren, die im Heiligen Land und auf dem Weg dorthin lauern. Wir erlangen weder persönlichen Ruhm noch Reichtümer, sondern verschreiben unser Leben Gott. Bist du sicher, dass du das kannst?«

»Nein, Monseigneur. Gibt es irgendwen, der sich dessen sicher ist, ehe er es versucht hat?«

Der Meister der englischen Templer legte den Kopf schräg und sah den Jungen weiterhin unverwandt an. »Ich bin mir nicht schlüssig, ob dies die beste oder die unverfrorenste Antwort ist, die ich je auf diese Frage bekommen habe.«

»Da seht Ihr's mal wieder, FitzStephen, das Leben steckt voll unlösbarer Rätsel …«, mischte eine spöttische Stimme sich ein, und im nächsten Moment landete eine große Hand auf Yvains Schulter und wirbelte ihn herum. »Ich jedenfalls beglückwünsche dich zu deiner Antwort, mein junger Freund, wer immer du sein magst.«

»Yvain of Waringham, Mylord«, stellte Geoffrey FitzStephen vor. »Yvain, dies ist des Königs Bruder, Prinz John.«

Schon wieder fuhr Yvain der Schreck in die Glieder, und er fragte sich, ob es gesund für einen unbedarften Jungen vom Lande sein konnte, sich in eine Schlangengrube wie diese zu begeben, wo ein heißer Stich im Magen den nächsten jagte.

Er verneigte sich. »Mein Prinz.«

John war kein goldgelockter Hüne wie sein königlicher Bruder.

Er war so groß wie Yvain, und das kinnlange Haar war dunkel, schimmerte aber rötlich im Schein der nahen Fackel, wie brüniertes Kupfer. Es umrahmte ein gutaussehendes, wenn auch scharf geschnittenes Gesicht mit einer Adlernase, die ihm ebenso Autorität verlieh wie der strenge, kurze Bart. Die mandelförmigen, meergrauen Augen waren fesselnd und unergründlich wie die seiner Mutter, und sie betrachteten den jungen Waringham mit unverhohlener Neugier.

»Ja, man sieht, dass du Guillaumes Bruder bist«, bemerkte der Prinz schließlich und verzog für einen Lidschlag die Mundwinkel nach oben. Es war eher eine höhnische Grimasse als ein Lächeln. »Habt ihr Nachricht von ihm? Lebt er noch?«

Yvain nickte. »Es ist gar nicht lange her, dass wir von ihm gehört haben, Mylord, und da war er wohlauf.«

»Das erleichtert mein Herz«, bekundete Prinz John.

Yvain hatte nicht gewusst, dass sein Bruder und der Prinz einander kannten, hatte Guillaume seine Knappenjahre doch in Richards Haushalt in Aquitanien verbracht.

»Während der letzten Verhandlungen zwischen meinem Vater, Philippe von Frankreich und meinem Bruder haben Guillaume und ich tagelang Rennen geritten und nächtelang Tables gespielt«, klärte der Prinz ihn auf, als hätte er Yvains Gedanken gelesen. »Wir hatten reichlich Zeit dafür«, fügte er trocken hinzu. »Denn die Verhandlungen waren zäh. Obendrein fruchtlos.«

»Wenn Ihr mich entschuldigt, mein Prinz«, sagte FitzStephen. Es klang verdrossen, so als missbillige er, dass John so offenkundig unbeschwert von jenen schicksalhaften Tagen sprach, die dem Tod des alten Königs vorausgegangen waren.

»Gewiss«, erwiderte John mit einer lässigen Geste. »Tut ein gutes Werk und erlöst meine Nichte aus de Coutances' öder Gesellschaft.«

FitzStephen schaute kurz zur hohen Tafel hinüber, wo das kleine Mädchen immer noch allein mit dem kahlköpfigen Bischof saß und sichtlich gelangweilt und sehnsüchtig das lebhafte Treiben an den Seitentafeln verfolgte. Der Meister der Templer nickte knapp und tippte Yvain mit dem Empfehlungsschreiben seines

Onkels vor die Brust. »Ich erwarte dich morgen nach der Frühmesse in der Kapelle. Dann reden wir weiter.«

Der Junge verneigte sich schon wieder. »Ich werde dort sein. Habt Dank, Monseigneur.«

Der Prinz wählte einen randvollen Weinpokal von einem Tablett, das ein Page ihm offerierte, und trank einen Schluck. »Greif zu, Yvain.«

Der nahm ebenfalls einen der schweren Bronzepokale, trank aber nicht. Irgendetwas Essbares wäre ihm lieber gewesen.

»Ein Templer, he?«, fragte John und betrachtete ihn. »Warum?«

Yvain zuckte mit den Schultern. »Warum nicht? Wir Nachgeborenen müssen mit dem vorliebnehmen, was für uns übrig bleibt, und versuchen, das Beste daraus zu machen, oder? Ich nehme an, ein Mann, den sein eigener Vater ›Ohneland‹ genannt hat, weiß das.«

Um ein Haar hätte der Prinz sich verschluckt und ließ den Becher sinken. »Ich glaube, außer meinen Brüdern hat noch nie jemand gewagt, mich damit aufzuziehen. Mir will scheinen, du hast eine wirklich lose Zunge, Yvain of Waringham.«

»Oh ja«, stimmte der mit Inbrunst zu. »Mein schlimmstes Laster, sagt mein alter Herr. Aber es lag mir fern, Euch aufzuziehen, Mylord. Außerdem seid Ihr das ja gar nicht mehr, oder? Ohne Land, meine ich. Hat nicht der König Euch vor seinem Aufbruch zum Grafen von Mortain erhoben und mit halb England belehnt?«

»Na ja, das ist übertrieben«, widersprach John. »Er hat mich reichlich mit Äckern und Wäldern beglückt und die verdammten Burgen behalten. Aber wie du schon so weise bemerkt hast: Wir Nachgeborenen müssen uns in Demut üben und dankbar für die Brosamen sein, die ältere Brüder und ruhmreiche Kreuzfahrer uns in ihrer grenzenlosen Güte hinwerfen.«

Yvain musste lachen. Natürlich kannte er all die schockierenden Geschichten über Prinz John und wusste, dass er einen gefährlichen Mann vor sich hatte. Und trotzdem. Die Respektlosigkeit des Prinzen gefiel ihm. Sie hatte etwas ungeheuer Befreiendes, wie eine frische Brise an einem drückenden Augusttag.

»Dein Vater hat dich also hergeschickt, damit du dem Meister der Templer deine Dienste anbietest?«, fragte John.

»So ist es.« Yvain hatte das Gefühl, auf einem sehr schmalen Grat zu balancieren. Er wollte den Prinzen nicht anlügen, aber er musste seine wahre Mission um jeden Preis vor ihm geheim halten. »Ich habe ein Empfehlungsschreiben von Robert de l'Aigle, dem Bruder meiner Mutter.«

»Ja, ich kenne ihn. Er macht den Templern Ehre.« Ausnahmsweise spottete der Prinz nicht. »Mit seiner Fürsprache wird Fitz-Stephen dich ganz gewiss nehmen.«

Yvain nickte und unterdrückte ein Seufzen. »Ja, das habe ich mir gedacht. Das kleine Mädchen dort oben ist Eure Nichte?«

Der Prinz sah kurz zur hohen Tafel hinüber. »Eleanor. Die Tochter meines verblichenen Bruders Geoffrey von der Bretagne. Sie war ungefähr zwei, als der Ärmste sich bei einem Turnierunfall den Hals brach. Seither zieht meine Mutter sie groß.«

Als spüre sie, dass ihr Onkel von ihr sprach, schaute Eleanor in ihre Richtung und winkte ihm mit einem strahlenden Lächeln zu.

Der Onkel verneigte sich galant in ihre Richtung. »Sie ist hinreißend. Einer der wenigen hinreißenden Menschen in meiner Familie, wenn du's genau wissen willst. Ein Wunder, bedenkt man, welch eine schleimige Kröte ihr Vater war. Der posthum noch einen Sohn bekam, sodass ich meine Hoffnungen auf die Bretagne begraben konnte. Ganz im Vertrauen, ich hätte lieber noch so eine niedliche Nichte bekommen.«

»Kaum anzunehmen, dass Euer Bruder einen männlichen Erben hinterlassen hat, um Euch eins auszuwischen«, entgegnete Yvain achselzuckend.

»Vielleicht nicht. Aber ich wette mit dir, er sitzt an einem warmen Plätzchen im finstersten Winkel der Hölle und lacht Tränen über das Schnippchen, das er mir noch geschlagen hat.« Er leerte den Becher und stellte ihn zwischen zwei der Kanzleischreiber auf dem Tisch ab, die beide verstummten und die Köpfe vor ihm senkten – ehrerbietig oder furchtsam, Yvain wusste es nicht.

»Was hältst du davon, wenn wir von hier verschwinden?«, schlug der Prinz plötzlich vor. »Ich höre deinen Magen bis hierher knurren, aber es kann noch ewig dauern, bis aufgetragen wird. Ich kenne eine wunderbar schummrige Taverne am Fluss. Dort könnten wir einen ehrlichen englischen Hammeleintopf essen, ein ehrliches englisches Bier trinken, und du könntest noch ein bisschen Spaß haben, ehe dein neues Leben der Askese beginnt, wie wär's?«

Yvain wusste sofort, dass es eine miserable Idee war. Prinz John unterhielt einen ganzen Haushalt voll junger Ritter, Knappen und sonstiger wilder Gesellen – er war für einen Ausflug in das Nachtleben von Winchester nicht auf seine Gesellschaft angewiesen. Diese unverhoffte Einladung konnte nichts Gutes zu bedeuten haben. Andererseits: Es wäre eine unverzeihliche Beleidigung gewesen, sie abzulehnen. Außerdem hatte Besonnenheit noch nie zu Yvains Tugenden gezählt. Tollkühnheit schon eher. Er war nie zuvor in einer Taverne gewesen, und darum ergab er sich sehenden Auges dem Reiz des Ungewissen.

»Einverstanden.«

Inzwischen war es dunkel geworden. Der Prinz nahm eine Fackel aus einem schmiedeeisernen Wandhalter im Torhaus und schnipste der Wache einen Penny zu.

»Ihr habt uns nicht gesehen, klar?«

»Natürlich nicht, mein Prinz«, versicherte der ältere der beiden behelmten Wachsoldaten nachsichtig.

Die Nachtluft war schneidend kalt. Yvain zog den Mantel fester um sich und stellte verblüfft fest, dass der Prinz der Winternacht ohne Umhang trotzte.

Der Weg war indes nicht weit. Sie gingen durch nächtlich stille Gassen. Die gedrungenen Holzhäuser, die die vereiste Straße säumten, waren dunkel, die Fensterläden gegen die Winternacht verrammelt. Nach etwa einer halben Meile öffnete die Gasse sich zu einem großzügigen Platz, an dessen Nordseite die Kathedrale wie ein gewaltiger göttlicher Schatten aufragte. Der helle Sandstein des noch neuen Gotteshauses schimmerte unirdisch. Der Prinz führte Yvain auf die Ostseite, wo sich wieder eine dunkle Häuserreihe erstreckte. Yvain roch den Fluss, aber er hörte weder Plätschern noch Gurgeln. Vermutlich war der träge Itchen zugefroren.

Vielleicht zwei Dutzend Schritte zu ihrer Rechten schimmerte ein Licht. Als sie näher kamen, wurde die Tür aufgerissen, ein Zecher wurde mit Schwung – vermutlich mit einem Tritt – ins Freie befördert, fiel der Länge nach in den Straßendreck und erbrach sich geräuschvoll.

»Entzückend …«, murmelte John und machte einen großen Schritt über ihn hinweg.

Aus der geöffneten Tür fiel ein warmer Lichtschein und beleuchtete den *Ale Stake* – eine Holzstange mit einem Kranz aus Gerstenstroh am Ende, die waagerecht über dem Eingang auf die Straße hinausragte und Reisenden anzeigte, dass hier Ale ausgeschenkt wurde.

Der Prinz legte Yvain die Hand auf den Rücken und schob ihn über die Schwelle. »Nur Mut. Es ist nicht so wild, wie es aussieht.«

Stimmengewirr, Rauch und eine schwere Geruchsmischung aus Essensdünsten und nasser Wolle empfingen sie im Innern des großen Schankraums. Lange Tische standen vor der umlaufenden Bank an drei Seiten. Fast die gesamte Stirnwand wurde von einem gewaltigen Herd eingenommen, über dessen Feuer mehrere Kessel hingen. Eine junge Frau hütete zwei Bratspieße mit Kaninchen und Hühnern.

Die Bänke und Schemel waren bis auf den letzten Platz belegt. Handwerksgesellen, Tagelöhner und kleine Kaufleute aus dem Viertel tranken hier ein wohlverdientes Feierabendbier. Sie erstarrten nicht in Ehrfurcht, als sie die fein gekleideten Edelleute in ihrer Mitte entdeckten, denn sie lebten in unmittelbarer Nähe zum königlichen Palast und waren den Anblick gewöhnt. Doch als Prinz John einem halben Dutzend Fleischerlehrlingen mit einer knappen und ziemlich rüden Geste bedeutete, dass er ihren Tisch für sich beanspruchte, standen sie schleunigst auf, nahmen ihre Becher und verzogen sich mit einer hastigen Verbeugung ans andere Ende der Taverne.

»Nimm Platz, Yvain«, lud John ihn ein, und während der Junge auf die Bank glitt, rief er zum Herd hinüber: »Ein Krug Ale und zweimal vom Eintopf, Bran!«

Der kahlköpfige Wirt, der an einem Tisch links vom Herd stand und mit einer Kelle Krüge aus einem Bierfass füllte, erwiderte: »Kommt sofort, mein Prinz.«

Yvain war verwundert, wie bekannt Prinz John hier offenbar war, wie selbstverständlich und mühelos er sich unter den kleinen Leuten bewegte. Dabei schien er mit seinem strengen, noblen Antlitz so überhaupt nicht hierher zu passen. »Ihr sprecht Englisch?«, fragte er.

John hob die breiten Schultern. »Im Gegensatz zu meinen Brüdern habe ich den Großteil meines Lebens in England verbracht. Was ist mit dir?«

Yvain nickte. »Meine Großmutter war eine Ashford. Alter angelsächsischer Adel. Sie war stolz auf ihre Wurzeln und hat dafür gesorgt, dass wir sie nicht vergessen. Mir ist die eine Sprache so vertraut wie die andere.«

Das hübsche Mädchen, das die Bratenspieße gedreht hatte, kam mit einem schweren Holzbrett an ihren Tisch, setzte es ab, warf die lange flachsblonde Haarpracht zurück über die Schulter und stellte Eintopfschalen, Becher und Bierkrug vor sie, gefolgt von einem Laib Brot in einer irdenen Schale.

»Entweder ist das Mehl in Winchester neuerdings grün, oder dieses Brot ist schimmelig«, bemerkte der Prinz.

Es klang amüsiert, aber das Mädchen stellte die Schale blitzschnell zurück auf ihr Tablett. »Vergebt mir, Mylord. Ich bringe Euch frisches.«

»Kein Grund, so verschreckt dreinzublicken, Elvina.«

Sie wandte den Blick ab, während sie knickste, hob ihr Tablett auf und verschwand.

Yvain sah ihr einen Moment nach, aber John schien sie augenblicklich zu vergessen. »Iss, Yvain, eh du mir hungers stirbst.«

Das ließ der Junge sich nicht zweimal sagen. Er nahm den Holzlöffel aus der Schale und kostete den dampfenden Eintopf, dem ein verlockendes Aroma nach Zwiebeln und Hammel entstieg. Er schmeckte so gut, wie er duftete. »Hm! Wunderbar«, bekundete der Junge erleichtert.

Der Prinz kostete ebenfalls. »Ja, nicht übel«, befand auch er.

Der kahlköpfige Wirt brachte ihnen frisches Brot, und damit schmeckte es noch besser. Yvain schmauste mit Hingabe.

»Hast du noch weitere Geschwister außer Guillaume?«, fragte John zwischen zwei Löffeln. Er aß lustlos, beobachtete Yvain, hatte aber im Nu einen zweiten Becher Ale geleert.

»Zwei Schwestern«, antwortete der junge Waringham bereitwillig. »Cecily ist elf und tritt demnächst als Novizin ins Kloster von Amesbury ein. Und Adelisa. Sie ist ein paar Jahre älter als ich und mit William Marshals Neffen Anselm verheiratet.«

»Gute Partie«, sagte John beifällig.

»Oh ja. Die Mitgift, die Vater brauchte, um diesen Schwiegersohn zu kaufen, hat uns zwar fast ruiniert, aber er wollte diese Verbindung *unbedingt.*«

»Das scheint mir weise. In Abwesenheit des Königs ist William Marshal vermutlich der mächtigste Mann in England. Also praktisch immer, da mein Bruder seine königliche Nase ja nie hier zeigt.«

»Da habt Ihr recht«, räumte Yvain unwillig ein.

»Und doch höre ich eine gewisse Reserviertheit deinem Schwager gegenüber?«, bohrte John nach.

Der Junge schüttelte den Kopf. »Ich kenne ihn überhaupt nicht. Aber der teuren Mitgift folgten zwei Missernten, Vater musste Schulden machen, und ich konnte nicht wie geplant als Knappe zu William Marshal gehen, weil wir kein Geld hatten, um mir ein Pferd zu kaufen. Nicht Adelisas Schuld, auch nicht die ihres Gemahls, aber irgendwie …« Er brach ratlos ab.

»Verstehe. Und schon wieder sind wir beim beklagenswerten Los der jüngeren Söhne angelangt, nicht wahr?« Der Prinz setzte eine kummervolle Miene auf, die Yvain zum Lachen brachte.

»Vergebt mir, Mylord. Ich wollte Euch nichts vorjammern.«

»Hast du ja auch nicht.«

Sie sprachen über Pferde und Waffen, über Normannen und Angelsachsen, das Ale und den Eintopf, die neue Kirche und die klapprige alte Königshalle von Winchester, und Yvain war verblüfft, wie leicht es ihm fiel, mit dem Prinzen zu plaudern, der doch so viel älter, weltgewandter und gebildeter war als er, von königlichem Geblüt obendrein. Trotz alledem saß er hier mit dem jungen Waringham in einer verräucherten Spelunke in Winchester auf der Bank und tauschte mit ihm die wildesten Gerüchte aus, die sie über Saladin, den Anführer der heidnischen Armeen im Heiligen Land, gehört hatten.

Als die Eintopfschalen ein zweites Mal geleert waren, schlug John schließlich die Beine übereinander, wandte sich dem Jungen halb zu, stützte einen Ellbogen auf den Tisch, die Wange auf die Faust und fragte: »Was ist deine früheste Erinnerung?«

Yvain verharrte mit dem Becher auf halbem Weg zum Mund. »Das ist die sonderbarste Frage, die ich je gehört habe.«

»Und gibt es eine Antwort?«

Was zum Henker willst du von mir?, dachte Yvain nicht zum ersten Mal.

»Bran, bring uns Wein!«, rief John zum Schanktisch hinüber, ehe er sich seinem Gast wieder zuwandte. »Also schön, da du zögerst, erzähle ich dir von meiner: Ich war vier Jahre alt und lebte in der Abtei von Fontevrault im Anjou, wohin meine Mutter mich kurz nach meiner Geburt geschickt hatte. Ich war dort zusammen mit meiner Schwester Joan, und wir spielten an einem sonnigen Wintertag draußen im Schnee, als die Mutter Oberin zu uns kam und uns schonend beibrachte, dass der Erzbischof von Canterbury ermordet worden sei.«

Er legte eine kleine Kunstpause ein.

»Thomas Becket«, sagte Yvain. Es war keine Frage. Jedes Kind in England kannte die Geschichte.

»Thomas Becket, ganz genau«, bestätigte der Prinz. »Erschlagen in seiner eigenen Kirche. Die Nachricht als solche berührte mich überhaupt nicht – ich war ja noch winzig und verstand kaum, was es bedeutete. Doch die ehrwürdige Mutter gab uns zu verstehen, dass unser königlicher Vater diese unaussprechliche Freveltat befohlen habe. Da fing meine Schwester an zu heulen und schrie, unser Vater werde in die Hölle kommen. Und das zog mir sozusagen den Boden unter den Füßen weg. Ich kannte meinen Vater so wenig wie meine Mutter, aber er war der König, er war der mächtigste Mann der Welt, er war mein *Vater*. Die Mutter Oberin versuchte, meine Schwester zu beruhigen, aber Joan schrie immer weiter, und ich dachte, die Erde werde sich auftun und meinen Vater, wo immer er war, verschlingen und in die Hölle hinabschleudern.« Er verstummte, schenkte ihnen beiden aus dem Weinkrug ein, der inzwischen gekommen war, und nahm einen ordentlichen Zug.

»Ja, das muss grässlich gewesen sein.« Yvain schob die leere Eintopfschale beiseite, legte stattdessen die Hände um seinen Becher und blickte hinein. »Wie alt war Eure Schwester?«

»Fünf, glaube ich.«

»Was hat diese Äbtissin sich nur dabei gedacht, zwei kleine Kinder so zu erschrecken?«

»Das habe ich mich auch immer gefragt. Du bist an der Reihe.«

»Was? Oh. Der Tod meines kleinen Bruders. Robert. Ich muss ungefähr drei gewesen sein. Er war ein knappes Jahr alt, krabbelte schneller, als das Auge zu folgen vermochte, purzelte die Treppe hinunter und starb. Die Trauer meines Vaters hat mir eine Heidenangst gemacht …« Er unterbrach sich kurz. Er wusste genau, dass er oft dazu neigte, zu viel zu offenbaren, und das wollte er nicht. »Warum sind unsere frühesten Erinnerungen so abscheulich?«, fragte er stattdessen.

»Weil die menschliche Natur dazu neigt, Abscheuliches im Gedächtnis zu bewahren, die glücklichen Stunden aber zu vergessen?«

»Das wollen wir doch nicht hoffen …«, murmelte Yvain und trank einen Schluck. Verstohlen beobachtete er Elvina, die zwei Spielleuten am Nachbartisch Hühnchen und heißes Ale servierte.

»Ich habe irgendwo einmal etwas darüber gelesen«, bemerkte der Prinz. »Bei Augustinus? Vielleicht war's auch Boethius, ich weiß nicht mehr. Bist du belesen, Yvain?«

»Nicht besonders«, musste der bekennen. »Meine Mutter hat uns Lesen und Schreiben gelehrt, aber in meinem Kopf war anscheinend nicht genug Platz für Latein.«

»Was setzt du uns hier vor, du kleine Schlampe?«, schimpfte einer der Männer am Nachbartisch, der eine verschrammte Fiedel auf dem Rücken trug. »Gebratene Holzkohle?« Er klang betrunken.

»Ja, die Küche hier lässt in letzter Zeit zu wünschen übrig«, murmelte der Prinz vor sich hin.

Das tranchierte Hühnchen sah in der Tat ein wenig verbrannt aus, erkannte Yvain, aber er war trotzdem schockiert, als der Gast den Zinnteller vom Tisch fegte. Yvain hatte noch nie erlebt, dass jemand genießbares Essen fortwarf. In Waringham gab es solche Verschwendung nicht.

»Bring mir etwas Anständiges!«

Elvina hockte sich in die Binsen, um den Teller und den verteilten Inhalt aufzuheben, und der missgelaunte Spielmann trat nach ihr. Er erwischte sie an der Schulter, sodass das Mädchen hart auf dem Rücken landete.

Aus dem Augenwinkel sah Yvain, dass Bran, unverkennbar Elvinas Vater, nicht mehr als einen müden Blick für die Szene übrig hatte.

»Wer war der Mann, der dich zur Königin begleitet hat?«, fragte John im Plauderton.

»Was?« Yvains Kopf fuhr so schnell herum, dass die Wirbel hörbar knackten. »Nur ein Bursche aus Waringham, Mylord.«

»Du hast eine bemerkenswerte Gabe, die Wahrheit zu umschiffen, ohne zu lügen, das ist mir vorhin schon aufgefallen.«

Elvina hatte das verstreute Essen inzwischen aufgesammelt und war auf die Füße gekommen. »Ich hole euch gern vom Eintopf, aber das Huhn müsst ihr bezahlen.«

Mit einem wütenden Zischlaut erhob sich der Fiedler von der Bank, und Yvain wollte ebenfalls aufstehen, um Gott weiß was zu tun, aber die Hand des Prinzen schloss sich wie eine Schraubzwinge um seinen Ellbogen. »Es war Guillaume, nicht wahr?«

Yvain sah kurz auf die große Hand hinab, dann schaute er Prinz John in die Augen. »Ich weiß nicht, wie Ihr darauf kommt.«

»Ich habe eure Ankunft vom Fenster aus beobachtet und ihn am Sitz erkannt. Selbst auf einem Muli macht er im Sattel noch eine bessere Figur als die meisten anderen Männer auf einem Schlachtross. Also?«

Yvain war so ratlos, dass ihm ausnahmsweise einmal nichts zu sagen einfiel. Er hatte ja gewusst, dass sich hinter der Einladung des Prinzen irgendeine Tücke verbarg, aber hiermit hatte er nicht gerechnet. In seiner Not wiederholte er das Einzige, was er gefahrlos sagen konnte: »Ich darf nicht darüber sprechen, Mylord.«

Am Nachbartisch fiel ein Schlag, und Elvina stieß ein angstvolles Wimmern aus.

Yvain wandte für einen Moment den Kopf. Das Mädchen lag auf allen vieren zu Füßen des ungehobelten Spielmannes, der die Linke in ihren flachsblonden Schopf krallte.

»Ein Wort von mir und Bran setzt den Rüpel vor die Tür«, eröffnete John ihm und packte noch ein bisschen fester zu.

»Worauf wartet Ihr dann?«, konterte Yvain und biss die Zähne zusammen, weil der Klammergriff sich anfühlte, als werde er ihm die Knochen zermalmen.

»Ich will eine einfache, ehrliche Antwort auf eine einfache, ehrliche Frage.«

Yvain konnte den Blick nicht vom Gesicht des Prinzen abwenden. Das unbekümmerte Spötterlächeln war einem grausamen Zug um den Mund gewichen, verschwunden das amüsierte Funkeln aus den Augen, die mit einem Mal so starr und kalt und ausdruckslos wirkten wie eine Eisschicht auf einem tiefen Brunnen.

»Ist der König tot?«

»Denkt Ihr nicht, davon hättet Ihr eher erfahren als ich?«

»Also nein.« Johns Gesicht erschien auf einmal fahl im Schummerlicht der Taverne.

Yvain spürte, dass der Griff sich lockerte, und befreite seinen Arm mit einem kleinen Ruck. Er stierte auf die klebrigen Ringe, die ungezählte Becher auf dem Tisch hinterlassen hatten. Er fühlte sich gefangen, hoffnungslos überfordert. Und er fürchtete sich.

»Zu schade.« Prinz John stützte beide Ellbogen auf den Tisch, ergriff den vollen Weinbecher mit beiden Händen und leerte ihn in einem einzigen langen Zug. Dann stellte er ihn langsam zurück, wandte den Kopf, und mit einem Mal war das Lächeln zurück. »Meine Brüder zu lieben fällt mir wesentlich leichter, wenn sie tot sind, habe ich festgestellt.«

Unvermittelt erhob er sich von der Bank und trat zu Elvinas Peiniger, der das bedauernswerte Schankmädchen immer noch an den Haaren gepackt hielt und zum Schlag ausholte. John ergriff die erhobene Faust, drehte dem Spielmann den Arm auf den Rücken, stieß ihm das Knie in die Nieren und rammte sein Gesicht mit solcher Macht gegen die Wand, dass der Mann aufschrie und dann unter dem misstönenden Bersten seiner Fiedel besinnungslos zu Boden ging. Seine Nase war ebenso zertrümmert wie sein Instrument. Blut strömte aus dem geöffneten Mund und bildete einen kleinen See, aus dem zwei ausgeschlagene Zähne wie winzige weiße Klippen ragten.

Ohne ihn auch nur noch einmal anzusehen, wandte John sich ab und half Elvina auf die Füße, seine Hände mit einem Mal sanft. Er raunte dem Mädchen etwas zu, das sie zum Lachen brachte, und schmuggelte etwas in ihre routiniert ausgestreckte Hand. Yvain erhaschte das Schimmern einer Silbermünze im Schein eines nahen Öllichts.

»Ich schlage vor, du liest deinen traurigen Kumpan aus den Binsen auf und verschwindest«, riet John dem Begleiter des Wüterichs. Es klang gefährlich.

Der Mann duckte sich furchtsam und beugte sich über die reglose Gestalt am Boden.

Der Prinz ging mit langen Schritten zur Tür und verließ die Taverne, ohne sich auch nur nach Yvain umzuschauen.

Der erhob sich und stand verlegen zwischen dem Blutbad zu seiner Linken und Elvina zu seiner Rechten, die sich schnell wieder gefasst hatte und den Zinnteller mit dem verkohlten, strohverzierten und mittlerweile vermutlich eiskalten Hühnchen kokett auf die Hüfte stützte.

»Er kann ordentlich zulangen, unser Prinz«, bemerkte sie mit unverhohlener Bewunderung und so etwas wie Besitzerstolz.

»Allerdings. Man könnte beinah Angst vor ihm bekommen.«

Sie zuckte die Schultern und lächelte ihn an. »Oh, er ist schon richtig. Ihr könnt Euch nicht vorstellen, wie viel Spaß wir hier schon mit ihm gehabt haben. Und er ist immer großzügig. Nur wenn er *wirklich* betrunken ist, wird er gefährlich.«

»Dann ist es zu dumm, dass er so einen Mordszug am Leib hat. Ich werd mich jetzt auch lieber auf den Rückweg machen und …«

»Oh, aber das dürft Ihr auf keinen Fall, Lord.« Ihre großen, wasserblauen Augen sahen ihn unverwandt an. »Ihr könnt nicht gehen, ehe Ihr euer Geschenk bekommen habt.«

»Geschenk?«, wiederholte er verwirrt. »Von wem?«

»Was glaubt Ihr wohl«, entgegnete sie schelmisch. »Vom Prinzen natürlich.« Sie stellte den Teller achtlos auf dem Tisch ab, nahm Yvains Linke und führte ihn zu einer Tür rechts vom Herd, die genauso verrußt war wie die Bretterwand, weswegen man sie erst sah, wenn man mit der Nase davorstand.

Yvain blickte besorgt zu ihrem Vater hinüber, aber Bran fuhr fort, in aller Seelenruhe seine Bierkrüge zu füllen.

Achselzuckend folgte der junge Waringham dem Schankmädchen in eine unerwartet saubere Kammer. Als sie das Binsenlicht auf einem Schemel abstellte, sah er ein schlichtes Strohbett an der Wand gegenüber der Tür. Das einzelne Laken, das es bedeckte, wirkte frisch; man konnte die Knicke noch sehen, wo es gefaltet gewesen war. Elvina setzte sich auf das Lager und streifte die Holzschuhe ab. Sie hatte hinreißende Füße, schmal und glatt, mit winzigen Zehen. Langsam ließ sie sich zurücksinken und raffte die Röcke, ohne ihn aus den Augen zu lassen.

»Er sagt, Ihr hättet eine Belohnung verdient.« Ihr Haar lag auf dem Laken ausgebreitet wie gesponnenes Gold, und sie streckte ihm einladend die Hände entgegen. »Das bin ich.«

Das Geläut der Kathedrale weckte ihn, und als Yvain die Augen aufschlug, kam es ihm so vor, als hingen die großen, volltönenden Glocken mitten in seinem Kopf. Stöhnend kniff er die Lider wieder zu, richtete sich auf und hielt sich den dröhnenden Schädel.

Frühmesse, vermeldete sein Verstand, der ihm wie in Wollvliese eingewickelt vorkam. Er konnte jetzt unmöglich in die Kirche. Er war nicht einmal sicher, ob er aufstehen konnte. Womöglich würde sein Kopf in tausend Scherben zerspringen, wenn er es versuchte.

Frühmesse, wiederholte die dumpfe innere Stimme mit mehr Dringlichkeit, und auf einmal fiel ihm alles wieder ein. Mit einem Schreckenslaut riss der Junge die Augen auf und sprang auf die Füße. Eine graue Welle der Übelkeit rollte auf ihn zu, aber Yvain umklammerte die Tischkante mit der Rechten und stierte auf ein Astloch im geschlossenen Fensterladen, bis sie sich zurückzog.

Dann entdeckte er seine Stiefel neben dem Bett, setzte sich auf den einsamen Schemel, um sie anzuziehen, und machte derweil eine hastige Bestandsaufnahme: Er hatte den Abend mit Prinz John verbracht und vermutlich zu viel preisgegeben, und dafür würde Guillaume ihm den Kopf abreißen. Sein guter Mantel wies einen großen Fleck unbekannten Ursprungs auf, und dafür würde seine Mutter ihm den Kopf abreißen. Wenn er zu spät zu seiner Verabredung mit FitzStephen kam, würde sein Vater ihm den Kopf abreißen. Nun, sie alle waren herzlich eingeladen, sich seines Kopfes zu bemächtigen, denn der hämmerte und dröhnte zum Gotterbarmen. Viel wichtiger war, dass er endlich, *endlich* seine Unschuld verloren hatte, und die Nacht mit Elvina war so unglaublich gewesen, eine solche Erleichterung, so ein Reigen neuer, wundervoller Empfindungen, dass sie jeden Preis wert schien.

Natürlich wusste er, dass das Schankmädchen in Wahrheit eine Hure war, die ihr eigener Vater an jeden verkaufte, der willig war zu zahlen, und die Vorstellung war ebenso deprimierend wie abstoßend. Aber Elvina war leidenschaftlich gewesen, hatte ihn erst behutsam geführt und ihm dann das Gefühl gegeben, ein Mordskerl zu sein, und er war ihr dankbar. Für ihre Freundlichkeit, ihre Schamlosigkeit, in gewisser Weise sogar für ihre Käuflichkeit, die alles so herrlich unkompliziert machte, sodass er ohne Reue an diese Nacht würde zurückdenken können.

Dankbarkeit schuldete er indessen auch Prinz John, der ihm das Tor in diese neue, wundersame Welt geöffnet hatte, und der

Gedanke war ein klein wenig beunruhigend, musste Yvain feststellen.

Der Herd im Schankraum war kalt, und weit und breit war niemand zu sehen. Ein Fensterladen war geöffnet, vermutlich um den dumpfigen Geruch nach Rauch, Ale und ungewaschenen Leibern hinauszulassen – bislang allerdings ohne nennenswerten Erfolg. Im grauen Licht des Wintermorgens wirkte die verwaiste Taverne heruntergekommen und abweisend. Yvain sah zu, dass er auf die Straße hinauskam. Es war bitterkalt draußen, aber die klare, eisige Luft tat ihm wohl und linderte die elenden Kopfschmerzen. Er beeilte sich auf dem Rückweg zum Palast und erreichte die Kapelle gerade, als die rund zwei Dutzend Besucher der Frühmesse in den Innenhof traten, unter ihnen die Königinmutter, die ihre kleine Enkelin an der Hand führte.

Yvain wartete im Schatten neben dem Portal, bis der kurze Strom versiegte, dann schlüpfte er ins Innere. Im spärlichen Licht, welches durch die kleinen Fenster fiel, erahnte er prächtige Wandmalereien. Vorn auf dem Altar brannten sechs große Wachskerzen, und einen Schritt davor stand der Meister der englischen Templer und unterhielt sich mit Walter de Coutances, dem glatzköpfigen Bischof vom Abend zuvor, der in Abwesenheit des Königs England regierte, wie Yvain inzwischen gelernt hatte.

Der Junge trat näher und blieb ein paar Schritte von den beiden Männern entfernt stehen, um sie nicht zu unterbrechen, aber de Coutances entdeckte ihn und wies in seine Richtung. »Ich glaube, da kommt Euer verlorenes Lamm, FitzStephen.« Mit einem knappen Nicken wandte er sich ab und ging zu einer Seitentür, die vermutlich in die Sakristei führte.

Yvain trat vor den Templer und verneigte sich. »Vergebt mir, falls ich mich verspätet habe, Monseigneur.«

FitzStephen schüttelte den Kopf. »Du kommst genau im rechten Moment.« Er betrachtete ihn. »Doch es ist ohne Belang, Yvain of Waringham, denn unsere Unterredung hat sich erledigt.«

Yvain spürte ein unangenehmes Durchsacken in der Magengrube, als wäre er in ein Schlagloch auf der Straße getreten. »Ich fürchte, ich verstehe nicht …«

»Du verstehst mich ganz genau«, fiel der Templer ihm schneidend ins Wort. »Du denkst, du kannst mir das Empfehlungsschreiben deines Oheims in die Hand legen und dann die Nacht in Trunk und Lüsternheit verbringen, weil ich dich ja so oder so nehmen werde? Du hast dich getäuscht, mein Sohn. Aus dir wird niemals ein armer Ritter Christi und des salomonischen Tempels zu Jerusalem, und ich erspare uns beiden viel Verdruss, indem ich dir das heute sage und nicht erst nächstes Jahr oder übernächstes.«

Yvain biss die Zähne zusammen und starrte einen Moment auf die großen steinernen Bodenfliesen. Eine hatte einen Riss, der unordentlich wie ein Bach quer über den grauen Stein verlief und unter Yvains linkem Schuh verschwand. Der Junge sah wieder auf. »Darf ich Euch eine Frage stellen?«

»Natürlich. Du willst wissen, wieso ich mir meines Urteils so sicher bin, dass ich es noch nicht einmal mit dir versuche? Weil dir der nötige fromme Ernst für das Leben fehlt, welches wir führen. Besäßest du, was ein Templer braucht, hättest du die vergangene Nacht hier verbracht, deine Knie würden schmerzen nach Stunden des Gebets, nicht dein Kopf von zu viel billigem Wein.«

»Verstehe. Doch was ich eigentlich fragen wollte, war: Woher wisst Ihr, wo und wie ich die Nacht verbracht habe?«

»Der Gefährte des Spielmanns, dem Prinz John die Zähne eingeschlagen hat, war mein Agent.«

Yvain war verblüfft. »Ein Agent? Ich hätte nicht gedacht, dass mein Ersuchen dafür wichtig genug sei.« Und er fand es abstoßend, dass FitzStephen ihn auf die Probe gestellt und ihm hatte nachspionieren lassen, statt ihm gleich bei ihrer ersten Begegnung gestern zu empfehlen, die Nacht in der Kapelle zu verbringen. Seltsam verschlagen für einen Mann Gottes.

Der schüttelte mit einem matten Lächeln den Kopf. »Es war der Prinz, den ich im Auge behalten wollte. So freundschaftlich und großzügig er dir auch begegnet sein mag, sein Tun ist nicht immer nur redlich und gottgefällig.«

Yvain wusste, das war die Wahrheit, aber die Bemerkung ärgerte ihn trotzdem. »Das war alles, Monseigneur?«

FitzStephen legte ihm die knochige Hand auf die Schulter. »Geh mit Gott, mein Sohn. Eines Tages wirst du mir dankbar sein.«

»Ein Teil von mir ist Euch heute schon dankbar«, bekannte Yvain, denn allein das Ausmaß seiner Erleichterung bewies, dass FitzStephen die richtige Entscheidung getroffen hatte.

Doch sein freimütiges Eingeständnis befremdete den Meister der englischen Templer schon wieder aufs Neue. Er gab ein verhaltenes kleines Schnauben von sich und ließ die Hand von Yvains Schulter gleiten. »Bleibt die Frage, was dein Vater davon hält.«

Waringham, Februar 1193

Nicht besonders viel, lautete die Antwort.

Yvain war allein nach Hause geritten, weil Guillaume auf Befehl der Königinmutter in Winchester geblieben war, und hatte seinem Vater somit ohne brüderliche Rückendeckung unter die Augen treten müssen. Mit feuchten Händen hatte er vor Lord Waringham gestanden und eine umfassende Beichte abgelegt. Sein Herz pochte bis in die Kehle hinauf, so laut, dass er meinte, es müsse seine Stimme übertönen. Er war bis zu der Stelle gekommen, da Geoffrey FitzStephen gesagt hatte, dass er ihn nicht haben wolle, als eine mörderische Ohrfeige ihn unterbrach.

Yvain hatte sie gar nicht kommen sehen, aber sie traf ihn wie ein Hammerschlag, und er landete im Bodenstroh. Doch das war alles. Die Prügel, mit denen er gerechnet hatte, blieben aus. Stattdessen sagte Lord Waringham: »Du hast mir, deinem Haus und dir selbst Schande gemacht. Geh mir aus den Augen. Du stehst bis auf Weiteres unter Arrest und wirst deine Kammer nicht verlassen. Vielleicht lernst du Gehorsam und Verantwortung, wenn du Gelegenheit hast, einmal gründlich über dich nachzudenken. Ich weiß nicht mehr, was ich noch tun soll, um sie dich zu lehren.«

Und so kam es, dass Yvain die Hochzeit seines Bruders mit Amabel of Hetfield nur aus der Ferne beobachten konnte. Er hatte die Hände links und rechts des schmalen Fensters auf die eisige Mauer gelegt und blickte durch die weißen Dampfwolken seiner Atemzüge hinab zur Tür der Burgkapelle, wo Vater Pierre, Lord Waringhams Hauskaplan, das Brautpaar erwartete. Guillaume kam als Erster, mit dem so typischen, federnden Schritt. Er schien niemals zu zaudern, wusste immer ganz genau, welchem Ziel er zustrebte. Dann erschien Jocelyn of Waringham, der seinem Mündel galant den Arm gereicht hatte, führte Amabel ihrem Bräutigam zu und legte ihre Hand in Guillaumes. Ihre Mutter, Cecily, die Ritter mit ihren Familien, die Knappen und ein paar Dienstboten – bald war die Traube der Versammelten größer als der schmale Ausschnitt des Burghofs, den Yvain sehen konnte.

Vater Pierre sprach ein Gebet. Yvain hörte nur das ferne Murmeln seiner Stimme, das an- und abschwoll wie die kleinen Wellen am Ufer eines Teiches. Worte konnte er nicht ausmachen. Dann bekreuzigte sich der Kaplan, und die Gemeinde folgte seinem Beispiel. Schließlich wandte er sich an die Braut und sprach zu ihr. Amabel antwortete und nickte. Dann war Guillaume an der Reihe. Auch er bejahte die Frage des Geistlichen und steckte einen Ring an den Finger seiner Braut. Vater Pierre hob segnend die Hände, und wenig später löste sich die ehrfurchtsvolle Starre der Versammelten, die jubelten und klatschten und das glückliche Paar umringten.

Cecily, die ein wenig außerhalb der Gratulantenschar stand, wandte den Kopf und schaute kurz zu seinem Fenster hoch.

Yvain wollte die Hand von der Mauer lösen und ihr zuwinken, aber er war wie erstarrt.

Seine Schwester drehte sich wieder um, und er hatte seine Chance ungenutzt verstreichen lassen.

Als Vater Pierre die Hochzeitsgesellschaft zur Brautmesse in die Kapelle führte, wandte Yvain sich vom Fenster ab und ging zum Tisch hinüber, auf dem ein Buch mit englischen Predigten und einem Heiligenkalender lag – die einzige Zerstreuung, die sein Vater ihm zugestanden hatte. Vermutlich, damit die Standhaftigkeit und Tugendhaftigkeit der Märtyrer ihn inspirierten oder irgendetwas in der Art. Yvain konnte bislang nicht feststellen, dass dieser Plan Wirkung zeigte, aber trotzdem schlug er den alten Band mit dem brüchigen Lederbezug auf, um die Vita des Tagesheiligen zu lesen. Das machte er vornehmlich, um nicht jegliches Zeitgefühl zu verlieren und den Verstand womöglich gleich mit.

Wir begehen heute das Namensfest des heiligen Cuthman of Steyning, dessen Gedenktag auf den achten Tag des Februar fällt …

»Der achte Februar«, murmelte er vor sich hin. »Herzlichen Glückwunsch zum Geburtstag, Yvain, alter Junge.«

Er starrte auf den bunt gemusterten Wandteppich neben der Tür, der sacht in der Zugluft tanzte, und ihm kam die Frage in den Sinn, ob sein Vater Guillaumes und Amabels Hochzeit absichtlich auf den heutigen Tag gelegt hatte, um ihn zusätzlich zu bestrafen. Aber das war natürlich Unsinn. Sein Vater hatte nicht die leiseste Ahnung, dass Yvain rettungslos in die Braut seines Bruders verliebt war, seit sie in dieses Haus gekommen war. Seine Mutter vermutete es womöglich. Aber sein Vater war zu nüchtern für solchen Firlefanz wie Herzensangelegenheiten.

»Fünfzehn Jahre alt. Wärst du in Wales geboren, würdest du heute erwachsen und bräuchtest dir von niemandem mehr Vorschriften machen zu lassen …«

Jedenfalls hatte ihm das ein walisischer Bader erzählt, der im letzten Herbst durch Waringham gekommen war. Und die alten Angelsachsen waren sogar schon mit vierzehn als Männer in den Krieg gezogen. Yvain beneidete sie um ihre frühe Mündigkeit, selbst wenn er natürlich wusste, dass es auch für erwachsene Männer immer irgendwen gab, dem sie gehorchen mussten, denn so hatte Gott die Welt nun einmal geordnet, damit sie nicht auseinanderfiel.

Der achte Februar. Das bedeutete, er war seit drei Wochen hier eingesperrt. Das war nicht einmal zutreffend, denn die Tür zu seiner Kammer hatte keinen Riegel. Aber er hätte nicht gefangener sein können, hätte sein Vater befohlen, ihn in eins der finsteren, feuchten Verliese im Keller des Bergfrieds einzuquartieren, denn er wusste genau, wenn er gegen seine Arrestbestimmungen verstieß, hätte er den letzten Rest seiner Ehre verloren.

Und das wollte er auf keinen Fall.

Also harrte er aus. Er wartete, ohne zu wissen, worauf, und rang darum, seine missliche Lage wie ein Ritter zu tragen: mit Mut und Duldsamkeit und Gottvertrauen. Langeweile und Einsamkeit setzten ihm zu. Seine Kammer war zu klein, um sich viel Bewegung zu verschaffen, und darum fror er meistens, denn er bekam kein Kohlebecken. Einmal am Tag erschien eine Magd, brachte ihm Brot und verdünntes Ale und tauschte den abgedeckten Eimer aus, und das war alles. Es war neben der Heiligengeschichte der Höhepunkt seines Tages, auch wenn die Mägde nie ein Wort mit ihm sprachen. Ihr Schweigen und ihr verlegen gesenkter Blick erfüllten ihn mit Scham, aber das war nichts im Vergleich zu den Qualen, die er litt, wenn sein Hund winselnd vor der Tür lag und nicht hereingelassen wurde.

Yvain setzte sich an den Tisch und las die Geschichte des heiligen Cuthman, der einer der ersten Christen in Sussex gewesen war. Ein bitterarmer Schäfer, sah er sich schließlich gezwungen, mit seiner siechen Mutter in einer Schubkarre durchs Land zu ziehen und an jeder Tür um Brot zu betteln. Als die Schubkarre auseinanderfiel, wusste Cuthman, dass Gott ihm ein Zeichen gegeben hatte: Genau an dieser Stelle sollte er eine Kirche bauen. Nur hatte er keine Ahnung, wie man das anstellte, also betete er: »Allmächtiger Gott, alleine kann ich nichts vollbringen, aber da du mir den Wunsch eingegeben hast, eine Kirche zu bauen, hilf mir, ein Haus zu errichten, das deines Namens würdig ist.« Und siehe da: Die Menschen aus dem Dorf, die sich weigerten, beim Kirchenbau mitzuarbeiten, erlitten allerhand Schicksalsschläge, bis sie alle mürbe wurden, sich zum wahren Glauben bekannten und mit anpackten. Nur den Dachbalken konnten sie auch mit vereinten Kräften nicht setzen. Da kam ein Fremder des Weges und zeigte ihnen, wie sie es machen mussten. Als Cuthman ihn nach seinem Namen fragte, antwortete er: »Ich bin der, in dessen Namen du diese Kirche errichtest.«

Seufzend klappte Yvain das Buch zu und trank den letzten Schluck Ale vom Vortag. Warum hörte es sich in den frommen Geschichten immer so einfach an? Woher hatten die Heiligen diese *Gewissheit,* dass sie das Richtige taten?

Er wusste es nicht. Heute war nicht das erste Mal, dass er über diese Frage nachdachte, aber er fand einfach keine Antwort.

Fernes Murmeln von Stimmen drang durch die Eichenbohlen seiner Tür. Die Hochzeitsgesellschaft versammelte sich zum Festmahl in der Halle. Yvain sah vor sich, wie Guillaume seine Braut an die Mitte der hohen Tafel führte, wo sie heute auf den Ehrenplätzen sitzen würden. Vielleicht betrachtete er Amabel wieder mit dieser Mischung aus Wohlgefallen und Nachsicht, die Yvain immer so wütend machte, weil sie ihm aufs Neue bewies, dass Guillaume Amabel überhaupt nicht zu schätzen wusste.

Und sie? Wie würde Amabel wohl ihren Bräutigam anlächeln? Mit Wärme und Dankbarkeit, weil sie so einen großartigen Mann bekam? Gut möglich, denn genau das war Guillaume, und sie war klug genug, um das zu wissen. Ein bisschen unsicher und nervös, weil sie ihn im Grunde gar nicht kannte? Ebenso denkbar. Schließlich war er ja kaum je hier gewesen.

Verliebt?

Yvain hatte keine Ahnung. Er hatte sich immer davor gescheut, herauszufinden, wie Amabel eigentlich zu ihrer bevorstehenden Vermählung und vor allem zu Guillaume stand, hatte nie versucht, Cecily auszuhorchen, die es wahrscheinlich wusste. Er hatte sich vor der Antwort gefürchtet, weil ihm klar war, dass er dem Vergleich mit Guillaume nicht standhalten konnte. Aber nun war er fünfzehn Jahre alt – zumindest in Wales ein erwachsener Mann –, und vielleicht wurde es allmählich Zeit, nicht alles, was in seinem Leben schieflief, mit dem übermächtigen Schatten seines Bruders zu entschuldigen.

Ungebeten kamen ihm Prinz Johns Worte in den Sinn: *Meine*

Brüder zu lieben fällt mir wesentlich leichter, wenn sie tot sind. Und so ironisch der Tonfall auch gewesen sein mochte, er hatte gemeint, was er sagte. Wenigstens das traf auf ihn selbst nicht zu, erkannte Yvain erleichtert, denn so zornig er auch manchmal auf das unerreichbare Vorbild war, das jeder ihm vor die Nase hielt – sein Vater, seine Mutter, sein Fechtlehrer, einfach jeder –, er liebte seinen Bruder und wünschte ihm ein langes und glückliches Leben. Selbst wenn ihm bei der Vorstellung, was Guillaume nach Einbruch der Dämmerung im Brautgemach mit Amabel tun würde, die Galle überkochte …

Am übernächsten Tag war es Aldgyth, seine einstige Amme, die ihm das Tablett brachte, und er stellte verwundert fest, dass der Krug nur Wasser enthielt.

»Nanu?«, sagte er und ließ die klare Flüssigkeit in dem Gefäß kreisen, behutsam, damit nichts herausschwappte. »Haftverschärfung?«

Aldgyth sah an seiner linken Schulter vorbei und schüttelte den Kopf. Sie war noch keine dreißig, war blutjung gewesen, als sie sich von einem fahrenden Zimmermann einen kleinen Bastard hatte anhängen lassen, der gleich nach der Geburt starb. Lady Waringham hatte sich barmherzig gezeigt und das gefallene Mädchen auf die Burg geholt. Aldgyth war eine pflichterfüllte, aber reservierte Amme gewesen, und kaum war Yvain ihrer Fürsorge entwachsen, waren sie Fremde geworden. Heute arbeitete sie in der großen Burgküche.

»Aschermittwoch«, antwortete sie, so leise und hastig, dass er sie um ein Haar nicht verstanden hätte, und warf einen ängstlichen Blick zur Tür.

Yvain nickte. »Verstehe.« Was er vor allem verstand, war die Hochzeit zwei Tage zuvor. Lord Waringham und Guillaume wohl erst recht hatten auf die Vermählung gedrungen, ehe Guillaume wieder für Gott weiß wie lange fort musste, aber während der Fastenzeit durfte man nicht heiraten. »Sei so gut und sag meinem Vater, dass ich ihn gern sprechen würde.«

Aldgyth schüttelte entschieden den Kopf und wandte sich ab,

aber Yvain bekam ihren Arm zu fassen, ehe sie hinausflüchten konnte.

»Dann meiner Mutter. Richte ihr aus, dass ich ihm etwas zu sagen habe und auf irgendein Zeichen warte, das mir verrät, ob meine Bitte gewährt wird.«

Aldgyth verharrte einen Moment reglos, vielleicht dachte sie nach. Dann nickte sie, ohne ihn wieder anzuschauen.

Yvain ließ ihren Arm los. »Danke.«

Es war ein trüber Wintertag. Tauwetter hatte eingesetzt, die Eiszapfen an Yvains Fenstersturz bekamen Schnupfen, und ihr stetiges Tröpfeln vermischte sich bald mit dem lautlosen Regen, der am späten Vormittag zu fallen begann. Der Himmel war eine bleigraue, geschlossene Decke, die so niedrig zu hängen schien, dass man unwillkürlich den Kopf einzog, wenn man hinschaute.

Yvain las die Heiligengeschichte des Tages – St. Æthelstan – und wartete, dann sagte er in Gedanken die ersten Verse von Chrétien de Troyes' *Lancelot* auf, bis er nach ungefähr einem Dutzend ins Stocken geriet, und wartete noch ein bisschen mehr. Er legte sich aufs Bett und versuchte die Fransen am Baldachin zu zählen und wartete, und als das melancholische Grau vor dem Fenster sich allmählich in melancholisches Dunkelgrau verwandelte, wurde mit einem verhaltenen Knarren die Tür aufgeschoben und tapsende Schritte kamen herein.

Yvain setzte sich ruckartig auf und schwang die Beine über die hohe Bettkante. »Baldur!«

Sein großer, zottiger Hund machte einen Satz auf ihn zu, jaulte einmal kurz, sprang aufs Bett und begab sich daran, ihm gründlich das Gesicht abzuschlecken.

Yvain schlang die Arme um seinen Hals, versuchte gleichzeitig, sich vor der langen, nassen Zunge zu retten, und lachte selig. Erst als er spürte, wie erleichtert er war, gestand er sich ein, wie groß seine Zweifel gewesen waren, dass sein Vater ihn anhören würde.

Er klopfte einladend auf die Matratze. »Bleib nur hier. Es könnte ein Weilchen dauern, bis ich zurückkomme, und ich habe nichts dagegen, wenn du bis dahin das Bett warmhältst.«

Er stand auf, sah prüfend an sich hinab und schnürte sein Hemd zu. Dann schlüpfte er in den wadenlangen Bliaut aus dunkelblauer Wolle. Schließlich griff er nach dem Hornkamm, der neben der Waschschüssel auf der Kommode lag, und zerrte ihn drei-, viermal durch seinen Schopf – wie üblich ohne besonderen Erfolg. Er hatte fürchterliche Locken, die sich wie Ackerwinde kringelten und die kein Kamm wirklich bändigen konnte. Aber er wollte in so ordentlichem Aufzug wie möglich vor seinen Vater treten.

Als er sich zur Tür wandte, sprang Baldur vom Bett und folgte ihm auf den Korridor hinaus – so dicht, dass die kalte, feuchte Hundenase Yvain in die Kniekehle stieß. Der Junge erhob keine Einwände. Er fasste hinter sich, ohne hinzuschauen, und bekam eines der pelzigen Schlappohren zu fassen. »Na schön, dann komm mit. Ich hab dich auch vermisst, Kumpel. Und da sich wohl niemand so vorbehaltlos wie du über meine Rückkehr in den trauten Kreis der Familie freut, kann ich dich vermutlich gut gebrauchen …«

Die Tür zum Gemach seiner Eltern stand halb offen, und warmer Lichtschein fiel heraus auf den dunklen Korridor. Yvain klopfte und schob die Tür ganz auf, ohne auf eine Aufforderung zu warten.

Jocelyn und sein Ältester standen am Tisch. Ein Pergamentbogen lag vor ihnen ausgebreitet, und Guillaume hatte ablehnend die Arme vor der Brust verschränkt.

Lord Waringham wandte sich zur Tür und musterte seinen jüngeren Sohn, ehe er sagte: »Ich höre.«

Yvain trat vor ihn. Er wusste nicht, wohin mit den Händen, darum tastete er mit den Fingern verstohlen nach den Seitennähten seines Bliauts und ließ sie dort, während er seinem Vater ins Gesicht schaute. »Ich erbitte deine Vergebung. Dafür, dass ich dich enttäuscht und den Namen unseres Hauses in den Augen des Templermeisters entehrt habe. Es wird nicht wieder vorkommen.«

Es war einen Moment still.

Schließlich regte Jocelyn sich und fragte: »War das alles?«

Seine Miene war immer noch versteinert, der Mund ein so schmaler Strich, dass er fast ganz im blonden Bart verschwand.

Yvain räusperte sich und hinderte sich im letzten Moment daran, einen Blick mit seinem Bruder zu tauschen. Dies hier musste er allein bestehen. »Noch nicht ganz. Ich bitte dich um eine zweite Chance. Ich konnte den Weg nicht beschreiten, den du für mich gewählt hattest, weil er mir nicht bestimmt war, glaube ich. Aber stell mir eine neue Aufgabe, und ich werde sie erfüllen, ganz gleich, wie schwer sie ist. Ich schwöre.«

Sein Vater hob ein wenig das Kinn. »Tatsächlich?« Es klang immer noch scharf, aber ebenso überrascht. »Und worauf willst du schwören?«

»Was immer dich gutdünkt. Mir ist es gleich, denn ich werde den Schwur nicht brechen.«

»Ohne Ansehung deiner Aufgabe?«

Yvain wurde ziemlich mulmig, aber er nickte. Er wusste, dass er Zuverlässigkeit lernen musste, wenn er ein Ritter werden wollte, und er wusste ebenso, dass er nicht in Waringham bleiben konnte, jetzt, da Amabel mit seinem Bruder verheiratet war. »Ja, Mylord.«

»Nein, Yvain, warte …«, sagte Guillaume und ließ die Arme sinken.

»Sei still«, fuhr ihr Vater ihm über den Mund.

Yvain blinzelte verdattert. So ruppig war Lord Waringham sonst nur zu ihm.

»Aber Vater …«, protestierte Guillaume und hob die Hand zu einer Geste, die fast etwas Flehendes hatte.

»Noch ein Wort und du verlässt den Raum«, drohte Jocelyn, ignorierte ihn dann und holte die verschrammte Scheide mit seinem Schwert, die auf dem Deckel der Truhe am Fuße des Bettes gelegen hatte, zog mit einer bedächtigen Bewegung die Klinge und setzte die Spitze auf die Tischkante, wo sie prompt einen Viertelzoll ins Holz eindrang.

»Leg die Hand auf die Klinge«, forderte er Yvain auf.

Der tat es vorsichtig, denn er wusste, wie scharf dieses Schwert war: eine unscheinbare Waffe, aber eine hervorragende

Schmiedearbeit, die Gervais de Mélicourt, der erste Lord Waringham, aus der Normandie mitgebracht hatte, als er mit dem Eroberer nach England kam. Ehrfürchtig legte Yvain die flache Linke darauf, spürte den glatten, kalten Stahl und die Vertiefung der Hohlkehle. Dann hob er die Rechte und sah seinem Vater in die Augen. »Ich schwöre bei der Ehre unseres Hauses, jede Pflicht zu erfüllen, die du mir auferlegst, nach bestem Wissen und Gewissen. Und sollte ich diesen Eid brechen, möge Gott die Hand verdorren lassen, mit der ich ihn schwor.«

Er musste ein Schaudern unterdrücken, das weniger mit der Aussicht auf eine verdorrte Hand zu tun hatte als mit der Bedeutsamkeit des Augenblicks.

Er ließ die Hände sinken.

Lord Waringham steckte sein Schwert zurück in die Scheide, legte Yvain die Hände auf die Schultern und tat, was er seit mindestens zehn Jahren nicht mehr gemacht hatte: Er küsste ihm die Stirn. »Gott segne dich, mein Junge.«

»Und?«, fragte Yvain, unfähig, ein verwegenes Grinsen ganz zu unterdrücken. »Was hab ich mir eingebrockt?«

Statt zu antworten, nahm Jocelyn den Pergamentbogen vom Tisch und reichte ihn ihm. »Dies hier.«

Yvain nahm das Schreiben und las murmelnd: »*John of Oxford, Lord of Ireland und Graf von Mortain, an Jocelyn, Earl of Waringham, Grüße. Wie ich hörte, hat die Aufnahme Eures Jüngsten in die Ritterschaft Christi und des salomonischen Tempels zu Jerusalem sich zerschlagen. Der Verlust der Templer mag sich als mein Gewinn erweisen. Falls Ihr mir Euren Sohn anvertrauen wollt, soll er als Knappe in meinem Haushalt willkommen sein, obwohl er es versäumt hat, mir die erschütternden Neuigkeiten über den Verbleib meines königlichen Bruders kundzutun, als er die Gelegenheit hatte …*«

Guillaume konnte nicht länger an sich halten. »*Erschütternd?* Mir wird ganz schlecht, wenn ich das höre. In Wahrheit ist er doch glücklich über Richards Gefangennahme!«

Jocelyn beachtete ihn überhaupt nicht. Auch das war neu. Stattdessen sah er Yvain unverwandt an. »Was sagst du?«

Yvain faltete den steifen Pergamentbogen versonnen an den vorhandenen Knicken zusammen und strich mit dem Daumen über das glänzende Siegel mit dem geharnischten Reiter. »Ich sage ja, Mylord. Wenn es dein Wunsch ist.«

»Das ist es.«

»Oh, um Himmels willen, Yvain«, ging sein Bruder wieder dazwischen, zu aufgebracht, um den finsteren Blick ihres Vaters zu beherzigen. »Du weißt ja noch nicht, was in den letzten Wochen alles passiert ist. Was er *getan* hat. Mylord, ich bitte dich inständig, liefere Yvain nicht diesem Ungeheuer aus.«

Lord Waringham schnaubte – halb verächtlich, halb belustigt. »Deine moralische Entrüstung in allen Ehren, aber sie ist hier fehl am Platz. Prinz John erweist deinem Bruder und damit uns allen große Ehre. Ehrenbeweise sind leider nur zu oft mit Widerhaken verbunden. Dieser ist keine Ausnahme.«

Er setzte sich auf einen der unbequemen Schemel und forderte seine Söhne mit einer knappen Geste auf, es ihm gleichzutun.

»Gibt es Neuigkeiten von König Richard?«, fragte Yvain.

»Er lebt«, antwortete Guillaume und verknotete nervös die Finger auf der Tischplatte. »Leopold von Österreich hält ihn in Dürnstein an der Donau gefangen. Es ist ein wirklich finsterer Kasten, aber der König ist bei guter Gesundheit, soweit wir wissen. Die Königinmutter und Walter de Coutances haben zwei heilkundige Äbte hingeschickt, um herauszufinden, wie es ihm wirklich geht.« Er brach ab und fuhr sich mit der Linken über den Hinterkopf. »Ich hoffe, sie werden zu ihm vorgelassen. Ich bin … ein wenig in Sorge, wenn ich ehrlich sein soll. Er hatte ein paar schlimme Fieberanfälle im Heiligen Land.«

»Es ist das Viertagefieber, besagt ein Gerücht«, warf Jocelyn ein.

Guillaume zuckte bockig die Achseln. »Dann weiß das Gerücht mehr als ich.« Er sah wieder zu seinem Bruder. »Derweil ist dein famoser Prinz John nach Frankreich gesegelt, hat sich König Philippe zu Füßen geworfen, hat ihm einen Lehnseid für die Normandie geleistet und versprochen, seine Schwester Alix zu heiraten, wenn Philippe ihm hilft, den englischen Thron zu gewinnen.«

»*Was?*«, fragte Yvain entsetzt. »Aber wie kann Prinz John König werden, solange König Richard … ich meine …« Er sah hilfesuchend zu seinem Vater.

»Er hofft, dass Richard in der Gefangenschaft *verreckt*. Oder dass Leopold ihn nie wieder freilässt«, grollte Guillaume.

»Möglich«, räumte Lord Waringham ein. Im Gegensatz zu Guillaume schien er wenig empört. »Er hat seine Gelegenheit erkannt und nutzt sie. So wie König Richard es auch täte, wäre die Situation umgekehrt«, fügte er mit Nachdruck in Guillaumes Richtung hinzu.

»Oh, komm, Vater«, protestierte der. »Richard würde *niemals* …«

»Schluss jetzt«, befahl Jocelyn ungeduldig. »Deine blinde Heldenverehrung ist ebenso kindisch wie gefährlich. Du nennst Prinz John ein Ungeheuer, weil er die missliche Lage des Königs nutzt, um seine Position zu stärken und sich mit Philippe von Frankreich zu verbünden? Nun, dann lass mich dich daran erinnern, dass Richard sich mit Philippe von Frankreich verbündet hat, um seinen eigenen Vater mit Krieg zu überziehen und zu stürzen und, wenn wir ehrlich sein wollen, zu Tode zu hetzen. Sag mir, Guillaume, welche Schandtat wiegt schwerer?«

Guillaume fiel auf die Schnelle nichts ein, was er zu Richards Verteidigung vorbringen konnte, denn ihr Vater hatte nur die Wahrheit ausgesprochen.

Der sah zu Yvain und fuhr fort: »Ich sage nicht, dass ich alles gutheiße, was Prinz John in den letzten Wochen getan hat. Einem Kreuzfahrer in Gefangenschaft in den Rücken zu fallen ist eine abscheuliche Sünde. Aber wir müssen den Tatsachen ins Auge sehen: Es mag sehr wohl geschehen, dass König Richard niemals freikommt. Oder dass er am Viertagefieber stirbt. Er hat keinen Sohn, und es ist äußerst zweifelhaft, dass er je einen haben wird, selbst wenn er heimkehrt.«

»Er hat auf dem Weg ins Heilige Land Berengaria von Navarra geheiratet«, erinnerte Guillaume ihn.

»Und wie viele Nächte mit ihr verbracht?«, konterte Lord Waringham.

Guillaume verdrehte die Augen. »Ich hoffe doch, du zählst nicht zu jenen, die glauben, König Richard ziehe die nächtliche Gesellschaft von Männern vor? Falls doch, mache ich dich bei Gelegenheit gern mit seinem Sohn bekannt. Nur ein Bastard, gewiss, aber todsicher von einer Frau geboren, Mylord.«

Yvain hätte gedacht, dass solch lästerliche Reden selbst dem gefeierten Kreuzfahrer Guillaume of Waringham einen Satz heißer Ohren eintragen würden, aber zu seinem Erstaunen blieb ihr Vater völlig ungerührt.

»Mir ist gleich, mit wem Richard in die Kissen sinkt«, entgegnete er. »Tatsache bleibt: Er hat es bislang versäumt, einen Erben zu zeugen, und darum ist Prinz John der Thronfolger. Er mag sehr wohl der nächste König von England werden, womöglich bald. Darum können wir es uns überhaupt nicht erlauben, sein Angebot auszuschlagen. Denn er vergisst niemals eine Kränkung.«

»Das heißt, du gibst Yvain sehenden Auges in seine Hände, nur um dich nach allen Seiten hin abzusichern!«, warf Guillaume ihm voller Erbitterung vor.

»Nur?«, wiederholte Jocelyn. »*Nur?* Wann wirst du endlich erwachsen und begreifst, was es bedeutet, ein Kronvasall zu sein? Die Verantwortung für eine Baronie mit all ihren Menschen zu tragen? Soll ich riskieren, dass John eines Tages brennend und mordend in Waringham einfällt, weil ich ihn brüskiert habe?«

»Aber du musst doch erkennen …«

»Kann ich vielleicht auch mal etwas dazu sagen?«, fiel Yvain seinem Bruder ins Wort. »Schließlich bin ich ja derjenige, der angeblich für die Zukunft unseres Hauses geopfert werden soll, oder?«

Sein Vater und sein Bruder verstummten und sahen ihn abwartend an.

»Ich habe geschworen, es zu tun, also könnt ihr eigentlich aufhören, darüber zu streiten. Aber ich *will* es auch tun. Ich weiß, dass Prinz John kein Engel ist. Trotzdem hat er mir gefallen.«

Er habe eine Schwäche für schräge Vögel, behauptete seine Mutter, für ihren schottischen Falkner mit seinen sonderbaren Manieren und Ansichten, zum Beispiel, oder für Vater Cyneheard, den Dorfpfarrer, der seine Bibel immer von hinten nach vorne las. Vielleicht lag es daran. Jedenfalls hatte Yvain eine Verbindung zu Prinz John gespürt, die nicht allein daher rührte, dass sie das Schicksal nachgeborener Söhne teilten.

»Also werde ich sein Knappe und knüpfe ein Band, das die Zukunft unseres Hauses sicherer macht, wenn ich kann. Obendrein beschreite ich zur Abwechslung einmal einen Weg, ohne in deine Fußstapfen zu treten, Bruder. Der Gedanke ist nicht ohne Reiz, verstehst du?«

Guillaume atmete tief durch. »Ja. Das kann ich tatsächlich verstehen.«

»Wann soll ich aufbrechen? Und wohin?«, fragte Yvain ihren Vater.

»In zwei Tagen, wenn das Wetter es zulässt. Wo der Prinz sich derzeit aufhält, wusste sein Bote nicht, aber sein Haushalt befindet sich in Windsor. Dorthin reitest du. FitzEdmond bringt dich hin, wenn du willst.«

Yvain schüttelte den Kopf. »Danke, ich reite lieber allein. Aber worauf? Pansy, nehme ich an?« Die Vorstellung, die weite Reise bis nach Berkshire auf einem Muli zu bestehen, war nicht gerade erhebend, und jeder am Hof des Prinzen würde auf einen Blick sehen, was für ein armer Schlucker er war. Aber etwas anderes würde ihm kaum übrig bleiben, denn er hatte ja immer noch kein Pferd.

Sein Vater überraschte ihn mit einem untypisch schelmischen Lächeln. »Ob du's glaubst oder nicht, der Bote des Prinzen hat dir ein Pferd mitgebracht.«

Yvain war sprachlos.

»Hast du John erzählt, dass deine Aufnahme in William Marshals Haushalt daran gescheitert ist?«, fragte sein Vater.

Der Junge nickte. »War das falsch?«

»Nein. Es ist nie falsch, die Wahrheit zu sagen. Aber es schadet auch nicht, zu überlegen, wie viel von seinen persönlichen

Angelegenheiten man einem Fremden gegenüber preisgeben will, bevor man den Mund aufmacht.«

Yvain hörte gar nicht richtig hin. »Kann ich gehen und es anschauen?«

»Natürlich. Anschließend mach deine Mutter ausfindig und besprich mit ihr, was du an Ausrüstung und Proviant und so weiter mitnehmen sollst.«

Der Junge stand auf. »Danke, Mylord.«

Guillaume erhob sich ebenfalls. »Ich begleite dich.«

»Aber setz ihm nicht zu mit deinen düsteren Prophezeiungen, hörst du«, warnte Lord Waringham seinen Ältesten.

»Nein, nein«, versicherte der, doch Yvain hörte an seinem Tonfall, dass er genau das im Schilde führte.

Gefolgt von Baldur liefen sie hintereinander die schmale Wendeltreppe hinab und traten aus dem Tor des Bergfrieds in den grauen Wintertag hinaus. Es nieselte, und die grasbewachsene Erde war schlammig von der Schneeschmelze. Ein launischer Wind fegte über den Burghof und verfing sich heulend im Torhaus.

Yvain hielt auf den Pferdestall links davon zu. »Ist der Bote des Prinzen noch hier?«, fragte er.

Guillaume schüttelte den Kopf. »Er kam am Tag vor der Hochzeit, lieferte Brief und Pferd ab und preschte wieder davon, als hätte er noch ein Dutzend weiterer Botengänge zu erledigen. Vermutlich war's so. John versucht wahrscheinlich, so viele Lords wie möglich auf seine Seite zu ziehen, ehe die Königinmutter ihnen so einheizt, dass sie es nicht mehr wagen, sich zu ihm zu bekennen.«

Yvain nickte unverbindlich. »Apropos. Meinen Glückwunsch zu eurer Vermählung.«

Guillaume lächelte. »Danke.«

Sie traten in den dämmrigen Schatten des gedrungenen Stallgebäudes, wo ein paar einfache Reitpferde und Maultiere ebenso standen wie Lord Waringhams mächtiger Grauschimmel und die Rösser seiner fünf Ritter. Es waren wertvolle Tiere, aber keines konnte sich mit Guillaumes Fuchs messen. Oder mit dem fremden Braunen, der gleich neben ihm stand.

Ungläubig trat Yvain in die Box und spürte ein kleines, seliges Flattern in der Magengrube. »Das soll *mein* Pferd sein?«, fragte er fassungslos.

Der Braune hatte vier gleichmäßige weiße Fesseln und ein Flämmchen auf der Stirn. Das Fell glänzte, die beinah schwarze Mähne war glatt und üppig. Als Yvain die Linke auf den kräftigen Hals legte, hörte das Pferd auf zu fressen, wandte den Kopf und sah ihn aus klaren Augen einen Moment an, ehe es sich wieder der Krippe widmete.

»Er ist wundervoll«, befand der Junge mit einem glücklichen Seufzer.

Guillaume lehnte mit verschränkten Armen an einem Stützpfeiler, den Blick auf das Pferd gerichtet, und nickte. »Das ist er«, stimmte er vorbehaltlos zu. »Wie wirst du ihn nennen?«

»Vellantif«, antwortete Yvain ohne das geringste Zögern.

Guillaume lachte leise. »Rolands Streitross aus dem Lied? Willst du ein Ritter wie Roland werden?«

»Gegen große Vorbilder ist nichts einzuwenden«, gab der Jüngere flapsig zurück und hob kurz die Schultern. »Oder denkst du, mir fehlt das Zeug?«

»Im Gegenteil«, erwiderte sein Bruder, mit einem Mal sehr ernst. »Du hast alles, was es dazu braucht. Immer vorausgesetzt, die Wahl, die du heute getroffen hast, bringt dich nicht zu Fall. Weder Vater noch du scheint euch darüber im Klaren zu sein, was Johns Bündnis mit Philippe von Frankreich bedeutet: Prinz John hat sich in offener Rebellion gegen den König erhoben und sich mit dessen erklärtem Todfeind verbrüdert. Einen Höllenpakt hat Bischof de Coutances ihr Bündnis genannt. Zu Recht.«

Yvain spürte einen eisigen Schauer seinen Rücken hinabrieseln. *Höllenpakt.* Was für ein furchtbares, unheilschwangeres Wort. Er strich mit der flachen Hand über Vellantifs Schulter und Vorderhand, ertastete die gut ausgebildeten Muskeln und schwieg.

»Wenn er Erfolg hat, wird er dennoch verdammt sein, sei versichert«, setzte Guillaume eindringlich nach.

»In dem Falle wäre König Richard ebenso verdammt, der sich

mit Philippe verbündet hat, um seinen alten Herrn vom Thron zu stoßen.«

»Das war etwas völlig anderes.«

Yvain ließ die Hand auf dem warmen, glatten Fell seines neuen Pferdes ruhen, wandte den Kopf und sah seinen Bruder kopfschüttelnd an. »Wieso? Und was war nach der Belagerung von Akkon? Hat nicht dein angebeteter König Richard dreitausend Gefangene abschlachten lassen, nachdem er die Stadt eingenommen hatte?«

Guillaumes Körper wurde seltsam still. »Ich nehme an, das hat dir Prinz John erzählt?«

»Und ist es deswegen weniger wahr?«

»Nein. Es waren ungefähr zweitausendsiebenhundert, aber er hat es befohlen, das stimmt. Saladin trödelte mit dem Lösegeld, und wir konnten sie nicht füttern und …« Er brach ab.

»Und glaubst du, Gott wird ihm das vergeben?«

»Das kann ich nur hoffen, Bruder«, bekannte Guillaume.

Weil du selber mit Hand angelegt hast?, fragte sich Yvain beklommen. Aber was er sagte, war: »Weil du ebenso verdammt wärest wie er, wenn Gott ihm nicht vergibt? Heißt das nicht, du und ich sitzen im selben Boot? Riskieren wir unser Seelenheil, wenn wir unserem Dienstherrn auf einen unheilvollen Weg folgen? Oder sind wir fein raus, weil wir nur unseren Eid erfüllen, indem wir seine Befehle befolgen?«

Guillaume antwortete nicht sofort. Er starrte auf seine linke Stiefelspitze hinab, die Mulden ins Bodenstroh bohrte. »Das frage ich mich schon lange.« Er sah wieder auf und rang sich ein Lächeln ab. »Aber wenn du zwei verschiedene Priester danach fragst, bekommst du mindestens drei verschiedene Antworten.«

Mit einem Mal bedauerte Yvain seinen Bruder. Er hatte geglaubt, Guillaume sei sich seiner selbst immer völlig sicher, frei von Zweifeln an seinen Handlungen. Jetzt stellte er fest, dass er sich getäuscht hatte. Wie es sich wohl anfühlte, für seinen Herrn schreckliche Dinge tun zu müssen? Taten zu begehen, die einem Scham und Gewissensqualen einbrachten?

Nun, er nahm an, das würde er herausfinden.

Er strich Vellantif noch einmal bewundernd über die Kruppe. Dann trat er aus der Box. »Lass uns ebenfalls einen Pakt schließen, Bruder«, schlug er vor. »Was immer geschieht zwischen König Richard und Prinz John, soll keine Fehde zwischen dir und mir sein.«

»Das hört sich einfacher an, als es sein wird«, warnte Guillaume.

»Das ist mir egal«, gab Yvain trotzig zurück und streckte die Rechte aus.

Nach einem winzigen Zögern schlug Guillaume ein, legte ihm die Linke auf die Schulter und zog ihn kurz an sich. »Bleib, wie du bist, Yvain. Lass nicht zu, dass er dich vergiftet.«

Und damit wandte er sich ab und ging eilig hinaus.

Am nächsten Morgen klarte es auf. Es war immer noch kalt und windig, aber trocken, und der weite Himmel über Kent probierte zum ersten Mal sein hellblaues Frühlingskleid an.

Yvain versäumte das Frühstück in der Halle, erbettelte stattdessen in der großen Küche unten ein Stück Brot und vertilgte es auf dem Weg zum Pferdestall, wo er Vellantif beim Fressen zusah und zum ersten Mal in Ruhe das nagelneue Zaumzeug und den Sattel mit der gelb-rot gestreiften Decke in Augenschein nahm, die der Prinz ihm ebenfalls geschickt hatte.

Dann machte er seine Mutter in der Leinenkammer im Obergeschoss des Bergfrieds ausfindig, wo sie mit Cecilys Hilfe zwei schwere Tuchballen auf den Tisch gelegt und von beiden eine gute Länge abgerollt hatte.

Als sie ihren Sohn an der Tür entdeckte, legte sie die Schneiderelle beiseite. »Du kommst wie gerufen, mein Junge. Da, hol mir das braune Streichgarn vom Bord, es liegt zu hoch für mich.«

Yvain trat an das deckenhohe Wandregal. Auch er musste sich recken, um den Ballen zu erreichen, bekam ihn mit den Fingerspitzen zu fassen, zog behutsam und ließ ihn sich in die Arme gleiten.

»Wohin?«

»Hier.« Cecily schob das ausgebreitete Tuch beiseite, um Platz zu schaffen.

Yvain legte den schweren Ballen ab. »Ziemlich kratzig«, bemerkte er.

»Dann sei froh, dass nicht deine neuen Gewänder daraus gemacht werden, sondern die der Dienerschaft«, bemerkte seine Mutter abwesend, während sie Ellen abmaß und leise mitzählte.

»Obwohl er dringend neue Gewänder bräuchte«, befand Cecily, die ihren Bruder einer kritischen Musterung unterzog. »Die Ärmel sind einen Spann zu kurz.«

»Das ist fortan zum Glück Prinz Johns Obliegenheit, der sehr bald feststellen wird, dass dein Bruder schnell genug wächst, um selbst den reichsten Mann an den Bettelstab zu bringen«, sagte ihre Mutter. Mit einer großen Schere schnitt sie das braune Wolltuch vom Ballen, das sie abgemessen hatte, und Yvain bewunderte, wie schnurgerade der Schnitt wurde.

Er nahm ihr das Tuch ab und faltete es säuberlich zusammen.

»Ich bin ja so stolz auf dich, mein Sohn.« Lady Maud legte ihm für einen Augenblick die Hand an die Wange. »Ich gebe zu, ich hätte es lieber gesehen, wenn du unter der Obhut meines Bruders bei den Templern eingetreten wärest. Aber du hast dir einen anderen Weg gesucht, und das respektiere ich. Dein Vater im Übrigen auch.«

Er nickte. »Im Gegensatz zu Guillaume.«

»Ja, ich weiß«, erwiderte seine Mutter unbekümmert. »Hör nicht auf ihn. Prinz John tut, was er tun muss, genau wie König Richard. Sie sind Plantagenet und darum dazu verflucht, sich ewig an die Kehle zu gehen.«

»Wie meinst du das?«, fragte Cecily, wickelte einen groben, ungefärbten Leinenstoff vom Ballen und holte sich Elle und Schere.

»Nun, wegen Herzog Guillaume und Dangereuse natürlich«, antwortete Maud, und als sie die verständnislosen Mienen ihrer Kinder sah, erklärte sie: »Der Großvater der Königinmutter war Herzog Guillaume von Aquitanien. Ein tapferer, mächtiger Mann, vor dem selbst der Papst sich fürchtete, und ein großer

Troubadour. Er verliebte sich in Dangereuse, die Gemahlin seines Lehnsmannes Aimery de Châtellerault, und weil er gewohnt war, zu bekommen, was er wollte, entführte er sie kurzerhand, baute ihr in seiner Burg in Poitiers einen Turm und sperrte sie darin ein, bis sie ihn schließlich erhörte. Er verstieß seine Gemahlin und ignorierte die Proteste des armen Aimery, während er eine stürmische und leidenschaftliche Liaison mit seiner Dangereuse einging. Schließlich zwang er seinen Sohn, ihre Tochter zu heiraten. Das waren die Eltern der Königinmutter. Wie praktisch die ganze Welt nahm auch ein frommer Eremit in Poitiers Anstoß an der sündigen Affäre des Liebespaares, und er verfluchte sie: Weder Guillaume und Dangereuse noch je einer ihrer Nachkommen sollten Glück mit ihren Kindern haben. Viele Leute glauben, dieser Fluch sei der Grund, warum Königin Aliénors Söhne, seit sie alt genug waren, ein Schwert zu halten, eigentlich nie etwas anderes getan haben, als ihren Vater oder sich gegenseitig zu bekriegen.«

Yvain war fasziniert von dieser sonderbaren Geschichte aus dem sagenumwobenen Aquitanien. »Vermutlich ist es so«, sagte er nachdenklich. »Königin Aliénor haben ihre Söhne jedenfalls nie viel Glück gebracht.«

»Nein«, pflichtete seine Mutter ihm bei.

»Hätte sie sich indes nicht mit ihnen gegen den alten König verschworen, hätte der sie vielleicht auch nicht sechzehn Jahre lang eingesperrt«, wandte Cecily ein. »Ein Fluch kann gewiss eine schwere Last sein, aber ich frage mich, sind es nicht die Entscheidungen, die wir selber treffen, die die meisten Flüche erfüllen oder vereiteln?«

»Welch schockierend ketzerische Idee«, verwunderte sich ihre Mutter. »Aber möglicherweise hast du recht.«

»Was wurde aus Guillaume und Dangereuse?«, wollte Cecily wissen.

»Oh, sie verbrachten rund zwanzig Jahre miteinander, in denen es selten langweilig gewesen sein dürfte. Ich weiß nicht, wohin Dangereuse ging, als er schließlich starb. Die Chronisten berichten nichts weiter von ihr.«

»Hatten sie keine Bastarde?«

»Doch, mein Engel, aber darüber sollte eine angehende Nonne nicht nachdenken, geschweige denn sprechen.«

Cecily tauschte einen Blick mit ihrem Bruder und verdrehte die Augen.

Yvain musste lachen.

»Ich nehme an, du bist hier, um deine Reiseausrüstung zu erörtern?«, fragte Lady Maud ihren Sohn.

Er nickte.

»Einen guten, warmen Mantel hast du ja zum Glück. Kleider zum Wechseln hat Hilda dir in deiner Kammer zurechtgelegt.«

»Neu?«, fragte er hoffnungsvoll.

Sie schüttelte den Kopf. »Wo denkst du hin. Aber dein Vater hat sie vor dir getragen, nicht Guillaume, darum sind sie in ordentlichem Zustand. Und Hilda hat sie geändert, sodass sie nicht an dir schlottern. Deinen Proviant packt Aldgyth dir morgen früh zusammen, bevor du aufbrichst.«

»In Ordnung.«

»Geh nur, mein Junge. Ich schätze, du willst dich von deinen Freunden und deinem toten Baum verabschieden. Mach dich auf den Weg, eh es wieder anfängt zu regnen.«

Er befolgte ihren Rat, sattelte sich sein neues Ross und ritt über die Zugbrücke auf die windigen Hügel hinaus. Wie er schon geahnt hatte, war Vellantif ein herrliches, aber anspruchsvolles Pferd. Ein Hengst von fünf oder sechs Jahren, schätzte er, gut geschult, aber mit ein paar hochnäsigen, ungezogenen Eigenheiten. Yvain hätte gerne versucht, sie ihm abzugewöhnen, ehe er nach Windsor aufbrach, aber es würde auch so gehen. Vellantif hatte einen wunderbar ruhigen Gang und trug seinen neuen Reiter willig, nachdem er festgestellt hatte, dass der sich nicht an der Nase herumführen ließ. Sie hatten Freundschaft geschlossen, ehe sie Waringham Heath erreichten.

Yvain besuchte den Feenbaum und stellte fest, dass irgendwer ihn vor nicht allzu langer Zeit gegossen hatte – nahe dem Boden glänzte die geschwärzte Rinde von Nässe. Vom Sattel aus ergriff der Junge einen der kahlen Äste. Er spürte die raue Oberfläche an der Handfläche und meinte, immer noch einen Hauch von Brandgeruch zu erhaschen. Er verharrte einen Moment reglos. Dann fischte er ein ausgefranstes Stückchen blaues Tuch aus dem Beutel am Gürtel, das er aus der Leinenkammer hatte mitgehen lassen, und knotete es an den Ast, so wie die Bauern es taten, wenn sie den Feen einen Wunsch antrugen.

Er hatte viele Wünsche, Anliegen, sogar Befürchtungen, die er den Feen hätte vortragen können, aber er sagte lediglich: »Weckt euren Baum auf. Ein einziger Trieb im Frühling, vergesst es nicht.«

Dann wendete er Vellantif und ritt im Trab über den Mönchskopf Richtung Dorf, überquerte den angeschwollenen Tain auf dem schmalen Holzsteg und hielt bei Vater Cyneheard, um Lebwohl zu sagen. Die Hörigen, denen er auf der schlammigen Dorfstraße begegnete, verneigten sich oder knicksten vor ihm, und Yvain winkte zurück.

»Glückliche Reise, Lord Yvain!«, rief die kecke Martha, die mit ihrem Vater und einer unüberschaubaren Schar kleiner Geschwister in der Kate gleich gegenüber der Kirche lebte. »Möget ihr auf Eurem Weg Freunde finden und so weiter.«

»Danke.« Er hielt bei ihr an. »Woher habt ihr schon wieder unsere Neuigkeiten gehört? Wie macht ihr das nur immer?«

Martha lächelte geheimnisvoll und las ihren jüngsten Bruder auf, der zu ihren Füßen im kalten Schlamm spielte. »Der Bote des Prinzen kam durchs Dorf. Vater Cyneheard hat das Wappen erkannt. Die Leute reden seitdem von nichts anderem mehr.«

»Verstehe. Also dann, Martha. Leb wohl und gib auf dich acht.«

Sie knickste. »Das müsst Ihr vor allem tun, da draußen in der bösen Welt. Prinz John hat Dämonenblut in den Adern, hat die alte Wilona erzählt.«

Er nickte und ritt an. Über die Schulter sagte er: »Wenn es so ist, muss für König Richard das gleiche gelten, oder?«

Und er fragte sich, wie oft er seinen Prinzen demnächst gegen üble Nachreden würde verteidigen müssen. Und wie oft er lügen würde, um es zu tun.

Er schaute in der Mühle vorbei und besuchte den kranken Vater des Schmieds, er ritt durch den Wald bis zum Weißen Felsen, von wo aus man einen weiten Blick über die Felder und Weiden mit ihren Bruchsteinmauern hatte, aber erst als er auf die Burg zurückgekehrt war und in den Kräutergarten seiner Mutter auf der Südseite des Bergfrieds ging, fand er diejenige, die er die ganze Zeit gesucht hatte.

»Amabel.«

Sie saß in einen warmen Mantel gehüllt auf der wackligen kleinen Holzbank zwischen dem Rosmarin und dem Wacholder, hatte das Gesicht der fahlen Sonne zugewandt und die Lider geschlossen.

Als sie seine Stimme hörte, wandte sie den Kopf und schlug die Augen auf. »Yvain! Gott, ist es schön, dich zu sehen.« Sie lächelte. »Ich hatte fast vergessen, wie dein Gesicht aussieht.«

Wie so oft bei ihr war er zwischen widerstreitenden Empfindungen gefangen: gekränkt, dass sie seine Züge so schnell vergessen hatte, glückselig, dass ihr Wiedersehen sie freute.

Amabel rückte zur Seite, um ihm Platz zu machen, und er setzte sich zu ihr.

Es war das erste Mal, dass er sie mit Gebende sah, denn nur verheiratete Frauen trugen das Haar bedeckt. Es stand ihr großartig, stellte er ohne Überraschung fest. Sie trug ein breites, stirnbandartiges Schapel aus rankenbesticktem Tuch dazu, und das schwarze Haar hing in einem geflochtenen Zopf ihren Rücken hinab. Für einen Herzschlag wusste er nicht, wie er sich hindern sollte, dieses seidige schwarze Gebilde mit der Hand zu umschließen, aber dann hatte er die Versuchung niedergerungen. Es war etwas, worin er viel Übung hatte.

»Meine Glückwünsche zur Vermählung«, sagte er förmlich.

»Danke. Es war so schade, dass du nicht dabei sein konntest. Wir haben dich beide schmerzlich vermisst.«

»Das hatte ich wieder einmal niemandem als nur mir selbst zu verdanken. Dabei hätte ich den großen Tag so gern mit euch begangen.«

Für einen klitzekleinen Moment legte sie die Hand auf seine und drückte sie. Eine schwesterliche Geste. Ihre Finger waren eisig kalt. »Dein Vater war viel zu hart zu dir. Du weißt, dass ich normalerweise nie ein Wort gegen ihn sagen würde, er ist ja auch immer so gut zu mir. Aber das hattest du nicht verdient. War es sehr schrecklich, so lange eingesperrt zu sein?«

Yvain schüttelte langsam den Kopf. »Es war langweilig und kalt und einsam, weiter nichts. Und es hat mich vor dem Schneeschippen, Waffenputzen und anderen unliebsamen Knappenaufgaben bewahrt«, schloss er lächelnd.

Sie nickte, und sie schwiegen einen Moment. Schließlich sagte sie: »Und nun gehst du also fort.«

»Ich hoffe inständig, dass du jetzt nicht alle Einwände wiederholst, mit denen Guillaume mich schon beglückt hat.«

»Wie käme ich dazu? Gott hat es so gefügt, dass du dem Prinzen in Winchester begegnet bist. Also bist du bei allem, was daraus folgt, in seiner Hand«, antwortete sie mit einem kleinen Schulterzucken.

»So habe ich es noch gar nicht betrachtet«, musste er bekennen. Der Gedanke hatte etwas Befreiendes.

»Aber du wirst mir trotzdem fehlen«, fügte sie hinzu, den Blick auf den Rosmarin zu ihrer Rechten gerichtet. »Und in ein paar Wochen bringt dein Vater Cecily nach Amesbury. Was werde ich nur anfangen ohne euch beide?«

»Oh, du wirst überhaupt nicht merken, dass wir fort sind«, mutmaßte er. »Dein Leben ist jetzt doch bestimmt ganz anders. Und wie ich Mutter kenne, betraut sie dich jeden Tag mit neuen Aufgaben. Du wirst viel zu beschäftigt sein, um uns zu vermissen, denkst du nicht?«

Bist du glücklich?, wollte er wissen. Stolz, endlich eine verheiratete Lady zu sein? Ist Guillaume gut zu dir? *Liebst du ihn?*

Aber natürlich war es undenkbar, solche Fragen zu stellen. Amabel war jetzt die Frau seines Bruders, vor Gott und dem Gesetz seine Schwester genau wie Cecily und Adelisa. Er hatte immer gewusst, dass dieser Tag kommen würde. So wie er wusste, dass er höfliche Distanz wahren musste und die ungezwungene Vertrautheit ihrer Kindheit ein für alle Mal vorüber war. Auch deswegen war er froh, dass er Waringham verlassen würde.

»Ja, ich werde bestimmt viel Beschäftigung und Ablenkung haben, da hast du recht.« *Vor allem, wenn ich schwanger werde*, sagte sie nicht, aber er wusste, dass sie es dachte.

»Es zieht sich zu, lass uns lieber hineingehen. Nicht, dass du dich erkältest.« Yvain stand auf. »Oh, da fällt mir ein, hast du den Feenbaum gegossen?«

Sie nickte. »Und das werde ich auch in Zukunft tun, solange du fort bist.«

»Warum?«, fragte er. »Du glaubst doch gar nicht daran, dass er noch einmal zum Leben erwachen könnte.«

»Nein, aber du tust es«, gab sie zurück, und das Funkeln in ihren dunklen Augen verriet ihm, dass sie sich über ihn amüsierte. Dann steckte sie die Hand unter ihren Mantel und zog sie mit einem kleinen Gegenstand wieder hervor. »Hier. Das habe ich für dich gemacht. Zum Abschied.«

Es war ein rundes Amulett an einer Lederschnur, eine kleine Holzscheibe, straff mit grünem Tuch bespannt, in welches ein zierliches schwarzes Einhorn eingestickt war: das Wappen der Waringham.

»Oh, Amabel …«, murmelte Yvain, ebenso hingerissen wie verlegen.

»Es gefällt dir?«, vergewisserte sie sich.

»Es ist wunderschön.«

»Gut. Es soll dich an uns erinnern, falls du einmal Heimweh bekommst. Ich weiß, dass ein Knappe nur das Wappen seines Herrn führen darf, aber du kannst es ja unter der Kleidung tragen.«

Er streifte sich die Lederschnur über den Kopf, betrachtete noch einen Moment das graziöse Einhorn mit der fliegenden Mähne und ließ das Amulett dann unter sein Hemd gleiten, sodass er es auf der Haut spüren konnte. »Danke.«

Sie nickte und erhob sich ebenfalls.

Seite an Seite schlenderten sie über den grasbewachsenen Pfad zwischen schlammigen, winterlich leeren Beeten zum Bergfried zurück. Anders als früher hakte Amabel sich nicht bei ihm ein.

Windsor, Februar 1193

»Du meine Güte«, sagte der linke Torhüter zu seinem Kameraden. »Ein Schneemann hoch zu Ross.«

Sie kreuzten die Piken. Beide trugen Helme mit Nasenschutz, darum konnte man von den Gesichtern nicht viel erkennen, aber der Linke war vermutlich der Ältere, denn sein zotteliger Bart war grau.

»Mein Name ist Yvain of Waringham, und ich wurde angewiesen, mich hier zum Dienst zu melden.«

»Von wem?«, fragte der zweite Wächter herausfordernd.

Yvain hielt ihm das rote Wachssiegel hin, welches den Brief des Prinzen an seinen Vater verschlossen hatte.

Der Wächter nickte. »Guillaume de Braose ist der Offizier der Wache. Keine Ahnung, wo er steckt, hier herrscht ein fürchterliches Durcheinander. Aber an ihn musst du dich wenden.«

Yvain steckte sein Siegel weg. »Danke.«

Sie richteten ihre langen Waffen auf, sodass er passieren konnte. Vellantifs Hufe echoten im Torhaus der gewaltigen Ringmauer, und einmal glitt er auf den spiegelglatten Pflastersteinen aus, fing sich aber sogleich wieder. Dann gelangten sie auf der anderen Seite in den weitläufigen Innenhof. Yvain hielt an und sah sich staunend um.

Er hatte gehört, dass Windsor riesig sei, aber das Wort hatte ihn nicht auf den Anblick vorbereitet, der sich ihm bot: Der Burghof war mindestens fünfmal so groß wie der von Waringham – der schon nicht zu den kleinsten zählte –, und die Ringmauer war so hoch und wuchtig, dass man meinen konnte, Riesen hätten sie erbaut. Wohin man blickte, wimmelte es von Menschen, deren Füße die grasbewachsene Erde in eine halb gefrorene, halb schlammige braune Wüstenei verwandelt hatten. Zimmerleute waren dabei, eine zusätzliche Treppe zum Wehrgang hinauf zu errichten. Ein Stück weiter rechts stellten Soldaten vor der hübschen steinernen Kirche Zelte in zwei ordentlichen Reihen auf. Ritter, Diener und Geistliche hasteten kreuz und quer über den Hof. Zwei Mägde kamen mit Milchkannen aus einem Viehstall zur Rechten, am Backhaus daneben stieg Rauch auf, und vor der Schmiede prügelten sich zwei Lehrlinge, bis ihr Meister brüllend herausgestapft kam, sie trennte und mit ein paar Ohrfeigen zurück an die Esse schickte.

Der Pferdestall lag gleich links vom Tor, und ein Bursche lehnte mit verschränkten Armen an der Bretterwand neben dem geöffneten Stalltor und schaute gähnend zur fahlen Sonne hinter den Schleierwolken empor. Er schien der einzige Ruhepunkt inmitten dieser ameisenhaften Betriebsamkeit, und Yvain saß bei ihm ab.

»Kann ich mein Pferd bei dir lassen?«, fragte er auf Englisch.

Der junge Mann richtete sich schleunigst auf. »Natürlich, Lord.« Er nahm Vellantif mit einem bewundernden Blick am Zügel. »Was für ein Prachtkerl.«

Yvain lächelte. »Weißt du zufällig, wo ich Guillaume de Braose finde? Ich soll mich bei ihm melden, aber ich bin neu hier, und in dem Gewimmel werde ich Tage brauchen, ihn aufzuspüren, fürchte ich.«

Die Miene des Stallknechts wurde verschlossen. Er ruckte das Kinn zu dem entstehenden Zeltdorf hinüber. »Eben war er dort drüben. Stämmiger Kerl mit roten Haaren und Stirnglatze«, sein Ton war unverändert höflich.

»Danke.« Yvain zögerte einen Moment. »Wie ist dein Name?«

»Wulfstan.«

»Ich würde dir gern einen Farthing für deine Sorge um mein Pferd geben, Wulfstan, aber ich hab kein Geld.« Sage und schreibe drei Pennys hatte sein Vater ihm für die Reise mitgegeben, und die hatte Yvain letzte Nacht für eine Schale abscheulicher Suppe, einen Becher Ale und einen halbwegs warmen Schlafplatz am ersterbenden Feuer eines Gasthauses in Richmond ausgegeben.

»Oh, keine Bange. Ich kümmere mich um Euren Gaul genauso sorgsam wie um alle anderen, damit Guillaume de Braose mir nicht das Fell abzieht. Wie heißt er denn?«

»Vellantif. Und ich bin Yvain of Waringham.«

Wulfstan runzelte verwundert die Stirn, weil er es vermutlich nicht gewöhnt war, dass normannische Lords sich ihm vorstellten. »Also dann, Vellantif. Komm mit, mein Junge. Lass uns sehen, ob wir ein bisschen schönen Hafer für die haben, was meinst du, hm?«

Im letzten Moment besann er sich und verneigte sich vor Yvain, den er schon fast vergessen hatte, während er im Handumdrehen mit seinem neuen Schützling Freundschaft schloss. Yvain schaute ihnen einen Moment hinterher und ertappte sich bei dem höchst befremdlichen Wunsch, er könne die Plätze mit Wulfstan, dem Stallknecht, tauschen.

Entschlossen wandte er sich ab und ging zu den Zelten hinüber. Es hatte wieder begonnen zu schneien. Dicke Flocken trudelten herab, blieben auf der kalten Erde liegen und benetzten die eisverkrusteten Schultern seines Mantels.

Er fand Guillaume de Braose nach Wulfstans Beschreibung mühelos: ein untersetzter Mann mit rotem Haar und Stirnglatze stand vor zwei kleinlauten Soldaten und kanzelte sie ab: »Sechs Fuß Abstand zwischen den Zelten, habe ich gesagt, ihr Trottel, hier ist doch wirklich Platz genug! Und außerdem … Was willst du?«, schnauzte er den Jungen an, der zwei Schritte zur Linken stehen geblieben war.

»Yvain of Waringham, Monseigneur. Ich soll meinen Dienst als Prinz Johns Knappe antreten, und die Wache hat mich zu Euch geschickt.«

Braose ließ den Blick geruhsam über ihn schweifen, so als wäre Yvain ein Ochse, den zu erwerben er in Erwägung zog. Dann brummte er missfällig: »Ja, das hab ich gehört. Geh in den oberen Burghof, dort findest du die übrigen Knappen mit ihrem Nutricius, Fulk de Cantilupe.«

Noch ein Burghof?, dachte Yvain ungläubig. »Danke, Monseigneur.« Mit einer höflichen Verbeugung wandte er sich ab.

Im Zentrum der Anlage genau vor sich sah er eine steile Motte mit einem dicken steinernen Bergfried darauf, umgeben von einer eigenen Ringmauer. Unsicher hielt er darauf zu, fand ein Tor in der Mauer und gelangte jenseits der Motte durch ein zweites Tor in einen kleineren Burghof, wo es wesentlich ruhiger zuging und hier und da Grasinseln aus der löchrigen Schneedecke lugten. Zwei langgezogene Gebäude, die aus dem gleichen gelblich grauen Stein wie die Ringmauern und der Bergfried erbaut waren, standen im rechten Winkel zueinander, und auf der Freifläche davor stieß Yvain auf ein knappes Dutzend junger Edelleute, die sich paarweise mit stumpfen Übungsschwertern maßen. Genau wie daheim Jean FitzEdmond ging auch hier der Nutricius hinter den Trainingspaaren entlang und beobachtete sie mit Argusaugen.

»Nimm den Schild höher, Beaumont, oder möchtest du eine Klinge in die Kehle bekommen? Und du hältst das Schwert immer noch wie ein Mädchen, Braose! Also …« Er unterbrach sich, als er den Neuankömmling entdeckte, der unsicher am Rand des Sandplatzes stand. »Ja?«

Yvain trat vor ihn und verbeugte sich schon wieder. »Yvain of Waringham, Monseigneur.«

»Ah. Frischfleisch«, bemerkte der Nutricius mit einem mutwilligen Grinsen. Er war Mitte zwanzig, schätzte Yvain, so alt wie Prinz John, ein athletischer Mann mit braunem Haar und einem Feuermal in der Form eines ungleichmäßigen Sterns auf der linken Wange. »Und ich bin Fulk de Cantilupe. Willkommen auf Windsor Castle, Yvain of Waringham.«

»Danke.«

»Macht einen Moment Pause, Männer«, rief der Ausbilder. »Und begrüßt euren neuen Leidensgenossen.«

Die Jungen ließen die Übungsschwerter und -schilde sinken und traten näher, bis sie in einem unordentlichen Halbmond vor Yvain standen.

»Jungs, dies ist Yvain of Waringham. Waringham, hier haben wir Justin de Béthune, William de Braose, Baldwin Beaumont, Adam de la Pomeroy …« Die Knappen verneigten sich nacheinander vor Yvain, der es unmöglich fand, sich alle Namen zu merken. Nur Braose blieb haften, weil William offensichtlich der Sohn des Wachoffiziers war. Er teilte nicht nur dessen Namen, sondern ebenso das flammend rote Haar.

»Wie alt bist du, Yvain?«, fragte der Nutricius.

»Fünfzehn, Monseigneur.«

»Erst? Du meine Güte, du bist groß für dein Alter.«

Er nickte mit einem verlegenen Schulterzucken. *Ihr müsstet meinen Bruder sehen,* lag ihm auf der Zunge, aber er sprach es nicht aus. Er spürte die Anspannung der anderen Knappen, die Wachsamkeit, mit der sie Cantilupe im Blick behielten. Keiner hatte sich über Yvains Namen lustig gemacht, nicht einmal verstohlen die Augen verdreht. Sein Gefühl warnte ihn, dass der Nutricius kein so leutseliger Geselle war, wie man auf den ersten Blick meinte.

»Beaumont, gib ihm dein Schwert. Braose, du trittst gegen ihn an. Zeig uns ein paar Standards, Waringham, damit wir sehen, was du kannst.«

Yvain öffnete die Kordel am Hals und nahm den nassen Mantel ab, den er zusammen mit seinem mageren Bündel Baldwin Beaumont in die Hände drückte, während er mit einem gemurmelten Dank dessen Übungswaffen übernahm, die ein paar Klassen besser waren als jene, mit denen er zu Hause in Waringham trainiert hatte. Dann ließ er kurz die Schultern kreisen, die nach zwei Tagen im Sattel bei eisigen Temperaturen ein wenig steif waren, verneigte sich vor William de Braose und ging in Grundstellung.

Die übrigen Jungen bildeten einen Kreis um sie, ließen ihnen aber reichlich Platz.

William griff sofort an, ließ das Schwert auf Yvains Schild niedersausen und drosch noch zweimal nach, sodass Yvain zurückgedrängt wurde und der Haltegriff an der Innenseite des Schilds ihm um ein Haar aus den Fingern gerutscht wäre. Aber dann packte er fester zu und wartete den nächsten Hieb ab, um seinen Gegner auszuloten. Er drehte sich ein wenig ein, bot mehr Fläche seines Schilds zum Angriff, und als William seine Klinge das nächste Mal niederfahren ließ, eröffnete Yvain seinen Gegenangriff.

Gerade noch rechtzeitig brachte William seinen Schild in Position, aber dieses Mal war er derjenige, der einen Schritt zurückweichen musste. Über den waagerechten oberen Schildrand hinweg blickte Yvain ihm in die Augen, so wie Jean FitzEdmond es ihn gelehrt hatte, und er sah dort Konzentration und grimmige Entschlossenheit, aber ebenso Nervosität. Williams nächsten Hieb parierte er mit der Klinge, ging dann auf die obere Deckung seines Gegners und rammte ihm gleichzeitig den Schild gegen die Schulter des Schwertarms. William stieß zischend die Luft durch zusammengebissene Zähne aus und zahlte es ihm mit gleicher Münze heim.

Der Kampf wurde schneller, der dumpfe Laut von Klinge auf Holz wechselte sich mit dem helleren Klirren sich kreuzender Klingen ab, aber nach wenigen Minuten spürte Yvain, dass William de Braose' Kräfte schwanden, denn dessen Hiebe verloren an Stoßkraft.

Er selbst verspürte ein warnendes Zittern im Schwertarm, aber er schenkte ihm keinerlei Beachtung, nahm den Schild ein wenig höher, holte aus und versuchte, den Schwung seines ganzen Körpers in die Hiebe zu legen. Schritt um Schritt drängte er William nun zurück, der seine Deckung bei jedem Treffer ein klein wenig weiter öffnete. Der Zuschauerring weitete sich, um ihnen mehr Raum zu geben, und Yvain spürte, dass er so gut wie gewonnen hatte, als sein Gegner plötzlich nach rechts sprang und den Schild viel zu weit nach oben riss. Yvain sah die Lücke in der Deckung und wollte sich darauf stürzen, aber im nächsten Moment rammte William ihm den Schild seitlich gegen den Kopf und streckte gleichzeitig das linke Bein vor, sodass Yvain darüber stolperte und der Länge nach hinschlug.

Die übrigen Knappen applaudierten höflich.

Yvain stemmte sich hoch und sprang auf die Füße. Sein Kopf dröhnte. Im Sturz hatte er den Schild losgelassen, aber er hatte es trotzdem irgendwie geschafft, sich das Handgelenk schmerzhaft umzuknicken. Unauffällig rieb er es an der Hüfte, während er sich vor William de Braose verneigte.

Der erwiderte die Höflichkeit, wenn auch ziemlich knapp und unwillig.

Fulk de Cantilupe trat zwischen sie. »Schöne Finte, Braose«, lobte er.

»Danke, Monseigneur.«

Der Nutricius wandte sich an den Neuzugang. »Er schnauft wie ein alter Klepper im Galopp, und du bist nicht einmal außer Atem, Waringham. Warum nicht?«

Yvain hob ratlos die Schultern. »Ich weiß nicht, Monseigneur.«

»Dann sag ich es dir«, knurrte Fulk de Cantilupe, die frohe Laune von einem Lidschlag zum nächsten verschwunden. »Du hast dich nicht genug angestrengt.«

Yvain bis sich kurz auf seine lose Zunge, um sie zu bändigen, und nickte reumütig. »Tut mir leid.«

Cantilupe schlug ihm mit dem Handrücken ins Gesicht, und Yvain landete schon wieder im Schnee, der ein paar rote Tupfen von seiner blutigen Nase bekam. Der Nutricius trug Kettenhandschuhe, und Yvains rechte Gesichtshälfte fühlte sich an, als stünde sie in Flammen.

»Steh auf«, herrschte Cantilupe ihn an.

Der junge Waringham kam schleunigst auf die Füße – nicht ganz so geschmeidig wie beim ersten Mal –, senkte den Kopf und wartete auf den nächsten Schlag.

Doch keiner fiel. »Weil du neu bist, lass ich dich heute noch mal vom Haken. Aber komm mir nie wieder mit einem gelangweilten ›tut mir leid‹, klar?«

Yvain hinderte sich im letzten Moment daran, schon wieder *tut mir leid* zu sagen, denn das war es, was man normalerweise offerierte, wenn man etwas falsch gemacht hatte. Vor allem dann, wenn man nicht wusste, was eigentlich.

»Auf einmal so stumm?«, fragte Cantilupe gefährlich leise.

Yvain nahm sich zusammen und sah ihn an. »Ich weiß nicht, was Ihr hören wollt.«

»Die Wahrheit.«

»Ich *habe* mich angestrengt. So hart gekämpft, wie ich konnte.«

»Warum bist du dann unterlegen?«

Weil du »Standards« gesagt hast, und sein mieser Trick am Ende war alles andere, dachte Yvain wütend, aber er nahm an, es hätte sein Todesurteil bedeutet, sich hier gleich bei erster Gelegenheit über einen seiner neuen Kameraden bei ihrem Nutricius zu beschweren.

»Weil ich die Finte nicht habe kommen sehen«, sagte er stattdessen.

»Ganz genau.« Cantilupe tippte ihm mit dem geharnischten Zeigefinger vor die Brust. »Und nur für den Fall, dass du zweifeln solltest, ob sie den Regeln des ehrenvollen Kampfes entsprach: Das tat sie. Wir trainieren hier für den Krieg. Und wenn du im Krieg überleben willst, musst du deinen Schild genauso als Waffe einsetzen können wie dein Schwert. Ebenso deinen ganzen Körper. Es sieht vielleicht nicht so hübsch aus, aber der Krieg ist eben ein bisschen rauer als ein Versepos, mein junger *Löwenritter.*«

Die anderen Knappen lachten erwartungsgemäß, aber es klang eher pflichtschuldig als hämisch.

Yvain fuhr sich kurz mit dem Handgelenk über die blutige Nase. »Ja, Monseigneur.«

»Na schön«, brummte Cantilupe mit einem Seufzen, als habe er einen hoffnungslosen Schwachkopf vor sich. »Dann stell dich in die Reihe, schau zu und lerne. Warenne, Préaux, ihr seid die Nächsten.«

Bald hatte Yvain seinen schmerzenden Kopf ebenso vergessen wie die eingefrorenen Füße, denn Fulk de Cantilupe war ein hervorragender Lehrer, der ihm Geheimnisse über den ritterlichen Zweikampf offenbarte, von denen der junge Waringham bislang nichts geahnt hatte. Das änderte freilich nichts daran, dass der Nutricius ein gnadenloser Schinder war, der seine Zöglinge anbrüllte und erniedrigte und unbarmherzig schlug – vorzugsweise, wenn sie schon besiegt im Dreck lagen.

Als die Dämmerung hereinbrach, entließ der Waffenlehrer sie. »Nehmt Waringham mit, zeigt ihm alles und gebt ihm ein Bett. Benehmt euch ausnahmsweise wie Gentlemen und heißt euren neuen Kameraden willkommen, wie es sich gehört, verstanden?«

Die Knappen nickten, murmelten zustimmend und warteten, bis Cantilupe mit Siebenmeilenschritten in einem der langgezogenen Gebäude verschwunden war. Dann wandte sich Baldwin

Beaumont an Yvain und streckte ihm die Hand entgegen. »Willkommen in der Hölle von Windsor, Waringham.«

Der erwiderte das matte Grinsen so verwegen, wie er konnte, und schlug ein. »Danke.«

Baldwin wies auf einen gedrungenen Turm in der Ringmauer. »Da hausen wir.«

Sie überquerten den menschenleeren Innenhof, betraten den Turm durch eine eisenbeschlagene Tür, und über eine schmale, von zu wenigen Fackeln beleuchtete Wendeltreppe gelangten sie in die obere Kammer. Strohbetten waren entlang der Wände aufgereiht. Auf jedem lag eine ordentlich gefaltete Decke aus ungefärbter Wolle. Ein Tisch mit zwei Bänken stand in der Mitte, und damit war der Raum gut gefüllt.

Baldwin wies auf das letzte Bett an der rechten Wand. »Da, das ist deins. Es gehörte Pierre Montgomery, aber der hat uns letzten Monat verlassen, Gott sei Dank.«

»Wieso Gott sei Dank?«, erkundigte sich Yvain, während er seinen feuchten Mantel an den Haken über seinem Bett hängte und sein Bündel achtlos auf die Strohmatratze fallen ließ.

»Weil er ein verdammter Musterknabe war«, knurrte William de Braose. »Genau wie *du*.«

Yvain wandte sich stirnrunzelnd zu ihm um. »Wer hat doch gleich wieder wen in den Dreck befördert?«

William schnaubte angewidert.

»Hör nicht hin«, riet Justin de Béthune. »Er kann es nicht leiden, wenn er vor Fulk dem Furchtbaren eine schlechte Figur macht. Und seine Finte *war* regelwidrig, das weiß er selbst am besten.«

»Das war sie überhaupt nicht!«, brauste William auf und machte einen drohenden Schritt auf Justin zu.

Der ließ ihn einfach stehen, setzte sich auf die Bank und lud Yvain mit einer Geste ein, neben ihm Platz zu nehmen. »Pierre Montgomery ist in die Gruppe der älteren Knappen aufgestiegen.« Er wies zur Ostwand ihrer Kammer, die gerundet war, weil es die Außenmauer des Turms war. »Die haben ihr Quartier dort drüben in einem der neuen Gebäude. Mit einem Kohlebecken, ob du's glaubst oder nicht, und richtigen Betten, die sie nur zu zweit teilen müssen.«

Jetzt verstand Yvain, warum keiner der Knappen hier älter schien als er, zwei oder drei eindeutig jünger.

»Und Prinz John?«, fragte er. »Ist er hier?«

Einen Moment war es sonderbar still in der eisigen Turmkammer. Dann setzte Baldwin Beaumont sich zu ihnen und antwortete kopfschüttelnd: »In London, heißt es. Aber er könnte jeden Tag herkommen, hat mein Vater gestern gesagt.«

»Ist dein Vater der Earl of Leicester?«, fragte Yvain neugierig.

»Nein, nein«, antwortete Baldwin lachend. »Der Earl of Leicester ist ein entfernter Cousin. Wir sind nur eine unbedeutende kleine Seitenlinie.«

Während er mit Justin de Béthune im Küchenhaus das Abendessen holen ging, erfuhr Yvain, dass es sich mit den meisten der Knappen ähnlich verhielt: Sie entstammten nicht den vornehmsten Adelsfamilien in England oder der Normandie, die ihre Söhne vermutlich im Haushalt des Königs untergebracht hatten, sondern eher der zweiten Garnitur, zu der ja auch die unbedeutende Baronie von Waringham zählte.

»Du führst keinen normannischen Namen?«, verwunderte sich Justin und hielt ihm die Eingangstür des Turms auf, denn Yvain trug das schwere Holzbrett mit der irdenen Eintopfschüssel, während Justin nur drei Brotlaibe unter den Arm geklemmt hielt.

Yvain schüttelte den Kopf. »Wir waren einmal de Mélicourt. Aber ein paar Jahre nach der Eroberung haben der englische und der normannische Familienzweig sich hoffnungslos zerstritten, und mein Großvater hat den Namen abgelegt.« Er schielte am Tablett vorbei auf die ungleichmäßigen Treppenstufen, damit er nicht stolperte und ihr Abendessen verschüttete – selbst wenn es inzwischen eiskalt sein musste.

»Eigentlich richtig so«, befand Justin. »Viel mehr Familien in England sollten es so machen, denn unsere Heimat ist doch seit mehr als hundert Jahren *hier*.«

»Aber insgeheim denken doch die meisten, dass es nur die zweite Wahl ist, oder?«, wandte Yvain ein. »England ist der Trostpreis für die jüngeren Söhne, aber die wirklichen Stammsitze liegen in der Normandie und sind viel kostbarer.«

»Ganz gewiss denkt König Richard so. Für ihn ist England nur eine Geldquelle und das Land, das ihm eine Krone beschert hat. Aber ansonsten interessiert es ihn einen Dreck.«

Yvain war ein wenig schockiert über diese offenen und wenig schmeichelhaften Worte. Doch er räumte ein: »Mein Vater denkt genauso.«

»Kein Grund, so verschreckt dreinzublicken, Waringham«, versicherte Justin mit einem Augenzwinkern. »Hier denken alle so. Auch deswegen halten wir es mit Prinz John. Denn *er* schätzt England.«

Trotz der kalten, öden Fastensuppe und des altbackenen Brotes war es eine fröhliche Mahlzeit gewesen. Alle außer William de Braose waren freundlich, hatten Yvain nach seinem Zuhause und seinem berühmten Bruder befragt und bereitwillig Auskunft über das Leben an Prinz Johns Hof und über Fulk den Furchtbaren gegeben.

Doch als die Schalen ausgekratzt und der Krug mit dem verwässerten Cider geleert waren, verteilten die Knappen sich bald auf ihre Strohmatratzen, wickelten sich in die unzureichenden Decken und breiteten ihre Mäntel darüber. Schnell kehrte Ruhe ein, und die gleichmäßigen Atemgeräusche um ihn herum verrieten Yvain, dass seine Kameraden eingeschlafen waren – rechtschaffen müde nach einem Tag des Reitens und Fechtens.

Auch er fühlte die Erschöpfung der zwei Reisetage und des ereignisreichen Nachmittags bis in die Knochen, aber er konnte trotzdem nicht einschlafen. Der Strohsack war dünn, die Füllung klumpig. Die Wolldecke kratzte wie ein härenes Büßergewand. Die fremde Umgebung tat ein Übriges, hielt ihn ebenso wach wie das jämmerliche Heimweh, das ihn mit einem Mal plagte, seit es so still um ihn herum geworden war. Er dachte an Cecily, die er vielleicht jahrelang nicht wiedersehen würde, denn wenn er das nächste Mal heimkam, war sie bestimmt längst in ihr Kloster gegangen. Und natürlich dachte er an Amabel. Nicht in den

Armen seines Bruders – das war eine Szene, die er trotz seiner blühenden Phantasie bislang vor seinem geistigen Auge hatte verbergen können –, sondern er dachte daran, wie sie als zehnjähriges Waisenkind nach Waringham gekommen war und es von der ersten Stunde an verstanden hatte, dazuzugehören und sich Freunde zu machen. Er wollte sich ein Beispiel an ihr nehmen, beschloss er. Und er dachte an Waringham Heath und den Feenbaum.

Die vertrauten Bilder hatten ihn zu guter Letzt doch in den Schlaf finden lassen, und er erwachte mit einem plötzlichen Ruck, als ihm ein nasser Lappen auf den Mund gepresst wurde und ihm den Atem nahm. Yvain riss die Augen auf und wollte mit beiden Händen nach dem widerlichen Lumpen greifen, aber er konnte sich nicht rühren. In der Dunkelheit erahnte er zwei aufragende Gestalten links und rechts, und jede hatte einen seiner Arme unter einem Knie eingeklemmt.

»Schsch«, kam ein Wispern von links. Es war beinah tonlos, aber Yvain erkannte William de Braose. »Versuch erst gar nicht, dich zu wehren. Je artiger du bist, desto leichter wird es.«

Das hättest du wohl gern, dachte Yvain wütend, bäumte sich auf und wollte seinen rechten Arm losreißen. Aber der zweite Schatten erwachte plötzlich zum Leben, legte die Hand auf Yvains Schritt und packte zu, als wolle er ihm die Eier zu Mus zerquetschen.

Yvain stöhnte, obwohl er nicht wollte, und mit einem Mal war seine Brust schweißüberströmt. Während er voll und ganz von dem sengenden Schmerz in Anspruch genommen war, steckte William de Braose ihm ein dickes Stück Schnur zwischen die Zähne und zurrte den nassen Knebel fest. Vom Schmerz waren Yvain Tränen in die Augen geschossen, und weil ihm das die Nase verstopfte, bekam er keine Luft mehr. Helle Punkte pulsierten vor seinen zugekniffenen Lidern, und der Fußboden unter seinem Bett begann zu schwanken. *Nicht in Panik geraten … Ein bisschen Luft reicht ja schon. Einfach atmen …*

Dann endlich verschwand die Hand von seinen Hoden. Der Schmerz blieb, aber er verebbte ein wenig.

Für einen Augenblick konnte Yvain nur reglos auf dem Rücken liegen und war vollauf damit beschäftigt, seine Lungen mit ausreichend Luft zu füllen und dem pulsierenden Hämmern in seinen Ohren zu lauschen.

Seine Peiniger zogen ihn auf die Füße, fesselten ihm die Hände und zerrten ihn zur Tür der Kammer. Alles ging rasch und ohne ein Wort vonstatten, aber Yvain wusste dennoch, dass niemand in der Turmkammer mehr schlief. Was immer William de Braose mit ihm vorhatte, wurde von den übrigen Knappen gebilligt, zumindest stillschweigend geduldet. Yvain fühlte sich verraten und verkauft.

Einer ging vorweg, einer legte ihm die Hände von hinten auf die Schultern, und so ging es die enge Wendeltreppe hinab. Die Fackeln waren verschwunden, und Yvain konnte sich an diesem dunklen, fremden Ort überhaupt nicht orientieren, aber er merkte bald, dass sie weiter hinabstiegen als bis zur Eingangstür im Erdgeschoss, und er schauderte.

Der Abstieg endete in einem engen, halbrunden Raum tief unten in den Eingeweiden des Turms. Eine Fackel brannte neben der Einmündung der Treppe, und in ihrem gelblichen, flackernden Schein erkannte Yvain Wände aus großen Steinquadern, einen festgestampften Lehmboden und eine Falltür.

Es kostete ihn Mühe, den Kopf zu heben, und es schien eigentümlich lange zu dauern, aber dann sah er William de Braose ins Gesicht.

Der Rotschopf zeigte weder Triumph noch Häme. Seine Miene drückte nichts als Konzentration und Wachsamkeit aus, und er erwiderte Yvains Blick geruhsam.

»Mach die Tür auf, Hamelin«, befahl er, ohne Yvain aus den Augen zu lassen.

Hamelin de Warenne beugte sich über die Falltür, steckte zwei Finger in den Ring und öffnete die Klappe ohne Mühe. Die Öffnung darunter war ein ungleichmäßiges Rund von einem guten Schritt Durchmesser und führte in ein schwarzes Nichts.

William de Braose löste die Kordel und riss Yvain ohne viel Feingefühl den Knebel aus dem Mund.

Yvain hob die gefesselten Hände und rieb sich mit dem Handrücken über die Lippen.

»Du kannst mich anflehen, es nicht zu tun, Waringham«, lud William ihn bedächtig ein. »Geh runter auf die Knie und küss mir die Stiefel. Dann bin ich vielleicht gewillt, Gnade vor Recht ergehen zu lassen.«

Gnade vor Recht?, dachte Yvain fassungslos. *Aber ich habe dir nichts, nicht das Geringste getan!* Doch das sagte er nicht. Er wusste genau, dass es nichts nützen würde. Der Drang, auf Knien um Gnade zu flehen, war mächtiger, als er für möglich gehalten hätte, aber auch das tat er nicht. Er wandte den Blick ab, stierte einen Moment in die gähnende Schwärze hinab und fürchtete sich bis ins Mark. Trotzdem bekam er irgendwie genug Speichel in den Mund, um William vor die Füße zu spucken. »Zur Hölle mit dir, Braose.«

Der zeigte ein kleines, bitteres Lächeln. »Alsdann. Wie lang wird es wohl dauern, bis du dem Vergessen anheimfällst?« Und er versetzte ihm einen tückischen Stoß vor die Brust.

Yvain taumelte rückwärts über den Rand der Öffnung und fiel. Er stieß hart mit dem Rücken gegen die Felswand und landete mit klirrenden Zähnen auf den Knien, während über ihm die Tür der *Oubliette* polternd zufiel.

Das Verlies musste ungefähr wie ein Krug geformt sein, lernte Yvain innerhalb der ersten Stunde.

Er hatte sich aufgerichtet und an der niedrigen Decke fast den Schädel eingeschlagen. Die Arme mit den gefesselten Händen um den Kopf geschlungen, war er zurück auf die Knie gesunken und hatte sich in aufkeimender Verzweiflung gefragt, was er tun sollte, um nicht zu winseln, die nackten Felswände mit den Fingernägeln anzugehen und sich zu bepinkeln.

Fang mit dem Nächstliegenden an, hatte er sich selbst geantwortet: Befreie deine Hände. Er hatte die Handgelenke gegeneinander gedreht, langsam und geduldig, bis er glaubte, der Strick habe sich ein wenig gelockert. Dann hatte er einen rauen Buckel in der ungleichmäßigen Felswand ertastet und den Strick darübergerieben, die Augen gegen die erdrückende Finsternis geschlossen. Der Strick war schneller durchgescheuert, als er sich hätte träumen lassen, und im ersten Augenblick verspürte er Ernüchterung, weil das Projekt schon beendet war, mit dem er die Furcht auf Armeslänge von sich ferngehalten hatte.

Seine Finger zitterten, als er die ausgefransten Hanfreste von den Gelenken wickelte, darum presste er die Handflächen gegeneinander, bis das Zittern nachließ. Und wo er hier schon mit gefalteten Händen am Boden kniete, bat er Jesus Christus um Mut und Beistand.

Schließlich beruhigte sich sein rasselnder Atem, und er begab sich daran, sein Verlies zu erkunden. Die Fläche des unebenen Bodens war so winzig, dass er immer Wandberührung hatte, wenn er sich ungefähr in die Mitte setzte und die Hände ausstreckte. Feuchte Kälte strömte aus Wänden und Boden, und trotzdem herrschte ein widerwärtiger Gestank nach Fäulnis und menschlichen Ausscheidungen. Yvain stand langsam auf, ganz vorsichtig dieses Mal, und berührte wiederum mit dem Kopf die Decke, lange bevor er sich ganz aufgerichtet hatte. Stehen konnte er nur im Hals des Kruges, der engen Röhre, die zur Falltür hinaufführte. Ansonsten konnte er knien, sitzen, hocken oder mit angewinkelten Knien liegen.

»Letzteres dürfte wenig empfehlenswert sein«, murmelte er vor sich hin, und der dumpfe Klang seiner eigenen Stimme an diesem lichtlosen Ort des Vergessens jagte ihm einen eisigen Schauer den Rücken hinab. »Sonst wirst du dir den Tod holen.«

Die Frage, ob das nicht vielleicht das Beste wäre, verscheuchte er schleunigst wieder. Er setzte sich auf den Boden, streckte die Beine vor sich aus, suchte erfolglos nach einer Stelle, wo er halbwegs bequem den Rücken an die Mauer lehnen konnte, und hörte einen Wassertropfen fallen, der mit einem lustigen kleinen »Plitsch« in einer Pfütze landete.

Von einem Herzschlag zum nächsten verspürte er brennenden Durst, aber er wusste, er durfte das Wasser aus der Pfütze nicht anrühren, denn der Boden starrte vor Dreck.

Wie lange würde William de Braose ihn hier unten schmoren lassen? Vermutlich nur bis morgen früh, überlegte er. Denn auch wenn die restlichen Knappen ihn deckten, würde Fulk de Cantilupe doch gewiss Fragen stellen, wenn der Neue nicht zum Unterricht erschien. Es sei denn, er steckte mit drin. Aber das war undenkbar.

Oder?

Er wusste es nicht. Er wusste nicht einmal, ob die Knappen täglich unterwiesen wurden. Oder ob morgen nicht vielleicht Sonntag war und niemand ihn vermissen würde.

Yvains Herz begann wieder zu rasen, flatterte in seiner Kehle wie ein gefangener Vogel, und er musste feststellen, dass ihm auf die Schnelle nichts mehr einfiel, womit er die Panik in Schach halten konnte. Er hatte all seine Pfeile verschossen.

Keuchend stieß er die Luft aus, kniff die Augen zu, um die Tränen zurückzudrängen, und als er den Kopf auf die angewinkelten Knie bettete, spürte er unter der Kleidung einen ungewohnten runden Fremdkörper auf der Brust.

Mit einem zittrigen Stoßseufzer zog er Amabels Waringham-Wappen aus dem Halsausschnitt und nahm die stoffbezogene Holzscheibe zwischen die Handflächen. Natürlich konnte er sie nicht sehen, aber das machte nichts. Ganz allmählich, so wie die ersten Sterne in der langen Dämmerung eines Sommerabends am Himmel zu blinzeln beginnen, fühlte Yvain seinen Mut wieder erwachen, und das Grauen ließ von ihm ab.

Er hatte keine Ahnung, wie viel Zeit vergangen war. Eine Nacht oder eine Woche, beides schien möglich. In der Oubliette wurde Zeit zu einem gänzlich unsinnigen Element, hatte er gelernt, absurd und bedeutungslos. Hin und wieder war er in eine Art Dämmerzustand gesunken, hatte geträumt, ohne wirklich zu schlafen, und wenn er wieder erwachte und begriff, wo er war, hatte er sich in den Arm gebissen, um still zu bleiben. Er hatte auf den Boden gepinkelt und versucht, die Stelle danach zu meiden. Er hatte herausgefunden, wo das Wasser von der Decke rieselte, und nach einigen Fehlversuchen hatte er ein paar Tropfen mit der Zunge aufgefangen. Das Wasser schmeckte nach Stein und Kalk, schien aber in Ordnung. Es war indes zu wenig, um seinen Durst zu löschen. Hunger verspürte er nicht.

Er lag auf der Seite und starrte in die Schwärze, als ein quietschendes Geräusch ihn plötzlich zusammenzucken ließ, und im nächsten Moment stach ihm gleißendes Licht in die Augen, sodass er sie zukniff und mit einem Laut des Unwillens den Kopf wegdrehte.

»Warte einen Moment«, kam eine Stimme von der Öffnung des Kruges. Sie klang dumpf und fern. »Zähl bis zwanzig und öffne die Augen wieder. Dann ist es besser, ich schwör's.«

William de Braose?

Yvain rechnete mit irgendeinem neuerlichen Hinterhalt, aber den Rat befolgte er trotzdem. Und es stimmte: Als er die Augen das nächste Mal aufschlug, stellte er fest, dass es doch nicht die Sonne war, die vom Himmel gefallen und die Kellertreppe von Windsor Castle hinuntergekullert war, sondern nur eine Fackel. Seine Augen begannen von dem warmen gelblichen Schimmer zu tränen, aber sie schmerzten kaum noch.

Zum ersten Mal konnte Yvain das Innere der Oubliette erkennen: ein etwa eiförmiger Hohlraum von vielleicht vier mal fünf Fuß. Eine geneigte Decke, die von der Öffnung in der Mitte zu den Seiten hin niedriger wurde. Ungleichmäßige, aus dem grauen Fels gehauene Wände. Der Boden mit ein paar braunen Strohhalmen und widerwärtigem Morast bedeckt. Er war heilfroh, dass er nicht gewusst hatte, wie eng und erbärmlich das Loch tatsächlich war, in dem er gesteckt hatte, und er fürchtete, wenn sie ihn jetzt noch einmal hierließen, würde er vor Entsetzen eingehen.

Doch danach sah es nicht aus.

»Hier.« Eine Strickleiter entrollte sich zappelnd im Hals des Kruges, und das Ende kringelte sich auf dem Boden. »Kannst du mit gebundenen Händen klettern? Sonst ziehen wir dich hoch.«

Yvain antwortete nicht. Er testete die Strickleiter mit dem linken Fuß, packte sie mit beiden Händen, ruckte zwei-, dreimal, um sich zu vergewissern, dass dies kein grausamer Scherz war, und kletterte durch die enge Röhre nach oben. Als Kopf und Schultern aus der Öffnung ragten, sah er William de Braose, der die

Fackel hielt und mit ernster, undurchschaubarer Miene auf ihn hinabblickte. Justin und Baldwin, die ihn flankierten, beugten sich vor, packten Yvain unter den Achseln und hievten ihn aus dem Loch.

Mit einem Ruck befreite er sich von ihren Händen, ballte die Rechte und schmetterte sie William mitten ins Gesicht. »Wenn du willst, dass meine Hände gebunden bleiben, gib dir das nächste Mal mehr Mühe, du Hurensohn!«

William war zurückgetaumelt und wäre um ein Haar über die aufgeklappte Falltür gestolpert, aber er fing sich wieder und verlor auch die Fackel nicht.

»Ich werd's mir merken, Waringham«, stellte er in Aussicht, fuhr sich mit der freien Linken über die blutige Nase und hob mit einem halb schelmischen, halb zerknirschten Lächeln die Schultern. »Und nichts für ungut.«

»*Was?*«, brauste Yvain auf und machte einen Schritt auf ihn zu. »Was soll das heißen? Du wirfst mich ohne Grund in dieses Drecksloch und denkst, mit einem ›Nichts für ungut‹ ist die Sache erledigt? Das kannst du dir aus dem Kopf schlagen, du …«

»Doch, doch, es gab einen Grund, Yvain«, fiel Baldwin ihm beschwichtigend ins Wort.

»Und zwar?«, fragte der junge Waringham herausfordernd.

»Es ist das Willkommen, das wir jedem Neuen bereiten. Unser Aufnahmeritual, wenn du so willst«, antwortete Justin. »Da muss jeder durch.«

»Jesus …« murmelte Yvain matt. Mit einem Mal fühlte er sich vollkommen erledigt. »Welches kranke Hirn hat das ersonnen?«

»Meines«, antwortete Prinz John in seinem Rücken.

Yvain wirbelte herum, starrte einen Moment ungläubig in das Gesicht, dessen Züge im zuckenden Fackelschein noch schärfer geschnitten wirkten als sonst, und verneigte sich unwillig. »Mein Prinz.«

»Ich kann keine Feiglinge gebrauchen«, erklärte John brüsk. »Darum wird jeder Neuzugang dieser Prüfung unterzogen. Und wie ich höre, hast du dich gut gehalten. Meinen Respekt.« Die Augen funkelten im Fackelschein.

Yvain rieb sich mit der Hand über die klamme Stirn. »Wie lange war ich dort unten?«

»Eine Nacht und einen Tag«, antwortete John. »Weil du nicht geheult und gewinselt hast. Deine Kameraden haben hier oben gewacht und an der Falltür gehorcht und keinen Laut von dir gehört. Sonst wären es drei Tage und Nächte geworden.«

Yvain musste schlucken. »Und wenn ich um Gnade gebettelt hätte?«

»Eine Woche, ein Tritt in den Hintern und ab nach Hause«, antwortete John. »Gebt dem Mann ein Bad und ein anständiges Abendessen. Und sei mir willkommen, Yvain of Waringham. In dem Rebellennest, das mein Haushalt neuerdings ist, habe ich Verwendung für Kerle wie dich.«

Er wandte sich ab und lief leichtfüßig die enge Treppe hinauf.

»Danke, Mylord«, murmelte der Junge ihm nach.

Er war befremdet. Oder eigentlich schockiert, gestand er sich ein. Er konnte akzeptieren, dass ein neuer Knappe in einem prinzlichen Haushalt eine Probe bestehen musste, um sich zu beweisen. Aber *eine Woche* in diesem Höllenloch? Er wusste genau, es hatte nicht viel gefehlt, und er hätte William de Braose angefleht. Es war nicht auszudenken. Er glaubte nicht, dass er danach noch derselbe gewesen wäre. Es war zu hart. Es war, genau betrachtet, boshaft und niederträchtig.

Baldwin Beaumont klopfte ihm mit einem kleinen Seufzer die Schulter. »Du siehst, man ist gut beraten, ihn niemals zu enttäuschen.«

Ein einladendes Feuer brannte im Kamin, und auf dem Tisch standen Platten und Schüsseln mit dampfenden Speisen, ein Weinkrug und ein Bronzebecher.

Baldwin schenkte ein. »Hier, Yvain. Einen solchen Tropfen bekommt man nicht alle Tage. Wohl bekomm's.«

Yvain nahm den Becher ohne Dank und trank einen tiefen Zug. Beaumont hatte nicht übertrieben, stellte er fest. Es war ein vollmundiger Rotwein, der fast schwarz im Fackelschein funkelte. Unverdünnter Wein während der Fastenzeit?, dachte er unbehaglich, aber er erhob keine Einwände. Er konnte es ja bei nächster Gelegenheit beichten …

Sie befanden sich im größeren der beiden Steinhäuser im oberen Burghof, das auch Prinz John beherbergte und das zu Yvains Verblüffung über eine Badestube verfügte: Vor dem Kamin stand ein hölzerner Zuber, den dienstbare Geister mit heißem Wasser gefüllt hatten. Flauschige Schaffelle waren rundherum auf dem Boden ausgelegt, auf einem intarsienverzierten Tischchen neben dem Bad stand eine Messingschale mit einem Seifewürfel, und ein Stapel Leinentücher lag daneben. Fackeln in schmiedeeisernen Wandhaltern und Kerzen in kostbaren Leuchtern aus poliertem Marmor tauchten das Gemach in behagliches Licht.

Yvain schaute sich staunend um.

»Runter mit den Klamotten«, forderte William de Braose ihn mit einer einladenden Geste auf. »Steig in den Zuber, und wir tragen dir auf.«

Yvain schüttelte den Kopf. »Verschwindet. Ich brauche keine Kammerjunker, um ein Bad zu nehmen.«

»Aber so sind die Regeln«, protestierte William. »Stell dich nicht an, wir gucken dir schon nichts weg. Na los.«

Wortlos kehrte Yvain den anderen Knappen den Rücken. Er nahm Amabels Amulett ab und steckte es verstohlen in den Beutel am bestickten Ledergürtel, ehe er die Schnalle löste und den Gürtel auf einen freien Schemel legte. Dann zog er den wadenlangen Bliaut über den Kopf, den er von seinem Vater geerbt hatte. Er war vorn und hinten geschlitzt, damit man trotz der Länge ausschreiten und im Sattel sitzen konnte, aber der vordere Schlitz war ausgerissen und deswegen eine Handbreit länger als beabsichtigt. Trotzdem faltete Yvain das Gewand sorgsam und legte es auf den Gürtel. Er entledigte sich der wadenhohen Stiefel, indem er mit der Spitze des einen an der Ferse des anderen hebelte, denn seine Mutter schaute ja nicht zu. Schließlich löste er die Bänder, welche die dunkelgrünen Strümpfe am Oberschenkel an die Bruoch nestelten, rollte die Strümpfe vom Bein, kämpfte sich aus Hemd und Bruoch und stieg in den Zuber.

Er hatte geargwöhnt, dass das dampfende Wasser ihn verbrühen würde, aber tatsächlich umschmeichelte es seine Beine mit wohliger Wärme. Er setzte sich, lehnte den Rücken an die gewölbte Wand des hölzernen Zubers und ließ sich abwärtsgleiten, bis seine Knie auf- und seine Schultern untertauchten. Ein paar Atemzüge verharrte er reglos und mit geschlossenen Augen und spürte, wie das köstliche warme Nass nicht nur den Dreck, sondern auch das Grauen der Oubliette nach und nach von ihm abwusch.

Ein wenig Wasser schwappte auf die Schaffelle und den steinernen Fußboden, als er sich wieder aufsetzte und den Weinpokal ergriff, den er in Reichweite auf dem Tischchen mit der Seife abgestellt hatte.

Während er trank, legte Baldwin ein Holzbrett quer über den Zuber, und William stellte einen Zinnteller mit in Butter gerösteten Brotstücken auf die improvisierte Tafel.

Yvain kostete. Es schmeckte himmlisch. »Wein *und* Butter?«, fragte er indessen. »Wollt ihr, dass ich die nächsten zwei Wochen auf Knien verbringen muss, um meine Buße zu verrichten?«

»Im Gegenteil«, versicherte William und setzte ihm ein Brathühnchen vor. »Befreite Gefangene erhalten Dispens und sind von allen Fastenvorschriften ausgenommen, bis ihre Kräfte wiederhergestellt sind. Wir haben extra Vater Eustache gefragt, er ist der Beichtvater des Prinzen.«

Na ja, entkräftet bin ich eigentlich nicht, dachte Yvain schuldbewusst, während er sich eine Keule vom Hähnchen riss und mit Wonne hineinbiss, aber das gestand er lieber nicht.

»Soll ich dir den Rücken schrubben?«, erbot sich Baldwin und hielt eine langstielige Bürste hoch.

»Untersteh dich«, wehrte Yvain ab. »Behalt ja die Griffel bei dir, Beaumont.«

Sie lachten über seine Schreckensmiene, füllten seinen Becher wieder und brachten ihm einen Stapel mit handtellergroßen süßen Pfannkuchen, die köstlicher waren als alles, was er je im Leben gekostet hatte. William und Baldwin setzten sich ein Stück abseits auf die Kaminbank und ließen ihn zufrieden, sodass er in Ruhe schmausen konnte. Erst als die Teller geleert waren und

Yvain den leeren Weinbecher benutzte, um Wasser zu schöpfen und es sich über den kinnlangen, widerspenstigen Lockenschopf rinnen zu lassen, kehrten seine beiden Kammerjunker zurück und bauten die Tafel ab.

»War alles recht, Mylord?«, fragte William und machte einen tölpelhaften Diener.

Yvain hatte Mühe, über seine Posse nicht zu lachen, aber so einfach wollte er ihn nicht davonkommen lassen. »Es war nicht übel«, räumte er ein.

»Aber auch nicht gut genug, um deinen Groll zu besänftigen, wie ich sehe«, bemerkte Baldwin und reichte ihm die Seife.

Yvain fuhr sich langsam mit dem gräulichen Würfel über Arme und Brust und dachte nach. »Also jeder, der die Oubliette übersteht, ohne sich zu entehren, bekommt zur Belohnung ein Bad und einen Festschmaus?«, fragte er.

»Und nicht zu vergessen: neue Gewänder«, erwiderte Baldwin und wies auf die Truhe neben der Tür, wo ein Kleiderstapel lag.

»Na ja, die kann ich wirklich gut gebrauchen«, bekannte Yvain. Es änderte indessen nichts an seinem Unbehagen ob dieses Aufnahmerituals.

»So ergeht es fast jedem, der herkommt«, sagte William achselzuckend. »Und jeder hat sie sich gleich sauer verdient. Ich weiß ganz genau, wie du dich fühlst, Mann, ich bin auch erst letzten Herbst hergekommen.«

Wieder gab es einigen Seegang, als Yvain aufstand und ungeschickt aus dem Zuber kletterte. Baldwin reichte ihm ein großes weißes Leinentuch. »William war drei Tage dort unten«, berichtete er nüchtern. »Er hat sich den Fuß gebrochen, als wir ihn hineingeworfen haben, und deswegen hat er die ersten zwei, drei Stunden gestöhnt. Also: drei Tage.«

»Allmächtiger …«, murmelte Yvain, während er sich in das Laken wickelte, und betrachtete den jungen Braose mit unfreiwilliger Hochachtung. »Fast ein kleines Wunder, dass du noch bei Verstand bist.«

»Behauptet wer?«, gab William flapsig zurück, aber Yvain sah den Nachhall des Schreckens in seinen Augen.

William brachte ihm die Sachen von der Truhe. »Hier. Jede Wette, dass sie wie angegossen passen. Keine Ahnung, wie er das macht, aber er gibt den Näherinnen immer genaue Instruktionen.«

»Cantilupe?«, fragte Yvain ungläubig.

»Der Prinz«, klärte Baldwin ihn auf. »Wenn er Zeit hat, unterrichtet er uns auch manchmal. Er ist ein großartiger Fechter.« Ehrfurcht leuchtete in seinen Augen, vielleicht sogar Hingabe. »Man kann über ihn sagen, was man will, aber er kümmert sich um die Seinen.«

Yvain nickte und hob seinen neuen Bliaut prüfend an den Schultern hoch. Er war aus einem weichen Kammgarn rostbrauner Farbe, an Saum, Ärmeln und Halsausschnitt mit einer grünen Bordüre verziert.

»Fast seinen Preis wert, he«, bemerkte Baldwin an seiner Seite.

»Ich bin mir nicht sicher«, bekannte Yvain.

»Nun, den vollen Preis hast du ohnehin erst bezahlt, wenn der nächste Neue kommt«, eröffnete William ihm. »Den darfst nämlich dann du in die Oubliette befördern, Waringham.«

Windsor, April 1193

»Gott sei Dank. Ich fing an zu glauben, dieses Hochamt solle bis Pfingsten dauern«, sagte Justin mit einem Stoßseufzer.

»Lasst uns einen Schritt zulegen. Ich sterbe vor Hunger«, drängte William, und die anderen lachten. William de Braose hatte *immer* Hunger.

Es war der Sonntag des Guten Hirten zwei Wochen nach Ostern, und weil es ein hoher Feiertag war, hatte Vater Eustache eine allgemeine Kommunion ausgeteilt. Niemand hatte vor der Messe irgendetwas zu sich genommen, denn den Leib des Herrn durfte man nur auf nüchternen Magen empfangen.

Zusammen mit dem prinzlichen Haushalt strömten die Knappen aus der Kapelle in den sonnenbeschienenen unteren Burghof, wo Löwenzahn und Schlüsselblumen das frühlingshelle Gras betupften – zumindest nah an den Hauswänden und am Fuß der Mauer, wo der Rasen nicht zertrampelt und schlammig war.

»Geht schon vor«, forderte Yvain die anderen auf. »Ich schau noch kurz im Pferdestall vorbei.«

»Also ehrlich, Waringham.« Justin seufzte tief und kratzte selbstvergessen an einem seiner zahllosen Pickel. »Ich kenne keinen anderen Kerl, der so ein Gewese um seinen Gaul macht. Was tust du nur immerzu bei ihm? Die Haare seiner Mähne zählen?«

»Das braucht dich ja nicht zu kümmern«, gab Yvain zurück. »Wartet nicht mit dem Frühstück auf mich, aber lasst mir ja etwas übrig.«

Justin klopfte ihm mit großer Geste die Schulter. »Selbstredend, Monseigneur. Doch erlaube mir einen gut gemeinten Rat: Häng dein Herz nicht zu sehr an deinen Vellantif, denn wer kann sagen, ob wir ihn nicht bald verspeisen müssen?«

Die anderen lachten, und Justin wich Yvains halbherzig geschwungener Faust ohne Mühe aus, ging ein paar Schritte rückwärts, um ihm eine Kusshand zuzuwerfen, machte dann kehrt und eilte den anderen hinterher, die Richtung Motte strebten.

Auf dem Weg zum Stall schaute Yvain zum Burgtor hinüber. Die hohen eisenbeschlagenen Flügel waren ebenso geschlossen wie das Fallgitter. Auch die Brücke über den unbewässerten Graben auf der anderen Seite des Torhauses war eingezogen, wusste er.

Seit drei Wochen stand Windsor Castle unter Belagerung.

Über die Fastenzeit hatte die Lage in England sich zugespitzt. Während die Königinmutter und Walter de Coutances den Adel aufforderten, König Richard einen neuen Treueid zu leisten, war ein Gerücht aufgekommen – gestreut von Prinz John, wurde gemunkelt –, der König sei in der Gefangenschaft gestorben. Genau wie Yvains Vater prophezeit hatte, waren die *Barons* – die Kronvasallen – in eine üble Zwickmühle geraten: Wenn sie den Eid an den womöglich toten König schworen, würden sie sich den Zorn seines Nachfolgers zuziehen. War Richard aber noch am Leben und sie verweigerten den Eid, verrieten sie einen Kreuzfahrerkönig, riskierten ihre Ehre und nicht zuletzt ihr Seelenheil.

Prinz John war mit den flämischen Söldnern, die er im Winter auf dem Kontinent angeheuert hatte, nach London marschiert, um den Stadtvätern bei ihrer Entscheidung auf die Sprünge zu helfen, doch sie hatten ihm die Tore vor der Nase zugeschlagen und den neuen Treueid geleistet, genau wie die Mehrzahl der Barons. Aber viele Adlige hatten sich auch Johns Sache angeschlossen und wie der Prinz selbst ihre Burgen befestigt und Truppen ausgehoben. Schon bei Yvains Ankunft vor sechs Wochen hatte Guillaume de Braose begonnen, Windsor auf eine Belagerung vorzubereiten: Alle Wehranlagen waren instand gesetzt, die Garnison verstärkt und Vorräte eingelagert worden. Als die königstreuen Truppen schließlich kurz vor Ostern den Belagerungsring um Windsor geschlossen hatten, war die Burgbesatzung längst bereit gewesen. Darum mussten sie in Windsor nicht darben – bislang waren nicht einmal die Rationen verkleinert worden. Niemand schien sonderlich besorgt, denn die Belagerer ließen es gemächlich angehen, beschossen die Mauern eher zaghaft mit den dicken Steinen aus ihren Belagerungsmaschinen und hatten bislang auch noch nicht versucht, die Burgbefestigungen mit Leitern oder einem Rammbock zu überwinden. Sonntags taten sie gar nichts, und während der ganzen Karwoche hatten die Ballisten und Katapulte geschwiegen. Trotzdem wurde Yvain beim Anblick des geschlossenen Tores jedes Mal ein wenig unbehaglich zumute.

»Morgen, Wulfstan.« Er trat aus dem hellen Sonnenschein ins schattige Innere des Stalls und war augenblicklich in den Geruch nach Pferden und Leder gehüllt, der ihn immer magisch anzog.

»Lord Yvain.« Wulfstan sah kurz über die Schulter und lächelte ihm zu, ehe er fortfuhr, die Box des prinzlichen Rappen auszumisten. Osfrith, Robert und John, die übrigen Stallburschen, waren weiter hinten ebenfalls bei der Arbeit. Der Stall war hoffnungslos überfüllt, weil so mancher von Prinz Johns

Getreuen seit Beginn der Belagerung in Windsor gestrandet war. In den meisten Boxen standen zwei Pferde, und die Stallknechte bekamen die Arbeit kaum getan. Deswegen schätzten sie es auch nicht sonderlich, wenn Knappen oder Ritter hier herumlungerten und ihnen in die Quere kamen, wusste Yvain.

»Bin gleich wieder weg, ich wollte Vellantif nur ein paar Rosinen bringen.«

Wulfstan nahm die Linke von der Mistgabel, um eine einladende Geste zu vollführen, sagte jedoch: »Ihr solltet Eure Rosinen lieber selber essen.«

»Ich hasse Rosinen«, eröffnete Yvain ihm. »Deswegen habe ich diese hier gestern Abend aus der Milchsuppe gefischt.« Er hielt das Tüchlein hoch, in welches er sie gewickelt hatte, und trat an Vellantifs Box schräg gegenüber. Sein vierbeiniger Gefährte sah ihm schon erwartungsvoll entgegen. Yvain schüttete die Rosinen vorsichtig in die Linke und streckte sie ihm hin. Im nächsten Moment spürte er die samtigen Pferdelippen an der Handfläche.

Wulfstan fuhr die Schubkarre zur nächsten Box und hielt einen Moment bei ihnen an. »Gebt nur acht, dass er nicht fett wird«, warnte er. »Die Pferde bekommen zu wenig Bewegung. Wir tun, was wir können, aber weil wir sie jetzt nicht mehr raus auf die Weide bringen können, stehen sie zu viel.«

Yvain nickte. »Ich weiß, das tut ihnen nicht gut.« Er fuhr Vellantif mit der flachen Hand über den Hals, richtete das kurze, borstige Fell auf und strich es wieder glatt. »Sprich mit Guillaume de Braose«, schlug er vor.

Der junge Stallknecht schnaubte. »Ich werd mich hüten …«

»Also schön, dann überrede ich ein paar der Knappen, heute Nachmittag eine Stunde zu reiten.«

Wulfstan war skeptisch. »Ich kann mir nicht vorstellen, dass die feinen jungen Gentlemen Lust haben, im Burghof im Kreis herumzureiten wie ein Dreikäsehoch, der zum ersten Mal auf ein Pony gesetzt wird.«

»Sie werden es tun, wenn ich es ihnen erkläre«, widersprach Yvain. »Sie sind nicht so hochnäsig, wie du glaubst.«

Mit einem Kopfschütteln nahm Wulfstan die Schubkarre wieder auf. »Lieber nicht. Wenn Braose denkt, ich hätte Euch etwas vorgejammert, jagt er mich mit einem Tritt davon, sobald das Burgtor sich wieder öffnet. Und bei allem Respekt: Die wenigsten der Knappen reiten auch nur halb so gut wie Ihr. Die Rösser des Prinzen würd ich denen nie im Leben anvertrauen.«

Yvain gab keinen Kommentar ab, aber er wusste, Wulfstan hatte recht. Fulk de Cantilupe war ein guter Fechtlehrer, doch er legte zu wenig Augenmerk auf die Reitkünste seiner Schüler.

»Aber wenn *Ihr* ein Stündchen Zeit zum Reiten fändet, wären die Jungs und ich dankbar«, gestand der Stallknecht.

Yvain fühlte sich geehrt. »Abgemacht.«

Wulfstan nickte knapp und schob seine Mistkarre zur nächsten Box.

»Hier, Waringham, das habe ich mit Klauen und Zähnen für dich verteidigt.« William schob ihm einen Teller mit zwei ziemlich kümmerlichen Brotstücken hin, die in Brühe eingeweicht worden waren.

»Vornehmlich gegen deine eigene Gier, schätze ich«, gab Yvain zurück, steckte sich das erste Stück Brot ganz in den Mund und leckte sich geräuschvoll die Brühe von den Fingern.

William verzog schmerzlich das Gesicht. »Herrje, welch beklagenswerte Manieren …«

»Wo sind die anderen?«

William ruckte den linken Daumen über die Schulter. Der Daumen war kurz und kräftig, wie alles an ihm. »Sie sind auf den Wehrgang gestiegen, um den Königstreuen beim Feldgottesdienst zuzuschauen.«

Yvain verspeiste den Rest seines kärglichen Frühstücks und nickte. Es war ein beliebter Zeitvertreib der eingeschlossenen Burgbewohner, an der Brustwehr zu stehen und zu den Belagerern hinüberzusehen. Sonntags versammelten diese sich auf der großen Freifläche zwischen ihren Zelten zur Messe, die notgedrungen bei jedem Wetter unter freiem Himmel stattfand. Die Knappen und Ritter des Prinzen versuchten zu erraten, wer sie waren, aber die Belagerer waren zu weit weg, um sie zu erkennen, und längst nicht jeder der Lords führte ein Wappen. Und so gab es jeden Tag neue Gerüchte: Der Erzbischof von York – König Richards und Prinz Johns unehelicher Bruder Geoffrey – sei gekommen, um den königlichen Truppen die Ostermesse zu halten. Der berühmte William Marshal höchstpersönlich überwache den Aufbau der Ballisten entlang der Themse. Und am Gründonnerstag hatte der junge Engelram de Préaux für ziemlichen Aufruhr gesorgt, als er behauptete, der König sei zurückgekehrt und führe die Belagerer an, er – Engelram – müsse schließlich wissen, wie er aussehe, habe er Richard vor dem Kreuzzug doch als Knappe gedient. Seine Behauptung erwies sich als Irrtum, und Prinz John hatte Engelram ein paar Tage Kerkerhaft verordnet, damit sein offenbar angegriffenes Augenlicht sich in der Dunkelheit erholen könne …

William hob den Alekrug an und spähte hinein. »Mist. Leer.« Er stellte das Gefäß zurück und trommelte rastlos mit den Fingern der Linken auf den Tisch. »Ich wünschte, wir könnten sonntags mal wieder ins Dorf oder runter an den Fluss. Allmählich geht es mir an die Nieren, hier eingepfercht zu sein.«

Yvain erging es nicht anders. Sonntags nach dem Kirchgang hatten die Knappen ein paar freie Stunden, die sie bei gutem Wetter mit Baden und Fischen an der Themse verbrachten. Oder sie trieben sich verbotenerweise im Dorf herum und tändelten mit den Bauernmädchen, von denen die eine oder andere sogar gewillt war, einen jungen Gentleman für den Preis eines Pennys oder eines hübschen Seidenbands mit ins Heu zu nehmen. Jedenfalls behaupteten die anderen das. Yvain hatte noch keine Gelegenheit gehabt, den Wahrheitsgehalt ihrer wilden Geschichten zu überprüfen, denn kaum war das Wetter gut genug für sonntägliche Abenteuer geworden, hatte die Belagerung begonnen.

»Nächste Woche heiratet meine Schwester Alice«, fuhr William fort. »Und Vater und ich können nicht dabei sein. Schon seltsam.«

»Von Alice habe ich noch nie gehört«, bemerkte Yvain verwundert. »Wie viele Geschwister hast du eigentlich?«

»Dreizehn. Aber Mutter ist schon wieder guter Hoffnung.« Er lächelte eine Spur verlegen. »*Sie* ist vermutlich dankbar für die Belagerung. Wenn Vater noch ein paar Monate länger hier eingesperrt bleibt, hat sie zur Abwechslung mal kein Brüderchen oder Schwesterchen unter dem Herzen.«

Die Braoses lebten in Herefordshire und hatten ihre Ländereien vornehmlich in den walisischen Grenzmarken, aber ihre Besitzungen reichten bis nach Devon und Suffolk. Sie besaßen keinen Grafentitel wie die Waringham, waren aber viel reicher. Williams Vater, der die Verteidigung von Windsor Castle befehligte, hatte König Richard als Sheriff von Herefordshire gedient. Yvain hätte gerne gewusst, ob der allseits gefürchtete Guillaume de Braose nachts wach lag und sich fragte, was aus ihm und den Seinen werden würde, sollte Richard aus der Gefangenschaft heimkehren. Er hatte William danach gefragt, aber der wusste auch nicht, ob seinen Vater Zweifel plagten. *Und ich werde ihn sicher nicht fragen, denn ich verspüre keine Todessehnsucht,* hatte er klargestellt.

Am Tag seiner Ankunft in Windsor hätte Yvain jeden zum Zweikampf gefordert, der geweissagt hätte, ausgerechnet William de Braose solle hier sein bester Freund werden. Und doch war genau das eingetreten. Anfangs hatte Yvain ihm die Sache mit der Oubliette übel genommen. Auch als er erfahren hatte, dass es nichts Persönliches gewesen war, keine Gemeinheit, die William sich ausgedacht hatte, um den Neuen in die Schranken zu weisen, hatte er geargwöhnt, dass es dem jungen Braose Genugtuung verschafft hatte, ihn zu demütigen, und er hatte dessen unaufdringliche Friedensangebote mit eisiger Reserviertheit abgeschmettert.

Bis Baldwin Beaumont am dritten Abend mit einem dicken Buch in ihr Quartier gekommen war und ihnen vor dem Schlafengehen ein Gedicht über *Sir Galyn* vorgelesen hatte, einen bretonischen Ritter, dem seine Brüder die Kleider gestohlen hatten, während er im Meer badete, sodass er im Hemd und barfuß vom Strand auf die Burg zurückkehren musste. So sehr erzürnte Galyn diese Schmach, dass er zwei seiner Brüder erschlug. Er fürchtete, die Menschen könnten ihn für schwach und feige halten, wenn er keine Rache nahm. Als der arme Tropf erkannte, dass es in Wahrheit seine Rache war, die ihn schwach und feige machte, und er seine geliebten Brüder nie zurückbekommen konnte, zerriss er seine Kleider, raufte sich das Haar und verlor den Verstand, bis eine heilige Dame ihn schließlich an den Strand führte, wo das Verhängnis seinen Anfang genommen hatte. Dort baute Galyn eine Einsiedelei, legte ein Armutsgelübde ab, ging fortan nur noch barfuß und im Hemd und widmete sein Leben dem Allmächtigen.

Verdrossener denn je hatte Yvain sich auf die verfluchte Strohmatratze gelegt, die immer noch mehr mit einer kentischen Hügelkette als mit einer Ruhestätte gemein hatte, doch im Verlauf der schlaflosen Nacht war ihm aufgegangen, dass er tatsächlich nur eingeschnappt und sein Verhalten unritterlich war. Also hatte er am nächsten Morgen das Frühstück für sich und seine Kameraden aus der Küche geholt, obwohl er nicht an der Reihe war, hatte einen Becher dünnes Fastenbier eingeschenkt und mit einer Verbeugung vor William auf den Tisch gestellt.

»Wohl bekomm's, Braose.«

Es klang ruppiger, als er beabsichtigt hatte, aber Williams Lächeln war voller Erleichterung, und er errötete, bis seine Wangen feuriger leuchteten als sein Schopf.

Baldwin, der schon fast einen richtigen Bart hatte und besonnener war als alle anderen zusammen, sprach das Tischgebet: »Segne, Christus, diese Speise, uns zur Kraft und dir zum Preise. Mach uns, oh Herr, der Gaben wert, die deine Güte uns beschert. Geläutert ist unser Gefährte, den deine Gnade Einsicht lehrte. Yvains Herz ist nicht mehr bitter – er ist wohl doch ein Löwenritter.«

Und danach war alles anders geworden.

»Lass uns die anderen suchen gehen«, schlug Yvain vor. »Wir könnten uns ein paar Bögen holen und die Daunenschläfer zu einem Wettschießen fordern.« So nannten sie die älteren Knappen, weil die in ihrem Quartier richtige Betten mit anständigen Federkissen hatten. »Was meinst du?«

Aber William brummte ablehnend. »Sie machen ja doch wieder Kleinholz aus uns. Seit Pierre Montgomery zu ihnen gehört, haben wir uns jedes Mal eine blutige Nase geholt. Er ist einfach nicht zu schlagen.«

»Wenn du so überzeugt von unserer Chancenlosigkeit bist, wird sich daran wohl nie etwas ändern.«

»Oh, jetzt hörst du dich an wie Fulk der Furchtbare«, beklagte sich sein Freund.

Yvain verdrehte die Augen und stand auf. »Bitte, bleib hier und blase Trübsal, wenn du willst. Aber ich geh raus in die Sonne.«

Wie meistens an Sonntagen war es still im oberen Burghof, und Yvain schlenderte ohne festes Ziel Richtung Motte. Am Fuß des steilen grasbewachsenen Burghügels mit dem trutzigen Turm befand sich ein kleiner Kräutergarten, den irgendwer liebevoll zu pflegen schien. Yvain fand sich an den Garten seiner Mutter erinnert, und obwohl er wusste, dass er einen seiner jämmerlichen Heimwehanfälle riskierte, hielt er auf die säuberlich abgestochenen Beete zu, wo gerade das erste Grün aus der nassen Erde lugte.

Es war ein verwunschener Ort, stellte er ohne Überraschung fest, genau wie der Garten hinter dem Bergfried in Waringham. Abgeschnitten von allem Getöse und Gewimmel einer überfüllten Burg, hörte man hier nur das aufgeregte Geschwätz der Spatzen und Amseln. Ohne Eile folgte Yvain dem Pfad, der sich in einer sachten Rechtsbiegung um die Motte zog, genoss das Gefühl der warmen Frühlingssonne auf den Schultern und dachte an Amabel. Sie erblühte immer, wenn der Frühling kam, beinah so wie die Apfel- und Pflaumenbäume in Waringham. Die kalte, dunkle Jahreszeit zehrte an ihr, machte sie blass und matt, doch sobald die ersten Schneeglöckchen aufgingen, schüttelte Amabel ihre Lethargie ab, unternahm selbst bei strömendem Regen lange Spaziergänge nach Waringham Heath und erfüllte die Burg mit ihrem ansteckenden Lachen. Wie mochte es dieses Jahr sein? Hatte die neue Rolle als zukünftige Lady Waringham sie verändert? War sie schon guter Hoffnung?

Und wie aufs Stichwort kam hinter einer sorgsam beschnittenen Eibenhecke ein Kind zum Vorschein, ein kleines Mädchen, das mit vor sich ausgestreckten Armen auf ihn zulief. Selbst Yvains ungeschultes Auge erkannte, dass das rasante Tempo für diese kurzen Beinchen zu schnell war, und ohne jeden bewussten Entschluss hockte er sich ins Gras, breitete die Arme aus und fing die Kleine auf, ehe sie fallen konnte.

Sie lachte verschmitzt, legte mit größter Selbstverständlichkeit die Arme um seinen Hals und sah ihn aus großen graublauen Kulleraugen an. Unter ihrem spitzenbesetzten Mützchen wallten seidige rotblonde Locken hervor.

»Wer bist du denn?«, fragte Yvain sie eine Spur verlegen.

»Joan«, gab sie bereitwillig Auskunft.

Er hob sie auf seinen linken Arm und richtete sich auf. »Und was machst du hier so ganz allein?«

»Sie ist genau genommen nicht allein«, erklärte Prinz Johns Stimme in seinem Rücken. »Nur zu schnell für uns.«

Yvain wandte sich um. Arm in Arm mit einer jungen Dame kam der Prinz auf ihn zu geschlendert und hielt vor ihm an.

Yvain verneigte sich ein wenig ungelenk, weil er das Kind auf dem Arm hielt. »Mein Prinz.«

»Clemence, dies ist Yvain of Waringham, der jüngste Neuzugang meines Haushalts«, stellte John vor. »Waringham: Lady Clemence de Dauntsey. Meine Tochter kennst du ja bereits.«

»*Enchanté,* Lady Clemence.«

»Waringham.« Sie neigte huldvoll den Kopf und lächelte routiniert. Ihre blonde Haarpracht, die nur von einem goldbestickten Stirnband im Zaum gehalten wurde, rutschte über die linke Schulter und ergoss sich bis auf die schmalen Hüften hinab. Sie war so schön, dass Yvain kaum hinschauen konnte, ohne in Atemnot zu geraten. Und eine Spur hochmütig, argwöhnte er. Bei der Gemahlin des Prinzen hätte er das verstanden. Aber die hieß Isabella of Gloucester und wartete irgendwo in den Midlands auf

Johns Rückkehr, hatte William de Braose ihm erzählt. Lady Clemence musste also eine Mätresse sein.

John ließ ihren Arm los und nahm Yvain das Kind ab. »Komm her, Engelchen. Du solltest dir lieber gar nicht erst angewöhnen, meinen Rittern und Knappen die Köpfe zu verdrehen.« Er drückte für einen Moment die Lippen auf das kecke blaue Mützchen, und ein warmer Glanz lag in seinen Augen. Es war nicht zu übersehen, dass er seinem kleinen Bastard sehr zugetan war, und der Ausdruck von Milde veränderte seine Züge vollkommen. Die kleine Joan hatte das Bollwerk aus strenger Unnahbarkeit eingerissen.

Dieser unmaskierte Moment war nicht für seine Augen bestimmt, wusste Yvain, und er trat einen Schritt zurück. »Vergebt die Störung, Mylord. Ich lasse Euch allein.«

»Nein, nein, bleib nur«, entgegnete John unerwartet und wies mit einer einladenden Geste Richtung Eiben. »Du kannst dich nützlich machen und uns aufwarten.«

Yvain hätte lieber mit seinen Freunden Tables oder Schach gespielt, aber natürlich blieb ihm nichts anderes übrig. Er wusste, dass der Prinz ihn auszeichnete, und auch wenn er nicht verstand, wofür eigentlich, war er entschlossen, die Ehre zu würdigen. Außerdem hatte er noch nicht viel Erfahrung im Aufwarten, und vermutlich wurde es höchste Zeit, sich auch in dieser Kunst einmal zu üben.

Jenseits der kleinen Hecke, die Sichtschutz ebenso wie Windschatten bot, lagen ein paar kostbare Felle auf der Erde ausgebreitet, und in der Mitte dieser flauschigen Insel stand ein abgedeckter Korb.

Während Lady Clemence und der Prinz sich niederließen und ihre Tochter nach dem Befinden ihres Hündchens befragten, nahm Yvain das feine Leintuch vom Korb und spähte hinein: ein Silberkrug mit Wein und passende Becher, Wachtel- und Taubenbrüstchen, eine Fischpastete im knusprigen Teigmantel, frisches weißes Brot und ein goldbrauner Mandelkuchen. Von dem Anblick all dieser Köstlichkeiten und den widerstreitenden Düften lief Yvain das Wasser im Munde zusammen. Er dachte an sein kärgliches Frühstück und hoffte, sein Magen werde nicht anfangen zu knurren. Nacheinander hob er die Platten und Schüsseln aus dem Korb, schenkte Wein in die Becher und reichte sie dem Prinzen und seiner Mätresse, ehe er Fleisch, Pastete und Brot servierte.

Lady Clemence begann, sittsam an einem knusprigen Stück Wachtel zu knabbern, während der Prinz einen Becher Wein in einem einzigen langen Zug leerte, ehe er die Speisen auch nur eines Blickes würdigte. Nach sorgfältiger Erwägung wählte er ein Stück Pastete, spießte es auf sein Speisemesser mit dem geschnitzten Elfenbeingriff und biss ab.

»Greif zu, Yvain«, lud er den Knappen kauend ein. »Ich schätze, es reicht für uns alle.«

Doch Yvain schüttelte den Kopf. »Nein, danke, Mylord.« Selten hatte ihn etwas mehr Selbstbeherrschung gekostet.

»Überleg es dir lieber noch einmal. Lange werden wir solche Gaumenfreuden nicht mehr genießen, wenn diese Belagerung andauert.«

Yvain nickte. »Aber es gehört sich trotzdem nicht.«

»Verstehe.« Prinz John grinste. »Welch vortrefflicher Knappe, der seinen Herrn Manieren lehrt …«

Yvain biss sich auf die Unterlippe und wandte den Blick ab. »So war es nicht gemeint. Vergebt mir …«

»Oh, sei nicht so zerknirscht. Dies ist nicht der Hof meiner Mutter, wir wollen nicht gar zu förmlich sein.«

»Nimm ein Taubenbrüstchen, Yvain of Waringham«, riet Lady Clemence. »Er könnte sich sonst entschließen, beleidigt zu sein.«

Yvain kapitulierte, auch wenn er kein gutes Gefühl dabei hatte. Er wählte das kleinste Stück Geflügel von der Platte und biss ab. Es schmeckte himmlisch.

Aus einem zweiten, kleineren Korb, der im feuchten Gras stand, holte Lady Clemence einen Ball aus bunten Stoffresten und streckte ihn ihrer Tochter entgegen. »Hier, mein Liebling.«

Joan jauchzte, riss ihrer Mutter das Spielzeug aus den Fingern und drückte es selig an die Brust. Yvain musste lächeln. Die

Kleine war hinreißend. Ungeschickt warf sie den Ball mit beiden Händen ihrer Mutter zu.

Clemence richtete sich graziös auf die Knie auf und trank aus ihrem Becher, während sie die weiche Kugel zu ihrer Tochter zurückrollen ließ.

»Schenk mir nach, Junge«, befahl der Prinz abwesend, den Blick auf Mutter und Kind gerichtet.

Yvain kam der Aufforderung schleunigst nach.

»Ich höre, dein Bruder ist dort draußen bei den Belagerungstruppen«, fuhr John im Plauderton fort, wandte plötzlich den Kopf und sah Yvain ins Gesicht. »Wusstest du das?«

Der junge Waringham schüttelte den Kopf. »Aber es wundert mich auch nicht.«

»Angeblich verstößt er damit gegen die ausdrücklichen Befehle deines Vaters.«

»Auch das wundert mich nicht.«

»Warum nicht?«, wollte John wissen und aß ein Stück Brot.

»Mein Bruder würde König Richard bis ans Tor der Hölle folgen, ganz gleich, um welchen Preis«, gab Yvain zurück und zuckte mit den Schultern, um Gelassenheit vorzutäuschen. »Mein Vater denkt an Waringham und versucht, Neutralität zu bewahren.«

»Tja, die Barons könnten einem fast leidtun«, warf Lady Clemence ein, und Yvain war ein wenig schockiert, weil es so boshaft klang.

Der Prinz nickte und trank versonnen einen Schluck. »Hier unten im Süden machen die Lords sich ins Hemd, weil sie fürchten, Richard könnte zurückkehren und jeden heimsuchen, der mich unterstützt. Die Lords des Nordens teilen diese Sorge nicht. Die Belagerung meiner Burg in Tickhill kommt nicht in Schwung, berichtet man mir, weil meine Vasallen im Norden sich weigern, Truppen und Material zu schicken. Sie halten mir die Treue.«

Yvain nickte wortlos, zückte sein eigenes Speisemesser und schnitt den Mandelkuchen an.

»Sitz nicht stumm wie ein Fisch da, Junge, sag, was du denkst!«, fuhr John ihn an.

Den Blick auf seine wenig formschönen Kuchenstücke gerichtet, antwortete Yvain: »Die Lords im Norden tun recht, mein Prinz, denn sie haben *Euch* einen Lehnseid geschworen. Aber die Barons hier im Süden sind Kronvasallen und haben ihren Eid König Richard geleistet. Brächen sie ihn, um sich Eurer Sache anzuschließen, wie könntet Ihr ihnen je trauen, wenn Ihr König würdet?«

»Eine höchst gescheite und gottgefällige Erwiderung«, lobte der Prinz. »Aber fern der Wirklichkeit. Die Treue seiner Vasallen gewinnt und behält man mit zwei Werkzeugen, mein Junge: Furcht und Großmut. Mach ihnen Angst und gib ihnen Land, hat mein alter Herr immer gesagt, nur dann sind sie zahm.«

»Nun, derzeit scheint die Angst der Lords vor König Richard größer als vor Euch, mein Prinz«, gab Yvain beklommen zurück.

John lachte in seinen Becher, hob die Linke und tippte dem Jungen an die Brust. »Da könntest du sogar recht haben.« Er sagte es leichthin, aber es war nicht Heiterkeit, die in seinen Augen funkelte, sondern Hass.

»Solange die Belagerer uns hier nur mit Strohbüscheln bewerfen, weil die Hälfte von ihnen Vettern oder gar Brüder innerhalb dieser Mauern hat, brauchen wir uns ja noch nicht um den Schlaf zu bringen«, bemerkte Lady Clemence. »Hier, Joan, probier den Mandelkuchen. Er ist noch ganz warm in der Mitte.«

Joan brach sich ein viel zu großes Stück des bröckeligen Gebäcks ab und stopfte alles auf einmal in den Mund. Ihre Eltern und Yvain mussten über die niedlichen Hamsterbacken lächeln, aber in Wahrheit war Yvains Herz bleischwer.

Vergiss unseren Pakt nicht, Bruder, dachte er.

Der April blieb untypisch warm und trocken, und Guillaume de Braose begann, sich um die Wasservorräte in den Zisternen zu sorgen. Doch das verfrühte Sommerwetter bedeutete immerhin, dass die Knappen bei ihren Übungskämpfen im oberen Burghof keine Schlammbäder mehr nahmen, wenn sie zu Boden gingen.

Und das taten sie oft.

»Pomeroy, du erbärmliche Schwuchtel, wie oft muss ich dir

sagen, dass du deine Lanze gerade halten sollst?«, brüllte Fulk de Cantilupe, ritt zwei Längen vor, bis sein Pferd gleichauf mit Adams knochigem Grauschimmel war, und schlug dem Übeltäter auf den Hinterkopf. Wie immer steckte seine Hand in einem Kettenhandschuh, und wie immer hatte er unbarmherzig zugeschlagen.

Adam wurde nach vorn geschleudert, krallte die Linke in die silbrige Mähne und hielt sich mit Mühe im Sattel. »Ich werd mir mehr Mühe geben«, gelobte er und richtete sich wieder auf.

»Das will ich hoffen. Besser, du hörst auf mich.«

»Ja, Monseigneur.«

»Gleich fängt der kleine Speichellecker an zu heulen«, raunte William.

Adam war der beste Schwertkämpfer in ihrer Altersgruppe und vermutlich auch der Stärkste unter ihnen. Er hatte Schultern und Arme wie ein Holzfäller, weil er jede freie Minute damit zubrachte, zwei gefüllte Wassereimer oder Ähnliches zu stemmen. Aber trotz seiner Muskelkräfte war er ein sonderbar verzagtes Wesen, und seine Angst vor Fulk dem Furchtbaren machte ein Jammertal aus seinem Leben. Heute trainierten sie obendrein an der Stechpuppe, wo Schnelligkeit und Geschick entscheidender waren als Kraft, und beide zählten nicht zu Adams Stärken.

»Also, gleich noch einmal«, forderte der Lehrer ihn auf.

Adam ritt ans Ende der Bahn, von wo aus seine Gefährten zuschauten.

»Bleib locker in den Hüften«, flüsterte Yvain, als Adam ihn passierte.

Aber der gute Rat verhallte wirkungslos.

Adam richtete die Lanze aus und galoppierte an, doch wie zuvor viel zu langsam. Die Stechpuppe, der »eiserne Roland« genannt, erwartete ihn trügerisch reglos: ein mannshoher, drehbarer Holzpfahl, dem irgendein Witzbold einen verbeulten Helm aufgesetzt hatte, mit einem Querbalken, der wie zwei seitlich ausgestreckte Arme aussah. Der linke dieser Arme hielt einen Schild, der das Ziel des Lanzenstechers war. Der rechte eine Lederschlinge mit einem Sandsack.

Adam beugte sich leicht vor, als er sich dem eisernen Roland näherte, und trotz der Ermahnungen ihres Lehrers senkte er die Lanze dabei. Er erwischte den kleinen Schild indes genau in der Mitte, doch ehe er sich dieses Triumphs erfreuen konnte, rotierte der Roland – der Arm mit dem Schild drehte sich von seinem Angreifer weg, die Schlinge des anderen Arms nahm Schwung auf, und der Sandsack erwischte Adam im Rücken, ehe der Reiter sich in Sicherheit gebracht hatte. Im hohen Bogen segelte der Knappe ins Gras.

Fluchend stapfte Fulk de Cantilupe zu ihm herüber. Adam hatte sich schon halb aufgerichtet, doch die behandschuhte Faust traf ihn in den Nacken, und er ging wieder zu Boden. Der Nutricius trat ihn in den Magen, und Adam stieß einen halb erstickten Schrei aus, krümmte sich zusammen und fing an zu würgen. Sein jammervoller Zustand konnte den Lehrer nicht erweichen, schien dessen Wut vielmehr noch zu steigern, und er trat ungehemmt auf sein wimmerndes, speiendes Opfer ein, mit konzentrierter Miene und so bleich, dass das sternförmige Mal auf seiner Wange noch feuriger aussah als gewöhnlich.

Baldwin sah erst zu William, weiter zu Yvain und schließlich zu Justin. Dann zählte er leise: »Drei, zwei eins.«

»Um der Liebe Christi willen …«

»Er hat genug, Monseigneur …«

»Habt ein Einsehen, Sir Fulk …«

Alle gleichzeitig appellierten sie an ihren Nutricius, denn wenn sie Glück hatten, würde er sich keinen von ihnen vornehmen, wenn er nicht wusste, mit wem er anfangen sollte.

Tatsächlich ließ er von Adam ab, schien schlagartig jedes Interesse an ihm zu verlieren und wirbelte zu ihnen herum. »Hört schon auf zu jammern, ihr Memmen!«, schnauzte er. »Steh endlich auf, Pomeroy. Fang deinen Klepper ein und geh zurück in die Reihe.«

Adam hatte sichtlich Mühe, auf die Füße zu kommen, und als er stand, presste er den linken Unterarm vor den Leib und stand ein wenig gekrümmt. Aber er ging, so schnell er konnte, zu seinem Grauen, der noch zwanzig Yards Richtung Motte gelaufen war und nun in aller Seelenruhe graste. Adam nahm ihn am Zügel, kam humpelnd zu den anderen zurück und sah niemandem ins Gesicht. Sein mausbrauner Schopf war zerzaust, die eng stehenden Augen in seinem bleichen Gesicht wirkten starr wie aufgenähte Knöpfe, und Erbrochenes besudelte die Brust seines Bliauts.

»Was hast du Kluges zu ihm gesagt, Waringham?«, fragte Cantilupe.

»Dass er sich lockerer in den Hüften machen soll«, wiederholte Yvain getreulich.

»Warum?«

»Weil ein Pferd schneller laufen kann, wenn der Reiter seine Bewegungen mitmacht, statt ihm wie ein Stapel Feuerholz bei jedem Schritt ins Kreuz zu fallen.«

»Hm.« Es war ein höhnischer Laut. »Dann zeig uns, ob du recht hast, aber dieses Mal mit der roten Lanze.«

Die rote Lanze, die in einem aufrechten Holzgestell zu ihrer Rechten stand, war zwei Fuß länger und eine gute Portion schwerer als die grüne, welche Adam benutzt hatte. Sie war auch schwerer als jede Turnierlanze, denn sie war dafür gedacht, die Grundzüge des Lanzenstechens am Boden zu üben und gleichzeitig die Muskelkraft der zukünftigen Ritter zu stärken. Für den Zweikampf mit dem eisernen Roland war sie hingegen denkbar ungeeignet.

»Oh, wunderbar …«, murmelte Yvain vor sich hin. »Wann werde ich lernen, einfach die Klappe zu halten?«

»Du machst das schon«, ermunterte ihn William, aber es klang unbehaglich.

Yvain drückte Vellantif die Fersen in die Seiten, ritt zum Lanzengestell, beugte sich nach rechts und nahm die rote Lanze auf. Sie fühlte sich an wie ein Baumstamm. Aber als er sie zwischen Ellbogen und Hüfte eingeklemmt und ausbalanciert hatte, konnte er das Gewicht halten.

»Und los!«, brüllte Cantilupe.

Yvain richtete den Blick auf den kleinen blau-gelb gestreiften Schild seines hölzernen Turniergegners und galoppierte an.

Er verstärkte den Druck seiner Schenkel und spürte seinen wundervollen Hengst schneller werden. Der Wind begann in seinen Ohren zu pfeifen, und Yvain konzentrierte sich darauf, die Lanze gerade und sein Pferd auf Kurs zu halten. Unaufhaltsam flog der eiserne Roland auf ihn zu, wurde größer und größer, bis er sein ganzes Blickfeld auszufüllen schien, und lange bevor Yvain bereit war, traf die Spitze der schweren Lanze den Schild. Der dröhnende Aufprall von Holz auf Holz durchzuckte Yvains Arm bis in die Schulter, aber er ließ die Waffe nicht fallen, spornte Vellantif an, seinen Schritt noch einmal zu verlängern, und lenkte ihn nur mit den Knien nach rechts. Er spürte den Luftzug des heranschleudernden Sandsacks im Rücken, aber mehr nicht.

Wie von Sinnen drehte die Stechpuppe sich quietschend um die eigene Achse, während Yvain sein Pferd in Schritt fallen ließ und ihm mit der freien Linken den Hals klopfte, während er wendete. »Danke, Kumpel …«, flüsterte er.

Die anderen Knappen applaudierten, und William johlte ausgelassen.

»Gut gemacht, Yvain!«, rief Justin und reckte die Faust in die Luft. »Davon wird der alte Roland noch seinen eisernen Enkeln erzählen!«

Cantilupe, der mit langen Schritten ans Ende der Bahn gekommen war, riss ihm im Vorbeigehen beiläufig den Fuß aus dem Steigbügel und beförderte ihn mit einem Ruck aus dem Sattel. »Weniger Geschwätz, mehr Waffenkunst, Béthune«, knurrte er.

Der picklige Justin sprang mit einem unverwüstlichen Grinsen wieder auf die Füße. »Ab morgen, ich schwör's.«

Der geborene Narr, dachte Yvain, für eine Posse riskiert er bereitwillig Kopf und Kragen.

Tatsächlich war es in der Vergangenheit manches Mal so gewesen, dass Justin mit seinen vorlauten, aber oft geistreichen Einwürfen einen Kameraden vor dem Zorn ihres Lehrers bewahrt hatte, weil dieser lachen musste, obwohl er nicht wollte. Fulk de Cantilupe war zu freigiebig mit seinen Fäusten, aber er war kein Unmensch. Seit ein paar Wochen schien indessen irgendetwas an ihm zu nagen, was ihn übellaunig machte, manchmal unberechenbar. Yvain fragte sich beklommen, ob Cantilupe seine Entscheidung für Prinz John bereute und lieber dort draußen bei Guillaume und den anderen Belagerern stünde. Auf der Seite des rechtmäßigen und gesalbten Königs …

»… steckst du mit deinen Gedanken, Waringham, du kleiner Wichser?«

Yvain fuhr leicht zusammen. »Tut mir leid.«

»Du warst gut, so ungern ich es sage.«

»Danke, Monseigneur.«

»Ja, ja, bild dir nur nichts ein«, knurrte der Nutricius. »Du bist in allen Disziplinen, die mit Reiten einhergehen, der Beste, in allen anderen ein Schlappschwanz.«

»Ja, Monseigneur«, sagte Yvain artig, obwohl er nicht glaubte, dass es stimmte.

»Trotzdem bist du der Tagessieger, und dein Preis ist, dass du dem Prinzen für den Rest der Woche als Kammerjunker dienen darfst.«

Es war eine begehrte Belohnung, weil es gutes und reichhaltiges Essen und ein paar Tage ohne Fulk den Furchtbaren bedeutete.

Doch Yvain verbarg seine Freude, denn strahlende Gesichter gehörten auch zu den Dingen, die ihren Lehrer neuerdings in Rage brachten. »In Ordnung.«

Cantilupe verscheuchte sie mit einer Geste, als könne er ihren Anblick nicht länger ertragen. »Schluss für heute. Räumt die Ausrüstung weg, und jeder versorgt sein eigenes Pferd, klar? Ich werd sie mir später anschauen, also besser, ihr macht das ordentlich. Und jetzt verpisst euch.«

Die Knappen verneigten sich und führten die verschwitzten Tiere weg. Sie schwiegen, bis sie die Motte passiert hatten und in den belebten unteren Burghof kamen.

»Er war schon wieder besoffen«, bemerkte William, der links neben Yvain ging.

»Und dann ist er unbeherrscht«, befand Baldwin kritisch.

»Und redet unflätig wie ein Bauer«, fügte Justin hinzu. »Kein sehr ritterliches Vorbild.«

»Schsch«, warnte Adam und blickte sich nervös um. Er hinkte

immer noch und sah nach wie vor ein wenig mitgenommen aus. »Passt lieber auf, wer euch hört.«

»Oh, unser Streberlein fürchtet, wir könnten ihm Ärger einhandeln«, zog William ihn auf.

»Ich hatte für heute genug Ärger, vielen Dank, *Pummelchen*«, konterte Adam wütend, der es hasste, wenn die anderen ihn einen Streber nannten. Vermutlich weil er selbst am besten wusste, dass es stimmte. Seine Furcht vor Fulk de Cantilupe, Prinz John, Guillaume de Braose und eigentlich jedem anderen, der gelegentlich finster dreinblickte und die Stimme oder auch die Hand erhob, weckte einen übermäßigen Eifer in Adam, der ihn manchmal lächerlich und manchmal unerträglich machte. Trotzdem wurde er nie aus der verschworenen Gemeinschaft ausgeschlossen, die die jungen Knappen bildeten, und Yvain fand, das sprach für seine neuen Freunde.

»Und ich habe keine Ahnung, wie ich meinen Bliaut sauber kriegen soll«, fügte Adam verzweifelt hinzu. »Ich kann doch an einem prinzlichen Hof nicht mit vollgekotzten Kleidern herumlaufen!«

»Besorg dir in der Küche einen kleinen Krug Essig, gib ihn in einen Eimer Wasser und lass es über Nacht einweichen«, riet Baldwin. »Das wirkt Wunder.«

»Wirklich?« Adam sah ihn hoffnungsvoll an. »Woher weißt du das?«

»Eine der Küchenmägde hat es mir verraten, als mir mal das Gleiche passiert ist.« Er klopfte ihm aufmunternd die Schulter.

Yvain nahm Adam das Pferd ab. »Verschwinde nur. Ich übernehm deinen Gaul.«

»Danke, Yvain. Du hast was gut bei mir.« Erleichtert bog Adam Richtung Küchenhaus ab.

Die übrigen Knappen führten ihre Pferde in den Stall, und während sie absattelten und putzten, debattierten sie über ihre Turniergänge gegen den eisernen Roland, über Fulk de Cantilupes Gemütszustand, den Fortgang der Belagerung von Windsor Castle und – das wichtigste Thema von allen – die beste Strategie, um Emma, die Wäscherin, zu überreden, für einen bedürftigen

Knappen die Röcke zu raffen. Sie flachsten und fluchten und bewarfen sich gegenseitig mit den Striegeln und landeten schließlich lachend und balgend im Stroh, bis Wulfstan, der Stallknecht, sie höflich, aber bestimmt aus seinem Reich verbannte.

Die Rolle als persönlicher Diener fiel Yvain schwerer, als er gedacht hätte. Dabei sei es ganz einfach, hatte Hubert de Burgh, der Chamberlain, ihm versichert, als Yvain sich bei ihm zum Dienst meldete. »Sei zur Stelle, wenn er dich braucht, und unsichtbar, wenn er dich nicht braucht. Du wirst vor der Tür zu seinen Privatgemächern Posten beziehen und dort bleiben, bis er dir etwas anderes sagt. Auch nachts. Betritt seine Gemächer, wenn er nach dir ruft, und niemals sonst. Klar?«

»Ja, Monseigneur.«

Also verbrachte Yvain die Tage meistens mit Nichtstun, das er aber keineswegs selig, sondern grauenhaft langweilig fand. Er saß im zugigen Korridor auf dem Fußboden und wartete darauf, dass der Prinz seiner Dienste bedurfte. Manchmal wurde er geschickt, Wein oder Erfrischungen zu holen, einmal wurde ihm auch befohlen, eimerweise heißes Wasser aus der Küche herbeizuschaffen, da der Prinz ein Bad zu nehmen wünschte – was er lächerlich häufig tat, wie die Küchenmägde durchblicken ließen.

Nachts lag der Junge auf einer dünnen Strohmatratze vor der Tür und schlief schlecht, weil er fror oder weil die Laute aus dem prinzlichen Gemach ihn wachhielten. Die Tür war aus dicken Eichenbohlen gefertigt, sodass er nur selten hörte, was drinnen gesprochen wurde. Doch Lady Clemence de Dauntsey war eine geräuschvolle Geliebte. Sie stöhnte voller Inbrunst, wenn der Prinz sich ihrer annahm, sie lachte und kicherte schrill, und sie schrie, wenn sie kam. All das störte Yvain nicht, und er hörte solche Dinge auch nicht zum ersten Mal. Man musste nur an einem verregneten Sonntagnachmittag durch Waringham reiten, um aus jeder zweiten Bauernkate ähnliche Laute zu vernehmen. Doch wenn der Prinz betrunken war, konnte es vorkommen, dass sie stritten, und dann war es Yvain manchmal, als hätte er glühende Holzkohlen verschluckt, denn Prinz John stritt nicht allein mit Worten, und einmal war Clemence mit einem Fluch aus seinem Schlafgemach geflohen.

Als es in der gewittrigen Nacht vor dem Sonntag wieder passierte, stolperte sie über den Knappen, der am Boden lag und sich schlafend stellte. Die junge Frau zog erschrocken die Luft ein und prallte hart mit der Schulter gegen die Wand gegenüber. Yvain rührte sich nicht, riskierte aber einen Blick: Tränen rannen über ihr Gesicht, das nicht mehr so hinreißend war, weil die Unterlippe anschwoll und blutete. Nur im Unterkleid und mit offenen Haaren rannte sie den Korridor entlang.

»Ja, lauf nur, du verfluchtes Miststück!«, hörte der Junge die Stimme des Prinzen gleich über sich. »Stürz dich meinethalben von den Zinnen, nur verschwinde von hier. Und glaub ja nicht, dass du das Kind je wiedersiehst!«

Mit einem Schluchzen verschwand seine Geliebte – oder nun wohl *ehemalige* Geliebte – hinter einer Tür am Ende des Ganges, und man hörte polternd einen Riegel zufahren.

John verharrte einen Moment reglos; sein Atem ging stoßweise. Dann trat er dem Knappen zu seinen Füßen ziemlich unsanft in die Rippen. »Tu nicht so, als würdest du schlafen, Bengel!«

Yvain hob den Kopf. »Nein, Mylord.«

Der Prinz kehrte ihm abrupt den Rücken und ging zurück in sein Gemach. »Komm rein.«

Oh, wunderbar, dachte Yvain düster. Er wusste, dabei konnte nichts Erfreuliches herauskommen, aber natürlich blieb ihm keine andere Wahl. Er warf die Decke zurück, kam auf die Füße und folgte dem Prinzen in das schwach erhellte, kostbar eingerichtete Gemach.

Das wuchtige Bett stand gegenüber der Tür. Die Vorhänge aus scharlachrotem Brokat standen ein wenig offen und gestatteten einen Blick auf zerwühlte Laken. Rechterhand befand sich ein Tisch aus poliertem Eichenholz mit einem wilden Sammelsurium aus Bechern, Pergamentrollen, Krügen, Kleidungsstücken und Tellern mit halb vertilgten Speisen. All das scharte sich um einen dreiarmigen Kerzenleuchter in der Mitte. Der Prinz stand seitlich am Fenster und schien in die nächtliche Schwärze hinauszustieren. Er trug nur eine knielange Bruoch, doch Yvain hätte nicht gedacht, dass irgendwer in Unterhosen so männlich aussehen konnte. Knochige Hüften ragten aus dem nachlässig zugeschnürten Bund. Der Bauch war flach, die Brust mit dunklen Locken behaart und ebenso muskulös wie Arme und Schultern.

Eine unangenehme feuchte Brise kam zum Fenster herein, aber John schien sie nicht zu spüren, hatte nicht einmal eine Gänsehaut.

Yvain schloss trotzdem die Tür, und der eisige Luftzug ebbte ab.

»Schenk mir ein«, befahl der Prinz. Es klang abweisend.

Yvain betrachtete noch einen Augenblick das Profil mit dem energischen Kinn und der strengen Nase, dann trat er an den Tisch, der so aussah, als habe ein Steinbrocken aus einer der Belagerungsmaschinen ihn getroffen, entdeckte aber einen halbvollen Weinkrug und einen leeren Becher. Das Plätschern beim Eingießen erschien ihm unnatürlich laut in der bleiernen Stille. Die drei Kerzenflammen flackerten im Nachtwind, drohten zu verlöschen und richteten sich knisternd wieder auf.

Yvain trat ans Fenster und streckte John den Becher entgegen. »Hier, mein Prinz.«

Der griff nach dem Gefäß, ohne hinzusehen, und nahm einen ordentlichen Zug.

Yvain rätselte, was er als Nächstes tun sollte. Hier stehen bleiben? Verschwinden? Sich nach etwaigen Wünschen erkundigen? Eine Möglichkeit schien so gefährlich wie die andere. Er entschied sich für einen Kompromiss, kehrte an die Tür zurück und stellte sich mit dem Rücken davor.

John leerte seinen Becher am Fenster, scheinbar geruhsam, trank gedankenverloren dann und wann einen Schluck, wandte sich schließlich um und schaute auf den Tisch hinab. Dann hob er den rechten Arm und fegte das ganze Durcheinander mit Ausnahme des Leuchters zu Boden. Das Scheppern, Bersten und Klirren war beachtlich.

Einladend wies er auf den leeren Tisch. »Schach oder Tables?«

»Tables«, antwortete Yvain.

»Spielst du gut?«

»Jedenfalls besser als Schach.«

Der Prinz brummte unbestimmt. Dann nickte er zu der Kommode rechts von Yvain an der Türwand. Auf ihrem geschlossenen Deckel entdeckte der Junge ein Schach- und ein Tablesspiel, Bretter und Figuren herrlich gearbeitet. Er trug das Tablesbrett zum Tisch hinüber. »Soll ich neuen Wein holen?«

John hob abwehrend die Linke. »Später vielleicht.« Er angelte ein Kleidungsstück vom Boden, einen leichten Wollmantel, wickelte sich hinein, sodass der rechte Arm und die Schulter frei blieben, setzte sich auf einen der Brokatsessel und schaute zu Yvain hoch. »Also, dann lass uns spielen.«

Yvain setzte sich ihm gegenüber und stellte das Brett zwischen sie. »Schwarz oder weiß?«

»Immer schwarz. Ich habe schließlich einen Ruf zu verteidigen.«

Yvain musste trotz der sonderbaren Stimmung lachen und schob ihm die zwei Würfel hinüber. »Die höhere Augenzahl beginnt?«, vergewisserte er sich.

John nickte, nahm die Würfel in seine große, knochige Rechte, schüttelte sie kurz und ließ sie über den Tisch rollen: zwei Sechsen.

»Das fängt ja gut an …«, grollte Yvain leise.

Der Prinz nickte, die Stirn leicht gerunzelt. »Ich verliere übrigens ausgesprochen ungern, Yvain of Waringham, aber wenn ich dich dabei erwische, dass du mich absichtlich gewinnen lässt, schneide ich dir einen Finger ab.«

Yvain hatte den fürchterlichen Verdacht, dass er das todernst meinte. Es war wie so oft schwer einzuschätzen, *wie* betrunken Prinz John war. Aber er war immer noch zornig. Womöglich gekränkt. Eins war jedenfalls gewiss: Nie zuvor hatte Yvain Tables um einen höheren Einsatz gespielt als heute.

Draußen kündete noch fernes Grollen das nächste Gewitter an. Könnte kaum passender sein, dachte der Junge mit einem kurzen Blick zum Fenster. Er würfelte eine Drei und eine Fünf und schob die Würfel wieder zu John.

Der ließ sie einen Moment in der Hand klimpern, sah ebenfalls zum Fenster, als ein Blitz die Schwärze für einen Lidschlag in gleißendes Licht verwandelte, und sagte beiläufig: »Ich gebe dir einen Rat, wenn du willst. Das tue ich nicht oft, aber heute bin ich in der rechten Stimmung dafür.«

»Ich bin ganz Ohr, Mylord.«

»Es gibt unanständige Frauen und anständige Frauen. Das ist einer der wenigen Punkte, in dem sie sich nicht von uns unterscheiden.« Er würfelte, bekam eine Vier und eine Drei und eröffnete sein Spiel. »Mit Ersteren kann man jede Menge Spaß haben. Mit Letzteren kann man Kinder haben. Doch wenn du dir Verdruss ersparen willst, wirf das nicht durcheinander.«

Yvain nickte und dachte an die zauberhafte kleine Joan. Was würde nun aus ihr? »Ich werd's mir merken.« Er würfelte eine Fünf und eine Drei und setzte seine Steine, versuchte, so zu spielen wie immer und nicht an abgeschnittene Finger zu denken.

»Cantilupe berichtet mir, du machst gute Fortschritte«, bemerkte John, während er die Würfel so schwungvoll rollen ließ, dass einer um ein Haar vom Tisch gepurzelt wäre.

»Wirklich? Seltsam. Mir sagt er das nie«, gab Yvain zurück.

John verzog amüsiert einen Mundwinkel. »Er ist ein harter Hund, was?«

»Kann schon sein. Aber er ist in Ordnung.«

Der Prinz nickte und machte seinen Zug. Die Finger, mit denen er die Steine aufnahm, waren kurz und kräftig, die Nägel peinlich sauber. Draußen flammte wieder ein Blitz auf, und zwei, drei Herzschläge später donnerte es. Dann fing es an zu schütten.

Die beiden Spieler sahen zu dem kleinen Fenster hinüber, und Yvain fragte sich, ob der Prinz auch an die Belagerer dort draußen dachte, denen vermutlich die Zelte davonschwimmen würden.

Prinz John gewann die erste Partie, doch es war ein hart erkämpfter Sieg, und davon besserte sich seine Stimmung. Er schickte Yvain nach neuem Wein, und als der Knappe mit dem Krug zurückkehrte, hatte der Prinz die Steine schon für die nächste Runde auf dem Brett verteilt.

Das Gewitter hatte nachgelassen, aber der Regen prasselte unverändert.

Yvain schenkte ein und reichte John den Becher. »Hier, mein Prinz.«

»Danke. Nimm dir auch. Wir wollen ja auf keinen Fall, dass du nüchterner bist als ich und deswegen gewinnst.«

Der Junge hob einen leicht eingedellten Bronzepokal aus den Binsen am Boden auf, gab einen ordentlichen Schuss Wein hinein und setzte sich wieder auf seinen Platz. Dieses Mal begann er das Spiel, und während er es eröffnete, veränderte das Rauschen des Regens sich zu einem ohrenbetäubenden Trommeln.

»Hagel«, bemerkte Yvain überflüssigerweise. »Schlecht für die Saat auf den Feldern.«

»Das ist wahr. Aber vielleicht gut, um Kleinholz aus den verdammten Ballisten dort draußen zu machen.«

Yvain nickte und schob ihm die Würfel hinüber. »Sind wir in Schwierigkeiten?«, fragte er so nüchtern, wie er es vermochte.

John würfelte und zog, und als der Junge schon mit keiner Antwort mehr rechnete, sagte er: »Hier noch nicht. Aber die Garnison in Tickhill hungert, und die Ringmauer hat schwere Schäden. Warst du je in Tickhill Castle?«

»Nein, Mylord. Ich bin nie viel aus Waringham herausgekommen.«

»Es ist wundervoll. Mein Vater hat dort einen elfeckigen Bergfried gebaut, meine Mutter eine Kapelle. Und wenn sie eines gemeinsam hatten, war es ihre Leidenschaft für das Verprassen von Geld. In Tickhill ist ihnen das außerordentlich gut gelungen, und dabei herausgekommen ist Englands schönste Burg.«

»Dann hoffe ich, dass Euer Haushalt in nicht allzu ferner Zukunft dorthin übersiedeln kann und ich es bei der Gelegenheit kennenlerne.« Yvain ließ die Würfel rollen. Er bekam einen Sechserpasch, und weil ihm das vier Züge um sechs Felder erlaubte, musste er sich konzentrieren.

Mit verengten Augen verfolgte der Prinz den Weg der runden weißen Marmorsteine, während er den Pokal an die Lippen führte und trank. »Wenn Richards Truppen es stürmen, werden sie ein paar unangenehme Überraschungen erleben. Mein alter Herr hat sich einiges einfallen lassen, um eine Einnahme von Tickhill zu verhindern.«

So wie Urgroßvater Robert es in Waringham getan hat, fuhr es Yvain durch den Kopf, aber ehe er es sagen konnte, krachte ein so dröhnender Donner, dass der Junge beinah vor Schreck vom Sessel gefallen wäre, und selbst der Prinz fuhr ein klein wenig zusammen, sodass sein Stein unbeabsichtigt über das Spielfeld schlitterte.

»Allmächtiger … Vermutlich war es ein Gruß von meinem Vater aus dem Jenseits, der mich ermahnen will, nicht zu viel über die Verteidigungsgeheimnisse meiner Burg auszuplaudern«, murmelte er.

Oder ein Gruß von Urgroßvater Robert an mich, dachte Yvain.

Er gewann die zweite Partie, weil er mehr Glück beim Würfeln hatte, und ungefähr nach der Hälfte des entscheidenden dritten Durchgangs, als das Gewitter sich endlich ausgetobt hatte und es draußen still geworden war, schlief Prinz John ein. Einfach so – von einem Atemzug zum nächsten. Sein Kopf sank nicht auf die Brust oder zur Seite, er blieb in seiner untadeligen Prinzenhaltung sitzen, aber die Lider fielen zu, und die Atemzüge wurden länger.

Ein wenig ratlos betrachtete Yvain seinen schlummernden Dienstherrn, der mit einem Mal jünger und unbekümmert aussah, jetzt, da seine Züge entspannt und die scharfen grauen Augen geschlossen waren. Und verletzlich. Davon wurde Yvain unbehaglich. Er wusste genau, dass der Anblick nicht für seine Augen bestimmt war. So geräuschlos wie möglich stand er auf, trat ans Fenster und stellte erstaunt fest, dass die Vögel zu singen begonnen hatten. Das Fenster zeigte nach Westen, darum konnte er nicht sehen, ob die Sonne schon aufging, aber die Nacht war bald vorüber.

Auch Yvains Augen brannten, und er hätte nichts dagegen gehabt, sich draußen vor der Tür auf seine Strohmatratze zu legen und ein Stündchen zu schlafen, ehe Windsor Castle erwachte, aber da Prinz John ihn nicht entlassen hatte, war er unschlüssig, ob er das durfte. Er sah sich im dämmrigen Gemach um, und zum ersten Mal fiel ihm auf, wie wüst und unordentlich es aussah. *Wenn du nicht weißt, was du machen sollst, mach dich nützlich,* sagte seine Mutter gern, und jetzt befolgte er diesen Rat.

Er sammelte behutsam die verstreuten Gegenstände vom Boden auf. Die schmutzigen Schüsseln und Teller stellte er zum späteren Abtransport auf die Truhe an der Tür. Becher und Krüge ebenso. Das Spielbrett ließ er, wie es war, fegte aber mit der Handkante ringsherum Krümel zusammen und ließ sie in die Binsen rieseln. Ein feuchtes Tuch hätte der feinen, polierten Tischplatte auch nicht geschadet, aber damit konnte er nicht dienen. Stattdessen hob er die verstreuten Pergamente auf und stapelte sie säuberlich neben dem Tablesspiel.

»Was tust du da?«

So schneidend hatte die Stimme des Prinzen geklungen, dass Yvain unmerklich zusammenzuckte, aber er wandte sich ohne Hast um. »Aufräumen, Mylord.«

Die grauen Augen waren hellwach. Und voller Argwohn. »Das habe ich nicht befohlen.«

»Nein. Ihr … Ich habe versucht, Euch zu Diensten zu sein, ohne Euch aufzuwecken. Oder selber einzuschlafen, denn ich bin todmüde. Vergebt mir, wenn ich mich falsch verhalten habe. Ich habe wenig Erfahrung darin, dienstbar zu sein.«

»Und wenig Talent«, warf John geringschätzig ein.

»Ich fürchte auch.«

Blitzschnell ergriff der Prinz den Pergamentstapel vom Tisch und überflog das oberste Dokument, von dessen Siegel nur noch ein paar rote Wachsbröckchen übrig waren. »Sieh an.« Er hielt es hoch. »Hast du dir auch genau eingeprägt, welche Summen ich den Juden von Lincoln schulde, damit du es deinem Bruder berichten kannst?«

Yvain spürte einen heißen Stich im Bauch, aber er antwortete scheinbar seelenruhig: »Ich habe es nicht gelesen. Und nicht die Absicht, meinem Bruder irgendetwas zu berichten.«

»Mit einem Mal so kühl?«

»Was sonst soll ich sein, wenn ich aus heiterem Himmel verräterischer Absichten bezichtigt werde? Demütig?«

»Du hast unerlaubt in meinen Briefen gelesen. Also, was soll ich glauben?«

»Ich habe Eure Briefe vom Boden aufgesammelt und sonst nichts. Ich schwöre es Euch, wenn Ihr wünscht.«

»Danke, ich verzichte«, versetzte John frostig. Die Augen hatten sich verdunkelt, und zum ersten Mal verstand Yvain, was die Leute meinten, wenn sie sagten, dass Augen vor Zorn blitzten. Vielleicht spielten die Kerzenflammen ihm einen Streich, aber Yvain sah ein Flackern in den Augen, das an das Wetterleuchten von letzter Nacht erinnerte, und mit einem Mal fürchtete er sich.

Er verneigte sich. »Ich stehe in Euren Diensten, nicht in denen meines Bruders, und ich habe nicht spioniert«, sagte er förmlich, und er dachte: Wie gering musst du von dir selbst denken, wenn dein Misstrauen so leicht geweckt ist?

Prinz John schnaubte verächtlich. »Nun, wie dem auch sei. Ich denke …« Ein energisches Klopfen an der Tür unterbrach ihn. Stirnrunzelnd wandte er den Kopf und rief ungnädig: »Was kann so verflucht wichtig sein zu dieser gottlosen Stunde?«

Unerschrocken trat der Chamberlain ein und verneigte sich genauso ehrerbietig wie Yvain gerade eben. »Ich hoffe, Ihr könnt die frühe Störung vergeben, aber der Erzbischof von Canterbury ist eingetroffen und ersucht um eine sofortige Unterredung, mein Prinz.«

John starrte ihn entgeistert an und fuhr sich dann mit der Linken über die Augen. »Bei Gottes Zähnen, ich muss erschöpfter sein, als ich dachte. Ich glaubte wirklich, Ihr hättet gerade den Erzbischof von Canterbury gemeldet.«

De Burgh nickte. »Ihr habt Euch nicht verhört.«

»Aber er ist vor zwei Jahren gestorben«, protestierte der Prinz, und seine Verwirrung wäre komisch gewesen, hätte er Yvain nicht eben noch solche Furcht eingejagt.

»Es gibt endlich einen Nachfolger, Mylord. Wieso und warum, erklärt er Euch am besten selbst. Es ist Hubert Walter.«

John schüttelte langsam den Kopf. »Nie gehört.«

»So ergeht es wohl den meisten in England.«

John sammelte sich, und Yvain staunte, mit welcher Schnelligkeit sich der müde, übellaunige Trunkenbold vor seinen Augen in den würdevollen Prinzen verwandelte. »Und wie genau kommt er hier herein?«

»Er bat die Torwache um Einlass, weil er wichtige Nachrichten für Euch habe, und schwor beim heiligen Thomas, dass die Belagerer nicht stürmen würden, wenn die Zugbrücke für ihn gesenkt werde. Da er der … ähm, Nachfolger des heiligen Thomas ist, gab Guillaume de Braose Befehl, ihn einzulassen.«

John nickte knapp. »Gebt mir einen Moment, und dann führt ihn herein.«

De Burgh zog sich zurück.

»Wünscht Ihr, dass ich gehe, Mylord?«, fragte Yvain – nur für den Fall, dass John ihn vergessen hatte und wieder wütend würde, wenn er sich mitten in seiner Unterredung mit dem geheimnisvollen neuen Erzbischof an die Anwesenheit des Knappen erinnerte.

»Nein. Ich wünsche, dass du mir beim Ankleiden hilfst und auf der Stelle aufhörst, beleidigt zu sein. Ich habe einen Brummschädel, und das macht mich nie sanftmütiger. Aber ich bin dir dankbar, dass du hier ein bisschen Ordnung geschaffen hast, bevor der oberste Hirte der Engländer mich heimsucht.«

Es war eine dürftige Entschuldigung, aber Yvain wusste, es war alles, was er bekommen würde. Prinzen waren es sicher nicht gewöhnt, einen Fehler einzugestehen.

»Natürlich, Mylord.« Er holte die Kleider des Prinzen herbei, die er ebenfalls vom Boden aufgelesen und halbwegs ordentlich gefaltet aufs Bett gelegt hatte. »Hubert Walter ist der Bruder Eures Mundschenks Theobald Walter.«

»Im Ernst?« John verharrte einen Moment verwundert mit dem Hemd auf halbem Weg zum Kopf und kämpfte sich dann eilig hinein.

Yvain reichte ihm die Strümpfe. »Er war mit König Richard im Heiligen Land.«

»Woher weißt du das?«

»Guillaume hat es erzählt. Eigentlich war Walter als Arzt und Seelsorger mit auf den Kreuzzug gegangen, aber er hat die Belagerung von Akkon organisiert, bis der König selbst hinkam. Er hat in der Schlacht von Arsuf gekämpft, und er war es, der den Frieden mit Saladin ausgehandelt hat, der christlichen Pilgern Zugang zu den heiligen Stätten gewährt.«

»Ha! Und Richard will der Welt weismachen, er hätte dieses Kunststück persönlich vollbracht …«, höhnte der Prinz und streckte die Arme über den Kopf, so dass Yvain ihm Kotte und Bliaut überstreifen konnte.

John legte den Gürtel um, und Yvain hatte ihm gerade den zweiten Schuh zugeschnürt, als es wieder an der Tür klopfte.

Der Mann, den der Chamberlain hereinführte, sah in der Tat mehr nach einem Kreuzritter als einem Erzbischof aus: Er war vielleicht Anfang dreißig und von schlanker Statur. Seine großen Hände waren schwielig. Schwarzes Haar, dunkle Augen und ebenmäßige Züge, nur beeinträchtigt von einer schlecht verheilten Narbe, die sich vom linken Ohrläppchen zum glattrasierten Kinn zog.

Er kam mit langen Schritten bis in die Raummitte und verneigte sich. »Mein Prinz.«

John musterte ihn geruhsam. »Mylord of Canterbury.«

»Wir gütig von Euch, mich zu so früher Stunde zu empfangen. Darf ich darum ersuchen, Euch unter vier Augen zu sprechen?«

Der Prinz schüttelte den Kopf. »Der Junge bleibt. Ich habe gelernt, dass es immer ratsam ist, einen Zeugen zu haben, wenn die hohe Geistlichkeit mich beehrt.« Er wies mit einer sparsamen Geste auf den Sessel gegenüber.

Walter nahm Platz und streifte das Spielbrett mit einem kurzen Blick. »Schwarz gewinnt, würde ich sagen.«

Vielleicht wollte er das Eis brechen, aber John entgegnete barsch: »Ich wäre dankbar, wenn wir zur Sache kommen könnten.«

Der Erzbischof lehnte sich bequem zurück und schlug die

Beine übereinander – unbeeindruckt. Wer die Schlacht von Arsuf überlebt hatte, den konnte ein prinzliches Stirnrunzeln vermutlich nicht erschrecken. »Gewiss, Mylord. Als Erstes überbringe ich Euch Grüße Eurer Schwester Joan. Sicher wird es Euch erleichtern zu hören, dass sie wohlauf ist. Ich traf sie in Rom. Sie ist mit Königin Berengaria zusammen aus dem Heiligen Land zurückgekehrt, aber als sie von der Gefangennahme des Königs hörten, hat die Königin es vorgezogen, sich nach Rom zu begeben und dort abzuwarten.«

»Woran unschwer zu erkennen ist, wie verbunden Berengaria sich England und seinem König fühlt«, erwiderte John liebenswürdig. »Die im Übrigen am Tag ihrer Krönung Königin wird – falls er je kommt – und nicht eher. Vorerst ist somit allein meine Mutter die Königin von England.«

»Das ist wahr«, räumte Walter bereitwillig ein und sah John unverwandt ins Gesicht, als er fortfuhr: »Des Weiteren bin ich gehalten, Euch Grüße von Eurem Bruder, dem König, zu überbringen.«

John verschränkte die Arme vor der Brust und erwiderte den stetigen Blick scheinbar geruhsam. »Wie nett. Ihr habt ihn gesehen?«

»Allerdings, Mylord. Vor zwei Wochen.«

»In … wie heißt das doch gleich? Dürnstein?«

»Nein. Der Herzog von Österreich hat König Richard an seinen Lehnsherrn, den Kaiser, überstellt.«

»Ach herrje. Armer Richard. Der Kaiser hasst ihn womöglich noch mehr als Herzog Leopold.« Johns Mundwinkel zuckte verräterisch.

»Aber anders als Leopold ist der Kaiser ein Realist. Er weiß, dass er den Rückhalt seiner Fürsten verliert, wenn er einen Kreuzfahrerkönig, der auf der ganzen Welt geliebt, verehrt und gefürchtet wird, aufgrund einer alten Rechnung büßen lässt.«

John strich sich mit dem Daumen übers Kinn. »Ich würde sagen, das hängt davon ab, was zum Beispiel der König von Frankreich ihm dafür bieten würde. Auch das Wohl und Wehe eines Kreuzfahrerkönigs ist letztlich Verhandlungssache.«

Der Erzbischof lehnte sich ein wenig vor. »Würdet Ihr mir wohl gestatten, offen zu sprechen, mein Prinz?«

»Unbedingt. Und sei es nur der Abwechslung halber …«

»Kaiser Heinrich wird den König freilassen, wenn der Preis stimmt. Er ist in fürchterlichen Geldnöten, und der wertvollste Gefangene der Christenheit ist ihm gerade in die Hände gefallen. Obendrein haben sie ihre … Differenzen beigelegt. Der Kaiser hat König Richard nach Ochsenfurt am Main überstellen lassen, und sie haben gemeinsam gespeist. Ihr wisst selbst am besten, wie charmant und gewinnend Richard sein kann.«

»Wenn es seinen Absichten dient.«

Walter nickte ungerührt. »Seine Absicht ist es, schnellstmöglich freizukommen und ins Heilige Land zurückzukehren. Und gebt Euch keinen Hoffnungen hin, er werde in der Gefangenschaft am Viertagefieber sterben, Mylord: Ich habe ihn gesehen. Er ist bei bester Gesundheit, gefestigt in Zuversicht und Gottvertrauen. Und seine Haft in Ochsenfurt ist komfortabel, verglichen mit Dürnstein. Also, er wird zurückkehren. Und dann wird er Euch womöglich fragen, warum Ihr seine Abwesenheit für eine Rebellion genutzt habt, statt für seine Freilassung zu kämpfen.«

»Das wird er nicht, seid versichert. Denn er weiß, warum. Besser als jeder andere.«

»Schön, meinetwegen. Aber die Sache ist die: Der Kaiser fordert für Richards Freilassung zweihundert Geiseln und ein Lösegeld in Höhe von einhunderttausend Mark. Das sind sechsundsechzigtausend Pfund, mein Prinz.«

Er machte eine Pause, und die Stille hatte etwas Bleiernes.

»Einhunderttausend Mark?«, wiederholte der Prinz fassungslos. »Das dürfte ungefähr das Dreifache der jährlichen Einnahmen der Krone sein.«

»Ein wahrhaft königliches Lösegeld«, stimmte Walter trocken zu. »Eure Mutter und der Kronrat haben mich mit der Aufgabe beehrt, diese beispiellose Summe zusammenzutragen. Und das kann ich nicht, solange die Krone mit Ausgaben für sinnlose Belagerungen belastet ist und das Schildgeld aus Euren Besitzungen ausfällt, weil Ihr Euch im Aufstand befindet. Darum habe ich ein Angebot für Euch, mein Prinz: ein Ende der Belagerungen Eurer Burgen für Eure Unterstützung bei der Beschaffung des Lösegelds. Und hier ist eine Liste der jungen Edelleute Eures Gefolges, die der König als Geiseln ausgewählt hat. Wenn Ihr sie uns überlasst, garantiere ich freien Abzug für Euch und Eure Männer.«

John war überhaupt nicht anzusehen, was er von den Neuigkeiten und dem Angebot des Erzbischofs hielt. Yvain wusste, es musste ein Schock für ihn sein, dass die Freilassung des Königs keine ferne Eventualität mehr war, sondern wahrscheinlich in naher Zukunft geschehen würde. Aber seine Miene zeigte nichts als höfliche Langeweile, und die Hand, mit der er die Liste ergriff, war ruhiger als vergangene Nacht beim Tablesspiel.

John überflog die Liste und sah mit einem bitteren kleinen Lächeln zu Yvain. »Dein Name steht auch darauf.«

Yvain biss die Zähne zusammen und sagte nichts.

Der Erzbischof schien ihn zum ersten Mal wirklich zur Kenntnis zu nehmen. »Du musst Guillaume of Waringhams Bruder sein, mein Sohn?«

»Ja, ehrwürdiger Vater. Yvain.«

»Sei unbesorgt, Yvain. Deine Geiselhaft wird nur von kurzer Dauer sein.«

»Ich bin nicht besorgt«, stellte der Junge klar.

»Aber ein wenig verstimmt darüber, mit welcher Selbstverständlichkeit König Richard über dich verfügt?«, tippte John. »Besser, du gewöhnst dich daran. König Richard lebt in der seligen Überzeugung, dass es das größte Glück seiner Untertanen sei, sich seinem Willen, seinen Launen und seinen Gelüsten zu unterwerfen.« Er sah wieder zum Erzbischof. »Was weiter?«

»Ihr übergebt Eure sämtlichen Burgen dem Kronrat und leistet dem König einen neuen Treueeid.«

John lachte. »Das kann ich mir beim besten Willen nicht vorstellen.«

Hubert Walters Miene verfinsterte sich ein wenig. »Mir scheint, Euch ist nicht klar, in welcher Lage Ihr Euch befindet. Eure Rebellion ist gescheitert. Wenn Ihr uns zwingt, die Belagerungen fortzusetzen, werden Eure Burgen sowohl im Norden als auch hier im Süden noch vor Pfingsten fallen.«

John hob ergeben die Hände. »Da Ihr mir nichts anzubieten habt für mein Entgegenkommen, kann ich das Risiko ja getrost eingehen.«

»Wir bieten Euch einen Waffenstillstand bis zum Herbst, Mylord. Das ist ein großzügiges Angebot, bedenkt man, dass Euch das Wasser bis zum Halse steht.«

John wedelte mit der Linken, als wolle er eine lästige Mücke verscheuchen. »Erspart mir Euer Drohgebaren. Das beeindruckt mich nicht. Es mag hier in England im Moment nicht sonderlich rosig für mich aussehen, aber die eigentliche Revolte gegen Richard findet in der Normandie statt, wie Ihr zweifellos wisst, wo Philippe von Frankreich jeden Tag eine von Richards Burgen und Städten erobert. Also tut nicht so, als hättet Ihr alle Zeit der Welt. Im Übrigen seid *Ihr* zu *mir* gekommen, weil Ihr etwas von mir wollt, nicht umgekehrt. Und ich sage Euch jetzt, was Ihr bekommt: Ich behalte meine Burgen in Nottingham und Tickhill, aber ich bin bereit, Windsor und Wallingford binnen einer Woche herauszugeben, und zwar an meine Mutter.«

»Einverstanden«, sagte der Erzbischof ohne das geringste Zögern.

»Von den Geiseln auf dieser Liste bekommt Ihr diejenigen, die sich aus freiem Willen zur Verfügung stellen. Es gibt den einen oder anderen unter meinen Knappen und Rittern, die nachts wachliegen, weil sie fürchten, aufs falsche Pferd gesetzt zu haben. Die kann Richard gerne haben.«

Hubert Walter strich sich mit dem Mittelfinger der Rechten über seine hässliche Narbe und überlegte einen Moment. Dann wandte er sich unerwartet an Yvain: »Wie würdest du dich entscheiden?«

»Es gibt nichts zu entscheiden, ehrwürdiger Vater. Ich stehe in Prinz Johns Diensten. Wenn der König unbedingt einen Waringham als Geisel will, sollte er meinen Bruder nehmen, der in *seinen* Diensten steht, oder?«

Der frischgebackene Erzbischof brummte unzufrieden.

»Wenn all Eure Knappen so denken, habe ich nichts von Eurem Zugeständnis, mein Prinz.«

»Es verwundert Euch, dass meine Männer mir ergeben sind, ja?«, fragte John schneidend. »Aber keine Bange. Nicht alle denken so wie Yvain. Denn er ist der Einzige unter meinen Knappen, der keine Furcht vor mir hat.«

Im letzten Moment hinderte Yvain sich daran, ihn offenen Mundes anzustarren. *Wie ich wünschte, das wäre wahr …*

Waringham, Juni 1193

Es war heiß, und die brennende Sonne am wolkenlosen Himmel fühlte sich wie ein Schmiedehammer in Yvains Nacken an. Der Pfad, der von der Straße nach Waringham abzweigte, war mit einer dicken Staubschicht bedeckt. Obwohl Yvain sein Pferd im Schritt gehen ließ, wirbelte jeder Hufschlag eine pulvrige Wolke auf. Der Staub legte sich wie klebriger Brei nicht nur auf Gesicht und Hände des Jungen, sondern auch auf Vellantifs schweißnasses dunkles Fell, das inzwischen die Farbe von Mörtel angenommen hatte.

Yvain klopfte seinem erschöpften Pferd den Hals. »Nicht mehr weit«, versprach er. »Ich wette, du hast genauso fürchterlichen Durst wie ich.«

Kornfelder und gemähte Wiesen säumten den abschüssigen Weg. Kein Windhauch strich über Dinkel und Gerste, und das schläfrige Singen der Grillen schien der einzige Laut der Welt zu sein.

Bis Yvain sich dem baumumstandenen Dorfplatz näherte und einen pfeifenden Schlag hörte, gefolgt von einem Stöhnen. Erstaunt hielt er an und horchte. Ein zweiter Hieb fiel, und zwei Frauen schluchzten.

Yvain saß ab, band Vellantif im Schatten einer Buche an und trat durch die Bäume auf den grasbewachsenen Platz an der schmucken Holzkirche. Etwa in der Mitte ragte der Pranger auf:

ein dicker Holzstamm, von dessen oberem Ende rostige Ketten mit Handfesseln baumelten. Nur baumelten sie heute nicht, denn Ælfgar Wheeler stand dort angekettet mit dem Gesicht zum Pfahl, sein bloßer Rücken von roten Striemen übersät. Einige bluteten. Und hinter Ælfgar stand Lord Waringham und schwang die Peitsche. Er tat es langsam und mit Bedacht, maß vor jedem Hieb die Entfernung mit den Augen. Seine Miene war konzentriert, die Wangen wie versteinert, die Augen verengt. Kein gutes Zeichen, wusste Yvain. Man konnte es seinem Vater nicht wirklich ansehen, aber der Junge wusste aus Erfahrung, was diese Miene zu bedeuten hatte: Jocelyn kochte vor Zorn, und Ælfgar war ganz und gar nicht zu beneiden. Er hatte die Lider zugekniffen. Seine Hände waren zu Fäusten geballt, und er rang trotzig um Haltung, aber er stöhnte unter jedem der Hiebe, und Schweiß lief über Nacken, Schultern und Rücken, wo das Blut die kleinen Rinnsale rot färbte.

Die Bauern standen in einem Halbkreis um den Pranger und verfolgten das Geschehen – vermutlich, weil Lord Waringham es befohlen hatte. Vielleicht fünfzig oder sechzig Männer und ältere Knaben, still und mit grimmigen Gesichtern, aber keine Kinder und nur wenige Frauen. Ælfgars älteste Tochter Martha und seine Schwester Edith, die Frau des Reeve, standen in vorderster Reihe und weinten.

Wie allen Aufgaben, vor die das Leben ihn stellte, widmete sich Lord Waringham auch dieser mit Ausdauer und Gewissenhaftigkeit – er schwitzte kaum weniger als der Missetäter am Pranger. Er trat einen halben Schritt zurück, sodass der geflochtene, dünne Lederriemen durchs Gras glitt wie eine Schlange, dann hob er den kurzen hölzernen Griff über die Schulter, als wolle er eine Angel auswerfen, und das Klatschen, mit dem der Riemen landete, war wesentlich satter als zuvor. Ælfgar schrie heiser auf, schnitt den Laut aber sogleich ab. Der nächste Hieb und der übernächste waren genauso schlimm. Ælfgar schrie wieder, und dann knickten seine Knie ein.

»Habt Erbarmen, Mylord, es ist genug …«, flehte Martha schluchzend.

Ihr Geheul ging Yvain auf die Nerven, aber sie hatte trotzdem recht. Es war zu heiß, und der Mann hatte genug eingesteckt. Was immer Ælfgar angestellt haben mochte, er hatte seine Lektion ganz sicher gelernt.

Suchend sah der Junge sich nach seinem Bruder um, aber vergeblich. *Wo bist du, wenn du gebraucht wirst, Guillaume?*, dachte er verdrossen und sammelte seinen Mut. »Mylord.«

Sein Vater wandte den Kopf, und seine Miene hellte sich auf. »Yvain.«

Der verneigte sich, sagte aber nichts. Er wusste, es wäre unverzeihlich gewesen, das Urteil seines Vaters vor den Bauern in Zweifel zu ziehen, und obendrein schlecht für die Moral.

Aber wie er gehofft hatte, verstand Jocelyn ihn auch so. Er rollte bedächtig die Peitsche zusammen und gab Jean FitzEdmond und Piers of Wingmore, die außerhalb des Halbkreises bei den Pferden gewartet hatten, ein Zeichen. »Kettet ihn los.«

Die beiden Ritter traten an den Schandpfahl, und während Piers die Bolzen aus den Eisenschellen zog, nahm Jean Ælfgar beim Oberarm, um ihn zu stützen, bis er sicher stehen konnte. Der Bauer befreite seinen Arm mit einem unauffälligen Ruck, und Jean trat achselzuckend zurück. Einen Moment verharrte Ælfgar noch reglos mit dem Gesicht zum Pfahl, dann wandte er sich um und sah Lord Waringham ins Gesicht.

Der erwiderte den herausfordernden Blick in aller Seelenruhe, ehe er sich an die versammelten Männer von Waringham wandte und mit tragender Stimme sagte: »Lasst es euch eine Warnung sein. Wir alle, Adlige wie Bauern und die Bürgersleute in den Städten, haben schwer an der Last zu tragen, die die Abgaben für König Richards Lösegeld bedeuten. Aber ein jeder muss seinen Beitrag leisten. Und wer seine Ziege und zwei seiner Schafe im Wald versteckt und mir weiszumachen versucht, sie seien verendet, der betrügt nicht nur mich, sondern den König genauso.« Er sah zu Ælfgar. »Darum hätte ich dich auch dem Sheriff überstellen können, damit er dich aufhängt. Also sei dankbar.«

Ælfgar konnte dem Blick der strahlend blauen Augen nicht

länger standhalten. Der rebellische Trotz verschwand aus seiner Miene, er senkte den Kopf und nickte.

»Dann sag es«, verlangte Jocelyn.

Man konnte den Adamsapfel im mageren Hals auf und ab gleiten sehen, als Ælfgar mühsam schluckte. Ohne wieder aufzuschauen, antwortete er: »Ich bin Euch dankbar, dass Ihr nicht nach dem Sheriff geschickt habt, Mylord. Und ich bitte um Vergebung, dass ich versucht habe, Euch zu hintergehen. Nur weiß ich nicht, wie ich all die Mäuler an meinem Tisch …«

»Das tut nichts zur Sache«, fiel sein Gutsherr ihm ins Wort. »Es ist eine Ehre für uns alle, einen Beitrag zur Freilassung unseres Königs zu leisten.«

Ælfgar schien sich im letzten Moment an einem höhnischen Schnauben zu hindern. »Ehre macht meine Kinder nicht satt, Mylord.«

»Aber vielleicht tapfer«, gab Jocelyn zurück, ließ ihn stehen und ging zu seinem Pferd. Die Bauern bildeten hastig eine Gasse, um ihn hindurchzulassen, und seine beiden Ritter folgten ihm.

Yvain zögerte noch einen Augenblick und beobachtete beklommen, welch finstere Blicke die Bauern tauschten, während Martha zum nahen Brunnen lief und einen Eimer Wasser für ihren Vater heraufzog. Ælfgar hielt den Kopf wieder hoch und riss seiner Schwester ungeduldig den Kittel aus den Fingern, den sie für ihn gehütet hatte, aber er zog ihn nicht an. Weil es ihm gefiel, seinen Nachbarn die Striemen auf seinem Rücken vorzuführen, argwöhnte Yvain.

Er nickte den Dörflern zu und kehrte zu Vellantif zurück, der erschöpft den Kopf hängen ließ. Der Junge saß auf und ritt zu seinem Vater und den beiden Rittern hinüber, die an dem Holzbrückchen über den Tain auf ihn warteten.

»Kein schöner Tag für deine Heimkehr, aber es ist eine Freude, dich wohlauf zu sehen, mein Junge«, sagte sein Vater.

»Danke gleichfalls, Mylord.«

Sie mussten den Steg hintereinander überqueren, weil er für zwei Reiter zu schmal war. Der Tain floss klar und unter leisem

Gemurmel Richtung Wald, und Yvain fiel wieder ein, wie durstig er war.

Am anderen Ufer ritt er neben seinen Vater, und Seite an Seite trabten sie den Mönchskopf hinauf, gefolgt von den beiden Rittern.

»Woher kommst du?«, fragte Jocelyn.

»Aus Tickhill.«

Sein Vater sah ihn erstaunt an. »Weiter Weg.«

»Zweihundert Meilen«, stimmte Yvain zu. Adam war schon auf halber Strecke so sattelwund gewesen, dass sie ihm ein Daunenkissen auf den hölzernen Sattel gelegt hatten, damit er überhaupt weiter konnte, und zusätzlich zu seinem schmerzenden Hinterteil hatte der Ärmste auch noch Justins und vor allem Prinz Johns unbarmherzigen Spott ertragen müssen. Yvain hatte die weite Reise bei sengender Hitze unbeschadet überstanden, aber auch er war heilfroh, dass sie vorüber war. »Wir waren fünf Tage unterwegs.«

»Der Prinz ist nach Süden gekommen?«

Yvain nickte. »Um mit seiner Mutter und dem Kronrat zu verhandeln. Er hat mich für ein paar Tage beurlaubt. Also bin ich nach Hause gekommen, in der Hoffnung, dass Guillaume mich nicht in Fesseln legt, um mich als Geisel zum Kaiser zu schicken.«

»Das wäre ihm glatt zuzutrauen«, gab sein Vater trocken zurück. »Aber er ist nicht hier. Sobald er erfahren hat, wo der König gefangen gehalten wird, ist er auf den Kontinent gereist, um ihm Gesellschaft zu leisten. Und seine Falken zu bringen. Woran du erkennst, dass ›gefangen gehalten‹ nur im weitesten Sinne zutrifft. König Richard hält Hof in Worms oder Speyer oder der Henker weiß, wo, und amüsiert sich vortrefflich, während er auf sein Lösegeld wartet.«

Yvain nickte kommentarlos. Nach einem kurzen Schweigen gab er sich einen Ruck und fragte: »Ist es schlimm? Mit dem Lösegeld, meine ich?«

Sein Vater sah auf den Widerrist seines Pferdes hinab und antwortete nicht sofort. Dann nickte er. »Ja, es ist schlimm. Ælfgar war schon immer ein arbeitsscheuer Taugenichts, aber ich fürchte, er wird nicht der Letzte sein, der versucht, sich zu drücken. Die Bauern fürchten um die Ernte wegen der Trockenheit. Aber selbst wenn sie gute Erträge einführen, hätten sie keine Reserven, um ein königliches Lösegeld aufzubringen.«

»Nein, natürlich nicht. Aber das muss der Kronrat doch wissen.«

»Sei versichert. Und die Königinmutter und der neue Erzbischof von Canterbury wissen es auch. Das Problem ist nur: Es ist ihnen völlig gleich.«

Unwillkürlich musste Yvain an das denken, was Justin de Béthune an seinem ersten Abend in Windsor zu ihm gesagt hatte: *Für König Richard ist England nur eine Geldquelle und das Land, das ihm eine Krone beschert hat …*

»Ihr seid viel zu nachsichtig mit dem Bauerngesindel, Mylord«, meldete Piers sich zu Wort, der gleich hinter ihnen ritt. »Ihr hättet diesen verfluchten Halunken viel härter rannehmen sollen, dann würden seine Nachbarn es sich zweimal überlegen, Euch zu betrügen.« Er war Jocelyns ältester Freund und hatte mit ihm zusammen dem Jungen König gedient – er konnte ihm Dinge sagen, die andere nie zu äußern gewagt hätten.

Stirnrunzelnd antwortete Yvains Vater über die Schulter: »Niemandem ist damit gedient, wenn ich einen Mann so zurichte, dass er tagelang keine Arbeit tun kann.«

Piers schnaubte unüberhörbar. »Kaum ein Tröpfchen Blut hat er vergossen. Er kann froh sein, dass ich es nicht war, der ihm das Fell gegerbt hat …«

»Ja, Piers, ich bin überzeugt, das ist er«, gab Jocelyn zurück.

Yvain war verwirrt und bedrückt. Natürlich oblag Lord Waringham die Gerichtsbarkeit über seine Bauern, und einmal im Monat hielt er auf der Burg einen Gerichtstag ab, um Streitigkeiten der Leibeigenen zu schlichten oder Vergehen zu ahnden, aber die Prügelstrafe war hier selten. Übeltäter, die sich etwa um die geschuldeten Hand- und Spanndienste zu drücken versuchten, kamen beim ersten Mal mit einer Verwarnung davon, im Wiederholungsfall mussten sie meist ein Bußgeld entrichten, das Lord Waringham viel besser gebrauchen konnte als ihr Blut und ihren Hass. Aber irgendetwas schien sich geändert zu haben. Yvain vertagte seine vielen Fragen indes, denn er wollte sie lieber stellen, wenn er mit seinem Vater unter vier Augen sprach.

Stattdessen blickte er von der kahlen Kuppe des Mönchskopfes auf Waringham Heath hinab, und von der wilden Schönheit ging ihm das Herz auf. »Was macht der Feenbaum?«, fragte er.

Die drei Männer lachten.

Sie ritten den Burghügel hinauf und durch das höhlengleiche Torhaus in den Innenhof. Gleißend lag der hellgraue Bergfried von Waringham Castle im Sonnenschein – ein beinah würfelförmiger Donjon normannischer Bauart mit vier Ecktürmen, den Jocelyns Großvater vor rund fünfzig Jahren errichtet hatte, um den hölzernen Vorgängerbau zu ersetzen. Der massige Turm mit den kleinen Fenstern wirkte trutzig und abweisend, aber sein Anblick erfüllte Yvain immer mit Stolz. Der Burgturm war ein Symbol für die Wehrhaftigkeit der Waringham ebenso wie ihre Vasallentreue, denn nur ihren vertrauenswürdigsten Barons erlaubte die Krone den Bau einer Burg.

Der Pferdestall neben dem Torhaus, das Back- und das Brauhaus und die übrigen hölzernen Wirtschaftsgebäude im Hof wirkten schäbig und vergänglich im Schatten des mächtigen Bergfrieds. Allein die Kapelle, die einen Steinwurf zur Rechten stand und aus dem gleichen Sandstein erbaut war, konnte ihm Konkurrenz machen: Klein und schmucklos, strahlte sie dennoch eine schlichte Würde aus, als wolle sie die stolzen Waringham zur Bescheidenheit mahnen und sie daran erinnern, dass auch ein Earl nur aus Staub gemacht sei und der Barmherzigkeit Gottes bedürfe.

Vor dem Pferdestall saßen die vier Reiter ab, und ehe Yvain die Tiere wegführen konnte, kam ein Knecht herbeigeeilt, um sie ihm abzunehmen.

»Danke, Rob.« Yvain überreichte ihm die vier Zügel. »Bevor du irgendetwas anderes tust, tränk Vellantif, in Ordnung?«

»Sicher«, gab der junge Stallbursche untypisch kurz angebunden zurück, und das sonst übliche unbekümmerte Grinsen war ihm abhanden gekommen.

Mit sinkendem Herzen erkannte Yvain, dass es schlimmer in Waringham stand, als er geahnt hatte.

Er folgte seinem Vater und den beiden Rittern in die Halle hinauf, wo Lady Maud und Amabel nebeneinander an einem breiten Stickrahmen saßen, den sie sich ans Fenster hatten tragen lassen. Als sie den Ankömmling entdeckten, erhoben sie sich, umrundeten den senkrechten Rahmen jede an einer Seite und kamen auf ihn zu.

»Das ist zur Abwechslung einmal eine wundervolle Überraschung«, sagte seine Mutter lächelnd. »Willkommen daheim, mein Sohn.«

»*Ma mère.*« Er nahm die Hände, die sie ihm entgegenstreckte, und wollte sich vor ihr verneigen, musste aber stattdessen erdulden, dass sie ihn vor den Augen der Welt in die Arme schloss und ihm die Wange küsste.

»Oh, es ist so wundervoll, dass du gekommen bist, mein Junge. Und sieh dich nur an! So prachtvolle Gewänder, und gewachsen bist du auch schon wieder.«

Yvain fühlte seine Wangen heiß werden und wünschte, sie würde kein solches Gewese um seine Ankunft machen.

Er wandte sich an seine Schwägerin, und wenigstens sie ließ zu, dass er sie mit der üblichen ritterlichen Verbeugung begrüßte. »Amabel.«

»Willkommen daheim, Yvain. Ich hoffe, du hattest eine gute Reise.« Die Worte klangen seltsam gestelzt und förmlich, aber ihr Lächeln hatte nichts von seinem Zauber verloren. Und als er ihr in die Augen sah, traf ihr Blick ihn wie eine glühende Dolchklinge mitten ins Herz wie eh und je. Es tat weh, aber trotzdem kam er wieder und wieder, um sich diesen Stich bei ihr abzuholen, weil er süchtig danach war.

»Nun, ich bin heil hier angekommen«, gab er zurück. »Das ist das Beste, was es über die Reise zu sagen gibt.« Er sah sich suchend in der Halle um. »Wo ist Cecily?«

»In Amesbury«, erklärte sein Vater. »Ich habe sie in der Woche nach Ostern hingebracht.«

»Und damit sind all meine Küken ausgeflogen«, fügte seine Mutter hinzu, ergriff für einen Moment Amabels Hand und drückte sie. »Ein Glück, dass wir dich haben. Und zu Weihnachten ein Enkelkind, so Gott will.«

Ehe Yvain sich weit genug von dieser Neuigkeit erholen konnte, um Amabel zu gratulieren, sagte sie: »Ich habe einen Brief von Cecily bekommen. Ich glaube, sie hat sich gut eingelebt. Wenn du willst, kannst du ihn lesen.«

»Danke.«

Mit einem Mal machte es ihn verlegen, sie anzuschauen, doch er wusste, dass er sich das um keinen Preis anmerken lassen durfte. Denn sollte Amabel jemals Verdacht schöpfen, wie er in Wahrheit zu ihr stand, würde ihr Gefühl von Ehre und Anstand sie zwingen, auf Distanz zu gehen und ein Bollwerk aus kühler Höflichkeit zwischen ihnen zu errichten. Und das wollte er sich lieber gar nicht vorstellen.

Baldur rettete ihn; er kam aus einem dunklen Winkel der Halle herangestürmt und lieferte Yvain einen triftigen Grund, den Blickkontakt zu brechen. Während er sich in die Binsen hockte, um seinen Hund zu begrüßen, sagte er: »Glückwunsch und Gottes Segen, Amabel.«

»Hab Dank, Schwager.« Er konnte hören, wie selig sie über die Schwangerschaft war.

Auf Jocelyns Wink folgten sie ihm und seinen beiden Rittern an die hohe Tafel. Maud schickte nach einem Krug Ale, der auch prompt aufgetragen wurde. Amabel übernahm das Einschenken. Yvain stürzte den ersten Becher herunter. Das Bier war herrlich kühl, denn die Fässer wurden in einer Vorratskammer im Keller des Bergfrieds verwahrt.

»Mir war nicht bewusst, dass du durch die Wüste geritten bist«, zog Amabel ihn auf und schenkte ihm nach.

»Im Moment ist ganz England heiß genug, um als Wüste durchzugehen«, verteidigte er sich, nahm aber dieses Mal nur einen kleinen Schluck, denn er wollte nicht, dass sie ihn für maßlos hielt.

»Wie steht es mit Prinz John?«, kam sein Vater unumwunden

zur Sache, wie es seine Art war. »Denkst du, er ist nach Süden gekommen, um neue Verbündete für seine Revolte zu suchen?«

»Schwer zu sagen«, bekannte Yvain. »Natürlich weiht er mich nicht in seine Pläne ein.« *Es sei denn, er ist betrunken und ich bin zufällig zur Stelle*, fügte er in Gedanken hinzu. »Aber ich habe das Gefühl, er wartet ab, was Philippe von Frankreich in der Normandie erreicht, um König Richard zu schwächen, schließlich haben sie sich ja verbündet. Wir hörten, Philippe habe Gisors eingenommen und das ganze Vexin überrannt.«

»Es stimmt«, bestätigte Jean FitzEdmond und drehte nervös seinen Becher zwischen den Händen. »Philippe hat sehr ehrgeizige Pläne, und er wird die Schwester des Königs von Dänemark heiraten, um von dort Schiffe und Soldaten zu bekommen.«

»Es wird auch gemunkelt, Philippe verhandelt mit dem Kaiser, um ihm Richard abzukaufen«, wusste Piers of Wingmore zu berichten.

Yvain nickte. Das war ein offenes Geheimnis in Johns Gefolge. »Wenn ihm das gelingt, dürfte König Richard erledigt sein.«

Jocelyn schüttelte skeptisch den Kopf. »Philippe will das Vexin, die Normandie, das Anjou und alles andere, was Richard von Frankreich gehört. Anders als sein Vater ist er nicht damit zufrieden, den König von England als mächtigen Vasallen vor der Haustür zu haben wie eine Laus in seinem Pelz. Philippe will über *ganz* Frankreich herrschen. Darum macht er John zu seinem Werkzeug gegen Richard und verspricht dem Kaiser das Blaue vom Himmel für die Auslieferung seines Gefangenen. Aber Kaiser Heinrich ist kein Narr. Er weiß, dass Philippe als Alleinherrscher über Frankreich mächtig genug wäre, um ihm gefährlich zu werden. Darum wird er Richard nie und nimmer an ihn ausliefern.«

»Wenn Philippe ihm genug bietet, könnte er vielleicht doch schwach werden«, widersprach Piers. »Der Kaiser hat Sizilien an Tancred verloren und plagt sich gleichzeitig mit Heinrich dem Löwen herum. Der ist König Richards Schwager, und es war auch Richard, der Tancred in Sizilien unterstützt hat. Heinrich bekäme seine Rache und einen Haufen Geld, wenn er ihn Philippe gibt. Ich könnte da nicht widerstehen, so viel ist sicher.«

»Und doch hat Richard irgendwie das Wunder vollbracht, die Freundschaft des Kaisers zu gewinnen«, entgegnete Jocelyn. »Zumindest seinen Respekt. Und damit der Kaiser es sich nicht noch anders überlegt, haben die Königinmutter und der neue Erzbischof von Canterbury dafür gesorgt, dass England ihm ein Lösegeld anbietet, welches Philippe sich nicht leisten kann.«

»Leider kann England es sich auch nicht leisten«, merkte Lady Maud an.

»Nein«, stimmte ihr Gemahl zu. »Und dennoch müssen wir es irgendwie aufbringen.«

In die beklommene Stille hinein fragte Yvain: »Wie schlimm ist es? Für die Baronie, meine ich?«

Sein Vater ließ den Blick kurz durch die Halle schweifen, doch niemand außer ihnen hielt sich hier auf. Trotzdem senkte er die Stimme, als er antwortete: »Jeder Mann in England muss ein Viertel seiner Einkünfte hergeben, der Klerus ebenso wie Bürger und Adel. In Silber. Doch ganz abgesehen davon, dass ich nicht so recht weiß, wie ich den Haushalt dann über den Winter bringen soll, habe ich so viel Silber nicht.« Er sah ihn an und hob kurz die Schultern. »Wir müssen uns irgendetwas einfallen lassen. Aber eins ist gewiss: Waringham steht ein schwerer Winter bevor.«

»Ganz England vermutlich«, sagte Yvain.

Sein Vater nickte. »Und die Engländer haben ihrem König ja schon seinen kostspieligen Kreuzzug bezahlt.«

»Ich höre, der Earl of Essex leiht sich das Geld bei den Juden von Norwich«, sagte Jean unsicher.

Jocelyn sah ihn an, als hätte der junge Ritter ihm vorgeschlagen, Reisende auf der Straße zu überfallen, um an das Geld zu kommen. »Das kommt nicht infrage«, beschied er. »Ein Waringham macht keine Schulden. Und außerdem wären unsere Sorgen nächstes Jahr doppelt so groß, weil wir für das geborgte Geld Zinsen bezahlen müssten.«

»Nicht, wenn wir es von den Templern leihen«, widersprach seine Gemahlin. »Sie sind reich, und mein Bruder würde …«

»Ich sagte, ein Waringham macht keine Schulden«, fiel Jocelyn ihr ins Wort.

Sie sah ihn an und zuckte die Schultern. »Aber bislang galt auch, dass ein Waringham seine Bauern nicht auspresst. Von einem deiner ehernen Grundsätze wirst du dich verabschieden müssen, mein Gemahl.«

Wie eh und je machte Yvain sich zu Fuß mit einem vollen Wassereimer auf den Weg nach Waringham Heath. Ohne Eile schlenderte er den Burghügel hinab, wo die geschorenen Schafe standen und das Gras kurzhielten. Manche unterbrachen ihr gemächliches Rupfen und Kauen und sahen ihn an, stoisch wie immer, aber auch ein wenig ratlos, als wollten sie ihn fragen, ob er zufällig wisse, was aus ihrem Pelz geworden sei.

»Bei der Hitze solltet ihr froh sein«, hielt Yvain ihnen vor. »Außerdem sind die Wollpreise dieses Jahr gut, und ihr müsst euren Beitrag für König Richards Lösegeld leisten genau wie wir zweibeinigen Schafe auch.«

Sie wackelten mit den Ohren und grasten weiter.

Der Ginster auf Waringham Heath stand noch in voller Blüte. Dicht an dicht wuchsen die rundlichen gelben Büsche zwischen dem Heidekraut und schimmerten golden in der Sonne – eine verschwenderische Farbenpracht, die den Feenbaum umso schwärzer und lebloser wirken ließ. Yvain kippte das Wasser an den Stamm, stellte den Eimer ab und untersuchte die verkohlten Äste. Aber vergeblich. Kein Blättchen, kein noch so winziger grüner Trieb war zu entdecken.

»Ihr verschwendet Eure Zeit, Lord Yvain«, sagte eine raue, alte Frauenstimme in seinem Rücken.

Er wandte den Kopf. »Ich wünschte, irgendwer würde einmal etwas anderes zu mir sagen, wenn er mich hier antrifft«, erwiderte er lächelnd. »Wie geht es dir, Wilona?«

Sie war die Kräuterfrau und Hebamme von Waringham, hatte Yvain und all seine Geschwister auf die Welt geholt, und ihr Wort hatte manchmal sogar bei seinem Vater Gewicht.

»Ich habe das Reißen in den Gliedern, mein Junge, und gut sehen kann ich auch nicht mehr. Wahrscheinlich werd ich blind, wie meine alte Mutter, Gott hab sie selig«, antwortete sie und ließ sich ächzend auf dem flachen grauen Findling nieder, der aus der Heide ragte und eine passable Sitzbank darstellte. »Obendrein ist genau das passiert, was ich geweissagt habe: Seit der Blitz in den Feenbaum gefahren ist, geschieht hier ein Unglück nach dem anderen. Die Elemente sind aus dem Gleichgewicht, und wir sind mit Feuer geschlagen.«

Er setzte sich zu ihr. »Darum tu ich es ja.« Er wies zum Baum hinüber.

Doch die alte Frau schüttelte den Kopf. »Man muss loslassen, was tot ist. Es wäre besser für Waringham, wir würden den Baum fällen und hoffen, dass die Feen einen anderen zur Pforte zwischen ihrer und unserer Welt machen.« Sie ruckte das Kinn Richtung Wald. »Bäume gibt es in Waringham ja zum Glück genug.«

»Kommt nicht infrage«, widersprach er entrüstet. »Ich bin noch nicht bereit aufzugeben.«

Sie sah ihn an – eine alte Frau mit einem runzligen Gesicht und dichten weißen Haaren, die sie im Nacken aufgesteckt, aber unbedeckt trug. Die dunklen Augen waren klar und seltsam jung und glommen amüsiert. »Dann seid Ihr ein Tor, fürchte ich.«

»Auch das höre ich nicht zum ersten Mal.«

»Gott wird Eure Beharrlichkeit nicht mit einem Wunder belohnen und den Baum ausschlagen lassen. Das gibt es nur im Märchen.«

»So wie Feen«, konterte er.

Sie lachte gackernd, und für so ein altes Weib besaß sie noch erstaunlich viele Zähne. »Ihr Normannen seid wirklich zu drollig.«

»Ich bin kein Normanne«, widersprach er.

»Oh doch, manchmal schon. Aber sagt mir, wenn Ihr nicht an Feen glaubt, wieso knotet Ihr dann Stoffstreifen an den Baum und tragt den Feen Eure Wünsche vor?«

»Weil es immerhin möglich ist, dass ich mich irre.«

Er fragte sie nicht, woher sie wusste, dass er diesem alten Brauch gelegentlich frönte. Sie gab sich gern geheimnisvoll und machte die Leute glauben, sie sei hellsichtig. Er hätte also doch nur eine rätselhafte Antwort bekommen. Wahrscheinlich hatte sie ihn einfach gesehen, als er vor seinem Aufbruch nach Windsor hergekommen war.

»Was heißt, hier geschieht ein Unglück nach dem anderen?«, fragte er stattdessen.

Ihre Miene wurde verschlossen. »Zerbrecht Euch nicht den Kopf. Euch und die Euren trifft es ja nicht.«

»Oh, komm schon, Wilona«, protestierte Yvain. »Du kennst meinen Vater. Also musst du doch wissen, wie sehr er gehasst hat, was er heute tun musste.«

Sie lachte ihn schon wieder aus. »Falls es so ist, hat er es gut verborgen. Aber er musste es ja gar nicht tun. Er hätte ein Auge zudrücken können bei einem verwitweten Vater von zwölf Kindern.«

Yvain stellte die Ferse auf die Kante des Findlings und verschränkte die Hände um das angewinkelte Knie. »Genau das kann er eben nicht tun. Wenn König Richard aus der Gefangenschaft freikommt, wird er die Lords büßen lassen, die ihren Anteil zu seinem Lösegeld nicht geleistet haben.«

»Vor allem solche, die seinem abtrünnigen Bruder einen Sohn geschickt haben, um in jeder Tür einen Fuß zu haben?«

Er wandte den Kopf und sah sie an. »Vielleicht. Jedenfalls kannst du wetten, dass es für die Bauern hier dann noch viel schlimmer würde. Ob du's glaubst oder nicht, mein Vater versucht nur, uns alle zu beschützen.«

»Nun, ich merke, dass *Ihr* es glaubt«, antwortete sie und stand auf. »Ich muss weiter, Lord Yvain, Polei suchen. Ihr habt nicht zufällig welchen gesehen?«

»Wie sieht er denn aus?«

»Niedriges Kraut mit roten Stängeln und violetten kugelförmigen Blüten.« Sie machte einen Ring aus Daumen und Mittelfinger, um ihm die Größe zu veranschaulichen. »Er hat einen starken Geruch, der Ungeziefer vertreibt.«

»Und schon wieder bin ich klüger geworden«, bemerkte Yvain lächelnd. »Vielleicht hat meine Mutter Polei im Garten, und du kannst welchen borgen.«

Sie schüttelte den Kopf. »Er wächst nur in sehr feuchter Erde, gleich am Fluss zum Beispiel. Außerdem ist es ein Armeleutekraut, das Eure Mutter in ihrem vornehmen Kräutergarten kaum dulden würde.«

»Wieso denn nicht? Ungeziefer plagt alle Menschen, egal ob Bauer oder Edelmann, richtig?«

Wilona nickte unverbindlich, hob ihren Korb auf und ging Richtung Wald davon. Weil man zwischen den Ginsterbüschen ihre Füße nicht sehen konnte, wirkte es beinah, als schwebe sie über die Heide, und der Anblick war ein klein wenig gruselig.

Zwei Tage später kam endlich der ersehnte Regen.

Ganz Waringham tat einen Seufzer der Erleichterung, denn es war noch nicht zu spät für das Getreide auf den Feldern, und alle beteten mit neuem Mut um eine gute Ernte. Der Regen unterbrach die Mahd, aber die Schafschur ging weiter, und vereinzelt begannen die Bauern schon mit der Flachsernte.

Auch auf dem Gutsbetrieb der Baronie war der Frühsommer eine arbeitsreiche Zeit, und Yvain legte den feinen Bliaut ab, den Prinz John ihm hatte schneidern lassen, zog stattdessen ein schlichtes knielanges Gewand aus festem Leinen an, in dem man sich frei bewegen konnte, und packte mit an. Das Schafescheren überließ er den Knechten, denn sie hatten mehr Erfahrung als er, waren schneller und schnitten keine Löcher in die Vliese, aber er half beim Waschen der Wolle in den großen Holzzubern, stand zwei Tag lang in einem stickigen, streng riechenden Wollschuppen und stopfte getrocknete Vliese in riesige Säcke, die unter Lord Waringhams Aufsicht auf Karren verladen und ins Lagerhaus gebracht wurden. Er ging mit zum Jäten in den Weizen, und er kletterte auf Scheunen und Ställe, um das Moos aus den Strohschindeln zu pflücken und undichte Stellen auszubessern.

»Du meidest den Fechtunterricht«, bemerkte Roger de Lacy, sein einstiger Trainingspartner, als sie am Sonnabend nach der Beichte zusammen aus der Burgkapelle kamen. »Warum? Bist du zu fein für uns geworden?«

Yvain sah ihn ungläubig an. »Blödsinn. Du würdest mich vermutlich immer noch aufs Kreuz legen«, gab er zurück, obwohl er insgeheim Zweifel hatte. Jean FitzEdmond war ein guter Lehrer, aber kein Vergleich mit Fulk de Cantilupe, und die Trainingswaffen an Prinz Johns Hof waren ein paar Klassen besser als die in Waringham. Yvain war nicht bewusst gewesen, was für einen Unterschied das machte, bis er tags zuvor seine einstigen Kameraden vom Fenster seiner Kammer aus beobachtet und verblüfft festgestellt hatte, wie langsam sie waren und wie durchschaubar ihre Attacken. »Aber ich bin ganz froh, mir mal ein paar Tage keine blauen Flecken zu holen.«

»Und schuftest stattdessen lieber wie ein Höriger?«, gab Roger zweifelnd zurück.

Yvain zuckte die Schultern und nickte. »Mein Vater hat dieses Jahr weniger Tagelöhner angeheuert als sonst, um für das königliche Lösegeld zu sparen. Also können sie auf dem Gut jedes Paar Hände gebrauchen.« Und er schuftete, damit er nachts schlafen konnte, statt sich wie ein Brathuhn herumzuwälzen und immerzu darüber nachzugrübeln, dass Amabel das Kind seines Bruders trug. »Ich bin ja nur für ein paar Tage hier, also hab ich mir gedacht, ich mach mich nützlich.«

»Wann kehrst du zum Prinzen zurück?«, fragte Roger.

»Montag um die Mittagsstunde muss ich mich in Dartford einfinden. Dort versammelt sich sein Gefolge in dem Gasthaus an der großen Wegkreuzung, und wir kehren alle nach Norden zurück.«

Es waren knapp vierzig Meilen nach Dartford, und Yvain gedachte, am morgigen Nachmittag nach Rochester zu reiten, auf der dortigen Burg ein Bett für die Nacht zu erbitten und den Rest der Strecke am Montagvormittag zurückzulegen.

»Gott, wie ich dich beneide …«, bekannte Roger. »Wie aufregend es sein muss, an einem prinzlichen Hof zu leben und herumzureisen und all das. Hier in der Einöde kann man ja eingehen vor Langeweile.«

»Na ja«, gab Yvain mit einem verlegenen Achselzucken zurück. »Beides hat seine Vorzüge, schätze ich.«

In den ersten Tagen in Windsor hätte er alles dafür gegeben, wieder zurück nach Hause zu dürfen und das ereignislose Dasein zu führen, welches Roger beklagte. Aber Yvain hatte festgestellt, dass die Zeit an Johns Hof, obwohl doch nicht einmal ein halbes Jahr, ihn verändert hatte. Waringham war sein Zuhause und für ihn der schönste Ort auf der Welt, aber es erschien ihm irgendwie geschrumpft, wie ein wollenes Gewand, das man in zu heißem Wasser gewaschen hatte. Die Rastlosigkeit und das Gewimmel eines prinzlichen Haushalts fehlten ihm, und am meisten vermisste er seine Freunde.

Baldur lag vor den Eingangsstufen des Bergfrieds im feuchten Gras und wartete auf ihn. Yvain öffnete den rechten Flügel des Portals, sie durchquerten die dämmrige Vorhalle und erklommen die Wendeltreppe zum Hauptgeschoss. »Lass uns eine Runde würfeln«, schlug Roger vor.

»Ja, später«, stellte Yvain in Aussicht. »Ich habe noch etwas zu erledigen.«

Gefolgt von seinem Hund stieg er weiter hinauf ins Obergeschoss, ging zu seiner Kammer und holte den unscheinbaren kleinen Lederbeutel, der die letzten Tage unter seinem Kopfkissen versteckt gelegen hatte.

Genau wie auf der Burg gingen auch viele Leute im Dorf am Sonnabend zur Beichte, auf dass ihre Seelen gereinigt wurden, ehe sie am Sonntagmorgen die Messe hörten oder an hohen Kirchenfesten sogar den Leib des Herrn empfingen.

Yvain setzte sich gegenüber der Kirche auf die gemauerte Brunneneinfassung – den Rücken zum Pranger – und wartete auf Vater Cyneheard. Eine alte Bauersfrau kam aus dem Kirchlein, so krumm, dass ihr Gesicht dem Boden zugewandt war. Trotzdem hatte sie sich in ein großes, dunkles Tuch gehüllt, als wolle sie vermeiden, erkannt zu werden, und Yvain fragte sich amüsiert, was eine so alte Gevatterin wohl Schreckliches zu beichten haben konnte, dass sie vor Scham ihr Gesicht verhüllte.

Wenig später öffnete sich die Holztür der Kirche mit ihrem vertrauten Quietschen, und der Dorfpfarrer trat ins Freie.

»Nanu, Lord Yvain«, grüßte er und lächelte ihm zu.

Vater Cyneheard war als Waisenkind in einem Kloster aufgewachsen und besaß eine heitere Gelassenheit, die Yvain immer heilig erschien. Doch statt hinter Klostermauern zu bleiben und sein Leben Gott allein zu widmen, hatte der junge Gottesmann es vorgezogen, Priester zu werden und als Seelsorger dieser kleinen, nicht sonderlich einträglichen Gemeinde in die Welt hinauszugehen. Trotz seiner sanftmütigen Natur hatten seine Schäfchen Respekt vor ihm und hörten auf ihn, wusste Yvain.

»Kann ich Euch kurz sprechen, Vater?«

»Natürlich. Kommt mit hinein.« Er führte den Jungen durch seinen kleinen Gemüsegarten, wo das Unkraut wie eh und je besser gedieh als die Kohlköpfe, und weiter in seine schlichte Kate. Kalte Asche lag im Herd, und das einräumige Häuschen wirkte unaufgeräumt und schmuddelig. Die kostbare Bibel lag in einer Insel der Sauberkeit zugeklappt auf dem wackligen Tisch. »Nehmt Platz. Ihr müsst die Unordnung entschuldigen, meine Magd ist mir abhanden gekommen, weil sie ihrem Vater auf dem Feld helfen muss. Aber sie wird schon wiederkommen.«

Yvain ließ sich auf einem der beiden Holzschemel nieder. »Wer ist sie?«

»Bertha Wheeler. Ausgerechnet jetzt, wo so viel zu tun ist, muss ihr Vater dem Müller einen neuen Karren bauen, also braucht er jedes Paar Hände.«

Ælfgar war der Stellmacher von Waringham – was ihm seinen Nachnamen eingebracht hatte – und besserte die mageren Erträge seiner Scholle auf, indem er gelegentlich für einen seiner Nachbarn oder den Gutsbetrieb einen Wagen reparierte oder baute.

»Er ist der Grund, warum ich zu Euch gekommen bin«, bekannte Yvain.

»Wirklich? Ein Schluck Ale?«

Yvain hob abwehrend die Hand. »Nein, danke.«

Der Dorfpfarrer setzte sich ihm gegenüber, spähte nacheinander in die drei Becher, die auf dem Tisch verteilt standen, fand im letzten einen Rest und trank. »Was ist mit ihm? Ich hoffe, er hat nicht schon wieder etwas ausgefressen?«

Der Junge schüttelte den Kopf. »Ich habe ein bisschen Geld,

Vater.« Er löste den Beutel, den er an seinen Gürtel geknotet hatte, und stellte ihn auf den Tisch. »Prinz John hat jedem seiner Knappen einen Schilling für die Heimreise gegeben, als wir uns in Westminster trennten.«

»Einen *Schilling*?«, fragte der Priester entgeistert. »Dachte er, Ihr wolltet Euch in einer Sänfte nach Hause tragen lassen?«

Yvain hob ein wenig verlegen die Schultern. »Er ist immer großzügig. Aber er hat … keine Ahnung von Geld. Ich glaube, er weiß überhaupt nicht, dass ein Tagelöhner sich und seine Familie mit einem Schilling eine ganze Woche lang über die Runden bringen muss.«

»Kein Wunder«, warf Vater Cyneheard ein. »Bedenkt man die Verschwendungssucht seines Vaters.«

»Oder seines Bruders«, erwiderte Yvain.

Der Priester machte eine unbestimmte Geste und antwortete nicht, aber der Junge merkte, dass kritische Bemerkungen über den Kreuzfahrerkönig ihm Unbehagen einflößten. Er kam auf sein Anliegen zurück. »Ich habe nichts davon ausgegeben, und für den Weg von Waringham nach Dartford brauche ich erst rechts nichts. Würdet Ihr es Ælfgar zukommen lassen?«

Vater Cyneheard sah ihn zweifelnd an. »Aber wird es Euch nicht fehlen? Ich weiß, dass Euer Vater Euch kurzhält – schließlich muss er selbst jeden Penny zweimal umdrehen, das weiß jedes Kind in Waringham. Aber ein junger Gentleman an einem prinzlichen Hof braucht ein wenig Geld, oder?«

Yvain schüttelte den Kopf. »Eigentlich nicht. Und ich habe eine Vereinbarung mit einem meiner Freunde getroffen, der nicht sonderlich gut reiten kann. Ich bringe es ihm bei, und dafür wird er mich freihalten, wenn wir gelegentlich einen Zug durchs Dorf machen.« Adam de la Pomeroy war immer flüssig, denn sein Vater schickte ihm regelmäßig die Einkünfte aus einem Steinbruch, den Adam von seinem Großvater geerbt hatte. »Also gebt es Ælfgar, Vater. Nur darf er nicht erfahren, dass es von mir kommt.«

Vater Cyneheard hatte versonnen die Lederschnur befingert, die den Beutel verschloss, aber jetzt ließ er sie los. »Wie stellt Ihr Euch das vor?«

»Keine Ahnung.« Yvain zuckte die Achseln. »Aber es würde ihn demütigen, Geld von mir annehmen zu müssen, und das will ich nicht.« Er dachte einen Moment nach. »Sagt ihm … sagt ihm, Cecily hätte es aus Amesbury geschickt, wo eine unbekannte Wohltäterin Geld für die leidgeprüfte Landbevölkerung gespendet habe. Das kann er erhobenen Hauptes annehmen.«

»Doch es wäre eine Lüge«, wandte Cyneheard mit leisem Tadel ein.

»Ja, aber eine, die einem guten Zweck dient. Gott wird ein Auge zudrücken, oder?«

Der Priester zauderte noch einen Moment, dann nickte er und ergriff die kleine Börse mit den zwölf Pennys darin, die verheißungsvoll klimperten. »Habt Dank, Lord Yvain. Nicht nur für das Geld. Es ist gut von Euch, dass Ihr ihm helfen wollt, ohne ihm seinen Stolz zu nehmen. Und erstaunlich.«

»Wieso erstaunlich?«, fragte Yvain.

»Weil Euer Vater denkt, leibeigene Bauern hätten kein Anrecht auf Stolz. Und man müsse ihn brechen, wenn sie ihn sich anmaßen. Meistens folgen Söhne in diesen Dingen dem Beispiel ihrer Väter.«

Yvain sah einen Moment auf die speckige, mit Krümeln und eingetrockneten Tropfen verzierte Tischplatte hinab und dachte nach. Schließlich sagte er: »Mein Vater ist ein harter Mann, kein Zweifel. Aber er trägt keine Schuld daran, dass der neue Erzbischof von Canterbury und die Königinmutter das Land auspressen, um das Lösegeld für den König zusammenzukratzen.«

»Nein, ich weiß«, räumte Cyneheard vorbehaltlos ein. »Aber das war es nicht, wovon wir sprachen. Ich bleibe dabei, Ihr seid anders als Euer Vater, was entweder daran liegt, dass Gott Euch mit einem anderen Naturell in diese Welt geschickt hat, oder daran, dass Ihr einen ziemlich brauchbaren Kopf auf den Schultern tragt und Euch gern Eure eigenen Gedanken über die Dinge macht. So oder so, es kann nur gut sein – für Euch selbst ebenso wie für Waringham. Ich gebe Euch recht, dass es besser ist, Ælfgar nicht wissen zu lassen, woher die noble Spende kommt, aber in gewisser Weise ist es auch schade. Denn es wäre dem Frieden in

Waringham zuträglich, wenn die Bauern erfahren könnten, dass es jemanden in der Familie ihres Gutsherrn gibt, dem ihr Schicksal nicht vollkommen gleichgültig ist.«

Yvain wurde unbehaglich. »Es sind nur ein paar Pennys, Vater. Ich wette, die meisten der anderen Bauern bräuchten ebenso dringend Hilfe.«

»Nur zu wahr«, stimmte der Dorfpfarrer seufzend zu. »Und wenn sie wirklich ein zusätzliches Viertel zur üblichen Pacht von ihrer Ernte abgeben müssen, wird das Elend im Winter zum Himmel schreien.«

»Ihr könntet ihnen doch den Zehnten erlassen«, schlug Yvain vor. Aber er meinte es nicht ernst, denn er wusste sehr wohl, dass die Dorfpfarrer selber Mühe hatten, von dem Zehntel über die Runden zu kommen, das die Bauern ihnen von ihren Ernteerträgen abgeben mussten.

Umso verblüffter war Yvain, als Cyneheard antwortete: »Ja, das hatte ich vor. Bis der Archidiakon des Erzbischofs mich wissen ließ, dass ich den Zehnten dieses Jahr als Beitrag zum Lösegeld hergeben muss.«

»Grundgütiger«, murmelte Yvain. »Niemand wird verschont, so scheint es.«

»Nein, Lord Yvain, niemand wird verschont. Die reichen Kirchen und Klöster, die Kelche oder Reliquiare aus Gold und Silber besitzen, müssen ihre Schätze abgeben, die eingeschmolzen werden, wenn sie sie vorher nicht zurückkaufen. Die Zisterzienser und die Gilbertiner müssen den gesamten Wollertrag der diesjährigen Schur beisteuern. Alle anderen ein Viertel ihrer Jahreseinkünfte – vom märchenhaft reichen Bischof von Winchester bis hinab zu Ælfgar, dem Stellmacher von Waringham. Kinder werden verhungern oder leichte Beute für das Winterfieber, Frauen werden sich an die Ritter ihrer Lords verkaufen, und die Männer werden alldem tatenlos zusehen müssen, bis ihre Herzen so randvoll mit Bitterkeit sind, dass sie sich selbst oder ihrem Nächsten die Kehle durchschneiden.« Die Hand, die über den lederbezogenen Einband der Bibel strich, zitterte ein klein wenig. »Der Herr Jesus Christus möge sich unserer erbarmen. Gewiss blickt er mit

Wohlwollen auf König Richard herab, der das Heilige Land gegen die Heiden verteidigt hat, aber ich bete, dass der König das Opfer seiner Untertanen zu schätzen weiß.«

Nottingham, Juli 1193

Nottingham war ein beschauliches Städtchen in den Midlands. Seine rund zweitausend Seelen teilten sich in die englische Bevölkerung der Altstadt und die Normannen der Neustadt, doch sie lebten meist einträchtig Seite an Seite und in bescheidenem Wohlstand, denn hier wurde die Wolle der unendlichen Schafherden des Nordens gewoben, gewalkt und gefärbt und für gutes Geld in den Süden verkauft. Das Leben verlief in ruhigen Bahnen, und anfangs hatte Yvain gerätselt, was den großen Eroberer besessen haben mochte, an diesem sterbenslangweiligen Ort eine so gewaltige Burg zu bauen. Der Grund war die Brücke über den Trent, hatte er gelernt, denn der Fluss, der südlich der Stadt verlief, war seit jeher ein natürliches Bollwerk gegen alle Feinde, die von Norden kommen mochten, und der kluge Eroberer hatte erkannt, dass die wenigen Brücken von enormer strategischer Bedeutung waren.

Genau wie dreißig Meilen weiter nördlich in Tickhill hatte der alte König Henry auch hier die hölzerne Festung seines Urgroßvaters durch moderne Türme und Mauern aus Stein ersetzen lassen, sodass Nottingham Castle sich nun trutzig auf seinem schroffen Sandsteinfelsen erhob, und von der Brustwehr hatte man einen weiten Blick über den Fluss im Süden und die Hügel im Westen.

»Ja, wirklich hübsch«, lobte William de Braose. »Aber sollte es euch nicht aufgefallen sein: Es regnet. Wenn wir hier noch lange herumstehen, wird mir das Wasser oben aus den Stiefeln laufen.«

Justin de Béthune hörte gar nicht hin. »Ihr könnt euch das einfach nicht vorstellen. Der ganze Chorraum von St. Paul's ist vollgestopft mit Kisten und Beuteln und Säcken voller Silber. Sie stapeln sich so hoch, dass sie die untere Fensterreihe komplett verdecken. Ein *Berg* aus Silber, sag ich euch …«

»Du hast es gesehen?«, fragte Yvain ungläubig.

Justin nickte. »Mein alter Herr schickte seinen Steward – mit beachtlicher Eskorte – nach London, um dem Kronrat unseren Anteil zu bringen. Und meinen kleinen Bruder François, der die Ehre hat, für König Richard als Geisel gestellt zu werden.« Ein untypisch bitterer Zug huschte über das sonst so unbekümmerte Gesicht. »Weil es ohnehin Zeit für mich wurde, nach Dartford aufzubrechen, habe ich mich angeschlossen und bei der Gelegenheit einen Blick auf Erzbischof Walters Silberberg erhascht.«

»Es ist jedenfalls ausgesprochen klug von ihm, das Lösegeld in St. Paul's zu sammeln«, befand Baldwin Beaumont und lehnte sich mit verschränkten Armen an die nassgeregnete Mauer. »Dort ist es gut zu bewachen. Ein ›Berg aus Silber‹ muss doch allerhand Begehrlichkeiten wecken.«

»Todsicher«, stimmte William zu. »Ich habe gehört, fünfzig Ritter aus dem Haushalt des Königs bewachen den Chorraum und alle Eingänge der Kathedrale Tag und Nacht.«

»Wie alt ist dein Bruder?«, fragte Yvain Justin.

»Dreizehn«, antwortete der mit einem kleinen Seufzer. »Er hat geflennt wie ein Mädchen, als ich ihn abgeliefert habe. *Peinlich*, sag ich euch. Aber ganz ehrlich? Ich kann's ihm kaum verdenken. Er glaubt, dass er England nie wiedersieht, und wer weiß, ob er nicht recht hat.«

»Können wir jetzt gehen und deinen Bruder unterwegs bedauern?«, fragte William quengelig.

»Ja, es wird Zeit«, drängte auch Adam. »Wir sollten uns keine Hoffnung machen, dass das Wetter uns vor Fulk dem Furchtbaren rettet.«

Yvain sah noch einmal auf die fernen Hügel hinaus und ließ den Blick nach Norden schweifen. Der Himmel war grau, und der lautlose Regen dicht genug, um einen nebligen Schleier zu bilden, aber der Junge hatte scharfe Augen und konnte die Straße ausmachen, die Richtung York führte. Wann immer er eine königliche Hauptstraße sah, packte ihn das Fernweh. In Windsor hatte er manchmal stundenlang auf der Mauer gestanden und auf die Straße nach London hinabgespäht. Hier in Nottingham waren sie wenigstens nicht eingesperrt.

»Yvain? Kommst du?«, fragte Baldwin, der auf der Treppe stehengeblieben war, um sich nach ihm umzusehen.

Leichtfüßig lief Yvain die Stufen hinab. »Immer noch nichts zu sehen von dem Wagen aus Durham.«

Der Bischof von Durham hatte angekündigt, seinen Beitrag zum Lösegeld nach Nottingham zu schicken und in Prinz Johns Obhut zu geben – ein Vertrauensbeweis, dessen politische Bedeutung niemandem entgangen war.

»Doch, doch«, wusste Justin zu berichten. »Er kam, während du in der Halle saßest und dir den Bauch vollgeschlagen hast. Außer Fellen und Tierhäuten war auf dem Karren allerdings nichts zu sehen.«

»Und woher willst du dann wissen, dass es das Silber des Bischofs war und nicht einfach eine Lieferung Leder und Felle?«, fragte William.

»Weil Leder und Felle normalerweise nicht von zwei Dutzend bis an die Zähne bewaffneter Ritter begleitet werden.«

William zuckte die Achseln und nickte unwillig. »Und wieder ist König Richards Freilassung ein Stückchen näher gerückt«, bemerkte er.

Yvain hörte in der Stimme seines Freundes die Zerrissenheit, die er selbst bei dem Gedanken empfand. Natürlich *wollte* er, dass der König aus der Gefangenschaft erlöst wurde – selbst wenn man jeden Tag neue Geschichten darüber hörte, wie prachtvoll die Bankette und Jagden waren, zu denen er geladen wurde oder die er selbst für seine neuen Freunde im Kaiserreich ausrichtete. Der gefangene König war dennoch eine Schmach, die jeden Engländer quälte, also je eher er freikam, desto besser. Nur hatte König Richard bestimmt nicht vergessen, dass sein jüngerer Bruder versucht hatte, seine unfreiwillige Abwesenheit zu nutzen, um die Macht an sich zu reißen. Und was aus Prinz John – und allen, die ihm angehörten – werden sollte, wenn der befreite Richard Zeit und Muße fand, sich seiner anzunehmen, das wusste Gott allein. Adam de la Pomeroy war jedenfalls nicht der Einzige, der bei dem Gedanken einen Knoten im Bauch verspürte.

»Macht euch nicht ins Hemd, Männer. Das Silber des Bischofs kann schwerlich die zusätzliche Summe decken, die der König dem Kaiser versprochen hat«, sagte Justin wegwerfend.

»Welche zusätzliche Summe?«, fragte Yvain verwirrt.

»Hast du's nicht gehört?« Baldwin betrachtete ihn mit einem missfälligen Kopfschütteln. »Herrje, Waringham muss weiter weg vom Rest der Welt sein, als mir klar war.«

»Was gehört?«, drängte Yvain. »Sag schon.«

Es war William, der antwortete: »Ende Juni hatte Philippe von Frankreich den Kaiser zu einem Treffen geladen, um ihm den König abzukaufen. Richard hat dem Kaiser eine Erhöhung des Lösegelds auf einhunderttausend Pfund angeboten, wenn er die Einladung ausschlägt. Kaiser Heinrich hat dankend angenommen.«

Yvain stockte beinah der Atem. Nochmals rund dreißigtausend Pfund …

Adam war stehengeblieben und starrte mit leerem Blick auf einen Punkt links der Schmiede.

»Was ist los mit dir?« William boxte ihn auf die Schulter. »Ist dir nicht gut?«

»Augenblick.« Adam kniff die Augen zu. »Ich rechne.«

»Zumindest das kann er wirklich gut«, raunte Yvain Justin zu.

Sie warteten geduldig, bis Adam schließlich sein Ergebnis verkündete: »Dafür müssen zweihundert Steinmetze vierzig Jahre lang arbeiten.«

»Jesus am Kreuz, mir wird ganz anders …«, murmelte Baldwin.

»Ja«, stimmte Yvain beklommen zu. »Er geht … ziemlich unbekümmert mit dem Geld der Engländer um.« Er wollte nicht, aber er musste an die abscheuliche Szene bei seiner Heimkehr denken, Ælfgar Wheeler am Pranger und sein Vater mit der Peitsche, beide voller Zorn und Bitterkeit. Wie oft sollte sich das nun überall in England wiederholen, wie viele Menschen noch in Verzweiflung und Elend getrieben werden, weil König Richard dem Kaiser ein unwiderstehliches Angebot gemacht hatte?

Es war eine ungewöhnlich kleinlaute Schar, die Fulk de Cantilupe auf dem Sandplatz hinter dem gedrungenen Bergfried erwartete, und als der Nutricius ein wenig später als gewöhnlich zu ihnen stieß, kam er nicht allein.

»Hier, Männer, das ist euer neuer Gefährte, Pentecôte FitzHugh.«

Gelobt sei Jesus Christus, fuhr es Yvain durch den Kopf, *ich bin hier nicht länger derjenige mit dem albernsten Namen …*

Baldwin und William tauschten einen vielsagenden Blick. Adam fasste den Neuen mit einem besorgten Lächeln ins Auge. Doch natürlich war es Justin, der wieder einmal nicht an sich halten konnte. »Pentecôte? Wie das Pfingstfest? Im *Ernst*? Dann schätze ich, dein Bruder heißt Fronleichnam und deine Schwester Himmelfahrt?«

»Halt die Luft an, Béthune«, knurrte der Waffenlehrer drohend.

Weitaus furchteinflößender war indes der Blick, mit dem der Neuzugang den unverbesserlichen Possenreißer traktierte. Pentecôte FitzHugh war mindestens so groß wie Yvain. Dunkles Haar umrahmte ein schmales Gesicht mit eingefallenen Wangen, die ihm etwas Morbides verliehen und trotzdem – so sollte Yvain noch lernen – alle Frauen schwach machten. Seine großen, mandelförmigen Augen waren so schwarz wie sein Schopf und glommen wie Holzkohle, der Mund war zu einem schmalen Strich zusammengepresst. »Wenn du nicht aufpasst, wachst du morgen früh ohne Eier auf, Pickelfresse.«

Es hätte eine harmlose Rüpelei unter Knappen sein können, aber der Tonfall sprach dagegen: leise, hochmütig und gefährlich.

Oh, wunderbar, dachte Yvain und unterdrückte ein Seufzen. Und das ist der Kerl, den ich heute Nacht in die Oubliette sperren darf …

Er hatte immer gewusst, dass dieser Tag kommen würde. Und er verstand den Sinn dieses Rituals durchaus: Das Opfer musste seine Tapferkeit unter Beweis stellen, der Kerkermeister die Bereitschaft, im Dienst für seinen Prinzen unliebsame Pflichten zu erfüllen. Ein wahrer Ritter musste beide Fähigkeiten besitzen, denn wer seinem Herrn den Gehorsam verweigerte, verlor seine Ehre genauso wie ein Feigling. Trotzdem graute Yvain ein wenig davor, und gerade deswegen hatte er sich mit untypischer Gründlichkeit auf diesen Tag vorbereitet.

Pentecôte FitzHugh war ein hervorragender Schwertkämpfer, lernte er an diesem ersten Nachmittag, sogar stärker als Adam und schneller als Baldwin. Falls er überhaupt eine Schwäche hatte, war es seine Überheblichkeit. Sie machte ihn siegesgewiss und manchmal leichtsinnig, aber keiner seiner neuen Kameraden fand ein Rezept dagegen. Nicht einmal Fulk der Furchtbare fand an seinen Darbietungen wirklich etwas auszusetzen, was ihn sonderbar verdrießlich stimmte.

»Gar nicht schlecht für einen Bastard«, knurrte er, als er seine Zöglinge entließ.

Überrascht sah Yvain von Cantilupe zu Pentecôte, dessen Körper so vollkommen still geworden war wie die Sandsteinfiguren am Portal der Burgkapelle. Unverwandt stierte er den Nutricius an, die Augen verengt, die Miene so finster, als erwäge er, mit dem Schwert auf die Beleidigung zu antworten.

Abschätzig ruckte Cantilupe das bärtige Kinn in seine Richtung. »Ist noch was, Bübchen?«

Zwei, drei Herzschläge lang rang Pentecôte mit sich. Doch schließlich schüttelte er den Kopf und schlug den Blick nieder. »Nein, Monseigneur.«

»Dann ist es ja gut. Ihr anderen habt hoffentlich zugeschaut und etwas gelernt. Jetzt bringt die Ausrüstung weg, und kommt bloß nicht auf die Idee, die Schilde so schlammverschmiert, wie sie sind, in die Waffenkammer zu stellen.«

Sie verneigten sich vor ihrem Lehrer und beteuerten wie üblich größte Sorgfalt beim Reinigen der Übungswaffen.

Als sie sich abwandten, raunte Baldwin dem Neuen zu: »Mach dir nichts draus. Er lässt keine Gelegenheit aus, uns zu beleidigen, damit wir uns ein dickes Fell zulegen.«

Pentecôte rempelte ihn rüde beiseite. »Was kümmert mich sein dummes Geschwätz. Oder deins«, knurrte er und beschleunigte seine Schritte, um vor allen anderen zur Waffenkammer zu gelangen.

Das gab den übrigen Knappen Gelegenheit, sich ausführlich über den Neuen die Mäuler zu zerreißen.

»Meint ihr, er ist wirklich ein Bastard?«, fragte William. Bei dem Wort verzog er das Gesicht, als hätte er einen ordentlichen Zug aus einem Essigkrug genommen, aber gleichzeitig funkelten seine wasserblauen Augen vor Wohlgefallen an dem Skandal.

»Jede Wette«, antwortete Justin. »Und ich verrate euch, wer sein Vater ist.«

»Wer?«, fragten Yvain und die anderen gespannt im Chor.

»Überlegt doch mal. Er muss mit dem Silberkarren aus Durham gekommen sein, richtig? Und jetzt denkt an seinen Namen.«

»Pentecôte?«, fragte Adam unsicher.

Justin nickte feierlich, und der pure Mutwille funkelte in seinen Augen. »Ein gottgefälliger, man möchte beinah sagen, ein heiliger Name, nicht wahr? Und sein todsicher selbst ersonnener Nachname? FitzHugh? Wie heißt doch gleich wieder der Bischof von Durham?«

»Hugh de Puiset!«, rief Baldwin triumphierend.

»Ganz genau. Und der fromme Hugh de Puiset hat ungefähr ein halbes Dutzend Bastarde. Ob sie alle nach Feiertagen benannt sind, kann ich euch nicht sagen, aber unser neuer Gefährte mit dem sonnigen Gemüt ist auf jeden Fall einer von ihnen.«

»Wenn das stimmt, sollten wir uns vor ihm hüten«, warnte William. »Bischof Hugh ist ohne Zweifel der mächtigste Mann im Norden, Sheriff von Northumberland *und* Earl of Northumbria.«

»Wie kann ein Bischof Earl werden?«, fragte Yvain verwundert.

»Mit Geld«, klärte Baldwin ihn auf. »Er hat die Ämter vom alten König gekauft, als der gerade wieder einmal klamm war.«

Im Windschatten der Schmiede war ihr gemächlicher Schlendergang zum Stillstand gekommen, sodass Fulk de Cantilupe sie auf dem Weg zur Halle überholte. Im Vorbeigehen drosch er Yvain mit dem Kettenhandschuh auf den Rücken. »Mach den aufgeblasenen Bastard fertig, Waringham«, forderte er ihn auf, und sein Zwinkern sollte ihnen weismachen, er scherze nur. Aber Yvain und seine Freunde wussten, was es bedeutete, wenn er so bleich war, dass das Feuermal auf seiner Wange zu glühen schien. Aus irgendeinem Grund hatte der neue Zögling den Zorn ihres Nutricius auf sich gezogen.

Schweigend blickten die Jungen ihm nach, und als er außer Hörweite war, murmelte Adam: »Pentecôte FitzHugh fängt allmählich an, mir leidzutun.«

»Ah ja?«, fragte Yvain und sah ihn mit einem geisterhaften Lächeln an. »Das trifft sich gut. Du wirst mir nämlich heute Nacht helfen, ihn einzusperren.«

Adam zog erschrocken die Luft ein. »Ich? Aber … aber wieso ich?«

Als Yvain nicht sofort antwortete, tippte William: »Weil er dir Gelegenheit geben will, deinen Mut zu beweisen.«

»Welchen Mut?«, frotzelte Justin.

»Weil du stärker bist als jeder von uns«, mutmaßte Baldwin. »Du hast im Schwertkampf länger gegen Pentecôte standgehalten als wir alle zusammen. Und es wird kräftige Hände brauchen, um ihn zu fesseln und zu knebeln.«

Adam hörte ihnen gar nicht richtig zu. Den Blick unverwandt auf Yvain gerichtet, beharrte er: »Warum?« Es klang beinah flehentlich.

»Weil du unser Streber bist, Adam.«

Der stieß ernüchtert die Luft durch die Nase aus. »Vielen Dank auch.«

»Aber das ist doch gut«, widersprach Yvain. »Jeder von uns anderen brennt darauf, Pentecôte zurechtzustutzen, weil er so hochnäsig und auch noch besser ist als wir. Dir ist das völlig gleich. Du willst nur die Aufgabe erfüllen, vor die du gestellt wirst, und zwar möglichst gut. Darum wirst du nüchtern und besonnen sein. Und das brauche ich heute Nacht mindestens so dringend wie deine starken Hände.«

Eine richtige Oubliette wie in Windsor gab es in Nottingham gar nicht, hatte er schon bei ihrem letzten Aufenthalt hier im Mai herausgefunden. Doch der Felsen, auf dem Nottingham Castle thronte und der so stark und unüberwindlich wirkte, war in Wahrheit von einem Netz aus Tunneln und Höhlen durchzogen, von denen manche als Vorratskammern, andere als Verliese dienten, die es an Schaurigkeit mit jeder Oubliette aufnehmen konnten.

Das Wetter hatte sich nicht gebessert, als Justin und William das Nachtmahl für die Knappen aus der großen Küche holten – im Gegenteil, der Dauerregen war heftiger geworden. Der Eintopf war dementsprechend kalt und wässrig, das Brot durchweicht. Trotzdem machten die Jungen sich heißhungrig darüber her. Auch Pentecôte schob sich beharrlich Löffel um Löffel in den Mund, den linken Unterarm schützend um seine Schale gelegt, als rechne er damit, dass irgendwer versuchen könnte, sie ihm zu entreißen. Er saß ein Stück abseits von seinen neuen Kameraden, hielt den Blick auf sein Essen gesenkt und sprach kein Wort.

Das führte dazu, dass auch das Tischgespräch der anderen – sonst eine lebhafte Angelegenheit – heute eher einsilbig ausfiel.

Das Knappenquartier in Nottingham war eine zugige Bretterbude, aber geräumiger als die Turmkammer in Windsor. Der Tisch mit den zwei Bänken stand unter dem einzelnen kleinen Fenster an der Türwand, die Strohbetten zogen sich in einer ordentlichen Reihe die gegenüberliegende Wand entlang.

Als die Jungen sich schlafen legten, wies Baldwin auf das, welches der Tür gleich gegenüberlag. »Das ist deins, Pentecôte.«

»Warum ausgerechnet dieses? Ich wette, nirgendwo zieht es schlimmer.«

Baldwin nickte ungerührt und rollte seine Decke aus. Über die Schulter erklärte er: »Deswegen ist es noch frei. Hier genau wie in jeder anderen Burg des Prinzen hat jeder von uns seinen festen Platz. Wenn du ein besseres Bett willst, musst du warten, bis eins frei wird.«

Pentecôte hob gleichgültig die massigen Schultern. Er setzte sich auf seine Schlafstatt, befühlte die Strohmatratze mit der flachen Linken und brummte missfällig. Trotzdem streckte er sich auf dem Rücken aus, zog die Decke bis zum Kinn und legte einen Arm über die Augen.

Yvain sah zu Adam. Dessen Wangen waren ein wenig fahl, aber ansonsten wirkte er völlig gelassen. Er zog das hölzerne Kruzifix hervor, das er an einer Lederschnur unter der Kleidung trug, und führte es kurz an die Lippen. Das war ihr verabredetes Zeichen: Alles bereit.

Yvain musste nicht befürchten einzuschlafen. Hellwach und angespannt lag er auf seinem Lager zwischen William und Baldwin und sah das letzte Licht der langen Abenddämmerung vor dem etwas schief geratenen Viereck des Fensters schwinden. Mit zunehmender Dunkelheit schärfte sich sein Gehör. Baldwin schlief. Seine Atemzüge waren lang und tief, aber seine Füße bewegten sich unter der Decke, so als träume er vom Fechtunterricht und seiner Beinarbeit. William lag wach und knabberte äußerst diskret an seinem letzten Stück Brot, das er wie so oft aufgespart hatte, damit der Hunger ihn nicht um den Schlaf brachte.

Drei junge Männerstimmen erhoben sich plötzlich draußen in der Dunkelheit. Daunenschläfer, erkannte Yvain, die vom Essen in der großen Halle zu ihrem Quartier in dem langgezogenen Steinhaus auf der anderen Hofseite zurückkehrten. Einer von ihnen war betrunken und fing an, ein Soldatenlied zu grölen, aber seine Kameraden brachten ihn zischend zum Schweigen. Yvain verwünschte sie, denn vermutlich hatten sie sein Opfer aufgeweckt. Also blieb ihm nicht anderes übrig, als noch einmal eine halbe Stunde zu warten.

Selbst William schien eingeschlafen zu sein, als sie vorüber war. Yvain setzte sich langsam auf und schlug die Decke zurück. Es war dunkel im Knappenquartier, aber nicht vollkommen finster. Er konnte die Bettenreihe mit den reglosen Gestalten etwa bis zur Mitte der Wand erkennen und sah, dass auch Adam sich bereit machte.

Lautlos wie ein Schatten stand Yvain auf und trat zu Adam,

der mit dem vorbereiteten Knebel in der Hand zu Pentecôtes Füßen stand. Beinah andächtig blickten sie auf ihn hinab. Er lag reglos auf dem Rücken, die Hände in losen Fäusten seitlich auf der Decke. Sie konnten nur beten, dass er auch tatsächlich schlief, aber die entspannte Körperhaltung sprach dafür.

Yvain sah zu Adam, und sie nickten sich zu. Es war alles besprochen, jeder Schritt geplant. Er atmete tief durch, ließ einmal die Schultern kreisen, um sie zu lockern, und stellte sich dann breitbeinig über Pentecôtes Körpermitte. Yvain ahnte mehr als er sah, dass der Schläfer sich regte, und ließ sich auf ihn fallen. Er rammte den rechten Arm unter seinen Nacken und winkelte ihn an, sodass sein muskulöser Oberarm ihm die Kehle zudrückte.

Pentecôte erwachte mit einem Fluch und versuchte die Hände hochzureißen, um sich zu wehren, aber es war zu spät. Während Adam seinen linken Arm unter dem Knie fixierte, fand Pentecôte seine rechte Schulter unter Yvains Kinn eingeklemmt, und dann verschränkte Yvain die Finger ineinander und verstärkte seinen Würgegriff. Pentecôte zog die Knie an, um sich aufzubäumen, aber schon schwanden ihm die Sinne, er keuchte einmal, zweimal, erst angestrengt, dann panisch, und plötzlich lag er still.

Yvain ließ ihn schleunigst los und richtete sich auf die Knie auf.

»Allmächtiger …«, wisperte Adam, heiser vor Aufregung. »Wie hast du das gemacht?«

»Mein Bruder hat es mir gezeigt, er hat es von einem heidnischen Gefangenen gelernt.« Er war indes nicht sicher gewesen, ob es wirklich funktionierte. Doch Guillaume hatte ausnahmsweise einmal nicht übertrieben: Der Druck auf die Halsschlagader führte im Handumdrehen zum Bewusstseinsverlust. Für immer, wenn man es falsch anstellte, nur kurz, wenn man es richtig machte. »Schnell. Er kann jeden Moment wieder zu sich kommen.«

Adam hatte keine Mühe, den Mund des Besinnungslosen zu öffnen. Mit sparsamen Handgriffen und perfekt abgestimmten Bewegungen, so, als machten sie so etwas jede Nacht, schoben sie ihm den Knebel in den Mund und zurrten ihn fest. Während sie ihm die Hände mit einem dünnen Strick fesselten, begann Pentecôte, sich zu regen, aber ehe er ganz aufgewacht war, hatte Adam ihm einen Sack über den Kopf gestülpt.

Yvain und Adam brachten ihren Gefangenen auf die Füße. Rhythmisch blähte der lose gewebte Sack sich nach innen und außen. Das beruhigte Yvain, denn es bewies, dass Pentecôte frei atmen konnte.

Er stieß ihm unsanft die Faust zwischen die Schultern. »Auf geht's, Kumpel …«

Haben wir ihn erst einmal verzurrt, ist der Rest ein Kinderspiel, hatte Yvain Adam versichert, aber er hatte sich getäuscht. Die Wut, die in Pentecôte FitzHugh brodelte, ließ sich weder fesseln noch knebeln, und er kämpfte jeden Schritt des Weges gegen seine Häscher an. Noch vor der Tür ins Freie hätte er sie zum ersten Mal um ein Haar abgeschüttelt, und Adam schlug ihm die geballte Linke in den Nacken, um ihn zu bändigen. Pentecôte stieß einen unartikulierten Laut aus und ließ sich vielleicht zwanzig Schritte weit willig führen, weil er vermutlich benommen war, aber dann trat er Yvain mit Macht vors Schienbein, und auf dem glitschigen, regennassen Gras des Burghofs gingen sie alle drei zu Boden.

Noch während sein Opfer versuchte, sich auf die gebundenen Hände zu stützen, stand Yvain über ihm und trat ihm in die Hoden. Er konnte sich nicht entsinnen, sich jemals so klein und gemein und erbärmlich gefühlt zu haben, und für einen Moment musste er gegen den Impuls ankämpfen, der abscheulichen Szene den Rücken zu kehren und aus Nottingham und Prinz Johns Diensten zu fliehen. Doch stattdessen schalt er sich einen Jammerlappen, packte Pentecôte beim nassgeregneten Schopf und raunte ihm zu: »Wenn du so weitermachst, wirst du derjenige sein, der morgen früh ohne Eier aufwacht.«

Pentecôte ging gekrümmt und torkelnd und stöhnte dann und wann, während sie ihn zum Bergfried zerrten, wo die eingeweihte Nachtwache Yvain eine frische Fackel reichte. Eine schmale Treppe führte hinab zu einem Tunnel, dessen gemauerte Wände bald in nackten Fels übergingen, und als der unebene Boden sich abwärts neigte, wusste Yvain, dass sie ihr Ziel fast erreicht hatten.

Das verzweigte Höhlensystem unter Nottingham Castle führe in verschlungenen Geheimgängen bis zur Stadt hinunter, behaupteten die Wachen, aber Yvain hatte keine Ahnung, ob es stimmte. Hier unter dem Bergfried war es eine ungleichmäßige Kette von Felsenkammern unterschiedlicher Größe, und die zweite auf der linken Seite des Gangs hatte eine verriegelte Tür. Dort hielten sie an, Yvain steckte die Fackel in einen Ring in der Mauer und öffnete die Kerkertür, die so schaurig quietschte, dass Pentecôte instinktiv zurückwich und keuchte. Als Adam ihm langsam den Sack vom Kopf zog, blinzelte er gegen den Fackelschein und sah sich gehetzt um.

Dies war der schlimmste Moment für Yvain, seine eigentliche Bewährungsprobe. *Tu's nicht,* bettelte eine dünne, verzweifelte Stimme in seinem Kopf. *Was würde Amabel von dir denken, wenn sie dich jetzt sehen könnte? Noch ist es nicht zu spät, du kannst immer noch zurück …*

Doch er biss die Zähne zusammen, und merkwürdigerweise brachte das die Stimme zum Schweigen. Seine Miene zeigte nichts als grimmige Konzentration, als er Pentecôte den Knebel abnahm und erklärte: »Du kannst mich anflehen, es nicht zu tun, FitzHugh. Geh runter auf die Knie und küss mir die Stiefel. Dann bin ich vielleicht gewillt, Gnade vor Recht ergehen zu lassen.«

Pentecôte sah zur Kerkertür. Im Dunkel dahinter hörte man ein stetiges Tröpfeln. Zitternd spiegelte sich die Flamme der Fackel auf der schwarzen Wasserfläche am Boden, deren Tiefe man nicht erraten konnte, und in dem gespiegelten Lichtklecks sah man eine Ratte mittlerer Größe pfeilschnell davonschwimmen. Sie zog einen Fächer aus kleinen schwarzen Wellen hinter sich her.

Pentecôtes Brust hob und senkte sich schnell, aber das war alles. Er wandte den Kopf wieder und sah Yvain in die Augen. »Wenn du wüsstest, wie bitter du dies hier bereuen wirst …«

»Ich nehme an, das heißt ›Nein‹.« Mit mehr Entschlossenheit, als er empfand, legte Yvain ihm die Hand auf die Schulter, um ihn ins Innere zu stoßen, als Pentecôte sich plötzlich von ihm wegdrehte und losriss. Er verschränkte die Finger der gefesselten Hände ineinander und wollte sie Yvain ins Gesicht schmettern. Der riss gerade noch rechtzeitig den Kopf zurück, sodass die niederfahrenden Fäuste auf seiner Brust landeten. Er torkelte einen unkontrollierten Schritt nach hinten, und Pentecôte war mit einem Satz an ihm vorbei und floh tiefer in den Tunnel. Adam setzte ihm nach und hatte keine Mühe, ihn einzuholen, denn er war ein hasenschneller Läufer, und seine Hände waren frei. Er packte Pentecôte von hinten, brachte ihn zu Fall und warf sich auf ihn.

Ehe der Gefangene sich mit aller Kraft, die die Verzweiflung ihm gab, erneut befreien konnte, kam Yvain Adam zu Hilfe. Zweimal ließ er die Faust auf Pentecôtes Schläfe niederfahren, bis der zur Seite sackte und die Anspannung aus seinem Körper wich.

Sie zerrten ihn zurück zur Kerkertür. Dort legte Yvain ihm von hinten die Hand auf die Schulter, packte mit der anderen seinen Oberarm und stieß ihn rüde über die Schwelle. Das knöcheltiefe Wasser am Boden spritzte auf und schwappte geräuschvoll um ihre Füße, sodass Yvain seinem Opfer tonlos zuflüstern konnte: »Je stiller du bist, desto eher ist es vorbei.« Er wusste, dass Pentecôte ihn dafür vermutlich noch mehr hassen würde, aber er konnte trotzdem nicht anders.

Er trat ihm von hinten die Füße weg, sodass der Gefangene hart auf den Knien landete, und ging rückwärts aus dem Verlies.

Polternd warf Adam die Tür zu und rammte den Riegel vor. Dann stieß er einen langen Atem aus und fuhr sich mit dem Unterarm über die Stirn. »Junge, Junge. Das war ein hartes Stück Arbeit. Ich könnte mir eine bessere Belohnung vorstellen als eine Nachtwache.«

Yvain gab ihm recht. »Geh nur, Adam. Leg dich hin. Komm irgendwann morgen früh wieder und lös mich ab, dann kann ich ein paar Stunden schlafen. Und morgen Abend lassen wir ihn zusammen raus.«

»Hoffentlich«, entgegnete Adam düster. »Mach dich lieber auf drei Nächte gefasst, denn mit den Ratten dort drinnen ist es bestimmt schauderhaft.«

»Ja, todsicher. Also, verschwinde schon.«

Er war erleichtert, als Adam einwilligte, und ging, denn er musste nachdenken, und das wollte er vorzugsweise ungestört tun. Es machte ihm zu schaffen, dass er etwas getan hatte, das seinem Gefühl von Recht und Anstand widersprach. So sehr, dass er sich besudelt fühlte. Und er hatte es nicht einmal halbherzig getan, sondern mit eiserner Entschlossenheit. Er erinnerte sich an das Gespräch mit seinem Bruder an dem Tag, als sie ihren Pakt geschlossen hatten. Sie hatten genau diese Frage erörtert, aber Guillaume hatte auch keine Antwort gewusst. Ein Ritter, der seinem Herrn den Gehorsam verweigerte, verlor seine Ehre, besagten die Regeln, doch Yvain spürte, dass es auch genau andersherum sein konnte, dass manchmal der seine Ehre verlor, welcher einen Befehl befolgte. Wo war die Grenze?

Es wurde eine lange, kalte und einsame Nacht, und als sie vorüber war und Adam ihn ablösen kam, war Yvain der Lösung seines Rätsels noch nicht näher gekommen. Jenseits der eisenbeschlagenen und verriegelten Tür war die Nacht indes noch viel abscheulicher gewesen, wusste er, doch kein Laut war hindurchgedrungen.

Prinz John ließ sich nicht blicken, als sie Pentecôte am Abend aus dem Verlies befreiten. Yvain schlug das Herz bis zum Hals, und die Finger, die den Riegel zurückzogen, waren feucht. Er öffnete die quietschende Tür und trat einen Schritt zurück.

»Du kannst herauskommen, Pentecôte. Die Zeit ist um.«

Zuerst rührte sich nichts in der Schwärze jenseits der Tür, bis Yvain zu fürchten begann, sein Gefangener sei gestorben. Er sammelte seinen Mut, um mit der Fackel in der Faust über die Schwelle zu treten, als ein verstohlenes Geräusch erklang, ein Plätschern, ein Rascheln von Stoff, ein Stiefel auf nassem Stein.

Yvain tauschte einen Blick mit Adam und Baldwin, wechselte die Fackel in die Linke und trat von der Tür zurück.

Pentecôte musste sich ein wenig ducken, um durch die niedrige Tür zu passen. Seine Stiefel waren durchweicht und mit bräunlichem Schlamm verschmiert, Beinlinge und der gute dunkelgrüne Bliaut bis zu den Oberschenkeln nass. Vermutlich hatte er eine Weile im niedrigen Wasser gekniet. Der linke Ärmel des Bliaut war ausgerissen, was vermutlich während ihres Kampfes passiert war, und Pentecôte hatte eine kleine blutende Bisswunde an der rechten Hand. Eine Nacht und ein Tag in der feuchten Kälte hatten seine Glieder steif gemacht, sodass er sich langsam und ungelenk bewegte wie ein Greis. Sein Gesicht wirkte bleich und wächsern im Fackelschein. Als er sich im felsigen Tunnel aufrichtete, war es knapp mit der Stehhöhe – seine schwarzen Haare strichen über die unebene Decke. Genau wie Yvain in der Oubliette von Windsor hatte Pentecôte es geschafft, sich von seinen Handfesseln zu befreien, und jetzt verschränkte er die Arme vor der Brust und traktierte seine drei Kameraden der Reihe nach mit einem Blick, von dem man zu Stein erstarren konnte, Yvain zuletzt. »Du feiges, hinterhältiges …«

»Wir verstehen deinen Zorn, Pentecôte«, unterbrach Baldwin. »Besser als du glaubst. Denn jeder von uns hat die erste Nacht an diesem Hof so verbracht wie du.«

Pentecôte fuhr zu ihm herum. »*Was?*«

Baldwin nickte mit einem freudlosen kleinen Lächeln. »Der Prinz will es so. Ein jeder wird in der ersten Nacht auf diese Probe gestellt und in irgendein abscheuliches Loch gesperrt – je nachdem, wo wir gerade sind, manchmal sogar in eine Oubliette.« Er ruckte das Kinn in Yvains Richtung. »Waringham hatte das Vergnügen zum Beispiel. Dort muss jeder Neue sich beweisen. Wer anfängt zu jammern oder zu heulen – was auch schon vorgekommen ist –, bleibt drei Tage lang eingesperrt.«

Mit verengten Augen blickte Pentecôte wieder zu Yvain. Natürlich erinnerte er sich an dessen Warnung. »Und wenn ich dir die Stiefel geküsst hätte?«, fragte er brüsk.

»Eine Woche und unehrenhafte Entlassung«, antwortete Yvain nüchtern. »Ich habe allerdings Mühe, mir vorzustellen, dass gerade du in Versuchung geraten könntest, irgendwem die Stiefel zu küssen.«

Er hatte eine Brücke schlagen wollen, doch vermutlich hatte er zu dick aufgetragen. Pentecôtes Blick blieb feindselig. Im unruhigen Fackelschein sah man einen dunklen Bartschatten auf Kinn und Wangen.

»Wenn du erlaubst, führen wir dich jetzt in die Privatgemächer des Prinzen, wo dich ein Bad erwartet«, sagte Adam ausgesucht höflich. »Auch das ist Tradition. Ein Bad und ein Festmahl, bei dem wir dir aufwarten, um Abbitte zu leisten.«

Pentecôte schnaubte angewidert, wandte sich ab und ließ sie einfach stehen, als habe er sich nun lange genug gelangweilt.

Yvain und seine beiden Freunde folgten ihm mit der Fackel zurück in den Bergfried und hinaus in den schwülen Sommerabend. Die Sonne, die den ganzen Tag über erbarmungslos gebrannt hatte, stand wie ein frischer Eidotter im Westen. Die Hitze hatte etwas nachgelassen, und im langen Gras zirpten die Grillen.

Pentecôte gab durch nichts zu erkennen, ob er dieses Sommeridyll überhaupt wahrnahm. Mit gesenktem Kopf durchmaß er den stillen oberen Burghof und betrat das steinerne Gebäude mit den königlichen Gemächern, die derzeit der Prinz bewohnte.

Die anderen drei folgten ihm und unternahmen keinen Versuch, zu ihm aufzuschließen oder ihm ein Gespräch aufzuzwingen, denn ein jeder von ihnen wusste zu genau, wie verraten und gedemütigt er sich gerade fühlte.

Der Prinz erwartete sie in einem behaglichen Gemach im Obergeschoss, wo die Diener das Bad bereitet und ein üppiges Festmahl angerichtet hatten. John saß in einem Sessel unter dem kleinen Fenster und turtelte mit Hawise de Aumale, seiner neuen Geliebten, die er erwählt hatte, weil ihr Gemahl König Richard freiwillig in die Gefangenschaft gefolgt war, behaupteten die Lästermäuler. Ob es nun stimmte oder nicht – Prinz John schien einen beachtlichen Verschleiß an Geliebten zu haben, und Yvain hatte sich schon manches Mal gefragt, was aus Lady Clemence und vor allem aus der kleinen Joan geworden war.

Lady Hawise saß auf der Armlehne des Sessels und neigte sich John weit genug zu, um ihm einen großzügigen Blick in ihr Dekolleté zu gewähren. Sie lachten – leise und verschwörerisch, wie nur Liebespaare es taten –, doch als der Prinz die vier Knappen eintreten sah, ließ er ihre Hände los. »Geh hinüber und warte auf mich, Herzblatt.«

Der Ton war rauer als die Worte. Hawise de Aumale war indessen nicht so leicht zu erschrecken. Es hieß, bei einer handfesten Auseinandersetzung mit einem ihrer Nachbarn in Yorkshire habe sie selbst ein Schwert geführt. »Aber lass mich nicht zu lange warten, mein Prinz …«, warnte sie mit einem Lächeln in der Stimme. Im Hinausgehen maß sie die jungen Männer mit einem routinierten, abschätzigen Blick, so wie ein Schlachter ein Mastschwein anschauen mochte, und segelte grußlos hinaus.

»Gentlemen«, grüßte John aufgeräumt, schlug sich mit den flachen Händen auf die Oberschenkel und stand auf.

Sie verneigten sich schweigend.

»Ich hoffe, du nimmst unser kleines Willkommensritual nicht übel, FitzHugh?«

Pentecôte schüttelte mit einem etwas geisterhaften Lächeln den Kopf. »Nein, Mylord. Ich kann den Sinn durchaus erkennen.«

Guck an, dachte Yvain verdrossen. *Er kann in ganzen Sätzen reden. Und lächeln. Wer hätte das gedacht …*

»Guter Mann«, lobte John und wies mit einer einladenden Geste auf den hölzernen Zuber, der auch hier von einem Meer aus Schaffellen umgeben war. »Dann genieße deine Belohnung. Deine Kameraden werden dich entschädigen, indem sie sich als deine Kammerdiener nützlich machen, und ich habe mir erlaubt, dir ein paar neue Gewänder anfertigen zu lassen, auch wenn du sie bei Weitem nicht so nötig hast wie etwa Waringham hier.«

Yvain rang sich ein Lächeln ab. Eigentlich beschämte es ihn nicht sonderlich, dass Waringham eine ärmliche Baronie war, aber er wünschte, der Prinz hätte es nicht ausgerechnet vor Pentecôte erwähnt. Es war einer dieser scheinbar sinnlosen Nadelstiche, mit denen Prinz John die Seinen hin und wieder gern überraschte.

Pentecôte ließ den Blick der dunklen Augen einen Moment über Yvains Erscheinung gleiten, ehe er dem Prinzen antwortete: »Das ist sehr großzügig, Mylord. Habt Dank.«

Yvain gab sich einen Ruck. Er wusste, wenn er einen Waffenstillstand mit Pentecôte wollte, musste er den ersten Schritt machen. Er streckte die Hand aus. »Nichts für ungut, FitzHugh.«

»Ach, woher denn«, erwiderte der leichthin, schlug ein und brach ihm mit einer fast beiläufigen, ruckartigen Drehung das Handgelenk.

Der Schmerz kam so unerwartet und scharf, dass Yvain einen Laut nicht ganz unterdrücken konnte. Reflexartig riss er seine Hand aus der Pranke, legte sie an die Brust und bedeckte sie schützend mit der Linken.

»Ich hab dir doch gesagt, du würdest es bereuen«, erinnerte Pentecôte ihn. »Und glaub lieber nicht, das war schon alles.«

»Aber, aber«, schalt der Prinz nachsichtig. »Wir wollen dies hier doch wie Gentlemen abhandeln, oder?«

Yvain rang mit dem bohrenden Schmerz und wartete vergeblich darauf, dass der Prinz einen Tadel gegen Pentecôte FitzHugh aussprach oder ihn wenigstens darauf hinwies, dass die Knappen seines Haushalts sich nicht gegenseitig die Knochen brachen. Jedenfalls nicht absichtlich.

Stattdessen erntete er selbst das prinzliche Missfallen. »Und wieder bist du über deine Arglosigkeit gestrauchelt, nicht wahr?«, sagte John kühl, die Stirn gefurcht. »Du bist wie ein Welpe, fest davon überzeugt, dass jeder dein Freund ist, egal wie viele Tritte du kassierst. Wenn du nicht bald ein gesundes Maß an Misstrauen lernst, stirbst du als sehr junger Held, Yvain.«

Der verneigte sich, die verräterische Zunge zwischen die Zähne geklemmt, denn er war so wütend – auf Prinz John noch mehr als auf Pentecôte –, dass er Gefahr lief, sich um Kopf und Kragen zu reden.

Der Prinz verscheuchte ihn mit einem ungeduldigen Wink. »Da deine Mama nicht zur Hand ist, lauf zu Vater Eustache. Er soll dir die Hand schienen.«

»Mylord«, brachte Yvain frostig hervor und wandte sich ab, doch ehe er die Tür erreicht hatte, wurde sie schwungvoll geöffnet, und Hubert de Burgh kam mit einem Brief in der Hand herein. »Vergebt die Störung, mein Prinz, aber ein Bote des Königs von Frankreich ist eingetroffen.«

»Ach, wirklich?« John tat gelangweilt, doch Yvain sah, wie seine Schultern sich anspannten. »Nun, dann her mit der Nachricht.« Er streckte die Linke aus.

Der Chamberlain streifte die vier Knappen mit einem unsicheren Blick, kam der Aufforderung aber nach und legte den Pergamentbogen in die ausgestreckte Hand. John warf einen kurzen Blick auf das Wachssiegel, ehe er es erbrach. Es war so still im Raum, dass man das flüsternde Knistern des Pergaments hörte, als er es auseinanderfaltete.

Routiniert überflog der Prinz das Schreiben, und sein eigentlich sonnengebräuntes Gesicht wurde so bleich, dass es fast grau wirkte. Er ließ die Hand langsam sinken, und der Brief glitt aus den kraftlosen Fingern in die Schaffelle am Boden. Ein paar Herzschläge lang starrte John aus dem kleinen Fenster in die Dämmerung, dann machte er auf dem Absatz kehrt und stürmte hinaus. Der Chamberlain folgte ihm, seine Miene beunruhigt.

Die Stille, die zurückblieb, war so bleiern, dass Yvain sich im ersten Moment nicht rühren konnte. Und den anderen schien es genauso zu gehen. Starr wie Schachfiguren standen sie in dem kleinen Gemach verteilt. Dann zuckte Baldwin die Schultern, ging zum Fenster, hob den Pergamentbogen auf und las die kurze Nachricht vor.

»Nehmt Euch in Acht«, hatte Philippe von Frankreich geschrieben. *»Der Teufel ist losgelassen.«*

Waringham, Februar 1194

Vellantif setzte über einen umgestürzten Baumstamm und galoppierte weiter den kaum erkennbaren Pfad entlang. Er lag jetzt an der Spitze, aber Lord Jocelyns Grauschimmel war nur eine halbe Länge hinter ihm, und Yvain hörte sein heiseres Keuchen näher kommen. Für einen winzigen Moment sah er nach unten. Der Waldboden war mit einer dünnen Schneedecke bepudert und glitt pfeilschnell dahin. Der Junge richtete den Blick wieder nach vorn, von wo das frenetische Gebell kam. Als der Pfad eine sachte Linksbiegung machte, kamen die Hunde und ihre Beute in Sicht: In einer flachen Senke hatte die Meute am Ufer eines überfrorenen schwarzen Tümpels den Rehbock endlich gestellt, und die Jagdhunde umsprangen ihn unter hysterischem Gekläff. Der Bock versuchte, nach links auszubrechen, doch sie schnappten nach seinen Läufen und kesselten ihn enger ein.

Yvain zügelte sein Pferd. Sein Vater und die Ritter taten es ihm gleich, bis sie am oberen Rand der Senke aufgereiht standen, alle Blicke auf Lord Waringham gerichtet.

»Yvain, denn er war der Schnellste«, entschied er.

Sein Sohn verlor keine Zeit. Er maß die Entfernung mit den Augen und beförderte mit einem kleinen Schwung den Bogen von der linken Schulter in die Hand. Der Bock stand perfekt. Ohne den Blick von ihm abzuwenden, fischte Yvain mit der Rechten einen Pfeil aus dem Köcher, legte ihn an die Sehne, spannte, zielte und schoss. Der Pfeil durchstieß das graubraune Winterfell zwischen den Rippen. Der Bock brach in der Vorderhand ein, fiel nach einem Augenblick auf die Seite und lag still.

Die Jäger applaudierten – das Klatschen ihrer ledernen Handschuhe klang dumpf in der kalten Winterluft.

»Gut gemacht«, murmelte Lord Waringham.

Yvain nickte ihm zu, ehe er aus dem Sattel glitt und trotz des verharschten Schnees leichtfüßig zum Ufer des Tümpels hinablief. Er hockte sich neben den Bock, legte die behandschuhte Linke auf das dichte Fell und begutachtete den Einschusswinkel.

»Sauberer Schuss, Lord Yvain«, befand auch der Hundeführer, während er die Meute zurückpfiff. »Das hätte Lord Guillaume nicht besser gekonnt. Wollt Ihr ihn selbst aufbrechen, oder soll ich?«

Guillaume oder den Bock?, fuhr es Yvain durch den Kopf, doch er antwortete: »Nein, schon gut.« Er drehte den langen Pfeil aus der Wunde, legte ihn beiseite und zückte sein Jagdmesser. Es war nicht gerade seine Lieblingsbeschäftigung, einen Bock auszunehmen und die dampfenden Eingeweide an die Hunde zu verfüttern, aber es gehörte nun einmal dazu.

Sein Vater, Jean FitzEdmond, Piers of Wingmore und die beiden Knappen, die mit auf die Jagd hatten reiten dürfen, kamen ebenfalls herunter ans Ufer, um ihm zuzuschauen.

Yvain öffnete den Hals des getöteten Tieres von der Kehle bis zur Brust und entfernte Speise- und Luftröhre, ehe er das Herz herausschnitt und auf den Zinnteller legte, den Roger de Lacy ihm hinhielt. Seine scharfe Klinge zerteilte das Fleisch mühelos, als er das Herz in sechs Stücke schnitt. Der Teller wanderte herum, jeder der Jäger wählte ein Stück und biss herzhaft ab. Nur Henry of Camberfield, der jüngste der Jagdgesellschaft, beäugte seine Portion argwöhnisch.

Lord Waringham trat vor ihn, tauchte einen Finger in das Blut auf dem Teller und malte dem Jungen einen roten Strich auf jede Wange. »Gottes Segen zu deiner Bluttaufe, Henry. Nun sei ein Mann und iss. Es schmeckt besser, als es aussieht.«

Todesmutig biss der Junge ab und kaute vorsichtig. Dann hellte seine Miene sich auf. Er kaute emsiger, schluckte und fragte: »Stimmt es, dass es die Herzen der Männer mutiger macht?«

»Unsere Ahnen haben das geglaubt«, antwortete Lord Waringham. »Anständige Christenmenschen geben indes nichts auf solchen Unfug.«

»Aber das Herz essen sie trotzdem«, raunte Yvain dem Jüngeren zu. »Sicher ist sicher.«

Die Männer lachten, und in gehobener Stimmung machten sie sich schließlich auf den Heimweg, den Bock mit den Läufen an einen stabilen Ast gebunden zwischen Yvain und Roger, und von den Sätteln der übrigen Jäger baumelte das erlegte Kleinwild.

Lady Waringham und Amabel empfingen sie in der Halle mit heißem Ipogras, und die Jäger versammelten sich dankbar am prasselnden Feuer. Während ein Diener eine Schüssel mit warmem Wasser herumreichte, in welchem die Männer sich die Hände wuschen, berichtete Jean FitzEdmond den Damen ausführlich von Yvains Jagdgeschick und Henrys Bluttaufe.

Amabel ging mit dem dampfenden Krug umher und füllte die Becher auf. »Glückwunsch, Yvain«, sagte sie lächelnd, als sie bei ihrem Schwager ankam.

»Danke.« Er fühlte seine Ohren heiß werden und starrte auf das duftende tiefrote Gebräu in seinem Becher, weil das bewundernde Leuchten in ihren Augen ihn in einen Abgrund der Verlegenheit stürzte.

Zwei Tage nach dem ersten Advent hatte Amabel ein gesundes Töchterchen zur Welt gebracht, und auch wenn es eine Enttäuschung für Lord Jocelyn und vor allem für Guillaume war, dass das erste Kind nicht der ersehnte Stammhalter geworden war, vergötterten sie die kleine Matilda doch genauso wie der Rest des Haushalts.

Amabel trat zu Sir Hugh, der zu alt war, um noch mit zur Jagd zu reiten, dem Würzwein aber trotzdem gern zusprach. Yvain beobachtete, wie mühelos sie dem alten Ritter seine eigenen Jagdanekdoten entlockte und lauschte, als hätte sie sie nicht schon mindestens hundertmal gehört, und er fuhr leicht zusammen, als seine Mutter plötzlich neben ihm sagte: »Alles in Ordnung mit dem Handgelenk?«

Yvain verdrehte die Augen. »Es ist ein halbes Jahr her, *ma mère*«, erinnerte er sie.

Sie nickte ungerührt. »Und doch hast du monatelang Schmerzen gehabt, und die Hand war kraftlos. Einen Bogen zu spannen belastet das Gelenk, einen ausgewachsenen Bock auszunehmen ebenso. Also tu nicht so, als sei ich gluckenhaft, sondern gib Antwort.«

Yvain kapitulierte. »Es ist alles in Ordnung«, versicherte er. Wie zum Beweis hielt er ihr den rechten Arm hin. Die lederne Manschette am Handgelenk brauchte er eigentlich nicht mehr. Er trug sie nur noch, weil sie ihn an Prinz Johns Rüge erinnern sollte, die ihn gekränkt hatte, aber berechtigt gewesen war, wie er inzwischen einräumen konnte.

Es hatte lange gedauert, bis der Bruch vollständig verheilt war, denn Vater Eustache hatte ihn unfachmännisch geschient. Den ganzen Herbst über hatte Yvain nicht vernünftig trainieren können und sich gesorgt, dass seine Schwerthand nie wieder etwas taugen werde, und jede verdammte Nacht hatte er Pentecôte FitzHugh in den hintersten Winkel der Hölle verflucht, wenn er schlaflos in seinem Bett gelegen und das heiße, geschwollene Gelenk mit der Linken umklammert und sich gefürchtet hatte. Aber er war jung, seine Knochen stark, und inzwischen waren die Folgen jenes schwülen Sommerabends vergessen. Zumindest in dieser Hinsicht.

Doch die anderen Erschütterungen, die dieser Tag gebracht hatte, waren noch spürbar. Kaum dass er die Nachricht des französischen Königs erhalten hatte, war Prinz John verschwunden. Nicht bloß aus Nottingham, wie sie anfangs geglaubt hatten, sondern aus England. Nur von einem halben Dutzend seiner vertrautesten Ritter begleitet, hatte er den Kanal überquert und sich König Philippe in Paris angeschlossen, um mit ihm gemeinsam in den Krieg gegen den freigelassenen König Richard zu ziehen.

Der indes immer noch die Gastfreundschaft des Kaisers genoss. König Philippes Warnung war ein wenig verfrüht gewesen, hatte sich herausgestellt. Der Kaiser hatte sich zwar mit dem ausgehandelten Lösegeld einverstanden erklärt, wollte den König von England jedoch nicht freilassen, ehe wenigstens zwei Drittel des versprochenen Silbers bei ihm eingetroffen waren. Den ganzen Winter waren die Silberschiffe über den Kanal gesegelt, wann immer das Wetter es zuließ, und nun endlich, so hieß es, sah der Kaiser seine Bedingungen als erfüllt an, hatte ein Datum für Richards Freilassung festgesetzt und dann prompt wieder verschoben.

Prinz Johns englische Truppen harrten unterdessen in Nottingham aus, doch der Haushalt hatte sich in alle Winde zerstreut. Guillaume de Braose hatte sämtlichen Knappen außer seinem Sohn brüsk die Tür gewiesen, und so kam es, dass Yvain nach Hause zurückgekehrt war, ebenso ratlos wie herrenlos. Sein Bruder war hingegen gleich nach den Feiertagen auf den Kontinent zurückgekehrt, um in den quälenden Wochen des Wartens und der Ungewissheit an der Seite seines Königs zu sein.

»Einen schönen Bock hast du jedenfalls geschossen, mein Junge«, sagte Lady Maud zufrieden. »Und dafür sei Gott gepriesen. Uns geht das Pökelfleisch aus.«

Yvain nickte. Er war nicht überrascht, denn sie hatten schon im Herbst gewusst, dass es diesen Winter knapp werden würde. »Wir können uns glücklich schätzen, dass wir Wild jagen können. Anders als die Bauern, meine ich.« Unter der Landbevölkerung in Waringham war die Not groß, aber kaum einer der Bauern wagte, im Wald auch nur eine Taube zu schießen, denn wer beim Wildern ertappt wurde, verlor eine Hand.

Seine Mutter nickte unverbindlich, denn anders als Yvain sah sie keinen Sinn darin, die Gesetze des Königs in Zweifel zu ziehen. »Wenn du so mildtätiger Stimmung bist, könntest du dem alten Eldric morgen einen Krug Hühnerbrühe bringen«, schlug sie indessen vor. »Er hat das Lungenfieber. Ich fürchte, er schafft es nicht bis zum Frühjahr.«

»Natürlich«, erwiderte Yvain bereitwillig.

»Es wäre dann allerdings *deine* Brühe, die du ihm abtrittst. Wie gesagt, unsere Vorräte werden knapp. Wir können uns nicht leisten, etwas zu verschenken, ohne es anderswo einzusparen.«

»Schön, meinetwegen, ich werde nicht gleich vom Fleisch fallen«, gab er zurück.

»Ich steuere die Hälfte bei«, erbot sich Amabel, die mit dem leeren Krug wieder bei ihnen angekommen war.

Doch Yvain winkte ab. »Kommt nicht infrage.«

Er fand, sie sah immer noch blass und spitz aus. Sein Vater hatte ihn in die Kapelle verbannt, während sie in den Wehen lag, aber Yvain wusste trotzdem, dass Amabel eine schwere und langwierige Geburt gehabt hatte. Stunde um Stunde hatte er mit den übrigen Männern des Haushalts auf den kalten Steinfliesen des kleinen Gotteshauses gekniet, hatte in zunehmender Furcht für Amabel und ihr Kind gebetet und gleichzeitig darum gerungen, sich vor den Rittern und Knappen nur ja nicht anmerken zu lassen, wie es in ihm aussah.

Inzwischen hatte die junge Mutter sich tadellos erholt, behauptete sie, doch wie so oft im Winter war sie matt und abgeschlagen und fror immerzu. Yvain hätte bedenkenlos für den Rest seiner Tage auf seine Frühstücksbrühe verzichtet, wenn er Gott damit das Versprechen hätte abkaufen können, Amabel mit dem Winterfieber zu verschonen. Oder besser noch, mit weiteren Schwangerschaften …

Er ging am nächsten Morgen selbst ins Dorf, um nach dem alten Eldric zu sehen. In der linken Hand den Weidenkorb mit der Suppe, in der rechten den unvermeidlichen Wassereimer für den Feenbaum, schlenderte er über den Mönchskopf und dachte an den Tag vor mehr als einem Jahr, als Guillaume vom Kreuzzug nach Hause gekommen war und die Schreckensnachricht von König Richards Gefangennahme gebracht hatte.

Auf Waringham Heath schien der eisige Wind besonders scharf, und Yvain trödelte nicht. Er kippte das Wasser an den toten Baum und legte wie immer für einen kurzen Moment die Hand auf den Stamm, um die raue Borke zu spüren, aber dann schlug er den Weg Richtung Dorf ein und war dankbar, dass er den Wind nun im Rücken hatte.

Wie die meisten Bauern lebte auch der alte Eldric in einer der einräumigen Katen, die sich unordentlich wie achtlos verstreute Holzklötzchen um die Dorfkirche gruppierten. Nur die Mühle und die Schmiede standen etwas außerhalb direkt am Tain. Die umliegenden Felder waren mit Furchen in lange Streifen unterteilt, von denen die meisten der Bauern drei bewirtschafteten. Getreide, Hülsenfrüchte oder manchmal auch Flachs bauten sie dort an. Der Boden in Kent war fruchtbar, und meist reichten die Erträge, um die Bauern und ihre Familien über die Runden zu bringen, aber nur, wenn kein unvorhergesehenes Unglück eintrat wie eine Missernte, Heuschreckenplage oder ein gefangener König.

Im Dorf war es still. In den Wintermonaten fanden die Menschen Beschäftigung, die sie an ihrem kleinen Herdfeuer verrichten konnten, sie reparierten oder schnitzten Werkzeuge, die Frauen spannen und woben die Wolle ihrer ein, zwei Schafe und nähten aus dem ungewalkten Tuch, das sie so herstellten, die

Kleider für ihre Familien. Die wenigen Menschen, die Yvain auf dem steinhart gefrorenen Pfad durchs Dorf begegneten, wirkten verhärmt und verfroren, knicksten oder verneigten sich hastig vor dem Sohn ihres Lord und eilten in Mäntel und Decken gehüllt ihrem Ziel entgegen. Längst nicht jeder hatte Schuhe an den Füßen.

Eldrics Garten war von einem ordentlichen Zaun aus geflochtenen Haselzweigen eingefriedet, um die Hühner an der Flucht zu hindern und das Gemüse vor den wilden Kaninchen zu schützen, und neben dem Häuschen stand ein knorriger Apfelbaum.

Yvain wechselte den Weidenkorb in die linke Hand und hob die Rechte, doch ehe er anklopfen konnte, wurde die Tür geöffnet, und er fand sich Auge in Auge mit der alten Wilona.

»Lord Yvain! Was in aller Welt verschlägt Euch an einem so abscheulichen Morgen hierher?« Sie lächelte, aber er merkte trotzdem, dass er ihr unwillkommen war.

Er wies auf den Korb. »Ich bringe Eldric eine Suppe. Er ist nicht wohl, hab ich gehört.«

»Gut von Euch. Wenn Ihr ihm einen Gefallen tun wollt, gebt sie mir und tretet nicht ein. Das Haus ist ein Saustall, und er würde sich vor Euch schämen.« Sie streckte die Hand aus. Beinah war es, als wollte sie ihm den Korb aus den Fingern reißen.

Doch Yvain zog ihn weg, sah ihr einen Moment forschend ins Gesicht und trat einen kleinen Schritt auf sie zu. »Wenn du erlaubst …«, sagte er nachdrücklich.

Sie wandte den Blick ab, ihre Miene verschlossen. Dann nickte sie. »Schön, wenn Ihr darauf besteht. Aber sagt nachher nicht, ich hätte Euch nicht gewarnt. Das ist kein Anblick für einen jungen Gentleman.«

Yvain schnaubte verächtlich, um sein Unbehagen zu tarnen, schob die Tür auf und betrat die bescheidene Kate. Das Erste, was ihn ansprang, war der Gestank nach Erbrochenem und Blut, übermächtig trotz der klammen Kälte im Haus. Der Junge hielt einen Moment die Luft an, und als seine Augen sich auf das Dämmerlicht eingestellt hatten, verstand er überhaupt nicht, was sie ihm zeigten.

Der alte Eldric saß in eine Decke gewickelt auf einem Schemel am kalten Herd, zusammengesunken und unverkennbar krank, aber noch viel jammervoller war der Zustand seiner Enkeltochter auf dem Bett ein paar Schritte zur Linken, die sich stöhnend hin und her warf, der wirre Blondschopf schweißnass und verfilzt, das gräulich weiße Hemd durchnässt und vollgespuckt. Aber das Schlimmste war das viele Blut an ihren entblößten Beinen, das auch den Strohsack durchtränkt hatte.

»Jesus, erbarme dich«, murmelte Yvain und wich einen halben Schritt zurück.

»Aber das wird er nicht«, jammerte der alte Mann am Tisch und hustete. »Das wird er nicht, denn sie ist ein läufiges Luder und hat sich alles nur selbst zuzuschreiben.« Seine Stimme war brüchig wie trockenes Herbstlaub, aber Yvain hörte, wie verzweifelt und wütend er war.

»Still, Eldric«, mahnte Wilona. »Mach deine Enkelin nicht schlecht vor dem jungen Lord, das hat sie nicht verdient.« Sie nahm Yvain den Korb ab. »Habt Dank für Eure Güte. Und nun seid so gut und geht.« Es klang barsch.

Yvain nickte. »Sobald ich Feuer gemacht habe.«

»Es ist kein Holz mehr da«, wandte Eldric ein. »Godric wollte uns welches bringen, aber …« Der Rest ging in einem Hustenanfall unter, der sich beängstigend anhörte, so als werde der alte Bauer daran ersticken.

»Ich besorge welches«, versprach Yvain, und als er sich zur Tür wandte, fiel sein Blick auf den Tisch. Zwischen einer Schale mit wässriger Hafergrütze und einem speckigen Lederbeutel stand ein aufgeklapptes Holzkästchen mit Kräutern, und obwohl sie getrocknet waren, erkannte er die roten Stängel und die blassviolette Farbe der Blütenkugeln. Ein eisiger Schauer rieselte seinen Rücken hinab, und er fuhr wieder zu der alten Hebamme herum. »Ich sehe, du hast deinen Polei gefunden.«

»Und ich merke, Ihr habt inzwischen gelernt, dass man mehr als nur Ungeziefer damit austreiben kann«, konterte sie.

Die junge Frau auf dem besudelten Bett stieß einen erbarmungswürdigen Schrei aus, zog die Beine an und vergrub weinend den Kopf in den Armen. »Hilf mir … Wilona, hilf mir doch …«

»Ich kann nichts tun, Mädchen«, antwortete sie nüchtern. »Aber in ein, zwei Stunden wird es besser, glaub mir.« Sie sah Yvain in die Augen, während sie es sagte, und er sah, dass sie log.

Energisch packte er sie beim Arm und zog sie hinaus ins Freie. Dankbar atmete er die kalte, klare Luft ein. »Wird sie sterben?«, fragte er gedämpft.

»Ich nehme es an«, antwortete die alte Frau.

Ihre Seelenruhe drohte Yvain aus der Fassung zu bringen. »Hast du keine Angst vor der ewigen Verdammnis, wenn du Edith und ihr Kind auf dem Gewissen hast? Und Gott allein mag wissen, wie viele noch?«

Sie zog ihr dunkles Wolltuch fester um die Schultern und sah herausfordernd zu ihm hoch. »Es ist sonderbar, dass es immer die Engelmacherin und die Kindesmutter sind, denen die ewige Verdammnis droht, nie die geilen Böcke, die das Unheil angerichtet haben.«

Ihre derbe Wortwahl schockierte ihn ein wenig, aber er wollte verdammt sein, wenn er sie das merken ließ. »Das ist keineswegs sonderbar«, klärte er sie auf. »Denn die geilen Böcke, so sündig sie auch seien, spenden Leben, statt es auszulöschen. Warum hast du nicht Vater Cyneheard geholt, wenn es so schlecht um sie steht?«

»Weil das alles nur schlimmer machen würde. Ihm würde gar nichts anderes übrigbleiben, als ihr die Sakramente zu verweigern und mich vors Kirchengericht zu bringen. Solange wir ihn nicht holen, kann er vorgeben, nicht zu wissen, was vorgeht, und in aller Stille für sie beten. Ich nehme jedenfalls an, dass er das tut, denn er ist ein wirklich anständiger Kerl für einen Pfaffen.«

Yvain hörte Edith wieder schreien, und ihm wurde ganz elend von diesem erbarmungswürdigen Laut. Er nahm sich zusammen. »Gibt es irgendetwas, das ich tun kann? Meine Mutter holen, zum Beispiel?«

Wilona stieß die Luft durch die Nase aus. »Bloß nicht. Aber wenn Ihr wirklich etwas tun wollt, könntet Ihr mir zu dem

Brennholz noch einen Krug Wein von der Burg besorgen. Möglichst groß. Wir könnten ihn erhitzen und ihr einflößen. Er wirkt gegen das Gift im Polei und den Blutverlust. Dann schafft sie es vielleicht. Nicht, dass das Leben besonders rosig für sie wäre, denn ihre Eltern sind tot, ihr Großvater wird vor dem Frühling sterben, und niemand wird sie heiraten wollen nach dieser Geschichte. Aber sie ist erst sechzehn. Ich schätze, sie würde trotz allem gern noch ein bisschen leben.«

So alt wie ich, dachte Yvain beklommen. »Wieso sorgt Vater Cyneheard nicht dafür, dass der Kerl vors Kirchengericht kommt, der ihr das eingebrockt hat?«, fragte er ärgerlich.

»Denkt mal drüber nach«, schlug Wilona vor. »Vielleicht kommt Ihr ja drauf.«

Yvain spürte ein scheußliches Durchsacken in der Magengrube. »Oh, bei allen Heiligen, Wilona …«, murmelte er, seine Stimme mit einem Mal rau. »Sag nicht, es war Guillaume.«

Sie schüttelte den Kopf. »Das hättet Ihr wohl gern. Aber ich muss Euch enttäuschen. Euer Bruder ist ein anständiger Junge, genau wie Ihr. Es war nicht Euer Neffe, den ich heute zu den Engeln geschickt habe, sondern euer Brüderchen.«

Yvain war sprachlos.

Das gab Wilona Gelegenheit, fortzufahren: »Genau wie damals der Bastard Eurer Amme übrigens. Falls Ihr Euch je gefragt habt, warum sie immer so hässlich zu Euch war, obwohl Ihr doch so ein wonniges Bübchen wart. Den fahrenden Zimmermann hat Eure Mutter erfunden, damit es auf der Burg kein Gerede gab, schätze ich. Jetzt fallt mir nur nicht in Ohnmacht, mein Junge. Die Welt ist eben eine Jauchegrube. Falls Ihr das noch nicht wusstet, wird es höchste Zeit, dass Ihr es lernt. Und wenn Ihr Euch einbildet, Ihr könntet sie besser machen – und das wäre Euch glatt zuzutrauen –, dann geht endlich und holt mir den Wein.«

Der Frühling kam in diesem Jahr früh nach Kent, und die Menschen von Waringham waren dankbar. Das Tauwetter, die strahlende Märzsonne und das Vogelgezwitscher in der milden Luft machten ihnen Hoffnung. Die Hühner legten wieder Eier, im

Tain konnte man wieder fischen. Die schlimmste Not war überstanden, und die Bauern spannten ihre Ochsen an und pflügten die Felder, um den ewigen Zyklus des Säens und Erntens aufs Neue zu beginnen, und wie jedes Jahr versicherten sie einander, dass es dieses Mal ganz gewiss über den Winter reichen werde, denn ihre Arbeitskraft war unermüdlich und die Erde fett.

Yvain stand auf dem Wehrgang über dem Torhaus, beobachtete die rechtschaffene Betriebsamkeit draußen auf den braunen Feldern und hatte Mühe, sich von der allgemeinen Zuversicht anstecken zu lassen. Er verspürte eine merkwürdige Rastlosigkeit, die er nicht an sich kannte, und fühlte sich in Waringham mit einem Mal wie ein Gefangener. Er trainierte wieder mit den Knappen auf der Burg, doch er vermisste William und Baldwin und seine übrigen Freunde aus dem Haushalt des Prinzen. Was ihn indessen vor allem bedrückte, waren die unschönen Wahrheiten über seinen Vater, die Wilona ihm offenbart hatte. Anfangs hatte er versucht, ihr nicht zu glauben. Sein Vater war ein Edelmann, sie ein altes, verschlagenes Kräuterweib, eine *Hexe*, die aus purer Gehässigkeit Zwietracht in der Familie ihrer Herrschaft säen wollte. Aber es hatte nicht funktioniert. Sich selbst etwas vorzumachen gehörte nicht zu seinen Stärken, und er wusste, dass die alte Hebamme keine boshafte Frau war. Außerdem erklärte es so viele Dinge, die ihm früher rätselhaft erschienen waren. Vom untypisch strengen Regiment seiner Mutter über die Mägde auf der Burg bis hin zur unterschwelligen Feindseligkeit seiner Amme.

Yvain war weder weltfremd noch naiv; er wusste, was sein Vater tat, taten viele Lords mit den Töchtern – oder gelegentlich auch den Söhnen – ihrer Bauern. Ganz gleich, wie sehr die Kirche dagegen wetterte, es war normal. Und trotzdem. Wie gleichgültig und hartherzig musste ein Mann sein, um einer Magd erst einen Bastard zu machen und sie dann zu zwingen, nach dessen Tod sein eigenes Kind zu säugen? Es war abscheulich. Und wenn Yvain daran dachte, mit welcher Empörung sein Vater ihn wegen seiner – Yvains – Lasterhaftigkeit abgekanzelt hatte, als seine Aufnahme bei den Templern geplatzt war … Es war beinah zum Lachen. Doch Yvain fand in Wahrheit wenig Erheiterndes daran.

»Ach du meine Güte, was machst denn du für ein grimmiges Gesicht?«, schreckte Amabel ihn aus seinen beunruhigenden Gedanken.

Er wandte den Kopf. »Wirklich?«, erwiderte er lächelnd. Sobald er sie sah, fiel es ihm nie schwer zu lächeln. Wie jedes Jahr hatte die Rückkehr der Sonne auch ihre Lebensgeister wiedererweckt, und sie war ein bezaubernder Anblick in ihrem rotbraunen Kleid. »Du musst dich irren. Ich war gerade im Begriff, mein Pferd zu satteln und ein Stündchen auszureiten, und die Aussicht stimmt mich selten grimmig.«

»Hier oben wirst du deinen Vellantif indessen kaum finden«, zog sie ihn auf.

»Und was verschlägt Euch hierher, Lady Amabel«, konterte er. »Kaum der geeignete Ort für eine junge Dame, um zu lustwandeln.«

»Ich war auf der Flucht vor Isobels geistlosem Geplapper und dachte, hier müsste ich einigermaßen sicher vor ihr sein.«

»Verstehe. Und du hast mein ungeteiltes Mitgefühl.« Piers of Wingmores Gemahlin war eine bildschöne Frau, aber der ganze Haushalt machte sich über ihre Hohlköpfigkeit lustig.

Amabel trat zu ihm und sah kurz über die Schulter in den Burghof hinab.

»Man kann uns sehen«, beruhigte Yvain sie. »Es ist schicklich.«

»Gut«, sagte sie zufrieden und ließ den Blick genau wie er über die hügeligen Weiden bis zum Wald gleiten, der noch kahl und braun in seiner Winterstille zu verharren schien.

»Was macht meine Nichte?«, fragte er.

»Sie schläft, sie trinkt und sie schreit. Vor allem Letzteres. Es ist ihre neue Lieblingsbeschäftigung. Die Amme meint, es könnte schon der erste Zahn sein, denn die alten Gevatterinnen hätten ihr erzählt, bei Guillaume seien sie auch früh gekommen. Armes Würmchen. Noch so winzig und schon Zahnschmerzen. Und sie wächst. Wenn Guillaume nicht bald nach Hause kommt, wird er sie gar nicht mehr wiedererkennen, so schnell, wie sie sich verändert.«

»Es kann jetzt nicht mehr lange dauern.«

»Das hast du vor vier Wochen auch gesagt.«

»Stimmt«, räumte er seufzend ein. »Aber inzwischen müsste der König doch längst freigelassen sein.«

»Vielleicht sind sie direkt in die Normandie gezogen«, gab sie zurück.

»Möglich«, musste Yvain einräumen. Er wandte den Blick ab und sah zur Burgkapelle hinab, deren grünliche Glasfenster in der Sonne funkelten.

»Habe ich dich gekränkt?«, fragte Amabel besorgt.

»Wie kommst du denn darauf?«

»Prinz John ist mit König Philippe in der Normandie, oder? Um sie zu erobern, ehe Richard zurückkommt?«

Yvain hob kurz die Linke. »So hört man. Aber ich weiß es nicht genau, weil Prinz John mich für seine ehrgeizigen Pläne nicht gebrauchen konnte und mich folglich in England zurückgelassen hat wie eine überflüssige Reisetruhe. *Darüber* bin ich, wie du vielleicht merkst, ein klein wenig gekränkt.«

»Das kann ich verstehen«, räumte sie vorbehaltlos ein. Und sie fügte nicht hinzu: *obwohl sie ihn einen Verräter nennen werden, wenn er verliert, und du vermutlich dankbar sein solltest, nicht mehr in seine Ränkespiele verwickelt zu sein.* Weil sie wusste, dass dieser Zwiespalt ein wunder Punkt war, an den zu rühren Yvain nach Möglichkeit vermied. Wie sollte man es fertigbringen, eine Frau nicht zu lieben, die so etwas verstehen konnte?

Sie schwiegen einen Moment, aber es war keine angespannte Stille. Das war der Vorzug daran, wenn man mehr oder weniger zusammen aufgewachsen war, fuhr es Yvain durch den Kopf: Man konnte zusammen still sein, ohne sich unbehaglich zu fühlen.

»Hast du dich mit deinem Vater gestritten?«, fragte Amabel schließlich.

Er schüttelte den Kopf. »Man kann nicht mit ihm streiten. Er befiehlt, und man hat zu gehorchen. Zeigt man sich unwillig, muss man die Folgen tragen. Und das ist alles.«

Sie sah ihn bekümmert an. »Aber was ist passiert? Ich merke

seit Wochen, dass du mit einem Mal irgendeinen Groll gegen ihn hegst. Warum nur? Du weißt doch ganz genau, dass er es bei aller Strenge immer nur gut mit uns allen meint.«

»Ja, ich weiß.«

»Und dass er ein hochanständiger Mann ist.«

Yvain legte die Hände auf die Zinnen und sah blinzelnd zum Mönchskopf hinüber. »Dessen bin ich mir nicht mehr so sicher«, gestand er.

»Ich nehme an, das sagst du wegen Edith?«

Yvain fuhr zusammen. »Du *weißt* davon? Schande, das wird immer grässlicher …«

»Natürlich weiß ich davon«, gab sie mit leisem Vorwurf zurück. »Ich werde, so Gott will, eines Tages Lady Waringham sein, denkst du nicht, es gehört zu meinen Aufgaben, über solche Dinge Bescheid zu wissen?«

»Amabel, vergib mir, aber es macht mich so fürchterlich verlegen, mit dir darüber zu reden, dass es mich drängt, zu stammeln oder davonzulaufen oder beides.«

Sie zuckte die schmalen Schultern. »Dann will ich nicht unnötig darauf herumreiten und sage nur so viel: Es ist Vater Pierres Aufgabe, seiner Lordschaft in dieser Angelegenheit ins Gewissen zu reden, und ich wette, das tut er. Aber Lord Waringham ist dein Vater, du bist sein Sohn, und dir steht kein Urteil zu.«

Yvain drehte sich um, damit er sie besser anschauen konnte, und lehnte sich mit dem Rücken an die Brustwehr. »Ich weiß. Aber ich kann nichts dagegen machen, dass ich wütend auf ihn bin, oder?«

»Vielleicht doch«, widersprach sie und legte den Kopf ein wenig schräg. »Du könntest zu dem Schluss kommen, dass es kindisch war zu glauben, dein Vater sei ohne Fehl und Tadel, denn das ist kein Mensch. Es mindert aber seine guten Eigenschaften nicht. Im Übrigen wäre es falsch zu glauben, dass Edith an ihrem Malheur gänzlich schuldlos war. Ich habe genau gesehen, wie sie deinem Vater beim Erntefest schöne Augen gemacht hat. Und nicht nur ihm.«

»Wirklich? Ich hätte geglaubt, ein Mann, der so große Stücke auf eiserne Disziplin hält, wäre in der Lage, der Versuchung standzuhalten«, gab er bissig zurück.

Amabel seufzte leise. »Ich kann nur hoffen, dass deine selbstgerechte Entrüstung dir nicht eines Tages auf die Füße fällt, Schwager, wenn du dich auf die Probe gestellt findest, einer Versuchung zu widerstehen.«

Das werde ich jeden Tag, dachte er verdrossen, *von morgens, wenn ich dich beim Frühstück sehe, bis abends, wenn du die Halle verlässt.* »Und was soll nun aus ihr werden?«, fragte er. »Aus Edith, meine ich.«

Wie erwartet hatte der alte Eldric das Ende des Winters nicht mehr erlebt. Seine Enkeltochter hatte sich hingegen erholt und hauste nun allein in der heruntergekommenen Kate im Dorf, angewiesen auf die Almosen ihrer Nachbarn, die eher dürftig ausfielen, nach allem, was Yvain gehört hatte.

»Deine Mutter glaubt, einer von Matthews jüngeren Söhnen wird sie heiraten. Sie können schließlich nicht alle die Schmiede ihres Vaters übernehmen, und immerhin bringt Edith eine ordentliche Scholle und ein bisschen Vieh mit in die Ehe, und außerdem … *Oh, mein Gott*!«

Mit einem Mal klammerte Amabel die Rechte um die Kante der Zinne, schlug die Linke vor den Mund und starrte an Yvain vorbei auf den Burghügel hinab.

Er brauchte nicht herumzuwirbeln, um zu wissen, was sie dort entdeckt hatte. Er sah es am Strahlen ihrer Augen. Als er den galoppierenden Hufschlag hörte, wandte er dennoch den Kopf und sah, dass er sich nicht getäuscht hatte: Guillaume war nach Hause gekommen.

»Schon am vierten Februar entließ der Kaiser König Richard aus der Gefangenschaft«, berichtete Guillaume dem versammelten Haushalt in der Halle. »Wir machten uns auf den Weg zur Küste – die Pferde hatte der Kaiser uns geschenkt –, und unterwegs schloss der König Bündnisse gegen Philippe von Frankreich mit Bischöfen und Grafen in den Rheinlanden und Niederlanden, deren Freundschaft er während seiner Gefangenschaft erworben hatte. Gestern sind wir dann endlich in Sandwich gelandet, und der König begab sich sofort nach Canterbury, um dem Allmächtigen am Schrein des heiligen Thomas für seine Freilassung zu danken.« Er legte eine kleine Pause ein und sah lächelnd in die Runde. Alle Gesichter an der hohen Tafel und den beiden Seitentischen waren ihm zugewandt. »Der König ist heimgekehrt, Ladys und Gentlemen.« Guillaume zog ein wenig die Schultern hoch, als mache diese feierliche Verkündung der Freudenbotschaft ihn verlegen.

Jubel brandete auf, und Becher wurden auf Tische getrommelt.

Heimgekehrt?, dachte Yvain ein wenig ratlos. *Mehr als ein Vierteljahr hat er seit seiner Krönung noch nicht in England verbracht, also ist es schwerlich sein Heim.* Aber auch er klopfte mit seinem Bronzebecher aufs Tischtuch, und er verspürte Erleichterung, dass Richards lange Gefangenschaft endlich vorüber, die Gefahr seiner Auslieferung an Philippe von Frankreich gebannt war.

Guillaume setzte sich wieder hin, beugte sich ein wenig vor, um Yvain an seiner Frau vorbei anschauen zu können, und sagte: »Mach dir keine Sorgen, Bruder. Er wirft dir nichts vor. Er will, dass ich in ein, zwei Tagen in Westminster wieder zu ihm stoße, und ob du's glaubst oder nicht, er hat gesagt, ich soll dich mitbringen.«

Yvain hatte Mühe, die Euphorie seines Bruders ob dieser unerwarteten Einladung zu teilen, doch er nickte nur.

Es war ihr Vater an Guillaumes anderer Seite, der stirnrunzelnd fragte: »Wozu?«

»Was glaubst du wohl, wozu?«, gab der ältere Sohn mit einem übermütigen Lachen zurück. »Um ihn in seinen Dienst zu nehmen, natürlich. Du hast nicht im Ernst geglaubt, er werde einen Groll gegen die Knappen seines erbärmlichen, treulosen Bruders hegen, oder? Gegen dessen Lords vermutlich ja, auf die kommen schwere Zeiten zu, könnte ich mir vorstellen. Aber Johns Ritter brauchen sich keine Sorgen zu machen, und die Jungen erst recht nicht.«

Jocelyn nickte langsam und zerteilte den Räucherhering auf

seinem Teller mit dem Speisemesser in akkurate Stücke. »Natürlich wird Yvain der Einladung des Königs folgen«, entschied er und streifte seinen Jüngsten mit einem kühlen Blick. »Da er neuerdings so oft von Schwermut geplagt ist, wird ihm die Abwechslung gewiss gut tun.«

Yvain erwiderte seinen Blick in schweigender Rebellion, aber sein Vater beachtete ihn nicht weiter, sondern fuhr an Guillaume gewandt fort: »Trotzdem erlaube ich nicht, dass an meiner Tafel Beleidigungen gegen Prinz John ausgesprochen werden. Jedenfalls nicht, solange der König ihn nicht verurteilt hat.«

»Das wird er«, prophezeite Guillaume mit grimmiger Befriedigung. »Das ist so sicher wie das Amen in der Kirche, Mylord.«

»Dafür müsste er ihn nur erst einmal kriegen«, murmelte Yvain seinem Hering verschwörerisch zu.

Guillaume nickte. »Ich schätze, früher oder später wird er das. Du glaubst nicht im Ernst, dass Richard sich die Normandie von John und Philippe streitig machen lässt, oder? Sie werden ihre liebe Mühe haben, dort ein Versteck zu finden, wo er sie nicht aufscheucht. Oder sonst irgendwo in Frankreich.«

»Hört, hört«, bemerkte Jocelyn trocken. »Große Pläne.«

»Tja, daran mangelt es Richard nie«, räumte Guillaume mit einem Augenzwinkern ein, küsste seine Gemahlin mehr oder weniger verstohlen auf die Wange, ergriff ihre Hand und zog sie mit sich auf die Füße. »Komm, lass uns nach Matilda sehen, ich habe sie ja noch gar nicht begrüßt.« Entschuldigend verneigte er sich vor Lady Waringham. »Ich gelobe, dass wir zum Essen zurück sind, *ma mère*.«

»Gewiss, mein Sohn«, erwiderte Lady Maud nachsichtig und tauschte einen amüsierten Blick mit ihrem Gemahl.

Yvain war schlecht.

Westminster, März 1194

König Richard sah seiner Mutter ähnlich, erkannte Yvain, und hatte die gleiche fesselnde Ausstrahlung wie sie. Wenn man ihm in die stahlblauen Augen schaute, spürte man die enorme Kraft seiner Persönlichkeit wie die Hitze einer Flamme.

Yvain sank vor ihm auf ein Knie und schlug die Augen nieder, insgeheim erleichtert, dem durchdringenden Blick nicht länger standhalten zu müssen.

»Erhebe dich, Yvain of Waringham«, sagte der König mit einem Lächeln, das die Krähenfüße um seine Augen vertiefte und ihm für einen Lidschlag einen Ausdruck von Milde verlieh. »Nimm Platz an meiner Tafel, iss und trink einen Becher auf meine glückliche Freilassung.«

»Danke, Sire.« Yvain stand auf. »Das werde ich mit Freuden tun.« Er verneigte sich, erst vor ihm und dann vor der Königinmutter an Richards Seite, die die Hände auf dem goldenen Löwenkopf ihres Gehstocks verschränkt hatte und Yvain nicht aus den Augen ließ.

»Wieso bist du kein Templer geworden?«, erkundigte sie sich. Es klang weder missfällig noch argwöhnisch, sondern schlicht neugierig.

»Ich habe die Nacht vor meiner geplanten Aufnahme nicht in Einkehr und Gebet verbracht, sondern in einer Schenke, Madame. Das hat den Meister der Templer bewogen, mir die Eignung für den Orden abzusprechen. Und ich glaube, er hatte recht.«

Ihre Lippen, immer noch erstaunlich rot und voll für eine so alte Dame, kräuselten sich amüsiert. »Ein bigotter Tor war Geoffrey FitzStephen seit jeher«, bekundete sie. »Und du bist bestechend aufrichtig, Yvain of Waringham. Und somit womöglich ebenfalls ein Tor.« Es klang nachsichtig, fast eine Spur schelmisch, aber er ahnte, dass sie weder das eine noch das andere war.

Während er fieberhaft nach einer passenden Erwiderung suchte, sah er den König und seine Mutter einen winzigen Blick tauschen. Er konnte nicht deuten, was sie einander damit sagten, aber es bestand kein Zweifel: Ein tiefes Verständnis verband

Mutter und Sohn. Wie zwei ebenbürtige Titanen kamen sie ihm vor, die ihre Überlegenheit gegenüber normalen Sterblichen als selbstverständlich akzeptierten, und so sehr fürchtete Yvain sich in diesem Moment vor ihnen, dass er am liebsten davongekrochen wäre.

Der König nickte ihm knapp zu, um ihm zu bedeuten, dass er entlassen war, und der gruselige Moment war vorüber. Yvain trat erleichtert aus dem hellen Schein der vielen Kerzen auf der hohen Tafel zurück in die Dämmerung der Halle und stellte ungläubig fest, dass er einen dünnen Schweißfilm auf der Stirn hatte.

»Gut gemacht«, murmelte Guillaume plötzlich an seiner Seite und legte ihm für einen winzigen Moment die Hand auf den Arm.

Yvain atmete tief durch. »Wie hältst du es aus, ständig in seiner Gegenwart zu sein? Hast du nicht von früh bis spät eine Gänsehaut?«

Guillaume schüttelte den Kopf. »Die Wirkung lässt irgendwann nach. Spätestens wenn man ihn zum ersten Mal sternhagelvoll erlebt.«

Yvain gab sich Mühe, aber er konnte sich Richard beim besten Willen nicht als trunkenen Narren vorstellen. »Und was nun?«, fragte er und sah sich in der Halle um.

Überall standen Menschen in Gruppen beisammen oder saßen an den kostbar eingedeckten Tischen, unterhielten sich angeregt und ziemlich lautstark. Barons und Ritter, Bischöfe und Äbte, Damen, deren Gewänder von Goldfäden und Juwelen funkelten. Er entdeckte Hubert Walter, den Erzbischof von Canterbury, der letzten Frühling zu Prinz John ins belagerte Windsor gekommen war, im Gespräch mit einem großen, athletischen Mann, dessen Bart und Schläfen angegraut und dessen Gewänder auffallend schlicht waren.

Guillaume ruckte diskret das Kinn in seine Richtung. »William Marshal.«

Neugierig betrachtete Yvain den Mann, den manche den größten Ritter seines Zeitalters nannten.

»Wenn es immer noch dein Wunsch ist, ist es vielleicht noch nicht zu spät, in seinen Dienst zu treten«, sagte Guillaume.

Yvain sah ihn an. »Wie kommst du darauf?«

Sein Bruder überhörte den kühlen Tonfall. »Soll ich dich ihm vorstellen?«

Ehe Yvain antworten konnte, füllte plötzlich der wunderbare Klang zweier Lauten den großen Saal, die in perfekter Harmonie eine zweistimmige Weise spielten. Die Gespräche verebbten erst und verstummten dann, und als Yvain zur hohen Tafel blickte, sah er den König und einen jungen Mann mit langen, rabenschwarzen Locken einander gegenübersitzen, beide gänzlich in ihr Lautespiel versunken, und dann hoben sie zu einem Wechselgesang an, der so schön und melancholisch war, dass Yvain einen wohligen Schauer verspürte.

»Blondel«, murmelte Guillaume und wies auf den jungen Spielmann. »Er hat ihn gefunden. Den König, meine ich. Sie haben das Lied vor Jahren gemeinsam geschrieben, und nach Richards Gefangennahme, als wir nicht wussten, wo Leopold von Österreich ihn gefangen hielt, ist Blondel die Donau entlanggezogen, von Burg zu Burg, hat sich unter die Mauer gestellt und dieses Lied gespielt. Bis er aus einem Fenster in Dürnstein die zweite Stimme hörte.«

Es war eine Geschichte, die Yvain niemals geglaubt hätte, wäre es nicht ausgerechnet sein Bruder gewesen, der sie ihm erzählte. Er betrachtete den viel gerühmten Kreuzfahrerkönig, der solche Liebe und Ergebenheit zu wecken verstand, wie der französische Spielmann sie bewiesen hatte, der empfindsam wie ein Troubadour musizieren konnte und doch die Heiden das Fürchten gelehrt hatte, und in diesem Moment musste Yvain sich eingestehen, dass er Guillaume um diesen Dienstherrn beneidete.

Als die Weise endete, spendete der Hof ausgelassen Beifall, und die beiden Musiker standen auf und verneigten sich lächelnd vor ihrem gewogenen Publikum. Die Königin winkte den treuen Spielmann zu sich, sagte leise etwas zu ihm und überreichte ihm einen Ring mit einem funkelnden Edelstein. Blondel kniete vor ihr nieder, ergriff ihre Hand und drückte sie für einen Augenblick an die Stirn. Yvain fand ihn unverschämt, aber Aliénor quittierte es mit einem huldvollen Lächeln.

Yvain fiel etwas ein. »Wo ist denn Königin Berengaria eigentlich?«

»Weiß der Henker«, gab Guillaume ratlos zurück. »Bei ihrem alten Herrn in Navarra vielleicht. Sie ist in den letzten Monaten wie ein fahrender Gaukler durch Aquitanien und die angrenzenden Grafschaften gezogen und hat um milde Spenden für Richards Lösegeld gebettelt.«

»Mit Erfolg?«

»Mal ja, mal nein, schätze ich. Raymond von Toulouse hätte sicher draufgezahlt, damit der Kaiser Richard für immer behält, genau wie Philippe von Frankreich und … Ach, Mist, jetzt ist Marshal verschwunden. Aber zum Essen kommt er wieder, darauf ist Verlass. Ich sorge dafür, dass ihr euch begegnet, keine Bange.«

»Aber …«

»Und dort drüben, siehst du den hässlichen Kerl mit der Augenbinde? Das ist Mercadier, des Königs Bluthund.«

Neugierig spähte Yvain zu dem legendären Söldner hinüber, der König Richard seit dessen Jugendtagen in jede seiner vielen Schlachten begleitet hatte und, so wurde gemunkelt, die Aufgaben für ihn erledigte, die sich mit den Regeln ritterlichen Anstands nicht vereinbaren ließen. Er hatte in Richards Kriegen nicht nur das linke Auge verloren, sondern sein ganzes Gesicht war eine furchteinflößende Kraterlandschaft aus Narben. Er stand nahe dem Eingang im Lichtschein einer Fackel, leerte geruhsam einen Becher und ließ den Blick des verbliebenen Auges dabei über die Halle schweifen, wachsam und auf alles gefasst, schien es Yvain.

»Stimmt es, dass er nur aus Zorn über einen verlorenen Falken ein ganzes sizilianisches Dorf ausgelöscht hat?«, fragte er leise.

Guillaume nickte. »So was erledigt er vor dem Frühstück.«

»Du kannst ihn nicht leiden?«, fragte Yvain.

»Er ist widerlich«, antwortete sein Bruder leidenschaftslos. »Ich werde nie verstehen, wieso der König ihn in seiner Nähe duldet, und manchmal könnte ich ihm dafür den Hals umdrehen, dass er Mercadier alles durchgehen lässt. Auch wenn du zu glauben scheinst, dass meine tumbe Heldenverehrung mich blind für Richards Fehler macht.«

Yvain sah ihn überrascht an. »Falls ich das dann und wann geglaubt haben sollte, entschuldige ich mich in aller Form«, erwiderte er mit einem zerknirschten Lächeln.

Guillaume lachte und zeigte zu einer freien Bank am unteren Ende der rechten Seitentafel. »Sichere dir einen Platz, solange es noch welche gibt.«

»Was ist mit dir?«, fragte der Jüngere, denn so hoch Guillaume auch in der Gunst des Königs stehen mochte, gewährte ihm das gewiss keinen Platz an dessen Tafel.

»Ich bin heute sein Mundschenk«, erklärte der mit einer kleinen Grimasse des Missfallens. »Eine große Ehre, natürlich, aber ganz ehrlich? Ich trinke lieber selbst, als anderen einzuschenken.«

Yvain lachte in sich hinein.

Sein Bruder entschuldigte sich bald, um seiner Pflicht nachzukommen. Yvain folgte seinem Rat und setzte sich an die Tafel vor einen der altbackenen Brotfladen, die als Teller dienten. Bald wurden große Platten mit Biber aufgetragen, Schüsseln voller Erbsenpüree und Fischpasteten, sämige Suppen und feinste Saucen. Yvain aß hemmungslos und bemühte sich, von allem wenigstens zu probieren, denn nie zuvor hatte er so wohlschmeckende Speisen gekostet wie an Aliénor von Aquitaniens Tafel. Die beiden Benediktiner, die ihn links und rechts flankierten, machten säuerliche Mienen wegen dieser Prasserei mitten in der Fastenzeit, doch tatsächlich verstieß keine der aufgetragenen Köstlichkeiten gegen die Fastenregeln.

Blondel und eine Reihe weiterer Musikanten spielten und sangen: *Trouvères* aus Frankreich und *Troubadours* aus Aquitanien, aber kein einziger englischer Spielmann, fiel dem jungen Waringham auf. Er musste indes gestehen, dass er nie einen englischen Spielmann gehört hatte, der diesen Meistern der Musik und Verskunst das Wasser hätte reichen können.

Als das Bankett sich dem Ende zuneigte, erhob König Richard sich von seinem thronartigen Sessel, und alle an den Tafeln Versammelten beeilten sich, ebenfalls aufzustehen, aber Richard winkte lächelnd ab. »Lasst Euch nicht stören, Freunde. Ich bin bald zurück. Heute Nacht wollen wir feiern, ehe wir morgen wieder in den Krieg ziehen.«

Nur wenig später kam Guillaume zu seinem Bruder. »Komm«, sagte er gedämpft. »Er wünscht dich zu sehen.«

»Was denn, jetzt?«, fragte der Junge erschrocken. »Aber weshalb?«

»Das sagt er dir selbst. Komm schon, Yvain. Einen König lässt man nicht warten.«

Yvain sah ihm ins Gesicht, während er von der Bank aufstand, aber die Miene seines Bruders war ungewohnt verschlossen. Zügig und ohne ein weiteres Wort führte Guillaume ihn durch eine Seitentür in einen von Fackeln erhellten Vorraum, wo abgefressene Platten und Schüsseln sich auf langen Tischen zu schiefen Türmen stapelten, dann eine Treppe hinauf zu einer zweiflügeligen Tür, vor der ein Paar junger Ritter Wache stand.

Als der Linke die Tür öffnete, drang schallendes Gelächter heraus.

»Guillaume of Waringham, Sire«, meldete die Wache.

»Herein mit ihm«, rief die Stimme des Königs, ein wenig atemlos vor Heiterkeit, und trotzdem fiel Yvain jetzt zum ersten Mal auf, dass sie den gleichen Klang hatte wie Prinz Johns.

Richard und ein junger Ritter in staubigen Kleidern, vermutlich ein Bote, standen an einem Tisch mit einem kunstvollen Marmorleuchter, Bechern und einem Silberkrug darauf, und Richard fuhr sich kopfschüttelnd mit der Linken über den Bart. »Es ist nicht zu fassen …« An die Brüder gewandt, die vor ihm auf ein Knie gesunken waren, fügte er hinzu: »Erhebt euch. Du wirst es nicht glauben, Guillaume. Die Garnison von St. Michael's Mount hat sich ergeben, noch ehe wir einen Schritt nach Westen marschiert sind.«

Yvain verspürte einen Stich. St. Michael's Mount in Cornwall war eine der Burgen, die Prinz John bislang die Treue gehalten hatten.

»Ist das wahr, Sire?«, fragte Guillaume verblüfft. »Warum?«

»Weil …« Der König musste schon wieder lachen, biss sich auf die Unterlippe, um es zu unterdrücken und räusperte sich energisch. »Weil der Kastellan vor Schreck tot umgefallen ist, als er von meiner Rückkehr erfahren hat.«

Guillaume starrte ihn einen Moment ungläubig an, und auch er musste grinsen. »Allmächtiger … Da seht Ihr, wie praktisch es ist, wenn einem der Ruf vorauseilt, unbesiegbar zu sein, Sire.«

Yvain sah verständnislos von einem zum anderen. Vielleicht lag es ja daran, dass sie so viele Jahre nur gegen Heiden gekämpft hatten, deren Leben nicht so zählte wie das von Christenmenschen. Aber es schockierte ihn, dass der Tod des Kastellans den König so erheiterte. Er zögerte noch einen Moment, weil er Richard nicht verstimmen wollte, doch dann schalt er sich einen jämmerlichen Feigling und bekreuzigte sich.

»Oh, du hast recht, du hast recht«, räumte der König ein und folgte seinem Beispiel. »Gott sei seiner armen, feigen Seele gnädig und all das, denn sein unerwartetes Ableben erlöst uns aus dem Dilemma, wohin wir uns zuerst wenden sollen.« Er legte dem Boten kurz die Hand auf den Arm. »Habt Dank, FitzNigel. Geht in die Halle hinunter und lasst Euch etwas Gutes vorsetzen, das habt Ihr wahrlich verdient. Und meldet Euch morgen früh beim Treasurer für Euren Botenlohn, hört Ihr?«

Der Bote nickte dankbar und verneigte sich. »Wie Ihr wünscht, Sire.«

Richard wartete, bis er hinausgegangen war, ehe er sich den Waringham-Brüdern wieder zuwandte. »Das ist großartig, Guillaume. Es bedeutet, wir können uns sofort nach Norden wenden.« Es funkelte unternehmungslustig in seinen Augen. »Johns verbliebene Truppen stehen in Nottingham, nicht wahr?«, fragte er Yvain.

»So heißt es«, räumte der Junge ein. »Aber ich war seit dem Sommer nicht dort, Sire, darum kann ich es nicht beschwören.«

»Hm«, machte der König unbestimmt und ließ ihn nicht aus den Augen. »Aber du kennst die Burg gut?«

»Ja.«

»Und stimmt es, dass der Fels, auf dem sie steht, von Höhlen durchzogen ist und es einen Geheimgang von der Stadt bis unter den Bergfried gibt?«

Yvain musste feststellen, dass seine fürchterliche Ahnung ihn nicht getrogen hatte. »Sire, ich …« Er wollte nicht, aber er sah hilfesuchend zu seinem Bruder.

»Antworte, Yvain«, befahl der.

Der Jüngere rang um Mut und sah den König wieder an. »Verstehe ich Euch recht? Ich verlangt, dass ich Euren Bruder verrate? Meinen Dienstherrn?«

Richards Lider schlossen sich halb, und Yvain erkannte, dass er innerhalb eines Herzschlags die Gunst des Königs verloren hatte.

»Das ist unmöglich«, erklärte dieser kühl. »Einen Verräter kann man nicht verraten.«

Yvain atmete tief durch und nickte. »Ich verstehe, dass Ihr ihm gram seid, mein König, aber …«

»Oh, aber das bin ich nicht«, unterbrach Richard trügerisch sanft. »Gram bin ich meinem einstigen Freund und Waffenbruder Philippe von Frankreich. Dem Bischof von Coventry, dem Grafen von Toulouse und vielen anderen Männern, die meine Feinde sind. Aber einer erbärmlichen Kreatur wie meinem Bruder John kann ich so wenig gram sein wie der Ratte, die ich unter meinem Stiefel zertrete. Verstehst du?«

Yvain schluckte und nickte stumm.

»Und nun frage ich dich noch einmal: Gibt es diesen Geheimgang in Nottingham Castle?«

»Die Wachen haben mir davon erzählt. Aber ich habe ihn nie gesehen.«

»Also schön. Trotzdem hast du vermutlich bessere Chancen, ihn zu finden, als irgendein Mann meines Gefolges. Darum wirst du uns begleiten, wenn wir morgen ausziehen, um Nottingham zu belagern.«

Yvains Herz klopfte bis zum Hals, doch natürlich hatte er keine Wahl. Er starrte in die Binsen zwischen seinen Stiefelspitzen und Richards und nickte. »Wie Ihr wünscht, Sire.«

»Na bitte. Und nun geh mir aus den Augen, Yvain of Waringham.«

Bernay, April 1194

»Bei Gottes Zähnen, Mann, welches der fünf Wörter ›Ich will nicht gestört werden‹ habt Ihr nicht verstanden?«, grollte Prinz John.

»Mylord, Yvain of Waringham ist eingetroffen, und er bringt Neuigkeiten.«

»Schlechte, nehme ich an. Lasst ihn rein.«

Das feste Tuch, das als Tür diente, wurde zurückgeschlagen, und Fulk de Cantilupe winkte Yvain heran.

Der trat ins dämmrige Innere des Zeltes, entdeckte den Prinzen auf einem Schemel am Tisch, wo ein offenbar sehr nervöser junger Mönch ihm den Arm verband, und verneigte sich. »Mein Prinz.«

John musterte ihn einen Moment mit unbewegter Miene. Dann lächelte er plötzlich. »Yvain. Du siehst so aus, als hättest du eine ziemlich abenteuerliche Reise hinter dir.«

Yvain sah kurz an sich hinab. Der feine Bliaut hatte im Verlauf der letzten Wochen tatsächlich viel von seiner einstigen Eleganz eingebüßt. »Ich hoffe, Ihr könnt meinen Aufzug vergeben.«

»Das kostet mich keine große Mühe. Ein Mann in meiner Position muss froh und dankbar sein für jeden seiner Gefolgsleute, der zu ihm zurückkehrt, ganz gleich, wie lange er gebraucht hat, um sich dazu durchzuringen.«

Yvain biss die Zähne zusammen. *Du warst derjenige, der aus Nottingham verschwunden ist und uns alle dort im Stich gelassen hat,* dachte er.

»Ja, ich habe geahnt, dass ich mir dergleichen würde anhören müssen, Mylord«, erwiderte er. »Aber hier bin ich nun.«

»Warum?«

»Warum was?«

»Warum bist du zu mir zurückgekommen? Wollte mein königlicher Bruder dich etwa nicht haben?«

Yvain schwieg, sah von dem jungen Bruder, der ungeniert lauschte, zu Cantilupe und zurück zu John. »Das würde ich Euch lieber unter vier Augen sagen.«

John zog verwundert die Brauen in die Höhe, aber er nickte.

Sein Verband war ohnehin fertig. »Habt Dank, Bruder«, sagte er abwesend. »Ihr dürft Euch zurückziehen. Fulk?«

Cantilupe nickte, nahm den Mönch rüde beim Ärmel und führte ihn hinaus.

»Ihr seid verwundet?«, fragte Yvain, als er allein mit Prinz John war.

Der wies auf die nördliche Zeltwand, hinter der sich die Burg von Bernay erhob. »Die Garnison verteidigt ihre Mauern mit allem, was sie hat, darunter auch mit kochendem Pech. Aber ich hatte mehr Glück als dein Freund Justin de Béthun. Er bekam eine volle Ladung ab, als er mir ein frisches Pferd brachte.«

Yvain war erschrocken. »Hat es ihn schlimm erwischt?«

»Ziemlich. Er ist tot, Yvain.«

Der Knappe wandte ihm abrupt den Rücken zu, senkte den Kopf und bekreuzigte sich. Dutzende von Gelegenheiten fielen ihm ein, da Justin sie mit seinen unverfrorenen Bemerkungen und seinen Possen zum Lachen gebracht hatte, vor allem an solchen Tagen, wo ihnen beim Training mit Fulk dem Furchtbaren das Lachen vergangen war. Er kniff die Augen zusammen, um die Tränen zurückzudrängen.

»Es tut mir leid«, hörte er den Prinzen sagen. »Aber Belagerer leben nun einmal gefährlich.«

Yvain nahm sich zusammen und schaute ihn wieder an. »Ich weiß, Mylord.«

»Cantilupe sagt, du bringst Neuigkeiten?«

Der Junge nickte. »Nottingham ist gefallen.«

»Oh, ich weiß, ich weiß.« Scheinbar gelangweilt winkte John ab. »Wenn nicht einmal Akkon Richard standhalten konnte, welche Chance hatte dann Nottingham?«, spöttelte er.

»Der König und seine Truppen kehrten nach Süden zurück, und in der Kathedrale von Winchester ließ er sich ein zweites Mal krönen und die Vasallen einen neuen Lehnseid schwören«, setzte Yvain seinen Bericht fort. »Dann rief er alle verfügbaren Männer zu den Waffen. Er wird so schnell wie möglich in die Normandie kommen, um sie zurückzuerobern, mein Prinz. Und er … er hat Euch enteignet und alle Titel aberkannt.«

Johns Gesicht war nicht anzusehen, ob diese letzte Nachricht ihn erschütterte. Er strich mit der flachen Rechten über den Verband am linken Arm, sah darauf hinab und antwortete achselzuckend: »Damit war zu rechnen. Hat er mich auch von der Thronfolge ausgeschlossen?«

»Davon habe ich nichts gehört«, erwiderte Yvain. »Aber ich kann es auch nicht mit Gewissheit ausschließen, denn ich war nicht dort.«

»Sondern wo? Woher hast du deine Neuigkeiten, wenn du nicht in Richards Gefolge warst?«

So knapp wie möglich fasste Yvain seine Begegnung mit dem König zusammen. »Ich habe mich noch in derselben Nacht davongemacht, Mylord«, bekannte er zum Schluss.

»Tatsächlich?« John wirkte ehrlich verwundert. Es kam vermutlich nicht besonders oft vor, dass irgendwer ihm den Vorzug vor seinem Bruder gab. Doch er fragte nicht nach Yvains Gründen, sondern bemerkte lediglich: »Guillaume wird nicht erbaut gewesen sein, könnte ich mir denken.«

»Nein.«

»Was hat er gesagt?«

»Gar nichts. Er hat mir ein blaues Auge verpasst und ist erbost davongestiefelt, und ehe ihm die passende Strafpredigt einfiel, war ich schon verschwunden, Gott sei Dank. Ich bin nach London geritten und habe ein paar Wochen im Tower als Stallknecht gearbeitet, weil ich Geld für die Passage in die Normandie brauchte und weil man im Tower immer erfährt, was der König tut. Meine Neuigkeiten stammen direkt von Bischof de Coutances, der sie seinem Bruder berichtete, dem Constable des Tower, während ich zwei Schritte danebenstand und seinem Gaul die Hufe auskratzte. Ich fürchtete, er werde mich erkennen. Walter de Coutances, meine ich, aber er schaute durch mich hindurch, wie Edelleute es mit Knechten meistens tun. Trotzdem wurde mir die Sache zu brenzlig. Ich hab mich auf den Weg gemacht, und hier bin ich, Mylord«, schloss er mit einem Achselzucken.

Der Prinz nickte, hob mit dem unverletzten Arm den Zinnkrug an und hielt ihn in seine Richtung. »Bist du durstig?«

»Fürchterlich«, gestand Yvain. Die Nacht an Bord des Schiffes, das ihn von Southampton nach Honfleur gebracht hatte, war die grässlichste seines Lebens gewesen. Von dem Moment, da er den ersten Fuß auf die Planken gesetzt, bis er wieder festen Grund unter sich hatte, war er seekrank gewesen, hatte die meiste Zeit über der Reling gehangen und nach ihrer Ankunft kaum genug Kraft gehabt, um in Vellantifs Sattel zu steigen. Ein paar Schlucke Wasser aus einem klaren Fluss, den er am Vormittag überquert hatte, war alles, was er seither zu sich genommen hatte.

John schenkte zwei Becher voll und schob einen in seine Richtung. »Auf deine Treue, Yvain of Waringham.«

Yvain hob ihm seinen Becher entgegen und trank dankbar. Es war Cidre – süß, süffig und ziemlich stark.

»Ich bin froh, dass du gekommen bist«, bekannte John. »Aber ich hoffe, du weißt, dass du dich für eine ziemlich aussichtslose Sache entschieden hast?«

Yvain nickte, trank noch einmal, um nicht antworten zu müssen, und torkelte einen kleinen Schritt zur Seite.

»Du bist erschöpft«, ging dem Prinzen endlich auf. »Vermutlich sind es allein deine guten Manieren, die dich auf den Beinen halten. Ich habe keine Ahnung, wo das Zelt deiner Kameraden ist, aber die Wache kann dich sicher auf die richtige Spur bringen. Geh und leg dich ein paar Stunden aufs Ohr. Morgen früh vor Sonnenaufgang stürmen wir Bernay, denn ich habe so ein Gefühl, wir sollten jetzt keine Zeit mehr mit langwierigen Belagerungen vertrödeln.«

Das Heer, welches Philippe von Frankreich Prinz John für die Belagerung der Burg von Bernay geborgt hatte, umfasste rund tausend Männer. Jetzt, da die Belagerungsmaschinen für den Tag verstummt waren, herrschte viel Betrieb zwischen den halbwegs ordentlichen Zeltreihen. Im freudlosen Nieselregen standen die Soldaten in Gruppen um kleine Feuer herum, Becher in Händen, und debattierten die Frage, wann Bernay fallen werde und ob sie drinnen schon angefangen hatten, die Ratten zu verspeisen. Vor einem Küchenzelt, aus dem der stechende Geruch nach verbranntem Fett drang, hatte sich eine Schlange gebildet, und vor dem bunt gestreiften Hurenzelt ein paar Schritte weiter prügelten sich mindestens ein halbes Dutzend junger Soldaten, bis ein Offizier herbeieilte und ihnen brüllend die fürchterlichsten Dinge androhte.

Die anderen hatten schon von seiner Ankunft gehört. William und Adam standen vor dem unscheinbaren grauen Zelt am Rand des Lagers, zu welchem die Wache ihn gewiesen hatte, und hielten nach ihm Ausschau.

Sie umarmten sich schweigend.

»Fulk der Furchtbare hat uns erzählt, dass du gekommen bist«, sagte Adam.

William zog ihn aus dem Nieselregen ins Innere. Eine dicke Strohschicht bedeckte den Boden, auf der unordentlich ein paar Decken ausgebreitet lagen. Möbel gab es nicht. Baldwin und Pentecôte saßen auf einem der dürftigen Lager und würfelten. Ersterer sprang auf die Füße, um den Neuankömmling willkommen zu heißen. Pentecôte blieb erwartungsgemäß, wo er war, und erwiderte Yvains kühles Nicken so knapp, dass es kaum auszumachen war.

»Da, setz dich hin, Waringham. Du siehst beschissen aus, wenn du meine Offenheit vergeben willst«, sagte William.

Yvain sank auf einer der Decken auf die Knie und winkte ab. »Wenn ihr ein Stück Brot oder Ähnliches hättet, wäre ich dankbar. Aber zuerst erzählt mir von Justin.«

Ohne zu zögern, schnürte der ewig hungrige William seinen Brotbeutel auf und angelte einen halben Haferfladen und ein Stück Dörrfleisch heraus. »Hier.«

»Danke, Kumpel.«

Während Yvain ohne großen Erfolg versuchte, gesittet zu essen und die magere Ration nicht mit ein paar wenigen Bissen zu verschlingen, begann Baldwin: »Es ist vor zwei Wochen bei der Belagerung von Beauvais passiert. Gleich … gleich vor meinen Augen. Die Garnison hatte aus heiterem Himmel einen Ausfall unternommen, als der Prinz vors Haupttor geritten war, um zu sehen, welche Fortschritte die Unseren mit dem Rammbock machten. Todsicher kein Zufall. Der Ausfalltrupp fiel ihm in den Rücken. Williams Vater kratzte in aller Eile ein paar Ritter zusammen, um dem Prinzen zu Hilfe zu kommen, und befahl Justin und mir, mit frischen Pferden und Waffen zu folgen. Vor dem Haupttor war die Hölle los, denn der Beschuss von der Brustwehr ging weiter, während unten die Schlacht tobte. Justin ritt wie der Teufel, sag ich dir, du wärst stolz auf ihn gewesen. Durch die Kämpfenden bahnte er sich einen Weg ganz nach vorn, ohne auch nur einen Kratzer abzubekommen. Doch als er absaß, um dem Prinzen das müde Pferd abzunehmen, kam das Pech wie ein schwarzer Wasserfall aus der Luke gleich über dem Tor und … hüllte ihn ein.«

Yvain ließ das halb verspeiste Haferbrot in den Schoß sinken und wandte einen Moment das Gesicht ab.

»Es ist ganz schnell gegangen«, fuhr Baldwin hastig fort. »Als ich aus dem Sattel sprang, zuckten seine Füße noch, aber als ich nur einen Moment später bei ihm war, lag er still.«

Es war ein schwacher Trost, aber immerhin ein Trost, stellte Yvain fest.

»Nimm's nicht so schwer, Waringham«, sagte Pentecôte. »Es hat zweifellos auch sein Gutes, denn das Pech hat ihm doch bestimmt auf einen Schlag all die hässlichen Pickel ausgebrannt.«

Yvain starrte ihn einen Moment an und machte Anstalten, auf die Füße zu kommen, doch William hielt ihn am Ärmel zurück. »Hör einfach nicht hin. Er macht das andauernd. Sagt oder tut irgendwas, um einen von uns dazu zu bringen, sich mit ihm zu schlagen. Außer Adam kann aber keiner gegen ihn bestehen, du holst dir nur Beulen. Und du strafst ihn am meisten, wenn du seinen Köder nicht schluckst.«

»Oh, Pausbäckchen, als ob es mich kümmert, wenn ihr kneift«, gab Pentecôte verächtlich zurück.

William nickte. »Ja, ja, wir sind alle unter deiner Würde, ich weiß.«

Yvain stellte ungläubig fest, dass Pentecôte, so unerträglich er auch sein mochte, während seiner Abwesenheit irgendwie Aufnahme in ihre verschworene Gemeinschaft gefunden hatte, und er konnte nicht sagen, dass ihm das gefiel.

Doch er befolgte Williams Rat, wandte Pentecôte demonstrativ den Rücken zu und fragte die anderen: »Der Prinz sagt, wir stürmen morgen.«

»Ich schätze, Bernay ist reif«, erwiderte Baldwin mit einem Achselzucken.

»König Philippe hat letzte Woche Harcourt genommen, nur zehn Meilen von hier«, fügte Adam hinzu. »Wir müssen schleunigst gleichziehen, damit der Prinz vor seinem Verbündeten nicht das Gesicht verliert.«

Bernay fiel ihnen am nächsten Morgen tatsächlich in die Hände wie eine reife Frucht vom Baum, aber es erwies sich als sinnloser Triumph, und obendrein als Prinz Johns letzter auf diesem Eroberungsfeldzug in der Normandie.

Als König Richard Anfang Mai mit einhundert Schiffen und einem eilig zusammengekratzten Heer in Barfleur landete, konnten sein Bruder und sein Todfeind, Philippe von Frankreich, auch mit vereinten Kräften nichts mehr ausrichten. Was sie auch versuchten, um Richards Rückeroberung seines Herzogtums zu vereiteln oder wenigstens aufzuhalten, nichts wollte mehr gelingen. Kein ausgeklügelter Plan trug Früchte, und alles zerrann ihnen zwischen den Fingern, während Richard wie schon so oft in der Vergangenheit immer das entscheidende Quäntchen Glück und mit jedem gewagten Schachzug Erfolg hatte. Die Städte und Burgen der Normandie, die König Philippe und Prinz John so mühsam und blutreich erobert hatten, fielen ihm nicht so sehr in die Hände als vielmehr in den Schoß.

Aus Prinz Johns geordnetem Rückzug wurde bald eine heillose Flucht. Die geborgten französischen Truppen desertierten und retteten sich mit ihrem König zurück ins Vexin und weiter nach Paris, sodass John keine andere Wahl mehr blieb, als sich mit der Handvoll Getreuer, die ihm geblieben waren, zur Küste durchzuschlagen.

Am Tag des heiligen Bonifatius erreichten sie kurz vor Einbruch der Nacht bei strömendem Regen Lisieux und versteckten sich auf der Baustelle der mächtigen Kathedrale, die der Bischof dort errichten ließ.

»Nur noch zwanzig Meilen bis Honfleur, mein Prinz«, bemerkte Fulk de Cantilupe.

»Wenn Ihr wünscht, reite ich voraus und besorge uns eine Passage für morgen Abend«, erbot sich sein Cousin Hubert de Burgh.

»Oder schleichst dich unterwegs doch lieber zu Richard?«, entgegnete der Prinz finster.

Yvain, der ihm den Steigbügel hielt, tauschte einen verstohlenen Blick mit William, der kummervoll den Kopf schüttelte.

John saß ab, klopfte seinem Pferd anerkennend den Hals und rempelte seinen Knappen rüde aus dem Weg. »Gott verflucht, wie kann es im Mai so *kalt* sein!«, schnauzte er.

Adam war unklug genug, zu antworten: »Die Eisheiligen, mein Prinz.«

»Die was?«, fragte John zerstreut.

»Eisheiligen«, wiederholte der große, breitschultrige Knappe eifrig. »So nennt man die Tage Mitte Mai, weil sie oft solche Kälte bringen. Es kann sogar Frost geben an St. Memertus, Pankratius, Servatius, Bonifa …« Er brach ab, weil John ihn mit einem beiläufigen Stoß vor die Brust in die große Schlammpfütze vor einem Bauholzstapel beförderte.

»Ich lasse es dich wissen, wenn ich Heiligengeschichten hören will«, knurrte er, umrundete die Pfütze mitsamt Knappem und stellte sich mit dem Rücken an die halb aufgemauerte Südwand, wo man zwar genauso nassgeregnet wurde, aber wenigstens im Windschatten stand.

Baldwin half Adam aus der Pfütze, und Ritter wie Knappen folgten ihrem Prinzen.

»Lasst mich zum Haus des Archidiakons gehen, Mylord«, schlug Cantilupe vor. »Er war immer Euer Freund, und ich bin überzeugt, er wird uns für die Nacht beherbergen.«

John sah ihn zweifelnd an und dachte nach.

»Seit drei Tagen hat keiner von uns etwas gegessen, und der junge Braose hat Fieber«, fügte sein Ritter gedämpft, aber eindringlich hinzu. »Wenn wir es morgen bis zur Küste schaffen wollen, brauchen wir eine Pause, etwas Heißes und ein Feuer, um wenigstens ein einziges Mal trocken zu werden.«

»Nicht meinetwegen«, krächzte William, hob abwehrend die Linke und bekam prompt einen seiner beängstigenden Hustenanfälle. Es hatte ihn wirklich ziemlich erwischt, wusste Yvain.

John fasste einen Entschluss. »Nun, wenn nicht deinetwegen, dann eben meinetwegen. Ich bin es satt, nass und hungrig zu sein. Aber ich gehe selbst zu Guy de Brévals Haus. Fulk, Yvain, ihr kommt mit mir. Die anderen warten hier. Wenn die Luft rein ist, wird Yvain euch holen. Kommt er nicht innerhalb einer Stunde zurück, zerstreut euch und bringt euch in Sicherheit.«

Guillaume de Braose schien etwas einwenden zu wollen, überlegte es sich aber anders.

Der Prinz, Cantilupe und Yvain saßen wieder auf und lenkten die erschöpften Pferde durch die schlammigen Straßen, die weitgehend verlassen waren. Die dicken Wolken hatten die Dunkelheit früh hereinbrechen lassen, und die Menschen von Lisieux saßen lieber in ihren Häusern am prasselnden Feuer beim Nachtmahl, stellte Yvain sich neiderfüllt vor, statt draußen durch Wind und Regen zu irren wie sie.

Es war indessen nicht weit zum Haus des Archidiakons, das gleich neben dem Bischofspalast auf der anderen Seite der Baustelle lag. Sie ritten durch ein unbewachtes Tor in den Innenhof. Im rasch schwindenden Licht erahnte Yvain gepflegte Rasenflächen mit traurigen, nassgeregneten Rosenbüschen. Vor dem Hauptgebäude linkerhand saßen sie ab. Yvain nahm dem Prinzen und Cantilupe die Pferde ab, band die Zügel an einen Eisenring in der Mauer und klopfte Vellantif den nassen Hals. »Ich sorge dafür, dass ihr auch schnellstmöglich ins Trockene kommt«, versprach er, ehe er den anderen zum Eingang folgte.

Cantilupe hämmerte energisch mit der Faust gegen den rechten Torflügel, und im Handumdrehen wurde ihnen aufgetan. Ein livrierter Diener mit einem Kerzenleuchter in der Hand stand auf der Schwelle und nahm die drei nassgeregneten Ankömmlinge ohne großen Enthusiasmus in Augenschein, wahrte aber ein Mindestmaß an Höflichkeit angesichts der feinen Mäntel und vor allem der mächtigen Schwerter, die John und sein Ritter trugen.

»Ihr wünscht?«

»Prinz John erbittet die Gastfreundschaft des ehrwürdigen Archidiakons«, antwortete Cantilupe förmlich, aber es klang unwirsch.

Der Diener machte große Augen und verneigte sich, fahrig vor Ehrfurcht. »Tretet ein, Monseigneurs!« Mit einigem Schwung zog er die Tür weiter auf. »Wenn Ihr einen Augenblick warten wollt, werde ich Euch melden.«

Erleichtert traten sie über die Schwelle in eine schmucklose Vorhalle. Auch nachdem die Tür sich geschlossen hatte, zog es immer noch fürchterlich, doch es war eine Wohltat, dem eisigen Regen entkommen zu sein.

Der Diener eilte die knarrende Holztreppe zur Halle hinauf. Warmes Licht schimmerte dort oben, und man hörte verhaltenes Stimmengewirr.

»Wie es scheint, hat er schon Besuch«, bemerkte Cantilupe, und es klang nervös.

»Er hat doch immer Besuch«, gab der Prinz gleichgültig zurück. »Vorzugsweise Damenbesuch.«

In Windeseile kehrte der Diener in Begleitung des Hausherrn zurück: Ein junger, gutaussehender Priester trat mit ausgebreiteten Armen auf den Prinzen zu. »Was für eine Überraschung, Monseigneur! Willkommen. Ich gestehe, ich war in Sorge um Euch. Was ist es, das ich für meinen alten Freund tun kann?«

»Nur ein Bett für die Nacht, Guy«, antwortete John brüsk, dem es nie leichtfiel, eine Gefälligkeit zu erbitten. »Für mich und ein Dutzend Getreuer. Vor Sonnenaufgang sind wir verschwunden, Ihr habt mein Wort.«

Der Archidiakon winkte beschwichtigend ab. »Kommt erst einmal hinein und wärmt Euch mit einem Becher Ipogras, mein Prinz. Das Essen dürfte auch bald so weit sein.«

John sah zur Treppe hinüber und schüttelte den Kopf. »Vielleicht besser, Ihr lasst uns zu einer Kammer führen und schickt uns den Ipogras dorthin. Es wäre vermutlich wenig ratsam, wenn Eure Gäste mich sehen.«

»Im Gegenteil. Es sind vertrauenswürdige, einflussreiche Männer, die Euch vermutlich aus der Klemme helfen könnten. Ihr wollt nach Irland, nehme ich an?« Besitzergreifend nahm er seinen Arm, führte ihn die Treppe hinauf und bedeutete Cantilupe und Yvain, ihnen zu folgen.

»Von *wollen* kann keine Rede sein«, widersprach John. »Aber es ist im Augenblick der einzige Flecken Erde, auf den ich einigermaßen gefahrlos einen Fuß setzen kann.«

»Soll ich zurückreiten und die anderen holen?«, fragte Yvain leise.

Doch Cantilupe schüttelte den Kopf. »Wir müssen ihn in die Halle begleiten, damit er nicht wie ein armer Schlucker allein eintritt.«

Yvain nickte, und sie beschleunigten ihre Schritte, um John vor der Tür zur Halle einzuholen. Links und rechts hinter ihm betraten sie den großzügigen und behaglichen Saal. In der Wand gegenüber der Tür war ein mächtiger Kamin, und ein so großes Feuer prasselte dort, dass Yvain die vier Männer an der Tafel davor im ersten Moment nur als Schattenrisse sah. Doch als sie sich erhoben, erhellte der Radleuchter über der Tafel ihre Gesichter. Guillaume erkannte Yvain als Ersten, zog erschrocken die Luft ein und wollte den Prinzen am Arm packen, um ihn zur Flucht herumzureißen, als die beiden Türflügel der Halle krachend zuschlugen.

Wie festgefroren verharrten die drei Ankömmlinge und starrten auf den blonden Hünen, der genau in der Mitte der Tafel stand, ebenso reglos wie sie.

»Sieh an, John«, sagte König Richard bedächtig. »Du kannst nicht ermessen, wie ich dieses Wiedersehen herbeigesehnt habe.«

Der Archidiakon trat zu John und legte ihm vertraulich die Hand auf den Arm. »Der König traf zwei Stunden vor Euch ein, mein Prinz. Vergebt mir, dass ich Euch nicht vorgewarnt habe, aber mir scheint, hier hat Gott seine Hand im Spiel: Der Allmächtige hat Euch in meinem Haus zusammengeführt, damit Ihr Euren Frieden machen könnt, denkt Ihr nicht?«

John schien ihn überhaupt nicht zu hören. Er hatte nur Augen für seinen Bruder und trat einen Schritt auf ihn zu, sodass die Hand des Priesters von seinem Arm glitt. Yvain betrachtete beklommen sein Profil: John schien um zehn Jahre gealtert zu sein, seit sie diese Halle betreten hatten. Er wirkte krank und ausgezehrt, das Gesicht grau, die Wangenmuskeln versteinert, so als bereiteten der Hass auf seinen Bruder und diese vollkommene Niederlage ihm körperliche Qualen. Ohne den Blick von Richards Gesicht abzuwenden, hob er langsam die Hände, löste die Schnalle seines Schwertgehenks und ließ es unter gedämpftem Klirren in die Binsen gleiten. Dann fiel er auf die Knie – ein wenig abrupt, so als trügen seine Beine ihn plötzlich nicht mehr – und senkte den Kopf.

In der Halle war es so still, dass man das Knistern des Feuers hörte, und alle fuhren ein klein wenig zusammen, als mit einem lauten Knall ein Harztropfen in einem der Scheite zerplatzte. Als sei der Laut ein verabredetes Signal gewesen, auf das er gewartet hatte, erwachte König Richard aus seiner Starre. Ohne Hast umrundete er die Tafel und trat zu seinem Bruder. Auf dem kurzen Weg streifte er Fulk de Cantilupe und Yvain of Waringham mit einem Blick solcher Verachtung, dass Yvain glaubte, er müsse davon zu Staub zerfallen, doch das war nichts im Vergleich zu dem Abscheu, mit dem König Richard auf seinen jüngeren Bruder hinabblickte. Bedächtig zog er sein Schwert, stellte die Spitze behutsam auf den Boden, sodass die Klinge nur eine Haaresbreite von Johns wächsernem Gesicht entfernt war, und fragte leise: »Ob Gott einem Kreuzfahrer auch dann seine Sünden vergibt, wenn der seine Hände mit dem Blut des eigenen Bruders befleckt? In Anbetracht der Umstände? Was denkst du, John?«

Der blinzelte einmal kurz, schwieg und rührte sich immer noch nicht, nur die Hände an seinen Seiten ballten sich zu Fäusten, als wolle er sagen: Nun tu es endlich.

Richard wiegte langsam den Kopf hin und her. Es war, als führe er eine Debatte mit sich selbst. Dann nickte er knapp, trat einen halben Schritt zurück und hob das mächtige Kreuzfahrerschwert mit beiden Händen über die rechte Schulter.

»Solltest du unsere Abmachung vergessen haben, mein geliebter Sohn?«, hörte Yvain die Stimme der Königinmutter in seinem Rücken, mindestens so scharf wie Richards Schwert.

Genau wie Cantilupe fuhr er herum, und da stand sie: Aliénor von Aquitanien in einem dunkelgrünen Reisekleid statt purpurner Gewänder und Juwelen. Aber es tat ihrer Wirkung keinen Abbruch, denn man sah trotzdem, dass dies die mächtigste Frau der Welt war, die zwei Könige geheiratet, besiegt und überdauert hatte.

Richard tauschte einen langen Blick mit ihr, während John nicht einmal den Kopf wandte, um seine Mutter anzusehen. Schließlich ließ der König mit einem leisen Seufzen die Klinge sinken, so als sei ihm die vermeintlich sichere Jagdbeute im letzten Augenblick entwischt, und er steckte das Schwert zurück in die Scheide.

Dann beugte er sich ein wenig vor, ergriff Johns Hand und zog ihn auf die Füße. »Also schön, meinetwegen«, sagte er – scheinbar milde. »Hab keine Furcht, John.«

»Ich fürchte mich nicht vor dir«, stellte dieser klar. Nicht trotzig. Auch nicht wütend. Einfach nur überdrüssig.

Der König ging nicht darauf ein, sondern legte Johns Hand an seine Brust. »Du bist ein Kind, Brüderchen, und ich habe dich in der Obhut unnützer Erzieher zurückgelassen. Sie haben dir nicht die nötige Zucht angedeihen lassen. Darum liegt die Schuld bei ihnen. Aber dir verzeihe ich.« Mit einem winzigen Ruck zog er ihn näher und küsste ihn zum Zeichen seiner Vergebung auf den Mund – lang und innig.

Die Demütigung, die Yvain stellvertretend für seinen Prinzen empfand, war so erdrückend, dass er wegschauen musste, und dabei fiel sein Blick auf Guillaume. Sein Bruder hatte nur Augen für den König, und seine Miene zeigte Bestürzung und etwas, womit Yvain niemals gerechnet hätte: Furcht.

Zweiter Teil
Freveltat
1199–1204

Nantes, März 1199

»Der Löwenritter hat schon wieder eine Rothaarige ins Auge gefasst, wie üblich«, bemerkte Pentecôte und ruckte das Kinn zu der Magd hinüber, die mit einem Steinguttopf aus dem Speicherhaus kam und ihrerseits die Ankömmlinge neugierig betrachtete. »Wahrscheinlich weil er in Wahrheit davon träumt, *dich* zu rammeln, Pausbäckchen, aber das traut er sich natürlich nicht zuzugeben.«

Während sie absaßen, wechselten Yvain und William einen Blick und verdrehten die Augen.

»Wirst du es eigentlich nie leid, solche Dinge zu sagen?«, fragte William und schob sich den triefenden Rotschopf aus der Stirn. »Wo doch schon seit Jahren niemand mehr Lust verspürt, sich wegen deiner lahmen Beleidigungen mit dir zu schlagen?«

»Ich bedaure, wenn die Wahrheit dich beleidigt«, erwiderte Pentecôte mit einer kleinen Verbeugung. »Allerdings ...«

»Hört auf zu schwafeln und beeilt euch lieber«, ging Baldwin dazwischen.

Yvain klopfte Vellantif den nassen Hals und schaute der Magd nach, während er absaß. Dann sammelte er die Zügel seiner Gefährten ein, um die Pferde in den Stall zu bringen.

»Gentlemen, wäret ihr dann so weit?«, fragte Prinz John gereizt. Er war bereits abgesessen. »Yvain, Pentecôte, ihr begleitet mich, die anderen kümmern sich um die Gäule.«

Er wandte sich ab. Hastig drückte Yvain die Zügel Adam in die Hand und folgte dem Prinzen, Seite an Seite mit Pentecôte, aber sie wahrten den größtmöglichen Abstand zueinander. Yvain hielt den Blick geradeaus auf den vornehmen Bischofspalast gerichtet, dessen Erdgeschoss aus säuberlichen, hellen Steinquadern gemauert war, während das überhängende Obergeschoss aus Fachwerk bestand. Zur Rechten erahnte man durch den dichten Regenschleier die altmodische, gedrungene Kathedrale von Nantes.

Drei Stufen führten zum Tor des Hauptgebäudes, das von zwei Wachen flankiert war, doch die Männer erkannten das Banner, welches Pentecôte an einer Stange trug, und öffneten dem Prinzen ehrerbietig. John fegte an ihnen vorbei, ohne sie zu beachten.

Reger Betrieb herrschte in der dämmrigen Vorhalle. Gesandte, Priester und Bittsteller saßen auf Bänken, die sich an zwei der Wände entlangzogen, und warteten mit unterschiedlichen Abstufungen der Ungeduld, dass der ehrwürdige Bischof sie empfing. Drei Mönche standen tuschelnd in einer Ecke zusammen, und ein hagerer Geistlicher mit einem silbernen Kruzifix auf der Brust trat auf die Ankömmlinge zu und deutete würdevoll eine Verbeugung an.

»Willkommen in Nantes, mein Prinz.« Der Ton war höflich, aber kühl. »Hamo de Calestrie, zu Euren Diensten. Bedauerlicherweise hatten wir keine Nachricht von Eurem Kommen, aber ich werde dem ehrwürdigen Bischof umgehend …«

»Ich bin auf der Suche nach meinem Neffen«, fiel John ihm rüde ins Wort. »In Rennes sagte man mir, er sei hier.«

Vater Hamo musterte ihn schweigend. Nur ein, zwei Herzschläge lang, aber es war trotzdem unverschämt. Dann nickte er. »Der Herzog und seine liebe Mutter verbringen die Fastenzeit dieses Jahr am Hof des ehrwürdigen Bischofs, Monseigneur.«

»Wie erbaulich. Und wo finde ich ihn nun?«

»Folgt mir.« Der hochnäsige Priester machte auf dem Absatz kehrt und wandte sich zur Treppe, die rechterhand ins Obergeschoss führte, ohne auf die Gäste zu warten.

Die Treppenstufen knarrten so laut, dass Pentecôte gefahrlos knurren konnte: »Ich hätte nicht übel Lust, diesem aufgeblasenen Pfaffen mit dem Dolch die Luft abzulassen …«

Prinz John gab durch nichts zu erkennen, ob er ihn gehört hatte.

Yvain war ausnahmsweise einmal einer Meinung mit Pentecôte. Gegen Unhöflichkeit und Herablassung waren sie alle empfindlich. Er argwöhnte manchmal, dass sie vielleicht gar zu dünnhäutig geworden waren und sich damit manches Mal selbst in Nachteil brachten. Das galt vor allem für Prinz John. Aber man konnte es ihm kaum verdenken, hatte er in den vergangenen fünf Jahren doch mehr an Unhöflichkeit und Herablassung ertragen müssen als andere in einem ganzen Leben …

Im Obergeschoss angelangt, führte Vater Hamo sie eine Galerie mit mehreren Türen entlang, hielt an der vorletzten, klopfte an und trat ungebeten ein. »Euer Onkel, Prinz John, *mon duc*«, meldete er.

John wartete nicht, dass er wie ein demütiger Bittsteller vorgelassen wurde, sondern stieß schwungvoll die Tür auf – die Vater Hamo an der Schulter erwischte. »Arthur. Constance. Gott zum Gruße.«

Die beiden Knappen folgten ihm in das großzügige Gemach, und Yvain hielt Vater Hamo vielsagend die Tür auf, der mit säuerlicher Miene den Rückzug antrat.

»Onkel!« Der Junge, der mit einem weißen Hündchen auf dem Schoß am Boden kniete, sprang auf die Füße. »Was für eine Überraschung!« Er setzte seinen vierbeinigen Spielkameraden in die Binsen, der mit eigentümlich torkelnden Sprüngen unter dem Tisch in Deckung ging.

Kunstvolle Tapisserien zierten die geweißten Wände. Ein ausladendes Bett mit blauen, bestickten Vorhängen stand an der Wand gegenüber der Tür. Irgendein hoffnungsloser Optimist hatte bereits die Läden von den beiden Fenstern entfernt, und der ungemütliche Wind blies den Regen herein, aber drei gusseiserne Becken mit glühenden Holzkohlen hielten tapfer dagegen.

An dem Tisch in der Raummitte saß eine Frau vor einem aufgeschlagenen Buch, die Hände um die Armlehnen ihres Sessels gekrallt, dass die Knöchel ganz weiß geworden waren, und starrte den Besucher reglos an.

Artig trat der junge Herzog zu seinem Onkel, und während John sich zu ihm herabbeugte, um ihm die Stirn zu küssen, zwinkerte er der Mutter des Jungen zu. »Constance.«

»John.« Es klang gepresst.

»Warum so verschreckt, Teuerste? Du musst doch mit meinem Besuch gerechnet haben. Oder hast du im Ernst geglaubt, ich wüsste nicht, wem ich diesen jüngsten Verlust königlicher Gnade zu verdanken habe?«

»Ich habe keine Ahnung, wovon du sprichst«, konterte sie entrüstet, aber sogar Yvain, der normalerweise kein Talent hatte, Unaufrichtigkeit zu durchschauen, erkannte, dass sie log.

»Ihr seid in Ungnade, Onkel?«, fragte Arthur erschrocken. »Aber warum denn nur?«

Irritiert stellte Yvain fest, dass er dem Jungen so wenig traute wie dessen Mutter.

John sah seinem Neffen einen Moment ins Gesicht, dann lächelte er und zerzauste ihm den dunklen, kinnlangen Schopf. »Weißt du eigentlich, dass du nächste Woche Geburtstag hast, Arthur?«

Der nickte. »Aber Bischof Geoffroi hat gesagt, man darf nicht Geburtstag feiern. Weil der Tag der irdischen Geburt den Eintritt in das fleischliche, sündige Leben auf Erden bedeutet.«

»Wirklich?«, fragte der Onkel, führte ihn zum Tisch, setzte sich Constance gegenüber und wies dem Jungen den Platz an seiner Seite. »Wein«, befahl er über die Schulter.

Pentecôte lehnte das prinzliche Banner an die Wand neben der Tür und folgte Yvain zu der Kommode zwischen den Fenstern, wo Krug und Becher bereitstanden. Während sie einschenkten, fuhr Arthur fort: »Für einen wahren Christenmenschen sei der Tag seines Todes der einzige Feiertag, da er dem irdischen Jammertal entrinnt und in die Herrlichkeit des Paradieses eingehen darf, hat der ehrwürdige Bischof gesagt.«

»Ah, ich verstehe«, antwortete John ernst. »Aber der ehrwürdige Bischof hat anscheinend vergessen, dass dein Geburtstag auch der Tag deiner Taufe ist, mit der deine Seele dem Satan entrissen und in die Gemeinschaft der Kirche aufgenommen wurde.

Also doch ein Grund zum Feiern, oder?« Er steckte zwei Finger in den bestickten Lederbeutel an seinem Gürtel und zog sie mit einem kleinen Gegenstand wieder hervor. »Hier, mein Junge.« Er überreichte ihm das in ein Seidentüchlein geschlagene Geschenk und legte ihm einen Moment die Linke auf die Schulter. »Ich weiß, du bist ein junger Mann von zwölf Jahren und eigentlich zu groß für dergleichen, aber meine Knappen hatten solches Vergnügen daran, dass sie ihn gar nicht wieder hergeben wollten.« Er nickte zu Yvain und Pentecôte hinüber, die wieder an der Tür Posten bezogen hatten.

Mit doch noch sehr kindlicher Neugier wickelte Arthur sein Geschenk aus und enthüllte einen Wurfkreisel. Es war ein kostbares Spielzeug, denn der birnenförmige Holzkörper war kunstvoll mit Blattgold beschlagen. »Oh, danke, Onkel!«, rief der Junge hingerissen, stellte den Kreisel auf die Tischplatte und ließ ihn tanzen. Der Goldschmied hatte die schmalen Bänder aus hauchfeinem Blattgold schneckenförmig aufgebracht, sodass der wirbelnde Kreisel den Eindruck erweckte, sich unendlich nach oben zu schrauben. Diese Illusion hörte nie auf, Yvain zu faszinieren, und er ertappte sich dabei, dass er schon wieder grinste wie ein Trottel.

Während der kleine Herzog gänzlich in sein Spiel versunken war, sagte John zu dessen Mutter: »Du wirst Richard einen Brief schreiben und deine Verleumdungen zurücknehmen.«

»Welche Verleumdungen?«, entgegnete sie herausfordernd. Sie war eine gutaussehende Frau von Ende dreißig, ein wenig füllig vielleicht, aber das Gesicht mit den großen, dunklen Augen war vermutlich hübsch, wenn es nicht gerade von Hass und Misstrauen verzerrt war wie jetzt.

John trank einen Schluck, verschränkte dann die Arme und sah seine Schwägerin unverwandt an. »Letzte Woche erhielt ich die Nachricht, dass der König mir alle Titel und Ländereien aberkannt hat. Wie es aussieht, bin ich wieder einmal enteignet. Weil ich angeblich zu Philippe von Frankreich gekrochen sei und ein Bündnis mit ihm geschlossen habe.«

»Nicht zum ersten Mal«, versetzte sie.

Er schüttelte knapp den Kopf. »Nur dass es dieses Mal nicht stimmt. Ich weiß, dass du dahintersteckst. Niemand außer dir und Philippe könnte ein Interesse an einem neuerlichen Zerwürfnis zwischen dem König und mir haben.« Sein Blick glitt unwillkürlich zu seinem Neffen, dem die Tischplatte für sein neues Spielzeug zu klein geworden war. Er hatte sich auf den Boden gehockt und schob die Binsen mit dem Unterarm beiseite, um die Holzdielen darunter freizulegen: ein schilfdünner, blässlicher Junge, eher klein für sein Alter. Die stahlblauen Augen waren groß und von dichten Wimpern umkränzt, aber ihr Blick war rastlos, glitt von seinem Spielzeug zu den streitenden Erwachsenen und weiter zu dem Hund, der immer noch unter dem Tisch saß und aus dem Schatten sehnsüchtig den Weg des Kreisels verfolgte.

Johns Ausdruck wurde milde, als er den Jungen betrachtete. Kinder hatten es immer leicht, sein Herz zu erobern, wusste Yvain. Das war vielleicht Johns liebenswerteste Eigenschaft. Aber die Tatsache blieb: Solange König Richard und seine Berengaria keine Kinder bekamen, waren Arthur und John Konkurrenten um die Thronfolge. Arthurs Vater war Johns älterer Bruder gewesen, und auch wenn der vor der Geburt des Sohnes bei einem Turnierunfall ums Leben gekommen war, gab es doch jene, die behaupteten, Arthurs Anspruch habe Vorrang. Das glaubte ganz gewiss auch die Mutter des Jungen, und Yvain argwöhnte genau wie Prinz John, dass sie nicht davor zurückschreckte, den Anspruch ihres Sohnes mithilfe einer Intrige zu untermauern.

»In Wahrheit bist *du* doch diejenige, die mit Philippe paktiert«, warf John seiner Schwägerin vor. »Du hast ihm in Arthurs Namen einen Lehnseid geleistet, damit er euch die Bretagne lässt, wenn Richard den Krieg verliert. Wonach es im Moment aber so gar nicht aussieht, nicht wahr? Philippe steht das Wasser bis zum Hals, und darum habt ihr beschlossen, zwischen Richard und mir Zwietracht zu säen.«

Constance lachte ihn aus. »Du hörst dich an, als wären dein Bruder und du ein Herz und eine Seele, aber Zwietracht zwischen euch brauchte nie irgendwer zu säen, das habt ihr immer allein bewerkstelligt. Im Übrigen gedenke ich nicht, zu deinen haltlosen – und unbewiesenen – Anschuldigungen Stellung zu nehmen.« Sie lehnte sich ein wenig vor, die Hände immer noch um die Armlehnen gekrallt. »Dir ist jedes Mittel recht, um Land und Titel und Macht zu bekommen, aber nicht auf Kosten meines Sohnes, du erbärmlicher Wicht!«

John schüttete ihr den Inhalt seines Bechers ins Gesicht, packte sie, zog sie mit sich auf die Füße und ohrfeigte sie links und rechts.

Arthur schrie auf – schrill wie ein Mädchen – und rührte keinen Finger, um seiner Mutter zu Hilfe zu kommen. Wie erstarrt hockte er in den Binsen, den Kreisel in der Rechten, und starrte furchtsam zu seinem Onkel.

Constance hatte hingegen keinen Laut von sich gegeben, aber auch in ihrem Blick stand Furcht.

Yvain konnte es ihr nicht verdenken. Prinz Johns Augen seien sanft wie die einer Taube, wenn er milder Stimmung sei, hatte Vater Eustache einmal behauptet, aber loderten wie Feuer, sobald er in Zorn geriete. Diese Beschreibung war ein wenig zu schwülstig für Yvains Geschmack, aber der prinzliche Beichtvater hatte dennoch den Nagel auf den Kopf getroffen. Yvain hatte feuchte Hände, weil er um die Unversehrtheit der Herzogin fürchtete und weil er sich für seinen Prinzen schämte, so wie immer, wenn der die Beherrschung verlor.

»Du hast mehr als genug geredet, Constance«, sagte John leise. »Darum wirst du jetzt die Klappe halten und den Brief an Richard schreiben. Andernfalls sehe ich mich genötigt, ihm zur Kenntnis zu bringen, dass du für Guy de Thouars die Beine breitmachst. Was, denkst du, wird er tun, wenn er erfährt, dass du mit einem seiner abtrünnigen aquitanischen Grafen unter einer Decke steckst – im wahrsten Sinne des Wortes – und sogar erwägst, ihn zu heiraten?«

»Onkel John …«, flehte der kleine Herzog mit bebender Stimme.

Der Prinz sah für einen Moment in seine Richtung. »Tut mir leid, Arthur. Aber deine Mutter lässt es wieder einmal an Vernunft und Einsicht mangeln.«

Ohne Vorwarnung wurde die Tür geöffnet, und ein junges Mädchen in einem nassgeregneten Kleid trat über die Schwelle. »Mutter, hast du gehört …« Sie brach abrupt ab, als Pentecôte sie rüde am Ellbogen packte, den anderen Arm um ihren Leib schlang und fragend zu John schaute.

Der winkte ab. »Lass sie los.« Und auch er gab sein Opfer frei und trat einen halben Schritt zurück. »Es ist schön, dich zu sehen, Eleanor, aber ich fürchte, du platzt mitten in einen Familienkrach«, gestand er seiner Nichte mit einem entwaffnenden, zerknirschten Lächeln.

Yvain ging auf, dass das hübsche Mädchen keine andere war als die kleine Prinzessin, die allein mit einem sauertöpfischen Bischof an der hohen Tafel in Winchester gesessen hatte an dem Abend, als er Guillaume mitsamt seinem brisanten Geheimnis an den Hof begleitet und Prinz Johns Bekanntschaft gemacht hatte. Es gab nicht viele Tage in seinem Leben, über die Yvain so oft nachgrübelte wie über diesen, und er hatte sich schon manches Mal gefragt, was aus der kleinen Eleanor de Bretagne geworden war.

»Familienkrach?«, wiederholte diese mit mäßigem Interesse, trat an den Tisch, beugte sich vor und holte das zitternde weiße Hündchen aus seinem Versteck. Sacht strich sie ihm über den Kopf, und es kuschelte sich vertrauensvoll auf ihrem Arm zurecht und leckte ihre Hand.

Mit knappen Worten, aber erstaunlich wahrheitsgetreu schilderte John ihr, was sich zugetragen hatte.

Die vielleicht fünfzehnjährige Eleanor bedachte ihre Mutter mit einem höhnischen Schnauben. »Und du hast dir eingebildet, damit kämst du durch, ja?« Sie schüttelte den Kopf. »Wann genau ist es geschehen, dass wir so tief gesunken sind, die Ansprüche unseres Hauses mit Lügen zu untermauern? Aber du hast verloren, denn Onkel Johns Druckmittel ist wirksamer als deines. Ich fürchte, du hast dich mit dem Meister des Ränkespiels angelegt, für das du selbst kein großes Talent besitzt.«

Sie ist weiß Gott die Enkelin ihrer Großmutter, fuhr es Yvain durch den Kopf.

Der junge Herzog teilte seine Bewunderung indessen nicht. »Was fällt dir ein, Eleanor!«, empörte er sich. »Du kannst nicht …«

»Sei du lieber still, Brüderchen«, fiel sie ihm ins Wort, und solche Verachtung lag in ihrer Stimme, dass Arthur zusammenfuhr. »Ich bin überzeugt, du steckst bis über beide Ohren mit in dieser abscheulichen Intrige, denn es gibt nichts, was du nicht tätest, um Onkel Richards Krone zu erben. Gott, wie ich wünschte, er bekäme *endlich* einen Sohn!«, fügte sie mit einem Stoßseufzer der Ungeduld hinzu. Dann zeigte sie unfein mit dem Finger auf ihre Mutter. »Schreib den Brief, *ma mère*. Sonst tue ich es und berichte meinem königlichen Onkel, dass Arthur meinem Hund schon wieder die Pfoten am Kohlebecken verbrannt hat. Dann hätte sein Thronanspruch sich vermutlich ein für alle Mal erledigt.«

Noch am selben Nachmittag brachen Yvain und William auf, um König Richard das schriftliche Geständnis seiner Schwägerin zu überbringen, mit welchem Prinz John die Gunst seines Bruders zurückzugewinnen hoffte.

Yvain verstand nur zu gut, warum der Prinz in dieser Angelegenheit keine Zeit verlieren wollte.

Nach der erniedrigenden Kapitulation damals vor fünf Jahren in Lisieux hatte er geglaubt, John werde seine Niederlage niemals überwinden. Kein Mann konnte nach solch einer Demütigung noch derselbe sein wie zuvor. Genau wie die übrigen Knappen, die Lords und Ritter im Gefolge des Prinzen hatte der junge Waringham befürchtet, John werde sich auf irgendein entlegenes Landgut in Nordengland verkriechen und dort zu Tode trinken.

Doch Prinz John hatte sie alle überrascht.

Mit unerschütterlicher Treue hatte er seinem Bruder und König gedient, in dem langen Krieg gegen Philippe von Frankreich an seiner Seite gekämpft und die Normandie und alle anderen verlorenen Territorien auf französischem Boden Stück um Stück gemeinsam mit ihm zurückerobert.

Als würde irgendwer je vergessen, dass er es war, der die

Normandie an Philippe verschenkt hat, höhnten die Unversöhnlichen.

Doch genau das war geschehen. John hatte mit solcher Tapferkeit für Richard gekämpft, dass seine Verfehlungen allmählich in Vergessenheit gerieten. Seine Tollkühnheit mochte sehr wohl der Geringschätzung des eigenen Lebens geschuldet sein, aber das machte seine Taten nicht weniger bestechend. Bald sprachen selbst die Kampfgefährten des Königs aus dem Kreuzzug mit Hochachtung von Johns militärischem Geschick und Mut, und schließlich hatte auch der König – Johns strengster Richter – einsehen müssen, dass sein Bruder seine Schuld getilgt hatte. Richard hatte ihm offiziell verziehen und seine Titel zurückgegeben.

Aber nicht seine Burgen.

Es machte aus dem königlichen Pardon eine bloße Geste, denn ein Lord ohne Burg war wie eine Armbrust ohne Bolzen: harmlos und unnütz. Vergebung, ja – Vertrauen, nein, hatte König Richard seinem Bruder damit gesagt, doch wieder hatte der Prinz die Zähne zusammengebissen und weitergekämpft, und nun war der Krieg gegen Philippe gewonnen. Richard war in sein südliches Herzogtum Aquitanien gezogen, um den abtrünnigen Vicomte de Limoges zur Räson zu bringen, und John hatte darauf gebaut, dass der König ihn während seiner Abwesenheit als Statthalter in der Normandie einsetzen werde, bis die Intrige der bretonischen Herzoginmutter seine Hoffnungen zunichtegemacht hatte.

»Sie ist ein durchtriebenes Miststück, keine Frage, aber man muss ihr zugutehalten, dass sie nur die Zukunft ihres Sohnes sichern wollte«, befand William, als sie abends die Pferde absattelten.

Yvain dachte an den kleinen Hund und unterdrückte ein Frösteln. »Du findest aber auch für alles eine Entschuldigung«, hielt er seinem Freund vor.

»Es schadet nicht, die Dinge von allen Seiten zu betrachten, oder?«, konterte der junge Braose und hängte sich den Proviantbeutel über die eine Schulter, die Satteltasche über die andere, ehe er seinen müden Braunen in den windschiefen Stall führte.

Sie hatten in einem kleinen Kloster am Ufer der Maine haltgemacht. Die bescheidene Abtei mitten im Nirgendwo verfügte über kein Gästehaus, aber der freundliche Bruder Pförtner hatte ihnen einen Schlafplatz auf dem Heuboden über dem Viehstall angeboten.

Die Pferde mussten sich den Platz mit den vier Kühen und zwei Ochsen der Mönche teilen, und auch der Heuboden bot wenig Komfort, aber Rösser und Reiter waren gleichermaßen dankbar, dem nasskalten Wetter entronnen zu sein.

»Fühlt sich mehr nach Winter als nach Frühling an«, bemängelte William, ließ sich auf seiner ausgebreiteten Decke nieder und schnürte den Beutel auf.

Yvain legte seine Decke ebenfalls ins Heu und setzte sich im Schneidersitz William gegenüber. »Das wird vermutlich besser, je weiter nach Süden wir kommen.« Mit einer blitzschnellen Bewegung stahl er seinem Freund den Proviantbeutel aus den Fingern und spähte hoffnungsvoll hinein: zwei dunkle Brotlaibe und ein paar Zwiebeln. Kein Dörrfleisch, denn es war Fastenzeit. Wenigstens hatten sie jeder einen Schlauch Cidre bekommen. Yvain förderte einen der Brotlaibe ans Licht, zückte sein Messer und säbelte ungeschickt zwei dicke Scheiben ab. »Hier.« Er reichte William die erste. »Wir müssen uns beeilen, wenn wir unterwegs nicht hungers sterben wollen.« Er schälte eine der Zwiebeln, schnitt sie in der Mitte durch und gab William seine Hälfte.

»Und das soll alles sein?«, fragte der.

Yvain lachte über den quengeligen Tonfall. »Tut dir gut, Pausbäckchen.«

Es war ihm vollkommen schleierhaft, wie sein Freund es fertiggebracht hatte, seine Fettpölsterchen über die vergangenen fünf Jahre zu retten. Während dieser ganzen Zeit waren sie beide, Baldwin, Adam und Pentecôte fast ununterbrochen mit Prinz John im Krieg gewesen, hatten normannische Städte und Burgen im Vexin belagert und dabei oft genug ebenso darben müssen wie die eingeschlossenen Menschen jenseits der umkämpften Mauern. Denn das Land war vom langen Krieg ausgeblutet, die Felder unbestellt und die Versorgungslage miserabel. Manchmal hatten sie gehungert, manchmal geblutet, gelegentlich beides gleichzeitig, und während der zähen und erfolglosen Belagerung von Gaillon in dem elendig nassen Sommer vor drei Jahren hatten Baldwin und Pentecôte die Ruhr bekommen. Die fünf Knappen hatten überlebt, weil sie Glück gehabt hatten, wusste Yvain. Aber vielleicht auch, weil der Krieg sie gelehrt hatte, zäh und genügsam zu sein. Jedenfalls alle bis auf William.

Der förderte wie so oft ein paar heimlich gehortete Schätze aus seiner Satteltasche zutage: einen kleinen Krug Wein und eine Fischpastete.

»Woher hast du das?«, fragte Yvain fasziniert.

»Von der kleinen Rothaarigen. Während wir im Hof auf euch warteten, bin ich ihr zur Küche gefolgt und habe ein wenig mit ihr geplaudert. Ihr Name ist Hawise, ihr Vater dient in der bischöflichen Wache und wird miserabel bezahlt, weswegen sie keine Bedenken hatte, ein wenig Fischpastete und Wein von der bischöflichen Tafel … umzuleiten.«

»Ich hoffe, sie ist vorsichtig. Die Bretagne mag weniger verwüstet sein als die Normandie, aber ich wette, der Bischof hat es trotzdem nicht gern, wenn das Gesinde seine Vorräte auf eigene Rechnung verhökert.«

»Das hab ich ihr auch gesagt«, stimmte William zu. »Doch Hawise ist ein äußerst geschäftstüchtiges Früchtchen – Gott segne ihre verkommene Söldnerseele – und bietet noch ganz andere Wohltaten feil, wenn der Preis stimmt. Sie war sehr gelenkig und hat ein herzförmiges Muttermal auf der linken Titte.«

Yvain verdrehte die Augen. »Du bist ein richtiger Gentleman, Braose …«

»Ich weiß, ich weiß.« William winkte bescheiden ab und brach die Pastete vorsichtig in zwei Hälften. »Hier. Wenn du die probierst, wirst du dir wünschen, die Fastenzeit nähme nie ein Ende. Sie geben Rosmarin mit ins Feuer, über dem sie die Forellen räuchern, und rühren den Teig mit Cidre statt Wasser an. Darum ist er so luftig, verstehst du, und dann nehmen sie …«

Yvain kaute genießerisch und ließ Williams Ausführungen einfach über sich hinwegspülen. Für einen jungen Mann von

Stand war es eine wirklich wunderliche Neigung, sich für Kochrezepte zu begeistern, aber Yvain und die anderen hatten aufgehört, William dafür zu verspotten, als der ihnen zum ersten Mal aus einer Handvoll Mehl, seiner Bierration und ein paar Kräutern, die er unter Einsatz seines Lebens am Fuß der Burgmauer von Vierzon gepflückt hatte, eine Suppe kochte, die nicht nur ihre knurrenden Mägen besänftigt, sondern obendrein himmlisch geschmeckt hatte.

Als die Pastete schließlich vertilgt war und sie den Weinkrug hin- und herwandern ließen, fragte Yvain: »Hast du irgendetwas von Tilda gehört?«

William hatte vor zwei Jahren Matilda de Clare geheiratet, als Prinz John mit seinem Gefolge die winterliche Kriegspause in England verbracht hatte, und obwohl es natürlich eine politische Ehe war, die Williams Mutter eingefädelt hatte, war William seiner jungen Gemahlin sehr zugetan. »Sie ist schon wieder guter Hoffnung«, antwortete er, und seine runden Wangen röteten sich ein wenig.

»Glückwunsch, Braose.« Yvain klopfte seinem Freund grinsend die Schulter. »Und Gottes Segen für Mutter und Kind.«

»Danke. Ich hoffe wirklich, dass der verfluchte Krieg jetzt bald mal aus ist. Ich wäre gern daheim, wenn das Kind zur Welt kommt.« Er unterbrach sich kurz und gestand dann: »Ich wäre ganz generell jetzt langsam gern wieder mal daheim. Meine Frau bekommt unser zweites Kind, und ich kenne sie im Grunde überhaupt nicht. So wenig wie meinen Sohn. Die Güter, die Tilda mir eingebracht hat, habe ich noch nie inspiziert. Das ist doch alles irgendwie nicht richtig.«

Yvain schüttelte den Kopf. Er hatte weder Frau noch Land, um die er sich hätte kümmern müssen, aber er gab seinem Freund dennoch recht. »Man muss sich wundern, dass England überhaupt noch steht, wo sein König und so viele seiner Lords doch nie dort sind.« König Richard hatte seit fünf Jahren keinen Fuß mehr auf englischen Boden gesetzt. »Hoffentlich fangen die Engländer nicht irgendwann an, sich zu fragen, wozu sie ihren König und die Barons eigentlich noch brauchen.«

»Hm«, stimmte William trocken zu. »Und was ist mit dir? Immer noch keine Heiratspläne?«

Yvain hob vielsagend die Schultern. »Nicht, dass ich wüsste. Aber es mag sein, dass mein Vater mich mit einer Braut überrascht, wenn ich nach Hause komme.« Es war ein unheimlicher Gedanke, stellte er fest.

»Das wäre wahrscheinlich das Beste«, befand William. »Dann würdest du dir deine Schwägerin endlich aus dem Kopf schlagen.«

»Ja, bestimmt.«

William beäugte ihn kritisch. »Ich denke manchmal, deine Mutter hat dir keinen Gefallen getan, dich nach einem Ritter zu benennen, der aus Liebe den Verstand verloren hat. Dieser ganze Unfug hat dir Flausen in den Kopf gesetzt.«

»Ich glaube, meine Mutter hat bei der Auswahl des Namens eher an den Löwenbändiger gedacht«, entgegnete Yvain flapsig, um das leidige Thema zu beenden.

In einer schwachen Stunde hatte er sich seinem Freund vor Jahren anvertraut und es seither gewiss schon tausendmal bereut. William hatte das Geheimnis zwar sorgsam bewahrt und machte sich auch niemals darüber lustig, doch er verstand das Problem überhaupt nicht. Er war ein anständiger Kerl, großzügig und manchmal zu gutmütig, aber Liebe war nach seiner Auffassung etwas für die Lieder der Troubadoure. In der wirklichen Welt heirateten Männer und Frauen nach dynastischen Erwägungen, und wenn beide Seiten ihre gottgegebene Pflicht erfüllten und einander mit Respekt begegneten, war das Lebensglück perfekt. Ein sicherer Hafen war das, was William für erstrebenswert hielt. Keine Stürme und Leidenschaften.

Das trübe Licht, das durch die Öffnung in der Giebelwand auf den Heuboden fiel, versickerte allmählich, denn der regnerische Märztag ging zu Ende. Die beiden Knappen breiteten ihre Decken aus, solange sie noch sehen konnten, wo sie sich niederließen.

»Wie lange werden wir brauchen, was denkst du?«, fragte William gähnend.

»Noch drei Tage bis zur Grenze des Limousin. Das heißt,

wenn wir uns beeilen. Es sind hundertfünfzig Meilen, meinte der Prinz.«

»Bleibt nur das kleine Problem, den König zu finden. Das Limousin ist groß.«

»Ich schätze, wir müssen nur der Schneise der Verwüstung folgen«, gab Yvain schläfrig zurück.

»Du wirst dich noch um Kopf und Kragen reden, Waringham.«

»Das sagt mein alter Herr auch immer.«

Châlus-Chabrol, März 1199

Und doch sollte Yvain recht behalten.

Zehn Meilen nördlich von Limoges stießen sie auf das erste verwüstete Dorf, wo König Richards Söldner die Hütten der Bauern niedergebrannt, das Vieh gestohlen oder abgeschlachtet, die Frauen geschändet und jeden Mann niedergemacht hatten, der gewagt hatte, zu protestieren. Der Vicomte de Limoges hatte ein Bündnis mit Philippe von Frankreich geschlossen und sich gegen Richard erhoben, der in seiner Eigenschaft als Herzog von Aquitanien sein rechtmäßiger Lehnsherr war. Richard war im Limousin eingefallen, um ihn zu bestrafen und sicherzustellen, dass Vicomte Adémar diesen Fehler so bald nicht wiederholte. Und der würde die nächsten Jahre wohl tatsächlich andere Sorgen haben in seiner verwüsteten und hungernden Vizegrafschaft. Doch natürlich waren die unschuldigen Bauern immer diejenigen, die das größte Leid zu tragen hatten.

Keines der vier Dörfer, die die beiden Knappen an diesem Tag auf ihrem Weg nach Süden passierten, war verschont geblieben. Yvain und William trafen meist nur auf ein paar verängstigte Frauen und Kinder inmitten verkohlter Ruinen, und in einem der Weiler war überhaupt niemand übrig geblieben, der die gehenkten Männer von den Bäumen hätte schneiden können. Dort fanden sie bei Einbruch der Dämmerung nur noch einen geblendeten Priester, der mutterseelenallein vor seiner Kirche im Staub saß und auf die Rückkehr seines Esels wartete, der vor den brandschatzenden Soldaten in die Weinfelder geflüchtet war.

»Richard, den reißenden Löwen, sucht Ihr?«, fragte er, seine Stimme dünn und brüchig wie altes Pergament. »Er ist in Châlus, fünf Meilen westlich von hier.« Er wies vage in die Richtung, von wo die letzten Sonnenstrahlen kamen, deren Wärme er vermutlich auf der Haut spürte. »Ein Bauer aus der Gegend hat beim Pflügen einen großen Goldschatz gefunden und auf die Burg gebracht, damit das Gold zu Vicomte Adémar geschafft werden kann. Aber König Richard sagt, *ihm* gehöre das Gold. Nun ist er hingezogen, um Châlus zu belagern und es sich zu holen.«

»Habt Dank, Vater«, sagte William und verneigte sich blödsinnigerweise vor dem blinden Priester. »Können wir Euch irgendwo hingeleiten? In ein Kloster in der Nähe vielleicht?«

Doch der Alte schüttelte trotzig den Kopf.

»Hat Euer Esel ein weißes und ein graues Ohr?«, fragte Yvain.

»Woher wisst Ihr das?«

Yvain tauschte einen Blick mit William und gab sich einen Ruck. »Weil er mit durchtrennter Kehle am Brunnen liegt.«

Der alte Geistliche senkte den Kopf, legte die Hände vors Gesicht und stimmte ein leises, hoffnungsloses Wehklagen an. Er weinte, ohne Tränen vergießen zu können, und trotz all der Schreckensbilder, die Yvain im Laufe der letzten Jahre und auch an diesem Tag gesehen hatte, machte der Anblick ihm zu schaffen.

Er trat einen Schritt näher, hockte sich vor den alten Mann auf die Erde und legte ihm behutsam die Hand auf die Schulter. »Erlaubt uns, Euch irgendwohin zu bringen, wo man sich Eurer annehmen kann, Vater«, bat er. »Ihr werdet sterben, wenn Ihr allein hierbleibt, und es gibt jetzt nichts und niemanden mehr, worauf Ihr warten könntet.«

»Nein.« Der Priester ließ die Hände sinken und gewährte Yvain einen Blick aus nächster Nähe auf die schauderhaften, blutverkrusteten Augenhöhlen. »Ich bin hier geboren, und hier werde ich sterben. Und wenn niemand mehr übrig ist, um diese schwache, sterbliche Hülle in geweihte Erde zu betten, ist es nur ein weiterer Tropfen in dem Meer aus Sünden, für die König Richard dereinst wird Rechenschaft ablegen müssen.«

»Boten Eures Bruders, Sire«, meldete Mercadiers Stimme im Innern des Zeltes. Sie klang nicht nur geringschätzig, sondern obendrein misstönend wie eine geborstene Glocke. Sie passte perfekt zum »Bluthund« des Königs, fuhr es Yvain durch den Kopf.

»Herein mit ihnen«, antwortete Richard.

Yvain und William traten durch den aufgerollten Zelteingang und sanken auf ein Knie nieder. »Mein König«, sagten sie wie aus einem Munde.

Richard stand mit einigen Lords und Rittern an einem ausladenden Tisch, auf welchem mehrere Pergamente ausgebreitet lagen, über die sie offenbar berieten. Schimmernde Tuchbahnen bedeckten die Erde, von unzähligen staubigen Stiefelabdrücken verunziert. Die Möbel waren spärlich, aber erlesen. Zwei der Zeltbahnen gegenüber dem Eingang waren ebenfalls aufgerollt worden, sodass Morgenlicht und die sachte Frühlingsbrise hereinströmten.

Mit auf dem Rücken verschränkten Händen schaute der König auf die Ankömmlinge hinab. »Braose. Waringham.« Es klang kühl, so wie er alle Männer seines Bruders behandelte, aber zumindest wusste er ihre Namen. »Erhebt euch und seid mir willkommen bei meiner kleinen, improvisierten Belagerung in der aquitanischen Provinz. Ein Schluck Wein? Ich nehme an, ihr hattet eine lange Reise.«

Sie standen auf und verneigten sich. Dankbar nahm William den Becher, den ein junger Knappe ihm reichte, trank und gab ihn an Yvain weiter.

Dann ergriff er das Wort, so wie sie es zuvor ausgemacht hatten: »Euer Bruder hat uns zu Euch gesandt, um Euch einen Brief der Herzogin der Bretagne zu überbringen, Sire.«

»Tatsächlich?« Richard nahm den versiegelten Bogen, den William ihm entgegenstreckte, und wog ihn in der Hand. »Was mag meine schwatzhafte Schwägerin Wichtiges kundzutun haben, dass John euch auf so einen weiten und gefahrvollen Weg schickt?« Es klang amüsiert, aber natürlich wusste der König ganz genau, um welch eine ernste Angelegenheit es in dem Brief gehen musste.

Yvain richtete den Blick auf einen der hüfthohen Fackelhalter zur Linken und rang um eine ausdruckslose Miene. Er war erschrocken, wie fett der König geworden war, aber es wäre ihrem ohnehin angespannten Verhältnis gewiss nicht zuträglich gewesen, sich das anmerken zu lassen.

König Richard war einundvierzig Jahre alt, und ein paar graue Fäden schimmerten im gelockten blonden Bart. Er hatte indes nichts von seiner Wirkung eingebüßt, und die stahlblauen Augen loderten immer noch voller Vitalität und Tatendurst. Seine hünenhafte Statur wirkte unverändert imposant und kraftvoll, aber die Tatsache blieb: Er war so mächtig in die Breite gegangen, dass William de Braose neben ihm schlank wie eine Kornähre wirkte.

Yvain spürte schon eine geraume Zeit den Blick seines Bruders, der zwischen Mercadier und einem schwarzhaarigen Gascogner auf der anderen Seite des Tisches stand, und jetzt kam der Jüngere nicht länger umhin, ihn zu erwidern. Guillaume plusterte die Wangen auf, sodass Yvain ein Zucken der Mundwinkel nicht unterdrücken konnte. Er sah hastig wieder zu seinem Fackelständer und trank den letzten Schluck aus dem Becher, während König Richard den Brief las.

»So, so«, murmelte er schließlich, als er den Pergamentbogen bedächtig wieder zusammenrollte und auf den Tisch legte. »Constance hatte also die Absicht, ein doppeltes Spiel zu treiben. Nicht, dass mich das sonderlich überrascht. Wie es aussieht, habe ich meinem Bruder also Unrecht getan.«

»Nicht so schändlich wie er Euch«, bemerkte Mercadier verächtlich.

Richard nickte und wiegte nachdenklich den Kopf hin und her. »Habt ihr den jungen Herzog der Bretagne gesehen?«, fragte er die beiden Boten schließlich.

Yvain räusperte sich. »Ja, Sire.«

»Und? Wie fandest du ihn?«

Gruselig, lautete die ehrliche Antwort, aber Yvain wählte seine Worte zur Abwechslung einmal mit Bedacht. »Bei guter Gesundheit und froher Stimmung, mein König. Prinz John hatte ihm ein kleines Geschenk zu seinem bevorstehenden Geburtstag mitgebracht, worüber er sich sehr gefreut hat.«

»Wie alt wird er denn?«, wollte der König wissen.

»Zwölf.«

»Schon?«, erwiderte Richard ungläubig. »Herrje, wie die Zeit dahinfliegt …« Und nach einem kurzen Schweigen fügte er hinzu: »Also ist er kein kleiner Bengel mehr, nicht wahr? Glaubst du, er wusste von der Intrige, die Constance in seinem Namen gesponnen hat?«

Yvain nickte. »Er hat nichts gesagt, was darauf hindeutete, aber wenn Ihr wissen wollt, was ich *glaube*, dann lautet die Antwort ja.« Der junge Arthur hatte vorgegeben, ganz in das Spiel mit seinem goldenen Kreisel vertieft zu sein, aber er hatte den Streit zwischen seiner Mutter und Prinz John genau verfolgt, das hatte Yvain gesehen. Und die Zuneigung für seinen Onkel war aufgesetzt gewesen.

Der König tippte versonnen mit dem Zeigefinger auf den Brief. »Ich nehme an, mein Bruder John erwartet nun, dass ich meine Entscheidung rückgängig mache und ihm seine Ländereien und Titel zurückgebe.«

Zum Glück war es keine Frage, sodass William und Yvain eine Antwort erspart blieb.

»Darüber muss ich ein Weilchen nachdenken«, entschied Richard schließlich. »Habt Dank für eure Botendienste. Ich werde zu gegebener Zeit nach euch schicken, um euch eine Antwort an Prinz John aufzutragen.« Er sah kurz über die Schulter. »Guillaume, ich bin sicher, du willst Neuigkeiten mit deinem Bruder austauschen. Sorg dafür, dass sie ein Quartier und etwas Vernünftiges zu essen bekommen und so weiter, und komm anschließend wieder her.«

»Wie Ihr wünscht, Sire.« Guillaume kam um den Tisch herum, legte Yvain für einen Moment die Hand auf den Arm und betrachtete ihn mit leuchtenden Augen. »Ich bin nicht sicher, ob es mir gefällt, dass du so groß wie ich geworden bist, aber es ist schön, dich wohlauf zu sehen, Bruder.«

»Danke gleichfalls«, entgegnete Yvain mit einem verlegenen Lächeln und war erleichtert, als Guillaume ihn und William zurück ins Freie führte.

»Gute Reise gehabt?«, fragte der Ältere und brachte sie zu einem Küchenzelt auf der Nordseite des farbenfrohen königlichen Pavillons. Ein paar Tische und Bänke waren im Freien aufgestellt worden, wo ein halbes Dutzend normannischer Ritter zusammenhockte, und über einer qualmenden Feuergrube drehten zwei junge Burschen einen gewaltigen Spieß mit einem ganzen Hammel.

»Na ja«, gab Yvain mit einem leisen Seufzer zurück. »Bis zur Grenze des Limousin schon.«

»Ja, ich weiß.« Guillaume hob kurz die Schultern. »Was soll ich dir sagen, Yvain? Vicomte Adémar hätte es eben besser wissen müssen, als sich hinter Richards Rücken mit Philippe zu verbünden.«

Yvain winkte ab. Er wollte nicht mit seinem Bruder über Richards Rachefeldzug gegen die Bauern des Limousin streiten – jedenfalls nicht jetzt gleich. Er hatte schon vor langer Zeit gelernt, dass Kriege selten mit Heldenmut und Ruhmestaten geführt wurden, und Prinz Johns Söldnertruppen hatten bei der Rückeroberung der Normandie ebenso gewütet wie Richards hier.

»Entschuldigt mich einen Moment«, bat William und wies zu den lärmenden Rittern am übernächsten Tisch. »Ich sollte meinen Cousin begrüßen, damit er mir nicht den Kopf abreißt.«

Yvain lächelte ihm dankbar zu. Er wusste, William wollte den Waringham-Brüdern Gelegenheit geben, ungestört zu reden.

Guillaume hielt einen Diener an, der ein Tablett leerer Becher zum Küchenzelt trug, und gab Erfrischungen in Auftrag. In Windeseile servierte der junge Mann ihnen ein Fastenmahl aus verdünntem Rotwein und trockenem Brot.

»Wann warst du zuletzt in England?«, fragte Yvain, nahm ein Stück Brot und biss ab. Wenigstens war es frisch.

»Vorletzten Winter«, antwortete Guillaume. »Der König

schickte mich mit Briefen und Urkunden zu Erzbischof Walter, und Weihnachten war ich zu Hause. Der Tain war zugefroren, und das Kirchendach war am Westende unter der Schneelast eingestürzt. Aber es ist zum Glück nachts passiert, niemand war drin. Und auf der Burg waren alle wohlauf. Du?«

»Ein Vierteljahr nach dir. Zu Ostern.« Yvain sah seinem Bruder mit einem kleinen Lächeln ins Gesicht. »Amabel war guter Hoffnung.«

Er hatte das Lächeln wie auch diesen Satz genau einstudiert und auf dem langen Ritt hierher geprobt, wann immer er einen Moment für sich war, weil er damit gerechnet hatte, dass er seinen Bruder in Richards Gefolge antreffen würde. »Sie war natürlich überglücklich, und es ging ihr fabelhaft.«

»Allmächtiger«, murmelte Guillaume. »Wenn alles gutgegangen ist, habe ich vielleicht einen Sohn. Er wäre schon … Augenblick, lass mich rechnen … eineinhalb Jahre alt.« Er schüttelte den Kopf und wandte den Blick ab, als wolle er verhindern, dass sein Bruder erriet, was er empfand.

Doch Yvain wusste es so oder so. »Und statt ihn seine ersten Schritte machen zu sehen und seine ersten Worte sprechen zu hören, vagabundierst du durch Frankreich von einer Belagerung zur nächsten.«

Guillaume sah ihn wieder an und lächelte wie ein ertappter Honigdieb. »Denk nicht, ich wollte mich beklagen.«

»Nein, natürlich nicht.« Er wechselte das Thema. »Der alte Hugh de Martigny ist gestorben, ob du's glaubst oder nicht.«

»Im Ernst?«, erwiderte Guillaume bedauernd. »Na ja, er muss ungefähr so alt gewesen sein wie Königin Aliénor, aber trotzdem …«

»Ja, man kann sich Waringham ohne ihn gar nicht so richtig vorstellen.«

»Und dein Baum?«, wollte Guillaume wissen.

Yvain schüttelte den Kopf, und wie immer überkam ihn bei dem Gedanken an den Feenbaum und Waringham Heath schreckliches Heimweh. »Nichts. Ich bin ja auch nie da, um ihm Wasser zu bringen und gut zuzureden. Amabel tränkt ihn hin und wieder, hat Mutter mir erzählt, aber vermutlich hat sie nicht oft Zeit dazu.«

Guillaume nickte. »Irgendwann werden die Zeiten sich ändern, Bruder, und du kannst dich selber wieder darum kümmern.« Guillaume war der einzige Mensch, der Yvain niemals mit seinem scheinbar so sinnlosen Unterfangen, einen toten Baum wiederbeleben zu wollen, aufzog.

Sie teilten den Wein und das Brot und redeten und redeten – genau wie früher, bevor Guillaume mit dem König ins Heilige Land gezogen war. Heutzutage sahen sie sich kaum je, und trotzdem kam es Yvain immer so vor, als hätte er erst gestern mit seinem Bruder gesprochen, so mühelos konnten sie stets an ihre letzte Begegnung anknüpfen, selbst wenn sie Monate zurücklag. Yvain rätselte manchmal, wieso ihr Verhältnis sich gebessert hatte. Weil er erwachsen geworden war? Oder weil John sich König Richard demütig unterworfen hatte und ihm treu diente, sodass der Streitpunkt, der ihren Pakt früher auf manch harte Probe gestellt hatte, einfach weggefallen war? Er wusste es nicht. Auf jeden Fall hatte ihre Freundschaft sich gefestigt und blieb eigentümlich unberührt von der Tatsache, dass Yvain sich mit ungeminderter Sehnsucht nach der Frau seines Bruders verzehrte.

»Ist der König krank?«, fragte er schließlich mit gesenkter Stimme, damit die inzwischen reichlich angetrunkenen Normannen ihn nicht hörten.

»Du meinst, weil er so aus dem Leim gegangen ist?«

Yvain nickte.

Guillaume hob kurz die Schultern – es wirkte eine Spur unbehaglich: »Es heißt, der alte König habe in seinen letzten Jahren die Wassersucht gehabt, von der er aufgegangen sei wie ein Hefekloß.« Auch er sah kurz zu den normannischen Trunkenbolden hinüber, die jedoch völlig mit sich beschäftigt waren. »Ich kann dir nicht sagen, ob es das ist. Er spricht niemals darüber. Er ist so stark wie eh und je, aber er wird schnell kurzatmig, das ist mir aufgefallen. Vor drei, vier Jahren war er einmal schwer krank. So schlimm, dass er glaubte, er werde sterben, und er hat Gott allerhand große Versprechungen gemacht, falls er ihn weiterleben lässt.«

»Was er getan hat«, warf Yvain ein.

Guillaume lächelte flegelhaft. »Allerdings. Und darum blieb Richard auch nichts anderes übrig, als Berengaria zu sich zu holen und mit ihr in … nun, man sagt wohl, in ehelicher Zweisamkeit zu leben, wie er es gelobt hatte.« Er schnitt eine freche Grimasse. »Obwohl er, ganz unter uns, nicht viel für sie übrighat.«

Und ein Thronfolger ist auch nicht dabei herausgekommen, dachte Yvain.

Guillaume sah in seinen leeren Becher, den er zwischen den Handflächen hin und her drehte. »Damals hat es angefangen. Und es ist ja nicht so, als würde er sich jemals schonen.«

»Aber nun ist der Krieg gewonnen, und wenn der König sich dazu entschließt, kann er sich in England oder meinetwegen auch in Aquitanien ein Jahr auf die faule Haut legen, um sich vollständig zu erholen.«

»Ja, der Krieg ist gewonnen«, stimmte Guillaume zu.

»Höre ich ein ›Aber‹?«, fragte sein Bruder verblüfft.

»Blödsinn. Wir haben Philippe alles wieder abgeknöpft, was er sich unter den Nagel gerissen hatte, der neue Papst steht auf unserer Seite, und Richards Neffe Otto ist König im deutschen Reich geworden und hält die Grafen am Rhein und in den Niederlanden auf Linie. Jetzt kann wirklich nichts mehr schiefgehen, du hast vollkommen recht.« Guillaume stellte den Becher ab und atmete tief durch. »Aber der König will ins Heilige Land zurückkehren, sobald hier alles ruhig geworden ist und …«

»*Was?*«, fragte Yvain entsetzt. »Ein neuer Kreuzzug?«

»Du weißt ja, Saladin ist tot«, gab sein Bruder zurück. »Und die Heiden haben niemanden, der ihm das Wasser reichen könnte, um ihn zu ersetzen. Richard glaubt, jetzt hätten wir eine Chance, Jerusalem zurückzuerobern.«

»Fragt sich nur, wer dieses Mal die Rechnung bezahlen soll«, knurrte Yvain. »England, nehme ich an? Aber es ist unmöglich, Guillaume. England braucht eine Atempause. Es ist ausgepresst.«

»Ich weiß. Und Richard weiß es auch. Nur fürchte ich, dass die Rückeroberung Jerusalems ihm eine größere Herzensangelegenheit sein könnte als die Sorgen seiner englischen Untertanen«, gestand Guillaume freimütig.

Er brachte die beiden Boten schließlich zum Quartiermeister, der ihnen ein Zelt an der Westseite des Lagers zuwies. Es beherbergte fünf königliche Knappen, die ihnen nur unwillig Platz machten. Yvain und William störte das kühle Willkommen indes nicht im Geringsten. Das Zelt stand im Schatten zweier großer Pinien, und deswegen war es im Innern angenehm kühl. Sie breiteten ihre Decken im verdorrten Gras aus, fielen um wie gefällte Bäume und schliefen drei Stunden – vollkommen erledigt nach vier Tagen im Sattel.

Einer der fremden Knappen weckte Yvain mit einem unfreundlichen Tritt in die Rippen. »Der König wünscht euch zu sehen«, richtete er ihm aus. »Also schwing die Haxen, Mann. Besser, du lässt ihn nicht warten.«

Yvain setzte sich auf. »Danke, Kumpel.«

»Ich bin nicht dein Kumpel«, stellte der hochnäsige Franzose klar.

»Dann zur Hölle mit dir«, gab Yvain gähnend zurück und streckte die Hand aus, um an Williams Schulter zu rütteln. »Los, komm, Braose. Wie es scheint, hat der König schon eine Antwort für uns.«

Eilig brachten sie ihre Erscheinung in Ordnung, soweit die bescheidenen Möglichkeiten im Knappenzelt es zuließen, wuschen sich Gesicht und Hände in der Wasserschale am Boden neben dem Eingang, William klopfte mit beiden Händen erfolglos seinen Bliaut ab, um ihn zu entstauben, Yvain kämmte ebenso erfolglos mit den Fingern beider Hände durch seinen unbezähmbaren Lockenschopf, und dann machten sie sich auf den Weg.

Die Schatten der vereinzelten Pinien waren lang geworden, und im Westen stand die Sonne wie eine frisch geschlagene Kupfermünze über den Hügeln und tauchte die Weinfelder in goldenes Abendlicht.

Der König stand mit Yvains Bruder und Mercadier vor seinem Zelt und drückte seinem Kammerdiener den leichten Mantel mit der kostbaren Goldfibel in die Finger. »Hier, François, ich brauche ihn nicht.«

»Selbst für das Limousin ein heißer Frühlingstag«, stimmte der Bursche zu. »Aber was ist mit der Rüstung, mein König?«

Der winkte ungeduldig ab und wandte sich den Ankömmlingen zu. »Für heute ist Ruhe eingekehrt, aber ich will hinüber und sehen, wie es mit der Untertunnelung der Burgmauer vorangeht.« Er nickte zu der Burg hinüber, die eine Viertelmeile östlich des Lagers rötlich in der Abendsonne leuchtete.

»Zu Fuß?«, fragte Guillaume verdattert.

»Warum denn nicht?«, entgegnete der König und hob kurz die massigen Schultern. »Ein Spaziergang wird mir guttun, ich sitze zu viel herum, wenn ich nicht gerade eine Schlacht schlage, sagt mein Leibarzt. Also?« Er musterte die Knappen seines Bruders abschätzig. »Wollt ihr mich begleiten?«

»Natürlich, Sire«, antwortete Yvain.

Auch William nickte enthusiastisch. »Stimmt es, dass Ihr die Burg belagert, weil die Besatzung Euch einen Goldschatz vorenthält?«

»Allerdings«, antwortete Richard, während sie der kleinen Zeltstadt den Rücken kehrten und quer über ein frisch bestelltes Feld mit trockener hellbrauner Erde auf die Burg zugingen. »Und es ist nicht irgendein Goldschatz, verstehst du: eine Statue aus römischer Zeit, die einen Imperator und seine Gemahlin darstellt.«

»Wer's glaubt …«, murmelte Guillaume in ihrem Rücken.

Richard sah stirnrunzelnd über die Schulter. »Warum soll ich bezweifeln, was der junge Soldat gesagt hat?«

»Weil Ihr ihn von der Mauer geschossen und gefangen genommen habt, Sire«, erklärte Yvains Bruder im Tonfall überstrapazierter Geduld. »In solch einer Lage neigen Menschen dazu, genau das zu sagen, was ihr Gegenüber hören will, damit sie noch ein bisschen weiteratmen dürfen.«

Richard lachte leise. »Nun, wir werden ja sehen, wer von uns beiden recht hat. Wenn wir keine Statue finden, schenke ich dir diese Burg. Doch wenn es die Statue gibt, bekomme ich von dir …« Er brach ab, um zu überlegen.

»Jedenfalls nicht Waringham Castle«, stellte Guillaume klar.

»Ein Gedicht«, entschied Richard. »Du wirst ein Gedicht über die Liebe eines Kreuzfahrers zu einer heidnischen Dame hinter ihren geheimnisvollen Schleiern verfassen – damit kennst du dich schließlich aus. Es wird mindestens drei Strophen lang sein, und am ersten Abend, den wir in der Halle von Châlus verbringen, wirst du es uns vortragen.«

Welche heidnische Dame?, fragte Yvain sich argwöhnisch und murmelte: »Ich bin überzeugt, das wird ein unvergesslicher Kunstgenuss.«

Alle lachten, sogar Mercadier. Zumindest nahm Yvain an, dass es ein Lachen sein sollte, selbst wenn es klang wie das Knarren rostiger Scharniere an einer Verliestür.

Die Mauer von Châlus war fünfzehn Fuß hoch und aus hellen Steinquadern erbaut. Der Wehrgang hatte einmal ein umlaufendes hölzernes Dach besessen, das hier in Aquitanien vermutlich eher zum Schutz vor der Sonne erbaut worden war, nicht wie in England gegen den Regen. Doch nur ein paar geschwärzte Balken waren davon übrig, weil die brennenden Pfeile der Belagerer es vernichtet hatten. Auch die Mauer selbst wies Rußspuren und einige Schäden von den Einschlägen der Katapulte auf, aber sie sah aus, als wolle sie noch ein paar Hundert Jahre stehenbleiben.

Mit einem unwilligen Stirnrunzeln sah der König daran hoch. »Warum geht es nicht voran, Hugo?«, fragte er den Offizier, der die Tunnelarbeiten unter der Mauer befehligte. »Wir wollen hier keine weißen Bärte bekommen.«

Der stämmige aquitanische Edelmann fuhr sich mit dem Unterarm über die schweißglänzende Stirnglatze. »Wir graben von Tagesanbruch bis Sonnenuntergang, mein König. Aber die Verteidiger drinnen graben ebenfalls und bringen unsere Tunnel zum Einsturz. Sie sind zwar nicht viele, aber sie wissen, was sie tun.«

Wie aufs Stichwort kamen zwei Armbrustbolzen von oben herangesirrt. Einer ging weit fehl, doch der andere bohrte sich nur eine Elle von Mercadiers Fuß entfernt in den Staub.

»Ich schlage vor, wir ziehen uns aus der Schussweite zurück, Sire«, riet Guillaume. »Denkt daran, dass Ihr keine Rüstung tragt.«

»Ja, ja«, gab Richard ungeduldig zurück. »Morgen grabt ihr zwei Tunnel gleichzeitig, Hugo. Den einen mit viel Getöse, den anderen heimlich. Legt Feuer im ersten, sobald ihr durchstoßt, und während die Verteidiger noch in Verwirrung sind, brecht ihr durch den zweiten. Es wird funktionieren, wenn ihr schnell genug seid.«

»Wie Ihr befehlt, Sire«, antwortete der Offizier, verneigte sich und stiefelte zu seinen erschöpften Männern zurück, die dabei waren, ihre Spitzhacken und Schaufeln für heute wegzupacken.

Richard wandte sich nach links und schlenderte einen sachten, von Weinstöcken bewachsenen Hügel hinauf. Er hielt jetzt mehr Abstand zur Mauer. Dort oben war es still, doch die Ruhe war trügerisch, und die vier Pfeile, die scheinbar aus dem Nichts herübergeflogen kamen, landeten wiederum ganz in ihrer Nähe.

Der König hob einen vom Boden auf und ließ die braun-weiße Befiederung prüfend durch die Finger gleiten, ehe er Yvain den Pfeil reichte. »Schau dir die Spitze an. Dreizackig. Eine hervorragende Arbeit.«

Yvain begutachtete die mattglänzende Stahlspitze. »Allerdings. Die möchte man nicht zwischen die Rippen bekommen.«

Der König nickte versonnen. »Und trotzdem begleitest du mich ungerüstet hierher und zeigst keinerlei Furcht. Das gefällt mir, Yvain of Waringham. Tapferkeit ist eine Tugend, die jeder Ritter besitzen sollte.«

»Ich bin kein Ritter, mein König«, gab Yvain mit einem Lächeln zurück, damit Richard nur ja nicht merkte, wie sehr dieser Umstand ihm zu schaffen machte.

Richard setzte sich wieder hügelan in Bewegung. »Warum

nicht? Mein Bruder steht im Rang eines Grafen – jedenfalls meistens – und ist somit befugt, seine Knappen zu Rittern zu schlagen. Wieso hat er es nicht getan?«

»Vielleicht solltet Ihr das lieber ihn fragen«, regte Yvain unbehaglich an.

Der König schüttelte knapp den Kopf. »Ich will wissen, was du denkst.«

Yvain geriet in arge Bedrängnis. Er tauschte einen Blick mit William, der exakt so nervös aussah, wie Yvain sich fühlte.

»Prinz John ist nur auf dem Pergament Graf von Mortain, Sire«, sagte er schließlich. »Er … vielleicht denkt er, seine Knappen könnten es als Schmach empfinden, von ihm zum Ritter geschlagen zu werden. So als gelte es gar nicht richtig.« Und weil es ihn wütend machte, dass der König ihn gezwungen hatte, auszusprechen, was er doch selbst ganz genau wusste, fügte er hinzu: »Falls es so ist, sorgt er sich indes umsonst, denn mir wäre es eine Ehre, den Ritterschlag von ihm zu empfangen, wenn er denn glaubte, ich hätte ihn verdient.«

»Das gilt auch für mich«, warf William ein und trat einen kleinen Schritt vor, sodass die beiden Freunde Schulter an Schulter standen.

Ernst blickte König Richard von einem zum anderen und schien einen Moment in Gedanken versunken. Dann lächelte er plötzlich, und dieses Lächeln veränderte das strenge Gesicht in verblüffender Weise, linderte den Ausdruck von Unnahbarkeit und Arroganz und machte es unerwartet sympathisch. Das war etwas, das der König und sein Bruder gemeinsam hatten.

»Wohl gesprochen, Yvain.« Er legte jedem der Knappen für einen Moment eine Hand auf die Schulter. »Ich weiß, ihr denkt, ich habe meinem Bruder Unrecht getan mit meinem Misstrauen und meinem strengen Urteil über ihn. Ich denke etwas anderes, aber sei's drum. Er muss mehr Ehre besitzen, als ich ihm zugetraut habe, wenn er die Loyalität von Männern wie euch gewinnen kann. Also sagt ihm in Gottes Namen, er bekommt seine Titel und Ländereien zurück. Und nun kniet Euch hin, Monseigneurs …«

Yvain und William tauschten einen fassungslosen Blick und sanken dann vor Richard im staubigen Weinfeld auf die Knie.

Der König zog bedächtig sein gewaltiges Schwert, blickte ernst auf sie hinab, hob dann die Klinge und berührte erst Yvain of Waringham, dann William de Braose mit der Schwertspitze auf der rechten Schulter.

»Erhebt Euch, Sir Yvain«, befahl er.

Yvain kam auf die Füße. Er fühlte sich fast schwindelig vor Glückseligkeit, dass dieser lang ersehnte Moment endlich, *endlich* gekommen war, bis eine mörderische Ohrfeige ihn unsanft aus seinem Freudentaumel riss.

Erschrocken sah er dem König ins Gesicht und las dort Heiterkeit, diebisches Vergnügen und – gänzlich unerwartet – Wohlwollen. »Dies soll der letzte Schlag sein, den Ihr ungesühnt hinnehmen musstet«, sagte Richard lächelnd, aber doch feierlich, legte ihm beide Hände auf die Schultern und schloss ihn für einen kurzen Moment in die Arme.

Dann wiederholte er das Ritual bei William, dessen vorher schon apfelrote linke Wange eine leuchtende Scharlachtönung annahm, nachdem sie den »Ritterschlag« empfangen hatte.

Ungläubig sahen die beiden Freunde sich an und umarmten sich lachend, ehe sie Guillaumes überschwängliche und Mercadiers unwillige Glückwünsche entgegennahmen.

»Es war eine plötzliche Eingebung, darum müsst Ihr auf Eure Schwerter und Sporen warten, bis wir zurück im Lager sind, fürchte ich«, entschuldigte sich der König.

»Oh, das macht nichts, Sire«, versicherte William und grinste selig.

»Ich habe zwei schöne Waffen aus Antiochia irgendwo in meinem Zelt, die wären genau richtig«, sagte Richard, während sie sich wieder in Bewegung setzten. »Du weißt doch, welche ich meine, Guillaume, die Schwerter mit den passenden Dolchen von diesem syrischen Schmied?«

»Ja, Sire, aber die habt Ihr letztes Jahr Eurem Neffen Otto und seinem Bruder Wilhelm geschenkt.«

»Ach, richtig.« Der König schnalzte, ungeduldig ob seiner eigenen Vergesslichkeit. »Nun, wir finden etwas anderes für unsere beiden neuen Ritter, und heute Abend …« Er brach ab und wies lachend zum Wehrgang hinauf. »Nun schaut Euch diesen wackeren Tropf dort oben an! Ist das eine *Bratpfanne*, die er als Schild benutzt?«

Am Fuß des Hügels hatten Richards Truppen inmitten niedergetrampelter Reben eines der mächtigen Katapulte aufgestellt. Trotz der fortgeschrittenen Stunde standen noch sechs königliche Bogenschützen im Schutz dieser Belagerungsmaschine und hatten die Verteidiger oben auf dem Wehrgang unter Beschuss genommen: zwei graubärtige Haudegen in rostigen Kettenhemden mit Bögen und einen dürren, ungerüsteten Jüngling mit beachtlichen Segelohren, der die Belagerer mit faustgroßen Steinen aus seiner Schleuder bewarf. Er war geschickt und hatte offenbar ein gutes Auge, denn hin und wieder fand eins seiner Geschosse ein Ziel. Das war auch König Richards Bogenschützen aufgefallen. Sie konzentrierten ihren Beschuss auf den Jungen, der tatsächlich eine Bratpfanne in der Linken hielt und sie als Schild benutzte.

»Man muss seine Unbeugsamkeit bewundern, oder?«, bemerkte der König amüsiert und winkte dem Jungen anerkennend zu.

Der stierte auf die kleine Gruppe hinab, riss aber rechtzeitig seine Pfanne hoch, um den nächsten Pfeil abzuwehren, duckte sich dann und verschwand hinter der Brustwehr.

»Châlus ist reif, Mercadier«, sagte Richard. »Wenn es morgen nicht fällt, sind wir Memmen. Ritter Bratpfanne dort oben kann doch schwerlich als ernsthafter …« Er brach ab, taumelte zwei Schritte auf Yvain zu, als hätte er einen Stoß in den Rücken bekommen, verlor das Gleichgewicht und fiel auf ein Knie. »Was bei den Knochen Christi …«, ächzte er verwirrt.

»Verflucht, Ihr seid getroffen, mein König!«, rief Mercadier, offenbar doch nicht ganz und gar unerschütterlich, denn Schrecken weitete sein verbliebenes Auge.

Guillaume streckte dem König die Rechte entgegen. »Ritter Bratpfanne hat plötzlich eine Armbrust hervorgezaubert und auf Euch geschossen.«

Richard ergriff die dargebotene Hand und zog sich auf die Füße. »Ist das wahr? Vermutlich sollte ich dankbar sein, dass er mir nicht seine Bratpfanne auf den Kopf geworfen hat.« Er sah über seine linke Schulter. Der Armbrustbolzen steckte unterhalb des Schulterblattes am Ansatz des Oberarms. »Das ist kaum mehr als ein Wespenstich.«

König Richard borgte Sir Hugos Pferd, um ins Lager zurückzukehren. Er saß scheinbar ohne jede Mühe auf, aber die Schusswunde blutete heftig, und als sie zu seinem Zelt zurückkamen, wirkte sein Gesicht im schwindenden Abendlicht sehr bleich.

»Oh, Jesus Christus, was ist passiert, Sire?«, rief der Kammerdiener händeringend, den der Hufschlag ins Freie gelockt hatte.

»Mach kein solches Geschrei, François«, fuhr der König ihn an.

»Ich gehe und hole Euren Leibarzt«, sagte Guillaume.

Richard lachte. »Wozu? Damit er Weihwasser auf den Bolzen träufelt?« Dann winkte er ab. »Hol deinen Feldscher, Mercadier. Er soll ihn herausholen.« Er wandte sich zum Zelteingang. Über die Schulter befahl er: »Führ die Männer zurück zur Burg, Guillaume. Ab heute feuern wir Tag und Nacht, bis die Mauer fällt oder dieses feige Gesindel mürbe wird und herausgekrochen kommt. Und wenn wir sie haben, werden sie aufgehängt, allesamt. Klar?«

»Wie Ihr befehlt, Sire.«

»Alle bis auf Ritter Bratpfanne. Für ihn überlegen wir uns etwas anderes.«

Trotz des unbekümmerten Plaudertons spürte Yvain einen eisigen Schauer seinen Rücken hinabrieseln. Er wusste, zu welcher Grausamkeit Richard fähig war. Auch in diesem Punkt hatten der König und Prinz John mehr gemeinsam, als sie vermutlich je eingestanden hätten.

»Ich zieh ihm bei lebendigem Leib die Haut ab«, knurrte Mercadier grimmig.

»Zum Beispiel«, gab Richard zurück, zuckte unbekümmert die Achseln und zog dann zischend die Luft durch die Zähne ein.

»Verflucht … Schaff deinen Feldscher her, Mercadier. Der Wespenstich fängt an zu zwicken.«

Es wurde ein Desaster. Mercadiers Wundarzt ging mit der ihm eigenen brachialen Gewalt vor, stemmte Richard einen Fuß ins Kreuz und zog mit aller Macht an dem Armbrustbolzen, doch was er schließlich mit einem letzten Ruck ans Licht förderte, war lediglich der hölzerne Schaft. Die Stahlspitze steckte noch im Fleisch, und so blieb nichts anderes übrig, als die Wunde mit dem Messer weiter zu öffnen und danach zu suchen. König Richard ertrug die Tortur ohne einen Laut, hatte Guillaume seinem Bruder stolz berichtet, während der königliche Kaplan und Leibarzt, Abt Milo de Le Pin, in stummer Verzweiflung danebenstand und die Ströme von königlichem Blut wegwischte. Lange bevor der Feldscher die Bolzenspitze aus der Wunde zog, hatte Richard das Bewusstsein verloren. Sie wuschen sie ab und legten sie ihm als Andenken neben sein Kopfkissen: eine schaufelförmige kleine Stahlspitze mit zwei tückischen Widerhaken.

Kein Wunder, dass sie so anhänglich gewesen sei, sagte der König gut gelaunt, als er sie am nächsten Morgen im Kreis seiner vertrauten Ritter und Kommandanten herumgehen ließ, und verlangte nach seiner Rüstung, um zur Belagerung zurückzukehren. Doch alle sahen, dass er fieberte, und Abt Milo überredete ihn, sich noch einen Tag Bettruhe zu gönnen.

Aber das Fieber stieg. Die Wunde begann zu pochen. Ihre Ränder verfärbten sich erst purpurn und dann weißlich, und am dritten Tag setzte der Wundbrand ein. Zwei Tage später wusste der König, dass er sterben würde, und schickte nach seiner Mutter.

Aliénor von Aquitanien hatte sich nach Richards Rückkehr aus der Gefangenschaft in die Abtei von Fontevrault zurückgezogen, die hundertzwanzig Meilen nördlich von Châlus im Anjou lag, aber trotz ihrer siebenundsiebzig Jahre brauchte sie nur drei Tage, nachdem die Boten ihr die Schreckensnachricht überbracht hatten, und erreichte Châlus am Vormittag des sechsten April.

Yvain und William hatten sich den Belagerern angeschlossen,

weil sie nicht wussten, was sie sonst hätten tun sollen. Sie waren in Châlus gestrandet, und auch wenn es niemand aussprach, wussten sie, dass sie bleiben mussten, bis Richard diese Welt verlassen hatte, um Prinz John die Nachricht zu überbringen.

Eine bleierne Stille hatte sich über das ganze Lager gebreitet. Alle sprachen mit gesenkten Stimmen. Die hartgesottenen Soldaten und sogar Mercadiers Söldner waren kleinlaut wie verirrte Kinder, und wenn sie sich betranken, stierten sie schwermütig in ihre Becher, statt wie sonst zu grölen, zu raufen und Zoten zu reißen. Guillaume, sein Freund Maurice de Clare und die übrigen Ritter des Königs standen starr wie Salzsäulen vor Richards Zelt, so als hielten sie ihm schon die Totenwache. Und über alldem brannte die heiße aquitanische Sonne vom lapislazuliblauen Himmel, kein Windhauch regte sich in den Weinstöcken und Pinien, und selbst den Vögeln hatte es die Sprache verschlagen.

Yvain und William waren erleichtert, dieser lähmenden Tristesse zu entkommen, und seit ihrem Ritterschlag an jenem verhängnisvollen Tag vor knapp zwei Wochen waren sie jeden Morgen mit Hugo de Jonzac ausgerückt, um das zu tun, was sie schon während der letzten fünf Jahre meistens getan hatten: William de Braose, der ein gutes Auge für die Flugbahn großer Wurfgeschosse hatte, übernahm das Kommando am westlichen Katapult, während Yvain bei den gefährlichen Tunnelarbeiten in der Nähe des Haupttores half, und etwa eine Stunde, nachdem Königin Aliénor in das Zelt ihres sterbenden Sohnes geeilt war, brachen sie endlich durch. Yvain und die übrigen Männer des Stoßtrupps krabbelten wie Ameisen aus dem Tunnel unter der Befestigung, überwältigten die Torwachen und öffneten eilig das Fallgitter und die beiden schweren Torflügel, um die königlichen Soldaten einzulassen, die zwischen den spärlichen Gebäuden im Innern der Burg ausschwärmten und die abgemagerten Verteidiger in Windeseile auf dem Platz vor dem Haupttor zusammentrieben. Es waren nur drei Dutzend.

Hugo de Jonzac wandte sich an Yvain. »Welcher war der Schütze?«

Der junge Waringham fuhr sich mit dem eingerissenen Ärmel über die Stirn, rang einen Moment mit sich und wies dann auf ›Ritter Bratpfanne‹. »Er, Monseigneur.«

»Seid Ihr sicher?«

Yvain nickte. Die großen Segelohren waren unverwechselbar, doch es waren ebenso der Zorn und Trotz in diesem noch bartlosen Gesicht, die er wiedererkannte.

»Dann bindet ihn und bringt ihn zum König. Er hat darauf bestanden, ihn zu sehen, bevor …« Er wandte den Blick ab, blinzelte, als habe er Staub in die Augen bekommen, und räusperte sich energisch. »Daniel, Gerard, Louis, ihr fesselt den anderen die Hände und bringt sie auf den Wehrgang. Wir hängen sie von den Zinnen. Mögen die Krähen ein Fest feiern.«

Yvain verschnürte den Armbrustschützen, packte ihn am Oberarm und führte ihn mit eiligen Schritten durch das weit geöffnete Haupttor aus der Burg, damit der Junge wenigstens nicht hören musste, wie seine Kameraden zu beten und zu fluchen begannen oder um Gnade flehten, denn es war ein schauriges Konzert, wusste er.

»Wie ist dein Name?«, fragte er, als sie den weinbestandenen Hügel halb erklommen hatten.

»Pierre Basile«, antwortete der Junge bockig.

»Und wie alt bist du?«

»Sechzehn.«

Yvain nickte. »Weißt du, dass es König Richard war, den du neulich abends mit deiner Armbrust verletzt hast?«

»Natürlich!« Es klang unbändig stolz.

Yvain blieb stehen und sah dem Jungen unverwandt in die Augen. »Die Wunde ist brandig geworden. Der König stirbt.«

Der Unglücksschütze erwiderte seinen Blick unverwandt. Die Segelohren ließen ihn ein wenig drollig wirken, doch der Eindruck verflog, als ein hasserfülltes kleines Lächeln sich auf seinen Zügen abmalte. Er war schlaksig und viel zu mager, aber die düstere Entschlossenheit in seinem Blick hatte nichts Knabenhaftes.

Yvain ließ seinen dürren Arm los. »Wenn du jetzt losrennen

würdest, bliebe mir nichts anderes übrig, als dich zu erledigen.« Er tippte mit dem Zeigefinger auf den Messerschaft am Gürtel. »Ich bin so wurfsicher mit dem Messer wie du mit der Schleuder, sei unbesorgt, du wärst auf der Stelle tot. Verstehst du, was ich dir sage? Es ist das Beste, worauf du hoffen kannst, Pierre.«

Der nickte knapp. »Wie ist dein Name?«

»Yvain of Waringham.«

»Ich verzichte auf deinen *Coup de Grâce*, Yvain of Waringham.« Der Junge spuckte ihm vor die Füße. »Von mir aus nehmt eure Rache an mir, wenn nur euer reißender Löwe, der so vielen Menschen so Furchtbares angetan hat, endlich diese Welt verlässt und sie nicht länger verwüsten kann. Dafür will ich gern die schlimmsten Qualen erdulden, die ihr mir antun könnt.«

Als Yvain seinen Gefangenen vor das königliche Zelt führte, fand er Guillaume vor dem Eingang auf Wache. Hohlwangig, die Augen von Schlafmangel und Kummer gerötet, blickte er dem jungen Armbrustschützen entgegen, und weil Yvain seinen Bruder gut kannte, sah er, wie viel Mühe es Guillaume kostete, nicht die Faust in das bartlose Gesicht zu schmettern.

Stattdessen nickte er seinem Bruder wortlos zu und hielt ihm den Zelteingang auf. Yvain fühlte sich überhaupt nicht bereit, vor den sterbenden König zu treten. Anders als Guillaume empfand er weder die Ergebenheit noch die Liebe für Richard, die er ihm eigentlich schuldete. Mehr als Ehrfurcht und pflichtschuldige Bewunderung für dessen viele Ruhmestaten hatte er nie zustande gebracht. Und trotzdem war er erschüttert. Wie mochte es Guillaume erst ergehen?

Er gab sich einen Ruck und schob Pierre Basile vor sich her ins Innere.

Der König lag auf dem Rücken in seinem Bett, das für ein Feldlager ausladend und verschwenderisch mit Seidenkissen ausgestattet war. Seine verletzte Schulter und der linke Arm waren unter der leichten, makellosen Decke aus blauer Seide verborgen, die große Rechte ruhte auf der Brust. Er drehte den Kopf zum Eingang, als er das Licht einfallen sah. In den elf Tagen seit seiner Verwundung war der kraftstrotzende Heldenkönig verschwunden. Das blonde Haar hatte seinen Schimmer verloren und war mit einem Mal schütter, genau wie der Bart, und das schweißglänzende, fahle Gesicht wirkte wie aus Wachs geformt. Man sah, dass der Tod jetzt nicht mehr fern war, und doch wahrte Richard seine königliche Würde: Ein goldener Reif mit sechs blattförmigen Zacken kränzte die Stirn, kostbare Ringe steckten an zweien seiner Finger. In einem Kohlebecken am Fuß des Bettes brannte Weihrauch, wovon Yvains Augen zu tränen begannen, doch das Räucherwerk hatte den Fäulnisgeruch des Wundbrands vollständig vertrieben.

Auf der Bettkante saß die Frau, die vermutlich dafür gesorgt hatte, dass der sterbende König schon so makellos und erhaben aussah wie die Statue, die demnächst auf seinem Sarkophag ruhen würde, um sein Andenken zu bewahren. Aliénor von Aquitanien hielt ein feuchtes Tuch in der Rechten, mit welchem sie ihrem Sohn die fiebrige Stirn kühlte, doch als die Waringham-Brüder mit dem Gefangenen hereinkamen, hielt sie inne und wandte ihnen das Gesicht zu. Die strahlend blauen Augen erinnerten Yvain immer noch an stille Seen in einer Felslandschaft. Ihre Miene war kummervoll, aber das war alles. Fünf Söhne hatte Königin Aliénor geboren. Dies war der vierte, der starb, und keinen hatte sie so geliebt wie Richard, der ihr nicht allein in seiner Erscheinung, sondern vor allem charakterlich näher und ähnlicher gewesen war als jeder seiner Brüder. Doch falls es ihr das Herz zerriss, war der Königinmutter nichts davon anzumerken.

Abt Milo und drei weitere Geistliche knieten hinter dem Kopfende des Bettes und beteten leise, umgeben von einem Halbkreis aus hohen Wachskerzen.

Die fiebrigen Augen des Königs blinzelten den Ankömmlingen entgegen. »Ah. Da bringt ihr mir also Ritter Bratpfanne«, sagte er mit einem kleinen Lächeln. Er konnte nur noch flüstern.

»Pierre Basile, Sire«, antwortete Yvain, und er musste sich räuspern, weil seine Stimme so belegt war. Mit einem Mal war er so wütend, dass er dem Gefangenen mit unnötiger Wucht die Füße wegtrat, und Pierre landete hart auf den Knien.

»Habt ihr den Goldschatz gefunden?«, fragte der König.

Yvain schüttelte den Kopf. »Eure Männer suchen noch danach.«

Richard senkte für einen Moment die Lider und nickte fast unmerklich. Er wusste genau, dass sie keinen Goldschatz mehr finden würden und er für ein bloßes Gerücht, ein Hirngespinst sein Leben verlor. Doch die Erkenntnis schien weder Zorn noch Verzweiflung in ihm auszulösen. Vermutlich war er schon zu schwach für solche Empfindungen.

»Alsdann, Pierre Basile.« Scheinbar geruhsam betrachtete er den Jungen mit den Segelohren. »Was sagst du dazu, dass du deinen rechtmäßigen König und Herzog getötet hast?«

»Ich empfinde keine Reue«, gab Pierre brüsk zurück und verriet schließlich, was ihn in diese selbstzerstörerische Rage getrieben hatte: »Ihr habt meinen Vater und zwei meiner Brüder erschlagen.«

»Tatsächlich?«, gab Richard zurück. »Nun, ich empfinde auch keine Reue.«

»Mein König …«, mahnte Vater Milo, und es klang flehentlich.

Der hob kurz die Hand. Aus der gebieterischen Geste von letzter Woche war ein müdes Flattern der Finger geworden. »Aber trotzdem begnadige ich dich, Pierre Basile. Du bist frei …« Er kniff einen Moment die Augen zu und schauderte, schlug die Lider aber gleich wieder auf und versuchte es noch einmal: »Du bist frei zu gehen, wohin es dir gefällt. Ich … vergebe dir meinen Tod, du tapferer kleiner Esel …« Die Lider fielen wieder zu. »Guillaume?«

»Mein König?« Es klang, als hätte Guillaume einen Schnupfen.

»Schick ihn zum Treasurer, er soll dem Jungen hundert Schilling mitgeben.«

»Natürlich, Sire.«

Pierre Basile starrte mit leicht geöffneten Lippen auf das wächserne Gesicht des Sterbenden hinab und schien unschlüssig, was er empfinden, geschweige denn sagen sollte. Enttäuschung und Lebenshunger rangen um die Oberhand, so kam es Yvain vor, der den verwirrten Missetäter auf ein Nicken seines Bruders hinausführen wollte, doch die Königinmutter hielt ihn zurück.

»Wartet, Sir Yvain«, bat sie.

Wieso weiß sie von meinem Ritterschlag, fragte der sich entgeistert.

»Vater Isembart, seid so gut, geleitet Pierre Basile hinaus und kümmert Euch darum, dass die Befehle des Königs befolgt werden«, bat sie einen der Priester. Ihre Stimme klang rau und leise, aber völlig ruhig. Sie wartete, bis der Geistliche den mageren Jungen aus dem Zelt geführt hatte. Dann legte sie die Rechte auf Richards Hand und sah Yvain wieder an. »Ihr werdet noch heute zu meinem Sohn Prinz John aufbrechen, aber zuvor müsst Ihr hören, was der König zu sagen hat. Hört gut zu, denn Ihr werdet es mehr als einmal beschwören müssen.«

Yvain spürte sein Herz bis in die Kehle hinauf pochen, als er von Aliénor zu Richard blickte.

»Ich hinterlasse England und all meine Besitztümer in Frankreich meinem Bruder John«, flüsterte der König. Er klang noch todgeweihter als eben, vermutlich weil ihm das, was er sagen musste, schwer zu schaffen machte. »Meine Krone, meine Herzog- und Grafentitel und die Treue meiner Vasallen und Untertanen sollen auf ihn übergehen, denn er ist mein alleiniger Erbe. Dies ist … dies ist mein Letzter Wille, und Gott ist mein Zeuge.« Er schloss einen Moment die Lider, und sein Gesicht arbeitete. Dann öffnete er die Augen wieder und sah zu seiner Mutter. »Ich hoffe, Ihr seid zufrieden, *ma mère* …«

Die alte Dame beugte sich über ihn und küsste die fiebrige Stirn. »Du hast das Richtige getan.« Endlich doch ein mütterlicher, tröstender Tonfall.

Abt Milo trat an die andere Seite des Bettes. »Seid Ihr jetzt bereit, Euren Frieden mit Gott zu machen, mein König?«

Richard nickte. »Es wird Zeit, Vater.« Er wirkte gefasst und vollkommen furchtlos. Auch der letzten und schwersten Prüfung begegnete Richard mit dem Herzen eines Löwen.

Aliénor erhob sich, damit der König seine Beichte unbelauscht und unbelauert ablegen konnte, und nickte den Waringham-Brüdern zu. »Begleitet mich hinaus, Monseigneurs.« Und über die Schulter bat sie den König: »Geh nicht, ehe ich zurück bin, mein Sohn.«

»Das würde ich doch nie wagen.« Man hörte ein wehmütiges Lächeln in der brüchigen Stimme.

Fünf Schritte vor dem königlichen Zelt stand eine knorrige Steineiche. Yvain holte eine der kleinen Bänke vom nahen Küchenzelt herüber und stellte sie für die Königinmutter in den Schatten. »Madame«, sagte er mit einer einladenden Geste.

Sie nickte dankbar, nahm Platz und verschränkte die Hände auf dem goldenen Löwenkopf ihres Gehstocks wie eh und je. Es war eine Pose der Entschlossenheit, aber hier draußen im hellen Tageslicht konnte man plötzlich sehen, dass Aliénor von Aquitanien nicht nur eine sehr alte Dame war, sondern gerade den schlimmsten Verlust ihres Lebens erlitt. Sie senkte den Kopf und verharrte ein paar Herzschläge lang reglos.

Guillaume stand mit herabhängenden Armen an ihrer Seite, und als Yvain seinem Bruder ins Gesicht schaute, sah er zwei Tränen im blonden Bart versickern. Beinah schämte er sich, dass er selbst den nahenden Tod des Königs trockenen Auges aufnahm.

Aliénor sammelte sich und schaute wieder auf. Ohne ihn anzusehen, legte sie einen Augenblick die alte, von blauen Adern überzogene Hand auf Guillaumes geharnischten Arm. »Ich weiß, wie sehr Ihr meinen Sohn liebt, aber gerade deswegen müssen wir nun entschlossen handeln, Sir Guillaume. Jetzt ist keine Zeit zu trauern.«

»Ich weiß, Madame. Ich hoffe, Ihr könnt mir vergeben. Ich sollte mir ein Beispiel an Euch nehmen.«

Sie deutete ein Nicken an. »Richard wünscht in Fontevrault zu Füßen seines Vaters beigesetzt zu werden. Er will damit Abbitte für die Sünde leisten, dass er gegen seinen Vater rebelliert hat. Das war Abt Milos Vorschlag. Offenbar haben alle beschlossen zu vergessen, wie sehr der König, mein Gemahl, seine Söhne zu dieser Rebellion eingeladen hatte, aber sei's drum.« Die Rebellionen ihrer Söhne gegen den alten König hatten ihr selbst viele Jahre Festungshaft eingebracht, doch ein leiser Seufzer war alles, was sie sich gestattete. »Richard wünscht, dass Ihr und etwa ein Dutzend weiterer seiner Vertrauten, deren Namen er mir genannt hat, seinen Leichnam nach Fontevrault begleitet und bei seiner Beisetzung zugegen seid.«

»Natürlich, Madame«, versicherte Guillaume bereitwillig.

»Anschließend werdet Ihr so schnell wie möglich nach England reisen und dem Erzbischof von Canterbury bei der Vorbereitung der Krönung auf die Finger schauen. Er kann John nicht ausstehen, und es wäre ihm zuzutrauen, dass er irgendetwas ausheckt, um die Krönung zu entweihen.«

Sie sah zu Yvain. »Aber das Wichtigste ist jetzt Eure Aufgabe: Ihr und der junge Braose müsst Euch umgehend reisefertig machen. In Eurem Zelt werdet Ihr die Waffen und Rüstung finden, die der König Euch nicht mehr geben konnte, und Ihr bekommt jeder ein zweites Pferd, damit Ihr die Nacht durchreiten könnt. Wartet, bis Ihr die Totenglocke für den König läuten hört. Dann brecht umgehend auf und reitet zu John nach Nantes. Ihr müsst unbedingt vor der Todesnachricht dort eintreffen, versteht Ihr. Richtet ihm aus, er soll sich auf direktem Weg nach Chinon begeben, wo Richards Schatullen verwahrt werden. Spätestens zu Ostern treffen wir uns dort.«

Yvain nickte und verneigte sich vor ihr. »Wie Ihr wünscht, meine Königin.«

»Warum John?«, fragte Guillaume. Er sprach leise, aber Yvain hörte die Bitterkeit in seiner Stimme. »Warum nicht Arthur? John hat den König verraten, in der schwersten Stunde der Not. Arthur …«

»Hat den König ebenso verraten, als er zu Philippe von Frankreich gekrochen ist«, entgegnete Aliénor leidenschaftslos.

»Aber das war seine Mutter, Madame«, widersprach Guillaume beschwörend. »Arthur ist erst zwölf Jahre alt, und wenn ein Mann wie William Marshal seine weitere Erziehung übernähme, könnte vielleicht ein König aus ihm werden, der Richards Krone würdig wäre …« Er hatte solche Mühe, Haltung zu bewahren, dass Yvain es nicht fertigbrachte, wütend auf seinen Bruder zu sein.

Die Königinmutter schüttelte langsam den Kopf. »Ihr irrt Euch, Waringham. All meine goldigen Prinzen wuchsen zu Monstern heran, Gott helfe mir. Auch Richard, wie Ihr zweifellos wisst. Aber Geoffrey, Arthurs Vater, war von allen der Schlimmste. Und Arthur ist genau wie er. Wir dürfen unter keinen Umständen zulassen, dass er die Krone bekommt.« Sie zeigte ein kleines Lächeln, von dessen Traurigkeit Yvain ganz eng um die Brust wurde. »John auf dem englischen Thron ist bei Weitem das geringere Übel«, schloss sie.

Guillaume fuhr sich mit der Hand über die Stirn. »Gott helfe England …«

Die fünf königlichen Knappen hatten das Zelt im Schatten der Pinien auf Befehl des Quartiermeisters schon vor Tagen geräumt, um es den beiden frischgebackenen Rittern zu überlassen. Vermutlich hatten sie sich so folgsam getrollt, damit sie nicht dazu verdonnert wurden, Yvain und William zu Diensten zu sein.

»Schau dir das an, Waringham!« William wies auf die Ausrüstung, die auf ihren Strohlagern ausgebreitet lag, und auch wenn er die Stimme gesenkt hielt und ein angemessen ernstes Gesicht machte, hatte er doch keine Kontrolle über das glückselige Strahlen seiner wasserblauen Augen: Für jeden von ihnen hatte man einen knielangen Kettenpanzer mit langen Ärmeln bereitgelegt, so neu, dass die kleinen Stahlringe noch ganz blank waren und im einfallenden Sonnenlicht glitzerten. Dazu eine Kettenhaube, die wie eine eng anliegende Kapuze gearbeitet war, Kettenhandschuhe und -beinlinge und blank polierte Helme mit Nasenschutz. William probierte den Gambeson an, das gesteppte, vorn geschnürte Wams, das den Körper vor Reibung und Druckstellen durch die Rüstung schützen sollte, während Yvain die schlichte Lederscheide in die Linke nahm und langsam das Schwert herauszog: eine unverzierte, aber perfekt gearbeitete Waffe mit breiter Parierstange, das Heft mit feinem Leder umwickelt, um einen guten Griff zu gewährleisten. Die beiden Freunde sahen sich an, tauschten ein ungläubiges Lächeln und halfen sich gegenseitig in die Rüstung.

Dann bestaunten sie einander.

»Junge, Junge. Man könnte beinah Angst vor dir kriegen«, bemerkte Yvain kopfschüttelnd.

»Du müsstest dich erst sehen«, gab William zurück.

Yvain nahm den Helm einstweilen wieder ab. »Wir sollten uns lieber beeilen.« Er ging im Zelt umher, um seine Siebensachen einzusammeln. Der Ringelpanzer fühlte sich schwer und ungewohnt auf den Schultern an, doch war er verblüffend geschmeidig, und man konnte sich schnell und ungehindert darin bewegen.

William reichte ihm ein Paar polierter Stachelsporen, die noch auf Yvains Schlafstatt gelegen hatten. »Hier, vergiss sie nicht.«

»Danke.« Yvain legte sie obenauf in seine verschrammte Satteltasche.

»Oh, Waringham, erzähl mir nicht, du willst sie nicht tragen.«

»Nein.«

»Aber sie glänzen. Und sie sind ritterlich!« William streckte sein linkes Bein vor und betrachtete den Sporn verliebt.

Yvain schüttelte den Kopf. »Kommt nicht infrage. Vellantif würde …« Er brach ab, als irgendwo in der Nähe eine einzelne, etwas blechern klingende Glocke zu schlagen begann.

Die beiden Freunde bekreuzigten sich und beteten mit gesenkten Stimmen drei Paternoster. Fast zeitgleich mit ihrem letzten »Amen« verstummte die Glocke, und Stille kehrte ein.

»Der König ist tot, Yvain.« William klang so fassungslos, wie Yvain sich fühlte. Obwohl er doch genau gewusst hatte, dass die Stunde nah war, fühlte er sich mit einem Mal betäubt und matt, so als hätte ihn ein Faustschlag getroffen, den er nicht hatte kommen sehen.

Aber er wusste, sie durften jetzt nicht verzagen. »Lang lebe König John«, erwiderte er, schnallte seine Satteltasche zu und warf sie sich über die Schulter. »Komm. Wir haben keine Zeit zu verlieren.«

Die Pferdekoppel lag nur einige Schritte von ihrem Zelt entfernt am westlichen Rand des Lagers, und einer der Knechte erwartete sie schon, Vellantif an der rechten, Williams Satyr an der linken Hand.

»Wo sind die beiden Ersatzpferde?«, fragte Yvain, während er sich in den Sattel schwang – nicht ganz so mühelos und elegant wie üblich, weil er sich noch nicht daran gewöhnt hatte, dass er mit der Rüstung an die zwanzig Pfund schwerer war als ohne.

»Kommen sofort«, versicherte der drahtige kleine Mann mit einer Verbeugung. »Martin sattelt sie, aber einer der Bügelriemen war eingerissen und musste ausgetauscht … Ich hoffe, Ihr könnt uns vergeben, Monseigneur.«

Es war das erste Mal in seinem Leben, dass Yvains bloße Erscheinung einen Mann so einschüchterte, dass er in unterwürfiges Stammeln verfiel, und der junge Waringham musste feststellen, dass er keinen Geschmack daran fand. »Mach dir nicht ins Hemd, Mann«, sagte er halb beschwichtigend, halb schroff. »Geh lieber und hilf ihm. Wir haben's *wirklich* eilig.«

»Natürlich, Monseigneur …« Der Knecht hastete zu dem unfachmännisch zusammengezimmerten Unterstand hinüber, der als Sattelkammer diente.

William nahm die Zügel auf, schnalzte leise und ritt an. »Sag mir, wie er geht, Yvain«, bat er. Satyr hatte auf der linken Hinterhand gelahmt, als sie angekommen waren. Kritisch beobachtete Yvain den hübschen Fuchs auf seinem Weg bis zur ersten Pinie und zurück. »Tadellos«, beruhigte er seinen Freund. »Trab mal an.« Wieder ließ er Satyr nicht aus den Augen. Auch in der schnelleren Gangart blieb dessen Schritt indes gleichmäßig und geschmeidig. »Er ist so gut wie neu, Braose. Ich hab dir doch gesagt, es war nur eine Zerrung.«

William hielt bei ihm an. »Ja, aber woher wusstest du das?«

»Hm? Keine Ahnung. Erfahrung, schätze ich.«

Im Laufschritt kamen die Knechte mit den beiden Pferden herüber und reichten jedem der Ritter einen der Zügel. »Gott segne Eure Reise, Monseigneurs.«

»Danke.« William, der nicht nur großzügig, sondern auch immer flüssig war, schnipste ihm weltmännisch eine Münze zu und stieß Satyr die Fersen in die Seiten. Weil er vergessen hatte, dass er neuerdings Sporen trug, trieb er viel zu hart, und erwartungsgemäß legte Satyr die Ohren an und bockte. Um ein Haar wäre William auf die staubige Erde gesegelt.

Die beiden Stallknechte, die noch in der Nähe standen, setzten ausdruckslose Mienen auf, damit nur ja niemand erriet, was sie von den Reitkünsten dieses pummeligen, obendrein englischen Ritters hielten.

Yvain verdrehte ungeduldig die Augen. »Denkst du, wir kommen heute noch los?«

William lächelte verlegen und klopfte seinem Pferd den Hals. »Entschuldige, alter Junge. Es lag mir fern, dich …«

Er brach ab, als sich in der Nähe ein Schrei erhob. Yvain sah William zusammenfahren, und er selbst spürte, wie die Härchen in seinem Nacken sich sträubten. Nie zuvor hatte er einen so entsetzlichen Laut gehört. Der gellende Schrei schraubte sich höher und höher, ebbte dann endlich ab, nur um im nächsten Moment wieder aufzubranden, womöglich noch schriller als zuvor. Und obwohl es eher wie ein Dämon der Hölle als wie ein Mensch klang, erkannte Yvain die Stimme.

Er bekreuzigte sich. »Es ist Pierre Basile.«

»Ritter Bratpfanne?«, fragte William. »Aber der König hat befohlen, ihn gehen zu lassen.«

Wieder schwoll der Schrei an, und die Pferde wurden unruhig.

»Jesus, Waringham, was tun sie mit ihm?«

Yvain ritt an. »Nun, wir werden es herausfinden, denn wir müssen daran vorbei.«

Sie lenkten ihre unwilligen Pferde ins Zentrum des Lagers. Das königliche Zelt war jetzt geschlossen, die Standarte mit den drei goldenen Löwen auf rotem Grund eingerollt. Yvain nahm an, sein Bruder und elf weitere Ritter hielten Richard dort drin die Totenwache, aber bei dieser Geräuschkulisse fand gewiss niemand Ruhe zum Gebet.

Vielleicht hundert Schritte östlich des königlichen Pavillons stand das Lazarettzelt, vor dem sich eine unordentliche Traube aus Soldaten, Rittern und Knechten gebildet hatte. Weil Yvain und William hoch zu Ross daherkamen, konnten sie über die Köpfe der Schaulustigen hinweg ins Innere des Kreises blicken, den sie bildeten. Dort stand Mercadier, das verbliebene Auge konzentriert zusammengekniffen, und hielt eine feine Klinge, die in seiner Pranke lächerlich klein wie ein Spielzeug wirkte. Und vor ihm lag Pierre Basile auf dem Rücken auf einen klobigen Tisch gebunden, wand sich trotz der Fesseln wie ein Wurm am Haken und kreischte, beide Beine und der rechte Arm leuchtend rote, nass glänzende Fleischbatzen.

William stöhnte leise. »Ich glaub, mir wird schlecht. Dieser Unhold zieht ihm die Haut ab.«

Wie versprochen, dachte Yvain, richtete den Blick auf Vellantifs Widerrist und galoppierte an. Aber er wusste, er würde niemals vergessen, was er hier heute gehört und gesehen hatte, selbst wenn er hundert Jahre alt würde. So wenig, wie er vergessen würde, wer das Urteil über Pierre Basile gefällt hatte: Mercadier, der den letzten Befehl des Königs missachtete, um seine Rache zu nehmen. Königin Aliénor, die an der Bahre ihres Sohnes kniete und nicht herauskam, um zu beenden, was hier geschah. Und er selbst, der ihnen den jungen Armbrustschützen ausgeliefert hatte.

Chinon, April 1199

Die Burg thronte auf einem schroffen Felsen über dem verschlafenen Dorf am Ufer der gemächlich dahinfließenden Vienne, und ihre hellen Sandsteintürme erstrahlten in der Frühlingssonne. Beinah zu gleißend für das menschliche Auge reckten sie sich in den makellos blauen Himmel.

Prinz John und sein Gefolge führten ihre Pferde von dem flachen Fährboot an Land, und Yvain hielt dem Prinzen den Steigbügel.

John schwang sich in den Sattel. »Seid Ihr jetzt nicht ein wenig zu fein für solch niedere Dienste, *Sir* Yvain?«

»Was könnte erniedrigend daran sein, meinem zukünftigen König Ehre zu erweisen?«, konterte der.

Es war ihm unbegreiflich, wieso Prinz John ihn und William ständig mit ihrem neuen Stand aufzog. Durchlebten sie hier nicht gerade stürmische Schicksalstage? Gab es nicht wichtigere Dinge, die den Prinzen hätten beschäftigen sollen? Und doch schien es, als wäre er ein wenig verschnupft darüber, dass sie den Ritterschlag von seinem Bruder empfangen hatten anstatt von ihm. *Als ob wir eine Wahl gehabt hätten,* dachte Yvain verständnislos.

Für den Moment ließ der Prinz das leidige Thema indes ruhen und sah mit verengten Augen zur Burg hinauf. »Bei Gottes Zähnen, wie ich diesen Ort *hasse*«, knurrte er und ritt an.

Yvain schwang sich auf Vellantifs Rücken, ließ Fulk de Cantilupe und Hubert de Burgh den Vortritt und reihte sich neben Baldwin Beaumont in den Reiterzug ein. »Wie kann man eine so herrliche Burg hassen?«, murmelte er kopfschüttelnd.

Baldwin hob kurz die Schultern und antwortete ebenso leise: »Sein Vater ist hier gestorben. Vermutlich nicht seine Lieblingserinnerung. Und sie alle haben sich immer gern hier versammelt, um ihre Familienfehden auszutragen. Kein sehr friedliches Plätzchen.«

»Mir war bislang nicht aufgefallen, dass er es gern friedlich hat …«

William de Braose gluckste, Adam de la Pomeroy, der hinter ihnen ritt, zischte warnend: »Passt auf, wer euch hört«, und Pentecôte FitzHugh an seiner Seite hüllte sich in düsteres Schweigen. Alles wie gehabt. Und doch war nichts mehr so wie noch drei Wochen zuvor, als Yvain und William nach Châlus aufgebrochen waren.

Völlig erledigt waren sie vor drei Tagen spät am Abend und bei strömendem Regen nach Nantes zurückgekehrt und hatten Prinz John gegen den entrüsteten Protest der Wachen in seinen großzügigen Gemächern im Bischofspalast aufgesucht. John war noch wach gewesen, aber nicht allein. Ein Blick auf seine einstigen Knappen hatte jedoch genügt, um ihn zu bewegen, seine Geliebte mit einer gemurmelten Entschuldigung hinauszuschicken.

»Also?«, hatte er gefragt, als er mit seinen Boten allein war. »Der König hat mein Ersuchen abgelehnt und Euch zu Rittern geschlagen, damit ihr den nötigen Mut findet, zurückzukommen und mir die schlechte Nachricht zu bringen?«

»Nein, Mylord«, hatte Yvain geantwortet. »Der König ist tot.«

Einen Augenblick stand der Prinz wie versteinert. »Tot«, wiederholte er. Es klang ausdruckslos, wie ein Echo.

Yvain nickte.

Mit unbewegter Miene hatte John ihrem Bericht gelauscht, und als sie schließlich verstummten, war er ohne Hast ans Fenster getreten und hatte eine geraume Zeit lang in die Regennacht hinausgestarrt. »Oh, Richard, verflucht«, hörten sie ihn murmeln. »Und dabei hatte ich dir noch so viel zu sagen …« Er atmete tief durch und wandte sich wieder zu ihnen um. »Und meine Mutter? Dieser Schlag hat wohl selbst die Königin aus Adamant in die Knie gezwungen, nehme ich an.« Er war bleich. Und angespannt. Doch Yvain fand es unmöglich zu entscheiden, ob der Prinz erschüttert war oder nicht.

»So groß ihre Trauer auch sei, Mylord, die Königin macht sie mit sich allein und mit Gott aus«, antwortete William.

»Oh, natürlich …« John wies mit einer matten Geste auf den Zinnkrug, der mit zwei Bechern auf dem Tisch stand. »Wenn Ihr so gut sein wollt. Und schenkt Euch auch ein. Für zwei tapfere Ritter seht Ihr unangemessen begossen und verfroren aus.«

Das focht sie nicht an. Sie waren weit Schlimmeres von ihm gewöhnt, und heute hatte sein Hohn keinen Stachel, weil der Prinz nicht mit dem Herzen bei der Sache war.

William de Braose reichte ihm den Becher mit einer höflichen Verbeugung, trank einen Schluck aus dem zweiten, ehe er ihn Yvain gab, und sagte: »Tatsächlich war es die Königin, die uns zu Euch geschickt hat.«

»Ah ja?« Der Prinz nahm einen kleinen Schluck, stellte den

Becher zurück auf den Tisch und verschränkte die Arme. »Und denkt Ihr, ich werde ihre Botschaft noch zu hören bekommen, ehe ich an Altersschwäche sterbe? Sie rät mir, mich nach Irland einzuschiffen und am besten auf dem Weg dorthin zu ersaufen, damit Arthur die Krone bekommt?«

Scheinbar spöttisch verzogen sich seine Mundwinkel nach oben, aber es gelang ihm nicht ganz, Zorn und Kränkung zu verbergen. Yvain las sie für die Dauer eines Herzschlags in den Augen des Prinzen und fragte sich wohl zum hundertsten Mal, wieso ausgerechnet dieser Mann – von der Vorsehung mit Gesundheit, Kraft, einem außergewöhnlich scharfen Verstand und obendrein mit prinzlicher Geburt bedacht – in jeder Lebenslage immer mit dem Schlimmsten rechnete.

»Im Gegenteil, Mylord«, antwortete er. »Die Königin rät Euch, nach Chinon zu eilen, um die Schatzkammer in Besitz zu nehmen. Dort will sie Euch spätestens zu Ostern treffen. Der König hat Euch zu seinem Erben und Thronfolger ernannt, und Eure Mutter wünscht, dass *Ihr* die Krone bekommt, nicht Euer Neffe. Und weil Braose und ich zufällig das Gleiche wünschen, wären wir gern die Ersten, die Euch Gefolgschaft schwören.« Er zog langsam die Klinge, stellte die Spitze auf den Boden, sank auf ein Knie nieder und streckte dem Prinzen das Heft entgegen. »Natürlich nur, wenn es Euch gefällt, mein König, und Ihr es nicht gar zu schmerzlich vermissen würdet, unsere Treue zwei- oder dreimal am Tag in Zweifel zu ziehen, wie Ihr es bislang immer so gern getan habt.«

William folgte seinem Beispiel. »Dieses Schwert hat König Richard mir verliehen, Mylord, aber nun gehört es Euch, genau wie meine Ergebenheit«, sagte er.

John ließ langsam die Arme sinken und starrte einen Augenblick auf seine beiden Ritter hinab. Dann schloss er die kleine Lücke zwischen ihnen und legte die Rechte kurz um Williams Schwerthand, dann um Yvains.

»Also dann. Erhebt Euch, Gentlemen. Und habt Dank.« Kurz und brüsk schloss er sie in die Arme, ein wenig ungelenk, so als sei es etwas, worin er wenig Übung hatte. Und als er Yvain losließ, knurrte er: »Spätestens jetzt solltet Ihr anfangen, Euch eines anderen Tones zu befleißigen, Waringham …«

Im weitläufigen Innenhof der Burg von Chinon herrschte reges Treiben. Offenbar waren sie nicht die ersten Ankömmlinge an diesem Tag, denn auf der zertrampelten Wiese standen Ritter, Edelleute und Pferde in kleinen Gruppen zusammen, und alle bis auf Letztere redeten gestenreich. Vor dem Stall waren einige Tiere an eiserne Ringe in der Mauer gebunden worden – vermutlich weil es drinnen schon voll war.

Doch noch ehe der Prinz nach dem Kastellan verlangen konnte, kamen zwei Männer auf ihn zu und verneigten sich ehrerbietig.

»Robert of Thornham, Mylord. Wir haben Euch erwartet«, sagte der Linke, ein kleiner, athletischer Mann um die dreißig mit flinken grauen Augen. Yvain überlegte, woher er ihn kannte, und dann fiel es ihm ein: Thornham hatte damals in Lisieux in der Halle des Archidiakons an König Richards Seite gestanden.

»Thornham.« Auch John schien sich daran zu erinnern, dass der Mann Zeuge seiner Demütigung gewesen war, denn er speiste ihn mit einem frostigen Nicken ab. Den breitschultrigen Hünen mit den grauen Schläfen hingegen begrüßte er mit einem Lächeln. »William Marshal! Welch unverhoffte Freude, Euch hier anzutreffen.«

»Wo sonst sollte ich sein als an der Seite meines Königs?«, antwortete William Marshal mit einer volltönenden, tiefen Stimme, und wenngleich sein Mund nicht lächelte, bildeten sich Kränze sympathischer Lachfalten um seine dunklen Augen.

Yvain betrachtete ihn verstohlen aus dem Augenwinkel. William Marshal hatte dem Jungen König gedient, nach dessen Tod dem alten König, dann Richard, und irgendwie hatte er es fertiggebracht, sich in den Intrigen und Machtkämpfen innerhalb der königlichen Familie nicht aufreiben zu lassen, sondern im Gegenteil immer mächtiger und reicher zu werden. Und das sei allein seiner Integrität und ritterlichen Tadellosigkeit zu verdanken, hatte Lord Waringham seinen Söhnen mehr als einmal erklärt.

John atmete tief durch, und seine Wangenmuskeln spannten

sich an, so wie immer, wenn er nicht wollte, dass irgendwer seine Empfindungen erriet. Aber Yvain ahnte trotzdem, was er dachte: Er wunderte sich, dass die Erde nicht erbebte ob der Bedeutsamkeit dieses Augenblicks. Es war etwas anderes, wenn William Marshal ihn König nannte, als wenn ein hergelaufener kleiner Ritter wie Yvain of Waringham es tat. Denn wenn William Marshal es sagte, musste es tatsächlich wahr sein.

»Kommt mit hinein, Mylord«, bat dieser mit einer einladenden Geste zu dem großzügigen Bauwerk in der südöstlichen Ecke des Innenhofs. »Viele Lords und Ritter aus dem Haushalt Eures verstorbenen Bruders sind hergeeilt, um in Eure Dienste zu treten, aber gewiss wollt Ihr Euch zuerst erfrischen und ausruhen nach der weiten Reise.«

»Habt Dank, William, aber ein Schluck Cidre und ein Bissen Brot müssen einstweilen genügen. Es gibt viel zu tun.«

»Wohl wahr.«

Fulk de Cantilupe teilte die Knappen ein, die Pferde wegzuführen und in Johns Quartier dafür zu sorgen, dass der Prinz alles hatte, was er brauchte. Dann bedeutete er Yvain und William, ihn und de Burgh hineinzubegleiten.

Mit langen, federnden Schritten ging der Prinz voraus und lief die Stufen zum Eingang hinauf. Die Wachen verneigten sich und öffneten die beiden Türflügel, die in eine von Fackeln erhellte Eingangshalle führten. John und sein Gefolge erklommen die Treppe zu den königlichen Gemächern, zu denen auch eine kleine Halle gehörte, wo trotz des Sonnenscheins draußen ein Feuer im Kamin prasselte. Die Läden waren von den kleinen Rundbogenfenstern entfernt worden, und man hatte freien Blick auf den Fluss und die frisch bestellten Felder am anderen Ufer.

»Ihr kennt Cantilupe und de Burgh, nicht wahr?«, fragte der Prinz. »Und dies sind William de Braose und Yvain of Waringham, die mir die Nachricht vom Tod des Königs direkt aus Châlus brachten.«

Die beiden jungen Ritter verneigten sich vor Thornham und Marshal. Ersterer bedachte sie mit einem zerstreuten Lächeln, in Gedanken offenbar bei den zahllosen Fragen, die es zu erörtern galt, doch Marshal schenkte ihnen für einen Moment seine volle Aufmerksamkeit und traktierte Yvain mit einem frostigen Blick.

Dann sah er den Prinzen wieder an. »Die nächsten Tage werden entscheidend sein, Mylord. Der Adel hier im Anjou, im Maine und in der Touraine strebt nach Unabhängigkeit und könnte sich gegen Euch stellen, weil ihm ein zwölfjähriger Knabe als Lehnsherr lieber wäre, dessen Führungsanspruch sie sich leichter entziehen könnten. Wir müssen schnell und entschlossen handeln, und je weniger Männer Eure Pläne kennen, desto besser.«

John wirkte im ersten Moment verwirrt, dann wurde seine Miene finster, weil Marshal seine Ritter vor die Tür setzte.

William de Braose entschärfte mit seinem diplomatischen Talent die Lage. »Wenn Ihr uns entschuldigen würdet, werden Waringham und ich gehen und uns um die Einteilung des Wachdienstes kümmern, Mylord.«

Die königlichen Gemächer bestanden aus einer ganzen Flucht von Räumen, und in der schmucklosen, unbeheizten Kammer links des vornehmen Gemachs mit dem ausladenden Bett und dem goldbestickten Wandteppich fanden sie ihre Kameraden.

»Was wollt ihr denn hier?«, begrüßte Pentecôte sie abweisend. »Verpisst euch und sucht euch ein ritterliches Quartier.«

»Oh, jetzt hör doch endlich auf damit«, konterte William mit einem ungeduldigen Seufzen und ließ sich auf die schlichte Holzbank am Tisch sinken. »Gibt's irgendwas zu essen?«

Adam und Baldwin lachten.

»Fastenbrot. Fast gar nicht angeschimmelt. Und dünnen Cidre«, offerierte Letzterer und wies auf das Tablett, das auf einer schweren Kommode unter dem Fenster stand.

Yvain holte es zum Tisch herüber und setzte sich neben William. »Wo sind denn jetzt eigentlich die königlichen Schatullen, zu deren Sicherung wir hergeeilt sind? Und wer bewacht sie?«

»Ich mein's ernst, Waringham«, beharrte Pentecôte und baute sich vor ihm auf. »Diese Besenkammer ist nicht angemessen für euch. Tu doch nicht so, als hätte sich nichts geändert. Es ist widerlich, wie ihr euch anbiedert, und dabei …«

Yvain legte das steinharte Stück Brot zurück auf den Tisch, stand auf und machte einen Schritt auf ihn zu, sodass sie fast Nase an Nase standen. »Wieso macht es dir solchen Spaß, darauf herumzureiten? Merkst du eigentlich nicht, wie jämmerlich das ist?«

Pentecôte musterte ihn mit verächtlicher Miene von Kopf bis Fuß und klopfte dann sacht mit der linken Faust an seine Brust. Die Ringe des Kettenpanzers klirrten leise. »Da, hört Ihr das, *Sir*?«

Yvain schlug seine Faust weg. »Na und? Prinz John wird König von England, falls das noch nicht bis zu dir durchgesickert ist, und traditionell schlägt der neue König am Abend vor seiner Krönung zwölf junge Männer zu Rittern, richtig? Was glaubst du wohl, wer die ersten drei sein werden? Willst du wegen dieser paar Tage, die du länger warten musst als wir, wirklich einen Graben aufreißen, Pentecôte? Ich meine, *noch* einen?« Er zog verständnislos die Schultern hoch. »Wozu?«

»Wer weiß, ob nicht genau das König Richards Absicht war«, warf Baldwin ein und verteilte den wässrigen Cidre aus dem Krug auf die verbeulten Zinnbecher.

»Was?«, ächzte Adam, der sich in den Binsen ausgestreckt hatte, um ein paar Dutzend Liegestütze zu absolvieren.

»Ein bisschen Zwietracht in Prinz Johns Gefolge zu säen«, antwortete Baldwin und fügte mit einem Achselzucken hinzu: »Ich meine, nur weil er tot ist, müssen wir ja nicht auf der Stelle vergessen, welches Vergnügen er daran hatte, seinem Bruder Verdruss zu bereiten.«

»Oh, heißen Dank, dass du mich vor der Sünde der Eitelkeit bewahrst«, sagte Yvain. »Ich Tor habe doch tatsächlich geglaubt, der König hätte es getan, weil er uns für tapfer hielt.«

Alle bis auf Pentecôte lachten. Die Anspannung löste sich auf wie Rauchschwaden in einer Windbö, und sie redeten und flachsten wie früher. Adam stand vom Boden auf, hockte sich rittlings auf die Bank und legte seine schaufelgroße Pranke um einen der Becher. Schließlich kehrte auch Pentecôte an den Tisch zurück und setzte sich neben Baldwin – den Einzigen, dem er etwas Ähnliches wie Freundschaft entgegenbrachte. Oder zumindest redete er mit ihm mehr als das Nötigste. Pentecôte FitzHugh war immer am Rand ihrer Gemeinschaft geblieben. Kein Außenseiter, aber distanziert. Das war eben seine Natur, hatten die anderen irgendwann eingesehen und tolerierten seine Eigenarten. Zumindest alle außer Yvain. Zwischen ihm und Pentecôte hatte sich seit jener Nacht vor all den Jahren in Nottingham nicht viel geändert. Meist ignorierten sie einander, damit im Knappenquartier nicht ständiger Hader herrschte, doch waren sie in inniger Abneigung verbunden, und das kleinste Fünkchen genügte, um den tiefen gegenseitigen Groll aufflammen zu lassen.

»Was hat William Marshall gesagt?«, fragte Adam, und sein Gesicht strahlte vor Heldenverehrung.

»Nicht sonderlich viel, eh er uns hinausgeworfen hat«, antwortete William.

»Die Wachen des Bischofs von Rouen erzählen eine interessante Geschichte«, berichtete Baldwin, sah kurz zur Tür und senkte dann die Stimme. »William Marshal und der Erzbischof von Canterbury waren zufällig beide in Rouen, als sie die Nachricht vom Tod des Königs erhielten. Sie haben sich nachts in aller Heimlichkeit getroffen, um zu beraten, wen sie unterstützen sollen, Arthur oder John.«

»Fragt sich nur, woher die Wachen des Bischofs von Rouen das wissen wollen, wenn das Treffen so heimlich war«, raunte Yvain in seinen Becher.

»Halt die Klappe, Waringham, ich will das hören«, protestierte Adam und lehnte sich gespannt vor. »Und?«

»Marshal hat sich von Anfang an für Prinz John ausgesprochen. Aber der Erzbischof hat gesagt, Arthur habe den besseren Anspruch.«

»Oh. Stimmt das?«, fragte William unsicher.

»Nach dem Erstgeburtsrecht ja, denn Arthurs Vater war Prinz Johns älterer Bruder, demnach käme Arthur zuerst in der Thronfolge. Nur gibt es weder in England noch in der Normandie ein Gesetz, welches das Erstgeburtsrecht für die Nachfolge des Königs oder Herzogs vorschreibt. Selbst wenn es üblich ist«, erklärte

Baldwin. »Außerdem, behaupten die Wachen, habe der Erzbischof Prinz Johns Frömmigkeit, Weisheit und Herzensgüte in Zweifel gezogen, die für so ein schweres Amt unerlässlich seien.«

Keiner am Tisch hätte behaupten können, die diesbezüglichen Zweifel des Erzbischofs seien völlig unbegründet. Aber ein jeder hätte sich wohl eher die Zunge abgebissen, als das zuzugeben.

»Es ist keine große Überraschung, dass er so etwas sagt«, befand William. »Erzbischof Walter und Prinz John waren noch nie die besten Freunde.«

Yvain gab ihm recht. »Und auf Arthurs Herzensgüte würde ich auch nicht meinen letzten Farthing wetten.« Er wollte nicht, aber er tauschte einen verstohlenen Blick mit Pentecôte. Der überraschte ihn mit einem ebenso verstohlenen Nicken. »Und davon abgesehen«, fuhr Yvain fort, »John ist einer von uns. Engländer, meine ich. Arthur hingegen hat noch nie einen Fuß auf englischen Boden gesetzt, und England ist ihm vermutlich völlig egal. Er würde es bei erster Gelegenheit an Philippe von Frankreich verscherbeln.«

Baldwin streckte einen langen Arm über dem Tisch aus und tippte Yvain mit dem Finger an die Brust. »Genau das hat Marshal auch gesagt. Da hat Erzbischof Walter klein beigegeben. Aber er konnte sich nicht verkneifen zu prophezeien, dass Marshal nichts je so bereuen werde wie diese Entscheidung.«

Sie tauschten unbehagliche Blicke. Schließlich befand Adam achselzuckend: »Der Erzbischof kann denken, was er will. Auf William Marshal kommt es an, oder? Er ist doch – nach dem König – der mächtigste Mann in England.«

Yvain rieb sich kurz mit dem Handrücken über die Stirn. »Und darum wird es bestimmt ungemütlich für jene, die er nicht ausstehen kann …«

»*Warum* kann er dich nicht ausstehen?«, fragte William.

Yvain sah ihn an und hob ratlos die Schultern. »Ich habe keine Ahnung.«

Waringham, Mai 1199

Bei strahlendem Sonnenschein kam Yvain zwei Tage vor Christi Himmelfahrt nach Hause. Weil das Frühjahr so warm gewesen war, blühte der Flachs schon und leuchtete auf den schmalen Feldstreifen wie blassblaue Schmuckbänder zwischen dem satten Grün von Gerste und Weizen. Auf den hügeligen Weiden hatten die Bauern mit der Heuernte begonnen. Die Männer schritten durch die hohen Wiesen und führten die Sensen mit langen, rhythmischen Streichen. Die Frauen und Kinder folgten ihnen und breiteten das geschnittene Gras zum Trocknen aus.

Sie alle hielten inne, als sie Yvain vorbeireiten sahen, und erwiderten seinen Gruß. Die Männer zogen die Kappen, die Frauen knicksten.

Yvain überquerte den Mönchskopf und warf von der kahlen Kuppe aus einen Blick auf Waringham Heath. Wie eh und je ragte der tote Feenbaum aus dem leuchtend gelben Ginstermeer auf, hässlich, schwarz und starr wie ein versteinerter Troll, aber Yvain war trotzdem erleichtert, dass niemand ihn gefällt hatte.

Er schnalzte Vellantif zu. »Na los, mein Junge, wir haben's gleich geschafft.« Er galoppierte an, und sein wunderbares Pferd trug ihn so rasch und leichtfüßig den steilen Burghügel hinauf, als sei es frisch und ausgeruht. Doch Yvain zügelte es, ehe sie die Burg erreichten, und sie überquerten die Zugbrücke im Schritt.

Der Hufschlag lockte zwei Wachen aus der Kammer im Torhaus. »Willkommen daheim, Lord Yvain!«, rief der alte Oswin mit biergeölter Stimme.

»Oswin, Carl«, Yvain hielt bei ihnen an und saß ab. »Wie steht es in Waringham? Alle wohlauf?«

»Ich denk schon«, antwortete Carl. »Seine Lordschaft hatte auf der Jagd einen Reitunfall und hat sich das Bein gebrochen. Aber er humpelt schon wieder durch die Gegend, munter genug, um allen die Hölle heiß zu machen wie üblich.«

»Ach, du Schreck. Wann ist es passiert?«

»Vor einem Monat. Am Montag nach Ostern.«

Ein Unglückstag hier genau wie im Anjou, dachte Yvain flüchtig. Er nahm Vellantif am Zügel. »Ist mein Bruder hier?«

Oswin nickte. »Er ist heute früh zum Bischof nach Rochester geritten, aber er wollte vor Sonnenuntergang zurück sein.«

Yvain führte sein Pferd aus dem dämmrigen Torhaus in den sonnenbeschienenen Innenhof der Burg, wo reges Treiben herrschte. Auf dem Sandplatz an der Ostseite trainierte Jean FitzEdmond wie eh und je die Knappen im Schwertkampf. Am Brunnen standen zwei Mägde und tuschelten und kicherten, während sie aus dem Augenwinkel die drei Knechte beobachteten, die einen Karren voller Weinfässer vor dem Bergfried abluden und dabei mehr als nötig die Muskeln spielen ließen. Rauch kringelte sich aus dem Kamin des Backhauses, und über dem ganzen Burghof lag ein verführerischer Duft nach frischem Brot.

Yvain brachte Vellantif in den Stall neben dem Torhaus und schlenderte zum Bergfried hinüber. Im Vorbeigehen sagte er zu den Knechten: »Plustert euch nicht so auf. Das steigt den Mädchen nur zu Kopf.«

Grinsend tippte Jamie Wheeler sich an den formlosen Filzhut. »Da habt Ihr sicher recht, Lord Yvain. Willkommen zu Hause.«

»Danke. Kümmere dich um meinen Gaul, ja? Jetzt gleich, wenn's geht. Er ist verschwitzt und durstig und hungrig. Die Fässer können warten.«

»Wird gemacht«, versprach Jamie.

Yvain betrat den Bergfried und lief die Treppe zur Halle hinauf. Trotz des herrlichen Wetters draußen herrschte dort allerhand Betrieb, und der Erste, der Yvain entdeckte, war Baldur. Mit einem Bellen, das den Bergfried von Waringham Castle gewiss bis in die Grundfesten erschütterte, rannte er auf ihn zu, wollte an ihm hochspringen und besann sich im letzten Moment auf seine Manieren.

Yvain strich ihm über den Kopf. »Du hast mir auch gefehlt, Kumpel …«, bekannte er leise und trat an die hohe Tafel.

»Yvain!« Seine Mutter hatte mit ihrem kleinen Handwebrahmen an der Tafel gesessen, aber sie sprang auf, als sie ihn sah – so leichtfüßig und agil wie eh und je. Sein Vater blieb hingegen sitzen, das linke Bein ausgestreckt auf einem Schemel. Doch seine Augen strahlten, als er seinem Sohn entgegenblickte.

Yvain verneigte sich. »Mylord. *Ma mère.*«

»Willkommen daheim, mein Sohn«, sagte Lord Waringham.

»Oh, schau dich nur an!« Lady Maud schlug die Hände zusammen. »Was für eine prächtige Rüstung! Guillaume hat uns natürlich alles erzählt. Wir sind ja so stolz auf dich.«

Yvain fühlte seine Ohren heiß werden. So überschwängliches Lob war er nicht gewöhnt. Ein wenig verlegen sah er auf seinen Hund hinab, der ihm dicht wie ein Schatten an die Tafel gefolgt war, und liebkoste eines der gelockten Schlappohren. »So besonders prächtig ist sie nun auch wieder nicht«, wehrte er ab. »Aber sie passt hervorragend.«

»Setz dich zu uns«, lud Jocelyn ihn ein. »Du kommst aus Winchester?«

Yvain nickte und nahm in Guillaumes Sessel an der Seite seines Vaters Platz. Unauffällig ließ er den Blick durch die Halle schweifen, aber Amabel war nicht hier. »Der König hat mich für ein paar Tage beurlaubt. Ich soll mit euch zusammen zurückkehren, wenn ihr zur Krönung nach Westminster reitet. Ähm … *kannst* du überhaupt nach Westminster reiten?«

»Ich merke, schlechte Neuigkeiten verbreiten sich in Waringham wieder einmal schneller, als ein Falke fliegt«, erwiderte Lord Jocelyn säuerlich. »Natürlich kann ich reiten.«

»Kann er nicht«, klärte Lady Maud ihren Sohn im Verschwörerton auf.

»Anna!«, sagte Jocelyn barsch zu einer vorbeieilenden Magd. »Sir Yvain hat zwei Tage im Sattel verbracht. Wie wär's mit Wein und Brot und so weiter? Und einer Wasserschale?«

»Sofort, Mylord.«

»Ich wüsste es zu schätzen, wenn man dir nicht jede Kleinigkeit ausdrücklich auftragen müsste.«

»Tut mir leid, Mylord.« Es klang nicht sonderlich zerknirscht, und der Knicks fiel auch eher nachlässig aus.

Yvain war das völlig gleich, doch sein Vater sah der jungen Frau mit einem unwilligen Stirnrunzeln nach. Dann vergaß er sie und blickte Yvain erwartungsvoll an. »Also? Wie steht es in der Normandie?«

»In der Normandie steht es gut«, antwortete Yvain. »Aber auch nur dort.«

Er wartete, bis Anna mit der eingeforderten Wasserschüssel und einem Tablett zurückkam, und erst nachdem er sich die Hände gewaschen, einen Schluck Ale getrunken und die Magd die Estrade wieder verlassen hatte, berichtete er: John hatte besonnen und entschlossen gehandelt, um in dem Durcheinander nach Richards Tod seine Position in Frankreich zu sichern. Von Chinon aus waren sie zum nahe gelegenen Kloster Fontevrault aufgebrochen, wo er an der letzten Ruhestätte seines Bruders gebetet und dem Toten Ehre erwiesen hatte. Niemand, der ihn kannte, glaubte, dass diese Anwandlung einem tiefen inneren Bedürfnis entsprang, doch es besänftigte den Argwohn der mächtigen Bischöfe. Dann waren sie weiter nach Le Mans in der Grafschaft Maine gezogen, die ja ebenso zu Johns Erbe gehörte. Aber kaum dort eingetroffen, erfuhren sie, dass Arthur und seine Mutter tags zuvor – am Ostersonntag – in Angers Hof gehalten und viele Adlige des Anjou und des Maine sich ihnen angeschlossen hatten, um Arthurs Anspruch auf Richards Erbe zu unterstützen.

Schlimmer noch, die Späher berichteten, dass sowohl Philippe von Frankreich als auch Arthur mit einer Armee auf Le Mans marschierten, um John in die Zange zu nehmen und gefangen zu setzen. John hingegen hatte nur eine Handvoll Getreuer, aber noch keine Armee um sich geschart, mit der er seine französischen Besitzungen hätte verteidigen können. So hatte er in den frühen Morgenstunden am Tag nach Ostern Hals über Kopf aus Le Mans fliehen müssen, und sie waren fünfzig Meilen durch abscheuliches Wetter geritten, bis sie die Grenze zur Normandie erreichten.

»Der Adel und die hohe Geistlichkeit der Normandie haben ihn mit großer Ehrerbietung willkommen geheißen«, berichtete Yvain seinen Eltern. »Aber er war … erbost über den Abfall des Anjou und des Maine.«

Das war gelinde ausgedrückt. Der Prinz hatte mit Trinkbechern und Kettenhandschuhen um sich geworfen, und in den ersten Stunden nach ihrer Ankunft in Rouen hatte man sich ihm nur unter Lebensgefahr nähern können.

»Der Erzbischof von Rouen hat es schließlich fertiggebracht, ihn zu besänftigen, und am Sonntag nach Ostern hat er ihn in der Kathedrale höchst feierlich zum Herzog der Normandie erhoben.«

Gleich am nächsten Tag war John mit einem Aufgebot normannischer Ritter wieder nach Süden ausgerückt, hatte Le Mans eingenommen und dafür büßen lassen, dass es Philippe und Arthur – die inzwischen längst wieder abgezogen waren – die Tore geöffnet hatte. Während Johns Truppen die Stadt heimsuchten, die Burg- und die Stadtmauern dem Erdboden gleichmachten und die führenden Bürger gefangen nahmen, verwüstete die Armee der Königinmutter das Umland. Yvain hatte seinen Ohren nicht getraut, als Baldwin ihm erzählte, dass es kein anderer als der fürchterliche Mercadier war, der Aliénors Truppen befehligte.

Doch Lord Waringham teilte sein Unbehagen nicht. »Gut so«, sagte er mit Befriedigung. »Es ist ein Segen, dass die Königinmutter sich so unmissverständlich hinter John stellt, denn ohne die Macht Aquitaniens im Rücken könnte er die französischen Territorien niemals gegen Philippe halten. Auch Richard hätte das auf Dauer nicht gekonnt, ganz gleich, was dein Bruder denkt.«

Yvain nickte. »Königin Aliénor ist mit ihren Truppen ins Poitou gezogen, wohin Arthur sich verkrochen hat, und das gab Prinz John fürs Erste genügend Luft, um nach England zu kommen und sich seine Krone zu holen.«

»Wann ist die Krönung?«, wollte seine Mutter wissen.

»Übermorgen.«

Lady Maud schnappte nach Luft. »*Übermorgen?* Bist du von allen guten Geistern verlassen, Yvain? Wir brauchen neue Gewänder für eine Krönung. Auch das Gefolge muss neue Livreen bekommen, sonst werden die Lords in Westminster hinter unserem Rücken tuscheln, wir seien Hungerleider und …«

»Ich bin überzeugt, es war nicht Yvains Entscheidung«, fiel Lord Jocelyn ihr mit einem kleinen Lächeln ins Wort.

Der schüttelte den Kopf. »William Marshal und Erzbischof Walter haben darauf gedrungen, die Krönung so schnell wie möglich zu vollziehen. Sie wollen Fakten schaffen. Schließlich gibt es auch hier in England Lords, die lieber Arthur als John auf dem Thron sähen.«

»Vor allem jene, die damals nach Richards Gefangennahme Johns Burgen belagert haben«, bemerkte sein Vater mit einem Hauch von Schadenfreude. »Zum Glück waren wir klüger und haben dich in seinen Dienst gegeben.« Er legte Yvain die Hand auf die Schulter. »Und du hast deine Aufgabe gut gemeistert. Ich weiß, sie war oft schwierig, aber du hast deinem Haus Ehre und seine Zukunft sicherer gemacht.«

»Danke, Mylord«, erwiderte Yvain, aber das Lob seines Vaters hatte einen schalen Beigeschmack. Er hatte es nie bereut, in Johns Dienst getreten zu sein. Na ja, selten. Aber besonders ehrenhaft erschien es ihm bis heute nicht, dass ein Earl je einen Sohn in die verfeindeten Lager schickte, um einen Fuß in jeder Tür zu haben, selbst wenn viele damals so gehandelt hatten. William Marshal etwa hatte auf Königs Richards Seite gestanden, sein Bruder indes auf Johns. Es war *vernünftig*, zuerst an die Belange des eigenen Hauses zu denken, wusste Yvain. Und dennoch …

»Ah, und da kommt dein Bruder«, sagte Lord Waringham.

Yvain schaute zur Tür, und wie üblich fegte Amabels Anblick jeden brauchbaren Gedanken aus seinem Kopf, verpflanzte sein Herz in seine Kehle und versetzte ihn in einen erbarmungswürdigen Zustand, der zu gleichen Teilen aus Hingabe und Verzweiflung bestand. Er war daran gewöhnt, denn es war ihm ja im Grunde niemals anders ergangen, seit sie vor zehn Jahren nach Waringham gekommen war. Doch davon wurde es nie besser, und wie immer brauchte er ein paar Atemzüge, um seine Gefühle, vor allem seine Mimik, unter Kontrolle zu bringen.

Arm in Arm mit Guillaume durchschritt sie den langen Saal. Sie trug ein moosgrünes Kleid, dessen Farbe ihre lilienweiße Haut ebenso betonte wie den seidigen Glanz der schwarzen Flechten, die unter Schapel und Gebende hervorwallten. Erst mit einiger Verspätung registrierte Yvain, dass Guillaume die fünfjährige Matilda an der Hand führte, während Amabel einen kleinen Jungen auf der Hüfte trug.

Da ist er also, der Stammhalter der Waringham, dachte Yvain, und er stand auf, um den Ankömmlingen entgegenzutreten.

Guillaume nahm den Arm von den Schultern seiner Frau und drückte Yvain stürmisch an die Brust. »Gott, bin ich froh, dich in einem Stück zu sehen, Bruder. Ich habe heute in Rochester erst von Le Mans gehört.«

Yvain trat einen halben Schritt zurück, um sich unauffällig aus der Umarmung zu befreien. »Ja, das war eine von den eher unangenehmen Überraschungen.«

»Seit wann bist du zurück?«, fragte Guillaume.

»Vor drei Tagen in Portsmouth gelandet.«

»Wie war die Überfahrt?«

»Hör bloß auf …« Der Kanal war ruhig gewesen, aber Yvain hatte trotzdem gelitten, so wie immer.

Guillaume lachte und drosch ihm auf die Schulter, aber beides wirkte ein wenig abwesend. Beinah unecht, als habe er es einstudiert, um es im passenden Moment anzubringen. Und außerdem war er blass und hatte Ringe unter den Augen, wie mit Holzkohle aufgemalt. Guillaume trauerte furchtbar um seinen König, wusste Yvain.

Lächelnd wandte er sich an seine Schwägerin. »Und dies ist …?« Unfein zeigte er mit dem Finger auf ihren Sohn.

»Richard of Waringham«, sagte sie, streckte ihm den kleinen Kerl entgegen, und ihre schwarzen Augen strahlten. Es waren nicht nur die Augen, musste er sich verbessern. Die Liebe zu ihrem Sohn veränderte ihr ganzes Gesicht, machte die Züge weicher, so als wären sie mit einem schwachen, indirekten Licht übergossen.

Er nahm ihr Richard aus den Händen, wirbelte ihn einmal durch die Luft, was dem kleinen Jungen ein wunderschönes Lachen entlockte, und als Yvain in die kornblumenblauen Augen sah, drückte ihm irgendetwas die Kehle zu. Er küsste seinen Neffen auf den Schopf, der so rabenflügelschwarz wie der seiner Mutter war.

»Onkel Yvain, Onkel Yvain, morgen bekommt der neue König eine goldene Krone aufgesetzt!«, rief die kleine Matilda, offenbar eifersüchtig, weil ihr Bruder alle Aufmerksamkeit auf sich zog.

Yvain gab Amabel den Jungen zurück – ihre kühlen Fingerspitzen berührten dabei flüchtig seine Hände, was ein sachtes Prickeln auf seiner Haut hinterließ –, und er hob stattdessen seine Nichte auf den Arm. »Übermorgen«, verbesserte er. »Und das ist ein Glück. Deine Großmutter ist schon jetzt ganz aufgelöst, weil sie sich keine neuen Kleider für die Krönung mehr schneidern lassen kann.«

»Da ist sie nicht die Einzige«, warf Amabel spitz ein. »Eine Krönung so kurzfristig anzusetzen, kann wirklich nur Männern einfallen.«

Gemeinsam kehrten sie an die hohe Tafel zurück und setzten sich, Matilda auf Yvains Knie. Dabei war er ebenso ein Fremder für sie wie ihr Vater, aber aus irgendeinem Grund, den wohl nur eine Fünfjährige begreifen konnte, hatte sie ihren Onkel zu ihrem Ritter erkoren.

Yvain hatte keine Einwände.

»Wir sollten morgen aufbrechen, sobald es hell wird«, sagte Guillaume an ihren Vater gewandt. »Gott allein weiß, wie und wo wir in Westminster ein Quartier finden sollen.«

»Im Gästehaus der Abtei«, warf Yvain ein. »Der Lord Chamberlain hat es mir gestern gesagt.«

»Es geht doch nichts über gute Beziehungen, selbst zu einem Speichellecker wie Hubert de Burgh«, erwiderte Guillaume. Es geriet vermutlich giftiger, als er beabsichtigt hatte, denn sogleich winkte er mit einem kleinen Seufzen ab. »Vergiss, dass ich das gesagt habe. Und ich bin froh, dass wir ein Dach über dem Kopf haben.«

Yvain nickte, übte sich ausnahmsweise in Zurückhaltung und gab keinen Kommentar ab. Dabei war Hubert de Burgh alles andere als ein Speichellecker. Er gehörte zu denen, die John auch in den bitteren Jahren nach Richards Freilassung treu gedient hatten, als der Prinz in der Normandie und dem Vexin von Burg zu Burg gezogen war, um sie für seinen Bruder zurückzuerobern und so vielleicht irgendwann aus dem dunklen Schatten königlicher Ungnade ins Licht zurückkehren zu können. Yvain hatte das Gleiche getan, aber er war Knappe gewesen und hatte keine große Wahl gehabt. De Burgh hingegen hatte sich aus freien Stücken dafür entschieden, an Johns Seite zu bleiben – so wie Fulk de Cantilupe, Guillaume de Braose und eine Handvoll weiterer Männer –, und das hatte Mut erfordert. Denn König Richard hatte es missfällig zur Kenntnis genommen …

Doch Yvain wusste, dass sein Bruder die vergangenen fünf Jahre völlig anders erlebt hatte als er. Ihre Erfahrungen waren so verschieden, als hätte jeder von ihnen diese Zeit in einem anderen Land, in einem anderen Krieg verbracht.

Lady Maud erhob sich. »Ihr müsst mich entschuldigen. Ich weiß nicht, was ich in der Kürze der Zeit tun kann, um uns alle fein genug für eine Krönung zu machen, aber ich sollte schleunigst damit anfangen.«

»Ich begleite dich«, erbot sich Amabel und stand ebenfalls auf. Sie streckte Matilda die Hand entgegen. »Komm, Liebling. Du kannst uns helfen.«

»Ich will aber bei Onkel Yvain bleiben«, protestierte die Kleine.

»Ich bin geschmeichelt, Mylady«, versicherte der und stellte sie auf die Füße. »Aber ich muss auch los und mich um die Pferde kümmern. Also geh mit deiner Mutter.«

»Und lässt du den Kettenpanzer auch dabei an?«, erkundigte sein Bruder sich augenzwinkernd. »Ich erinnere mich, wie stolz man ist, wenn man ihn erst ein paar Wochen trägt. Sei ehrlich, Yvain, schläfst du nachts in dem Ding?«

»Natürlich«, gab der Jüngere zurück. »Ich hab mir sagen lassen, es schützt vor Flohbissen.« Tatsächlich fand er es so gut wie unmöglich, ohne Hilfe aus dem verdammten Ringelpanzer herauszukommen, und seit er vorgestern seine Freunde in Winchester zurückgelassen hatte, war er in seiner Rüstung regelrecht gefangen. Was er wirklich brauchte, war ein Knappe, aber da er keinen bezahlen konnte, gedachte er nicht, das Thema mit seinem Bruder zu erörtern.

Er wandte sich an seinen Vater. »Soll ich nach Gravesend reiten und uns für morgen ein Boot mieten?«

Es waren nur rund zehn Meilen bis zu dem kleinen Hafen an der Themse, und das Boot würde sie geradewegs bis zum Palast von Westminster bringen.

Doch Lord Waringham knurrte wie ein missgelaunter Bär: »Seit wann leisten die Waringham sich solche Extravaganz? Ich wünschte, alle würden aufhören, mich wie einen Tattergreis zu behandeln. Ich *kann* reiten, Yvain.«

Der hob ergeben beide Hände. »Bitte, wie du willst.«

Während alle Damen des Haushaltes umherliefen wie aufgeschreckte Hühner, die Mägde scheuchten und die Truhen nach Schmuckbändern und Bordüren durchwühlten, flüchteten Yvain und Guillaume hinaus, sahen im Pferdestall vorbei und vergewisserten sich, dass Sättel und Zaumzeuge ebenso in einwandfreiem Zustand waren wie die Tiere, die am folgenden Tag gebraucht würden. Und nachdem Guillaume seinen Bruder großmütig aus dem Kettenhemd befreit hatte, machten sie sich bei unverändert herrlichem Wetter gemeinsam auf den Weg nach Waringham Heath.

»Und was glaubst du?«, fragte Yvain, als sie die Zugbrücke überquerten. »Wie geht es Vater wirklich?«

»Oh, ganz gut, denke ich. Das Bein schmerzt, weil er zu viel darauf herumhumpelt, und natürlich schmerzt sein verletzter Stolz noch viel mehr. Ein Waringham fällt nicht vom Pferd und so weiter. Du kennst ihn ja.«

»Hm.« Yvain wechselte den vollen Wassereimer von der linken in die rechte Hand.

»Warst du dabei, als es passiert ist?«

Guillaume nickte und trat mit dem Innenrist gegen einen losen Kalksteinbrocken, sodass dieser ein Stück hügelab den staubigen Pfad entlangrollte. »Viel mehr als Jagen und den Hörigen bei der Feldarbeit auf die Finger schauen hab ich nicht zu tun, seit ich nach Hause gekommen bin. Also bin ich mit Vater und Fitz-Edmond und dem jungen Camberfield losgeritten, um irgendetwas für die abendliche Tafel zu schießen. Wir kamen zu dieser verfallenen alten Bruchsteinmauer eine halbe Meile östlich des Weißen Felsens. Als Vater übersetzte, knickte sein Pferd bei der Landung auf der linken Vorderhand ein, und irgendwie … ist er vornüber gestürzt. Sah übel aus. Er hätte sich ebenso gut den Hals brechen können.«

Der Kalksteinbrocken war Yvain vor die Füße gerollt, der ihn ein Stück weiter und zurück auf Guillaumes Seite kickte. »Jeder Reiter kann sich bei jedem Sturz den Hals brechen, Guillaume«, bemerkte er mit leisem Spott.

»Ich weiß«, räumte der Ältere ein, seufzte tief und trat den Stein mit etwas zu viel Schwung weiter, sodass er ins Gras neben dem Pfad rollte. »Er wird alt«, bemerkte er dann. »Ich glaube, das ist es, was mir an der Sache so zu schaffen macht. Ich habe gesehen, wie er stürzte, und mir schoss durch den Kopf: Ein jüngerer Reiter wäre im Sattel geblieben.«

»Was vermutlich nicht stimmt«, entgegnete Yvain.

»Wer weiß.« Guillaume machte einen Umweg zur Wiese und holte ihren kleinen Fußball zurück. Den ganzen Weg über den Mönchskopf bis nach Waringham Heath kickten sie ihn zwischen sich hin und her. Ein paarmal rangelten sie auch darum, und bei einer dieser Gelegenheiten schwappte eine gehörige Portion Wasser aus Yvains Eimer.

»Lass uns lieber vorsichtig sein«, warnte der Jüngere lachend. »Mutter wird uns die Ohren langziehen, wenn wir mit nassen und fleckigen Stiefeln zur Krönung reiten müssen.«

Guillaumes Miene wurde schlagartig finster. Er nickte, hob den Stein auf und schleuderte ihn mit Macht zwischen die Ginstersträucher.

Kommentarlos trat Yvain zum Feenbaum und kippte das verbliebene Wasser an den Stamm.

»Wie lange willst du eigentlich noch mit diesem Unfug weitermachen?«, nörgelte Guillaume.

Yvain sah ihn an. »Junge, Junge. Dir hat es aber wirklich *gründlich* die Laune verdorben.«

Sein Bruder wandte den Kopf ab. »Kann schon sein. Aber wenigstens bin ich in der Lage, eine wirklich aussichtslose Sache zu erkennen.«

»Ist es der Feenbaum, über den wir reden? Oder König John?«

»*König* John«, höhnte Guillaume bitter. »Wenn ich das schon höre …«

»Ja? Was dann?«

Sein Bruder verschränkte die Arme und machte einen angriffslustigen Schritt auf ihn zu. »Er wird alles zugrunde richten, was Richard geschaffen hat. Mach mir nicht vor, du wüsstest das nicht.«

Yvain war nicht ganz klar, woraus genau König Richards Lebenswerk denn eigentlich bestehen sollte. Richard war ein großer Ritter gewesen, keine Frage. Ein ruhmreicher Krieger. Aber er hatte weder Sizilien noch Zypern halten können, die er auf dem Weg ins Heilige Land erobert hatte. Jerusalem hatte er nicht für die Christenheit zurückgewinnen können; all seine Triumphe im Heiligen Land waren versickert wie Wasser im Wüstensand. Er hatte sich alle Herrschaftsgebiete in Frankreich zurückgeholt, die König Philippe ihm während seiner Gefangenschaft gestohlen hatte, aber nicht nur Lord Waringham zweifelte, ob Richard sie auch hätte halten können. Er hatte das Land, dessen Krone er getragen hatte, vernachlässigt und erbarmungslos ausgeplündert, um seine kriegerischen Abenteuer anderswo und sein Lösegeld zu bezahlen. England war ein Armenhaus, die Normandie ein verwüstetes Schlachtfeld. *Das* war es, was König Richard der Nachwelt hinterlassen hatte, aber keinen legitimen Sohn und Erben, auf den die Menschen ihre Hoffnungen hätten gründen können.

All das wollte Yvain seinem Bruder entgegenschleudern, aber als er den Schmerz und die Furcht in dessen Augen las, brachte er es nicht fertig. Stattdessen antwortete er: »Ich sage dir, was ich weiß, Guillaume: Gott hat es so gefügt, dass König Richard mit nur einundvierzig Jahren bei einer vollkommen blödsinnigen Belagerung sein Leben verlor. Bedeutet das nicht, dass es ebenso eine göttliche Fügung ist, die John zu seinem Erben macht? Vielleicht wird er uns alle überraschen. Er ist ein mutiger Mann und ein hervorragender Soldat, das weißt du so gut wie ich. Und für England brechen gewiss bessere Zeiten an, denn es liegt ihm am Herzen. Wer weiß, womöglich kann er sogar Frieden mit Philippe von Frankreich schließen, denn sie sind nicht aufs Blut verfeindet, wie Richard und Philippe es waren.«

»Ja, und vielleicht schlägt der Feenbaum ja nächstes Jahr doch wieder aus«, knurrte Guillaume, trat zu dem flachen Findling und setzte sich.

Yvain stieß ungeduldig die Luft aus. »Na schön. Ich gebe zu, es ist ebenso gut möglich, dass John uns stürmische Zeiten beschert. Aber was ich meinte, war: Wir haben nur ihn.« Er breitete kurz die Hände aus. »Also tu dir selbst den Gefallen und gib ihm eine Chance.«

Guillaume nickte unwillig und fuhr sich mit dem Handrücken über die Stirn. »Bleibt nur die Frage, ob er *mir* eine Chance geben wird. Richards Vertraute werden einen schweren Stand haben, so viel ist sicher.«

»Aber er braucht den Rückhalt der englischen Barons«, widersprach Yvain und setzte sich neben ihn. »Es wird mehr von dir abhängen als von ihm, wie es mit Waringham und der Krone weitergeht.«

»Du hast vermutlich recht«, räumte Guillaume ohne alle Überzeugung ein und legte seinem Bruder die Hand auf die Schulter. »Und wenn ich es ungeschickt anstelle und den Kopf verliere, wird er Waringham vermutlich dir geben, nicht wahr? Dann bleibt es wenigstens in der Familie.« Er lachte unfroh vor sich hin. »Genau betrachtet, musst du dir doch wünschen, dass es so kommt. Jetzt, da ich einen Sohn habe, wäre es deine letzte Chance, es zu kriegen.«

»Du hast schon geschmackvollere Scherze gemacht«, bemerkte Yvain seufzend, ließ sich zurücksinken, stützte sich auf die Ellbogen und blinzelte in den sommerblauen Himmel.

»Ich bin gar nicht sicher, ob es einer war«, gestand Guillaume. »Ein landloser Ritter zu sein ist ein bitteres Los. Also kann die Ankunft eines Neffen dich nicht gerade beglückt haben.«

Mit einem Ruck setzte Yvain sich wieder auf. »Hörst du dich

eigentlich reden? Ich wünsche dem kleinen Richard Glück und Gesundheit und ein langes Leben. Und ich kann nicht fassen, dass wir diese Unterhaltung führen. Was ist nur in dich gefahren, Bruder?«

Guillaumes Blick ergriff vor dem seinen die Flucht. »Gott, du hast recht«, murmelte er vor sich hin. Es klang angewidert. »Es wird höchste Zeit, dass ich mich zusammenreiße.«

»Es erleichtert mich, dass mir erspart bleibt, dir das zu raten«, erwiderte Yvain kühl.

Sie schwiegen einen Moment, und nichts war zu hören als das Summen der Bienen im blühenden Ginster.

Guillaume stierte immer noch auf den toten Baum, als er schließlich sagte: »Mir graut vor dieser Krönung. Davor, das Knie vor John zu beugen. Und am allermeisten davor, dass er ein Auge auf meine Frau wirft.«

Yvain wäre um ein Haar zusammengezuckt. »Wie meinst du das?«, fragte er verwirrt.

»Komm schon, als sein Knappe hast du doch vermutlich jahrelang wie eine Fußmatte vor seiner Tür gelegen. Es kann dir nicht entgangen sein, dass seine verheirateten Gefährtinnen nicht immer freiwillig die Nächte mit ihm verbringen.«

»Blödsinn«, knurrte Yvain. »Du hast recht, ich habe ungezählte Nächte vor seiner Tür verbracht.« Und wenn der Prinz übellaunig oder betrunken oder beides gewesen war, hatte er seinen Knappen tatsächlich manchmal mit einer Fußmatte verwechselt. »Und du kannst wetten, dass mir nur die wenigsten Geheimnisse verborgen geblieben sind, aber von unfreiwilligen Bettgefährtinnen weiß ich nichts.«

Forschend sah Guillaume ihm ins Gesicht, und seine Augen wirkten ungewohnt klein, so angespannt waren die Züge. »Ich bete, dass du dich nicht täuschst. Vermutlich weiß niemand wirklich, was meine Frau mir bedeutet, weil ich immer nur mit dem König im Krieg war. Aber Amabel ist … das Beste in meinem Leben, Yvain. Was für ein verrückter Zufall, wo die Ehe doch gestiftet wurde, um zwei Landsitze zu vereinen. Aber was daraus geworden ist …« Er schüttelte den Kopf, halb ungläubig, halb verlegen. »Ich wusste ehrlich nicht, dass man einen Menschen so lieben kann. Und umgekehrt ist es genauso. Wie in einem von diesen blöden Ritterepen, auf die du immer so versessen warst. Und darum werde ich diesem verfluchten Schuft das Herz aus der Brust reißen, wenn er sie anrührt, König oder nicht.«

Westminster, Mai 1199

Am Himmelfahrtstag, dem siebenundzwanzigsten Mai im Jahre des Herrn eintausendeinhundertundneunundneunzig, wurde John aus dem Geschlecht der Plantagenet in der ehrwürdigen Abteikirche zu Westminster zum König gekrönt – dem ersten seines Namens –, und das große Ereignis ging mit so viel Pomp und Prunk einher, dass nicht nur die Ritter und Barons vom Lande sich in ehrfürchtiges Staunen versetzt fanden.

Goldfäden funkelten in den farbenprächtigen Bannern und Standarten, die Sonne glitzerte auf den silbernen Trompeten der festlichen Prozession, und die Menschen aus London und Westminster standen dicht gedrängt entlang der Straßen und auf dem Vorplatz und jubelten ihrem neuen König beim Einzug in die Kirche zu.

Vor den versammelten Fürsten der Welt und der Kirche schwor der König am Altar seinen Krönungseid, die Heilige Mutter Kirche und ihre Gläubigen zu beschützen, schlechte Gesetze durch gute zu ersetzen und seinen Untertanen Gerechtigkeit widerfahren zu lassen, ehe er mit dem heiligen Öl gesalbt wurde und der Erzbischof von Canterbury ihm schließlich die schwere Krone aufs Haupt setzte.

Nichts war davon zu merken, dass dieser König und dieser Erzbischof sich in der Vergangenheit immer mit Argwohn beäugt hatten. Hubert Walter vollzog die Krönung mit tiefem Ernst und Feierlichkeit, und Yvain musste sich zusammennehmen, um seinen neuen König nicht offenen Mundes anzugaffen. Denn John kam ihm vollkommen verändert vor. Und das lag nicht allein an den kostbaren Krönungsgewändern aus purpurnem Brokat, nicht einmal an der Krone. Es war vielmehr sein Gesicht, welches Yvain doch so gut kannte, aber diesen Ausdruck hatte er nie zuvor darauf gesehen. Es zeigte Zuversicht. Selbstvertrauen. Und eine entwaffnende, kindlich anmutende Seligkeit. Was immer kommen mochte, eins war gewiss: In diesem Augenblick war König John entschlossen, jeden seiner drei Krönungsschwüre zu erfüllen. Und er zweifelte auch nicht, dass er es konnte, weil er nun endlich den Platz eingenommen hatte, den erst sein Vater und nun auch Gott ihm bestimmt hatten.

Als der Earl of Waringham mit seiner Familie den übrigen Barons aus der Kirche folgte, bemerkte seine Gemahlin gedämpft: »Man sieht ihm an, welch eine Genugtuung dieser Tag für ihn ist, aber es muss doch schmerzlich sein, dass er niemanden aus seiner Familie in der Nähe hat, um diesen Triumph mit ihm zu teilen.«

»Vielleicht besser so«, spöttelte Jocelyn, der ihr galant den Arm bot, während er sich mit der anderen Hand auf seinen neuen Gehstock stützte. »Die Männer dieser Familie sind nicht gerade dafür bekannt, dass sie die Triumphe anderer gern mit ansehen.«

»Aber wenigstens seine Mutter hätte hier sein können«, befand Amabel kritisch, die an Guillaumes Seite gleich hinter ihnen ging.

»Sie sichert seine Südgrenze in Frankreich«, widersprach ihr Gemahl. »Damit ist ihm besser gedient als mit gluckenhaftem Stolz anlässlich seiner Krönung. Mütterliche Gesten waren ohnehin nie ihre Stärke.«

»Außerdem ist der König heute keineswegs ohne familiären Beistand«, warf Yvain ein, der neben seinem Bruder einherging. Diskret wies er auf den Mann, der zwischen William Marshal und Hubert de Burgh die Gruppe der weltlichen Lords gleich hinter den Bischöfen anführte. »Sein Bruder, der Earl of Salisbury.«

»Nur ein Bastard«, widersprach Lord Waringham abschätzig.

Yvain hob kurz die Schultern. »Das scheint den König nicht zu stören.«

William »Longsword« wurde der Earl of Salisbury genannt, und womöglich hatte er sich den hübschen Namen selbst ausgesucht, denn auch ein Bastard musste ja irgendwie heißen. Obwohl natürlich nur dessen Halbbruder, sah er König John weit ähnlicher, als Richard es getan hatte: Das gleiche dunkle Haar mit dem rötlichen Schimmer von brüniertem Kupfer, die gleichen scharfen, gutaussehenden Züge. Etwa gleich alt waren sie auch noch, hatte Salisbury Yvain am gestrigen Abend offenbart, und wäre er nicht einen halben Kopf größer gewesen als John, hätte man sie für Zwillinge halten können.

Es war ihre erste Begegnung gewesen, denn in der Vergangenheit hatte Salisbury immer irgendwo in Frankreich für König Richard Krieg geführt. Nach dessen Tod aber hatte er ohne jedes Zaudern und in aller Offenheit für John und gegen Arthur Stellung bezogen, und erstaunt hatte Yvain beobachtet, wie vertraut die Halbbrüder miteinander waren. Im Gegensatz zu John war William Longsword von eher gutmütigem Naturell. Humor funkelte in seinen grauen Augen und noch etwas anderes, das Yvain nicht so recht benennen konnte. Womöglich war es Abgeklärtheit. Ein Bastard musste viel Geringschätzung erdulden, selbst wenn er ein Königssohn war. Die einen wurden bitter davon. Andere lernten, auf sich selbst und ihre eigene Stärke zu vertrauen. Solch ein Mann war William Longsword, und nicht zuletzt ihm war geschuldet, dass der Abend vor der Krönung, den John traditionsgemäß im Tower of London verbracht hatte, eine ausgelassene und unbeschwerte Angelegenheit geworden war. Sie hatten geschmaust und womöglich etwas zu viel getrunken, und wie Yvain prophezeit hatte, hatten auch Baldwin Beaumont, Adam de la Pomeroy und Pentecôte FitzHugh ihren Ritterschlag empfangen, ehe der König sich schließlich in die Kapelle zurückgezogen hatte. Auch dass er die Nacht vor seiner Krönung im Gebet statt in den Armen einer Hure verbracht hatte, war William Longsword zu verdanken. Er könne einen wirklich guten Einfluss auf den König haben, hatte William de Braose Yvain weinselig zugeraunt.

Verlass dich lieber nicht darauf, hatte Yvain bei sich gedacht.

Wesentlich feierlicher ging es beim heutigen Krönungsbankett in Westminster Hall zu. Lord Waringham und seine Familie hatten Plätze im oberen Drittel der rechten Seitentafel zugewiesen bekommen, und von dort aus hatten sie einen guten Blick auf den König, die Bischöfe und vornehmsten Barons an der hohen Tafel. William Marshal und Geoffrey FitzPeter, der Justiciar, hatten die besondere Ehre, König John bei diesem zeremoniellen Bankett aufzuwarten. Nicht nur die hohe Tafel, auch die Seitentische waren mit blütenweißem Leinen bedeckt – zweitausend Yards, um genau zu sein, hatte der Chamberlain Yvain voller Stolz erklärt –, und die silbernen und goldenen Schalen, Platten, Pokale und Krüge waren auf Hochglanz poliert und funkelten im Licht einer verschwenderischen Vielzahl duftender Wachskerzen. Einundzwanzig fette Ochsen, über zweihundert Täubchen, cremige Saucen mit sündhaft teuren Gewürzen aus fernen Ländern, junges Frühlingsgemüse, weiches, weißes Brot und Berge von Mandelkuchen und süßen Pasteten wurden aufgetragen, und erst als all das mit Wohlgefallen vertilgt war, begann die lange Prozession der Kronvasallen, die vor den König traten und ihm ihren Lehnseid leisteten. Es waren ungefähr zweihundert, und es dauerte Stunden, doch der König empfing einen jeden mit einem Lächeln, mit Herzlichkeit gar, als wolle er sie alle und sich selbst vergessen machen, dass sie im Lauf der vergangenen Jahre manches Mal in feindlichen Lagern gestanden hatten.

»Alsdann«, murmelte Jocelyn, als der Herold des Königs ihn aufrief, erhob sich und trat gemessenen Schrittes in die Mitte der großen Halle, wo John mit dem Rücken zur hohen Tafel auf der Estrade stand. Lord Waringham zog das linke Bein ein klein wenig nach, doch er hatte den Stock unter der Bank liegen lassen und trat erhobenen Hauptes vor den König – ein würdevoller Edelmann mit silbrigem Bart und breiten Schultern. Er musste vor Schmerz die Lippen zusammenpressen, als er vor dem König auf die Knie sank, und es ließ ihn grimmig und missgelaunt wirken. Doch dann blickte er mit einer selbstironischen kleinen Grimasse zu John auf und sagte: »Alte Knochen, Sire. Aber ergebene.«

Hier und da plätscherte leises Gelächter. Der König entspannte sich sichtlich und nickte mit einem Schmunzeln. Bis heute hatte Yvain nicht geahnt, dass er schmunzeln konnte.

Lord Waringham legte die Rechte auf das Reliquiar, welches der Bischof von Norwich ihm hinhielt, sah John in die Augen und sagte: »Von heute an bin ich der Eure mit Leib und Leben, mit all meiner weltlichen Ehre und allen, die mir angehören, und gelobe Euch Gehorsam und Vasallentreue, so wahr mir Gott helfe.«

Er legte die Handflächen zusammen und streckte die Hände empor. Der König umschloss sie mit den seinen. So verharrte er einen Moment, denn es war diese altehrwürdige Geste, die das Lehnsverhältnis zwischen König und Vasall besiegelte, und die Stille in der Halle hatte etwas Feierliches, so als hätten alle Versammelten vor Ergriffenheit den Atem angehalten.

Als John die Hände sinken ließ, brach sich das Licht einer Kerzenflamme funkelnd in dem Rubin an seinem rechten Zeigefinger. »Erhebt Euch, Lehnsmann«, sagte er und wartete, bis Jocelyn mit einiger Mühe wieder auf die Füße gekommen war. Dann schloss er den Earl of Waringham kurz in die Arme und küsste ihn zum Zeichen der königlichen Huld auf den Mund.

»Ich wette, dieser Teil hat König Richard mehr Spaß gemacht«, raunte William de Braose an Yvains Seite – laut genug, dass auch Guillaume es hörte, der den Übeltäter mit einem mörderischen Blick traktierte.

Yvain führte hastig den Becher an die Lippen, den sie teilten, um sein respektloses Grinsen zu verstecken.

Es dämmerte bereits, als das Krönungsbankett zu Ende ging und der Earl of Waringham sich mit den Seinen auf den kurzen Weg zurück zum Gästehaus der Abtei machte, wo man ihnen wie versprochen ein Quartier gegeben hatte.

»Es war sehr würdevoll«, bemerkte Lady Maud zufrieden. »König John scheint mit einem Mal von großem Ernst erfüllt und hat seine Sache gut gemacht.«

»Bis hierher jedenfalls«, schränkte Guillaume ein.

»Es wird höchste Zeit, dass du deine Haltung dem König gegenüber änderst, mein Sohn«, wies ihr Vater ihn zurecht, gedämpft, aber unmissverständlich scharf, und er warf einen unauffälligen Blick über die Schulter, um sich zu vergewissern, dass niemand sie belauschte.

»Was ist eigentlich mit seiner Gemahlin?«, fiel Amabel mit einem Mal ein. »Wo war sie? Und wieso ist sie nicht gemeinsam mit ihm gekrönt worden?«

»Du bist nicht die Erste, die diese Frage stellt«, vertraute Guillaume ihr an und legte ihr den Arm um die Schultern. »Vermutlich wird er irgendeinen Vorwand suchen, um sich von ihr scheiden zu lassen. Er kann jetzt schließlich wesentlich ambitionierter heiraten und muss sich nicht mit einer englischen Grafentochter begnügen. Das arme Kind sitzt wahrscheinlich irgendwo in einem Kloster und heult sich die Augen aus.«

Amabel sah zu Yvain. »Ist das wahr?«

Er hob kurz die Schultern. »Königin Aliénor hat schon in Chinon zu ihm gesagt, er müsse die Ehe annullieren lassen.«

Er glaubte indessen nicht, dass Isabella of Gloucester sich die Augen ausheulte. Gestern Abend im Tower war sie jedenfalls glänzender Laune gewesen, hatte ihrem Gemahl mit aller Herzlichkeit Gottes Segen für den heutigen Tag gewünscht und sich dann zurückgezogen. Yvain hatte sie im Laufe der vergangenen Jahre nur selten zu Gesicht bekommen, denn John hatte nie mit seiner Frau zusammengelebt. Aber wenn sie gelegentlich an seinen Hof gekommen war, schienen sie sich immer gut zu verstehen, waren ungezwungen und unbeschwert miteinander. Eher wie Bruder und Schwester als wie Mann und Frau. Und Isabella schien nie Anstoß daran zu nehmen, dass John das Bett lieber mit einer endlosen Karawane ewig wechselnder Geliebten teilte als mit ihr.

Doch Yvain wäre eher in die Themse gesprungen, als dieses heikle Thema ausgerechnet mit Amabel zu erörtern.

Seit Guillaume ihm vor zwei Tagen offenbart hatte, wie es zwischen ihm und seiner Frau stand, litt Yvain schlimmere Qualen denn je. Er verstand überhaupt nicht, warum, denn auch vorher war Amabel für ihn so unerreichbar gewesen wie der Abendstern. Und er *wollte* doch, dass sie glücklich war, und Guillaume ebenso, denn das hatten sie verdient, alle beide. Trotzdem. Seit sie ihm damals das Amulett mit dem Waringham-Einhorn geschenkt hatte am Tag, bevor er von zu Hause aufbrach, hatte er die stille Hoffnung gehegt, sie sei ebenso in ihn verliebt wie umgekehrt. Und auch wenn das nichts an der Ausweglosigkeit der Lage geändert hätte, war es doch ein Trost gewesen, denn ein unglückliches Liebespaar zu sein, dem Fortuna einen üblen Streich spielte, fühlte sich immer noch besser an, als ein liebeskranker Trottel zu sein. Es hatte ihm eine heimliche Verbindung zu Amabel vorgegaukelt, beinah so, als seien sie Verschwörer. Nüchtern betrachtet musste Yvain einräumen, dass Amabel nie etwas gesagt oder getan hatte, um ihn in diesem Irrglauben zu bestärken. Und doch fühlte er sich verlassen, und jede Minute in ihrer Gegenwart war ein Jammertal. Er verabscheute sein erbärmliches, unritterliches Selbstmitleid, doch er wusste einfach nicht, was er ihm entgegensetzen sollte.

Ausgerechnet William Marshal erlöste ihn fürs Erste aus seinem Elend. Wie aus dem Boden gestampft stand er plötzlich vor ihnen und bat: »Würdest du mir deinen Jüngsten ausborgen, Jocelyn?«

Lord Waringham schien überrascht, vollführte jedoch eine einladende Geste. »Natürlich.«

Marshall nickte Yvain knapp zu. »Kommt mit mir, Junge.« Und an Jocelyn gewandt, fuhr er fort: »Lass uns in Ruhe einen Becher trinken, ehe ihr heimreitet. Auf die alten Zeiten.«

»Gern, Will«, stimmte Yvains Vater lächelnd zu.

Yvain fiel aus allen Wolken, als er hörte, wie ungezwungen sie miteinander sprachen. Natürlich wusste er, dass sie vor ungefähr hundert Jahren gemeinsam im Dienst des Jungen Königs gestanden hatten, aber trotzdem hätte er nicht für möglich gehalten, dass irgendwer in England es wagen könnte, den vielgerühmten William Marshal beim Vornamen zu nennen.

Der verneigte sich vor den Damen. »Ihr seht bezaubernd aus, Lady Maud. Meine Gemahlin hat gedroht, dieser Krönung fernzubleiben, weil ihr keine Zeit für die Vorbereitung ihrer Garderobe blieb. Wie ich sehe, habt Ihr solche Sorgen nicht.«

»Wenn Ihr wüsstet, Mylord«, gab Yvains Mutter verschwörerisch zurück. »Eure Gemahlin hat mein vollstes Verständnis. Hier, kennt Ihr unsere Schwiegertochter? Amabel of Hetfield.«

Amabel knickste anmutig. »Eine Ehre, Mylord.« Untypisch schüchtern senkte sie den Blick. Einer lebenden Legende begegnete man schließlich nicht alle Tage, und womöglich hatten die behüteten Jahre in Waringham sie ein wenig menschenscheu gemacht.

»Lady Amabel.« Marshal verneigte sich – galant und routiniert zugleich – und nickte Guillaume anerkennend zu. »Was für ein Glückspilz Ihr seid, mein Junge.«

»Das bin ich in der Tat, Mylord«, stimmte Guillaume lächelnd zu und legte seiner Frau den Arm um die Schulter.

Yvain stand mit herabbaumelnden Armen daneben und wünschte, ein Blitz möge aus dem tiefblauen, klaren Abendhimmel fahren und ihn erledigen, als Marshal sich schließlich wieder an ihn erinnerte.

»Gehen wir«, forderte er ihn auf und stiefelte Richtung Fluss davon, ohne auf Yvain zu warten.

Im Palast zu Westminster war es ruhiger geworden, jetzt, da das Krönungsbankett vorüber war, aber immer noch sah man Diener und Mägde, die mit wackligen Türmen aus Gold- und Silbergeschirr von der Halle zur Spülküche hinüberliefen, Ritter und Landedelleute standen in kleinen Gruppen in der lauen Abendluft beisammen und hielten ein Schwätzchen, und am Kai wurde die Wache abgelöst.

Marshal führte den jungen Ritter über die großzügige Freifläche vor der St.-Stephen's-Kapelle. »Wisst Ihr, worin die Aufgabe eines Lord Marshal besteht?«, fragte er.

Yvain nickte. »Er ist für die Stallungen und Pferde des Königs verantwortlich.«

»So ist es.«

Auf der Nordseite der schmucken kleinen Kirche gelangten sie zu einem gedrungenen, langgezogenen Gebäude aus verwittertem Fachwerk. Äußerlich wirkte es heruntergekommen und vernachlässigt, aber der erste Eindruck trog, stellte Yvain fest, als sie durch das breite Tor traten: Links und rechts einer sauber gefegten Mittelgasse zogen sich großzügige Boxen an beiden Wänden entlang, bevölkert von edlen Rössern unterschiedlicher Rassen und Größen. Der unverwechselbare Pferdegeruch lag schwer in der stillen, warmen Luft, vermischt mit dem Duft nach frischem Stroh und neuem Leder. Yvain atmete tief durch.

»Ein Dutzend der besagten königlichen Pferde seht Ihr hier.«

»Heiliger Martinus …« Magisch angezogen trat Yvain an die vorderste Box auf der linken Seite und schaute über die brusthohe Abtrennung auf den muskulösen, langbeinigen Fuchs, der dort stand und gemächlich Heu aus seiner Krippe zupfte. Sein Nachbar zur Rechten war stämmiger und zwei Handbreit größer, hatte ein glänzend schwarzes Fell und eine wellige Mähne – ein französisches Schlachtross, erkannte Yvain ehrfurchtsvoll, ein *Destrier*. Yvain legte die Rechte auf den warmen Pferdehals und strich bewundernd über das glatte Fell. »Was für wundervolle Tiere, Mylord.«

Marshal hatte die Arme verschränkt und ließ ihn nicht aus den Augen. »Warum der heilige Martinus?«

»Was?«, fragte Yvain abwesend, während seine Hand zu den gewaltigen Brustmuskeln des Destriers glitt, verbesserte sich aber sogleich: »Wie beliebt, Mylord?«

»Ihr habt den heiligen Martin angerufen. Wieso?«

Yvain klopfte dem Rappen anerkennend den Hals, ließ von ihm ab und wandte sich Marshal wieder zu. »Keine Ahnung«, gab er mit einem Achselzucken zurück, das halb ratlos, halb rebellisch war. »Weil er der Schutzheilige der Pferde ist.«

»Das wisst Ihr also, ja?«

»Warum sagt Ihr mir nicht einfach, was Ihr von mir wünscht, Mylord? Ich merke sehr wohl, dass Ihr mich auf irgendeine Probe stellen wollt, aber ich kann mir nicht vorstellen, dass ich vor Euren Augen je bestehen könnte. Also …«

»Ich habe geahnt, dass Ihr ein Flegel mit einer losen Zunge

seid«, unterbrach William Marshal ihn schneidend. »Aber jetzt werdet Ihr meine Fragen beantworten und mir Eure Unverschämtheiten ersparen, Bübchen. Ist das klar?«

Es klang nicht einmal wütend. Eher gereizt. Trotzdem wurde Yvain mulmig zumute. Es war schwierig, sich von diesem Mann nicht einschüchtern zu lassen. »Wie Ihr wünscht, Mylord«, erwiderte er und rang um einen neutralen Tonfall.

Marshal wies mit dem linken Zeigefinger auf die dritte Box. »Schaut ihn Euch an und sagt mir, was Ihr seht.«

Yvain öffnete die hölzerne Tür, trat in die Box und nahm den Braunen mit der gleichmäßigen Blesse in Augenschein. Er ließ sich Zeit. In der Nähe von Pferden fiel immer alle Nervosität von ihm ab – ihm war mit einem Mal gleich, ob Marshal es eilig hatte oder ob er ungeduldig wurde. Yvain fuhr gegen den Strich über das borstige Fell an der Schulter, strich über Rumpf, Vorder- und Hinterhand, sah sich die Hufe von oben und unten an und spähte schließlich in sein Maul. »Er ist ein normannischer *Courser*«, antwortete er schließlich. »Oder Renner, wie man in England sagt. Sieben, acht Jahre alt. Von gleichmäßigem und kräftigem Wuchs, gesund, und ich vermute, er ist sehr schnell, aber kaufen würde ich ihn nicht.«

»Warum nicht?«

»Weil er an beiden Hinterhufen die Strahlfäule hat.«

»Was kann man dagegen tun?«

»Den Stallburschen davonjagen, der ihn auf dreckigem Stroh hat stehen lassen. Das befallene Horn vorsichtig entfernen und darauf achten, dass er auf sauberem, trockenem Untergrund steht. Erst in einigen Tagen wird man sehen können, wie schlimm es wirklich ist. Ist die Fäule zu tief eingedrungen, wird der Huf sich vermutlich verformen, und das Pferd wird lahm.«

»Also ein Fall für den Abdecker?«

Yvain schüttelte langsam den Kopf. »Nur wenn die Fäule ins Blut eindringt und er Fieber und Schmerzen bekommt. Andernfalls würde ich solch ein herrliches Tier an einen Züchter verkaufen.«

»Und welcher Art Stute zuführen?«

So ging es weiter und immer weiter. Yvain erkannte bald, dass Marshal ein hervorragender Pferdekenner war, aber es war kein Vergnügen, mit ihm zu fachsimpeln, fühlte sich eher so an wie die gefürchteten Lateinstunden seiner Kindheit, wenn Vater Pierre die unregelmäßigen Verben abgefragt hatte. Doch anders als bei lateinischen Verbklassen befand Yvain sich hier auf sicherem Terrain. Er hatte nicht auf alle Fragen eine Antwort – auf manche der Fragen *gab* es keine Antworten –, aber er geriet keinmal in Nöte, und zu guter Letzt gingen dem Lord Marshal die Fragen aus.

»Also schön«, räumte er ein. »Ihr seid tatsächlich gut, wie Cantilupe gesagt hat. Ich bleibe dabei, dass ich lieber einen anderen genommen hätte als ausgerechnet Euch, aber ich ernenne Euch zum Master of the Horse im Haushalt des Königs. Ihr dürft Euch geehrt fühlen, Bübchen. Es ist übrigens ein bezahltes Hofamt – ich nehme an, das ist es, was Euch vor allem interessiert.«

Yvain starrte ihn an, so fassungslos über diese ganz und gar unerwartete Ehre, dass er die Schmach der neuerlichen Beleidigung kaum spürte. Sie entlockte ihm lediglich ein kurzes Blinzeln.

Er sann auf eine angemessene Erwiderung, doch ehe sie ihm eingefallen war, spöttelte eine Stimme von der Tür: »Du meine Güte, William, Ihr seid aber wirklich gar nicht gut auf unseren Löwenritter zu sprechen.«

Yvain wirbelte herum. William Longsword, der Halbbruder des Königs, lehnte lässig mit einer Schulter an der Zarge des Stalltors und sah von einem zum anderen, ebenso amüsiert wie neugierig.

»Ah, Salisbury«, grüßte Marshal. Er klang weit weniger frostig als zuvor, aber als er rüde mit dem Finger auf Yvain zeigte, verfinsterte seine Miene sich wieder. »Es gibt genau zwei Dinge, die ich über diesen jungen Mann weiß: Er wurde mir als Knappe angedient, und ich habe um seines Vaters willen bereitwillig zugestimmt, aber der Lümmel kam niemals. Das Nächste, was ich von ihm hörte, war, dass er lieber mit Eurem königlichen Bruder durch die Hurenhäuser von Winchester gezogen ist, als ein Templer zu werden.«

»Hm«, machte Longsword versonnen, stemmte die Hände in

die Hüften und blickte zu Yvain. »Das wirft tatsächlich kein sonderlich strahlendes Licht auf Euch«, befand er augenzwinkernd. »Was habt Ihr zu Eurer Verteidigung vorzubringen?«

»Nichts«, antwortete Yvain bockig. Er dachte nicht daran, die finanziellen Engpässe seines Vaters vor Marshal auszubreiten, erst recht nicht die verrückten Umstände jener Nacht vor all den Jahren, die ihn und den König zusammengeführt hatten. »Ich habe mich nicht um das Amt eines Master of the Horse beworben, und ich stehe hier auch nicht vor Gericht. Also wüsste ich nicht, warum ich Rechenschaft vor Euch ablegen sollte, Mylord«, schloss er mit einer impertinenten Verbeugung in Marshals Richtung.

Longsword nickte. »Er ist jedenfalls kein Feigling, William, das müsst Ihr zugeben. Ich habe vor Euch geschlottert, als ich in seinem Alter war, wenngleich mein Vater der König war.«

Marshall winkte verdrossen ab und sagte zu Yvain: »Ihr seid mein Stellvertreter in der Fürsorge und Oberaufsicht über die königlichen Stallungen und Rösser, also lasst gefälligst Sorgfalt walten. Euer Salär beträgt zehn Pfund im Jahr. Dafür wird erwartet, dass Ihr fortan für Rüstung, Pferd und Kleidung selbst aufkommt, also tragt nicht alles ins Hurenhaus.«

Zehn Pfund? dachte Yvain fassungslos. Er fühlte sich, als wäre er mit der Stirn vor einen Balken gelaufen. *Ich wäre ein reicher Mann …*

Trotzdem fragte er: »Warum ich, Mylord? Es ist eine gewaltige Aufgabe mit viel Verantwortung. Wieso nehmt Ihr nicht jemanden mit mehr Erfahrung? Fulk de Cantilupe, zum Beispiel. Er versteht mindestens so viel von Pferden wie ich. Oder …«

»Ihr wollt Euch drücken?«, argwöhnte Marshal stirnrunzelnd.

Yvain überlegte kurz. Dann schüttelte er den Kopf. »Ich hätte nur gern eine Antwort.«

»Es ist der Wunsch des Königs«, eröffnete Marshal ihm brüsk. »Also? Ja oder nein.«

»Ja.«

Marshal nickte knapp. »Geht morgen früh in die Kanzlei, Ihr bekommt eine Urkunde und einen Vorschuss.« Damit wandte er sich zum Tor, und als Yvain schon glaubte, die fürchterliche Drohung zum Abschied bliebe ihm erspart, knurrte Marshall über die Schulter: »Wenn ich feststelle, dass Ihr Euch auf Kosten der Krone auf die faule Haut legt, versetze ich Euch zur königlichen Flotte. Ich höre, Ihr seid genauso seefest wie Euer Vater …«

Yvain sah ihm mit verengten Augen nach. Als er einigermaßen sicher war, dass Marshal nicht zurückkehren würde, stieß er hörbar die Luft aus. »Ich bin nicht sicher, ob ich Luftsprünge machen oder mich am Dachbalken erhängen sollte«, bekannte er.

»Das kann ich verstehen«, erwiderte Longsword. »Er ist wirklich nicht sonderlich gut auf Euch zu sprechen, nicht wahr?«

»Ich fürchte«, stimmte Yvain düster zu.

»Nehmt's ihm nicht übel. Er ist eigentlich ein großartiger Kerl, wisst Ihr. Aber ungnädig mit jenen, die nicht so untadelig sein können wie er. Also eigentlich mit dem gesamten Rest der Menschheit. Und er hält große Stücke auf die Templer.«

»Fabelhaft …«

Mit einem leisen Lachen legte der Bruder des Königs ihm die Hand auf die Schulter. »Ich bin sicher, er wird seine Meinung noch ändern. Und nun kommt. Lasst uns einen Becher auf unseren neuen König und Euer neues Amt leeren, was meint Ihr?«

Rouen, Juli 1199

»Nun, wenn Philippe so versessen darauf ist, geben wir ihm eben das verfluchte Vexin«, sagte der König mit einer ungeduldigen Geste. »Seit den Tagen des Eroberers war es immer der Zankapfel zwischen der französischen Krone und der Normandie, aber anders als mein Bruder Richard bin ich nicht gewillt, nur für einen unbedeutenden Landstrich diesen Krieg in die Länge zu ziehen.«

William Longsword und Fulk de Cantilupe tauschten einen erstaunten Blick. »Ihr wollt das *Vexin* aufgeben, Sire?«, fragte Ersterer. »Einfach so?«

»Nein, keineswegs einfach so«, widersprach John. »Philippe muss seine Unterstützung für Arthur beenden und öffentlich anerkennen, dass das Anjou, das Maine und die Touraine mir gehören. Sie sind viel wichtiger als das blöde Vexin, denn sie verbinden die Normandie mit Aquitanien, Gentlemen, solltet Ihr das vergessen haben. Wir dürfen unter keinen Umständen zulassen, dass unsere Territorien in Nord- und Südfrankreich in zwei isolierte Inseln zerfallen.«

»Das ist wahr«, stimmte William Marshal zu.

»Also geben wir Philippe das Vexin. Bis auf eine Kleinigkeit«, schränkte der König mit einem Lächeln ein. »Wir behalten Château Gaillard.«

Die Mienen an der Tafel hellten sich auf.

Cantilupe lachte in sich hinein. »Das bedeutet, wir könnten uns das Vexin jederzeit zurückholen.«

König Richard hatte die gewaltige Burg am Ufer der Seine nach seiner Rückkehr aus der Gefangenschaft erbaut, als er Philippe von Frankreich nach und nach alles wieder abgerungen hatte, was der sich von den Gebieten der englischen Krone auf französischem Boden einverleibt hatte. Und jeder wusste, dass Château Gaillard nicht nur der Schlüssel zum Vexin war, sondern zur ganzen Normandie.

»Die Frage ist nur, ob Philippe sich darauf einlässt«, wandte Longsword ein. »Denn leider ist er kein Schwachkopf und weiß genau, dass das Vexin ohne Château Gaillard bestenfalls eine … Leihgabe ist.«

Erstmals meldete die Königinmutter sich zu Wort. »Doch, das wird er«, prophezeite sie zuversichtlich. Dann blickte sie zu ihrem Sohn. »Du hast dir mit deinem schnellen und entschlossenen Handeln den entscheidenden Vorteil verschafft und den Krieg praktisch gewonnen. Philippe hat kein Geld mehr, um ihn weiterzuführen, und außerdem droht der Papst ihm mit einem Interdikt, weil Philippe seine dänische Gemahlin verstoßen hat. Der König von Frankreich wird außergewöhnlich kompromissbereit sein, Ihr werdet sehen, Monseigneurs.«

Die Männer nickten und murmelten zustimmend. Nicht aus

Höflichkeit der uralten Dame gegenüber, ahnte Yvain, sondern weil sie wussten, dass keiner von ihnen sich mit Aliénors politischer Erfahrung messen konnte.

Yvain betrachtete sie verstohlen. Seite an Seite stand er mit Adam an der Tür, weil der König bei seinen Beratungen mit seinen engsten Vertrauten keine gewöhnlichen Wachen in der Halle duldete, sondern nur Ritter seines Haushalts. Es war ein heißer Tag, und Scheiben aus Sonnenlicht fielen schräg durch die kleinen Fenster auf den strohbedeckten Boden und die hohe Tafel auf der Estrade an der Ostseite der Halle, funkelten auf dem Goldknauf am Stock der Königinmutter ebenso wie auf den kostbaren Ringen des Königs. Johns Garderobe war schlicht. Genau wie sein Vater und ganz anders als sein Bruder Richard bevorzugte er gedeckte Erdtöne und verzichtete außerhalb höfischer Anlässe auf Bordüren, Stickereien und ähnlichen Firlefanz. Aber er hatte eine echte Schwäche für Ringe. Mit der atemberaubenden Verschwendungssucht, die so typisch für die ganze königliche Familie war, kaufte er in einem fort neue, und er ließ jeden Goldschmied kommen, von dem er hörte.

John hatte mühelos in seine neue Rolle gefunden. Die zeremoniellen Pflichten erledigte er mit Finesse, und zum allgemeinen Staunen seiner Lords dies- und jenseits des Kanals hatte er sich als kluger, obendrein als fleißiger Herrscher erwiesen.

»Aber glaubst du wirklich, dass König Philippe ihn als Grafen des Maine und des Anjou anerkennt und dem jungen Herzog Arthur den Rücken kehren wird?«, fragte Adam, während sie nach dem Ende der Beratungen durch den sonnenbeschienenen Burghof schlenderten.

»Wenn der Preis stimmt, vermutlich schon«, gab Yvain achselzuckend zurück.

»Aber Philippe hat Arthur einen Lehnseid abgenommen«, wandte sein Gefährte ein – es klang ein wenig entrüstet. »Ich meine, ein Eid ist etwas Heiliges, oder? Auch ein König darf ihn nicht einfach ignorieren.«

»Die Frage ist, ob Philippe den Eid überhaupt empfangen

durfte. Wenn John König Richards rechtmäßiger Erbe ist, hatte er kein Recht dazu.«

»Aber König Philippe glaubt doch, Arthur sei Richards Erbe, oder? Zumindest für die französischen Gebiete.«

»Philippe glaubt das, was ihm am besten dient. Er spielt John und Arthur gegeneinander aus, so wie er es früher mit Richard und dem alten König getan hat. Aber er weiß, dass König John den Heiligen Vater als Vermittler anrufen wird, wenn Philippe sich nicht mit ihm einigt, und da der Papst gerade nicht gut auf König Philippe zu sprechen ist …« Er hob vielsagend die Hände.

Adam schüttelte betrübt den Kopf. »Das sollte aber in dieser Frage doch eigentlich keine Rolle spielen, oder?«

Yvain unterdrückte ein Seufzen. Adam de la Pomeroy war noch nie die hellste Kerze im Radleuchter gewesen, aber seine Naivität konnte manchmal eine harte Geduldsprobe sein. »Nein, eigentlich nicht«, räumte er ein. »Aber es ist doch so, Adam …«

»Sir Yvain!«, rief eine junge Stimme aus Richtung der Stallungen. Yvain wandte den Kopf und entdeckte einen der Stallburschen, der frenetisch winkte.

»Entschuldige mich«, bat er Adam.

»Natürlich. Wir sehen uns zum Essen, schätze ich. Und denk dran …«

Den Rest hörte Yvain nicht mehr, denn er ging mit eiligen Schritten zur Westseite des weitläufigen Burghofs, wo die Rösser des Königs und seines Gefolges in einem langgezogenen Holzgebäude untergebracht waren, das sich an die hohe Ringmauer schmiegte.

»Was gibt es denn, Jehan?«

»Es ist Draco. Er ist unruhig und frisst nicht. Irgendwas stimmt nicht mit ihm«, sagte der Junge besorgt.

Yvain folgte ihm ins Innere. Nach dem gleißenden Sonnenschein im Hof kam der Stall ihm düster wie ein Spukwald vor, und die Luft war heiß und dumpfig. Während er die Boxenreihen entlangging, stellten seine Augen sich auf das Dämmerlicht ein. Draco, der heiß geliebte Courser des Königs, residierte in einer der beiden großen Boxen an der Giebelwand am entlegenen Ende.

Yvain öffnete die hölzerne Tür und trat ein. Draco stand wie meistens quer in der Box, als wolle er dem Betrachter Gelegenheit geben, ihn im Profil in seiner ganzen Herrlichkeit zu bewundern. Als er die vertraute Präsenz wahrnahm, wandte er den Kopf.

»Na, mein Guter?« Yvain legte ihm die Linke auf die Nüstern, strich mit der Rechten über den schweißfeuchten Hals und sah in die dunklen Pferdeaugen. Klar und doch unergründlich erwiderten sie seinen Blick. Aber die Atmung war beschleunigt, und der große Pferdeleib strahlte zu viel Wärme aus.

»Hat er Fieber?«, fragte Jehan, seine Stimme ein wenig gepresst. Der Junge war gewissenhaft und ein echter Pferdenarr – der beste Stallknecht, den sie hier hatten. Er sorgte sich um Draco. Aber ebenso schlotterte er vor dem König.

Yvain klopfte dem hochmütigen Rappen freundschaftlich den Hals. »Ein bisschen. Aber es besteht kein Grund zur Beunruhigung. Er ist nicht krank, ihm ist nur zu warm. Ihr dürft es hier drinnen nicht so heiß werden lassen, Jehan. Öffnet ein paar Luken. Jetzt, meine ich, aber wenn ihr merkt, dass der Tag heiß wird, tut es schon morgens. Damit die Hitze sich nicht so stauen kann wie heute.«

»In Ordnung, Sir Yvain.«

»Führ Draco nach draußen und binde ihn neben der Kapelle im Schatten an. Bring ihm kühles Wasser, aber nur einen Eimer. In einer Stunde noch einen.«

»Wie Ihr wünscht. Aber …«

»Ja?«

Jehan sah einen Moment auf seine Schuhspitzen hinab, dann sammelte er seinen Mut und schaute wieder auf. »Woher wollt Ihr wissen, dass es nur von der Hitze kommt und er nicht krank ist?«

»Keine Ahnung«, gab Yvain mit einem ratlosen kleinen Schulterzucken zurück. »Erfahrung, schätze ich. Aber ich schicke einen Knappen, der bei ihm bleibt und mich sofort verständigt, wenn sein Zustand sich verschlechtert. Für den Fall, dass ich mich irre.«

Jehan atmete verstohlen auf.

Man könne meinen, nicht John Plantagenet sei am Himmelfahrtstag in Westminster gekrönt worden, sondern Yvain of Waringham, hatte Pentecôte gehöhnt, der die Ernennung des Letzteren zum Master of the Horse erwartungsgemäß mit Missgunst, womöglich auch mit Neid zur Kenntnis genommen hatte. Yvain hatte die Bemerkung mit Verachtung gestraft, sich insgeheim aber erschrocken gefragt, ob seine neue Würde ihm vielleicht wirklich ein wenig zu Kopf gestiegen war. Denn sie hatte viele Dinge verändert. Männer, die früher durch ihn hindurchgesehen hatten, wollten plötzlich an der Tafel neben ihm sitzen und mit ihm über Pferde fachsimpeln. Weil er mit einem Mal über Geld verfügte, hatte er sich eine neue Garderobe gegönnt und begonnen, sich nach einem Knappen umzusehen. Noch ehe er sich für einen entschieden hatte, war der Earl of Norfolk zu ihm gekommen und hatte ihm einen seiner Söhne angedient. Seit jeher ein Freund von raschen Entschlüssen, hatte Yvain zugestimmt, ohne dem jungen Thomas Bigod auch nur einen zweiten Blick zu gönnen, und er hatte es nicht bereut.

Er fand ihn wie meistens mit den königlichen Knappen beim Waffentraining, doch als Thomas seinen Herrn in dem runden Dutzend Zuschauer am Rande des Sandplatzes entdeckte, brach er seinen Kampf ab, verbeugte sich artig vor seinem Trainingspartner und gab das stumpfe Übungsschwert an den nächsten in der Reihe der Wartenden weiter.

Dann kam er im Laufschritt zu Yvain. »Habt Ihr mich gesucht, Sir?«

Er war gerade vierzehn geworden und wie sein Vater von eher kleinem Wuchs und schmal, doch er war kräftiger, als er aussah. Ein kinnlanger brauner Schopf umrahmte ein blasses Gesicht mit wachen, dunklen Augen, in denen nicht selten Schalk funkelte.

Yvain nickte. »Geh zur Kapelle und leiste Draco ein wenig Gesellschaft.«

»Das königliche Ross weilt beim Gebet, Sir?«, vergewisserte Thomas sich mit unbewegter Miene.

Yvain verpasste ihm grinsend eine Kopfnuss. »Es steht *neben* der Kapelle im windgeschützten Schatten, weil es nicht ganz auf der Höhe ist. Vermutlich fehlt ihm nichts, aber wenn es Fieber oder Husten bekommt, holst du mich sofort, klar?«

»In Ordnung, Sir.«

»In zwei Stunden schicke ich eine Ablösung oder komme selbst.«

Thomas nickte und stob davon.

Yvain folgte ihm langsamer zurück in den vorderen Teil des Burghofs. Die Glocke der schmucken Kapelle, die etwa auf halbem Weg zwischen Halle und Burgtor auf der Südseite lag, rief die Gläubigen zur Vesper. Die Mönche und Geistlichen der königlichen Kapelle und Kanzlei strebten aus allen Richtungen herbei, aber auch ein paar Höflinge und Diener folgten dem Ruf.

Yvain überlegte, ob er sich ihnen anschließen sollte, als zu seiner Linken eine kleine Reitergruppe durchs Tor kam: eine vornehme Dame – unverkennbar schwanger – mit vier Mann Eskorte in staubigen Livreen. Ehe einer ihrer Begleiter absitzen konnte, sackte die junge Frau nach links. Im ersten Moment glaubte Yvain, sie sei beim Absitzen mit dem Fuß im Steigbügel hängen geblieben, aber dann ging ihm auf, dass sie die Besinnung verloren hatte. Er schloss die Lücke zwischen ihnen mit wenigen großen Schritten und erreichte sie gerade noch rechtzeitig, um sie aufzufangen, ehe sie den ganzen Weg von ihrem großen Zelter bis auf die hartgebackene Erde fallen konnte. Sie trug ein edelsteinbesetztes Schapel über einem Gebende aus irgendeinem duftigen Stoff, doch es war ebenso staubig wie der leichte, mit Silberfaden bestickte Reisemantel. Ihr Gesicht war schön, nahm er an, wenn es keine so beängstigend graue Tönung und violette Schatten unter den Augen hatte. Die halb aufgelösten dunklen Flechten, die unter dem Gebende hervorlugten, schimmerten in der Sonne wie brüniertes Kupfer, fiel ihm auf, doch er hatte sie schon vorher erkannt, denn sie sah dem König ähnlich.

Der Anführer der Eskorte war aus dem Sattel gesprungen. »Der König oder die Königinmutter, Monseigneur?«, fragte er, sein Gesicht erschöpft und unrasiert, die Miene sehr angespannt.

Die Bewusstlose regte sich und gab ein leises Wimmern von sich. Behutsam legte Yvain sie in die ausgestreckten Arme ihres Ritters. »Folgt mir.«

Er führte die Ankömmlinge um die Halle herum zu den königlichen Gemächern auf der Rückseite. »Ist es das Kind?«, fragte er.

Der Mann schüttelte den Kopf. »Sie ist verwundet. Es ist … ziemlich schlimm, glaube ich.«

Oh, Jesus, erbarme dich, dachte Yvain beklommen. Er zog die schwere Holztür auf, ließ dem Ritter mitsamt seiner Last den Vortritt und brachte ihn dann die knarrende Holztreppe hinauf zu einer Tür, vor der natürlich ausgerechnet Pentecôte FitzHugh Wache stehen musste.

»Er will nicht gestört werden«, schnauzte der.

»Mach eine Ausnahme«, riet Yvain grimmig. »Dies ist seine Schwester, die Gräfin von Toulouse. Und sie braucht Hilfe. Ich hole die Königinmutter.«

Er machte kehrt, ehe Pentecôte einen Grund finden konnte, ihn abzuweisen, und eilte wieder nach unten, wo Aliénors großzügige Gemächer lagen, damit der alten Königin das Treppensteigen erspart blieb. Ihre aquitanischen Ritter ließen Yvain anstandslos vor, als er ihnen die Lage erklärte.

Aliénor von Aquitanien hatte sich an diesem heißen Nachmittag nicht etwa zu einem Schläfchen hinter die Bettvorhänge zurückgezogen, sondern saß mit einer ihrer Damen – der jungen Comtesse de Marmande – auf dem Fenstersitz, und beide lauschten dem Vortrag eines glutäugigen Troubadours, der jedoch die Saiten seiner Laute mit der flachen Hand verstummen ließ, als Yvain das lichtdurchflutete Gemach betrat.

Er verneigte sich vor den beiden Damen. »Vergebt die Störung, Madame, aber Eure Tochter, die Gräfin von Toulouse, ist eingetroffen. Sie ist … nicht wohl. Ich habe sie zum König gebracht.«

Aliénor stützte sich schwer auf ihren Stock, als sie sich erhob. »Was heißt ›nicht wohl‹?«, fragte sie. Ihr Gesicht zeigte wie üblich keine Regung, aber die Stimme klang scharf.

Yvain schüttelte ratlos den Kopf. »Sie ist verwundet, sagt ihr Ritter. Und … guter Hoffnung.«

Die Königinmutter wandte sich zur Tür. »Begleite mich, Laurette«, bat sie über die Schulter. Die junge Hofdame sprang leichtfüßig auf und tauschte im Vorbeigehen einen besorgten Blick mit Yvain.

Laurette de Marmande war es auch, die ihn zwei Stunden später im Pferdestall ausfindig machte. Yvain hatte seinen Knappen wie versprochen abgelöst und Draco eine Weile im Burghof im Kreis geführt. Die Temperatur des Tieres hatte sich normalisiert, sein Atem war wieder gleichmäßig und ruhig. Also hatte er den prachtvollen Courser zurück in seine Box gebracht, stand davor und schaute zu, wie er mit wiedererwachtem Appetit seinem Hafer zusprach, als eine Stimme hinter ihm sagte: »Also hier steckt Ihr. Das hätte ich mir denken können …«

Yvain wandte sich um und verneigte sich galant. »Comtesse. Wie geht es Prinzessin Joan? Der Gräfin von Toulouse, meine ich?«

»Besser«, beruhigte sie ihn und knickste graziös.

»Dann sei Gott gepriesen. Die Königinmutter wünscht mich zu sehen? Oder der König?«

Laurette schüttelte den Kopf und senkte den Blick, aber er sah durch die dichten Kränze ihrer Wimpern das mutwillige Funkeln in den dunklen Augen.

Und das, fand Yvain, war das *Aller*beste an seinem neuen Amt: Die Damen des Hofes hatten ihn mit einem Mal zur Kenntnis genommen. Die jungen Gemahlinnen der Lords schickten sogar gelegentlich nach ihm, weil ihr Wallach lahmte oder sie ein Pony für ihr Töchterchen kaufen wollten. Manchmal erröteten sie ob ihrer eigenen Kühnheit, wenn sie ihm zum Dank für seinen Rat einen Becher Wein einschenkten, aber das war das Äußerste, was diese tugendhaften Damen sich erlaubten. Zum Glück gab es aber auch noch die etwas weniger tugendhaften. So wie Laurette de Marmande, zum Beispiel. Und auch diese Sorte Damen zeigte neuerdings gelegentlich Interesse an ihm, weil sie sich hübsche

Geschenke oder gute Beziehungen erhofften. Er hätte nie gedacht, dass man ohne Landbesitz solches Prestige erlangen könnte, und er verstand auch nicht so recht, woher es kam. Aber er beklagte sich nicht.

Laurette schloss die kleine Lücke zwischen ihnen, verschränkte die Hände in seinem Nacken und strich sacht mit den Lippen über seine Wange. »Ich dachte, ich komm her und schaue nach, ob dir vielleicht ein wenig einsam zumute ist.«

Er lächelte, legte die Hände um ihre Taille und ließ den Blick einmal kurz durch das langgezogene Stallgebäude schweifen. Sie waren allein. Jehan und die übrigen Stallburschen hatten längst Feierabend gemacht, und es war noch ein wenig dunkler als zuvor, weil draußen die Dämmerung einsetzte.

»Wie großherzig von dir«, murmelte er in ihr Haar, das unter dem schmalen Gebende hervorwallte. Es war so schwarz und glänzend wie Rabenflügel.

Sie seufzte leise und antwortete achselzuckend: »So bin ich eben, weil …«

Yvain küsste sie und zog sie mit einem kleinen Ruck näher. Laurettes Lippen waren zart und samtig und schmeckten immer ein wenig nach Süßholz. Ihre Zunge wagte sich vor und umspielte die seine, erst flüchtig wie der Flügelschlag eines Schmetterlings, dann gieriger, während sie die Hand unter seinen Bliaut schlängelte.

Behutsam beendete Yvain den Kuss, nahm Laurette bei der Hand und führte sie die steile Stiege zum Heuboden hinauf. Hier oben war es noch wärmer als unten im Stall. Die letzten kupferfarbenen Sonnenstrahlen fielen durch die große, offene Luke in der Giebelwand, ließen die Staubteilchen flirren und erfüllten die Luft mit den süßesten Grasdüften.

Lachend ließ Laurette sich rücklings ins Heu sinken und sah Yvain unverwandt in die Augen, während sie langsam die Röcke raffte. Sie war hinreißend: ein herzförmiges Gesicht mit einer zierlichen Nase, mandelförmige, dunkle Augen, die zarten Wangen so weiß wie Alabaster. Sie trug ein goldenes Collier um den schmalen, langen Hals, dessen tropfenförmiger Anhänger den

Blick unweigerlich zu ihrem großzügigen Dekolleté hinablenkte und dem Ansatz ihrer hohen, üppigen Brüste, die sie ihn aber noch nie hatte entblättern lassen.

Yvain kniete vor ihr und schaute zu, während sie Zoll um Zoll ihre wohlgeformten Schenkel freilegte, die sie ihm schließlich einladend öffnete. Dann streckte sie die Hände nach ihm aus: »Komm her, mein normannischer Barbar …«

»Englischer Barbar«, verbesserte er ein wenig atemlos und schnürte seine Hosen auf.

»Das ist doch dasselbe«, behauptete sie, und als er hart und schnell in sie eindrang, wölbte sie sich ihm mit einem wohligen Laut entgegen.

Laurette de Marmande war eine verheiratete Dame von feinstem aquitanischen Adel, deren Gemahl anscheinend auf immerdar im Heiligen Krieg zu bleiben gedachte. Trotzdem schien sie nie einen Gedanken an das Risiko einer Schwangerschaft zu verschwenden. Das war Yvain rätselhaft – wie so vieles an ihr. Sie war schamlos, aber vornehm. Großzügig, aber anspruchsvoll. Lasterhaft, aber kultiviert. Sie hatte erraten, dass es eine Frau gab, nach der er sich vergeblich verzehrte, und ihm ihr vorbehaltloses Mitgefühl ausgesprochen, doch sie hatte ihm tagelang die kalte Schulter gezeigt, als er der neuen Geliebten des Königs angeblich zu große Galanterie erwiesen hatte. Er wurde überhaupt nicht klug aus ihr, aber er wusste dies: Er war *ihr* Zeitvertreib, nicht umgekehrt. Das ärgerte Yvain, aber nicht genug, um ihr fernzubleiben.

Keuchend und erschöpft lagen sie schließlich nebeneinander im Heu auf dem Rücken. Yvain hatte die Lider geschlossen und spürte den ersten sachten Hauch des Abendwinds kühlend auf der feuchten Haut.

Laurette regte sich und bettete den Kopf auf seine Schulter. »Sie hat Verbrennungen an beiden Armen und am Oberkörper.«

»Hm?«

»Joan.« Sie stieß ihm einen ziemlich spitzen Ellbogen zwischen die Rippen. »Schlaf ja nicht ein.«

Yvain riss vorsichtshalber die Augen auf. »Das würde ich nie wagen, Madame. Denkst du, es ist ernst? Sind die Verbrennungen groß? Entzündet?«

»Ich habe sie nicht gesehen. Aber ich hörte den Medicus zur Königin sagen, die Schmerzen müssen furchtbar sein und er sei voller Bewunderung für ihre Tapferkeit. Er hat eine Salbe aufgetragen und ihr Mohnsaft eingeflößt.«

Er hatte keine Ahnung, was Mohnsaft sein mochte, aber er fragte nicht. Wie so viele Aquitanier blickte auch Laurette mit Überheblichkeit auf alle Nordfranzosen herab – auf Engländer erst recht –, und er war nicht versessen auf einen ihrer gelehrten Vorträge. »Wie ist es passiert?«, fragte er stattdessen.

»Ihr Gemahl, der Graf von Toulouse, war nach Osten gezogen, um irgendwelche aufständischen Vasallen niederzuwerfen, aber kaum hatte er den Rücken gekehrt, erhob sich auch Saint-Felix gegen ihn.«

»Er hat seine Grafschaft ja bewundernswert im Griff«, murmelte Yvain bissig.

Er spürte Laurette die Schultern zucken. »Ja, er ist sehr unbeliebt. Seine Frau kann ihn auch nicht ausstehen, aber trotzdem ist sie für ihn ins Feld gezogen, um Saint-Felix zu unterwerfen.«

»*Was?*«

»Sei nicht so erstaunt. Sie ist eben die Tochter ihrer Mutter.«

»Auch wieder wahr. Aber es klappte nicht mit der Unterwerfung der aufständischen Lords?«

»Nein«, stimmte sie bekümmert zu. »Einige ihrer eigenen Ritter verrieten sie und setzten ihr Feldlager in Brand. Dabei ist es passiert. Sie wollte trotzdem noch weiterkämpfen. Ihre Leibwache hat abgewartet, bis sie bewusstlos wurde, dann haben sie sich einfach mit ihr auf den Weg nach Norden zu ihrem königlichen Bruder gemacht.«

»Recht so«, befand Yvain. »Schließlich ist es ihre Pflicht, Joans Leben zu schützen.«

»Mit ihrem Gemahl hätten sie indes nie gewagt, über seinen Kopf hinweg zu entscheiden.«

»Nein, vermutlich nicht.« *Das ist ja auch etwas völlig anderes,* schluckte er nach kurzer innerer Debatte hinunter.

Chinon, September 1199

»Ich finde, es ist überhaupt keine üble Idee, wenn der französische Kronprinz Eure kastilische Nichte heiratet, mein König«, sagte William Longsword versonnen und schob seinen weißen Läufer mit dem Zeigefinger in Schlagdistanz. »Es hieße, dass wir auf dem Umweg über sie Einfluss auf den nächsten König von Frankreich bekämen. Schach.«

»Wenn sie kein verzagtes Mäuschen ist, vielleicht«, gab John zurück, den Blick aufs Schachbrett gerichtet, und zog den schwarzen König ein Feld nach rechts und somit aus der Gefahrenzone.

Sein Halbbruder schaute verstohlen zur Königinmutter hinüber, die mit einem Buch auf dem Schoß am Krankenbett ihrer Tochter saß, und antwortete trocken: »Das würde mich wundern.«

»Mich auch«, räumte John ein. »Aber wir müssen uns die potenzielle Braut anschauen, ehe wir der Verbindung zustimmen. Diese Sache ist zu wichtig, um sie dem Zufall zu überlassen.«

»Warum habt Ihr seinen Läufer nicht mit dem Springer erledigt, Vater?«, fragte die kleine Joan, die neben dem König auf der Fensterbank in der Sonne saß und das Schachspiel der Brüder aufmerksam verfolgte.

»Schau hin und antworte selbst«, schlug ihr Vater vor.

Die Achtjährige sah auf das Schachbrett hinab, so konzentriert, dass ihre glatte Kinderstirn sich furchte.

Sie war die uneheliche Tochter des Königs, die Yvain damals kurz nach seiner Ankunft in Windsor in die Arme gelaufen war. Vor ein paar Tagen war sie aus dem französischen Kloster, wo sie erzogen worden war, an den Hof gekommen. Yvain hatte nicht gehört, ob vorübergehend oder dauerhaft. So wie er auch kein Sterbenswort über den Verbleib ihrer Mutter, der schönen und hochmütigen Lady Clemence, gehört hatte.

»Ach du Schreck!«, rief die Kleine aus. »Er hätte Euren Springer mit seiner Dame geschlagen.«

Der König neigte sich ihr zu und drückte einen schnellen Kuss auf ihre Schläfe. »Kluges Kind.«

Es war ein herrlicher Spätsommertag, und Yvain fragte sich,

ob es an der anhaltenden Hitze lag, dass die königliche Familie in solch ungewohnter Eintracht beisammensaß. Nach dem Kirchgang heute früh hatten sie sich im Gemach der Königinmutter versammelt, hatten sich allerhand Leckereien vorsetzen lassen, musiziert und gelesen und Schach gespielt, aber kein einziges Mal gestritten. Doch in Wahrheit kannte er den Grund für diese untypische Friedfertigkeit natürlich: Die Schwester des Königs lag im Sterben. Das wussten inzwischen wohl alle. Ihr Kopf wirkte klein und zerbrechlich auf dem riesigen Seidenkissen. Ihre Haut war fahl und wächsern vom Fieber, die Hände, die gefaltet auf der leichten Decke lagen, erbarmungswürdig abgemagert. Sie sah aus wie ein halb verhungertes Kind, schwächer als ihre achtjährige Nichte, die ihren Namen trug, und darum wirkte ihr gewölbter Leib umso riesiger. Es konnte jetzt jeden Tag so weit sein mit dem Kind, aber es schien fraglich, ob die Prinzessin die Geburt noch erleben würde. Ganz gewiss konnte sie sie nicht überstehen. Die Verbrennungen hatten sich als zu schwerwiegend erwiesen, und sie wollten nicht abheilen. Meist dämmerte Joan im rauschartigen Mohnschlaf vor sich hin, wimmerte nur dann und wann leise, wenn sie sich im Schlaf regte oder das ungeborene Kind unruhig wurde. Solange der Medicus ihr dieses Zeug einflößte, schien sie nicht zu leiden, und das war ein Segen. Aber Yvain wünschte trotzdem, es nähme ein Ende. Diese Menschen verfügten über enorme Willenskraft und Stärke, hatte er gelernt; es war kein Zufall, dass Gott ausgerechnet sie ausgewählt hatte, um über andere zu herrschen. Aber die alte Königin verlor hier gerade innerhalb von einem halben Jahr zum zweiten Mal eines ihrer Kinder. Der König verlor die Einzige unter seinen Geschwistern, die ihm je nahegestanden hatte. Jedenfalls unter seinen *ehelichen* Geschwistern. Alle gaben sich den Anschein von Gelassenheit, aber in Wahrheit drohte dieser Abschied sie niederzuzwingen.

Yvain stand mit Adam im Vorraum links und rechts der Tür auf Wache, doch der Vorhang zum Hauptraum war geöffnet, sodass der breite Durchbruch ihm freien Blick auf die königliche Familie bot. Und auf Laurette de Marmande, die mit einem kleinen Handstickrahmen neben der Königinmutter auf einem niedrigen Schemel saß und Yvain dann und wann unter gesenkten Lidern hervor einen Blick zuschmuggelte.

Königin Aliénor klappte behutsam ihr Buch zu und legte es auf die kleine Truhe neben dem Bett. »Ich werde nach Kastilien reisen und Prinz Louis' Braut auf den Zahn fühlen«, beschied sie.

»Eine weite Reise«, sagte Longsword zu dem Läufer in seiner Hand. »Über ziemlich hohe Berge.«

»Ihr werdet mich gütigst mit Euren Kommentaren zu meinen Entscheidungen verschonen, Mylord of Salisbury«, kanzelte sie ihn frostig ab, und Yvain war erleichtert, dass wenigstens irgendwer hier sich einmal so benahm, wie er es gewohnt war. Die Königinmutter verabscheute die Bastarde Ihres Gemahls samt und sonders und machte kein Geheimnis daraus.

Longsword deutete eine Verbeugung in ihre Richtung an, nicht im Mindesten beleidigt. Gänzlich unbeeindruckt von ihrer Geringschätzung, betete er Aliénor von Aquitanien an, und je mehr seine Verehrung sie zur Weißglut brachte, desto größer sein Eifer, sie zum Ausdruck zu bringen.

»Morgen bringe ich Joan nach Fontevrault«, teilte die Königinmutter ihrem Sohn mit. »Sie hat den Wunsch geäußert, dem dortigen Orden beizutreten, ehe das Ende kommt, und ich werde dafür sorgen, dass dieser Wunsch sich erfüllt. Ich bleibe bei ihr … solange es nötig ist. Dann mache ich mich auf die Reise nach Süden. Ich werde deine Schwester, die Königin von Kastilien, aufsuchen und mir ihre Töchter anschauen. Diejenige, die am besten als Braut für Prinz Louis geeignet ist, bringe ich mit zurück.«

»Gut«, stimmte der König zu. »Ich schicke Philippe Nachricht. Aber er wird keine Einwände haben, die Wahl Euch zu überlassen.«

»Nein. Und wenn die beiden heiraten, wird der Krieg endgültig vorbei sein.«

John nickte versonnen, holte mit seiner Dame den letzten Läufer seines Gegners und lächelte liebenswürdig. »Schachmatt, Bruderherz.«

»*Was?*«, fragte Longsword entrüstet, stützte die Linke in die Seite und beugte sich über das Spielbrett. »Oh nein … Ich fürchte, so ist es. Wie macht Ihr das nur immer, mein König?

»Mit List und Tücke natürlich«, gab John zurück. »Dafür bin ich schließlich berühmt.«

Es klopfte. Adam sah fragend zum König, der mit einer kleinen Grimasse des Unwillens nickte. Also steckte Adam den Kopf durch die Tür und tauschte ein paar gemurmelte Worte mit der Wache draußen. Dann trat er vor John, verneigte sich und meldete: »Der Seneschall des Anjou, Sire.«

Yvain war geneigt, seinen Ohren zu misstrauen, und an den ungläubigen Mienen des Königs und seiner Familie erkannte er, dass er nicht der Einzige war.

»Guillaume des Roches?«, vergewisserte sich John.

Adam, der ein großes Talent besaß, Namen und Ämter durcheinanderzuwerfen, hob unsicher die massigen Schultern und wiederholte: »Die Wache meldet den Seneschall des Anjou, Mylord.«

»Dann lasst ihn eintreten und besorgt ein paar Ketten«, erwiderte John, und weil auch er Adam kannte, fügte er hinzu: »Letzteres war ein Scherz, Pomeroy. Jedenfalls fürs Erste.«

Adam nickte, kam zurück und warf Yvain einen verständnislosen Blick zu.

Laurette schloss den Vorhang am Krankenbett, während Adam die Tür mit übermäßigem Schwung aufriss. »Der König lässt bitten, Monseigneur!«

Ein groß gewachsener Mann in vornehmen Kleidern betrat den Raum, hielt entschlossenen Schrittes auf John zu und sank vor ihm auf ein Knie nieder. »Mein König. Ich bringe Nachrichten von einiger Bedeutung und erbitte in aller Demut die Gunst einer Unterredung unter vier Augen.«

John verschränkte die Arme vor der Brust und sah auf ihn hinab, geruhsam, den Kopf leicht zur Seite geneigt. »Ich versuche zu entscheiden, ob Ihr ein ungewöhnlich mutiger Mann oder ein Tölpel seid, mir einfach so unter die Augen zu treten, des Roches«, sagte er schließlich.

»Womöglich beides, Sire.«

»Eure Bitte wird nicht gewährt. Sagt, was Ihr zu sagen habt. Und steht auf – niemand hier fällt auf Eure geheuchelte Unterwerfung herein.«

Mit einem ergebenen Nicken kam Roches auf die Füße, und Yvain fragte sich, ob der Seneschall wirklich wusste, wie dünn der Seidenfaden war, an dem sein Leben gerade hing. Vermutlich ja, aber er war nicht sonderlich leicht zu erschrecken. Guillaume des Roches war ein mächtiger französischer Adliger mit großem Landbesitz im Maine und im Anjou. Er war mit König Richard auf dem Kreuzzug gewesen und hatte zu seinen engsten Vertrauten gezählt. Die athletische Statur ebenso wie die gezackte Narbe, die von der linken Wange abwärts über den Hals verlief, deutete darauf hin, dass er so manches Mal an Richards Seite inmitten des Getümmels gefochten hatte. Doch den letzten Willen des Kreuzfahrerkönigs hatte er ignoriert und sich auf Arthurs Seite geschlagen, für den er als Seneschall die Grafschaft Anjou gegen John gehalten hatte.

»Ich bin gekommen, um Euch die Unterwerfung Eures Neffen, des Herzogs der Bretagne, anzubieten, Sire.«

»Wirklich?«, fragte John. »Und weiß der Herzog der Bretagne schon von seinem Glück, oder seid Ihr derjenige, der seine Unterwerfung beschlossen hat, jetzt, da sein Krieg verloren ist?«

Des Roches schüttelte den Kopf. »Er ist des Katz-und-Maus-Spiels überdrüssig. Und der Doppelzüngigkeit des französischen Königs ebenso. Philippe verspricht ihm das Blaue vom Himmel, nur um ihn dann zu bevormunden und seine Herzogsrechte zu beschneiden.«

»Armer Arthur«, erwiderte John, und es klang ebenso nachsichtig wie spöttisch. »Er ist noch zu jung, um zu durchschauen, dass Philippe ihm die Rechte zur Freundschaft reicht und ihm gleichzeitig mit der Linken den Dolch ins Herz stößt. Weil er die Bretagne selbst haben will. Genau wie die Normandie, das Anjou, das Maine und alles, was meiner Mutter und mir sonst noch in Frankreich gehört.«

Reichlich verspätet wandte des Roches sich zu Königin Aliénor um, die mit undurchschaubarer Miene vor dem geschlossenen Bettvorhang stand und ihn nicht aus den Augen ließ, und verneigte sich tief. »Madame.«

Ein winziges Senken der Lider ließ ihn wissen, dass sie seine Treue zu König Richard anerkannte und zumindest gewillt war, ihn anzuhören.

Die Anspannung in seinen Schultern schien ein wenig nachzulassen. An den König gewandt, sagte er: »Ihr habt recht, Herzog Arthur ist noch sehr jung und unerfahren. Aber nun hat er Philippes wahre Absichten endlich durchschaut und ist auch nicht länger gewillt, sich der Führung seiner Mutter zu unterwerfen, die ja immer ein offenes Ohr für Philippes Einflüsterungen hatte.«

Sondern *du* bist jetzt derjenige, auf den er hört, mutmaßte Yvain.

»Euer Neffe hat erkannt, dass er Euren Schutz und Eure Hilfe braucht, wenn er sein Herzogtum behalten will. Wäret …« Er geriet kurz ins Stocken. Dann nahm er sich zusammen und kam zu seinem eigentlichen Anliegen: »Wäret Ihr gewillt, ihm die Bretagne zu lassen, wenn er zu Euch käme und sich Euch unterwürfe, Sire?«

»Wann und wo?«, fragte John.

»In Le Mans. Wann immer Ihr wünscht, mein König. Aber wenn Ihr mir ein offenes Wort gestattet: je eher, desto besser.«

»Bevor Arthur seine Meinung wieder ändert und zu Philippe zurückkriecht, meint Ihr, ja? Aber wie wollt Ihr Arthur aus Philippes Klauen befreien, um ihn zu mir nach Le Mans zu bringen?«

»Indem ich vergesse, König Philippe davon in Kenntnis zu setzen, dass ich die Seiten gewechselt habe«, gab des Roches ungerührt zurück. »Wenn es Euch gutdünkt, werde ich den jungen Herzog und seine liebe Mutter nach Le Mans geleiten, und dort erwarten wir Euch.«

John nickte. »Einverstanden.« Es klang sehr kühl.

Nachdem der Seneschall sich unter vielen Verbeugungen verabschiedet und das Gemach verlassen hatte, wandte der König sich an seine Mutter. »Das sollen wir glauben? Es ist ein wenig zu gut, um wahr zu sein, oder?«

»Nimm ausreichende Truppen mit, um der Gefahr einer Falle

zu begegnen«, riet Aliénor. »Aber du solltest diese Gelegenheit nicht ungenutzt lassen. Philippe wird mit leeren Händen und ohne Einfluss im Anjou und im Maine dastehen, wenn wir Arthur haben.«

John nickte mit einem verträumten kleinen Lächeln. »Und wenn wir ihn haben, schicken wir ihn nach England. Auf irgendeine hübsche Festung an der schottischen Grenze. Da darf er dann Herzog spielen, so viel er will, und die Bretagne verwahre ich derweil für ihn …«

Le Mans, September 1199

»Schande, dieses triste Nest muss schon bei Sonnenschein ein deprimierender Anblick sein, aber in diesem Dreckswetter …« William de Braose schüttelte seufzend den Kopf, und es tröpfelte aus seinem Rotschopf.

Sie ritten die schlammige Straße entlang, die quer durch die Stadt zur Burg führte, und weit und breit war kein Mensch zu sehen. Hühner pickten vor den Häusern im Schlamm, an der verkohlten Ruine eines hölzernen Kirchleins wühlte eine gefleckte Sau in der aufgeweichten Erde, aber das war alles. Man hätte meinen können, es liege am anhaltenden Dauerregen, dass die Einwohner der Stadt sich lieber in den Häusern verkrochen, statt die Straße zu säumen und den Einzug des Königs zu bejubeln, aber die Ankömmlinge wussten es besser.

Nur die kleine Joan sah sich verständnislos um und fragte: »Wo sind denn die Kinder?«

Laurette de Marmande, die sie vor sich im Sattel hielt, strich ihr über den Kopf. »Schsch, nicht so laut, Engelchen. Welche Kinder?«

»Wenn ein Reiterzug in eine Stadt kommt, laufen Kinder mit. Vorneweg, nebenher *und* hinten. *Immer*«, erwiderte Joan, der Tonfall ein wenig ungnädig, weil sie erklären musste, was doch jeder wissen sollte.

»Verstehe«, gab Laurette zurück und hob die schmalen Schultern. »Vermutlich haben die Mütter es verboten. Weil heute Sonntag ist.«

Die einleuchtende Erklärung beruhigte das Kind, das sich in ihren Armen zurechtkuschelte wie ein Katzenjunges und neugierig bald nach links, bald nach rechts blickte. Auf Johns Bitte hatte die Königinmutter Laurette als Gouvernante für seine Tochter am Hof gelassen – eine Regelung, die Yvains uneingeschränkte Zustimmung fand. Doch er zweifelte, wie klug es gewesen war, sie und das kleine Mädchen mit nach Le Mans zu bringen. Denn niemand konnte mit Gewissheit sagen, was heute hier geschehen würde.

Le Mans war die Hauptstadt der Grafschaft Maine, und auch wenn es mit seinen vielleicht dreitausend Einwohnern von eher bescheidener Größe war, hatte es dank seiner Stadtmauer und der stolzen Burg am Ufer der Sarthe einen stattlichen Eindruck gemacht – bis König John vor einem halben Jahr die Mauern von Stadt und Burg geschleift hatte, nachdem Arthur und König Philippe ihn hier um ein Haar in die Falle gelockt hätten.

»Vielleicht wäre ein anderer Ort für die Versöhnung zwischen dem König und seinem Neffen besser gewesen«, bemerkte Baldwin gedämpft. Er wirkte ein wenig nervös.

Yvain erging es nicht anders. Die Grabesstille in dieser Stadt machte ihm zu schaffen.

»Wieso?«, konterte Pentecôte. »Der Vater des Königs kam hier zur Welt, richtig? Welcher Ort könnte also besser geeignet sein, um Familienzusammenhalt zu demonstrieren?«

»Da hat er recht«, räumte William ein und wandte sich zu den Knappen um. »Wo bleibt ihr denn? Trödelt nicht rum dahinten!«

Die Jungen schnalzten ihren Pferden zu und schlossen auf. Thomas, der den Zügel des Packmulis hielt, bildete die Nachhut. Hinter ihm marschierten König Johns Söldner in ordentlichen Viererreihen. Ihr Gleichschritt und das Scheppern ihrer Rüstungen und Waffen dröhnten zwischen den dicht gedrängten Häusern.

Vorne führte der König den Zug an, flankiert von seinem Halbbruder Longsword, Hubert de Burgh, Guillaume de Braose und Fulk de Cantilupe und gefolgt von vielen weiteren vertrauten Lords und Rittern. Alles in allem fünfhundert Mann, hatte Baldwin geschätzt – eine kleine Armee, um der Gefahr zu begegnen, dass die böse Überraschung vom Ostermontag sich hier wiederholte.

Ihr Aufbruch von Chinon hatte sich verzögert, weil die Nachricht von Prinzessin Joans Tod sie erreicht hatte, als sie praktisch schon in den Sätteln saßen. Es war gerade noch genug Zeit für Joans Aufnahme in den Orden von Fontevrault geblieben, wie sie es sich so sehnlich gewünscht hatte, ehe sie ihren schweren Verbrennungen erlegen war. Der Medicus der Mutter Oberin hatte das Kind aus dem toten Mutterleib geschnitten, aber der kleine Junge hatte nur lange genug geatmet, dass sie ihn auf den Namen Richard taufen konnten, ehe er seiner Mutter folgte. Lediglich von Longsword begleitet war der König die zehn Meilen nach Fontevrault galoppiert, und als er zurückkam, war er wortkarg und grimmig gewesen. Doch auf dem zweitätigen Ritt nach Le Mans hatte er aus der Düsternis gefunden, obwohl das abscheuliche Reisewetter nicht dazu angetan war, einem Mann Zuversicht und Trost zu spenden. Seine kleine Tochter war es gewesen, die die Schatten vertrieben hatte.

Die Burgmauer war ein trauriger Trümmerhaufen, das Tor zersplittert, und das schwere Fallgitter lag verbogen im Graben. Doch die Halle, die Wohn- und Wirtschaftsgebäude standen noch, und als der König und sein Gefolge im Innenhof absaßen, kamen Menschen herbeigeeilt: Knappen und Stallburschen führten die Pferde weg, und aus der bescheidenen Halle trat Guillaume des Roches, der Seneschall des Anjou, mit zwei vornehmen Geistlichen, um den König zu begrüßen.

Alle drei verneigten sich ehrerbietig vor John. »Willkommen in Le Mans, mein König«, sagte des Roches feierlich. »Ihr kennt Bischof Hugo und Abt Julien?«

John nickte ihnen zu. »Habt Dank für Euren freundlichen Empfang, Monseigneurs. Damit hatten wir nach der Begrüßung durch die Stadtbevölkerung – oder vielmehr der ausbleibenden Begrüßung – kaum noch zu rechnen gewagt.«

Der schlaksige Bischof von Le Mans hob ergeben die Hände. »Die Menschen im Maine haben viel gelitten im Laufe der letzten Jahre. Ich hoffe, Ihr könnt Nachsicht üben.«

»Ja, ich weiß«, antwortete John. »Es wird höchste Zeit, diesen Krieg zu beenden. Deswegen sind wir ja heute hier, nicht wahr?«

Der Bischof schlug das Kreuzzeichen über ihm und führte ihn mit einer einladenden Geste in die Halle.

Yvain und seine Freunde folgten mit den übrigen Rittern und Adligen, während die Knappen und die einfachen Soldaten im weitläufigen Innenhof und auf den Uferwiesen draußen begannen, im unablässigen Regen die Zelte aufzuschlagen.

Die Halle war ein schlichtes Fachwerkgebäude, aber gepflegt und geräumig. In der Mitte des großen Saals brannte ein ordentliches Feuer. Der Rauch stieg zum offenen Dachstuhl empor und zog durch ein Loch in den Strohschindeln ab. Der Saal war dennoch verrußt und rauchig, aber Yvain beschwerte sich nicht. Der Anblick der prasselnden Scheite war eine Wohltat nach einem Zweitagesritt durch Regen und Sturm, selbst wenn von der Wärme nicht viel zu spüren war.

Eine flache Stufe führte zur hohen Tafel an der westlichen Giebelwand. Dort bedeckte ein mitternachtsblaues Tuch den Tisch, auf dem Krüge und Becher aus poliertem Silber funkelten.

»Guillaume des Roches hat an alles gedacht, so scheint es«, befand Baldwin und setzte sich auf die Bank an der rechten Seitentafel. Hier zierten Kerben und Fettflecken statt feinem Leinen die Tischplatten, die Becher waren aus Zinn, und vor jedem Platz lag ein altbackener Brotfladen als Teller.

»Ah. Wie's aussieht, werden wir in absehbarer Zeit gefüttert«, bemerkte William, und seine Miene hellte sich auf.

Der König nahm den Platz an der Mitte der hohen Tafel ein, wo ein thronartiger Sessel für ihn bereitstand. Des Roches und die beiden Geistlichen gesellten sich zu ihm, und auf Johns diskretes Nicken hin betraten auch sein Bruder, Williams Vater und Hubert de Burgh die Estrade. Das übrige Gefolge verteilte sich am rechten Tisch – je nach Rang näher an der hohen Tafel oder weiter unten, wo Yvain und seine Gefährten Platz genommen hatten –, doch die linke Seitentafel blieb leer, genau wie die beiden Plätze zur Rechten des Königs.

Diener brachten dampfende Krüge und schenkten heißen Würzwein in die Becher, doch ehe die ersten Speisen aufgetragen wurden, öffnete die Tür sich erneut. Alle wandten die Blicke zum Eingang, und es wurde so still in der Halle, dass man das Knistern des Feuers hören konnte.

Flankiert von seiner Mutter und dem Bischof von Nantes betrat Arthur de Bretagne die Halle. Er hielt den Kopf hoch, den Blick unverwandt auf seinen Onkel gerichtet, und ging gemessenen Schrittes auf die hohe Tafel zu. Sein Gefolge war bescheiden: Nicht mehr als zwei Dutzend bretonische Ritter und Geistliche folgten ihm, und Erstere hatten ihre Waffen draußen bei der Wache gelassen.

Yvain ließ den jungen Herzog nicht aus den Augen. Arthur war ein gutes Stück gewachsen seit ihrer Begegnung im Frühjahr. Er wirkte auch nicht mehr so schilfdünn und zerbrechlich. Die Schultern waren breiter geworden, als habe er den ganzen Sommer über emsig mit Schwert und Lanze trainiert. Er war indes immer noch auffallend blass, die Miene verschlossen, und die halb gesenkten Lider machten es unmöglich, den Ausdruck seiner Augen zu erkennen.

Er erklomm die Stufe zur Estrade und blieb dann stehen. John sah ihm unverwandt entgegen, die Hände vor sich auf dem blauen Tischtuch locker übereinandergelegt, scheinbar vollkommen gelassen, ein kleines Spötterlächeln in den Mundwinkeln.

»Ich höre.«

Arthur schien sich im letzten Moment daran zu hindern, seiner Mutter, die einen halben Schritt hinter ihm stand, einen hilfesuchenden Blick zuzuwerfen. Stattdessen straffte er die Schultern und räusperte sich. Dann sank er auf die Knie. »Ich bin gekommen, um Eure Vergebung zu erflehen, Onkel.« Es klang pampig.

»Wie beglückend«, erwiderte der König liebenswürdig. »Aber wieso nur habe ich das Gefühl, dass es nicht aufrichtig empfundene Reue ob deines Treuebruchs ist, die dich zu diesem Schritt bewegt?«

Die Bretonen, die immer noch hinter Arthur aufgereiht standen, regten sich und tauschten finstere Blicke, aber sie wagten nicht zu murren.

Arthur hob den Blick und sah dem König in die Augen. »Doch, Onkel. Ich bereue meinen Treuebruch. König Philippe hat mir weisgemacht, mein Anspruch auf die englische Krone, die Normandie, das Anjou und die übrigen Grafschaften sei besser als der Eure, und darum habe ich gegen Euch … rebelliert. Doch nun habe ich begriffen, dass er uns nur gegeneinander ausspielt.«

John zog skeptisch die Brauen in die Höhe. »Und wie bist du zu dieser weisen Erkenntnis gelangt?«

Arthur wies diskret auf Guillaume des Roches. »Der Seneschall hat es mir erklärt.«

»Ah. Du hast also entschieden, lieber dem Seneschall zu glauben als Philippe. Und woher soll ich wissen, dass du es dir nicht nächste Woche wieder anders überlegst?«

»Bitte, Monseigneur …«, begann Constance mit gepresster Stimme.

»Du bist still«, fuhr John ihr über den Mund, ohne sie auch nur anzusehen. »Antworte mir, Arthur.« Es klang streng, aber trotzdem freundschaftlich. »Und tisch mir keine schönen Lügen mehr auf, sonst werden deine Knie wundgescheuert sein, eh ich dich aufstehen lasse.«

Yvain wechselte einen Blick mit William und sah, dass sie genau das Gleiche dachten: Der König durfte seinen Neffen nicht weiter demütigen. Arthur würde nicht ewig zwölf Jahre bleiben. Wenn John einen dauerhaften Frieden mit ihm wollte und somit eine sichere Westgrenze der Normandie, dann musste er einlenken. Jetzt.

Doch der König ließ den Jungen vor sich weiter schmoren, winkte den Pagen mit dem kostbaren Aquamanile herbei und wusch sich seelenruhig die Hände, beinah als hätte er den Bittsteller vor sich vergessen.

»Ich wollte die Krone«, stieß Arthur hervor. »Ist das wirklich so unverzeihlich? Ich wollte die Krone, genau wie Ihr, Onkel, und König Philippe war nicht der Einzige, der gesagt hat, sie stehe mir zu.«

John warf dem Pagen das Handtuch zu und schenkte seinem Neffen wieder seine ungeteilte Aufmerksamkeit.

»Aber Ihr habt die Krone bekommen. *Und* die Normandie«, fuhr Arthur fort. Es klang erstickt, so als kämpfe er mit den Tränen. Sogleich nahm er sich zusammen und sprach gemessen weiter: »Der Seneschall hat mir klargemacht, dass es unsinnig ist, gegen einen gesalbten König von Gottes Gnaden zu rebellieren. Aussichtslos, weil man nie die volle Unterstützung des Klerus' bekommt. Und er hat mir erklärt, dass ich mit Euch bessere Chancen habe, die Bretagne zu behalten, als mit Philippe.« Er stieß hörbar die Luft aus.

»Na bitte, du kannst also doch die Wahrheit sagen, mein Junge.« Mit einem Mal war aller Hohn aus Johns Stimme verschwunden. Er stand auf, umrundete die hohe Tafel und trat vor seinen Neffen. Dann legte er ihm die Hände auf die Schultern, hob ihn auf und küsste ihm die Stirn. »Also wollen wir noch einmal von vorn beginnen, du und ich«, sagte er. Yvain staunte, wie milde die Stimme klang. »Lass uns essen und über die Zukunft sprechen. Bring deine Mutter meinethalben mit an die Tafel. Wenn wir einen neuen Anfang machen wollen, müssen wir alle einen Schritt aufeinander zu gehen, das gilt auch für mich.« Das Lächeln, das er in Constances Richtung schickte, missglückte zu einer etwas schmerzlichen Grimasse. Trotzdem senkte sie demütig den Kopf und raffte den Rock des eleganten blauen Kleides ein wenig mit der Linken, um die einzelne Stufe zu erklimmen und Arthur an die hohe Tafel zu folgen. Als Yvain sie im Profil sah, ging ihm auf, dass sie guter Hoffnung war.

»Junge, Junge, der alte Guy hat nicht lange gefackelt, wie?«, wisperte William.

»Wer?«, fragte Yvain verständnislos.

»Guy de Thouars, ihr neuer Gemahl. Sag nicht, das hast du wieder mal nicht mitbekommen? Sie haben irgendwann im Sommer geheiratet.«

Yvain sah versonnen zu Arthur und überlegte, ob der junge Herzog wohl sonderlich glücklich wäre, wenn er einen Bruder bekäme.

»Nehmt Platz und speist mit uns, Monseigneurs«, lud John auch Arthurs Gefolge ein. »Ich weiß nicht, ob die Küche hier sich mit der bretonischen Kochkunst messen kann, doch der Wein wird Euch entschädigen, Ihr werdet sehen.«

Die Bretonen blinzelten ungläubig, weil sie vermutlich nicht geahnt hatten, wie charmant König John sein konnte, wenn er sich dazu entschloss. Fast ein wenig verschämt setzten sie sich an die freie linke Seitentafel und schenkten den abgekühlten Ipogras in die Becher, um ihre Verwirrung herunterzuspülen.

Die Atmosphäre beim Essen war gelöster, als irgendwer zu hoffen gewagt hatte. Drei üppige Gänge wurden aufgetragen, Fischpasteten, sämige Suppen und geschmorte Birnen mit eingekochten Beeren. Hühnchen und Wachteln und Leber mit Apfel. Doch die größte Beachtung fand ein ganzer Ochse, den vier ächzende Köche am Spieß hereinbrachten. Der Ochse trug eine farbenfrohe Stoffgirlande um den Hals: das golden und blaue Schachbrettmuster des Wappens der Bretagne im Wechsel mit den drei goldenen Löwen auf rotem Grund der Könige von England. Yvain applaudierte mit allen anderen, fragte jedoch: »Was hätten die Köche gemacht, wenn die Versöhnung geplatzt wäre?«

»Den Ochsen zerlegt und auf Platten serviert, schätze ich«, antwortete William achselzuckend. »Oh, sieh dir nur diese goldbraune Kruste an, Waringham!«

»Gleich fängt Pausbäckchen an zu sabbern«, prophezeite Pentecôte.

Yvain sah auf seinen Brotfladen hinab, der von den verschiedenen Bratensäften der vorherigen Gänge durchweicht war und ziemlich unappetitlich aussah. »Ich glaube, ich kann eine ganze Woche nichts mehr essen.«

Doch nicht nur William de Braose, auch der König und der junge Herzog ließen sich von dem Ochsenfleisch vorlegen, aßen genüsslich und ohne Hast und schienen sich angeregt zu unterhalten.

»Ich wüsste zu gern, worüber sie reden«, bekannte Baldwin. »Der König ist kein Freund von eitlem Geplauder und beherrscht es deswegen auch nicht sonderlich gut.«

»Nein, das ist wahr«, stimmte Yvain versonnen zu. »Womöglich reden sie tatsächlich über die Zukunft, wie er gesagt hat, und planen, wie sie König Philippe am besten ein Schnippchen schlagen können.«

»Denkt ihr, der Frieden mit Arthur wird halten?«, fragte Adam. Er sprach so leise, dass Yvain Mühe hatte, seine Worte zu erhaschen, und sah unauffällig zu Brandin, dem Kommandanten der königlichen Söldner, der nur ein kleines Stück von ihnen entfernt saß und sich schauderhaft benahm.

Yvain trank einen Schluck aus dem Becher, den er mit William teilte, den Blick auf den jungen Herzog der Bretagne gerichtet. »Solange Arthur sich von John mehr verspricht als von Philippe«, mutmaßte er. »Nicht einen Tag länger.«

Der König schien sich genauso wenige Illusionen zu machen wie Yvain, denn kaum wurde die Tafel aufgehoben, schickte er Fulk de Cantilupe zu den jungen Rittern seines Haushaltes.

»Gentlemen, der König wünscht, dass einer von Euch dem Herzog der Bretagne Gesellschaft leistet, solange wir hier sind. Tag und Nacht, versteht Ihr?«

William stöhnte. »Im Ernst? Nachtwache an der herzoglichen Bettkante? Wozu das denn?«

Fulk der Furchtbare strafte ihn mit einem frostigen Blick. »Vielleicht wollt Ihr gehen und den König nach dem Sinn seiner Anordnung befragen, Braose. Nein? Gut. Dann schlage ich vor, Ihr lost die Wachen aus, und zwar schleunigst. Der Herzog und seine Mutter sind im Begriff, sich zurückzuziehen.«

»Was ist mit ihren Rittern?«, wollte Adam wissen.

Cantilupe schüttelte knapp den Kopf. »Das bretonische Gefolge schläft hier in der Halle, die Waffen bleiben unter Verschluss.«

»Oh, gut.«

»Es beglückt mich, dass meine Vorkehrungen Gnade vor Euren Augen finden, Pomeroy«, höhnte ihr einstiger Nutricius, und das Feuermal leuchtete auf seiner untypisch fahlen Wange. Er machte auf dem Absatz kehrt und eilte mit langen Schritten aus der Halle.

»Meine Güte, von seiner Laune wird ja die Milch sauer«, brummte William.

»Wir brauchen nicht zu losen. Ich nehme die erste Wache, wenn ihr wollt«, erbot sich Baldwin mit einem ergebenen Seufzen. »Ich denke nicht, dass dieses traurige Nest ein Hurenhaus hat, ich versäume also nichts.«

Aus dem Augenwinkel sah Yvain Laurette von ihrem Platz am oberen Ende der Seitentafel aufstehen, die schlafende Joan in den Armen. Sie nickte ihm konspirativ zu.

»Ich löse dich um Mitternacht ab«, antwortete er Baldwin.

»Da schau einer an, der Master of the Horse höchstpersönlich beteiligt sich am Wachdienst«, verwunderte sich Pentecôte. Es klang, als würde Yvain sich sonst lieber drücken.

Der verdrehte die Augen, entschied aber, ausnahmsweise einmal erwachsen zu sein und den Köder nicht zu schlucken. Er versah die gleichen Pflichten wie alle anderen Ritter im Haushalt des Königs, da sein Amt nur selten viel Zeit in Anspruch nahm. Er fand das selbstverständlich, und natürlich wusste Pentecôte FitzHugh das ganz genau.

»Dann nehme ich die Morgenwache«, offerierte William.

Sie standen auf und kletterten über die Bank. Die Halle leerte sich jetzt schnell, nur Brandin und seine Kumpane blieben noch sitzen und verlangten lautstark nach mehr Wein.

»Lasst uns hoffen, dass Philippe von Frankreich heute Nacht nicht in Le Mans einfällt«, brummte Adam angewidert, als sie die lärmenden Soldaten passierten. Wie die meisten Ritter blickten auch sie mit Argwohn auf die gedungenen Söldner hinab, die nicht aus Vasallentreue für ihren König kämpften, sondern nur für Geld. Die Ritter misstrauten ihnen und verstanden überhaupt nicht, warum der König sich mit solchem Gesindel abgab, wie auch sein Bruder es schon getan hatte. Was sie freilich gern vergaßen, war die Tatsache, dass ein Ritter seinem Lehnsherrn vierzig Tage Waffendienst im Jahr schuldete, nach deren Ablauf er das Schwert einstecken und nach Hause gehen konnte, wenn er wollte, ganz gleich wie ungünstig der Zeitpunkt. Die Söldner hingegen kämpften, solange sie bezahlt und gefüttert wurden, und in kriegerischen Zeiten wie diesen konnte kein Herrscher auf sie verzichten.

»Vielleicht sollte einer von uns lieber auch vor Brandins Zelt Wache halten«, sagte William, als sie ins Freie traten. »Wenn wir Arthur misstrauen, müssen wir nicht damit rechnen, dass er den Söldnern ein lukratives Angebot macht und sie zu ihm übergehen? Dann schlitzen sie uns allen im Schlaf die Kehle durch, auch dem König.«

»Mach dir nicht ins Hemd«, gab Pentecôte zurück. »Solange wir den kleinen Arthur im Auge behalten, kann er kein Komplott mit Brandin schmieden.«

Der Regen hatte endlich aufgehört. Yvain legte den Kopf in den Nacken und entdeckte hier und da ein paar Sterne. »Die Wolken sind aufgerissen. Wenn wir Glück haben, können wir morgen zur Jagd reiten.«

»Das wäre sicher gut«, erwiderte Baldwin. »Nichts hebt die Laune so wie eine gute Jagdbeute.« Er bog Richtung Wohngebäude ab, während die anderen nach einigem Umherirren im Dunkeln ihre Zelte fanden, welche die Knappen im Windschatten der Burgkapelle aufgeschlagen hatten.

Wie versprochen machte Yvain sich kurz vor Mitternacht auf den Weg, um Baldwin Beaumont abzulösen. Er fand ihn vor einem gedrungenen viereckigen Turm, der einmal Teil der Burgmauer gewesen war. Ein halber Mond schimmerte silbrig über der jetzt dünnen Wolkendecke und spendete genug Licht, dass Yvain seinen Freund neben der schmalen Holztür an der Mauer lehnen sah.

»Man könnte meinen, du seist im Stehen eingeschlafen«, sagte er leise.

»Stimmt auch fast«, räumte Baldwin ein und gähnte herzhaft. »Hier passiert rein gar nichts.«

»Sei froh.«

Baldwin nickte und ruckte den Daumen über die Schulter zur Tür. »Seine herzogliche Gnaden schlummern selig, genau wie die schöne Constance. Ihre Gemächer liegen im Obergeschoss. Es ist zu hoch, die Fenster obendrein zu schmal, um hinauszuklettern. Das Untergeschoss hat überhaupt keine Fenster. Also wenn sie rauswollen, müssen sie hier vorbei.«

»In Ordnung.«

Baldwin gähnte wieder – dieses Mal hörte Yvain seinen Kiefer bedenklich knacken – und verschwand dann mit einem gemurmelten Gruß. Der junge Waringham nahm seinen Platz an der Mauer ein und tat das, was man immer tat, wenn man auf Nachtwache war: Er wartete darauf, dass der Morgen graute.

Doch weder drohte er einzuschlafen, noch war ihm langweilig. Fulk de Cantilupe hatte ihn und die anderen früher gelegentlich eine ganze Woche lang jede Nacht auf Wache geschickt und ihnen einen Fastenmonat in irgendeinem schaurigen Kerker in Aussicht gestellt, falls sie zwischendurch ein Nickerchen einlegten. Ein jeder entwickelte wohl seine eigene Methode, um dieser Gefahr zu begegnen. Yvain hatte sich angewöhnt, die Augen ständig in Bewegung zu halten – was ohnehin ratsam war, wenn man irgendetwas oder irgendwen bewachte – und sich Verse auszudenken. Meistens dichtete er über Amabel. Manchmal auch über Vellantif oder, wenn er gehässiger Laune war, über Pentecôte FitzHugh. Seine Reime waren weder besonders gut noch geistreich, aber sie vertrieben ihm die langen Nächte und hielten ihn wach.

Er war auf der Suche nach einem Wort, das Amabels geschwungene Lippen beschrieb und sich mit »Schnee« reimte, als sich neben ihm knarrend die morsche Holztür öffnete.

Yvain richtete sich auf. »Wer da?«

Eine schattenhafte Gestalt in einem langen Mantel mit Kapuze trat ins Freie. »Wer seid Ihr?«, fragte eine Frauenstimme. Constance, erkannte Yvain, Arthurs Mutter.

Er war auf der Hut und verneigte sich knapp, ohne sie aus den Augen zu lassen. »Yvain of Waringham, Madame.«

»Waringham …«, wiederholte sie, und im selben Moment, als

er sich fragte, wieso ihre Stimme so gepresst klang, sah er, dass sie gekrümmt stand.

»Seid Ihr nicht wohl?«

Sie schüttelte den Kopf, beugte sich vor und stützte die Hände auf die Oberschenkel. »Ich … ich brauche eine Hebamme. Meine Zofe ist verschwunden. Sie … treibt sich wieder bei den Soldaten herum, das verfluchte Luder.« Tastend streckte sie die Linke aus, bekam Yvains Unterarm zu fassen und klammerte sich daran. »Helft mir, Monseigneur, ich bitte Euch inständig. Gott steh mir bei, ich *darf* dieses Kind nicht verlieren …« Sie keuchte.

Yvain geriet in arge Bedrängnis. Er konnte seinen Posten nicht verlassen, ohne seine Ehre zu riskieren. Aber ein Ritter, der einer Dame in Not seine Hilfe versagte, verlor seine Ehre erst recht. »Wo ist Euer Sohn?«

Constance stützte sich noch schwerer auf seinen Arm und schüttelte den Kopf. »Er schläft. John hat ihn abgefüllt und …« Sie zog scharf die Luft ein und geriet ins Wanken.

Ohne jeden bewussten Entschluss legte Yvain den freien Arm um ihre Taille, um sie zu stützen. »Kommt wieder hinein, Madame. Ihr müsst Euch setzen. Ich finde jemanden, der die Hebamme holt.«

Sie fing leise an zu weinen und sackte gegen ihn. »Gott sei Dank. Ein Ehrenmann im Gefolge dieses … Monstrums.« Sie nuschelte fast, weil ihr die Sinne schwanden.

Yvain machte einen zaghaften Schritt mit ihr Richtung Tür. Constance schien unfähig, einen Fuß vor den anderen zu setzen, und er hielt praktisch ihr ganzes Gewicht, während er sie zurück in die enge, dunkle Turmkammer brachte. Die Herzogin schob die freie Hand in seinen Nacken, um sich auf ihn zu stützen, glaubte er – bis sie ihm eine Klinge seitlich in den Hals rammte.

Yvain zog zischend die Luft durch die Zähne. Er ließ Constance los, torkelte einen Schritt zurück, tastete mit der Linken nach dem Messer oberhalb seines Schlüsselbeins und legte gleichzeitig die Rechte ans Heft seines Schwertes, aber er hatte es nicht einmal zur Hälfte herausgebracht, als ihm von hinten jemand die Füße wegtrat.

Arthur.

Die Erkenntnis traf ihn wie ein tückischer Hieb aus dem Hinterhalt, doch er gestattete sich keine Schreckensstarre. Im Sturz rollte er sich auf die Seite, stützte die Hände auf, um sich hochzustemmen, doch das Blut, das aus seiner Wunde rann, machte die Holzdielen glitschig, und die rechte Handfläche rutschte weg. Ehe er sich wieder fangen konnte, riss irgendwer ihm den Helm vom Kopf, ein ungehemmter Tritt erwischte ihn an der Schläfe, und er sank in erlösendes Dunkel.

Er wusste nicht, wie lange er besinnungslos gewesen war, aber nichts hatte sich gebessert, als er zu sich kam. *Dass* er zu sich kam, hieß wohl, Constance hatte ihm nicht die Kehle durchgeschnitten, doch er spürte heißes Blut in unbescheidenen Mengen über Hals und Brust laufen. Er wollte die Hand heben, um die Wunde zu ertasten, und bei der Gelegenheit stellte er fest, dass seine Hände gefesselt waren. Er schlug die Augen auf.

Der junge Herzog der Bretagne und seine Mutter standen Seite an Seite und blickten mit äußerster Konzentration auf ihn hinab. Beide trugen dicke Mäntel. Arthur hielt einen Strick in der linken Faust, Constance eine Fackel in der einen Hand, ihren zierlichen, blutverschmierten Dolch in der anderen.

Nicht ohne Mühe wälzte Yvain sich auf die Seite, stützte sich auf einen Ellbogen und schaute zu ihnen hoch. »Warum?«, fragte er verständnislos. »Wieso seid Ihr hergekommen, wenn Ihr ihm misstraut? Wäret Ihr gar nicht erst gekommen, bräuchtet Ihr jetzt nicht bei Nacht und Nebel zu fliehen, oder?«

»Ich bin in gutem Glauben hergekommen«, fauchte Arthur und trat ihn wütend in die Seite.

Yvain trug seinen Kettenpanzer noch, aber der Tritt schleuderte ihn auf den Rücken. »Was hat sich geändert?«, ächzte er.

»Das braucht dich nicht mehr zu kümmern«, erwiderte der Junge kalt. »Steh auf.«

Yvain hatte Zweifel, ob er das konnte. Doch als es plötzlich eng um seine Kehle wurde, mobilisierte sein Körper aus eigenem Antrieb ungeahnte Reserven. Er schaffte es irgendwie auf die Knie, und im nächsten Moment stand er, wenn auch ein wenig schwankend. Die würgende Enge blieb indes, und als Arthur seinen Strick über einen niedrigen Deckenbalken warf und dann an einem Eisenring in der rückwärtigen Wand festknotete, begriff Yvain, dass er eine Schlinge um den Hals trug. Er wollte die Hände heben, um sie zu lockern, doch es ging nicht, denn sie waren nicht nur aneinander, sondern ebenso an seinen Gürtel gefesselt.

Yvain sah zum Deckenbalken hoch, ließ den Blick kurz durch den kleinen quadratischen Raum schweifen und verstand. Er hatte viel Blut verloren und tat es noch. Doch ehe er das Bewusstsein verlor, würden seine Beine einknicken, und darum würde er qualvoll ersticken, bevor er verbluten konnte.

Er sah Arthur in die Augen und sagte: »Vermutlich sollte ich dankbar sein, dass du mir nicht die Pfoten ansengst, du widerlicher kleiner Drecksack.«

Das triumphale Lächeln verschwand wie fortgewischt von dem hübschen Knabengesicht, und Zorn funkelte in den Augen. »Das kannst du haben. Gib mir die Fackel, Mutter.«

Sie schnalzte nachsichtig und legte die Hand auf seinen Arm. »Wir haben keine Zeit, *mon cher fils*. Und es könnte unwillkommene Aufmerksamkeit erregen, wenn er schreit. Johns Soldaten kampieren gleich dort drüben am Fluss. Lass uns lieber zusehen, dass wir unbemerkt an ihnen vorbeikommen.«

Arthur verzog das Gesicht zu einer trotzigen Grimasse. Einen Moment glaubte Yvain, der Bengel werde mit dem Fuß aufstampfen und anfangen zu heulen. Stattdessen riss er seiner Mutter die Fackel aus der Hand, trat damit zu ihm und stierte ihm ins Gesicht. »Wärest du morgen früh noch am Leben, könntest du meinem geliebten königlichen Onkel ausrichten, dass ich keine Lust habe, auf einer öden Festung an der schottischen Grenze zu verfaulen.« Damit rammte er ihm das untere Ende des Fackelstocks in den Magen. Yvains Knie knickten ein, und die Schlinge zog sich mit einem Ruck fester zu. Als er es endlich geschafft hatte, sich wieder aufzurichten, war er allein in völliger Finsternis, sein mühsames Keuchen der einzige Laut der Welt.

Yvain tat alles, was ihm einfiel, um das Unvermeidliche hinauszuzögern. Er sprach in Gedanken langsam das Paternoster, bis sein Herz aufhörte zu rasen und die Panik niedergerungen war. Er konzentrierte sich darauf, ruhig und gleichmäßig zu atmen, seinen Körper irgendwie davon zu überzeugen, mit der Luft auszukommen, die durch seine enge, schmerzende Kehle strömte. Er stellte die Füße auf Schulterbreite auseinander, um mehr Standfestigkeit zu haben, was indessen nicht verhinderte, dass er langsam vor- und zurückschwankte. Und er setzte alles daran, so still wie möglich zu stehen, um den Blutfluss zu verlangsamen. Die Gewänder unter dem Kettenhemd waren auf der rechten Seite schon völlig durchnässt, sodass er nicht mehr ausmachen konnte, wie stark die Wunde noch blutete. Womöglich war der Strom ja versiegt. Schließlich war es nur eine kurze, schmale Klinge gewesen – klein genug, dass Constance sie in der scheinbar hilfesuchend tastenden Hand verstecken konnte.

Aber im Grunde wusste er ganz genau, dass er es nicht schaffen konnte. Es war etwa zwei Stunden nach Mitternacht gewesen, als Arthur und seine Mutter ihn übertölpelt hatten. Das lag jetzt vielleicht eine Stunde zurück. Also noch vier Stunden, bis William ihn ablösen kam. Und schon jetzt flimmerten helle Lichtpunkte vor seinen geschlossenen Lidern, schon jetzt rauschte der Schwindel in seinen Ohren wie die Brandung am Strand von Whitstable. Dort war sein Vater einmal mit ihm und Guillaume hingeritten, als Yvain klein gewesen war, und sie hatten den Austernfischern zugeschaut und waren im eisigen Meer geschwommen. Yvain sah die Erinnerung in eigentümlich grellen, unechten Bildern vor seinem geistigen Auge, aber sie spendete ihm dennoch Trost. Doch dann zerflossen die Bilder zu Schwärze, als hätte jemand ein Tintenhorn darüber ausgegossen, das Rauschen in den Ohren schwoll mit einem Mal zu einem Dröhnen an, und es war, als kippten die soliden Holzdielen unter seinen Füßen einfach weg. Yvain sackte zusammen, und die Schlinge zog sich mit einem Ruck gänzlich zu. Seine Lungen versuchten, weiterzuatmen, aber es ging einfach nicht, keine Luft konnte mehr durch die zugeschnürte Kehle strömen. Instinktiv wollte er die Hände hochreißen, um die Finger in die Schlinge zu krallen. Die Bogensehne, mit denen sie gefesselt waren, schnitt so tief in die Haut, dass sie zu bluten begann, doch er spürte nichts davon. Die Schwärze vor den Augen nahm eine rötliche Färbung an, und jetzt dröhnte der unaufhörliche Schlag einer großen Trommel mitten in seinem Kopf, unerträglich laut. Schmerz explodierte hinter der Stirn, und das Letzte, was Yvain dachte, war: *Begrabt mich in Waringham.*

Dann war ihm, als stürze er, aber nicht in bodenlose Tiefen und daunenweiches Vergessen. Stattdessen landete er bäuchlings auf hartem Grund. Ehe er die Chance bekam, das zu begreifen, verschwand die dicke Hanfschlinge von seinem Hals. Zwei knochige Arme umschlangen ihn und richteten ihn auf, und er hörte eine helle Stimme: »Atmen, Sir. Seid nur ganz ruhig, es ist alles in Ordnung. Aber Ihr müsst atmen …«

Ich kann nicht, dachte Yvain, aber dann bäumte sein Körper sich auf, und mit einem rasselnden Keuchen sog er Luft ein. Sie brannte wie flüssiges Pech bis in seine Lungen hinab, und trotzdem atmete er noch einmal und noch einmal, tief und gierig, wie ein Verdurstender einen Becher leert. Der sengende Schmerz hinter der Stirn verebbte zu einem dumpfen Hämmern. Yvain ließ die Augen geschlossen, bettete den Kopf an die magere Brust seines Retters und spürte Luft in seine Lungen und wieder heraus strömen. Er hatte das Gefühl, er hätte tagelang damit zubringen können, einfach nur zu atmen.

Doch er wusste, das durfte er nicht. »Thomas?«

»Ja, Sir Yvain«, antwortete sein Knappe erstickt.

»Hör auf zu flennen.«

»Vergebt mir. Ich dachte, Ihr seid tot.«

Viel hat auch nicht gefehlt, wusste Yvain. »Ist schon Morgen?« Seine Stimme raspelte.

»Nein. Ich konnte nicht schlafen«, bekannte der Junge. »Sir Baldwin im Zelt nebenan hat mal wieder geschnarcht wie ein Hirsch in der Brunft, und irgendwie … hatte ich so ein komisches Gefühl. Jedenfalls hab ich gedacht, ich schau vorbei und bring Euch einen Becher Wein.«

»Wein?«, wiederholte Yvain hoffnungsvoll. Seine Kehle brannte, und vermutlich würde das Schlucken höllisch schmerzen, aber er verging fast vor Durst.

»Das meiste hab ich verschüttet, als ich Euch sah, aber es ist noch was drin, glaub ich.«

»Dann her damit.« Was er wirklich wollte, war ein Becher englisches Ale, wie seine Mutter es daheim in Waringham braute. Er richtete sich auf, und sofort wurde ihm wieder schwindelig. Mit Thomas' Hilfe rutschte er bis zur Wand, lehnte sich mit dem Rücken dagegen und wartete auf bessere Zeiten.

Thomas zückte sein Messer, durchschnitt die Handfesseln und schälte behutsam die Bogensehne von den blutigen Gelenken, ehe er seinem Herrn einen halbvollen Tonbecher brachte.

Yvain nickte dankbar und nahm das Gefäß in beide Hände. Die Hände zitterten, aber er schaffte es, den Becher an die Lippen zu führen. Das Schlucken schmerzte schlimmer als erwartet. Er trank trotzdem bis zur Neige.

Als er absetzte, keuchte er wieder. »Lauf und weck die anderen, Thomas. Herzog Arthur und seine Mutter sind verschwunden.«

»Ja, das dachte ich mir. Ihr blutet, Sir.«

»Ich weiß.«

»Ich meine, Ihr blutet wie ein sprudelnder Quell.«

Yvain hob die Rechte und drückte sie auf die Wunde. Von der kleinen Bewegung kehrte der Schwindel zurück. Ungläubig stellte er fest, dass der Schluck Wein ihm zu Kopf gestiegen war. »Das muss warten. Wenn sie sofort ausrücken, erwischen sie sie vielleicht noch. Und irgendwer muss den König wecken und es ihm sagen.«

Thomas stand folgsam auf, sah aber unentschlossen auf ihn hinab. »Er wird wie der Zorn Gottes über Euch kommen, Sir. Ich weiß nicht, ob jetzt gerade so ein glücklicher Zeitpunkt dafür ist.«

»Nein. Aber er hasst nichts mehr als Feiglinge. Darum besser, wir tun es.«

Thomas ließ es sich indes nicht nehmen, seinem Herrn erst

einmal den schweren Kettenpanzer auszuziehen. Dann lief er die enge Stiege hinauf, kam mit einem Bettlaken zurück, riss einen Streifen davon ab und wickelte ihn Yvain um den Hals. »Ich hoffe, das stillt die Blutung.«

»Danke. Und jetzt geh.«

Thomas nahm die Fackel mit und eilte hinaus. Yvain lehnte sich wieder mit dem Rücken an die Wand, schloss die brennenden Augen und schlief prompt ein.

Er wachte auf, als er rüde auf die Füße gezerrt wurde. Pentecôte FitzHugh und Brandin hatten ihn an den Armen gepackt und führten ihn ins Freie. Zwei von Brandins Männern gingen mit Fackeln voraus. Niemand sprach ein Wort. Yvain hielt den Blick auf die schlammige Erde gerichtet, vollauf damit beschäftigt, einen Fuß vor den anderen zu bringen, aber er hatte auch kein gesteigertes Bedürfnis, Pentecôtes frohlockende Miene anzuschauen.

Sie brachten ihn zu den königlichen Gemächern in dem steinernen Gebäude an der Ostseite des Hofs. Auf der Treppe ins Obergeschoss geriet Yvain ins Straucheln, aber die Klammergriffe seiner Bewacher bewahrten ihn vor dem Sturz.

Dann passierten sie die Wachen – zwei junge Soldaten, die Yvain mit verschreckten Mienen anstarrten –, und im nächsten Moment stand er vor dem König.

Das geräumige Schlafgemach war von Fackeln und Öllichtern erhellt. Rechts am Fenster hatten Guillaume de Braose, Hubert de Burgh und William Longsword murmelnd die Köpfe zusammengesteckt. Jetzt verstummten sie, und alle drei betrachteten Yvain mit unterschiedlichen Abstufungen der Missbilligung. Und in der Raummitte stand König John mit verschränkten Armen und versteinertem Gesicht.

Brandin und Pentecôte ließen Yvains Arme los, einer von beiden versetzte ihm einen Stoß zwischen die Schultern, und er landete vor dem König auf den Knien.

Yvain hob den tonnenschweren Kopf und sah John in die Augen. »Sie haben mich übertölpelt und sind geflohen. Vor knapp zwei Stunden, schätze ich. Mit ein wenig Glück erwischen wir sie vielleicht noch. Ich glaube nicht, dass sie irgendwo Pferde bereitstehen hatten.«

John sah über seinen Kopf hinweg. »Brandin.«

»Wir brechen sofort auf, mein König«, versicherte der. »Ich habe meine Männer schon satteln lassen.«

Yvain hörte ihn mit schweren Schritten hinausgehen und zwei oder drei andere Männer in Rüstung den Raum betreten. Doch er wandte sich nicht um, hielt den Blick stattdessen unverwandt auf John gerichtet. »Es tut mir leid, Sire.«

»Ist das alles, was Euch einfällt?« Es klang beinah amüsiert, aber Yvain sah das Pochen in der Schläfe, und er wusste, was es zu bedeuten hatte.

Doch wenn er sein Leben behalten wollte, durfte er sich um keinen Preis anmerken lassen, wie erbärmlich schwach er sich fühlte und wie er sich fürchtete. »Ja. Das ist alles. Sie … die Herzoginmutter kam nach draußen und gab vor, unwohl zu sein und eine Hebamme zu brauchen.« So knapp und so nüchtern wie möglich schilderte er, was sich zugetragen hatte.

»Verstehe.« Der König nickte langsam. »Ihr habt Euch also von einer Schwangeren und einem Rotzbengel übertölpeln lassen?«

Yvain musste die Zähne zusammenbeißen, aber der Vorwurf war ja nicht unberechtigt. »Ja, mein König«, bekannte er.

»Immer noch so arglos wie ein Welpe. Ihr habt nichts dazugelernt.«

»Ich fürchte.« Yvain sah kurz auf die schwarze Ledermanschette hinab, die er am rechten Handgelenk trug, seit Pentecôte es gebrochen hatte. Die Mahnung, die sie sein sollte, hatte wieder einmal nichts genützt.

John kam noch einen kleinen Schritt näher. »Erwartet Ihr im Ernst, dass ich das glaube?«, fragte er leise.

Yvain musste den Kopf in den Nacken legen, um ihn weiterhin ansehen zu können. »Es ist die Wahrheit, Sire.«

»Wirklich? Oder habt Ihr Euch von Philippe *kaufen* lassen und Arthur und Constance in seinem Auftrag überzeugt, sich lieber doch nicht mit mir zu verbünden und bei Nacht und Nebel aus Le Mans zu verschwinden?«

»So etwas würde er niemals tun«, sagte William de Braose plötzlich hinter Yvains rechter Schulter.

»Du bist still!«, schnauzte dessen Vater erschrocken.

Doch William fuhr unbeirrt fort: »Mit allem gebotenen Respekt verbürge ich mich für Yvain of Waringham, Sire. Er würde sich eher in sein Schwert stürzen, als Euch zu hintergehen, das weiß ich ganz genau.« *Und Ihr wisst es auch* sagte er nicht, aber es hing irgendwie in der Luft.

»Wären sie zwei Stunden eher geflohen, läge ich jetzt blutend da vor Euch auf den Knien und käme mir vor wie der König aller Narren, Sire«, fügte Baldwin Beaumont auf seine bedächtige Art hinzu.

»Auch ich bürge für Waringham, mein König«, sagte Adam de la Pomeroy hinter Yvains anderer Schulter.

Der musste einen Moment die Augen zukneifen, um seiner Dankbarkeit und Erleichterung ob der Unterstützung seiner Freunde Herr zu werden.

»Wie rührend«, höhnte John bitter.

»Seien wir ehrlich, mein König, es war einfach eine Verkettung unglücklicher Umstände«, meldete sein Bruder Longsword sich beschwichtigend zu Wort. »Hätten wir auch nur den leisesten Verdacht gehabt, dass so etwas passieren könnte, hätten wir mehr als eine Wache vor ihre Tür gestellt. Und hätten wir im Frühling nicht die Mauern dieser Burg geschleift, wären sie nicht hinausgekommen. ›Aber Hätte und Wäre machen keinen Mann satt‹, wie meine Mutter immer zu sagen pflegte, Gott hab sie selig.«

»Genau das ist es, was mich so argwöhnisch stimmt an dieser ganzen verfluchten Sache«, grollte der König und sah wieder auf Yvain hinab. »Warum haben sie sich überhaupt erst herbemüht? Warum hat Arthur sich der öffentlichen Demütigung seiner Unterwerfung unterzogen, nur um es sich ein paar Stunden später wieder anders zu überlegen? Habt ihr dafür irgendeine Erklärung?«

Yvain konnte nicht länger zu ihm hochschauen. Er senkte den Kopf, starrte auf seine Hände hinab und nickte.

»Also? Dann raus damit!«

Yvain antwortete nicht sofort. Dies hier war die eigentliche Bewährungsprobe, und er wusste überhaupt nicht, wie er sie bestehen sollte. Vielleicht wäre es leichter, wäre er nicht so durstig und schwindelig und bis in die Knochen erschöpft gewesen. Aber in seinem jämmerlichen Zustand schien es ihm unmöglich, es zu sagen. Beinah als hätten sein Mund und seine Zunge vergessen, wie man Worte formte. Andererseits: *Er würde sich eher in sein Schwert stürzen, als Euch zu hintergehen*, hatte William gesagt. Und das stimmte.

»Wir hängen gebannt an Euren Lippen, Sir«, sagte der König. Es war eine unmissverständliche Drohung.

Yvain gab sich einen Ruck. Er straffte die Haltung, als habe er sich mit einem Mal auf sein Rückgrat besonnen, und sagte: »Der Herzog der Bretagne trug mir auf, Euch auszurichten, dass er keine Lust habe, auf einer öden Festung an der schottischen Grenze zu verfaulen.«

Für ein paar Herzschläge standen alle wie zu Salzsäulen erstarrt.

Dann atmete der König hörbar aus. »Bei Gottes Zähnen. Wir haben einen Verräter in unserer Mitte.«

»Ich verstehe nicht, Sire«, bekannte Hubert de Burgh. »Was hat diese Nachricht zu bedeuten?«

Er tauschte einen fragenden Blick mit dem alten Braose, aber der konnte auch nur die Schultern zucken. Das war kein Wunder, denn sie waren beide nicht dabei gewesen.

Der König trat zu Yvain, packte ihn mit einer seiner kräftigen Hände unter der rechten Achsel und hievte ihn auf die Füße. »Ich nehme an, Ihr braucht einen Schluck Wein.«

»Was er eigentlich braucht, sind ein Bett, ein frischer Verband und ein schönes Stück rohes Fleisch gegen den Blutverlust«, widersprach Longsword resolut.

»Ich nehm den Wein«, wehrte Yvain hastig ab.

Der Bruder des Königs lachte in sich hinein, aber Yvain

konnte sein flegelhaftes Grinsen nicht erwidern. Er wusste genau, was kommen würde, und spürte etwas wie eine Handvoll glimmender Holzkohlen in den Eingeweiden.

Auf ein Zeichen des Königs holte Baldwin einen Schemel unter dem Tisch hervor, brachte ihn Yvain und drückte ihn behutsam darauf nieder, während William ihm einen gefüllten Becher reichte.

Yvain hob ihn Pentecôte entgegen. »Wärmsten Dank auch, alter Freund«, höhnte er.

Pentecôte nickte knapp. »Jederzeit gern wieder.«

Während Yvain in schmerzhaften kleinen Schlucken trank, erklärte Longsword den verwirrten Lords: »Als des Roches, der Seneschall, vor zwei Wochen nach Chinon kam, um von Arthurs Sinneswandel zu berichten, erörterten wir die Lage im engsten Kreis mit der Königinmutter. Und der König sagte, sobald wir Arthur in die Finger bekämen, sollten wir ihn nach England auf eine Festung an der schottischen Grenze schicken.«

»Aber wer könnte es ausgeplaudert haben?«, fragte de Burgh.

»Wer war dabei?«, überlegte Longsword halblaut. »Der König, die Königinmutter, die arme, todkranke Joan, die kleine Joan …«

»Laurette de Marmande«, fiel John ihm ins Wort. »Natürlich! Ihr Mann ist ein Cousin von Guy de Thouars, Constances neuem Gemahl. Na warte, du verfluchtes, durchtriebenes Miststück …«

»Sie war es nicht, Mylord«, unterbrach Yvain.

John fuhr zu ihm herum. »Woher wollt Ihr das wissen? Ich glaube, wenn Ihr mir jetzt weiszumachen versucht, sie sei unschuldig, nur weil sie Euch schöne Augen macht, werde ich die Geduld verlieren und Euch für Eure unheilbare Einfalt gleich mit ihr aufhängen.«

Dann wärst du schon der zweite, der das heute Nacht tut, dachte Yvain verdrossen, doch er sagte: »Sie hatte keine Gelegenheit, sich zu Arthur zu schleichen und ihm irgendetwas zu berichten, weil sie … Ich meine, weil ich …« Er brach ab.

»Ja?«, hakte der König mit trügerischer Geduld nach.

»Er versucht zu sagen, dass er bei ihr war«, kam William Yvain zu Hilfe. Er sah verlegen ins Bodenstroh hinab, fuhr aber unbeirrt fort: »Sie … ist ihm gewogen, seit sie mit der Königinmutter nach Chinon kam. Deswegen hat sie sich auch erboten, die Gesellschafterin Eurer Tochter zu werden, Sire, damit sie bei Hofe bleiben kann. Bei ihm. Und heute Abend, als wir die Halle verließen, ist Waringham ihr nachgegangen und bei ihr geblieben, bis er zur Wache musste.«

John wirbelte zu Yvain herum. »Um was genau zu tun? In Gegenwart meiner achtjährigen Tochter?«

»Sie schlief mit der Amme im Nebenraum«, stellte Yvain klar, wenngleich er wusste, dass es eine schwache Verteidigung war.

»Was fällt Euch ein, Ihr verkommener Lump, kennt Ihr keinen Anstand?«, brauste der König auf.

Es war beinah komisch, bedachte man seinen eigenen Lebenswandel, der alles andere als tadellos war. Aber Yvain war aller Humor abhandengekommen.

»Dann hat sie Arthur einen Boten geschickt, eh er nach Le Mans kam«, mutmaßte der alte Braose.

Longsword schüttelte den Kopf. »Ich sag's noch mal: Hätte irgendwer ihn *vorher* gewarnt, wäre Arthur niemals hergekommen.«

»Aber wie soll sie es dann angestellt haben?«, konterte de Burgh verständnislos.

»Sie war es nicht«, wiederholte Yvain und stierte auf den fast unberührten Wein in seinem Becher, damit sein Blick nicht zu dem wahren Schuldigen schweifen und ihn enttarnen konnte.

Doch der erledigte das selbst. Die bleierne Stille, die sich mit einem Mal auf das königliche Schlafgemach herabsenkte, war zu viel für seine Nerven. Mit einem unterdrückten Laut, der halb ein Fluch und halb ein Schluchzen war, zog Adam de la Pomeroy das Schwert, glitt rückwärts zur Tür und riss sie auf.

»Haltet den Mann auf!«, befahl der König und setzte ihm nach.

Die beiden überrumpelten Wachen vor der Tür hatten keine Chance gegen Adams Bärenkräfte. Er rempelte den einen mit der Schulter aus dem Weg und brachte dem anderen mit der Klinge eine klaffende Wunde am Arm bei. Durch die geöffnete Tür sah

Yvain sie zurückweichen und Adam die Treppe hinabfliehen, immer zwei Stufen auf einmal, John, Longsword und Pentecôte dicht hinter ihm.

Er kann es schaffen, dachte Yvain, und er spürte sein Herz in der malträtierten Kehle pochen. Diese Burg hat keine Mauer. Wenn er die Tür unten erreicht, kann er vielleicht entkommen. *Gott hilf ihm und lass ihn entkommen, er ist mein Freund und im Grunde ein anständiger Kerl, und jetzt kann er ja keinen Schaden mehr anrichten …*

Doch die Tür unten öffnete sich, ehe Adam sie erreichte, ein völlig ahnungsloser Fulk de Cantilupe trat über die Schwelle, kollidierte mit dem Flüchtenden, und beide gingen zu Boden. Ehe Adam wieder auf die Füße kam, waren der König und Pentecôte über ihm.

»Jesus, erbarme dich«, flüsterte William an Yvains Seite.

»Jesus vielleicht. John todsicher nicht«, sagte Baldwin.

Aimery de Léoncel, der Leibarzt des Königs, schlug die Hände über dem Kopf zusammen, als sie ihm Yvain kurz vor Morgengrauen brachten. »Wieso erst jetzt?«, schimpfte er. »Man könnte meinen, Ihr habt die Hälfte Eures Lebenssaftes verloren, mein Sohn. Was mag Euch auf dem Weg zu mir nur aufgehalten haben?«

»Lange Geschichte«, wehrte Yvain verlegen ab.

Der heilkundige Abt seufzte ungeduldig.

William und Baldwin berichteten ihm das Nötigste, und nachdem sie sich verabschiedet hatten, hieß Aimery den Patienten, sich auf den stabilen Tisch zu legen, wo er eine kratzige Wolldecke über ihn breitete. Er wusch die Stichwunde am Hals mit Wein und legte einen Verband an, der sich so ähnlich anfühlte wie Arthurs Schlinge. »Eure Wunde ist hässlich und gefährlich, aber ich kann sie nicht nähen. Also werdet Ihr die nächsten zwei Tage liegend verbringen und Euch so wenig wie möglich bewegen, habt Ihr verstanden?«

»Ja, Vater«, antwortete Yvain demütig.

Aimery brummte skeptisch. Er war ein hagerer alter Mann

mit einem runzligen Gesicht, dessen Haut ledrig wirkte, einem weißen Haarkranz um die Tonsur und lebhaften dunklen Augen, denen nicht viel entging. An einem Dreibein hängte er einen kleinen Kessel über das Kohlebecken, machte sich mit diversen Säckchen und Tiegeln zu schaffen, und weil er Yvain dabei völlig in Ruhe ließ, schlief der ein.

»Trinkt das.«

Er riss die Augen wieder auf. Abt Aimery hielt ihm einen dampfenden Trank hin.

Yvain setzte sich behutsam auf, nahm den Becher und schnupperte argwöhnisch. »Was ist es?«

»Brennnesselsud. Er fördert die Blutbildung. Also runter damit.«

Yvain leerte den Becher todesmutig, obwohl es grässlich schmeckte, und bekam zur Belohnung gleich noch einen zweiten hinterher. Dieses Mal trank er langsamer und sah sich dabei um. Das Gemach des ehrwürdigen Abtes und Leibarztes war ein nüchterner, spärlich möblierter Raum mit einem schmalen Bett ohne Baldachin. Unter dem Fenster stand eine aufgeklappte Truhe, aus welcher der Arzt die Utensilien zum Verbinden der Wunde und zur Zubereitung des Suds geholt hatte.

»Da drin habt Ihr alles, was Ihr für Eure Kunst benötigt?«, fragte der junge Ritter neugierig.

»Bei Weitem nicht«, antwortete Aimery zerstreut, stellte zu Yvains Verdruss einen neuerlichen Tonbecher auf den Tisch, in den er jedoch keinen Sud, sondern ein graues Pulver füllte, das er mit frischem Brunnenwasser aufschüttete. »Ich unterhalte größere Apotheken in Chinon, Rouen und in Westminster. Wenn der König mich benachrichtigt, dass er zum Beispiel mit fünfhundert Mann für eine vermutlich eher kurze Zeit nach Le Mans zu ziehen gedenkt, schreibe ich eine Liste mit den Dingen, die ich brauche, und versuche, alle Eventualitäten zu berücksichtigen. Dann schicke ich einen Diener zur nächsten meiner Apotheken und lasse kommen, was auf der Liste steht.«

Yvain nickte fasziniert. »Wo habt Ihr Eure Kunst erlernt, Vater?«

»Auf der Schule in Salerno. Sie ist die beste der Welt«, antwortete Aimery nicht ohne Stolz.

»Euer Orden hat Euch hingeschickt?«

»So ist es.« Er rührte emsig mit einem Holzstäbchen in dem Becher, und das Pulver schäumte auf. »Wohl bekomm's«, sagte er mit einer einladenden Geste. »Es schützt vor Fieber.«

Yvain wappnete sich und trank. Es schmeckte köstlich. Säuerlich und ein wenig scharf. Auf jeden Fall war Ingwer darin.

»Kann ich sonst noch etwas für Euch tun?«, erkundigte sich der ehrwürdige Abt.

Yvain nahm an, es war ein höflicher Rauswurf, aber plötzlich hatte er eine Eingebung. »Ich glaube, er hat mir ein, zwei Rippen gebrochen, Vater. Ordentliche Stiefel machen sie dort drüben in der Bretagne, das muss man sagen. Ihr habt nicht zufällig ein wenig Mohnsaft für mich?«

Aimery stemmte die Hände in die Seiten, die Miene mit einem Mal sturmumwölkt. »Ihr wollt Opium? Für ein paar angeknackste Rippen? Du meine Güte, die jungen Ritter sind heutzutage auch nicht mehr das, was sie einmal waren …«

Obwohl Yvain doch angeblich halb ausgeblutet war, fühlte er seine Ohren heiß werden. »Da habt Ihr gewiss recht«, räumte er verlegen ein.

»Woher kennt Ihr es überhaupt? Es ist eine kostbare und höchst seltene Arznei.«

»Der Leibarzt der Königinmutter hat es Prinzessin Joan verabreicht, ehe sie starb.«

Aimery bekreuzigte sich. »Ich bin überzeugt, sie brauchte es dringend, das arme Menschenkind …«

Yvain nickte, schwang die Beine über die Tischkante und stand auf – langsam wie ein Greis. »Habt Dank, ehrwürdiger Vater.«

»Keine Ursache. Vergesst nicht, zwei Tage strenge Bettruhe.«

»Wir rücken heute noch ab. Was schlagt Ihr vor? Soll ich mir eine Sänfte besorgen?«

Aimery lachte brummelig, schalt aber: »Was Ihr mir vordringlich zu brauchen scheint, ist ein Heilmittel gegen ein freches Mundwerk.«

»Das wär ein Segen …«

»Ach ja, jetzt entsinne ich mich. Es heißt, Ihr seiet der einzige Mann im Gefolge des Königs, der es wagt, gelegentlich eine unbequeme Wahrheit zu äußern.«

Yvain schnaubte. »Ihr solltet nicht alles glauben, was Ihr hört. Mit solch einer Angewohnheit hätte man im Gefolge des Königs keine großen Überlebenschancen.«

»Da, Ihr tut es schon wieder«, konterte der Abt – anscheinend mehr amüsiert als befremdet. Dann schlug er segnend das Kreuz über ihm. »Gebt auf Euch acht, mein Sohn. Geht mit Gott.«

Yvain bedankte sich noch einmal und wandte sich zur Tür. Er hatte die Hand schon am Riegel, als Aimery fragte: »Wofür wolltet Ihr das Opium?«

»Wie ich sagte …«

»Ihr solltet Euch schämen, einen ehrwürdigen Abt anzulügen, mein Sohn, obendrein so durchschaubar, und das gleich zweimal. Na los, heraus mit der Sprache.«

Yvain traf eine blitzschnelle Entscheidung, wandte sich wieder um und nickte. »Also schön. Einer meiner Freunde wird heute zur Mittagsstunde gehenkt. Das hat er verdient, weil er ein Spion des Herzogs der Bretagne war und den König betrogen hat. Trotzdem ist er ein guter Kerl. Und, wie gesagt, mein Freund. Nur ist er kein sehr mutiger Mann. Ich wollte dieses Mohnzeug für ihn, denn ich habe gesehen, dass es nicht nur die Schmerzen der Prinzessin gelindert hat, sondern ebenso die Furcht. Damit er auf dem Weg zum Galgen nicht das letzte Fünkchen Ehre verliert.«

»Ich bin schockiert, Waringham.«

»Ja, Vater. Das dachte ich mir.«

Brandin fand keine Spur von Arthur und Constance. Auch deren Ritter hatten sich davongemacht. Die Wachen vor der Halle hatten sie erdrosselt, hatten sich ihre Waffen zurückgeholt und anschließend in Luft aufgelöst. Vermutlich hatten sie und Arthur längst die Grenze zum Anjou erreicht. Dort gab es genug Adlige, die Arthur den Vorzug vor John gaben und dem jungen Herzog weiterhelfen würden. Morgen, spätestens übermorgen würde Arthur in die Bretagne zurückkehren und neue Ränke mit Philippe von Frankreich schmieden, jetzt, da er wusste, dass sein Onkel John ihn ins Exil schicken wollte.

Der war zutiefst erzürnt über Arthurs geglückte Flucht. Und rachsüchtig. Die halbe Nacht hatte er darauf bestanden, Adam de la Pomeroy von Brandin jeden Knochen brechen und ihn an den zertrümmerten Armen und Beinen aufs Rad flechten zu lassen. Erst als sein Bruder ihm vor Augen führte, dass es einfach unmöglich sei, diese grausige – und zähe – Hinrichtung auf einer beengten Burg wie dieser durchzuführen, ohne dass die kleine Joan es sah oder doch zumindest hörte, lenkte John schließlich ein.

»Und darum wirst du nur aufgeknüpft«, beendete Pentecôte seinen nüchternen Bericht. »Du kannst wirklich froh sein, dass er sein Töchterchen mit hergebracht hat.«

Adam nickte wortlos. Er saß zusammengekauert mit der Schulter an die Bretterwand gelehnt und schlotterte. Der fensterlose Holzschuppen war klamm, der Boden feucht, und der kühle Wind kam durch alle Ritzen. Aber womöglich zitterte Adam nicht vor Kälte. Gehetzt glitt der Blick seiner eng stehenden Augen durch den kleinen Raum. Das linke war zugeschwollen, die Nase ebenso gebrochen wie der rechte Arm.

Yvain wies darauf, während er über die Schwelle trat. »Wer war das?«

Hinter ihm wurde die Tür mit unnötigem Schwung zugeschlagen, ein rostiger Riegel quietschte.

William, der vor Adam auf der Erde hockte, wandte den Kopf und antwortete: »Der König hat ihm die Zähne eingeschlagen. Ein einziger Hieb, aber der hatte es in sich. Den Rest haben Fulk der Furchtbare und die Wachen erledigt. Wäre Longsword nicht eingeschritten, hätten sie ihn totgeprügelt, schätze ich.«

»Ich wünschte, das hätten sie«, nuschelte Adam. Sie konnten ihn kaum verstehen. Die abgebrochenen Zähne erschwerten das Sprechen, und er atmete abgehackt und keuchend. Zwei Tränen rollten die Wangen hinab und malten helle Spuren in das getrocknete Blut.

Yvain fand sein Selbstmitleid schwer zu ertragen. Er wandte den Blick ab und schaute sich kurz um. Der Schuppen mochte einmal eine Vorratskammer oder irgendeine Werkstatt gewesen sein, doch bis auf Staub und ein paar Tonscherben waren die Wandborde leer. Wasser tröpfelte durch eine undichte Stelle in den Strohschindeln und sammelte sich ungefähr in der Raummitte zu einer kleinen Pfütze. Pentecôte stand mit verschränkten Armen an der Wand rechts der Tür. Baldwin hockte neben William vor Adam am Boden, einen Zinnleuchter mit einem Talglicht in der Hand. Yvain entdeckte eine leere Holzkiste im Schatten unter dem linken Wandbord, drehte sie um und setzte sich – dankbar, dass seine Beine ihn nicht länger tragen mussten.

»Warum, Adam?«, fragte er.

Der schüttelte den Kopf, legte den unverletzten Arm auf die angewinkelten Knie und bettete die Stirn darauf. »Es tut mir leid, was Arthur getan hat, Yvain. Wenn ich geahnt hätte …«

»Hättest du doch ganz genauso gehandelt«, fiel der junge Waringham ihm ins Wort. »Ich werfe dir nicht vor, dass ich heute Nacht fast draufgegangen wäre.« Denn der König hatte ja völlig recht gehabt: Nur seiner eigenen Unachtsamkeit hatte Yvain das zu verdanken. »Aber ich wüsste gerne, warum du deinen Eid gebrochen hast und zum Verräter geworden bist. Solche Niedertracht hätte ich dir ehrlich nicht zugetraut.« *Den erforderlichen Mut erst recht nicht.*

»Niedertracht ist es, einen zwölfjährigen Jungen auf eine Festung am Ende der Welt zu sperren, oder?«, nuschelte Adam in seinen Ärmel.

Die anderen tauschten ungläubige Blicke.

»Doch Arthur ist kein unschuldiges Knäblein mehr, das wissen wir inzwischen wohl alle«, entgegnete Baldwin. »Er ist gefährlich und hat sich offen gegen den König gestellt. Verflucht noch mal, Adam! Deine Familie steht seit der Eroberung im Dienst der Krone, dein Onkel Henry war unbeirrbar an Johns Seite, als Richard in Gefangenschaft geriet. Wie …«

»Mein Onkel, ja«, wiederholte Adam und hob den Kopf. »Aber *er* ist der Kronvasall, nicht ich. Mein Vater war der jüngere Sohn, und damit er versorgt war, verheiratete Großvater ihn mit Marie de Guillac, der Erbin eines bretonischen Ritters. Meine Mutter und Arthurs Mutter waren Milchschwestern. Ich … ich bin in der Bretagne geboren und …« Er brach ab, als er ihre versteinerten Mienen sah, und legte den Kopf wieder auf den Arm. »Als wir im Frühling in Nantes waren, in den Tagen vor König Richards Tod, hat Herzogin Constance nach mir geschickt und mich ersucht … Sie bat mich …« Er wusste nicht weiter.

»Sie hat dich gekauft«, stellte William klar. Es klang ernüchtert.

Adam ging nicht darauf ein. »Jesus, mir ist so schlecht …«, murmelte er erstickt. »Wie lange noch?«

In der lichtlosen Kammer war das Verrinnen der Zeit kaum zu messen, aber es konnte nicht mehr lange bis Mittag sein.

»Eine Stunde«, schätzte Pentecôte.

»Bekomme ich einen Priester?«, wieder wanderte der Blick rastlos von einem Gesicht zum anderen. »Oh, bei allen Erzengeln, sagt, dass er mich nicht ohne Beichte sterben lässt …« Die Augen waren so weit aufgerissen, dass man das Weiße rund um die Iris sehen konnte, und der Mund bebte. »Ich … ich will nicht in die Hölle kommen …«

Aber genau dahin gehören Verräter, hätte wenigstens einer von ihnen mit eherner Stimme antworten müssen. Keiner schien sich indes dazu durchringen zu können, nicht einmal Pentecôte.

»Wir besorgen dir einen Priester«, sagte Baldwin, und er sprach beschwichtigend, wie zu einem Fünfjährigen, der sich vor Kobolden fürchtete. »Aber vorher wüsste ich gerne noch, wie du es gemacht hast. Du warst nicht bei ihnen, nachdem Constance und Arthur die Halle verlassen hatten. Zuerst habe ich Wache vor ihrer Tür gehalten, nach mir Waringham. Wir hätten dich gesehen, wenn du …« Er unterbrach sich, und nun war er derjenige, der die Augen aufriss. »Constances Zofe?«

Adam nickte müde.

»Und ich Rindvieh hab sie rausgelassen«, grollte Baldwin leise. »Kaum hatte ich meine Wache begonnen, kam sie und erzählte mir irgendein Märchen, sie müsse für ihre schwangere Herrin einen Kräuteraufguss bereiten. Sie tat ganz aufgeregt, und ich hab sie zweimal rein- und rausgelassen, bis sie das nötige Zeug beisammen hatte. Nach dem letzten Mal kam sie nicht zurück. Wieso hat mich das nicht misstrauisch gemacht?«, fragte er, ärgerlich mit sich selbst.

»Das spielt doch jetzt alles keine Rolle mehr«, warf Pentecôte gelangweilt ein. »Arthur und Constance sind über alle Berge. Nicht deine Schuld, Baldwin. Sondern Adams. Und dafür wird er baumeln.«

Adam fing an zu schluchzen.

William und Pentecôte verzogen die Gesichter, ihre Mienen so angewidert, als wären sie in einen Hundehaufen getreten.

Baldwin sah hilfesuchend zu Yvain. »So können wir ihn doch nicht vor den Henker treten lassen.«

»Nein.« Yvain erhob sich von seiner Kiste, durchquerte den engen Raum mit zwei Schritten und hielt Adam die kleine Phiole hin, die er in der Linken gehalten hatte. »Hier. Trink das.« Mit dem Daumennagel löste er den kleinen Stopfen.

Adam hörte auf zu jammern und sah mit tränenfeuchten Augen zu ihm hoch. »Was ist es?«

»Ich habe offen gestanden keine Ahnung. Der Leibarzt des Königs nannte es ›morgenländisches Vergessen‹. Er fand, dass es eigentlich zu schade für dich sei, aber dann hat er es sich trotzdem abschwatzen lassen. Jetzt nimm es endlich, damit es wirkt, eh sie dich hier rausschleifen und du uns allen Schande machst.«

Adam schniefte unschlüssig. Dann nahm er Yvain das winzige Fläschchen aus der Hand und setzte es an die Lippen.

»Danke, Yvain.«

Der nickte knapp, nahm ihm die geleerte Phiole ab, verschloss sie wieder und ließ sie in seinem Beutel verschwinden. Sie war ein kostbares Glasgefäß, und Abt Aimery wollte sie zurück.

Was immer sie enthalten hatte, es wirkte verblüffend schnell. Schweigend warteten die Gefährten vielleicht eine Viertelstunde lang und beäugten Adam, ebenso neugierig wie angespannt. Dann begann dessen verkrampfte Körperhaltung sich ganz allmählich zu lösen, und trotz des Dämmerlichts konnte man sehen, dass seine Pupillen sich geweitet hatten.

Er setzte sich auf, lehnte den Rücken an die Wand und schloss die Lider. »Oh, heilige Jungfrau«, nuschelte er kopfschüttelnd. »Das ist … einfach sagenhaft.« Sein seliges Lächeln wirkte schauderhaft in dem blutverkrusteten Gesicht.

»Ich fange an zu verstehen, was der alte Aimery meinte«, knurrte William. »Kein Verräter verdient solche Wonne.«

Doch Yvain war erleichtert, dass der Arzt ihm nicht zu viel versprochen hatte. Adam schien mit jedem Atemzug tiefer und tiefer in seinen Rausch zu sinken, und was immer er in der Traumwelt sah, hatte ihn alle Angst und Not vergessen lassen.

Wenig später rasselte der Riegel, die Tür ging auf, und die Wachen führten einen Priester herein. Er war vermutlich ein Geistlicher aus der Stadt, und niemand hatte es für nötig befunden, ihm zu erklären, worum es ging. Er wirkte verwirrt und ein wenig zerzaust. Doch als er den gefesselten und geschundenen Mann am Boden sah, bedurfte er keiner Erklärungen. Ziemlich rüde schickte er die vier jungen Ritter vor die Tür, damit der Verurteilte seine Beichte unbelauscht ablegen konnte.

»Schade«, raunte William Yvain auf dem Weg nach draußen zu. »Das hätte ich zu gern gehört. Ich wette, von dieser wunderlichen Beichte wird der gute Vater noch seinen Enkeln erzählen …«

Fahl schien die Mittagssonne durch dünne Schleierwolken, als die Wachen Adam ins Freie brachten, wo der König und sein Gefolge ihn erwarteten. John stand mit versteinerter Miene in der Mitte des Burghofs, flankiert von Longsword und Cantilupe an der einen, Guillaume de Braose und Hubert de Burgh an der anderen Seite. Während Yvain und die übrigen Gefährten sich der etwas unordentlichen Traube um den König anschlossen, führten Brandins Männer den Verurteilten zehn Schritte weiter bis zum Torhaus: ein trutziger, gedrungener Turm mit einem höhlengleichen Durchlass. Über dem Rundbogen ragte ein gewaltiger Zuganker aus der Mauer, an dem eine Schlinge in der kühlen Brise schaukelte.

Genau darunter hielten die Wachen an, drehten Adam um, sodass er mit dem Gesicht zum Innenhof stand, und sahen zum König.

Adam hatte die Hände auf dem Rücken gefesselt, und seine Haltung war leicht zur Seite gekrümmt – vermutlich um den gebrochenen Arm zu entlasten. Er war sehr bleich und schwankte ein wenig, wiegte sich im gleichen Rhythmus wie die Schlinge, die über seinen Scheitel streichelte. Die engstehenden Augen blinzelten, der Blick war auf die Erde gerichtet, glitt aber rastlos umher, als suche er etwas im feuchten knöchelhohen Gras.

Williams Vater trat zwei Schritte vor. »Adam de la Pomeroy«, begann er mit tragender Stimme. »Ihr habt Euch des Verrats schuldig gemacht, indem Ihr dem erklärten Feind Eures Königs zur Flucht verholfen habt. Zur Strafe für Euer …« Er stieß hörbar die Luft aus und rang sichtlich um Beherrschung, fuhr dann aber nüchtern fort: »Für Euer abscheuliches und widernatürliches Verbrechen werdet Ihr am Halse aufgehängt, bis der Tod eintritt. Habt Ihr noch irgendetwas zu sagen?«

Adam gab durch nichts zu erkennen, ob er ihn überhaupt gehört hatte. Seine Lippen hatten sich leicht geöffnet, und mit einem Mal schien er verwirrt, sein Blick glitt über die Versammelten, als suche er ein bestimmtes Gesicht. Schließlich schüttelte er den Kopf. Yvain glaubte irgendwie nicht, dass es eine Antwort auf Braoses Frage war.

»Was zur Hölle ist mit ihm?«, knurrte der König.

»Man könnte meinen, er ist sternhagelvoll«, sagte Cantilupe gedämpft. »Ich hätte trotzdem meine Sporen darauf gewettet, dass er winselt und sich bepisst.« Es klang ein wenig enttäuscht.

Langsam wandte der König den Kopf und sah zu den einstigen Freunden des Verräters. »Nun, Sirs?«

»Mein König?«, fragte Baldwin unschuldig.

»Ihr habt ihn mit Wein abgefüllt, ihr verfluchten Halunken …«

Yvain sah sein eigenes Unbehagen in Williams Blick widergespiegelt. Keiner von ihnen verspürte das geringste Bedürfnis, stellvertretend für Adam den Zorn des Königs auf sich zu ziehen – denn es war ein gewaltiger Zorn, daran konnte es keinen Zweifel geben, und ein solches Opfer hatte Adam nicht verdient.

Es war Pentecôte, der sich wieder einmal als der Kaltblütigste unter ihnen erwies. »Nein, Sire, das haben wir nicht«, antwortete er ruhig, und es klang umso überzeugender, als es die Wahrheit war.

Dennoch zog der König skeptisch die Brauen in die Höhe, und für ein, zwei Herzschläge ruhte sein Blick auf Yvain.

Dann nickte er Brandins Männern zu. »Vollstrecken.«

Einer der vierschrötigen Gesellen legte Adam die Schlinge um den Hals, und als der Verurteilte das dicke Hanfseil auf der Haut spürte, weiteten sich seine Augen. Er blickte sich argwöhnisch um, als läute irgendwo in seinem vernebelten Verstand eine Sturmglocke, die ihm zu sagen versuchte, dass irgendetwas ganz und gar nicht in Ordnung war. Aber dann entdeckte er einen Sperling, der ein paar Schritte zu seiner Linken in einer Pfütze badete, und das Schauspiel beanspruchte Adams volle Aufmerksamkeit und zauberte ein Lächeln auf sein Gesicht.

Die beiden Wachen packten das Seil, legten es sich über die Schulter und stapften los. Adams Körper richtete sich auf, als das Seil spannte, dann verloren seine Füße die Bodenhaftung und fingen an, langsam zu strampeln.

Die beiden Söldner zogen, bis Adams Scheitel fast an den Maueranker stieß. Sein Gesicht war rot angelaufen, der Mund aufgerissen, und ein grauenvolles Röcheln entrang sich seiner zugeschnürten Kehle.

Es kostete Yvain alle Selbstbeherrschung, derer er fähig war, den Blick nicht abzuwenden. Nicht so sehr aus Mitgefühl für den Gehenkten, musste er zugeben, sondern weil er hier vorgeführt bekam, was ihm selbst letzte Nacht geschehen war. Hatte sein Gesicht auch diesen bläulichen Purpurton gehabt? Waren seine Augen genauso hervorgequollen? Eigentlich wollte er all das gar nicht so genau wissen, aber er konnte diesem grauenvollen Anschauungsunterricht nicht entfliehen.

Vom Zeltlager kam ein magerer Junge herübergelaufen. Sein

Haar war so zerzaust, das Gesicht so tränenüberströmt, dass Yvain einen Moment brauchte, um Adams Knappen zu erkennen. Der stieß einen markerschütternden Schrei aus, wie nur Knaben im Stimmbruch es konnten, hielt auf seinen röchelnden Herrn zu und umklammerte dessen sinnlos strampelndes linkes Bein.

»Nein«, sagte der König schneidend.

Brandins Männer, die das Henkersseil an einem Eisenhaken in der Mauer gesichert hatten, packten den Knappen und rissen ihn zurück.

»Lasst mich!« Der Junge wand sich wie ein Otter und setzte alles daran, sich loszureißen, um sich mit seinem ganzen Gewicht an Adams Bein zu hängen, damit dessen Genick brach und seine Qualen ein Ende hatten.

»Sei still, Bürschchen, oder wir hängen dich zu ihm«, drohte Guillaume de Braose.

Doch der Junge war zu verstört, um zu hören. Ehe die Szene indes noch hässlicher werden konnte, kamen Yvains, Baldwins und Williams Knappen herüber, nahmen den Söldnern höflich, aber bestimmt ihren heulenden Kameraden ab und führten ihn weg.

»Ag?«, machte Adams Kehle, und das Strampeln wurde schwächer. »Agag«, schien er sich selbst zu antworten, und Yvain bekam eine Gänsehaut auf den Armen, weil es immer noch Adams Stimme war, und der Tonfall so schaurig amüsiert klang.

»Nicht mehr lange jetzt«, prophezeite William.

»Nein«, pflichtete Pentecôte ihm bei und verschränkte die Arme. »Gleich scheißt er sich ein, und das war's dann.«

Baldwin, der Vornehmste unter ihnen, schüttelte missfällig den Kopf, bekreuzigte sich und betete murmelnd ein Paternoster.

Yvain konnte den Blick immer noch nicht von Adams Gesicht abwenden, das inzwischen eine schwärzliche Tönung hatte. »Nur noch vier«, sagte er.

»Wovon redest du?«, fragte William abwesend.

»Von uns. Als wir mit John den Kanal überquert haben, waren wir zu sechst. Dann hat es Justin vor Beauvais erwischt. Und jetzt Adam.«

»Ja. Man fragt sich, wer von uns der Nächste sein wird«, sagte Baldwin gedämpft.

»Und wer als Letzter übrig bleibt«, fügte William düster hinzu.

»Waringham vermutlich«, spöttelte Pentecôte. »Am Ende obsiegt doch immer der Löwenritter.«

Yvain spürte einen Schauer wie ein Rinnsal aus Eiswasser seinen Rücken hinabrieseln.

Waringham, Oktober 1199

Es war ein goldener Herbsttag. Weit und blau spannte sich der Himmel über den sachten Hügeln von Kent, und die Sonne ließ die Spinnweben in den Sträuchern am Wegrand wie Silbergarn funkeln. Schafe weideten auf den Stoppelfeldern, und als die Reiter sich dem Dorf näherten, hörten sie das dumpfe, rhythmische Schlagen von Dreschflegeln.

»Immer ein hoffnungsvoller Laut«, sagte Thomas und sah sich neugierig um. Es war das erste Mal, dass er seinen Herrn nach Waringham begleitete. »Obwohl es sich vermutlich immer gleich anhört, egal ob die Bauern eine üppige oder eine magere Ernte dreschen.«

»Du hast trotzdem recht«, erwiderte Yvain. »Immer gut, wenn sie überhaupt etwas zu dreschen haben.«

Der Knappe nickte. »Vater sagt, in East Anglia hatten sie dieses Jahr eine großartige Ernte, und die Bauern segnen König John dafür. Sie glauben, er bringt ihnen Glück.«

Yvain schnaubte. »Und wenn nächstes Jahr Hagel oder Sturm das ganze Korn vernichten, werden sie ihm die Schuld dafür geben und sagen, er bringe Unglück, das hätten sie immer schon gewusst. Woran du sehen kannst, welch schweres Los Könige haben, dass sie selbst für die Ernten verantwortlich gemacht werden, über die doch in Wahrheit Gott allein bestimmt.«

»Ich bin nie sicher, wie ernst Ihr es meint, wenn Ihr solche Dinge sagt, Sir«, bekannte Thomas.

»Ich auch nicht«, vertraute Yvain ihm an.

»Jedenfalls hat der König Euer Mitgefühl nicht verdient, so abscheulich, wie er zu Euch war«, brummte der Knappe.

»Ach, man darf nicht so genau hinhören, wenn er wütend ist. Mach kein solches Gesicht, er beruhigt sich schon wieder. Und Thomas ...«

»Sir?« Der Junge wandte ihm das Gesicht zu und schenkte ihm seine volle Aufmerksamkeit.

»Kein Wort davon zu meinem Vater, erst recht nicht zu meinem Bruder, klar?«

»Wie Ihr wünscht«, stimmte Thomas zu, traktierte ihn aber mit einem beklommenen Blick.

Nach dem Debakel von Le Mans war der König grässlicher Laune gewesen. Allein sein Bruder und die kleine Joan hatten sich gefahrlos in seine Nähe wagen können, aber über niemandem hatte sich das königliche Missfallen in solchem Ausmaß entladen wie über Yvain. Vielleicht, weil Arthurs Flucht während seiner Wache geschehen war. Vielleicht, weil John ahnte, dass es Yvain gewesen war, der Adam de la Pomeroy den Weg ins Jenseits erleichtert hatte. Jedenfalls hatte der König ihm nach dem Bankett an Michaelis vor dem versammelten Hof mit äußerst scharfen Worten befohlen, ihm aus den Augen zu gehen, sich nach England einzuschiffen und ihm entweder bessere Pferde von dort zu bringen oder auf dem Rückweg zu ersaufen.

Yvains höfliche Nachfrage, wann der König seine neuen Rösser oder aber die Nachricht von seinem – Yvains – Hinscheiden zu erhalten wünsche, hatte der König mit einem desinteressierten Achselzucken abgetan, dann aber verdrossen geantwortet: vor dem ersten Advent. Also hatte Yvain seiner Geliebten einen goldenen Armreif geschenkt, damit sie ihn in den kommenden zwei Monaten nicht völlig vergaß, hatte seinen Knappen geschickt, die Pferde zu satteln, und den geordneten Rückzug angetreten.

Waren die Umstände dieser unerwarteten Heimkehr also vielleicht nicht die denkbar glücklichsten, war Yvain dennoch selig, wieder in Waringham zu sein. Er schnalzte Vellantif zu und trabte an. »Lass uns zusehen, dass wir auf die Burg hinauf kommen.«

Trotz des herrlichen Wetters sahen sie kaum einen Menschen auf dem staubigen Pfad, der durchs Dorf führte, denn die Tenne – der überdachte, mit Holzdielen ausgelegte Dreschplatz, wo die Bauern ihr Korn von Spreu und Stroh trennten – lag auf der rückwärtigen Seite der Kirche. Viele nutzten das trockene Wetter auch für andere Arbeiten. Sie trieben ihre Schweine in den Wald von Waringham, die dort nach Eicheln und Bucheckern wühlen konnten – nahrhaftes, vor allem kostenloses Futter vor dem Schlachten im November. Oder sie waren draußen auf den Feldern, um Wintergerste und Hafer zu säen. Auch die Frauen hatten im Herbst alle Hände voll zu tun, und aus manchen Katen drangen die verführerischsten Düfte nach Apfelmost und eingekochten Birnen.

Yvain und Thomas überquerten den Tain auf der schmalen Holzbrücke.

»Dies ist der endgültige Beweis, dass Ihr Waringham ein Geschlecht unerschrockener und mutiger Recken seid, Sir, wenn Ihr *jeden Tag* auf diesem Steg Euer Leben riskiert …«, merkte der Knappe mit einem nervösen Blick auf das eilige Flüsschen an.

Yvain hob grinsend die Schultern. »Er ist stabiler, als man meint, aber du hast schon ganz recht, einige der Planken sehen ein wenig … verwittert aus.«

»So als seien sie zu König Artus' Zeiten gelegt worden.«

»Hm. Mein Vater hält große Stücke auf Sparsamkeit und Bescheidenheit in allen Dingen. Darum nehme ich an, die Brücke wird noch ein Weilchen halten müssen.«

Sie ritten den Mönchskopf hinauf, und von der kahlen Kuppe aus zeigte Yvain seinem Knappen Waringham Heath, wo die Heide noch in Blüte stand und das wilde Land in ein Meer aus Violett- und Purpurtönen verwandelte. Wie immer ragte der verkohlte Feenbaum aus dieser lebensfrohen Farbenpracht wie ein düsteres Mahnmal der Vergänglichkeit. Doch sie ritten nicht dort hinunter, sondern weiter den Burghügel hinauf.

Mit einem anerkennenden Nicken betrachtete Thomas die

zinnenbewehrte Ringmauer, und als sie durch das höhlengleiche Torhaus ritten, schwärmte er: »Das ist wirklich eine hervorragende Anlage, Sir!«

»Aber das beste Tor nützt nichts, wenn es unbewacht ist«, gab Yvain zurück, ritt aus dem Schatten des Torhauses und blickte sich irritiert um. Gänzlich verlassen lag der grasbewachsene Innenhof in der Herbstsonne. Obwohl Donnerstag war – üblicherweise ein Backtag –, stieg kein Rauch vom Backhaus auf. Nicht einmal die sonst allgegenwärtigen Hühner pickten am Brunnen im Gras nach Leckerbissen, kein Hund döste auf den Eingangsstufen des Bergfrieds.

Yvain beschlich ein ziemlich mulmiges Gefühl. Er sah sich noch einmal argwöhnisch um, während er absaß. Dann drückte er Thomas die Zügel in die Hand und wies zum Pferdestall neben dem Tor. »Sattel ab und kümmere dich darum, dass sie versorgt sind. Wenn sich kein Stallknecht blicken lässt, wirst du sie selbst putzen und …«

Er brach ab, als die Tür der Kapelle sich mit ihrem vertrauten hallenden Poltern öffnete. Ein paar scheußliche, endlose Herzschläge lang passierte gar nichts. Dann kamen sechs Männer mit einem Sarg auf den Schultern aus dem kleinen Gotteshaus. Guillaume und Piers of Wingmore gingen vorn, und als Yvain sie erkannte, wusste er, wer hier heute zu Grabe getragen wurde.

Einen Moment stand er da mitten im sonnenbeschienenen Burghof und konnte sich nicht rühren. Dann hob er eine bleischwere Rechte, bekreuzigte sich und ging langsam zur Kapelle hinüber. Er spürte seine Füße nicht den Boden berühren.

Vater Pierre führte den Trauerzug an, der dem Sarg aus der Kapelle folgte, ein silbernes Kruzifix an einer langen Holzstange in der rechten, ein Weihrauchfässchen an einer Kette in der linken Hand. Hinter ihm trat Yvains Mutter ins Freie, das Gesicht aschfahl und von Furchen durchzogen, die er noch nicht kannte. Ihre Rechte lag auf dem Arm eines Templers, an dessen anderer Seite Amabel ging. Sie entdeckte Yvain als Erste. Ihre Blicke trafen sich. Amabels Augen schimmerten, dann rannen zwei Tränen über ihre Wangen, die sie ohne Hast mit dem Handgelenk fortwischte.

Während die Träger nach links abbogen, um die Kapelle zu umrunden, kam der restliche Haushalt ins Freie, die Ritter mit ihren Familien und die Knappen. Die Wachen, das Gesinde und die Abordnung aus dem Dorf – Vater Cyneheard, Matthew der Schmied und die alte Wilona – folgten in gebührlichem Abstand.

Yvain trat zu seiner Mutter. Sie hielt für einen Augenblick an, als sie ihn sah, legte die Hand an seine unrasierte Wange und rang sichtlich um Haltung. Dann nahm sie den Arm, den er ihr reichte, und so folgten sie gemeinsam Jocelyn of Waringhams Sarg auf den kleinen Gottesacker hinter der Kapelle. Auf dem Grab seines kleinen Bruders Robert wuchs eine junge Sommerlinde. In ihrem Schatten war eine Grube ausgehoben worden.

Blinzelnd stand Yvain im Herbstsonnenschein, der ihm mit einem Mal grell und trügerisch erschien, und versuchte sich klarzumachen, dass sein Vater gestorben war. Er schaute zu, während Guillaume, Piers und die anderen den Sarg mit Umsicht und Geschick in die Grube hinabließen, er sagte die richtigen Worte an den richtigen Stellen und rang doch mit einem Gefühl von Unwirklichkeit. Er wollte nicht, aber vor seinem geistigen Auge sah er das dunkle Innere des schlichten Holzsarges: die auf der Brust gefalteten, kalten Hände, die geschlossenen Lider, das Gesicht mit der langen, schmalen Narbe und dem Silberbart vertraut und doch fremd und fern, weil der Tod alles auslöschte, was ein Gesicht ausmachte. Unvermittelt fiel Yvain der Tag ein, als sein Vater ihm zum ersten Mal einen Bogen gespannt hatte. Yvain war vielleicht fünf gewesen, der Bogen klein und die Pfeile ungespitzt. Und dann hatte Lord Jocelyn sich hinter seinen Sohn ins Gras gehockt und ihm gezeigt, was er tun musste. Geduldig war er gewesen, ungewöhnlich zugewandt und voll des Lobes, wenn einer der Spielzeugpfeile auch nur in die Nähe des Ziels kam. Yvain besaß nicht besonders viele solch warmer oder wirklich persönlicher Erinnerungen, denn sein Vater war meist ein Erteiler von Befehlen, ein Vollstrecker von Strafen gewesen. Nicht immer gerecht und weiß Gott nicht ohne Fehl und Tadel. Trotzdem wollte Yvain ihn zurück. Und es machte ihm zu schaffen, dass er nicht hatte Abschied nehmen können.

Als das letzte Paternoster gebetet und der letzte Segen gesprochen waren, löste das unordentliche Menschenknäuel um das Grab sich auf. Langsam, mit eigentümlich matten Bewegungen wandten die Trauernden sich ab. Guillaume trat zu Yvain, und sie umarmten sich.

»Wundbrand«, sagte der Ältere. »Genau wie der König.« Die Stimme klang rau. »Er hat sich mit dem verfluchten Federmesser an der Hand verletzt, als wir die Pachtabrechnung machten, ist das zu fassen?« Er hob hilflos die breiten Schultern.

»Wann?«, fragte Yvain. *Als ob das eine Rolle spielte.*

»Gestorben ist er vorgestern. Verletzt hat er sich vor zehn Tagen.« Sie setzten sich in Bewegung und folgten den anderen zurück zum Bergfried. »Die Wunde entzündete sich und wurde brandig. Wir … wir wollten die Hand abnehmen. Piers hatte das Beil schon geholt und wollte es tun. Aber Vater hat es verboten. Er war schon so schwach vom Fieber, dass es vermutlich ohnehin zu spät gewesen wäre. Er konnte nur noch flüstern, aber er hat gesagt, er wolle am Tag des Jüngsten Gerichts nicht als Krüppel auferstehen. Da hat Mutter gesagt, wir müssten auf ihn hören.«

Yvain sah zu ihrer Mutter, die mit kerzengeradem Rücken vor ihm ging, und fragte sich beklommen, was diese Entscheidung sie gekostet haben mochte. Schweigend traten sie in die schattige, angenehm kühle Vorhalle, schweigend erklommen sie die Wendeltreppe zur Halle, und erst dort hielt Lady Waringham an und wandte sich zu ihren Söhnen um.

»Es ist so ein Trost, dass Gott dich in seiner Güte ausgerechnet heute heimgeschickt hat, Yvain«, sagte sie mit einem Lächeln, von dessen Traurigkeit es ganz eng um seine Brust wurde.

Er nahm ihre Hand in seine beiden. »Es tut mir leid, *ma mère*.«

Sie legte die freie Hand auf seinen Arm, küsste ihn auf die Wange und trat dann einen kleinen Schritt zurück, sodass ihre Rechte seinen Fingern entglitt. »Hier, mein Sohn, dies ist mein Bruder, Robert de l'Aigle.«

Yvain verneigte sich höflich vor seinem Onkel, einem breitschultrigen Mann mit drahtigem grauen Haar um die Tonsur und Lachfalten um die stahlblauen Augen. »Eine Ehre, Sir Robert.«

Der klopfte ihm seufzend die Schulter. »Schlimme Sache, mein Junge. Das muss eine bittere Heimkehr für dich sein.«

Yvain nickte. »Das ist es, Sir.« Er hätte nicht so recht sagen können, wieso eigentlich, aber es erleichterte ihn, dass sein Onkel keine der üblichen frommen Floskeln vorbrachte, etwa, dass es dem Verstobenen dort, wo er jetzt war, besser ginge als im irdischen Jammertal – auch wenn es zweifellos stimmte.

Er wappnete sich und wandte sich zu seiner Schwägerin um, die bleich und still einen halben Schritt hinter Guillaume stand, als suche sie Schutz in seinem Rücken. »Amabel.«

Sie schenkte ihm ein ganz und gar missglücktes Lächeln, während Tränen über ihr Gesicht rannen, und presste kurz den Handrücken vor den Mund. »Vergib mir, Yvain. Ihr alle seid so viel beherrschter als ich.«

»Normalerweise auch nicht meine größte Stärke«, gestand er. »Wie geht es Matilda und Richard?«

Wie er gehofft hatte, hellte ihre Miene sich auf. »Prächtig. Jedenfalls sind sie gesund und meistens sogar halbwegs artig. Richard ist noch zu klein, um zu verstehen, was passiert ist, aber Matilda ist todtraurig. Wir haben sie bei der Amme gelassen. Guillaume meinte, es wäre besser für sie, wenn wir sie mit zur Beerdigung nehmen, aber … ich hab's nicht übers Herz gebracht.«

Guillaume legte ihr einen Arm um die Schultern und strich kurz mit den Lippen über ihre Schläfe. »Vermutlich hattest du recht. Matilda muss wie wir alle lernen, dass das Leben flüchtig und vergänglich ist, aber vielleicht nicht gerade heute. Wir bringen sie zum Grab ihres Großvaters, wenn wir …« Er wusste nicht weiter.

»Ein wenig Trost gefunden haben?«, schlug Amabel vor.

Guillaume nickte.

»Lasst uns zu Tisch gehen«, bat Lady Maud gedämpft. »Ich

werde froh sein, dieses öffentliche Spektakel hinter mir zu haben.«

Ritterschaft, Gesinde und Dörfler hatten schon an den Seitentischen Platz genommen, sprachen mit gesenkten Stimmen und beäugten die Familie aus den Augenwinkeln. Wiederum war es ihr Bruder, der Lady Maud den Arm reichte und sie zur Tafel führte, doch als Guillaume den reich geschnitzten Sessel des Earl of Waringham zurückzog und seinem Onkel mit einer Geste anbot, schüttelte der Templer den Kopf.

»Oh nein, kommt nicht infrage. Ob es Euch gefällt oder nicht, dies ist jetzt Euer Platz, Mylord.«

»Bist du krank, Yvain?«, fragte Amabel besorgt, die an seiner linken Seite saß.

»Nein, nein«, beruhigte er sie und verfütterte unauffällig eine Bratenscheibe von seinem Teller an Baldur, der wie üblich unter dem Tisch saß und die Schnauze auf Yvains Oberschenkel gelegt hatte. Im Gegensatz zu seinem Herrn hatte der Hund Appetit.

»Du bist blass und dürr«, beharrte Amabel.

»Ich hatte ... einen kleinen Zusammenstoß mit einer Dolchklinge. Aber es ist drei Wochen her und vergessen.«

Thomas, der hinter ihm auf der Estrade stand und den Knappen des Haushalts beim Aufwarten an der hohen Tafel half, räusperte sich vielsagend.

Amabel sah stirnrunzelnd über die Schulter, ehe sie sich wieder an ihren Schwager wandte. »Dein Knappe scheint anderer Meinung zu sein.«

»Tja«, machte Yvain seufzend. »Mein Knappe vergisst gelegentlich, dass ihm keine eigene Meinung zusteht. Aber weil ich in seinem Alter genauso vorlaut war, kann ich ihm nicht einmal die Ohren dafür langziehen. Und im Großen und Ganzen ist er ganz brauchbar.«

»Danke, Sir«, murmelte Thomas, trat einen kleinen Schritt vor und schenkte ihm nach.

»Und wessen Dolchklinge war es?«, fragte Guillaume von Amabels anderer Seite.

Yvain schüttelte den Kopf. »Später. Was ist mit Cecily und Adelisa? Habt ihr ihnen Nachricht geschickt?«

Amabel nickte. »Roger de Lacy ist sofort aufgebrochen.«

Yvain hatte sich schon gefragt, wo sein einstiger Trainingspartner steckte, doch er erinnerte sich, dass Roger immer eine besondere Schwäche für Cecily gehabt hatte.

»Wahrscheinlich hat er Amesbury inzwischen erreicht und mit Cecily gesprochen«, mutmaßte Guillaume. »Aber Gott allein weiß, wo Adelisa steckt.«

»In Wales«, antwortete Yvain. »Der König hat William Marshal zum Earl of Pembroke erhoben, und der neue Earl hat fürs Erste seinen Neffen hingeschickt. Anselm hat seine Familie mitgenommen.«

»Hast du Adelisa gesehen?«, fragte Amabel hoffnungsvoll.

Doch Yvain schüttelte den Kopf. »Ich war seit der Krönung ununterbrochen in Frankreich.«

»Und wann musst du zurück?« Die Wärme in den dunklen Augen wollte ihn verleiten, mehr in diese unschuldige Frage zu deuten als schwesterliches Interesse.

Yvain griff haltsuchend nach seinem Becher, blickte einen Moment auf den tiefroten Wein hinab und befahl sich, endlich damit aufzuhören. Er durfte sich nicht länger vormachen, dass sie sich nach ihm sehnte, wenn er fort war. Es war kindisch und schwach und obendrein fast so etwas wie Betrug an seinem Bruder. »Vor dem Advent muss ich dem König neue Pferde bringen. Die ich aber erst einmal finden muss. Er ist … ziemlich anspruchsvoll.«

»Oh, du machst das schon«, warf Guillaume ein. »Ich hab genau gehört, wie Marshal zu Vater gesagt hat, was für ein hervorragender Pferdekenner du bist. Vater war ja so stolz«, schloss er mit einem traurigen kleinen Lächeln.

Yvain traute seinen Ohren kaum. »Seltsam«, brummte er. »Zu mir hat Marshal nichts dergleichen gesagt …«

Aber er war froh, dass er seinen Vater stolz gemacht hatte. Wenn er früher gelegentlich etwas richtig gemacht hatte, war er eher erleichtert gewesen, Gnade vor den Augen seines Vaters zu finden. Jetzt fühlte es sich ganz anders an, stellte er fest, unkomplizierter, wenn auch ein bisschen wehmütig.

»Vielleicht solltest du mitkommen, wenn ich zurückkehre«, schlug Yvain seinem Bruder vor. »Schließlich musst du dem König den Lehnseid für Waringham leisten.«

Guillaume schüttelte stirnrunzelnd den Kopf. »Nein, vielen Dank. Ich werde das kleine Ungeheuer nicht eher aufsuchen, als ich muss.«

»Womöglich ist es an der Zeit, dass du aufhörst, den König so zu nennen«, regte Yvain an, sehr bemüht, sich seinen Unwillen nicht anmerken zu lassen.

»Und womöglich ist es an der Zeit, dass du aufhörst, mir Ratschläge erteilen zu wollen«, konterte Guillaume.

Yvain lehnte sich in seinem Sessel zurück und verschränkte die Arme. »Sieh an. Neuer Titel, neuer Ton …«

»Hör zu, Yvain …«, begann Guillaume in einem aufgebrachten Flüstern.

»Wollt ihr wohl aufhören«, schalt Amabel ebenso gedämpft. »Dies ist weder die Zeit noch der Ort.«

Ehe einer der Brüder antworten konnte, erhob sich Sir Robert de l'Aigle an Lady Mauds Seite, bedachte seine beiden Neffen mit einem kleinen, missfälligen Kopfschütteln und wandte sich an die Halle: »Lasst uns für die Seele des Verstorbenen beten.«

Genau wie alle anderen senkten Yvain und Guillaume folgsam die Köpfe über die gefalteten Hände, während ihr Onkel in mühelosem Latein zu sprechen begann: *»Dominus reget me, et nihil mihi deerit.«* Vater Pierre und Vater Cyneheard stimmten ein: *»In loco pascuae, ibi me collocavit …«*

Von dem bisschen Latein, das Yvain einst als Junge gelernt hatte, war nicht viel übrig, aber er wusste trotzdem, was die Worte bedeuteten, und genau wie sein Bruder und Amabel und alle in der Halle Versammelten sprach er leise mit: *»Der Herr ist mein Hirte, mir wird nichts mangeln. Er weidet mich auf einer grünen Aue und führet mich zur Ruh an lebendigem Quell. Er erquicket meine Seele. Er führet mich auf rechtem Pfade um seines Namens willen. Und ob ich schon wanderte im finsteren Tale,* *so fürchte ich kein Unheil, denn du bist bei mir. Dein Stecken und Stab geben mir Zuversicht. Du bereitest mir den Tisch im Angesicht meiner Feinde. Du salbest mit Öl mein Haupt, und übervoll ist mein Becher. Deine Huld und Gnade folgen mir durch alle Tage meines Lebens, und wohnen darf ich im Hause des Herrn für alle Zeit.«*

Yvain verstand nicht, wieso, aber die Schönheit des Psalms trieb ihm Tränen in die Augen, und erst beim Klang dieser Worte begriff er wirklich, dass sein Vater für immer gegangen war.

Zwei Tage später schlug das Wetter um. Der Himmel wurde grau, ein übellauniger, böiger Wind riss die gelb und braun verfärbten Blätter von den Bäumen und blies Schauer von der See heran.

Trotzdem brachte Yvain dem Feenbaum wie eh und je einen Eimer Brunnenwasser, und jeden Morgen blieb er ein wenig länger in Waringham Heath als tags zuvor. Mit schuldbewusster Erleichterung verließ er die Burg, wo ein großes Durcheinander herrschte, weil seine Mutter darauf bestanden hatte, dass Guillaume und Amabel in das Gemach von Lord und Lady Waringham zogen, während sie selbst sich in dem kleineren Raum einrichtete, den früher Amabel und Cecily geteilt hatten. Eine wahre Armee von Mägden und Knechten lief mit Möbelstücken, Kleiderstapeln und Bettzeug durch das Obergeschoss des Bergfrieds, wirbelte jede Menge Staub auf und brachte alles durcheinander. Diese Unrast und die Veränderungen in der Burg stimmten Yvain verdrießlich, also streifte er lieber durch die Heide und ließ sich bereitwillig nassregnen. Es war noch nicht wirklich kalt, nur ungemütlich, und sein Mantel aus dicht gewalkter Wolle bot guten Schutz. Es war still in der Heide. Manche ihrer gefiederten Bewohner hatten längst ihre Winterreise nach Süden angetreten, aber dann und wann hörte er den Ruf eines Goldregenpfeifers, und als er sich auf die Erde hockte, um eine Handvoll Moosbeeren zu pflücken, schreckte er zwischen den Büschen eine Schnepfe auf.

»Hier steckst du also«, hörte er die volltönende Stimme seines Onkels in seinem Rücken.

Ohne Hast richtete Yvain sich auf. »Sir Robert.«

»Deine Mutter sagte mir, dass du dich hier verkriechst, wenn dir etwas zu schaffen macht«, klärte der Templer ihn auf, und ein kleines Lächeln vertiefte die Krähenfüße um seine Augen.

Yvain trat kopfschüttelnd zu ihm. »Ich verkrieche mich nicht. Ich komme *immer* her, wenn ich in Waringham bin. Zum Beispiel wegen der Moosbeeren.« Er streckte ihm einladend die Linke hin. »Hier, probiert eine. Sie sind großartig.«

Mit Bedacht wählte Robert de l'Aigle eine der prallen roten Früchte aus und steckte sie zwischen die Lippen. Dann verzog er das Gesicht. »Ein bisschen zu sauer für meinen Geschmack.«

Yvain wiegte den Kopf hin und her. »Deswegen sind sie so gesund, behauptet das Kräuterweib aus dem Dorf.«

»Verstehe. Vermutlich ist mein Gaumen zu verwöhnt von den süßen Früchten, die ich aus Zypern und dem Heiligen Land gewohnt bin. Und die du dir ja leider hast entgehen lassen«, schloss er mit einem Augenzwinkern.

»Dann trifft es sich ja gut, dass ich eine Schwäche für Saures habe. Und ich hoffe inständig, Ihr habt mich nicht ausfindig gemacht, um mir diese alte Geschichte vorzuhalten, Onkel.«

Es fiel ihm leicht, diesem Mann offen und unverstellt zu begegnen, obschon er ihn kaum kannte. Robert de l'Aigle strahlte eine Art heiterer Gelassenheit aus, die Yvain an William Longsword erinnerte und die ihm sympathisch war.

»Nein«, versicherte Robert, verschränkte die Arme über dem leuchtend roten Tatzenkreuz auf seiner Brust und betrachtete seinen Neffen mit leicht zur Seite geneigtem Kopf. »Ich respektiere Männer, die sich ihren Weg selber suchen.«

»Wirklich?«, fragte Yvain überrascht. »Ich hatte bislang nie den Eindruck, dass Eigenständigkeit und Freiheitsliebe bei den Templern sonderlich hoch geschätzte Eigenschaften sind.«

»Gewiss nicht bei angehenden Novizen«, gab Robert zurück. »Aber ein Orden, der sich mehrheitlich aus Söhnen der berühmtesten Adelsgeschlechter zusammensetzt, muss ein gewisses Maß an … nun, sagen wir, an *Persönlichkeit* bei den Seinen aushalten, wenn er nicht zerbrechen will. Ich glaube jedenfalls, deine

Entscheidung war ein Verlust für die Templer. Aber sei's drum, König John braucht dich vermutlich dringender.«

Yvain lächelte gallig. »Nur gut, dass er das nicht gehört hat …«

»Bist du in Ungnade?«

Yvain schüttelte den Kopf. »Höchstens ein bisschen.« Er warf eine der Beeren in die Luft und fing sie geschickt zwischen den Zähnen auf. Die restlichen ließ er für die Mäuse und Vögel in die Heide rieseln. »Ist er der Grund, warum Ihr mich hier ausfindig gemacht habt? Weit außerhalb der Hörweite meines Bruders?«

Robert sah ihm einen Moment forschend ins Gesicht und nickte schließlich. Er legte seinem Neffen für einen Moment die Hand auf den Arm. »Gehen wir ein Stück?«

Yvain war ein wenig verwundert. Weil »Ritter« von »Reiten« kam, sah man sie eher selten zu Fuß laufen. Aber er hatte keine Einwände. Er wies nach rechts. »Da vorn ist ein Pfad, der in den Wald und zum Weißen Felsen führt. Von dort hat man den schönsten Blick in ganz England, pflegte mein Vater zu sagen.«

»Dann zeig ihn mir.«

Im unebenen Gelände hielten sie beide den Blick auf den Boden gerichtet, und erst als sie den schmalen, schlammigen Pfad erreichten und nebeneinander gehen konnten, fragte Yvain: »War es Zufall, dass Ihr zu Vaters Begräbnis hier wart?«

Der Templer schüttelte den Kopf. »Ich bin Ende September im Auftrag meines Ordens aus Akkon zurückgekehrt und verbrachte ein paar Tage auf dem Gut meines Bruders in Sussex. Guillaumes Bote kam dorthin, um die Familie deiner Mutter von den traurigen Ereignissen in Kenntnis zu setzen, und ich habe mich sofort auf den Weg gemacht. Es ist ja nicht weit.«

»Gut von Euch, Onkel. Ich bin sicher, Eure Anwesenheit ist meiner Mutter ein großer Trost.«

Sir Robert nickte und hob gleichzeitig die Schultern. »Es ist sehr schwer für sie. Eine Ehe wie die deiner Eltern gibt es nicht oft, scheint mir. Nicht dass ich sonderlich viel davon verstehe …«

Yvain sah ihn neugierig von der Seite an. »Wieso seid *Ihr* ein Templer geworden? War es wie bei mir die ehrenvollste Lösung für den nachgeborenen Sohn?«

»Nein, nein, ich bin der Älteste«, eröffnete sein Onkel ihm unerwartet. »Aber Gott hat seinen Finger auf mein Herz gelegt. Ich war berufen«, erklärte er schlicht.

»Dann seid Ihr ein Glückspilz«, entfuhr es Yvain.

»Na ja. Der Herr stellt hohe Anforderungen an die Seinen, und gerade mit den Templern geht er manchmal ziemlich verschwenderisch um, scheint mir. Aber es ist, wie es ist. Ich habe manches Mal gehadert, aber nie gezweifelt.«

»So ähnlich ergeht es mir auch«, räumte Yvain ein. »Aber vermutlich werdet Ihr einwenden, dass es zu früh ist oder ich zu jung bin, um das zu sagen.«

»Keineswegs. Du bist ein erwachsener Mann von einundzwanzig Jahren und hast viel erreicht für einen unbedeutenden Habenichts aus Kent.«

Yvain grinste ob dieser wenig schmeichelhaften, wenn auch treffenden Beschreibung, entgegnete jedoch: »Eigentlich nicht, Onkel. ›Master of the Horse‹ hört sich vielleicht großartig an, doch es macht nichts anderes als einen Stallknecht von ritterlichem Rang aus mir. Das stört mich aber nicht. Die Wahrheit ist, dass ich keine großen Ambitionen habe und völlig zufrieden damit bin, mit meinen Freunden im Gefolge des Königs von Burg zu Burg zu ziehen. Es ist … ein gutes Leben.«

»Hm«, machte Sir Robert versonnen. Sie hatten den Saum des Waldes erreicht und tauchten ins geheimnisvolle Halbdunkel zwischen herbstlich geschmückten alten Bäumen und dichtem Unterholz. »Wie denkst du über König John?«

Yvain antwortete nicht sofort. Zwei Wildgänse zogen weit oben über die Wipfel hinweg und erfüllten die würzige, feuchte Luft mit ihrem schwatzhaften Gekrächz.

»Du zögerst?«, hakte Robert nach und sah ihn neugierig an.

Der junge Waringham schüttelte den Kopf. »Ich versuche zu entscheiden, ob ich dem Templer oder meinem Onkel antworten soll.«

»Ich finde es schwierig, die beiden auseinanderzuhalten. Aber was immer du antwortest, bleibt zwischen dir und mir.«

Das war gut genug für Yvain. »Der König ist besser als sein Ruf. Tatkräftig und willensstark. So furchtlos auf dem Schlachtfeld, dass uns gelegentlich das Herz stehenbleibt. Er nimmt seine Pflichten ernst und hat sich von Erzbischof Walter dicke Bücher über englisches Recht schicken lassen, die er nächtelang studiert. Er ist in England geboren, und es liegt ihm am Herzen, ganz anders als es bei Richard der Fall war. Aber er ist auch unbeherrscht und grausam. Manchmal ist er voller Misstrauen, und er hat ein Talent dafür, diejenigen vor den Kopf zu stoßen, die ihm am treuesten ergeben sind. Der Schatten seines Bruders ist sein Fluch. Immer, wenn er sich davon leiten lässt, geht alles schief.«

»Es führt indes zu nichts, Johns Schwächen seinem Bruder zur Last zu legen«, warf Robert trocken ein. Er hatte die Hände auf dem Rücken verschränkt und schlenderte gemächlich neben dem jüngeren Mann einher.

»Natürlich führt es zu nichts. Trotzdem tut er selbst genau das hin und wieder ganz gern, fürchte ich.«

»Und hat dich womöglich damit angesteckt? Ich habe festgestellt, dass du ausgesprochen empfindlich auf die Geringschätzung reagierst, die dein Bruder, der so hoch in Richards Gunst stand, König John entgegenbringt.«

Yvain nickte zerknirscht. »Ich weiß. Aber seine Geringschätzung ist ungerecht und … dumm. Guillaume muss sich besinnen, Onkel. Offen gestanden, ich fürchte manchmal um ihn. Und um Waringham.«

»Dann ergeht es dir wie deiner Mutter.«

»Das überrascht mich nicht.«

»Sie fürchtet vor allem, dass du und dein Bruder euch überwerfen könntet.«

»Ah. Ich fange an, den Grund dieser Unterhaltung zu erahnen«, bemerkte Yvain bissig.

»Sei nicht so sicher …«

»Guillaume und ich werden uns nicht überwerfen, denn wir haben vor Jahren einen Pakt beschworen, das niemals geschehen zu lassen. Trotzdem geht er mir auf die Nerven. Er benimmt sich wie ein Bengel, dem jemand sein Holzpferdchen weggenommen hat, weil ich noch einen König habe und er nicht.«

»Das heißt wohl, du bist weiser als dein Bruder, nicht wahr? Denn du benimmst dich nicht so, als hätte er dir dein Holzpferdchen weggenommen, wenngleich doch er die hinreißende Lady Amabel bekommen hat und nicht du.«

Yvain blieb so abrupt stehen, als wäre er vor einen Baum gelaufen, und starrte seinen Onkel sprachlos an.

Der Templer erwiderte seinen Blick offen, ein wehmütiges kleines Lächeln lauerte in den Mundwinkeln. »Es ist schwierig, die Angelegenheiten des Herzens vor deiner Mutter zu verbergen, mein Junge. Ich weiß, wovon ich rede …«

Yvain nickte wortlos und ging weiter. Sie hatten den Weißen Felsen erreicht. Unvermittelt öffneten die Bäume sich zu einer gras- und farnbewachsenen Lichtung, in deren Mitte der seltsame Monolith aufragte wie der Finger eines versteinerten Riesen. Dahinter fiel das Gelände steil ab, und man hatte einen weiten Blick über hügelige Wiesen und Felder, durchzogen von Bruchsteinmauern.

Sie standen eine Zeitlang Seite an Seite und schauten schweigend hinab. Schließlich sagte der Templer: »Ich fürchte, ich habe dir vorhin nur die halbe Wahrheit gesagt, Yvain.«

»Ah ja?«

Sir Robert nickte. »Ich bin mit gebrochenem Herzen zu den Templern gegangen, wenn du den schwülstigen Ausdruck vergeben willst. Erst nach ein paar Jahren habe ich gemerkt, dass Gott seine Hand dabei im Spiel gehabt hatte. Ich weiß also genau, wie du dich fühlst.«

»Bei allem Respekt, Onkel, Ihr habt keine Ahnung, wie ich mich fühle, und ich will ganz sicher nicht darüber sprechen.«

»Nein. Dann wirst du eben zuhören.«

Yvain seufzte vernehmlich, den Blick auf eine kleine Schafherde unten im Tal geheftet.

Sein Onkel ließ sich nicht beirren. »Du kannst eins von zwei Dingen tun: Du kannst den Ereignissen ihren natürlichen und verhängnisvollen Lauf lassen, auf dass dein Bruder sich früher oder später ans Messer liefert und du übrig bleibst, um die trauernde Witwe zu trösten. Sieh mich nicht an wie eine verleumdete Unschuld, es ist nur natürlich, wenn einem Mann in deiner Lage solche Gedanken durch den Kopf gehen. Und du bräuchtest nichts weiter zu tun, als die Hände in den Schoß zu legen und zuzuschauen, du würdest nicht einmal euren Pakt brechen. Oder du kannst zu König John zurückkehren und ihm mit all deinen – nicht unbeträchtlichen – Kräften dienen. Ich glaube nicht einmal, dass dir das so schwerfallen würde, denn du … nun, ich denke, man kann sagen, du liebst ihn.«

Yvain schnaubte höhnisch. »Seine Tochter liebt ihn, Sir. Aber niemand, der älter als acht Jahre und halbwegs bei Verstand ist, kann das vollbringen.«

»Schön, sagen wir, du achtest ihn, hegst vielleicht sogar Sympathie für ihn.«

»Manchmal.«

»Du fühlst dich ihm verpflichtet und bist loyal?«

»Ja.« Es klang unwirsch.

»Das nennt man auch Liebe, Yvain«, merkte der Templer verschmitzt an.

»Ich erlaube mir, anderer Meinung zu sein.«

»Das Privileg der Jugend«, räumte Robert ein. »Also. Sei an des Königs Seite, lege dir ein paar Ambitionen zu und mach dich ihm unentbehrlich. Ich würde niemals verlangen, dass du dich verstellst oder unaufrichtig bist … Ich schätze, das könntest du auch gar nicht. Es reicht völlig, wenn du du selbst bist, denn in dir steckt mehr, als du dir selbst zugestehst. Mach deinem Haus Ehre und damit Guillaumes lauwarme Vasallentreue wett. Damit sicherst du die Zukunft deines Bruders ebenso wie die von Waringham, die dir beide am Herzen liegen. Du wirst das Vagabundenleben mit deinen Freunden führen können, das du so schätzt, und irgendwann wirst du eine junge normannische oder aquitanische Dame heiraten und deine Schwägerin vergessen.«

Wenn ich sechs Fuß unter der Erde liege, nicht einen Tag eher, dachte Yvain. Was er indessen sagte, war: »Dafür bräuchte ich vor allem zwei erstklassige Courser. Ohne die sollte ich mich lieber nicht zurück in die Normandie wagen. Und wenn sie keine Gnade vor den Augen des Königs finden, bin ich erledigt und Euer schöner Plan gleich mit.«

»Dann begleite mich, wenn ich nächste Woche nach Pevensey zurückkehre. Mein Bruder kann dir gewiss helfen, geeignete Courser zu finden. Er ist ein Pferdenarr – genau wie du. Doch er ist ein wenig wunderlich, weißt du, er liebt seine Pferde mindestens so wie seine Kinder. Man könnte meinen, er spricht mit den Gäulen. Es ist eine sonderbare Gabe.«

Lusignan, Juli 1200

»Jesus, wie halten die Aquitanier nur diese Hitze aus?«, fragte Baldwin und fuhr sich mit dem Unterarm über die feuchte Stirn. »Kein Wunder, dass sie alle ein bisschen verrückt sind.« Er klopfte seinem erschöpften Braunen den schweißglänzenden Hals.

Yvain sah sich neugierig um. Die Burg von Lusignan war imposant: Riesig und trutzig erhob sie sich auf einem schroffen Felsrücken über der ansonsten so lieblichen Landschaft des südlichen Poitou, und ihre Ringmauer aus gleißend hellen Sandsteinquadern erschien ihm doppelt so hoch wie die von Waringham. Im sonnenversengten Burghof herrschte Betriebsamkeit: Diener und Mägde eilten zwischen dem Küchenhaus und den Wirtschaftsgebäuden hin und her, Edelleute in farbenprächtigen Gewändern saßen im Schatten einiger Obstbäume am Westrand der Anlage auf Bänken und ließen sich Erfrischungen servieren, Pagen führten die Pferde von Neuankömmlingen zu den Stallungen, und irgendwo sang der Hammer eines Hufschmieds. Der gewaltige Bergfried hingegen lag still und abweisend inmitten des lebhaften Treibens, bis sich polternd das zweiflügelige Portal öffnete.

»Und hier kommen die Lusignan«, raunte König John seinem Bruder zu. »Immer im Rudel und immer mit staubigen Schuhen.«

Und tatsächlich: Beinah ein Dutzend Männer kam in einem dicht gedrängten Knäuel ins Freie. Die beiden vorderen – Anfang vierzig, mit Wuschelköpfen und krausen Bärten, großen, fleischigen Nasen und dunklen Augen unter buschigen Brauen – waren unverkennbar Brüder. Man hätte sie für Zwillinge halten können, wäre nicht der linke blond, der rechte dunkelhaarig gewesen. Die restlichen, die ihnen folgten, waren jünger, schienen aber derselben Gussform zu entstammen. Und alle sahen aus, als wären sie gerade von einem langen, ereignisreichen Jagdausflug zurückgekommen. Ihre Kleidung war vornehm, aber für aquitanische Edelleute ungewöhnlich gedeckt, zwei der jüngeren hatten beachtliche Schweißflecken unter den Achseln, und allesamt trugen sie staubige Stiefel.

»Willkommen in Lusignan, *mon roi*!«, rief der blonde Wuschelkopf überschwänglich.

John saß ab, während einer seiner Knappen ihm ehrerbietig den Steigbügel hielt, und trat dem Rudel mit einem Lächeln entgegen. »Habt Dank für Eure Gastfreundschaft, Raoul.«

Er nahm den goldenen Pokal, den Lusignans Steward ihm reichte, und hob ihn dem Burgherrn entgegen, ehe er trank.

»Welche Freude, dass Ihr unser kleines Fest mit Eurem Besuch ehrt. Tretet ein, in der Halle ist es schattig und kühler«, sagte Raoul mit einer einladenden Geste.

Flankiert von William Longsword und Guillaume de Braose erklomm der König die Eingangsstufen und nickte auch dem braungelockten der älteren Lusignans zu. »Hugo.«

Es klang immer noch verbindlich, aber weit weniger erfreut. Heutzutage bekundet er sein Missfallen mit einem kühlen Lächeln statt einem Wutausbruch, fuhr es Yvain durch den Kopf.

»Seid willkommen, Monseigneur.« Hugo de Lusignans Lächeln erreichte seine dunklen Augen nicht, aber auch er verneigte sich ehrerbietig – vermutlich, weil ihm gar nichts anderes übrig blieb.

Seit Anfang des Jahres hatte König John einen Triumph nach dem anderen gefeiert. König Philippe hatte erkennen müssen, dass er seinen Traum von der Alleinherrschaft über Frankreich begraben musste. Sein Krieg gegen John war verloren, und er hatte auch kein Geld mehr, um ihn weiterzuführen. Seit Guillaume des Roches, der mächtige Seneschall des Anjou, die Seiten gewechselt und sich John angeschlossen hatte, war der junge Arthur de Bretagne ein nutzloser, schwacher Verbündeter für König Philippe geworden. Obendrein hatte Papst Innozenz seine Drohung wahrgemacht und Frankreich mit einem Interdikt belegt, um Philippe zu zwingen, seine Geliebte fortzuschicken und seine verstoßene Königin, Ingeborg von Dänemark, zurückzunehmen. Kurzum, Philippes Macht bröckelte, und John hatte es verstanden, die Gunst des Augenblicks zu nutzen. Vor zwei Monaten hatten die beiden Könige sich auf der Insel Le Goulet in der Seine getroffen und einen Friedensvertrag geschlossen, der John als Richards rechtmäßigen Erben für die englische Krone und die Territorien in Frankreich anerkannte. Arthur, der auf Philippes Befehl ebenfalls nach Le Goulet gekommen war, hatte nicht nur alle Hoffnungen auf Richards Erbe begraben, sondern John obendrein einen Lehnseid für die Bretagne leisten müssen. Yvain hatte während der Zeremonie in der ersten Reihe gestanden und mit Genugtuung beobachtet, wie der junge Herzog mit den Tränen kämpfte.

Am Tag darauf hatte der französische Kronprinz Louis Johns Nichte Blanca von Kastilien geheiratet – ein paar Meilen westlich auf normannischem Boden, da in Frankreich wegen des päpstlichen Interdikts derzeit ja keine Sakramente zu haben waren –, und diese Vermählung festigte das neue Band zwischen den einstmals so bitter verfeindeten Reichen.

Somit war Johns Position in Frankreich gesichert. Dass er Philippe als Trostpflaster einige Grenzregionen seines Reiches hatte zugestehen müssen, schien kein zu hoher Preis für das Ende des Krieges. Die Königinmutter, William Marshal, sogar Erzbischof Walter – der sonst eher wenig Gutes über König John zu sagen fand – hatten den Vertrag von Le Goulet Johns Meisterstück genannt, und die Anerkennung, die er mit einem Mal genoss, hatte ihn langmütiger gemacht.

Während Johns Gefolge absaß, schwärmten Pagen in feinen Livreen unter den Ankömmlingen aus und boten ihnen kühlen Wein in kunstvoll ziselierten Bronzepokalen an.

»Oh, das kommt gerade recht«, murmelte William dankbar und nahm einen ordentlichen Zug.

»Obacht, Pausbäckchen«, warnte Pentecôte, der keinen Becher ergattert hatte. »Du hast unterwegs schon so viel gesoffen – nicht dass du uns beim Bankett von der Bank kippst.« Als wolle er ihn vor diesem peinlichen Schicksal bewahren, stahl er ihm den Becher aus den Fingern und leerte ihn mit einem einzigen gewaltigen Zug.

Yvain führte seinen Becher ebenfalls an die Lippen. Es tat gut, den Staub der Straße herunterzuspülen, der seinen Weg nicht nur in Ärmel und Halsausschnitt gefunden hatte, sondern ebenso in Mund und Kehle. Doch er gab den Pokal weiter an Thomas. »Hier. Ich muss los. Sorg dafür, dass wir nicht wieder das miserabelste Quartier bekommen.«

»Wird gemacht, Sir«, versprach der Knappe.

Yvain drückte ihm Vellantifs Zügel in die Hand, denn er musste sich zuerst um die Rösser des Königs kümmern. Weil das immer eine geraume Zeit in Anspruch nahm, wenn sie an einen fremden Ort kamen, war Yvain regelmäßig der Letzte, dem ein Quartier zugewiesen wurde, und dementsprechend bekam er immer die Schlafstatt, die andere verschmäht hatten, weil sie feucht, abgelegen, ungezieferverseucht oder Gott weiß was sonst war.

Er sprach kurz mit dem Steward – oder *Sénéchal*, wie man hier sagte –, nahm dem Knappen des Königs den gewaltigen Dunkelfuchs ab, der John in eineinhalb Tagen und bei mörderischer Hitze die sechzig Meilen von Chinon hierhergetragen hatte und so aussah, als könnte er auf der Stelle kehrtmachen und den ganzen Weg zurücklaufen.

Yvain führte ihn zu dem gewiesenen Stall und fuhr ihm über die gewellte Stirnlocke. »Gut gemacht, Sarus, alter Junge«, murmelte er.

Sarus schnaubte hochmütig und nickte.

Yvain lachte in sich hinein. Sarus war einer der beiden Courser, die er im vergangenen Herbst für den König gekauft hatte. Sein Onkel Gilbert, der andere Bruder seiner Mutter und Lord of Pevensey, hatte sich mit Enthusiasmus der Herausforderung gestellt. Eine Woche lang hatte er Yvain durch Sussex und Surrey geschleift und auf die Rittergüter befreundeter Pferdenarren gebracht. Yvain hatte aufmerksam seinem klugen und kundigen Rat gelauscht, aber die Entscheidung für Sarus und Alaric, einen herrlichen Rappen, hatte er letztlich allein getroffen. Er hatte sie nicht bereut, und König John hatte seinem Master of the Horse einen silberbeschlagenen Sattel mit einer Decke in den Waringham-Farben geschenkt, so hingerissen war er von seinen neuen Pferden gewesen.

Yvain brachte Sarus in den erlösenden Schatten auf der Ostseite des Stallgebäudes, wo ihn eine böse Überraschung erwartete: Zwei stämmige, braungebrannte Knechte hielten Wulfstan an den Armen gepackt, während ein vierschrötiger Kerl mit schmierigen grauen Haaren und Stiernacken auf ihn einprügelte. Seine massigen Schultermuskeln malten sich unter dem schmuddeligen Kittel ab und ließen seine Bärenkräfte erahnen. Jeder Hieb landete mit einem übelkeiterregenden Krachen. Wulfstans Brauen waren beide aufgeplatzt, es sprudelte aus der gebrochenen Nase – ein Blutbad.

Yvain erfasste die Lage auf einen Blick und band Sarus hastig an einen Leiterwagen voller Heu, der auf der kleinen Wiese vor dem Stalltor stand, ehe er sich von hinten auf den fäusteschwingenden Wüterich stürzte. Er packte ihn mit der Linken am Schopf, mit der rechten Hand am Oberarm, wirbelte ihn herum und schleuderte ihn von sich. Der vierschrötige Mann landete wie ein Käfer auf dem Rücken und blieb japsend liegen.

Das gab Yvain Gelegenheit, sich an die beiden jüngeren zu wenden. »Was hat das zu bedeuten?«, fragte er wütend. »Was hat er euch getan?«

Schleunigst ließen die beiden Burschen ihr Opfer los und stierten ins Gras. Der rechte beschloss kurzerhand, sein Heil in der Flucht zu suchen, machte einen Satz zur Seite und wollte losrennen, aber Yvain erwischte ihn mühelos und brachte ihn mit einem Tritt gegen den Knöchel zu Fall. »Raus damit«, verlangte er. »Was ist hier los?«

Der Wüterich war ächzend auf die Füße gekommen. »Gehört Ihr zum Gefolge des englischen Königs, Monseigneur?«, fragte er halb unterwürfig, halb herausfordernd.

»Erraten. Yvain of Waringham, *maréchal* des Königs von England.« Das stimmte zwar nur fast, aber Yvain fand, es klang großartig. »Und dein Name ist?«

»Ich bin … Everard. Zu Euren Diensten.« Er verneigte sich linkisch, mit einem Mal kleinlaut. »Euer Pferdeknecht war unverschämt zu meinen Leuten, Monseigneur. Und außerdem hat *er* angefangen.«

Yvain blickte kurz zu Wulfstan, der hart auf den Knien gelandet war, sobald sie ihn losließen. Er hielt den Kopf gesenkt und tupfte sich halbherzig mit dem Ärmel übers Gesicht – angeschlagen, aber unbeeindruckt. Seit Yvain Master of the Horse geworden war, kam Wulfstan immer mit auf den Kontinent, wenn König John und die Seinen nach Frankreich zogen. Yvain schätzte nicht nur den Pferdeverstand und die Sorgfalt des Stallburschen aus Windsor, sondern ebenso seine Besonnenheit.

»Das kann ich mir beim besten Willen nicht vorstellen«, antwortete Yvain dem älteren Knecht. »Vermutlich war es ein Missverständnis, denn ihr könnt euch ja nicht verständigen, richtig?«

»Ich muss keine Wörter verstehen, um zu merken, wenn einer die Nase zu hoch trägt«, entgegnete Everard.

»Und deswegen geht ihr gleich zu dritt auf einen Einzelnen los, ja?«, fragte Yvain verächtlich. Everard wollte etwas zu seiner Verteidigung vorbringen, aber der Master of the Horse winkte ab. »Ich hab genug gehört. Geht in den Stall und macht die drei besten Boxen für die Pferde des Königs frei. Kehrt das alte Stroh zusammen und bringt frisches aus. Um das Futter kümmere ich mich selbst, aber hängt Wasser in sauberen Eimern neben die Krippen. Ich schau mir das in einer Viertelstunde an, und besser, ich finde nichts zu bemängeln, Everard. Na los, an die Arbeit!«

Everard und seine beiden jungen Gefährten trollten sich schleunigst, um seine Anordnungen zu befolgen.

Yvain sah sich kurz um. Das Stalltor lag dem Burghof abgewandt in der Giebelwand, und niemand war zu sehen. Er trat zu Wulfstan, nahm seinen Arm und zog ihn auf die Füße. »Geht's?«

»Sicher.«

»Irgendetwas, das du mir sagen möchtest?«

Der junge Angelsachse rang einen Moment mit sich. Dann sah er Yvain ins Gesicht. »Sie haben keinen Respekt vor dem König, Sir Yvain. Ich kann kein Französisch, und was die Leute hier reden, versteh ich erst recht nicht, aber ich hab genau gehört, dass sie ihn *molle épée* genannt haben. Weichschwert.«

»Oh«, machte Yvain, und auf einen Schlag war ihm sonnenklar, was sich hier abgespielt hatte. Er seufzte. »Nun, sie sind nicht die Einzigen, weißt du. Mein Bruder nennt ihn auch so.«

»Warum?«, fragte Wulfstan erschrocken. »Und warum erzählt Ihr mir das?«

»Keine Ahnung. Weil ich immer die Klappe aufreiße, bevor ich nachdenke. Aber bei dir weiß ich unser dunkles Familiengeheimnis ja gut aufgehoben.«

»Besser als bei Euch, scheint es«, gab Wulfstan mit leisem Tadel zurück, zog die Nase hoch und spuckte eine gute Portion Blut ins Gras.

Yvain nahm ihn wieder beim Arm, führte ihn zum Heuwagen und machte eine einladende Geste. »Da, setz dich hin, eh du mir umfällst. Warte einen Augenblick.«

»Aber soll ich nicht Sarus …«

»Du sollst dich hinsetzen«, fiel Yvain ihm streng ins Wort. »Ich kümmere mich gleich um Sarus.«

Wulfstan gehorchte zögernd und hockte sich hinten auf die offene Ladefläche.

Yvain ging zur Pferdetränke neben dem Stalltor, füllte einen Ledereimer, der auf dem Rand stand, und brachte ihn mit zurück. »Hier. Wasch dir das Blut ab, eh Braose oder FitzHugh dich so sehen.« Er hielt ihm den Eimer hin, und während der Stallknecht mit beiden Händen schöpfte und sich das Gesicht wusch, erklärte Yvain: »Es gibt Barons in der Normandie und in England, die mit dem Frieden von Le Goulet unzufrieden sind.«

»Wirklich?« Wulfstan klatschte sich die nächste Ladung Wasser ins Gesicht und prustete, während rosa Rinnsale auf seinen Kittel tropften. »Das muss daran liegen, dass die Lords und Ritter in ihren blanken Kettenpanzern selten diejenigen sind, die Arme und Beine im Krieg verlieren. Oder Brüder und Söhne.«

»Und wer ist es jetzt, der unbedacht redet?«, schalt Yvain ohne viel Nachdruck. »Aber wie dem auch sei. Männer wie mein Bruder, die König Richard gedient und mit ihm gekämpft haben, sagen, Richard hätte sich niemals von König Philippe das Vexin und das Berry abknöpfen lassen. Womöglich stimmt es sogar, denn Richard hat lieber Krieg geführt als Frieden gestiftet, er sah mehr Ehre darin. Also hätte er vermutlich immer weiter und weiter gegen Philippe gekämpft, ganz gleich, wie er England dafür hätte ausbluten müssen. Aber König John ist anders.«

»Gelobt sei Jesus Christus.«

Yvain lächelte flüchtig. »Doch weil er anders ist und dieses Zugeständnis an Philippe von Frankreich gemacht hat, nennen sie ihn ›Weichschwert‹.«

»Aber das ist albern, Sir«, entgegnete Wulfstan verständnislos. »Von ungerecht ganz zu schweigen.«

»Hm«, machte Yvain zustimmend. »Aber für Männer wie meinen Bruder ist die Versuchung groß, wehmütig der Vergangenheit nachzuhängen, wer weiß, womöglich Richard in der Erinnerung noch größer und ruhmreicher zu machen, als er ohnehin schon war. Albern, ungerecht, du hast völlig recht. Nur ist es leider so, Wulfstan: König John ist gegen solche Kränkungen nicht gefeit. Er kann sie nicht mit einem Schulterzucken abtun, egal, wie albern, ungerecht und durchschaubar sie sind. Darum sollten wir versuchen zu verhindern, dass er von seinem hässlichen neuen Beinamen erfährt. Wenigstens bis wir Lusignan weit hinter uns gelassen haben. Denn wir befinden uns hier in einem Wespennest.«

Wulfstan nickte gleichmütig, fasste sich behutsam an die Nase und fuhr leicht zusammen. »Ja, das hab ich gemerkt, Sir Yvain.«

Die Lusignan waren ein altes und mächtiges aquitanisches Adelsgeschlecht. Aufgrund ihrer Abenteuerlust und ihrer schieren Vielzahl traf man sie, wohin man auch kam, hatte der König gespottet. Ein Cousin von Raoul und Hugo war König von Zypern, und selbst den Königsthron von Jerusalem zierte gelegentlich einer der Ihren.

Hier auf dem Stammsitz der Familie im Poitou herrschten die Brüder Raoul und Hugo über Burg und Ländereien ebenso wie über das wilde und ewig lärmende Rudel aus jüngeren Verwandten. Aber gleichzeitig war Raoul der Graf von Eu, Hugo neuerdings der Graf von la Marche.

Und dieser letzte Umstand war der Grund, warum der König sich herbemüht hatte.

Hugo de Lusignan hatte Arthurs Anspruch auf Richards Erbe unterstützt, bis die Königinmutter ihm im vergangenen Jahr die Grafschaft La Marche verliehen und damit seine Unterstützung für John gesichert hatte. Der Preis schien nicht zu hoch, doch nun hatte Hugo sich mit der einzigen Tochter und Erbin des Grafen von Angoulême verlobt, und das änderte die Lage dramatisch.

»Wieso?«, hatten Yvain und William wie aus einem Munde gefragt, als Baldwin ihnen die Lage auf dem langen Ritt nach Lusignan erklärt hatte.

»Weil Hugo, wenn der jetzige Graf von Angoulême das Zeitliche segnet, auch dessen Grafschaft bekommt.«

»Und?«, hatte Pentecôte achselzuckend gefragt.

»Herrje, ihr habt aber wirklich keine Ahnung von Aquitanien, oder?«, schalt Baldwin ungeduldig.

»Nein«, gestanden die anderen drei ohne Anzeichen von Zerknirschung.

»Wir sind Engländer, richtig?«, fügte Yvain hinzu.

»Ja, und Aquitanien gehört der englischen Krone«, erinnerte Baldwin sie. »Jedenfalls, wenn die Königinmutter diese Welt einmal verlässt.«

»Was niemals geschehen wird«, prophezeite William flapsig. »Sie ist beinah *achtzig* Jahre alt, wusstet ihr das? Wer so steinalt wird, muss unsterblich sein, denn …«

»Halt die Klappe, ich will das hören«, fuhr Pentecôte ihm über den Mund.

Der gutmütige William hob entschuldigend die Rechte. »Weiter, Baldwin. Beuge dich in Güte zu uns herab und lass uns teilhaben am unermesslichen Schatz deines Wissens.«

Baldwin grinste flüchtig und versuchte erfolglos, eine Fliege wegzuwedeln, die seine Nase umschwirrte. »La Marche und Angoulême grenzen aneinander. Zusammen bilden sie ein Bollwerk, das vom Meer im Westen bis ans Berry im Osten reicht, das neuerdings, wie vermutlich sogar ihr mitbekommen habt, Philippe von Frankreich gehört. Das bedeutet, wenn Hugo de Lusignan eines Tages La Marche *und* Angoulême hält, kann er König Johns nördliche Territorien in Frankreich von den südlichen abschneiden. Es hieße, statt eines durchgehenden Machtgebiets auf französischem Boden, das mindestens so groß ist wie Philippes, hätte König John lediglich noch zwei isolierte Inseln.«

»Oh«, machte William betroffen.

»Das können wir auf keinen Fall zulassen«, befand Pentecôte grimmig. »Philippe von Frankreich wird nur so lange Frieden halten, wie König Johns Macht in Frankreich der seinen ebenbürtig ist, nicht einen Tag länger.«

»Aber was können wir tun, um es zu verhindern?«, fragte Yvain.

»Tja.« Baldwin hob ratlos die Schultern. »Das ist die große Frage.«

Wulfstan hatte mehr eingesteckt, als er zugeben wollte. Yvain hatte ihn zur Gesindeküche geschickt, um sich dort von den Mägden zusammenflicken und irgendetwas Heilsames und womöglich Berauschendes vorsetzen zu lassen. Mit den hiesigen Stallburschen, die ganz brauchbar waren, wenn sie nicht gerade Engländer verprügelten, hatte er die Pferde des Königs versorgt, geputzt und gefüttert, und als er endlich zu dem bunt gestreiften Zelt auf der verdorrten Wiese an der Südseite der Burgmauern kam, das man ihm zugewiesen hatte, waren die Schatten schon lang geworden, und die Gluthitze hatte gnädigerweise ein wenig nachgelassen.

»Schnell, Sir, Ihr müsst Euch beeilen, wenn Ihr nicht zu spät zum Bankett kommen wollt«, drängte Thomas. »Ich hab Euch die guten Gewänder schon bereitgelegt.«

»Danke. Aber sei so gut und hol mir Wasser. Ich will nicht verschwitzt und staubig in der Halle erscheinen. Die Welt könnte mich sonst für einen Lusignan halten …«

Der junge Bigod nickte bereitwillig und eilte hinaus, kam in Windeseile mit dem Wasser zurück, half Yvain aus den staubigen Gewändern und reichte ihm ein Leintuch. Yvain tauchte es in den Eimer auf dem wackligen Tischchen und drückte das Tuch, das sich herrlich kühl und sauber anfühlte, auf sein Gesicht. »Himmlisch …«

Während er sich wusch, sah er sich in dem kleinen Zelt um. Thomas hatte für sie beide Strohlager mit Decken hergerichtet, nicht sonderlich ordentlich, aber brauchbar. Er hatte ihre Pferde und das Packmuli versorgt und abgeladen und Yvains Rüstung und sonstige Habseligkeiten in einer Ecke des begrenzten Raums aufgestapelt, sodass man eine Chance hatte zu finden, was man brauchte.

»Gut gemacht, Thomas«, sagte Yvain mit einem Lächeln.

»Danke, Sir.« Der Knappe strahlte, schaute aber sogleich besorgt durch den aufgerollten Zelteingang in die Dämmerung hinaus.

»Du bist nervös wie eine Katze«, bemerkte Yvain stirnrunzelnd. »Aber mach dir keine Sorgen. Du kannst wetten, dass der König ein Bad nimmt.« Der König badete *andauernd* – es war eine seiner Leidenschaften –, und es nahm immer geraume Zeit in Anspruch. »Eh er nicht da ist, brauchen seine Ritter auch nicht in der Halle zu sein.«

»Nein, das ist wahr«, räumte Thomas ein, und seine Miene hellte sich ein wenig auf. »Aber Ihr habt recht, Sir. Ich *bin* nervös. Alle hier sind freundlich und zuvorkommend und all das, nur die Wachen der Lusignans verfolgen jeden unserer Schritte voller Misstrauen. Irgendwas ist seltsam.«

»Wir sind in Aquitanien, Thomas. Hier ist *alles* seltsam.«

»Tja, mag sein …«

»Raoul und Hugo de Lusignan haben ihre Nachbarn zu einem Hoffest und zur Jagd geladen, und da der König ihrer aller Lehnsherr ist, erweist er ihnen mit seiner Anwesenheit große Ehre. Außerdem ist es eine gute Gelegenheit, um ein paar Bündnisse zu erneuern und so weiter. Vermutlich sind die Lusignan-Wachen einfach nur nervös, genau wie du, weil sie nicht wollen, dass irgendwas schiefgeht und die Stimmung trübt.«

Thomas nickte, half ihm in den steifen, neuen Bliaut aus dunkelblauem Leinen und trat dann einen halben Schritt zurück, um ihn prüfend zu betrachten. »Da. Ihr seht aus wie ein Prinz, Sir.«

»Wirklich?« Yvain sah gleichgültig an sich hinab. »Aber zum Glück bin ich das ja nicht.«

Die Lusignan mochten daherkommen wie verlotterte Landjunker, doch die Pracht ihres Hoffestes verriet ihre wahre Macht und Vornehmheit, von ihrem märchenhaften Reichtum ganz zu schweigen. Die große Halle erstrahlte im Glanz zahlloser Wachskerzen in wunderbar gearbeiteten Radleuchtern, strahlend weißes Leinen bedeckte die langen Tische. Es gab mehr Salzfässchen, als Yvain je bei einem Bankett erlebt hatte, und die Trinkpokale an der hohen Tafel waren mit Edelsteinen besetzt. Goldfäden funkelten in den farbenprächtigen und kunstvoll gearbeiteten Wandteppichen, welche Szenen von einer gewaltigen Belagerung zeigten, die irgendetwas mit einem riesigen hölzernen Pferd zu tun hatte. *Troja*, erklärte Baldwin seinen ahnungslosen Gefährten weltmännisch, aber ehe er zu einer Nacherzählung der Geschichte ansetzen konnte, erschienen Raoul und Hugo de Lusignan mit ihrem Rudel und ihrem königlichen Ehrengast. Unter ohrenbetäubendem Trompetengeschmetter nahmen sie ihre Plätze ein. Der Sessel des Königs an der Mitte der hohen Tafel hatte einen Baldachin, der die drei goldenen englischen Löwen zeigte, und auch die beiden Gastgeber links und rechts von ihm waren vom weiß-blau gestreiften Wappen ihres Hauses beschirmt.

»Keine Damen«, verwunderte sich William. »Ah, doch, da

kommt eine. Aber sie muss eine Schwester der Lusignan sein, sie sieht aus wie Raoul. Keine Gemahlinnen?«

»Hugo ist verwitwet«, erklärte Baldwin gedämpft. »Raoul scheint es nicht eilig zu haben mit dem Heiraten.«

Ihre Plätze lagen am unteren Ende des linken Seitentisches, aber von dort hatten die jungen Ritter des Königs einen guten Blick auf die Ehrentafel.

»Und da kommt der Graf von Angoulême«, fuhr Baldwin fort und ruckte diskret das Kinn zu dem hageren Glatzkopf, der gerade die erhöhte Estrade betrat. Er war in Begleitung einer sehr eleganten Dame, der er galant den Arm gereicht hatte. »Seine Frau ist von königlichem Geblüt, ihr Vater war der jüngste Bruder von König Philippes Vater.«

»Woher *weißt* du all diese Dinge nur immer?«, fragte Yvain fassungslos.

»Ich höre zu, wenn mir jemand etwas sagt«, gab Baldwin achselzuckend zurück und hielt dem Pagen mit dem Zinnkrug ihren Bronzepokal hin. Verheißungsvoll plätscherte der tiefrote Wein in das Gefäß.

»Ja, ich auch«, antwortete Yvain. »Ich vergesse nur das meiste gleich wieder.«

»Weil du nichts als Gäule und Weiber im Kopf hast«, mutmaßte William. »Apropos, was macht die schöne Laurette de Marmande?«

»Das wüsste ich auch gern«, knurrte Yvain verdrossen. »Ich habe sie seit dem Frühling nicht mehr gesehen. Sie sollte mit der kleinen Joan zur Königinmutter nach Fontevrault reisen, und danach ward sie nicht mehr gesichtet.«

Er vermisste Laurette. Sie war eine kapriziöse und kühle Geliebte gewesen, gewiss. Als er nach dem Tod seines Vaters an den Hof zurückgekehrt war, hatte er niemals mit ihr über seinen Verlust, seinen Zorn und seine Verwirrung gesprochen – auf den Gedanken wäre er gar nicht gekommen. Laurette hatte kein Interesse an Gefühlen, sondern allein an Esprit, am Liebesspiel und der Kunst des höfischen Lebens. Trotzdem hatte er klammheimlich Trost in ihren Armen gesucht.

Pentecôte konnte sich natürlich nicht verkneifen anzumerken: »Gräm dich nicht, Waringham, vermutlich hat sie unter den Laienbrüdern in Fontevrault einen adäquaten Ersatz für dich gefunden.«

Yvain schenkte ihm ein dünnes Lächeln. »Ja, bestimmt. Im Übrigen …«

Doch der boshafte Rest seiner Replik blieb ihm einfach im Halse stecken, als sein Blick auf das unirdische Geschöpf fiel, das gerade in die Halle geschwebt kam. In seinem ganzen Leben hatte Yvain noch nie eine so schöne Frau gesehen. Mädchen, verbesserte er sich, denn sie konnte nicht älter als sechzehn sein. Ein perfekt geformtes, ovales Gesicht mit einer so glatten, makellos weißen Haut, als sei es aus Alabaster gemeißelt. Große, stahlblaue Augen, umkränzt von unverschämt langen, dichten Wimpern unter einer hohen Stirn und fein geschwungenen, schmalen Brauen. Ihr ernster Blick schien ein klein wenig entrückt, als sei sie in Gedanken an einem völlig anderen Ort. Die Nase zierlich und gerade, die Lippen wohlgeformt und schmal und von der Farbe reifer Himbeeren. Das honigblonde Haar fiel ihr glatt und glänzend über den schmalen Rücken, nur zwei Strähnen waren von den Schläfen nach hinten geführt und zu einem schmalen Zopf geflochten. Sie trug ein schlichtes Kleid aus irgendeinem schimmernden sahnefarbenen Stoff, eine hauchzarte Goldkette um den sagenhaft langen Schwanenhals ihr einziger Schmuck.

Yvain spürte ein Kribbeln in der Magengrube, und sein Mund war mit einem Mal staubtrocken, so als hätte ihn ein tückischer Schock getroffen, und er ertappte sich bei dem blödsinnigen Gedanken, dass diese Erscheinung eher engelhaft als menschlich wirkte, denn solche Vollkommenheit konnte unmöglich aus Staub gemacht sein.

»Oh … mein … Gott.« Es war Williams Stimme, aber sie klang erstickt.

Mit Mühe wandte Yvain den Blick von dieser Erscheinung ab und sah, dass sogar Pentecôte FitzHugh sie anstarrte, die Lippen leicht, die Augen weit geöffnet.

Wieder einmal erwies Baldwin sich als der einzig Unerschütterliche unter ihnen. »Tja, Gentlemen. Und das ist Isabella d'Angoulême. Hugo de Lusignans Braut. Der hässliche Krauskopf mit den staubigen Stiefeln bekommt nicht nur den Schlüssel zu Aquitanien, sondern obendrein die schönste Frau der Welt.«

Yvain sah zur hohen Tafel. Isabella d'Angoulême knickste, ehe sie mit einer schmalen, lilienweißen Hand ihren Rock ein wenig raffte und die Estrade erklomm. Ihre Anmut drohte ihm wieder aufs Neue den Atem zu verschlagen, aber sein jämmerlicher Zustand war nichts, *gar nichts* im Vergleich zu dem des Königs: John war mit dem smaragdbesetzten Pokal auf halbem Weg zu den Lippen zur Salzsäule erstarrt, so schien es. Seine Miene war wie versteinert, ein Äderchen pochte in seiner linken Schläfe, immer ein sicheres – oft warnendes – Anzeichen innerer Stürme, und es glomm in den meergrauen Augen. Deren Blick war unverwandt auf die junge Dame gerichtet, verfolgte ihren Weg zu dem Sessel an der Seite ihrer Mutter, und der König hörte offensichtlich kein einziges Wort der Anekdote, mit der Raoul de Lusignan ihn zu amüsieren versuchte.

Yvain rieb sich nervös mit dem Handrücken übers Kinn. »Ich würde sagen, darüber ist das letzte Wort noch nicht gesprochen.«

Die Beizjagd am nächsten Tag fand unter einem makellos blauen Himmel statt und erinnerte Yvain an eine Szene aus einer französischen Ritterromanze: Die farbenprächtigen Gewänder der Gesellschaft, die unbeschwerte, frohe Laune, das glockenhelle Lachen der Damen und die edlen Vögel – alles schien perfekt.

Der Wald bestand mehrheitlich aus Pinien, und je heißer es wurde, desto intensiver war die Luft von ihrem würzigen Duft erfüllt. Der Untergrund war ein nachgiebiger Teppich aus gefallenen Nadeln und Gras, auf den das Sonnenlicht goldene Tupfen malte. Dann gelangten sie in offenes Gelände, das sich weit über einen sachten Hügel zog. Hier war die Erde staubig und nur von einzelnen, meist struppigen Büschen bestanden, und es wimmelte nur so von Kleinwild.

Der König hatte natürlich das erste Jagdrecht, und während

einer von Hugos hervorragend abgerichteten Hunden einen rundlichen braun-grau gefiederten Vogel aufscheuchte, ließ John seinen herrlichen italienischen Falken steigen, der das Beutetier mit müheloser Finesse schlug.

Die Jagdgesellschaft applaudierte ausgelassen.

Bewundernd folgte Yvain dem Flug des Falken mit den Augen. »Wundervoll.« Er seufzte sehnsüchtig. »Ich sag dir, eines Tages bekomme ich auch so einen Vogel.«

»Wieso kaufst du dir keinen?«, fragte William. »Sie sind ja nicht unerschwinglich, wenn es nicht gerade ein so ausgefallenes Exemplar wie Apulia hier sein muss.« Diskret wies er auf den Beizvogel des Königs mit dem auffällig hellen Gefieder.

»Aus dem gleichen Grund, warum du deine immer zu Hause lässt«, gab Yvain zurück.

In England war William de Braose ein geachteter Landedelmann, Vater von inzwischen sage und schreibe drei Söhnen und ziemlich wohlhabend. Aber nichts davon ließ er sich anmerken, wenn er mit dem König den Kanal überquerte. In Frankreich war er einfach nur einer der jungen Ritter in Johns Gefolge, und nichts anderes wollte er hier sein – ganz gewiss kein eingebildeter Geck mit eigenem Falkner, Herold und Gott weiß was sonst noch. Dafür war er zu jung, fand er, und einen Mangel an Bescheidenheit, den solch ein großspuriges Auftreten dargestellt hätte, fand er unritterlich. Außerdem, wusste Yvain, wollte William seinen Gefährten nicht unter die Nase reiben, wie viel reicher er war als sie.

Sie beobachteten Pentecôte, der dem König seinen Vogel zurückbrachte und die Schale mit den Fleischstückchen reichte, damit John dem Falken den geschuldeten Lohn verabreichen konnte.

Der König nickte seinem Ritter zerstreut zu, neigte sich aber sogleich zu Alix de Lusignan hinüber, Raouls und Hugos Schwester, sagte etwas, das sie zum Lachen brachte, und bot ihr galant seinen Falken an.

Alix nahm ihn fachmännisch auf ihr behandschuhtes Gelenk, ohne indes errötend die Lider zu senken. Sie war eine hübsche junge Dame mit höfischen Manieren, aber eine Spur burschikos, sodass man argwöhnen konnte, sie wäre lieber als Mann zur Welt gekommen und in staubigen Stiefeln herumgelaufen.

Dennoch schenkte John ihr seine ungeteilte Aufmerksamkeit und schien überhaupt nicht zu bemerken, dass die göttliche Isabella d'Angoulême nur einen Steinwurf weiter rechts vor ihrem Bräutigam im Sattel saß. Hugo hatte den linken Arm um ihren Leib gelegt, damit sie nicht herunterfallen konnte, wenn sein missgelaunter Grauschimmel bockte, aber es war nicht zu übersehen, dass Lusignan die Gunst des Augenblicks nutzte, um sie dabei schamlos zu begrapschen. Isabella saß mit geschlossenen Lidern an seine Brust gelehnt, und Yvain fand es unmöglich zu erraten, ob die Berührung ihr gefiel oder Abscheu verursachte.

»Sie sind ein sonderbares Paar«, bemerkte er. »Er muss doch an die dreißig Jahre älter sein als sie.«

»Na und?«, entgegnete William, den Blick nicht auf Isabella, sondern auf Raoul de Lusignans Vorstehhund gerichtet, der in einem Rosmaringebüsch etwas gewittert hatte. »Was für eine Rolle soll das spielen?«

»Gar keine«, räumte Yvain mit einem unbehaglichen Schulterzucken ein. »Es kam mir nur so in den Sinn.«

»Sie ist erst dreizehn.«

»*Was?*«

William nickte. »Das hat ihre Mutter Baldwin vorhin nach der Frühmesse erzählt. Aber die Frauen in ihrer Familie erblühen früh, hat sie sich beeilt hinzuzufügen. Anscheinend kann sie's nicht erwarten, die Hochzeit über die Bühne zu bringen und die alte Fehde mit den Lusignans damit zu begraben.«

»Hm«, machte Yvain unzufrieden, und obwohl er nicht wollte, wanderte sein Blick wieder zu dem bildschönen Mädchen, das sich aus Hugos Arm gelöst hatte und von einem Falkner einen Sperber entgegennahm. Die Gräfin von Angoulême hatte zweifellos recht, musste Yvain einräumen, es war der Körper einer jungen Frau, der sich anmutig zum Falkner hinabbeugte, die Rundungen nicht gerade üppig, aber prägnant.

»Was sagt Ihr zu einer Wette, Hugo?«, rief der König. »Mein Vogel gegen Euren?«

»Unbedingt«, willigte Hugo grinsend ein. »Um welchen Einsatz?«

John dachte kurz nach. Dann schlug er vor: »Wenn Ihr gewinnt, bekommt Ihr meinen Rappen, den Ihr seit gestern heimlich anschmachtet.«

Yvain zuckte zusammen, aber John klopfte Alaric den schweißfeuchten Hals – scheinbar völlig unbekümmert.

»Und wenn ich gewinnen sollte, reitet Ihr nach Poitiers und beurkundet vor dem Bischof Euren Verzicht auf die Burg von St. Pierre, worum meine Mutter Euch seit Jahren vergeblich ersucht.«

Hugos Miene verfinsterte sich. »König Richard hat mir diese Burg für meine Verdienste während der Belagerung von Akkon geschenkt, Monseigneur.«

»Die gewiss zahlreich und rühmlich waren«, erwiderte John mit einem Hauch von Spott. »Doch die Königinmutter hat Euch St. Pierre abgekauft, nicht wahr?«

»Abgegaunert trifft es eher«, gab Hugo unwirsch zurück. »Der Preis war lächerlich!« Sein großporiges Gesicht war mit einem Mal rot angelaufen.

John zog die Brauen in die Höhe und nahm höflich Abstand davon, Hugo daran zu erinnern, dass er dem Preis vor Zeugen zugestimmt hatte. Stattdessen antwortete der König mit einem Augenzwinkern: »Ja, sie kann hart verhandeln. Nicht umsonst nennt man sie die Königin aus Adamant. Also, Monseigneur? Unsere Wette?«

»Gilt«, sagte Hugo hitzig. Er legte Isabella eine seiner Pranken auf die Schulter. »Lass mir den Vortritt, Herzchen.«

Sie sah über die Schulter und nickte mit einem Lächeln. »Gewiss, Hugo.«

Es war das erste Mal, dass Yvain ihre Stimme hörte. Sie war verblüffend tief für eine so zierliche, junge Frau, und irgendetwas an ihrem rauchigen Klang verursachte eine unmissverständliche Regung in seinen Lenden. Yvain biss sich grinsend auf die Unterlippe und zog den leichten Sommerumhang über die Schulter nach vorn.

Hugo legte die Hand an ihre Wange, und der finstere Ausdruck verschwand von seinem Gesicht. Er erwiderte ihr Lächeln, und seine Hand verirrte sich an ihre linke Brust, als er ihren Oberarm nahm, um ihr beim Absitzen behilflich zu sein.

»Was für ein Troll«, brummte Baldwin angewidert, der sich William und Yvain am hinteren Rand der Jagdgesellschaft angeschlossen hatte.

Hugo und John ritten beide zwei Längen vor, während der Hundeführer den Vorstehhund wieder von der Leine ließ. Die beiden Männer wandten in genau demselben Moment die Köpfe und maßen sich mit einem kurzen Blick, und nun war auch aus Johns Miene jeder Anschein von Leutseligkeit verschwunden. Für die Dauer eines Herzschlags gestattete er Hugo, das wahre Ausmaß der königlichen Geringschätzung zu sehen, und wieder verfärbte sich Lusignans Gesicht zu einem bedenklichen Purpurton.

Dann sprang der Hund ein, und gleichzeitig breiteten die beiden Beizvögel auf dem Arm ihres jeweiligen Herrn die Schwingen aus, drückten sich mit ihren kräftigen Krallen ab und schwangen sich in die Lüfte. Johns hellgefiederter Falke stieg ein gutes Stück höher als Hugos, und beide entdeckten mit ihren scharfen Augen im selben Moment das Beutetier, das Yvain immer noch vergeblich auszumachen suchte.

Die Vögel gingen in Sturzflug, gefährlich nah beieinander und schnell wie Sternschnuppen strebten sie der hartgebackenen Erde entgegen. Vielleicht noch eine Mannshöhe vom Boden entfernt überholte Apulia ihren Konkurrenten, schlug die Beute, packte sie mit beiden Krallen und schwang sich wieder empor.

Ein Raunen wie eine säuselnde Windbö ging durch die Reiter, hier und da stieß eine Dame gar einen leisen Schrei aus. Es war eine Schlange.

Alaric schnaubte beunruhigt, als der Vogel mit seiner sich windenden Last beinah vor seinen Vorderhufen landete, aber John brachte den mächtigen Hengst mit einem gemurmelten Wort zur Ruhe.

Dann war Pentecôte zur Stelle, packte die Schlange, die etwa so lang wie sein Arm war, besonnen mit der linken Hand hinter dem Kopf, nahm den Falken auf den rechten Arm und brachte ihn dem König zurück.

John nickte mit einem seligen kleinen Lächeln. »Habt Dank, FitzHugh.«

»Was für ein bemerkenswertes Omen«, knurrte Hugo de Lusignan und wies mit dem Zeigefinger auf die Schlange. Die Hand bebte fast unmerklich, und sein Gesicht war zur Abwechslung einmal kreidebleich geworden.

»Ich glaube nicht an Omen«, eröffnete John ihm. »Woran ich hingegen glaube, sind gewonnene Wetten.«

Yvain war sich nicht sicher, ob er an Omen glaubte oder nicht, aber auf jeden Fall waren Schlangen keine ehrenvolle Jagdbeute, denn sie waren verschlagen und mit Satan im Bunde. Er verstand nicht, warum der König die Wette nicht wiederholte. Es wäre die sauberste Lösung gewesen.

Hugo schien genau darauf zu warten, und als er erkannte, dass er vergeblich wartete, kräuselten seine Lippen sich verächtlich. »Gewiss, Monseigneur. Wenn Euch der Sieg ob dieser erbärmlichen Beute nicht zu schäbig ist, sei er Euch gegönnt.«

»Aber, aber«, machte der König, als hätte er einen trotzigen Dreikäsehoch vor sich. »Man könnte meinen, Ihr seid ein schlechter Verlierer, Hugo. Nun, vielleicht bessert sich das, wenn Ihr mehr Übung habt.«

»Was?«, fragte Hugo scharf.

John winkte ab, als sei der Punkt nicht von Belang. »Darf ich davon ausgehen, dass Ihr morgen nach Poitiers aufbrechen werdet?«

Hugo tauschte einen unsicheren, geradezu hilflosen Blick mit seinem Bruder, der resigniert die Schultern zuckte und nickte.

»Sicher, mein König«, antwortete Hugo durch zusammengebissene Zähne. »Wenn Ihr so darauf brennt, diese schäbige kleine Burg zu bekommen …«

John strich sich mit der Rückseite von Zeige- und Mittelfinger über den kurzen Bart, während er Hugo versonnen anschaute. Dann nickte er. »Ihr habt recht, ich brenne darauf, zu bekommen, was diese kleine Wette mir eingetragen hat.«

Bordeaux, August 1200

»Willst du, Isabella d'Angoulême, diesen Mann zu deinem angetrauten Gemahl nehmen, ihn lieben und ehren, ihm angehören und gehorchen, in guten Tagen wie in schlechten, in Gesundheit und Krankheit, bis dass der Tod euch scheidet?«, fragte der Erzbischof von Bordeaux mit feierlichem Ernst und sah der Braut tief in die Augen.

Mochte ihre Mutter auch noch so oft beteuern, dass die Frauen in ihrer Familie früh erblühten – heute war nicht zu übersehen, wie jung dieses Mädchen noch war, das so unversehens zur Schachfigur im großen Spiel um die Macht geworden war. Ihre ohnehin schon riesigen blauen Augen waren wie vor Staunen geweitet, als könne sie einfach nicht fassen, wie es so schnell so weit hatte kommen können. Doch ob sie glücklich war oder entsetzt, ob sie sich fürchtete oder der Zukunft ungeduldig entgegenfieberte – darüber konnte man nur spekulieren. Ihr Gesicht zeigte nichts als eine eigentümlich distanzierte Gelassenheit, und ihre tiefe Stimme klang fest, als sie antwortete: »Ja, Vater, ich will.«

»Und willst du, John of Oxford, diese Jungfrau zu deinem angetrauten Weibe nehmen, sie lieben und ehren, ihr angehören in guten wie in schlechten Tagen, in Gesundheit und Krankheit, bis dass der Tod euch scheidet?«

»Ich will«, antwortete der König, und als er den Kopf wandte und seine Braut betrachtete, lag der gleiche Ausdruck in seinen Augen wie am Tag seiner Krönung: die entwaffnende, unkomplizierte Seligkeit eines Kindes, das bekommt, was es ersehnt hat.

Die beträchtliche Staubwolke nach Hugo de Lusignans Aufbruch hatte sich kaum gelegt, als der König den Grafen von Angoulême zu einer vertraulichen Unterredung einbestellt hatte. Als die Festgemeinde in Lusignan sich tags darauf auflöste und alle Gäste heimritten, hatten der König und sein Gefolge Graf Aymer und seine stolze Gemahlin von königlichem Geblüt nach Angoulême begleitet, und auch Isabella, die den ganzen Sommer im Haushalt ihres zukünftigen Gemahls verbracht hatte, war mit ihren Eltern heimgeritten, um ihre baldige Vermählung vorzubereiten.

Die kam schneller als gedacht, nur der Bräutigam war ein anderer, als sie erwartet hatte. Anfangs habe Isabella bitterlich geweint, als ihre Mutter sie von der Planänderung in Kenntnis setzte, tuschelten die Mägde. Ihr gesamtes bisheriges Leben hatte sie in Aquitanien verbracht. Dies war die Welt, die ihr vertraut war. Ein Leben in der Normandie erschien ihr unvorstellbar fremd, und vor England graute ihr. Doch das Angebot, das der König ihrem Vater gemacht hatte, war einfach zu gut, um es auszuschlagen: John, nicht Hugo würde dereinst über Angoulême herrschen, und Graf Aymer musste es nicht den unerträglich hochmütigen und machtgierigen Lusignan überlassen, die er im Grunde immer verabscheut hatte. Sein Enkel würde eines Tages auf dem englischen Thron sitzen. Der König bekam seinerseits die Frau, die er wollte, eine verwandtschaftliche Bindung zu Philippe von Frankreich, die den Frieden festigen würde, und natürlich Angoulême, sodass die Gefahr der gefürchteten Teilung seiner französischen Territorien gebannt war. Und Isabella, führte ihre Mutter ihr vor Augen, würde eine Krone bekommen und die Rolle einnehmen, die ihr aufgrund ihrer Abstammung zustand und die Gott deswegen gewiss für sie vorgesehen hatte. Es gab nur Gewinner. Bis auf Hugo de Lusignan, natürlich, doch während die Gräfin ihrer Tochter das Leben als Königin in immer leuchtenderen Farben ausmalte, fiel sein Name erst selten und dann gar nicht mehr. Und der König tat das Seine, um die unwillige Braut zu gewinnen. Er überschüttete Isabella mit Aufmerksamkeiten und Geschenken und machte ihr leidenschaftlich den Hof. Nichts anderes interessierte ihn mehr, vor allem nicht die Bedenken seines Bruders Longsword und seiner übrigen Ratgeber gegen diese überstürzte Hochzeit.

»Er ist besessen von diesem Mädchen«, hatte Guillaume de Braose seinem Sohn verständnislos berichtet. »Ein König kann doch nicht so vollkommen die Augen vor den Folgen seines Handelns verschließen!«

Aber John kann genau das, hatte Yvain beklommen gedacht,

als William ihm die Sorgen seines Vaters anvertraut hatte. Genau wie Richard. Genau wie ihr Vater. Und ihre Mutter. Denn im Grunde sind sie alle Löwenherzen: Sie tun, was sie wollen, und sie nehmen sich, was sie wollen, ohne Rücksicht oder Erbarmen. Und niemand kann ihnen Einhalt gebieten, denn sie und sie allein haben die Macht.

Das Hochzeitsbankett war eine vornehme, aber gleichzeitig ausgelassene und vor allem lautstarke Angelegenheit. Yvain hatte schon allerhand vom Temperament der Aquitanier gehört, und es stimmte: Der mitgereiste Hof des Grafen von Angoulême, seine Nachbarn und selbst der ehrwürdige Bischof von Bordeaux feierten mit Hingabe. In einer scheinbar endlosen Prozession wurden exquisite Speisen aufgetragen, von denen Yvain einige völlig fremd waren, erlesene Weine flossen in Strömen, und die besten Spielleute, die er je gehört hatte, unterhielten die Festgemeinde. Er verstand kaum ein Wort von dem, was sie sangen, denn sie waren Troubadoure, ihre Sprache Okzitanisch, doch ihre Musik verzauberte ihn. Viele der Feiernden hörten ihnen indes überhaupt nicht zu und erhoben die Stimmen einfach noch ein wenig mehr, um die Musik zu übertönen. Die Troubadoure waren darüber aber nicht beleidigt, so schien es, sondern spielten für die kleine Traube begeisterter Zuhörer, die sich von den Bänken erhoben und sie umringt hatten, um zu lauschen.

»Oh, jetzt kommt Asalais de Lagrave!«, rief der Bischof an der hohen Tafel und klatschte begeistert in die Hände.

Yvain folge seinem Blick. Eine Dame trat in die Mitte der Zuhörerschaft und nickte huldvoll in die Runde. Sie war nicht mehr jung, gewiss an die vierzig, und ihr langes blondes Haar, das unter einem duftigen Tuch hervorwallte, war von Silberfäden durchzogen. Aber ihre Bewegungen waren graziös und fließend, als sie auf der kleinen Bank Platz nahm, die man für die Musiker aufgestellt hatte, und ihre schmalen Hände schienen die mit bunten Seidenbändern geschmückte Laute auf ihrem Schoß zu liebkosen.

»Eine Spielfrau?«, flüsterte Yvain ungläubig.

»*Trobairitz*«, verbesserte der allwissende Baldwin, der mit ihm hinter dem thronartigen Sessel des Königs auf Ehrenwache stand. »Ein weiblicher Troubadour. Sie ist eine Berühmtheit und …«

»Schsch«, machte der König streng und sah mit einem kleinen Stirnrunzeln über die Schulter. Baldwin verstummte schleunigst.

Tatsächlich wurde es merklich stiller in der Halle, als Asalais die Laute zu schlagen und dann zu singen begann. Ihre Stimme war glockenhell und tragend, zart bei den ersten Versen, dann kraftvoll und melancholisch. Yvain spürte einen wohligen Schauer. Das Lied war eine Liebesklage – was sonst? –, doch der Ton und die Stimmung waren ganz anders als bei ihren männlichen Mitstreitern, die allesamt hingerissen lauschten und sie anschmachteten, wenngleich manche jung genug waren, um ihre Söhne zu sein.

Als Asalais de Lagrave ihren Vortrag beendete, brandete Applaus durch die festlich geschmückte Halle des Bischofspalastes, und die Künstlerin senkte für einen Moment den Kopf, um ihrem geneigten Publikum zu danken. Es war ein würdevolles, beinah königliches Nicken, so als wisse sie genau, dass die Huldigung ihr zustand.

»Ist sie nicht wundervoll?«, fragte die Braut mit einem seelenvollen Seufzen.

»Wenn du willst, nehmen wir sie mit an unseren Hof«, schlug John vor, ergriff ihre langfingrige, lilienweiße Hand und führte sie an die Lippen. »Ich bin sicher, wir könnten ihr ein unwiderstehliches Angebot machen.«

»Nein, Sire, das ist nicht nötig«, versicherte sie mit einem Lächeln in der Stimme. »Sie würde im Norden vergehen wie eine Blume, die verdurstet, fürchte ich, und ganz Aquitanien würde sich in Rebellion gegen Euch erheben, wenn Ihr sie verschleppt.«

Lachend gab der König nach. »Nun gut, das wollen wir natürlich nicht.«

Es reicht schließlich, wenn die Lusignan sich in Rebellion erheben, weil er dich *verschleppt hat,* dachte Yvain boshaft.

»Aber da wir gerade von Asalais sprechen, mein König, ich hätte tatsächlich eine Bitte, die sie betrifft«, gestand Isabella.

»Dann heraus damit. Nutze die Gunst des Augenblicks. Heute

ist unser Hochzeitstag, und darum darfst du dir praktisch alles von mir wünschen.«

Sie neigte sich ihm zu, und erst als Yvain merkte, wie angestrengt er die Ohren spitzte, ging ihm auf, dass er sie belauschte. Doch ohne Erfolg, ihr Wispern war so leise, dass er ihre Worte nicht erhaschen konnte.

»Tatsächlich?«, antwortete der König verblüfft. Er schwieg einen Moment, vielleicht um nachzudenken. Dann fuhr er fort: »Nun, wenn es weiter nichts ist, das lässt sich einrichten. Waringham?«

»Sire?«, erwiderte Yvain hinter seiner Schulter.

»Ihr werdet mich morgen früh aufsuchen, ich habe mit Euch zu reden.«

Das klang nicht gut, aber Yvain wusste beim besten Willen nicht, was er verbrochen haben könnte. Erst recht nicht, was sein jüngstes Versäumnis mit Asalais de Lagrave zu tun haben könnte. Er tauschte einen verständnislosen Blick mit Baldwin, ehe er antwortete: »Wie Ihr wünscht, Sire.«

»Aber ja nicht zu früh, hört Ihr?«, mahnte John mit einem übermütigen Lächeln in der Stimme und nahm wieder die Hand seiner Braut. »Es wird Zeit, Isabella.« Ohne auf ihre Reaktion zu warten, wandte er sich an den Bischof zu seiner Linken: »Vater, meine Gemahlin und ich wären dankbar, wenn Ihr nun unser Brautbett einsegnen wolltet.«

»Es wird mir eine Ehre sein, Sire«, gab der Bischof zurück und streifte die wunderschöne Braut mit einem lüsternen Blick.

Als John und Isabella sich erhoben, begann die Festgemeinde zu klatschen und zu johlen, und die Sturzbetrunkenen konnten sich ein paar zotige Ermunterungen nicht verkneifen.

John sah stur auf die rettende Tür am anderen Ende der Halle, und seine Wangenmuskeln spannten sich an, doch ehe es ein Blutbad geben konnte, waren sein Bruder Longsword und die Brautmutter zur Stelle, um das Paar ins festlich geschmückte Brautgemach zu führen und die zwei Dutzend Edelleute beiderlei Geschlechts zu bändigen, die das Privileg hatten, den König und seine Braut für die Hochzeitsnacht bettfein zu machen.

Yvain blickte der unordentlichen Prozession nach, als er und Baldwin von der Estrade stiegen. »Was für eine Königin wird sie uns wohl sein?«

»Auf jeden Fall eine junge«, gab Baldwin zurück.

»Hm«, machte Yvain. »Das muss gar nicht schlecht sein. Jung bedeutet neugierig und … anpassungsfähig, schätze ich. Vielleicht wird sie unvoreingenommen nach England kommen.«

»Ich will es hoffen«, gab sein Freund mit einem leisen Seufzen zurück. »Aber ganz im Vertrauen, eine etwas ältere, lebenserfahrene Prinzessin wäre mir für unseren König mit dem leicht entflammbaren Temperament lieber gewesen.«

Yvain gab ihm recht. »Schade, dass er Isabella of Gloucester nicht einfach behalten hat. *Sie* weiß ihn zu handhaben.«

»Vielleicht hat er sich genau deswegen scheiden lassen.«

Der folgende Tag war ebenso heiß wie der vorherige. Als Yvain aus dem Schatten des Pferdestalls trat, traf ihn die Sonne wie ein Schmiedehammer auf den Kopf, und er sah stirnrunzelnd zum erbarmungslos lapislazuliblauen Himmel auf: Nicht das kleinste Wölkchen weit und breit, das Hoffnung auf Linderung versprach. Es war kein Wunder, dass die Pferdeknechte des Bischofs von Bordeaux solche Faulpelze waren, musste er einsehen; gewissenhafte Arbeit in dieser Hitze war gewiss lebensgefährlich. Doch hatte Yvain jetzt nicht nur die Verantwortung für die drei Pferde, die der König mit nach Aquitanien gebracht hatte, sondern ebenso für die feurige kleine Stute, die John seiner Braut geschenkt hatte, und die beiden Zelter, die Isabellas Sänfte trugen, wenn es ihr zu heiß und staubig zum Reiten war. Die hiesigen Stallburschen hatten die Tiere gefüttert und getränkt, weiter nichts. Der Rest war für Wulfstan allein zu viel, darum hatte Yvain beim Misten und Putzen wieder einmal selbst mit Hand angelegt. Wulfstan hatte ihn erwartungsgemäß darauf hingewiesen, dass das unangemessen sei. Aber in Wahrheit machte es Yvain überhaupt nichts aus, dann und wann mit anzupacken.

Er sah prüfend an sich hinab, während er den sonnenversengten Rasen im Innenhof des Bischofspalastes überquerte, schnipste ein paar Strohhalme von seinem Hosenbein und fuhr sich mit den Fingern durch die störrischen Kringellocken, selbst wenn er wusste, dass sie sich nicht zähmen ließen.

Er fand den König im Garten hinter der Halle, der eine Insel aus üppigem Grün und wohltuendem Schatten war: Von niedrigen Hecken gesäumte Beete leuchteten in einem Farbenreigen blühender Sträucher und Blumen. Unter duftenden Kiefern und Obstbäumen standen kunstvoll gemeißelte Steinbänke. John saß auf einer davon, die Beine übereinandergeschlagen, die Finger um das Knie verschränkt, und sah auf seine junge Frau hinab, die sich mit einer ihrer Damen auf einer Decke im Gras niedergelassen hatte.

Noch hatten sie Yvain nicht bemerkt, und er verlangsamte seine Schritte, um die Lage zu peilen. Der König saß so vollkommen entspannt, wie man ihn kaum je sah. Ein kleines Lächeln lauerte in seinen Mundwinkeln, und er konnte nach wie vor nicht den Blick von seiner Braut wenden. Isabella ihrerseits sah noch genauso aus wie gestern; wenn man einmal von dem züchtigen Gebende absah, das ihre honigblonde Haarpracht seit heute bedecken musste. Wer sich Sorgen gemacht hatte, dass sie viel zu jung sei, dass die Hochzeitsnacht ein Martyrium für sie werden und der König in seiner gewissenlosen Lüsternheit eine schwere Sünde auf sich laden würde, konnte aufatmen. Noch während Yvain sie unbemerkt beobachtete, legte Isabella die Linke auf das Knie ihres Gemahls und las ihm mit komisch übertriebenem Pathos ein paar Verse von dem Pergamentbogen vor, den sie in der anderen Hand hielt.

John lachte, beugte sich zu ihr hinunter und drückte die Lippen auf ihre Schläfe. Isabella lächelte verschwörerisch auf ihr Pergament hinab. Sie wusste genau, welchen Zauber sie auf den König ausübte. Und vermutlich wusste sie auch, wie viel Macht ihr das gab.

Zumindest fürs Erste.

Als John sich wieder aufrichtete, entdeckte er seinen Ritter und winkte ihn näher. »Sir Yvain! Was drückt Ihr Euch dort im Schatten herum wie ein Meuchelmörder?«

Yvain trat näher und verneigte sich. »Ich wollte das junge Glück nicht stören, mein König.«

»Nicht einmal Philippes herandonnernde Kavallerie könnte dieses junge Glück stören«, gab John zurück.

»Ja, das sehe ich«, erwiderte Yvain und versuchte ohne großen Erfolg, ein Grinsen zu unterdrücken.

»Setzt Euch zu uns«, forderte John ihn mit einer einladenden Geste auf. »Hier, dies ist Beatriz de Lagrave, die Vertraute meiner Gemahlin.«

Yvain verneigte sich schon wieder. »Enchanté, Madame.«

Beatriz nickte mit leicht zur Seite geneigtem Kopf und strich sich dabei eine blonde Haarsträhne aus dem Gesicht. »Eine Ehre, Monseigneur«, erwiderte sie mit einem charmanten, sogar warmen Lächeln, doch gleichzeitig schien sie durch ihn hindurchzusehen, ihr Blick so starr, dass Yvain sich einen Augenblick lang fragte, ob sie vielleicht blind sei. Aber dann schaute sie ihm doch noch in die Augen und streckte ihm plötzlich eine goldgelbe Frucht entgegen, die sie in der Hand gehalten hatte. »Nehmt eine Marille.«

Yvain sah hilfesuchend zu John, dann nahm er die Gabe. »Ähm ... habt vielen Dank.« Er hatte keine Ahnung, was eine Marille sein mochte. Die Schale fühlte sich samtig an, und die Frucht duftete verführerisch – warm von der Hand, die sie gehalten hatte.

»Kostet, Sir Yvain, Ihr werdet es nicht bereuen«, versprach Isabella. »Mein Vater sagt, die allerersten Kreuzfahrer hätten die Marille mit aus dem Heiligen Land gebracht, aber sie schmeckt, als käme sie geradewegs aus dem Paradies.«

Yvain biss beherzt in die Frucht: Das Innere war weich und von einer unbeschreiblichen Süße. »Hhmm!«, machte er schwärmerisch und hinderte sich mit Mühe daran, den Saft abzulecken, der auf seine Hand geträufelt war. »Ihr habt recht, Madame«, antwortete er Isabella.

»Ihr kennt sie wirklich nicht?«, fragte John erstaunt.

Yvain schüttelte den Kopf. »Wachsen sie in England?«

»Ich glaube nicht. Wenn sie aus dem Heiligen Land kommen,

brauchen sie gewiss viel Wärme. Aber man kann sie trocknen oder in Honig einlegen. Bei meiner Mutter gab es immer Marillen als Naschwerk.«

»Und wachsen sie an Bäumen?«, fragte Yvain neugierig weiter.

»Schaut nach oben, Waringham«, gab John trocken zurück.

Yvain legte den Kopf in den Nacken und erkannte, dass der Baum, in dessen Schatten sie saßen, voller Marillen hing. »Allmächtiger. Ein Baum geradewegs aus dem Paradies …«

»Hoffentlich nicht der mit den verbotenen Früchten«, warf Isabella ein.

»Die Marille steigert die Manneskraft und die Liebeslust der Frauen«, erklärte Beatriz mit verträumter Stimme.

Yvain hätte sich um ein Haar an dem unbescheidenen Bissen verschluckt, den er gerade kaute.

John hatte sichtlich Mühe, ein ernstes Gesicht zu wahren, antwortete aber scheinbar ungerührt: »Das habe ich auch einmal irgendwo gelesen. Ihr seid bemerkenswert gebildet, Madame.«

»Hm?«, machte sie und blinzelte, als sei sie gerade aufgewacht. »Oh, eigentlich nicht, fürchte ich. Meine Mutter hat ein Lied darüber gedichtet.«

»Ja, darauf wette ich«, raunte der König.

Yvain ging ein Licht auf. »Eure Mutter ist Asalais de Lagrave?«

Beatriz nickte. »Aber ich bin vollkommen unbegabt auf der Laute. Ich fürchte, meine Mutter ist sehr enttäuscht von mir.«

Es klang nicht einmal, als mache diese Erkenntnis ihr sonderlich zu schaffen. Sie stellte lediglich eine Tatsache fest. Aber Yvain fühlte trotzdem mit ihr. So manches Mal hatte sein Vater ihm das Gefühl gegeben, seinen Erwartungen nicht gerecht zu werden – jedenfalls nicht so wie Guillaume –, und darum wusste Yvain, wie es sich anfühlte.

»Du hast andere Talente«, sagte Isabella mit Nachdruck, als wolle sie ihre Freundin in Schutz nehmen. Es war das erste Mal, dass sie in Yvains Gegenwart eine menschliche Regung zeigte. Bislang hatte er nur die perfekte marmorne Fassade kennengelernt. Er war erleichtert, dass es eine sympathische Regung war.

Beatriz strich sich wieder die unbelehrbare Haarsträhne von der Wange, richtete den Blick in die Ferne und schien konzentriert nachzudenken. Sie war hübsch, fiel Yvain erst jetzt auf. Neben Isabellas erschütternder Vollkommenheit war es mitunter schwierig, den Liebreiz normalsterblicher Frauen zu würdigen, doch Beatriz de Lagrave hatte wunderschöne Augen, groß, mandelförmig und von einem so klaren Blau wie der Himmel über Kent an einem Frühlingsmorgen. Das glatte Haar war weizenblond, ihr Gesicht ebenmäßig, die Haut zart und rosig und einen Ton dunkler als die englischer Frauen, wie von der Sonne geküsst.

»Du meinst die gläsernen Träume«, mutmaßte Beatriz. »Aber sie kommen einfach ganz von selbst, wie ein Schnupfen. Sie sind kein Talent.«

»Doch«, widersprach Isabella. »Ich bin überzeugt, die Verse und Melodien überkommen deine Mutter auch wie ein Schnupfen.« Sie stand auf. »Wenn Ihr uns entschuldigen würdet, Monseigneurs, Beatriz und ich haben Frauenangelegenheiten zu erledigen.«

»Das klingt vielversprechend«, bemerkte der König. »Aber geht nur.«

»Hier.« Sie hielt ihm den Pergamentbogen hin. »Ich schenke es Euch.«

Er nahm die Hand, die sie ihm entgegenstreckte, zog seine Frau mit einem kleinen Ruck zu sich herunter und küsste sie auf den Mund. Lange, gierig und ungeniert. Isabella schloss die hinreißenden blauen Augen und erwiderte den Kuss, während ihre freie Hand den Nacken des Königs liebkoste.

Als sie sich voneinander lösten, nahm John das Pergament mit einer kleinen Verbeugung. »Hab Dank für Richards vergessenes Gedicht. Selbst wenn es ein durchaus zu Recht vernachlässigtes Werk ist.«

Isabella biss sich für einen Lidschlag auf die Unterlippe – die Zähne weiß und gleichmäßig, was denn sonst – und erwiderte lächelnd: »Dann lasst uns hoffen, dass nicht noch mehr davon zwischen den Urkunden meines Vaters auf Entdeckung harren.«

John betrachtete sie wohlwollend. »Mal tropft Honig von deinen Lippen, mein Augenstern, ein andermal Gift. Und man weiß nie, was man als Nächstes bekommt.«

»Nur damit Euch nicht langweilig wird«, versicherte sie.

»Das weiß ich zu schätzen.«

»Komm, Beatriz. Überlassen wir die Männer der Politik.«

»Hm? Oh, gewiss.« Sie erhob sich mit der gleichen würdevollen Grazie, die Yvain am Abend zuvor bei ihrer Mutter bewundert hatte, hakte sich bei Isabella ein und schlenderte mit ihr Richtung Halle davon, ohne sich zu verabschieden oder wenigstens vor dem König zu knicksen.

Yvain und John schauten ihnen nach. Am Rande des Gartens beugten sie sich über einen violett blühenden Strauch, sprachen ein paar Worte, die man nicht verstehen konnte, richteten sich auf und gingen weiter, bis sie aus ihrem Blickfeld verschwunden waren.

»Ein ungewöhnliches Mädchen, Beatriz de Lagrave«, bemerkte der König.

»Das kann man wohl sagen«, gab Yvain zurück. »Ist sie vielleicht ein klein wenig … Ihr wisst schon. Zurückgeblieben?«

»Nein, nein, im Gegenteil«, versicherte John. »Sie spricht neben Französisch und Okzitanisch fließend Latein und ist äußerst belesen. Sie ist nur … nun, zerstreut ist wohl das passende Wort.«

»Aber gläserne Träume?«

»Sie meint hellsichtig.«

»Aha«, machte Yvain skeptisch.

»Glaubt Ihr etwa nicht daran?«

Yvain reckte den Arm nach oben, pflückte zwei Marillen und gab eine dem König. »Die Leute von Waringham behaupten, das alte Kräuterweib habe das zweite Gesicht. Sie behaupten auch, es liege daran, dass sie von den Feen abstammt. Aber ich habe noch nie gehört, dass sie auch nur ein einziges Mal etwas Brauchbares vorhergesagt hat. Höchstens das Wetter. Sie spürt es in der Hüfte, wenn es Regen gibt.«

»Hm«, machte der König unbestimmt, kaute genüsslich und schluckte. »Nun, in Aquitanien glauben *alle* Menschen an Hellseherei. Und Beatriz hat Isabella schon im vergangenen Winter geweissagt, dass sie dereinst eine Krone tragen werde.«

Noch trägt sie sie nicht, fuhr es Yvain durch den Kopf. Er wechselte das Thema. »Ihr wolltet mich sprechen?«

»Richtig.« John vertilgte den letzten Bissen seiner Marille und warf den Stein über die Schulter. »Was wisst Ihr über Wales?«

»*Wales?*«, wiederholte Yvain erstaunt. »So gut wie gar nichts, Sire.« Er dachte kurz nach und klaubte zusammen, was in seinem Gedächtnis zu finden war: »Ein unzugängliches, wildes Land voller Berge und Felsklüfte. Die Waliser gehören zum Alten Volk und sind rückständige Wilde, die alle Normannen für Angelsachsen halten oder umgekehrt. Sie beten zu irgendwelchen heidnischen Götzen und bekriegen sich ständig untereinander.«

John lachte vergnügt in sich hinein. »Das meiste war falsch, aber mit dem letzten Punkt habt Ihr ins Schwarze getroffen. Guillaume de Braose, der viel Land in den Grenzmarken hält, berichtet mir, in Gwynedd in Nordwales gibt es einen jungen neuen Fürsten, der sich anschickt, diese scheinbar unendlichen Kämpfe für sich zu entscheiden und sehr mächtig zu werden. Ich beabsichtige, ein Abkommen mit diesem Fürst Llywelyn zu schließen.«

»Wirklich?«, verwunderte sich Yvain. »Wozu?«

»Weil es immer ratsam ist, freundschaftliche Beziehungen mit denjenigen seiner Nachbarn zu pflegen, die guten Willens sind. Vor allem, wenn man Nachbarn wie William von Schottland hat, dessen guter Wille zweifelhaft scheint, versteht Ihr? Ich kann mir keine zwei verwundbaren Flanken in England leisten, selbst wenn Philippe von Frankreich fürs Erste den Schwanz eingeklemmt hat. Wir werden noch vor dem Herbst nach England zurückkehren, und dann will ich Unterhändler zu Llywelyn senden. Als Zeichen meiner Wertschätzung beabsichtige ich, ihm ein paar kostbare Geschenke zu machen, darunter ein Pferd. Da kommt Ihr ins Spiel. Findet eines, von dem ihm die Augen übergehen, und kauft es für mich.«

Und *deswegen* hast du mich heute Morgen einbestellt?, dachte Yvain ungläubig, antwortete aber: »Natürlich, Sire.«

»Und dann werdet Ihr die Delegation nach Wales begleiten und es diesem Llywelyn bringen.«

Oh nein, bitte nicht, dachte Yvain mit sinkendem Herzen. »Wie Ihr wünscht«, brachte er hinter zusammengebissenen Zähnen hervor.

John sah ihn von der Seite scharf an, die Stirn gefurcht, um sein Missfallen ob Yvains mangelnder Begeisterung zum Ausdruck zu bringen. Dann hellte seine Miene sich plötzlich auf, und er lachte. »Nein, nein, Yvain, das war ein Scherz.«

»Oh …«, machte Yvain dümmlich. Schabernack war er von seinem König nicht gewöhnt. Wenn John scherzte, dann normalerweise mit höhnischen, scharfzüngigen Bemerkungen, immer treffend, aber oft grausam. Übermut sah ihm hingegen nicht ähnlich, so wenig wie seine neue Neigung, andauernd in Gelächter auszubrechen. Es musste an der Glückseligkeit über seine Vermählung liegen, mutmaßte Yvain.

»Ich weiß, dass Ihr Heimweh nach England habt, sobald wir den Kanal überqueren, und ich werde Euch nicht gleich wieder fortschicken, wenn wir nach Hause zurückkehren«, beruhigte der König ihn.

»Das ist sehr gütig von Euch, Sire«, antwortete Yvain, und ihm wurde noch ein wenig unbehaglicher zumute, denn dass der König Rücksicht auf die Wünsche seiner Ritter nahm, war noch sonderbarer als die neue Heiterkeit.

»Das war es, was ich hören wollte«, gab John zurück. »Und in meiner grenzenlosen Güte habe ich beschlossen, Euch mit Beatriz de Lagrave zu vermählen. Nein, keine Widerrede«, kam er Yvains Einspruch zuvor und hob die Linke zu einer gebieterischen Geste. »Sie ist Isabellas engste Vertraute, und ich wünsche, dass meine Frau ihre Freundin bei sich hat, wenn sie mich in die Fremde begleiten muss, was nicht leicht für solch ein junges Ding sein kann. Wie Euch im Laufe der letzten sieben Jahre vielleicht aufgefallen ist, habe ich Euch gern in meiner Nähe, Waringham. Und meine hinreißende Gemahlin habe ich noch ein wenig lieber in meiner Nähe. Ihr seht gewiss, worauf ich hinauswill, es ist die naheliegende Lösung.«

»Aber … aber …«

»Aber, aber?«

»Ich will eine englische Frau heiraten, Sire«, eröffnete Yvain ihm, und es kostete ihn Mühe, seinen Zorn und sein Entsetzen im Zaum zu halten.

»Nicht all unsere Wünsche können indes in Erfüllung gehen. Ihr Vater, Guilhem de Lagrave, ist ein Vasall meines innig gehassten Schwagers, des Grafen von Toulouse …«

»Das wird ja immer besser.«

»… und ein schwerreicher Mann. Die Mitgift wird Euch nicht enttäuschen, da könnt Ihr sicher sein.«

Yvain hielt es nicht länger auf der Bank. Er sprang auf und brachte zwei Schritte Abstand zwischen sie. »Aber ich bin nicht käuflich, Sire«, stellte er klar.

»Yvain.« Es war dieser leise, distanzierte Tonfall, der jedem eine Warnung war, der den König kannte. »Kommt ja nicht auf die Idee, Euch mit tragischer Miene unerlaubt zu entfernen. Ich habe heute keine Geduld mit Eurer Unverfrorenheit. Ihr werdet das Mädchen heiraten, und damit Schluss. Und Ihr werdet …«

»Sire …«

Mit verwirrender Schnelligkeit war John auf den Füßen und hatte die Faust in Yvains Halsausschnitt gekrallt. »Bei Gottes Zähnen, ich schwöre, wenn Ihr mich noch einmal unterbrecht, lasse ich Euch in Eisen legen, bis wir zurück in England sind.«

Alles in Yvain rebellierte gegen diese Drohung, aber er hielt den Mund und biss sich vorsichtshalber auf die lose Zunge. Ketten waren für einen Mann von Stand eine furchtbare Schmach. Obendrein machten sie jede alltägliche Verrichtung unvorstellbar beschwerlich und scheuerten die Haut wund. All dem hätte er vielleicht ins Auge sehen können, aber in Ketten zu liegen *und* seekrank zu sein – nein, vielen Dank. Die Vorstellung war einfach zu grauenhaft.

John sah, dass seine Drohung Wirkung zeigte, und nickte knapp. »Wie ich sagte: Ihr werdet Beatriz de Lagrave heiraten. Ich habe Euch für sie ausgewählt, um Euch auszuzeichnen, auch wenn Ihr ungehobelter Sturkopf nicht in der Lage scheint, das zu würdigen. Sie ist ein hinreißendes Mädchen aus feinstem aquitanischen Adel und von solch sanftem Gemüt, dass selbst Ihr mit ihr fertigwerden solltet. Möglicherweise erfordert der tägliche Umgang mit Beatriz indes ein gewisses Maß an Geduld, weil sie eben ein wenig … anders ist. Auch deswegen habe ich gerade Euch ausgewählt, denn Geduld ist eine Eurer nicht sonderlich zahlreichen Tugenden, nicht wahr? Ihr seht, ich habe mir tatsächlich Gedanken über Euer und ihr zukünftiges Lebensglück gemacht, und weil das nicht gerade meiner Gewohnheit entspricht, solltet Ihr erkennen, welch hohe Ehre ich Euch erweise. Also: Ihr werdet gemeinsam mit Eurer Gemahlin bei Hofe leben, und dank der Mitgift werdet Ihr Euch eine angemessene Garderobe, Dienerschaft und so weiter für sie leisten können und mir nicht länger auf der Tasche liegen, was für uns beide höchst erfreulich sein wird.« Er ließ Yvain endlich los und breitete kurz die Arme aus. »Was könnte besser sein?«

Yvain sah ihm ins Gesicht – unverschämt lange – und schwieg beharrlich, bis der König befahl: »Sprecht endlich!«

»Ich wollte nur ganz sichergehen, dass ich Euch nicht unterbreche, Sire«, erklärte Yvain bissig.

John tätschelte ihm unsanft die Wange und lächelte gefährlich. »Nur heraus damit.«

»Alles, was Ihr gesagt habt, entspricht der Wahrheit. Aber was ist, wenn ich nicht will?« Er zog unbehaglich die Schultern hoch. »Ich bin mündig und kein Kronvasall, also kann ich heiraten, wen ich will. Was geschieht, wenn ich mich weigere?«

»Oh, ganz einfach, Yvain. Dann vermähle ich sie mit Pentecôte FitzHugh.«

Yvain sattelte Vellantif, ignorierte die verwirrten Fragen seines Knappen ebenso wie Wulfstans ratlose Blicke und galoppierte aus dem Tor der bischöflichen Palastanlage, sodass die Wachen sich schleunigst an die geöffneten Torflügel pressten, um nicht niedergeritten zu werden.

Im Handumdrehen erreichte er die Garonne, wandte sein Pferd nach Süden und ritt am Ufer entlang, vorbei an Weinfeldern, wo die Bauern bei der Lese waren, und schließlich tauchte der staubige Pfad in den Schatten des Waldes.

Yvain verlangsamte sein halsbrecherisches Tempo. Dieser Wald war natürlich ganz anders als der von Waringham – Korkeichen und Pinien waren hier vorherrschend –, aber trotzdem tat er ihm gut. Yvain ließ Vellantif in Trab fallen, betrachtete die goldenen Tupfen, welche die Sonne durch das Laubdach auf die braune Erde malte, sog den Duft von Harz und Wasser tief ein und fand allmählich die Fassung wieder.

Auf einer kleinen Lichtung hielt er an. Er saß ab und band Vellantifs Zügel an einen struppigen Busch, niedrig genug, dass sein Pferd ein wenig an dem spärlichen hellbraunen Gras zupfen konnte. Yvain streifte die Kleider ab und sprang in den Fluss, der hier klar und sauber war, weil die Stadt stromabwärts lag. Das Wasser war herrlich warm, die Strömung gemächlich. Er schwamm zum anderen Ufer und wieder zurück, schwamm so schnell er konnte mit wütenden, ungelenken Zügen. Erst als er die Garonne zum dritten Mal durchmaß, wurden seine Bewegungen fließender. Er schwamm, bis jeder Muskel in seinem Körper protestierte, und als er sich wieder ans Ufer schwang, spürte er ein schwaches Zittern in den Beinen.

Er legte sich ins Gras und verstand augenblicklich, warum Vellantif so unlustig daran rupfte – es war ziemlich stachelig. Aber Yvain kamen die tausend kleinen Nadelstiche gerade recht. Mit ausgebreiteten Armen streckte er sich auf dem Rücken aus, schloss die Augen gegen das gleißende Licht, spürte die brennende Sonne seine Haut trocknen und dachte über diese ungeheuerliche Zumutung nach, die das Ansinnen des Königs war.

Er hatte sich noch nicht besonders oft mit dem heiklen Thema Heiraten befasst. Die Frau, die er wollte, konnte er nicht haben, und er rührte nicht öfter als nötig an diesen bitteren Kelch. Außerdem war er erst zweiundzwanzig – die Sache drängte also noch nicht.

Und nun das hier. Beatriz de Lagrave. Das zerstreute Mädchen mit den gläsernen Träumen. Vertraute seiner zukünftigen Königin. Natürlich konnte er es tun. Es gab gewiss schlimmere

Schicksale, die einen Mann treffen konnten. Ihre Mitgift würde ihn zu einem wohlhabenden Mann machen. Er betrachtete diese Erkenntnis von allen Seiten und legte sie als uninteressant beiseite. Geld war ihm völlig gleich. Beatriz' Nähe zu Isabella würde seine Stellung im Haushalt des Königs verändern, vielleicht nicht gravierend oder besonders auffällig, aber es würde passieren. Die Vorstellung bereitete ihm Unbehagen. Macht interessierte ihn noch weniger als Geld. Er wollte sie nicht, denn sie brachte einem nichts als Verdruss und Kopfzerbrechen ein. Was er wollte, war, dass alles so blieb, wie es war. Doch wenn er Beatriz heiratete, würde sich alles ändern.

Und wenn er sich verweigerte? Er kannte seinen König gut genug, um zu wissen, dass der seine fürchterliche Drohung wahrmachen und Beatriz mit Pentecôte verheiraten würde. Das täte ihm leid für das Mädchen, stellte Yvain fest, aber es war ein distanziertes, unpersönliches Bedauern. Nicht genug, um sie deswegen zu nehmen. Er kannte sie schließlich überhaupt nicht, und er war auch nicht verantwortlich für ihr Wohlergehen. Dass es Pentecôte sein würde, der die Mitgift und den Einfluss bekam, war wirklich kein schöner Gedanke, aber womöglich war es das geringere Übel.

Doch da war noch etwas anderes.

Wenn Yvain sich den Wünschen des Königs widersetzte, würde John ihm niemals vergeben. Vielleicht würde er ihm nur die kalte Schulter zeigen. Doch vielleicht würde er ihn auch mit einem Fußtritt davonjagen, sodass Yvain als Bittsteller zu seinem Bruder nach Waringham zurückkehren oder Söldner werden oder das Kreuz nehmen und ins Heilige Land ziehen müsste. Nichts davon reizte ihn sonderlich, aber zumindest Letzteres wäre ein ehrenvoller Ausweg. Trotzdem. Der Gedanke, seine Freunde zu verlieren, verknotete ihm die Eingeweide. Und noch schlimmer, gestand er sich ein, war die Vorstellung, den König zu enttäuschen. John war kein Mann, der sein Wohlwollen leicht verschenkte, sein Vertrauen erst recht nicht, aber beides hatte er Yvain gegeben. Und Yvain hatte ihm Treue und Gefolgschaft geschworen an jenem Tag in Chinon, als er ihm sein Schwert angeboten hatte. Er war sich nicht sicher, wie weit Treue und Gefolgschaft gehen mussten, aber er wusste dies: Wenn er sich verweigerte, würde es Johns Misstrauen gegenüber seinen Barons, Rittern und dem ganzen verdammten Rest der Welt nähren, und er würde denken: *Das wäre Richard nie passiert.*

Und das war das Letzte, was Yvain wollte. Aber Jesus, Maria und Josef … deswegen *heiraten*?

Er war einer Lösung noch keinen Zoll nähergekommen, als er in den bischöflichen Palast zurückkehrte. Es dämmerte bereits, und eine der Wachen begrüßte ihn mit den Worten: »Glück gehabt. Wir wollten gerade das Tor schließen.« Es klang ziemlich patzig, und Yvain schloss, dass es einer der Männer war, die er vorhin fast über den Haufen geritten hätte.

Er speiste ihn mit einem mürrischen Nicken ab, zu zermürbt vom sinnlosen Kreisen seiner Gedanken, um ein freundliches Wort zu finden, und als er in den Innenhof ritt, hörte er den Mann hinter sich brummeln: »Hochnäsiges englisches Sackgesicht.«

Yvain grinste schuldbewusst und tat, als hätte er ihn nicht gehört.

Thomas Bigod wartete vor dem Pferdestall auf ihn. »Gott sei Dank, Sir«, rief er erleichtert und hielt ihm den Steigbügel. »Ich hab mir Sorgen gemacht.«

»Im Ernst?« Yvain saß ab. »Was bist du gleich wieder? Mein Knappe oder meine Amme?«

»Das frag ich mich auch gelegentlich …«

»Nimm dich in Acht, Bübchen«, knurrte Yvain und drückte ihm Vellantifs Zügel in die Hand. »Reib ihn gründlich trocken, hörst du, er ist völlig verschwitzt.«

Thomas nickte. »Habt Ihr Euch mit dem König gestritten, Sir?«

»Mit dem König kann man nicht *streiten*, Thomas. Man tut, was er will, oder man trägt die Folgen.«

»Aber …«

Yvain hob die Linke zu einer abwehrenden Geste. »Lass gut

sein, Junge. Ich bin staubig und durstig und grässlicher Laune. Bring den Gaul weg, auf dass ich nicht in Versuchung gerate, dich zum Sündenbock zu machen.«

»In Ordnung, Sir«, antwortete der Knappe beklommen, sah ihn noch einen Moment unsicher an, schnalzte Vellantif dann aufmunternd zu, und zusammen trotteten sie ins Innere des Stalls. Vellantifs Kopf nickte bei jedem Schritt vor Erschöpfung.

Yvain wandte sich ab, und als er den Nussbaum am Ende der kleinen Freifläche vor dem Stall passierte, sagte eine scheinbar körperlose Stimme: »Ich vermute, ich bin der Anlass für Eure grässliche Laune.«

Yvain blieb wie angenagelt stehen. »Beatriz?«

Sie trat aus dem Schatten des Baums, wie ein Schemen in der Dämmerung. »Diese Wirkung habe ich häufiger auf andere Menschen, fürchte ich.«

»Ihr irrt Euch, Madame. König John ist der Anlass für meinen Groll. Auch er hat diese Wirkung häufiger auf andere Menschen, nur im Gegensatz zu Euch macht ihm das überhaupt nichts aus.«

Sie kam noch einen Schritt näher und betrachtete ihn – ihr Blick genauso durchdringend und entnervend wie vorhin. Dann fragte sie: »Er zwingt Euch, mich zu heiraten?«

Yvain spürte seine Wangen heiß werden. »Ein Mann, den man zwingen müsste, Euch zu heiraten, wäre ein hoffnungsloser Trottel«, hörte er sich antworten.

»Es ist charmant von Euch, das zu sagen«, entgegnete sie ernst. »Aber Ihr kränkt mich nicht, wenn Ihr die Wahrheit aussprecht, wisst Ihr. Isabella hat es mir erzählt. Während John mit Euch redete, hat sie mir von dem Plan berichtet, uns zu verheiraten.«

»Und?« Yvain reichte ihr den Arm. »Wie denkt Ihr darüber?«

Beatriz legte die Hand auf seinen Ellbogen und schlenderte neben ihm einher. »Ich bin einverstanden«, antwortete sie und zuckte die schmalen Schultern, als ginge es um die Auswahl eines Haarbandes für den Abend in der Halle.

»Wieso?«, wollte er wissen. »Ihr kennt mich so wenig wie ich Euch. Obendrein bin ich Engländer, und ihr Aquitanier haltet uns Engländer doch allesamt für ungehobelte Barbaren.«

»Wie kommt Ihr darauf?«

»Hm.« Er dachte einen Moment nach. »Weil es das war, was König Richard glaubte, und er war in seinem Herzen Aquitanier.«

»Aber es ist nicht, was ich glaube, Monseigneur«, sagte sie. »Ihr seid kein Barbar, sondern ein *Chevalier*. Außerdem seht Ihr gut aus und seid rücksichtsvoll genug, Euch nach meinen Wünschen zu erkundigen. Mehr muss ich nicht wissen.«

Ihm wurde schon wieder heiß. »Wie alt seid Ihr, Beatriz?«

»Sechzehn.«

»Und sagt Ihr immer so unumwunden, was Ihr denkt?«

»*Immer*, Monseigneur«, bekannte sie mit Inbrunst. »Ich weiß, das ist unhöfisch. Taktlos. Aber ich könnte mir niemals merken, zu wem ich welche Unwahrheit gesagt habe, um ihm zu schmeicheln oder ihn wohlwollend zu stimmen oder was auch immer, darum bleibt mir nichts anderes übrig, als aufrichtig zu sein.«

»Na ja.« Yvain zuckte die Schultern. »Es ist erfrischend.« Und er selber hatte sich auch schon gelegentlich in die Nesseln gesetzt, weil er unüberlegt ausgesprochen hatte, was er dachte. »Womöglich ist es sogar etwas, das wir gemeinsam haben.«

»Wirklich?« Es klang erleichtert.

Yvain musste sich ein Lachen verkneifen und zeigte auf die Bank am kunstvoll gemeißelten Brunnen nahe der Südmauer des bischöflichen Palastes. »Wollen wir uns einen Moment setzen? Es ist schicklich, denn jeder kann uns sehen, aber wir haben trotzdem Ruhe.«

Sie nickte und ließ sich graziös auf dem Bänkchen nieder.

Yvain entdeckte am Fuß des Brunnens eine eidottergelbe Blume, deren Namen er nicht kannte, pflückte sie und reichte sie Beatriz, während er sich zu ihr setzte.

»Danke.« Dieses Mal war zur Abwechslung sie diejenige, der das Blut in die Wangen schoss, und es sah bezaubernd aus. Sie senkte den Blick auf die Blume und wickelte sich den dünnen Stängel um den linken Zeigefinger.

»Ich bin vielleicht kein Barbar, aber ich bin ein Habenichts, Beatriz. Derzeit beziehe ich zwar ein Jahreseinkommen für ein unbedeutendes Hofamt, doch das kann ich jederzeit verlieren, wenn der König morgens einmal mit dem falschen Fuß aufstehen sollte. Ich bin ein jüngerer Sohn und habe kein Land.«

»Meine Mutter sagt, Ihr bekommt hundert Livre in Silber als Mitgift. Die guten Livre aus der Touraine, meint sie, nicht die wertlosen aus Paris«, fügte sie hastig hinzu.

Das wären ungefähr einhundert Pfund, wusste Yvain. Eine atemberaubende Summe. Doch er fragte unsicher: »Läge es nicht an Eurem Vater oder Bruder, das zu entscheiden?«

Beatriz schüttelte den Kopf. »Vater hat letzten Winter der Schlag getroffen. Er kann nicht mehr sprechen und ist ans Bett gefesselt. Meine beiden Brüder sind in *Outremer*. Im Heiligen Land. Aber die ganze Familie tut ohnehin das, was meine Mutter sagt. In Aquitanien sind es oft die Frauen, die entscheiden, was geschieht, Monseigneur.«

»Ja, das ist uns Engländern schon aufgefallen, denn Aliénor von Aquitanien ist seit fast einem halben Jahrhundert unsere Königin und entscheidet meistens, was geschieht«, spöttelte er.

»Und sie überdauert, während die Könige kommen und gehen«, sagte Beatriz verträumt. Ohne seinen pikierten Blick zu bemerken, fügte sie nahtlos an: »Wo lebt Ihr, wenn Ihr nicht bei Hofe seid?«

»Ich bin *immer* bei Hofe. Aber mein Zuhause ist in Waringham in Kent. Mein Bruder Guillaume ist der Earl of Waringham.«

»Der was?«

»Earl. So nennen wir in England die Grafen. Er hat eine schöne Burg, lebt dort mit seiner Frau …« Er geriet für einen Lidschlag ins Stocken, fuhr aber sogleich fort: »Und mit seinen zwei Kindern und meiner Mutter. Er war mit König Richard im Heiligen Krieg, doch seit Richards Tod hat er sich ins Privatleben zurückgezogen. Waringham ist nur eine kleine Baronie, aber ein wundervolles Fleckchen Erde, und ich werde gelegentlich von Heimweh überkommen«, bekannte er. »Was ist mit Euch und Lagrave?«

»Ganz ähnlich. Es ist ein herrlich gelegenes Gut in der Nähe von Albi, und ich sehne mich manchmal danach. Aber ich war in den letzten Jahren kaum dort. Der Graf von Toulouse lässt meine

Mutter nur ungern fort von seinem Hof, weil er ihre Musik so liebt, aber sie zieht viel umher, immer rastlos, immer auf der Suche nach anderen Troubadouren und Trobairitz, um mit ihnen zu musizieren und sich auszutauschen. Die Musik ist das Wichtigste für sie. Trotzdem nahm sie mich früher überall mit hin. Ich bin mir nie ganz sicher, ob sie für mich da sein wollte oder ich einfach ein Teil ihres Reisegepäcks war. Irgendwann kamen wir nach Angoulême, und Isabella und ich schlossen Freundschaft. Auf Bitten des Grafen ließ Mutter mich dort. Bis zum Herbst, sagte sie. Das war vor vier Jahren.« Sie zog ein wenig ratlos die Schultern hoch.

Yvain hörte keine Bitterkeit in ihrer Stimme, aber womöglich einen Hauch von Verlorenheit. Impulsiv ergriff er ihre Hand.

Beatriz schreckte leicht zusammen und wandte den Kopf, um ihn anzusehen, doch sie zog die Hand nicht weg.

»Wenn wir heiraten, wird Euer Zuhause in Lagrave in noch weitere Ferne rücken«, warnte er.

»Oh, ich weiß«, gab sie zurück. »Ich werde lernen, mich dort zu Hause zu fühlen, wo *Ihr* seid. In der Normandie, in England, in Hamwaring, ganz gleich.«

»Waringham«, verbesserte Yvain lachend.

»Wor-ring-ham«, wiederholte sie getreulich.

»Also Ihr wollt?«

»Ja.« Es klang ein klein wenig atemlos. Einen Moment sahen die frühlingshimmelblauen Augen direkt in seine, dann senkte sie den Blick auf die Blume an ihrem Zeigefinger. »Und Ihr?«

Es kam ihm vor, als stünde er am Ufer eines unbekannten, stillen Gewässers, das einladend funkelte, in dessen Tiefen jedoch ungeahnte Schrecken lauern mochten. Beatriz de Lagrave war ein sonderbares Mädchen. Er fühlte sich zu ihr hingezogen, doch er liebte eine andere. Womöglich war sie der gutartigste Mensch, dem er je begegnet war, aber vielleicht war sie auch ein wenig verrückt. Sie war auf jeden Fall jemand, den man vor der Welt beschützen musste, und er hatte keine Ahnung, ob er das konnte. Aber er sprang trotzdem.

»Ja, Beatriz. Ich will.« Er legte die Hände um ihre Oberarme, zog sie ein wenig näher und küsste sie.

Beatriz ließ sich das anstandslos gefallen. Sie schloss die Lider, sodass Yvain die dichten Kränze ihrer langen blonden Wimpern bewundern konnte. Als er mit der Zungenspitze über ihre samtigen Lippen fuhr, öffneten sie sich, und Beatriz legte die Hand mit der Blume an seine bärtige Wange. Ihre Zungen fanden einander, und gerade als Yvain seine Braut enger an sich ziehen und sich richtig ins Zeug legen wollte, unterbrach ihn ein unfeiner, wenn auch anerkennender Pfiff.

Yvain und Beatriz fuhren auseinander.

William, Baldwin und Pentecôte standen keine fünf Schritte von ihnen entfernt. Alle drei grinsten frech, wenn auch mit höchst unterschiedlichen Abstufungen der Anzüglichkeit.

Pentecôte musterte Beatriz, als stelle er sich vor, was sich unter dem schilfgrünen Kleid verbarg. Er verschränkte die Arme, sah Yvain mit einem herablassenden, geradezu mitleidigen Lächeln an und sagte auf Englisch: »Weißt du, Waringham, sie ist …«

»Schluck's runter, Mann«, warnte Yvain.

»Wir waren auf dem Weg zum Essen und haben uns gefragt, wo du bleibst«, ging Baldwin hastig dazwischen und verneigte sich galant vor Beatriz. »Doch wie ich sehe, hast du weitaus bessere Gesellschaft gefunden als uns.«

»Vor allem schönere«, fügte William hinzu. »Ein Vögelchen zwitscherte in mein Ohr, die hinreißende Lady Beatriz und du habet eventuell Bedeutsames zu besprechen.« Übermut schwang in der Stimme, aber Yvain las vor allem Erleichterung in seinen Augen. Womöglich hatte William von Johns Erpressung gehört. Womöglich war er auch einfach nur froh, dass Yvain endlich auf seinen Rat hörte und sich anschickte, in den sicheren Hafen der Ehe zu segeln.

Yvain stand auf, ergriff Beatriz' Rechte und zog sie mit sich hoch. »Madame, dies sind William de Braose, Baldwin Beaumont und Pentecôte FitzHugh, Ritter im Haushalt des Königs genau wie ich. Gentlemen: Beatriz de Lagrave, meine Braut.«

Na bitte. Er hatte es gesagt, und es war ihm ganz leicht über die Lippen gegangen.

Waringham, Januar 1201

»Sollte einem von Euch ein Grund bekannt sein, warum dieser Mann und diese Frau nicht den heiligen Bund der Ehe eingehen dürfen, möge er jetzt sprechen, ehe uns das Brautpaar erfriert«, gebot Vater Pierre feierlich, und Gelächter plätscherte durch die kleine Hochzeitsgesellschaft, die sich vor dem Portal der Burgkapelle versammelt hatte. Sie stieß gewaltige weiße Dampfwolken in die kalte Winterluft.

»Ich denke nicht, Vater«, meldete Lord Waringham sich zu Wort. »Der Bräutigam ist ein anständiger Junge, und die dunklen Geheimnisse der Braut, sollte es sie geben, werden auf immerdar in Aquitanien bleiben.«

Beatriz warf Yvain einen kurzen, verständnislosen Blick zu.

Er drückte ihre eiskalte Hand. »Er scherzt nur.«

»Oh«, wisperte sie und nickte erleichtert.

»Alsdann«, nahm der Hauskaplan den Faden wieder auf und wandte sich mit einem wohlwollenden Lächeln an die Braut, während dicke Schneeflocken lautlos trudelnd auf seinem Kopf und den Schultern landeten. »Willst du, Beatriz de Lagrave, diesen Mann zu deinem angetrauten Gemahl nehmen, ihn lieben und ehren, ihm angehören und gehorchen, in guten wie in schlechten Tagen, in Reichtum und in Armut, in Gesundheit und Krankheit, bis dass der Tod euch scheidet?«

»Ja, Vater, ich will«, antwortete Beatriz – mit Nachdruck, aber ebenso mit klappernden Zähnen.

»Und willst du, Yvain of Waringham, diese Jungfrau zu deinem angetrauten Weibe nehmen …«

»Ich will, Vater«, unterbrach Yvain und schlang seinen pelzgefütterten Mantel um seine Braut in ihrem viel zu dünnen aquitanischen Wollumhang.

Vater Pierre nickte erleichtert. »Dann erkläre ich Euch im Angesicht Gottes zu Mann und Frau. *In nomine patris et filii et spiritus sancti.* Ihr dürft Eure Braut küssen, mein Sohn.«

Yvain und Beatriz wandten sich einander lächelnd zu. Er legte die Arme um sie und presste sie an sich, während ihre eiskalten

Lippen sich trafen, und Beatriz stieß ein kleines seliges, zittriges Lachen aus, weil der lang ersehnte Tag endlich, *endlich* gekommen war.

Eigentlich hatten sie in Angoulême heiraten sollen, aber dringende Nachrichten aus dem Norden hatten den König gezwungen, von Bordeaux aus direkt nach Chinon zurückzukehren. Von dort aus hatte John seine blutjunge Königin nach Fontevrault gebracht, um sie seiner Mutter vorzustellen – die sehr angetan von Isabella gewesen war –, und niemals waren sie irgendwo lange genug geblieben, um eine Hochzeit auszurichten, die dem Master of the Horse und der Vertrauten der Königin angemessen gewesen wäre.

Dann waren sie nach England gesegelt, und nach Isabellas Krönung in Westminster im Oktober hatte der König sie voller Stolz durch ganz England geschleift, um seinen Untertanen ihre wunderschöne neue Königin vorzuführen.

»Und das war eine großartige Idee«, vertraute Yvain seinem Bruder und seiner Mutter beim Hochzeitsbankett in der Halle an. »Die Engländer liegen Königin Isabella zu Füßen – Adlige, Bauern und Bürgersleute gleichermaßen. Sie hat ihre Sache hervorragend gemacht.«

»Stimmt es, dass sie erst dreizehn ist?«, fragte Amabel an Guillaumes anderer Seite beklommen.

Yvain nickte. Er musste sich zwingen, ihr ins Gesicht zu schauen, denn mit einem Mal machte es ihn verlegen, sie anzusehen. »Aber sei unbesorgt. Sie ist … eine erwachsene Frau.«

»Das wollen wir doch hoffen«, brummte Guillaume in seinen Silberpokal. »Nach allem, was man hört, verbringt der König nicht nur die Nächte, sondern auch den halben Tag in ihrem Bett.«

»Guillaume, muss das wirklich sein?«, wies Lady Maud ihn scharf zurecht, die zwischen ihren Söhnen an der hohen Tafel saß.

Er hob die Linke zu einer halbherzigen Geste der Entschuldigung.

»Es stimmt, Mylord, sie können nicht voneinander lassen«,

sagte Beatriz vage, den Blick auf den Ring gerichtet, den Yvain ihr vorhin an den Finger gesteckt hatte. Es war ein schönes Schmuckstück, das er auf der Durchreise bei einem Goldschmied in Poitiers erstanden hatte: ein von filigranen Ranken durchbrochener Goldreif mit einem kleinen Saphir. »Der Lord Chamberlain hat dem König schon ins Gewissen geredet deswegen, weil er sich sorgt, was die Welt denkt. Oder dass der König über seine ehelichen Freuden das Regieren vergisst. Aber alles ist gut mit Isabella. Sie ist … glücklich, denke ich.«

Guillaume betrachtete seine Schwägerin halb verdattert, halb wohlwollend. »Nun, dann bin ich beruhigt.« Er atmete tief durch und wechselte das Thema. »Es tut mir leid, dass du Waringham ausgerechnet bei diesem grässlichen Wetter kennenlernen musstest, Beatriz. Heute erfüllt England wirklich jedes Vorurteil, das ihr Aquitanier hegt.«

»Aber ich finde es zauberhaft«, widersprach sie. »Ich hatte bis zum Tag nach Weihnachten noch nie im Leben Schnee gesehen, weißt du. Eine völlig weiße Welt. Mir kommt es vor wie ein Wunder.«

»Trotzdem musst du achtgeben, dass du dich nicht erkältest, mein Kind«, mahnte Lady Waringham. »Du bist die Kälte schließlich nicht gewöhnt.«

Beatriz wandte den Kopf und sah ihre Schwiegermutter direkt an. »Die Wärme an dieser Tafel macht es wett, Madame.«

Maud streckte den Arm über Yvains Teller und drückte lächelnd Beatriz' Hand. »Ein Jammer, dass deine Mutter nicht mit nach England gekommen ist. Es wäre so eine Ehre für uns gewesen, sie in Waringham willkommen zu heißen.« Die vornehme und gebildete Lady Waringham hatte natürlich von Asalais de Lagrave gehört, kannte deren Werke aber nur als Verse auf Pergament, hatte weder ihre Melodien noch ihre Stimme je gehört.

»Ihr müsst mit uns kommen, wenn der Hof das nächste Mal nach Aquitanien zieht, Madame«, schlug Beatriz vor.

Yvains Mutter wiegte den Kopf hin und her. »Wir werden sehen. Und es besteht kein Anlass, mich ›Madame‹ zu nennen. Wir legen in Waringham keinen großen Wert auf Förmlichkeiten.«

»Dann bin ich hier vermutlich genau richtig, weil ich Förmlichkeiten meistens ohnehin vergesse«, gestand Beatriz.

Yvain sah verstohlen in die Gesichter an der hohen Tafel und stellte erleichtert fest, dass sein Bruder und seine Mutter schon jetzt Beatriz' natürlichem, wenn auch manchmal etwas bizarrem Charme erlegen waren. Amabels Miene verriet, dass sie noch zu keinem Urteil gekommen war.

Es war keine Zeit gewesen, einander diskret und höflich zu beschnuppern. Erst vor zehn Tagen hatte der König eingewilligt, seinen Master of the Horse für eine kleine Weile zu beurlauben. Yvain hatte umgehend seinen Knappen mit einem Brief nach Waringham geschickt, in welchem er seine Mutter bat, alles Nötige für eine kleine und möglichst unzeremonielle Hochzeit vorzubereiten. Erst gestern war er mit seiner Braut, Baldwin Beaumont, William de Braose, dessen Gemahlin als Anstandsdame und sehr kleinem Gefolge nach Hause gekommen.

Der Haushalt trug die plötzliche Ankunft eines neuen, obendrein so exotischen Familienmitglieds indes mit Fassung. Die Ritter mit ihren Familien und die Knappen an den Seitentafeln lachten und schmausten. Weiter unten saßen Vater Cyneheard, die alte Wilona und einige altgediente Knechte und Mägde, auch Aldgyth, Yvains einstige Amme. Die Hunde waren zu Yvains heimlicher Enttäuschung jedoch aus der Halle verbannt worden. Lebhafte Feuer prasselten in den beiden großen Kaminen in der Nord- und Südwand, Fackeln in hohen schmiedeeisernen Ständern entlang der Wände spendeten warmes Licht, und ihr Flackern schien die Figuren auf den großen Wandteppichen zu Leben zu erwecken. Auf der hohen Tafel standen Kerzen in Lady Mauds hübschen Alabasterleuchtern und verströmten einen schwachen Honigduft. Weiße Laken bedeckten die Tische, die silbernen Platten und Pokale waren so blank poliert, dass man sein Spiegelbild darin erhaschen konnte. Rowena, die Köchin, hatte sich mächtig ins Zeug gelegt: Spanferkel, Schwanenbraten und Austern, Erbsenpüree und Speckbohnen, zu alldem frisches Brot aus feinstem Weizenmehl und zu guter Letzt hauchzarte Pfannkuchen mit Apfel und Zimt.

Yvain wandte sich an seine Mutter. »Danke. Ich kann kaum glauben, welch ein herrliches Fest du in der Kürze der Zeit vorbereitet hast.«

»Ich bin froh, dass es dir gefällt, mein Junge«, erwiderte sie.

»Mir wäre wohler gewesen, ich hätte euch nicht so damit überfallen, aber …«

»Er hat dich nicht gehen lassen, ich weiß. Mein Bruder hat es uns erzählt. Und mach dir keine Gedanken, Yvain. Diese kleine Feier hätte ich auch zwischen Mitternacht und Hahnenschrei mit verbundenen Augen ausrichten können, so bescheiden, wie deine Wünsche waren. Und außerdem, dein Vater wäre so stolz darauf, wie unentbehrlich du dem König bist.«

Das war übertrieben, wusste Yvain, aber er sah keinen Sinn darin, ihr diese Illusion zu rauben, an der sie solchen Gefallen zu haben schien.

Er blickte zu Guillaume, aber er konnte nicht ausmachen, ob sein Bruder ihre leise Unterhaltung gehört hatte. Er saß zurückgelehnt in seinem Sessel, sah blinzelnd in die Halle hinab, und Yvain fragte sich verwundert, ob sein Bruder möglicherweise sternhagelvoll war.

Er schaute lieber wieder zu seiner Braut. Beatriz aß wie ein Vögelchen, aber Yvain wusste inzwischen, dass das völlig normal bei ihr war. Sie ließ sich indes von allem vorlegen, was an der hohen Tafel serviert wurde, und brach über jedes Gericht in Entzücken aus, selbst über die Bohnen, die eigentlich zu deftig für ihren Geschmack waren. Unter dem Tischtuch nahm er verstohlen ihre Hand – noch fast genauso eisig wir vorhin an der Kapelle.

»Du musst nicht essen, was dir nicht schmeckt«, flüsterte er ihr zu.

»Aber ich will nicht, dass sie mich für hochnäsig halten«, wisperte sie zurück.

»Das werden sie nicht«, versicherte er.

»Können wir bald gehen?«, fragte sie, den Blick auf die fast unberührten Bohnen gerichtet.

»Jederzeit, Madame.« *Von mir aus auch gern vorgestern …*

Er nahm einen der Kerzenleuchter von der Tafel, ergriff Beatriz' Hand, und sie standen auf.

Genau wie bei der Hochzeit des Königs mit Isabella von Angoulême brach auch in der Halle von Waringham ein ohrenbetäubendes und misstönendes Konzert aus Pfiffen, Anfeuerungen und zotigen Ratschlägen los.

»Wir ziehen uns zurück, wenn du erlaubst, *ma mère.*« Yvain musste die Stimme erheben, doch er wartete keine Antwort ab. Zügig, aber ohne unziemliche Hast führte er Beatriz durch die freie Mitte des Hufeisens, welches die festlich geschmückten Tische bildeten, und der Weg erschien ihm mindestens doppelt so lang wie sonst. Beatriz, sah er aus dem Augenwinkel, hielt den Kopf hoch und zeigte der Welt ein höfliches, ausdrucksloses Lächeln, und er war stolz auf sie. Er tauschte einen Blick mit William, der ihm konspirativ zunickte und sich gleichzeitig mit Baldwin erhob.

Das übermütige und weinselige Gejohle folgte dem Brautpaar bis auf den Treppenabsatz draußen, aber es war eine Wohltat, den Blicken zu entkommen. Yvain führte seine Braut die Wendeltreppe hinauf ins Geschoss über der Halle und zu seiner Kammer. Eilig zog er Beatriz über die Schwelle, schlug die Tür zu und rammte den Riegel vor. »So. Das wäre geschafft.«

Mit dem Licht ging er umher und zündete die Kerzen auf dem Tisch und der Fensterbank an.

Beatriz drehte sich langsam um die eigene Achse, um das Gemach in Augenschein zu nehmen. Auch hier hatte seine Mutter an alles gedacht. Sage und schreibe drei Kohlepfannen standen im Raum verteilt und sorgten für beinah sommerliche Temperaturen. Ein neuer Teppich zierte die Wand neben der Tür, größer als sein Vorgänger, und die kunstvoll gestickten Figuren stellten einen Ritter und eine Dame dar, die in einem lauschigen Garten über einem Schachbrett brüteten. Yvain schoss die Frage durch den Kopf, ob Amabel ihn gemacht hatte, doch er verscheuchte den Gedanken an sie sogleich wieder.

Die Bettvorhänge waren ebenfalls erneuert worden, und der feine tiefgrüne Wollstoff schimmerte matt im Kerzenschein. Die

Kissen waren aufgeschüttelt und prall, die Decken einladend zurückgeschlagen, die Laken frisch und weiß, nur hier und da von ein paar Weihwasserspritzern betupft, mit denen Vater Pierre das Brautbett gesegnet hatte.

Eine Messingschale mit kleinen Knabbereien stand auf dem Tisch, ein passender Weinkrug mit Bechern gleich daneben. Und der Schandfleck inmitten dieser liebevollen Arrangements war ein verbeulter Zinnteller mit zwei faustgroßen, halb verkohlten Fleischkugeln darauf. Yvain fischte mit spitzen Fingern das zusammengefaltete Pergamentstückchen zwischen den beiden Fleischbatzen hervor, las und lachte in sich hinein. *Bullensteine für den Bräutigam, falls ihm die Manneskräfte schwinden*, stand dort in ungelenken Buchstaben.

»Was ist das?«, fragte Beatriz neugierig.

Yvain sah auf und ließ die Nachricht unauffällig in seinem Ärmel verschwinden. »Ein kleiner Gruß von William und Baldwin.« Er legte die Arme um seine Braut und zog sie an sich.

»Treibt man in England auch Schabernack mit Brautpaaren in der Hochzeitsnacht? Werden sie das Gemach stürmen und irgendetwas … Spaßiges tun?«

Yvain schüttelte den Kopf. »Meine beiden Freunde stehen an der Treppe auf Wache, um etwaige Spaßvögel wie meinen Bruder und seinen Freund Maurice de Clare zurück in die Halle zu schicken. Wir werden ganz ungestört sein, Madame.« Er zupfte an der Schleife, die die golddurchwirkte Kordel an ihrem Halsausschnitt schloss, und die Vorsehung war mit ihm – die Schleife öffnete sich anstandslos. »Fürchtest du dich?«, fragte er leise und drückte die Lippen auf ihren Haaransatz.

Er spürte sie den Kopf schütteln. »Wovor denn?«

Yvain beschlich ein grauenvoller Verdacht. »Aber du weißt, was Männer und Frauen in der Hochzeitsnacht tun?«

»Oh ja, Monseigneur.« Er hörte ein unerwartetes, verheißungsvolles Lächeln in ihrer Stimme. »Meine Mutter hat ein Lied darüber geschrieben.«

»Oh, natürlich …« Er küsste sie, vergrub die Linke in der seidigen blonden Haarflut und presste Beatriz mit dem rechten Arm an sich. Sie erwiderte seinen Kuss gierig, ihre flinke kleine Zunge umspielte die seine, während ihre Hand sich von seiner Brust abwärtsschlängelte, bis sie schließlich vor seinem Schritt lag. Sein hartes Glied zuckte voller Ungeduld, und Beatriz sog hörbar die Luft ein.

Yvain legte beide Hände auf ihre Wangen, strich mit den Lippen über ihre Stirn, die geschlossenen Lider und die Nasenspitze. Dann ließ er die Hände abwärtswandern und umfasste die apfelrunden Brüste. Mit einem Mal konnte er keinen Augenblick länger mehr warten, ihre Haut zu sehen und zu spüren. Mit fiebriger Gier schnürte er das Oberkleid auf und streifte es abwärts. Beatriz löste die Schleifen an der Kotte selbst und sah ihm unverwandt in die Augen, während sie sie zu Boden gleiten ließ und routiniert aus den feinen Seidenschuhen schlüpfte. Ihre unglaublich roten Lippen waren ein klein wenig geöffnet, und die Wangen schimmerten wie Elfenbein im Kerzenlicht. Dann stand sie im Hemd vor ihm, dessen seidiger Stoff so dünn war, dass er das Rosa ihrer Brustspitzen darunter erahnen konnte.

Yvain starrte seine Braut an wie eine Erscheinung, seine Kehle eng und sein Atem rau vor Gier, und die Hände, mit denen er die Träger über die Schultern abwärtsstrich, waren nicht ganz ruhig. Lautlos schwebte das duftige Hemd zu Boden, und Beatriz beförderte es mit einem kleinen, präzisen Schwung ihres Fußes in die Schatten jenseits des Kerzenlichts.

Yvain ergriff ihre schmale Hand, machte gleichzeitig einen Schritt auf sie zu und presste sie an sich, nahm ihren kleinen Finger in den Mund und strich mit den Händen über ihre unglaublich samtige, warme Haut, umschloss wieder ihre Brüste und stieß ein kleines kehliges Stöhnen der Wonne aus.

Beatriz drängte ihn rückwärts, und während sie auf die Bettkante sanken, zog sie ihm den Bliaut über den Kopf. Mit ein paar fahrigen Handgriffen und ohne auch nur für einen Lidschlag den Blick von ihr abzuwenden, befreite Yvain sich von seiner restlichen Kleidung. Gebannt beobachtete er, wie seine wunderschöne Braut sich halb aufgerichtet in die Kissen zurücksinken ließ, graziös die Rechte nach ihm ausstreckte und ihm mit angewinkelten Knien die wundervollen Schenkel öffnete. »Komm zu mir, *mon amant*«, sagte sie, ihre Miene ernst. »Lass mich nicht länger warten.«

Er glitt auf sie, schob den linken Arm in ihren Nacken und küsste sie, während er mit der Rechten sein pralles Glied in die feuchte Wärme führte, und so ungeduldig und bereit erwartete ihn seine Frau, dass er mühelos in sie hineinglitt und die Sperre durchbrach. Beatriz erschauerte, und er sah besorgt in ihr Gesicht, doch sie lächelte. Die Augen jetzt geschlossen, verschränkte sie die Arme in seinem Nacken und presste sich mit verblüffender Kraft an ihn. Sein behutsames Schaukeln entlockte ihr einen kleinen kehligen Laut der Verächtlichkeit. Sie vergrub beide Hände in seinen Haaren und zerrte nicht gerade sanft, um ihn zu maßregeln und anzutreiben, und als er sich daraufhin fast ganz zurückzog, nur um dann schnell und kraftvoll wieder in sie hineinzustoßen, warf sie den Kopf zurück und stöhnte.

Allmächtiger, dachte Yvain voller Seligkeit, *alles, was sie über die Leidenschaft aquitanischer Frauen sagen, ist wahr …*

Beatriz' Gier war selbstvergessen und vollkommen natürlich. Mit einem kleinen, staunenden Lächeln erwiderte sie seine Stöße, wölbte sich ihnen entgegen, um ihn immer tiefer in sich aufzunehmen, und als sie kam, streckte sie mit erschütternder Grazie die Arme über den Kopf, klammerte sich an die Bettpfosten und gab kleine Laute der Wonne von sich. Yvain sah hingerissen auf sie hinab, doch er musste die Augen zukneifen, als er sich schaudernd entlud.

»Waren die Stiereier recht?«, fragte Baldwin mit einem mutwilligen Grinsen. »Innen zart und außen knusprig?«

»Keine Ahnung«, gab Yvain zurück. »Heißen Dank für eure Fürsorge, aber ich habe sie nicht gekostet, denn ich bin auch so zurechtgekommen.«

Wenn auch nur so gerade eben, fügte er in Gedanken hinzu und unterdrückte mit Mühe einen zufriedenen Seufzer.

»Und darf man hoffen, die zerstreute Gemahlin war bei der Sache?«, erkundigte sich William.

Yvain musste lachen, warf ihm aber gleichzeitig mit einigem Schwung eine Walnuss an den Kopf. Tatsächlich war Beatriz noch niemals bei irgendetwas so »bei der Sache« gewesen wie vergangene Nacht, aber er dachte nicht daran, das seinen Freunden zu offenbaren. »Ich schätze, es ist mir dann und wann gelungen, ihre Aufmerksamkeit zu erlangen.«

»Ah, dann bin ich beruhigt. Und …« William brach ab, als seine Frau mit Guillaumes treuem Gefährten Maurice de Clare die Halle betrat.

»Nein, nein, du musst so etwas wie mein Cousinchen dritten Grades sein«, sagte Letzterer eifrig. »Dein Vater war der Earl of Pembroke, richtig?«

»Falsch«, entgegnete sie amüsiert. »Der Earl of Hertford.«

»Ach, *die* de Clare seid ihr! *Mein* Vater ist Simon de Clare of Wallingford.«

Tilda blieb stehen. »Wirklich? Ich kenne ihn! Er und Lady Philippa waren bei unserer Hochzeit, weißt du noch, Liebster?«

»Natürlich«, beteuerte William, doch es klang vage.

Seine Gemahlin wandte sich wieder an ihren entfernten Cousin. »Sie waren so herzlich und gütig, es war eine wirkliche Freude, sie kennenzulernen. Geht es ihnen gut?«

»Prächtig, soweit ich weiß«, antwortete Maurice mit einem unbekümmerten Achselzucken. »Du hast ja vermutlich gehört, dass unser Zweig der Familie ein wenig wunderlich ist, aber als meine Schwester letztes Jahr …«

Yvain verlor den Faden der Unterhaltung, als Amabel und Beatriz gemeinsam die Halle betraten – Arm in Arm. Er erhob sich hastig und trat ihnen entgegen. Sorgsam achtete er darauf, dass sein Gesicht nichts als ein Lächeln zeigte, denn niemand sollte merken, wie verstörend er den Anblick fand.

Er ergriff Beatriz' freie Hand mit seinen beiden und führte sie kurz an die Lippen. »Guten Morgen, Lady Beatriz.«

Sie hatte noch fest geschlafen, als er aufstand, war nicht einmal aufgewacht, als er behutsam ihren Arm von seiner Brust schob. Ganz leise hatte er sich angezogen, und als er einen Kuss auf ihre Schulter hauchte, hatte sie im Schlaf gelächelt.

»Guten Morgen, mein Gemahl«, antwortete sie eine Spur verlegen. »Ich bin oben durch die Burg geirrt und stand mit einem Mal vor dem Knappenquartier. Aber Amabel hat mich gerettet und zur richtigen Treppe zurückgeführt.«

Ihre Schwägerin betrachtete sie mit dieser Mischung aus Unverständnis und unfreiwilligem Wohlwollen, die Beatriz bei so vielen Menschen hervorrief. »Du wirst dich im Handumdrehen zurechtfinden«, versicherte sie ihr. »Der Bergfried ist ja nicht *so* groß.«

»Komm ja nicht auf die Idee, meine Burg kleinzureden«, protestierte Guillaume, während er sich ihnen anschloss. Er verneigte sich galant vor seiner neuen Schwägerin. »Ich hoffe, du hast gut geschlafen in der ersten Nacht in deinem neuen Heim, Beatriz.«

»Hm? Oh. Gewiss, Mylord. Wie in Abrahams Schoß.«

Sie nahmen an der Tafel Platz, und Aldgyth brachte ihnen Brot, heiße Brühe, der ein herrliches Aroma nach Lauch und Huhn entstieg, und einen Krug Ale.

»Wir brechen das Brot in Stückchen und weichen es in der Brühe ein«, erklärte Amabel Beatriz. »Es sättigt und vertreibt die Kälte aus den Gliedern.«

»Verstehe.« Beatriz sah lerneifrig zu Yvain, tat es ihm dann gleich, fischte mit ihrem Holzlöffel geschickt ein durchweichtes Brotstückchen aus der Suppe und kostete. »Himmlisch«, bekundete sie.

»Wo ist Mutter?«, fragte Yvain zwischen zwei Löffeln.

»Sie kommt nur noch selten zu den Mahlzeiten in die Halle«, antwortete Amabel. »Meist lässt sie sich von Anna etwas nach oben bringen …«

»… wenn sie überhaupt mal etwas isst«, warf Guillaume ein.

»Das stimmt«, pflichtete Amabel ihm bei, und sie klang besorgt. »Sie verbringt viel Zeit in der Kapelle, auch jetzt bei dieser Eiseskälte. Sie … na ja.« Sie hob ergeben die Linke. »Sie trauert.«

Yvain nickte kommentarlos.

»Wann ist dein Vater gestorben?«, fragte Beatriz.

»Es ist beinah eineinhalb Jahre her«, antwortete er und bemühte sich, seine Ungeduld zu verbergen.

Seine Frau durchschaute ihn trotzdem, schien im Gegensatz zu ihm jedoch nichts Verwerfliches an dieser langen Trauerzeit zu finden. »Sie muss ihn sehr geliebt haben«, sagte sie.

»Das hat sie ohne Zweifel«, stimmte Guillaume zu. »Aber …«

»Der Vicomte de Thénac hat zwanzig Jahre um seine tote Gemahlin getrauert, nach ihrem Tod nie wieder ein Wort gesprochen und nie wieder seine Kleider gewechselt«, berichtete sie mit unverhohlener Anerkennung.

»Du meine Güte«, brummte Guillaume unbehaglich. »Woher weißt du das?«

Und weil Beatriz' Gedanken sie wieder einmal so in Anspruch nahmen, dass sie seine Frage nicht hörte, antwortete Yvain: »Vermutlich hat ihre Mutter ein Lied darüber gedichtet.«

Beatriz nickte mit einem abwesenden Lächeln.

Guillaume und Amabel tauschten einen verstohlenen Blick.

»Hast du aufgegessen, Beatriz?«, fragte Yvain. »Dann komm.« Er stand auf und streckte ihr die Hand entgegen. »Wir schicken nach einem brauchbaren Mantel, und dann zeige ich dir Waringham.«

Das Wetter blieb frostig, aber der Himmel klarte auf, und eine grelle Wintersonne schien über Kent. Sie blinzelte in allen Farben des Regenbogens durch die Eiszapfen an den kahlen Bäumen und ließ die unberührte weiße Pracht auf den weiten, hügeligen Feldern funkeln, als sei die Schneedecke mit Edelsteinen bestäubt. Beatriz konnte sich gar nicht daran sattsehen.

So wie sie alles, was ihr in Waringham begegnete, mit Enthusiasmus aufnahm. In den ersten Tagen nach ihrer Hochzeit brachte Yvain sie zum Weißen Felsen, ins Dorf und natürlich nach Waringham Heath. Wie er geahnt hatte, fand sie nichts Wunderliches daran, dass er versuchte, einen toten Baum zu neuem Leben zu erwecken, denn ein solcher Plan entsprach ihrem eigenen etwas wunderlichen Naturell. Sie lobte die eigenwillige Schönheit des knorrigen, verkohlten Baumes und nannte

Yvains Beharrlichkeit und Unbeirrbarkeit ritterliche Tugenden, die eines Parzivals würdig wären. Das amüsierte ihn, aber was ihn wirklich rührte, war, welch große Mühe Beatriz sich mit den kleinen Leuten von Waringham gab. Außer Vater Cyneheard, der Französisch sprach, konnte sie sich mit niemandem verständigen, aber sie bewunderte die Säuglinge, die die Bauersfrauen dem jungen Lord Yvain und seiner exotischen Braut vorführten, sie verteilte Rosinen an die größeren Kinder, die ihr daraufhin wie ein Kometenschweif durchs Dorf folgten, und sie hob gar dem alten Schmied den Gehstock auf, der ihm in den Schnee gefallen war – kurzum, sie schenkte den Bauern von Waringham das, was zu geben ihr am schwersten fiel: ihre volle Aufmerksamkeit.

»Das war wirklich großmütig von dir«, bemerkte Yvain, als sie Seite an Seite das Holzbrückchen über den zugefrorenen Tain passierten. »Du hast das ganze Dorf im Sturm erobert, schätze ich.«

»Gut«, sagte sie zufrieden.

»Aber du brauchst dich nicht so anzustrengen, weißt du. Du meinst, weil du eine Fremde bist, musst du alles und jeden großartig finden, damit die Menschen dich annehmen, aber es reicht völlig, wenn du du selbst bist, Beatriz.«

Sie ritt schweigend neben ihm einher und dachte einen Moment darüber nach. »Ich tu es für dich, *mon amant*«, erwiderte sie schließlich. »Weil die kleinen Leute von Waringham dir am Herzen liegen.«

»Das tun sie.«

»Und damit deine Familie nicht schlecht von mir denkt und du dich meiner schämen musst.«

Er wandte den Kopf und sah ihr ins Gesicht. Ihre Wangen waren von der Kälte gerötet, aber der Mantel und die passende Kapuze, die seine Mutter ihr geborgt hatte, waren mit Biberpelz gefüttert, hielten sie warm und standen ihr obendrein hervorragend. »Darüber solltest du dir keine Gedanken machen. Sie haben dich doch längst ins Herz geschlossen, hast du das etwa nicht gemerkt?«

Sie wiegte skeptisch den Kopf hin und her. »Ich glaube, deine Schwägerin nicht. Wohin reiten wir?«

»In den Wald, wenn dir nicht zu kalt ist. Am Tain ist eine verwunschene Lichtung, die ich dir unbedingt noch zeigen muss.«

»Nein, mir ist nicht kalt«, versicherte sie.

Nach kurzer Zeit tauchte der Pfad in den dämmrigen, stillen Winterwald. Kein Laut war zu hören bis auf den gedämpften Hufschlag im Schnee und das gelegentliche Klimpern der Zaumzeuge. Beatriz hob die Linke und ließ die Finger sacht über die Eiszapfen an den Ästen gleiten, die den Weg von beiden Seiten wie ein gewölbtes Dach überspannten, und summte vor sich hin. Sie war jemand, mit dem man gut schweigen konnte, hatte Yvain gelernt, und wenngleich er selbst ein eher redseliger Mann war, empfand er das als wohltuend. Ihre langen Gesprächspausen waren niemals angespannt oder peinlich, und oft überließ er es ihr, den Faden irgendwann wieder aufzunehmen.

Doch Amabels untypische Reserviertheit war eine Sache, die ihm zu schaffen machte und Rätsel aufgab. Wie so oft in der Vergangenheit kehrten seine Gedanken auch jetzt wieder und wieder zu ihr zurück, und das machte ihn wütend, doch das sollte Beatriz auf keinen Fall merken.

»Sie braucht nur ein wenig Zeit. Amabel, meine ich. Vermutlich hat sie sich daran gewöhnt, die einzige junge Lady der Halle zu sein und sich von den Rittern meines Bruders den Seidenschal nachtragen und sich umschwärmen zu lassen …«

»Ich glaube nicht, dass sie sich aus solchen Dingen viel macht«, widersprach Beatriz.

»Wie dem auch sei.« Er streckte die Rechte aus und legte sie auf ihr Bein. »Amabel ist weder boshaft noch missgünstig, und ihr werdet gewiss Freundinnen. Aber fürs Erste kehren du und ich ohnehin an den Hof zurück und überlassen Waringham wieder seinem Winterschlaf. Isabella hat nicht sonderlich glücklich ausgesehen, als der König uns bis Mariä Lichtmess beurlaubt hat. Wir sollten die Frist lieber nicht überschreiten.«

»Wann ist Lichtmess?«

»In einer Woche. Und da der Hof in Winchester weilt, sollten wir übermorgen aufbrechen. Man weiß um diese Jahreszeit nie, welche Überraschungen einem das Wetter beschert, und außerdem …«

»Yvain?«, kam eine dünne, körperlose Stimme aus dem kahlen Haseldickicht zur Linken.

Verblüfft hielt er Vellantif an. »Hast du das auch gehört?«, fragte er Beatriz.

Sie brachte ihre zierliche Fuchsstute ebenfalls zum Stehen und nickte.

Yvain glitt aus dem Sattel und zwängte sich durch das dichte Gesträuch auf die kleine Lichtung am Ufer, die das Ziel ihres Ausritts gewesen war. Eine Gestalt hockte im Windschatten der Haselsträucher im Schnee, so zusammengesunken, dass man sie für ein Lumpenbündel hätte halten können. Doch das Bündel regte sich raschelnd. »Oh, Yvain … Gott sei Dank. Anscheinend hat er mich doch nicht gänzlich verlassen …«

Yvain konnte die Worte vor lauter Zähneklappern kaum unterscheiden, doch er erkannte die Stimme. »*Cecily?*« Mit zwei Schritten hatte er seine Schwester erreicht, fiel vor ihr auf die Knie und schlang die Arme um sie. »Allmächtiger, du bist ja halb erfroren.« Er zog sie auf seinen Schoß und hüllte sie mit in seinen pelzgefütterten Umhang.

Cecily sprach nicht und rührte sich nicht, drängte sich lediglich an ihn, das Gesicht an seiner Schulter vergraben. Ihr Atem ging stoßweise und zittrig.

»Was ist passiert?«

Unter leisem Zweigeknacken kam auch Beatriz auf die Lichtung, hockte sich zu ihm und legte die Hand auf seine Schulter. »Das arme Menschenkind. Zwing sie nicht zu sprechen, Yvain. Sie ist völlig entkräftet. Lass uns einfach ein Weilchen hierbleiben und ihr etwas von unserer Wärme abgeben.«

Yvain war völlig verdattert, wie pragmatisch, wie *gegenwärtig* seine Frau mit einem Mal war. »Beatriz, sie ist …«

»Deine Schwester Cecily, ich weiß.« Sie rückte noch ein bisschen näher, schlang Lady Mauds Bibermantel ebenfalls um Yvains Schwester und fuhr ihr mit langen, gleichmäßigen Strichen über den Rücken. »Gleich wird es besser«, versprach sie. »Hab keine Furcht mehr. Wir kümmern uns um dich. Um euch.«

»Um euch?«, wiederholte Yvain scharf.

»Schsch«, machte Beatriz, wiegte Cecily und sah Yvain mit einem kleinen Kopfschütteln in die Augen. »Es wird alles gut.«

»Wer … bist du?«, fragte Cecily.

»Beatriz. Yvains Frau. Und ich habe von dir geträumt, Schwester.«

Nach kurzer Debatte brachten sie Cecily ins Dorf. Mehr als ein schwaches Nicken hatte sie selbst zu diesem Entschluss nicht beitragen können, doch Yvain hatte so eine Ahnung, dass es ratsam war, Vater Cyneheard und mit ihm die Heilige Mutter Kirche aus dieser Sache herauszuhalten. Also brachte er seine Schwester zu Wilona, denn auch wenn das alte Kräuterweib getreulich jeden Sonnabend zur Beichte und jeden Sonntag zur Messe ging, schien sie doch mit ihren Geheimnissen und heidnischen Arzneien ein klein wenig außerhalb der Gemeinschaft der Gläubigen zu stehen, und das war in diesem Fall vielleicht gut so.

Unterwegs hatte es wieder zu schneien begonnen: ein eisiger Schauer, den der scharfe Wind ihnen fast waagerecht entgegenblies. Er machte Cecily schwer zu schaffen, die vor Yvain im Sattel saß, den Kopf grimmig gegen diesen neuen Ansturm von Kälte gesenkt, und unverändert zitterte, obwohl sie wieder mit in Yvains Mantel gehüllt war. Aber der Schneefall sorgte immerhin dafür, dass ihnen im Dorf keine Menschenseele begegnete, weil alle sich drinnen verkrochen.

Wilonas Kate verbarg sich geheimniskrämerisch hinter einer ungepflegten hohen Hecke am Rande des Dorfes. Gefolgt von Beatriz ritt Yvain durch die schmale Lücke im Hagedorn in den winterlich kahlen Garten und geradewegs bis vor die Haustür, die nicht etwa mit einem verspäteten Weihnachtskranz aus Mistel und Efeu geschmückt war, sondern mit einer angenagelten Fledermaus.

Yvain saß ab und hielt seine Schwester dabei in den Armen

wie ein Kind. Sie wog auch kaum mehr, legte den Kopf an seine Schulter und schloss die Augen.

Beatriz war ebenfalls aus dem Sattel geglitten, und während sie die Zügel beider Pferde über einen Ast des knorrigen Apfelbaums zur Rechten schlang, öffnete sich die Tür.

»Nanu, Sir Yvain«, grüßte Wilona. »Das ist eine seltene Freude.«

»Dürfen wir hereinkommen?«

Ihr Blick wanderte zu der Gestalt in seinen Armen, dann nickte sie und hielt ihnen einladend die Tür auf. »Wen bringt Ihr mir da?«

»Cecily.«

Die Miene der alten Frau wurde verschlossen. »Mir scheint, Ihr wollt mich in Schwierigkeiten bringen.«

»Von wollen kann keine Rede sein. Aber ich wusste nicht, wohin mit ihr. Sie ist halb erfroren, Wilona. Mach ihr wenigstens irgendetwas Heißes. Danach setz uns meinethalben vor die Tür, aber sie braucht Hilfe. Jetzt.«

»Ist ja gut, ist ja gut«, brummelte sie. »Ihr wisst genau, dass ich Euch nicht vor die Tür setze. Legt sie da vorn auf mein Bett.«

Die Decken waren alt und löchrig und rochen muffig, aber Yvain erhob keine Einwände. Er bettete Cecily behutsam auf den schlaffen Strohsack und deckte sie zu.

Sie tastete nach den Decken und zog sie bis zum Kinn. Ihre geschlossenen Lider erschienen ihm bläulich und beinah durchschimmernd, unter den Augen lagen tiefe Schatten, die im matten Licht violett wirkten. Und sie schlotterte immer noch.

Wilona füllte Ale aus dem Krug auf dem Tisch in einen kleinen Kessel und hängte ihn übers Feuer. Während das Bier erhitzte, gab sie aus einem Säckchen und zwei tönernen Schalen irgendwelche Kräuter hinein, und im Nu war die dämmrige Kate von einem frischen, würzigen Duft erfüllt, der ein wenig in der Nase prickelte. Die alte Frau goss das Gebräu geschickt in einen Holzbecher – nicht ein Tropfen ging daneben – und brachte ihn zum Bett.

»Hier, Kindchen. Wann habt Ihr zum letzten Mal etwas gegessen?«

»Weiß nicht«, flüsterte Cecily und schlug die Augen auf. »Vor drei oder vier Tagen.«

»Dann trinkt langsam, damit es unten bleibt.« Sie drückte Yvain den Becher in die Hand.

Er wollte sich auf die Bettkante setzen, als Beatriz hinzutrat und ihm das Gefäß aus der Hand nahm. »Ich mache das. Und sie braucht mehr Wärme.«

Während Beatriz behutsam Cecilys Kopf anhob und ihr von dem heißen Würzbier einflößte, nahm Yvain seinen schweren Mantel ab. Die wollene Außenseite war feucht, aber der geschmolzene Schnee war nicht durch den Pelz gedrungen. Er breitete den Mantel über Cecily und sah auf seine Frau und seine Schwester hinab.

Als der Becher zur Hälfte geleert war, legte Cecily eine Hand auf Beatriz' Arm und schüttelte den Kopf. »Danke. Mehr geht nicht.« Das Zittern hatte nachgelassen, und die Stimme klang kräftiger. Zum ersten Mal schien Cecily ihre Umgebung wirklich wahrzunehmen. Ihr Blick glitt von Wilona zu Yvain und verharrte schließlich bei dessen Frau. »Beatriz?«

Die nickte und drückte kurz ihre Hand.

»Wann … wann habt ihr geheiratet?«

»Ich weiß es nicht mehr«, antwortete Beatriz mit einem Achselzucken. »Kürzlich.«

»Vor zehn Tagen«, sagte Yvain. »Oben auf der Burg. In einem Schneesturm.«

Der Schatten eines Lächelns huschte über Cecilys Gesicht. »Gott möge euch segnen und viele glückliche Jahre schenken.« Ihre Augen wollten zufallen, aber sie riss sie wieder auf und sah zu der alten Kräuterfrau. »Danke, Wilona«, sagte sie auf Englisch. »Sei unbesorgt, ich werde verschwinden, ehe es dunkel wird. Ich will dich nicht in Schwierigkeiten bringen.«

»Ihr könnt heute nicht mehr weiter«, widersprach Wilona barsch.

Cecily setzte sich auf, als wolle sie das Gegenteil beweisen. »Du unterschätzt die belebende Wirkung deines Würzbiers.«

Wilona sah hilfesuchend zu Yvain.

Der nickte. »Wilona hat recht. Du brauchst eine Pause und etwas zu essen, damit du wieder zu Kräften kommst. Hier bist du sicher.«

»Ich bin nirgendwo sicher«, widersprach sie.

»Aber wenn sie dich in Waringham suchen, dann auf der Burg, nicht im Dorf.«

»Verlass dich lieber nicht darauf«, entgegnete sie düster.

»Cecily, um Himmels willen«, beschwor er sie. »Wenn du noch eine Winternacht im Freien verbringst, wird es deine letzte sein.«

»Das wäre vermutlich das Beste.«

Yvain starrte sie an, betroffen und ratlos. Sie war ihm vollkommen fremd geworden. Vielleicht sollte ihn das nicht wundern, denn sie hatten sich acht Jahre nicht gesehen. Es lag indes nicht allein daran, dass aus dem knochigen Wildfang von damals eine junge Frau geworden war. Auch nicht an der ungewohnten Nonnentracht. Doch der gehetzte Ausdruck in den blauen Augen, der Zug von Bitterkeit um den Mund – nichts davon konnte er mit seiner kleinen Schwester in Einklang bringen.

»Was ist passiert?«

Sie wandte den Kopf ab und richtete den Blick auf die buckelige, lehmverputzte Wand. »Ich habe Schande über mich und unser Haus gebracht«, sagte sie beinah tonlos. »Ich hab es einfach nicht geschafft, Yvain. Ich habe mir solche Mühe gegeben, die zu werden, die ich sein sollte, aber ich … habe es nicht geschafft«, wiederholte sie hilflos.

Sie hatte wieder Französisch gesprochen. Wilona schien trotzdem zu spüren, dass dies eine Aussprache war, bei der die Familie besser unter sich sein sollte. Sie bewies mehr Takt und vor allem Großzügigkeit, als Yvain ihr zugetraut hätte, denn sie sagte: »Ich gehe hinüber zu Edith und Wulf und melke ihre zwei Kühe, Sir Yvain. Die ganze Familie liegt mit Fieber im Bett. Ich werde mir Zeit lassen. Aber wenn ich wiederkomme, muss eine Entscheidung fallen.«

»Ist gut. Hab Dank, Wilona.«

Sie warteten, bis die Gevatterin hinausgeschlurft war und die

Tür sich wieder geschlossen hatte. Dann holte Yvain sich einen Schemel vom Tisch und setzte sich ans Bett. »Also?«

Beatriz, die immer noch auf der Bettkante hockte, half Cecily, sich weiter aufzusetzen, und stopfte ihr ein schmuddeliges Kissen in den Rücken. »Ist es dir lieber, wenn ich gehe?«

Cecily betrachtete sie einen Moment forschend und schüttelte dann den Kopf. »Was hast du gemeint, als du sagtest, du habest von mir geträumt? Von *uns*?«

»Ich habe gelegentlich gläserne Träume. Sie zeigen mir Verborgenes oder Dinge, die noch passieren werden. Nur ganz selten«, fügte sie eilig hinzu, so als wolle sie den Schock dieser Offenbarung abmildern. »In der Nacht vor unserer Hochzeit habe ich in deinem Bett geschlafen, und im Traum sah ich dich. Und einen jungen Mönch mit wunderschönen grünen Augen, der deine Hand hielt.«

Cecily zog erschrocken die Luft ein und starrte ihre Schwägerin fassungslos an.

Beatriz bemerkte davon nichts, genauso wenig wie Yvains pikiert gehobene Brauen, sondern fuhr fort: »Ihr seid durch eine verfallene Burg gegangen. Dann war er fort, und du knietest allein in einer dunklen Kirche mit einer einzelnen Kerze neben dir, und dein Bauch war rund.«

Yvain spürte Grauen aufsteigen. Er hatte seltsamerweise nicht die geringsten Zweifel, dass Beatriz' Traum der Wirklichkeit entsprach, und er ahnte, dass diese verfluchte Geschichte sie alle teuer zu stehen kommen würde. Doch er verbarg seine bösen Vorahnungen, und die Vorwürfe, mit denen er seine Schwester liebend gern überschüttet hätte, würgte er mühsam hinunter.

Cecily richtete den Blick auf ihre angewinkelten Knie, als sie sagte: »Sein Name ist John of Yaxley, und er ist … war einer der Brüder meines Klosters in Amesbury.«

Amesbury war – genau wie das Mutterhaus in Fontevrault – ein Doppelkloster mit Gemeinschaften von Nonnen und auch Mönchen. Sie lebten natürlich strikt voneinander getrennt, doch unterstanden die Brüder ebenso wie die Schwestern der Führung einer Äbtissin und teilten eine Kirche. Yvain hatte sich in der

Vergangenheit, wenn er mit dem König nach Fontevrault gekommen war, so manches Mal gefragt, ob das wohl immer gutgehen konnte.

Jetzt hatte er seine Antwort.

»Im Sommer kam der Bischof von Winchester zu einem Besuch und predigte für uns«, fuhr Cecily fort. »Er fand überhaupt kein Ende, und als ich mich auf der Suche nach Ablenkung in der Kirche umschaute, sah ich, dass einer der Brüder auf der anderen Seite des Chorraums sich anscheinend genauso langweilte wie ich und mit den Händen Tierschatten an die Wand warf, um sich die Zeit zu vertreiben. Sie waren wundervoll.« Ein Lächeln huschte bei der Erinnerung über ihr erschöpftes Gesicht. »Er konnte Hasen und Hirsche und Drachen und Einhörner, und sie bewegten sich wie lebende Wesen. Als er merkte, dass ich ihm zuschaute, sah er zu Bischof Godfrey und schnitt eine respektlose Grimasse, und dann schauten wir uns an. Da war eigentlich schon alles zu spät.«

Sie unterbrach sich, und als Beatriz ihr den Becher mit dem abgekühlten Würzbier reichte, nahm sie ihn dankbar und trank. Dann blickte sie hinein, während sie ihren Bericht fortsetzte: »Normalerweise ist es für die Schwestern und Brüder unmöglich, sich zu treffen, aber John war sehr erfinderisch. Er meldete sich zur Arbeit am Bau unseres neuen Refektoriums, obwohl er ritterlicher Herkunft ist und solch niedere Verrichtungen eigentlich von den Laienbrüdern erledigt werden. Eine Buße, erklärte er seinem Prior. Wir arrangierten Treffen, wenn er auf unserem Gelände war, und hin und wieder kletterten wir in einem schwer einsehbaren Winkel hinter der Kirche über die Klostermauer und verbrachten ein paar Stunden in der verfallenen Burg, die du im Traum gesehen hast, Beatriz. Und dann merkte ich, dass ich schwanger bin.«

Yvain sah ihr ins Gesicht und las ihren Kummer und ihre Verzweiflung. Aber ihre Augen waren trocken, als sie fortfuhr, ihr Ton nüchtern.

»John war natürlich aufgewühlt und besorgt, als ich es ihm gesagt habe, aber … er schien auch entschlossen. Wir müssten gemeinsam zur Mutter Oberin gehen und ein Geständnis ablegen, sagte er, und zwar gleich am nächsten Tag. Doch in der Nacht ist er verschwunden. Vermutlich zwischen Komplet und Mette aus dem Dormitorium geschlichen und an unserer geheimen Stelle über die Mauer.«

»Was für ein elender Feigling«, knurrte Yvain angewidert.

Cecily nickte und hob gleichzeitig die Schultern. »Du hast recht. Aber nicht jeder kann dem ins Auge sehen, was der Schwester und dem Bruder von Watton passiert ist.«

»Watton?«, fragte Beatriz.

»Ein Gilbertiner-Kloster oben in Yorkshire«, erklärte Cecily. »Ein Doppelkloster, genau wie Amesbury.«

»Und was ist dem Bruder und der Schwester passiert?«, fragte Yvain, obwohl er es alles in allem eigentlich lieber nicht erfahren hätte.

»Das weißt du nicht?«, verwunderte sich seine Schwester. »Ich dachte, diese Schauergeschichte sei landauf, landab berühmt. Jedenfalls kennt sie jeder Mönch und jede Nonne in England, sei versichert.« Sie sprach mit einem Hauch von Spott, und Yvain war erleichtert, dass ihre Lebensgeister zurückkehrten. »Es ist erst ein paar Jahre her. Der Schwester und dem Bruder in Watton war das Gleiche passiert wie John und mir, sie haben sich verliebt und … die unverzeihliche Sünde begangen, die daraus folgte. Doch anders als wir wurden sie von den Schwestern erwischt. Sie …« Cecily starrte wieder in ihren Becher. »Die fromme und heilige Gemeinschaft der Nonnen verwandelte sich in einen Mob wütender, rachgieriger Furien. Sie schlugen die Schwester erbarmungslos und ließen ihren gefesselten Liebhaber zuschauen. Dann … dann drückten sie ihr ein Messer in die Hand und zwangen sie, ihm das Werkzeug seiner Sünde abzuschneiden.«

Beatriz stieß einen kleinen Schrei aus, und Yvain zog scharf die Luft durch die Zähne. Er spürte einen Funken von Verständnis für John of Yaxley, auch wenn er das niemals zugegeben hätte.

»Ich kann mir wirklich nicht vorstellen, dass uns in Amesbury etwas Ähnliches hätte geschehen können«, stellte Cecily klar. »Aber es ist nun mal eine schreckliche Sünde, derer wir uns schuldig gemacht haben. Das Keuschheitsgelübde ist wohl für alle das schwerste, nehme ich an, und wer dagegen verstößt, entweiht das Opfer seiner Mitbrüder oder -schwestern, und entsprechend groß ist deren Zorn. Jeder Bruder, jede Schwester in einem Doppelkloster lebt mit dem Wissen um das Schicksal der Nonne und des Mönchs von Watton. John hat die Furcht nicht ausgehalten und sich davongestohlen. Wer weiß, wären unsere Rollen vertauscht gewesen, hätte ich es vielleicht auch getan. Aber vor einer Schwangerschaft kann man eben nicht weglaufen.« Sie strich mit beiden Händen das weitfallende braune Habit über ihrem Bauch glatt, und Yvain erkannte eine deutliche Rundung. »Es hätte nicht mehr lange gedauert, bis sie mir auf die Schliche gekommen wären. Ich konnte nicht bleiben und dem ins Auge sehen. Nicht allein.« Sie schaute ihren Bruder an und hob die mageren Schultern. »Darum bin ich hier. Und es tut mir leid, dass ich dir Scherereien mache, Yvain.«

Er schüttelte den Kopf und ergriff eine der Hände, die immer noch auf ihrem Bauch lagen. »Du wolltest so wenig Nonne werden wie ich ein Templer. Ich bin davongekommen, du nicht. Und das war ungerecht.«

Ihre Augen strahlten verräterisch, aber sie blinzelte die Tränen energisch weg. »Danke, Bruder.« Es geriet ein wenig brüchig.

»Wir müssen überlegen, wie es jetzt weitergehen soll und wie wir dich in Sicherheit bringen«, antwortete Yvain. »Aber zuallererst muss Guillaume erfahren, was passiert ist.«

»Oh, Jesus, muss das wirklich sein?«, fragte sie bestürzt.

Yvain nickte. »Er ist unser älterer Bruder und der Earl of Waringham, Cecily. Es wäre treulos und ein grässlicher Verrat, es vor ihm zu verheimlichen. Von undurchführbar ganz zu schweigen.«

Es dunkelte schon, als Wilona zurückkam. Das wollene Tuch, das sie um Kopf und Schultern geschlagen hatte, war mit ein paar Schneeflocken verziert, die in der Wärme im Innern der Hütte augenblicklich zu schmelzen begannen.

»Ich habe fast dein ganzes Holz verfeuert, fürchte ich«, beichtete Yvain.

Sie nickte ergeben. »Wie ich sehe, hat es die Kleider Eurer Schwester getrocknet, sodass sie womöglich nicht das Lungenfieber bekommt, also ist es das Opfer wohl wert.« Sie warf einen Blick in den größeren Kessel, der über dem Herd hing. »Und von meinem Eintopf habt Ihr auch gegessen, wie ich sehe. Ihr ahnt ja nicht, wie glücklich es mich macht, dass ich Euch in so vieler Hinsicht dienlich sein konnte, Sir Yvain.«

Er nickte ergeben. »Wirst du Geld von mir annehmen? Oder muss ich morgen selber kommen und neues Holz für dich hacken?«

»Das würde ich zu gern sehen«, höhnte sie. »Aber ich nehm das Geld, vielen Dank. Sixpence sollten reichen.«

Für Sixpence konnte sie zwei Wochen lang heizen und Linsen essen, wusste Yvain, aber er wollte nicht mit ihr feilschen. Sie hatte ihm, vor allem seiner Schwester, in einer Notlage ihre Tür geöffnet, und er war dankbar. Kommentarlos fischte er sechs Pennys aus seinem Beutel am Gürtel und ließ sie in ihre ausgestreckte Hand klimpern.

»Und was wird nun?«, fragte die alte Frau.

»Nun sprechen wir mit seiner Lordschaft«, antwortete er.

Eine gute Portion der Anspannung verschwand aus ihrer Miene. »Gut so. Aber seht zu, dass ihr dort oben auf der Burg Eurem hochnäsigen normannischen Hauskaplan nicht in die Arme lauft. Und Eurer Mutter am besten auch nicht.«

Yvain fand es ziemlich anmaßend, dass sie ein Urteil über seine Mutter und Vater Pierre fällte, aber das ließ er sich nicht anmerken. Zumal er ihre Meinung teilte. »Wir passen schon auf«, versprach er und öffnete die Tür. »Gute Nacht, Wilona. Und danke.«

Cecily schloss die alte Frau impulsiv in die Arme. »Hab Dank, Wilona. Das werde ich dir nie vergessen.«

»Ich hab doch gar nichts gemacht, Kindchen«, wehrte sie ein wenig schroff ab und legte ihr die alte, von braunen Flecken übersäte Hand auf den Bauch. »Das wird ein Maikind, schätze ich.«

Cecily schlug beschämt den Blick nieder und folgte ihrem Bruder hinaus.

Beatriz konnte kein Englisch, und so küsste sie die alte Kräuterfrau auf beide Wangen, um ihren Gefühlen Ausdruck zu verleihen. Sie schien überhaupt nicht zu merken, dass Wilona zurückfuhr – unwillig und erschrocken. Dann trat Beatriz ebenfalls in die Dunkelheit hinaus.

Wilona sah zu Yvain. »Es heißt, Ihr habt eine Schwäche für wunderliche Käuze. Mir scheint, das ist ein Glück, he?«

»Ah ja?« Yvain legte Beatriz den Arm um die Schultern. »Wenigstens nagelt meine Frau keine Fledermäuse an die Tür.«

»Zumindest nicht, wenn Ihr hinschaut«, raunte sie vor sich hin und schloss schwungvoll die Tür.

»Oh, bei allen Knochen Christi, Cecily!«, brauste Guillaume auf. »Wie konntest du uns das antun?«

Sie stand mit gesenktem Kopf vor ihm, demütig, hätte man meinen können, aber sie entgegnete leise: »Es soll schon vorgekommen sein, dass auch du Dinge getan hast, die dem Namen Waringham nicht gerade zur Ehre gereichen, Mylord.«

»Was soll das heißen?«, fragte er herausfordernd und machte einen halben Schritt auf sie zu.

»Du weißt ganz genau, was ich meine.«

»Ich habe keine Ahnung, was du meinst, und es ist nicht mein Fehltritt, der uns alle gerade in Teufels Küche bringt, sondern deiner. Und überhaupt …«

»Hört auf damit«, befahl Amabel streng. »Das führt zu nichts.« Sie zögerte einen Augenblick, dann trat sie zu Cecily und schloss sie in die Arme. »Keine sehr glücklichen Umstände, aber es ist so eine Freude, dich zu sehen.«

Cecily erwiderte die Umarmung mit einem matten Lächeln, trat dann aber einen kleinen Schritt zurück. »Ich habe dich auch vermisst. Und acht Jahre lang auf deinen angekündigten Besuch gewartet.«

Amabel biss sich auf die Unterlippe. »Ich weiß. Vergib mir. Wir verlassen Waringham so gut wie nie. Die Kinder, der Haushalt, der Gutsbetrieb …«

»Du hast keine Veranlassung, dich zu rechtfertigen«, fiel Guillaume ihr ins Wort.

Alle verstummten, und in der angespannten Stille wirkte das Fauchen der einzelnen Fackel neben der undichten Tür verblüffend laut.

Yvain hatte Cecily ohne Schwierigkeiten an den Torwachen vorbeigeschmuggelt. *Ich bin's nur*, hatte er im Vorbeireiten gerufen, seine Schwester jetzt hinter sich unter dem Mantel versteckt, aber die Wachen hatten ihm nur einen unbekümmerten Gruß nachgeschickt, ohne aus ihrer halbwegs warmen Kammer im Torhaus zu kommen. Yvain wusste indes, es wäre zu riskant gewesen, Cecily in den Bergfried zu bringen, wo einfach zu viele Menschen waren und man kaum irgendwo für sich sein konnte.

Also hatte er sie zu dem kleinen Bruchsteinhäuschen an der Westseite des Innenhofs gebracht, das ›die Klause‹ genannt wurde, weil der Bruder seines Großvater es gebaut hatte, um dort schweigend und fastend seinen Lebensabend zu verbringen. Im ersten Winter hatte er das fromme Vorhaben aufgegeben. Die Klause verfiel allmählich, aber noch stand sie.

Unbemerkt hatte Yvain Cecily dort hingebracht und war dann gegangen, um in aller Heimlichkeit ein paar Decken und seinen Bruder zu holen. Er hatte Guillaume allein mit seiner Frau in ihrem Gemach angetroffen. Amabel hatte Yvain auf einen Blick angesehen, dass sich irgendeine Katastrophe ereignet hatte. Er ließ sich nicht entlocken, worum es ging, doch er war insgeheim erleichtert gewesen, als sie darauf bestand, die beiden Brüder zu begleiten.

Guillaume hatte die Linke auf das mächtige Schwert an seiner Seite gestützt, strich nervös mit dem Daumen über den Knauf und dachte nach. Schließlich sagte er: »Du musst zurück, Cecily. Ich sehe keinen anderen Weg.«

Sie schüttelte entschieden den Kopf. »Ich kann nicht zurück. Denkst du wirklich, ich hätte mich allein und zu Fuß durch den Schnee von Wiltshire nach Kent durchgeschlagen, wenn ich einen anderen Ausweg gewusst hätte?«

»Das war wirklich gefährlich«, warf Amabel ein. »Von mutig ganz zu schweigen.«

»Mutig einerseits und feige andererseits«, schränkte Guillaume ein. »Du hast dir dieses Malheur eingebrockt, und nun musst du hinnehmen, was immer es dir eingebracht hat, Schwester, es hilft alles nichts. Ich werde dich zurück nach Amesbury bringen, sobald das Wetter es zulässt, und mit der ehrwürdigen Äbtissin reden. Vielleicht können wir Mutter überreden, mitzukommen und für dich zu sprechen.«

»Guillaume, bist du taub?«, fragte Cecily schneidend. »*Ich gehe nicht zurück.* Ich kann nicht. Und es ist nicht die Strafe für meine Unkeuschheit, die ich fürchte, sondern der Rest meines Lebens hinter Klostermauern. Ich habe mich bemüht, dieses Leben anzunehmen, das Vater für mich bestimmt hatte. Gott weiß, wie sehr ich mich bemüht habe, wie viele Stunden ich auf den Knien verbracht und ihn angefleht habe, die Bitterkeit und Finsternis von meinem Herzen zu nehmen und mich zu ändern. Aber Gott hat mich nicht erhört. Stattdessen hat er mir John of Yaxley geschickt«, schloss sie mit einem Hauch Selbstironie.

»Er oder sein Widersacher«, murmelte Guillaume unbehaglich. Wieder strich sein Daumen über den Schwertknauf, während er sich mit der anderen Hand durch die Haare fuhr und dabei feststellte, dass er sich an der niedrigen Decke ein paar alte Spinnweben eingefangen hatte. »Ich will dich nicht zu einem Leben verdammen, das dir nicht bestimmt ist«, bekannte er. »Aber ich bin … ratlos. Die Kirche hat ein Anrecht auf dich. Sobald das Tauwetter einsetzt, werden hier ganze Scharen von Kaplänen und Diakonen erscheinen und nach deinem Verbleib forschen. Was soll ich ihnen sagen?«

»Die entscheidendere Frage scheint mir zu sein, wo können wir sie verstecken?«, warf Amabel ein. »In Hetfield vielleicht?«

Doch er schüttelte den Kopf. »Dort werden sie vermutlich ebenso herumschnüffeln.« Er sah wieder zu Cecily. »Erwartest du, dass ich deinetwegen die Unwahrheit sage? Die Kirche anlüge? Weißt du eigentlich, was du da von mir verlangst? Ich meine, ich bin ein *Kreuzfahrer*, verflucht noch eins!«

Yvain spürte ein nervöses Kichern in der Brust zittern. Guillaumes halbherzige Entrüstung erschien ihm komisch, aber er wusste, es war ratsam, ihn das nicht merken zu lassen.

»Vielleicht finden wir einen Weg, Cecily zu helfen, ohne dich in diese unmögliche Lage zu bringen«, sagte er.

»Aber wie?« konterte Guillaume skeptisch. »Ich glaube, keiner von euch erkennt, wie gefährlich diese Geschichte für uns alle werden kann. Wenn Richard noch leben würde, wäre es etwas anderes, aber was, denkt ihr, geschieht mit Waringham und uns allen, wenn die Äbtissin von Amesbury oder sogar die von Fontevrault sich bei John über mich beschwert? Oder – und davor möge Gott uns alle bewahren – bei Aliénor?«

Yvain schnalzte ungeduldig. »Du meine Güte, ich wusste gar nicht, dass du so verzagt sein kannst, Mylord …«

Plötzlich schloss sich Guillaumes Faust wie eine Eisenzwinge um seinen Oberarm. »Ja, spotte nur, Brüderchen. Aber nicht du trägst die Verantwortung für Baronie und Titel und die Menschen von Waringham in stürmischen Zeiten und unter der Willkürherrschaft eines unberechenbaren Königs.«

Yvain befreite seinen Arm mit einem kleinen Ruck. »Dessen Gunst zu gewinnen du dich niemals bemüht hast, und das ist ein Jammer, denn gerade jetzt könnten wir sie so gut gebrauchen. Aber es bringt uns keinen Schritt weiter, wenn wir schon wieder darüber streiten, was obendrein sinnlos und langweilig ist, weil wir immer die gleichen Dinge zueinander sagen.«

Guillaume seufzte und nickte zerknirscht. »Also, weiser Yvain. Dann sag du mir, was wir tun sollen. Wo können wir Cecily verstecken? Wie ihre Sicherheit und ihr Wohlergehen und die ihres kleinen Bastards gewährleisten … oh, um Himmels willen, schau mich nicht so giftig an, Schwester, die Wahrheit werde ich wohl noch aussprechen dürfen, oder?« Er blickte wieder zu Yvain, seine Zerrissenheit offensichtlich. »Ich weiß ja, dass du große Stücke auf König John hältst und umgekehrt. Aber willst du Cecilys Schicksal wirklich in seine Hände legen?«

Die ehrliche Antwort lautete Nein, musste Yvain sich eingestehen. Johns Wohlwollen war nicht gerade der sicherste aller Häfen. Und er mochte sich gar nicht vorstellen, was er sich alles würde anhören müssen, was er vor allem würde *tun* müssen, welche Kompromisse mit seinem Gewissen schließen, um dem König einen derart großen Gefallen zu vergelten.

Das Dumme war nur, er wusste keinen anderen Ausweg. Doch ehe er noch entschieden hatte, was er sagen wollte, kam Beatriz ihm zuvor: »Du darfst dich nicht verstecken, Cecily«, sagte sie versonnen, als sei sie allein mit ihrer Schwägerin in der Klause und als habe sie das Wortgefecht der Brüder überhaupt nicht wahrgenommen. »Wenn du dich versteckst, finden sie dich. Du musst dich in Luft auflösen.«

»Großartig«, murmelte Amabel mit einem kleinen Schnauben. »Fragt sich nur, wie?«

Yvain betrachtete sie einen Moment. Diese Art von Hohn sah Amabel überhaupt nicht ähnlich, und er rätselte, woher er rühren mochte.

»Ganz einfach«, antwortete Beatriz mit unerschütterlicher Ruhe. »Sie muss eine andere werden.« Sie traktierte Cecily mit diesem starren, durchdringenden Blick, der Yvain bei ihrer ersten Begegnung ein wenig entnervt hatte. Cecily hingegen erwiderte ihn ungerührt, abwartend.

»Mélicourt«, sagte Beatriz versonnen. »Wieso kommt mir der Name Mélicourt in den Sinn, wenn ich dich anschaue?«

Amabel und Guillaume tauschten einen unbehaglichen Blick, aber Yvain lernte seine Frau allmählich kennen und wusste, dass das, was sie sagte, nicht so verrückt war, wie es sich anhörte. Jedenfalls nicht immer.

»Es ist ein Rittergut in der Normandie«, erklärte er ihr. »Unsere Vorfahren stammen von dort.«

»Ah!« Beatriz strahlte. »Dann muss ich es irgendwo gehört haben.« Sie trat einen Schritt auf Cecily zu und ergriff ihre Hände. »Du wirst von heute an Cécile de Mélicourt sein, wenn du diesen Weg wählen willst. Meine entfernte Cousine und unlängst verwitwet. Morgen nehmen wir dich mit zurück an den Hof, und im Gefolge der Königin wirst du unsichtbar sein.«

»Das ist … entschuldige, Beatriz, aber das ist ein vollkommen undurchführbarer Plan«, protestierte Guillaume, und er hatte mit einem Mal Mühe, sie anzusehen, so als sei ihr wirres Gefasel ihm peinlich.

»Im Gegenteil«, widersprach Yvain. »Es ist ein genialer Plan.« Und er spürte, wie ihm eine regelrechte Geröllawine vom Herzen fiel.

»Aber was, wenn irgendein Abt oder Bischof sie erkennt, der sie in Amesbury gesehen hat? Was, wenn jemand Fragen über ihren erfundenen toten Gemahl stellt? Wie willst du ihre Anwesenheit bei Hofe erklären?«

»Wir müssen nichts erklären, und Cecily … Cécile kann sich vom öffentlichen Hofleben fernhalten – zumindest bis Gras über diese Sache gewachsen ist und sie ihr Kind bekommen hat«, sagte Beatriz. »Und dann sehen wir weiter. Isabella weihen wir natürlich ein. Sie wird eine schützende Hand über dich halten.«

»Die Königin?«, hakte Guillaume unsicher nach. »Warum sollte sie?«

»Weil meine Frau ihre engste Vertraute und somit vermutlich die mächtigste Frau bei Hofe ist«, erklärte Yvain und bemühte sich, jeden Hauch von Befriedigung aus seiner Stimme fernzuhalten, als er an Guillaume und Amabel gewandt hinzufügte: »Sollte ich vergessen haben, das zu erwähnen?«

Rouen, September 1201

»Constance de Bretagne ist gestorben«, berichtete William seinen Eltern, die allein an der hohen Tafel saßen. Es war noch mindestens eine Stunde bis zum Essen, die Halle weitgehend leer.

Guillaume de Braose bekreuzigte sich. »Im Kindbett?«, fragte er.

William nickte. »Sie brachte Zwillinge zur Welt – zwei Mädchen – und starb drei Tage später.«

Yvain, der mit Baldwin auf der Fensterbank saß, eine Partie Tables zwischen ihnen, spürte ein scheußliches Ziehen in der

Magengegend. Erst seit Beatriz guter Hoffnung war, fiel ihm auf, wie oft man von Geburten mit tragischem Ausgang hörte. Andauernd schien irgendwer im Kindbett zu sterben, und allmählich wurde er mürbe.

»Es ist nicht schade um das Miststück«, warf Williams Mutter ein. »Was schaut ihr mich so betreten an? Ihr wisst doch ganz genau, welch ein doppelzüngiges, obendrein läufiges Luder sie war.«

Maud de Braose hatte eine durchdringende, schrille Stimme, die Yvain immer an eine Schwertklinge auf dem Schleifrad erinnerte. Sie war eine imposante Erscheinung: ein, zwei Zoll größer als ihr Ältester, und ihre Röcke waren immer ein Stückchen zu kurz, als hätte der Stoff für ihre Größe einfach nicht ausgereicht, was den Blick unweigerlich auf ihre enormen Füße lenkte – ob der Betrachter nun wollte oder nicht. Lange Arme, breite Schultern, ein Hals wie ein Baumstamm und ein kantiges Gesicht mit einer ausgeprägten Knollennase – Lady Maud war nicht gerade als große Schönheit gerühmt, aber sie flößte jedermann Respekt ein. Überaus energisch und tatkräftig, herrschte sie mit eiserner Hand über ihre schier unüberschaubare Kinderzahl und – so behaupteten die Lästermäuler – über ihren Mann ebenso. Vor ein paar Jahren hatte sie eine ihrer Burgen drei Wochen lang gegen walisische Belagerer gehalten, bis endlich englische Verstärkung kam, und es hieß, sogar der König fürchte ihre scharfe Zunge.

»Nun, das mag sein, aber seit dem Frieden von Le Goulet hat sie dafür gesorgt, dass der junge Arthur sich an seine Zusagen hielt«, entgegnete ihr Gemahl. »Darum könnte es sein, dass wir alle Constance de Bretagne noch vermissen werden.«

»Pah«, machte sie abschätzig. »Ich ganz sicher nicht. Zu dumm, dass Arthur euch damals in Le Mans durch die Finger geschlüpft ist. Ihr braucht gar nicht so stur auf Euer Spielbrett zu stieren, Yvain of Waringham. Ihr wisst genau, dass es Eure Schuld war.«

»Oh, müssen wir diese alte Geschichte wirklich noch einmal widerkäuen, Mutter?«, fragte William gequält.

»Es ist rührend, dass du deinen Freund in Schutz nehmen willst, Willie, aber ich habe nie verstanden, wie ein Knabe und eine schwangere Frau einen Ritter des Königs überwältigen konnten.«

»Dann erkläre ich es Euch gern noch einmal …«, begann ihr Ältester.

Aber Yvain ging dazwischen. »Bemüh dich nicht meinetwegen, *Willie*.«

Baldwin gluckste verstohlen in seinen Cidrebecher.

William fuhr zu ihnen herum. »Entschuldige mal, soll ich kommentarlos dulden, dass meine Mutter Verdächtigungen gegen dich äußert?«

»Da Widerspruch ihr immer so großes Vergnügen zu bereiten scheint, ja«, gab Yvain achselzuckend zurück.

»Ihr seid ein unerträglicher Flegel, Waringham!«, zeterte Lady Maud. »Was William Marshal besessen haben mag, ausgerechnet Euch die Verantwortung für die Rösser des Königs anzuvertrauen, werde ich niemals begreifen.«

»Ich glaube, das geht ihm ganz ähnlich, Madame«, gab Yvain flapsig zurück und fragte William: »Weiß der König schon, dass seine Schwägerin tot ist?«

Sein Freund nickte und lehnte sich neben dem Fenster an die Mauer. »Ich bin direkt zu ihm gegangen.«

William war im Auftrag des Königs zum Bischof von Nantes geritten und eben erst zurückgekehrt – staubig, durstig und natürlich hungrig. Er stibitzte ein Stück Mandelkuchen von dem Teller, der vergessen neben dem Spielbrett auf der breiten Fensterbank stand, und verschlang es mit zwei gierigen Bissen. »Wie geht es Lady Beatriz?«, fragte er kauend.

Yvain ließ die Würfel rollen und nickte. »Hervorragend, sagt sie. Sie ist ein bisschen schwerfällig und matt, aber die Hitze scheint ihr überhaupt nichts auszumachen.«

Es war ein ungewöhnlich warmer Sommer in der Normandie gewesen, und seit sie im Mai über den Kanal gekommen waren, hatte es kaum einen Tropfen geregnet.

»Na ja, sie ist vermutlich ganz andere Sommer gewohnt«, erwiderte Baldwin. »Schlaf nicht ein, Waringham, mach deinen Zug.«

Yvain ließ den Blick über das Tables-Spiel gleiten und fragte sich argwöhnisch, was er wohl übersah und warum Baldwin ihn drängte, als sein Knappe auf leisen Sohlen zu ihnen trat. »Der König wünscht Euch zu sprechen, Sir.«

Yvain blickte auf. Thomas wirkte blass und angespannt. »Was ist passiert?«

»Ich weiß es nicht.« Der Junge zog die Schultern fast bis zu den Ohren hoch. »Aber nichts Gutes, denke ich. Er ist … ziemlich aufgebracht.«

Yvain erhob sich seufzend. »Nur ich? Oder die anderen auch?«, fragte er ohne viel Hoffnung.

Thomas schluckte sichtlich. Er hatte einen Adamsapfel so groß wie eine Pflaume. »Nur Ihr, Sir.«

»Na schön. Spiel für mich weiter, William, und ertrage meine Niederlage mannhaft.«

»Wird gemacht«, willigte sein Freund ein.

Auf dem Weg zur Tür vermied Yvain den Blickkontakt mit Lady Maud, aber ihr schadenfrohes »Lasst Euch nicht den Kopf abreißen, Ihr armer Tropf« folgte ihm hinaus in die Vorhalle.

Yvain schickte den Knappen zurück zu seinen Waffenübungen im Burghof und erklomm die enge Wendeltreppe zu den königlichen Gemächern. Sehnsüchtig schaute er zu der geschlossenen Tür am Ende des dämmrigen Ganges, hinter der Isabella und ihre Damen für gewöhnlich ihre Tage verbrachten, dann gab er sich einen Ruck und klopfte an die schwere Eichentür zur Rechten.

»Kommt schon rein«, kam es ungehalten von drinnen.

Yvain trat ein, schloss die Tür und verneigte sich. Es war ein nüchterner Raum mit der typischen Unordnung, die John wie ein Fluch zu folgen schien, wohin er auch ging. Löwenbanner und alte Waffen zierten die Wände. Nicht abgeräumte Teller und Schalen mit eingetrockneten Speiseresten standen auf Schemeln und Fensterbänken, und in einem Nest aus achtlos hingeworfenen Kleidungsstücken auf dem ungemachten Bett schlief ein Jagdhundwelpe.

Der König und sein Halbbruder Longsword standen an dem

ausladenden Tisch, dessen feine maurische Intarsien fast gänzlich von Briefen und Urkunden verdeckt waren.

»Das wurde auch Zeit«, knurrte John. »Wo hat dieser nichtsnutzige Bengel Euch aufgetrieben? Am anderen Flussufer?«

Yvain sah fragend zu Longsword, der ergeben die Hände hob, aber nichts sagte.

»Schenkt Euch ein«, lud John ihn mit einer ungeduldigen Geste auf den Weinkrug ein.

Yvain trat an den Tisch, füllte die Becher des Königs und seines Bruder auf und nahm sich selbst nur einen kleinen Höflichkeitsschluck. Er hatte so ein Gefühl, als sei er gut beraten, einen klaren Kopf zu behalten.

»Ihr habt von Constance gehört?«, fragte John.

»Ja, Sire. Braose brachte die Neuigkeiten vorhin in die Halle.«

»Wir sind uns nicht ganz schlüssig, ob es eine schlechte Nachricht ist oder nicht«, höhnte der König. »Aber falls ja, ist heute ein Tag voll schlechter Nachrichten. Raymond de Toulouse und der Vicomte de Limoges haben auf einmal ihre Liebe für Hugo de Lusignan entdeckt und mir die Gefolgschaft gekündigt.«

»Oh nein«, murmelte Yvain.

»Und Ihr könnt darauf wetten, dass Philippe dahintersteckt«, sagte Longsword bitter.

Hugo de Lusignan und sein Rudel an Brüdern und Vettern hatten aus ihrer Empörung über Johns Heirat mit Hugos Verlobter keinen Hehl gemacht. Und John selbst hatte nichts getan, um die Wogen zu glätten – im Gegenteil. Statt Hugo mit ein paar reichen Grafschaften für den Verlust von Angoulême zu entschädigen und ihm eine Braut zu suchen, die Isabella an Schönheit und politischem Gewinn wenigstens einigermaßen gleichkam, hatte er ein diebisches Vergnügen daran gefunden, die Lusignan öffentlich zu verspotten und noch weiter zu brüskieren, indem er ihnen ihre Ländereien in der Normandie nahm. Kein Wunder also, dass sie ihre Klagen Philippe von Frankreich vorgetragen hatten. Doch Philippe hatte sich erstaunlich zahm verhalten und sie mit halbherzigen Zusagen vertröstet, er werde sich der Angelegenheit zu gegebener Zeit annehmen. Philippe hatte gerade erst sein Zerwürfnis mit dem Papst ausgebügelt, der das Interdikt gegen Frankreich daraufhin aufgehoben hatte. Offenbar hatte der König von Frankreich kein Interesse daran, den Heiligen Vater durch einen neuerlichen Krieg mit John gleich wieder gegen sich aufzubringen.

»Was hat sich mit einem Mal geändert, dass König Philippe offen Stellung gegen Euch bezieht?«

»Agnes von Meran ist gestorben«, antwortete John. »Schon im Juli.«

Agnes von Meran war der Anlass für den Konflikt zwischen dem französischen König und dem Papst gewesen, denn sie war die berüchtigte Geliebte, für die Philippe seine rechtmäßige Gemahlin Ingeborg von Dänemark verstoßen hatte.

»Philippe trauert fürchterlich, heißt es«, setzte Longsword den Bericht fort, und der Hauch von aufrichtigem Mitgefühl in der Stimme erinnerte Yvain daran, warum er den Bruder des Königs so schätzte. »Aber nüchtern betrachtet, befreit Agnes' Tod ihn aus einer tückischen Zwickmühle.«

»Weil der Stein des päpstlichen Anstoßes verschwunden ist?«, fragte Yvain unsicher. »König Philippe denkt, er kann sich wieder erlauben, gegen Euch zu intrigieren, Sire, weil der Papst nichts mehr gegen ihn in der Hand hat?«

John nickte, schränkte aber gleichzeitig ein: »Das ist zum Glück nicht ganz richtig. Es gibt immer noch eine Sache, deretwegen Philippe das Wohlwollen seiner Heiligkeit dringend braucht, denn er wünscht sich, dass der Papst Philippes Kinder von Agnes legitimiert. Sie hat ihm ein Töchterchen und letztes Jahr einen Sohn geschenkt. Momentan hat Philippe nur Louis, um seine Nachfolge zu sichern, aber auch Kronprinzen können sterben, nicht wahr? Er will die päpstliche Legitimierung dieser beiden Kinder unbedingt. Aber er darf sie um keinen Preis bekommen, denn sie ist das letzte päpstliche Druckmittel, das ihn im Zaum hält.« Er setzte seinen Becher an und nahm einen ordentlichen Zug, während er mit der freien Hand ein versiegeltes Pergament aus dem Durcheinander auf dem Tisch fischte.

»Und da kommt Ihr ins Spiel, Sir Yvain«, sagte Longsword.

»Morgen Abend segelt die *St. Nicolas* von Harfleur nach Dover, und Ihr werdet an Bord sein. Geht zum Erzbischof von Canterbury. Er muss dem Papst eine Einlassung senden und ihn überzeugen, dass eine Legitimierung von Philippes Bastarden gegen kanonisches Recht verstößt. Dieser Brief erklärt dem Erzbischof die Lage der Dinge, aber es scheint uns geboten, dass Ihr ihm persönlich darlegt, warum diese Sache so wichtig ist.«

»Ich?«, fragte Yvain erstaunt.

»Es kann Euch nicht neu sein, dass Erzbischof Walter mich nie sonderlich ins Herz geschlossen hat«, erwiderte John. »Aber Euch wird er mit Wohlwollen anhören, denn er hält große Stücke auf Euren Bruder, richtig?«

»Ja, ich glaube schon, Mylord. Sie haben zusammen bei der Belagerung von Akkon gekämpft.«

»Wie rührend. Heiden abschlachten verbindet, nehme ich an.«

Seine Geringschätzung ärgerte Yvain. Über den Sinn und die Rechtmäßigkeit von Kreuzzügen mochte man streiten. Guillaume selbst war es gewesen, der zu Yvain gesagt hatte, die ganze Idee sei eitel und falsch. Aber er hatte sein Leben im Heiligen Land aufs Spiel gesetzt, weil er seinem König gefolgt war, und Yvain fand, das verdiente ein wenig Respekt.

Er fing Longswords Blick auf – halb entschuldigend, halb ergeben –, schluckte seinen Ärger herunter und streckte die Hand nach dem Brief aus. »Ich werde tun, was ich kann, Sire.«

»Da bin ich sicher«, gab John zurück, und ein Lächeln huschte über sein Gesicht wie Wetterleuchten. »Und wenn Ihr eines könnt, ist es reden.«

Yvain verließ das Gemach des Königs und bat die Wache vor der Tür: »Schick nach meinem Knappen, Bertram, und sag ihm, er soll unser Zeug packen und die Pferde satteln lassen. Wir brechen in einer Stunde auf.«

»Ihr wollt in die Nacht reiten?«, verwunderte sich der Wachsoldat.

Yvain war alles andere als erpicht darauf, doch es waren fünfzig Meilen bis Harfleur, und wenigstens zehn davon mussten sie heute noch hinter sich bringen, wenn er sichergehen wollte, die *St. Nicolas* nicht zu verpassen. »Die Angelegenheiten von Königen dulden selten Aufschub«, antwortete er.

»Ist recht, Sir Yvain«, sagte der Mann bereitwillig, während Yvain schon den Korridor entlang zu der Tür am Ende eilte.

Er nickte den Wachen zu, die auch hier links und rechts vor der Tür standen, klopfte und trat in eine völlig andere Welt. Isabellas lichtdurchflutetes Gemach glich eher einer Szene aus einem höfischen Versroman. Die frischen Binsen am Boden waren mit getrockneten Blüten bestreut, und erlesene Teppiche mit Jagdszenen und Fabelwesen zierten die Wände. Die Bettvorhänge aus schimmerndem, eichenlaubgrünem Brokat waren geschlossen. Die wunderschöne junge Königin saß in einem cremefarbenen Kleid auf einer gepolsterten Bank am Tisch, der nicht mit Pergamentbögen und angeschimmelten Käserinden übersät war, sondern nur eine ausladende Marmorschale mit Obst und Nüssen aufwies. Isabellas Damen saßen auf Kissen oder Schemeln ebenfalls um den Tisch herum, manche arbeiteten zu zweit an ausladenden Stickrahmen, andere hatten die Hände in den Schoß gelegt und ergaben sich dem seligen Nichtstun, und alle redeten. *Schnattern* träfe es besser, dachte Yvain boshaft und unterdrückte ein Grinsen.

William de Braoses Gemahlin entdeckte den Eindringling als Erste. »Nanu? Das ist ein eher seltenes Vergnügen.«

»Vergebt die Störung, Mesdames«, er verneigte sich vor der Königin. »Ich hätte gern ein Wort mit meiner Frau gesprochen.«

Isabella schaute sich suchend um und erspähte Beatriz mit hochgelegten Füßen auf dem Fenstersitz, ein Buch zwischen die angewinkelten Knie und den beachtlichen Bauch geklemmt. »Viel Glück, Sir Yvain«, sagte sie mit diesem Lächeln, von dem wohl jeder Mann weiche Knie bekam. »Tilda, spiel etwas auf der Laute für uns, wenn du so gut sein willst«, bat sie.

Williams Frau stand bereitwillig auf und holte das Instrument herbei.

Yvain ahnte, dass Isabella ihm und Beatriz damit ein wenig

ungestörte Zweisamkeit verschaffen wollte, und er war ihr dankbar.

Ein Jahr war seit der königlichen Hochzeit vergangen, und trotz ihrer Jugend hatte Isabella bemerkenswert schnell in ihre Rolle gefunden. Sie glänzte mit ihrer Garderobe, ihrer Begabung für geistreiches höfisches Geplauder und nicht zuletzt ihrer erschütternden Schönheit. Beinah unbemerkt hatte sie den Hof ihres Gemahls verfeinert, indem sie Dichter und berühmte Musiker einlud, aber auch weil sie die Damen der Lords anlockte, die jetzt häufiger an den Hof kamen als früher. Kurzum – sie machte ihre Sache gut. Nur schwanger war sie noch nicht.

Das konnte man Beatriz nicht vorhalten. Sie klappte ihr Buch zu, als sie ihren Mann kommen sah, und stand auf – graziös wie ein Walross, dachte er respektlos. Er küsste sie auf die Wange und nahm ihre Rechte in beide Hände. »Wie fühlst du dich?«

Beatriz sah ihn kopfschüttelnd an. »Noch genauso wie heute früh, *mon amant*. Warum machst du dir so viele Sorgen? Ich bin nicht krank, weißt du. Ich bekomme nur ein Kind.«

»Oder zwei oder drei«, rutschte ihm heraus, ehe er sich hindern konnte.

Sie schlug ihm lachend mit dem Handrücken vor die Brust. »Wehe!« Dann wies sie einladend auf den Fenstersitz. »Nimm Platz, Yvain. Ich sehe, du bist gekommen, um mir etwas Unerfreuliches zu sagen.«

Es war geradezu gruselig, wie mühelos sie seine Stimmung oft auf einen Blick erriet.

Er setzte sich, während sie sich zum Wandbord neben dem Fenster wandte, zwei Onyxbecher herunternahm und auf das Tischchen vor dem Fenstersitz stellte.

»Wo ist Cecily?«, fragte er und sah sich suchend um.

»In der Kinderstube, nehme ich an«, gab Beatriz zurück. »Um diese Tageszeit schaut sie meistens dort vorbei. Der kleine Jean hat Koliken und weint immerzu, armes Würmchen.«

Er sah erschrocken auf. »Koliken? Habt ihr Aimery de Léoncel verständigt?«

Beatriz schüttelte den Kopf. »Das ist nicht nötig«, sagte sie und holte den vergoldeten Krug mit dem Cidre von der Kommode zwischen den Fenstern. »Jean braucht keinen königlichen Leibarzt, sondern Fencheltee und Wärme.«

»Bist du sicher? Pferde sterben an Koliken.«

»Aber Kinder sind keine Pferde«, erinnerte sie ihn. »Es ist so gut von dir, dass du den Kleinen ins Herz geschlossen hast und besorgt um ihn bist. Aber mach dir keine Gedanken, es ist völlig normal.«

Sie sprach, als hätte sie schon Erfahrungen mit einem halben Dutzend eigener Kinder, aber vermutlich wurde unter Frauen viel über Säuglinge, deren Krankheiten und Eigenarten geredet, nahm er an. »Nun, dann bin ich beruhigt. Und ich habe ihn *nicht* ins Herz geschlossen«, stellte er klar, leise, aber nachdrücklich.

»Mach mir nichts weis«, konterte Beatriz, blieb vor dem Wandbord stehen und stutzte. »Wo sind denn nur die hübschen Onyxbecher?«

Kommentarlos nahm Yvain die Becher vom Tisch und streckte sie ihr entgegen.

»Hm? Oh, da sind sie ja.« Beatriz lächelte ohne jede Verlegenheit und schenkte ein. Dann stellte sie den Krug beiseite und setzte sich zu ihm. »Jean ist so ein goldiger kleiner Engel.«

»Ja, ich weiß«, räumte er seufzend ein.

»Und ihn trifft keine Schuld«, fügte Beatriz hinzu.

Yvain trank einen Schluck und nickte.

Er war erleichtert gewesen, als Cecily ihr Kind ohne größere Schwierigkeit zur Welt gebracht hatte – Mitte Mai, genau wie Wilona vorhergesagt hatte. So wie er auch erleichtert war, wie gut seine Schwester sich in Isabellas Haushalt eingelebt hatte, so selig darüber, dem Kloster entronnen zu sein, dass sie alles mit Enthusiasmus annahm, was sich ihr stattdessen bot. Und niemand hatte bislang Verdacht geschöpft, niemand Fragen über ihre Herkunft gestellt, als die Königin ihre neue Hofdame mit in die Halle brachte. Aber das Kind erfüllte ihn mit Unbehagen.

»Hör zu, Beatriz. Ich muss für ein paar Tage nach England.«

»Ach herrje, mein armer Gemahl«, sagte sie und strich ihm mitfühlend über den Arm.

Yvain schnitt eine kleine Grimasse des Unwillens. Seine Neigung zur Seekrankheit war ihm unendlich peinlich, und er hätte sie lieber vor Beatriz verborgen. Doch wenngleich sie bei ihren zwei gemeinsamen Kanalüberquerungen auf unterschiedlichen Schiffen gesegelt waren, hatte seine Frau herausgefunden, welche Qualen er litt, sobald er auch nur einen Fuß auf eine Schiffsplanke setzte, weil er immer mehr tot als lebendig aussah, wenn er von Bord kam.

»Nicht ich bin zu bedauern, sondern du«, widersprach er und nahm ihre schmalen Hände in seine. »Es tut mir leid, dass ich so kurz vor deiner Niederkunft noch fortmuss.«

»Ich weiß, Yvain. Aber du darfst dich deswegen nicht beunruhigen. Wir sind alle in Gottes Hand, zu jeder Stunde und an jedem Tag, du auf See und ich im Kindbett – es macht keinen Unterschied. Sag mir lieber, ob du dir einen Sohn oder eine Tochter wünschst.«

Er musste lachen. »Mir ist beides recht.«

»Das ist eine langweilige Antwort«, schalt sie.

»Na schön.« Er überlegte einen Moment. »Dann ein Mädchen. Einem Sohn hätte ich ja doch nichts zu vererben.«

»Einverstanden.«

»Sie darf auch genauso zerstreut sein wie du. Ich hätte überhaupt nichts gegen eine Miniaturausgabe von dir, meinethalben auch mit gläsernen Träumen.«

»Das ist sehr charmant von dir, wenn auch vermutlich die Unwahrheit. Die Träume überspringen übrigens immer eine Generation. Meine Mutter hat sie nicht, aber meine Großmutter hatte sie. Und wie soll sie heißen?«

Sie hatten noch nie darüber gesprochen, denn es brachte Unglück, einem ungeborenen Kind einen Namen zu geben. Doch jetzt, da die Möglichkeit bestand, dass er die Geburt verpassen würde, mussten sie eine Wahl treffen. Yvain überlegte. Üblicherweise benannte man Töchter nach ihren Großmüttern. Aber »Maud« fiel aus, denn er wollte auf keinen Fall, dass sein armes Kind den gleichen Namen trug wie die zu lang geratene Furie, die William de Braoses Mutter war. »Wie wär's mit Asalais?«

Beatriz schüttelte nur den Kopf. Sie gab keine Erklärung, aber das war auch nicht nötig. Yvain wusste, das Verhältnis zwischen seiner Frau und ihrer berühmten Mutter war schwierig. »Wie hieß deine Großmutter mit den gläsernen Träumen?«, fragte er.

Beatriz' Miene hellte sich auf. »Iselda.«

Sie sahen sich an und nickten beide.

»Und nun wird es gewiss doch ein Jocelyn«, mutmaßte Yvain und stand auf. »Es wird Zeit.«

Beatriz erhob sich ebenfalls, schlang die Arme um seinen Hals und küsste ihn auf den Mund, obwohl mindestens ein Dutzend Damen sie aus den Augenwinkeln beobachteten. »Gib auf dich Acht, Yvain.«

Dann ließ sie ihn los und trat mit einem Lächeln zurück, so als mache es ihr überhaupt nichts aus, ihn ziehen zu lassen.

Waringham, September 1201

»Der Erzbischof hat mich gemästet wie ein Stück Schlachtvieh«, berichtete Yvain grinsend.

»Ja, er ist ein wunderbarer Gastgeber«, stimmte Amabel zu. »Seine Tafel muss eine der erlesensten in England sein. Kein Wunder, schließlich muss er andauernd die verwöhnten Prälaten aus Rom bewirten.«

»Na ja, er selber ist den weltlichen Genüssen auch nicht gerade abgeneigt.«

»Und das sieht man ihm inzwischen recht gut an.«

Sie teilten ein boshaftes Lächeln.

Es war ein klarer, windiger Tag, und der erste Herbstduft lag in der kühlen Luft. Trotzdem saß Amabel in ihrem Gemach am offenen Fenster und schaute hinaus. Sie hatte die Amme mit Richard und Matilda in den Garten geschickt, wo die beiden mit den Kindern von Maurice de Clare und Jean FitzEdmond lautstark Haschen spielten.

Einen Augenblick betrachtete Yvain Amabels Profil, aber

dann rief er sich zur Ordnung und richtete den Blick ebenfalls auf das muntere Treiben unten im Garten.

»Und was hat der ehrwürdige Erzbischof nun zu König Johns Anliegen gesagt?«, wollte Amabel wissen.

»Er hat natürlich zugestimmt«, gab Yvain achselzuckend zurück. »Hubert Walter und der König mögen nicht immer eines Sinnes gewesen sein in der Vergangenheit, aber der Erzbischof würde niemals die Interessen der Krone aus dem Blick verlieren, um John eins auszuwischen, ganz gleich, was der König denkt.«

Es werde indes einige Tage in Anspruch nehmen, die Einlassung an den Heiligen Vater zu verfassen, hatte Erzbischof Walter Yvain erklärt, denn sie müsse mit Präzedenzfällen und Rechtsvorschriften untermauert werden, aber gleichzeitig – und das war womöglich noch wichtiger – müsse die Petition gefällig sein, geschliffen formuliert und am besten mit einer spannenden Legende umrankt, damit der Heilige Vater ihr die gebotene Aufmerksamkeit schenken möge.

Yvain hatte bereitwillig zugestimmt, in Waringham zu warten, bis der Erzbischof ihm Nachricht sandte.

»Wo ist Guillaume?«, fragte er und setzte sich zu Amabel auf den gepolsterten Fenstersitz – mit gesittetem Abstand.

»Er ist heute früh mit Maurice nach Camberfield geritten, um mit dem Reeve zu sprechen. Um diese Jahreszeit ist er immer viel unterwegs.« Sie hob ergeben die Schultern. »Michaelis steht vor der Tür und damit die Pachtabrechnung.«

»Tja«, machte Yvain ein wenig ratlos. »Wer hätte gedacht, dass aus Guillaume einmal ein pflichterfüllter Gutsherr wird.«

»Er selbst am allerwenigsten«, gab sie freimütig zu. »Aber er macht es ziemlich gut, weißt du. Und er ist zufrieden. Es ist ein Glück, dass er hier eine Aufgabe gefunden hat, nachdem der König … ich meine, nachdem König Richard starb.«

»Ja, ich weiß.« Yvain sah hinaus in den Garten und zog scharf die Luft durch die Zähne. »Ich fürchte, Francis de Clare hat Mutters Petersilie zertrampelt. Sie wird kein bisschen glücklich sein.«

»Falls sie es denn bemerkt«, sagte Amabel.

»Wie meinst du das?«

»Sie interessiert sich für gar nichts mehr, Yvain. Die Kinder vergöttern sie, und sie bemüht sich, eine liebevolle Großmutter zu sein, aber sie sind ihr im Grunde zu anstrengend. Ihr ist es am liebsten, wenn sie sich in der Kapelle verkriechen kann und man sie dort in Ruhe lässt. Ich mache mir Sorgen.«

»Du fürchtest, sie wird nicht mehr lange unter uns sein, weil sie ihren Lebensmut verloren hat?«, fragte Yvain beklommen.

»Möglich«, gab Amabel zurück und zog die schmalen Schultern hoch. »Aber wenn ich ehrlich sein soll, ist derzeit meine größte Sorge, dass sie Guillaume bittet, sie nach Amesbury zu bringen. Zu Cecily.«

Das wäre in der Tat eine ziemliche Misere, musste Yvain erkennen. »Vielleicht ist es an der Zeit, ihr reinen Wein einzuschenken. Cecily ist sicher auf der anderen Seite des Kanals im Haushalt der Königin, und niemand kann sie zurück ins Kloster zerren, ganz gleich, was Mutter sagt. Aber diese Heimlichtuerei ist ... ziemlich scheußlich, oder?«

Sie sah ihm in die Augen. »Ah ja? Und wessen Idee war dieser Plan gleich wieder?«

Er biss die Zähne zusammen und wandte den Blick ab. Nicht weil ihre Worte ihn in Verlegenheit brachten, sondern weil es zu gefährlich war, sie länger anzuschauen. *Das Mädchen aus Schnee und Ebenholz.* Der warme, geruhsame Blick ihrer dunklen Augen schien geradewegs bis in seine Seele vorzudringen, aber Yvain wollte nicht, dass sie erkannte, wie es um ihn stand. Dass sich nicht das Geringste geändert hatte. So gern er Beatriz auch hatte, so sehr er seinen Bruder auch liebte, fürchtete er doch, Amabel müsse nur mit den Fingern schnipsen, und er würde sie beide betrügen, ohne auch nur einen Lidschlag zu zögern. Er fand seine eigene Schwäche, seine Fähigkeit zum Verrat widerwärtig. Und er wollte um keinen Preis, dass Amabel eine Ahnung von diesen Abgründen erhaschte.

Bitte, Gott, gib, dass Erzbischof Walter sich beeilt.

»Geht es ihr gut?«, wollte Amabel wissen. »Cecily, meine ich?«

Er nickte. »Es ist ein Junge geworden. Sie hat ihn Jean genannt, nach seinem Vater, diesem feigen Lump.« Er verzog angewidert das Gesicht. »Die Damen des Hofes haben anfangs ein großes Gewese darum gemacht, dass die arme ›Cécile‹ ihren Gemahl vor der Geburt ihres ersten Kindes verloren hat, und das ist ihr auf die Nerven gegangen und hat sie auch nervös gemacht. Aber inzwischen ist sie keine Sensation mehr und hat ihre Ruhe. Die Königin hat sie sehr ins Herz geschlossen und kennt natürlich die Wahrheit. Nur das zählt im Grunde, denn es bedeutet, Cecily und ihr Kind sind sicher.«

»Ich bin froh«, gestand Amabel. »Ich habe so ein schlechtes Gewissen, weil ich nie hingeritten bin, um nach ihr zu sehen. Ich habe sie im Stich gelassen, fürchte ich.« Ihre Miene war bekümmert.

Yvain hinderte sich im letzten Moment daran, ihre Hand zu ergreifen. »Das ist Unsinn, Amabel. Wir alle dachten doch, sie sei an einem Ort, wo es ihr wohl ergeht. Schließlich konnten wir nicht ahnen, dass Mutterschaft das Einzige war, was Cecily sich vom Leben wünschte, und dieses Sehnen mit der Zeit so mächtig wurde, dass ihr jedes verdammte Mittel … vergib mir, jedes Mittel recht schien.«

»Glaubst du das?«, fragte sie beklommen.

Er schüttelte den Kopf. »Ich weiß es. Sie hat es mir gesagt. Es war ihr wohl selber nicht so richtig klar, als sie sich mit diesem Yaxley eingelassen hat, aber das war der Grund, warum sein Verschwinden ihr nicht gerade das Herz gebrochen hat. Er war … na ja, das Mittel zum Zweck. Armer Tor«, fügte er unwillig hinzu.

»Du bist … kein bisschen wütend auf sie, oder? Wieso nicht? Für Guillaume ist es wirklich schwer. Er bemüht sich, nicht zu richten, aber der Gedanke an ihren Bastard … nun, ich fürchte, er widert ihn an.«

Yvain musste immer an die kleine Joan denken, wenn er so etwas hörte, die hinreißende Tochter des Königs, die es wie kein anderer Mensch verstand, die guten Seiten ihres Vaters zutage zu fördern.

»Nun, dann ist es umso besser, dass sie fortgegangen ist, denkst du nicht?«

»Kein Grund, so frostig zu mir zu sein, Schwager, es ist nicht das, was *ich* denke.«

»Entschuldige …« Er hob zerknirscht beide Hände, und es war einen Moment still. Dann bekannte er: »Ich bin deswegen nicht wütend auf Cecily, weil es mir himmelschreiend ungerecht erscheint, Bastarde grundsätzlich zu verdammen. William Longsword, zum Beispiel, der Halbbruder des Königs, ist ein Bastard, aber wenn du die ungeschminkte Wahrheit hören willst: Von den Söhnen des alten Königs ist er der beste. Pentecôte FitzHugh, einer der Ritter des Königs, mit dem ich die Knappenzeit verbracht habe, ist ein Bastard und ein unerträglicher Mistkerl, missgünstig, arrogant und grausam. Ich schätze, Bastarde sind genau wie alle anderen Leute – es gibt solche und solche. Und doch sagt man, sie tragen den Makel der sündigen Unzucht ihrer Eltern. Aber werden denn nicht alle Kinder im Stande der Unschuld geboren?«

»Oh, Yvain.« Amabel schüttelte lächelnd den Kopf. »Es ist so wunderbar, dass du dir dein Gerechtigkeitsgefühl bewahrt hast, obwohl du jetzt schon so lange in der Welt der Mächtigen lebst. Andere Männer werden dort schnell zu Zynikern, aber du nicht. So wenig wie dein Bruder.«

Er musste den Blick abwenden, denn ihr Lächeln drohte seine unzureichenden Bollwerke einzureißen. »Vielleicht beweist das nur, was für Narren wir sind«, erwiderte er.

»Dein Einwand der kindlichen Unschuld erscheint mir alles andere als närrisch«, widersprach sie mit Nachdruck. »Vielleicht solltest du Erzbischof Walter danach fragen.«

»Oh, ich weiß nicht«, gab er seufzend zurück. »Lieber nicht. Er würde vermutlich argwöhnen, ich hätte selbst ein kleines Malheur zu vertuschen.«

Sie schwiegen einen Moment, und vermutlich dachte Amabel genauso an seinen Vater und dessen Fehltritte wie er selbst. Aber dann wechselte sie das Thema und berichtete ihm vom Erntefest am vergangenen Sonnabend, und er lauschte ihr und ließ sich wie eh und je vom Klang ihrer Stimme verzaubern.

Yvain schreckte mitten in der Nacht aus dem Schlaf. Er hatte von Pentecôte geträumt, der mit einer blutverschmierten Sichel in der Hand in den Stall von Chinon gekommen war und den Pferden des Königs die Kehle durchschneiden wollte, um Yvain in Teufels Küche zu bringen. Darum war Yvain alles in allem froh, dass er aufgewacht war.

Er richtete sich auf die Ellbogen auf und versuchte zu ergründen, was ihn geweckt hatte. Der halbvolle Mond schien durchs Fenster und zeigte ihm, dass auch Baldur aufgewacht war. Stockstill stand der große Hund neben dem Bett und lauschte.

Yvain streckte die Hand aus und fuhr ihm über den Kopf. »Was ist denn, mein Junge?«, murmelte er schläfrig.

Er hörte leise Schritte draußen auf dem Korridor, schwang die Beine über die Bettkante und stand auf. Noch ehe er die Tür seiner Kammer erreichte, vernahm er ein gedämpftes Poltern.

So lautlos wie möglich öffnete Yvain die Tür. Geblendet von der Flamme eines Öllichts, sah er zuerst nur einen Schattenriss, doch als er ein leises Fluchen vernahm, erkannte er die Stimme. »Guillaume?«

Der Schatten erstarrte und wandte sich dann langsam zu ihm um. »Yvain. Tut mir leid, dass ich dich geweckt habe.«

»Was ist los?«, fragte der jüngere Bruder und gähnte herzhaft.

»Gar nichts. Leg dich wieder schlafen.«

Etwas wie eine schrille Sturmglocke begann in Yvains Kopf Alarm zu schlagen. Die Stimme seines Bruders klang seltsam, tief und belegt. Yvains Augen hatten sich auf das flackernde Licht eingestellt, und jetzt erkannte er das Bündel, das Guillaume zu Boden gefallen war. »Wo willst du hin?«, fragte Yvain verwirrt.

»Was? Wovon redest du …«

»Guillaume, was geht hier vor?«

»Schsch!«, machte sein Bruder beschwörend. »Kein Grund, die ganze Burg aufzuwecken.«

Yvain hielt einladend seine Tür auf. »Komm rein.«

»Ich … Nein, nicht jetzt. Geh zurück ins Bett, Bruder, wir reden morgen früh.«

»Entweder du kommst jetzt hier herein, oder ich singe ›Quant je plus sui‹, bis nicht nur der ganze Bergfried, sondern auch der Friedhof hinter der Kapelle aufwacht«, drohte Yvain.

Über das gelbliche Flämmchen hinweg starrte Guillaume ihn an, und mit sinkendem Herzen erkannte Yvain den Schmerz in den Augen seines Bruders. Und noch etwas anderes, das möglicherweise Furcht war. Vielleicht lag es am Licht, aber das Gesicht schien sehr bleich, und die Wangenmuskeln waren angespannt.

Ein paar Herzschläge standen sie beide da auf dem dunklen, zugigen Gang, und Guillaumes Blick flackerte Richtung Treppe, als erwäge er, einfach Reißaus zu nehmen. Aber dafür hätte er an Yvain vorbeigemusst, und anscheinend sah er ein, dass das unmöglich war, ohne Lärm zu verursachen.

Er nickte knapp und hob sein Bündel auf. Yvain ließ ihm den Vortritt, folgte ihm in seine Kammer und schloss die Tür.

Guillaume trat ohne Eile ans Fenster, stellte im Vorbeigehen sein Lämpchen und das Bündel auf dem Tisch ab und sah in die mondhelle Nacht hinaus.

Yvain setzte sich aufs Bett und schob die eiskalten bloßen Füße unter den flauschigen Bauch seines Hundes, der sich wieder ins Bodenstroh gelegt hatte und ihn aus halbgeschlossenen Augen anblinzelte.

Guillaume hingegen war vollständig bekleidet, fiel dem jüngeren Bruder jetzt auf, und das unförmige Bündel auf dem Tisch war in einen pelzgefütterten Mantel gewickelt.

»Wo immer du hinwillst, du scheinst bis zum Winter bleiben zu wollen«, sagte Yvain verständnislos.

Guillaume nickte, nach wie vor mit dem Rücken zu ihm. »Und noch ein wenig länger.«

»Warum? Was hat das zu bedeuten?« Yvain hörte selbst, wie gepresst seine Stimme klang, und das war kein Wunder. Es war ein unbestimmtes, leises Grauen, das ihm die Kehle zudrückte.

Er bekam keine Antwort. Schließlich stand er auf, entzündete die Kerzen in dem dreiarmigen Zinnleuchter auf dem Tisch an der Öllampe und trug ihn zum Fenster. »Schau mich an«, verlangte er, mit einem Mal wütend. »Sieh mir ins Gesicht und sag mir, warum du dich in der Nacht davonschleichst wie ein verfluchter Feigling!«

Guillaume fuhr zusammen, aber er sagte immer noch nichts. Schließlich schob er mit der Rechten langsam den linken Ärmel hoch und streckte Yvain den Arm hin, wobei er weiterhin aus dem Fenster starrte.

Im hellen Schein der drei Kerzenflammen sah Yvain auf Guillaumes Unterarm drei haarlose Stellen von ungleichmäßig ovaler Form, etwa so groß wie eine Kinderfaust, außen stark gerötet, innen weiß und schuppig wie sprödes Leder. Er schloss für einen Moment die Augen und drängte den Jammerlaut zurück, der sich aus seiner zugeschnürten Kehle ringen wollte. Dann atmete er tief durch und nahm sich zusammen. »Komm schon, Guillaume, das kann alles Mögliche sein …«

»Aber das ist es nicht«, entgegnete der ältere Bruder. »Ich war gestern nicht in Camberfield beim Reeve, sondern bei einem Medicus in Canterbury. Er hat meinen Verdacht bestätigt. Anscheinend habe ich mir aus dem Heiligen Land ein Andenken mitgebracht.«

»Auch ein Medicus kann sich irren.«

Guillaume stieß höhnisch die Luft aus, nahm eine der Kerzen aus Yvains Leuchter und drückte sie auf einem der Male an seinem Arm aus. Er sah Yvain dabei ins Gesicht, und weder verzog er eine Miene, noch zuckte der verbrannte Arm zurück. Er hatte die Flamme nicht gespürt, erkannte Yvain und fühlte seine Knie butterweich werden, so als krieche Schwäche aus dem Bodenstroh seine Beine hinauf. Gegen diese Feuerprobe konnte nicht einmal er anreden. Nur Lepra machte die befallene Haut gefühllos – jedes Kind wusste das.

Guillaume streifte den Ärmel wieder herab, stand vor ihm und sah eigentlich aus wie immer. Und war dennoch ein toter Mann. Der Schmerz über diesen plötzlichen tückischen Verlust drohte sich in Zorn zu verwandeln, und Yvain wollte mit den Fäusten auf seinen Bruder losgehen und ihn fragen, was ihm einfiele, ihn und Amabel und seine Kinder und ihre Mutter einfach so im Stich zu lassen. Doch er nahm sich zusammen und wartete, bis er seine Gefühle halbwegs unter Kontrolle gebracht hatte.

Dann wies er auf den Schemel am Tisch. »Ich habe noch einen Schluck Wein, glaub ich.«

Guillaume schüttelte den Kopf. »Lass mich gehen, Yvain, um der Liebe Christi willen. Ich habe Amabel einen Brief hinterlassen, den sie finden wird, wenn … wenn sie morgen früh aufwacht. Vater Pierre ist eingeweiht und hat mir vorhin die *Separatio Leprosorum* gelesen.«

Yvain unterdrückte mit Mühe ein Schaudern. Es war der Ritus, mit dem ein Aussätziger aus der Gemeinschaft der Lebenden ausgeschlossen wurde, und fortan war ihm verboten, eine Kirche, ein Kloster, eine Stadt, Mühle oder einen Markt zu betreten oder sich ohne das gut erkennbare Lepragewand aus Sackleinen und die Warnglocke in der Öffentlichkeit zu zeigen. Vielerorts mussten die Kranken während dieser Trennungsmesse in einem offenen Grab stehen, um ihnen und ihren Familien zu vergegenwärtigen, dass ihre Verbannung unumkehrbar war.

»Er hat auch mein Testament«, fuhr Guillaume fort. »Es ist alles gerichtet, aber ich fürchte, dass ich nicht noch einmal die Kraft finde zu gehen, wenn du mich jetzt hier hältst. Ich weiß, der Abschied ist schwer. Aber er wird nicht leichter, wenn wir ihn hinauszögern.« Eine einzelne Träne rann über seine Wange.

Sie drohte Yvain den Rest zu geben, diese Träne, aber er schüttelte trotzig den Kopf. »Du gehst nirgendwohin, Mylord.«

»Es ist der einzige Weg, und das weißt du ganz genau. Ich stehe hier und atme und rede, aber nach dem Gesetz bin ich schon tot. Vater Pierre wird morgen das Requiem für mich halten …« Yvain musste die Augen zukneifen, doch Guillaume fuhr unbeirrt fort: »Du wirst Richards und Matildas Vormund, und ich weiß, dass du meine Tochter mit einem guten Mann verheiraten wirst und Waringham verantwortungsvoll hütest, bis mein Sohn alt genug ist, sein Erbe anzutreten. Das … ist mir ein großer Trost, Yvain. Und ich vertraue darauf, dass ihr alle für mich beten werdet und Messen für meine Seele lesen lasst. Und das ist alles.« Er verstummte und wandte den Kopf ab.

»Aber es ist *nicht* der einzige Weg«, widersprach Yvain. »Wir finden einen anderen. Sind wir mal ehrlich, *arme* Leute müssen der Welt entsagen und ins Leprahaus ziehen, wenn sie vom Aussatz befallen werden, aber *du* hast eine Wahl. Dir muss ich ja sicher nicht erzählen, dass König Balduin von Jerusalem Lepra hatte und trotzdem regiert hat.« Und in Frankreich ging ein Gerücht, Constance de Bretagne sei in Wahrheit an Lepra gestorben, nicht im Kindbett, und trotz dieser furchtbaren Krankheit hatte sie ihr Leben weitergeführt, hatte sogar wieder geheiratet und kurz vor ihrem Tod zwei gesunde Töchter geboren. »Du könntest bleiben, und das weißt du auch.«

»Ah ja? Und meine Frau und meine Kinder anstecken, falls das nicht längst geschehen ist?«

Yvain sann fieberhaft auf eine Lösung, und der Himmel schickte ihm eine Eingebung. »Du könntest in die Klause ziehen. Wir lassen sie herrichten, und du kannst dort zurückgezogen leben, damit du die Deinen keiner Gefahr aussetzt, aber wenigstens könntest du sie noch sehen. Du wärest noch Teil ihres Lebens und …«

»Oh, bei allen Heiligen, Yvain, warum tust du das? Weißt du eigentlich, wie schwer es war, diesen Entschluss zu fassen? Wie kannst du mir nur so in den Rücken fallen?«

»Guillaume.« Yvain verschränkte die Finger ineinander, presste einen Moment die Daumen an die Lippen und dachte nach. Er versuchte, sein Herz zu erforschen. War es um seines Bruders willen, dass er ihn nicht einfach ziehen ließ? Oder wollte er nur sich selbst diesen bitteren Abschied ersparen? Er kam zu keinem befriedigenden Ergebnis. »Wo willst du denn überhaupt hin?«

»Zu den Lazariten nach Akkon.« Es war ein Ritterorden, der ursprünglich gegründet worden war, um aussätzige Pilger im Heiligen Land zu versorgen, aber inzwischen stellte er auch kämpfende Verbände leprakranker Ritter, die bei den Heiden gefürchtet und berüchtigt waren, weil sie nichts zu verlieren hatten und den schnellen, ehrenvollen Tod in der Schlacht suchten. »Ich kehre zurück ins Heilige Land, wie ich es längst hätte tun sollen. Wie ich es getan hätte, wäre der König nicht gestorben. Es gilt, Sünden zu tilgen, verstehst du. Diese Krankheit ist eine Strafe Gottes, das weißt du so gut wie ich, und ich will Abbitte für meine Sünden leisten, dort, wo ich sie begangen habe. Ich glaube, das ist der Weg, den Gott mir weist. Meine Chance auf Erlösung.«

Sie sahen sich an. Schließlich nickte Yvain und atmete tief durch. Es geriet zittrig. »Dann geh mit Gott, Bruder. Ich wünschte nur, du wärest nicht so hart in deinem Urteil über dich selbst. Was immer du getan hast, es war Krieg. Und …«

»Es waren Frauen und Kinder darunter«, fiel Guillaume ihm ins Wort. »Nach dem Fall von Akkon wollte Richard Saladin die Gefangenen gegen Lösegeld zurückgeben, aber Saladin hoffte auf Verstärkung und spielte auf Zeit. Als die Frist verstrichen war, führten wir die Gefangenen auf einen Hügel außerhalb der Stadtmauern. In Sichtweite von Saladins Feldlager. Und dort haben wir sie abgeschlachtet. Einen nach dem anderen. Beinah dreitausend. Muslimische Kämpfer und Frauen und Kinder aus der Stadt. Ich habe noch niemals zu einer Menschenseele davon gesprochen, aber es ist in den letzten zehn Jahren kein Tag vergangen, da ich nicht an sie gedacht habe. Ich habe es getan, weil der König es befohlen hatte, aber das befreit mich nicht von meiner Schuld. Ich habe damals schon gewusst, dass es ein furchtbares Verbrechen ist, und ich hätte mich weigern müssen. Aber das war es, was Richard so gefährlich machte. Es … schien unmöglich, sich ihm zu verweigern.«

Yvain kam die Frage in den Sinn, was er wohl täte, wenn König John eine solche Freveltat von ihm verlangen würde. Und er sollte sich noch schaudernd an diesen Moment erinnern.

Er schloss seinen Bruder in die Arme. Im ersten Moment erstarrte Guillaume vor Schreck über die Berührung, aber dann entspannte sich sein Körper, er drückte den Jüngeren kurz an sich und ließ ihn dann los.

»Leb wohl, Yvain. Ich weiß meine Familie bei dir in guten Händen, und dafür danke ich dem Allmächtigen.«

»Leb wohl, Guillaume. Geh und tu, was immer du tun musst, um deinen Frieden mit Gott zu machen. Ich lasse die Klause trotzdem herrichten, und ich werde jeden Tag Brot und Ale dort für dich bereitstellen lassen.« Er hob die Hand, um Guillaumes Protest abzuwehren. »Die Wheelers bekommen die Erlaubnis, es sich abends zu holen – sie sind die Ärmsten in Waringham und können es gut gebrauchen. Sag nicht, ich soll mir die Mühe sparen, weil du nicht zurückkommst. Sag einfach gar nichts. Lass uns beiden diesen Funken Hoffnung, was meinst du?«

»Wann kommt Vater denn wieder, Onkel Yvain?«, fragte die siebenjährige Matilda nicht zum ersten Mal, und unablässig rannen Tränen über ihr zartes Gesicht.

Yvain konnte es kaum aushalten, sie so traurig zu sehen. Aber das musste er. Und ihr Kummer war auch nicht das Schlimmste, was er aushalten musste. Er hob sie auf den Arm und küsste ihr die tränennasse Wange. »Es wird eine sehr lange Reise, Matilda. Eine Pilgerfahrt ins Heilige Land kann manchmal viele Jahre dauern. Wir müssen geduldig sein.«

Sie nickte, aber ihre Bestürzung war unübersehbar. Sie merkte genau, dass hier irgendetwas nicht stimmte. Es sah ihrem Vater einfach nicht ähnlich, dass er ohne Abschied fortging.

Maurice de Clares Frau nahm ihm die Kleine ab. »Komm, wir suchen die Amme, Liebling. Es wird Zeit zum Schlafengehen für dich. Und das gilt für dich erst recht, Richard.« Sie streckte dem Vierjährigen die freie Hand entgegen, und er kletterte vom Schoß seiner Mutter und trat zu ihr, den linken Daumen bis zum Anschlag im Mund, obwohl er diese Gewohnheit eigentlich schon vor einem halben Jahr abgelegt hatte.

»Danke, Alice«, sagte Amabel. »Ich komme später und sehe nach ihnen.« Ihre Augen waren gerötet, aber um ihrer Kinder willen beherrschte sie sich und zeigte sich gefasst. Oder womöglich war sie eher betäubt vor Schmerz – Yvain kam nicht dahinter.

Die Totenmesse für seinen Bruder am Morgen war eine der grausigsten Angelegenheiten gewesen, denen er je beigewohnt hatte. Denn ganz gleich, was die Gesetze der Welt und der Kirche sagten – noch atmete Guillaume of Waringham, bestieg vielleicht gerade in Dover oder Sandwich ein Schiff, um auf den Kontinent zu reisen und sich unterwegs genauso die Seele aus dem Leib zu kotzen, wie Yvain es auf See immer tat, und Tote konnten doch ganz gewiss nicht seekrank werden. Deswegen kam es Yvain vollkommen irrsinnig vor, für die friedliche Ruhe seiner Seele zu beten.

Vater Pierre war vorher zu Lady Maud und zu Amabel gegangen – in dieser Reihenfolge –, um ihnen möglichst schonend beizubringen, was passiert war. Amabel hatte Guillaumes Brief längst gelesen, als der Hauskaplan sie aufsuchte, und sie hatte dem Requiem mit dem gleichen Ausdruck vager Teilnahmslosigkeit beigewohnt, den sie auch jetzt zeigte.

Derweil hatte Yvains Mutter sich nach der Messe in ihre Kammer zurückgezogen und die Magd zweimal abgewiesen, die Yvain mit ein wenig Brot und Suppe zu ihr geschickt hatte.

Die Männer und Frauen in der Halle, die Ritter, Knappen, Wachen und Bediensteten seines Bruders saßen an den langen Tischen vor dem Eintopf, den die Köchin zum Nachtmahl bereitet hatte, und ließen die Brotlaibe von Hand zu Hand wandern, aber kaum jemand brach sich ein Stück ab. Der übliche Radau aus Stimmengewirr, Kinderlachen, Hundegebell und Löffelklappern war bleierner Sprachlosigkeit gewichen.

Auch Yvain rührte lustlos in seiner Schale, bis der Eintopf aufhörte zu dampfen, und brachte keinen Löffel herunter.

»Einer von uns muss ein paar Worte sagen, denkst du nicht?«, raunte Amabel ihm zu.

Er nickte, sah ihr einen Moment in die Augen und erkannte beklommen, dass er derjenige sein würde, dem diese Aufgabe zufiel.

Ohne die geringste Ahnung, was genau er den Menschen sagen sollte, kam er auf die Füße, und schlagartig wurde es noch stiller, sodass er den Flügelschlag der Taube hörte, die sich in die Halle verirrt hatte und unter der Decke ihre Kreise zog.

»Heute ist ein Unglückstag in Waringham«, begann er. »Wie ihr inzwischen vermutlich alle gehört habt, ist Lord Waringham vom Aussatz befallen und darum … für die Welt und uns alle verloren.« Er musste sich räuspern, fuhr dann aber sicherer fort: »Er hat sich auf den Weg ins Heilige Land gemacht, um sich dem Lazarusorden anzuschließen. Sein Testament bestimmt mich zum Vormund für Matilda und Richard, der jetzt der neue Lord Waringham ist. Aber da ich in Kürze auf den Kontinent zurückkehren muss und nicht so häufig werde hier sein können, wie ich es mir wünsche, ernenne ich Jean FitzEdmond zum Steward und Maurice de Clare zum Erzieher meines Neffen.« Er blickte die beiden Ritter der Reihe nach an, die ihm mit ernsten Mienen zunickten.

»Ich sehe in euren Gesichtern, dass es euch allen ergeht wie mir und ihr niedergedrückt von diesem Unglück seid. Darum werde ich euch mit weiteren Worten verschonen. Ich weiß, dass ihr meinem Neffen, seiner Mutter und Schwester die gleiche Treue erweisen werdet wie meinem Vater und Bruder, und dafür danke ich unserem Herrn Jesus Christus. Ehe Guillaume fortging, sagte er mir, er vertraue darauf, dass wir alle für ihn beten werden. Also schlage ich vor, wir beschließen diesen schwarzen Tag, indem wir genau das tun. *Vater unser, der du bist im Himmel …*«

Bänke knarrten, und Schuhe raschelten im Bodenstroh, als der gesamte Haushalt sich erhob und mit ihm das *Paternoster* sprach. Auch Amabel war seiner Bitte gefolgt. Sie hatte den Kopf über die gefalteten Hände gesenkt und die Lider geschlossen, aber ihre Stimme klang fest.

»Ich wollte es nicht wahrhaben, aber jetzt wird mir allmählich klar, dass ich es geahnt habe«, gestand sie ihm, als sie am nächsten Morgen Seite an Seite den Mönchskopf hinabschlenderten. Der frische Wind jagte bizarre graue Wolken über den weiten Himmel, aber noch war es trocken.

»Du hast die Flecken auf seinen Armen gesehen?«

»Eben nicht. Er hat sich … zurückgezogen.« Die zarte Röte, die ihr in die Wangen stieg, verriet ihm, was sie meinte. »Er schien ständig nach Ausflüchten zu suchen, um nicht in meiner Nähe zu sein. Während der Erntezeit war es immer üblich, dass er mit dem ersten Hahnenschrei die Burg verließ und erst spät zurückkam, aber dieses Jahr blieb er oft die ganze Nacht fort. Ich dachte zuerst, er habe sich mit einer liederlichen Schäferstochter eingelassen oder Ähnliches, aber zu den Kindern war er ebenso distanziert wie zu mir. Das hätte mich eigentlich auf die richtige Fährte bringen müssen.«

Yvain nickte. Die blühende Heide von Waringham Heath unter dem dräuenden Wolkenhimmel war ein grandioser Anblick, und es versetzte ihm einen Stich, dass Guillaume diese wilde Schönheit nie wieder sehen würde. Solche Stiche spürte er neuerdings andauernd. Womöglich würde er sich daran gewöhnen.

»Es war sicher sein schlimmster Albtraum, euch anzustecken, nachdem er selbst den Verdacht geschöpft hatte, was diese Male zu bedeuten hatten«, mutmaßte er. Und der Albtraum mochte immer noch wahr werden. Yvain wusste nicht viel über diese Krankheit, die die Menschen mehr fürchteten als jede andere, aber es hieß, sie könne jahrelang in ihren Opfern schlummern, ehe sie sich zeigte.

»Ja, ganz gewiss.« Amabel blieb stehen, ihr Gesicht mit einem Mal fast grau. »Wenn ich mir vorstelle, was er ausgestanden hat, Yvain. All die Furcht, all die Verzweiflung, und ganz allein. Ich wünschte so sehr, er hätte sich mir anvertraut.«

»Weil du eine Frau bist«, gab er eine Spur brüsk zurück. »Männer machen solche Dinge lieber mit sich allein aus.«

»*Blödsinn …*«, stieß sie wütend hervor, mäßigte sich indes sogleich wieder. »Aber es hat jetzt keinen Sinn mehr, mich deswegen zu grämen. Guillaume hat seinen Weg gewählt, und ich glaube, es ist ein guter Weg. Für ihn, meine ich. Ich muss lernen, damit zu leben. Sein Brief war wundervoll.« Ihr verlorenes Lächeln bohrte sich wie ein vergifteter Pfeil in Yvains Herz.

Schweigend gingen sie zum Feenbaum, und er kippte den Inhalt des Wassereimers, den er wie eh und je hergetragen hatte, an den verkohlten Stamm.

»Jetzt wäre ein guter Zeitpunkt für einen neuen Trieb«, bemerkte Amabel.

Er nickte. »Aber wie ich die Feen kenne, bestimmen sie den Moment nach ihren eigenen Regeln.«

»Vermutlich.« Sie fuhr mit der flachen Hand über die Borke und schaute zum Himmel auf. »Sieht so aus, als bekäme dein Baum heute noch mehr Wasser.«

»Ja, wir sollten besser zurückgehen.« Aber Yvain rührte sich nicht, sondern versenkte sich in den Anblick der unglücklichen jungen Frau unter dem toten Baum, der schmalen lilienweißen Hand auf der geschwärzten Rinde, und wäre Gott in diesem Moment des Weges gekommen, hätte Yvain einen Stein nach ihm geworfen.

Doch er wusste, wenn er einmal anfing, mit Gott zu hadern und sich mit der völlig blödsinnigen Frage zu beschäftigen, was gewesen wäre, wenn, dann würde die Finsternis sich seiner Seele bemächtigen und ihn zum völligen Stillstand bringen. Und das konnte er sich nicht leisten.

Er rang sich ein Lächeln ab und reichte Amabel den Ellbogen.

Sie nahm zögernd die Hand vom Feenbaum und hakte sich bei ihrem Schwager ein. »Wie lange wirst du bleiben können?«

»Eine Woche vielleicht. Der Bischof von Norwich soll die Petition des Erzbischofs nach Rom bringen, er hat viel Erfahrung in delikaten diplomatischen Missionen. Sobald das Schreiben an seine Heiligkeit fertig ist, kehren wir zusammen nach Rouen zurück, damit er es dem König vorlegen kann, ehe er weiterreist. Die Angelegenheit drängt, und der Weg nach Rom ist weit. Darum muss ich aufbrechen, sobald der Bischof mir Nachricht schickt.«

»Du musst dich nicht entschuldigen«, stellte Amabel klar. »Dein Leben findet bei Hofe statt, und niemand kann erwarten, dass du ihm plötzlich den Rücken kehrst, um hier in die Stiefel deines Bruders zu steigen. Davon abgesehen würde der König dir wahrscheinlich den Kopf abreißen, wenn du länger als nötig hierbleibst.«

»Mindestens. Aber ganz unter uns: Es ist nicht die Dringlichkeit seines Anliegens an den Papst, die mich zur Eile drängt, sondern meine Frau und ihre bevorstehende Niederkunft.«

Amabel sah ihn von der Seite an. »Du meine Güte, Yvain. Das dürfte dann wohl in der Hochzeitsnacht passiert sein.« Ihr amüsierter Tonfall geriet matt, aber er war zumindest ein Lebenszeichen. Wie das Aufflackern eines Flämmchens in der Asche.

»Das glauben wir auch«, gab er zurück und hob die Schultern. »Kommt vor.«

Sie nickte, strich ihm kurz über den Arm und sah dabei auf den steinigen Pfad hinab. »Ich bin froh. Ein Leben geht verloren, und gleichzeitig kündigt sich ein neues an. Es ist … nun, es ist mir ehrlich gestanden kein Trost. Aber immerhin ein tröstlicher Gedanke.«

Der Herbst machte Ernst mit seiner verfrühten Ankunft in Kent. Der stürmische Wind riss die Blätter von den Bäumen, obwohl sie noch grün waren, und brachte immer neue schwarze Wolkengebirge von der See heran, die Waringham sintflutartige Regenfälle bescherten. Die Bauern stöhnten und blickten mit sorgenvollen Mienen zum Himmel auf, denn die Hülsenfrüchte waren noch nicht alle geerntet, und es wurde Zeit, die Felder für die Wintersaat zu pflügen.

Yvain teilte ihre Sorge, doch seine Gedanken weilten öfter bei seinem Bruder, der auf seiner einsamen Reise inzwischen vermutlich den Rhein erreicht hatte und bei diesem schauderhaften Wetter die Städte wiedersah, die er einst mit König Richard auf dessen triumphaler Rückkehr aus der Gefangenschaft besucht hatte.

»Sir, der Bischof von Norwich ist eingetroffen«, meldete Thomas.

Yvain wandte sich um. »Der *Bischof*?«, fragte er ungläubig. »Kein Bote?« Er stand mit Jean FitzEdmond in der verfallenen Klause, und beide mussten die Köpfe einziehen, um nicht an die niedrige Decke zu stoßen.

»Ja, Sir Yvain.« Es tröpfelte aus Thomas' kinnlangem Schopf, als er nickte. »Bischof John de Gray höchstpersönlich. Und mit Gefolge: zwei Diener, zwei Mönche und ein halbes Dutzend Wachen.«

»Dann werden wir anscheinend wohlbehütet und umsorgt auf den Kontinent zurückkehren«, bemerkte Yvain trocken. Er überlegte einen Moment und sagte dann: »Führ sie in die Halle, den ehrwürdigen Bischof an die hohe Tafel. Lass ihnen etwas Heißes vorsetzen und schick nach Lady Amabel.«

»Wird gemacht, Sir«, sagte der Knappe und zögerte.

»Noch heute, wenn's geht, Thomas.«

»Ja, Sir. Es ist nur, er hat ausdrücklich nach Euch gefragt.«

Yvain stieß hörbar die Luft aus. »Ich weiß. Sag ihm, du habest mich nicht gefunden, ich sei vermutlich im Dorf oder sonstwo. Dann entschuldige dich und sag, du wollest dich wieder auf die Suche machen, aber stattdessen packst du unsere Sachen und gehst satteln.«

Thomas zuckte mit keiner Wimper. »Wie Ihr wünscht, Sir Yvain«, erwiderte er bereitwillig, machte kehrt und steuerte geschickt einen Kurs zwischen den zahllosen Pfützen im Innenhof zurück zum Bergfried.

»Du lässt deinen Knappen einen Bischof anlügen?«, fragte FitzEdmond. Es klang schockiert.

»Nur in begründeten Ausnahmefällen«, versicherte Yvain.

»Aber was …«

»Wenn Bischof de Gray hier zwei Stunden vor Mittag aufkreuzt, heißt es, dass ich noch heute mit ihm zur Küste aufbrechen muss. Ich hatte gehofft, mir blieben ein paar Tage mehr Zeit, um alles zu ordnen, aber nun muss es eben so gehen. Doch ich habe noch etwas Dringendes zu erledigen, ehe ich Waringham für Gott weiß wie lange verlasse.«

»Und zwar?«

»Meine Mutter zur Vernunft bringen.«

»Oh«, machte FitzEdmond beklommen. »Na dann, viel Glück.« Es klang nicht sehr zuversichtlich.

In der Burgkapelle herrschten Kälte und Halbdunkel. Bei gutem Wetter fiel um diese Tageszeit weiches Licht durch das grünliche Glasfenster in der Ostwand, das heute jedoch grau und stumpf wie ein Zinnteller war. Im trüben Dämmerlicht erahnte Yvain die Wandmalereien, aber er hielt nicht inne, um sie zu betrachten, wie es sonst seine Gewohnheit war.

Drei hohe Wachskerzen am Altar flackerten in der Zugluft, und in ihrem unruhigen Schein sah er seine Mutter auf den nackten Steinfliesen knien. Er trat näher, kniete sich neben sie, bekreuzigte sich und betete eine Weile, bis er aus dem Augenwinkel sah, dass sie die gefalteten Hände sinken ließ.

»Ich weiß, wieso du zu mir kommst, Yvain«, sagte sie, ihre Stimme rau, so als seien es die ersten Worte, die sie heute sprach. Und vermutlich waren sie das, ging ihm auf.

»Das kann ich mir nicht vorstellen«, widersprach er.

»Du willst mich an meine Verantwortung und meine Pflichten erinnern.«

Er schüttelte den Kopf. »Ich schätze, das ist so ziemlich das Letzte, was du im Moment gebrauchen kannst.« Er wies mit der Linken zum Altar. »Was sagst du zu Gott während all der Stunden, die du hier verbringst?«

Sie zog langsam die Schultern hoch. »Meistens gar nichts. Was soll ich ihm sagen? Er wird mir kaum zurückgeben, was ich verloren habe. Ich bete Rosenkränze.« Wie zum Beweis hielt sie ihm die kostbare Gebetsschnur mit den Elfenbeinperlen und dem goldenen Kruzifix hin, die ihr Gemahl ihr zu Guillaumes Geburt geschenkt hatte. Durch Eis und Schnee war er nach Canterbury geritten, um sie dort bei einem Goldschmied zu erstehen und vom Erzbischof segnen zu lassen – es war eine Abenteuergeschichte, die an langen Winterabenden in der Halle früher gern und oft erzählt worden war. »Sie spenden Trost und bringen den Geist zur Ruhe, heißt es«, fuhr Lady Maud fort. »Und manchmal tun sie das auch. Aber noch öfter kommt es vor, dass die Gleichförmigkeit der ständigen Wiederholung mich in einen eigenartigen Zustand der Entrückung versetzt, an einen Ort, wo die Farben sanft und die Geräusche warm sind und dein Vater nicht tot ist.«

»Wahrscheinlich nickst du ein«, mutmaßte er frech.

Der Mundwinkel, den er sehen konnte, verzog sich nach oben, und für einen flüchtigen Moment war sie die lebenslustige und tatkräftige Frau, die seine Mutter einmal gewesen war. »Wahrscheinlich.«

»Ich kann verstehen, dass dieser Ort, den du beschreibst, eine große Anziehungskraft hat, *ma mère*.«

»Wirklich? Ein zwanzigjähriger Bengel wie du?«

»Dreiundzwanzig«, verbesserte er. »Und ich zweifle, ob es wirklich so viel mit der Lebensspanne zu tun hat. Es ist eher Veranlagung, oder? Wenn das Leben zu bitter wird, träumst du dich in eine andere Welt. Das tue ich auch.«

»Weil du Amabel nicht bekommen konntest.« Es war eine Feststellung, keine Frage. Endlich wandte seine Mutter den Kopf und sah ihm ins Gesicht. »Die dem Gesetz nach jetzt Witwe ist, hast du darüber schon mal nachgedacht?«

Natürlich hatte er darüber nachgedacht, und selten hatte er sich für irgendetwas mehr gehasst. Doch er schluckte die scharfe Erwiderung herunter, die ihm auf der Zunge lag, und entgegnete stattdessen: »Können wir vielleicht aufstehen? Ich muss heute noch zwanzig, dreißig Meilen weit reiten, und meine Knie fühlen sich an, als wollten sie gleich bersten.«

»Wohin?«, fragte sie verwundert.

»Dazu kommen wir gleich.« Er stand auf, reichte ihr die Hand, und nach einem kurzen Zögern ließ sie sich hochziehen.

»Ich merke, du bist tatsächlich erwachsener geworden, als ich dir zugestanden habe, mein Sohn. Durch Beleidigungen lässt du dich jedenfalls nicht vom Kurs abbringen.«

»Ich bedaure, wenn dich das enttäuscht. Aber in keiner anderen Fertigkeit hat man an des Königs Seite mehr Gelegenheit, sich zu üben. Der immer dann am abscheulichsten ist, wenn er von seinen eigenen Verfehlungen ablenken will.«

»So wie ich, meinst du?«

Er zuckte die Schultern und nickte gleichzeitig. »Wir vermissen dich. Und wir brauchen dich. Komm zurück.«

Sie schien einen Moment mit sich zu ringen. Dann schüttelte sie den Kopf und richtete den Blick auf die unebenen Steinplatten am Boden. »Ich glaube nicht, dass ich das kann, Yvain. Wenn du die Wahrheit wissen willst: Ich habe mich entschlossen, in Amesbury ins Kloster zu gehen.«

Er war nicht im Mindesten überrascht, dass Amabels Befürchtung sich erfüllt hatte. »Ich werde nicht versuchen, dich davon abzuhalten, aber falls es in Wahrheit Cecily sein sollte, nach der du dich sehnst, nicht klösterliche Abgeschiedenheit, steht dir eine Enttäuschung bevor, fürchte ich.«

»Was soll das heißen?«

Er sagte es ihr. Er sah ihr in die Augen und berichtete ihr in allen Einzelheiten von dem Tag kurz nach seiner Hochzeit, als er und Beatriz Cecily im Wald gefunden hatten. Er war bis zur Aussprache in der Klause gekommen, als seine Mutter die Hand hob und ihm eine so mörderische Ohrfeige verpasste, dass der Schall vom Deckengewölbe und den Wänden des Kirchleins zurückhallte.

Yvain fuhr sich kurz mit dem Handrücken über die brennende Wange. »Na bitte. Eine echte menschliche Regung. Ich habe doch geahnt, dass meine Mutter noch irgendwo in dieser Gespensterhülle steckt.«

»Geh mir aus den Augen, du … unaussprechlich verkommene Kreatur!«

Er schnaubte und verschränkte die Arme. »Ist das wirklich alles, was dir einfällt? Ich bin also eine verkommene Kreatur, ja? Aber wo warst du, als deine Tochter halb erfroren und völlig verzweifelt durch den Schnee nach Hause gekrochen kam? Du warst *hier* und hast dich an den Ort mit den sanften Farben geträumt. Cecily hat eine schwere Sünde begangen, keine Frage. Aber sind es nicht die, die gestrauchelt sind, die jemanden brauchen, der ihnen wieder aufhilft? Hast nicht gerade du uns gelehrt, dass es genau das ist, wofür eine Familie da ist?« Er breitete wütend die Arme aus. »Und wo bist du jetzt? Hier fällt alles auseinander, Amabel kann sich vor Trauer kaum rühren, die Kinder sind verstört, und ich kann nicht länger bleiben, denn oben in der Halle wartet der Bischof von Norwich, um mich auf den Kontinent zurückzuschleifen.«

»Das ist nicht ganz richtig«, sagte eine tiefe Stimme von der Tür. »Der Bischof von Norwich war des Wartens überdrüssig, hat sich auf die Suche nach Euch gemacht und ist in diese hübsche Kapelle gekommen, um Euch auf den Kontinent zurückzuschleifen.«

Yvain wirbelte herum. Er verdrehte die Augen und verneigte sich gleichzeitig. »Willkommen in Waringham, Exzellenz, auch wenn ich wünschte, Ihr hättet mich eine Viertelstunde später gefunden.«

»*Yvain!*«, zischte seine Mutter.

Der ehrwürdige Bischof von Norwich lachte in sich hinein. »Seid beruhigt, Madame. Euer Sohn und ich sind alte Freunde.«

De Gray war Mitte dreißig – so alt wie der König – und schon in dessen Prinzenjahren sein Sekretär gewesen. Während Johns gescheiterter Rebellion nach König Richards Gefangennahme und in den schweren Jahren danach war er dem Prinzen treu geblieben, genau wie Yvain, und gehörte deswegen genau wie der zu dem überschaubaren und eingeschworenen Kreis der Männer, die das Vertrauen des Königs genossen.

Lady Maud ließ es sich indes nicht nehmen, vor ihm das Knie zu beugen und seinen Ring zu küssen.

Er legte ihr segnend die Hand auf den Kopf, aber es war Yvain, den er dabei anschaute. »Doch auch an alten Freunden entdeckt man gelegentlich unbekannte Seiten. Was fällt Euch ein, so respektlos mit Eurer Mutter zu sprechen, Ihr Flegel?«, tadelte er streng.

Yvain öffnete den Mund, um sich zu rechtfertigen, und klappte ihn wieder zu. Was konnte er sagen?

Seine Mutter erhob sich, streifte ihren Sohn mit einem rätselhaften Blick und straffte die Schultern. »Flegel ist zutreffend, Exzellenz. Aber möglicherweise verbargen sich in den Respektlosigkeiten ein paar schmerzhafte Wahrheiten.«

»Ah«, machte Bischof de Gray mit einem warmen Lächeln und reichte ihr den Arm. »Ich fürchte, dafür ist Euer Sohn berüchtigt, Lady Maud.«

Caen, Oktober 1201

Das beschauliche Caen lag nur wenige Meilen von der Küste entfernt. Trotzdem hatten Yvain, Bischof de Gray und ihre Eskorte ihre liebe Mühe gehabt herzufinden, denn ein dichter Nebel war mit dem Tagesanbruch von der See hereingezogen, und mehr als die nächsten zwanzig, dreißig Yards der miserablen Straße hatten sie nie sehen können.

Doch sie gelangten ohne Missgeschicke ans Stadttor, das plötzlich wie die Pforte zur Anderwelt aus dem perlgrauen, wabernden Nebelmeer vor ihnen aufragte, und die Wachen ließen sie anstandslos passieren.

»Wart Ihr schon einmal hier?«, fragte de Gray, der Seite an Seite mit Yvain vornewegritt.

»Nein, Exzellenz. König Richard kam gern zum Jagen her, hat mein Bruder erzählt, aber König John jagt lieber in England, denke ich.«

»Die umliegenden Wälder hier sind in der Tat wildreich und weitläufig«, antwortete der Bischof. »Aber das Wundervollste an Caen sind die Klöster St. Etienne und La Sainte Trinité, wo der Eroberer und seine Gemahlin ihre letzten Ruhestätten haben. Schaut sie Euch an, wenn Ihr Gelegenheit findet, ihre Schönheit wird Euer Herz erfreuen.«

Yvain nickte. Vielleicht würde er den Rat sogar befolgen. Er konnte derzeit alles gebrauchen, was das Herz erfreute.

Der Bischof wies mit dem ausgestreckten Arm nach Süden. »Dort den Hügel hinauf geht es zur Burg. Es ist nicht mehr weit, Gott sei gepriesen. Dieser Nebel kriecht einem mit eisigen Fingern unter den Mantel, oder?«

»Dann lasst uns schneller reiten«, schlug Yvain vor. »Davon wird Euch warm.«

»Ihr wollt andeuten, ich sei ein verweichlichter Pfaffe?«, argwöhnte de Gray entrüstet, schnalzte seinem temperamentvollen Braunen zu und galoppierte an.

Yvain musste sich beeilen, damit der Bischof ihm nicht davonzog.

Drei Tage hatten sie von Waringham bis nach Portsmouth gebraucht, von wo aus sie sich in die Normandie eingeschifft hatten, und während dieser kurzen Reise hatte Yvain den Bichof von Norwich sehr zu schätzen gelernt. Unaufdringlich hatte der ihm Trost und geistlichen Beistand im Angesicht des schweren Schicksalsschlags angeboten, der das Haus von Waringham getroffen hatte. De Gray war ein überaus gebildeter Mann und wusste die erstaunlichsten Dinge über die Lepra. So hatte er Yvain zum Beispiel erklärt, viele Kirchengelehrte glaubten, dass Leprakranke Gott näher seien als gewöhnliche Sterbliche. Denn es war dieses Leiden, welches der Herr Jesus Christus besonders häufig geheilt hatte. Die Aussätzigen standen unter seinem göttlichen Schutz, und deswegen waren die Gemeinschaften aussätziger Männer und Frauen in den Leprahäusern mit denen von Nonnen und Mönchen gleichzusetzen, deren Ordensregeln sie ja auch befolgten. »Es ist eine schwere Prüfung, keine Frage«, hatte de Gray eindringlich gesagt. »Bitter für Euren Bruder und jeden, der ihm verbunden war. Aber es bedeutet nicht, dass Gott ihn verlassen hat – im Gegenteil. Wenn Euer Bruder glaubt, er müsse zu den Lazariten gehen und für begangene Sünden büßen, dann wird er die Gnade und Vergebung Gottes auch erlangen.«

Yvain konnte nicht behaupten, dass er von dieser merkwürdigen Art göttlicher Gnade besonders viel hielt. Doch die Erkenntnis, dass Guillaume zwar von der Welt verlassen war, nicht aber von Gott, war ein Trost.

Bischof de Gray taugte indes nicht nur als geistlicher Beistand, sondern erwies sich in jeder Hinsicht als großartiger Reisegefährte. In der Nähe von Arundel hatte Thomas' Pferd ein Eisen verloren, und sie hatten bei ungemütlichem Wetter im Wald kampieren müssen, ehe sie sich am nächsten Morgen auf die Suche nach einem Schmied machen konnten. Weder das Missgeschick noch der Mangel an Komfort hatten den Bischof indes erschüttert, und sie hatten die halbe Nacht am Feuer gesessen und Gruselgeschichten erzählt, bis der sonst eher hartgesottene Captain der bischöflichen Eskorte sie mit weit aufgerissenen Augen anflehte, damit aufzuhören. Beinah hatte Yvain es bedauert, als sie Portsmouth erreichten.

»Ah!« Der König strahlte. »Das ging schneller, als ich zu hoffen gewagt habe.« Er saß mit Isabella in der zugigen Halle bei einem späten Frühstück und winkte die Ankömmlinge näher. »Ihr bringt mir den Brief des Erzbischofs für seine Heiligkeit?«

»Natürlich, Sire.« De Gray hielt die verschrammte Ledertasche hoch, die er seit ihrem Aufbruch über der Schulter getragen und wie den heiligen Gral gehütet hatte. »Und er ist ausgesprochen gut gelungen, muss ich sagen. Das Original ist natürlich versiegelt, aber ich habe eine Abschrift für Euch gefertigt.«

»Gut. Setzt Euch zu uns und nehmt von diesen Lampreten, sie sind himmlisch. Das gilt auch für Euch, Yvain. Falls Ihr schon wieder essen könnt, heißt das. Ihr seht noch grüner aus als sonst.«

Yvain rang sich ein mattes Lächeln ab. Es war das erste Mal, dass er in der königlichen Halle an die hohe Tafel gebeten wurde, hinter der er sonst höchstens auf Wache stand. Doch die Halle war verwaist, Höflinge und Gesinde vermutlich hinausgeschickt worden, damit der König und die Königin ungestört schnäbeln konnten.

Yvain sank in den Sessel neben Isabella, und auf ihre einladende Geste hin schenkte er sich einen Schluck Wein ein.

»Beatriz ist wohl, Sir Yvain«, versicherte sie ihm. »Aber sie wird ja so froh sein, dass Ihr wieder da seid.«

»Danke, Madame«, murmelte er.

Bischof de Gray hatte neben dem König Platz genommen.

»Die Reise verlief gut, Exzellenz?«, fragte John zwischen zwei Löffeln.

»Tadellos und in höchst angenehmer Gesellschaft«, gab de Gray lächelnd zurück, wurde aber gleich wieder ernst. »Dabei gab es in England schlimme Neuigkeiten. Der Earl of Waringham ist vom Aussatz befallen, Sire.«

Yvain hätte sich um ein Haar an dem erlesenen Burgunder verschluckt. Ihm hatte davor gegraut, es dem König zu sagen, und er hätte es lieber noch aufgeschoben.

Doch John überraschte ihn, und der eisige Hohn blieb aus. »Bei Gottes Zähnen …« Es klang beinah erschüttert, und er bekreuzigte sich, was man außerhalb der Gottesdienste eher selten sah. Dann wandte der König den Kopf und sah seinem Ritter ins Gesicht. »Es tut mir leid, Yvain. Ich kannte Euren Bruder nicht gut, aber ich weiß, das hat er nicht verdient.«

»Habt Dank, Sire.« Yvain musste den Blick abwenden, führte den Becher an die Lippen und leerte ihn in einem Zug, obwohl er wusste, dass es unklug war. Das unerwartete Mitgefühl des Königs drohte ihn aus der Fassung zu bringen.

»Wie alt ist Euer Neffe gleich wieder?«

»Gerade vier geworden.«

John nickte versonnen. »Ich nehme an, Ihr wollt die Vormundschaft?«

»Wenn Ihr keine Einwände habt. Es … es ist der Wunsch meines Bruders.«

»Nein, ich habe keine Einwände. Wir reden morgen darüber, nach der Jagd. Einverstanden?«

»Danke, Sire«, sagte Yvain schon wieder, immer noch verwirrt ob dieser untypischen Anteilnahme.

Isabella stand auf. »Wenn Ihr erlaubt, Sire, würde ich Sir Yvain gern bitten, mich zu begleiten, und wir überlassen den ehrwürdigen Bischof und Euch der Politik.«

»Ja, nimm ihn nur mit.« John küsste seine Fingerspitzen und drückte sie an ihre himbeerroten Lippen.

Isabella nahm seine Hand und schmiegte sie einen Moment an ihre Wange, aber Yvain erahnte in ihrem Lächeln einen Hauch von Frost.

Die Burg von Caen war nicht nur trutzig, sondern ebenso weitläufig, und ausnahmsweise hatte der ganze Hof hier ausreichend Platz. Die Gemächer der Königin lagen in einem der neueren Fachwerkgebäude an der Westseite, und in ihrer Halle im ersten Obergeschoss prasselte ein einladendes Feuer im Kamin. Die Damen hatten sich im Halbkreis darum gruppiert und lauschten dem Vortrag einer jungen Trobairitz.

Cecily und Beatriz saßen Seite an Seite, und beide lächelten, als sie sahen, wen die Königin mitgebracht hatte. Während Isabella sich in den reich geschnitzten, brokatgepolsterten Sessel setzte, der dem Feuer am nächsten stand, trat Yvain hinter seine Gemahlin und legte ihr eine Hand auf die Schulter. Beatriz wandte nicht den Kopf, sondern hob die Linke und bedeckte damit Yvains Hand. Er spielte mit ihren schlanken, warmen Fingern und wartete höflich auf das Ende des fröhlichen und reichlich frivolen Hirtenliedes.

Als die Sängerin die letzten Töne ihrer Laute verklingen ließ, applaudierten die Damen höflich, wenn auch etwas lustlos.

»Das war sehr hübsch, Sancha«, urteilte die Königin. »Du hast Talent, aber du bist noch nicht bereit für die königliche Halle, denke ich. Hab Dank für deinen Besuch und deinen Vortrag.« Die Geste, mit der sie die Musikerin hinauswarf, war liebenswürdig. »Geh zurück in die Gascogne, lerne weiter von den berühmten Troubadouren und besuche uns nächsten Sommer wieder.«

Enttäuscht, aber nicht eingeschnappt erhob sich die Trobairitz und knickste vor der Königin: »Das werde ich. Es war sehr gütig, dass Ihr mich angehört habt, Madame.«

Isabella nickte würdevoll. Das war etwas, das sie hervorragend beherrschte, hatte Yvain schon häufiger gedacht. Wie offenbar auch die schwierige Gratwanderung, höfische Künstler zu besseren Leistungen anzuspornen, ohne sie zu beleidigen. Manchmal konnte einem glatt entfallen, dass die Königin erst vierzehn war.

»Er betrügt sie«, eröffnete Beatriz ihm unvermittelt, als sie endlich allein in ihrem Quartier waren.

»Hm?«, machte Yvain abwesend, während er die Tür schloss.

»Der König betrügt Isabella«, wiederholte sie. »Mit der Gouvernante seiner kleinen Tochter.«

Yvain nahm ihren Arm und half ihr in einen der Sessel. »Mit Laurette de Marmande?«, fragte er ungläubig.

Beatriz nickte. »Er ließ die kleine Joan kurz nach deiner Abreise an den Hof kommen, und kaum waren sie hier, fing es an. Du kennst sie gut, nicht wahr? Diese Laurette de Marmande?«

Er sah seine Frau forschend an. Ihr Ton war arglos, ihre Miene unmöglich zu deuten. »Ich glaube nicht, dass irgendwer sie wirklich gut kennt. Sie zeigt der Welt eine Maske, und man kann nur raten, was sich dahinter verbirgt. Aber sie ist eine sehr vornehme und anspruchsvolle Dame, und ich kann mir schon vorstellen, dass sie Johns Jagdinstinkt geweckt hat.«

»Er ist ein Schuft«, befand Beatriz leidenschaftslos. »Erst stiehlt er Isabella ihrem rechtmäßigen Verlobten, und dann ist er ihr untreu. Warum? Alle sagen, sie sei die schönste Frau der Welt, richtig?«

Yvain ließ sich ihr gegenüber auf dem Fenstersitz nieder. Jetzt im Herbst war die Fensteröffnung mit einem Holzladen verschlossen, aber Yvain kam es vor, als krieche der kalte Nebel durch die Ritzen und seinen Rücken hinauf. Er ergriff Beatriz' Hand. »Der König liebt die Abwechslung. Und weil er eben der König ist, wäre es naiv zu erwarten, dass er seine Launen zu beherrschen versucht – das tun Könige eher selten, schätze ich. Aber es wird nicht lange dauern, bis er seiner neuesten Eroberung überdrüssig wird und zu Isabella zurückkehrt. Es hat nichts zu bedeuten, Beatriz. Vielleicht kannst du versuchen, ihr das klarzumachen, sie hört doch auf dich. Und eines steht fest: Mit Hugo de Lusignan wäre sie auch nicht besser gefahren. Er ist ein furchtbarer Weiberheld.«

Sie nickte – anscheinend wenig überzeugt. »Und du? Bist du auch ein treuloser Lump und ein furchtbarer Weiberheld?« Sie sagte es scherzhaft, aber ihr Blick verriet ihm, dass die Frage ihr zu schaffen machte.

Yvain schüttelte langsam den Kopf. »Nein, Madame.« *Wie der Zufall es will, kann ich die Frau nicht haben, mit der ich dich gern betrügen würde, darum bin ich zur Tugend verdammt …*

»Und doch bist du zornig, dass der König dir deine einstige Geliebte ausgespannt hat?«

»Wie in aller Welt kommst du darauf?«

»Ich seh's daran, wie du die Augen verengst und deine Stirn sich furcht. Du bist so angespannt wie die Sehne eines Bogens. Irgendetwas brodelt in dir, und zumindest ein Teil davon ist Wut.«

Yvain ließ ihre Hand los, stand ohne Eile auf und trat an die Kohlenpfanne. »Es hat nichts mit dem König oder seinen Weibergeschichten zu tun, die mir, offen gestanden, von Herzen gleichgültig sind.«

»Was ist es dann?«

Er sagte es ihr. Mit herabbaumelnden Armen stand er da, stierte in die Glut hinab und erzählte ihr von Guillaume. Lange bevor er zum Ende gekommen war, hatte Beatriz sich aus dem Sessel gehievt.

»… und nun muss ich irgendwie versuchen, meinen Bruder zu ersetzen, aber ich weiß nicht, wie ich das anfangen soll.«

Sie nahm seinen Ellbogen und drehte ihn zu sich um. »Yvain …«

»Ich müsste zu Hause sein, aber wenn du die Wahrheit wissen willst, ich war froh, von dort wegzukommen. Ich dachte, wenn ich hier bin, wenn ich Abstand dazu gewinne … Aber egal, wo ich bin, in Gedanken bin ich immerzu bei ihm, stelle mir vor, wo er gerade ist oder was er tut. Wie einsam er ist. Und wie verzweifelt. Ich …«

Mit einem Mal konnte er nicht weitersprechen, konnte nicht einmal mehr vernünftig atmen, als versperre ein Riegel ihm die Brust. Er ballte die Fäuste und wollte sich abwenden, doch Beatriz legte die Hand an seine Wange, wischte dort mit dem Daumen eine Träne weg, dann eine zweite, und sah ihm in die Augen, ihr Ausdruck ernst. »Du darfst dich nicht so damit quälen, *mon amant*. Guillaume ist ein willensstarker und frommer Mann, er wird seine Verzweiflung mit der Zeit niederringen und herausfinden, welchen Weg Gott für ihn vorgesehen hat. Du machst dir Vorwürfe, weil du insgeheim wünschst, er wäre einfach gestorben, sodass du trauern und deine Trauer irgendwann überwinden könntest …«

»Woher weißt du das?«, fragte er erschrocken.

»Der Bruder meines Vaters hatte es auch, und nach seinem Tod hat Vater uns erzählt, wie sehr diese Gedanken ihn gequält haben. Aber du bist anders, Yvain. Du wirst dich damit abfinden, dass dein Bruder mit Aussatz geschlagen ist. Und dann wirst du anfangen, auf seine Rückkehr zu hoffen. Es wird sein wie mit deinem Baum.«

Unwillkürlich dachte er an die Klause, die FitzEdmond nach seinen Anweisungen herrichten ließ. Er sann einen Moment darüber nach, dann fuhr er sich mit dem Ärmel über die Augen und befand, es sei höchste Zeit, sich zusammenzureißen. »Womöglich hast du recht«, bekannte er und küsste sie auf die Wange. »Jedenfalls verstehst du dich darauf, mir Trost zu spenden.«

»Ich bin froh, Liebster.« Mit einem kleinen Lächeln legte sie die Arme um seinen Hals – ein wenig ungelenk, weil ihr gewaltiger Bauch ihr im Weg war –, als es klopfte. Beatriz ließ ihn los und wandte den Kopf. »Ja?«

Zaghaft wurde die Tür geöffnet, und Cecily kam hereingehuscht – eigentümlich scheu. »Die Königin hat es mir erzählt.«

Yvain trat zu ihr und schloss sie in die Arme. »Vergib mir. Ich hätte es dir lieber selber gesagt, aber es war unmöglich, dich allein zu erwischen. Es muss bitter sein, dass du nicht offen trauern kannst.«

Sie vergrub das Gesicht an seiner Brust und zuckte die Schultern. »Ich bin seit dem Tag, da ich ins Kloster kam, daran gewöhnt, zu verbergen, was ich empfinde. Oh, Yvain. Was für ein Unglück …«

»Ja.«

Sie verharrten einen Moment reglos. Yvain wusste nicht, ob es seiner Schwester ebenso erging, aber ihre Nähe linderte seinen Kummer. Ihr kleiner Bruder Robert war gestorben. Adelisa war eine Fremde, die bloße Idee einer Schwester, die sie vermutlich nicht erkannt hätten, wäre sie ihnen auf der Straße begegnet. Und nun war auch Guillaume fort. Aber *sie* waren noch da.

»Ich habe Mutter die Wahrheit über dich gesagt, eh ich aufbrach«, eröffnete er seiner Schwester.

Cecily schniefte unfein und sah nicht auf. »Ach du Schreck. Wie bitter sie von mir enttäuscht sein muss.«

»Ich weiß nicht. Auf mich war sie wütender als auf dich, schien mir. Sie wird sich beruhigen, sei versichert, und wenn wir irgendwann einmal nach England zurückkehren und ich dich inkognito nach Waringham schmuggeln kann, könnt ihr euch wiedersehen. Ich weiß, wie sehnlich sie sich das wünscht. Wir nehmen den kleinen Jean als Friedensengel mit. Er wird sie besänftigen.«

»Das wäre himmlisch.« Endlich hob sie den Kopf und sah mit einem matten Lächeln zu ihm auf. »Danke, Bruder.«

Es klopfte schon wieder, und kaum waren Yvain und Cecily auseinandergestoben, flog die Tür auf.

»Dacht ich's mir doch, dass wir dich hier finden«, sagte William de Braose und kam hereingeschlendert. Er trug einen ausladenden abgedeckten Weidenkorb über dem Arm, den er behutsam auf den Tisch stellte.

Seine Gemahlin folgte ihm, in der Hand einen Krug von unbescheidener Größe. Baldwin Beaumont hielt einen gusseisernen Kessel in der rechten und ein Bund Zwiebeln in der linken Hand. »Wir haben's gehört, Yvain. Was für eine verdammte Sache … bitte um Vergebung, Ladys.«

Yvains Knappe bildete die Nachhut und ächzte ein wenig unter dem gewaltigen Bündel Feuerholz, das er auf dem krummen Rücken trug.

»Welch … gute Gaben«, bemerkte Yvain verwirrt.

William nickte. »Oh, das sind sie, du wirst sehen. Aber ihr müsst sie euch erst noch verdienen. Thomas, mach Feuer. Baldwin, sei so gut und hole uns einen Krug frisches Brunnenwasser. Lady Beatriz, Ihr seid von der Arbeit entschuldigt ob Eures voluminösen Zustands, aber vielleicht sagt Ihr meiner Frau, wo sie die Weinbecher findet. Lady Cécile, Yvain, kommt her und helft mir.«

Willig traten sie an den Tisch, aber Yvain fragte verständnislos: »Wobei?«

Sein Freund drückte ihm die Zwiebeln in die Hand. »Schälen und fein hacken«, befahl er.

»Du willst hier *kochen*?«

William schüttelte den Kopf. »*Wir* werden kochen. Das beste Mittel gegen Schwermut, glaub mir.«

»Aber …«

William ignorierte ihn und reichte Cecily ein Bund Petersilie aus seinem Korb. »Wenn Ihr so gut sein wollt, Mylady?«

»Was tut man damit?«, fragte sie lerneifrig.

Er seufzte vernehmlich. »Ist euch schon mal der Gedanke gekommen, dass die niederen Klassen den Adel vom Angesicht der Erde fegen könnten, einfach indem sie aufhören, uns zu füttern? Wir würden in unseren gut gefüllten Speisekammern verhungern, weil wir keine Ahnung haben, wie man eine Mahlzeit zubereitet.« Er spähte in seinen Korb, wählte eines der mitgebrachten Messer aus und überreichte es Cecily mit dem Heft voraus und einer artigen Verbeugung. »Klein hacken, wenn Ihr so gütig sein wollt, Madame. Danke, mein Engel«, fügte er an seine Gemahlin gewandt hinzu, die ihm einen gut gefüllten Zinnbecher reichte.

»Dieser Tisch wird nie mehr derselbe sein, aber er ist hervorragend für Küchenarbeiten geeignet«, befand er zufrieden, räumte ein Paar Handschuhe und den kleinen Stickrahmen auf die Fensterbank und fuhr anschließend mit dem Ärmel über die Tischplatte aus hellem Eichenholz, um sie von Staub und Krümeln zu befreien. »Das reicht«, befand er unbekümmert.

Yvain und seine Schwester tauschten einen hilflosen Blick und machten sich dann an die Arbeit. Derweil hatte Thomas ein munteres Feuer im Kamin entfacht und stellte geschickt das Gestell für den Kessel auf, ehe die Flammen zu hoch wurden.

»Kann ich nicht doch irgendetwas tun?«, fragte Beatriz von ihrem Sessel aus und machte einen langen Hals, um sehen zu können, was am Tisch geschah.

William war dabei, ein mörderisch langes Messer zu schärfen. »Schön, meinetwegen.« Er legte den Wetzstein beiseite, holte einen Mörser aus seinem Korb und gab aus verschiedenen Leinensäckchen Pfefferkörner, Nelken, getrocknete Muskatblüten und ein Stück Zimtstange hinein. Den Mörser brachte er Beatriz. »Bitte sehr. Schön klein zerstoßen.«

Baldwin kam mit dem Brunnenwasser und einem weiteren Weinkrug zurück, gesellte sich mit an den Tisch und begann nach Williams Anweisung, eine Speckschwarte zu würfeln, während Thomas und Tilda ein altbackenes Brot in ziemlich ungleichmäßige Scheiben schnitten. William selbst begab sich daran, die unbescheidenen Batzen Rind und Schwein in mundgerechte Stücke zu schneiden. Alle um den Tisch Versammelten heulten wegen der Zwiebeln, aber alle lachten, als Baldwin ihnen beschrieb, wie der Metzger unten in der Stadt sich vor lauter Aufregung über die vornehme Kundschaft fast einen Finger abgehackt hätte, als er William de Braose zwischen Hausfrauen und Küchenmägden in seinem Laden entdeckte.

Sobald das Feuer ein wenig heruntergebrannt und schön heiß war, warf William den Speck in den Kessel, ließ ihn aus und röstete die Brotscheiben. Von dem Duft lief Yvain das Wasser im Munde zusammen. Er hatte vor drei Tagen zum letzten Mal etwas gegessen – am Abend vor ihrer zweitägigen Überfahrt – und bis gerade überhaupt keinen Hunger gespürt. Doch jetzt begann sein Magen unfein zu knurren.

»Siehst du?« William reichte ihm lächelnd einen Becher Wein. »Deine Lebensgeister kehren schon zurück.«

Yvain nickte, stieß mit seinem Becher an den seines Freundes und trank. »Danke, William.«

Der hob warnend die Linke. »Warte lieber ab, ob es auch schmeckt.«

Das geröstete Brot wurde beiseitegestellt, aber dann und wann stibitzte einer der Köche eine Scheibe davon, denn es war unwiderstehlich köstlich. Unterdessen briet William erst die Zwiebeln und dann das Fleisch im Specksud, löschte schließlich mit einer ordentlichen Portion Wein und ließ es schmoren.

Hitze und die schweren, köstlichen Kochdünste hüllten sie ein, sie saßen auf der Bettkante oder standen an den Tisch gelehnt, einen Becher in der Hand und redeten, während der ungemütliche Herbstregen, der mit der Dämmerung gekommen war, an den Fensterladen trommelte und ihnen nichts anhaben konnte. William gab gelegentlich einen Schuss Wasser in den Kessel, und Tilda klimperte auf Beatriz' Laute, die vernachlässigt und eingestaubt an der Wand lehnte.

»Oh, das duftet einfach unbeschreiblich, Sir William!«, schwärmte Thomas und schnupperte gierig.

William nickte zufrieden, ließ prüfend den dicken Sud von seinem langstieligen Kochlöffel träufeln und gab Salz und Beatriz' zerstoßene Gewürze in den Kessel. »Wir müssen uns trotzdem noch ein wenig gedulden, denn nur wenn es lange genug köchelt, wird das Fleisch so zart, dass es uns auf der Zunge zergeht. Eine gute Knappenübung, Beherrschung angesichts verführerischer Aromen, meinst du nicht?«

»Oh, gewiss doch, Sir«, gab Thomas mit einer frechen Grimasse zurück, und alle lachten.

William de Braoses Schmortopf schmeckte noch besser, als er duftete – falls das möglich war. Sie schmausten, tunkten die Sauce mit dem gerösteten Brot auf und tropften unbekümmert auf den strohbedeckten Fußboden, sie redeten über die anstehende Jagd und den neuesten Hofklatsch, und als Baldwin verblüffend naturgetreu imitierte, wie Williams Mutter tags zuvor den Chamberlain abgekanzelt hatte, ertappte Yvain sich bei einem vergnügten, schadenfrohen Lachen.

»Wo ist denn eigentlich Sir Pentecôte?«, fragte Cecily irgendwann, während sie die leergekratzten Schalen zu einem windschiefen Turm aufstapelte.

»Er hat die Wache«, erklärte Baldwin. »Aber er wäre so oder so nicht mit hergekommen.«

»Wieso denn nicht? Ich hätte geschworen, ihr vier seiet ein unzertrennliches Quartett.«

William und Baldwin grinsten über Yvains angewiderte Grimasse.

»Pentecôte FitzHugh und Yvain of Waringham sind eher spinnefeind als unzertrennlich, Madame«, klärte William sie auf.

»Oh.« Sie schien aus allen Wolken zu fallen. »Warum?«

Er hob die Hände mit den kurzen, rundlichen Fingern. »Das ist ihr kleines Geheimnis. Gönnt es ihnen, Ihr habt schließlich auch eines, nicht wahr, Lady Cécile de *Mélicourt*?«

»William …«, begann Yvain erschrocken, während es seiner Schwester ausnahmsweise die Sprache verschlagen hatte.

»Nein, nein, schon gut, Yvain«, versicherte sein Freund. »Es geht mich nichts an, und ich wäre der Letzte, der eine so bezaubernde Dame wie Lady Cécile mit müßigen Spekulationen ins

Gerede bringen würde. Noch Brot, irgendwer?« Er hielt einladend den Teller hoch.

»Yvain«, sagte Beatriz plötzlich scharf. Er wandte sich zu ihr um. Sie hatte sich kerzengerade aufgerichtet und die Hände um die Sessellehnen gekrallt. »Ich … Oh, Jesus … Ich glaube …«

Tilda und Cecily waren schneller an ihrer Seite als Yvain, sodass ihm nur der Platz vor ihrem Sessel blieb. Er hockte sich in die Binsen und bedeckte ihre Linke mit seiner Hand. Die ihre war eisig. »Es ist so weit?« Und auf ihr Nicken sagte er: »Komm, ich helfe dir hinüber zum Bett.«

»Nichts da«, widersprach Tilda energisch. »Die Königin hat eine Gebärkammer gleich neben ihren Gemächern herrichten lassen, wo alles bereitsteht. Komm, Liebes, wir bringen dich hin.« Die beiden Frauen ergriffen Beatriz' Arme und halfen ihr auf die Füße.

»Aber …«, begann Yvain zu protestieren.

Seine Schwester wischte seinen Einwand mit einer ungeduldigen Geste fort. »Geht aus dem Weg, Sir Yvain. Wenn Ihr Euch nützlich machen wollt, öffnet uns die Tür. Und seid nur ganz unbesorgt. Die Königin hat schon letzten Monat die Hebamme von Lisieux an den Hof befohlen, sie ist die beste der Normandie.«

Yvain hielt ihnen die Tür auf, und die drei Frauen traten an ihm vorbei auf den zugigen Korridor hinaus.

»Wir schicken Euch Nachricht«, versprach Tilda. »Aber stellt Euch auf eine lange Nacht ein.«

Und damit ließen sie ihn stehen.

Ein wenig benommen sah Yvain ihnen nach, als von links ein Becher in einer dunkel behaarten Hand in sein Sichtfeld gesegelt kam. »Hier, Mann, du musst mehr trinken, glaub mir«, ermunterte Baldwin ihn.

»Danke.« Yvain nahm den Becher wie ein Schlafwandler. »Allmächtiger. Ich werde Vater.«

»So überrascht? Du hattest doch schon neun Monate Zeit, um dich daran zu gewöhnen«, bemerkte William mit leisem Spott.

»Ich weiß. Aber jetzt, da es ernst wird, fühlt es sich plötzlich ganz anders an.«

William klopfte ihm ein wenig gönnerhaft die Schulter. »Das wird von Mal zu Mal besser, glaub mir.«

»Wir leisten dir Gesellschaft«, entschied Baldwin, setzte sich wieder an den Tisch und schob den Tellerstapel mit dem Unterarm beiseite.

»Ihr habt heute weiß Gott genug für mich getan«, wehrte Yvain verlegen ab.

»Unsinn«, widersprach William und kam ebenfalls zurück an den Tisch. »Thomas, du darfst abräumen, den ganzen Krempel zurück ins Küchenhaus tragen und mit einem vollen Weinkrug wiederkommen.«

»Natürlich, Sir William.« Yvains Knappe stellte das schmutzige Geschirr und die Kochutensilien zurück in den Korb. »Ich glaube, dieser Schmortopf war das Beste, was ich je im Leben gegessen habe.« Damit trug er Korb und Kessel hinaus, und die drei Freunde blieben allein zurück.

»Ein großartiger Knappe, Yvain«, bemerkte William.

»Das sagst du, weil er deine Kochkünste gelobt hat«, mutmaßte Baldwin grinsend, streckte die langen Arme auf dem Tisch aus, verschränkte die Finger ineinander und ließ die Gelenke knacken.

William fuhr leicht zusammen. »Ich wünschte, du würdest das nicht tun, Beaumont.«

»Das musst du schon so an die tausend Mal zu mir gesagt haben. Dabei ist es gut für die Geschmeidigkeit der Finger, glaub mir.«

»*Blödsinn …*«

Sie stritten eine Weile in schönster Eintracht, und Yvain dankte der Vorsehung für diese Freunde.

Wie Tilda prophezeit hatte, wurde es eine lange Nacht, und die drei Männer waren reichlich angetrunken, als Cecily ihnen bei Morgengrauen die frohen Neuigkeiten brachte: Es war ein gesundes Mädchen geworden, und Mutter und Kind waren wohlauf. Yvain wollte umgehend zur Gebärkammer stürmen, aber Cecily lotste ihn stattdessen zur Kapelle, wohin Königin Isabella ihr winziges Patenkind zur Taufe getragen hatte. Er verharrte an der Tür des kleinen Gotteshauses – plötzlich sonderbar schüchtern – und starrte auf das Paket in ihren Armen, von dem bis auf eine wollene Decke nichts zu sehen war. Während Vater Eustache geweihtes Wasser auf ein Ende des Pakets träufelte, trat Yvain näher – atemlos und ehrfurchtsvoll und magisch angezogen.

»Es segne dich der allmächtige Gott: der Vater, der Sohn und der Heilige Geist«, sagte der Beichtvater des Königs, schlug das Kreuzzeichen über dem Täufling und gähnte verstohlen.

Isabella wandte sich dem frischgebackenen Vater lächelnd zu und legte das Paket in seine ausgestreckten Hände. »Glückwunsch und Gottes Segen, Sir Yvain. Ist sie nicht hinreißend?«

Das war sie ganz und gar nicht. Das Gesichtchen war krebsrot und verknittert, der Kopf von einem so zarten Schleier blonden Flaums bedeckt, dass er kahl erschien. Doch Yvain spürte die lebendige Wärme, die blauen Augen schienen ihn direkt anzuschauen, die unvorstellbar winzige Nase kräuselte sich, als müsse sie niesen, und er war seiner Tochter rettungslos verfallen.

Er wandte sich ein wenig nach rechts ab, weg vom Fackelschein, weil er allein mit ihr sein wollte, beugte den Kopf und küsste ihr die Stirn. »Willkommen in der verrückten Welt, Iselda of Waringham.«

Maine, Juli 1202

Der getragene Gesang der Mönche wurde hallend von der Gewölbedecke der wundervollen Klosterkirche zurückgeworfen, und wenngleich Yvain kaum ein Wort der lateinischen Psalmen verstand, hatte er das Gefühl, Teil von etwas Weihevollem zu sein. Es war die Prim, und das klare Licht des frühen Morgens fiel durch die kleinen Rundbogenfenster auf das Chorgestühl und die hellen Sandsteinplatten am Boden. In einem dieser Lichtklekse stand der König. Er hatte den Kopf gesenkt – vielleicht um Demut im Angesicht Gottes zu zeigen. Wie sie alle hatte auch er das Schwert vor der Kirche gelassen, bot aber dennoch einen ehrfurchtgebietenden Anblick in seinem hochklassigen blanken Ringelpanzer und dem Wappenrock mit den drei englischen Löwen. Er hielt den Helm unter dem Arm, und die Sonne übergoss seinen dunklen Schopf mit einem Kupferschimmer. Das Gesicht war schmaler geworden seit dem Frühjahr. Ein Bartschatten und die verengten Augen ließen es grimmig wirken. Ob er betete? Und falls ja, was mochte er zu Gott sagen? So wie Yvain ihn kannte, war es wohl kaum Duldsamkeit im Angesicht feindlicher Heimsuchungen, um die er bat. Wohl eher um Kriegsglück. Oder womöglich einen tödlichen Reitunfall für Philippe von Frankreich? Falls es so war, konnte man ihm kaum einen Vorwurf machen.

Die Petition des Erzbischofs von Canterbury an den Heiligen Vater hatte ihnen nur einen Aufschub gewährt, doch im Frühling hatte Papst Innozenz die Bastarde des französischen Königs mit seiner verstorbenen Geliebten legitimiert. Und seit dieses Druckmittel weggefallen war, hatte Philippe seine wahren Absichten offenbart: Mit einem Mal hatte er ein offenes Ohr für die Klagen der Lusignan. Natürlich hatte John jede seiner Ermahnungen und Vorladungen mit dem typischen schroffen Hochmut abgeschmettert, und so hatte Philippe getan, womit er gewiss schon lange geliebäugelt hatte: Er hatte Arthur aus der Versenkung geholt, zum Ritter geschlagen und mit seiner kleinen Tochter verlobt. Schlimmer noch, er hatte Arthur mit allen französischen Territorien belehnt, die eigentlich John gehörten – den er zuvor als Verräter verurteilt und enteignet hatte. Nur die Normandie hatte König Philippe Arthur nicht verliehen, weil er sie für sich selbst wollte, und schon im Mai war er dort eingefallen. Doch kaum war König John mit seiner Armee ausgezogen, um ihn wieder aus seinem Herzogtum zu jagen, erhielten sie die Nachricht, dass Arthur mit französischen Truppen ins Poitou gezogen war und sich mit den Lusignan verbündet hatte.

So kam es, dass John kehrtgemacht hatte und rund zweihundert Männer nach Süden führte.

Als die Mönche in einer würdevollen Prozession aus der Kirche zogen, hielt Abt Roger bei ihm an. »Erweist mir die Ehre und brecht das Brot mit mir, ehe Ihr weiterreitet, Sire.« Es war mehr als pure Höflichkeit. Diese Benediktinerabtei unweit von Le Mans war dem Haus Plantagenet schon seit Generationen freundschaftlich verbunden, und Johns Vater hatte in einer seltenen Anwandlung von frommem Eifer sogar ihre neue Kirche bezahlt.

»Gern, ehrwürdiger Vater. Habt Dank.« John wandte sich mit ihm zum Ausgang. »Braose, wir brechen in einer Stunde auf«, sagte er über die Schulter.

Williams Vater nickte knapp. »Wie Ihr befehlt, Sire.« Und an die jungen Ritter gewandt: »Ihr habt es gehört, Gentlemen. Also besser, Ihr beeilt Euch.«

Das war ein guter Rat, denn eine Stunde war wenig Zeit für alles, was es zu tun galt: Baldwin war der Quartiermeister ihrer kleinen Armee und musste dafür sorgen, dass die Zelte abgebaut und ordnungsgemäß verladen wurden. William trug die Verantwortung für die Proviantierung, Pentecôte oblag die Disziplin der königlichen Armbrust- und Bogenschützen und Yvain nicht nur die Sorge für die Rösser des Königs, sondern auch die Oberaufsicht über das runde Dutzend Pferdeknechte und die Futterbestände.

Trotzdem folgte er den anderen nicht sogleich in den Innenhof der großzügigen, von einer Palisade umfriedeten Klosteranlage, wo es lebhafter zuging als auf einem Jahrmarkt, sondern stahl sich aus der Seitenpforte im Südschiff der Kirche und gelangte in den Kreuzgang. Der quadratische, überdachte Säulenhof mit der sorgsam gepflegten Rasenfläche in der Mitte war eine Insel der Stille und eigentlich den Mönchen für ihre Kontemplationen und Gebete vorbehalten, aber niemand war hier, um Anstoß an Yvains Eindringen zu nehmen und ihn davonzujagen. Also drehte er eine gemächliche Runde im kühlen Schatten des Säulengangs und betete. Zuerst für Amabel, ihre Gesundheit, das Wohl ihrer Kinder, ihren Seelenfrieden. Wie üblich kamen seine Frau und seine Tochter als Nächstes an die Reihe. Beatriz und Iselda waren mit der Königin in Rouen geblieben, obwohl Philippe von Frankreich in die Normandie eingefallen war. Gewiss, Rouen war gut bewacht und seine Mauern stark, aber Yvain betete dennoch für ihre Sicherheit. Zum Schluss betete er für seinen Bruder, dessen Schicksal immer noch wie ein Stachel in seiner Seele schmerzte. Der einzige Fortschritt war, dass er gelernt hatte, für Guillaume zu beten, ohne Gott gleichzeitig mit bitteren Vorwürfen zu überhäufen. Das sei gar keine geringe Leistung, hatte Beatriz ihm mit Nachdruck erklärt, und gewiss blicke Gott mit Wohlwollen auf ihn herab. Wie kaum anders zu erwarten, unterschied Beatriz sich auch in ihrem Verhältnis zu Gott von anderen Menschen. Während die meisten sich eingedenk ihrer Sünden vor seinem Zorn fürchteten und ihre Anliegen und Kümmernisse lieber einem Heiligen vortrugen, der ihnen zugänglicher schien, sprach Beatriz von Gott immer wie von einem entfernten, etwas wunderlichen Onkel, den man zwar nicht begreifen konnte, an dessen guten Absichten zu zweifeln sie aber keine Veranlassung sah. Vermutlich war das einer der Gründe für ihr ausgeglichenes Gemüt. Und er fragte sich, ob Iselda wohl genauso werden würde wie ihre Mutter, der sie äußerlich mit jedem Tag ähnlicher wurde. Ob er das wollte und, falls nicht, ob er überhaupt irgendetwas dagegen tun konnte.

Er kam zu dem Schluss, dass es für solche Fragen noch reichlich früh war, es zum Aufsatteln der königlichen Rösser hingegen allerhöchste Zeit wurde, und darum beschleunigte er seine Schritte und verließ den stillen Kreuzgang durch den berankten Torbogen zum Innenhof.

Auf halbem Weg zu dem langgezogenen Pferdestall des Klosters kam Thomas ihm entgegen. »Ah, da seid Ihr ja, Sir«, rief er, offenbar unendlich erleichtert. »Wulfstan hat mich geschickt, Euch zu suchen. Er sagt, Sarus lahmt auf der rechten Hinterhand. Ich kann nichts sehen, ehrlich gesagt, aber er versteht mehr davon als ich.«

»Gott verflucht«, knurrte Yvain, legte einen Schritt zu und wäre um ein Haar einem Reiter unter die Hufe geraten, der gerade durchs Tor geprescht kam.

Yvain brachte sich mit einem Satz in Sicherheit. »Pass doch auf, Mann, bist du blind!«, schnauzte er.

Der Ankömmling sprang aus dem Sattel. »Vergebt mir, Monseigneur.« Er keuchte so ausgepumpt, dass er kaum sprechen konnte. »Wo ist der König?«

Yvain spürte, wie die Härchen in seinem Nacken sich sträubten. Es war nicht der flehende Blick des Boten, der ihn plötzlich mit solchem Schrecken erfüllte. Auch nicht der Schaum vor dem Maul seines Pferdes. Es war das Banner, das der Mann trug: Ein goldener Löwe auf rotem Grund.

Yvain machte auf dem Absatz kehrt. »Folgt mir.«

»Aber Sir …«, protestierte sein Knappe.

»Sag Wulfstan, er soll Draco für den König satteln, und du kümmerst dich um Vellantif und deinen eigenen Gaul. Beeil dich.«

Thomas' Antwort hörte er nicht mehr, denn er führte den Boten mit eiligen Schritten zum Haus des Abtes, das ein wenig abseits am Ufer des klösterlichen Karpfenteichs stand.

Vor der Tür hielt er an. »Wie ist Euer Name?«, fragte er den Boten.

»Perceval Saint-Roch, Monseigneur.«

»Yvain of Waringham. Ist es dringend genug, den König und den ehrwürdigen Abt beim Frühstück zu stören?«

Der junge Mann schluckte sichtlich, und der Adamsapfel in seinem mageren Hals glitt auf und ab. »Es wäre dringend genug, um den König im Gemach der Königin zu wecken«, gab er grimmig zurück.

Von bösen Ahnungen erfüllt, klopfte Yvain an die Tür des bescheidenen Holzhäuschens und trat ein, ohne auf eine Einladung zu warten.

Der König und der Abt saßen am offenen Fenster an einem ausladenden Tisch, auf dem Brot, Käse, ein Honigtopf, ein angeschnittener Schinken, Pasteten im knusprigen Teigmantel und ein Weinkrug verteilt standen. *So viel zu mönchischer Bescheidenheit*, fuhr es Yvain durch den Kopf, obwohl das jetzt doch völlig gleichgültig war.

Er verneigte sich hastig, und ehe der König ihn anfahren konnte, sagte er: »Vergebt die Störung, Sire. Perceval Saint-Roch, ein Bote Eurer Mutter.«

Der staubige, verschwitzte Meldereiter machte einen langen Schritt auf den König zu und sank so abrupt vor ihm auf die Knie, dass man meinen konnte, seine Beine trügen ihn einfach nicht länger. »Monseigneur, ich überbringe Euch Grüße und Segenswünsche Eurer Mutter, Aliénor, von Gottes Gnaden Königin von …« Er verstummte notgedrungen, als Johns Hand vorschnellte und sich um seine Kehle legte. »Erspar mir das höfliche Vorspiel«, befahl er barsch, schüttelte den Boten einmal gut durch und ließ ihn dann los. »Wie lautet die Nachricht?« Das Äderchen in der Schläfe pochte. Er hatte genau wie Yvain auf den ersten Blick gesehen, dass dies keine Freudenbotschaft war.

Saint-Roch nickte bereitwillig, anscheinend weder eingeschüchtert noch wütend ob der rüden Behandlung. »Eure Mutter wird in Mirebeau von Arthur de Bretagne und Hugo de Lusignan belagert und erbittet dringend Euren Beistand.«

Ein paar Herzschläge lang war es so vollkommen still im Haus des Abtes, dass man durchs Fenster das Plätschern der sachten Wellen am Ufer des Fischteichs hören konnte. Dann fragte der König: »*Was?*« Die Stimme klang matt, hoffnungslos verwirrt.

»Eure Mutter wird in Mirebeau …«, begann der Bote noch einmal.

»Meine Mutter ist in Fontevrault«, fiel John ihm ins Wort.

Saint-Roch schüttelte den Kopf. »Als sie letzte Woche die Nachricht erhielt, dass Arthur ins Poitou einmarschiert ist, brach sie dorthin auf, nur von einer dreißig Mann starken Eskorte begleitet, um ihn in Poitiers zu erwarten und … nun ja, ob seiner Frechheit zur Rede zu stellen. Doch Arthur und die Lusignan hörten davon und rückten sogleich aus, um sie abzufangen. Sie erwischten sie ausgerechnet in Mirebeau, diesem halb verfallenen Kasten. Ehe sie den Belagerungsring schlossen, schickte die Königinmutter mich zu Euch. Ich bin so gerade eben noch durchgekommen.«

»Guter Mann«, murmelte Yvain, und wie er gehofft hatte,

nahm der König sich daraufhin zusammen, nickte und reichte dem Boten seinen gut gefüllten Becher.

»Hier. Erhebt Euch, trinkt einen Schluck und berichtet der Reihe nach.«

Es gab nicht viel mehr zu berichten. Eigentlich hatte die inzwischen achtzigjährige Königin der Welt endgültig entsagen und ihren Lebensabend in der friedvollen Abgeschiedenheit von Fontevrault verbringen wollen, doch als sie die Nachricht erhielt, dass ihr Enkel sich wieder einmal mit Philippe von Frankreich verschworen hatte und auf »ihre« Hauptstadt marschierte, hielt sie nichts mehr hinter den sicheren Klostermauern. Mochte sie die Herzogsgewalt über Aquitanien auch an John abgetreten haben, empfand sie Arthurs Einmarsch dort dennoch als persönlichen Affront und war umgehend aufgebrochen, um ihm Einhalt zu gebieten und der Welt zu zeigen, dass sie in diesem neuerlichen Krieg auf Johns Seite stand. Doch durch einen unglücklichen Zufall hatte Arthur davon erfahren, ehe sie das sichere Poitiers erreichen konnte, und sich von Hugo de Lusignan beschwatzen lassen, seine Großmutter gefangen zu nehmen, um John zu zwingen, sie gegen Isabella auszutauschen. Und nun saß die uralte Königin in einer halb verfallenen und kaum zu verteidigenden Burg wie eine Maus in der Falle.

Der König stand auf. »Yvain, wir brechen auf. Jetzt.«

»Aber Sire, es sind über hundert Meilen nach Mirebeau«, wandte Abt Roger ein. *Ihr könnt niemals rechtzeitig hinkommen*, sagte er nicht, aber alle wussten, dass er es dachte. Und er hatte recht.

Doch John war schon an der Tür. »Wir lassen alles an Ausrüstung zurück, was nicht transportbereit ist. Es wird keine Minute vergeudet, und wir reiten, bis wir ankommen. Und gnade Euch Gott, wenn mein Pferd nicht gesattelt ist.«

»Es steht bereit, Mylord«, erwiderte Yvain im Brustton der Überzeugung und hoffte inständig, dass Thomas seine Anweisungen zügig befolgt hatte.

John stürmte hinaus, ohne seinen Gastgeber auch nur noch eines Blickes zu würdigen.

Yvain verneigte sich zerknirscht vor Abt Roger. »Ich hoffe, Ihr könnt ihm vergeben, ehrwürdiger Vater.«

»Gewiss, mein Sohn«, versicherte der ein wenig verdattert. »Geht mit Gott. Unsere Gebete werden Euch begleiten.«

Yvain nahm den Boten beim Ärmel und zog ihn mit sich ins Freie. »Das wird ein Höllenritt, und Ihr seid jetzt schon erledigt. Wollt Ihr lieber hierbleiben?«

Der junge Mann befreite seinen Arm mit einem kleinen Ruck. »Wofür haltet Ihr mich, Monseigneur?«

»Dacht ich's mir.« Aliénors Ritter benahmen sich immer so, als sei die Königin zwanzig statt achtzig und als seien sie allesamt rettungslos in sie verliebt. »Geht zu dem Pferdestall dort drüben, macht meinen Knappen Thomas Bigod ausfindig, sagt ihm, ich schicke Euch und er soll Euch ein frisches Pferd geben.«

Perceval de Saint-Roch nickte, zögerte aber noch einen Moment und fragte dann: »Seid Ihr Guillaume of Waringhams Bruder?«

»Allerdings.«

Saint-Rochs Miene hellte sich auf. »Er hat mir in der Schlacht von Arsuf das Leben gerettet, Monseigneur.« Und damit hastete er davon, um sich das versprochene frische Pferd zu sichern.

Es wurde in der Tat ein Höllenritt. Seit dem Johannistag vor über einem Monat hatte es keinen Tropfen mehr geregnet, sodass weder schlammige Straßen noch fortgespülte Brücken sie aufhielten, aber der Staub, den zweihundert galoppierende Reiter aufwirbelten, war mörderisch.

Yvain ritt weit vorn in der Eskorte des Königs, und trotzdem hüllte die ockerfarbene Wolke ihn ein, legte sich wie klebriger Brei auf Gesicht und Hände und knirschte in den Ringen des Kettenpanzers ebenso wie zwischen den Zähnen. Wie mochte es erst den Männern weiter hinter ergehen? Doch niemand beklagte sich, und bis auf ein paar harmlose Stürze gab es keine Missgeschicke. Sie ritten, was das Zeug hielt, den ganzen Tag unter einem erbarmungslos blauen Himmel und brennender Sonne. In der schlimmsten Mittagshitze gab es eine kurze Rast an einem

Bach, sodass Männer und Tiere wenigstens ihren Durst stillen konnten, selbst wenn die Zeit zu kurz war, um Proviant auszuteilen. Und schon ging es weiter, die letzten zwei Stunden bei Mondschein, bis der König endlich das Signal zum Anhalten gab. Die meisten Männer fielen, wo sie standen, wickelten sich in ihre Decken und versuchten, ein paar Stunden Schlaf zu erhaschen, ehe es weiterging.

Doch der König ruhte nicht. Die ganz Nacht ging er zwischen zweien der Wachfeuer auf und ab, immerzu auf und ab, rastlos wie ein Löwe im Käfig, nahm weder Speise noch Trank zu sich und sprach kein Wort. Diejenigen seiner Männer, die bislang bezweifelt haben mochten, dass John Plantagenet Furcht oder Not oder irgendeine andere menschliche Regung empfinden konnte, wurden in dieser Nacht eines Besseren belehrt. Sie verziehen ihm seine Schroffheit und Ungeduld, und als beim ersten grauen Licht des Tagesanbruchs der Befehl zum Aufsitzen kam, folgten sie ihm mit Ergebenheit.

Eigentlich war doch Richard der König gewesen, um den sich Legenden rankten. Aber Johns Ritt nach Mirebeau ging als eine der größten Leistungen in der Geschichte der Kriegskunst in die Annalen ein, und jeder, der dabei gewesen war, erzählte noch seinen Enkeln davon. Ein einzelner Reiter konnte auf guten Straßen mit einem ausdauernden Pferd und dem nötigen Quäntchen Glück fünfzig Meilen an einem Tag zurücklegen, aber eine Armee niemals mehr als zwanzig, höchstens dreißig. Trotzdem bewältigten Johns zweihundert Mann die hundert Meilen zwischen Le Mans und Mirebeau in weniger als achtundvierzig Stunden. Es war, als hätte der eiserne Wille des Königs jeden Einzelnen von ihnen die staubige Straße entlanggetragen, Männer und Pferde gleichermaßen, hörte Yvain Fulk de Cantilupe später einmal sagen, und die Erklärung für dieses Wunder erschien ihm so gut wie jede andere.

So erreichten sie Mirebeau am frühen Morgen des ersten August – lange bevor der junge Herzog von der Bretagne und die Lusignan mit ihnen gerechnet hatten. Die einst so stolze Burg war in der Tat halb verfallen, ihre äußere Verteidigung längst eingenommen.

Johns kleines Reiterheer ergoss sich wie Wasser nach einem Dammbruch durch das unbewachte Tor in den Burghof.

»Braose, nach links und auf die Rückseite des Bergfrieds«, befahl der König. »Roches, Ihr besetzt den Wehrgang und sichert das Tor. Der Rest folgt mir.«

Ohne sich umzuschauen, preschte er mitten unter die Belagerer, Yvain nur eine Länge hinter ihm. Aus dem Augenwinkel sah er, dass Guillaume des Roches eine Schar unbehelmter Männer beim Frühstück überraschte – dem Banner über dem Zelt nach zu urteilen das Lusignan-Rudel.

Aber Hugo de Lusignan selbst und der junge Herzog Arthur hatten ihre Männer vor dem Bergfried schon in Stellung gebracht und versuchten, durch das Tor zu brechen. Das war nicht so einfach, denn das Tor schwebte sieben, acht Fuß über dem Boden, und die hölzerne Treppe, die einmal hinaufgeführt hatte, lag als verkohltes Gerippe im sonnenversengten Gras. Yvain wusste, was das bedeutete: In höchster Not hatten die alte Königin und ihre Getreuen sich in den Bergfried zurückgezogen und die Treppe hinter sich in Brand gesteckt, um die Belagerer aufzuhalten. Auf drei Leitern standen diese nun und droschen mit Äxten auf die soliden Holzbohlen ein, während sie aus den schmalen Fensteröffnungen der Halle von Königin Aliénors Rittern beschossen wurden. Als Yvain näherpreschte, sah er einen der Axtschwinger getroffen von der Leiter stürzen, und im selben Moment hörten Arthur, Hugo und ihre übrigen Männer den Hufschlag, fuhren herum und zogen die Schwerter.

Yvain sah den König einem von Lusignans Söldnern mit einem gewaltigen Hieb den Schildarm abhacken. Er selbst lenkte Vellantif mit den Knien nach rechts und kreuzte die Klingen mit einem jungen Rotbart, der den König von der Seite anfallen wollte. Yvains Waffe sauste dröhnend auf den Schild seines Gegners nieder, während er versuchte, auf dessen offene rechte Seite zu gelangen. Doch Rotbart war ein erfahrener und unerschrockener Kämpfer, der sein Pferd ebenso meisterlich beherrschte wie Yvain. Wieder und wieder landete seine Klinge dröhnend auf Yvains Schild, bis dessen Gurt schließlich brach. Yvain schleuderte den nutzlosen Schild seinem Widersacher entgegen und hatte Glück: Das Wurfgeschoss traf Rotbart am Kopf und beförderte ihn aus dem Sattel. Er landete hart im struppigen braunen Gras, und ehe er sich aufrappeln konnte, war Yvain vom Pferd gesprungen und setzte ihm die Schwertspitze an die Kehle.

»Ergebt Euch!«, befahl der junge Waringham außer Atem.

Rotbart starrte ein paar Herzschläge zu ihm empor und nickte dann knapp. »Guy de Marçay«, knurrte er. »Ich begebe mich in Eure Gefangenschaft.«

Ohne das Schwert von seiner Kehle zu nehmen, beugte Yvain sich über ihn, zog ihm mit einem kleinen Ruck den rechten Kettenhandschuh aus und schloss die Faust um seine Hand. »Yvain of Waringham.« Er sah sich kurz um. Kampfgetümmel auf allen Seiten, aber kein Feind in seiner unmittelbaren Nähe. Er ließ die Waffe sinken. »Steht auf, Guy de Marçay.«

Während sein Gefangener ächzend auf die Füße kam, erledigte Baldwin einen Steinwurf zur Linken einen der Axtschwinger. Auf der rechten Seite schlug der König sich mit Hugo de Lusignan, und er war ein furchterregender Anblick in seinem Zorn. John war der beste Schwertkämpfer, den Yvain kannte, aber heute war er so schnell, seine Hiebe so kraftvoll, dass das Auge kaum zu folgen vermochte, und es dauerte nicht lange, bis Lusignan – der ebenfalls eine Klinge zu führen wusste – entwaffnet im Staub landete.

Yvain zerrte Guy de Marçay zur Kapelle hinüber, wo ein halbes Dutzend Soldaten eine rasch anschwellende Schar von Gefangenen bewachte, und schwang sich wieder in den Sattel, um in die Schlacht zurückzukehren. Ohne Schild fühlte er sich wie eine Schnecke ohne Haus, doch dann erledigte er einen von Lusignans Schützen, sprang aus dem Sattel, riss den Bogen aus kraftlos gewordenen Fingern und hob den erbeuteten Köcher auf. Schleunigst saß er wieder auf und nahm Arthurs Leibgarde unter Beschuss.

Er hatte vier von ihnen aus den Sätteln geschossen, als die Kampfhandlungen allmählich sporadisch wurden. Alle drei Leitern lagen unbemannt auf der Erde. Die Schlacht von Mirebeau hatte kaum eine halbe Stunde gewährt. Eines der letzten Paare, die noch fochten, waren Arthur und Guillaume de Braose, aber der junge Herzog war in arger Bedrängnis, musste Schritt um Schritt zurückweichen, und als er mit dem Rücken an die Mauer des Bergfrieds stieß, schlug der alte Braose ihm mit der flachen Klinge gegen den Schwertarm, sodass Arthur seine Waffe mit einem ziemlich unwürdigen Jaulen fallen ließ.

Braose lachte grummelnd – unverkennbar schadenfroh – und trat ihm die Füße weg. Dann steckte er gemächlich die Klinge in die Scheide, stemmte die Hände in die Seiten und sah kopfschüttelnd auf seinen gefällten Gegner hinab. »Was für ein erbärmlicher Wurm Ihr doch seid«, sagte er angewidert und spuckte aus. Zufall oder Absicht, er verfehlte Arthurs Gesicht um Haaresbreite.

Mit einem Mal war es still geworden im Burghof von Mirebeau. Vielleicht zwei Dutzend der Belagerer hatten ihr Heil in der Flucht gesucht, aber weiter als bis zum Tor waren sie nicht gekommen, wo eine Schar normannischer Soldaten unter Pentecôtes Befehl sie verschnürte und zur Kapelle hinüberbrachte. Die Zahl der Gefangenen war weitaus größer als die der reglosen Gestalten am Boden. Ein paar reiterlose Pferde galoppierten noch umher und wieherten angstvoll, aber das war alles.

Auch der König hatte sein Schwert eingesteckt. Er saß im Sattel und ließ den Blick über seine besiegten Gegner schweifen. Gemächlich. Nach zwei Tagen und zwei Nächten verzweifelter Eile hatte er plötzlich alle Zeit der Welt, und er schien das Bild, das sich ihm bot, in sich aufzusaugen. So als wolle er kein noch so nebensächliches Detail versäumen und alles für immerdar seinem Gedächtnis einprägen. Es glomm in seinen blaugrauen Augen, und ein kleines Lächeln lauerte in den Mundwinkeln.

Schließlich nahm er ohne Hast den Helm ab und warf ihn Baldwin zu, der ihn mühelos auffing.

»Stellt eine der Leitern wieder an«, befahl er. »Mich verlangt, mit meiner Mutter zu sprechen. Dann schafft einen der hölzernen Aufgänge vom Wehrgang herüber und bringt ihn an der Mauer an, damit die Königin gefahrlos heruntergelangen kann.«

Er saß ab, und William war zur Stelle, um ihm den Steigbügel zu halten. Der König schlenderte zu Hugo de Lusignan, der von zwei Wachen flankiert vor ihm stand.

»Ich hörte, Ihr wolltet mir meine Mutter im Tausch gegen meine Gemahlin anbieten«, bemerkte John, die Brauen wie vor Verwunderung in die Höhe gezogen. »Aber Ihr hättet wissen sollen, dass mir die eine so unentbehrlich ist wie die andere. Wie es aussieht, werdet Ihr Isabella auch mit feiger List nicht bekommen, Ihr trauriger Jämmerling.«

Hugo de Lusignan hatte den Kopf gesenkt und starrte auf seine staubigen Stiefel hinab. Er rührte sich nicht, sah dem König nicht ins Gesicht und sprach kein Wort.

John wandte sich an seinen Neffen. »Aber der traurigste Jämmerling von allen bist du, Arthur. Seit ich gehört habe, was du getan hast, suche ich nach irgendeinem Fluch, nach einem Wort, das einen Mann beschreiben könnte, der seine eigene Großmutter als Geisel nimmt, aber mir fällt einfach nichts ein, was abscheulich genug wäre, um dir gerecht zu werden, mein Junge.« Er tätschelte ihm unsanft die Wange, und der sechzehnjährige Herzog bog trotzig den Kopf weg. »Man sagte mir, du habest dich unlängst mit Philippes Töchterchen verlobt. Vielleicht ganz gut, dass sie erst zwei Jahre alt ist, hm? Ich kann mir nicht vorstellen, dass du sie wiedersiehst, ehe sie heiratsfähig wird.«

Arthur starrte ihn an, die Lippen leicht geöffnet und die Augen plötzlich vor Furcht geweitet.

John ließ ihn stehen und nickte Pentecôte zu. »Ihr wisst, was Ihr zu tun habt.«

»Gewiss, Sire«, antwortete sein Ritter und traktierte Arthur mit einem Lächeln solch boshafter Verheißung, dass einem allein vom Zuschauen das Blut in den Adern gefrieren konnte.

John wandte sich zum Bergfried, um die Leiter zu erklimmen, als Fulk de Cantilupe eine junge Frau zu ihm führte, die er ziemlich rüde am Arm gepackt hielt.

»Wir haben sie im Zelt ihres Bruders gefunden, Sire«, berichtete er. »Was soll mit ihr geschehen?«

»Eleanor?« fragte der König ungläubig, und Yvain hörte an der Stimme, wie sehr es ihn erschreckte, seine Nichte im Lager der Verräter zu finden. »Offen gestanden hätte ich dich für klüger gehalten. Du warst immer die Einzige mit einem Funken Verstand in deiner Familie. Oder Anstand.«

»Ich denke, die Dinge liegen nicht ganz so, wie sie scheinen, Onkel«, sagte die junge Dame. Sie hielt sich kerzengerade, und wenn sie sich vor dem berüchtigten Jähzorn des Königs fürchtete, ließ sie es sich zumindest nicht anmerken.

John nickte. »Ich werde dich anhören, sobald ich die Zeit finde.«

»Danke.«

Endlich trat der König an die Leiter, erklomm die Sprossen mit katzenhafter Mühelosigkeit und klopfte oben mit der linken Faust an das mächtige Tor des Bergfrieds. Es wurde umgehend geöffnet, denn natürlich hatten die Eingeschlossenen durch die Luken verfolgt, was sich im Hof zutrug.

Langsam und knarrend schwangen die beiden Flügel nach innen, und zuerst sah man nichts als Schwärze.

Dann erschien langsam eine schmale Frauengestalt in einem schlichten dunklen Kleid, das an eine Nonnentracht erinnerte. Die Linke war auf den Gehstock mit dem goldenen Löwenkopf gestützt, die Augen so strahlend blau wie eh und je – tiefe Seen in einer Felslandschaft.

»Mein geliebter Sohn«, sagte Königin Aliénor. Ihre Stimme war immer noch tragend, sodass jeder im Burghof sie hören konnte. »Ich wusste, du würdest kommen. Was ich hingegen nicht wusste, war, dass du offenbar das Fliegen erlernt hast.«

John gelangte mit einem Schritt vom Leiterende in die Halle, ergriff die Rechte seiner Mutter und führte sie mit beiden Händen an die Lippen. »Ich kann mir genau vorstellen, was meine Feinde sagen würden, wer mir die Flügel verliehen haben könnte, *ma mère*. Ich hoffe, Ihr seid wohl nach dieser Zumutung?«

Aliénor von Aquitanien hob kurz die schmalen Schultern.

»Mein ganzes Leben war eine Zumutung, scheint es mir zuzeiten, darum bin ich nicht sehr leicht zu erschüttern.«

Er lächelte, verneigte sich vor ihr und rief in den Burghof hinab: »Monseigneurs: die Königin aus Adamant!«

Seine zweihundert erschöpften, sattelwunden, hungrigen, durstigen und siegreichen Männer ließen die Königinmutter hochleben, aber dann war es Johns Name, den sie riefen. Sie klatschten und jubelten und waren völlig außer Rand und Band.

Yvain versuchte ohne großen Erfolg, das Pferd des Königs und sein eigenes zu beruhigen, die vor dem frenetischen Gejohle Reißaus nehmen wollten, sah die unkomplizierte und unbändige Freude auf dem Gesicht des Königs, der nur so selten diese Art von Ehrerbietung, von Liebe unter den Seinen zu wecken verstand, und ertappte sich bei dem Wunsch, dieser Augenblick möge verweilen. Denn er ahnte, was als Nächstes kommen würde.

Erst allmählich wurde das Ausmaß von König Johns Triumph offenbar, als Guillaume des Roches und der alte Braose die Ordnung wiederherstellten. Rund zweihundertfünfzig abtrünnige Adlige und Ritter waren Johns Gefangene, neben Hugo de Lusignan auch dessen mächtiger und gefürchteter Onkel Geoffroy.

Alle wurden in schwere Eisen gelegt, in Gruppen von jeweils einem Dutzend aneinandergekettet und auf Ochsenkarren verfrachtet. Yvain selbst war mit William durch die Stadt und ein paar der umliegenden Gehöfte gezogen und hatte Bauern und Kaufleuten die nötigen Ochsenkarren abgekauft, aber er erfuhr niemals, woher Pentecôte all die Ketten und Schellen beschafft hatte.

John und seine Kommandanten standen im Burghof und schauten zu, während die Gefangenen wie Schlachtvieh verladen wurden. Manche protestierten empört und lautstark ob dieser Demütigung, und das zu Recht, dachte Yvain unbehaglich. Sie waren von ritterlichem oder gar adligem Stand und hatten damit ein Anrecht auf ehrenvolle Behandlung. Doch Pentecôte Fitz-Hugh ging die lange Reihe der Gefesselten entlang und schlug die Schreihälse nieder. Da seine Fäuste in Kettenhandschuhen steckten, richtete er dabei ein ziemliches Blutbad an und zertrümmerte hier und da eine Nase, sodass auch die noch Unversehrten lieber schnell verstummten.

Als nur noch ein einziger leerer Ochsenkarren übrig war, brachte Pentecôte schließlich die beiden Lusignans und Arthur aus der Kapelle.

William stand an Yvains Seite und zog scharf die Luft durch die Zähne. »Oh, Jesus, das wäre aber doch wirklich nicht nötig gewesen, oder?«

»Nein«, stimmte Yvain grimmig zu. »Man kann wohl sagen, Pentecôte hat sich selbst übertroffen.«

Die drei Gefangenen trugen Hand- und Fußketten wie die übrigen auch. Aber zusätzlich hatte man ihnen die Ellbogen nach hinten gezerrt und einen massiven Holzknüppel hindurchgesteckt, der ihnen vermutlich jetzt schon schmerzhaft ins Kreuz drückte. Zu guter Letzt hatte man ihnen Halseisen angelegt, deren lange Ketten zusätzlich zu den Handfesseln um ihre Unterarme geschlungen waren, was sie zu völliger Bewegungslosigkeit verurteilte.

»Auf den Karren mit ihnen«, befahl John. »Ich hoffe, Ihr braucht keinen Ladekran dafür, Pentecôte …«

Wegen des Gewichts und der Enge ihrer Fesseln bewegten Hugo und Geoffroy de Lusignan sich ungelenk, kletterten aber ohne Hilfe auf die Ladefläche.

Arthur hingegen stand fünf Schritte von dem Karren entfernt wie zur Salzsäule erstarrt. »Das könnt Ihr nicht tun!«, bekundete er wütend.

»Oh doch, ich kann, Bübchen«, widersprach der König mit Befriedigung.

Sein Neffe wandte den Kopf in seine Richtung, und hektische rote Flecken brannten auf seinen noch bartlosen Wangen. »Ich bin der Herzog der Normandie!«

»Du *warst* der Herzog der Normandie«, verbesserte sein Onkel. »Du bist überhaupt niemand mehr, und wenn du jetzt nicht auf den Karren steigst, werden meine Männer dir behilflich sein.«

»Wohin bringt Ihr mich?«

»Hm, lass mich nachdenken.« John betrachtete ihn gemächlich von Kopf bis Fuß und schenkte ihm dann ein strahlendes, wahrhaft diabolisches Lächeln. »In Falaise haben wir ein angemessen schauriges Verlies, wenn meine Erinnerung mich nicht trügt.«

Arthur starrte ihn sprachlos an. Es waren hundertfünfzig Meilen nach Falaise in der Normandie, und Ochsen bewegten sich gemächlich. Er konnte von Glück sagen, wenn seine Reise nicht länger als eine Woche dauerte.

»Nehmt mir die Ketten ab!«, verlangte er, und seine Stimme überschlug sich. »Sie bereiten mir Schmerzen, und Ihr habt kein Recht, mich so zu behandeln!«

»Was Schmerzen sind, weißt du heute Abend«, konterte der König mitleidlos. »Oder morgen früh. Jetzt steig endlich auf, und ich rate dir: Sei höflich zu deinen Wachen. Denn allein essen kannst du nicht, ganz zu schweigen von gewissen anderen … Verrichtungen, für die du Hilfe brauchen wirst.«

Als dem Jungen aufging, was sein Onkel andeutete, fing er an zu heulen. Von einem Herzschlag zum nächsten verlor er die Beherrschung; er schluchzte, Tränen strömten über seine Wangen, und Rotz lief ihm aus der Nase. Und als sei der Anblick, den er bot, damit noch nicht hässlich und würdelos genug, sank er unter leisem Kettenklirren auf die Knie, warf den Kopf zurück und schrie: »Das könnt Ihr nicht! Ihr habt kein Recht!«

»Sehet Prinz Arthur aus dem Hause Plantagenet«, murmelte der König angewidert.

Yvain betrachtete das heulende Häuflein Elend im Staub beklommen, aber ohne Mitgefühl, musste er feststellen. Dieser Bengel hatte ihn aufgehängt. Und er hatte einem Welpen die Pfoten verbrannt. *Und* er hatte seine Großmutter bedroht. Yvain war unschlüssig, welches Vergehen am schwersten wog. Er tendierte zu dem Welpen, denn er war Arthurs wehrlosestes Opfer gewesen. Aber wie dem auch sein mochte, dieser Knabe war eine abscheuliche Kreatur und verdiente, was er bekam.

Trotzdem wünschte Yvain, die Szene nähme ein Ende.

Und er war nicht der Einzige. »Bei allen Heiligen, Arthur,

nimm dich zusammen«, befahl eine schneidende Frauenstimme zur Linken.

Yvain wandte den Kopf und entdeckte Königin Aliénor inmitten ihrer ergebenen Ritterschaft, doch nicht sie hatte gesprochen, sondern ihre Enkelin, Arthurs Schwester Eleanor.

»Hast du deinem Haus und dir selbst noch nicht genug Schande gemacht?«, hielt sie ihm vor. »Jetzt steh auf und sei ein Mann und nimm hin, was dein doppeltes Spiel dir eingebracht hat.«

Er hörte zumindest auf zu schluchzen, blieb aber auf den Knien und ließ schniefend den Kopf hängen – endgültig besiegt. Oder zumindest sollten sie das glauben. Auf ein Nicken von John traten Pentecôte und Baldwin zu ihm und zogen ihn auf die Füße. Willenlos ließ er sich auf den Karren verfrachten, wo die Lusignans ihn mit so angewiderten Blicken empfingen, als hätte man ihnen eine Ratte zur Reisegesellschaft ausgesucht.

»Yvain, besorgt ein Pferd für Prinzessin Eleanor. Auch sie wird uns in die Normandie begleiten.«

»Natürlich, Sire.«

»Bin auch ich Eure Gefangene, Onkel?«, fragte Eleanor. »Falls nicht, würde ich es vorziehen, Großmutter nach Fontevrault zu begleiten.«

John legte ihr die Hand an die Wange und schüttelte den Kopf. »Du hast mir versichert, dass Arthur dich gegen deinen Willen mit hergebracht hat, und da du vermutlich der einzige Mensch in dieser Familie bist, der nicht einmal dann lügt, wenn er seine Haut damit retten könnte, glaube ich dir.« Sein Gesicht zeigte diesen Ausdruck, der sonst strikt für Joan und seine anderen kleinen Bastarde reserviert war – voller Wohlwollen und nahezu sanft. »Aber deine Bitte kann ich trotzdem nicht gewähren, fürchte ich. Denn wenn Philippe dich in die Finger bekäme, würde er dich zur Herzogin der Bretagne erheben und als Druckmittel gegen mich einsetzen wie zuvor Arthur, und das kann ich nicht zulassen.«

Eleanor dachte einen Moment nach und nickte dann. »Ja, das verstehe ich. Und ich habe nichts dagegen, Euer Gast zu sein. Ich habe Eure Königin noch nicht kennengelernt, und ich muss gestehen, ich bin sehr neugierig auf die Dame, die das Kunststück vollbracht hat, Euer Herz zu erobern.«

»Das gemeinhin als versteinert gilt, meinst du, ja?«, erkundigte er sich.

»Ich weiß es besser, Onkel«, entgegnete sie.

Lächelnd küsste er sie auf die Stirn, wandte sich an seine Mutter und verneigte sich. »Ich hoffe, Ihr gestattet, dass ich Euch Brandin mit fünfzig seiner Männer mitgebe, Madame. So groß die Ehre auch war, Euch aus der Bedrängnis zu retten, würde ich es doch ungern nächste Woche schon wieder tun müssen.«

Aliénor lachte in sich hinein. Sie hatte beide Hände auf den eleganten Stock vor sich gestützt und sah ihrem Sohn ins Gesicht. »Zu schade. Es war mir eine wahre Freude, dir Gelegenheit zu geben, deine Entschlossenheit und deinen Mut zu beweisen.«

Er verzog spöttisch einen Mundwinkel. »So gesehen sollten wir vielleicht doch eine Gewohnheit daraus machen.«

Sie lächelte. »Leb wohl, mein Sohn. Ich denke, ich habe meine Lektion endgültig gelernt: Ich bin zu alt für die Unrast und den Hader der Welt, und darum werde ich die Gelübde ablegen, wenn ich nach Fontevrault zurückkomme, damit Äbtissin Mathilda mir bei nächster Gelegenheit verbieten kann, es zu verlassen, sollte ich wieder in Versuchung geraten.«

Er nickte. »Ein schmerzlicher Verlust für die Welt, aber Ihr habt Ruhe und Frieden verdient, weiß Gott.«

»Wohl wahr.« Ihr Blick glitt für einen Moment zu Arthur, der gekrümmt auf dem Karren hockte, so als drücke das Gewicht der grausamen Ketten ihn nieder, und zwischen seine Füße stierte. Aliénor sah wieder zu John. »Was immer er getan hat, was immer er sein mag, er ist von deinem Blut.«

»Ich weiß«, gab John unverbindlich zurück.

»Vergiss es nicht.«

»Nein.«

Sie sahen sich einen Moment in die Augen, und Yvain rätselte, ob sie wohl an die Nacht in Lisieux vor all den Jahren dachten, als Aliénors Fürsprache John vor Richards Blutgericht bewahrt hatte. Jedenfalls musste *er* daran denken.

Dann küsste Aliénor ihrem Sohn die Wange, stieg in die wartende Sänfte und schloss mit einem ungeduldigen Ruck den schweren Brokatvorhang.

Rouen, April 1203

Thomas Bigod visierte seinen schwer auszulotenden Feind mit verengten Augen an. Dann brachte er die Lanze in die Waagerechte und galoppierte an. Nach zwanzig Yards verlagerte er das Gewicht ein wenig nach vorn, ohne den Winkel der Lanze zu verändern. Er war jetzt sehr schnell, hielt unaufhaltsam auf sein Ziel zu und traf den Schild seines Gegners, der augenblicklich zum Gegenschlag ausholte. Doch Thomas lenkte sein Pferd scharf nach rechts, ohne langsamer zu werden, und bog sicherheitshalber den Oberkörper zur Seite. Rasant schnell drehte sich der eiserne Roland um die eigene Achse, aber sein Sandsack erwischte den Knappen nicht.

»Gut gemacht«, urteilte Yvain zufrieden.

Auch die übrigen Knappen und sonstigen Zuschauer nickten und murmelten anerkennend. Sie hatten sich einigermaßen zahlreich auf dem Übungsplatz hinter dem neuen Burgturm eingefunden, denn es war ein herrlicher Frühlingstag.

»Aber halt den Schildarm ruhiger und achte darauf, dass du den Ellbogen an den Körper presst«, fügte Yvain hinzu. »Umso schneller wirst du sein.«

Wie üblich hörte sein Knappe aufmerksam zu. Auch deswegen war Thomas so ein guter Techniker geworden, wusste sein Herr: Der Junge dachte nicht wie die meisten seiner Altersgenossen insgeheim, dass er doch schon längst alles konnte und alles wusste und keiner Belehrungen mehr bedurfte. Er war jetzt neunzehn und irgendwann im Winter, als Yvain gerade einmal nicht hingeschaut hatte, ein richtiger Kerl geworden. Seine Knappentage waren gezählt, und die Erkenntnis erfüllte Yvain mit Stolz und Schrecken zu gleichen Teilen.

»Wer wagt es als Nächster?«, fragte er die übrigen Jungen, doch ehe sich ein Freiwilliger meldete, nickte Thomas zum Bergfried hinüber. »Da kommt Lord Salisbury.«

Yvain wandte den Kopf. William Longsword, der ein paar Wochen im Auftrag des Königs in England gewesen war, schlenderte ohne Hast auf sie zu. »Waringham«, grüßte er aufgeräumt, aber sein Lächeln war angespannt. »Der Stallknecht hat mir verraten, wo ich Euch finde.«

Yvain verneigte sich. »Willkommen in Rouen, Mylord. Ihr wünscht mich zu sprechen?«

Longsword nickte. »Lasst uns hineingehen.«

»Ich mache hier mit dem Training weiter«, erbot sich Pentecôte, der unter den Zuschauern gestanden hatte, und schlagartig wurden die Mienen der Jungen finster.

Yvain wusste, dass Knappen auch die Pentecôte FitzHughs dieser Welt aushalten mussten, um zu furchtlosen Rittern zu werden, aber seinen eigenen wollte er trotzdem vor diesem Schicksal bewahren. »Thomas, du begleitest uns.«

Mit sorgsam verhohlener Erleichterung saß der junge Bigod ab und führte sein Pferd am Zügel.

»Geht es dir gut, mein Junge?«, fragte Longsword ihn.

»Danke, Mylord, könnte nicht besser sein«, antwortete Thomas höflich und stierte ins frühlingshelle Gras.

Er verehrte den Halbbruder des Königs, war in dessen Gegenwart aber immer untypisch verlegen. Denn pikanterweise war William Longsword auch *sein* Halbbruder: Thomas' Mutter, die Countess of Norfolk, war als blutjunges Mädchen und lange vor ihrer Heirat mit dem Earl of Norfolk dem berüchtigten Charme des alten Königs erlegen, und William Longsword war die Folge gewesen. Es war Thomas nicht peinlich, sein Bruder zu sein, im Gegenteil. Peinlich war ihm hingegen, dass es einen Makel auf der Ehre seiner Mutter gab, und auch wenn er vermutlich wusste, dass es nicht ihre Schuld gewesen war, wurde er doch nicht gern daran erinnert.

»Weiß der König schon, dass Ihr zurück seid, Mylord?«, fragte Yvain.

Longsword schüttelte den Kopf. »Er weilt bei der Königin und wünscht, nicht gestört zu werden, hat die Wache mir erklärt.«

So wie immer, fuhr es Yvain durch den Kopf, aber ausnahmsweise hielt er seine Zunge im Zaum.

»Ich habe meine Frau mitgebracht. Sie hat mir einfach keine Ruhe gelassen«, fuhr Longsword mit einem nachsichtigen Augenzwinkern fort.

Das war eine gute Nachricht. Ela of Salisbury war genauso blutjung wie Isabella und mit einer lebhaften Frohnatur gesegnet. Die beiden hatten auf Anhieb Freundschaft geschlossen, und wenn sie zusammensteckten, verwandelten die Königin und die reichste Erbin von England sich in zwei ewig kichernde Backfische. Sie gingen einem manchmal auf die Nerven, aber gerade jetzt konnte der Hof ein bisschen Frohsinn gut gebrauchen.

»Isabella wird glücklich sein, sie zu sehen«, sagte Yvain.

»Ja, das hat Ela auch behauptet. Doch der Unterkämmerer konnte mir nicht sagen, wo unser Quartier ist«, antwortete Longsword ein wenig ratlos. »Und der Lord Chamberlain war nirgends zu entdecken.«

Yvain spürte Thomas' unbehaglichen Seitenblick, aber hier im belebten Burghof war nicht der geeignete Ort für brisante Enthüllungen. »Dann seid fürs Erste mein Gast«, lud er den Bruder des Königs stattdessen ein. Er verspürte ein großes Verlangen, mit diesem besonnenen und klugen Mann zu sprechen. »Thomas, gib dein Pferd einem der Pagen dort drüben und sag ihm, er soll es versorgen. Dann geleitest du die Countess of Salisbury zur Halle der Königin. Anschließend schickst du nach verdünntem Cidre und Fastenbrot, stellst dich vor meine Tür und lässt niemanden herein bis auf den Überbringer besagter Erfrischungen, klar?«

»Natürlich, Sir.«

»Seit wann ist der Hof in Rouen?«, fragte Longsword, als sie allein in dem hellen Gemach im Obergeschoss des neuen Bergfrieds waren, welches Yvain und Beatriz derzeit bewohnten. Es war beengt, und der angrenzende Raum, welcher Iselda und die

Amme beherbergte, war kleiner als so manche Oubliette, doch der Mangel an Komfort störte Yvain nicht. Es war eng und voll in Rouen, jeder musste Abstriche machen. Und sie hatten weiß Gott andere Sorgen.

»Seit ungefähr zwei Wochen«, antwortete er. Er lehnte an der Mauer neben dem Fenster und blickte in den unberührten Becher in seiner Hand. »Der Hof – und Prinz Arthur. Er schmachtet im Kellerverlies vor sich hin, aber immerhin unversehrt.«

Longsword atmete tief durch. »Gepriesen sei der Herr. Wir hörten ein schauerliches Gerücht in England.«

Yvain nickte. »Geblendet und kastriert, ich weiß. Es hat auch nicht viel gefehlt, und es wäre passiert.«

»Aber im letzten Moment hat der König Milde gezeigt?«

Yvain verzog einen Mundwinkel zu einem freudlosen Lächeln und schüttelte den Kopf. »Milde gehört nie zu seinen Stärken, auch nicht in glücklicheren Zeiten.«

»Familiensinn hingegen schon.«

»Das ist wahr, Mylord. Und er hat versucht, Arthur zur Vernunft zu bringen. In Falaise ist er vor ein paar Wochen zu ihm gegangen und hat ihm in Aussicht gestellt, er werde ihn freilassen und ihm die Bretagne zurückgeben, wenn Arthur seinem Bündnis mit Philippe von Frankreich abschwört.«

Yvain hatte seinen Ohren kaum getraut, als er davon hörte, denn Johns Lage war alles andere als rosig gewesen, und Arthurs Freilassung hätte ein enormes Risiko bedeutet.

Der grandiose Sieg bei Mirebeau hatte dem König nicht die Oberhand beschert, die er zu verheißen schien. Philippe von Frankreich hatte sich zwar von der normannischen Grenze zurückgezogen, als er davon hörte, und in einem eher untypischen Wutanfall gar seine Belagerungsmaschinen niederbrennen lassen. Doch die grausame Behandlung der Gefangenen von Mirebeau hatte viele mächtige Adlige empört, und nach und nach hatten sie John den Rücken gekehrt, waren zu Philippe von Frankreich übergelaufen und belagerten Johns Burgen und Städte im Anjou.

»Und trotzdem hat der König seinem Neffen goldene Brücken gebaut«, setzte Yvain die traurige Geschichte fort. »Aber Arthur, dieser unbelehrbare, arrogante kleine Drecksack, hatte nichts Besseres zu tun, als seinen Onkel zu beschimpfen und ihm zu drohen. Am selben Abend verbarrikadierte der König sich mit dem alten Braose und Cantilupe und einigen anderen Ratgebern, und sie beschlossen, wenn Arthur am Leben bleiben solle, müsse sichergestellt werden, dass er weder herrschen noch kleine Verräter zeugen kann.«

»Allmächtiger«, murmelte Longsword. »Ein Blinder kann nicht herrschen, ein Kastrat keine Nachkommen zeugen …«

Yvain nickte knapp. »Hubert de Burgh, der Lord Chamberlain, den Ihr vorhin vergeblich gesucht habt, war der Kastellan in Falaise. Er sollte für die Ausführung der Befehle Sorge tragen. Aber Arthur hat natürlich geflennt und gebettelt, und da hat der Chamberlain es einfach nicht übers Herz gebracht. Stattdessen hat er es vorgetäuscht und das Gerücht in Umlauf gebracht, Arthur sei an den Folgen gestorben. De Burgh hat die Kirchenglocken in Falaise läuten lassen und Arthurs Kleider an das nächstbeste Leprahaus verschenkt. Aber es kam natürlich heraus. Der König hat de Burgh nicht des Verrats beschuldigt, was ein ziemliches Wunder ist, aber ihr Verhältnis hat sich … abgekühlt.«

»Darauf wette ich.«

»Und der König hat befohlen, zweiundzwanzig hochrangige Gefangene aus der Schlacht von Mirebeau, die nach England gebracht worden waren, hinzurichten.«

»Sie wurden nicht *hingerichtet*, Sir Yvain«, widersprach Longsword, und obwohl sie allein waren, hielt er die Stimme gesenkt. »Sie sind in ihren Kerkern in Corfe Castle elend verhungert. Es waren Adlige aus der Bretagne und dem Anjou, und sie wurden ohne Anhörung oder Urteil diesem grauenvollen Tod ausgeliefert. Das war Unrecht, sind wir mal ehrlich, und auch der englische Adel hat das mit Befremden zur Kenntnis genommen.«

Yvain dankte Gott, dass sein eigener Gefangener zu unbedeutend gewesen war, um nach England geschickt zu werden, und unversehrt – wenn auch geschröpft – die Heimreise angetreten hatte.

Er nahm einen ordentlichen Zug aus seinem Becher. »Wenigstens der Frieden mit den Lusignan ist ein Lichtblick. Ich sag Euch ehrlich, als der König Hugo und die Seinen freigelassen hat, war ich sehr skeptisch, ganz gleich, wie viele Geiseln sie gestellt haben. Aber das war vor über drei Monaten, und sie haben Wort gehalten und sorgen an unserer Südgrenze für Ruhe.«

»Jesus, Waringham. Was für Zeiten, wenn ausgerechnet die Lusignan der einzige Lichtblick sind …«

Es klopfte, und ehe Yvain ›Schert euch zum Teufel‹ sagen konnte, wurde schwungvoll die Tür geöffnet. Eleanor de Bretagne trat ein, dicht gefolgt von Cecily.

»Ihr dürft Eurem Knappen keine Vorwürfe machen, Sir Yvain«, kam Prinzessin Eleanor seiner spitzen Bemerkung zuvor. »Ich habe ihm keine Wahl gelassen. Ich hoffe, Ihr könnt die Störung vergeben, aber ich *musste* meinen Onkel begrüßen.«

Yvain verneigte sich vor den Damen und hoffte, dass sie sein Schweigen als Ausdruck seines Unwillens verstanden. Tatsächlich schmuggelte seine Schwester ein halb entschuldigendes, halb ergebenes Schulterzucken in seine Richtung.

William Longsword erhob sich von dem einzig bequemen Sessel im Raum und verneigte sich galant. »Welch eine Freude, dich zu sehen, Eleanor«, sagte er lächelnd. »Lady Cécile.«

»Mylord.« Yvains Schwester knickste vor dem Halbbruder des Königs, ihre Miene ernst, beinah hochmütig. Alle Menschen bei Hofe, die ihre wahre Identität nicht kannten, hielt sie mit kühler Höflichkeit auf Distanz. Zumindest alle Männer.

Longsword bot seiner Nichte mit einer Geste den Sessel an. »Ich hoffe, es geht dir gut, mein Kind?«

Sie nahm Platz und hob das weiße Hündchen, das sie auf Schritt und Tritt begleitete, auf den Schoß. »Tadellos«, antwortete sie. »Wir sind alle glücklich, dass endlich der Frühling gekommen ist und wir nicht länger drinnen am Stickrahmen hocken müssen. Hat es in England auch wochenlang geregnet?«

»Pausenlos«, antwortete Longsword.

»Thomas sagt, du hast deine Gemahlin mitgebracht?«

Er nickte. »Du kennst sie noch gar nicht, richtig?«

»Nein«, bestätigte Eleanor. »Die Königin will morgen mit uns allen zur Falkenjagd reiten. Ich hoffe, du hast keine Einwände, wenn wir deine Frau mitnehmen?«

»Im Gegenteil.«

»Gut. Und denkst du, wir haben den Erfordernissen des höfischen Geplauders jetzt Genüge getan? Können wir über das sprechen, was uns ohnehin allen die ganze Zeit durch den Kopf geht? Was sagen die englischen Lords über das Schicksal meines Bruders? Vor allem, was denkt der Erzbischof von Canterbury?«

»Sie werden erleichtert sein zu hören, dass die abscheulichen Gerüchte über Arthurs Verstümmelung nicht der Wahrheit entsprechen«, antwortete er unverblümt. »Aber solange dein Bruder sich dem König nicht bedingungslos unterwirft, wird er unter dem englischen Klerus keine Fürsprecher finden, unter dem Adel erst recht nicht.«

»Nein, ich weiß.« Die Prinzessin griff nach seinem verwaisten Becher und trank einen ordentlichen Schluck. »Arthur hat seinen König und Lehnsherrn hintergangen und mit seinem erklärten Feind paktiert, mehr als einmal. Darum ist er ein Verräter und hat sein Leben verwirkt. Wäre er nicht von königlichem Geblüt, hätte er längst den Kopf verloren.«

»Ich bin erleichtert, dass du all diese Dinge selbst sagst. Denn genauso ist es. Das ist die göttliche Ordnung der Welt, Eleanor, an die der englische Adel genauso fest glaubt wie der bretonische.« Longsword hatte die Stirn gefurcht, und seine Stimme klang unversöhnlich. Auf einmal war seine Ähnlichkeit mit dem König viel ausgeprägter als sonst.

Entgegen ihrer Gewohnheit ergriff Cecily das Wort. »Es ist die bretonische Prinzessin, die all diese Dinge weiß, Mylord. Aber die Schwester des jungen Herzogs bangt um ihren Bruder. Um das Wohlergehen eines sechzehnjährigen Knaben, der seit über einem halben Jahr in einem lichtlosen Verlies nach dem anderen vor sich hinschmachten muss.«

Yvain war schockiert, dass seine Schwester dem Bruder des Königs Vorhaltungen machte, aber zum Glück wusste ja niemand, dass sie seine Schwester war. Genau genommen war er sich indes nicht sicher, ob das auch für Eleanor galt. Womöglich war Cecily der Versuchung erlegen und hatte sich der Prinzessin anvertraut. Ihm war nicht entgangen, dass sie unzertrennlich geworden waren. Wie oft hatte er die beiden jungen Frauen im Winter zusammen vor einem Kohlebecken sitzen sehen. Eine las leise aus einem Buch vor, während die andere den kleinen Jean auf den Knien hielt – Eleanor mindestens so oft wie die Mutter des Jungen –, oder sie sprachen miteinander, die Köpfe zusammengesteckt wie Verschwörerinnen. Wenn man darüber nachdachte, hatten sie wohl allerhand gemeinsam, waren sie doch beide unfreiwillig in Königin Isabellas Haushalt gestrandet.

»Seltsamerweise ist Arthur immer der ›Knabe‹, wenn von seiner Kerkerhaft die Rede ist«, konterte Longsword aufgebracht. »Aber er war Manns genug, um sich von Philippe zum Ritter schlagen zu lassen und einen Pakt mit ihm zu schließen. Also muss er die Folgen auch tragen wie ein Mann.« Er sah von Cecily zu seiner Nichte, und sein Ausdruck wurde milder. »Aber du weißt genau, wie viel Familie dem König bedeutet. Und eins ist gewiss: *Du* hast nichts zu befürchten.«

Eleanor verzog die Mundwinkel zu einem bitteren kleinen Lächeln. »Das ist einer der wenigen Vorzüge, eine Frau zu sein.«

Yvain kam zu spät zum Essen, weil er in den Stallungen aufgehalten worden war. Es war voll und laut in der Halle. Der König und die Königin saßen unter einem prunkvollen Baldachin in der Mitte der hohen Tafel und turtelten ausnahmsweise nicht, sondern unterhielten sich mit ihren Tischnachbarn – Isabella mit dem Bischof von Beauvais und John mit seinem Bruder. Der König war einigermaßen betrunken, erkannte Yvain mit geübtem Blick, trank vermutlich wieder einmal unverdünnten Wein trotz der Fastenzeit. Guillaume de Braose, der den Oberbefehl über die Burg hatte, saß ebenfalls dort oben auf der Estrade, und seine grässliche Gemahlin hielt der bedauernswerten Ela of Salisbury einen scheinbar endlosen und todsicher gehässigen Vortrag über verschiedene Prälaten und Edelleute an den langen Tischen der Halle.

Yvain glitt auf den Platz im oberen Drittel der linken Seitentafel zwischen William und Beatriz, den sie ihm freigehalten hatten. »Deine Mutter ist wieder in Höchstform heute Abend«, bemerkte er boshaft.

»Hör bloß auf«, knurrte William. »Sie wollte Longsword unbedingt für meine Schwester Blanche. Die arme Ela kann einem leidtun, vermutlich muss sie sich anhören, wie schön und tugendhaft unsere Blanche ist …«

Yvain grinste verstohlen, wandte sich seiner Frau zu und ergriff unter dem Tisch unauffällig ihre Hand. »Du bist ein hinreißender Anblick, Lady Beatriz«, raunte er ihr zu.

Sie wandte ihm das Gesicht zu, traktierte ihn einen Moment mit ihrem gruseligen Starren und erwiderte: »Ich wollte dir irgendetwas sagen. Es war wichtig, aber ich fürchte, es ist mir entfallen.«

»Hm.« Das war eine Lebenslage, in der er viel Übung hatte. »Lass uns überlegen. Ging es um Iselda?«

Sie schüttelte den Kopf.

»Ist ein Bote aus Waringham gekommen?«

»Nein.«

»Hat die Königin dich gebeten, mir etwas auszurichten bezüglich der Pferde für eure Falkenjagd morgen?«

Sie hob das Kinn, hielt dann vollkommen still und dachte angestrengt nach. »Ja, irgendetwas in der Richtung war es.« Sie grübelte noch ein bisschen weiter, und Yvain nahm sich von dem faden Heringseintopf, der in einer wagenradgroßen Schüssel vor ihm stand. Er war zuversichtlich, dass es Beatriz wieder einfallen würde, jetzt, da sie auf der richtigen Fährte war, doch er hatte gelernt, nicht mit dem Essen darauf zu warten.

»Ha!«, machte sie schließlich triumphal, so unerwartet und laut, dass William ein paar Tropfen Wein auf seinen Ärmel verschüttete. Yvain war schon dabei, den Rest des Suds am Boden seiner Schale mit einem Stück Brot aufzutunken. »Die Königin lässt fragen, ob du am Sonnabend Zeit hast, sie nach Déville zum Rossmarkt zu begleiten«, berichtete Beatriz mit unverhohlener Erleichterung. »Der hiesige Schneider hat ihr erzählt, dort gebe es die besten Pferde in der ganzen Normandie.«

»Sag ihr, es wird mir eine Ehre sein.«

»Und sagt ihr nicht, dass er selbst mindestens so versessen wie sie darauf ist, diesen Markt zu sehen«, riet William im Verschwörerton. »Seit der Hufschmied ihm davon vorgeschwärmt hat, spricht er von nichts anderem mehr.«

»Das ist eine maßlose Übertreibung«, protestierte Yvain ohne viel Nachdruck.

William zwinkerte Beatriz zu. »Lasst die Königin in dem Glauben, er tue es in ritterlicher Ergebenheit, das haben alle Damen gern.«

»Damit kennt Ihr Euch ja aus, Sir William«, neckte Beatriz ihn, warf einen lustlosen Bick auf das angeknabberte Stück Brot in ihrer Hand und legte es beiseite.

»Bist du nicht wohl?«, fragte Yvain leise.

Sie winkte ab. »Mach dir keine Sorgen, *mon amant*. Mich gelüstet mehr nach Räucheraal mit Honigmandeln als nach Fastenbrot, das ist alles.«

Yvain schauderte ob der Zusammenstellung. »Ich fange an zu glauben, du könntest recht haben mit deinem Verdacht«, antwortete er gedämpft. »Als du mit Iselda schwanger warst, hast du mich nachts aus dem Bett gescheucht, um dir süßen Quark mit Griebenschmalz zu besorgen …«

»Ach ja«, entsann sie sich mit einem halb spitzbübischen, halb schuldbewussten Lächeln. »Welch ein Glück, dass ich einen Ritter ergattert habe, dem keine *Queste* zu schwer ist und der selbst des Nachts unerschrocken …«

Doch sie brach ab, als sich an der Tür zur Halle erregte Stimmen erhoben.

Genau wie William stand Yvain auf und legte die Rechte ans Heft, aber es war offenbar kein französischer Meuchelmörder, der lautstark verlangte, vorgelassen zu werden, sondern ein Bote.

Auch Guillaume de Braose hatte ihn entdeckt, erkannte das Wappen und bedeutete den Wachen mit einer Geste, ihn vorzulassen.

Der Bote drängelte sich zwischen ihnen hindurch, durchmaß die lange Halle im Laufschritt, stolperte fast über die Stufe zur Estrade und sank vor dem König auf die Knie.

»Jerome de Dirac, Sire«, stellte der junge Ritter sich vor. Er war nicht außer Atem, aber der Bartschatten auf seinen Wangen und die staubige Rüstung deuteten auf einen langen und harten Ritt hin.

»Der Seneschall von Angoulême schickt Euch?«

»Ja, mein König. Mit den schlimmsten Neuigkeiten. Die Lusignan haben Euch verraten. Hugo de Lusignan, Guillaume des Roches und etliche Adlige aus dem Anjou, dem Maine und der Touraine sind nach Paris gezogen und haben König Philippe Gefolgschaft geschworen. Sie sagen, der junge Herzog Arthur sei König Richards einziger rechtmäßiger Erbe. Und während die Verräter sich dem König von Frankreich zu Füßen warfen, ist Geoffroy de Lusignan ins Poitou eingefallen.«

Das Gemurmel in der Halle verebbte, und die letzte Stimme, die verstummte, war die von Lady Maud de Braose, die mehr denn je wie eine Klinge auf dem Schleifrad klang. Dann war es mit einem Mal totenstill.

Der König erhob sich ohne Eile aus seinem prunkvollen Sessel und ergriff seinen Pokal. Die Hand bebte. Doch seine Stimme klang fest, als er sagte: »Auf König Richards einzigen wahren Erben!«

Er schüttete den tiefroten Wein ins Bodenstroh, schleuderte den Becher scheppernd hinterher, hastete mit gesenktem Kopf zu einer Seitentür und verließ die Halle.

Yvain fuhr mit den Handflächen Beatriz' Oberarme hinauf zu den Schultern. Ihre glatte, warme Haut mit den winzigen goldenen Härchen darauf schimmerte einen Ton dunkler als das Leinen ihres Hemdes. Langsam schob er die Träger abwärts, sodass das Hemd bis auf ihre Hüften herabrutschte und den Blick auf die herrlichen Brüste freigab.

»Oh, Lady Beatriz«, murmelte er ein wenig atemlos. »Wenn du wüsstest, wie verführerisch du bist …«

Mit einem zufriedenen Lächeln ließ sie sich in die Kissen zurücksinken und öffnete die angewinkelten Knie. Nur ein klein wenig. Wie aus Versehen.

Yvain beugte sich über sie, liebkoste mit einer Hand ihre Brust und ließ die andere an der Innenseite ihres Oberschenkels hinaufwandern, als es verstohlen an der Tür klopfte.

Yvain hielt inne, sah Beatriz ins Gesicht und flehte: »Sag, dass ich mich verhört habe.«

»Ich fürchte, nein«, erwiderte sie seufzend.

»Oh, das darf doch nicht wahr sein«, schimpfte Yvain, streifte die Träger ihres Hemdes wieder nach oben und wartete, bis sie züchtig bedeckt unter dem Federbett lag.

»Ich hoffe, es ist *wirklich* wichtig«, rief er unwirsch und kletterte vom Bett.

Zaghaft wurde die Tür geöffnet, und eine unirdische Gestalt kam hereingeschwebt. Man konnte nicht ausmachen, wo die offene blonde Haarpracht in das wallende bodenlange Hemd überging. Eine ausgestreckte magere Hand hielt einen Kerzenhalter, zierliche nackte Füße raschelten im Bodenstroh. Zwei Schritte vom Bett entfernt blieb sie stehen. Nicht das schönste Gespenst der Welt, ging Yvain auf, sondern die Königin.

Beatriz erkannte sie im selben Moment und richtete sich auf. »Isabella?«, fragte sie erschrocken. »Was ist passiert, Liebes?«

»Ich weiß nicht, was ich tun soll«, antwortete die Königin. Ihre Stimme klang heiser, und die Flamme ihrer Kerze bebte.

Yvain ergriff seinen Mantel, den er achtlos über die Rückenlehne des Sessels geworfen hatte, und legte der Königin den schweren Umhang um die Schultern, denn die Aprilnacht war kalt, und er wusste, sobald Isabella die Fassung wiederfand, würde sie sich genieren, in so unpassendem Aufzug vor ihm erschienen zu sein.

»Setzt Euch, Madame«, schlug er vor, führte sie zum Sessel und drückte sie sacht hinab. Dann nahm er ihr den Kerzenhalter ab, ehe der zu Boden fallen und das Stroh in Brand setzen konnte, und stellte das Licht auf den Tisch.

Beatriz war aufgestanden, hatte sich eine der wollenen Decken übergeworfen und trat zu ihnen. Kaum war sie in Reichweite, schlang die junge Königin die Arme um ihre Taille, vergrub das Gesicht an ihrem Bauch und schluchzte. Aber nur ein einziges Mal. Sofort schnitt sie den Laut ab, verharrte noch ein paar Atemzüge lang, während Beatriz ihr übers Haar strich, ließ sie dann los und richtete sich auf.

»Vergebt mir«, murmelte sie und fuhr sich mit dem Handballen über die Wangen, um ihre Tränen wegzuwischen. »So habe ich ihn noch nie erlebt. Ich meine, ich habe schon gelegentlich Bekanntschaft mit seinem Zorn gemacht. Mit diesem … Hass, den er in sich trägt. Aber bisher bin ich immer mit ihm fertiggeworden, ganz gleich, wie er getobt hat. Das … das ist ja der Grund, warum wir uns so gut verstehen und weswegen er mich liebt. Weil er mir keine Angst machen kann. Aber heute Abend … Ich habe ihn noch niemals so außer sich erlebt. Oder so betrunken. Und auf einmal …« Sie brach ab.

»Hat er dir wehgetan?«, fragte Beatriz nüchtern.

Die Königin schüttelte den Kopf. »Doch er hat selbst gespürt, dass er kurz davor war, und da ist er hinausgestürmt. Er … er war so zornig, Beatriz. Aber gleichzeitig auch so gekränkt. Er hat Hugo und alle Lusignan in den hintersten Winkel der Hölle verflucht, und dann … ganz plötzlich fuhr er zu mir herum und packte mich und sagte, das wäre es doch, was ich mir insgeheim immer gewünscht hätte. Dass ich in Wirklichkeit immer nur Hugo gewollt und ihm hinter seinem Rücken einen Boten geschickt hätte, um die Lusignan zu diesem Verrat anzustiften. Damit sie ihn vernichten und der Weg für Hugo und mich frei ist …« Sie schüttelte fassungslos den Kopf. »Er war wie von Sinnen.« Plötzlich streckte sie die Rechte aus und umschloss Yvains Handgelenk. »Geht ihm nach, Sir Yvain. Ich bitte Euch inständig. Findet ihn und redet mit ihm. Auf Euch hört er doch.«

Yvain fiel auf die Schnelle nichts ein, wozu er weniger Neigung verspürte. Denn Isabella täuschte sich. Wenn der König in dem Zustand war, den sie beschrieb, hörte er auf niemanden, schon gar nicht auf ihn. Unschlüssig sah er auf den schlanken Mädchenarm hinab, die kleine filigrane Hand. Dann hob die Königin den Kopf und sah ihm ins Gesicht, und die Furcht in ihren großen blauen Augen schnürte ihm fast die Luft ab.

Einen Moment war nichts zu hören bis auf das Knistern der

unruhigen Kerzenflamme. Dann atmete er tief durch und befreite behutsam seinen Arm. »Also schön«, sagte er, und er spürte seine eigene Furcht als metallischen Geschmack auf der Zunge. »Ich gehe ihn suchen. Aber erwartet lieber keine Wunder von mir. Vielleicht besser, Ihr bleibt fürs Erste hier bei Beatriz, Madame.«

Die Königin stieß einen zu lang angehaltenen Atem aus. »Danke, Sir Yvain. Das werde ich nicht vergessen.«

Yvain tauschte einen Blick mit seiner Frau. Sie nickte ihm beruhigend zu, wie immer souverän und ganz und gar von dieser Welt, wenn ihr Isabellas Wohlergehen oblag, so als wäre sie ihre große Schwester.

Mit einem rauchenden Öllicht in der Hand stieg Yvain die Treppen hinab und trat hinaus in den Burghof. Es war spät geworden – vielleicht noch eine Stunde bis Mitternacht –, und ein dreiviertelvoller Mond tauchte den weitläufigen Burghof in silbriges Licht. Außer den Wachen am Haupttor war keine Menschenseele zu entdecken.

Als Yvain die Freifläche zum Bergfried überquerte, spürte er den kalten Wind auf dem Gesicht, und er musste eine schützende Hand um sein Lämpchen halten, damit die Flamme nicht ausgeblasen wurde.

Noch während er sich fragte, wer die Wache am Eingang abgezogen haben mochte, wurde die schwere Tür aufgestoßen, und Guillaume de Braose trat eilig ins Freie.

Als er die Gestalt mit dem Öllicht entdeckte, zuckte er zurück. Dann erkannte er Yvain und atmete tief durch. »Gottverflucht, Waringham … Was tut Ihr hier?«

»Mit Verlaub, das Gleiche könnte ich Euch fragen, Mylord.«

»Nun, im Gegensatz zu Euch mache ich kein Geheimnis daraus: Ich war auf der Suche nach dem König.«

»Um diese Stunde?«, fragte Yvain erstaunt.

Der alte Braose nickte knapp. »Es duldet keinen Aufschub. Eine dringende Familienangelegenheit erfordert meine sofortige Rückkehr nach England. Beim ersten Tageslicht muss ich aufbrechen. Darum kann ich nicht länger die Gewähr für Prinz Arthurs sichere Verwahrung übernehmen und muss ihn in die Obhut des Königs zurückgeben.«

Yvain sah ihm über das flackernde Flämmchen hinweg in die Augen und nickte langsam. »Ich verstehe.« Und er verstand in der Tat. Plötzlich fror er am Rücken, und er spürte eine Gänsehaut seine Arme hinaufkriechen.

Braose löste einen Schlüsselring von seinem Gürtel und streckte ihn Yvain entgegen. »Hier. Übergebt sie dem König, wenn Ihr ihn seht, seid so gut. William wird ihm meine Erklärung ausrichten.«

Dann wird William nicht zu beneiden sein, fuhr es Yvain durch den Kopf. So wenig wie ich. Aber er nahm den Schlüsselbund, ohne sich seine bösen Ahnungen und seine Verachtung für Guillaume de Braose anmerken zu lassen, und verabschiedete ihn mit einer impertinenten kleinen Verbeugung. *»Bon voyage.«*

Damit ließ er ihn stehen, betrat die verlassene höhlengleiche Vorhalle des Bergfrieds und wandte sich zur Treppe, die linkerhand ins Dunkle hinabführte. Er spürte das Herz bis in die Kehle hämmern, während er hinunterstieg, und er hörte am Hall seiner Schritte, dass er immer langsamer wurde. Er wollte hier nicht sein. Und vor allem wollte er nicht sehen, was ihn am Ende der Treppe erwartete. Aber er ging trotzdem weiter und gelangte unten in einen kurzen, niedrigen Gang, der von Fackeln in rußigen Wandhaltern erhellt war. Eisenbeschlagene Türen mit schweren Riegeln durchbrachen die Mauern aus großen Steinquadern, und gleich neben der zweiten auf der rechten Seite saß König John am Boden, die Ellbogen auf die angewinkelten Knie gestützt. Er hatte den Kopf gesenkt, die Handballen gegen die Schläfen gepresst und die Finger in den Haaren vergraben. Sein Atem ging keuchend, so als sei er verwundet.

Yvain blieb vor ihm stehen. »Sire?«

Der König zuckte fast unmerklich zusammen, und das Keuchen verstummte. Aber er rührte sich nicht, und er sah nicht auf. »Verschwindet.«

Yvain erkannte die Stimme kaum. Sie klang rau und wund, so als hätte er sich heiser geschrien. Und womöglich hatte er das.

Statt den Befehl zu befolgen, ließ Yvain sich einen Schritt neben ihm nieder, winkelte wie er die Knie an und lehnte den Kopf an die Wand. »Die Königin ist in Sorge um Euch.«

»Bist du taub, Yvain? *Verpiss dich*!«

Yvain begann zu ahnen, *wie* betrunken John war. Die vulgäre Ausdrucksweise war ein vertrautes Warnsignal, aber diese verwaschene Sprechweise war etwas Neues.

Yvain stellte das Licht zwischen ihnen ab. »Ich kann nicht«, erwiderte er hilflos.

»Warum nicht?«

»Keine Ahnung«, musste er gestehen. Weil du niemals dringender einen Freund gebraucht hast als in dieser Stunde, wäre vermutlich zutreffend gewesen, aber er war nicht Johns Freund. Weil ich dir Treue und Ergebenheit geschworen habe, hätte er vorbringen können, aber auch das war es nicht. Die Wahrheit war, dass er ihn nicht allein lassen konnte, weil er Mitgefühl empfand. Aber das zu sagen, wäre sein Todesurteil gewesen. Also entschied er sich für: »Es wäre feige.«

Der König schnaubte und sah ihn immer noch nicht an.

Yvain sammelte seinen Mut, stand auf und trat zu der angelehnten Tür.

Plötzlich streckte John den rechten Arm aus und krallte die Finger um Yvains Handgelenk. »Geht nicht hinein«, riet er, und in der Stimme schwang Entsetzen.

Yvain blickte auf die Hand hinab. Die Knöchel waren aufgeschürft und blutig. Wieder drohte das Grauen wie eine große schwarze Welle über ihn hinwegzurollen, und er kniff einen Moment die Augen zu. *Jesus Christus, erbarme dich. Und mach mein Herz stark, damit ich nicht doch noch Reißaus nehme …*

»Seid so gut und lasst mich los, Sire.«

John ließ die Hand sinken, warnte aber: »Wenn Ihr hineingeht, gibt es kein Zurück mehr.«

Yvain starrte auf den ölglänzenden Eisenriegel der Tür. »Ich weiß.«

Endlich hob der König den Kopf und sah ihm ins Gesicht. Seine Augen schienen völlig leblos, wie schwarze Kiesel.

»Schwört mir, dass Ihr zu keiner Menschenseele je ein Wort von dem sagen werdet, was Ihr hinter dieser Tür findet.«

Ohne den Blick von den gruseligen Augen abzuwenden, zückte Yvain langsam den Dolch, fuhr sich mit der scharfen Klinge über die linke Handfläche und ballte sie zur Faust. Dann steckte er die Waffe wieder weg und hob die Rechte zum Schwur, während Blut aus der linken Faust auf den festgestampften Lehmboden tropfte. »Ich schwöre bei meinem Blut und bei der Ehre meines Hauses, dass ich dieses Geheimnis mit ins Grab nehmen werde, mein König.«

John nickte.

Yvain stieß die Kerkertür auf, ehe der Mut ihn verlassen konnte, und trat über die Schwelle. Das geräumige Verlies war ebenfalls von Fackeln erhellt, und die Flammen flackerten in der Zugluft von der geöffneten Tür, sodass man meinen konnte, der Knabe am Boden rege sich im Schlaf. Doch es war nur eine Illusion. Denn er schlief nicht. Arthur de Bretagne lag mit weit aufgerissenen Augen auf der Seite, der Mund noch wie im Schrei geöffnet. An der Stirn und dem dunklen Haaransatz war der Schädel sichtlich eingedellt, die Haut aufgeplatzt. Blut war in Strömen aus der Wunde geflossen, ehe er starb, und hatte sein bleiches Gesicht besudelt. Die Hände waren zu Krallen geformt und über dem Kopf ausgestreckt, als hätte er versucht, die tödlichen Schläge abzuwehren. Und einen Schritt neben ihm lag ein unförmiger Stein, etwa so groß wie zwei Fäuste, an dem Blut und ein paar dunkle Haare klebten.

»Ich weiß nicht, was ich mit ihm machen soll«, bekannte der König plötzlich hinter Yvain. »Ich muss ihn verschwinden lassen. Aber ich weiß nicht, wie. Helft mir, Yvain.«

»In Ordnung.« Yvain hörte selbst, dass er wie ein Traumwandler sprach. Wie Beatriz, wenn sie mit ihren Gedanken meilenweit fort von der Wirklichkeit war. Womöglich stand er unter Schock. Nüchtern betrachtet, war es nicht schade um Arthur de Bretagne, aber es war eine furchtbare Freveltat, wenn ein Onkel seinen Neffen tötete. König John war nicht besser als Kain, der seinen Bruder Abel erschlagen hatte, und genau wie Kain war er von Gott verflucht und musste fortan rastlos und ruhelos auf der Erde wandeln.

»Wir …« Der König räusperte sich. Dann atmete er tief durch, und die Stimme klang nicht mehr so betrunken, als er sagte: »Dunkle Geheimnisse übergibt man wohl am besten dem Fluss.«

Yvain nickte, und für einen Moment hasste er den König aus tiefster Seele, der ihn zum Komplizen dieses unaussprechlichen Verbrechens machte. Eine dünne, mutlose Stimme in seinem Kopf wisperte ihm zu, dass er genauso verdammt war wie John, wenn er nicht dafür sorgte, dass der ermordete Prinz wenigstens in geweihter Erde bestattet wurde. Aber die pragmatische Stimme gewann die Oberhand. Yvain dachte einen Moment nach, und dann wusste er, was sie tun mussten. »Ich besorge, was wir brauchen. Wartet hier, Sire.«

»Beeilt Euch. Und gebt Acht, dass niemand Euch sieht.«

Yvain dachte flüchtig an Guillaume de Braose und fragte sich, was der wohl gesehen oder gehört haben mochte, das ihn bewogen hatte, Hals über Kopf aus Rouen zu fliehen und vor allem die Schlüssel zum Bergfried loszuwerden. Aber jetzt war nicht der richtige Zeitpunkt, um darüber nachzugrübeln.

Ohne Licht eilte Yvain die Stufen hinauf und ins Freie. Der Mond beschien die eilig dahinsegelnden Wolken von oben und spendete genug Licht. Die Wachen hatten sich anscheinend in die Kammer im Innern des Torhauses verkrochen, um aus dem schneidenden Wind zu kommen, aber natürlich konnten sie jeden Moment zurückkehren. Yvain hielt sich im Schatten der Gebäude, soweit es möglich war, und glitt lautlos zum Futterschuppen neben dem Pferdestall. Er nahm zwei der säuberlich gefalteten leeren Hafersäcke von dem Stapel neben der Tür, fand ein Knäuel Kordel und stopfte alles vorn in seinen Bliaut. Zurück im Freien, vergewisserte er sich, dass der Burghof immer noch verlassen lag, und eilte auf die Nordseite des neuen Bergfrieds, wo noch ein wenig vergessenes Baumaterial verstreut lag. Yvain schleppte ein paar zerbrochene Mauersteine zum Wehrgang hinauf, und als er sich über die Zinnen beugte, sah er die Seine gleich unterhalb der Mauer wie flüssiges Blei schimmern. Der stille Fluss und die frisch bestellten Felder am anderen Ufer boten ein Bild friedvoller Schönheit im diffusen silbrigen Mondschein, und Yvain musste wieder einen Moment die Augen schließen, damit ihm nicht schlecht wurde.

»Bei Gottes Zähnen, was hat so lange gedauert?«, grollte der König. Er stand wieder draußen vor der Kerkertür.

»Tut mir leid, Sire«, gab Yvain wenig reumütig zurück und dachte: Vielleicht hätte ich dir die Beseitigung deines Problems doch allein überlassen sollen … »Wollen wir?«

Ohne auf John zu warten, trat er wieder in das Verlies und zog die grob gewebten Säcke unter der Kleidung hervor. Er wusste, er durfte sich jetzt keine Zeit zum Nachdenken lassen.

John war ihm gefolgt und hockte sich neben ihn auf den Boden, dessen Strohbelag für ein Verlies bemerkenswert dick und frisch war. Yvain schlug einen der großen Säcke aus und zog die Öffnung auseinander, und dann zögerten sie beide und tauschten einen Blick. Die Augen des Königs sahen nicht mehr aus wie Kiesel. Sie waren blutunterlaufen und wirkten zu Tode erschöpft.

Yvain musste erkennen, dass hier rein gar nichts passieren würde, wenn er nicht das Kommando übernahm. »Hebt seine Füße an, Sire«, sagte er nüchtern und nickte ihm zu. Aufmunternd, hoffte er.

John nahm die Füße, Yvain stülpte den Sack darüber, und im Handumdrehen hatten sie den toten Prinzen in sein unangemessen schlichtes Leichentuch gehüllt. Weder Augen noch Mund hatten sie ihm geschlossen. Yvain wusste, dass er sich jetzt keine mitfühlenden Gesten erlaubten durfte, denn nur wenn er sein Herz verschloss, konnte er das hier durchstehen.

Der König las den blutverschmierten Stein aus dem Stroh auf und wog ihn in der Hand, als versuche er sich an den Moment zu erinnern, als er seinen Neffen damit erschlagen hatte. Dann steckte er ihn ohne Hast in den Sack.

Yvain klaubte das blutbesudelte Stroh zusammen und ließ es ebenfalls im Sack verschwinden, ehe er ihn zuband.

»Und nun?«, fragte John.

»Hinauf auf den Wehrgang.«

Sie wussten beide, das war der riskanteste Teil.

Der König packte wiederum die Füße des Toten, Yvain ergriff das zugebundene Ende des Sacks mit beiden Händen und ging rückwärts. Den kurzen Gang mit den fauchenden Fackeln entlang, die enge Treppe hinauf. Nichts rührte sich, und kein Laut war zu hören, sodass Yvain den irrsinnigen Impuls niederringen musste, zu rufen, zu pfeifen – irgendetwas zu tun, um diese gruselige Totenstille zu brechen.

Stattdessen stieß er mit der Schulter den Torflügel auf und spähte in die Nacht hinaus. »Die Luft ist rein.«

»Also dann.«

Wieder ging Yvain rückwärts voraus, verpasste die letzte der drei Eingangsstufen des Bergfrieds, und um ein Haar wäre seine Last ihm entglitten, aber er fing sich wieder. Das Schaben seines Stiefels auf Stein und das Rascheln des Sacks waren ihm laut genug erschienen, um die ganze Burg zu wecken, aber ein furchtsamer Blick zum Torhaus zeigte ihm, dass er die Wachen nicht angelockt hatte.

John stieß hörbar die Luft aus, und nun übernahm er die Führung. »Gebt ihn mir. Einfacher für einen auf der steilen Stiege.«

Yvain zögerte, denn der König war immer noch heillos betrunken. Nicht auszudenken, wenn er auf der Treppe stolperte. Doch auf seine ungeduldige, auffordernde Geste hin half der junge Waringham ihm, sich die Last wie ein Joch über die Schultern zu legen, und folgte ihm dann die Treppe hinauf. Sie erreichten den Wehrgang ohne weitere Missgeschicke. Oben führte Yvain den König zu der Stelle, wo er die Steine aufgestapelt hatte. Der Bergfried lag jetzt zwischen ihnen und dem Torhaus – sie konnten einigermaßen sicher sein, dass niemand sie beobachten würde.

Mit vereinten Kräften stülpten sie den zweiten Sack über den ersten, füllten ihn mit den schweren Steinen und banden ihn sorgfältig zu.

»Rasch«, mahnte der König mit gesenkter Stimme. »Noch ein letzter Kraftakt, und das grausige Werk ist getan.«

Yvain nickte, und wieder nahmen sie jeder ein Ende des schaurigen Pakets. Es war jetzt so schwer, dass sie beide zu schwitzen begannen, aber schließlich hatten sie Arthurs Leichnam bis auf die Krone der Brustwehr gehievt. Mit einem letzten, beinah sanften Stoß beförderten sie ihn von den Zinnen in die Tiefe hinab, und dann standen sie beide dort auf dem Wehrgang und hielten den Atem an, bis sie ein fernes, aber unmissverständliches Platschen hörten.

»Und so verschwand Prinz Arthur aus dem Hause Plantagenet auf immerdar«, höhnte der König.

»Das wollen wir doch hoffen«, gab Yvain zurück, lehnte sich mit den Schultern an die Brustwehr und war dankbar für den kühlen Wind auf dem Gesicht.

»Euer Knoten wird halten«, erwiderte John zuversichtlich. »Die verschwiegene Seine und ihre hungrigen Fische erledigen den Rest.«

Yvain hatte genau gewusst, dass der König irgendetwas in dieser Art sagen würde, um sich den Gedanken an die drohende Verdammnis auf Armeslänge vom Leib zu halten, aber er war trotzdem angewidert. Es drängte ihn, Johns Gegenwart zu entkommen. Einen der vielen Hofgeistlichen in Rouen aus dem Schlaf zu reißen und zu beichten. Zu seiner Frau zurückzukehren und Vergessen in ihren Armen zu suchen. Irgendetwas, nur fort von hier.

»Ihr werdet mir doch jetzt nicht auf einmal zimperlich?«, fragte der König schneidend.

»Nein, Sire.«

»Gut.« Plötzlich lag seine Hand auf Yvains Schulter, warm und schwer. »Habt Dank für Eure Hilfe, Waringham. Das werde ich nicht vergessen. Ich weiß, dass dies schwer für Euch war, gerade für Euch. Aber es ist nicht schade um den kleinen Mistkerl.«

»Nein, ich weiß«, stimmte Yvain vorbehaltlos zu. Er hatte schließlich selber noch eine Rechnung mit Arthur offen gehabt. »Aber ich fühle mich trotzdem lausig. Genau wie Ihr, Sire.«

Der König nickte ergeben. »Darum werde ich jetzt gehen und noch einen Schluck trinken, denke ich.«

Oh ja, das ist eine großartige Idee, dachte Yvain verdrossen.

Johns Hand rutschte von seiner Schulter, und seine Augen schimmerten wieder wie nasse schwarze Kiesel im matten Mondlicht, als er lächelnd hinzufügte: »Ich trinke auf Eure Gesundheit, Yvain. Und Eure Verschwiegenheit. Genau betrachtet sind sie ein und dasselbe, nicht wahr?«

Waringham, Dezember 1203

»Gott, es tut gut, endlich zu Hause zu sein.« Yvain atmete tief durch und sah sich im verschneiten, menschenleeren Burghof um, während er absaß. Dann trat er zu Beatriz und streckte ihr die Hände entgegen. »Langsam und vorsichtig, Madame«, ermahnte er sie.

»Bald werde ich eine Seilwinde zum Auf- und Absitzen brauchen«, prophezeite sie, glitt aber mit Yvains Hilfe unfallfrei aus dem Sattel. Sie war blass und erschöpft. Diese Schwangerschaft war leichter als die erste, doch bei der Überfahrt aus Frankreich war ausnahmsweise nicht Yvain derjenige gewesen, der am fürchterlichsten von der Seekrankheit geplagt wurde.

»Komm.« Er legte einen Arm um ihre Taille. »Lass uns zusehen, dass wir dich ins Warme bekommen. Thomas?«

»Ich kümmere mich um die Pferde, Sir«, kam der Knappe seinen Anweisungen zuvor.

»Danke. Sag Rob, er soll dafür sorgen, dass Vellantif nicht im Durchzug steht. Und er braucht eine Decke. Vellantif, nicht der Stallknecht.«

Thomas grinste. »In Ordnung, Sir. Meint Ihr, er hat sich erkältet?«

Yvain nickte. »Und schlimmer noch: Er wird alt.« Aber darüber wollte er jetzt nicht nachdenken. Er hatte auch so schon genug, das ihn niederdrückte, vielen Dank.

Er führte seine Frau zum Bergfried, und Herlève, die Amme, folgte ihnen mit der schlafenden Iselda auf dem Arm. Am rechten

Torflügel hing ein geflochtener Strohkranz, der mit Stechpalme und Mistel verziert war und sie daran erinnerte, dass in zwei Wochen Weihnachten war.

Der Haushalt von Waringham hatte sich in der Halle versammelt, wo in beiden Kaminen muntere Feuer prasselten. Eine Geruchsmischung aus Rauch, Bratäpfeln und nasser Wolle hing schwer und tröstlich zugleich über dem großen Saal – so roch Waringham Castle im Winter.

Das übliche Durcheinander und Stimmengewirr empfing die Ankömmlinge. Die Söhne von Jean FitzEdmond und Maurice de Clare trugen im Innern des Hufeisens der Tische einen Ringkampf aus, umgeben von einem lebhaften Zuschauerring aus Kindern, Männern und Hunden.

Yvain steuerte einen Kurs um die Szene herum auf die hohe Tafel zu, und seine Nichte entdeckte sie als Erste – wie so oft. »Onkel Yvain! Tante Beatriz!« Sie sprang mit reichlich undamenhaftem Enthusiasmus von ihrem Platz auf, und ihre kornblumenblauen Augen strahlten vor Freude.

Yvain schloss sie lachend in die Arme und wirbelte sie einmal herum. »Matilda! Du meine Güte, du bist ja richtig schwer geworden.« Er küsste ihre rosige, warme Wange und stellte sie wieder auf die Füße.

»Was hast du erwartet?«, gab sie eine Spur hochnäsig zurück. »Ich bin schließlich schon neun.«

»Auch wieder wahr«, musste er einräumen. Und ehe er sich mit ritterlicher Galanterie nach ihrem Wohlergehen erkundigen konnte, kam Richard angelaufen und rempelte seine Schwester rüde aus dem Weg, um seinen Onkel zu beschlagnahmen. »Hast du mir eine französische Armbrust mitgebracht?«, fragte er aufgeregt. Er war im Herbst sechs geworden, und es drückte Yvain das Herz zusammen, wie ähnlich der Junge seinem Vater sah.

Er tat verwundert. »Wie kommst du denn auf so eine Idee?«

»Du hast es versprochen!«, protestierte Richard empört.

Yvain zerzauste ihm lachend den Blondschopf. »Lass mich sehen, was ich finde, wenn das Packmuli abgeladen ist.«

Willig ließ er sich von den beiden lebhaften Kindern zur hohen Tafel zerren, begrüßte im Vorbeigehen den Steward und andere Ritter des Haushalts, nahm erschüttert zur Kenntnis, dass die alte Dame, die kurzsichtig auf ihren Handstickrahmen hinabblinzelte, seine Mutter war, und hatte in Wahrheit doch nur Augen für einen einzigen Menschen in der Halle.

Amabel hatte sich erhoben. »Yvain. Beatriz.« Sie lächelte, und der warme Glanz in ihren dunklen Augen brachte sein Herz einmal kurz ins Stolpern wie eh und je. »Willkommen zu Hause.«

»Danke. Wir sind froh, endlich angekommen zu sein«, gestand er. »Abscheuliches Reisewetter.« Mit einem bewussten Willensakt riss er sich vom Zauber ihres Anblicks los, ehe er vollends darin versinken konnte, und wandte sich an seine Mutter. »*Ma mère.*«

Lady Maud hatte den Stickrahmen beiseitegelegt und ergriff seine Hände. »Es ist so schön, dich zu sehen, mein Sohn. Wir haben nichts als schlechte Nachrichten vom Kontinent gehört und hatten kaum damit gerechnet, euch diesen Winter hier begrüßen zu können. Hat der König dich beurlaubt?«

Er schüttelte den Kopf. »Nur für ein paar Tage. Er ist selbst auch nach England gekommen, und zu Weihnachten müssen wir zurück an den Hof.«

»Nun, dann sollten wir die kurze Zeit nutzen, um dich ordentlich zu füttern. Du bist blass und dürr«, bemerkte sie kritisch. »Aldgyth, gib Rowena Bescheid, sie soll für Sir Yvain und seine Gemahlin Suppe aufwärmen.«

»Ist recht, Lady Maud.«

»Setz dich, Yvain.« Besitzergreifend zog sie ihn auf den Sessel neben sich hinab, der eigentlich Lord Waringhams Platz war, und bedeutete Beatriz mit einer Geste, sich an ihre andere Seite zu setzen. »Du musst vollkommen erledigt sein, mein Kind«, fügte sie gedämpft hinzu. »Das Reisen ist kein Vergnügen in deinem Zustand.«

»Nein, das ist wahr, Madame«, bekannte Beatriz und legte die Hände um den dampfenden Becher, den einer der Pagen ihr einschenkte, um ihre eisigen Finger zu wärmen. »Aber ich bin glücklich, dass wir endlich wieder einmal in Waringham sein können. Yvain hat sich so danach gesehnt.«

»Was redest du denn da?«, schalt er verlegen, obwohl sie nur die Wahrheit gesagt hatte. Die vergangenen Monate waren schwer und düster gewesen, und er hatte sich manches Mal bei dem Wunsch ertappt, dem König, dem Hof und der verfluchten Politik den Rücken zu kehren, bei Nacht und Nebel sein Pferd zu satteln, zur Küste zu reiten und nach Hause zu gehen. Natürlich hatte er das nie laut ausgesprochen, aber er wusste ja längst, dass seine Gemahlin zuzeiten eine scharfe Beobachterin sein konnte und oft erriet, was er ihr verschwieg.

Amabel reichte ihm den Brotteller. Yvain brach sich dankbar ein Stück von dem frischen Laib ab und biss hinein. Es war ein herzhaftes Roggenbrot und schmeckte himmlisch. »Hmm«, machte er schwärmerisch, kaute und schluckte. »Dergleichen sucht man in der Normandie vergebens. Was gibt es Neues in Waringham?«

»Nicht viel, so wie meistens«, bekannte Amabel. »Halt, das stimmt ja gar nicht. Kurz nach Martinus ist Elfhelm Wulfson das Haus abgebrannt. Sie sind alle unverletzt ins Freie gelangt, aber vor dem Winter konnten sie nicht mehr anfangen zu bauen, weil es schon Frostnächte gab.«

»Wie ist es passiert?«

Sie hob die Schultern. »Niemand scheint es so recht zu wissen. Zumindest hat der Steward nichts herausbekommen. Was wohl heißt, sie wollen nicht, dass wir die näheren Umstände erfahren. Ich vermute, Elfhelm hat im Rausch ein Binsenlicht brennen lassen und ist eingeschlafen oder Ähnliches. Es ist schlimm mit ihm geworden, weißt du. Er torkelt schon morgens betrunken durchs Dorf.«

Elfhelm, der missratene Vetter des Schmieds, war seit jeher eins der Sorgenkinder unter den unfreien Pächtern von Waringham gewesen. »Ich werde versuchen, ihm ins Gewissen zu reden«, versprach Yvain. *In schwierigen, absurden und gelegentlich auch lebensgefährlichen Debatten mit Volltrunkenen habe ich neuerdings reichlich Erfahrung,* hätte er hinzufügen können.

»Das wäre sicher gut«, antwortete Amabel erleichtert. Sie senkte die Stimme, als sie fortfuhr: »Jean FitzEdmond ist ein guter Steward. Gewissenhaft und anständig. Aber er kann überhaupt kein Englisch, und die Bauern haben kein Zutrauen zu ihm gefasst. Sie vermissen Guillaume.« Sie sagte es nüchtern, mit einem kleinen, wehmütigen Lächeln gar, aber er ahnte, dass diese Ergebenheit sie Mühe kostete.

»Er wäre vermutlich amüsiert, wenn er das wüsste«, gab Yvain zurück.

»Und geschmeichelt.«

»Ja.«

»Er ist sicher ins Heilige Land gelangt. Onkel Robert war im Herbst hier und hat es uns erzählt. Einer seiner Templerbrüder ist Guillaume in Akkon bei den Lazariten begegnet.«

Yvain atmete tief durch. »Der Herr sei gepriesen.«

»Und ich bete, dass er dort Frieden finden kann. Offen gestanden war mir nie so ganz begreiflich, warum er ausgerechnet nach Akkon zurückkehren wollte, wo so viel Blut vergossen worden ist.«

»Vielleicht gerade deswegen«, gab Yvain zurück. Es war Erlösung, die Guillaume in Akkon suchte. Das hatte dieser seinem Bruder bei ihrem Abschied anvertraut. Vergebung der Sünden, die er dort für seinen König begangen hatte. Erst seit der Nacht in Rouen im Frühling konnte Yvain das wirklich verstehen. Nicht er hatte Arthur erschlagen. Aber dennoch klebte das Blut des Prinzen an seinen Händen, weil er sich zu Johns Komplizen hatte machen lassen, und mehr als einmal war er im Laufe des Sommers nachts in den Keller des neuen Burgturms geschlichen oder auf den Wehrgang gestiegen, wenn der Hof in Rouen weilte, um für Arthurs Seele zu beten. Es ging nur dort.

»Yvain?«, fragte Amabel zaghaft.

Er kehrte mit einem Ruck in die Gegenwart zurück. »Entschuldige. Ich bin völlig erledigt, fürchte ich.«

»Wir hörten, es war ein schlimmes Jahr auf dem Kontinent.«

Er nickte und stierte in seinen Becher, weil er ihren eindringlichen Blick plötzlich nicht mehr aushalten konnte.

Maurice de Clare kam an die hohe Tafel und drosch Yvain zum Gruß auf die Schulter. »Dein Erscheinen hier bedeutet, dass der König nach England gekommen ist, nehme ich an?«

»So ist es.«

»Ein bisschen sonderbar, oder? In der Normandie gehen uns alle Felle schwimmen, und John hat nichts Besseres zu tun, als nach England überzusetzen?«

Yvain erhob sich ohne Eile, musterte den besten Freund seines Bruders gemächlich von Kopf bis Fuß und fragte: »Was genau ist es, das du sagst, de Clare?«

Der hob beide Hände. »Du meine Güte … So empfindlich kenne ich dich gar nicht.«

»Der König ist gekommen, um bei Barons und Bischöfen neue finanzielle Mittel einzufordern, damit er Söldner anheuern und den Krieg gegen Philippe von Frankreich weiterführen kann«, erklärte Yvain mit eisern erzwungener Geduld. »Um die Normandie vor Philippes gierigen Klauen zu retten. Auch die normannischen Ländereien besagter Barons, die lieber bequem und warm und satt hier in England sitzen, statt ihrem König in der Normandie beizustehen.«

Maurice de Clare verschränkte die Arme, seine Miene mit einem Mal finster. »Was soll das heißen?«

»Ich denke, ich habe mich unmissverständlich ausgedrückt.«

»Yvain, du kannst nicht …«

»Wollt ihr wohl aufhören«, ging Amabel dazwischen. »Ihr ängstigt die Kinder.«

Yvain sah kurz zu Richard hinüber, der neben seiner großen Schwester an der Tafel saß, die Schultern hochgezogen, und furchtsam von seinem Onkel zu seinem Erzieher schaute und wieder zurück. Erst jetzt nahm Yvain wirklich wahr, dass er einen seiner Kettenhandschuhe in der geballten Linken hielt. Mit einem Kopfschütteln steckte er ihn zurück an den Gürtel. »Dir steht kein Urteil zu, de Clare, denn du warst nicht dabei. Aber ich will nicht mit dir streiten.«

»Nein«, gab der gutmütige Maurice nach einem winzigen Zögern zurück. »Daran liegt mir eigentlich auch nichts.«

»Dann setz dich zu uns und lasst uns alle einen Schluck auf die Gesundheit des Königs trinken«, schlug Jean FitzEdmond vor, und der gefährliche Moment war vorüber.

»Du musst verstehen, dass alle hier darauf brennen, die Neuigkeiten aus Frankreich von dir aus erster Hand zu hören, so schlimm sie auch sein mögen«, erklärte der Steward ihm mit gesenkter Stimme. »Das ist allemal besser als die düsteren Gerüchte, die seit Monaten über den Kanal geschwappt kommen.«

Yvain nickte. Er scheute sich davor – nicht nur, weil er Johns unbegreifliches Versagen würde offenlegen müssen, sondern weil er die Menschen in dieser Halle würde anlügen müssen. Aber er wusste, dass kein Weg daran vorbeiführte.

Er wartete, bis Thomas die Geschenke für die Kinder in die Halle gebracht hatte – eine Spielzeugarmbrust für Richard und eine aquitanische Flöte für Matilda, die beide mit leuchtenden Augen in Empfang genommen wurden – und bis das Gesinde und die dienstfreien Wachen nach dem Nachtmahl aus der Halle verschwanden und die Kinder zu Bett gebracht wurden.

Als er aufstand, verstummten die verbliebenen Ritter, Damen und Knappen an den Seitentafeln und sahen ihn ebenso erwartungsvoll an wie seine Mutter und Amabel, Vater Pierre und Guillaumes engste Vertraute an der hohen Tafel.

Yvain blickte kurz zu Beatriz – vielleicht um sich Rückendeckung von der einzigen Person in der Halle zu holen, die die Ereignisse der vergangenen Monate ebenso wie er aus erster Hand miterlebt hatte. Doch Beatriz' Blick war auf einen der großen Wandteppiche zwischen den Fenstern gerichtet, ihre Gedanken Gott weiß wo.

Yvain fühlte sich eigentümlich verlassen, aber er straffte die Schultern und begann: »Um Ostern herum kam ein Gerücht auf, Arthur de Bretagne sei tot, und daraufhin erhob sich der bretonische Adel in Rebellion gegen den König. Während wir in die Bretagne zogen, um die Revolte niederzuschlagen, fiel Philippe von Frankreich im Maine ein und überrannte Le Mans. Aber er gab sich nicht damit zufrieden. Er wandte sich nach Westen und … und überschritt die Grenze zur Normandie. Das französische Heer kam wie eine Flutwelle und eroberte in kürzester Zeit Domfront, Coutances, Falaise, Bayeux, Lisieux, Caen and Avranches. Im August schließlich fiel Vaudreuil, das nur zwölf Meilen von Rouen entfernt liegt.«

Er brach ab, hob seinen Becher und nahm einen ordentlichen Zug.

»Und was tat der König?«, fragte Henry of Camberfield. Es klang eher verständnislos als vorwurfsvoll, aber es war eine tückische Frage. Denn die ehrliche Antwort lautete: *absolut gar nichts.*

Seit jener verhängnisvollen Nacht in Rouen war König John in Düsternis verfallen, und diese Düsternis hatte ihn vollkommen gelähmt. Tagelang bekamen sie ihn überhaupt nicht zu Gesicht, weil der König sich im Gemach der Königin verbarrikadierte und sich entweder in ihrem Bett vergnügte oder volllaufen ließ oder beides. Wenn er gelegentlich in der Halle erschien, war er betrunken. Dann wieder überkam ihn ein fieberhafter Tatendrang, und er führte seine Söldner an die bretonische Grenze, ins Maine oder zu den Gütern abtrünniger normannischer Adliger und verfiel in einen Blutrausch.

Abtrünnige normannische Adlige gab es von Tag zu Tag mehr, denn selbst diejenigen, die auch in England Landbesitz hatten und deswegen auf Johns Seite und gegen Philippe hätten Stellung beziehen müssen, wandten sich von ihm ab – angewidert, ratlos und verstört.

»Ich will euch nichts vormachen«, log Yvain. »Der König ist in arger Bedrängnis. Er kann nicht an allen Fronten gleichzeitig kämpfen: die Bretonen im Westen, Philippe im Osten, die Lusignan im Süden. Aber zum Glück gibt es viele standhafte und kampferfahrene Männer, die an seiner Seite stehen, allen voran William Marshal. Der König ist entschlossen, alles zurückzugewinnen, was er verloren hat, und solange Château Gaillard aushält, wird Philippe niemals nach Rouen gelangen.«

»Also stimmt es, dass Philippe Château Gaillard belagert?«, fragte Jean FitzEdmond, und seine Miene verriet seinen Schrecken.

Yvain nickte. »Schon seit September. Der König und William Marshal haben versucht, in einem Angriff von Fluss und Land zugleich die Belagerung zu durchbrechen, aber … sie hatten kein Glück.«

Glück war das, was John seit jeher gefehlt hatte, dachte er oft. Während König Richard jeder riskante Coup gelungen war, weil er immer das nötige Quäntchen Glück gehabt hatte, war John seit jeher ein Pechvogel gewesen. Früher hatte er die Fäuste gen Himmel geschüttelt und ob dieser Ungerechtigkeit mit Gott gehadert. Neuerdings glaubte er, dass er sein ewiges Pech verdiente, argwöhnte Yvain, und das machte seine Sache aussichtslos.

»Aber heißt es nicht, Château Gaillard sei uneinnehmbar?«, fragte Lady Waringham ihren Sohn.

Yvain antwortete, was jeder Mann an der Tafel wusste: »Keine Burg ist uneinnehmbar.«

Eine beklommene Stille legte sich über die Halle. Yvain war sie nur zu vertraut – manchmal kam es ihm vor, als hätte er seit Monaten kaum etwas anderes gehört als beklommene Stille.

Piers of Wingmore, der alte Freund seines Vaters, stellte die offensichtlichste aller Fragen, die gleichzeitig auch diejenige war, die Yvain am meisten fürchtete: »Warum holt John Prinz Arthur nicht aus dem Kerker und zeigt ihn der Welt, damit die üblen Gerüchte ein Ende nehmen und die Bretonen sich wieder beruhigen?«

Yvain hob seufzend die Schultern – scheinbar ratlos. »Das kann ich nicht sagen.«

Inzwischen hatte er viel Routine darin, es zu sagen. Die meisten verwechselten ›Das kann ich nicht sagen‹ mit ›Das weiß ich nicht‹, darum hatte die Behauptung fast immer den gewünschten Effekt.

Aber Yvain sah aus dem Augenwinkel, dass Beatriz abrupt aus den entlegenen Gefilden ihrer Fantasie zurückgekehrt war. Ihr Blick glitt über die Versammelten, von einem Gesicht zum anderen, nur scheinbar geruhsam. Er hatte ihr nichts gesagt. Er hatte seinen Schwur gehalten und zu keiner Menschenseele etwas gesagt. Und dennoch. Beatriz war immerhin dabei gewesen, als die verzweifelte Königin Yvain angefleht hatte, John nachzugehen. Und sie war auch noch wach gewesen, als er kurz vor Tagesanbruch in ihr Gemach zurückkehrte, sich ungefähr eine Stunde lang die Hände wusch und ihr mit ungewohnter Schroffheit verbot, ihm Fragen zu stellen. Er konnte nur spekulieren, was sie vermutete, befürchtete oder – Gott bewahre – geträumt hatte, und er wartete auf die ersten Anzeichen der Kluft, die das abscheuliche Geheimnis zwischen ihnen doch zwangsläufig aufreißen musste. Aber bislang war es nicht geschehen. Und Yvain war dankbar für diesen kleinen Trost, denn das Gewicht seiner Mitschuld an Johns grauenvoller Bluttat drückte wie ein Felsbrocken auf seine Seele. Er konnte es ja nicht einmal beichten, denn es hätte bedeutet, sein Schweigegelöbnis zu brechen. Und deshalb wurde er den Felsbrocken nicht los.

Doch Waringham tat ihm gut. Das Wetter besserte sich, wurde trocken und kalt, und er ritt mit Thomas und den Rittern zur Jagd. Er ging mit Jean FitzEdmond die Pachtabrechnung vom vergangenen September durch und stellte erleichtert fest, dass diesen Winter niemand in Waringham vom Hunger bedroht sein würde. Auf dem Markt in Rochester erstand er ein hübsches Fleckenpony, brachte es heim und setzte einen glückseligen Richard zu seiner ersten Reitstunde auf dessen Rücken. Er machte lange Streifzüge durch Waringham Heath und den Wald, und er ging ins Dorf, um Elfhelm und seiner Familie ein Fass Pökelfleisch und ein bisschen Geld zu bringen, die fürs Erste im Haus des Schmieds Unterschlupf gefunden hatten, obwohl der zehn Jahre alte Streit über den Ochsen nie beigelegt worden war. Yvain bewunderte die Großzügigkeit des Schmieds und ließ es ihn wissen. Er sprach auch mit Wilona, Vater Cyneheard und dem Reeve und erkannte verblüfft, wie sehr er sie alle vermisst hatte.

Die Dämmerung war nicht mehr fern, als er auf die Burg zurückkam. Seine Ohren waren so kalt geworden, dass er fürchtete, sie könnten abfallen, und sein Atem bildete gewaltige Dampfwolken in der klaren Winterluft. Trotzdem war er froh, dass er zu Fuß gegangen war. Es tat ihm wohl, über die verharschten Weiden oder durch die jetzt karge Heide zu laufen. Es kam ihm vor, als bringe Waringham ihn langsam wieder zu Verstand.

Trotzdem war er dankbar, als er den Bergfried betrat. Ein zugiges und feuchtes Gemäuer mochte er sein, aber nach der Kälte draußen empfand Yvain ihn als warm und anheimelnd.

Leichtfüßig erklomm er die Treppe, doch statt die Halle zu betreten, ging er weiter ins Obergeschoss und zur Schreibstube, um einen Blick auf die Bücher zu werfen. Zu seiner Überraschung stellte er fest, dass der einzelne Schemel an dem wackligen Tisch unter dem Fenster bereits belegt war.

»Amabel? Was in aller Welt tust du hier?«

Sie wandte den Kopf. »Ah. Ich habe immer geahnt, dass irgendwer mich hier früher oder später bei der sündhaften Verschwendung von Pergament ertappen würde.« Sie lächelte nicht. Wie immer im Winter war sie blass, und unter ihren Augen lagen dunkle Schatten.

Yvain schloss die Tür und trat näher. »Ich werde dichthalten, sei unbesorgt. Was ist es denn, wofür du unser Pergament verschwendest? Oder ist die Frage indiskret?«

Sie nickte langsam. »Aber nicht unberechtigt. Einmal im Monat schleiche ich mich hier ein und schreibe Guillaume einen Brief. Vermutlich findest du mich wunderlich.«

Ich bin den Umgang mit wunderlichen Frauen ja hinreichend gewöhnt, fuhr es ihm durch den Kopf, doch er sagte: »Keineswegs.«

Sie hatte die Knie unter dem Tisch, den Oberkörper aber halb zu Yvain umgewandt, und er bewunderte verstohlen ihr Profil. Die schlanke Figur mit den hohen Brüsten, die sich unter dem schlichten blauen Kleid abzeichneten. Der wundervolle Schwanenhals, die hohen Wangenknochen, die zierliche Nase und die geschwungenen Lippen. Er verspürte eine alberne Glückseligkeit, dass sie sich hier so unverhofft begegnet waren, und gleichzeitig die altbekannte Verzweiflung.

»Ich schreibe ihm, was in Waringham geschieht. Und was die Kinder machen. Es sind keine sehr persönlichen Briefe, nur …

nüchterne Berichte. Es wäre nicht einmal schlimm, wenn sie einem Unbefugten in die Hände fielen. Aber ich habe das Gefühl, ich muss es tun, weißt du.«

Yvain verstand sie vollkommen. »Damit du sie ihm geben kannst, wenn er eines Tages nach Hause kommt, und er etwas hat, womit er die Kluft überbrücken kann.«

»Ich weiß, es ist unsinnig. Er kommt nicht zurück.«

»Sei nicht so sicher«, widersprach er. Es geriet ein wenig heftiger, als er beabsichtigt hatte. Um es zu überspielen, fügte er hinzu: »Ich habe mir die Klause angesehen. Sie ist richtig wohnlich geworden.«

»Ja, ich weiß. Und wie du gesagt hast, sind die Wheelers froh über das Brot und Ale, das sie sich abends dort holen können. Und Piers of Wingmore verbringt gelegentlich die Nacht dort, wenn er das dumme Geschwätz seiner Frau nicht mehr aushält.«

Sie teilten ein gehässiges kleines Lachen. Als es verklungen war, machte sich plötzlich Befangenheit breit, und sie wandten gleichzeitig den Blick ab.

»Ich war eigentlich hier, um zu schauen, ob wir genügend Winterfutter für das Vieh haben. FitzEdmond hat im Herbst weniger Tiere schlachten lassen, als ich angenommen hätte, und die Bestände im Futterspeicher erscheinen mir knapp«, erklärte Yvain, und wie um zu beweisen, dass er die Wahrheit sagte, trat er an das Wandbord mit der unordentlichen Sammlung aus Büchern und Pergamentrollen.

Aus dem Augenwinkel sah er, dass Amabel sich wieder ihrem Brief zuwandte, doch statt zu schreiben, sah sie auf den hölzernen Fensterladen und fragte: »Wird Cecily Weihnachten auch bei Hofe sein?«

»Natürlich. Sie gehört zum Haushalt der Königin.« Und als er den Sinn ihrer Frage verstand, fügte er hinzu: »Wenn du willst, nehmen wir dich mit. Dann könnt ihr euch endlich einmal wiedersehen. Und die Königin wäre bestimmt überglücklich, dich kennenzulernen.«

»Die Gemahlin von Richards treuestem Gefolgsmann?«, fragte Amabel zweifelnd. »Das kann ich mir kaum vorstellen.«

»Ach, das ist alles so lange her«, entgegnete er mit einer wegwerfenden Geste. »Und Isabella interessiert sich ohnehin nicht für die Rivalitäten zwischen dem König und seinen toten Brüdern.«

Doch Amabel schüttelte den Kopf. »Trotzdem. Es wäre nicht gut. Ich kann ja auch die Kinder zu Weihnachten nicht allein lassen.«

»Nun, die Entscheidung liegt allein bei dir. Aber da meine Mutter offenbar ins Leben zurückgefunden hat, würden die Kinder es vermutlich überleben, dich ein paar Tage zu entbehren.«

Sie drehte sich wieder zu ihm um. »Auf einmal so kühl?«

Er wandte hastig den Kopf ab und griff nach dem erstbesten Pergamentbogen. »Entschuldige …«

»Es stimmt, dass deine Mutter wieder Anteil am Leben nimmt. Ich habe mich oft gefragt, was du zu ihr gesagt hast damals. Jedenfalls hast du sie zurückgeholt.«

Yvain rollte die Bestandsliste raschelnd auseinander und stierte darauf hinab. »Das kann ich mir nicht vorstellen. Eltern hören niemals auf ihre Kinder, ganz gleich, wie alt Letztere sind oder wie weise ihre Ratschläge sein mögen. Und das sind meine vermutlich eher selten.«

»Du unterschätzt dich. Weißt du denn wirklich nicht, wie überzeugend du sein kannst?«

»Nein«, knurrte er auf den Pergamentbogen hinab. »Du musst dich irren, denn wenn es so wäre, bekäme ich gewiss öfter, was ich will.«

Der Schemel knarrte leise, aber Yvain fuhr trotzdem zusammen, als sie plötzlich direkt hinter ihm sagte: »Es liegt wohl eher daran, dass du dir nie gestattest, dir zu nehmen, was du willst.«

Yvain fragte sich, ob er dies hier vielleicht träumte. Das Pergamentende rutschte ihm aus den Fingern, und der Bogen rollte sich unter vernehmlichem Rascheln wieder ein. Yvain warf ihn achtlos beiseite und drehte sich um. Er wollte Amabel fragen, wie zum Henker sie das gemeint hatte, aber ihr Blick verschlug ihm die Sprache.

Als sie gemeinsam heranwuchsen, hatte Yvain manchmal geglaubt, in ihren Augen einen Widerschein seiner eigenen Empfindungen zu erhaschen. Doch er hatte sich immer sogleich zur Ordnung gerufen. Das konnte nicht sein. Gewiss bildete er sich alles nur ein. Sie war Guillaumes Verlobte. Und weshalb sollte sie den Trostpreis begehren, wenn ihr doch der Hauptgewinn sicher war.

Aber jetzt erkannte er solch ein Sehnen in ihren Augen, solche Zärtlichkeit, dass ihm fast schwindelig davon wurde.

Er machte einen halben Schritt auf sie zu, schloss sie in die Arme und küsste sie. Es war die natürlichste Sache der Welt, eine Heimkehr nach jahrelangen Irrfahrten und gleichzeitig unwirklich. Zu gut, um wahr zu sein.

Amabel schlang die Arme um ihn. Ihre Lippen waren samtig, ihre Zunge süß und kühl, und sie umspielte die seine – gierig und kapriziös zugleich. Die schlanken Finger strichen über den Haaransatz in seinem Nacken, und Yvain spürte einen herrlichen Schauer.

Er fuhr mit beiden Händen über ihren Rücken. Die Rechte wanderte nach vorn und strich sacht, geradezu schüchtern über ihre Brust. Doch gleichzeitig presste er Amabels Unterleib mit dem linken Arm an seinen Schritt, damit sie merkte, wie es um ihn stand.

Sie stieß einen kleinen, kehligen Laut aus, halb triumphal, halb amüsiert, und ihre eiskalte Hand schlängelte sich seitlich unter seinen Bliaut, in seinen Hosenbund und umfasste sein pralles Glied.

Yvain musste die Augen zukneifen, riss sie wieder auf, betrachtete einen Moment dieses vertraute, geliebte, wunderschöne Gesicht, das ihm niemals zuvor so nahe gewesen war, und dann hob er Amabel auf den Tisch und schob ihre Röcke hoch.

Ohne den Blick von seinen Augen abzuwenden, legte sie die Hände auf seine Hüften und zog ihn zwischen ihre Schenkel. Ihre Miene war ernst, und die dunklen Augen funkelten, als er hart und schnell in sie eindrang.

Sie schloss halb die Lider mit den anbetungswürdigen schwarzen Wimpern, lehnte sich ein wenig zurück, um ihn noch tiefer in sich aufzunehmen, und gab ein wunderbar lüsternes Keuchen von sich. Es vernichtete Yvains letzte Reserven. Er zog Amabel mit einem kleinen Ruck näher und stieß in sie hinein, während ihre Lippen wieder zueinanderfanden.

Sie waren fieberhaft vor Gier – viel zu lange hatten sie sich nacheinander verzehrt, um sich nun geruhsam zu erkunden, und es wurde ein schneller, rasanter Akt.

Eng umschlungen hielten sie schließlich still. Mit geschlossenen Lidern lauschte Yvain ihrem rasselnden Atem, spürte Amabels Lippen an seinem Hals und fragte sich, wie er es je fertigbringen sollte, sie loszulassen.

Aber er wusste, dass er das schleunigst tun musste – die Tür zur Schreibstube war unverriegelt –, und es war Amabel, die sagte: »Wir sollten unser Glück nicht überstrapazieren.«

»Nein.« Aber er rührte sich immer noch nicht. »Ich …« Er brach ab. Ausnahmsweise fand er keine Worte. Es war eine erschütternde Erfahrung, wenn die größte Sehnsucht sich so unverhofft erfüllte. »Oh, Amabel …«, murmelte er einfallslos.

»Willst du mir im Ernst weismachen, du hättest all die Jahre nicht gewusst, wie ich in Wahrheit empfinde?«, fragte sie leise, ihre Stimme tief und fast ein wenig heiser.

Er musste an den Tag denken, als sie ihm das Amulett geschenkt hatte, welches ihn in der Oubliette von Windsor durch eine der schlimmsten Nächte seines Lebens gebracht hatte. Er schüttelte den Kopf und strich mit den Lippen über ihre Stirn. »Nicht gewusst. Vielleicht manchmal gehofft. Aber dann …« Er brach ab. *Aber dann hat Guillaume mir am Tag der Krönung anvertraut, wie verliebt ihr ineinander seid, und ich bin beinah eingegangen vor Eifersucht,* hatte ihm auf der Zunge gelegen, doch sein Bruder war der letzte Mensch auf der Welt, von dem er jetzt sprechen wollte.

Er legte die Hände auf Amabels Wangen und hob ihr Gesicht, sah ihr einen Moment in die Augen, küsste dann ihre Lider, die Nasenspitze und zum Schluss ihre Lippen. Schließlich löste er sich behutsam von ihr und brachte seine Kleider in Ordnung.

Graziös glitt Amabel von der Tischplatte, und ihre Röcke fielen mit einem flüsternden Rascheln auf ihre niedlichen Seidenschuhe hinab, glatt und makellos, so als wäre nie etwas geschehen.

»Ich …« Sie senkte einen Moment den Kopf, sah aber sogleich wieder auf. »Ich habe meine Pflicht getan. Und ich habe nie Grund gehabt, mich über den Gemahl zu beklagen, den dein Vater für mich bestimmt hatte, aber es war nicht *meine* Wahl.« Es klang trotzig.

»Du musst mir nichts erklären.«

Sie schüttelte langsam den Kopf. »Ich weiß. Aber ich will nicht, dass du mich für oberflächlich hältst.«

»Wie könnte ich das? Dafür kenne ich dich zu gut.«

»Von dem Tag an, da ich in dieses Haus gekommen bin, habe ich immer getan, was von mir erwartet wurde. Es war auch nicht schwierig. Deine Eltern waren so gut und herzlich zu mir. Trotzdem … war ich nur das Mündel. Irgendwie hatte ich immer Angst, sie schicken mich fort, wenn ich sie enttäusche.«

Die Vorstellung, dass sie sich in Waringham nicht sicher gefühlt hatte, machte ihm zu schaffen.

»Also habe ich die verliebte Braut gespielt. Um mich für ihre Großzügigkeit erkenntlich zu zeigen. Und um Guillaume glücklich zu machen.«

Yvain wäre um ein Haar zusammengezuckt. Es war passiert: Der Name seines Bruders war gefallen, und die Tatsache, dass sie ihn schändlich betrogen hatten, stand plötzlich so unübersehbar wie ein Schlachtross im Raum. Ihn … und Beatriz.

»Denn das hatte er verdient«, fuhr Amabel fort. »Er war … ist ein wunderbarer Mann. Aber er ist nicht … du.« Sie hob hilflos die Schultern und sah ihn an, ihr Blick bekümmert und gleichzeitig so voll unmaskierter Hingabe, dass es Yvain die Kehle zuschnürte.

Er ergriff Amabels Hand, führte sie kurz an die Lippen und hielt sie dann zwischen seinen beiden. »Ich denke, wir haben keine Macht über das, was wir fühlen. Ich liebe dich, seit ich dich zum ersten Mal gesehen habe, und ganz gleich, was ich versuche, ich kann nicht damit aufhören. Nun sagst du mir, dass es dir genauso ergeht, und auch wenn mich das eigentlich zum glücklichsten Mann in England machen sollte, ist mein Herz doch schwer, weil ich weiß, wie bitter es ist, nicht zu bekommen, was man ersehnt. Jetzt haben wir uns einmal ein kleines, verbotenes Glück genommen. Ist das wirklich so unverzeihlich?«

Sie schüttelte den Kopf und lehnte die Stirn an seine Brust. »Aber wie ich Gott kenne, werden wir trotzdem irgendeinen furchtbaren Preis dafür bezahlen müssen, denn …«

»Sir Yvain?«, rief eine vertraute Stimme draußen auf dem Gang – erschreckend nahe vor der Tür.

Amabel und Yvain fuhren auseinander. Sie hockte sich auf den Schemel und griff nach der Feder, und Yvain wandte sich hastig wieder dem Wandbord zu, während in seinem Rücken schon die Tür aufgestoßen wurde.

»Sir? Oh, Gott sei Dank, ich habe Euch gefunden …«

Yvain wandte den Kopf. »Was gibt es denn, Thomas?«, fragte er scheinbar zerstreut.

»Es ist Lady Beatriz, Sir.«

»Was ist mir ihr? Haben die Wehen eingesetzt?« Und gleichzeitig betete er: *Bitte Gott, lass ihn nicht sagen, sie oder das Kind oder beide seien tot. Wenn ich wirklich für diese Sünde büßen muss, lass nicht* sie *den Preis zahlen, ich flehe dich an …*

»Nein, das Kind ist schon da.« Thomas lachte, halb übermütig, halb verlegen. »Gott, Ihr seid ja kreidebleich, Sir. Nicht dass Ihr mir umkippt …«

Yvain torkelte einen Schritt auf ihn zu und packte ihn am Arm. »Das Kind ist da? Aber wie …« Er brach ab, hoffnungslos verwirrt.

»Ein gesunder Junge, und Eure Gemahlin ist wohl. Als Ihr heute Nachmittag unterwegs wart, hat sie mich gebeten, sie ins Dorf zur Hebamme zu begleiten. Sie hat mir weder erlaubt, Wilona auf die Burg zu holen, noch Euch zu verständigen. Ich dürfe Euch nicht stören, hat sie mir eingeschärft, und mich dann weggeschickt, in der Dorfkirche zu warten.« Er hob ein wenig ratlos die Schultern.

Sie weiß es, fuhr es Yvain durch den Kopf, und er spürte eine Gänsehaut auf Armen und Beinen. *Sie hatte einen ihrer gläser-*

nen Träume und weiß ganz genau, was ich getan habe, während sie unser Kind zur Welt gebracht hat … Es war ein irrsinniger Gedanke, aber er wusste trotzdem, dass es so war, und mit einem Mal gruselte ihn ein ganz klein wenig vor seiner Frau.

»Es werde nicht lange dauern, sagte sie, und es stimmte: Nach kaum zwei Stunden kam eines der Wheeler-Mädchen, das bei der Geburt geholfen hatte, und holte mich. Ein strammer Junge, Sir. Er brüllt wie ein Löwe.«

»Aber … Aber wieso …«

»Jetzt geh endlich, Yvain«, drängte Amabel mit einem nachsichtigen Lachen, legte die Hand auf seinen Arm und schob ihn Richtung Tür. »Hol sie nach Hause, und ich werde Vater Pierre bitten, die Kapelle für die Taufe vorzubereiten. Ich nehme an, du willst deinen Sohn Jocelyn nennen?«

Yvain schüttelte den Kopf und sah ihr in die Augen. »Guillaume. Es ist Beatriz' Wunsch.«

Worcester, April 1204

»Sir Yvain?«, fragte eine helle Stimme in seinem Rücken. »Was in aller Welt tut Ihr da?«

Er wandte den Kopf und lächelte. »Lady Joan! Was für eine schöne Überraschung.« Er brachte das Pferd zum Stehen und holte die Longe ein. »Ich versuche, meinem Freund hier ein paar Unarten abzugewöhnen. Wann seid Ihr angekommen?«

»Gerade eben«, antwortete die Tochter des Königs und wies auf den langgezogenen Pferdestall gleich neben der kleinen Koppel. »Laurette und die Eskorte sind schon zur Halle hinübergegangen, aber ich war sicher, Eure Stimme gehört zu haben, und wollte Euch rasch begrüßen, eh ich hineingehe.«

Sie war eine junge Dame geworden – eine Schönheit mit den meergrauen Augen und dem dunklen Haar ihres Vaters und den ebenmäßigen Zügen ihrer Mutter.

»Ich bin geehrt, Mylady«, sagte Yvain und verneigte sich.

Sie schenkte ihm ein warmes, unkompliziertes Lächeln, das ihn plötzlich doch wieder sehr an das hinreißende kleine Mädchen erinnerte, das sie bis vor gar nicht langer Zeit gewesen war. Dann richtete sie den Blick wieder auf den nervösen Hengst. »Ein wundervolles Tier«, befand sie.

Das war er in der Tat: ein gut gebauter Rappe mit einer gewellten, üppigen Mähne. Yvain betrachtete ihn mit einem stolzen Lächeln, klopfte ihm dann den muskulösen Hals und löste die Longe vom Halfter. »Wundervoll, ausdauernd und schnell«, bemerkte er zufrieden. »Sein Name ist Altair.«

Joan kam näher und strich dem großen Pferd unerschrocken über die Nüstern. »Wegen des Sterns auf der Stirn?«, tippte sie. »Altair ist doch der Name eines Sterns, richtig?«

Yvain nickte. »Ich habe ihn in der Schlacht von Mirebeau erbeutet und nie erfahren, wie sein früherer Besitzer ihn nannte.« Altair hatte Guy de Marçay gehört und war wesentlich mehr wert als das Lösegeld, das die Familie seines Gefangenen hatte aufbringen können. »Ich habe ihn nach Waringham geschickt, um ihn vielleicht irgendwann zu verkaufen, aber nun brauche ich Ersatz für meinen treuen Vellantif.«

Joan zog erschrocken die Luft ein. »Ist er etwa gestorben?«

»Nein, nein. Nur in die Jahre gekommen.«

»Es wird Euch schwer genug fallen, ihn aufzugeben«, mutmaßte sie.

Yvain tat einen komischen Seufzer. »Ich hatte erwogen, mich an den nächstbesten Baum zu hängen«, bekannte er. »Aber Vellantif wird in Waringham auf der Weide stehen und sein Gnadenbrot bekommen, also werde ich den Schmerz vermutlich ertragen. Vorausgesetzt, ich kann Altair überzeugen, Vertrauen zu mir zu fassen. Er ist nur Sporen und Prügel gewöhnt, fürchte ich.«

»Woher wisst Ihr das?«, fragte das junge Mädchen verblüfft. »Man sieht keine Narben.«

»Hm?«, machte Yvain zerstreut. »Keine Ahnung. Erfahrung, schätze ich.« Er entließ Altair mit einem freundschaftlichen Klaps, und der Rappe trottete in den Schatten einer Linde und fing an zu grasen. Es war heiß für April.

Yvain hängte die eingerollte Longe über das Gatter und reichte Joan den Arm. »Euer Vater wird sehr froh sein, Euch zu sehen.«

»Wie geht es ihm?«, fragte sie, während sie gemächlich um den Stall herum in den weitläufigen Innenhof der Burg schlenderten.

Yvain antwortete nicht sofort. Unauffällig ließ er den Blick durch den Hof schweifen, um sich zu vergewissern, dass niemand in der Nähe war, ehe er fragte: »Habt Ihr gehört, dass Château Gaillard gefallen ist?«

Joan nickte. »Aber ich bin nicht sicher, ob ich auch verstehe, was es bedeutet. Ist es eine Katastrophe oder ein kleines Missgeschick?«

Yvain atmete tief durch. »Es ist ein schwerer Rückschlag, Lady Joan. Solange wir Château Gaillard hielten, konnte Philippe nicht ins Herz der Normandie vordringen, aber jetzt … bin ich nicht sicher, ob Rouen ihm noch lange wird standhalten können.«

Doch das war vielleicht noch nicht einmal das Schlimmste. Was den König womöglich noch wütender machte, war der Gesichtsverlust. *Richard* hatte Château Gaillard erbaut. *Richard* hatte Philippe aus der Normandie verjagt und mithilfe seiner geliebten neuen Festung verhindert, dass der französische König auch nur noch einen Fuß auf normannischen Boden setzen konnte. *Richard* hatte Philippe gezeigt, wer der mächtigste Mann und der größte Feldherr in Frankreich war.

Und nun hatte John Château Gaillard an Philippe verloren …

»Der König ist sehr zornig«, bekannte Yvain. Und antriebslos, fügte er in Gedanken hinzu. Es war beinah, als hätte Arthurs Geist ihn verflucht und seine Glieder gelähmt. Yvain ahnte, dass der Schatten seiner furchtbaren Bluttat das Gemüt des Königs verdüsterte. »Und dass seine Mutter seit zwei Monaten keinen seiner Briefe mehr beantwortet hat, hellt seine Stimmung auch nicht gerade auf.«

Das junge Mädchen nickte beklommen und legte einen Schritt zu. »Ich gehe sofort zu ihm.«

Yvain kam in den Sinn, wie unfair es war – von lächerlich

ganz zu schweigen –, dass alle von Joan erwarteten, den Zorn des Königs zu besänftigen. Johns Zunge war noch schärfer als gewöhnlich, er war aufbrausend und oft betrunken. Nicht nur die Dienerschaft, auch so mancher seiner Lords und Ritter wagte sich kaum noch in seine Nähe. Und ausgerechnet dieses sanftmütige Geschöpf sollte nun den gefährlichen, verwundeten Löwen bändigen …

»Ich begleite Euch, wenn Ihr nichts dagegen habt.«

Ihr Lächeln verriet ihre Erleichterung. »Im Gegenteil, Sir.«

Worcester Castle war König Johns Lieblingsburg in England und gerade jetzt im Frühling besonders schön. Direkt am Ufer des Severn gelegen, stand es Seite an Seite mit der herrlichen Kathedrale, deren unlängst fertiggestellter Turm über die Ringmauer lugte. Der langgezogene Burghof bot nicht nur Platz für die üblichen Wirtschaftsgebäude, Ställe und Werkstätten, sondern ebenso für einen kleinen Obstgarten, der etwa in der Mitte zwischen dem Torhaus und dem Bergfried lag. Yvain entdeckte im Vorbeigehen Königin Isabella, Beatriz, Cecily und ein halbes Dutzend weiterer Damen im Schatten der blühenden Pflaumen- und Birnbäume, wo sie unter viel Gelächter Blindekuh spielten.

Joan warf einen sehnsüchtigen Blick zu der ausgelassenen Schar, hielt aber weiter auf das Hauptgebäude zu. »Geht es der Königin gut?«

Yvain nickte und zuckte gleichzeitig die Schultern. »Immer noch nicht guter Hoffnung. Ich fürchte, das lastet schwer auf ihr. Und natürlich ist sie ebenso besorgt über die Lage in der Normandie wie wir alle, und sie fühlt mit dem König. Aber sie lässt sich nicht unterkriegen.«

»Ich bin froh«, bekannte Joan. »Ich hab sie sehr gern.«

»Ich weiß«, gab er lächelnd zurück. Und genau wie der König zeigte sich auch Isabella in Joans Gegenwart immer von ihrer guten Seite, hielt ihr entflammbares Temperament ebenso im Zaun wie die scharfe Zunge. Joan schien die Gabe zu besitzen, immer das Beste in den Menschen zutage zu fördern.

»Und Lady Beatriz?«, fragte sie weiter.

»Hat eine Woche vor Weihnachten einen Sohn zur Welt gebracht«, berichtete Yvain stolz. »Guillaume. Er ist ein fürchterlicher Schreihals, aber wir sind rettungslos vernarrt in ihn.«

Beatriz hatte sich schnell von der Geburt erholt, und Wilona hatte Yvain prophezeit, sie würden noch ein Dutzend Kinder bekommen, denn seine Frau sei dafür geschaffen. Und auf ihre etwas eigentümliche, zerstreute Weise war Beatriz eine wunderbare Mutter. Wenn sie in ein Buch vertieft oder in ihre Fantasiewelt entrückt war, mochte sie die Existenz ihrer Kinder vorübergehend vergessen, aber viel öfter hatte sie eines von beiden auf dem Arm – manchmal auch beide –, bedeckte sie mit kleinen Küssen, sang ihnen eines der schönen aquitanischen Lieder vor, erzählte ihnen Geschichten, die sie natürlich noch nicht verstanden, oder überschüttete sie anderweitig mit ihrer Liebe. Es war herzerwärmend, sie zu beobachten, und Yvain tat es oft. Ihm gegenüber war Beatriz ebenso zugewandt und liebevoll wie eh und je, aber er hatte den Verdacht, dass er an Wichtigkeit in ihrem Leben hinter den Kindern abgeschlagen auf dem letzten Platz gelandet war. Ob es mit der Ankunft des kleinen Guillaume zusammenhing oder aber daran lag, dass Beatriz ahnte, was er getan hatte, während sie in den Wehen lag, wusste er nicht.

Amabel hatte sie natürlich nicht zu Weihnachten an den Hof begleitet, und nach jenem denkwürdigen Abend in der Schreibstube war er nie wieder allein mit ihr gewesen. Er dachte an sie, wenn er morgens aufwachte, er dachte an sie, wenn er einschlief, er verspürte einen leichten Schwindel wie von jungem, sprudelndem Wein, sobald er sie sah, und er verzehrte sich nach ihr, wenn er sie nicht sah. Doch seit sie ihm ihre wahren Empfindungen offenbart hatte, fühlte Yvain eine innere Wärme, die er bislang nie gekannt hatte, so als hätte jemand seine Seele in eine weiche Decke gehüllt.

Und wenn seine Frau einladend die Bettdecke zurückschlug und ihn mit ihrem verträumten kleinen Lächeln willkommen hieß, schämte er sich abgrundtief.

König John saß mit seinem Halbbruder Longsword, Guillaume de Braose und Fulk de Cantilupe in der Halle, als Yvain Joan hereinführte.

»Ich bringe Euch Eure Tochter, Sire.«

John sah von dem langen Pergament auf, über dem er gebrütet hatte, und seine Miene hellte sich auf. »Joan! Komm näher, Liebling.«

Sie erklomm die Estrade und sank vor ihm in einen anmutigen Knicks.

Der König stand auf, nahm ihre Hand, zog seine Tochter stürmisch auf die Füße und in seine Arme. »Ich hoffe, du bist wohl?«

»Ja, Sire.« Geruhsam studierte sie sein Gesicht, sah zweifellos, wie fahl die Wangen unter dem dunklen Bartschatten waren, wie müde und gerötet die Augen. »Und wie steht es mit Euch? Ihr müsst besser auf Euch achtgeben, Ihr seht erschöpft aus.«

Er nickte langsam. »Eine Krone kann zuzeiten schwerer als ein Mühlstein sein, aber ich wollte sie ja unbedingt haben«, gab er mit einem kleinen Lächeln zurück. »Und wenn ich dich sehe, fühle ich mich gleich erfrischt.«

Auf seine einladende Geste nahm sie in dem Sessel neben ihrem Onkel Platz. Longsword legte ihr für einen Moment die Hand auf den Arm und schob ihr dann seinen Becher zu.

»Die Königin brennt schon darauf, dich zu sehen«, sagte der König. »Aber eh du zu ihr gehst, wollte ich dich wissen lassen, dass die Verhandlungen abgeschlossen sind. Heute Abend werden wir deine Verlobung mit Fürst Llywelyn verkünden.«

Das junge Mädchen strahlte. »Oh, Vater … Sire, wollte ich natürlich sagen. So eine große Ehre. Wie habt Ihr das nur fertiggebracht? Ich meine, ich bin doch nur ein …«

»Du bist die Tochter des Königs von England«, fiel er ihr ins Wort. »Fürst Llywelyn ist derjenige, der sich geehrt fühlen sollte, und weil er ein kluger Kopf ist, tut er das auch.« Er erwähnte nicht, dass nach walisischem Gesetz kein Unterschied zwischen ehelichen und unehelichen Kindern bestand, sondern fuhr fort: »Nächste Woche treffe ich ihn in Shrewsbury. Du sollst mich begleiten und deinen Verlobten kennenlernen.«

»Mit Verlaub, mein König, aber nächste Woche sollten wir in die Normandie segeln«, wandte Longsword ein.

John führte mit der Linken den Weinpokal an die Lippen und wedelte mit der Rechten den Einwand beiseite. »Alles zu seiner Zeit.«

»Jetzt *ist* die Zeit«, beharrte sein Bruder. »Wir dürfen nicht länger zögern, sonst …«

»Bei Gottes Zähnen, hör auf, mir Vorschriften zu machen, Will«, knurrte der König.

»Ich kann Euch keine Vorschriften machen, denn Ihr seid der König. Aber es ist meine Pflicht als Euer Ratgeber, Euch auf die Risiken hinzuweisen, wenn wir Philippe von Frankreich weiter …«

Longsword wurde schon wieder unterbrochen, weil John den feinen Bronzepokal mit Macht zu Boden schleuderte und beide Fäuste auf den Tisch niederkrachen ließ. »Ich werde mich mit Llywelyn treffen, um unser Bündnis zu besiegeln und so zu verhindern, dass er in Wales eine zweite Front gegen mich eröffnet! Das ist *richtig*. Das ist *notwendig*. Und wenn du das nicht begreifst, ist es womöglich an der Zeit, mich nach neuen Ratgebern umzusehen!«

Dem Ausbruch des Königs folgte das inzwischen so vertraute betretene Schweigen.

Offenbar unbeeindruckt blickte Joan zu ihrem Onkel, sah sein ratloses Schulterzucken und hielt ihn mit einem klitzekleinen Zwinkern davon ab, weiter mit dem Kopf vor die Wand zu rennen. »Wann brechen wir nach Shrewsbury auf, Sire? Ich frage, weil ich eine neue Garderobe brauchen werde. Ich bin aus all meinen Kleidern herausgewachsen, fürchte ich.«

Dankbar stürzte John sich auf das unverfängliche Thema. »Sprich mit Isabella. Sie wird wissen, was du tragen solltest und wie es rechtzeitig zu beschaffen ist. Des Weiteren brauchst du … Herrgott, was nun schon wieder?«, knurrte er unwirsch, als Pentecôte FitzHugh einen Boten vor die hohe Tafel führte.

Yvains Herz sank, als er ihn erkannte. Staubig, erschöpft und niedergedrückt genau wie vor knapp zwei Jahren im Maine: Perceval de Saint-Roch, der Unglücksbote.

Auch John erinnerte sich. »Ah. Meine Mutter hat sich doch noch dazu durchgerungen, mir eine Antwort zu senden?«

Saint-Roch senkte einen Moment den Blick und schüttelte knapp den Kopf. Dann fiel er vor John auf die Knie. »Mit dem größten Bedauern bringe ich Euch Nachricht vom Hinscheiden Eurer Mutter, Königin Aliénor, Monseigneur.« Er musste sich räuspern und rang einen Augenblick um Haltung, ehe er fortfuhr: »Sie starb am Namensfest der heiligen Theodora, dem 1. April, und wenngleich ihr Leben so sacht verlosch wie eine Kerzenflamme, die der Wind ausbläst, war es uns doch, als wäre die Zeit stehen geblieben.«

Der König stand langsam auf und trat zu ihm. Jeder Muskel in Yvains Körper spannte sich an. Er hatte keine Ahnung, wie der Ausbruch ausfallen würde, der dieser Hiobsbotschaft folgen musste, aber seit er den blutigen Stein und Arthurs eingedellten Schädel gesehen hatte, wusste er, dass es Momente gab, da keinerlei Hemmungen den König kontrollierten.

»Sie ist *tot*?« Es klang fassungslos. Ungläubig. Und Yvain konnte ihm kaum einen Vorwurf daraus machen. Der Tod war allgegenwärtig und begegnete einem alltäglich auf die unterschiedlichste, manchmal groteske und oft grausame Weise. Und dennoch hatte es immer den Anschein gehabt, als wolle er bei Aliénor von Aquitanien eine Ausnahme machen.

Perceval de Saint-Roch nickte stumm. Er kniete immer noch am Boden, den Kopf gesenkt, und eine einzelne Träne fiel auf sein Knie. Doch statt ihn mit bloßen Fäusten zu erschlagen, tat der König etwas, das Yvain noch nie erlebt hatte: Er legte dem Boten eine Hand auf den Kopf – so als wolle er ihm seine Vergebung anzeigen –, verharrte einen Moment, ließ die Hand dann sinken und wandte sich ab.

»Joan« war alles, was er sagte. Seine Stimme klang heiser, aber seine Miene verriet keine Regung.

Er wartete an der Tür, bis seine Tochter zu ihm geeilt war, ergriff ihre Hand und führte sie hinaus.

»Offenbar hat sie schon kurz nach Lichtmess der Schlag getroffen«, berichtete die Königin ihren Damen, und in den wundervollen blauen Augen schimmerten Tränen. Isabella und Aliénor hatten einander sehr geschätzt. »Sie … sie dämmerte die letzten Wochen nur noch vor sich hin und war für die Welt verloren.«

»Also hat sie deswegen nicht auf die Briefe des Königs geantwortet«, murmelte Beatriz beklommen.

»Oh, nun tut nicht so, als sei das Ende der Welt gekommen«, schalt Maud de Braose auf ihre typisch schroffe Art. »Sie war alt wie Methusalem.«

Yvain, der seiner Frau einen Mantel gegen die frische Aprilbrise geholt und den Damen bei der Gelegenheit einen Krug Cidre nach draußen gebracht hatte, kam wieder einmal zu dem Schluss, dass Maud de Braose zu den unangenehmsten Menschen zählte, die zu kennen er das Unglück hatte. Auch wenn sie unbestreitbar recht hatte, besaß sie doch ein Talent, immer das Falsche zu sagen.

»Aber der Zeitpunkt war denkbar unglücklich«, bemerkte Cecily. Sie saß auf einer Felldecke im duftenden Gras, hielt den fast dreijährigen Jean auf dem Schoß und fütterte ihn mit Rosinen und Mandeln, doch er wurde bald unruhig und quengelte: »Ich will Ball spielen!« Er zeigte mit dem Finger auf seine Cousine Iselda, die mit einigen anderen Kindern der Hofdamen und unter der Aufsicht der Gouvernanten ein ziemlich wildes und lautstarkes Fußballspiel austrug.

Cecily hatte ein Einsehen und stellte Jean auf die Füße. »Dann lauf, mein Engel.«

»Aber nicht so laut«, mahnte die Königin streng.

Lady Maud, die neben ihr auf der Bank saß, neigte sich ihr vertraulich zu und prophezeite: »Wenn Ihr nur erst eigene Kinder habt, wird ihr Geschrei Euch wie Musik in den Ohren klingen, Madame.«

Isabella wandte den Kopf und sah ihr einen Moment ins Gesicht. »So wird es gewiss sein, Lady Maud«, stimmte sie dann zu. Dank ihrer hervorragenden Erziehung brachte sie es fertig, dies mit einem höflichen Lächeln zu sagen, sogar mit einem Hauch von Respekt, als wolle sie der so viel älteren Matrone Ehre erweisen, aber in ihren Augen war die Kränkung unschwer zu erkennen.

»Ihr seid ja erst sechzehn, Madame«, sagte Cecily beschwichtigend und verzog spöttisch einen Mundwinkel. »Noch reichlich Zeit also, dem Mangel abzuhelfen. Taktlosigkeit hingegen scheint mit zunehmendem Alter eher schlimmer zu werden.«

Yvain legte hastig die Hand vor den Mund und verwandelte sein Lachen in ein wenig überzeugendes Hüsteln. Die Unterhaltung der Hofdamen geriet für ein paar Herzschläge ins Stocken. Einige schienen verstohlen die Luft einzuziehen, andere hatten den Atem angehalten in Erwartung von Lady Mauds giftiger Replik, doch die ältere Dame ging routiniert über Cecilys Spitze hinweg und wandte sich an ihre Schwiegertochter: »Hat Willie erwähnt, ob der König zur Beisetzung ins Anjou reisen will? Ich nehme doch an, die Königinmutter wird an der Seite ihres Gemahls in Fontevrault zur Ruhe gebettet?«

Tilda nickte. »Das war ihr Wunsch, ja. Aber William hat nichts von bevorstehenden Reiseplänen gesagt.«

»Es ist zu riskant«, erklärte Isabella. »Das Anjou ist ebenso arg bedrängt wie die Normandie.«

Lady Maud schüttelte besorgt den Kopf. »Ich wünschte, der König würde den jungen Arthur aus dem Kerker holen. Nur lange genug, um ihn der Welt zu zeigen, meine ich. Die Tatsache, dass ihn seit Monaten niemand gesehen hat, schürt nur finstere Gerüchte.«

»Ich bin überzeugt, der König hat gute Gründe für alles, was er tut, Madame«, entgegnete Isabella, schon wesentlich frostiger.

»Oh ja«, stimmte Maud de Braose mit einem honigsüßen Lächeln zu, den Blick plötzlich auf Yvain gerichtet. »Dessen bin ich sicher.«

Das Treffen mit Llywelyn ap Iorwerth wurde ein großer Erfolg. Der Waliser, der sich mit Klugheit und Entschlossenheit große Macht über sein Fürstentum Gwynedd hinaus gesichert hatte, begegnete dem König mit Ehrerbietung, aber ohne Unterwürfigkeit, und seiner blutjungen Verlobten mit Galanterie und Freundlichkeit. Joan war hingerissen und sehr bald über beide Ohren verliebt. Yvain war nicht der Einzige, der erleichtert aufatmete, als er erkannte, dass er sich um ihre Zukunft keine Sorgen zu machen brauchte, jedenfalls nicht um ihr persönliches Lebensglück.

Abt Hugh und die Benediktiner der Abtei von Shrewsbury erwiesen sich als erfahrene und großzügige Gastgeber, die dem hochkarätigen Treffen den angemessenen Rahmen boten und kleinere Reibereien zwischen dem englischen und walisischen Gefolge, die meist auf sprachlichen Missverständnissen beruhten, routiniert glattbügelten. Der König hatte sich endlich aus seiner Lethargie gerissen und bewies wieder einmal, welch ein kluger und weitsichtiger Herrscher er sein konnte, wenn er sich nur dazu entschloss. In gelöster Atmosphäre handelte er mit Fürst Llywelyn ein Bündnis aus, das die Grenzmarken und einen dauerhaften Frieden mit Wales sicherte. Kein englischer König zuvor war je auf den Gedanken gekommen, einen walisischen Fürsten als gleichberechtigten Verhandlungspartner zu betrachten. Als Llywelyn erkannte, dass John sich auch in diesem Punkt von all seinen Vorgängern unterschied, legte er den Rest seiner Reserviertheit ab. Nur von einer kleinen Eskorte begleitet ritten die beiden Männer nach Ellesmere, das Teil von Joans Mitgift sein sollte, zur Jagd, und als sie am darauffolgenden Tag nassgeregnet und mit beachtlicher Beute zurückkehrten, spürte man das tiefe Einverständnis, zu dem sie gefunden hatten. Wäre es nicht ausgerechnet John Plantagenet, wäre man fast geneigt, es Freundschaft zu nennen, vertraute Yvain seiner Frau hinter geschlossenen Bettvorhängen an.

Doch kaum kehrte der König mit seinem Gefolge nach Worcester zurück, holten die Schatten ihn wieder ein. Während der warme Frühling in einen regnerischen Sommer überging, kamen immer neue Schreckensnachrichten vom Kontinent. Jede Woche fielen normannische Städte und Burgen, sagten sich Adlige der Normandie, des Anjou und des Maine von König John los und schworen Philippe von Frankreich einen Lehnseid.

»Das Problem ist, dass Philippe sie mit seiner Idee eines geeinten, mächtigen Frankreichs regelrecht *betört*«, sagte Baldwin, und seine geballte Linke verriet, welche Mühe es ihn kostete, seine sonst so unerschütterliche Gemütsruhe zu wahren. »Gestern habe ich gehört, dass mein Cousin Gustave de Beaumont auch darauf hereingefallen ist. Er hält den Stammsitz unserer Familie in der Normandie. Doch er sei *Franzose*, erst an zweiter Stelle Normanne, hat er seiner englischen Frau erklärt, eh er sie davongejagt hat. Ehrlich, ich weiß kaum, wie ich dem König noch unter die Augen treten soll, so schäme ich mich.«

Yvain und William nickten beklommen, und Letzterer sagte unbehaglich: »Es war ein verdammt schlechter Zeitpunkt für die alte Königin, das Zeitliche zu segnen. Viele Adlige im Anjou hätten nie gewagt überzulaufen, wäre sie noch da.«

»Mag sein«, räumte Yvain ein. »Aber ist euch schon mal aufgefallen, wie sehr der König neuerdings auf die Hilfe von Dritten angewiesen ist, um sein Reich zusammenzuhalten?«

»*Yvain*«, zischte Baldwin warnend und blickte sich nervös um. »Pass auf, wer dich hört.«

Doch sie saßen allein an ihrem Ende der Tafel. Jetzt am späten Vormittag war nicht viel Betrieb in der Halle, zumal Regen und Wind endlich einmal nachgelassen hatten und die Sonne, die fahl durch die grauen Schleierwolken blinzelte, viele ins Freie gelockt hatte. Am unteren Ende des rechten Tisches würfelten ein paar dienstfreie Wachen. Ein Stück weiter stand der Steward mit einem der Unterkämmerer und stauchte ihn zusammen, wenn auch mit diskret gesenkter Stimme.

William wies kurz mit dem Finger auf die verwaiste hohe Tafel. »Yvain hat recht, Baldwin. Und wo ist der König, während Gustave de Beaumont und all die anderen ihm die Gefolgschaft kündigen und in Scharen zu Philippe überlaufen?«, fragte er leise.

Seine Freunde kannten die Antwort natürlich.

Doch weil sie keinerlei Anstalten machten, sie auszusprechen, tat William es selbst: »*Der König verliert die Normandie zwischen den Laken seines Ehebettes*, hörte ich einen der jungen

Mönche aus der Kanzlei gestern zu seinem Mitbruder sagen. Sie fanden das offenbar witzig, aber das ist es nicht.«

»Ich wünschte, die Königin würde ihn wachrütteln, auf sie hört er doch«, warf Baldwin stirnrunzelnd ein.

»Siehst du?«, entgegnete Yvain scharf. »Da ist es schon wieder: Isabella soll ihn zur Vernunft bringen, Königin Aliénor sollte ihm die Treue seiner französischen Vasallen sichern, Joan soll die Waliser zähmen und der Erzbischof von Canterbury den Heiligen Vater in Rom. Aber John ist derjenige, der die Krone trägt, und *er* muss sein Reich verteidigen und sichern.«

»Und das weiß er ganz genau«, sagte William bedrückt. »Aber irgendetwas ist geschehen, das ihn daran hindert. Etwas, das so schlimm ist, dass er alles daran setzt, es in Isabellas Armen und in seinem Weinkrug zu vergessen. Und darum …«

Er verstummte abrupt, weil Thomas Bigod plötzlich wie aus dem Boden gestampft vor ihnen stand.

»Vergebt die Störung, Sir Yvain«, bat er. »Aber ich denke, Ihr solltet lieber mit mir kommen.« Er war ein wenig außer Atem.

Yvain sah auf einen Blick, dass sich wieder einmal irgendeine Katastrophe ereignet hatte. Er stand auf. »Entschuldigt mich, Freunde …«

»Was ist denn, Thomas?«, fragte William. »Braucht ihr Hilfe?«

Der junge Mann schüttelte den Kopf. »Eine persönliche Angelegenheit, Sir William.«

Baldwin und William tauschten einen verwunderten Blick. »Lass uns wissen, wenn wir irgendetwas tun können, Yvain«, gab Baldwin ihnen mit auf den Weg.

Yvain war schon auf dem Weg zur Tür und hob kurz die Linke, um seinen Dank zu bekunden.

Er wartete, bis sie in den Burghof kamen und sich ein paar Schritte vom Bergfried entfernt hatten. Es hatte wieder angefangen zu nieseln. »Also?«

»Es geht um Lady Cécile de Mélicourt, Sir.«

Yvains Herz stolperte einmal kurz. »Was soll mit ihr sein?«

»Sie sei in Wirklichkeit Eure Schwester und aus einem Kloster davongelaufen, weil sie einen Bastard trug, behauptet Lady Maud de Braose.«

Yvain hatte das Gefühl, als kräusle sich seine Kopfhaut vor Entsetzen. Wo auch immer Maud de Braose ihre Neuigkeiten herhaben mochte, sie musste eine verdammt gute Quelle haben, um gleich alle von Cecilys brisanten Geheimnissen auf einmal zu kennen. Er packte seinen Knappen am Ärmel und legte einen Schritt zu. »Weißt du, wo Lady Cécile sich gerade aufhält?«

»In den Gemächern der Königin, Sir.«

»Und Lady Maud?«

»Ist im Begriff, mit zweien ihrer Töchter und Eskorte fortzureiten. Es verlange sie nach Einkehr, und sie wolle für einige Wochen in die Abtei von Amesbury, hat sie der Königin ausrichten lassen.«

Yvain würgte einen lästerlichen Fluch hinunter. »Und wie hast du von diesem Gerücht über Lady Cécile erfahren? Ich meine, pfeifen es schon die Spatzen von den Dächern?«

Thomas schüttelte den Kopf. »Ich glaube nicht. Ich habe nur zufällig vorhin in der Kapelle gehört, wie Lady Mauds jüngere Tochter es ihrer Schwester erzählte.«

Das war schlimm genug, wusste Yvain. »Na schön.« Unter dem Vordach am Eingang der Kapelle blieb er stehen. Er rang die aufsteigende Panik nieder und dachte nach, nicht fieberhaft, aber schnell. »Geh zurück zum Bergfried, Thomas. Richte Sir William aus, er möge seine Mutter unter irgendeinem Vorwand in die Halle locken und für eine Stunde dort festhalten.«

Thomas nickte, wandte aber ein: »Er ist nicht sehr begabt im Ersinnen von Vorwänden.«

»Nur zu wahr«, musste Yvain zustimmen. »Er soll ihr irgendetwas vorjammern. Nierenschmerzen wären gut, die kann man äußerlich nicht sehen, und dagegen weiß seine Mutter sicher ein Hausmittelchen. Sie wird alles andere stehen und liegen lassen, denn sie ist ja schon außer sich vor Sorge, wenn ihrem Willie nur die Nase läuft.«

»Gute Idee«, befand Thomas mit einem angespannten kleinen Lächeln. »Und dann?«

»Wenn Lady Maud aus dem Weg ist, bringst du Lady Cécile und meine Frau in mein Quartier. So diskret wie möglich. Dann läufst du zum Stall und lässt mir Velan… Altair satteln und irgendein anderes Pferd für Lady Cécile. Schnell und ausdauernd muss es sein, benutze deine Augen und deinen Kopf, hörst du?«

Thomas nickte. »Nehmt mich mit, Sir«, bat er. »Ihr werdet Hilfe brauchen.«

»Wobei? Eine schutzlose Frau und ihr Kind in Sicherheit zu bringen? So viel Ritterlichkeit bringe ich gerade noch allein zustande, vielen Dank«, spöttelte Yvain, in Gedanken bei der schwierigen Frage, wo in aller Welt seine Schwester in Sicherheit sein könnte.

»Und wenn sie Euch eine Suchmannschaft auf den Hals hetzen?«, konterte Thomas.

Yvain hob abwehrend die Hand. »Du musst hierbleiben und meine Abwesenheit so lange wie möglich vertuschen.«

»Aber Sir …«

»Geh endlich!«

Der junge Mann kapitulierte mit einem ergebenen Seufzen und wandte sich ab.

Yvain rief ihn noch einmal zurück. »Thomas? Denkst du, Lady Maud sagt die Wahrheit?«

Der Knappe wandte sich wieder um und zuckte die Schultern. »Ich denke, dass mich das nichts angeht, Sir Yvain. Aber ja, ich schätze, es ist die Wahrheit. Ich dachte eigentlich immer, der kleine Jean sei Euer Bastard. Alle glauben das. Er sieht Euch so ähnlich.«

»Gott, ist das wahr?«, fragte Yvain, ein wenig erschüttert, dass ihm das nie aufgefallen war. Aber jetzt, da er darüber nachdachte, musste er sich eingestehen, dass Cecilys Sohn ihn oft an Guillaume erinnert hatte. »Nun, wenn du ihr trotzdem helfen willst, dann lauf.«

Thomas eilte davon, ohne weitere Worte zu verschwenden.

Yvain machte einen Umweg über die Küche und bat eine der Mägde um Proviant für einen längeren Ausritt. Sie packte ihm

Brot, Käse, kaltes Huhn und einen Schlauch Cidre in einen Beutel, und damit begab Yvain sich auf schnellstem Wege zu seinem Quartier, das in einem der gedrungenen Ecktürme der Burgmauer lag.

Er war dabei, sich ohne Hilfe in seinen Ringelpanzer zu kämpfen, als der junge Bigod Beatriz und Cecily hereinführte.

»Thomas hat es uns erzählt, Yvain«, sagte Beatriz, während sie die Tür schloss. Sie schien die Ruhe selbst. »Was werden wir tun?«

»Geh und hol Jean, Beatriz, sei so gut.« Er steckte auf halbem Weg in seinem Kettenhemd fest. »Thomas, komm her und hilf mir mit dem verdammten Ding …«

Sein Knappe trat zu ihm, zog mit einem geübten Ruck, und unter leisem Klirren rutschte der Harnisch wie von Zauberhand an seinen Platz. »Cecily, es tut mir leid, aber du musst noch in dieser Stunde aus Worcester verschwinden.«

Seine Schwester war sehr bleich, ihr Blick wirkte gehetzt. »Ich weiß, Yvain, aber …«

»Wir haben keine Zeit für Debatten«, unterbrach er sie brüsk. »Wenn du nicht willst, dass sie dich in Schimpf und Schande zurück nach Amesbury verfrachten, geh und hol das Nötigste für dich und das Kind. Beeil dich.«

Sie zauderte noch einen Moment, aber dann nickte sie und verschwand zusammen mit Beatriz.

Yvain atmete tief durch. »Die Pferde?«

»Stehen bereit«, versicherte Thomas. »Wulfstan kümmert sich darum.«

»Gut.« Mit Thomas' Hilfe legte Yvain den Wappenrock mit dem schwarzen Einhorn der Waringham und sein Schwertgehenk an, und er gestattete sich nicht, darüber nachzudenken, was geschehen würde, wenn er das Schwert gegen königliche Wachen oder Lady Mauds Ritter ziehen müsste. Mit mühsam beherrschter Ungeduld wartete er, und es dauerte nicht lange, bis erst Beatriz mit dem kleinen Jean an der Hand und wenig später Cecily mit einem unordentlich verschnürten Bündel unter dem Arm zurückkamen.

Yvain trat zu ihnen, legte Beatriz für einen Augenblick die Hand an die Wange und küsste ihr die Stirn. »Wirst du es der Königin erklären?«

»Natürlich. Wo bringst du sie hin?«

»Das weiß ich noch nicht.«

»Ich gehe zu Prinzessin Eleanor«, erklärte Cecily entschieden, womöglich gar mit einem Hauch von Trotz. »Sie ist in Bristol, richtig?«

Yvain fiel ein Stein vom Herzen. Es war die denkbar beste Lösung – jedenfalls fürs Erste. Eleanor de Bretagne war im vergangenen Winter mit dem Hof nach England gekommen. Anders als ihr Bruder Arthur hatte sie nie gegen den König rebelliert und immer seine Wertschätzung besessen, aber dennoch war sie auf Johns Befehl in aller Diskretion nach Bristol Castle gebracht worden. Dort lebte sie so komfortabel, wie es in einer hundert Jahre alten Festung nur möglich war, hatte Dienerschaft, geistlichen Beistand und ein paar Damen zur Gesellschaft. Alle gaben vor, das Arrangement diene ihrer Sicherheit. Doch nach Arthurs so unerklärlichem und spurlosem Verschwinden war seine Schwester die potenzielle Erbin seines Anspruchs auf die englische Krone, und deswegen konnte sie nur in Gefangenschaft weiterleben.

»Ist es weit?«, fragte Beatriz, während sie dem zappelnden und quengelnden Jean die Kapuze aufsetzte.

»Sechzig Meilen«, schätzte Yvain. »Morgen Abend sind wir da.« Er nahm ihr den Jungen ab und hob ihn auf den Arm. »Sei still, Bengel«, fuhr er ihn an, und weil Jean noch nie ein scharfes Wort von Yvain gehört hatte, verstummte er verdattert.

Thomas öffnete die Tür und spähte auf die dämmrige Wendeltreppe hinaus. »Die Luft ist rein, Sir«, meldete er über die Schulter.

Yvain nickte seiner Schwester auffordernd zu. Hastig schloss Cecily ihre Schwägerin in die Arme. »Leb wohl, Beatriz. Hab Dank für alles.«

Beatriz schob sie zur Tür. »Geht mit Gott, Cecily.« Und an Yvain gewandt, fügte sie hinzu: »Seid vorsichtig, hörst du.«

»Wie Ihr befehlt, Madame.«

Bis zu den Stallungen ging alles gut. Aus dem lustlosen Niesel war inzwischen ein ordentlicher englischer Landregen geworden, der Höflinge und Gesinde gleichermaßen in die Häuser getrieben hatte. Der kleine Obstgarten, wo die Königin und ihre Damen im Frühling so unbeschwerte Stunden verbracht hatten, war heute ein unwirtlicher, tropfender, einsamer Ort.

Yvain bedeutete seiner Schwester, vorauszugehen, folgte ihr eilig und versuchte, die Augen überall gleichzeitig zu haben. Jean hatte sich in seinen Armen zusammengekauert und blickte sich furchtsam um. Als sie endlich die Koppel auf der Rückseite des Pferdestalls erreichten, atmete Yvain auf, denn hier waren sie vor allen neugierigen Blicken abgeschirmt.

Wulfstan wartete mit Altair an der einen und einer hübschen braunen Stute an der anderen Hand, seine Miene unbewegt wie meist und stoisch ob des strömenden Regens.

»Ist die Stute recht, Sir?«

Yvain nickte. »Danke, Wulfstan. Lady Cécile?« Er stellte Jean auf die Füße und verschränkte die Finger ineinander, um seiner Schwester beim Aufsitzen behilflich zu sein, als eine Stimme in seinem Rücken fragte: »Wo soll's denn hingehen, Waringham?«

Yvain beförderte Cecily mit einem geübten Schwung in den Sattel und wandte sich um. Sein Gehör hatte ihn nicht getrogen. »Ich wüsste nicht, was dich das angehen sollte, FitzHugh.«

Pentecôte trat trotzdem näher, sein Blick feindselig und voller Argwohn, so wie meistens, wenn sie gezwungen waren, die Existenz des anderen zur Kenntnis zu nehmen.

»Nein? Nun, dann erklär ich es dir: Du scheinst im Begriff zu sein, eine der Hofdamen der Königin zu entführen, und als Ritter des Königs ist es meine Pflicht …«

Yvain sah ihn das Schwert in der Scheide lockern, blickte über die Schulter und raunte seiner Schwester zu: »Reite. Immer den Fluss entlang nach Süden. Na los.«

Doch statt zu gehorchen, brach sie in ein glockenhelles, gänzlich unangebrachtes Gelächter aus. Behände glitt sie aus dem Sattel, lief zu Pentecôte und fiel ihm um den Hals. »Oh, Gott sei gepriesen«, hörte Yvain sie murmeln. »Ich bin ja so froh, dass du mich noch gefunden hast …«

Yvain starrte sie an, und es war beinah so wie damals, als er die Lepramale auf Guillaumes Arm gesehen hatte: Der Verstand weigerte sich zu glauben, was das Auge sah, weil es einfach zu schrecklich war – unausdenkbar.

»Was hat das zu bedeuten?«, fragte er.

Cecily löste sich von Pentecôte, der ihr besitzergreifend den Arm um die Schultern legte und Yvain herausfordernd, womöglich triumphal ins Gesicht starrte.

»Ich wollte es dir schon lange sagen, Yvain«, begann Cecily. »Aber irgendwie …«

Yvain machte einen Schritt auf sie zu. »Nimm die Hände von ihr, FitzHugh!«

Unerwartet befolgte Pentecôte den Befehl, ergriff aber für die Dauer eines Lidschlags Cecilys Linke und schmuggelte ein Lächeln in ihre Richtung. Ein echtes Lächeln voller Wärme. Yvain hatte bis heute nicht geahnt, dass es zu Pentecôte FitzHughs Repertoire gehörte.

»Mach kein solches Gewese, Yvain«, schalt Cecily ungeduldig. »Dafür haben wir jetzt wirklich keine Zeit, oder?«

»Aber …« Er sah verständnislos von ihr zu Pentecôte und hastig wieder zurück. Dann nahm er sich zusammen. »Du hast recht«, antwortete er eisig. »Wir haben keine Zeit, denn ich muss dich von hier fortschaffen, und weil du ihn in Zukunft nicht mehr sehen wirst, spare ich mir meine brüderlichen Ermahnungen. Aber sei versichert, du verschwendest deine Zuneigung an einen …«

»Pass auf, was du sagst«, fiel Pentecôte ihm schneidend ins Wort. »Wenn du mich beleidigst, werde ich dich fordern, und mir ist gleich, wie ungelegen der Zeitpunkt.«

Yvain schnaubte. »Ich schlottere, ehrlich, weiß ich doch, welch ein …«

»Yvain, sei doch vernünftig«, unterbrach Cecily ihn beschwörend. »Eure Fehde ist albern und kindisch. Nur weil Pentecôte dir als Knabe die Hand gebrochen hat …«

»Das hat er dir erzählt, ja? Aber ich wette, die Schandtaten, die er dir nicht gestanden hat, würden Bibliotheken füllen«, knurrte Yvain.

Cecily sah hilfesuchend zu Pentecôte, und dass sie sich in ihrer Ratlosigkeit an ihn wandte, nicht an ihren Bruder, machte Yvain noch wütender, sodass er kaum wusste, wie er sich beherrschen sollte.

»Sattle mein Pferd«, schnauzte Pentecôte den Stallknecht an, und an Yvain gewandt fuhr er fort: »Du bist schuld, dass diese grässliche alte Vettel Cecilys Geheimnis herausgefunden hat, weil dir nichts Besseres eingefallen ist, als deine Schwester ausgerechnet an den Hof zu bringen – mit dem Bübchen, dem ›Waringham‹ praktisch auf die Stirn geschrieben steht.«

»Lady Maud hat mein Geheimnis ausspioniert, weil sie mich nicht ausstehen kann«, widersprach Cecily beschwichtigend. »Mir war immer klar, dass ich nie völlig sicher sein würde und dieser Tag irgendwann kommen könnte. Es ist nicht Yvains Schuld.«

»Nun, ich bin anderer Ansicht«, beharrte Pentecôte und traktierte Yvain mit einem vernichtenden Blick. »Ich lasse sie nicht allein mit dir reiten, und mir ist gleich, ob dir das passt oder nicht.« Und schon wieder legte er den Arm um Cecily.

Dieses Mal war es Yvain, der die Hand ans Heft seines Schwertes legte. »Ich sag's nicht noch mal, FitzHugh«, grollte er. »Du wirst sie nicht anrühren, sonst …«

»Oh, um Himmels willen, Yvain, dafür ist es ein bisschen zu spät«, ging Cecily ungeduldig dazwischen. »Ich bin schwanger.«

Yvain blinzelte, als hätte er einen unvorhersehbaren Schlag auf den Hinterkopf kassiert, und noch während er sich fragte, ob er sich übergeben oder in Ohnmacht fallen würde, sagte eine ungehaltene Stimme zur Rechten: »Waringham, wo finde ich den König?«

Yvain kam es vor, als dauere es Stunden, den Kopf zur Seite zu wenden. Aber schon wieder erfüllten sich seine schlimmsten Ahnungen: William Marshal kam auf die Koppel gestapft, führte einen braunen Destrier am Zügel, und beide waren tropfnass und grantig. »Ich komme mit den schlimmsten Neuigkeiten, und weit und breit ist niemand zu entdecken, der mir den verdammten Gaul abnimmt. Was in aller Welt ist aus den Torwachen geworden?«

»Ich fürchte, das entzieht sich meiner Kenntnis, Mylord«, erwiderte Yvain abwesend, doch dann nahm er sich zusammen. Es waren weniger die Worte des Lord Marshal als vielmehr seine grimmige Miene, die wie vor Schmerz verengten Augen, die verrieten, dass die Nachrichten vom Kontinent schwerer wogen als das Schicksal seiner Schwester, und er traf eine bittere Entscheidung: »Pentecôte, wärest du so gut, Lady Cécile zu eskortieren?«

»Oh, aber gewiss doch, Yvain«, willigte FitzHugh mit einem liebenswürdigen Lächeln ein. Er verneigte sich galant vor Cecily. »Es wird mir eine Ehre sein, Mylady.«

»Zu gütig, Sir«, erwiderte sie kokett und ließ sich von ihm in den Sattel helfen.

Yvain kehrte der Szene entschlossen den Rücken, damit ihm nicht doch noch übel wurde, und wandte sich an den Stallknecht. »Wulfstan, kümmere dich um den Destrier, und Altair kannst du wieder absatteln.«

»Sir.« Der Knecht führte die beiden Pferde zum Stalltor.

Yvain verneigte sich vor Marshal. »Seid so gut und folgt mir, Mylord.« Und er wandte sich ab, ohne seine Schwester noch einmal anzuschauen.

Schweigend überquerten sie den verlassenen Burghof. Sturzbäche plätscherten von den strohgedeckten Dächern der Wirtschaftsgebäude, und neben dem Viehstall thronte der begossene und zerrupft wirkende Hahn auf dem Misthaufen und krähte heiser. Ansonsten war die Welt so still, als hätte sie den Atem angehalten.

Yvain hielt Marshal höflich das Tor zum Bergfried auf, nahm in der Vorhalle eine der fauchenden Fackeln aus der Wandhalterung und ging damit voraus die dämmrige Treppe hinauf zu den Privatgemächern des Königs.

Zwei Wachen standen vor der Tür auf Posten.

»Der Lord Marshal für den König«, meldete Yvain, und die Männer ließen sie anstandslos passieren.

Das behagliche Wohngemach lag verwaist. Johns übliche Unordnung herrschte, wohin man blickte, und Wein aus einem umgekippten Becher war in einem Rinnsal zur Tischkante gelaufen und tropfte zischend in die Glut eines Kohlebeckens.

Mit mehr Entschlossenheit, als er fühlte, ging Yvain zur gegenüberliegenden Tür, hinter der murmelnde Stimmen und ein gedämpftes Kichern zu hören waren.

Er klopfte, und das Kichern verstummte wie abgeschnitten.

»Besser für dich, es ist wichtig, wer immer zur Hölle du auch sein magst!«, rief der König.

Yvain musste sich räuspern. »Der Lord Marshal, Sire«, meldete er.

Er war nicht sicher, aber er meinte, einen halb unterdrückten Fluch zu hören. Dann geschah ein paar Herzschläge lang gar nichts. Schließlich näherten sich Schritte von bloßen Füßen auf der anderen Seite, im nächsten Moment wurde die Tür schwungvoll aufgerissen, und auf der Schwelle stand John Plantagenet, König von England: unrasiert, angetrunken und nur mit einem nachlässig um die Hüften geschlungenen Laken bekleidet.

Yvain spürte Scham auf den Wangen brennen. Er war den Anblick weiß Gott gewöhnt, aber William Marshal war ein Außenstehender, kein Mitglied des königlichen Haushaltes und obendrein der am glühendsten verehrte Ritter Englands. Yvain wünschte, wenigstens für ihn hätte John sich ein wenig zusammengerissen.

Doch Marshal zuckte nicht mit der Wimper. Er verneigte sich vor John, sah ihm dann in die Augen und sagte: »Mein König, Rouen ist gefallen.«

Nichts regte sich in Johns Miene. Nur das Äderchen in der linken Schläfe begann zu pochen. Er sah Marshal abwartend ins Gesicht, und weil der vermutlich nicht wusste, was er sonst tun sollte, fuhr er fort.

»Anfang des Monats eroberte König Philippe die Brücke über die Seine und bot der Stadt Straffreiheit an, wenn sie sich ergab.

Die Stadtväter berieten sich und erbaten eine Gnadenfrist von dreißig Tagen, um Euch Nachricht zu schicken und Euren Beistand zu erflehen. Doch sie … sie sagen, sie hätten keine Antwort erhalten, Sire. Und da sie fürchteten, Philippe werde die Stadt zur Plünderung freigeben, warteten sie die vollen dreißig Tage gar nicht ab, sondern öffneten den französischen Truppen am vierundzwanzigsten Juni die Tore. Ich fürchte …« Der Lord Marshal musste sich kurz unterbrechen, um seiner eigenen Erschütterung Herr zu werden, ehe er fortfahren konnte: »Ich fürchte, die Normandie ist verloren, mein König.«

John nickte versonnen, fuhr sich kurz mit der Linken über das raspelnde Kinn und zuckte die Achseln. »Nun, bei Gelegenheit holen wir sie uns zurück, William«, antwortete er und schlug ihm die Tür vor der Nase zu.

Marshal stand einen Augenblick wie versteinert. Yvain trat an den Tisch, fand inmitten der Unordnung einen halbwegs sauberen Silberbecher, füllte ihn aus dem Weinkrug und brachte ihn ihm. »Hier, Mylord.«

»Hm? Oh. Habt Dank, Waringham. Den kann ich gebrauchen, weiß Gott.«

Yvain nickte. Er wusste nichts zu sagen. Natürlich hatten sie es kommen sehen. Seit dem Fall von Château Gaillard war es eigentlich nur noch eine Frage der Zeit gewesen, bis Rouen und damit die ganze Normandie verloren gehen würden. Und trotzdem war es erschütternd, musste er jetzt erkennen. England und die Normandie hatten in seiner Vorstellung zusammengehört wie Mann und Weib. Wie Ross und Ritter. Wie Pech und Schwefel. Er war Engländer, aber die Wurzeln seiner Familie lagen in der Normandie. All seinen Freunden, praktisch dem ganzen englischen Adel erging es so, und er fragte sich, ob sie nicht alle verdorren mussten wie ein grüner Trieb, der von der Wurzel gerissen wurde.

»Wisst Ihr, ich bin froh, dass Königin Aliénor dies nicht mehr erleben musste«, bekannte Marshal, nahm einen ordentlichen Zug und fuhr fort: »Das Reich, das sie und König Henry aufgebaut haben, ist zerfallen. Sie wäre … ausgesprochen verstimmt.«

Yvain musste ob der komischen Untertreibung lächeln. »Ganz gewiss, Mylord.«

»Ich würde jede Wette eingehen, dass sie sich von der Welt verabschiedet hat, weil sie den Tag nicht sehen wollte.«

»Möglich«, räumte Yvain ein. Bei allem Schrecken über die furchtbaren Neuigkeiten war er doch noch hinreichend bei Verstand, um sich darüber zu wundern, dass Marshal ausgerechnet ihm seine Gedanken anvertraute. Es musste wohl daran liegen, dass einfach niemand sonst zur Stelle war.

»Aber die Wahrheit ist, Waringham: Auf lange Sicht hätten wir die Normandie gegen Philippe nicht verteidigen können. Es hätte zu viel Geld und zu viele Männer gekostet. Nicht einmal Richard hätte sie auf Dauer zu halten vermocht.«

Vielleicht nicht, dachte Yvain. *Aber Richard wäre bei dem Versuch heldenhaft gefallen.*

DRITTER TEIL
REBELLION
1210–1216

Winchester, November 1210

»Gebt ihn mir«, verlangte Yvain.

»Nein«, antwortete der König knapp, und das Pochen in der Schläfe verriet das Ausmaß seines Missfallens.

Yvain ignorierte das Warnsignal. »Aber er hat Euch mehr als sein halbes Leben lang treu gedient, hat auf dem Schlachtfeld sein Blut für Euch vergossen und Euch die Wünsche von den Augen abgelesen …«

»So wie Ihr, meint Ihr, ja?«, unterbrach John.

»Ich kann nicht verstehen, wieso Ihr ihm mit einem Mal misstraut.« Yvain hob hilflos beide Hände. »Aber Ihr tut ihm unrecht, Sire. William de Braose ist ein Ehrenmann und würde sich niemals gegen Euch wenden.«

Der König betrachtete ihn einen Augenblick versonnen und schüttelte dann den Kopf. Seine Miene zeigte beinah so etwas wie Bedauern. »Das sagt Ihr, weil er Euer Freund ist. Vermutlich *glaubt* Ihr es sogar. Aber ich kann das Risiko nicht eingehen, Yvain. Nicht jetzt.«

»Das heißt, William muss für die Sünden seines Vaters büßen?«, fragte Yvain fassungslos.

John nickte ungerührt. »Und die seiner Mutter. Wenn Ihr einmal genau hinschaut, werdet Ihr feststellen, dass es das ist, womit wir alle einen Großteil unseres Lebens verbringen.«

Guillaume de Braose, Williams Vater, hatte sich mit dem König überworfen. Yvain hatte nie so recht verstanden, was der Auslöser gewesen war, aber aus dem einstigen Vertrauten war ein unbequemer und aufsässiger Vasall geworden, der seinen Verpflichtungen nicht mehr nachkam und sich weigerte, dem König die schwindelerregenden Summen zu zahlen, die an Schulden aufgelaufen waren. Doch statt auf einer seiner Burgen in den walisischen Grenzmarken zu hocken und auf seine Verhaftung zu warten, war Guillaume de Braose schließlich nach Frankreich geflohen, und so war aus dem aufsässigen Vasallen ein Verräter geworden.

William, der sich zu der Zeit mit seiner Familie bei seiner Mutter auf Hay Castle in Wales aufgehalten hatte, wurde befohlen, umgehend an den Hof zurückzukehren und sich für die Schulden seines Vaters als Geisel zu stellen. Doch Lady Maud ließ ihn nicht gehen. Stattdessen hatte sie ihn überredet, mit ihr nach Irland zu fliehen.

Yvain fuhr sich nervös mit der Hand über die Stirn. »Ich gebe zu, dass William gelegentlich unter die Fuchtel seiner Mutter gerät. Aber das soll selbst Königen schon passiert sein …«

»Vorsicht, Yvain«, warnte John leise.

Sein Ritter verschränkte rebellisch die Arme und atmete tief durch, um sich zusammenzunehmen. »Hat er für diesen unüberlegten Ausflug nach Irland wirklich verdient, in einem gottverdammten Verlies zu schmachten?«

»Darum geht es nicht«, erwiderte der König, schlug die Beine übereinander und schenkte sich einen Schluck aus dem vergoldeten Krug in seinen Becher. Wirklich nur einen Schluck. John war ein maßvoller Trinker geworden.

»Nehmt Platz, Yvain.« Einladend wies er auf den brokatgepolsterten Sessel, der dem seinen auf der anderen Seite des kleinen Intarsientischs am Kamin gegenüberstand.

Yvain war viel zu angespannt, um sich zu setzen, aber er wollte seinen guten Willen beweisen. Also räumte er den zertrümmerten Trainingsschild und die Kettenhaube beiseite, die den Sessel belegt hatten, und hockte sich auf die Kante.

»In der unheilvollen Aprilnacht in Rouen vor all den Jahren. Wen außer mir habt Ihr im Bergfried gesehen?«, fragte der König, ohne ihn aus den Augen zu lassen.

Yvain stockte beinah der Atem. Sie hatten noch niemals über die Ereignisse jener Nacht gesprochen. Über sieben Jahre lang hatten sie so getan, als hätte diese Nacht nie stattgefunden. Doch er antwortete: »Guillaume de Braose. Er begegnete mir am Eingang und drängte mir die Schlüssel auf.«

»Und wenn Ihr raten müsstet, was, würdet Ihr sagen, hat ihn dazu veranlasst?«

Yvain sagte ihm die Wahrheit: »Er hat irgendetwas gehört oder gesehen.«

»Ihr meint, er hat gehört oder gesehen, wie Arthur starb.«

Yvain musste schlucken. Die Gelassenheit, mit welcher der König es aussprach, war ihm unheimlich. John *konnte* nicht gelassen sein. Seit einem Jahr war er exkommuniziert. Abgeschnitten von allen heilstiftenden Sakramenten, ausgeschlossen aus der Gemeinschaft der Kirche und dem Bund mit Gott. Also wie war es nur möglich, dass der Gedanke an diese grauenvolle Sünde ihm nicht den kalten Schweiß auf die Stirn trieb?

»Ja, Sire«, bekannte Yvain. »Das ist es, was ich glaube.«

»Hm.« Der König stützte versonnen das Kinn auf die Faust. »Das glaube ich auch. Und seit jener Nacht hat Guillaume de Braose begonnen, sich von mir abzuwenden. Im Gegensatz zu Euch. Und im Gegensatz zu Euch hat er es einfach nicht geschafft, Diskretion zu wahren. Als ich Euren Freund William zurück an den Hof befahl, hat Maud de Braose meinem Boten das Pergament an den Kopf geworfen und gezetert, sie werde ihren Erstgeborenen nicht dem Mann ausliefern, der seinen eigenen Neffen ermordet habe.«

Bestürzt starrte Yvain ihn an. Und mit einem Mal wurde ihm klar, warum der König im Sommer eine Armee nach Irland geführt hatte. Das Ziel dieses Feldzuges war es gewesen, die grüne Insel wieder unter Johns Kontrolle zu bringen – der ja schon seit seiner Jugend den Titel des Lord of Ireland trug und nun aus dem Titel eine Tatsache gemacht hatte. Es war ein grandioser Erfolg für den König gewesen. Aber jetzt kam Yvain der Verdacht, dass die Jagd auf die Braoses der eigentliche Sinn dieses Feldzugs gewesen war. Lady Maud, William und seine Familie waren weiter nach Schottland geflohen, als John Irland förmlich überrollte, aber auch in Schottland übte der König große Macht aus, und einer seiner dortigen Vasallen hatte die Braoses gefangen genommen und an ihn ausgeliefert.

Yvain erkannte, wie dünn der Seidenfaden war, an welchem das Leben seines Freundes hing, und plötzlich war sein Mund staubtrocken. »Sire.« Er musste sich räuspern. »Ich bitte Euch noch einmal, gebt ihn mir. Ich nehme ihn mit nach Waringham und werde ihn dort verwahren, solange es Euch gefällt. Ich bin überzeugt, dass er niemals ein Wort gegen Euch sagen würde, aber wenn Ihr wünscht, stelle ich ihn unter Arrest und kontrolliere, wer in Kontakt mit ihm kommt. Nur lasst ihn nicht in irgendeinem finsteren Loch schmoren, das hat er nicht verdient.«

»Die Antwort lautet immer noch nein.«

Yvains Hände krallten sich um die Armlehnen, sodass die Knöchel weiß hervortraten. »Sire, ich … ich flehe Euch an …«

»Umsonst!« Wie gestochen sprang der König auf, seine Gemütsruhe mit einem Mal verschwunden. »Und jetzt geht mir aus den Augen, Ihr sentimentaler Schwachkopf, ehe ich mich entschließe, Euch zu ihm zu sperren!«

In der behaglichen kleinen Vorhalle warteten Baldwin und Thomas. Die beiden Ritter wirkten fehl am Platz auf Königin Aliénors Polsterschemeln mit den morgenländischen Fransen.

Als Yvain durch die Tür trat, erhoben sie sich.

»Und?«, fragte Baldwin nervös.

Yvain schüttelte den Kopf. »Es ist viel schlimmer, als wir dachten.« Mit gesenkter Stimme berichtete er von Maud de Braoses unverzeihlicher Indiskretion.

Seine beiden Freunde tauschten einen entsetzten Blick.

»Sie muss des Lebens überdrüssig sein«, mutmaßte Thomas mit einem verständnislosen Kopfschütteln.

Baldwin gab ihm recht. »Der König wird sie niemals wieder laufen lassen, ganz gleich, ob es stimmt oder nicht.«

»Von mir aus kann er sie behalten, sie wird mir todsicher nicht fehlen«, erwiderte Yvain flegelhaft. »Aber wir müssen irgendetwas tun, um William, Tilda und die Kinder da herauszuholen.«

»Ja, aber was?«, fragte Baldwin ratlos.

»Wo sind sie denn überhaupt?«, wollte Thomas wissen.

»In Corfe Castle«, antwortete Yvain. »Der König hat es erwähnt. Versehentlich, glaub ich, er wollte nicht, dass ich es weiß. Er hat kurz die Faust geballt, als er es merkte, ihr kennt die Geste ja.«

Sie nickten, und Baldwin schlug vor: »Lasst uns verschwinden, eh er herauskommt und uns hier konspirativ zusammen am Kamin stehen sieht.«

Die anderen beiden folgten ihm hinaus auf den dunklen Korridor und die Treppe hinab in die große Halle des Palastes von Winchester. Yvain konnte sie nie betreten, ohne an seine erste Begegnung mit John und die wilde Nacht in der Spelunke am Fluss zu denken.

Es herrschte einiger Betrieb in der Halle wie meistens an Vormittagen. Gesandte, Bittsteller und Boten bevölkerten die Bänke oder belagerten Hubert de Burgh, um ihm klarzumachen, warum ihr Anliegen wichtiger war als die der übrigen Männer, die eine Audienz beim König erhofften.

Die drei Ritter setzten sich an das untere Ende der linken Tafel und führten ihre Unterhaltung im Schutz des allgemeinen Stimmengewirrs fort.

Baldwin wandte sich an Yvain. »Kannst du den König umstimmen, was meinst du?«

Der junge Waringham schüttelte den Kopf. »Er war unerbittlich.«

»Dann brauchen wir die Unterstützung von irgendwem, dessen Wort mehr Gewicht hat als deines. William Longsword, zum Beispiel.«

»Ist noch in Schottland«, erinnerte Thomas sie, ließ den Blick durch die Halle schweifen und dachte nach. »Und offen gestanden bin ich skeptisch, ob der König sich von irgendwem würde umstimmen lassen. Lady Maud hat vielleicht einmal zu oft die Klappe aufgerissen. Diese unbedachte Bemerkung … hat es wirklich in sich, egal, ob die Anschuldigung stimmt oder nicht.«

Baldwin richtete den Blick auf Yvain. »Ich werde das Gefühl nicht los, dass du über diese Frage mehr weißt als jeder andere.«

Yvain fuhr der Schreck in alle Glieder, und er hatte seine liebe Mühe, sich das nicht anmerken zu lassen. Doch ehe ihm eine halbwegs überzeugende Entgegnung eingefallen war, kam Thomas ihm zu Hilfe: »Deine Gefühle in allen Ehren, Beaumont, aber du solltest so etwas nicht sagen. Am besten nicht einmal *denken*. Williams missliche Lage muss uns allen eine Warnung sein: In dieser verdammten Sache reicht ein geflüstertes Wort, um einen Mann in Teufels Küche zu bringen.«

Baldwin hob entschuldigend beide Hände. »Du hast ja recht.«

Thomas Bigods Ritterschlag lag fünf Jahre zurück, aber es konnte Yvain gelegentlich immer noch überraschen, welches Gewicht das Wort seines einstigen Knappen in ihrem eingeschworenen Kreis hatte, in den er als einziger der nachgewachsenen jungen Ritter Einlass gefunden hatte.

Baldwin nahm drei Becher von dem Tablett, das ein Page ihnen hinhielt, verteilte sie und wartete, bis der Junge weitergezogen war, ehe er murmelte: »Der König wird feststellen, dass es in England nicht genug Kerker gibt, wenn er alle einsperren will, die über Arthurs Verschwinden munkeln.«

»Aber das ist alles so lange her«, wandte Yvain ein. »Irgendwann müsste das Gerede doch endlich mal verstummen.«

»Das täte es womöglich, wenn Philippe von Frankreich es nicht am Leben hielte«, entgegnete Thomas. »Und außerdem … hat Francis de Lacy mir von einem neuen Wetzstein vorgeschwärmt, den sein Onkel aus dem Heiligen Land mitgebracht hat. Das reinste Wunderding.«

Yvains Verblüffung über den sonderbaren Themenwechsel verflog, als Pentecôte FitzHugh plötzlich neben ihm auf die Bank glitt.

»Spar dir die Mühe, Bigod«, grollte der. »Ich hab euch gehört. Die ganze verdammte Halle könnte euch gehört haben, so leichtsinnig, wie ihr seid.« Er wandte sich an Yvain. »Das Gefährliche an Maud de Braoses Gefasel ist, dass ihr Gemahl in Frankreich das gleiche Schauermärchen erzählt. Und wenn es sich in England aus zwei unterschiedlichen Richtungen verbreitet, wird es umso glaubwürdiger wirken.«

Yvain nickte unwillig und kaute nervös auf seiner Unterlippe.

»Weißt du, wer der Bote war, zu dem Lady Maud diese verhängnisvollen Worte gesprochen hat?«, fragte Baldwin Pentecôte.

FitzHugh nickte. Als Kommandant der königlichen Wache oblag ihm auch die Auswahl der Meldereiter. »Daniel de Warenne. Ich habe ihn an die schottische Grenze versetzt, aber es war hoffnungslos. Er hatte es längst ausgeplaudert. Und jetzt macht es die Runde.«

Yvain trommelte einen Moment nachdenklich mit den Fingern gegen den unberührten Becher. Dann schob er ihn Pentecôte zu und stand auf. »Ich reite nach Corfe«, eröffnete er den anderen.

»Was in aller Welt hoffst du dort zu erreichen?«, entgegnete Baldwin skeptisch.

»Gar nichts wird er erreichen, denn der Kommandant wird ihn nicht mal durchs Tor lassen«, sagte Pentecôte verächtlich. »Waringham will nur wieder mal den edelmütigen Löwenritter spielen und dem Freund in der Not beistehen, für den er in Wirklichkeit nicht das Geringste tun kann.«

Yvain ging nicht darauf ein, denn zumindest Letzteres entsprach vermutlich der Wahrheit.

»Das wissen wir wohl erst, wenn wir es versucht haben, oder?«, konterte Thomas angriffslustig und erhob sich ebenfalls.

Yvain nickte Baldwin zu und verließ die Halle Seite an Seite mit seinem einstigen Knappen. Erst als sie draußen im ungemütlichen Nieselregen standen, sagte er: »Ich reite allein, Thomas.«

»Wenn du dich da nur nicht täuschst …«

Yvain setzte sich Richtung Pferdestall in Bewegung. »Der König hat mich für ein paar Tage beurlaubt, um in Waringham nach dem Rechten zu sehen. Er muss überhaupt nicht erfahren, dass ich einen Umweg über Corfe gemacht habe. Aber wenn wir zusammen verschwinden, wird er sofort wissen, wohin wir reiten.«

»Umweg ist gut«, wandte Thomas ein. »Fünfzig Meilen in die falsche Richtung.«

»Na und? Was für eine Rolle soll das spielen?«, gab Yvain ungeduldig zurück, in Gedanken mit der Frage beschäftigt, wo er Osbern, seinen Knappen, während dieser ungenehmigten Geheimmission lassen sollte.

Thomas Bigod sah ihn mit einem unglücklichen Kopfschütteln an. »Ich fürchte nur, dass du dich in irgendwelche Schwierigkeiten bringst, wenn du unbeaufsichtigt vor die grässliche Lady Maud de Braose trittst, das ist alles«, bekannte er.

Yvain schnaubte. »Ich werde versuchen, mich in Zurückhaltung zu üben, du hast mein Wort.«

»Den Tag möcht ich erleben …«, grummelte der junge Bigod.

Das Wetter war abscheulich, Schnee mischte sich in den unablässigen Regen, und der eisige Wind wurde schlimmer, je näher Yvain der See kam. Doch die Straßen waren noch in erträglichem Zustand, Altair war im Gegensatz zu seinem Vorgänger unempfindlich gegen englisches Wetter, und noch vor Mittag erreichten sie den Saum des New Forest.

Die Stille im dämmrigen Schatten der alten, kahlen Bäume mutete schon fast winterlich an. Auf der Straße, die sich durch das riesige Waldgebiet schlängelte, herrschte wenig Betrieb. Yvain traf auf einen königlichen Forstaufseher, der mit zwei Soldaten Jagd auf einen berüchtigten Wilderer machte. Aber danach begegnete er zwei Stunden lang keiner Menschenseele, bis er am Nachmittag hinter einer Wegbiegung Männerstimmen und Lachen vernahm. Oder eigentlich war es eher ein Grölen, verbesserte er sich. Jedenfalls klang es nicht besonders fröhlich.

Das dichte Unterholz versperrte ihm den Blick auf die Szene, und Yvain ließ Altair in Schritt fallen. Er lauschte konzentriert und war nicht überrascht, als er das unverwechselbare, dumpfe Geräusch einer auftreffenden Faust vernahm. Er zog die Klinge, trabte wieder an und fand hinter der Wegbiegung drei abgerissene Gesellen, die ihre offenbar üble Laune an einem Zisterzienser ausließen: Zwei hielten ihn an den Armen gepackt, und einer stand breitbeinig vor dem blutenden Mönch und prügelte auf ihn ein.

Ein vierter Strolch, ein halbwüchsiger Knabe mit einer Hasenscharte, durchwühlte derweil die Satteltaschen des hübschen Wallachs, den der Bruder zweifellos geritten hatte.

»Nur Proviant und ein Buch, Jack, das ist alles«, rief er stimmbrüchig zu dem fäusteschwingenden Anführer hinüber.

Der verpasste seinem Opfer einen so gewaltigen Hieb, dass sein eigener Schwung ihn fast von den Füßen riss. Er war betrunken. »Wo hast du dein Gold versteckt, Mönchlein? Na los, raus damit. Wenn du schön artig bist, fick ich dich zur Belohnung in den Arsch, das habt ihr Klosterschwuchteln doch alle gern …«

Seine beiden Kumpane stießen Warnrufe aus, als sie Yvain plötzlich wie aus dem Nichts herangaloppieren sahen, aber der Fäusteschwinger war zu langsam. Noch ehe er sich ganz umwenden konnte, hatte Yvain ihn erreicht, traf eine blitzschnelle Entscheidung, ließ ihm die erhobene Faust und schlug ihm stattdessen mit einem präzisen, beinah sparsamen Hieb den Kopf ab.

Eine beachtliche Blutfontäne schoss senkrecht in die kalte Luft, während der massige, gerade noch so angespannte Körper zu Boden sackte, beide Hände unverändert geballt. Der Kopf war drei, vier Ellen zu seiner Rechten neben dem schlammigen Pfad im nassen Laub gelandet, das angegraute, strähnige Haar zerzaust, die Stirn gefurcht, und das eine, sichtbare Auge stierte tot und ausdruckslos in den grauen Wolkenhimmel.

Yvain steckte die Klinge ein, verschränkte die Hände in den Kettenhandschuhen auf dem Sattelknauf und sah auf die übrigen Banditen hinab. »Lasst ihn los, ihr Strolche«, befahl er.

Die beiden jüngeren Kerle hatten wie erstarrt auf ihren gefällten Anführer hinabgestiert, aber jetzt erwachten sie zum Leben, ließen ihr Opfer los und traten im selben Moment einen Schritt zurück – die Köpfe gesenkt.

Aus dem Augenwinkel sah Yvain den Jungen mit der Hasenscharte Reißaus nehmen, zückte den Dolch mit der Linken und warf. Die Klinge durchbohrte den löchrigen Umhang des Knaben und heftete ihn an den nassen Stamm einer Buche, sodass der Fliehende abrupt zurückgerissen wurde und röchelnd im Schlamm landete.

»Komm zurück«, befahl Yvain. Es klang nicht einmal unfreundlich. »Du darfst mein Messer aus dem Baumstamm ziehen und mir bringen.«

Der Junge gehorchte.

Yvain saß ab, nahm ihm den Dolch mit einem knappen Nicken ab und wandte sich an den Mönch. »Seid Ihr ernstlich verletzt, Bruder?«

Der Zisterzienser schüttelte den Kopf. Seine Nase blutete, aber sie hatten sein Gesicht ansonsten in Ruhe gelassen. Es war ein scharf geschnittenes, ehrfurchteinflößendes Gesicht mit einem dunklen Bartschatten auf dem kantigen Kinn und lodernden grauen Augen unter buschigen Brauen. Nachlässig tupfte der Bruder sich mit dem weiten Ärmel seines Habits über die Oberlippe und erwiderte: »Habt Dank für Eure Hilfe, Sir. Aber Ihr hättet ihn nicht gleich erschlagen müssen.«

Yvain verneigte sich knapp. »Ich bitte in aller Demut um Vergebung, Bruder. Mir war, als hätte dieser Halunke Euch geschlagen, und wer Hand an einen Kirchenmann legt, schuldet sein Leben. Obendrein hat er Euch beleidigt, und so kam mir in den Sinn, die Welt wäre ohne ihn vielleicht ein besserer Ort.«

Der Mönch nickte. »Aber ich könnte mir vorstellen, dass man das von Euch auch gelegentlich schon behauptet hat, Sir …?«

»Yvain of Waringham. Und da habt Ihr vermutlich recht, Bruder …?«

»Urban de Gray.«

»Ich hoffe, Ihr seht meine unangemessene Einmischung nach, Bruder Urban. Ich werde Euch und diese Gentlemen hier also Euren Angelegenheiten überlassen.« Er nickte ihm grantig zu und trat zu seinem Pferd.

Bruder Urban lachte in sich hinein. Es war ein erstaunlich vergnügtes Lachen für einen Zisterzienser. »Ihr seid ziemlich empfindlich für einen der berühmten Ritter des Königs, Sir Yvain.«

Ich fürchte, heute bin ich das tatsächlich, fuhr es Yvain durch den Kopf. Es sah ihm eigentlich auch nicht ähnlich, einem Mann den Kopf abzuschlagen, der keine Waffe gegen ihn erhoben hatte – ganz gleich, wie sehr der dazu einlud. Er hatte es getan, um seinem Zorn und seiner Furcht Luft zu machen, gestand er sich ein. Jetzt bereute er es schon, aber beichten konnte er es nicht, weil der Papst vor zwei Jahren den Kirchenbann über England verhängt hatte.

Yvain wandte sich wieder um, steckte den Dolch weg und nahm die drei verbliebenen Wegelagerer zum ersten Mal in Augenschein. »Warum überfallt ihr Reisende auf der Straße, statt euer Brot ehrlich mit Eurem Handwerk zu verdienen?«, fragte er streng.

Keiner wagte zu antworten.

»Sie waren Zimmerleute auf der Kathedralbaustelle in Exeter und haben seit zwei Jahren keine Arbeit mehr«, erklärte Bruder Urban.

»Ah«, machte Yvain. »Sie haben Euch also ihr Leid geklagt, eh sie über Euch herfielen, ja?« Unter seinem finsteren Blick schrumpften die drei traurigen Gestalten noch ein wenig mehr in sich zusammen.

Der Mönch hob ergeben die Schultern. »Werdet Ihr sie laufen lassen?«

»Wenn es Euer Wunsch ist, natürlich.«

»Habt Dank.« Bruder Urban holte seinen Wallach und schwang sich in den Sattel – erstaunlich mühelos, denn er hatte ja doch allerhand eingesteckt. Aus luftigen Höhen nickte er auf die drei Banditen hinab. »Gehet hin und sündiget hinfort nicht mehr, spricht der Herr.« Er schlug das Kreuzzeichen über ihnen und ritt an.

Yvain saß ebenfalls auf, und als er sicher war, dass der Mönch es nicht sehen würde, streute er dem Jungen mit der Hasenscharte ein paar Pennys vor die Füße.

Nachdem sie vielleicht eine halbe Meile Seite an Seite durch den stillen, melancholischen Herbstwald geritten waren, fragte Yvain: »Wohin führt Eure Reise, Bruder Urban?«

»Bindon Abbey, an der Küste in Dorset. Dort bin ich zu Hause.«

»Dann haben wir den gleichen Weg«, erwiderte Yvain verblüfft.

»Wirklich? Wohin wollt Ihr?«

»Corfe Castle.«

Der Bruder nickte. »Keine zehn Meilen von uns entfernt. Ich gestehe, ich wäre nicht undankbar für Eure Begleitung. Ich bin es gewohnt, allein zu reisen, und für gewöhnlich macht es mir auch nichts aus, aber die Straßen sind unsicherer geworden.«

Yvain deutete eine Verbeugung an. »Es wird mir eine Ehre sein. Mir war nicht bewusst, dass Zisterzienser so reiselustig sind. Ich dachte, ihr lebt in Einkehr in euren abgelegenen Klöstern, widmet euch der Schafzucht und dem Gebet und werdet steinreich dabei.«

Bruder Urban lachte schon wieder so verschmitzt. »Das trifft es ziemlich genau. Aber hin und wieder müssen wir unsere Einkehr verlassen, um die Wolle auf den Markt zu bringen oder unser sagenhaftes Vermögen anzulegen oder den Bischof von Norwich zu bitten, dem König ein Steuerprivileg für uns abzuschwatzen. Und da der Bischof mein Cousin ist, fällt diese letzte Aufgabe meistens mir zu.«

Yvain nickte. »Ihr seht ihm überhaupt nicht ähnlich, aber Euer Lachen klingt genauso wie seins.«

»Kennt Ihr ihn gut?«

Der junge Waringham wiegte den Kopf hin und her. »Unsere Wege kreuzen sich nicht häufig. Er zählt zu den engsten Ratgebern des Königs. Ich glaube, man kann sogar sagen, er ist sein Freund. Ich bin nur der Master of the Horse. Aber gelegentlich sind wir Verbündete, wenn wir versuchen, den König vor sich selbst zu beschützen. Ich schätze Euren Vetter sehr, Bruder.«

»Ja, ich auch«, bekannte Urban und seufzte. »Es ist ein Jammer, dass er nicht Erzbischof von Canterbury geworden ist.«

Im Jahr nach dem Verlust der Normandie war Hubert Walter, der Erzbischof von Canterbury, gestorben. Die Wahl seines Nachfolgers oblag eigentlich den Mönchen von Canterbury, doch weil der Erzbischof der mächtigste Kirchenfürst Englands und ein Kronvasall war, wählten sie traditionell den Kandidaten, den der König vorschlug.

Nicht so dieses Mal.

Der König wollte Bischof de Gray. Die Mönche von Canterbury wollten ihren Prior Reginald. Papst Innozenz sah sich das Gezerre zwei Jahre mit zunehmendem Verdruss an und bestimmte dann seinen Studienfreund Stephen Langton zum Erzbischof von Canterbury. Es war nicht einmal eine schlechte Wahl. Langton war Engländer, ein berühmter Gelehrter und ein vernünftiger Mann, der den König mit dem leicht entflammbaren Temperament vermutlich zu nehmen gewusst hätte.

Doch der ließ den neuen Erzbischof nach seiner Rückkehr aus Italien nicht einmal ins Land. Also hatte der Papst England mit dem gefürchteten Interdikt belegt, einem Kirchenbann, der die heilige Messe und das Spenden der Sakramente in England verbat. Seit zwei Jahren waren alle Kirchen im Land zugesperrt. Niemand hatte in all dieser Zeit die Kommunion empfangen, niemand seine Sünden beichten oder heiraten können. Einzig Neugeborene durften getauft werden und Sterbende die Beichte ablegen, aber begraben werden mussten sie in ungeweihter Erde wie Giftmischer, Ketzer oder Selbstmörder. Das ganze Land büßte für die Halsstarrigkeit seines Königs, und die Menschen fühlten sich abgeschnitten von Gott.

»Ja, ich hätte mir auch gewünscht, seine Heiligkeit hätte der Wahl Eures Cousins zum neuen Erzbischof zugestimmt, aus vielerlei Gründen. Aber manchmal denke ich, dieses Interdikt hat auch seine guten Seiten, Bruder.«

»Tatsächlich?«, fragte Urban mit hochgezogenen Brauen. »Und zwar?«

»Es ist … eine schwere Prüfung, die den Engländern auferlegt wird. *Allen* Engländern. Nicht den Normannen, nicht den Angelsachsen, sondern uns allen. Und siehe da, die Engländer haben sich nicht gegen ihren König gestellt, der sie mit seinem Dickschädel in diese grässliche Lage gebracht hat, im Gegenteil. Sie jubeln ihm zu, wohin er auch geht. Sie sind stolz auf ihn, weil er sich gegen die Willkürentscheidung des Papstes wehrt, die sie als unzulässige Einmischung in englische Angelegenheiten empfinden.«

»Ja, ich verstehe, was Ihr meint«, räumte der Zisterzienser ein. »Doch das galt nur bis zu dem Tag, da der Papst den König exkommuniziert hat, oder?«

Yvain nickte unwillig. Als König John keinerlei Bereitschaft zum Einlenken in diesem Disput erkennen ließ, hatte der Papst den König von England schließlich aus der Kirche verstoßen.

»Aber damit wird seine Heiligkeit ihn auch nicht gefügig machen, Bruder. Je mehr man dem König zusetzt, desto sturer wird er, glaubt mir; ich weiß, wovon ich rede. Außerdem befindet er sich in bester Gesellschaft, nicht wahr? Sein Schwager, der Graf von Toulouse, und sein Neffe, der deutsche Kaiser Otto, sind auch beide exkommuniziert. Der Papst muss achtgeben, dass sein schärfstes Schwert nicht durch übermäßigen Gebrauch stumpf wird.«

»Na, na«, machte Bruder Urban tadelnd.

Yvain richtete den Blick auf Altairs Widerrist, damit der Mönch sein freches Grinsen nicht sah.

»Trotzdem, Waringham. Es ist eine unhaltbare Situation. Scharenweise sind englische Bischöfe außer Landes gegangen, allein mein Cousin und der Bischof von Winchester sind geblieben.«

Yvain nickte. »Und die fetten Pfründen der anderen, die sich davongemacht haben, hat der König beschlagnahmt und sagenhafte einhunderttausend Pfund eingenommen …«

»Ja, ich kann mir vorstellen, das kam ihm gut zupass. Aber kein christlicher König kann sich auf Dauer ohne die Unterstützung der Kirche auf dem Thron halten, das wisst Ihr, oder?«

Yvain sah ihn wieder an. »Die viel wichtigere Frage ist, ob der König es weiß, Bruder.«

Am frühen Nachmittag des folgenden Tages erreichten sie Corfe Castle. Sie hatten im Gästehaus einer Benediktinerabtei unweit von Ringwood übernachtet, und am zweiten Tag ihrer Reise hatte es aufgeklart. Unter dem weiten blauen Himmel waren sie gemächlich durch die wilde, dünn besiedelte Hügellandschaft von Dorset geritten, hatten von dem Proviant gegessen, den die Brüder ihnen so großzügig eingepackt hatten, und während sie sich der Küste näherten, waren ihre Themen persönlicher geworden. Bruder Urban hatte Yvain anvertraut, dass sein Vater ihn für eine bischöfliche Laufbahn vorgesehen hatte und schwer enttäuscht gewesen war, als der vielversprechende junge Priester der Welt von Politik und Macht entsagte und ins Zisterzienserkloster eingetreten war, weil …

»Ihr seid Priester?«, hatte Yvain ihn unterbrochen.

»Wie ich sagte. Ich wurde am Pfingstsonntag vor zehn Jahren von Erzbischof Walter geweiht.«

»Und Zisterzienser …«, fügte Yvain gedankenverloren hinzu.

Bruder Urban hatte ihn ungehalten angeschaut. »Wieso widerholt Ihr plötzlich Dinge, die Ihr längst wisst, Sir Yvain, wo ich bis eben sicher war, Ihr seiet ein eher heller Kopf?«

»Ich habe einen Plan, Bruder. Einen Plan, bei dem ich Eure Hilfe brauche. Wäret Ihr gewillt, mich nach Corfe Castle zu begleiten?«

»Natürlich«, hatte Bruder Urban achselzuckend eingewilligt. »Es ist kein großer Umweg.«

Pierre Montgomery war der Kastellan von Corfe Castle. Er war gleichzeitig mit Yvain an Johns Prinzenhof in der Knappenausbildung gewesen, aber sie kannten sich nicht gut, denn Montgomery war ein paar Jahre älter und kurz vor Yvains Ankunft zu den Daunenschläfern gewechselt.

»Yvain of Waringham?«, fragte er verwundert, als die Wache den Besucher meldete. »Lass ihn eintreten, Hugh.«

Der junge Wachsoldat kam zurück in die Vorhalle. »Der Kastellan lässt bitten, Sir.« Er hielt ihm die Tür auf und senkte vor dem Mönch demütig den braunen Lockenkopf.

Seite an Seite mit dem Zisterzienser betrat Yvain die Halle und war erleichtert, Montgomery allein an der hohen Tafel anzutreffen. »Pierre.«

»Yvain!« Sein Gastgeber kam mit ausgebreiteten Armen von der Estrade herab und drückte ihn an die Brust wie einen lang verschollenen Bruder. »Du meine Güte, ich habe dich ewig nicht gesehen. Wie geht es deiner Frau? Es heißt, sie bekommt jedes Jahr eine Tochter.«

Yvain nickte mit einem ergebenen Lächeln. Er war es gewohnt, damit aufgezogen zu werden. »Tatsächlich sind es nur sechs. Und einen Sohn haben wir auch. Erlaube mir, dir Bruder Urban de Gray vorzustellen. Bruder, dies ist Pierre Montgomery.«

Der Kastellan und der Mönch fanden binnen kürzester Zeit heraus, dass ihre Mütter Cousinen zweiten Grades waren, und während sie Familienneuigkeiten austauschten, studierte Yvain Montgomerys etwas feistes Gesicht mit den wasserblauen Augen, deren Blick flink, beinah rastlos, von einem Gast zum anderen glitt.

Er weiß genau, warum ich hier bin, erkannte Yvain. Und er ist nervös.

»Lasst mich nach Wein und Erfrischungen schicken, Gentlemen«, erbot sich Montgomery mit einer einladenden Geste zur Tafel.

Doch ehe er die Wache wieder hereinrufen konnte, bat Yvain: »Augenblick. Ich bin froh, dich allein zu erwischen, denn ich habe ein Anliegen, Pierre.«

Montgomery sah ihn abwartend an, sagte aber nichts.

»Es geht um William de Braose«, fuhr Yvain fort. »Ich weiß, dass er hier ist, und ich würde ihn gern sehen.«

Erwartungsgemäß schüttelte Montgomery den Kopf. »Tut mir leid, Waringham, das kann ich nicht erlauben. Ich habe unmissverständliche Befehle.«

»Das habe ich mir gedacht«, gestand Yvain. »Und trotzdem bitte ich dich, eine kleine Ausnahme zu machen. Um der alten Zeiten willen. Niemand wird je erfahren, dass du mich zu ihm gelassen hast, aber es liegt mir wirklich viel daran. Er muss wissen, dass er nicht vergessen ist.«

»Ich richte ihm aus, dass du hier warst«, versprach der Kastellan, aber es klang unaufrichtig, nur so dahergesagt, um den lästigen Besucher zu beschwichtigen und loszuwerden.

»Jetzt komm schon, Mann«, versuchte Yvain es noch einmal. »Du weißt doch genau, wie treu er dem König ergeben ist und dass er das hier nicht verdient.«

»Nein, Yvain, ich weiß nichts dergleichen«, entgegnete Montgomery, mit einem Mal ziemlich kühl. Er wandte sich an den

Mönch. »Vielleicht könntet Ihr Waringham erklären, dass es ein heiliger Eid ist, der mich bindet. Er scheint vergessen zu haben, was das bedeutet.«

»Er hat recht, mein Freund«, sagte Bruder Urban mit einem resignierten Schulterzucken zu Yvain. »Ein Eid ist ein Versprechen an Gott. Wir dürfen Sir Pierre nicht weiter bedrängen, ihn zu brechen.«

Yvain stieß wütend die Luft durch die Nase aus. »Und was ist mit Tilda und den Kindern? Lässt du mich wenigstens zu ihnen?«

»Bedaure.«

Yvain sah dem Kastellan in die Augen und nickte langsam. Dann sagte er: »William de Braose ist schuldlos in Ungnade gefallen, und ich würde ihm gern beistehen. Weil er mein bester Freund ist, wäre ich sogar gewillt, vor dir auf die Knie zu gehen und dich zu bitten, mich für ein paar Minuten zu ihm zu lassen. Denkst du, das würde irgendetwas nützen?«

»Sir Yvain …«, mahnte Bruder Urban.

Doch es war zu spät. Pierre Montgomery verschränkte die Arme vor der Brust. »Ich wünsche dir Gottes Segen für die Weiterreise, Waringham. Du weißt ja, wo es hinausgeht.« Und damit ließ er sie rüde stehen, stiefelte zu einer Seitentür hinter der hohen Tafel und verschwand aus der Halle.

Yvain wartete, bis die schweren Schritte verklungen waren. Das Herz schlug ihm bis in die Kehle, und seine Hände waren feucht. Er fürchtete sich, stellte er fest. Nicht vor Montgomery oder seiner Wache, sondern vor dem, was er in den Augen des Kastellans gesehen hatte und nicht benennen konnte.

Er atmete einmal tief durch und nickte dem Mönch zu. »Gehen wir, Bruder.«

Sie verließen die Halle, und bei der Wache im Vorraum hielten sie an.

»Dein Name ist Hugh?«, fragte Yvain den braungelockten Jungen links der Tür.

»Ja, Sir.«

Yvain wandte sich an den zweiten Wächter. »Und du heißt?«

»Walter, Sir.«

»Also, Walter, Hugh. Ich schätze, Ihr habt gehört, weswegen ich hier bin?«

Sie nickten, ihre Mienen beklommen.

»Aber wir können nichts für Euch tun«, erklärte Walter eilig.

»Warum nicht?«

»Weil wir Kopf und Kragen riskieren, wenn wir die Befehle missachten, das hat der Kastellan klipp und klar gesagt.«

Bruder Urban trat einen Schritt vor. »Mein Sohn, dieser Gentleman ist gekommen, um einem Gefangenen Trost zu spenden, so wie der Herr Jesus es uns aufgetragen hat. Ihr würdet ein christliches Werk der Nächstenliebe tun, wenn ihr ihm helft.«

»Wir können nicht, Bruder«, entgegnete Hugh beinah beschwörend und schüttelte wild den Kopf. »Uns gefällt diese Sache auch nicht, das könnt Ihr mir glauben, aber da ist nichts zu machen.«

»Also gut.« Bruder Urbans mildes Lächeln sollte den Wachen vorgaukeln, er habe aufgegeben. »Ich sage Euch, was wir jetzt tun. Ist die Burgkapelle zugesperrt?«

Die Wachen tauschten einen verständnislosen Blick, doch Walter antwortete: »Nein, Bruder. Sie hat keine Tür, versteht Ihr. Eine Kordel ist vor den Eingang gespannt, das ist alles.« Er ruckte das Kinn zum Portal des Bergfrieds. »Sie ist nur ein baufälliger Holzschuppen neben dem Hühnerhaus.«

»In Ordnung. Und noch eine letzte Frage. Der Gefangene. Wo ist er? Ihr müsst nichts sagen, es reicht, wenn ihr mit dem Finger in die Richtung zeigt.«

Wieder tauschten Hugh und Walter einen Blick, dann wies Ersterer verstohlen mit dem Daumen über die Schulter zu einem Eckturm mit einer Wendeltreppe und drehte den Daumen dann nach unten: Der Weg führte abwärts.

»Sehr schön«, lobte Bruder Urban. »Ich werde mich nun in die Burgkapelle begeben und eine Messe halten.«

»*Was?*«, fragten die Wachen verdattert im Chor. »Aber … aber das dürft Ihr nicht, Bruder«, fügte Hugh besorgt hinzu. »Niemand in England darf eine Messe lesen oder hören oder sonst was.«

»Ich schon«, entgegnete Urban lächelnd. »Denn ich bin Zisterzienser, und mein Orden ist vom Kirchenbann ausgenommen. Also, wie ich sagte, ich werde gehen und die Messe halten. Jeder auf dieser Burg, der den Wunsch verspürt, sie zu hören, ist herzlich eingeladen, mir zu folgen. Vielleicht glaubt ihr, ihr dürftet eure Posten nicht verlassen. Aber bedenkt, dass ihr zwei Jahre euren Posten vor Gott verwaist lassen musstet, und überlegt, was hier und jetzt wichtiger ist.«

Hugh und Walter überlegten ungefähr zwei Herzschläge lang.

»Dürfen wir unsere Kameraden mitbringen?«

»So viele, wie in die Kapelle passen, ohne Aufsehen zu erregen«, antwortete der Mönch prompt. »Folgt mir unauffällig.«

Yvain stieg mit einer Fackel in der Faust die enge Wendeltreppe hinab. Nach wenigen Stufen wusste er, dass sein Licht von oben nicht mehr zu sehen war, und er fürchtete nicht, dass irgendwer ihn hier so bald ertappen würde. Montgomery zog sich zu dieser Stunde meist zu einem ausgiebigen Nickerchen zurück, hatte Hugh ihm anvertraut. Die Wachen und das Gesinde waren mit Bruder Urban in der Kirche, selbst die diensthabenden hatten der Versuchung nicht wiederstehen können, wie Yvain geahnt hatte. Nach zwei Jahren Interdikt dürsteten die Menschen nach Gottes Nähe.

Die Wendeltreppe endete in einem engen Wachraum, von dem nur eine Tür abzugehen schien. Sie führte in ein Verlies, wie der gewaltige Riegel mit dem Vorhängeschloss verriet, doch die Tür stand einen Spaltbreit offen, und niemand schmachtete dahinter.

Suchend drehte Yvain sich um die eigene Achse, aber er entdeckte keine weiteren Durchgänge. Gerade als er sich fragte, ob die Wachen ihn angelogen hatten, glitt der unruhige Schein seiner Fackel über einen Mauerabschnitt, der anders aussah als die dicken grauen Quader der Turmwand. Yvain trat einen Schritt näher, hob die Fackel und wartete, bis die Flamme sich beruhigt hatte. Auf der Breite von eineinhalb Schritten schien die Mauer mit Ziegelsteinen ausgebessert worden zu sein, ungefähr bis zur Höhe von Yvains Scheitel. Aber erst als das Wort »türhoch« ihm in den Sinn kam, begriff er, was er sah. Von einem Atemzug zum nächsten versagten seine Beine den Dienst, und er landete hart auf den Knien. Die Fackel rutschte ihm aus den Fingern und brannte auf dem feuchten Lehmboden fauchend weiter.

Yvain verschränkte die Finger ineinander, kniff die Augen zu und betete flüsternd: »Allmächtiger Gott … bitte nicht. Ich flehe dich an. Bitte nicht …«

Seine Stimme hallte ein wenig in dem leeren Kellergewölbe, und er hörte das Rasseln seines Atems, schnell und flach. Dann nahm er sich zusammen. Er atmete ein paarmal tief durch, hob die Fackel auf und kam wieder auf die Füße.

Systematisch leuchtete er die Ziegelwand ab und erkannte, was er doch eigentlich längst wusste: Hier war eine Tür zugemauert worden. Es konnte keinen Zweifel geben. Doch die Ziegel waren lediglich lose übereinandergeschichtet worden und nicht vermörtelt. Yvain steckte die Fackel in eine Wandhalterung, nahm die oberste Ziegelreihe ab, legte die Steine lautlos auf den Boden und konnte einfach nicht fassen, was seine Hände hier taten. Das durfte nicht sein. Es war schlicht unausdenkbar. Trotzdem arbeitete er in fieberhafter Eile weiter, auch wenn er wusste, wie albern das war. Immer ungeduldiger klaubte er die Ziegel Reihe um Reihe herab und riss sich an der rauen Oberfläche die Finger auf. Unter dumpfem Poltern purzelten die Ziegel jetzt auf die Erde, manche trafen auch auf einen ihrer Vorgänger und brachen entzwei.

Als Yvain den Riegel freigelegt hatte, hielt er inne. Er keuchte wieder. Aber er ließ sich keine Zeit, zu Atem zu kommen oder sich zu fragen, was er hinter der Tür finden würde. Der Riegel hatte kein Schloss und war gut geölt. Lautlos glitt er zurück, und die Tür schwang unter Yvains flacher Hand nach innen.

Er nahm seine Fackel und kletterte über den Rest der Ziegelmauer in die Schwärze dahinter.

William sah er als Erstes. Er lag mit geschlossenen Augen auf der Seite, eine Hand an der Brust, die andere zaghaft Richtung Tür ausgestreckt. Das Haar war schmutzig, zerzaust und viel zu lang, und ein roter, von Grau durchzogener Zottelbart war ihm gewachsen. Trotzdem erkannte Yvain, dass das einst so pausbackige Gesicht auf Haut und Knochen abgemagert war. Der löchrige Bliaut hing so lose an seinem Leib, als hätte ein kleiner Junge die Kleider seines Vaters anprobiert, und die Hände sahen aus wie Vogelkrallen. Trotz des plötzlich einfallenden Lichts rührte er sich nicht, und die Lider blieben geschlossen.

Er ist tot, dachte Yvain nüchtern. Er hat es überstanden.

Abwesend wischte er sich mit dem Handballen die Tränen von den Wangen und sank neben seinem Freund auf die Knie. Er legte die Linke auf den schütter gewordenen Rotschopf. »Herr, erbarme dich«, flüsterte er. »Und vergib ihm die Sünden, die er nicht beichten konnte. Es war ja nicht seine Schuld, dass der König den Kirchenbann über uns alle gebracht hat. Der König, dem er ergeben und klaglos gedient hat und der ihn nun zum Lohn für seine Treue hat verhungern lassen …«

Er konnte nicht weiter beten, denn sein Herz war mit einem Mal so voller Bitterkeit, dass er fürchtete, sein Gebet werde sich in einen Fluch verwandeln.

Er beugte sich vor, küsste seinem Freund die Stirn und wäre um ein Haar zurückgezuckt, als William die Lider aufschlug.

»Yvain …« Es war ein tonloses, raues Wispern.

Er würgte den Kloß in seiner Kehle herunter. »Hier bin ich, William.«

»Ich habe gewusst … dass du noch kommst. Ich habe auf dich gewartet.« Sein dürrer, faltiger Hals arbeitete krampfartig, so als bereite das Sprechen ihm Schmerzen.

Yvain legte ihm die Hand auf die Schulter, ganz vorsichtig, denn die Schulter sah aus, als könne sie unter der Berührung einer Feder brechen. »Schsch. Sprich nicht so viel. Das brauchst du nicht, denn …«

»Willie«, kam ein gespenstisches Flüstern aus der Finsternis weiter hinten. »Willie, komm an Mamas Brust …«

Yvain spürte, wie die Härchen in seinem Nacken sich sträubten.

»Jesus …«, flüsterte William und kniff die Augen zu. »Das macht sie … seit Tagen. Immer wenn ich denke, sie ist endlich tot, fängt sie wieder an.«

Yvain stand auf und hob seine Fackel. Der Kerker war ein fensterloses Gelass mit nackten Steinwänden, hier und da von Fackelhaltern oder rostigen Eisenringen mit herabbaumelnden Ketten unterbrochen. Ungefähr in der Mitte zerteilte ein flacher gemauerter Graben den Boden in zwei Hälften, der frisches Wasser führte, das vermutlich von einer unterirdischen Quelle gespeist wurde. Es strömte links durch ein kleines Gitter herein und rechts wieder hinaus, und auch wenn es den Gefangenen vermutlich häufig Ratten als Besucher bescherte, erklärte es doch, wieso der Geruch in dem zugemauerten Verlies weit weniger schlimm war, als Yvain erwartet hatte.

Er machte einen Schritt über das murmelnde Rinnsal hinweg, und der Schein seiner Fackel fiel auf das, was von Williams Mutter übrig war. Die große, einst so imposante Maud de Braose war ebenso grausam abgemagert wie ihr Sohn und sah aus wie ein zu lang geratener Besenstiel in Kleidern. Obendrein hatte sie den Verstand verloren. Sie hatte ihren Oberkörper entblößt, massierte mit einer Krallenhand eine schlaffe, faltige Brust und stierte blicklos an Yvain vorbei.

»Komm an Mamas Brust, Liebling …«

Yvain wich schaudernd zurück. Er wollte kein Mitgefühl für sie empfinden. Das hatte sie nicht verdient, denn sie allein war schuld an dem grausamen Schicksal, das ihren Sohn und sie selbst getroffen hatte. Abscheu war alles, was ihr zustand. Und dennoch. Beim Anblick ihres Elends konnte Yvain einen Hauch von Bedauern nicht verscheuchen. Keine menschliche Kreatur verdiente, auf so bestialische Weise zu sterben, nicht einmal Maud de Braose. Als er sich über sie beugte, sah er, dass sie aus Mund und Nase geblutet hatte und keinen einzigen Zahn mehr besaß.

Er kehrte zu William zurück. »Ich hole dir Wasser.«

Sein Freund deutete ein Kopfschütteln an.

»Aber es wird dich beleben und …«

»Kann nicht mehr schlucken«, flüsterte William. »Will auch nicht mehr. Es soll aufhören, Yvain. Nur aufhören.«

Yvain widersprach nicht. Er wusste ja, dass es längst zu spät war. Geist und Seele verharrten noch, aber ihre Hülle war verdorrt und fast schon wieder zu dem Staub zerfallen, aus dem sie gemacht war.

Williams zweigdürre Finger ertasteten die Hand seines Freundes, und dann fielen seine Lider zu.

»Danke.«

»Schsch. Du wärst auch zu mir gekommen.« Und vermutlich werde ich nun eines Tages an einem Ort wie diesem mutterseelenallein verrecken, weil du nicht mehr da sein wirst, fuhr es ihm durch den Kopf.

»Du … du darfst dich nicht von ihm abwenden«, sagte William. »Er ist eben … John. Und du und ich haben immer gewusst … wie er ist.«

Yvain war sich nicht mehr sicher, ob das stimmte. Dies hier war jedenfalls eine bitterböse Überraschung, die er nicht hatte kommen sehen. Doch er antwortete: »Sei unbesorgt. Ich werde mich nicht von ihm abwenden.« *Das kann ich nicht, denn zu viele Menschen sind abhängig von mir, meine Familie ebenso wie Guillaumes.*

»Gut.« Die geröteten Lider flackerten. »Mein Bruder wird sich um Tilda und die Kinder kümmern, wenn er … wenn er kann, aber …« Er versuchte zu schlucken und konnte nicht.

»Beatriz wird dafür sorgen, dass es ihnen an nichts mangelt. Sie wird es der Königin ans Herz legen.«

»Hab Dank.«

Es war eine Weile still. Nichts war zu hören bis auf das Murmeln des Wassers, auch Lady Maud gab keinen Laut mehr von sich. Williams Körper schien immer regloser zu werden, so kam es Yvain vor. Vielleicht verlangsamte sich das Herz, oder die Atmung wurde flacher.

»Bete mit mir«, wisperte er undeutlich.

Endlich hörte Yvain, worauf er gewartet hatte: Leichte Schritte, die sich näherten, und das Rascheln eines Habits.

»Das werde ich«, antwortete er seinem Freund. »Und ich habe dir einen Priester mitgebracht.«

Behände kletterte Bruder Urban in das Verlies, nahm das Bild des unsäglichen Jammers in Augenschein, das sich ihm bot, und zuckte nicht mit der Wimper.

Neben Yvain kniete er nieder und legte dem Sterbenden behutsam die große Hand auf den Kopf, ohne sich um die Läuse zu scheren, die im schütteren Haar auf der Kopfhaut umherkrochen.

»So spricht der Herr: Ich bin die Auferstehung und das Leben. Wer an mich glaubt, der wird leben, obgleich er stürbe …«

William starb in Yvains Armen. Bruder Urban hatte in der heruntergekommenen Kapelle kein geheiligtes Öl gefunden, doch er hatte ihm mit Weihwasser die Stirn bekreuzigt, die Augenlider, Ohren, Mund und Hände und auf Latein den Segen gesprochen: *Durch dieses geheiligte Wasser und seine mildreichste Barmherzigkeit lasse dir der allmächtige Gott nach, was du gesündigt hast. Amen.*

Williams gefurchte Stirn glättete sich, als er es hörte, und Yvain fühlte, wie die Anspannung den knochigen Körper verließ. Der Kopf sank an seine Brust. Bruder Urban stand auf und legte auch Yvain für einen Augenblick segnend die Hand auf den Kopf, ehe er sein Öllicht auf die andere Seite des kleinen Wassergrabens trug und neben Lady Maud niederkniete, um auch ihr die Sterbesakramente zu spenden. Und während er das Paternoster sprach, hörte Williams Herz auf zu schlagen.

Yvain lauschte den lateinischen Worten und ließ den Leichnam seines Freundes behutsam ins dreckige Stroh gleiten. Bruder Urban hatte eine wohlklingende Stimme, doch Yvain fand keinen Trost darin. Er blickte auf das abgezehrte, so grausam gealterte Gesicht hinab. Ein toter Greis von vierunddreißig Jahren. William de Braose hatte keinen Verrat begangen. Er hatte sich überhaupt keines Vergehens schuldig gemacht. Und nur weil seine

Mutter unbedacht die Wahrheit ausgesprochen hatte, war William – der sich einer knusprig gebratenen Haxe mit hemmungsloser Leidenschaft hingeben konnte wie andere Männer einer schönen Frau – zum Tode durch Verhungern verurteilt worden. König John aus dem Hause Plantagenet hatte es so beschlossen. Weil jeden seine furchtbare Rache treffen musste, der an sein dunkelstes Geheimnis rührte …

Yvain lehnte den Rücken an die kalte Mauer, verschränkte die Arme auf den angewinkelten Knien, bettete den Kopf darauf und haderte mit Gott.

»Sei verflucht, Waringham«, grollte eine Stimme von der Tür. Yvain hob den Kopf und sah Pierre Montgomery ächzend und ohne viel Eleganz über die Reste der Ziegelmauer ins Verlies klettern, die blanke Klinge in der Rechten. »Was ist das nur mit dir, dass du meinst, die Befehle des Königs gälten nicht für dich?«, fragte der Kastellan wütend und baute sich vor ihm auf.

Yvain schaute zu ihm hoch und entgegnete: »Ich weiß nicht, wie du darauf kommst. Ich kann mich nicht entsinnen, in den letzten zwanzig Jahren je etwas anderes getan zu haben, als seinen Befehlen zu folgen. In blindem Gehorsam«, fügte er bitter hinzu, angewidert von seinem eigenen Mangel an Rückgrat.

»Erzähl mir nichts.« Montgomery winkte ungeduldig mit der freien Linken ab. »Du bist doch *berühmt* für dein unbestechliches *Gewissen*«, höhnte er. »Dafür, dass du dem König unerschrocken die Meinung sagst, wenn er den Pfad der Tugend verlässt. Immer furchtlos und ehrenhaft wie ein wahrer Löwenritter, stimmt's nicht, Yvain?« Sein unverhohlener Zorn legte den Verdacht nah, dass er über seine eigene Rolle in dieser Sache alles andere als glücklich war.

»Wenn es wahr wäre, hätte ich dies hier verhindert, oder?«, konterte Yvain und wies kurz auf William hinab. »Aber ich habe mich mit Ausflüchten hinhalten lassen, und darum bin ich ebenso verantwortlich für den Tod eines unschuldigen Mannes wie du.«

»Ich bin keineswegs verantwortlich!«, brauste der Kastellan

auf und machte einen Schritt auf ihn zu. »Denn anders als du bin ich zufrieden damit, des Königs Befehle …«

»Gentlemen«, unterbrach Bruder Urban ihn, ruhig, aber bestimmt. Er stand auf und trat zu ihnen. »Hier stirbt ein Mensch. Ein weiterer hat gerade eben erst diese Welt verlassen. Darum mäßigt Euch. Oder besser noch: Betet.«

Die beiden Ritter senkten schuldbewusst die Köpfe und bekreuzigten sich.

»Also hat sie es auch bald überstanden?«, fragte Montgomery hoffnungsvoll und wies diskret mit dem Finger in die Dunkelheit jenseits des Wasserlaufs.

»Ich glaube nicht, dass sie den morgigen Tag noch erlebt«, antwortete der Mönch.

Montgomery nickte. »Gelobt sei der Herr.«

Yvain kam auf die Füße. Seine Glieder fühlten sich so schwer an, als seien sie aus Blei gegossen. »Pierre, ich bitte dich noch einmal, lass mich mit Tilda sprechen. Nur ein paar Minuten. Sie sollte das hier von einem Freund erfahren, denkst du nicht?«

Montgomery musterte ihn abschätzig von Kopf bis Fuß und schüttelte mit einem kleinen Lächeln den Kopf. »Du wirst so bald mit niemandem mehr sprechen, Yvain.«

»Was heißt das?«, fragte Bruder Urban in die kurze Stille hinein. Es klang scharf.

»Es heißt, dass Waringham genau hier bleibt, bis der König mich seine Wünsche wissen lässt. Ihr seid frei zu gehen, Bruder, wenn Ihr mir beim Heiligen Kreuz schwört, zu niemandem ein Wort von dem zu sagen, was Ihr hier gehört und gesehen habt.«

Der Zisterzienser dachte einen Moment nach und wechselte einen Blick mit Yvain. Er rang sichtlich mit sich, aber natürlich blieb ihm keine Wahl. Langsam hob er die Rechte. »Ich schwöre beim Heiligen Kreuz.«

Montgomery nickte und wies ihm mit der Schwertspitze die Tür. »Die beiden Wachen, die Ihr ausgerechnet mit einer Messe dazu verführt habt, ihre gottgegebene Dienstpflicht zu vergessen, werden ausgepeitscht, Bruder. Vielleicht denkt Ihr in Zukunft über die Folgen für unbeteiligte Dritte nach, ehe Ihr Euch von einem Wirrkopf wie Waringham für seine vorgeblichen guten Werke einspannen lasst.«

Bruder Urban lächelte bissig und senkte für einen Lidschlag den Kopf. »Habt Dank für Eure erbauliche Belehrung, Sir.« Er wandte sich an Yvain. »Gott sei mit Euch, mein Sohn. Ihr habt das Richtige getan.« Und damit wandte er sich ab.

Montgomery wartete, bis seine Schritte draußen auf der Wendeltreppe verklungen waren. Dann befahl er: »Gib mir deine Waffen.«

Yvain löste die Schnallen des Schwertgehenks, zückte gleichzeitig mit der Linken den Dolch und warf Montgomery alles zusammen vor die Füße – so verächtlich, als habe er kurzerhand beschlossen, dem Rittertum abzuschwören. In Wahrheit fühlte er die Demütigung wie einen sengenden Schmerz, und es kostete ihn Mühe, den Kopf hochzuhalten.

Montgomery hob die Waffen auf, ohne ihn aus den Augen zu lassen, ging rückwärts zum Ausgang und warf sie in den Vorraum hinaus. Dann nahm er die Fackel aus dem Eisenring an der Wand und kletterte ebenso ungelenk über die Mauerreste wie bei seiner Ankunft. Sicher auf der anderen Seite, schenkte er Yvain ein angespanntes Lächeln.

»Jetzt kannst du Zwiesprache mit deinem toten Busenfreund halten. Bete zu Gott, dass ich ihn abholen lasse, ehe er anfängt zu faulen.«

Yvain verschränkte die Arme vor der Brust und hoffte, dass sein Blick nichts als kühle Geringschätzung ausdrückte und nichts von dem lähmenden Schrecken verriet, der seine Beine hinaufkroch.

Dann zog der Kastellan polternd die Tür zu, und der schwere Riegel wurde vorgeschoben. Yvain blieb allein in vollkommener Finsternis zurück. Vorsichtig tastete er sich zurück zur Wand und wagte kaum, einen Fuß vor den anderen zu setzen, weil ihm davor graute, auf William zu treten.

Endlich erreichte er die feuchtkalte Mauer, presste den Rücken dagegen und ließ sich zu Boden rutschen. Er schloss die Augen gegen die herandrängende Finsternis und lauschte dem sachten Plätschern, mit dem das frische Wasser durch den Kerker strömte. Gerade als der freundliche Klang ihm ein wenig Mut zu machen begann, kam ein körperloses Krächzen aus der Finsternis: »Komm an Mamas Brust, Willie …«

Westminster, Februar 1211

»Iselda? Bist du traurig?«

Sie fuhr sich hastig mit dem Ärmel über die Augen und zwang ein Lächeln auf ihr Gesicht. »Nein, Henry, ich bin nicht traurig«, versicherte sie dem kleinen Prinzen.

»Warum weinst du?« Seine Augen waren groß und blau und teilnahmsvoll.

»Ich vermisse meinen Vater«, bekannte sie wahrheitsgemäß.

»Warum?«

»Weil er seit drei Monaten verschwunden ist.«

»Warum?«

Es war Henrys neues Lieblingswort. Im Herbst war er drei geworden, und war er früher eher ein stiller kleiner Kerl gewesen und stets zufrieden mit der Welt, wie er sie vorfand, hatte er über den Winter eine schier unstillbare Wissbegier entwickelt, der er mit der ewig gleichen Frage Ausdruck verlieh – *Warum*? Das war völlig normal, hatte ihre Mutter Iselda erklärt, und sei eben die Art kleiner Kinder, die Welt und alle Menschen und Tiere und Dinge darin zu entdecken und verstehen zu lernen. *Du warst in dem Alter genauso*, hatte sie lächelnd hinzugefügt und ihr die Wange geküsst.

Iselda hatte Zweifel, ob das stimmte, denn sie war schon neuneinviertel, aber sie hatte überhaupt nicht das Gefühl, die Welt und alle Menschen und Tiere und Dinge darin auch nur ansatzweise zu verstehen. Im Gegenteil, ihre Verwirrung schien immer größer zu werden. Aber sie wusste dies: Henrys letzte Frage führte sie in gefährliche Gewässer.

Darum wechselte sie lieber das Thema. »Wo hast du denn

dein neues Holzpferdchen gelassen? Du hast mir versprochen, ich dürfe heute Nachmittag damit spielen, hast du's vergessen?«

Henrys pausbackiges Engelsgesicht erstrahlte. »Komm!« Er ergriff ihre Hand und zerrte sie zu dem niedrigen Tisch am Kamin hinüber.

Auf einer mit Fellen bedeckten Bank nah am Feuer saß Gunda, eine der Ammen, hielt Henrys zweijährigen Bruder Richard auf dem Schoß und fütterte ihn mit Brei. Die winzige Prinzessin Joan lag zwischen Iseldas jüngsten Schwestern Marie und Eloise in einem Bett an der gegenüberliegenden Wand, das hohe Seitenteile hatte, damit die Kleinen nicht herauspurzeln konnten. Alle drei schliefen selig – trotz des Radaus in der Kinderstube.

»Gib sie mir, du hast gesagt, ich darf sie als Nächste haben!«, ereiferte sich die vierjährige Ela, die die Tochter von William Longsword war, und versuchte, Iseldas Schwester Aliénor eine Strohpuppe zu entreißen, die schon ziemlich mitgenommen aussah.

Eine der Gouvernanten ging dazwischen: »Wollt ihr wohl aufhören zu streiten, ihr Rangen, so benehmen sich junge Ladys nicht …«

Doch ehe sie sie trennen konnte, hatte die Puppe im Handgemenge einen Arm verloren, und Ela und Aliénor fingen an zu heulen und zogen sich gegenseitig an den Haaren. Iseldas restliche Schwestern, Blanche und Agnes, bemächtigten sich unbemerkt der verstümmelten Puppe und schlichen damit zum Kamin hinüber.

Iselda wandte dem Spektakel den Rücken zu und ließ sich von Henry sein heiß geliebtes Holzpferd vorführen, doch ihr Blick schweifte allenthalben zum Fenster. Es war mit einem Laden verschlossen, und ein Wandteppich aus dicker Wolle hing davor, um die Zugluft abzuhalten. Doch Iselda wusste, jenseits des Holzladens lag der verschneite Innenhof des Palastes mit seinen Wirtschaftsgebäuden, dem Torhaus und der hohen Palisade. Und sie wünschte, sie wäre mit ihrem Bruder Gui nach draußen gegangen, um den Knappen beim Training zuzuschauen und weiße Dampfwolken in die Winterluft zu pusten. Noch mehr wünschte sie sich, sie wäre in Waringham. Und am allermeisten wünschte Iselda, ihr Vater käme endlich zurück …

»Geh und hol deine Mutter, Iselda, sei ein gutes Kind«, bat Lady Claire, die oberste Gouvernante der drei Königskinder. »Ich fürchte, Aliénor könnte das Winterfieber bekommen. Ihre Wangen sind ganz heiß und rot.«

Das ist nur das Kampfesfieber, hätte Iselda ihr erklären können, aber sie sparte ihren Atem. Lady Claire war heute besonders blass und schmallippig. Sie war eine alte Jungfer, und sie bekam Kopfschmerzen von dem Lärm und der verräucherten Luft in der Kinderstube, beklagte sie häufig. Iselda argwöhnte, dass Lady Claire Kinder nicht ausstehen konnte.

Sie gab Henry das hölzerne Pferdchen mit dem Schweif und der Mähne aus echtem Rosshaar zurück. »Ein vortrefflicher Destrier«, urteilte sie fachkundig. »Eines Prinzen würdig, meine ich.«

Henry strahlte, und unter Schnauben und Wiehern ließ er sein Schlachtross über den Tisch zu unerhörten Abenteuern galoppieren.

Iselda ging zur Tür, und als sie auf den zugigen Korridor hinaustrat, verstand sie, worüber Lady Claire sich immer so beklagte. Hier draußen war die Luft kalt und frisch. Eine Wohltat nach der überheizten Kinderstube.

Die Gemächer der Königin lagen im Obergeschoss, aber Iselda ging nicht auf kürzestem Weg dorthin. Sie beschloss, Aimery de Léoncel, dem Leibarzt des Königs, zuvor einen kurzen Besuch abzustatten, denn in seinem Gemach roch es immer so fremdländisch von all den Kräutern und Tinkturen, aus denen er seine Arzneien mischte. Sie liebte diesen Geruch. Außerdem erlaubte Aimery ihr, in seinen Büchern zu lesen, und manchmal erzählte er ihr von der Zeit, als ihr Vater Knappe im Dienst des Königs gewesen war, als der noch ein junger, ungestümer Prinz war, und diese Geschichten brachten sie zum Lachen.

Doch als sie auf dem Weg zur Treppe an der halb offenen Tür zum Gemach des Lord Chamberlain vorbeikam, hörte sie eine vertraute Stimme: »Das ist mein letztes Wort, de Burgh. Ihr könnt dem päpstlichen Gesandten ausrichten, wenn Stephen Langton seine Nase je wieder in England zeigt, lasse ich ihn aufhängen!«

»Aber Sire …« Das war William Longsword, erkannte Iselda, des Königs Bruder.

»Nein, ich will nichts mehr davon hören, Will!« Die Stimme näherte sich der Tür. »Ich lasse mir keinen verdammten Erzbischof vor die Nase setzen, und es wird Zeit, dass seine beschränkte Heiligkeit das endlich begreift!«

Die Tür wurde so schwungvoll aufgestoßen, dass Iselda zurückspringen musste, und der König kam mit langen Schritten und sturmumwölkter Stirn auf den Korridor hinaus. Doch als er Iselda entdeckte, hellte seine Miene sich auf. »Ah! Lady Iselda of Waringham. Ich hoffe, Ihr seid wohl, schöne Dame?«

Iselda musste lachen, hob ihren Rock mit spitzen Fingern an beiden Seiten an und knickste übertrieben. »Oh, aber gewiss doch, seid bedankt, edler König.«

Er zwinkerte ihr zu. »Und seid Ihr in bedeutsamer Mission unterwegs, schöne Dame, oder habt Ihr einfach nur an der Tür gelauscht?«

»Ich habe selbstverständlich *nicht* gelauscht«, stellte sie entrüstet klar. »Und ich wollte zur Königin, genauer gesagt, zu meiner Mutter. Lady Claire schickt mich.«

Er streckte ihr die Rechte entgegen. »Dann haben wir den gleichen Weg. Erweist mir die Gunst, meinen Begleitschutz anzunehmen.«

Sie musste schon wieder lachen, obwohl ihr doch so schwer ums Herz war. Ohne das geringste Zögern legte sie ihre schmale Hand vertrauensvoll in seine Pranke. Denn der König war ihr ganz besonderer Freund.

Hand in Hand schlenderten sie zur Treppe.

»Macht der Papst Euch immer noch Scherereien, Sire?«, fragte sie mitfühlend, während sie die Stufen ins Obergeschoss erklommen.

Er seufzte vernehmlich. »Es ist furchtbar«, bekannte er dann.

»Sollte irgendwer dir irgendwann eine Krone anbieten, lass sie liegen, Einhörnchen, sie bringt einem nichts als Verdruss ein.«

Ihre Wangen wurden heiß. Der König nannte sie seit jeher so wegen des Wappens ihrer Familie, doch sie fühlte sich immer so geehrt, wenn er es sagte, dass es sie fast ein bisschen schwindelig machte. »Ich werd dran denken«, versprach sie.

Er nickte zufrieden und sah mit einem Lächeln auf sie hinab. »Wieso bist du so blass und spitz? Füttern sie euch nicht ordentlich in der Kinderstube?«

»Oh doch, Sire«, versicherte sie eilig.

»Was ist es dann?«

Iselda rang mit sich. Er war der König, und er hatte so viele und so große eigene Sorgen, dass sie ihn nicht mit den ihren behelligen durfte. Andererseits war er ihr Freund, und sie wusste genau, dass sie einen Platz in seinem Herzen hatte, obwohl sie doch nur ein Mädchen und nur die Tochter seines Master of the Horse war. Also nahm sie ihren Mut zusammen. »Ich mache mir Sorgen um meinen Vater, Sire.«

»Verstehe.«

»Mutter sagt, ich solle mir keine Gedanken machen, denn er ist ein tapferer Ritter und kann auf sich aufpassen. Nur …«

Der König blieb am oberen Treppenabsatz stehen. »Nur?«

»Sie hat selber Angst«, vertraute sie ihm an, es war beinah ein Flüstern. »Ich soll es nicht merken, aber sie kann sich nicht gerade sonderlich gut verstellen.«

»Das kannst du laut sagen«, stimmte er zu, doch es klang abwesend, als wäre er in Gedanken meilenweit fort.

Jetzt war der Moment, ihn zu fragen, wusste Iselda. Ihn um Hilfe zu bitten. Wenn irgendwer das Wunder vollbringen konnte, herauszufinden, wo ihr Vater war, und ihn zurückzuholen, dann der König. Denn er war der mächtigste Mann in England, vor dem sogar die Waliser, Iren und Schotten zitterten. Doch gerade deswegen empfand Iselda auch große Ehrfurcht vor ihm, und sie fürchtete, es könne ungehörig und vermessen sein.

Ehe sie sich entschieden hatte, ging er weiter, und der Moment war vorbei.

»Und habt ihr euch schon überlegt, welchen Schabernack ihr zur Fastnacht treiben wollt?«, fragte er.

»Mein Bruder hat einen Plan, glaub ich, aber er lässt sich nichts darüber entlocken.«

»Hm. Du wirst ihn bestechen müssen, um es aus ihm herauszuholen«, mutmaßte der König.

»Vermutlich«, räumte sie seufzend ein. Gui war zwar zwei Jahre jünger als sie, aber in letzter Zeit pochte er gern auf seine Männlichkeit, und Iselda hatte feststellen müssen, dass die Autorität der älteren Schwester einiges von ihrer Wirksamkeit verloren hatte. »Ich hoffe, er schlägt nicht über die Stränge. Leider hat mein kleiner Bruder einen Hang zu törichten Einfällen. Es muss am Alter liegen, schätze ich.«

»Keineswegs.« Plötzlich wandte der König den Kopf und sah mit einem ungewohnt ernsten Ausdruck auf sie hinab. »Es liegt in der Familie.« Und damit öffnete er die Tür zu den Gemächern der Königin und ließ Iselda mit einer galanten Geste den Vortritt.

Königin Isabella saß in einem Sessel am Kamin, eine mit Silberfäden durchwirkte Decke auf den Knien zum Schutz gegen die ewige Zugluft, den Kopf zurückgelehnt, und lauschte Iseldas Mutter, die ihr aus einem dicken Buch okzitanische Gedichte vorlas. Lady Ela und Lady Ida saßen ein wenig abseits an einem Stickrahmen und tuschelten untereinander.

»Mesdames, Ihr solltet zuhören, wenn die Verse meines Urgroßvaters vorgetragen werden«, ermahnte der König sie mit einem Lächeln, aber es war nur beinah scherzhaft gemeint, merkte Iselda.

Die beiden Hofdamen senkten demütig die Köpfe, doch Lady Ela, die mit des Königs Halbbruder verheiratet war, konterte keck: »Verse von unsterblicher Schönheit mögen es sein, Sire, aber leider verstehen wir kein Sterbenswort davon, denn wir können kein Okzitanisch.«

Er zog die Luft ein, als hätte er plötzlich Zahnweh. »Oh, arme englische Barbarinnen … Ich nehme an, das sagt man, oder? Gibt es Barbarinnen?« Er trat zu seiner Gemahlin, beugte sich zu ihr hinunter und küsste sie ungeniert auf die Lippen. »Was meinst du?«

»Oh, ganz gewiss, Sire«, gab Isabella zurück. »Denkt nur an die schottischen Kriegerinnen von einst, die bemalt und barbusig und johlend in die Schlacht zogen. Da drängt das Wort sich regelrecht auf, oder?« Es klang scherzhaft, aber sie lächelte nicht, als sie zu ihm aufschaute. Sie lächelte überhaupt ziemlich selten in letzter Zeit.

Zu Weihnachten daheim in Waringham hatte Iselda zum ersten Mal an der hohen Tafel speisen dürfen. Denn in drei oder vier Jahren würde sie erwachsen und heiratsfähig sein, hatte ihre Tante Amabel ihr vorgerechnet, und darum werde es Zeit, dass sie sich in der Welt der Erwachsenen einzugewöhnen begann. Aber je gründlicher sie sich in dieser wundersamen Welt umschaute, desto weniger verstand sie, hatte Iselda erkennen müssen. Jetzt zum Beispiel schauten der König und die Königin einander tief in die Augen, so wie die verliebten Damen und Ritter in den französischen Versromanzen es taten, aber sie sahen kein bisschen verliebt dabei aus.

»Was führt dich her, Liebling?«, fragte ihre Mutter und klappte das dicke Buch langsam zu.

Iselda knickste vor ihr. »Lady Claire schickt nach dir, *ma mère*. Sie glaubt, Aliénor bekommt Fieber. Aber *ich* glaube, das ist Blödsinn.«

Ihre Mutter strich ihr mit dem kleinen Finger über die Nase. »Lass uns trotzdem nach ihr schauen«, schlug sie vor. *Sie* lächelte, aber es war das traurigste Lächeln der Welt, so wie immer in letzter Zeit, und unter ihren Augen lagen seltsame dunkle Halbmonde, fast so wie die Veilchen, die die Knappen manchmal trugen, wenn der Nutricius sie verprügelt hatte.

Ihre Mutter stand auf und knickste vor dem König, den Blick auf das frische Bodenstroh gerichtet. »Wenn Ihr erlaubt, Sire?«

»Gewiss, Beatriz.« Er ruckte das kantige Kinn zum Stickrahmen hinüber. »Nehmt die Barbarinnen nur mit, ich hätte die Königin gern allein gesprochen.«

Lady Ela und Lady Ida folgten ihnen hinaus auf den kalten,

dämmrigen Korridor und verschwanden hinter der zweiten Tür auf der linken Seite.

»Ich habe Mühe zu glauben, dass es *Sprechen* ist, was er im Schilde führt«, hörte Iselda Lady Ela sagen, ehe die Tür sich schloss.

»Wie meint sie das?«, fragte Iselda.

»Sie glaubt, der König möchte diese Erwachsenensache mit der Königin machen, über die wir kürzlich sprachen«, antwortete ihre Mutter und nahm ihre Hand, genau wie vorhin der König.

»Aber hast du nicht gesagt, darüber redet man nicht?«

»Doch, Liebling. Darum klang Lady Ela ja auch so ungezogen.«

Iselda musste lächeln. »Ah.«

Ihre Mutter konnte man alles fragen. Einfach alles. Im Gegensatz zu Gouvernanten oder anderen Müttern war sie über die Fragen ihrer Kinder niemals schockiert oder beschämt, und sie gab sich immer viel Mühe mit ihren Antworten.

Iselda dachte manchmal, dass sie vermutlich die beste Mutter der Welt hatte. Andere Damen bei Hofe schüttelten die Köpfe, weil Lady Beatriz oft zu zerstreut war, um zu merken, wenn eine ihrer zahllosen Töchter einen Riss im Kleid hatte oder beim Haschenspiel zu wild wurde, und sie vergaß auch meistens den Leseunterricht. Aber die Liebe, die sie in sich trug, war wie ein stetig sprudelnder Quell – es war für all ihre Kinder immer genug davon da. Sie hatte stets ein offenes Ohr, sie bestärkte und tröstete, sie nahm Anteil und gab Ratschläge, und sie umarmte. Das konnte wirklich niemand so wie sie. An Regentagen erfand sie neue Spiele, und sie kannte aquitanische Zaubersprüche gegen aufgeschlagene Knie. Aber sie konnte nicht mehr lachen. Es war, als wäre vor drei Monaten jemand in ihr Gemach geschlichen, um all ihren Frohsinn zu stehlen. Und Iselda ahnte, wer der Dieb war.

Das war vielleicht das Allerschlimmste.

Corfe Castle, Februar 1211

Seit beinah zwanzig Jahren trug Yvain Amabels Amulett auf der Brust. Der grüne Stoff war hier und da durchgescheuert, das eingestickte schwarze Einhorn abgewetzt, und es hatte ein ausgefranstes Hinterbein. Vielleicht war das der Grund, warum seine Zauberkräfte nachgelassen hatten. Damals in der Nacht in der Oubliette in Windsor hatte das Amulett ihm Mut gegeben. Möglicherweise sogar seinen Verstand gerettet.

Doch der langen Dunkelheit von Corfe Castle hatte es immer weniger entgegenzusetzen. Schon so manches Mal hatte Yvain hier sein letztes bisschen Mut verloren und stundenlang danach suchen müssen, bis er ihn wiederfand. Und er war nicht mehr sicher, wie es um seinen Verstand bestellt war.

Maud de Braose war zwei Tage nach ihrem Sohn gestorben, aber schon in der ersten Nacht waren die Ratten gekommen, um sich an ihr gütlich zu tun. Anfangs hatte Yvain die Geräusche gar nicht deuten können, das Huschen und Knuspern und Reißen. Doch als er ein Fiepen vernahm, hatte er verstanden, was er hörte, und er hatte Williams Leichnam auf die andere Seite des kleinen Wassergrabens getragen und ihn und seine sterbende Mutter dort mit bloßen Händen gegen die widerwärtigen Räuber verteidigt. Die Dunkelheit hatte die Ratten dreist und angriffslustig gemacht, und sie hatten den Eindringling gebissen, der sie um ihren Festschmaus bringen wollte. Nur ein klein wenig Licht fiel vom Wachraum draußen durch das Gitterchen in der Kerkertür, und in seinem flackernden Schimmer hatte Yvain geglaubt, der ganze Boden sei ein einziges Wimmeln. Doch nachdem er dreien oder vieren der Nager das Rückgrat gebrochen hatte, ergriffen die übrigen die Flucht. Maud hatte während dieses albtraumhaften Kampfes keinen Laut von sich gegeben und sich auch nicht gerührt, obwohl sie mehrere Bisswunden hatte, eine sogar in der Wange. Doch kaum war es still geworden, hatte sie ihre wenig verlockende Einladung wiederholt …

Als auch ihr Leiden endlich ausgestanden war, kamen die Wachen und trugen die beiden Leichen hinaus, und Yvains lange dunkle Einkehr hatte begonnen. Er hatte versucht, irgendwie dafür gewappnet zu sein, das Aufschichten der Ziegelsteine jenseits der Tür zu hören, doch es kam nicht.

Verhungern ließen sie ihn trotzdem.

Hin und wieder verdunkelte sich der Lichtklecks vor dem Türgitter. Irgendwann begriff Yvain, dass es geschah, wenn jemand vor der Tür stand und durchs Gitter spähte. Er nahm an, dass das einmal täglich passierte, und so konnte er das Verrinnen der Zeit messen. Zwei oder drei Tage lang litt er unter grässlichem Hunger, doch dann ließ das Gefühl nach. Das frische Quellwasser war süß und belebend und ein unschätzbarer Luxus. Es stillte nicht nur seinen Durst, sondern erlaubte ihm ein Mindestmaß an Reinlichkeit. Er trank, er betete, er fastete und versuchte, dem Tod mit ritterlichem Gleichmut und Gottvertrauen entgegenzusehen, doch nach ungefähr einer Woche brachte die Wache ihm einen Laib Brot. Bei dem Anblick, vor allem dem Duft, kehrte das Hungergefühl schlagartig zurück, viel zu viel Speichel sammelte sich in seinem Mund, und er hatte das erste Stück schon verschlungen, ehe die Kerkertür polternd wieder zufiel.

Dieses erste Brot hatte er größtenteils wieder von sich gegeben, weil er es zu schnell gegessen hatte. Als er auf den Tag genau eine Woche später wieder eines bekam, war er klüger, aß anfangs nur ein wenig von dem weichen Inneren und vertilgte den Rest langsam über zwei Tage verteilt. Er behielt alles bei sich, aber danach kehrte der Hunger zurück – viel schlimmer als zuvor. Der bohrende Schmerz war so furchtbar, dass Yvain sich schwor, das nächste Brot nicht anzurühren, weil er das Unvermeidliche ja nur hinauszögerte. Doch als der Laib mit der gebräunten, mehlbestäubten Kruste vor ihm im dreckigen Stroh lag, waren alle guten Vorsätze vergessen.

Sein Fleisch schmolz dahin wie Schnee in der Frühlingssonne, bis nichts mehr zwischen Knochen und Haut zu liegen schien. Arme und Beine verwandelten sich in dürre Äste, als hätte es die Reiter- und Fechtermuskeln nie gegeben, die ihm immer so selbstverständlich gewesen waren. Die Haut wurde fleckig, und wo sie aufsprang, wollte sie nicht wieder heilen. Er bekam Kopf- und Gliederschmerzen und wurde mit jedem Tag träger, und schließlich hatte er nicht einmal mehr die Kraft, um die paar Ellen bis zum Wassergraben zu kriechen und zu trinken.

Nichts davon überraschte ihn. Er hatte all das früher in Waringham gesehen, wenn im Winter nach einer Missernte die abgemagerten Bauernkinder teilnahmslos auf dem Fußboden der Kirche kauerten und manches am Sonntag darauf nicht wiederkam. Und unweigerlich folgte der Erinnerung die Frage, ob sein Vater, seine Familie, ob *er selbst* genug getan hatten, um diesen Kindern zu helfen.

Natürlich nicht. Arme Leute verhungerten, das gehörte zu den unabänderlichen Tatsachen des Lebens, hatte Lord Waringham seine Söhne gelehrt, denn diese Welt war ein Jammertal, und nur das Jenseits versprach ein Ende von Elend und Leid.

Das war natürlich richtig, doch jetzt, da Yvain persönlich Bekanntschaft mit dem Hunger machte und lernte, wie grausam er war, schämte er sich.

»Göttlicher Vater, wirst du mir meine Schuld vergeben, obwohl ich nicht beichten kann?« Sein heiseres Flüstern wurde von den nackten Steinwänden zurückgeworfen, sodass es ein wenig unheimlich klang, aber das war immer noch besser, als tagelang überhaupt keine menschliche Stimme zu hören. »Barmherziger Jesus, der du zur Erlösung der Welt am Kreuz gestorben bist, kann ich wirklich Gnade finden? Obwohl ich dem König geholfen habe, seine finsterste Freveltat zu vertuschen, und dadurch den Tod meines besten Freundes mitverschuldet habe? Denn nicht nur Arthurs Blut klebt an meinen Händen, sondern Williams und … und Lady Mauds genauso. Da machen wir uns doch lieber … nichts vor. Und … und das ist ja auch noch längst nicht alles.« Er drehte sich auf die Seite, langsam und mühevoll, zog die Knie gegen die krampfartigen Leibschmerzen bis zur Brust und ertastete mit der Linken das Amulett. »Ich bin … ein Ehebrecher. Obwohl du und der König – *verflucht* soll er sein – mir die wundervollste Frau der Welt gegeben habt, kann ich … kann ich ihr nicht treu sein.«

Ihm war furchtbar schwindelig, und ein gleißender Lichtpunkt pulsierte vor seinen Augen, stach wie eine lange, dünne Klinge bis hinter die Stirn, und Yvain kniff die Lider zu. Ihm wurde so übel von dem Schmerz, dass sein Leib sich noch weiter zusammenkrümmte, und sein Atem wurde ein mühsames Keuchen.

»Wenn dies hier das Ende ist, habe ich … keine Einwände, Gott.« Und in seinem Kopf hörte er Williams Stimme: *Es soll aufhören, Yvain. Nur aufhören.* »Aber wie soll ich es mit der Last all meiner Sünden ins Paradies schaffen?«

»Bereue deine Sünden, Yvain«, sagte das gleißende Licht.

»Ich kann nicht bereuen … Amabel geliebt zu haben.«

»Liebe kann niemals eine Sünde sein. Ehebruch hingegen schon. Beichte, mein Sohn, auf dass du Erlösung finden kannst.«

Das war eine seltsam strenge und eindringliche Stimme für ein pulsierendes Zauberlicht. Argwöhnisch öffnete Yvain die Lider einen Spaltbreit, und nach einer geraumen Zeit verdichtete das verschwommene Licht sich zu einer Kerzenflamme, die ein scharfgeschnittenes Gesicht mit buschigen Brauen beschien.

»Bruder Urban?«

»So ist es.«

Yvain bildete sich ein, er spüre eine Hand auf der Schulter, aber er schloss lieber wieder die Augen vor dieser gruseligen Vision. »Ihr könnt nicht hier sein.«

»Doch, doch.« Dieses Mal schob sich ein sehniger Arm unter seine Schultern und hob seinen Oberkörper an. Die Berührung war zu körperlich, zu *präsent*, um ein Hirngespinst zu sein, und ungläubig riss Yvain die Augen wieder auf. »Aber wie …?«

»Später. Erst müsst Ihr trinken, denn Ihr seid vollkommen ausgetrocknet. Hier.«

Es war Ale. Nie im Leben hatte Yvain etwas so Wohlschmeckendes gekostet, aber nach zwei winzigen Schlucken schloss sich seine Kehle, und der Mönch setzte den Becher ab. »Wir versuchen es gleich noch einmal. Aber nur ganz langsam, denn Ihr habt fast zwei Wochen nichts gegessen.«

Yvain hatte plötzlich ein unscharfes Bild von drei Ratten vor Augen, die um einen gerundeten Brotlaib balgten. Wieso zum Henker hatte er seine Wochenration Brot den Ratten überlassen? Er wusste es nicht mehr. »Meine Familie?«

»Alle wohlauf. Und bei Hofe.«

Die Vorstellung, was Beatriz ausgestanden hatte, verschlimmerte den elenden Schwindel, und Yvain dachte lieber schnell an etwas anderes. »Welcher Tag ist heute?«

»Der sechzehnte Februar. Aschermittwoch.«

»Bier in der Fastenzeit …«

»Oh, keine Bange. Gefangene erhalten Dispens.«

Das hatte William zu ihm gesagt, nachdem sie ihn aus der Oubliette geholt hatten, erinnerte sich Yvain. Er hörte einen erbarmungswürdigen kleinen Jammerlaut und weigerte sich zu glauben, dass dieser aus seiner eigenen Kehle gekommen sein sollte. Aus dem Boden um ihn herum stieg wabernde Schwärze auf und wollte ihn einhüllen. Doch die knochigen Arme hielten ihn. Er spürte das Zisterzienserhabit unter der Wange, und das Gefühl der kratzigen Wolle hielt ihn im Diesseits.

Die Schwärze zog sich zurück, der Schwindel und das Rauschen in den Ohren verebbten, und Yvain konnte wieder ein paar Schlucke trinken.

»Wir warten, bis Ihr Euch ein wenig besser fühlt, und dann bringe ich Euch nach Bindon Abbey, Sir Yvain.«

»Aber wieso könnt Ihr hier sein, Bruder? Ihr habt Montgomery geschworen … beim Heiligen Kreuz.«

»Hm«, stimmte Bruder Urban spöttisch zu. »Während er die blanke Klinge in der Hand hielt. Ein Eid, der unter vorgehaltener Waffe erzwungen wird, ist nicht bindend, wie Ihr vermutlich wisst. Also bin ich von hier aus geradewegs an den Hof zu meinem Cousin geritten und habe ihm alles berichtet, was ich hier gehört und gesehen habe.«

»Grundgütiger«, murmelte Yvain. »Das war ziemlich gefährlich, denn … es würde dem König nicht gefallen, wenn er davon erführe.«

»Oh, er hat davon erfahren. Der Bischof hat es William Longsword erzählt. Longsword der Königin. Alle drei sind gemeinsam zum König gegangen und haben für Euch gesprochen. John war indes so zornig über Euren Ungehorsam, dass er sich zu keiner Zusage überreden ließ, Euer Leben zu schonen. Insgeheim muss er es jedoch beschlossen haben, denn nur das erklärt, wieso Ihr Brot bekommen habt. Ohne das Ihr natürlich längst tot wäret.«

»Welch königliche Großmut …«, murmelte Yvain vor sich hin.

»Tja. Ich kann verstehen, dass es Euch Mühe kostet, dankbar zu sein. Vielleicht in ein paar Tagen, wenn es Euch besser geht.«

»Und wieso nun meine plötzliche Freilassung? Was hat seine Meinung mit einem Mal geändert?«

Bruder Urban hob die knochigen Schultern. »Darüber hat er sich nichts entlocken lassen. Es ist das Privileg von Königen, ihre Entscheidungen nicht begründen zu müssen, schätze ich.«

Und darum sind ihrer Willkür keine Grenzen gesetzt, dachte Yvain.

Baldwin und Thomas hatten Bruder Urban nach Corfe begleitet und ungeduldig draußen vor der Kerkertür gewartet, bis der Mönch sie hereinrief.

Yvain hatte inzwischen schon Fortschritte gemacht. Er saß aufrecht mit dem Rücken an die Mauer gelehnt und staunte darüber, welch einen Unterschied ein paar Schlucke Ale machen konnten. Die Welt hatte wieder feste Formen. Viel wichtiger: *Er selbst* hatte wieder feste Formen, sein Geist ebenso wie sein Leib, selbst wenn Letzterer unverändert in beklagenswertem Zustand war.

»Grundgütiger, Waringham«, rief Baldwin erschrocken aus, als er mit einer Fackel in der Hand über die Schwelle trat. »Du siehst aus wie …«

»Erspar es mir«, bat Yvain und rang sich ein Lächeln ab.

Baldwin hockte sich neben ihn und legte ihm die Hand auf die Schulter – untypisch behutsam.

Thomas kniete sich an Yvains anderer Seite ins Stroh. Auch seinen Augen war der Schrecken abzulesen, aber weil er vermutlich wusste, wie unangenehm ihr Mitgefühl Yvain war, sagte er nüchtern: »Wir haben deinen Knappen mitgebracht, er wartet oben bei den Pferden. Aber wenn du mir gestattest, seine Rolle ausnahmsweise noch einmal zu übernehmen, werde ich dir Haar und Bart stutzen und dir helfen, neue Gewänder anzulegen, eh du hinausgehst.« Er hielt das Kleiderbündel hoch, das er unter dem Arm getragen hatte.

Yvain nahm an, er sah ähnlich zottelig und heruntergekommen aus wie William, als er ihn hier vorgefunden hatte, und war seinen Freunden dankbar für ihre Umsicht.

»Aber zuerst muss er etwas essen«, wandte Baldwin ein, und seine Stimme bebte ein klein wenig.

Doch Yvain hob abwehrend die magere Hand. »Wenn ich tatsächlich frei bin, dann will ich so schnell wie möglich von hier verschwinden. Außerdem kann ich noch nichts essen. Aber zu einem Schluck Ale sag ich nicht nein.«

Baldwin und Thomas mussten ihn stützen, als er schließlich einigermaßen gesäubert und präsentabel aus dem Bergfried in den Hof von Corfe Castle trat, aber zumindest tat er es auf den eigenen Füßen.

Es war ein grauer, nasskalter Wintertag, im Burghof dementsprechend wenig Betrieb. Vor dem Hauptgebäude warteten die Knappen mit den Pferden und einem Karren, vor den ein übellauniges Muli gespannt war.

Und auf der untersten Eingangsstufe des Bergfrieds stand Pierre Montgomery, um seinen Gast zu verabschieden. »Leb wohl, Waringham. Und nichts für ungut. Ich hatte meine Befehle.«

»Und wie glücklich der König sich schätzen kann, solch gewissenhafte Befehlsempfänger wie dich in seinen Diensten zu haben«, gab Yvain liebenswürdig zurück. »Es ist sicher kein Zufall, dass du ausgerechnet in dieser Burg Kastellan bist, wohin der König diejenigen seiner Gefangenen schickt, die besonders elend verrecken sollen.«

Montgomerys feistes Gesicht lief rot an. »Ich will gar nicht wissen, was genau du mir unterstellst. Aber du hast ihm Gefolgschaft geschworen genau wie ich, also wer von uns beiden verliert seine Ehre, wenn er des Königs Befehle befolgt oder eben nicht?«

Es war die Frage, auf die Yvain seit seinen Knappentagen eine Antwort suchte, aber er wusste, hier und heute würde er sie bestimmt nicht finden. Außerdem fühlte er seine Beine schwach werden, und er wollte wirklich nicht vor dem Kastellan mit der Nase im Dreck landen. »Leb wohl, Montgomery. Ich könnte dich um deine Gewissheiten beinah beneiden. Vermutlich schläfst du besser als ich.«

Baldwin und Thomas hatten sich Yvains Arme um die Schultern gelegt, und auf sein Nicken führten sie ihn zu den wartenden Pferden.

Osbern de Cantilupe, der Thomas' Nachfolge als Yvains Knappe angetreten hatte, sah seinem Herrn unverwandt entgegen, die Augen riesig und furchtsam, aber er bewahrte Haltung. Er räusperte sich entschlossen, während er sich vor ihm verbeugte. »Wir haben den Wagen für Euch, Sir.«

Yvain atmete die kalte Winterluft in langen Zügen und spürte, wie sie ihn belebte. »Den kannst du schön selber nehmen, mein Junge«, gab er zurück und trat zu Altair, der gesattelt war, dessen Zügel aber an Osberns Sattelknauf gebunden war.

»Aber Sir, Ihr könnt nicht …« *Aufsitzen*, hatte der Knappe vermutlich sagen wollen, besann sich indessen im letzten Moment.

Doch er hatte völlig recht, musste Yvain zu seinem Schrecken erkennen. Altairs Sattel schien in so unerreichbarer Höhe zu schweben, dass er ebenso gut auf den Zinnen der Brustwehr hätte hängen können.

Trotzdem nahm Yvain die Arme von den Schultern seiner Freunde, legte die Hände vorn und hinten an den Sattel und hielt sich verstohlen daran fest. Mit gesenktem Kopf stand er einen Moment reglos, lauschte der gespannten Stille in seinem Rücken und dem schwachen Summen in seinen Ohren, das vermutlich vom wiederkehrenden Schwindel rührte. Er stellte sich Montgomerys zufriedenes, schadenfrohes Grinsen vor. Es ist ohne Bedeutung, hielt er sich vor. Du lebst, und du bist frei, also sei gefälligst dankbar. Du kannst genauso gut auf dem verdammten Karren nach Bindon Abbey fahren, was spielt das schon für eine Rolle?

Trotzdem musste er einen Moment die Augen gegen diese neue Demütigung schließen, und dann geschah etwas ganz und gar Unglaubliches: Altair legte sich in den kalten Schlamm, als sei er an einem Sommertag auf der Weide. Es kam so plötzlich und unerwartet, dass Yvain um ein Haar neben ihm im Morast gelandet wäre, denn seine Hände lagen immer noch am Sattel. Doch ehe er das Gleichgewicht verlieren konnte, hatte er das rechte Bein ohne alle Eleganz über den Sattel geschwungen. Weil er nicht wusste, was er sonst tun sollte, schnalzte er aufmunternd, und sein vierbeiniger Gefährte kam ohne erkennbare Mühe wieder auf die Hufe.

Yvain blickte auf seine verdatterten Begleiter hinab. »Nun, Gentlemen? Wollen wir?«

Der Ritt durch die winterlichen Hügel von Dorset verlangte Yvain mehr ab, als er hatte. Unbarmherzig blies der Wind schwere graue Wolken von der See heran, die tiefer und tiefer über ihren Köpfen zu lauern schienen und die Kuppen der schroffen Hügel verschleierten, ehe sie sich in einem eisigen Guss entluden. Doch nach zweieinhalb Stunden erreichte die kleine Reiterschar das abgelegene Zisterzienserkloster unweit der Küste, und Bruder Urban sorgte dafür, dass Yvain und seine Freunde umgehend ins Gästehaus geführt wurden, während die Knappen die Pferde versorgten.

Das Gästehaus war ein schlichtes Holzgebäude mit einem Reetdach, doch es überraschte die Ankömmlinge mit einem Kamin und einem komfortablen Bett. Yvain erreichte Letzteres mit Baldwins Hilfe und war eingeschlafen, ehe sein Kopf das Kissen berührte.

Wohlige Wärme und anheimelndes Prasseln begrüßten ihn, als er aufwachte. Er stützte sich auf die Ellbogen und entdeckte Baldwin und Thomas am Tisch, auf dem dampfende Speisen standen.

»Ah, Waringham weilt noch unter den Lebenden«, sagte Ersterer lächelnd und wies mit dem Finger in seine Richtung.

Thomas wandte sich um. »Gepriesen sei der Herr.« Seine Miene war ernst. »Wir haben Suppe, Yvain. Willst du?«

»Oh ja«, antwortete er mit Nachdruck. Der Hunger war ein absonderlicher, unsteter Geselle, hatte er gelernt. Manchmal zeigte er sich tagelang überhaupt nicht, dann kam er ungebeten zurück und nistete sich ein wie ein aufdringlicher Gast. So wie jetzt.

Thomas brachte eine Schale, während Yvain sich aufsetzte – unsicher und mühsam wie ein kranker Greis.

»Hier. Langsam und vorsichtig, lässt Bruder Urban ausrichten.«

Yvain nahm den Löffel aus der Schale, füllte ihn zur Hälfte mit der sämigen Fleischbrühe und aß. Sie war unbeschreiblich köstlich, und es drängte ihn, die Schale an die Lippen zu setzen und in wenigen großen Schlucken zu leeren, aber er hatte seine Lektion gelernt und beherrschte sich.

»Danke, Freunde«, sagte er eine Spur verlegen, den Blick auf die Suppe gerichtet, und tauchte den Löffel wieder ein. »Ich hoffe, dass ihr euch meinetwegen nicht in Schwierigkeiten gebracht habt. Aber ihr hättet wirklich nicht den ganzen Weg bis nach Bindon mitkommen müssen.«

»Keine Ursache, Yvain«, versicherte Thomas. »Du hättest umgekehrt genau das Gleiche getan.«

»Außerdem solltest du unsere Selbstlosigkeit nicht überschätzen«, fügte Baldwin hinzu. »Wir sind streng genommen nicht deinetwegen hier, sondern weil wir die Messe hören wollen. Wann hat man dazu heutzutage in England schon mal die Gelegenheit?«

Yvain nickte erleichtert. Es war eine Weile still, während er bedächtig seine Suppe aß. Als sie zur Hälfte geleert war, musste er eine Pause einlegen und stellte die Schale beiseite. »Wisst ihr irgendetwas über Tilda und die Kinder?«

»Es geht ihr gut«, versicherte Baldwin eilig.

»Na ja, das ist wahrscheinlich übertrieben«, schränkte Thomas ein. »Aber sie haben sie gehen lassen. Und in seiner grenzenlosen Güte hat der König offenbar gestattet, dass sie die sterblichen Überreste ihres Gemahls und ihrer Schwiegermutter mitnimmt.«

»Vorsicht, Bigod«, warnte Baldwin. Es klang scharf.

Thomas nickte mit einem ergebenen Seufzer und erklärte Yvain überflüssigerweise: »Baldwin und ich sind unterschiedlicher Auffassung darüber, wie wütend man auf seinen König sein darf. Wir glauben jedenfalls, dass Tilda mit den Kindern nach Wales auf eins der Güter ihrer Mutter gegangen ist. Sie scheint zu befürchten, dass sie oder vielmehr ihr Junge enteignet ist.«

Falls es so ist, dann zu Unrecht, fuhr es Yvain durch den Sinn. Denn William war nicht wegen Verrats verurteilt worden. Er war ja überhaupt nicht verurteilt worden. Warum auch? Er hatte nichts verbrochen. Außer der Sohn einer verdammten Furie zu sein, die ihre scharfe Zunge nicht im Zaum halten konnte …

»Gott, Yvain, du wirst ganz grau im Gesicht«, sagte Thomas besorgt. »Ist dir die Suppe nicht bekommen?«

Yvain winkte ab, stützte den Ellbogen auf die angewinkelten Knie und die Stirn auf die Faust, bis er die Fassung wiedergefunden hatte. Dann schwang er langsam die Beine aus dem Bett. »Gehen wir zur Vesper. Wo wir schon hier sind, sollten wir die Ausnahme vom Interdikt auch weidlich ausnutzen.«

Am folgenden Tag schickte er Baldwin und Thomas zurück an den Hof, denn er wollte nicht, dass sie durch zu lange Abwesenheit das Missfallen oder gar den Argwohn des Königs auf sich zogen. Womöglich hatte Pentecôte schon begonnen, Gift in Johns Ohr zu träufeln und seinen Kameraden verschwörerische Absichten zu unterstellen. Man konnte schließlich nie wissen, zu welchen Niederungen er herabsinken mochte. Es schien jedenfalls geboten, ihm nicht das Feld zu überlassen.

Yvain versprach, ihnen zu folgen, sobald seine Kräfte es zuließen, aber in Wahrheit graute ihm davor, gestand er Bruder Urban in der Beichte. Der König, der Hof, die Barons und die Ritterschaft – er wollte keinen von ihnen sehen. *Gebt Euch ein wenig Zeit*, riet der Mönch, der Yvain durch diese schweren Tage geleitete wie ein Lotse ein Schiff durch tückische Gewässer. *Wenn Euer Körper genesen ist, werden Euer Lebensmut und Eure Tatkraft zurückkehren, und nichts wird Euch mehr hierhalten.*

Doch einstweilen ergab Yvain sich dankbar der Stille und Frömmigkeit, welche die grauen Wintertage in Bindon Abbey prägten. Er ging täglich zur Messe und zur Vesperandacht am Nachmittag, und die langen Stunden dazwischen verbrachte er meist im Gästehaus, die Füße auf der Kaminbank, und hörte stundenlang keinen Laut bis auf das Knistern der Scheite und das ferne Donnern der Brecher, die sich mit unstillbarer Wut gegen die steilen Klippen warfen.

Doch als im März der erste Hauch von Frühling einzog, die Tage mit einem Mal länger erschienen und die Schlüsselblumen im Gras des Kreuzganges zu blühen begannen, spürte Yvain, dass seine Zeit der Einkehr sich dem Ende zuneigte.

»Ihr habt einen Besucher, Sir«, meldete Osbern, der auf leisen Sohlen ins Gästehaus gekommen war.

Er war Fulk de Cantilupes Sohn, und Yvain hatte ihn als Knappen genommen, um seinem alten Nutricius einen Gefallen zu tun. Doch in den vergangenen Wochen hatte er den Jungen sehr zu schätzen gelernt. Osbern war ein stilles Wasser, sodass man sich manchmal umschauen musste, um festzustellen, ob er im Raum war – eine Frage, über die der lebhafte und verwegene Thomas Bigod die Welt auch als Knappe niemals im Unklaren gelassen hatte. Osbern gehörte zu den Menschen, die leicht unterschätzt wurden, weil er seine Gedanken meist für sich behielt und lieber zuhörte als redete, doch er war ein guter Fecht- und Reitschüler, ein aufmerksamer Knappe und, wie sein Erscheinen in Corfe Castle bewiesen hatte, unerschütterlich loyal. Obendrein ging er einem niemals auf die Nerven. Yvain war ihm dankbar für seine unaufdringliche Gesellschaft und ließ es ihn wissen.

»Ah ja? Wer ist es denn?«

»Der Earl of Pembroke, Sir.«

»Ach du Schreck. William Marshal?«, vergewisserte sich Yvain.

Osbern nickte. Nicht einmal er konnte seine Erregung ob dieses Besuchers gänzlich verbergen, und Heldenverehrung leuchtete in seinen braunen Augen.

Yvain hingegen musste ein Seufzen unterdrücken. »Was in aller Welt mag ausgerechnet ihn zu mir führen?«

Der Junge hob die knochigen Schultern. »Das hat er nicht gesagt.«

Todsicher nichts Angenehmes, dachte Yvain verdrossen, doch er sagte: »Nun, es gibt nur einen Weg, es herauszufinden.« Er erhob sich aus dem bequemen Sessel am Kamin – unwillig, aber ohne Mühe. Seit er wieder aß, gehorchten seine Glieder ihm auch wieder. Jedenfalls meistens. »Wo ist er?«

»Er wartet vor der Tür.«

»Dann lass ihn rein, um Himmels willen.«

Osbern öffnete die Tür und verneigte sich. »Tretet ein, Mylord.«

William Marshal kam nicht mit wallendem Mantel und sturmumwölkter Miene hereingestürmt, so wie er Yvain in der Vergangenheit meist heimgesucht hatte, sondern gemessenen Schrittes, beinah zaudernd. In der Mitte des behaglichen kleinen Raums blieb er stehen. »Waringham.«

Yvain verneigte sich förmlich. »Willkommen in Bindon Abbey, Mylord.«

Marshal war inzwischen Mitte sechzig, doch er wirkte unverändert athletisch und ritterlich mit seiner hünenhaften Statur und den breiten Schultern, selbst wenn Haupt- und Barthaar fast völlig weiß geworden waren. Die dunklen Augen waren so scharf wie eh und je und betrachteten Yvain geruhsam. Er schien keine Eile zu haben, den Anlass seines Besuches zu erklären.

Das machte Yvain nervös. »Ich fürchte, ein Becher frisches Brunnenwasser ist alles, was ich Euch anbieten kann.«

Marshal nickte. »Gern.«

Yvain schaute zu seinem Knappen. »Osbern?«

Der Junge erwachte aus seiner ehrfürchtigen Starre, füllte einen Holzbecher aus dem Krug auf dem Tisch und brachte ihn dem Gast.

»Danke, mein Junge. Und nun lass uns allein«, bat Marshal.

Osbern verneigte sich schweigend und ging hinaus.

Yvain wies auf seinen Lieblingssessel. »Nehmt Platz, Mylord. Hattet Ihr einen weiten Weg?«

Marshal folgte der Einladung. »Ich komme aus Worcester. Die vergangene Nacht habe ich in Wimborne verbracht, nur wenige Meilen von hier, aber nach ein paar Tagen im Sattel merke ich immer, dass ich nicht jünger werde.« Die Krähenfüße um seine Augen vertieften sich für einen Moment, ehe er Yvain den Becher entgegenhob und einen ordentlichen Zug nahm.

Yvain angelte seinen eigenen Wasserbecher vom Tisch, setzte sich auf den Schemel seinem Gast gegenüber und trank ebenfalls.

»Ein nahrhaftes Bier täte Euch besser, Fastenzeit hin oder her«, befand Marshal. »Ihr seid dürr wie eine Vogelscheuche, wenn Ihr meine Offenheit verzeihen wollt.«

Yvain sah ihn an. »Ich habe keine Einwände gegen Offenheit. Aber es besteht kein Anlass zur Sorge um meine Gesundheit, Mylord. Verglichen mit William de Braose am Tag seines Todes bin ich ein Fettwanst.«

Marshal zuckte mit keiner Wimper. Im Gegenteil, sein Gesicht war für ein paar Herzschläge völlig reglos. Dann riet er leise: »Ihr solltet so etwas nicht sagen. Zu mir nicht und erst recht zu niemand anderem.«

»Nein?« Yvain lehnte sich mit der Schulter an den Bettpfosten und trank einen Schluck. »Warum nicht? Es ist die reine Wahrheit.«

»Daran zweifle ich nicht.« Der ältere Mann betrachtete ihn einen Moment schweigend, und Yvain war verwundert, Wohlwollen in den dunklen Augen zu lesen. Dann fuhr Marshal fort: »Ich kann Eure Verbitterung verstehen, Sir Yvain. Aber Ihr dürft nicht zulassen, dass sie Euch beherrscht. Niemandem ist damit gedient, wenn Ihr Euer Leben genauso sinnlos verliert wie Euer Freund. Ihr solltet auch an Eure Familie denken.«

Yvain nickte knapp. »Ich weiß, Mylord. Und ich danke Euch für Euren Rat. Ich weiß, er ist gut. Aber wenn das alles war, was Ihr auf dem Herzen hattet, wäre ich dankbar …«

»Ich habe mich in Euch getäuscht«, fiel Marshal ihm ins Wort. »Das passiert mir nicht oft, und es fällt mir schwer, es zuzugeben, weiß Gott.«

»Oh, verausgabt Euch nur nicht meinetwegen, denn …«

»Wollt Ihr wohl endlich den Mund halten, Ihr Flegel, und mir zuhören?« Yvain war erleichtert, dass sie zu ihrem gewohnten Verhältnis zurückgefunden hatten, doch Marshal schockierte ihn gleich aufs Neue, als er freimütig bekannte: »Der König hat ein schweres Unrecht begangen, und es ehrt Euch, dass Ihr ihm die Stirn geboten habt und nach Corfe geritten seid. Ihr könnt wetten, dass er die Botschaft verstanden hat. Nur das zählt, und deswegen müsst Ihr es dabei bewenden lassen und zurückkommen.«

Yvain schnaubte verächtlich und wandte den Kopf ab, sagte aber nichts.

Auch Marshal schwieg einen Moment, und die Stille war balsamweich. Das ewige Lied der Brecher schlich sich zurück in Yvains Bewusstsein, sodass er um ein Haar zusammengezuckt wäre, als sein Gast wieder sprach.

»Ich habe Euch stets für einen vorlauten und verantwortungslosen Draufgänger gehalten, doch, wie gesagt, ich war im Irrtum. Meine einzige Entschuldigung für diese Fehleinschätzung ist dies: Es mangelt Euch an Besonnenheit. Eure Integrität und Euer Gewissen bestimmen Euer Handeln, aber Ihr handelt, ohne die Folgen zu überdenken.«

Oh ja, dachte Yvain sarkastisch, *das muss der Grund gewesen sein, warum ich John geholfen habe, Arthur in einen verdammten Sack zu stecken und in die Seine zu werfen …* Doch er entgegnete: »Wozu soll ein Gewissen gut sein, wenn wir nicht danach handeln?«

Marshal wiegte nachdenklich den Kopf hin und her. »Gestattet mir eine Gegenfrage: Haltet Ihr mich für einen Mann, der Kompromisse mit seinem Gewissen schließt?«

Darüber musste Yvain einen Moment nachdenken. Schließlich antwortete er zögernd: »Nein. Auch wenn es manchmal so aussieht.«

Marshal zog die Brauen hoch, nickte aber. »Das kann ich mir

vorstellen. Ich habe in meinem langen Leben erst dem jungen König gedient, dann dem alten König Henry. Als Richard seinen Vater ins Grab gebracht hatte und zur Belohnung dessen Krone bekam, diente ich Richard, und als der an seiner eigenen Torheit starb, diente ich dem Bruder, den er am meisten gehasst hatte, der aber als Einziger übrig war: John. Wenn Ihr nicht an meiner Integrität zweifelt, welche Erklärung habt Ihr dann dafür, dass ich all das tun konnte?«

»Ich habe keine Ahnung. Mylord«, musste Yvain bekennen. »Aber falls Ihr selbst es wisst, wäre ich brennend an der Lösung interessiert, denn dieses Rätsel hat meine Freunde und mich in fruchtlosen Debatten schon nächtelang beschäftigt.«

»Ich beuge mich Gottes Ratschluss, Sir Yvain«, antwortete Marshal und lehnte sich ein wenig vor, um seinen Worten mehr Gewicht zu verleihen. »König wird man von Gottes Gnaden. In dem Moment seiner Salbung wird ein König über uns gewöhnliche Sterbliche erhoben, sodass er nicht uns Rechenschaft schuldet, sondern Gott allein. Uns steht kein Urteil über seine Taten zu. Nicht einmal dem Heiligen Vater in Rom steht letztlich ein Urteil über ihn zu, sondern nur dem Allmächtigen. Das Einzige, was *uns* zusteht, ist, unserem König zu dienen.«

Yvain hatte ihm voller Skepsis gelauscht. »Aber … vergebt mir, Mylord, aber ist das nicht ein bisschen zu einfach?«

»*Einfach?*«, wiederholte Marshal verwundert. »Es ist alles andere. Würdet Ihr sagen, die letzten Wochen, die letzten Jahre waren besonders leicht für Euch?«

Yvain schüttelte langsam den Kopf.

»Nein«, Marshal atmete tief durch. »Natürlich nicht. Aber wir haben einen Eid geschworen, den wir erfüllen müssen, sonst sind wir gar nichts. John hat Euch leben lassen, weil er weiß, dass er *mit* Euch ein besserer König ist als *ohne* Euch. Darum müsst Ihr zurückkommen. Wenn Ihr an Gott glaubt, und wenn Ihr an Königtum glaubt, habt Ihr gar keine andere Wahl.«

Windsor, März 1211

König John saß in der großen Halle von Windsor Castle und sprach Recht.

»Sir Reginald FitzNigel.« Er sah von dem Pergament in seiner beringten Linken auf. »Ihr werdet beschuldigt, im königlichen Forst Holz im Übermaß geschlagen zu haben. Was habt Ihr zu sagen?«

Er war eine ehrfurchtgebietende Erscheinung: In kostbar bestickten dunkelblauen Gewändern saß er in dem thronartigen Sessel auf der Estrade, die Stirn von einem schmalen Goldreif umkränzt, seine Miene ernst und sehr würdevoll.

Reginald FitzNigel, ein Landjunker aus der Gegend, dessen Bart noch spärlich war und der sein Gut erst kürzlich geerbt hatte, war sichtlich eingeschüchtert, doch er antwortete tapfer: »Es ist meiner Familie seit den Zeiten Eures Urgroßvaters, König Henry I., erlaubt, Holz für unseren persönlichen Bedarf im Forst zu schlagen, Sire.«

John nickte anerkennend. »Ich merke, Ihr kommt gründlich vorbereitet vor mein Gericht. Das ist gut, Sir Reginald. Doch wisst Ihr auch, dass es Euch verboten ist, Bäume im Übermaß zu fällen?«

»Gewiss, mein König.«

»Und was genau bedeutet das?«, hakte der König nach.

»Na ja …« Der rotwangige Sir Reginald hob mit einem zutraulichen Grinsen die Schultern. »Es bedeutet, wir dürfen nicht mehr schlagen, als wir wirklich brauchen.«

John wiegte den Kopf hin und her. »Ja und nein. Es bedeutet genauer gesagt, wenn man auf einen Baumstumpf steigt und von dort aus fünf Stümpfe anderer frisch geschlagener Bäume sehen kann, wurde im Übermaß abgeholzt.« Er sah zu dem Forstaufseher, der respektvoll seitlich vor der Estrade wartete, die Hände voller Pergamentbögen. »Nun, Avenay, was habt Ihr ermittelt?«

Der königliche Förster verneigte sich eilfertig. »Ich habe einen Eichenstumpf erklommen und von dort aus sieben weitere Stümpfe gezählt, mein König.«

»Hm«, machte John. Es war beinah ein Seufzen. Er wandte sich wieder an den jungen Missetäter. »Ihr habt es gehört, Sir. Ihr seid schuldig, und darum müsst Ihr ein Bußgeld in Höhe von einem Zwölftel Eurer Jahreseinkünfte von …«, wieder blickte er kurz auf das Dokument in seiner Hand hinab, »fünfzehn Pfund entrichten. Das macht ein Pfund und fünf Schilling.« Er konnte hervorragend rechnen.

Sir Reginald schnappte nach Luft. »Aber mein König, das kann ich nicht … Das ist mehr, als ich von der Pacht in bar … Ich meine …«

»Hört auf zu stammeln, Junge, und bezahlt Eure Buße«, befahl der König, sein Tonfall jetzt strenger, aber immer noch wohlwollend. »Zwingt mich nicht, den Sheriff nachforschen zu lassen, wie viel von *meinem* Holz Ihr verhökert habt, denn dann steckt Ihr wirklich in Schwierigkeiten, verstanden?«

Der ertappte Holzdieb senkte beschämt den Kopf. »Vergebt mir, mein König. Ich zahle meine Buße und gelobe Besserung.«

John musste über so viel treuherzige Einfalt lächeln. »So ist es recht. Was haben wir als Nächstes?«, fragte er den Chamberlain, Hubert de Burgh, während der Forstaufseher den reumütigen Sir Reginald zu einem Seitentisch führte, wo ein Beamter der Kanzlei die verhängten Geldbußen kassierte.

De Burgh stand einen halben Schritt hinter dem Thronsessel und beugte sich ein wenig hinab. »Lady Katherine of Guildford klagt die Einkünfte aus ihrem Witwenteil ein, die ihr von ihrem Sohn und ihrer Schwiegertochter vorenthalten werden, Sire.«

»Ah.« Johns Augen leuchteten auf. »Das klingt vielversprechend.« Er liebte vertrackte Rechtsfälle. Und Familienfehden liebte er auch. »Also dann, lasst Lady Katherine …« Er brach ab, als er die reglose Gestalt im Schatten der Galerie entdeckte, und sein gerade noch so lebhaftes Gesicht wurde ausdruckslos. Doch das Stocken währte nur einen Herzschlag, ehe er fortfuhr. »… warten. Denn hier kommt der stolze Yvain of Waringham, und ich bin so gespannt auf das, was er mir zu sagen hat, dass ich meine Neugier keinen Augenblick länger zügeln kann.« Er warf das Pergament achtlos auf den Tisch und legte die Hände auf die reich geschnitzten Armlehnen.

Yvain glaubte einen furchtbaren Moment lang, er könne sich nicht rühren. Doch dann gab er sich einen Ruck, trat ohne Eile aus dem Schatten in die Mitte der Halle und ging auf die Estrade zu. Wie immer, wenn der König zu Gericht saß, hatten sich viele Menschen in der Halle eingefunden: Rechtssuchende, Schreiber und Neugierige standen in kleinen Gruppen beisammen, und hinter dem König hatte eine vierköpfige Ehrenwache Aufstellung genommen, angeführt von Pentecôte FitzHugh. Wie hätte es anders sein können?

Das allgemeine Gemurmel verebbte nach und nach, und als Yvain die letzten Schritte zur Estrade zurücklegte, war es still geworden. Er ahnte, dass jedes Augenpaar auf ihn gerichtet war, und es kam ihm vor, als spüre er die vielen Blicke wie kleine Nadelstiche im Nacken.

Vor dem König hielt er an und sank auf die Knie nieder, den Blick auf die Kante der hölzernen Stufe zur Estrade gerichtet. »Sire.«

»Ich höre.« *Und besser für dich, mir gefällt, was immer ich höre*, besagte der Tonfall.

»Ich bin zurückgekehrt, um meinen Dienst wieder aufzunehmen, wenn es Euer Wunsch ist, und Euch meiner ungebrochenen Treue und Ergebenheit zu versichern.«

»Und das ist alles?«

»Ist es nicht genug?«

»Nicht annähernd.« Johns Miene war ernst, und er wirkte sehr königlich, aber Yvain sah das gefährliche Glimmen in den Augen.

Er nickte. Natürlich wusste er genau, was der König von ihm wollte, also zwang er sich zu sagen: »Ich erflehe Eure Vergebung für meinen Ungehorsam.«

»Sieh an.« Der König legte die Faust ans Kinn und tippte sich versonnen mit dem Zeigefinger an den Mundwinkel. Der Rubin seines Ringes funkelte im Kerzenschein wie burgundischer Wein. »Ich glaube, darüber muss ich erst ein wenig nachdenken. Gebt

Ihr zu, dass Euer Ungehorsam schwerwiegend war und Strafe verdient?«

Yvain musste einen Moment die Zähne zusammenbeißen, aber er antwortete. »Ja, Sire.«

»Und welche Strafe wäre angemessen?«

»Das zu entscheiden steht mir nicht an. Kein englischer König seit der Eroberung hat mit solcher Leidenschaft und Sachkenntnis Recht gesprochen wie Ihr.« Yvain hob endlich den Kopf und sah ihm ins Gesicht. »Niemand kennt das Gesetz wie Ihr, darum vertraue ich auf die Gerechtigkeit Eures Urteils.«

Johns Kiefermuskeln spannten sich an, und zufrieden erkannte Yvain, dass seine Spitze angekommen war. Denn niemand wusste besser als John selbst, dass sein Willkürurteil über William de Braose und dessen Mutter gegen geltendes Recht verstieß.

Milde lächelte der König auf ihn hinab. »Ach, Ihr bedauernswerter Tor, Yvain. Denn Ihr lasst mir mit Euren Worten keine andere Wahl, als die volle Härte des Gesetzes …«

»Vater!«, jubelte plötzlich eine helle Stimme zu seiner Linken. Und noch ehe Yvain sich ganz umgewandt hatte, fiel Iselda ihm um den Hals, verschränkte die Arme in seinem Nacken und sah ihm mit strahlenden Augen ins Gesicht. »Du bist wieder da! Du bist wieder da! Du bist wieder da!«

Yvain legte die Arme um sie und küsste ihr die Stirn. »Ja, ich bin wieder da, mein Liebling«, sagte er leise und versuchte erfolglos, ihren Klammergriff zu lösen.

»Wir haben uns so schreckliche Sorgen gemacht!«, berichtete sie ein wenig atemlos. »Wo warst du denn nur so lange? Ach, egal, Hauptsache, du bist endlich zurück und …«

»Es ist sehr huldreich, dass du deinen Vater so liebevoll begrüßt, Einhörnchen, aber gehört es sich, einfach so unsere … Unterhaltung zu unterbrechen?«, schalt der König mit einem unfreiwilligen Lächeln.

Pentecôte machte Anstalten, von der Estrade herunterzukommen, um den kleinen Störenfried zu entfernen, aber Yvain sah ihm in die Augen und formte mit den Lippen: *Denk nicht mal dran.*

Iselda erkannte ihren Fauxpas indes auch so, zog erschrocken die Luft ein, ließ augenblicklich von ihrem Vater ab und machte einen großen Schritt zurück. »Oh, bei Gottes Zähnen!« Sie knickste vor der Estrade. »Ihr habt ja recht, Sire. Das war unbedacht und ungehörig von mir. Ich hoffe, Ihr könnt mir vergeben, aber ich wette, Ihr freut Euch genauso schrecklich wie ich, dass er endlich wieder da ist, oder?«

Der König geriet für einen Augenblick aus dem Konzept. »Nun … in gewisser Weise hast du nicht unrecht. Aber du darfst nicht ›Bei Gottes Zähnen‹ sagen.«

»Warum nicht? Ihr sagt es doch auch andauernd.«

»Das ist nicht das Gleiche, Liebling«, erklärte Beatriz, die hinzugeeilt war, um wenigstens ihre Tochter aus der Gefahrenzone zu retten. Sie legte ihr die Hand auf die Schulter und wechselte über ihren Kopf hinweg einen Blick mit Yvain. Ihre Augen waren voller Furcht und weiteten sich mit neuem Schrecken, als sie sah, wie mager und ausgezehrt ihr Mann war, aber Beatriz bewahrte Haltung. Das tat sie immer. Sie brach den Blickkontakt, strich über Iseldas Schopf und murmelte: »Für Könige gelten andere Regeln als für andere Menschen.«

»Das stimmt, Iselda«, vertraute John ihr im Verschwörerton an. »Für Könige gelten sogar viel *strengere* Regeln. Du weißt doch noch, was ich dir geraten habe für den Fall, dass du einmal irgendwo eine Krone findest?«

Iselda nickte so emsig, dass ihre blonden Zöpfe tanzten. »Liegen lassen.«

John lehnte sich mit einem vergnügten Lachen in seinem Sessel zurück und nickte. »Geh, Einhörnchen. Und nimm deinen alten Herrn nur mit. Du hast ganz recht, scheint mir. Wir sollten uns daran erfreuen, dass er zu uns zurückgefunden hat, und es einfach dabei belassen. Fürs Erste.«

Viele kamen zu Yvain, um ihm zu sagen, wie froh sie über seine Rückkehr waren. William Longsword war der Erste: Noch im Burghof fing er ihn ab, schloss ihn in die Arme und sorgte dafür, dass alle Welt es sah.

»Ich habe um Euch gebangt, mein Freund«, bekannte er unverblümt. »Es ist so gut, Euch in einem Stück zu sehen.«

Yvain blickte kurz auf seine Tochter hinab, die seine Hand umklammert hielt, und schluckte die höhnische Erwiderung hinunter, die ihm auf der Zunge lag. »Danke, Mylord.«

»Wir müssen reden«, sagte Longsword eindringlich.

»Aber nicht heute«, ging Beatriz dazwischen. Besitzergreifend nahm sie Yvains freien Arm und bat den Bruder des Königs: »Lasst ihn erst einmal zu Atem kommen, Mylord.«

»Ja, Ihr habt recht«, räumte der zerknirscht ein. »Hört zu, Yvain: Aimery de Léoncel lässt ausrichten, Ihr könnt sein Quartier haben. Es ist äußerst komfortabel und liegt gleich neben der Kapelle, wo es ja derzeit bekanntlich schön ruhig ist.« Er schnitt eine schmerzliche kleine Grimasse. »Er selbst wird fürs Erste bei Vater Eustache unterkriechen, den er eigentlich nicht ausstehen kann, aber für Euch tue er es gern, hat er gesagt.«

»Wie … schmeichelhaft«, erwiderte Yvain ein wenig verwirrt.

»Ihr seid verwundert?« Longsword zog die Brauen hoch. »Er hat dem König Euretwegen in den Ohren gelegen, und er war nicht der Einzige. Die Königin, Bischof de Gray, Euer alter Nutricius Cantilupe, der Chamberlain, meine Wenigkeit und nicht zuletzt William Marshal – wir alle haben getan, was wir konnten.«

Yvain war ihnen dankbar. Und er wusste ihre Fürsprache zu schätzen, zumal es selbst für einen Bischof oder den Bruder des Königs nicht leicht war, John die Stirn zu bieten, wenn er zornig war. Er wünschte nur, sie alle hätten sich für seinen toten Freund ebenso eingesetzt wie für ihn. Er wünschte sogar, sie hätten es für die grässliche Lady Maud getan. Denn nicht einmal sie hatte verdient, so zu sterben. Doch er konnte diese Dinge nicht aussprechen, und die Anwesenheit seiner Tochter war nicht der einzige Grund dafür.

Er verneigte sich. »Ich stehe in Eurer Schuld, Mylord. Seid so gut und richtet dem Leibarzt des Königs meinen Dank für sein Quartier aus. Und wenn Ihr mich nun entschuldigen würdet …«

»Oh, Yvain, um Himmels willen«, protestierte Longsword

leise. »Ich weiß, Ihr habt jedes Anrecht auf Euren Zorn, aber ich bitte Euch, nehmt mich nicht in Sippenhaft.«

»Ich bin nicht zornig«, log Yvain. »Aber wenn ich mich nicht bald irgendwo hinsetzen kann, werde ich einfach umfallen. Und ich schätze, für heute habe ich den Hof genug unterhalten.«

Der Bruder des Königs klopfte ihm seufzend die Schulter. »Natürlich. Ruht euch aus. Wir sehen uns später.«

Yvain stützte sich ein wenig auf Beatriz' Arm – unauffällig, so hoffte er – und überquerte den unteren Burghof mit langsamen Schritten. Es war indes nicht weit zu dem Fachwerkgebäude an der Kapelle, wo das geräumige Quartier des Leibarztes lag, und sie erreichten es ohne Missgeschicke.

Dankbar sank Yvain auf einen Schemel am Tisch.

Beatriz trat ans Feuer, ergriff den Schürhaken und stocherte damit zwischen den halb verkohlten Scheiten herum, um das Feuer wieder anzufachen.

Iselda stand neben dem Tisch und betrachtete ihren Vater, die Augen voller Unruhe. Er zog sie sacht an einem der blonden Zöpfe. »Tu deinem alten Vater einen Gefallen und lauf hinüber in die Küche. Ich weiß, du hast dort die besten Beziehungen. Besorg uns einen Krug Fastenbier und vielleicht ein bisschen Brot.«

Sie nickte bereitwillig und ging.

Kaum hatte die Tür sich geschlossen, ließ Beatriz den Schürhaken achtlos auf die Bodenfliesen fallen, sank neben Yvain auf die Knie und schlang die Arme um seinen Leib. Wortlos nahm er ihren Arm, zog sie auf seinen Schoß und legte die Arme um sie. Beatriz verbarg einen Moment das Gesicht an seiner Schulter, und er spürte das Beben ihrer Schultern. »Ich dachte, ich würde dich nie wiedersehen«, bekannte sie erstickt.

»Ich weiß.« Er strich ihr über den Rücken, sog mit geschlossenen Augen ihren Duft ein und dankte dem Allmächtigen, dass er ihn aus der Finsternis erlöst und zu seiner Familie zurückgeführt hatte. »Wie geht es Gui und den übrigen Mädchen?«

Beatriz nickte an seiner Schulter. »Alle gesund. Sie haben dich vermisst, aber als ich ihnen erklärt habe, du habest für den König fortgemusst, waren sie beruhigt. Alle außer Iselda, natürlich. Sie ist schon so groß und verständig. Und sie lässt sich keinen Sand in die Augen streuen.«

»Nein, armes Kind. Man kommt viel leichter durchs Leben, wenn man sich gelegentlich Sand in die Augen streuen lässt …«

»Ich glaube … womöglich war sie es, die das Herz des Königs erweicht hat.«

Er hob ihr Kinn mit dem Zeigefinger an und sah ihr ins Gesicht. »Wie meinst du das?«

»Ich bin nicht sicher. Es ist nur so eine Ahnung. Sie kam mit ihm zusammen zur Königin, und irgendetwas … war anders. Vorher hat er auf niemanden gehört.« Neue Tränen wollten kommen, und sie blinzelte sie ungeduldig weg. »Isabella hat alles versucht, und sie haben furchtbar gestritten. Ich war nebenan und habe es gehört, und ich hatte Angst um die Königin. Er war … unerbittlich.«

»Ja.« Yvain atmete tief durch. »Das ist etwas, das er besonders gut kann.«

»Aber noch mehr Angst hatte ich um dich, *mon amant*«, fuhr sie fort. Sie strich mit den Händen seine widerspenstigen Kringellocken zurück und drückte die Lippen auf seine Stirn. Dann ließ sie ihn los, stand entschlossen auf und räumte das Buch beiseite, das mitten auf dem Tisch gelegen hatte. Sie trug einen schlichten Zinnleuchter zum Kamin und entzündete die Kerze. »Wie früh es immer noch dunkelt bei diesem trüben Wetter«, bemerkte sie kopfschüttelnd.

Yvain wusste, sie schlug diesen nüchternen Tonfall an, damit er sich von ihren Gefühlen nicht bedrängt fühlte. Damit er frei atmen konnte. Über die Jahre hatte sie ein untrügliches Gespür für seine Stimmungen entwickelt, und ihm war sehr wohl bewusst, dass sie viel mehr Rücksicht auf ihn nahm als umgekehrt. Beatriz stellte keine hohen Ansprüche an ihren Gemahl. Sie war vollkommen zufrieden damit, dass er sie nicht anbrüllte oder schlug, wenn sie seinen Dolch zum Obstschneiden borgte und anschließend verbummelte, dass er ihr mit Zuneigung begegnete und vor allem, dass er ihr so viele Kinder geschenkt hatte. Ihre Bescheidenheit beschämte ihn, erschütterte ihn manchmal, und er wusste, er war ein hoffnungsloser Tor, weil er das zerstreute Mädchen mit den gläsernen Träumen nicht lieben konnte.

Als sie an ihm vorbeikam, ergriff er ihre schmale Hand, drückte sie an die Lippen und nickte auf den zweiten Schemel am Tisch. »Setz dich, Beatriz.«

»Ich wollte dir nur schnell das Bett herrichten. Du siehst blass und erschöpft aus, am besten, du legst dich hin.«

»Immer, wenn du so etwas sagst, frage ich mich, ob du mich mit einem unserer zahllosen Kinder verwechselst.«

»Nein, Monseigneur, ganz so bedenklich ist es um meine Merkfähigkeit doch nicht bestellt«, gab sie lächelnd zurück. »Aber es ist meine Pflicht, auf dich achtzugeben, zumal du selbst es nie tust.«

Trotzdem setzte sie sich auf den zweiten Schemel, faltete die Hände auf der gescheuerten Tischplatte und sah ihn geruhsam an. »Ich habe von dir geträumt«, eröffnete sie ihm. »Aber ich sah nur Dunkelheit.«

»Es tut mir leid, dass du … nun ja, dass du Anteil an diesem Jammertal nehmen musstest. Ich wünschte, Gott würde dich mit den Träumen verschonen.«

»Früher habe ich mir das auch oft gewünscht. Aber nicht dieses Mal. Denn so wusste ich, dass du noch lebst. Wirst du mir davon erzählen?«

Er schüttelte den Kopf. »Wozu sollte das dienen? Lass uns lieber versuchen, die Dunkelheit abzuschütteln.« Und er musste in Ruhe nachdenken und entscheiden, wie es weitergehen sollte. Er wusste, es gab nur einen Ort auf der Welt, wo er das konnte.

Aber der Chamberlain teilte ihm mit, er habe bis auf Weiteres bei Hofe zu verbleiben und sich zur Verfügung zu halten, denn es gäre in Wales, und unter Umständen müssten für den König und die Ritter seines Haushaltes kurzfristig neue Pferde angeschafft werden, sollte ein Feldzug erforderlich werden.

»Was soll das heißen, es gärt in Wales?«, fragte Yvain seine Freunde. »Ich dachte, Fürst Llywelyn frisst dem König aus der Hand, seit er sein Schwiegersohn geworden ist.«

»Tja.« Baldwin lehnte sich mit dem Rücken an die Brustwehr und breitete vielsagend die langen Arme aus. Das Wetter hatte sich gebessert. Die graugelben Mauern von Windsor erstrahlten im Frühlingssonnenschein, und der blaue Himmel spiegelte sich im Wasser der Themse. »Das ist wohl ein wenig übertrieben. Llywelyn ist kein kriegswütiger Hitzkopf wie die meisten seiner Vorfahren, aber er frisst niemandem aus der Hand. Ihr müsst euch klarmachen, was es bedeutet, dass die Braose praktisch über Nacht verschwunden sind. Ihr Land, ihre Macht und ihr Einfluss in Wales liegen einfach so im Staub für den Erstbesten, der vorbeikommt, um sie sich zu nehmen. Ich schätze, das ist es, was Llywelyn will.«

Yvain nickte. *Das hast du ja fein hinbekommen, John,* dachte er gehässig. Doch er sprach es nicht aus.

»Allerdings wäre es nicht so einfach, wie es sich anhört, denn wenn Llywelyn den Frieden bricht und in Südwales einfällt, bekommt er es nicht nur mit König John zu tun, sondern ebenso mit William Marshal«, gab Thomas zu bedenken. »Wird er das wirklich riskieren?«

William Marshal war der Earl of Pembroke und hielt viel Land in Wales.

»Ich schätze, das wissen wir in ein, zwei Monaten«, erwiderte Baldwin. Es klang unbekümmert. Und das war kein Wunder. Seit der König die Normandie verloren hatte und seine politischen Ambitionen auf die britischen Inseln konzentrierte, war ihm alles gelungen, was er angefangen hatte, und er hatte sich nicht nur bei Walisern, Schotten und Iren, sondern vor allem auch bei den Engländern Respekt und Anerkennung erworben. Yvain erinnerte sich gut an das Gefühl der Befriedigung, das diese Erfolgsserie ihm verschafft hatte. Er war stolz auf seinen König gewesen und hatte Anteil an seinen Triumphen genommen. Und heute?

»… mir denken, dass er Cantilupe auf den Kontinent schickt, um neue Söldner anzuwerben«, drang Thomas' Stimme wieder zu ihm durch. »Denn nur mit der Ritterschaft wird er kaum nach Wales ziehen wollen, oder was denkst du, Yvain?«

»Geld genug für ein Söldnerheer hätten wir allemal dank des Interdikts«, antwortete er.

Sie waren an der Flussseite den Wehrgang entlanggeschlendert und stiegen nun hintereinander wieder die steile Treppe unweit des Haupttors hinab.

»Lasst uns auf den Sandplatz gehen und ein Stündchen trainieren«, schlug Yvain vor. Er hatte immer noch Arme wie Haselzweiglein, fand er. »Es ist keine erhebende Vorstellung, dass ihr mich beide im Handumdrehen fertigmachen werdet, aber vom Herumsitzen und Jammern bekomme ich meine Form bestimmt nicht zurück.«

Seine Freunde tauschten einen erleichterten Blick, und obwohl sie es diskret taten, entging es Yvain nicht.

»Ich bin dabei«, stimmte Thomas zu.

»Unbedingt«, willigte auch Baldwin ein. »Wir sollten die Gelegenheit ausnutzen, dich in den Dreck zu befördern, solange es geht.«

»Da würde ich mich gern anschließen«, sagte Pentecôtes Stimme plötzlich in ihrem Rücken. Yvain wandte stirnrunzelnd den Kopf, doch ehe er ihm eine kühle Abfuhr erteilen konnte, fuhr Pentecôte fort: »Vorher hätte ich allerdings gern kurz mit dir gesprochen, Yvain.«

»Im Ernst?«, fragte dieser erstaunt. »Ist dir nicht gut? Hast du vielleicht Kopfweh?«

»Oh, nun komm schon«, gab Pentecôte ungewohnt nachsichtig zurück. »Es dauert nicht lange, aber es ist wichtig.«

Yvain betrachtete ihn voller Argwohn, die Augen verengt. Sie kannten sich seit beinah zwanzig Jahren, aber heute geschah es zum ersten Mal, dass Pentecôte FitzHugh freiwillig das Wort an ihn richtete, und dann auch noch mit Höflichkeit. Dafür konnte es nur einen einzigen Grund geben, und Yvain spürte, wie ihm die Galle überkochte.

»Wo ist Cecily?«

Pentecôte lächelte unverbindlich und wies mit einer einladenden Geste zum oberen Burghof hinüber. »Bei der Königin. Wollen wir?«

Yvain ließ ihn einfach stehen und ging mit langen Schritten in die gewiesene Richtung. Pentecôte schloss zu ihm auf, und sie umrundeten den alten runden Turm in unheilschwangerem Schweigen. Auf dem Sandplatz unterrichtete Fulk der Furchtbare ein halbes Dutzend halbwüchsiger Jungen und brüllte wie eh und je seine Befehle und Beleidigungen. Unwillkürlich glitt Yvains Blick zu dem gedrungenen Turm hinüber, wo das Quartier der jüngeren Knappen lag, doch er hielt geradewegs auf das Steinhaus mit den königlichen Gemächern zu.

Sie erklommen die Treppe ins Obergeschoss, und die Wache vor den Gemächern der Königin ließ sie passieren. Pentecôte musterte Yvain mit einem überheblichen kleinen Lächeln, klopfte dann schwungvoll und öffnete die Tür.

»Nach dir, alter Freund …«

Zögernd trat Yvain über die Schwelle, und als er sah, dass der König neben seiner Gemahlin am Tisch saß, verknoteten sich seine Eingeweide. Es war ihre erste Begegnung seit Yvains Rückkehr, denn er war der Halle in den vergangenen Tagen ferngeblieben.

Doch ehe er sich sammeln und das Königspaar begrüßen konnte, fiel ihn ein Wirbelwind in einem grünen Kleid von links an, und zwei Arme schlangen sich um seinen Hals.

»Yvain! Oh Gott, es ist so schön, dich zu sehen, Bruder!«

Ohne jeden bewussten Entschluss legte Yvain die Arme um seine Schwester, die er fast auf den Tag genau vor sieben Jahren zum letzten Mal gesehen hatte. »Cecily«, murmelte er. Er erkannte seine eigene Stimme kaum, räusperte sich entschlossen und ließ sie los.

Dann gab er sich einen Ruck, sah dem König für einen Lidschlag in die Augen und verneigte sich. »Sire. Madame.«

»Ich hoffe, Ihr fühlt Euch besser, Sir Yvain?«, fragte Isabella. Es klang förmlich, aber er sah Anteilnahme in ihren wundervollen mandelförmigen Augen. Und Furcht.

»Habt Dank, Madame, es geht mir tadellos.«

Ein mattes Lächeln flackerte über ihr makelloses Gesicht. Mit Mitte zwanzig und nach drei Schwangerschaften sah Isabella nicht mehr aus wie der Unschuldsengel von einst, aber sie war immer noch die schönste Frau, die Yvain kannte.

»Ich bin sehr erfreut, das zu hören«, versicherte sie.

Für ein paar Herzschläge herrschte ein angespanntes Schweigen. Wo sind die ewig schnatternden Gänse, wenn man sie braucht?, fuhr es Yvain durch den Kopf, aber keine von Isabellas Damen war anwesend, nicht einmal Beatriz.

»Wir haben Euch hergebeten, um eine etwas delikate Angelegenheit zu erörtern, Sir Yvain«, setzte die Königin schließlich wieder an.

Yvain sah von ihr zu seiner Schwester, weiter zu Pentecôte FitzHugh und nickte knapp. »Ja, das dachte ich mir schon.«

Die Königin zauderte einen Augenblick, ehe sie sich einen sichtlichen Ruck gab. »Ihr müsst verstehen …«

»Ich denke, es besteht keine Veranlassung, auf Samtpfoten um diese Angelegenheit herumzuschleichen«, fiel der König ihr ungeduldig ins Wort. »Sir Pentecôte hat Lady Cécile, wie wir sie aus Gründen der Diskretion auch weiterhin nennen wollen, aus Bristol hierhergeholt. Ohne meine Erlaubnis, sei hinzugefügt, aber nicht unbedingt ohne meine Billigung. Beide haben den Wunsch geäußert, sich zu vermählen, und ich habe zugestimmt. Lady Cécile hat meiner bedauernswerten Nichte in ihrem unverdienten Exil in Bristol jahrelang treu zur Seite gestanden und sich die Loyalität der königlichen Familie damit mehr als verdient. Pentecôte FitzHugh hat sich als der Treueste meiner Ritter erwiesen, während andere Männer mich bitter enttäuscht haben.« Er ließ diesen Satz einen Moment in der Luft hängen, damit er seine größtmögliche Wirkung entfalten konnte, ehe er fortfuhr: »Sie haben lange warten müssen, aber jetzt endlich ist die Zeit günstig, denn Maud de Braoses lügnerische Zunge ist für alle Zeiten zum Schweigen gebracht und kann ihnen nicht mehr gefährlich werden. Obendrein hat das Interdikt das kirchliche Leben in England zum Stillstand gebracht, und kein heiliger Schnüffler ist Lady Cécile mehr auf den Fersen. Damit wäre die Angelegenheit eigentlich erledigt, aber sowohl die Königin als auch die Braut bestehen darauf, Eure Einwilligung zu erbitten. Also, Sir Yvain, was habt Ihr zu sagen?«

Gar nichts, dachte Yvain benommen. Er fühlte sich, als hätte der Eiserne Roland ihn mitten vor die Stirn getroffen. Seine geliebte kleine Schwester wollte den Finsterling Pentecôte FitzHugh heiraten. Obwohl sie doch schon ein Kind von ihm hatte, war die Neuigkeit ein Schock. Gerade hatte er Cecily zurückbekommen, und sofort würde er sie wieder verlieren. An einen Feind verlieren – unwiederbringlich. Und das war noch nicht einmal das Schlimmste. Doch dass ausgerechnet William und Maud de Braoses grauenvolles Ende hier auf einmal als glückliche Fügung gepriesen wurde, war so widerwärtig, dass es ihn aus der Fassung zu bringen drohte.

»Wir wären dankbar, wenn Ihr uns an Euren Gedanken teilhaben ließet, Sir«, grollte der König. »Nach Möglichkeit noch diese Woche.«

Yvain sah ihm ins Gesicht – länger, als sich gehörte –, und er spürte den Zorn wie ein schmerzhaftes Brennen bis in die Fingerspitzen. Ein paar Atemzüge lang wusste er nicht, wie er seiner Bitterkeit Herr werden und sich hindern sollte, dem König an die Kehle zu gehen und damit sein eigenes Leben und das seiner Familie zu zerstören. Doch im entscheidenden Moment fand er die Besonnenheit, die William Marshal ihm abgesprochen hatte. Wer weiß, dachte Yvain, womöglich habe ich in der langen Dunkelheit ja doch etwas Brauchbares gelernt …

Er atmete tief durch und verneigte sich formvollendet vor John. »Ich gebe meine Einwilligung, Sire, weil es Euer Wunsch ist«, sagte er bedächtig.

John zog die Brauen hoch. »Tatsächlich?« Dann huschte ein Lächeln über seine Züge, und er hob kurz die Schultern. »Das überrascht mich ebenso, wie es mich erfreut, Sir.«

Yvain trat zu Cecily, legte ihr die Hände auf die Schultern und küsste ihr die Stirn. »Wo wollt ihr heiraten?« In England war das derzeit ja nicht möglich, und er fand die Vorstellung grässlich, dass seine kleine Schwester irgendwo in der Fremde und ohne ihre Familie den Bund fürs Leben schließen sollte.

»In Schottland. Pentecôtes Bruder ist der Hofkaplan des Earl of Carrick, er wird uns trauen. Wir brechen morgen auf.«

Yvain musste die Zähne zusammenbeißen. Es war der Earl of Carrick, der William de Braose und seine Mutter an den König ausgeliefert hatte. Doch nichts davon war Cecilys Schuld, und er rang sich ein Lächeln ab. »Also dann. Gott segne dich. Ich kann dich zwar nicht verstehen, aber ich hoffe, du wirst glücklich.«

»Das bin ich jetzt schon«, wisperte Cecily, und ihr strahlendes Lächeln entschädigte ihn beinah.

Yvain wandte sich wieder an John. »Gestattet Ihr mir ein offenes Wort, mein König?«

Der seufzte vernehmlich. »Ich habe geahnt, dass es zu einfach war …« Dann vollführte er eine wedelnde Geste. »Nur zu.«

Yvain spürte sein Herz bis in die Kehle pochen, und seine Hände waren feucht.

»Überleg dir, was du tust, Mann«, sagte Pentecôte, brüsk, aber unerwartet eindringlich. »Denk daran, was du damals in Le Mans gesagt hast. Jetzt sind nur noch drei von uns übrig. Mach nicht unnötig zwei daraus.«

Für einen Augenblick vergaß Yvain, wie deprimiert und zornig er war, so erstaunt war er darüber, dass FitzHugh ihm einen gutgemeinten Rat erteilte. Er warf ihm einen kurzen Blick zu und nickte, doch jetzt gab es kein Zurück mehr, und es war ohnehin der einzige Weg, den er einschlagen konnte. Wieder sah er John in die Augen, als er sagte: »Ihr sagt, ich habe Euch enttäuscht, mein König. Das bedaure ich aufrichtig, und der Preis, den ich dafür zahlen musste, war nicht zu hoch. Guillaume de Braose hat Euch ebenso enttäuscht, denn er ist ein Verräter. Für Lady Maud gilt das Gleiche, und auch sie musste wohl den Preis dafür bezahlen. Aber William …«

»Ihr solltet auf Euren angehenden Schwager hören, Yvain«, unterbrach John schneidend.

Aber Yvain konnte nicht, denn es war Williams letzte Bitte gewesen, und er hatte es versprochen. Sein Herz fühlte sich wie ein Schmiedehammer in seiner Brust an, doch er fuhr scheinbar unbeirrt fort: »William de Braose hat sich keines Vergehens gegen Euch und Euren Thron schuldig gemacht, Mylord. Jetzt ist er trotzdem tot, und nicht einmal Ihr könnt ihn zurückholen, um das Recht wiederherzustellen, das Euch doch so teuer ist. Aber lasst seiner Witwe und seinen Kindern Gerechtigkeit widerfahren und gestattet ihnen, auf ihre Güter zurückzukehren und ihr Erbe anzutreten, ich bitte Euch inständig.«

Für ein paar Herzschläge war es still. Zu still. Dann erkundigte sich der König: »Das war alles?«

Yvain wusste, er hatte verloren. Und weil es jetzt nicht mehr darauf ankam, erinnerte er den König: »Ihr habt es in Eurem Krönungseid geschworen, Sire.«

Mit der ihm eigenen verwirrenden Schnelligkeit war der König auf den Füßen und blieb einen halben Schritt vor Yvain stehen. »Bei Gottes Zähnen, ich habe mehr als genug gehört. Verschwindet von meinem Hof, ich bin Eurer moralischen Belehrungen allzu überdrüssig. Eure Frau und Eure Kinder bleiben hier, damit die Königin sie nicht entbehren muss und Ihr uns nicht abhandenkommt und Euch Guillaume de Braose am französischen Hof anschließt. Geht mir aus den Augen, Waringham. *Jetzt gleich*!«

Waringham, März 1211

Ein laues Lüftchen strich über die Hügel von Kent, und der Himmel spannte sich klar und weit über den Weiden und frisch gepflügten Feldern. Altair war der Frühling zu Kopf gestiegen: Er hatte die Ohren aufgestellt und tänzelte, wenn Yvain ihn ließ. Trotzdem gelangten sie einvernehmlich den Hügel hinauf und durchs Torhaus in den Innenhof der Burg. Während Yvain den Gruß der Torwachen erwiderte, glitt sein Blick zur Klause hinüber, so wie bei jeder Heimkehr. Doch der Laden des kleinen Fensters war geschlossen, und das unfachmännisch gebaute Bruchsteinhäuschen wirkte so leer und verlassen wie immer.

Rob kam aus dem Stall gleich neben dem Tor und hielt dem Ankömmling den Steigbügel. »Willkommen zu Hause, Sir Yvain«, sagte er.

Yvain klopfte Altair den schweißglänzenden Hals und saß ab. »Danke, Rob.«

»Ich hoffe, Ihr seid gesünder, als Ihr ausseht«, bemerkte der alte Stallknecht. Er hatte schon die Pferde auf der Burg versorgt, als Yvain zur Welt kam, und nahm kein Blatt vor den Mund.

»Oh, mir geht es bestens, keine Bange. Hier alle wohlauf?«

Rob nickte. »Lord Richard hatte im Winter ein schlimmes Fieber, und ein paar Tage waren wir in Sorge. Aber er hat sich gut erholt, schätze ich.«

»Dann sei Gott gepriesen.« Yvain versetzte Altair einen freundschaftlichen Klaps auf die Schulter und bat den Knecht: »Bring ihn weg, sattle ihn ab und reib ihn trocken.«

»Natürlich, Sir. Aber was ist aus Eurem Knappen geworden, den man mit der Mistgabel aus dem Stall jagen musste, weil er solch ein Pferdenarr war?«

Yvain wandte sich ab. »Den hab ich verloren, fürchte ich.«

Er betrat die dämmrige Vorhalle des Bergfrieds und stieg die Treppe hinauf. An der Tür zur Halle blieb er einen Moment stehen und ließ den Blick durch den großzügigen hohen Saal schweifen. Seine Mutter und seine Nichte saßen nebeneinander an einem hohen Stickrahmen vor einem der Fenster. Jean FitzEdmond und der Reeve standen ein paar Schritte weiter links und berieten irgendwelche Angelegenheiten des Gutsbetriebs. Auf der hölzernen Treppe zur Galerie hockten wie so oft zwei dienstfreie Wachen und würfelten, und auf der Estrade standen Amabel und ihr Sohn mitten vor der hohen Tafel und stritten.

»Du hast gesagt, dieses Frühjahr dürfe ich gehen«, ereiferte sich der Junge. »Jetzt *ist* Frühjahr, und du erfindest neue Ausflüchte, um mich hierzuhalten!«

»Es sind keine Ausflüchte, weil ich nur die Wahrheit gesagt habe, Richard. Du warst krank, und das werden wir nicht auf die leichte Schulter nehmen.«

»Aber …«

»Kein Aber«, unterbrach sie. »Du bist noch nicht vollständig erholt, und du hast eine Verantwortung Waringham gegenüber, die du nur zu gern vergisst, wenn sie deinen Wünschen im Wege steht, mein Sohn. Das muss schleunigst aufhören.«

Sie hatte weder die Stimme noch den Zeigefinger erhoben, aber der strenge Tonfall reichte völlig, fand Yvain. Geradezu erhaben schien sie ihm.

Doch beeindruckte sie ihn offenbar mehr als ihren Sohn, der bockig konterte: »Wenn es nach dir ginge, würde ich vermutlich den Rest meiner Tage auf dieser öden Burg verbringen, damit ich mir in der bösen Welt dort draußen nur ja keine Beulen hole. Wenn Onkel Yvain hier wäre …«

»Würde er dir wahrscheinlich ein paar um die Löffel hauen«, beendete der den Satz für ihn. »Du lässt es deiner Mutter gegenüber an Respekt mangeln und äußerst dich abfällig über Waringham Castle, auch noch beides in einem Atemzug«, fuhr er fort, während er ohne Hast zur hohen Tafel schlenderte.

»Yvain!«, riefen Amabel und seine Mutter, und Lady Maud schlug die Hand vor den Mund.

Amabel hingegen ließ sich den Schrecken über seinen Anblick nicht anmerken. Ein beinah unmerkliches Blinzeln war alles. »Was für eine schöne Überraschung«, sagte sie, und die Strahlkraft ihres Lächelns machte seine Knie so butterweich wie eh und je.

Er zwinkerte ihr zu und blieb dann vor seinem Neffen stehen. Doch statt ihm die versprochenen Ohrfeigen zu verpassen, legte er ihm die Hände auf die Schultern und betrachtete ihn mit einem wohlwollenden Lächeln. »Meine Güte, Richard, wo willst du nur hinwachsen?«

»Das musst du gerade sagen, Onkel«, entgegnete der Junge ein wenig verlegen. »Einen Spann hast du mir gewiss noch voraus.«

»Aber du bist ja auch erst vierzehn.« Er ließ ihn los und verneigte sich höflich vor Amabel, die seinen Gruß mit einem gleichermaßen förmlichen Knicks erwiderte, und dann hatten Lady Maud und Matilda ihn erreicht und schlossen ihn in die Arme.

»Wo sind deine Gemahlin und die Kinder?«, wollte seine Nichte wissen.

»Mein lieber Junge, du siehst aus, als hättest du einen Hungerwinter hinter dir.« Seine Mutter legte ihm die Hand auf den Arm und betrachtete ihn besorgt.

Das trifft es besser, als du dir vermutlich in deinen grässlichsten Albträumen ausgemalt hättest, dachte er flüchtig, doch er winkte ab.

Sie ließ sich so leicht indes nicht beschwichtigen. »Warst du krank? Beatriz hätte mir Nachricht schicken sollen …«

»Ah ja?«, fragte er, beinah amüsiert. »Und wärest du nach Windsor geeilt, um mir heiße Honigmilch und Wadenwickel zu machen?« Er führte ihre alte, von blauen Adern überzogene Hand an die Lippen. »Sei beruhigt, *ma mère*, mir geht es tadellos.« Und an Matilda gewandt, fuhr er fort: »Beatriz und die Kinder mussten bei Hofe bleiben, fürchte ich, aber sie senden euch allen herzliche Grüße.« Das war natürlich gelogen, denn Grüße gehörten zu den Dingen, die seine Frau immer vergaß.

»Oh, wie schade, ich hätte sie so gern gesehen«, antwortete die Siebzehnjährige. »Es ist nicht recht von der Königin, dass sie sie niemals von ihrer Seite lässt.«

Yvain begrüßte FitzEdmond und den Reeve und drückte sich damit vor einer Antwort.

»Und gibt es irgendwelche Anzeichen, dass dieser unsägliche Kirchenbann bald aufgehoben wird?«, fragte seine Mutter, als Yvain wieder zu ihnen trat.

Er schüttelte den Kopf. »Ich fürchte, nein. Nichts hat sich geändert.«

»Aber der König muss doch irgendwann nachgeben«, entgegnete Lady Maud gedämpft. »Er hat seinen Standpunkt klargemacht, und nur das zählt, oder? Er kann dem Papst doch auf Dauer nicht die Stirn bieten.«

Yvain zuckte ungeduldig die Achseln. »Einsicht gehört nicht zu seinen größten Tugenden.«

Er hätte das Thema gerne beschlossen, denn König John war derzeit der letzte Mensch auf der Welt, über den er sprechen wollte.

Doch Matilda hatte mit einem Mal Tränen in den Augen.

»Wenn das so weitergeht, werde ich eine alte Jungfer sein, eh der Tag meiner Hochzeit kommt«, murmelte sie niedergeschlagen.

Matilda war mit Eustache de Burgh verlobt, dem Cousin des Lord Chamberlain. Darum stand zu befürchten, dass der Kirchenbann nicht das einzige Hindernis war, das ihrer baldigen Vermählung im Wege stand, denn vermutlich würde de Burgh die Verlobung seines Vetters auflösen. Yvain wusste, der Chamberlain hatte ihn immer geschätzt, aber er war Realist und würde keine Verbindung zulassen, die seiner Familie schadete.

»Vielleicht kann dein Onkel dich in die Normandie bringen, und ihr heiratet dort«, schlug Lady Maud vor. »Das machen doch jetzt alle englischen Edelleute so, habe ich mir sagen lassen.«

Matildas Miene hellte sich auf. »Meinst du, das ginge?«, fragte sie Yvain hoffnungsvoll.

Der legte ihr für einen Moment die Hand an die Wange. »Wir sprechen morgen darüber«, stellte er in Aussicht. Dann führte er seine Mutter und Amabel an die Tafel, ließ sich von Richard einen Becher Burgunder einschenken und begrüßte Weland und Grim, zwei Nachkommen seines geliebten und längst entschwundenen Baldur.

Seine abgemagerten Knochen schmerzten nach zwei Tagen im Sattel, er fürchtete um die Sicherheit seiner Frau und seiner Kinder, und er wandelte in Finsternis. Aber dieser Ort, vor allem diese Menschen spendeten ihm Trost. Seit dem Moment, da er im Burgkeller von Corfe Castle die zugemauerte Tür entdeckte, hatte er das Gefühl gehabt, sich im freien Fall zu befinden. Doch in Waringham hatte er zum ersten Mal wieder festen Boden unter den Füßen.

»Du wirst mir nicht sagen, was dir passiert ist, oder?«, fragte Amabel ohne besonderen Nachdruck. Sie hatte sich auf einen Ellbogen aufgerichtet und strich mit den Lippen über seine haarlose Brust.

Yvain lag ausgestreckt auf dem Rücken, die Augen geschlossen, und ließ ihre schwarzen Haare durch die Hand gleiten, kühl und glatt und weich. »Ich bin mir noch nicht schlüssig«, bekannte er. Hier sagte er immer die Wahrheit.

Es war die Leinenkammer, die wie so oft Schauplatz ihres heimlichen Rendezvous war. Weder besonders lauschig noch romantisch, aber dafür einigermaßen sicher. Sie lag abseits der bewohnten Gemächer und war einer der wenigen Räume im Bergfried, die von innen und von außen zugesperrt werden konnten. Und da Lady Maud die Schlüsselgewalt über die Burg schon vor Jahren an ihre Schwiegertochter übertragen hatte, war es Amabel, die im wahrsten Sinne des Wortes den Schlüssel zu all den Wonnen und Qualen ihrer verbotenen Liebe in der Hand hielt. War Yvain in Waringham, trafen sie sich hier immer um Mitternacht, wenn die ganze Burg schlief. Die Leinenkammer war nicht ihr einziger Ort. Im Sommer verabredeten sie sich manchmal auch auf der verborgenen kleinen Lichtung im Wald, zogen die Kleider aus und liebten sich im glasklaren, sacht plätschernden Wasser des Tain. Oder sie schlichen sich nacheinander zu einer der verlassenen Schäferhütten auf einer abgelegenen Weide. Aber meist waren sie vorsichtiger, und sie trafen sich niemals zweimal hintereinander am selben Ort. Nur eben in der Leinenkammer. Sie wussten, es war ihr sicherstes Refugium. Aber sie wussten ebenso: Würde irgendwer sie zu nächtlicher Stunde einmal an der Tür zu diesem Raum antreffen, könnte nicht einmal Yvain eine Ausrede erfinden, die plausibel genug wäre, um ihr Geheimnis zu bewahren.

Amabel streckte sich neben ihm aus und legte den Kopf auf seine Schulter. »Du hast dich verändert.«

»Erspar mir die Ermahnungen, ich müsse mehr essen, sei so gut.«

»Nein, das meine ich nicht«, entgegnete sie langsam. »Obwohl es mich ängstigt, wie abgemagert du bist.«

Du hättest mich sehen sollen, ehe die Zisterzienser und dann Beatriz mich gemästet haben …

Er ließ die Fingerspitzen über die glatte Haut ihres Armes gleiten, von der Schulter zum Ellbogen und wieder zurück. Als seine Finger wieder abwärts wanderten, spürte er die Gänsehaut auf ihrem Arm, und mit der freien Linken tastete er nach seinem Mantel, der achtlos abgestreift auf den Holzdielen lag, und deckte sie damit zu.

»Du bist wie ein Ritter, der unter seinem blanken Kettenhemd eine klaffende Wunde versteckt und alles daransetzt, sich nichts anmerken zu lassen«, sagte sie unvermittelt. »Nur deine Wunde ist innerlich. Es ist deine Seele, die blutet.«

Yvain löste sich behutsam von ihr und setzte sich auf, mit einem Mal rastlos. »Das ist ein bisschen zu poetisch für meinen Geschmack …«, spöttelte er.

»Ja, mach dich nur lustig«, gab sie zurück. »Aber ich weiß, dass ich recht habe, und um dir die Wahrheit zu sagen: Es macht mir Angst. Ich habe immer geglaubt, deine Zuversicht sei unerschütterlich.«

Yvain lehnte sich mit dem Rücken an den schweren Schneidetisch und betrachtete seine wunderschöne Geliebte mit einer Mischung aus Zärtlichkeit und Unbehagen. Ein Leuchter mit einer einzelnen Kerze stand hinter dem Kopfende ihres improvisierten Lagers aus Tuchballen, und das warme Licht überzog ihre Haut mit einem silbrigen Schimmer, beinah wie Mondschein. Und als er in die dunklen Augen sah, die ihn so geruhsam und doch gleichzeitig so voll unverhohlener Hingabe betrachteten, konnte er ihr plötzlich gestehen: »Das dachte ich auch, aber wir haben uns wohl beide geirrt. Irgendwie … ist alles aus den Fugen geraten. Plötzlich hat sich alles verändert, und ich habe das Gefühl, ich habe jegliche Kontrolle verloren. Ich werde wie von einer unerbittlichen Woge mitgerissen, wer weiß, womöglich in einen Abgrund.« Er biss sich auf die Zunge, um sie zu hindern, weiter so dummes Zeug zu schwafeln, und schloss mit einem geisterhaften Grinsen: »Da kann es vorkommen, dass man seine Zuversicht verliert, aber ich werd sie schon wiederfinden.«

Amabel setzte sich ebenfalls auf, wickelte sich in seinen Mantel und schlang ein Ende über die Schulter, sodass sie wie ein römischer Senator aussah. »Was hat der König getan?«, fragte sie nüchtern.

Yvain schüttelte den Kopf. »Ich kann es dir nicht sagen, weil es unweigerlich dazu führen würde, ein Schweigegelübde zu brechen.«

Sie nickte und versuchte es anders. »Bist du in Ungnade?«

»Oh ja.«

»Und er hält deine Familie als Geiseln?«

Yvain zuckte die Achseln. »Du weißt ja, es ist keine Seltenheit, dass er sie dabehält, wenn ich den Hof verlasse, um nach Hause zu kommen oder irgendetwas für ihn zu erledigen. Isabella tut ja gern so, als brauche sie Beatriz wie die Luft zum Atmen. Aber dieses Mal ist es anders. Der König hat mir ausdrücklich befohlen, meine Familie am Hof zu lassen. Damit ich nicht auf die Idee komme, zu Philippe von Frankreich zu fliehen.«

Amabel zog erschrocken die Luft ein. »So schlimm ist es? Und hast du damit geliebäugelt? Nach Frankreich zu gehen, meine ich?«

Er schüttelte müde den Kopf.

»Natürlich nicht«, sagte sie. »Du würdest dich eher in dein Schwert stürzen, als den König zu verraten, ganz gleich, was er dir angetan hat. So bist du nun einmal, und eigentlich sollte er das wissen.«

Er sah sie an und offenbarte ihr, was er bis gerade eben noch für unaussprechlich gehalten hatte: »Ich weiß nicht, ob ich noch so bin, Amabel. Ob ich weiter der ergebene Gefolgsmann sein kann, der seinem König durch Hölle und Hochwasser folgt, um nur ja seinen Eid nicht zu brechen. Aber wenn ich nicht länger dieser Mann sein kann, wer zum Henker bin ich dann?«

In Gedanken war er immer noch mit dieser Frage beschäftigt, als er am nächsten Morgen Seite an Seite mit Richard über den Mönchskopf ritt und dabei die kolossale Schinkenscheibe verspeiste, ohne die die Köchin ihn nicht aus der Halle hatte lassen wollen. Er war froh, dass er nachgegeben hatte. Der Schinken war saftig und würzig, und die frische Brise, die weiße Wolkensegel über den Himmel jagte, hatte seinen Appetit angeregt.

Die Schafe auf dem Burghügel hatten heute früh beschlossen, sich in kleine Gruppen von ungefähr einem halben Dutzend aufzuteilen und standen nun wie weiße wollige Inseln auf der frühlingshellen Wiese verteilt. Nur ein übermütiges Lämmchen hatte sich dem Tagesbefehl widersetzt, sprang mit putzigen, ungelenken Sätzen umher und wäre vor lauter Lebensfreude um ein Haar Richards Braunem unter die Hufe geraten, der seitlich ausbrach und stieg, so als hätte er noch nie im Leben ein Lamm gesehen.

Der Junge blieb indes fest im Sattel und besonnen. Er beruhigte sein schreckhaftes Pferd mühelos. »Ho. Sei kein solcher Hasenfuß, Uther …«, murmelte er und klopfte ihm den Hals.

»Wer ist dein Lehrer?«, fragte Yvain.

»Sir Maurice unterrichtet die andern Jungs und mich meistens im Reiten und Lanzenstechen«, antwortete Richard. »Sir Jean im Fechten. In Latein und dem sonstigen Bücherkram hat Vater Pierre mich unterwiesen, aber der hat uns ja bedauerlicherweise verlassen«, schloss er mit einem unschuldigen Augenaufschlag.

Yvain musste grinsen, obwohl es eigentlich nicht komisch war, dass der langjährige Hauskaplan Waringham auf Befehl des Bischofs von Rochester hatte den Rücken kehren müssen, als der König exkommuniziert wurde. »Nun, ich schätze, wir könnten einen Nachfolger finden. Unterbeschäftigte und hungerleidende Priester gibt es in England derzeit ja weiß Gott genug«, gab er seufzend zurück.

Richard nickte, aber es war unschwer zu erkennen, dass der mangelnde geistliche Beistand ihm nicht den Schlaf raubte. Zwei Jahre ohne Gottesdienst und kirchliche Seelsorge hatten ihre Spuren bei allen Engländern hinterlassen, aber jetzt kam Yvain die Frage in den Sinn, ob ihre Kinder nicht allesamt zu Heiden heranwachsen würden, wenn es noch lange so weiterging.

»Jedenfalls macht Maurice de Clare seine Sache ordentlich«, befand Yvain. »Du bist ein guter Reiter, Richard.«

Der Junge lächelte verlegen und strich mit dem Handgelenk eine schwarze Strähne zurück, die der böige Wind ihm in die Augen geweht hatte. »Was sagst du zu einem Rennen bis hinunter zum Fluss?«

Yvain schüttelte den Kopf und wies auf den Wassereimer, der an seinem Sattelknauf hing. »Dann würde kein Tropfen bei meinem armen Baum ankommen. Auf dem Rückweg, einverstanden?«

»In Ordnung.« Sie ritten ein Stück schweigend, und es war unschwer zu erkennen, dass der Junge mit sich rang. Schließlich wandte er den Kopf. »Kann ich dich etwas fragen, Onkel?«

»Natürlich.«

»Glaubst du, mein Vater wird irgendwann nach Hause kommen? Ich weiß, dass wir eigentlich alle so tun sollen, als wäre er tot«, fügte er eilig hinzu, als wolle er Yvains Einwand zuvorkommen. »Aber offen gestanden verstehe ich das nicht. Denn er *ist* ja nicht tot. Jedenfalls war er letztes Jahr noch in Ägypten und hat ganz munter gegen die Ayyubiden gekämpft, hat Onkel Robert erzählt.«

Yvain nickte. Auch er war erleichtert gewesen, von diesem Lebenszeichen seines »toten« Bruders zu hören. »Das Gesetz und die Kirche verlangen, dass Menschen, die vom Aussatz befallen sind, für tot erklärt werden, um sie von den Gesunden unumkehrbar zu trennen. Das ist bitter und erscheint uns grausam – mir jedenfalls –, aber es muss sein, damit sie ihre Krankheit nicht verbreiten.«

»Du findest das grausam?«, fragte Richard erstaunt. Er schien aus allen Wolken zu fallen, dass er nicht der Einzige war, der mit diesem Gesetz haderte.

Yvain nickte. »Ich weiß nicht, ob dein Vater je nach Hause kommen wird, Richard. Ich hoffe es, aber wenn du die Wahrheit wissen willst: Ich bin nicht sehr zuversichtlich. Denn er wäre der Erste, der uns daran erinnert, dass das Allgemeinwohl mehr zählt als sein persönliches Schicksal.« Sie hatten Waringham Heath erreicht und hielten neben dem großen, flachen Findling.

»Wirklich?«, gab Richard skeptisch zurück und saß ab. »Oder sagst du das, um sein Andenken … na ja, aufzupolieren, damit ich mich besser fühle? Ich meine, wie war … ist er tatsächlich? Niemand gibt mir eine richtige Antwort auf diese Frage. Ich war erst vier, als er krank wurde und fortging, ich kann mich fast überhaupt nicht an ihn erinnern. Und er fehlt mir natürlich. Aber wenn ich Sir Maurice frage: ›Wie war mein Vater?‹, erzählt er mir immer nur irgendwelche alten Geschichten aus Wirtshäusern oder aus dem Heiligen Krieg. Versteh mich nicht falsch, ich bin froh, dass mein Vater so ein Mordskerl und ein Held war und dem König so nahestand und all das, aber …« Er wusste nicht so recht weiter.

Doch Yvain verstand ihn ganz genau, und sein Herz schlug für diesen Jungen, dem die oberflächlichen Anekdoten über seinen Vater einfach nicht ausreichten. Er überlegte eine Weile und sagte ihm dann einfach die Wahrheit: »Dein Vater war der beste große Bruder, den ein Junge sich wünschen kann.« Damit saß er ebenfalls ab und strich Altair abwesend über die Schulter. »Oft hat er mich vor unserem Vater in Schutz genommen, und das erforderte Mut, denn dein Großvater konnte sehr streng und unerbittlich sein. Und obwohl dein Vater fast zehn Jahre älter war als ich, hat er mir seine Aufmerksamkeit geschenkt und ist mit mir ausgeritten und so weiter, wo er sich vermutlich doch lieber mit seinen Freunden herumgetrieben hätte.« Geduldig, aber mit ungeschickten Fingern löste er den Knoten, der den Eimer an den Sattelknauf band, den Blick nach innen und auf die Vergangenheit gerichtet. »Und besser als jeder andere konnte er einen zum Lachen bringen. So war er an den guten Tagen. Aber es gab auch Gelegenheiten, da war er gedankenlos und ruppig und ein furchtbarer Angeber.« Er wandte sich mit dem Eimer in der Linken zu seinem Neffen um, sah ihm ins Gesicht und hob lächelnd die Schultern. »Ein ganz normaler Mann mit Fehlern und Schwächen, wie wir alle sie haben. Aber einer der großzügigsten Menschen, die ich kenne, und ein wahrhaft großer Ritter. Du hast jedes Recht, stolz auf ihn zu sein und ihn zu vermissen.«

Richard atmete tief durch, während sie Seite an Seite zu dem toten Baum hinüberschlenderten. »Danke, Onkel. Und was war das für eine Geschichte mit dem nackten Müller?«

Yvain lachte in sich hinein. »Ah ja. Das hatte ich fast vergessen.«

»Mein Vater und zwei der Knappen haben ihm die Kleider gestohlen, ihn bäuchlings auf den Rücken eines Esels gefesselt und ihm eine Blume in den Allerwertesten gesteckt, eh sie den Esel vor der Dorfkirche angebunden haben?«

Yvain biss sich auf die Unterlippe und nickte, und es war das erste Mal seit Monaten, dass er so etwas wie Vergnügen empfand. »Nun, es gab keinerlei Beweise gegen Guillaume und seine Freunde«, schränkte er ein. »Von denen einer übrigens Jean FitzEdmond war.«

»Im *Ernst?*« Wie alle jungen Menschen konnte Richard sich überhaupt nicht vorstellen, dass der Steward einmal ein übermütiger Grünschnabel und ein Flegel gewesen sein sollte.

»Hm. Sie wurden gesehen, als sie den Müller des Abends ins Wirtshaus abschleppten und ihm ein Ale nach dem anderen ausgaben. Doch was im Laufe der Nacht geschah und wie der Müller in die missliche Lage geriet, in welcher das ganze Dorf ihn am nächsten Morgen vor der Messe antraf, wurde nie vollständig aufgeklärt. Jedenfalls nahm er die Schmach ziemlich schwer. Als die Bauern aus der Kirche kamen, war er verschwunden. Hat einfach sein Pferd gesattelt und ist davongeritten und ward nie wieder gesehen. Vermutlich hat er sich vorher noch etwas angezogen, schätze ich. Und siehe da, Richard: Kaum war der Müller aus Waringham verschwunden, hatten sein Weib und seine Kinder plötzlich keine Neigung mehr zu den rätselhaften Unfällen, bei denen sie sich zuvor ständig die Knochen gebrochen hatten.« In einem schimmernden Schwall goss er den Inhalt des Eimers an den Fuß des toten Baums. »Die Müllerin musste auch nicht mehr jeden Morgen in den Wald laufen, um sich dort in aller Diskretion die Augen aus dem Kopf zu weinen. Und sie holte ihre Tochter aus Hetfield zurück, die sie bei ihrer Base untergebracht hatte, nachdem die Zwölfjährige einen kleinen Bastard bekommen hatte und sich weigerte, den Vater zu nennen.«

»Verstehe.« Richard verzog angewidert das Gesicht, verschränkte die Arme und lehnte sich an den geschwärzten Baumstamm. Man konnte sehen, dass die delikaten Details dieser abscheulichen Geschichte ihn beschämten, aber er sah seinem Onkel tapfer in die Augen. »Warum hat Vater nicht dafür gesorgt, dass der Müller vor Gericht kam? Oder dass Lord Waringham ihn zur Vernunft brachte?«

»Das ist oft nicht so einfach, wie es sich anhört«, gab Yvain zurück. »Alle im Dorf wussten, was hinter geschlossenen Türen in der Mühle geschah, aber niemand konnte es beweisen. Und dein Großvater vertrat den Standpunkt, er habe kein Recht, sich in die Familienangelegenheiten des Müllers einzumischen. So sahen es auch die meisten anderen Männer, im Dorf und auf der Burg genauso. Aber Guillaume konnte es einfach nicht hinnehmen, in welcher Hölle die Müllerin und ihre Kinder leben mussten. Und womöglich sagt diese Geschichte mehr über deinen Vater aus als alles andere, was ich dir erzählen könnte: Er ließ sich mit einem ›Das geht uns nichts an‹ oder ›Gott hat es so gefügt‹ nicht abspeisen. Unrecht oder unverdiente Not ließen ihm einfach keine Ruhe, und er handelte, wo andere nur die Köpfe schüttelten.«

»Du bist stolz auf ihn«, stellte der Junge überrascht fest.

»Sehr«, stimmte Yvain nachdrücklich zu. *Was mich indes nicht hindert, ihn wieder und wieder zu betrügen. Mit deiner Mutter, Richard, mein Junge, stell dir das vor …*

»Dann solltest du auch stolz auf dich selbst sein«, antwortete sein Neffe. »Denn es ist genau das, was Mutter von dir sagt.«

Yvain schüttelte den Kopf. »Gott hält nichts davon, wenn wir auf uns selbst stolz sind. Und außerdem …« Er brach ab, als wären die Worte ihm im Halse stecken geblieben, und stand so starr und reglos wie der Feenbaum.

»Onkel Yvain?«, fragte Richard. »Alles in Ordnung?«

Yvain konnte nicht antworten. Langsam hob er die linke Hand und legte sie vor den Mund. »Oh, bei allen Heiligen, sieh dir das an …«, murmelte er undeutlich.

»Was denn?« Richard kam einen Schritt näher.

Fassungslos streckte Yvain die Rechte aus, zaghaft, als fürchte er, das Wunder werde sich in dem Moment als Trugbild erweisen, da er es berührte.

Endlich sah Richard, was seinen Onkel so erschüttert hatte, und sog erschrocken die Luft ein. »Aber das kann nicht sein …«

Doch das Wunder war wirklich und wahrhaftig: Zwei, drei

Zoll oberhalb seiner Scheitelhöhe ertasteten Yvains Fingerspitzen ein kleines hellgrünes Erlenblatt, welches an einem hauchdünnen Zweiglein aus der geschwärzten Borke spross. Gezackt und spitz zulaufend, sah es fast wie die Miniatur eines Baumes aus, und es fühlte sich hauchzart an. Yvain wagte nicht, es länger als einen Herzschlag zu berühren, und das Streichen seines Fingers war sachter als der Wind, der das wackere kleine Blättchen erzittern ließ.

»Du hattest recht!«, rief Richard und lachte übermütig. »Du hattest recht, und alle, die dich verspottet haben, hatten unrecht. Es steckte die ganze Zeit Leben im Feenbaum, und jetzt ist er aufgewacht!«

Yvain nickte, immer noch benommen. »Was, glaubst du, hat es zu bedeuten?«, fragte er, neugierig, ob der Junge, der lange nach dem berühmten Blitzschlag geboren worden war, dem Baum irgendeine Bedeutung zumaß.

Richard neigte den Kopf zur Seite und ließ den Blick geruhsam über die scheinbar leblose Borke gleiten. »Ich habe keine Ahnung«, gestand er. »Aber es kann nur ein gutes Omen für Waringham sein, oder?«

»Ja, das denke ich auch«, stimmte Yvain zu. »Doch wie nicht anders zu erwarten, haben die Feen sich einen sonderbaren Moment dafür ausgesucht.«

Er strich noch einmal behutsam mit der Fingerspitze über das Blättchen und entdeckte an dem jungen Trieb einen winzigen grünen Knopf, wo sich ein zweites ankündigte. Ein warmes, wohliges Gefühl durchrieselte ihn und erhellte für einen Moment die Finsternis, wie ein unerwarteter Sonnenstrahl, der an einem tristen, regnerischen Tag plötzlich für einen Augenblick durch eine Wolkenlücke blinzelt. Es war nicht Hoffnung, die Yvain verspürte. Auch nicht die kindische Zuversicht, dass alles sich irgendwie zum Guten wenden werde, die er bis zu seinem vierunddreißigsten Lebensjahr besessen und dann im Keller von Corfe Castle verloren hatte. Nur die Erkenntnis, dass nicht alle Dinge völlig aussichtslos waren. Und für den Moment war das genug.

Waringham, September 1211

Der Sommer war beschaulich ins Land gegangen. Viel Sonnenschein, unterbrochen von ergiebigen Regenfällen, hatte Waringham reiche Erträge beschert, und die inzwischen steinalte und erblindete Wilona war nicht die Einzige, die das Glück dieser reichen Ernte dem Wiedererwachen des Feenbaums zugeschrieben hatte.

Die Bauern, die auf die Burg kamen, um ihre Pacht zu entrichten, brachten Yvain ihre fetteste Henne oder ein Fässchen Ale oder ein Früchtebrot nach dem Geheimrezept ihrer Frauen mit, um ihm ihre Dankbarkeit zu beweisen. Das hatte ihn ein wenig beschämt, denn er wusste, dass die Leute ihre guten Gaben schlecht entbehren konnten, so wie er natürlich auch ganz genau wusste, dass Mutter Natur dieses Wunder vollbracht hatte, nicht er. Trotzdem nahm er alles dankend entgegen, um sie nicht zu kränken, und er entwickelte eine Leidenschaft für Früchtebrot. Je mehr Nüsse und Honig es enthielt, desto gieriger war er danach, und er musste auch nicht befürchten, fett zu werden. Er hatte sein altes Gewicht nie wiedererlangt, konnte essen, was er wollte, und blieb doch hager. Maurice de Clare hatte ihm erzählt, bei manchen Kreuzfahrern, die in heidnischer Gefangenschaft lange gehungert hatten, sei es genauso gewesen.

Allmählich ging der Sommer zur Neige. Wiesennebel lag morgens auf den Weiden, und der erste würzige Herbstduft lag in der Luft.

»Gut so«, befand Amabel. »Die Sommerhitze hat uns alle träge gemacht, und auch wenn hier kein Seelsorger mehr ist, um uns gelegentlich daran zu erinnern: Trägheit ist eine Todsünde.«

Sie selbst drohte dieser Sünde indes nicht anheimzufallen, denn ihre Hände lagen niemals untätig im Schoß. Jetzt etwa saß sie in der Nachmittagssonne auf der oberen Eingangsstufe des Bergfrieds, einen großen Korb Pflaumen neben sich, die sie mit einem Messerchen entsteinte. Ihre Finger waren so flink und geschickt, dass das Auge kaum folgen konnte. Die Früchte landeten in einem Holzeimer, und gelegentlich kam eine Magd vorbei, um den vollen Eimer gegen einen leeren auszutauschen und Rowena die Pflaumen zum Einkochen in die Küche zu bringen.

»Du vergisst schon wieder deine Beinarbeit, Richard«, ermahnte Yvain seinen Neffen, der sich unter seinen und FitzEdmonds kritischen Blicken mit Francis – Maurice de Clares Ältestem – im Schwertkampf maß. »Deine Schwertführung ist besser geworden, aber wenn du die Füße nicht bewegst, nützt dir das nichts.«

Der Junge nickte, ohne seinen Gegner aus den Augen zu lassen, und ging wieder in Grundstellung. Der junge de Clare griff mit einem blitzschnellen Ausfallschritt an, aber dieses Mal beherzigte Richard den Rat seines Onkels, tänzelte rechtzeitig aus der Gefahrenzone und parierte elegant.

»Sehr schön«, murmelte Yvain vor sich hin. »Und jetzt kontern … Ja, genau.« Er sah kurz zu Amabel hinüber. »Allmählich wird er richtig gut.«

»Wie wundervoll«, erwiderte sie spitz. »Nichts beglückt eine Mutter mehr, als zu erleben, wie ihr Sohn sich in eine dieser gepanzerten Kriegsmaschinen verwandelt, die ihr Ritter nennt.«

»Ihr könntet ruhig ein bisschen stolzer sein, Madame«, warf FitzEdmond ein, ohne den Blick von den Jungen abzuwenden, die gleich gut und gleichermaßen ehrgeizig waren, was ihren Kampf zu einem lohnenden Schauspiel machte. »Es ist unglaublich, was Yvain ihm in den paar Monaten beigebracht hat.«

Es war Richards eigene Idee gewesen. Ein wenig schüchtern, aber mit leuchtenden Augen hatte er sich seinem Onkel als Knappe angedient, als er erfahren hatte, warum Yvain ohne Osbern de Cantilupe nach Hause gekommen war. Yvain hatte ohne zu zögern eingewilligt.

Amabel ließ ihr Messerchen für einen Moment ruhen und sah den Knappen ebenfalls zu. »Wenn der König dich eines Tages zurückholt, wird Richard dir in Johns Kriege folgen müssen«, sagte sie. »Denkst du wirklich, das ist es, was Guillaume für seinen Sohn gewollt hätte?«

»Ich bin mir keineswegs sicher, ob der König mich je zurückrufen wird«, gab Yvain achselzuckend zurück. »Aber falls doch, wird es eine gute Gelegenheit für Richard sein, sich ihm zu empfehlen. Denn ob es Guillaume nun passt oder nicht: John ist der König.«

»Gott, du hörst dich an wie dein Vater …«, brummte Amabel.

»Den ich um seinen kühlen Pragmatismus schon manches Mal beneidet habe«, gab er zurück. Dann wurde er wieder ernst. »Vertrau mir, Amabel. Ich habe nur das Beste für euren Sohn im Sinn.«

»Ich weiß. Und natürlich vertraue ich dir, Schwager. Aber ich fürchte mich auch. Denn König John traue ich nicht, sei versichert.«

Darauf hatte Yvain keine Antwort, und so war es FitzEdmond, der gedämpft mahnte: »Ihr solltet aufpassen, was Ihr redet, Madame. Hier draußen und vor den Jungen erst recht.« Diskret ruckte er das Kinn zu den Fechtern hinüber, die indes vollkommen mit ihrem Wettstreit beschäftigt waren und dabei so viel Radau machten, dass sie die gemurmelte Unterhaltung gewiss nicht verstehen konnten.

Francis de Clare rammte seinen Schild krachend gegen den seines Kontrahenten. Richards Schild klappte seitlich weg wie eine sich öffnende Tür und gab den Weg für Francis' Schwert frei. Die Übungswaffen waren natürlich stumpf, aber der Knappe führte seinen Stoß auf Richards Körpermitte mit einiger Kraft, sodass der junge Waringham sich zusammenkrümmte und auf den Knien landete. Er hatte die Lider zugekniffen und setzte alles daran, ein Stöhnen zu unterdrücken.

Amabel warf Yvain einen finsteren Blick zu und sah dann stur auf ihre Pflaumen hinab.

Yvain tauschte ein Verschwörergrinsen mit FitzEdmond, zog seinen Neffen am Ellbogen auf die Füße und sagte mitleidlos: »Vielleicht wirst du jetzt endlich lernen, die Füße schneller zu bewegen?«

»Ja, vielleicht«, gab der Junge mit einer selbstironischen Grimasse zurück. Er hob seine Waffen aus dem Gras auf und wollte sich seinem Gegner wieder stellen, als aufgeregte Stimmen aus dem Torhaus erschollen.

»Wo ist Lady Amabel?«, rief eine Frau angstvoll, und die Antwort der Torwache ging in einem markerschütternden Schmerzensschrei unter. Im nächsten Moment kam eine dicke Bäuerin in den Burghof gelaufen. Vier Männer folgten ihr mit einer hastig zusammengeschusterten Trage, auf der ein junger Bursche lag und ohne Unterlass schrie.

Amabel hatte ihr Messer längst beiseitegelegt, war aufgestanden und trat der Gruppe entgegen. »Was ist passiert, Edith?«, fragte sie ruhig.

Edith legte flehentlich eine ihrer fetten Hände um Amabels Arm. Sie war eine krumm gearbeitete, alte Bauersfrau von Mitte dreißig, aber immer wenn Yvain sie sah, musste er an das bildschöne Mädchen denken, das sie einmal gewesen war und das einen Bastard seines Vaters abgetrieben hatte.

»Der Bulle ist auf ihn los, Mylady!«, berichtete sie weinend. »Er hat ihn auf die Hörner genommen und dann … dann hat er seine Hand zertrampelt und …« Edith sank schluchzend in sich zusammen, als der Verwundete wieder schrie.

Yvain trat hinzu, um für ein bisschen Ordnung zu sorgen, auch wenn er nicht so recht wusste, wie. Doch Amabel sah ihn über Ediths Kopf hinweg an und schüttelte knapp den Kopf. »Schafft ihn aus der Sonne«, wies sie die Träger an und nickte zum Viehstall hinüber, einem langgezogenen Holzgebäude auf der Südseite des Burghofs.

»Wäre die Halle nicht besser?«, fragte FitzEdmond unsicher.

»Zu viele Stufen«, antwortete sie, während sie den Männern schon zum Stall folgte, die weinende Frau im Schlepptau. »Edith, du musst dich zusammennehmen«, mahnte sie, streng, aber nicht unfreundlich. »Je eher du mir berichtest, was genau passiert ist, desto schneller kann ich deinem Edgar helfen.«

Yvain war von ihrer Ruhe ebenso beeindruckt wie von der mühelosen Autorität, die sie ausstrahlte. Wenngleich er natürlich wusste, dass schon seit Jahren nicht mehr seine Mutter, sondern Amabel die Lady Waringham war, die die Entscheidungen über die Bewirtschaftung des Gutbetriebs und des Haushalts traf und an die die Leute von Waringham sich mit ihren Sorgen und nicht zuletzt ihren Krankheiten wandten.

Er ging voraus und öffnete beide Torflügel weit, damit möglichst viel Licht ins Innere fiel. Der Stall war verwaist, denn die Kühe standen draußen auf der Weide.

Als die vier keuchenden Träger an Yvain vorbeikamen, warf er einen Blick auf den Verwundeten. Edgar war Ediths ältester Sohn, wusste er, sechzehn oder siebzehn Jahre alt und seit dem Tod seines Vaters im vergangenen Winter der einzige halbwegs erwachsene Mann in der Familie. Doch es würde verdammt lange dauern, bis er wieder schwere Feldarbeit tun konnte, selbst wenn er nicht innerhalb der nächsten halben Stunde verblutete. Sein vielfach geflickter Kittel aus ungefärbter Wolle war auf der linken Seite blutgetränkt und zerfetzt, aber noch besorgniserregender war der Anblick seines rechten Arms, der vom Ellbogen abwärts zu einer unappetitlichen Masse zerquetscht war. Edgars Gesicht war schweißnass und bleich, vor allem um den Mund. Er hatte die Augen zugekniffen und die unverletzte Hand zu einer mächtigen Faust geballt, aber ganz gleich, wie er versuchte, sich zu beherrschen: Als die Männer die Trage auf dem festgestampften Lehmboden abstellten, schrie er wieder.

Yvain kniete sich neben ihn und legte ihm die Hand auf den feuchten, wirren Schopf. »Nur die Ruhe, Edgar. Lady Amabel wird dir etwas gegen die Schmerzen geben.«

Er zweifelte indes, dass es in Waringham irgendetwas gab, das dem Verwundeten Linderung verschaffen konnte. Der morgenländische Mohnsaft hätte das vielleicht vermocht, doch Aimery de Léoncel und seine Apotheke waren so weit weg wie der Mond.

Und dann war Amabel neben ihm und drückte ihm ein Ende einer rauen Wolldecke in die Finger. »Hier. Wir müssen ihn warmhalten. Er steht unter Schock.«

Yvain nickte, und behutsam breiteten sie die Decke über die scheinbar unverletzte untere Körperhälfte.

»Richard, du bringst Edith hinauf in die Halle zu deiner Großmutter. Schick deine Schwester mit dem Verbandskorb, meinem Kräuterkästchen und Wein herunter. Anschließend läufst du ins Dorf und holst Vater Cyneheard.«

»Sofort, Mutter.« Der Junge warf einen Blick auf Edgars zermalmten Arm, seine Augen groß und unruhig. Dann wandte er sich ab. »Komm mit mir, Edith.« Edgars Mutter stand weinend und händeringend in dem Viereck aus Sonnenlicht, das durchs Tor fiel, doch als der Junge ihr die Hand auf den Arm legte, ließ sie sich hinausführen.

Amabel hatte unterdessen den blutdurchtränkten Kittel an der Seitennaht aufgerissen und begutachtete den Schaden auf der linken Seite, wo am äußeren Rand eines großen, schwärzlichen Blutergusses eine blutende Wunde klaffte. »Hier ist eines der Hörner eingedrungen, aber er hat Glück gehabt, glaube ich«, sagte sie zu Yvain auf Normannisch. »Die Wunde ist weit außen und nicht sehr tief. Wenn innere Organe verletzt wären, müsste er schon tot sein, denn Bedwyn sagt, es sei mindestens eine Stunde her, seit es passiert ist.«

Yvain nickte. Edgar war ein schlaksiger Bursche, sein Stier von der Sorte, die weit auseinanderstehende Hörner hatten. Vermutlich war der junge Bauer eher dazwischen geraten als aufgespießt worden. »Aber was ist mit der Hand?«

Amabel sah auf den zermalmten Unterarm hinab, aus dem weiße Knochensplitter aufragten und der wirklich keinen schönen Anblick bot, doch sie war vollkommen unerschrocken. Sie hob den Blick wieder und sah Yvain in die Augen. »Ich werde deine Hilfe brauchen. Eure ebenfalls, Sir Jean.«

FitzEdmond schluckte sichtlich, aber er nickte. »Natürlich.«

Amabel erklärte ihnen, was sie tun mussten, und FitzEdmond ging, um zu besorgen, was sie benötigten.

Edgar regte sich und schrie wieder, aber seine Stimme wurde schwächer. Dann kam FitzEdmond zurück, in seiner Begleitung Matilda, die einen großen Korb trug und einen Krug in der anderen Hand. Als sie Edgar entdeckte, zog sie scharf die Luft ein, aber sie befolgte die Anweisungen ihrer Mutter bemerkenswert ruhig. »Fülle den Becher zur Hälfte mit Wein und gib eine Messerspitze

Bilsenkraut hinein. Rühr es gründlich um und gib es Edgar zu trinken. Er wird schlucken, denn Verwundete dürsten. Bete zur Heiligen Jungfrau, während du all das tust, und hab keine Furcht, wenn er schreit, mein Kind. Denk daran, dass wir versuchen, ihm zu helfen.«

Matilda machte sich ans Werk. Als sie den leeren Becher schließlich beiseitestellte, keuchte Edgar angestrengt. Amabel kniete am Boden, die Hände lose auf den Knien, und betrachtete ihren Patienten eingehend, fühlte ihm mit dem Handrücken die Stirn und lauschte seinem flachen, schnellen Atem.

»Geh zurück in die Halle und hilf deiner Großmutter, Matilda.«

»Ist gut«, sagte das junge Mädchen beklommen.

Amabel wartete, bis ihre Schritte verklungen waren, ehe sie ihren Helfern eröffnete: »Wir können nicht warten, bis das Bilsenkraut wirkt. Er schwindet zu schnell.«

Sie grub zwischen Tiegeln und Leinenstreifen in dem großen Weidenkorb und förderte schließlich behutsam mit beiden Händen eine dunkle Ledertasche zutage. Sie legte sie auf den Boden, öffnete den Verschlussriemen und enthüllte eine handliche Säge mit glänzendem Stahlblatt und einem Holzgriff.

Yvain fragte sie nicht, ob Edgar denn überhaupt noch die geringste Chance hatte oder ob es nicht gnädiger wäre, ihn in Frieden sterben zu lassen. Er ahnte, dass sie die Antwort nicht wusste, aber ihre Ruhe und Entschlossenheit flößten ihm Respekt ein, vor allem Vertrauen. Trotzdem erbot er sich: »Willst du, dass ich es tue?«

Sie hob den Blick von ihrer Knochensäge und sah ihm in die Augen. »Hast du es schon mal gemacht?«

»Nein.«

»Nun, ich schon. Also erspar mir deine Galanterien und lass uns anfangen.«

»Du hast recht.«

Unter Gewissensbissen fesselte er Edgards Füße zusammen und dann an einen nahen Stützbalken, während FitzEdmond den unverletzten Arm seitlich abwinkelte und ebenfalls festzurrte.

Edgar war nur noch halb bei Bewusstsein und merkte nichts davon, doch als Yvain ein flaches Brett unter den zermalmten Arm schob, wurde er schlagartig wieder wach und kreischte. Der Laut gellte in den Ohren, und Yvain spürte Schweiß auf der Brust, aber er nahm sich ein Beispiel an Amabel und blieb besonnen. Er fixierte den Arm oberhalb des Ellbogens an dem Brett, wie sie es ihm erklärt hatte, und als er fertig war, hob Amabel beinah andächtig die Säge.

»Jetzt«, sagte sie.

FitzEdmond packte Edgards Beine, um sie möglichst ruhig zu halten, während Yvain die Hände links und rechts auf das Brett stützte und sein gesamtes Gewicht darauf verlagerte, und als er Amabel zunickte, fing sie an zu sägen.

Edgar bäumte sich auf und schrie gellender als je zuvor, aber nicht einmal das konnte das grausige Sägegeräusch übertönen. Mit zunehmender Verzweiflung würgte Yvain bittere Galle herunter, die ihm in den Mund geschossen war, und hielt das Brett mit aller Macht gepackt, doch als er spürte, mit welcher ungeheuren Kraft Edgar sich zu befreien versuchte, blieb ihm nichts anderes übrig, als das Knie auf dessen Schulter zu pressen. Dann fing FitzEdmond an zu würgen, sprang mit einem eigentümlich matten Jammerlaut auf die Füße und floh.

»Oh Jesus, bitte nicht«, murmelte Amabel und geriet ins Stocken. Edgar wand sich wie ein Fisch an der Angel, jetzt, da plötzlich kein Gewicht mehr auf seinen Beinen lastete.

»Bitte, Edgar, wir haben es gleich geschafft«, flehte Amabel. »Du musst stillhalten …«

Aber Edgar hörte sie nicht, es war der pure Überlebenswille, der das Kommando übernommen hatte, und sein Verstand war vom Schmerz vernebelt.

Doch gerade als Amabel der Mut zu verlassen drohte, verdunkelte ein Schatten am Stalltor das einfallende Sonnenlicht, und im nächsten Moment hockte ein großgewachsener Mann am Boden, packte Edgars Knie und fragte in aller Seelenruhe: »Was soll ich tun?«

Es war Pentecôte FitzHugh.

Dank seiner Hilfe war das grausige Werk bald getan. Vom beträchtlichen Blutverlust und vielleicht befördert vom Bilsenkraut, hatte Edgar schließlich das Bewusstsein verloren, und Yvain sandte ein stilles Dankgebet gen Himmel. Er ging Amabel zur Hand, als sie den Stumpf mit Wein und Essig wusch, und beobachtete schaudernd und fasziniert zugleich, wie sie den Hautlappen, den sie hatte stehen lassen, über die Wunde klappte und festnähte. Nur noch kleine Blutstropfen perlten entlang der Naht, und sie legte einen Verband aus reinen Leinenstreifen an – dick genug, dass der Stumpf gegen Stöße geschützt war.

Pentecôte hatte unterdessen den abgetrennten Unterarm in Edgars zerfetztes Gewand gewickelt und legte ihn neben dem Stalltor auf den Boden. »Er sollte irgendwo begraben werden. Ich glaube, das gehört sich so«, riet er, trat zu Amabel und verneigte sich formvollendet. »Meinen Respekt, Lady Waringham. Wenn der König wüsste, wie grandios ihr diese schwierige Kunst beherrscht, würde er Euch vermutlich als Wundarzt mit ins Feld nehmen.«

»Es ist gar nicht so schwierig, wenn man erst einmal den nötigen Mut gefunden und angefangen hat. Aber habt trotzdem Dank, Sir …?«

»Pentecôte FitzHugh, zu Euren Diensten«, antwortete er mit einem charmanten Lächeln, holte einen halbvollen Wassereimer aus einem der Kuhställe und hielt ihn ihr hin, sodass sie sich das Blut von den Händen waschen konnte.

Yvain starrte ihn ungläubig an. Er hatte bis heute nicht gewusst, dass FitzHugh so etwas im Repertoire hatte.

»Wir müssen beten, dass die Wunde nicht brandig wird«, sagte Amabel, während sie auch die Säge reinigte. »Ob Edgar überlebt, wissen wir erst in zwei oder drei Tagen. Aber ohne Eure Hilfe wäre er uns hier und jetzt verblutet. Wir sind Euch sehr dankbar, Sir Pentecôte. Nicht wahr, Yvain?«

»Ich fürchte, uns bleibt nicht viel anderes übrig«, knurrte der.

»Geschenkt«, gab Pentecôte im gleichen frostigen Tonfall zurück.

»Aber …« Amabel sah verständnislos von einem zum anderen,

und das war kein Wunder. Yvain hatte ihr niemals von seinem Lieblingsfeind erzählt, so wie er es überhaupt seit jeher vermied, mit ihr über sein Leben am Hof zu sprechen.

Doch jetzt gab er sich einen Ruck und rang sich ein Mindestmaß an Höflichkeit ab. »Willkommen in Waringham, FitzHugh.« Und an Amabel gewandt, erklärte er: »Sir Pentecôte ist Cecilys Gemahl.«

»Tatsächlich?«, fragte sie, und es klang ebenso erfreut wie verwirrt. Vermutlich fragte sie sich, wie aus einer gefallenen Nonne die Gemahlin eines Edelmannes werden konnte, aber er beschloss, es seiner Schwester selbst zu überlassen, das zu erklären.

»Hast du sie mitgebracht?«, fragte er Pentecôte.

Der nickte. »Sie ist mit den Kindern in die Halle hinaufgegangen.«

»Wie ritterlich von dir, sie Mutters geballter Missbilligung allein zu überlassen«, bemerkte Yvain, alle guten Vorsätze vergessen.

Pentecôte offerierte sein unerträglich überhebliches Lächeln. »Sie hat darauf bestanden, zuerst allein mit ihr zu sprechen. Und ich bin vollkommen unbesorgt um meine Frau. Sie weiß sich zu behaupten, glaub mir.«

»Ah. Du bereust es wohl schon, dir eine temperamentvolle Waringham ergaunert zu haben.« Er ließ ihn stehen und schaute auf den Bewusstlosen hinab, der jetzt entspannt auf dem strohverzierten Lehmboden lag und mit einem Mal sehr jung und verletzlich aussah mit dem blonden Flaum auf der Oberlippe. »Ich spann einen Wagen an und bring ihn nach Hause«, sagte er zu Amabel.

Sie nickte. »Ich gebe Edith Bilsenkraut mit, denn er wird schlimme Schmerzen haben, wenn er zu sich kommt.« Dann schaute sie von Yvain zu Pentecôte und lud Letzteren ein: »Begleitet mich in die Halle, Sir. Ich kann es kaum erwarten, meine Schwägerin endlich wiederzusehen.«

Er nahm ihren schweren Korb in die Rechte und bot ihr galant den linken Arm. »Das beruht auf Gegenseitigkeit, denke ich.«

Yvain sah ihnen mit verengten Augen nach, während sie plaudernd den sonnenbeschienenen Burghof überquerten. »Was zum Henker willst du hier, FitzHugh?«

Richard und Vater Cyneheard kamen ihnen auf dem Mönchskopf entgegen, beide außer Atem.

»Vergebt mir, dass es so lange gedauert hat, Sir Yvain, ich war in Hetfield, um ein Neugeborenes zu taufen.« Das kleine Dorf, das Amabel mit in die Ehe gebracht hatte, war seit Beginn des Interdikts ohne geistlichen Beistand, denn der Pfarrer war wie so viele englische Priester vor dem gottlosen König John auf den Kontinent geflüchtet.

Richard kletterte seitlich auf den rollenden Leiterwagen und beugte sich über Edgar. »Wie geht es ihm?«

Edith hockte neben ihrem besinnungslosen Sohn auf der Ladefläche, strich ihm über den verschwitzten Schopf und weinte leise vor sich hin. »Mein armer Junge … Was soll ich ihm nur sagen, wenn er aufwacht und feststellt, dass er ein Krüppel ist?«

»Sag ihm, er soll froh sein, noch am Leben zu sein«, riet Yvain und erklärte seinem Neffen: »Deine Mutter musste ihm den Unterarm abnehmen.«

»Oh«, machte Richard unbehaglich. »Wie vorletztes Jahr mit Alfred Wheelers Fuß, als er im Wald in eine seiner eigenen Fallen getreten war, dieser Trottel.«

»Das solltest du mir nicht erzählen«, schalt sein Onkel halbherzig.

»Nein, ich weiß«, räumte Richard ein.

Denn wenn Alfred im Wald Fallen aufgestellt hatte, war er ein Wilderer und hätte streng genommen zusätzlich zu seinem zermalmten Fuß auch noch eine gesunde Hand oder das Gemächt oder beides verlieren müssen. Aber Yvain wusste, wie bitter arm die Wheelers waren, und er fand es vertretbar, dass FitzEdmond ein Auge zugedrückt und den Jungen nicht dem Sheriff übergeben hatte. Nur zugeben durfte er das natürlich nicht, war er doch – Gott helfe ihm – ein Ritter des Königs.

»Deine Mutter war unglaublich«, berichtete er. »Entschlossen und … na ja, ich glaube, kühn ist das richtige Wort. Ich kenne nicht viele Männer, die fertiggebracht hätten, was sie heute getan hat. Und das schließt mich selbst mit ein.«

»Sie ist der gute Geist von Waringham, die Lady Amabel«, warf Edith ein und schniefte.

»Das ist wahr«, stimmte der Geistliche zu. »Und sie wird deinen Nachbarn so lange ins Gewissen reden, bis sie genug Freiwillige beisammen hat, die eure Wintersaat ausbringen und so weiter. Also Kopf hoch, Edith. Du solltest dem Herrn danken, dass er deinen Sohn gerettet hat. Alles andere findet sich schon.«

Sie brachten Edgar und seine Mutter zu deren Kate im Dorf. Yvain und Richard trugen den Verwundeten hinein. Edgar jammerte leise, als sie ihn auf den breiten Strohsack in der Ecke des einräumigen Häuschens legten, der der ganzen Familie als Schlafstatt diente.

»Ich schätze, er kommt bald zu sich«, sagte Vater Cyneheard. »Ich bleibe hier und bete mit ihm. Es wird ein schwerer Schlag sein, wenn er erkennt, dass er fortan mit einer Hand auskommen muss. Auch wenn er allen Grund zur Dankbarkeit hat, ist er ja doch erst sechzehn.«

Edith kniff die Augen zusammen und presste den Handrücken vor den Mund, um ein Schluchzen zu unterdrücken.

»Hat Lady Amabel dir erklärt, wie du ihm die Medizin geben musst?«, vergewisserte sich Yvain.

Sie nickte mutlos. »Aber ich glaub, ich hab's schon wieder vergessen. Ich bin so durcheinander, Sir Yvain …«

Er legte ihr für einen Augenblick die Hand auf den Arm. »Geh zu Wilona hinüber und frag sie, wie du es machen sollst. Sie mag blind sein, aber sie hat bestimmt nicht vergessen, wie man Bilsenkraut verabreicht.«

»Ist gut.«

»Schick uns Nachricht, wenn er Fieber bekommt, hörst du?«

»Gott segne Euch, Sir.« Sie knickste, während sie ihm die Tür aufhielt. »Möge er viel Zeit ins Land gehen lassen, eh der König Euch zurückruft.«

Yvain fuhr den Wagen zurück auf die Burg und überließ es Rob, das Muli auszuspannen. Sie sprachen noch ein paar Worte über den armen Edgar, und Yvain war nicht verwundert zu hören, mit welcher Hochachtung auch der alte Stallknecht von Amabel, ihrem offenen Ohr für alle Sorgen und Nöte und ihren heilerischen Fähigkeiten sprach, die inzwischen auch aus Hetfield und Camberfield und der ganzen Umgebung die Bauern nach Waringham lockten.

Oben in der Halle fand er seine Familie und die Neuankömmlinge an der hohen Tafel, und er musste die Zähne zusammenbeißen, als er erkannte, dass seine Mutter Pentecôte den Ehrenplatz in der Mitte angeboten hatte – Guillaumes Sessel, der normalerweise leer blieb.

Pentecôte unterhielt sich untypisch angeregt mit Amabel, was Yvains Laune nicht gerade besserte, doch ehe ihm eine passende Gehässigkeit eingefallen war, erhob sich der junge Ritter neben der Dame der Halle und verneigte sich artig. »Sir Yvain. Ich bringe Euch Grüße meines Vetters, des Lord Chamberlain.«

»De Burgh!« Yvain erwiderte die Verbeugung mit einem warmen Lächeln. »Willkommen in Waringham. Was kann es nur sein, das Euch hierher verschlagen hat?«

Eustache de Burgh sah mit einem etwas verlegenen Lächeln auf Matilda hinab. »Ihr dürft dreimal raten, Sir.«

Eine zarte Röte hatte sich auf Matildas Wangen ausgebreitet, und ihre Augen strahlten – sie war ein bezaubernder Anblick. »Sir Eustache erwähnte gerade, dass es nur einen Tag oder eine Nacht mit dem Schiff von Dover nach Boulogne dauert, und der Graf von Boulogne hat ein Bündnis mit König John geschlossen, sodass der grässliche König Philippe uns dort nichts anhaben könnte.«

»Wie zuvorkommend von Graf Renaud, dass er heiratswilligen englischen Paaren eine Zuflucht bietet«, bemerkte Yvain augenzwinkernd.

»Sir Eustache sagte auch, je eher wir segeln, desto bessere Chance hätten wir, den Herbststürmen zuvorzukommen«, fuhr Matilda eifrig fort.

Yvain wollte gar nicht daran denken, dass er ein Schiff würde besteigen müssen, um seine Nichte zu verheiraten. Doch er war froh, dass sie dem Bräutigam, den er für sie ausgesucht hatte, anscheinend so gewogen war, dass sie es kaum erwarten konnte. Und erleichtert darüber, dass de Burgh sich offenbar nicht aus dem Verlöbnis mogeln wollte, jetzt, da Yvain in Ungnade war. Er hatte den Lord Chamberlain und dessen Familie unterschätzt, musste er gestehen.

Er nickte dem Bräutigam zu. »Wir reden nach dem Essen mit Lady Waringham darüber und legen ein Datum fest.«

»In Ordnung, Sir.« Eustache ergriff die Hand seiner Verlobten und führte sie ungeniert an die Lippen.

Yvain trat zu Cecily, die neben ihrem Gemahl saß und ihrer Mutter an ihrer anderen Seite lauschte, höflich, doch ihre kerzengerade Haltung verriet, dass ihr nicht gefiel, was sie hörte. Ihre beiden Söhne tollten mit Grim und Weland in den Binsen herum. Der siebenjährige Jocelyn sah aus wie eine Miniaturausgabe von Pentecôte.

»... dich außer Landes bringen, nach Schottland oder Gott weiß wohin, wenn dieser fürchterliche Kirchenbann eines Tages aufgehoben wird und die Geistlichkeit nach England zurückkehrt«, hörte er seine Mutter sagen. »Was soll dann aus deinen Kindern werden, hast du daran mal gedacht?«

»Mach dir keine Sorgen, *ma mère*«, kam Yvain der mutmaßlich pampigen Erwiderung seiner Schwester zuvor. »Der Skandal um die verschwundene Nonne von Amesbury liegt so lange zurück, dass er gewiss längst vergessen ist. Und Cecilys Gemahl ist mächtig genug, um sie und die Kinder zu schützen.«

»Nun, wenn du es sagst«, brummte Lady Maud. Sie seufzte, aber Yvain merkte, dass sie schon halb versöhnt war, und mit einem verstohlenen Blick auf ihren Schwiegersohn fügte sie gedämpft hinzu: »Wenn man ihn anschaut, kann man jedenfalls verstehen, warum du schwach geworden bist, mein Kind ...«

Cecily tauschte einen verblüfften Blick mit ihrem Bruder und stand dann auf, um ihn in die Arme zu schließen. »Yvain. Es ist so eine Freude, dich zu sehen.«

Er legte die Hände auf ihre schmalen Schultern und küsste ihr die Stirn. »Wie war Schottland?«

»Himmlisch. Hügel und Flüsse und Schafe und auf beiden Seiten das Meer. Balsam für die Seele. Die Heide hätte dir gefallen. Eine reine Pracht. Komm.« Sie nahm seine Hand und lotste ihn zu der Stiege, die zur Galerie hinaufführte.

Oswin und Pete, die beiden Torwachen, die dort saßen und ein Bier teilten, ließen sie bereitwillig vorbei.

Die hölzerne Galerie zog sich in luftiger Höhe über die gesamte Breite der südlichen Stirnwand der Halle, und zu festlichen Anlässen musizierten hier oben die Spielleute. Über die Brüstung hatte man freien Blick auf das Kommen und Gehen in der Halle unten, doch wenn man sich auf die Schemel setzte, die für die Musiker bereitstanden, war man den Blicken von unten entzogen. Die Galerie war ein beliebter Platz für heimliche Verabredungen, und Yvain hatte hier gelegentlich schon die sonderbarsten Liebespaare aufgescheucht, Damen und Knechte, Ritter und Mägde, Ritter und Ritter … alles Mögliche. Darum brachte er Amabel niemals hier herauf, doch heute hatten er und Cecily die Galerie für sich.

»Es geht ihnen gut«, begann seine Schwester unvermittelt. »Der König ist sogar ausnehmend zuvorkommend zu deiner Frau. Es scheint ihm daran gelegen zu sein, der Welt zu zeigen, dass *du* in Ungnade bist, nicht aber deine Familie. Letzten Monat hat er Iselda sogar mit zur Falkenjagd genommen und ist beinah eine Stunde an ihrer Seite geritten. Du weißt ja, Kinder fördern immer das Beste in ihm zutage.«

Yvain nickte, und die Sehnsucht nach seiner Frau und seinen Kindern überkam ihn plötzlich mit solcher Macht, dass er sie als schmerzhaftes Brennen hinter dem Brustbein spürte, und sie drohte ihm die Luft abzuschnüren. Aber er nahm sich zusammen und wartete, bis es vorüberging. Er wusste, dass er kein Anrecht auf diese Sehnsucht hatte. Sie war heuchlerisch. Von unmännlich ganz zu schweigen.

»Trotzdem ist Beatriz natürlich unglücklich und in großer Sorge um dich«, fuhr seine Schwester erbarmungslos fort.

»Du musst ihr sagen, dass dazu kein Anlass besteht«, bat er sie eindringlich. »Mir geht es fabelhaft.«

»Dir geht es *nicht* fabelhaft, Yvain.«

»Cecily …«

»Oh, keine Bange.« Sie winkte mit einem traurigen kleinen Lächeln ab. »Ich werde ihr sagen, was immer du willst.«

»Danke. Und hast du irgendetwas über Tilda und ihre Kinder gehört? Weißt du, wo sie untergekrochen sind? Ob sie Not leiden oder …«

Cecily legte ihm die Hand auf den Arm und schüttelte den Kopf. »Sie sind in Brecon, nach allem, was wir wissen. Jedenfalls hat der König sie nicht enteignet, sondern genau das getan, worum du ihn gebeten hast und wofür er dich davongejagt hat. Pentecôte glaubt, Longsword habe ihn dazu überredet.«

»Gott sei gepriesen«, murmelte er erleichtert.

»Ja, du hast recht. Wenngleich man sich fragt, was denn nun an deinem Ersuchen so unverzeihlich gewesen sein soll.« Cecily verdrehte ungeduldig die Augen. »Was macht dein Baum?«

»Er ist aufgewacht.«

»*Was?*«

Yvain nickte. »Im Frühling hatte er mit einem Mal ein einzelnes grünes Blättchen, und über den Sommer ist ein ganzer Zweig daraus geworden. FitzEdmond sagt, wir sollten den Baum oberhalb des Austriebes kappen, damit eine neue Krone wachsen kann.« Er zuckte mit den Schultern. »Wilona und ich sind unschlüssig, ob wir auf ihn hören sollen. Sie tendiert zu einem Nein, aus grundsätzlichen Erwägungen, denke ich, weil sie FitzEdmond misstraut. Ich neige zu einem Ja, weil er sich auskennt. Die Bäume im Obstgarten des Guts haben noch nie so gut getragen wie in den Jahren, seit er als Steward über ihre Pflege wacht. Du siehst, kaum haben die Feen unsere Bitte erhört, bescheren sie uns damit gleich neue Sorgen.«

Cecily schüttelte ungläubig den Kopf. »Lass uns nach Waringham Heath reiten und ihn anschauen«, schlug sie vor, so impulsiv wie der Wildfang von einst. »Das muss ich mit eigenen Augen sehen.«

Willig ließ Yvain sich von ihr zur Treppe ziehen, aber ehe sie sie erreichten, erschien Pentecôte auf der Galerie, warf einen kurzen Blick in die Halle hinunter und trat dann zu ihnen.

»Hat Cecily dir von Baldwin erzählt?«, fragte er.

Yvain verengte die Augen und wappnete sich. »Was ist mit ihm?« Er hatte gehört, dass der König im Sommer Truppen nach Wales geführt hatte, weil Fürst Llywelyn sich mit einem Mal als wenig loyaler Schwiegersohn erwiesen hatte.

»Er ist Sheriff von Leicester geworden.« Pentecôte sagte es mit Befriedigung. Baldwin Beaumont war seit jeher der einzige Mann im Dienste des Königs, dem er mit so etwas wie Freundschaft begegnete. »Der König hat ihm eine reiche Erbin zur Frau gegeben. Niemand sagt es offen, aber ich schätze, es war eine Belohnung für seine Tapferkeit in Wales. Baldwin hat jetzt jedenfalls ein ansehnliches Gut in Warwickshire, und auf einmal geht es für ihn steil nach oben.«

»Dann hat das Glück ausnahmsweise mal den Richtigen getroffen. Aber es muss seltsam für ihn sein. Ein völlig anderes Leben mit einem Landsitz und einem Amt als Sheriff.«

Pentecôte schüttelte den Kopf. »Er hat irgendeinen seiner zahllosen Beaumont-Vettern zum Steward und Stellvertreter ernannt und macht genauso weiter wie vorher. Er könnte es vermutlich nicht aushalten, den Hof zu verlassen«, schloss er mit einem scheinbar arglosen Lächeln.

Aber die Spitze blieb Yvain nicht verborgen – sie kannten und verabscheuten sich schließlich schon mehr als ihr halbes Leben lang. »Wie war Wales?«, fragte er.

»Ein Triumph«, antwortete sein Schwager. »Wir haben Bangor dem Erdboden gleichgemacht und alle Gebiete westlich des Conwy eingenommen. Llywelyn hatte praktisch nichts mehr, worauf er noch einen Fuß setzen konnte, und musste klein beigeben. Seine Gemahlin kam und hat um Gnade für ihn gebeten, und wie immer war der König Wachs in ihren Händen.« Er verzog höhnisch die Mundwinkel. »Aber Llywelyn herrscht fortan von Johns Gnaden über Gwynedd und musste hochrangige Geiseln stellen. Ich schätze, er wird von nun an schön artig sein.«

»Der König war übrigens alles andere als glücklich mit seinen Pferden auf dem Wales-Feldzug«, fügte Cecily hinzu. »Thomas Bigod schwört, er habe ihn brummen hören, Yvain of Waringham hätte ihn niemals auf solchen Ackergäulen in den Krieg geschickt. Ich wette, er holt dich bald zurück, Bruder.«

Eher versehentlich schaute Yvain Pentecôte in die Augen. *Wir beide wissen es besser,* dachte er.

Waringham, August 1212

»Eine Scheune?«, widerholte Jean FitzEdmond verwirrt. »*Hier* auf der Burg?«

»Nun, sagen wir, ein Speicherhaus«, schränkte Yvain ein. »Es muss ja nicht riesig sein. Aber die Vorratsräume im Untergeschoss des Bergfrieds reichen nicht aus, um genügend Lebensmittel einzulagern. Denn im Falle einer Belagerung müssten wir ja auch die Leute aus dem Dorf aufnehmen und versorgen.«

»Glaubst du wirklich, dass es dazu kommen könnte?«, fragte Amabel.

Sie saßen auf der Holzbank, die Cuthbert, der Zimmermann, im Kräutergarten aufgestellt hatte. Der Garten auf der Südseite des Bergfrieds war fast auf das Doppelte seiner früheren Größe gewachsen, seit Amabel ihn bewirtschaftete, und weil sie so viel Zeit dort verbrachte, hatte Yvain die Bank in Auftrag gegeben. Nun sah man Amabel bei fast jedem Wetter dort sitzen und Wacholderbeeren lesen oder Gott weiß was sonst tun.

»Ich glaube vor allem daran, dass es klug ist, auf jede Eventualität vorbereitet zu sein«, gab Yvain zurück und pflückte eine Hagebutte von dem Rosenstrauch, den Amabel letztes Frühjahr gepflanzt hatte.

»Willst du das wohl lassen«, schalt sie. »Sie sind noch nicht reif, und wenn wir uns auf eine Belagerung vorbereiten müssen, brauchen wir jede einzelne Frucht.«

»Vergebt mir, Madame«, bat er reumütig und ergötzte sich

verstohlen an ihrem Stirnrunzeln, bei dem sie immer die Nase krauszog.

FitzEdmond schüttelte nachdenklich den Kopf. »Ganz gleich, wie gern der Papst es hätte, dass Philippe von Frankreich eine Invasionsflotte nach England führt, ich glaube, Philippe ist zu klug, um sich auf solch ein Abenteuer einzulassen.«

»Mag sein«, erwiderte Yvain. »Aber die Versuchung muss groß sein, oder? Es geschieht nicht alle Tage, dass ein König für einen Überfall auf seine Nachbarn den päpstlichen Segen bekommt.«

»Tja, da hast du recht«, musste der Steward einräumen.

»Und wenn es dazu kommen sollte, wird Kent der schwerste Schlag des Hammers treffen. Also sage ich: Lasst uns tun, was wir können, um vorbereitet zu sein.«

Amabel verschränkte nervös die Finger im Schoß. »Gott, ich bin froh, dass unsere Matilda versorgt und irgendwo auf de Burghs Gütern in Lincolnshire in Sicherheit ist.«

Yvain gab ihr recht, auch wenn er seine Nichte vermisste. Er öffnete die Schale seiner Hagebutte mit dem Daumennagel, um an die winzigen Samenkörnchen darunter zu gelangen, die er sorgsam entfernte, ehe er die kleine Frucht in den Mund steckte. Amabel hatte leider recht – die Hagebutte war unreif und selbst für seinen Geschmack viel zu sauer. Er schluckte sie hastig herunter und sagte zu FitzEdmond: »Lass das Holz für den Bau auf der Camberfield-Seite des Waldes schlagen, dann könnt ihr die Stämme über den Fluss herschaffen.«

»Ist gut.« Der Steward erhob sich. »Ich spreche mit dem Reeve, und wir teilen die Männer für die Arbeit ein.«

Die Bauern würden nicht glücklich sein, dass sie mitten in der Ernte zum Holzhacken verdonnert wurden, wusste Yvain, aber alle Hörigen von Waringham schuldeten ihrem Gutsherrn einen Tag Arbeit pro Woche – das galt auch für ihre Frauen, Söhne und Töchter –, und letztlich diente es ja ihrem eigenen Schutz. »Frag Vater Cyneheard, ob sie es sonntags tun dürfen.«

FitzEdmond nickte und wandte sich zum Gehen. »Ah, und hier kommt dein wackerer Knappe.« Womöglich war er insgeheim ein wenig verschnupft, dass Yvain ihm Richards Ausbildung aus der Hand genommen hatte, jedenfalls zog er Ritter und Knappen gern mit ihrem neuen Dienstverhältnis auf.

Richard hat sich gut gemacht, fuhr es Yvain durch den Sinn, als er den Fünfzehnjährigen auf sich zukommen sah: Der Junge war breit in den Schultern geworden, und seine Bewegungen wirkten geschmeidig und leichtfüßig. Eine frisch verheilte Schramme auf der Stirn zeugte von seinem unermüdlichen und furchtlosen Einsatz beim Waffentraining, die Sommersonne hatte sein Gesicht gebräunt, und die strahlend blauen Augen blickten der Welt herausfordernd und vertrauensvoll zugleich entgegen.

»Wie ähnlich er seinem Vater sieht …«, murmelte Amabel.

Es stimmte, erkannte Yvain. Bis auf die dunklen Haare, die seine Mutter ihm vererbt hatte, glich Richard Guillaume in beinah schon unheimlicher Weise, sogar der Gang war der gleiche.

»Du hast einen Besucher, Onkel«, meldete der Junge. »Sir Robert FitzWalter.«

»Ah ja?«, Yvain war verwundert und schlagartig auf der Hut. Er stand auf. »Hast du ihn in die Halle geführt?«

Richard schüttelte den Kopf, während sie Seite an Seite zum Bergfried zurückgingen. »Er müsse dich unter vier Augen sprechen, hat er gesagt, also habe ich ihn in deine Kammer gebracht und Wein und so weiter hinaufgeschickt.«

»Danke.«

»Wer ist Sir Robert FitzWalter?«, fragte der Junge neugierig.

»Ein mächtiger Baron aus Essex und Constable von Baynard Castle in London.«

»Und du kannst ihn nicht ausstehen?«, hakte Richard unverblümt nach.

Yvain fühlte sich ertappt und fragte sich wohl zum tausendsten Mal, wann er endlich lernen würde, seine Gefühle aus seiner Miene zu halten. »Möglicherweise zu Unrecht«, bekannte er.

Robert FitzWalter stand am Tisch und blätterte desinteressiert in Yvains Heiligenkalender, der aufgeschlagen zwischen einer Schale mit Birnen und einem Wasserkrug lag.

»*Englische* Heilige?«, fragte er zur Begrüßung, die Brauen spöttisch gehoben. »Wie exzentrisch …«

Yvain verspürte wenig Neigung, ihm zu erzählen, dass er und dieses Buch Freunde waren, seit sein Vater sie zusammen zwei Monate lang hier eingesperrt hatte. »FitzWalter.« Er schloss die Tür und trat näher. »Willkommen in Waringham. Ein Schluck Wein?«

»Solange es kein englischer ist …«

Das Tablett mit den Erfrischungen stand auf der Truhe unter dem Wandteppich. Yvain schenkte kommentarlos zwei Becher ein und reichte seinem Gast einen davon. »*Santé.*«

FitzWalter nahm einen ordentlichen Zug des fruchtigen aquitanischen Roten und schürzte anerkennend die Lippen. Er war in Yvains Alter: ein athletischer, schlanker Mann mittlerer Größe, mit grauen Augen und glatten schwarzen Haaren, der den Bart in Form eines Spatens trug. »Ihr werdet Euch fragen, was mich hierher verschlägt«, sagte er unvermittelt.

Yvain nickte und lud ihn mit einer Geste ein, Platz zu nehmen. »Ich glaube, ich habe Euch nicht mehr gesehen, seit Ihr aus der Gefangenschaft zurückgekehrt seid.«

»Nein«, antwortete sein Besucher mit einem dünnen Lächeln und setzte sich breitbeinig auf einen der Schemel. »Da der König es für angebracht hielt, mich mein horrendes Lösegeld selbst zahlen zu lassen, habe ich danach nicht gerade die Nähe zum Hof gesucht.«

Yvain hielt zur Abwechslung einmal den Mund. Robert FitzWalter hatte im letzten verzweifelten Kampf um die Normandie vor acht Jahren die Burg von Vaudreuil an der Seine für König John gehalten, doch sie war nach einer rekordverdächtig kurzen Belagerung Philippe von Frankreich in die Hände gefallen, FitzWalter in Gefangenschaft geraten. König John war nicht der Einzige gewesen, der argwöhnte, dass FitzWalter und die Seinen zu feige gewesen seien, um die Burg entschlossen zu verteidigen. Der Makel haftete FitzWalter an wie Pech, und obwohl sein großer Landbesitz und seine vornehme Herkunft ihm eigentlich einen Platz im Kronrat hätten garantieren sollen, hatte John – für den Feigheit bekanntlich die schlimmste aller Sünden war – ihn immer auf Abstand gehalten.

Yvain setzte sich auf die Fensterbank, schlug die Beine übereinander und balancierte den kaum berührten Weinbecher auf dem Knie. »Falls Ihr daran etwas ändern wollt und auf der Suche nach jemandem seid, der Euch die Tür öffnet, habt Ihr schlecht gewählt, fürchte ich.«

»Oh, ich weiß, dass Ihr in Ungnade seid«, entgegnete der Besucher mit einer wegwerfenden Geste. »Ich mag ein zurückgezogenes Dasein in der Einöde von Essex fristen, aber diese erschütternde Nachricht ist selbst bis dorthin gedrungen.«

Sein Sarkasmus fing an, Yvain auf die Nerven zu gehen. »Also, Sir Robert, was ist es dann, das ich für Euch tun kann?«

FitzWalter stellte den Becher auf dem Tisch ab und lehnte sich ein wenig vor. »Der König hat Euch Unrecht getan. Ihr könnt von Glück sagen, weil Ihr noch atmet – anders als Euer Freund Braose –, aber die Tatsache bleibt, dass Johns Urteil Euch völlig zu Unrecht getroffen hat. Willkürlich. Genau wie mich, als er kürzlich in einem Rechtsstreit gegen mich entschied. Genau wie eine ständig wachsende Zahl weiterer Männer. Er bricht über das Leben unbescholtener Menschen herein wie eine biblische Plage, er hat die Normandie verloren, und er hat das Interdikt über England gebracht. Darum haben einige Männer sich in letzter Zeit gelegentlich gefragt, ob es recht ist, diesem Treiben weiterhin tatenlos zuzuschauen. Männer in England ebenso wie Männer in Wales, so zum Beispiel …«

»Halt«, fiel Yvain ihm schneidend ins Wort. »Ihr solltet besser nicht weitersprechen, Sir.«

»So frostig?« FitzWalter schnaubte leise, es war ein überhebliches, beinah mitleidiges kleines Lachen. »Ihr denkt, es ist Verrat, was ich sage? Aber Ihr wisst schon, dass der Papst die englischen Lords von ihrem Lehnseid an König John entbunden hat, oder?«

»Das ist ohne Belang«, gab Yvain kategorisch zurück.

»Ohne Belang?«, wiederholte FitzWalter ungläubig. Seine blasierte Gelassenheit war ihm abhandengekommen, und er sprang auf die Füße. »Wie könnt Ihr das sagen? Er ist der *Papst*, verflucht noch mal!«

»Und John ist der König.« Er musste daran denken, was William Marshal einmal zu ihm gesagt hatte. »Gott hat ihn dazu gemacht, und darum hat kein Mann das Recht, ihm die Krone zu nehmen, auch nicht der Papst. Das englische Volk, über das Ihr offenbar gern die Nase rümpft, weiß das, denn es hat seinem König seit Beginn des Interdikts mehr Liebe und Ergebenheit gezollt als jemals zuvor.«

»Mein Gott.« FitzWalter starrte ihn kopfschüttelnd an, anscheinend ehrlich erschüttert. »Ich hätte niemals gedacht, dass ein Mann wie Ihr diesem Teufel solch blinden Gehorsam entgegenbringt. Was für ein erbärmlicher Tropf Ihr doch seid, Waringham.«

Ich kann nur beten, dass das nicht stimmt, dachte Yvain bitter. Denn in einem Punkt hatte FitzWalter recht: Ein Teufel schlummerte in König John, und manchmal wachte er auf und brach sich Bahn. Niemand wusste das so gut wie Yvain, denn er allein hatte Prinz Arthurs Leichnam gesehen.

Er schaute FitzWalter in die Augen. »Er ist, wie er ist. Aber das Einzige, was uns bleibt, ist, mäßigend auf ihn einzuwirken – denn er hat ein Gewissen, an das zu appellieren sich lohnt – und auf die Zukunft zu hoffen. Auf Prinz Henry. Alles andere wäre Anarchie, Sir Robert. Sie hat England schon einmal ins Unglück gestürzt. Und wer sie entfesselt, lehnt sich nicht nur gegen den König auf, sondern auch gegen die gottgewollte Ordnung der Welt. Ich hoffe, Ihr überlegt Euch gut, was Ihr tut.«

FitzWalter stellte seinen Becher langsam auf dem Tisch ab. Den Blick auf den leeren Pokal gerichtet, sagte er: »Er hat meine Tochter verführt.«

Yvain kniff einen Moment die Augen zu. Er wusste nichts zu sagen.

FitzWalter schaute wieder auf. »Erspart mir Euer Mitleid«, stieß er wütend hervor. »Sie ist vierzehn Jahre alt und kam aus dem Kloster, wo sie erzogen wurde, als Isabellas Dame an den Hof. Ein weltfremdes Kind. Aber das hat ihn nicht gehindert. Er hat sie ja gern jung, nicht wahr? Die Königin war ja selber noch ein Kind, als er sie gestohlen hat …«

So tief verwurzelt war die Gewohnheit, den König in Schutz zu nehmen, dass Yvain selbst jetzt sagen wollte: *So war es nicht. Er mag vieles sein, aber ein Kinderschänder ist er nicht.* Doch er brachte es nicht heraus.

»Ihr werdet ihn warnen«, erkannte FitzWalter. »Ist es nicht so? Ihr werdet zu ihm reiten und ihm von meinem Ansinnen berichten.«

Yvain nickte. »Ich habe keine Wahl.«

»Nun, Ihr müsst tun, was Ihr für richtig haltet.« FitzWalter stand auf, wandte sich zur Tür und blieb noch einmal stehen. Über die Schulter sagte er: »Ich bin gespannt, wie Ihr über Königtum und Vasallentreue denkt, wenn es Eure Tochter trifft, die der König ja neuerdings so häufig mit seiner Aufmerksamkeit ehrt. Wie alt ist sie doch gleich? Zehn? Elf? Gott steh Euch bei, Waringham.«

Nottingham, August 1212

»Gib sie zurück, Rodhri ap Owain, oder du wirst es bereuen!«, drohte Iselda und setzte ihrem walisischen Spielgefährten nach, der eine ihrer blauen Haarschleifen gestohlen hatte, sodass der linke Zopf sich in Auflösung befand.

Lachend rannte Rodhri an der mächtigen Burgmauer entlang Richtung Halle, seine Beute triumphal über den Kopf gestreckt. Iselda sah ihrem flatternden Haarband mit verengten Augen hinterher und schlug einen Haken nach links, ohne ihre Schritte zu verlangsamen. Sie kannte sich in Nottingham Castle viel besser aus als die walisischen Geiseln, nahm die Abkürzung hinter der Schmiede entlang, schnitt Rodhri den Weg ab und hätte ihr Haarband bestimmt zurückerobert, hätte der Dieb es nicht zusammengeknüllt und im Lauf seinem Cousin Maredudd zugeworfen, der es mühelos auffing.

»Na warte«, knurrte Iselda. Mit Maredudd hatte sie leichtes Spiel, denn er war einen halben Kopf kleiner als sie. Nach zwanzig Schritten hatte sie ihn eingeholt, krallte die Linke in sein Obergewand und brachte ihn zu Fall. Maredudd riss sie mit sich zu Boden und verbarg das Haarband kichernd in beiden Händen, bis Iselda seinen Unterarm packte und herzhaft in den rechten Handballen biss.

»Autsch!« Er zuckte erschrocken zurück und öffnete die Hände. Die einst so makellose himmelblaue Seidenschleife landete im Morast.

»Jetzt sieh dir an, was du angerichtet hast, du walisischer Schuft!«, schimpfte Iselda, ein wenig außer Atem nach ihrem Rennen.

Maredudd kam auf die Füße und beäugte sie argwöhnisch. »Kein Grund, mir Hand abbeißen«, gab er patzig zurück – sein Normannisch auch nach einem Jahr an diesem Hof noch ziemlich dürftig.

Rodhri war ihnen im gemächlichen Schritt gefolgt, hob das Haarband auf und überreichte es der Besitzerin. »Tut mir leid, dass es Schaden genommen hat, Iselda, das wollte ich nicht«, beteuerte er mit einer kleinen Verbeugung. Sein Normannisch war geschliffen und fehlerfrei.

Sie riss ihm das Band aus den Fingern, aber keine schlagfertige Erwiderung wollte ihr einfallen. Rodhri ap Owain war schon vierzehn. Er hatte nussbraune Locken und beinah schwarze Augen, und Iselda verspürte in seiner Gegenwart immer ein sonderbares Herzklopfen. Darum hatte sie auch in Wahrheit gar keine Einwände dagegen gehabt, dass er ihre blaue Haarschleife stahl. Aber das sollte er auf keinen Fall merken. »Meine Mutter wird nicht gerade entzückt sein«, prophezeite sie finster.

»Deine Mutter wird nicht einmal diesen tellergroßen Grasfleck auf deinem Kleid bemerken, das wissen wir doch beide«, entgegnete er mit einem Lächeln, von dem das Herzklopfen noch ein wenig schlimmer wurde. »Und außerdem …«

»Rodhri ap Owain, Maredudd ap Iorwerth, ihr kommt mit mir«, fiel eine barsche Männerstimme ihm ins Wort.

Iselda wirbelte herum. »Sir Pentecôte.« Sie senkte den Blick und knickste untypisch scheu. »Ist der König schon zurück von der Jagd?«

Er nickte. »Geh hinein, deine Mutter erwartet dich«, befahl er, ohne sie anzusehen.

Iselda war es gewohnt, dass er streng und kurz angebunden zu ihr war – so war er zu allen außer dem König –, aber so grimmig wie heute hatte sie ihn noch nie gesehen. Sein Gesicht war ganz bleich, und irgendetwas daran machte ihr Angst. »Aber was …«

Er packte ihre Schulter und drehte sie ziemlich rüde in die gewiesene Richtung. »Verschwinde, bevor ich dir Beine mache.«

Iselda stolperte zwei Schritte, wandte sich dann um und ging rückwärts weiter. »Was habt ihr angestellt?«, fragte sie Rodhri beklommen.

Der sah Pentecôte FitzHugh noch einen Moment ins Gesicht, ehe sein Blick zu den großen Händen des Ritters hinabglitt. Sie hielten Hanfstricke. Rodhri legte seinem jungen Cousin den Arm um die Schultern und antwortete Iselda: »Gar nichts. Jetzt tu ausnahmsweise einmal, was man dir sagt.«

Sie lief zu dem großen Steinhaus nahe der Ringmauer, wo die königlichen Gemächer lagen, erklomm die Treppe ins Obergeschoss, ging den dämmrigen Korridor zur Halle der Königin entlang, und die Wache öffnete ihr höflich die Tür.

Königin Isabella saß kerzengerade in ihrem Brokatsessel, die Hände lose auf den Armlehnen, und weinte. Sie schluchzte nicht, und ihre Schultern bebten auch nicht. Es war, als sehe man eine Statue weinen. Ihr Gesicht war so starr und weiß wie Marmor.

»Es gibt nichts, was Ihr tun könntet, Madame«, sagte William Longsword beschwörend, der vor ihr stand und bekümmert auf sie hinabschaute. »Und wenn Ihr meinen Rat wollt, solltet Ihr es auch nicht versuchen. Er ist entschlossen. Und ich fürchte, sein Entschluss ist richtig.«

»Richtig …«, wiederholte die Königin vage. Es klang fast, als spreche sie im Traum.

Iselda schloss die Tür so lautlos wie möglich, damit die Erwachsenen sie nicht bemerkten und hinauswarfen, und lehnte sich mit dem Rücken dagegen. Longswords Gemahlin, Ela of Salisbury, saß auf der Fensterbank und weinte auch. Sonst war niemand dort. Iselda hörte die Stimme ihrer Mutter gedämpft durch die angelehnte Tür zur angrenzenden Kinderstube, wo sie den Kleinen einen Abzählreim vorsang.

»Aber ist das auch *sicher*?«, fragte Isabella den Bruder des Königs flehentlich. »Fürst Llywelyn ist doch kein Mann, der sein Wort bricht.«

»Jeder Herrscher bricht sein Wort dann und wann, wenn er glaubt, damit durchzukommen«, widersprach Longsword untypisch schroff. »Und Ihr wisst so gut wie ich, dass Llywelyn enge Verbindungen zu den Braoses unterhielt. Wir müssen glauben, dass er mit unseren Feinden gemeinsame Sache macht, denn es war Yvain of Waringham, der uns die Warnung geschickt hat.«

Iselda zuckte zusammen.

»Sir Yvain?«, fragte die Königin erstaunt. »Aber wie hat ausgerechnet er davon erfahren?«

»Einer der Verräter hat ihn aufgesucht, um ihn für das Komplott gegen den König zu gewinnen. Sir Yvain ist sofort aufgebrochen, um den König zu warnen, und fand uns in Clipstone bei der Jagd. Da er selbst sich dem König nicht nähern durfte, schickte er seinen Knappen – seinen Neffen Richard, um genau zu sein – mit einem Brief: Robert FitzWalter und eine Reihe weiterer englischer Barons planen, den König zu stürzen. Das heißt, sie wollen ihn töten, Madame, wir sollten uns lieber nicht vormachen, sie würden davor zurückschrecken. Und Llywelyn ist Teil dieser Verschwörung, denn er verspricht sich Freiheit von englischer Vorherrschaft für Gwynedd – für ganz Wales, vermutlich –, wenn er Johns Stiefel nicht mehr im Nacken hat und die siegreichen Verschwörer ihm zu Dank verpflichtet sind. Da und dort hat der König die Lords, die mit ihm zur Jagd waren, zu einem provisorischen Kronrat zusammengerufen, und wir haben es einstimmig beschlossen: Der neuerliche Feldzug nach Wales kann jetzt nicht stattfinden. Der König wird seine Truppen stattdessen nach London führen und die englischen Verräter dingfest machen. Aber

Fürst Llywelyn muss begreifen, dass man diesen König nicht straflos hintergehen kann. Darum werden die Geiseln sterben.«

Iseldas Knie wurden auf einmal butterweich, ihre Hände feucht, und ein seltsamer Pfeifton war in ihren Ohren. Trotzdem hörte sie den verzweifelten Protest der Königin: »Aber es sind *Kinder*!«

William Longsword nickte und räusperte sich unbehaglich. »Ich weiß, es ist furchtbar. Und John weiß es auch. Doch es ist Llywelyn, der dies zu verantworten hat, nicht er. Ihr müsst bedenken …«

Mehr hörte Iselda nicht. Sie hatte die Tür aufgerissen und rannte auf den Korridor hinaus, flog förmlich die Treppe hinab und hinaus in den Burghof. Der Regen, der den ganzen Tag schon gedräut hatte, fiel jetzt in dicken, prasselnden Tropfen und machte die hölzerne Stiege zum Wehrgang hinauf glitschig. Trotzdem verlangsamte Iselda ihre Schritte nicht, geriet ins Straucheln, bekam gerade noch das Geländer zu fassen und trieb sich einen Splitter in die Hand. Sie merkte nichts davon. Sie rannte, wie sie nie in ihrem Leben gerannt war. Sie wusste genau, wohin der König gegangen war. Ihre Kehle brannte, und sie hatte Stiche in der Seite, als sie ihn auf dem Wehrgang oberhalb des Torhauses fand.

»Sire, bitte, das dürft Ihr nicht tun!« Ihre Stimme überschlug sich, und sie bekam kaum genug Luft für ihren verzweifelten Appell.

Er schien sie überhaupt nicht zu hören. Sein Profil war vollkommen reglos bis auf das Äderchen, das in der Schläfe pochte. Die großen Hände an den Seiten waren zu losen Fäusten geballt, und er starrte geradeaus – scheinbar ins Leere.

Iselda wandte den Kopf, um seinem Blick zu folgen. Es schien sonderbar lange zu dauern, weil ihr so vor dem graute, was sie sehen würde, aber schließlich waren ihre Augen auf den nördlichen Wehrgang gerichtet. Dort standen die achtundzwanzig walisischen Geiseln in einer ordentlichen Reihe nebeneinander. Ein paar waren junge Männer, die meisten jedoch Knaben, von denen der zwölfjährige Maredudd ap Iorwerth nicht einmal der Jüngste war. Jeder von ihnen hatte die Hände auf den Rücken gefesselt und einen dicken Strick um den Hals, dessen anderes Ende um eine der schmalen gemauerten Schwalbenschwanzzinnen der Brustwehr geknotet war. Hinter jedem standen zwei Soldaten. Unvermittelt ließ das Prasseln des Regens nach, und nun hörte Iselda das Weinen und Flehen, die panischen Stoßgebete und die zornigen Flüche. Maredudd wand sich und trat nach hinten aus, sodass sein Bewacher ihn rüde bei den Schultern packte. Rodhri stand gleich neben ihm mit geschlossenen Augen und stockstill, aber sein linkes Hosenbein war durchnässt.

Der König hob die Rechte.

Iselda umklammerte seine andere Hand mit ihren beiden. »Bitte, mein König … bitte nicht …«

Jetzt endlich nahm er sie zur Kenntnis. Die Rechte immer noch erhoben, sah er auf Iselda hinab, und nie zuvor hatte sie etwas so Gruseliges gesehen, denn seine Augen schienen vollkommen leblos, wie Glaskugeln. Dann befreite er seine Hand, legte sie Iselda auf den Kopf und strich ihr einen Augenblick über die aufgelöste Haarflut. »Du solltest das nicht sehen, Einhörnchen«, sagte er und legte die Hand über ihre Augen.

Iselda schluchzte, und obwohl sie sich vor ihm fürchtete, legte sie beide Hände über die seine auf ihrem Gesicht, während von der anderen Seite ein vielstimmiger Aufschrei erklang und dann abrupt verstummte.

Drei Tage hatte Yvain im Haus der Templer in Nottingham auf eine Nachricht des Königs gewartet, und wenngleich die Ordensbrüder ihm große Gastlichkeit erwiesen hatten, nachdem er den Namen seines Onkels Robert erwähnte, war die Zeit ihm lang geworden.

Am Morgen des vierten Tages saß er allein über einem späten Frühstück, als ein Knappe des Königs ihm die Aufforderung brachte, sich eine Stunde vor Mittag auf der Burg einzufinden.

Also verließ Yvain kurz darauf das hübsche Haus gegenüber der verrammelten St.-Nicholas-Kirche im normannischen Teil der Stadt. Unter einem bedeckten, eigentümlich messingfarbenen Himmel und bei drückender Schwüle machte er sich zu Fuß auf den kurzen Weg zur Burg hinauf. Doch er ließ das gewaltige Haupttor linkerhand liegen und ging außen an der Wehranlage entlang, bis er zur Nordseite der Ringmauer kam. Und dort hingen sie. Er zählte achtundzwanzig. Ordentlich nebeneinander aufgereiht baumelten sie von den Zinnen, und ein paar Dutzend Krähen umschwärmten sie und zankten um die fette Beute. Sie hatten schon ganze Arbeit geleistet, sodass von den Gesichtern nicht mehr viel zu erkennen war. Aber Yvain sah an der Größe und Statur der Gehenkten, dass es stimmte, was in der Stadt erzählt wurde: Es waren mehr Jungen als Männer unter den walisischen Geiseln gewesen, die Jüngsten nicht älter als Gui.

Sein Verstand sagte ihm, dass er keine Schuld am Tod dieser Jungen trug. Er hatte getan, was er tun musste, denn er konnte den König nicht ins offene Messer laufen lassen – ganz gleich, was geschehen war. Doch er wusste, es war seine Warnung gewesen, die zum Tod dieser Knaben geführt hatte, und darum betrachtete er die Gesichter mit den leeren Augenhöhlen systematisch und geruhsam, eines nach dem anderen. Er fand, das war er ihnen schuldig, auch wenn ihm sterbenselend davon wurde.

Beatriz erwartete ihn im Burghof, in dem Winkel zwischen Torhaus und Brennholzschuppen. Wie eine Madonna stand sie da mit der knapp zweijährigen Eloise in den Armen, flankiert von ihren restlichen Kindern – je drei zu jeder Seite, so als hätten sie ihre Positionen einstudiert.

Yvain trat langsam auf sie zu, würgte den dicken Brocken herunter, der ihm die Kehle zuzudrücken drohte, und schloss seine Frau in die Arme – vorsichtig, um das schlafende Kind nicht aufzuschrecken.

Beatriz schlang den freien Arm um seinen Hals und presste das Gesicht an seine Brust. »Yvain«, flüsterte sie. »Die Heilige Jungfrau sei gepriesen. Sie hat dich uns zurückgebracht, *mon amant* …«

Er küsste den blonden Haaransatz, der unter dem Gebende hervorschaute, strich mit den Lippen über ihre Stirn und sog verstohlen ihren unverwechselbaren Duft ein. Davon wurde ihm schlagartig besser, und er hätte stundenlang so mit ihr hier stehen können, aber eine Hand zupfte energisch an seinem Bliaut. Yvain ließ seine Frau los, hockte sich auf die Erde und breitete die Arme aus. »Kommt her, ihr halbes Dutzend Waringhams.«

Der neunjährige Gui war der Erste, der ihm mit einem kleinen Hechtsprung um den Hals fiel, gefolgt von Blanche, Aliénor und Agnes.

»Vater, der Lord Chamberlain hat gesagt, ich darf nächstes Jahr Page werden …«

»Ich hab dich so schrecklich vermisst, *mon père* …«

»Ich auch, ich auch …«

»Ich hab einen Wackelzahn, schau mal …«

Geduldig und routiniert verteilte Yvain seine Aufmerksamkeit auf die Kleinen.

Als Iselda zur Welt gekommen war, hatte er sich geschworen, ein anderer Vater zu werden als Jocelyn of Waringham. Der Himmel hatte es so gefügt, dass ungefähr alle zwei Jahre ein kleines Gottesgeschenk hinzugekommen war, an dem er seine guten Vorsätze erproben konnte, und anders als bei den meisten anderen Familien hatte der Allmächtige ihnen bislang kein einziges wieder genommen. Yvain empfand diesen reichen Kindersegen als große Gnade. Und so beglückwünschte er seinen Sohn zu dessen Auszeichnung und sagte ihm eine glänzende Zukunft am Hofe voraus, er erklärte der siebenjährigen Blanche, sie müsse den Zahn unters Kopfkissen legen, sobald er ausfalle, damit die Zahnfee ihn holen und gegen einen glänzenden Penny eintauschen könne, und er versprach ihren beiden jüngeren Schwestern eine Geschichte, um sie für seine lange Abwesenheit zu entschädigen.

»Über den bösen Drachen von Bignor?«, fragte die sechsjährige Aliénor, der es nie gruselig genug sein konnte.

»Lieber über die Prinzessin mit dem Gänseblümchen«, bettelte die zwei Jahre jüngere Agnes.

Ihr Vater schüttelte nach kurzer Überlegung den Kopf. »Von dem Däumling Sir Minuscule, auch genannt der Ritter ohne Furcht und Tadel mit der Tannennadel.«

Sie kicherten hingerissen.

Während alldem entging Yvain nicht, dass zwei seiner Töchter auf Abstand geblieben waren und sich an der stürmischen Begrüßung nicht beteiligt hatten. Über die Köpfe der anderen hinweg sah Yvain sie an. Marie, die Zweitjüngste, war noch nicht einmal zwei gewesen, als der König ihn von seinem Hof verbannt hatte, und beäugte den Wildfremden, der ihr Vater war, mit einer Mischung aus Erwartung und Misstrauen. Zur Sicherheit hielt sie die Hand ihrer großen Schwester, deren Anblick Yvain einen Stich versetzte.

Er stand langsam auf, befreite sich behutsam von den kleinen Händen, die seine Beine umklammerten, und trat zu ihr. »Iselda. Geht es dir gut, mein Engel?«

Sie nickte einmal kurz. »Es ist so wunderbar, dass du wieder da bist, Vater.« Aber ihr Lächeln misslang, und er sah genau, dass sie nur mit Mühe die Tränen zurückhielt. Sie war furchtbar bleich, und dunkle Schatten lagen unter den Augen, so als wäre sie krank.

Er hob Marie zu sich hoch und versicherte ihr, dass er kein Unhold, sondern nur ihr Vater sei, und brachte sie zum Lachen. Dann stellte er sie wieder auf die Füße, setzte sich auf den Hackklotz, sodass er Auge in Auge mit seiner Ältesten war, legte ihr die Hände auf die Schultern und küsste ihr die Stirn. »Was ist passiert?«

Sie wollte antworten, aber sie fand keine Worte – was ihr nun wirklich nicht ähnlich sah. Sie schlug den Blick nieder und schüttelte hilflos den Kopf.

Yvain schaute zu seiner Frau.

Beatriz sah auf die schlummernde Eloise in ihren Armen und die anderen Kleinen hinab. Sie ruckte vielsagend das Kinn zur Nordmauer. »Der König hat sie zusehen lassen.«

»Nein, das hat er nicht«, widersprach Iselda, die immer bereit war, für den König in die Bresche zu springen und ihn in Schutz zu nehmen. *Genau wie dein Vater, dieser unbelehrbare Tor,* dachte Yvain. »Er hat mir die Augen zugehalten, und er wollte auch gar nicht, dass ich dort bin«, fuhr sie fort, und nun endlich rannen Tränen über ihre zarten Wangen. »Ich war zu ihm gelaufen, um ihn zu bitten … Ich meine, sie waren doch meine *Freunde*, Vater! Aber er …«

Yvain zog sie an sich, hob sie auf sein Knie, obwohl sie dafür eigentlich schon viel zu groß war, schloss sie in die Arme und wiegte sie. Er suchte nach den richtigen Worten, aber nur die ungeschminkte Wahrheit schien ihm angebracht. »Es tut mir leid, Iselda. Ich weiß, wie bitter das ist, glaub mir. Wenn du einem König deine Freundschaft schenkst, läufst du immer Gefahr, an seinen Taten zu verzweifeln.«

Sie hatte das Gesicht an seiner Schulter vergraben und schluchzte, aber sofort nahm sie sich zusammen, hob den Kopf und legte den Handrücken vor den Mund, bis sie sich beruhigt hatte. »Auf einmal kommt er mir so fremd und unbegreiflich vor. Und auf einmal macht er mir Angst«, gestand sie flüsternd.

Ihr Vater nickte. »Gut so. Denn fremd und unergründlich und furchteinflößend zu sein ist die Natur von Königen. Doch es tut mir leid, dass du das auf so grausame Weise erfahren musstest.«

Iselda wischte sich langsam mit beiden Händen die Tränen vom Gesicht, stand auf und sah ihn an. Seltsam erwachsen erschien ihm dieser Blick, kummervoll, aber auch ergeben. Plötzlich musste Yvain an Robert FitzWalters Tochter und seine fürchterliche Warnung denken. *Es gibt mehr als einen Weg, einem Mädchen die Unschuld zu rauben,* erkannte er.

Er nahm Iseldas Hand und legte sie an seine Brust. »Du wirst vermutlich niemals vergessen, was hier geschehen ist, aber der Schmerz über den grausamen Tod deiner Freunde wird nachlassen, glaub mir.«

»Ich glaube es, weil du es sagst, Vater, nur im Moment fühlt es sich überhaupt nicht so an.«

»Nein, ich weiß. Aber Gott wirkt die verblüffendsten Wunder, weißt du. Er wird deine Zuversicht wiedererwecken, so wie er den Feenbaum in Waringham zu neuem Leben hat erwachen lassen.«

»*Was?*« Iselda schlug beide Hände vor den Mund, und wenigstens für einen Moment war ein seliges Leuchten in ihren Augen, ehe die Schatten zurückkehrten. »Oh, Vater, können wir nicht nach Hause reiten?«

Yvain unterdrückte ein Seufzen und tauschte einen Blick mit seiner Frau.

»Wir werden sehen, Liebling«, antwortete Beatriz. »Die Zeiten, die jetzt kommen, werden so stürmisch sein, dass es uns überallhin wehen kann – vielleicht sogar nach Waringham.«

Sage und schreibe vier Mann standen vor den Gemächern des Königs auf Wache, und einer davon war Pentecôte FitzHugh. Mit einem frostigen Nicken öffnete er Yvain die Tür, trat aber vor ihm ein und meldete: »Yvain of Waringham, Sire.«

»Dann herein mit ihm«, antwortete John. Es klang verdrossen.

Yvain tauschte einen ironischen Blick mit Henry of Burton, dem jüngsten der Wächter, und wagte sich in die Höhle des Löwen.

Der König stand mit verschränkten Armen vor dem kalten Kamin, in erlesenen schilfgrünen Gewändern – feiner, als er sie außerhalb offizieller Anlässe üblicherweise trug – und vollständig bewaffnet. »Lasst uns allein, Pentecôte. Kümmert Euch um die Ausrüstung Eurer Männer. Wir brechen morgen beim ersten Tageslicht auf.«

»Wie Ihr befehlt, mein König.« Pentecôte verneigte sich und ging hinaus.

Yvain wartete, bis die Tür sich geschlossen hatte. Dann trat er vor den König und sank auf ein Knie nieder. »Sire.«

Sein Herzschlag hatte sich ein wenig beschleunigt, aber das war alles. Eineinhalb Jahre lang hatte er Zeit gehabt, sich auf diese Begegnung vorzubereiten und sich vorzustellen, wie sie verlaufen würde. Jede Variante hatte er ungezählte Male im Kopf durchgespielt, und er war einigermaßen zuversichtlich, dass er auf alles gefasst war.

Doch in seinen wildesten Phantasien hätte er sich niemals die freundschaftliche Hand ausgemalt, die plötzlich auf seiner Schulter lag, und beinah traf ihn der Schlag, als er John sagen hörte: »Steht auf, Yvain. Bei Gottes Zähnen, ich habe Euch vermisst.«

Yvain kam benommen auf die Füße, sah ihm einen Moment in die Augen und senkte dann den Blick.

»So untypisch stumm?«, fragte John.

»Sprachlos, Sire.«

Der König lachte in sich hinein. »Das wäre das erste Mal.« Dann wurde er wieder ernst. »Ihr habt mir vermutlich das Leben gerettet mit Eurer Treue. Eurer *unerschütterlichen* Treue, muss man wohl sagen, denn ich weiß sehr wohl, dass ich Euch unrecht getan habe. Trotzdem habt Ihr mich vor dem Komplott gewarnt, das FitzWalter und Llywelyn und ihre Mitverschwörer gegen mich geschmiedet haben – möge die Hölle sie alle verschlingen –, und ich bin Euch dankbar.« Er trat an den Tisch, auf dem das übliche Durcheinander herrschte, schenkte Wein in zwei purpurne venezianische Glaspokale und reichte Yvain einen davon. »Auf die Treue wahrer Freunde.«

Ich bin nicht dein Freund, dachte Yvain nicht zum ersten Mal. *Williams Tod werde ich dir niemals verzeihen können, und wenn wir beide hundert Jahre alt würden. Im Übrigen brauchst du gar keine Freunde, denn du willst nichts anderes als ergebene Untertanen.*

Trotzdem nahm er den Wein und trank. Die versöhnliche Geste, vor allem das freimütige Eingeständnis seines Unrechts waren weit mehr, als Yvain erwartet hatte, und er wusste sie zu schätzen, gerade weil sie nicht Johns Natur entsprachen. Und außerdem war Yvain ja hergekommen, um die Kluft zu überbrücken. Weil es der einzige Weg war, der ihm offenstand.

»Habt Dank, Sire.« Er stellte den Becher auf einer winzigen freien Insel auf der Tischplatte ab. »Ist FitzWalter entwischt?«

»Natürlich«, knurrte John. »Es ist ja nicht weit von Waringham nach Dover, nicht wahr? Vermutlich hat er sich gleich zur Küste aufgemacht, nachdem er gemerkt hat, dass er bei Euch auf wenig Gegenliebe stieß mit seiner Intrige. Er ist in Frankreich und schmiedet Ränke mit Philippe, das ist gewiss. Wir werden nach London ziehen und seine Burg dort schleifen, sobald meine flämischen Söldner eintreffen, die ich eigentlich nach Wales führen wollte.«

Der Rachedurst funkelte in seinen Augen, doch sie wussten beide, dass es kaum mehr als eine leere Geste war. FitzWalter hatte sicher keine Familienmitglieder in Baynard Castle, seiner Londoner Festung, zurückgelassen, die ihn erpressbar gemacht hätten.

John lehnte sich mit der Schulter an die gemauerte Einfassung des Fensters und schaute zum nördlichen Wehrgang hinüber. »Ich bedaure, dass Iselda die Hinrichtung der walisischen Geiseln miterleben musste, Yvain. So wie ich bedaure, dass es überhaupt dazu gekommen ist.«

»Ja, ich weiß, Sire.«

»Die Welt wird vermutlich wieder einmal sagen, dass nur König John zu solch einer Gräueltat fähig war.«

»Nun, in dem Falle befände die Welt sich im Irrtum«, entgegnete Yvain unverblümt. »Richard hätte das Gleiche getan, Euer Vater ebenso und vermutlich sogar Eure Mutter.«

John schien ihn gar nicht gehört zu haben. »Meine arme Joan wird furchtbar erschüttert sein, wenn sie die Nachricht bekommt. Auch sie hat mich vor der Verschwörung gewarnt, ihr Bote kam gestern. Sie wird denken, das Blut der Geiseln klebe an ihren Händen.«

Ganz zu schweigen davon, dass sie sich zwischen der Loyalität zu ihrem Vater und der zu ihrem Gemahl entscheiden musste, dachte Yvain beklommen. Was für eine bittere Wahl.

»Sie schrieb auch, dass Llywelyn ein Abkommen mit Philippe von Frankreich geschlossen hat«, fuhr der König fort. »William von Schottland und ein Rudel nordenglischer Lords zählen ebenfalls zu den Verschwörern. Ihr seht, meine Feinde verbünden sich dies- und jenseits des Kanals.« Er schenkte sich nach und nahm einen ordentlichen Zug aus seinem funkelnden Glaspokal.

Ja, dies ist genau die richtige Lebenslage, um sich volllaufen zu lassen, dachte Yvain bissig. »Was werdet Ihr tun, Sire? Was sagen Eure Ratgeber?«

Wie aufs Stichwort klopfte es an der Tür, und ohne auf eine Einladung zu warten, traten William Longsword, Hubert de Burgh und Bischof de Gray ein.

»Vergebt die Störung, Sire«, bat Ersterer mit einem angespannten kleinen Lächeln. »Aber ein Bote Eures Neffen Kaiser Otto ist eingetroffen.«

»Und?«, fragte der König scharf. Yvain war nicht entgangen, dass er die Rechte ans Heft seines Schwertes gelegt hatte, als die Tür sich so unvermittelt öffnete. Er ist nervös, erkannte er. Womöglich fürchtet er sich sogar.

»Friedrich von Sizilien hat die Alpen überquert, um Kaiser Otto herauszufordern«, berichtete Longsword. »Mit Unterstützung aus Rom und aus Frankreich, versteht sich.«

»Fabelhaft«, knurrte John und ballte die mächtige Linke zur Faust.

Sein Bruder trat zu Yvain und schloss ihn in die Arme – brüsk, aber herzlich. »Willkommen zurück, mein Freund.«

»Danke, Mylord.«

Auch der Lord Chancellor und der Bischof von Norwich begrüßten Yvain voller Wärme, und er war verblüfft, als ihm aufging, wie erleichtert sie über seine Rückkehr waren.

»Wer ist Friedrich von Sizilien?«, fragte er.

»Der Sohn des toten Kaisers Heinrich, der damals König Richard gefangen hielt«, antwortete Longsword, und seine Stirn furchte sich sorgenvoll. »Habt Ihr gehört, dass der Papst Kaiser Otto exkommuniziert hat?«

Yvain nickte. »Sein liebster Zeitvertreib, könnte man meinen …«

John gluckste. Er war tatsächlich betrunken.

»Dieser Friedrich hat den deutschen Fürsten mit französischem Silber verlockende Angebote gemacht, und sie haben ihn zum Gegenkönig gewählt«, fuhr de Burgh mit seinem Bericht fort. »Wenn er sich durchsetzt, könnte sein Bündnis mit Philippe von Frankreich und seiner Heiligkeit uns in arge Bedrängnis bringen.«

»Es geht ein Gerücht, Philippe plane eine Invasion Englands«, fügte de Gray hinzu. »Mit päpstlichem Geld und Segen.«

Yvain nickte. »Davon haben wir gehört.«

»Philippe und seine Invasionspläne rauben mir nicht den Schlaf«, warf John abfällig ein. »Davon schwafelt er seit ungefähr zwanzig Jahren. Nein, Monseigneurs, es sind meine eigenen Invasionspläne, um die ich mich sorge. Ich will die Normandie zurück! Seit sechs Jahren arbeite ich an diesem Plan. Endlich ist unser Bündnis mit Boulogne perfekt, und was noch viel wertvoller ist: Vor dem Winter werden wir auch mit dem Grafen von Flandern ein Abkommen schließen. Über Kaiser Ottos Unterstützung brauchen wir nicht zu reden – er scharrt seit Jahren mit den Hufen, Philippe zu vernichten, der die Opposition gegen ihn im Kaiserreich unterstützt. Aber jedes verfluchte Mal, wenn ich denke, jetzt ist der richtige Zeitpunkt endlich gekommen, zupft Papst Innozenz, diese boshafte Spinne, an ein paar Fäden in seinem Netz, und ein Friedrich von Sizilien kommt daher, um meine wohldurchdachten Pläne zu behindern.« Krachend fuhr die Faust auf den Tisch nieder, und einer der kostbaren Glaspokale fiel um und zerbarst mit einem hellen Klirren.

Yvain sah die drei Vertrauten des Königs beunruhigte Blicke und stumme Botschaften tauschen. Dann begann Bischof de Gray tapfer: »Sire, ich ahne, Ihr werdet das Schwert gegen mich ziehen, aber ich sage es trotzdem noch einmal: Wenn Ihr nicht einlenkt und eine Versöhnung mit dem Papst herbeiführt, werden all Eure Pläne zu Asche zerfallen.«

Longsword sprang ihm zur Seite. »Es wird immer einen Robert FitzWalter geben, der aus selbstsüchtigen und niederen Motiven gegen Euch rebelliert, solange der Papst es absegnet.«

Auch der Lord Chamberlain teilte ihre Ansicht. »So bitter es auch sei, Sire, kein König der christlichen Welt kann auf Dauer gegen den Heiligen Stuhl regieren. Solange Ihr exkommuniziert seid und England unter dem Interdikt liegt, seid Ihr wie ein Ritter ohne Rüstung in einer Schlacht gegen eine feindliche Übermacht. Gefährdet und – mit Verlaub – chancenlos.«

John hatte allen dreien aufmerksam gelauscht, die Augen ein wenig verengt, weil er hasste, was er hörte. Aber weder bewarf er sie mit angeschimmelten Brotstücken oder Zinnkrügen, noch wies er ihnen brüllend die Tür. Stattdessen stand er reglos neben dem Tisch, das Kinn trotzig auf die Brust gepresst, und atmete schwer.

»Ich weiß, Ihr habt recht«, räumte er schließlich unwillig ein. »Nur vergesst Ihr wie üblich den entscheidenden Punkt bei dieser

Frage: Natürlich kann ich reumütig zu Innozenz kriechen und um Wiederaufnahme in den Schoß der Heiligen Mutter Kirche betteln, das würde mich keinen Tropfen Schweiß kosten. Aber was würde dann passieren? Innozenz wird unverändert darauf bestehen, dass Stephen Langton Erzbischof von Canterbury wird, immerhin war er ja der Auslöser für diese verdammte Misere. Stephen Langton, ein Mann, der mich hasst und jeden meiner Pläne allein aus Herrschsucht und persönlicher Rachgier vereiteln würde, wird der mächtigste Kirchenfürst in England.« Er warf die Arme in die Höhe und sah seine Ratgeber der Reihe nach an. »Wie soll ich unter solchen Vorzeichen ein Land regieren?«

»Es müsste nicht dazu kommen«, widersprach der Chamberlain kopfschüttelnd. »Langton ist kein solch nachtragender Kleingeist, wie Ihr glaubt, mein König …«

»Nein, vermutlich ist er schlimmer«, fiel John ihm wütend ins Wort. »Vergesst nicht, ich habe geschworen, ihn aufzuhängen, wenn er einen Fuß auf englischen Boden setzt. Wie stehe ich da, wenn ich ihn stattdessen als Erzbischof, als Obersten meiner kirchlichen Vasallen anerkennen müsste?«

»Jeder König muss irgendwann diese Kröte schlucken und vor der Kirche Demut zeigen«, wandte Longsword mit einem Hauch von Ungeduld ein. »Denkt doch nur daran, was unser Vater hinnehmen musste, um die Folgen der Ermordung von Thomas Becket aus der Welt zu schaffen.«

John zog die Schultern hoch, als spüre er die Peitschenhiebe jener öffentlichen Züchtigung des alten Königs selbst auf dem Rücken. Mit einer angewiderten Grimasse bekannte er: »In diesem Punkt – wie in vielen anderen – unterscheide ich mich grundlegend von unserem alten Herrn, Will. Niemals hätte ich das erduldet, und ich werde es auch nicht aushalten, wenn ein hochmütiger Erzbischof mich bei jeder Gelegenheit zu gängeln und zu erniedrigen sucht. Ihr wisst genau, dass das nicht lange gutgehen kann.«

Yvain sah an ihren besorgten Mienen, dass die drei Männer dem König in diesem Punkt zustimmten. Und dann standen sie da, kleinlaut und ratlos wie Schuljungen, die ihre Lateinvokabeln vergessen hatten. Er rätselte, warum keiner die offensichtliche Lösung vorschlug. Gewiss hatten sie alle drei einen guten Grund dafür, den er nicht kannte – Politik war ja nun wirklich nicht seine Spezialität –, aber trotzdem hörte er sich sagen: »Ihr bräuchtet wirksamen Schutz gegen Langtons Heimsuchungen.«

Der König schnaubte höhnisch. »Ja, fragt sich nur, wie ich ihn bekommen sollte. Der Papst allein wäre in der Lage, Langton zurückzupfeifen.«

Yvain zuckte die Achseln. »Genau.«

John und seine drei Ratgeber schauten ihn verständnislos an.

»Und was weiter?«, fragte Bischof de Gray in die kurze Stille hinein, der Erzbischof von Canterbury geworden wäre, hätte König John seine Wünsche durchsetzen können, und all die bitteren Jahre des Kirchenbanns und der politischen Isolation wären England erspart geblieben.

Yvains Herz hämmerte bis in die Kehle hinauf, viel schlimmer als vorhin, da er dem König zum ersten Mal seit seiner unehrenhaften Entlassung unter die Augen getreten war. Aber jetzt gab es kein Zurück mehr. Er sah John ins Gesicht. »Ihr könntet dem Heiligen Vater England zum Geschenk machen und es als päpstliches Lehen von ihm zurückempfangen, Sire.«

De Burgh stieß einen sonderbar atemlosen Protestlaut aus. »Wie könnt Ihr es wagen, Waringham …«

Der Bischof von Norwich bedachte ihn mit einem mitleidigen Lächeln. »Oh, nicht einmal Ihr könnt so einfältig sein, Sir Yvain …«

Und John verschränkte die Arme vor der massigen Brust, bedachte ihn mit einem vernichtenden Blick und sagte eisig: »Ich schlage vor, Ihr beschränkt Euch zukünftig wieder auf die Sorge um meine Pferde, Sir.«

Yvain nickte. Was hatte er sich nur dabei gedacht? Wieso musste er immer die Klappe aufreißen? »Ihr habt gewiss recht, Sire.« Er wandte sich zur Tür.

Seine Hand lag schon am Riegel, als William Longsword sagte: »Moment. Ich bitte Euch, Sire, lasst ihn ausreden.«

Erstaunt wandte Yvain sich wieder um.

»Ich habe heute wirklich keine Geduld für solch hanebüchenen Unsinn«, widersprach der König aufgebracht.

»Ich bin nicht ganz sicher, ob es das ist«, bekannte sein Bruder. »Und wir riskieren nichts als ein paar Augenblicke Zeit, wenn wir Sir Yvain anhören, der, wie Ihr vermutlich alle wisst, für seine unorthodoxen Ideen berüchtigt ist.«

Yvain wartete, und jetzt fühlte er sich wie der Schuljunge, der schlecht vorbereitet vor seinem strengen Lehrer steht. Auf Johns fast unmerkliches und sehr unwilliges Nicken bemerkte er: »Ich bin nicht einmal sicher, ob sie so unorthodox ist. Auf jeden Fall ist sie nicht neu.«

»Wie meint Ihr das?«, wollte de Gray wissen.

»König Richard hat es getan«, antwortete Yvain und ermahnte sich, den König nicht gerade jetzt anzuschauen. Es war nie vorherzusehen, wie John reagierte, wenn der Name seines verhassten Bruders fiel.

»König Richard hat was getan?«, hakte der Chamberlain verwirrt nach.

»Er hat Kaiser Heinrich England geschenkt und als Lehen von ihm zurückerhalten. Nur deswegen hat der Kaiser ihn ja freigelassen, ehe das ganze Lösegeld gezahlt war.«

»Was in aller Welt redet Ihr da?«, entgegnete der Bischof fassungslos.

»Woher wisst Ihr davon, Yvain?«, fragte John neugierig. »Richard hat diesen erbärmlichen Kuhhandel ja nicht an die große Glocke gehängt, wie sich gerade wieder einmal beweist.«

»Jesus Christus …«, stieß de Burgh hervor. »Es ist *wahr*?«

John nickte ungerührt. »Oh ja. Die Vereinbarung erlosch allerdings mit Richards Tod, so sah der Vertrag es vor.«

»Trotzdem wäre sie uns früher oder später um die Ohren geflogen«, mutmaßte Longsword kritisch.

»Wäre Richard nicht fünf Jahre später nach Châlus geritten, auf der Jagd nach einem Goldschatz, den es gar nicht gab, ganz bestimmt«, befand John und gab sich keinerlei Mühe, sein boshaftes Vergnügen zu verhehlen.

»Würdet Ihr nun England dem Papst übereignen und von ihm

als Lehen erhalten, wäret Ihr Vasall des Heiligen Stuhls, mein König«, fuhr Yvain fort. »Natürlich ginge das mit unbequemen Pflichten einher, da sollten wir uns nichts vormachen. Aber der Heilige Vater als Euer Lehnsherr wäre derjenige, vor dem Ihr Klagen gegen Erzbischof Langton vorbringen könntet, und er würde ihm Einhalt gebieten.«

»Und nicht nur das«, fügte Longsword hinzu. »Seine Heiligkeit würde Philippe von Frankreich sein Wohlwollen entziehen. Für eine Invasion Englands wie auch für sämtliche weitere Ränke, die Philippe gegen uns schmieden mag.«

Der König, der Bischof und der Chamberlain waren ziemlich nachdenklich geworden.

»Aber würde es dem Papst nicht unmittelbaren Einfluss auf englische Belange gewähren?«, fragte de Gray skeptisch. »Dabei wäre dem englischen Adel ganz sicher nicht wohl. Selbst mir ist dabei nicht wohl, wenngleich ich der Kirche diene.«

John nickte versonnen und strich sich mit dem Daumennagel über das bärtige Kinn. Schließlich sagte er mit einem mutwilligen Lächeln: »Wenn der Vertrag uns zu lästig wird, können wir uns immer noch irgendwie herauswinden. Gehört die Normandie erst wieder uns und haben wir Philippe in den Staub getreten, kann niemand uns mehr gefährlich werden, ganz sicher kein Papst in Rom.« Untypisch jovial breitete er die Arme aus, trat zu Yvain und drückte seinen völlig verdatterten Ritter einen Moment an die Brust. »Euer verrückter Vorschlag ist nicht so absurd, wie ich dachte, Waringham. Aber seid trotzdem so gut und kümmert Euch um meine Rösser. Es ist skandalös, welche Schindmähren ich im letzten Jahr reiten musste.«

»Nichts lieber als das, mein König.« Erleichtert trat Yvain den Rückzug an.

Ein einzelnes Licht brannte auf dem Tisch, und sein Schein fiel durch den halb geöffneten Bettvorhang. Yvain bewunderte den seidigen Schimmer ihrer weizenblonden Haare, die wie hingegossen auf dem Kissen lagen, die durchschimmernden Lider mit den langen Wimpern, die ebenmäßigen, vertrauten Züge und die sonnengeküsste Haut. Seine Hände strichen über ihre Arme aufwärts und von den Schultern zu den Brüsten – üppig, aber immer noch fest. Seine Lippen fuhren über ihren Hals, ehe sie ihren Mund fanden, und während seine Zunge Einlass forderte, drang er beinah quälend langsam in sie ein.

Beatriz gab einen Laut des Wohlbehagens von sich, so wie sie es fast immer in diesem Moment tat, ein kleines Summen, lustvoll und selbstvergessen und voller Heiterkeit. Yvain liebte diesen Laut, der ihn immer scharf machte und gleichzeitig zärtlich stimmte – und lächerlich stolz, dass er ihn ihr entlocken konnte.

Er zog sich ebenso langsam zurück und glitt wieder in die feuchte Wärme, schon schneller und fordernder jetzt. Beatriz nahm seine Unterlippe zwischen die Zähne und saugte daran, während sie sich ihm entgegenwölbte und ihn zwischen ihren wundervollen Schenkeln gefangen nahm. Yvain ließ die großen, schwieligen Hände über ihre Haut gleiten. Alles an Beatriz war ein wenig opulenter geworden, und er konnte sich in ihrer kurvigen Weichheit verlieren. Auch wenn er wusste, dass er eigentlich gar kein Anrecht auf diese Wonnen hatte. Das schlechte Gewissen wollte sich zwischen ihn und seine Frau drängen wie so oft in diesen Momenten, und Yvain schloss die Lider und erteilte ihm kopfschüttelnd eine Absage, beschleunigte seinen Rhythmus, lauschte Beatriz' Keuchen, und als sie die Finger in seinen Haaren vergrub, wusste er, was er zu tun hatte. Er legte den Arm um ihre Taille, richtete sie auf, umklammerte ihre Hüften und zog sie seinen kraftvollen Stößen entgegen, schneller und wilder, bis sie den Kopf zurückwarf. Er spürte sie schaudern, presste sie an sich und ergoss sich mit geschlossenen Augen.

Sie verharrten eine Weile reglos, immer noch ineinander verschlungen. Yvain ließ die Fingerspitzen über die Wirbel seiner Frau gleiten, während ihrer beider Atem sich allmählich beruhigte, und als Beatriz graziös von ihm herunterkletterte, verspürte er Bedauern.

Sie wickelte sich in eine der weichen Wolldecken, denn die Nachtluft war kühl, und lehnte sich mit dem Rücken an das hohe Kopfteil des Bettes. »Erzähl mir von deinem Baum, *mon amant.*«

Yvain setzte sich neben sie, angelte den halbvollen Weinbecher vom Tisch und trank einen Schluck. Der junge Bordeaux war ganz nach seinem Geschmack – fruchtig und für die meisten anderen Gaumen zu sauer. »Ich war mit Richard zusammen nach Waringham Heath geritten, und wir sprachen über seinen Vater. Er wollte wissen, wer Guillaume war. Nicht Guillaume of Waringham, die Kreuzfahrerlegende, sondern Guillaume of Waringham, der Mann. Ich habe mich bemüht, ihm aufrichtig zu antworten, und habe mich selbst ein wenig damit überrascht, wie viele schmeichelhafte und nette Dinge ich mit einem Mal über meinen Bruder zu sagen hatte.« Er schnitt eine kleine spöttische Grimasse. »Und dann sah ich plötzlich ein einzelnes tapferes, kleines grünes Blättchen am Stamm des totgeglaubten Feenbaums. Womit ich nicht sagen will, dass ich glaube, mein unerwarteter Loyalitätsbeweis an meinen Bruder habe den Baum aufgeweckt. Wir leben schließlich nicht in einer Sage von König Artus und den Rittern seiner Tafelrunde …«

»Aber ein Teil von dir glaubt es trotzdem«, sagte sie.

Er wandte den Kopf, sah sie an und nickte. »Ein verrückter kleiner Teil von mir glaubt es trotzdem. Der hoffentlich etwas größere, vernünftige Teil von mir weiß indes, dass dieses Wunder allenfalls die Allmacht Gottes und seiner schöpferischen Kraft beweist, nichts sonst. Aber jeder in Waringham scheint zu glauben, dass die Feen ihm persönlich ein gutes Omen künden wollten, und die Tatsache, dass wir zwei gute Ernten hintereinander hatten, bestärkt alle in dieser abergläubischen Überzeugung.«

Beatriz hob gleichmütig die Schultern. »Was macht das schon? Die Bauern haben selten genug Anlass zu glauben, dass die höheren Mächte sich ihrer Sorgen annehmen.«

»Du hast recht.«

Er bot ihr den Becher an, und sie legte beide Hände um seine Rechte und trank einen Schluck. »Und was sonst hast du in Waringham in all der Zeit gemacht?«, wollte sie wissen.

»Richard unterrichtet, das Gut verwaltet und so weiter. Ach ja, und ich habe versucht, Altair beizubringen, sich wie eins dieser heidnischen Kamele hinzulegen, damit ein Reiter bequem aufsitzen kann.«

»Wozu?«, fragte sie verblüfft.

»Ich dachte, es könnte nützlich sein. Für einen kleinen oder gebrechlichen oder kranken Reiter. Altair hat es einmal getan, als ich es gerade gut gebrauchen konnte. Aber jetzt weigert er sich, zu verstehen, was ich von ihm will.« Er seufzte tief. »Ein sturer Gaul, weiß Gott. Und was war mit euch? Wie ist es dir und den Kindern ergangen in all der Zeit?«

»An manchen Tagen gut, an anderen Tagen weniger gut, so wie immer«, gab sie vage zurück, und Yvain fragte sich, ob es daran lag, dass sie sich nicht erinnerte – schließlich wusste sie mittags schon meistens nicht mehr, was sie zum Frühstück gegessen hatte –, oder ob sie ihm irgendetwas verschweigen wollte. Doch dann fuhr sie fort: »Der König war rastlos wie immer – wir waren ständig unterwegs. Das macht den Kindern nichts aus, denn sie kennen ja nichts anderes, aber es stört die Regelmäßigkeit ihres Unterrichts, und das macht mir Sorgen. Außerdem war der König aufbrausend, oft betrunken und ebenso oft untreu, und das war schwer für Isabella. Gui und Iselda, die alt genug sind, um zu verstehen, warum du fort warst, haben geglaubt, die Stimmung des Königs habe etwas mit eurem … Zerwürfnis zu tun.«

»Zerwürfnis?«, wiederholte er höhnisch. »Es war in etwa so wie das *Zerwürfnis* zwischen Wolf und Schaf.«

»Ich mache dir keine Vorwürfe, Yvain.«

»Nein, ich weiß. Aber es tut mir trotzdem leid, dass ihr die Zeche für meine Fehltritte – tatsächliche oder unterstellte – zahlen musstet. Ich will in den nächsten Tagen nach Kent und Sussex; der König braucht neue Pferde. Ich habe gedacht, ich nehme Gui und Iselda mit und bringe sie für eine Weile nach Hause, wenn du einverstanden bist. Iselda hängt so sehr an Waringham, es täte ihr bestimmt gut. Und Gui soll lernen, wo seine Wurzeln liegen, und noch ein paar Monate unbeschwerter Freiheit haben, ehe er hier als Page antritt.«

Beatriz bettete mit einem Lächeln den Kopf an seine Schulter, während ihr Zeigefinger komplizierte Muster auf seine Brust malte. »Das ist eine wunderbare Idee, *mon amant.*«

Ihr Lächeln wirkte verträumt wie meistens, vielleicht sogar abwesend, als wisse sie gar nicht genau, wozu sie ihr Einverständnis erklärt hatte. Und doch kam Yvain in diesem Augenblick zum ersten Mal der Verdacht, das ›zerstreute Mädchen‹ habe ihn vielleicht gerade schamlos manipuliert.

»Und die gläsernen Träume?«, fragte er. »Sind sie gekommen?«

Er spürte ihr Nicken an der Schulter, während der Zeigefinger über seinen Bauchnabel abwärts glitt und seine vorstehenden Hüftknochen in einer endlosen Acht umkreiste, deren Kreuzungspunkt bei jeder Wiederholung ein wenig abwärts zu wandern schien.

»Schlimm?«, hakte er nach.

Beatriz hob den Kopf von seiner Schulter, und Yvain sah Furcht in ihren Augen. Und Schmerz. Der Zeigefinger wanderte wieder aufwärts, über seinen Hals und sein Kinn bis zu seinen Lippen. »Schsch«, machte sie, als wolle sie ein Kind beruhigen, und glitt auf ihn.

Waringham, Mai 1213

»Iselda! Nicht da lang, bist du verrückt?«

Richards Stimme in ihrem Rücken wurde schwächer und dann vom rauschenden Wind in ihren Ohren übertönt. Iselda lachte verwegen, drückte ihrer geliebten Boudicca sacht die Fersen in die Seite, lehnte sich vor, und dann schwebten sie so mühelos über die Bruchsteinmauer, als sei ihre Stute ein geflügelter Pegasus. Die Südweide auf der anderen Seite der Mauer war noch ungemäht, und im hohen Gras war es unmöglich, Dachsbauten oder andere Gefahren rechtzeitig zu erkennen. Doch Iselda verlangsamte ihr Tempo nicht, denn sie wusste einfach, dass sie unverwundbar war – vielleicht sogar unsterblich –, jedenfalls in diesem Moment.

Sie lenkte Boudicca nach links, hügelab Richtung Waldrand, und hörte Richards langbeinigen Braunen hinter sich die Mauer überspringen. Boudicca war ein gutes Stück kleiner als der Wallach, und Iselda gab alles, um den Nachteil der kürzeren Pferdebeine durch ihr geringeres Gewicht – und die überlegene Reitkunst – wettzumachen. Doch das Ziel war einfach zu weit weg, sie hörte Richard aufholen. Boudiccas weiße Mähne flatterte und geriet Iselda zwischen die Lippen, so weit hatte sie sich vorgelehnt, und sie sah das wogende, frühlingshelle Gras unter sich hinwegfliegen, die Löwenzahnblüten bekamen dottergelbe Kometenschweife, so schnell rauschten sie vorbei.

Trotzdem schob sich eine braune Pferdenase am linken Rand in ihr Sichtfeld.

»Oh, verflucht sollst du sein und dich in eine schleimige, langsame Schnecke verwandeln, Richard of Waringham!«, rief sie, halb wütend, halb scherzhaft.

Ihr fünfzehnjähriger Cousin verschwendete keinen Atem damit, ihr zu antworten. Er sah sie auch nicht an, als er gleichzog. Mit beinah grimmiger Miene konzentrierte er sich allein auf sein Pferd und die Signale, die es ihm mit seinem Rhythmus und über die Zügel sandte, und setzte alles daran, zu gewinnen.

Iselda erkannte zu ihrem Schrecken, dass er immer noch der bessere Reiter von ihnen beiden war. Vielleicht nicht ganz so waghalsig wie sie, dafür kontrollierter. Für sie war es Spaß. Für ihn war es Training, Wettstreit, Berufung – all diese todernsten Sachen.

Er passierte das Ziel – die einsame hohe Fichte kurz vor dem Waldrand – mit einer Länge Vorsprung, ließ seinen Braunen in Schritt fallen und brachte ihn zum Stehen.

Keuchend hielt Iselda neben ihm an. »Das nächste Mal tauschen wir die Pferde«, stellte sie in Aussicht, klopfte Boudicca den feuchten Hals und murmelte: »Nichts für ungut.«

Richard lachte in sich hinein, während er absaß. »Ich denke, lieber nicht. Dein alter Herr würde mir auch so schon den Kopf abreißen, wenn er hiervon wüsste.«

Iselda glitt aus dem Sattel und nahm ihr Pferd am Zügel.

»Unsinn«, gab sie zurück. »Er ermuntert Gui und mich doch so oft und so nachdrücklich zum Reiten, dass mein Bruder schon ein schlechtes Gewissen hat, wenn er seine Nase gelegentlich in ein Buch steckt.«

Richard nickte. »Was er insgeheim ja auch lieber tut.«

Iselda ging neben ihm einher und dachte einen Moment darüber nach. Sie waren in den Wald eingetaucht. Das hellgrüne Laub rauschte leise in der sachten Frühlingsbrise, die Sonne malte flirrende goldene Tupfen auf den Pfad, und ein Heer von Vögeln jubilierte und zankte und zwitscherte über ihren Köpfen.

»Gui ist wie meine Mutter«, antwortete sie schließlich. »Er mag Geschichten aus alter Zeit und aquitanische Sagen. Denkst du, das ist falsch?«, fragte sie, ein wenig besorgt, denn Richards gute Meinung war für sie von größter Wichtigkeit.

Er ging neben ihr einher, strich seinem Wallach abwesend über die Nüstern und schüttelte den Kopf. »Im Gegenteil. Wer weiß, vielleicht ist ihm ja ein Leben im Kloster und inmitten von Büchern bestimmt. Es wird höchste Zeit, dass wieder einmal ein Waringham in den Dienst der Kirche tritt, zumal dein Vater und unsere unmögliche Tante Cecily sich ja gedrückt haben.«

»Tja, wer weiß«, gab Iselda ein wenig ratlos zurück. Die Vorstellung, ihr Bruder könne Mönch werden, war ihr nicht geheuer. »Ehrlich gesagt, ich kann mich kaum daran erinnern, wie es war, als es in England noch eine Kirche gab.«

Richard sah sie an und nickte. »Das ist schlimm, Iselda.«

»Oh ja, das ist schlimm, Richard«, wiederholte sie im Tonfall eines eifrigen Predigers.

»Ich mein's ernst«, sagte er mit mehr Nachdruck. Ein dunkler Bart bedeckte seine Wangen, aber er war noch so spärlich, dass sie die Haut darunter erröten sah. »Großmutter liegt seit zwei Monaten in einer Kiste unter dem Feenbaum, weil wir sie nicht in geweihter Erde bestatten durften, kein Priester ihr das Requiem halten konnte. Seit fünf Jahren ist niemand in England anständig unter die Erde gebracht oder verheiratet worden. Tatsächlich haben die einfachen Leute sich schon so an die Muntehe gewöhnt, dass …«

»Was bedeutet das, Muntehe?«, unterbrach Iselda.

Richards Wangen wurden noch ein wenig feuriger. »Sie muss vor Zeugen versprochen und durch Beilager vollzogen werden.«

Iselda machte große Unschuldsaugen. »Beilager?«

»Ja, weißt du … wie soll ich sagen …«

Sie fing an zu lachen und winkte ab. »Schon gut, Richard.«

Er biss sich auf die Unterlippe und schüttelte dann den Kopf. »Durchtriebenes Früchtchen«, knurrte er, aber er lächelte dabei.

Jetzt war sie an der Reihe, zu erröten, denn es geschahen die seltsamsten Dinge mit ihr, wenn Richard sie so anlächelte. Beinah, als würde ihr Herz Purzelbäume schlagen.

Achselzuckend sagte sie: »Nun, nach allem, was Vater sich entlocken lässt, wird es ja nicht mehr lange dauern, bis der Kirchenbann aufgehoben wird, richtig? Der König hat endlich nachgegeben und ist jetzt ein … wie sagt man? Ein Lehnsmann des Heiligen Vaters.« Die Vorstellung war ihr ebenfalls nicht geheuer, aber das ließ sie sich nicht anmerken.

»Ja, und Gott sei gepriesen dafür, dass er unseren stolzen König endlich Einsicht und Demut gelehrt hat«, erwiderte Richard zufrieden.

Einsicht vielleicht, dachte Iselda, aber niemals Demut. Doch das behielt sie für sich, denn sie wollte weder altklug erscheinen noch Richards Erleichterung schmälern. Er war jemand, der an Regeln glaubte, hatte sie gelernt. Sie selber neigte eher dazu, sich nur solchen Regeln zu unterwerfen, die sich trotz hartnäckiger Bemühungen nicht beugen ließen. Das sei König Johns Einfluss, hatte ihr Vater gesagt. Er hatte es scherzhaft gemeint, aber sie argwöhnte, dass er den Nagel auf den Kopf getroffen hatte.

»Reiten wir zur Lichtung?«, schlug sie vor. »Es ist schon so warm. Wir können die Füße im Tain baumeln lassen, du kannst dich im Speerfischen üben und ich darin, deine Beute über dem Feuer zu braten.«

»Ach herrje. Wir müssten vermutlich hungers sterben, ehe du etwas zustande gebracht hättest.«

»Oder du etwas gefangen.«

»Hm.«

Sie sahen sich an und lachten.

Yvain war eine Woche lang durch Südostengland gezogen und hatte die Pferdezüchter besucht, die er über die Jahre kennengelernt hatte. Manche mit Hilfe seines pferdesüchtigen Onkels, andere durch eigene Nachforschungen. Es waren keine großen Zuchtbetriebe mit Dutzenden von Stuten, wie es sie auf dem Kontinent gab, sondern meist kleine Rittergüter, deren Eigentümer seine Leidenschaft für Pferde teilten und ein, zwei Stuten hielten, die sie ihren Schlachtrössern und Rennern zuführten. Alle paar Jahre kam ein wirklich hervorragendes Fohlen dabei heraus. Die Kunst bestand darin, es zu finden und dann auch noch zu erkennen.

Doch Yvain war seit vierzehn Jahren Johns Master of the Horse, und mit zunehmender Erfahrung hatte er gelernt, seinem eigenen Urteil zu trauen. Er war mit einem braunen Dreijährigen und einem fünfjährigen Rappen zurückgekehrt, pfeilschnell und anspruchsvoll der eine, langmütig und furchtlos der andere. Yvain wusste, der König würde an beiden seine helle Freude haben. Aber er wusste ebenso, dass er in den nächsten Tagen nochmals aufbrechen und womöglich bis nach East Anglia reiten musste, denn was er vor allem brauchte, waren erstklassige Schlachtrösser. Sie waren in England etwa so leicht zu finden wie Einhörner, aber Yvain musste sie beschaffen, und zwar schnell. Jeden Tag mochte es jetzt passieren, dass die Schiffe der französischen Invasionsflotte am Horizont auftauchten.

Dabei waren die Verhandlungen zwischen König John und dem Heiligen Vater in Rom äußerst fruchtbar verlaufen. Bis auf einen letzten heiklen Punkt – die finanzielle Seite – waren sie zum Abschluss gekommen und der König tatsächlich ein Vasall des Papstes geworden. Aber das wusste natürlich auch Philippe von Frankreich, und der wollte seine Invasion um jeden Preis durchführen, ehe ein päpstlicher Bote ihm die unwillkommene Nachricht brachte, dass sein Heiliger Krieg abgeblasen sei, weil der englische König in den Schoß der Kirche zurückgefunden hatte wie das Lämmchen zur Herde. William Longsword war mit Johns stolzer Flotte und ein paar hastig requirierten Handelsschiffen ausgelaufen, um den Kanal zu bewachen. Entlang der Küste waren Leuchtfeuer vorbereitet, und die Hafenstädte hatten ihre Befestigungen verstärkt. Aber Yvain wusste, dass all das nicht reichen würde, um einen Krieg auf englischem Boden zu verhindern. Also brauchte der König Schlachtrösser.

Eine gute Stunde nach Mitternacht kam er in den Burghof hinaus, um noch einmal kurz nach seinen kostbaren Neuerwerbungen zu schauen. Inzwischen war es Juni geworden, und die Frühsommernacht war lau und sternenklar. Ein Fingernagelmond stand über dem Torhaus, und scheinbar nur eine Daumenbreite darunter funkelte der Mars wie ein Rubin im Kerzenschein. Yvain erfreute sich einen Moment an ihrem Anblick, ehe er die drei Stufen hinabstieg. Das kurze Gras unter seinen Stiefeln verströmte einen schwachen Duft, und er atmete tief durch.

Er schlenderte Richtung Pferdestall, als er aus dem Augenwinkel von der anderen Seite des Hofes einen Lichtschimmer erhaschte. Verwirrt hielt er inne und wandte den Kopf. Seine Augen hatten ihn nicht getrogen: Inmitten der pechschwarzen Wand, die die Ringmauer bei Nacht war, flackerte eine einzelne Flamme.

Yvain änderte die Richtung, ging mit langen Schritten auf den Schimmer zu, sein eigenes Licht in der Linken, die Rechte am Heft. Sein Herz hämmerte in der Brust, und er schärfte sich ein, nur ja keine Hoffnung aufkeimen zu lassen.

Vor der Tür zur Klause blieb er stehen. »Wer ist da?«

Er bekam keine Antwort. Das gelbliche Licht verschwand aus der schiefmäuligen kleinen Fensteröffnung des Häuschens. Yvain konzentrierte sich auf sein Gehör, aber nicht der geringste Laut drang an sein Ohr bis auf das sachte Flüstern des Nachtwinds.

»Ich habe dein Licht gesehen, Freund, also besser, du gibst dich zu erkennen«, riet Yvain streng. Seine Hände waren feucht, und mit einem Mal hatte er Mühe, ruhig zu atmen.

Dann endlich öffnete sich die Pforte der Klause und schwang quietschend nach innen. In der Türöffnung stand eine großgewachsene Gestalt mit einer flackernden Kerze in der Hand – vermummt und reglos.

Yvain nahm die Hand vom Heft und trat einen Schritt näher, aber er fühlte seine Füße nicht die Erde berühren. Der Mann vor ihm trug morgenländische Kleider, wie Yvain sie einmal auf einem Bild in einem von Königin Isabellas kostbaren Büchern gesehen hatte: ein weit fallendes, bodenlanges Gewand aus dunklem Tuch und eine dieser flachen, gewickelten Kopfbedeckungen, deren loses Ende über Mund und Nase geschlungen war, sodass nur die Augen zu sehen waren. Trotz des matten Lichts erkannte Yvain das Kornblumenblau dieser Augen.

»Guillaume …«

»Yvain.« Anders als die Statur und die Augen, hatte die Stimme sich fast zur Unkenntlichkeit verändert, war rau und brüchig geworden.

Einen Moment starrten die Brüder sich an, überwältigt, fassungslos und unsicher.

Dann machte Yvain einen langen Schritt auf Guillaume zu, schlang den freien Arm um ihn und drückte ihn ungeschickt an sich. Der Leib unter den vielen Falten der Kleidung war knochig. »Der Herr sei gepriesen«, murmelte Yvain. »Er hat dich nach Hause geführt.«

Im ersten Moment war Guillaume erstarrt, aber dann löste sich die Anspannung, und statt seinen Bruder von sich zu stoßen, erwiderte er die Umarmung – ebenso linkisch und wegen der Kerze ebenso einarmig.

Kaum hatte Yvains Verstand begriffen, dass es wirklich und wahrhaftig die Hand seines Bruders war, deren Wärme er auf der Schulter fühlte, löste Guillaume sich schon von ihm und trat einen halben Schritt zurück. »Ja. Ich bin nach Hause gekommen«, sagte er bedächtig, der Ausdruck in seinen Augen ernst und abgeklärt.

Zum Sterben, ging Yvain auf.

»Seit wann bist du hier?«, fragte er. Nicht, dass es eine Rolle spielte, aber er wollte auf keinen Fall, dass verlegenes Schweigen sich zwischen ihnen ausbreitete wie das Niemandsland zwischen zwei feindlichen Armeen, die sich vor Beginn der Schlacht gegenüberstehen.

»Kurz nach Einbruch der Dunkelheit«, antwortete die fremde, brüchige Stimme. »Deine Wachen haben geschlafen, Bruderherz.«

Herrje, keine zehn Sätze haben wir gewechselt, und schon musst du mich zurechtstutzen, dachte Yvain flüchtig. Aber irgendetwas, das im Laufe der letzten Jahre geschehen war, musste ihn wohl doch erwachsener gemacht haben, denn er konnte den kleinen Seitenhieb mit einem Lächeln abtun. »Oswin hat immer schon gern während der Nachtwache ein Nickerchen eingelegt, und jetzt kommt er obendrein auch noch in die Jahre«, räumte er ein. »Bist du müde? Willst du dich schlafen legen? Oder soll ich uns die Reste vom Essen und einen Krug Wein holen, und du erzählst mir von Akkon und den Lazariten und den … wie heißen sie? Ayyubiden?«

Guillaume schüttelte den verhüllten Kopf. »Ich bin nicht hungrig, und ich trinke nur noch Wasser, Bruder. Aber im Augenblick dürstet mich vor allem nach Neuigkeiten.« Er wies auf die grasbewachsene Erde, und bei der Gelegenheit fiel Yvain auf, dass auch die Hände vollständig mit Streifen aus dem schwarzen Tuch umwickelt waren. »Lass es uns machen, wie du damals gesagt hast: Ich komme nicht heraus, du kommst nicht herein«, schlug Guillaume vor, trat einen Schritt zurück und ließ sich hinter der Schwelle der Klause im Schneidersitz auf dem festgestampften Lehmboden nieder. »Erzähl mir von meinen Kindern. Und von Amabel.«

Yvain verspürte einen scheußlichen heißen Stich, kam er doch geradewegs aus der Leinenkammer. Er folgte Guillaumes Beispiel und setzte sich vor der Klause ins Gras.

Ehe er entschieden hatte, was er antworten sollte, fügte sein Bruder hinzu: »Und wie geht es Mutter?«

Yvain schüttelte den Kopf. »Es tut mir leid. Ich hätte gern mit fröhlicheren Neuigkeiten begonnen. Sie ist im Winter krank geworden und hat sich nicht mehr erholt. In der Woche nach Ostern ist sie gestorben. Es war die Schwindsucht.«

Guillaume nickte langsam und bekreuzigte sich. Dann zog er die Knie an, schlang einen Arm darum und sah einen Moment in die flackernde Flamme seiner Kerze, die zwischen ihnen auf der Erde stand. Schließlich sagte er: »Wenn du mit einer tödlichen Krankheit geschlagen bist, denkst du so viel über die Endlichkeit des Lebens und über das Sterben nach, dass der Tod irgendwann seinen Schrecken verliert. Du … na ja, du gewöhnst dich an seine Gesellschaft. Wie an unliebsamen Dauerbesuch. Ich habe so viele meiner Brüder bei den Lazariten sterben sehen, in der Schlacht oder auf dem Siechenbett. Ich habe so oft bei Sonnenaufgang geglaubt, die Abenddämmerung nicht mehr zu erleben. Ich dachte, ich kenne den Tod. Aber jetzt …« Er schüttelte den Kopf, offenbar ungeduldig mit sich selbst.

»Ja, ich weiß«, gab Yvain nüchtern zurück. »Wenn deine Mutter stirbt, ist es einfach etwas anderes.« Obwohl Lady Maud sich in den letzten Jahren so oft vom Leben in der Halle zurückgezogen und sich, so hatte Yvain manches Mal geargwöhnt, vor ihren Pflichten gedrückt hatte, war sie doch der Mittelpunkt der Familie gewesen. Wie wichtig ihre Rolle gewesen war, hatte er erst erkannt, als er spürte, welch große Lücke sie hinterlassen hatte.

»Als wir wussten, dass das Ende kam, habe ich einen befreundeten Zisterzienser hergeholt, der ihr die Beichte abgenommen und die Sterbesakramente erteilt hat«, fuhr er fort. »Wegen des Interdikts war das eigentlich verboten, aber die Zisterzienser sind davon ausgenommen, und er ist ein sehr guter Freund.«

Plötzlich war ein Lächeln in Guillaumes Augen. »Du hattest immer schon die Gabe, dir Freunde zu machen. Und Gott sei Dank dafür. Wo habt ihr sie begraben?«

So kamen sie auf den Feenbaum zu sprechen, und Guillaume schien ehrlich erfreut, als er hörte, dass der Baum erwacht war. Und als Yvain ihm von Matildas Hochzeit mit Eustache de Burgh in Le Havre erzählte und von Richards Fortschritten in allen ritterlichen Künsten, verloren Guillaumes Augen allmählich ihren distanzierten Ausdruck, und seine Gesten wurden lebhafter. Yvain erzählte ihm auch von Amabel, wie die Ritter des Haushalts und ebenso die Bauern von Waringham sie vergötterten und wie unerschrocken sie Edgar die Hand abgenommen hatte. Es war seltsam einfach, seinem Bruder all dies zu berichten und ihn stolz auf seine Frau zu machen. Yvain verspürte keinerlei Verlegenheit oder Scham dabei. Es war beinah, als sei es gar nicht die Amabel, die vor einer Stunde noch in seinen Armen gelegen hatte, von der er berichtete, sondern eine völlig andere.

»Möchtest du, dass ich sie aufwecke und herhole? Amabel und deinen Sohn?«, fragte er. »Sie werden so selig sein, alle beide. Richard ist alt genug – vor allem klug genug –, um zu begreifen, dass dies keine Heimkehr sein kann, die ihm seinen Vater zurückbringt. Aber er spricht so oft von dir. Er fragt mich so viele Dinge über dich. Und ich weiß, es gibt so vieles, was er von dir lernen kann, auch über die Schwelle einer Klause hinweg.«

Guillaume nickte. »Ja, ich will ihn sehen. Vielleicht ist mein Sohn sogar der eigentliche Grund, warum ich ausgerechnet jetzt zurückgekommen bin. Aber nicht mehr heute Nacht. Ich muss ein wenig ausruhen.«

Yvain nickte. Er ahnte, dass Guillaume Schmerzen litt, und vielleicht fürchtete er sich auch vor dem Wiedersehen mit seiner Familie. Womöglich graute ihm sogar davor. Und Gott allein wusste, wie weit und beschwerlich seine Heimreise gewesen war. »Dann werde ich gehen und dich für heute zufrieden lassen.« Er stand auf. »Gute Nacht, Mylord. Schlafe ruhig hinter den Mauern deiner Burg.«

Er hatte sich schon abgewandt, als Guillaume sagte: »Danke, Yvain. Für alles. Dafür, dass du diese Tür hier buchstäblich für mich offengehalten hast und ich in all den Jahren immer wusste, wohin ich zurückkehren konnte. Doch vor allem für das, was du für meine Frau und meine Kinder getan hast. Ein Mann, der einen Bruder wie dich hat, kann sich wahrhaftig glücklich preisen.«

Jedes Wort traf Yvain wie ein Peitschenhieb, und jetzt holte die Scham ihn doch noch ein.

Es wurde ein Freudentag in Waringham.

Als der Himmel im Osten einen zarten Perlmuttschimmer annahm und Yvain das Ende einer schlaflosen Nacht kündete, klopfte er an Amabels Tür.

»Ist jemand krank?«, kam ihre brüske Frage durch die dicken Holzbohlen. Sie klang hellwach.

»Nein. Steh auf, Lady Waringham. Ein Wunder ist geschehen. Guillaume ist nach Hause gekommen.«

Er verharrte einen Moment mit gesenktem Kopf vor ihrer Tür und lauschte, doch sie gab keine Antwort. Yvain verspürte schuldbewusste Erleichterung, dass er ihr bei dieser Nachricht nicht ins Gesicht sehen musste, und schalt sich einen erbärmlichen Feigling, während er zu Richards Gemach hinüberging.

Er öffnete die Tür, trat ein und zog den Bettvorhang zurück. Sein Neffe schlief so tief, wie nur junge Menschen es konnten. »Wach auf, Richard.« Yvain setzte sich auf die Bettkante und legte seinem Knappen die Hand auf die Schulter.

Richard schlug die Lider auf und hob den Kopf, der schwarze Schopf zerzaust wie ein geplündertes Vogelnest. »Was ist passiert?«, fragte er schlaftrunken.

»Dein Vater ist heimgekehrt«, antwortete Yvain lächelnd.

Mit einem Ruck setzte der Junge sich auf, starrte seinen Onkel einen Moment an und fuhr sich dann mit beiden Händen übers Gesicht. Er vergrub die Finger in den Haaren und ließ sie dort. Yvain gab ihm einen Moment Zeit und sagte nichts.

Langsam ließ Richard die Hände sinken. »Wie geht es ihm?«

»Schwer zu sagen«, bekannte Yvain. »Auf jeden Fall gut genug, um ohne fremde Hilfe herzukommen, und seine Heimreise war gewiss weit.«

»Und ist er … ganz entstellt? Sein Gesicht mit Schuppen und Geschwüren übersät?« Richard sprach ruhig, doch seine Wangen wirkten fahl im Licht des frühen Morgens, und plötzlich konnte man sehen, dass er noch keine sechzehn war. Man vergaß das gelegentlich, denn er war ernster und vernünftiger, als sein Vater je gewesen war. Oder sein Onkel.

»Vermutlich«, antwortete Letzterer. »Aber er trägt morgenländische Kleider, und sein Gesicht ist verhüllt. Seine Hände ebenso.«

»Du findest es abscheulich, dass ich das frage, oder? Feige und herzlos.«

Yvain schüttelte den Kopf. »Keineswegs, Richard. Die Lepra erfüllt alle Menschen auch deswegen mit solchem Schrecken, weil sie in ihrer äußeren Erscheinung so abstoßend ist. Es ist ganz natürlich, dass dir das zu schaffen macht und du wissen willst, worauf du dich einstellen musst. Typisch für dich, könnte man auch sagen, weil du fast nie etwas tust, ohne deinen Kopf zu gebrauchen, und das ist gut so.« Er legte ihm nochmals kurz die Hand auf die Schulter und lächelte. »Das Wiedersehen mit deinem Vater kann keine ungetrübte Freude sein, und womöglich wirst du Zorn und Bitterkeit empfinden, aber du wirst nichts sehen, wovor du schaudern müsstest. Im Gegenteil. Ich finde, er sieht ziemlich beeindruckend aus in seinen wallenden fremdländischen Gewändern mit dem Turban. Mich würde nicht wundern, wenn er einen Krummsäbel statt eines Schwertes führt.« Er stand auf. »Zieh dich an und geh zu deiner Mutter. Ihr solltet ihn zusammen willkommen heißen, finde ich.«

Richard nickte und schlug die Decke zurück, mit einem Mal entschlossen, so wie immer, wenn man ihn vor eine neue Aufgabe stellte. Doch er sagte kopfschüttelnd: »Der Tag, den ich herbeigesehnt habe, ist endlich gekommen, und auf einmal bin ich voller Zweifel und Furcht.«

Yvain nickte mit einem kleinen Seufzen. »Das geschieht gar nicht so selten mit den Dingen, die wir herbeisehnen. Aber in diesem Fall wirst du feststellen, dass deine Zweifel und deine Furcht im Handumdrehen verflogen sind, denn ich glaube, ihr habt euch viel zu sagen, dein Vater und du.«

Es gab keinen Jubel, als Yvain dem Haushalt beim Frühstück die Neuigkeiten verkündete, aber er sah mit Zufriedenheit, dass alle in der Halle Versammelten froh waren – die Ritter und ihre Familien ebenso wie die Wachen und das Gesinde. Er sah weder Stirnrunzeln noch Kopfschütteln über diese Heimkehr, die streng genommen ein Gesetzesverstoß war, und die alte Rowena war nicht die Einzige, die in ihre Hafergrütze heulte. Auch Maurice de Clare liefen Tränen übers Gesicht, und er konnte nicht aufhören, den Kopf zu schütteln.

Yvain sorgte dafür, dass nicht alle gleichzeitig zur Klause eilten, und stellte ein paar Regeln auf. Weil er nicht wollte, dass die Burgbewohner den Heimkehrer mit ihren Ergebenheitsbeweisen ermüdeten, legte er fest, dass sich der Klause nur nähern durfte, wer von Lord Waringham dazu eingeladen war oder von Yvain die Erlaubnis eingeholt hatte. Er versprach Rowena, er werde schnellstmöglich in Erfahrung bringen, welche Speisen Guillaume sich wünschte, aber er riet ihr, vorerst keinen Festtagsbraten anzusetzen.

Der Tag war so sonnig und warm wie der vorherige, und so war es nur natürlich, dass im Burghof viel Betriebsamkeit herrschte. Yvain verbrachte mehr Zeit als nötig bei den neuen Pferden des Königs, und weil man vom Stalltor aus freien Blick auf die Klause hatte, konnte er beobachten, dass Amabel und Richard zwei Stunden vor Mittag immer noch vor der offenen Tür saßen. Irgendein guter Geist hatte einen Schemel oben von der Galerie in der Halle nach draußen getragen, sodass Lady Waringham in ihrem – hinreißenden – lindgrünen Kleid nicht im feuchten Gras hocken musste. Sie saß dort, die Hände auf dem dicken Pergamentstapel auf ihren Knien verschränkt, der all die Briefe enthielt, die sie Guillaume in den vergangenen zwölf Jahren geschrieben hatte, und sprach scheinbar in die Schwärze hinter der leeren Türöffnung. Guillaume hatte sich so weit von der Tür zurückgezogen, dass das einfallende Sonnenlicht ihn nicht erreichte. Richard stand neben seiner Mutter, und hatte seine Haltung anfangs Verlegenheit ausgedrückt, sah Yvain jetzt jedes Mal seine Hände zu beredten Gesten erhoben, wenn er einen Blick riskierte.

Es hätte schlimmer kommen können, schloss er.

Die Dämmerung war schon hereingebrochen, als Iselda und Gui ihn im Kräutergarten hinter der Halle aufspürten, wohin er sich mit einem Becher Burgunder verkrochen hatte.

»Vater?« fragte sein neunjähriger Sohn beklommen. »Stören wir dich?«

Yvain sah auf und lächelte, als er seine Kinder entdeckte – Iseldas Arm wie so oft um die mageren Schultern ihres Bruders gelegt, schützend und besitzergreifend zugleich.

»Kein bisschen«, log er und rückte auf der wackligen Bank zur Seite, um ihnen Platz zu machen.

Sie setzten sich neben ihn, Gui in der Mitte.

»Und?«, fragte Yvain. »Was sagt ihr dazu, dass euer Onkel heimgekommen ist?«

»Ich war noch gar nicht geboren, als er fortging«, erklärte Gui ernst.

»Nein, ich weiß.« Yvain sah Iselda an. »Und du kamst ungefähr zur gleichen Zeit zur Welt, als er uns verlassen musste.« Er lächelte. »Seit jeher ein Lichtblick in schweren Zeiten, Lady Iselda of Waringham.«

Sie nickte feierlich, als sei sie sich der Bürde dieses Amtes nur zu bewusst. »Richard hat uns zu ihm geführt und miteinander bekannt gemacht. Er war … sehr freundlich. Lord Waringham, meine ich. Aber so … förmlich. Obwohl er doch unser Onkel ist.«

»Hm«, machte Yvain und dachte einen Moment nach. »Für ihn ist das alles genauso eigentümlich wie für euch und für uns alle, verstehst du. Schlimmer sogar. Waringham ist sein Zuhause. Es *gehört* ihm. Aber er ist jetzt hier der Fremde und der Außenseiter, weil er so lange fort war und weil er so krank ist. Das muss schwierig sein, oder?«

»Ja, ganz bestimmt«, räumte Iselda ein. »So ähnlich wie mit dem König«, fuhr sie versonnen fort. »Ihm gehört die Krone, aber alle tun so, als hätte er sie König Richard gestohlen.«

Yvain fiel aus allen Wolken. »Wie kommst du auf so einen Gedanken?«

»Er hat das zu mir gesagt«, erklärte sie achselzuckend. Dann winkte sie seufzend ab. »Na ja. Er war betrunken.«

Der Tonfall, desillusioniert und nachsichtig zugleich, war viel zu erwachsen für ein zwölfjähriges Mädchen, fand Yvain, und die Vorstellung, dass John seiner Tochter im angetrunkenen Zustand sein misstrauisches Herz öffnete, verursachte ihm eine Gänsehaut.

Ehe Yvain noch entschieden hatte, wie er darauf antworten sollte, eröffnete Gui ihm: »Er hat gesagt, er will mir ein Pony schenken. Onkel Guillaume. Weil er doch mein Pate ist, bei meiner Taufe aber nicht hier sein konnte. Denkst du, das war ernst gemeint, Vater?«

»Natürlich.«

»Und kann ich es annehmen?«

»Warum denn nicht? Er hat ganz recht, weißt du. Wir haben dir seinen Namen gegeben, damit die Erinnerung an ihn in dir weiterlebt, aber auch, weil er dein Pate geworden wäre, hätte das Schicksal nicht anders entschieden. Also ist es ganz normal, dass er dir besondere Aufmerksamkeit schenkt. Oder eben ein Pony.«

»Wirklich?« Guis Augen strahlten, aber sein Lächeln war eine Spur unsicher, als könne er nicht glauben, dass ihm solche Seligkeit zustehen konnte. In diesem Moment erinnerte er Yvain so sehr an Beatriz, und zum ersten Mal kam ihm die Frage in den Sinn, ob er überhaupt wollte, dass sein Sohn Page im königlichen Haushalt wurde. Denn aus Pagen wurden Knappen. Und die Laufbahn königlicher Knappen begann bekanntlich mit einer Nacht in der Hölle …

Yvain nahm sich zusammen und erinnerte sich daran, dass er seine Kinder nicht vor allen Gefahren und Wechselfällen des Lebens beschützen konnte, und dass es eine väterliche Dummheit war, das auch nur zu wollen. Trotzdem legte er Gui einen Arm um die Schultern. »Und was ist es nun, das ihr auf dem Herzen habt?«

»Gar nichts«, antwortete Iselda. »Aber wir sollen dir von Onkel Guillaume ausrichten, dass er dich um Mitternacht am Feenbaum treffen will.«

Das ersparte Yvain, sich weiter mit der Frage herumzuquälen, ob er kommende Nacht zur Leinenkammer gehen sollte oder nicht. »Mitternacht am Feenbaum?«, wiederholte er indessen und rollte mit den Augen. »Ziemlich gruselig, oder?«

Iselda und Gui lachten über seinen vorgeblichen Schrecken.

»Du hast einen wunderbaren Sohn, Yvain«, sagte die raue Stimme aus der Dunkelheit.

»Danke gleichfalls.« Yvain entdeckte seinen Bruder auf dem flachen Findling, gleich neben dem mit Steinen eingefassten Rechteck, welches das Grab ihrer Mutter markierte. »Gibt es einen besonderen Grund, warum wir uns hier zu nachtschlafender Zeit treffen?«, erkundigte er sich gleichmütig.

»Ich werde die Klause nur während der Nacht verlassen. Besser so, glaub mir.«

»Natürlich«, antwortete Yvain. »Ganz, wie du willst.«

Guillaume hatte die Beine übereinandergeschlagen und den Blick zum Himmel gehoben. Es war wieder eine wolkenlose Nacht. »Ich vermisse die Sterne in der Wüste«, bekannte er unvermittelt.

Yvain nickte. »Du bist weit herumgekommen, hm?«

»Ziemlich. Die meisten Aussätzigen sind Wanderer, weil sie unwillkommen sind, wohin sie auch gehen. Na ja, ich war auch vorher schon reiselustig und rastlos, wie du weißt. Genau wie Richard.«

Es war sein König, von dem er sprach, nicht sein Sohn, ging Yvain mit etwas Verspätung auf. »Ich bin das Gegenteil«, bekannte er. »Der Hof ist ewig unterwegs, selten länger als eine Woche am selben Ort, und ich finde dieses Vagabundieren grässlich. Je länger und je öfter ich in Waringham sein kann, desto glücklicher bin ich.«

»Es ist ja auch ein guter Ort«, räumte sein Bruder vorbehaltlos ein.

Yvain wartete mit zusammengebissenen Zähnen darauf, Guillaume sagen zu hören, diese Heimkehr sei ein Fehler gewesen und er müsse wieder fort. Doch er hatte sich getäuscht.

»Ich hatte tatsächlich vergessen, wie es sich anfühlt, ein Zuhause zu haben«, sagte sein Bruder stattdessen. »Wie kostbar es ist.«

»Ich bin froh, dass du so denkst«, bekannte Yvain. Er trat an den Feenbaum, legte wie eh und je eine Hand auf die raue Borke und strich mit den Fingern der anderen über das üppige Grün der neuen Äste. Dies war der dritte Sommer, seit der Baum aufgewacht war. Yvain hatte Wilonas düstere Prophezeiungen in den Wind geschlagen und das tote Holz oberhalb des neuen Triebs entfernt. Seither wuchsen die neuen Zweige so schnell, dass man beinah zuschauen konnte. Noch zwei, drei Jahre, schätzte er, und der Baum würde wieder so etwas wie eine Krone haben.

»Ich bete, dass Waringham sich als die sichere Zuflucht bewährt, für die wir es halten, wenn die verdammten Franzosen kommen«, sagte er schließlich mit mühsam unterdrückter Heftigkeit. »Und ich wünschte, Philippe von Frankreich hätte sich die Lepra aus dem Heiligen Land mitgebracht, nicht du, dann blieben wir von seinen Invasionsplänen verschont.«

Guillaume lachte in sich hinein. Es klang wie raschelndes Schilf. »Ja, alles in allem wünschte ich das auch. Er hätte sie verdient, weiß Gott. Aber sei beruhigt, Yvain. Es wird keine französische Invasion geben. Philippe, dieser Unglücksrabe, hat seine Flotte verloren.«

Im ersten Moment war Yvain sprachlos. »Wie war das?«, brachte er schließlich hervor, aber es klang ziemlich matt.

»Hm.« Guillaume nickte in aller Seelenruhe. »Ich wollte es dir eigentlich schon letzte Nacht sagen, aber dann …« Er hob die umwickelte Hand zu einer entschuldigenden Geste. »Die Belange der Welt haben für mich nicht mehr die gleiche Bedeutung wie für dich. Aber es ist wahr. William Longsword hat mit Johns vier Dutzend Kriegsgaleeren und einer Handvoll Handelskähnen und seinen siebenhundert Rittern Philippes ganze stolze Invasionsflotte im Hafen von Damme vernichtet. Longsword traf versehentlich auf sie, aber wie sich herausstellte, hatte Philippe seine Schiffe nahezu unbewacht im Hafen zurückgelassen und seine Armee nach Gent geführt, um es noch schnell zu belagern, ehe England an die Reihe kommt. Na ja, da hat Longsword sich nicht lange bitten lassen und die französische Flotte erst geplündert und dann abgefackelt. Ich schätze, es wird ein Weilchen dauern, ehe Philippe sich von diesem finanziellen Fiasko erholt hat. Von der Blamage ganz zu schweigen.«

Das war einfach zu gut, um wahr zu sein. »Und du bist absolut sicher?«

Guillaume nickte. »Kennst du Eustache den Mönch?«

»Den Seefahrer?«, fragte Yvain verwirrt. »Ja, natürlich kenne ich ihn, Guillaume, ich stehe seit zwanzig Jahren in Johns Diensten.« Eustache ›der Mönch‹ war ein berüchtigter Pirat aus Boulogne, den der König seit dem Fall der Normandie bezahlt hatte, um die französischen Küsten unsicher und Philippe von Frankreich das Leben bitter zu machen. »Aber ich bin erstaunt, dass *du* ihn kennst.«

»Hm.« Es klang halb amüsiert, halb bitter. »Schon seit Ewigkeiten. Und ein toter Mann wie ich kann keinen anständigen Kapitän der christlichen Seefahrt um eine Passage über den Kanal bitten, verstehst du? Eustache hat mich nach Hause gebracht. Er war in Damme dabei und hat mir alles erzählt.«

»Gott sei gepriesen.« Yvain legte den Kopf in den Nacken und sah durch die flüsternden Blätter des Feenbaums zum silbrig schimmernden Nachthimmel auf. Das Ausmaß seiner Erleichterung verursachte ihm einen angenehmen, leichten Schwindel, wie ein wenig zu viel Wein. Er lachte. »Was ist nur auf einmal los, dass so viele Dinge sich unerwartet zum Guten wenden?«, fragte er kopfschüttelnd.

»Rechne lieber nicht damit, dass es so bleibt«, warnte sein Bruder trocken.

»Nein«, stimmte Yvain zu. »Aber zum ersten Mal war das Glück auf König Johns Seite. Sein Leben lang war er ein Pechvogel, verstehst du. Das Quäntchen Glück, das König Richard ungezählte Male die Haut gerettet hat, hat John immer gefehlt. Aber kaum hat er den Zwist mit dem Papst beigelegt, hat das Blatt sich plötzlich gewendet.«

»Du hast recht«, musste Guillaume einräumen. »Es ist bemerkenswert.«

»Ja.« Yvain stieß hörbar die Luft aus. »Nur habe ich Mühe zu glauben, dass der König die Lektion beherzigt, die darin steckt.«

Winchester, Juli 1213

»Name, Sir?«, fragte die Wache am Haupttor der Palastanlage.

»Yvain of Waringham.«

»Und Ihr wünscht?«

»Ich möchte zum König, wenn's keine Umstände macht, und ihm die neuen Pferde bringen, auf die er wartet.«

Der junge Soldat mit dem flämischen Akzent fuhr sich nervös mit der Zungenspitze über die Lippen. »Verstehe, Sir. Nur, die Sache ist die: Das könnte jeder behaupten.«

Yvain tauschte einen ungläubigen Blick mit Richard, aber er mahnte sich zur Geduld. Dieser Wachmann war neu – genau wie seine drei Kameraden, die mit ihm das Tor hüteten – und wusste es nicht besser. Er tat nur, was man ihm befohlen hatte, und darum bestand kein Grund, sich in die Brust zu werfen und zu donnern: *Du weißt wohl nicht, wen du vor dir hast*, und sich lächerlich zu machen.

»Wie ist dein Name?«, fragte er stattdessen.

»Pieter«, erteilte der junge Wachsoldat bereitwillig Auskunft.

»Also, Pieter: Ich schlage vor, du holst den Offizier der Wache, und dann sehen wir ja, ob er mich hereinlassen will oder nicht.«

»In Ordnung. Wie war doch gleich Euer Name?«

»Yvain of Waringham. Ich bin der Master of the Horse.«

»Der was?«

»Der Stellvertreter des *Maréchal*.«

»Und Ihr bringt Pferde für den König?«

Yvain seufzte. »Junge, wenn das hier immer so geht, müsst ihr einen Barbier ans Tor stellen, der den Ankömmlingen die Bärte stutzt, die ihnen wachsen, während sie auf Einlass warten.«

»Ich bin nicht sicher …«

»Lass ihn passieren«, befahl eine körperlose Stimme aus der Wachkammer, und im nächsten Moment trat eine dunkel gekleidete Gestalt ins Freie. Yvains Gehör hatte ihn nicht getrogen: Es war Pentecôte FitzHugh.

Yvain bedachte ihn mit einem sparsamen Lächeln. »Hast du dich gut amüsiert?«

»Mir obliegt die Sicherheit des Königs«, erinnerte Pentecôte ihn. Herablassend und im Tonfall überstrapazierter Geduld, als hätte er einen Trottel vor sich. »Damit pflege ich mich nicht zu amüsieren.«

»Oh, natürlich nicht …«

Yvain schnalzte Altair zu, aber sein Augenmerk war auf die beiden großen Pferde gerichtet, die er am langen Zügel an der rechten Hand führte. Sie folgten ihm in den Innenhof der Palastanlage – scheinbar lammfromm. Er hatte indes gelernt, auf der Hut zu sein und stets mit allem zu rechnen, denn diese *Destrier* benahmen sich gelegentlich gern, als hätten sie den Teufel im Leib. Richard folgte ihm mit den beiden neuen Rennern, die kaum weniger eigenwillig waren, aber der Knappe machte seine Sache gut und bewahrte immer einen kühlen Kopf.

Im Vorbeireiten nickte Yvain Pentecôte zu. »Ich stell sie ein, wenn du nichts dagegen hast, und anschließend kannst du mich gern über die Bürde deines Amtes belehren.«

»Ich habe Besseres zu tun«, entgegnete sein Schwager. »Sieh lieber zu, dass du hineinkommst. Du kommst spät.«

Wieso legst du es darauf an, das ich dir vor den Augen deiner neuen Wachen eins aufs Maul haue?, fragte Yvain sich verdrossen, aber er ließ Pentecôte einfach stehen und ritt hinüber zum langgezogenen Stallgebäude.

Es war Nachmittag, und wie so oft herrschte im Innenhof Betriebsamkeit, wenngleich der Tag unsommerlich grau und ungemütlich war. Eine Schar Knappen übte sich im Bogenschießen. Kanzleischreiber und livrierte Diener hasteten geschäftig über den Hof, beladen mit Pergamentrollen oder Weinkrügen, je nachdem. Eine eben zurückgekehrte Jagdgesellschaft verstopfte den Zugang zur Halle, während Pagen die verschwitzten Pferde wegführten, und eine Gruppe schwatzender Mägde schlenderte gemächlich zum Melken.

Als Yvain absaß, kam Wulfstan aus dem Stall. Er war grau geworden, noch krummbeiniger als früher, und seine Gesichtshaut wirkte wie gegerbt, weil er sein ganzes Leben bei Wind und Wetter im Freien verbracht hatte. »Beim heiligen Kreuz«, brummte er, stemmte die Fäuste in die schmalen Hüften und starrte die beiden Schlachtrösser an. »Was für Prachtkerle.«

»Nicht wahr?« Stolz ließ Yvain den Blick über seine Neuerwerbungen gleiten, zwei Dreijährige, ein Brauner und ein Fuchs. Der eine wie der andere besaß einen edlen Charakterkopf, glänzendes, auf Hochglanz gestriegeltes Fell, unter dem man das Spiel der starken Muskeln bewundern konnte, perfekte Proportionen und schier unerschöpfliche Ausdauer. »Nach einem blutigen Tag auf dem Schlachtfeld pflügen sie dir noch schnell den Acker, wenn's sein muss.«

»Wo findet man so was?«, fragte der alte Stallknecht ehrfurchtsvoll.

»In Norfolk. Richard kann dir von unserer abenteuerlichen Suche erzählen, während ihr sie einstellt und füttert.« Er nickte seinem Neffen zu. »Geh in die Halle, wenn ihr fertig seid, und warte dort auf mich.«

Auch er machte einen Abstecher zur Halle in der Hoffnung, einen Schluck Ale zu ergattern, ehe er sich zum König begab. In dem lärmenden Gewimmel des großen Saals entdeckte er Baldwin und Thomas an der rechten Tafel. Suchend sah Yvain sich um, während er auf sie zuhielt, und wie immer in solchen Momenten stolperte sein Herz einmal kurz, als ihm aufging, dass es William de Braose war, nach dem er Ausschau hielt. Es war eine zählebige Gewohnheit, die sich einfach nicht abschütteln ließ.

»Ah, da kommt Waringham!« Baldwin strahlte, als er ihn entdeckte, und rückte zur Seite, um ihm Platz zu machen.

»Ich kann nicht bleiben«, sagte Yvain bedauernd. »Pentecôte deutete an, der König erwarte mich mit rasch schwindender Geduld.«

»Welche Geduld?«, gab Thomas frech zurück, fuhr aber mit einer beschwichtigenden Geste fort: »Nur die Ruhe. Er hat uns vor einer halben Stunde hinausgeworfen, als der Erzbischof ihn aufsuchte. Das wird dauern, könnte ich mir vorstellen.«

»Und die königliche Laune nicht heben«, prophezeite Baldwin.

»Na ja, in dem Fall …« Yvain glitt zwischen ihnen auf die Bank. »Und? Was habe ich versäumt?«

Thomas winkte einen Diener heran, der ein gefährlich überladenes Tablett voller Weinpokale durch die Menge balancierte, und erleichterte ihn um drei der hohen Gefäße. Während er sie verteilte, schob Baldwin Yvain einen Teller mit in Schmalz gerösteten Brotstücken hin. Es ging Yvain immer auf die Nerven, dass seine Freunde gluckenhaft wurden und ihn füttern wollten, sobald er ihnen unter die Augen trat, aber heute war er tatsächlich ausgehungert und protestierte nicht, sondern langte zu.

»Von Damme hast du gehört, nehme ich an?«, erkundigte sich Baldwin.

Yvain nickte, kaute und schluckte. »Ich war in Waringham, Beaumont, nicht am Ende der Welt.«

»Der Unterschied ist mir nie ganz klar«, frotzelte Baldwin. Dann fuhr er mit einem Schulterzucken fort: »Das unrühmliche Ende der französischen Flotte hat die Lage natürlich vollkommen geändert. Bei seiner Rückkehr vom Kontinent hat Longsword Erzbischof Langton mitgebracht. Der ist nun seit drei Tagen bei Hofe, und seither hat den König niemand mehr gesehen.«

»Ist das gut oder schlecht?«, fragte Yvain.

»Schwer zu sagen«, erwiderte sein Freund. »Aber die Pagen schlottern, weil er so finsterer Stimmung ist. Und sie kommen kaum nach, ihm den ganzen Wein zu bringen, nach dem er schickt.«

Yvain nickte kommentarlos.

»Es ist nicht nur der Erzbischof, der ihm Verdruss bereitet«, mutmaßte Thomas. »FitzWalters Verschwörung sitzt ihm immer noch in den Knochen. Er ist mit einem Mal voller Misstrauen, selbst alten Weggefährten begegnet er plötzlich mit Argwohn.«

Yvain trank einen Schluck Wein. »Pentecôtes große Stunde«, murmelte er in seinen Becher.

»Darauf kannst du wetten.« Thomas Bigod schnaubte verächtlich. »Er ist der perfekte Wachhund, keine Frage. Deine Schwester sieht derzeit gewiss nicht viel von ihrem Gemahl …«

»… vielleicht besser so …«

»… er ist Tag und Nacht im Einsatz und kontrolliert jeden persönlich, der zum König will.«

»Na bitte. Wenigstens einer, dessen größter Wunschtraum sich erfüllt hat«, sagte Yvain boshaft.

Wie üblich beteiligte Baldwin sich nicht an ihren Gehässigkeiten. Er trank versonnen einen Schluck und bemerkte nüchtern: »Was er tut, tut er auf Befehl des Königs. Dessen Misstrauen ja nicht ungerechtfertigt ist.«

»Nein, das ist wahr«, musste Thomas einräumen. »Auch für die Königin hat er zusätzliche Wachen angeheuert, einen deutschen Hünen zum Beispiel, den Kaiser Otto geschickt hat. Terric, der Teutone, so nennen sie ihn. Ich schwöre dir, er ist an die sieben Fuß groß. Und er folgt Isabella wie ein Schatten. Deine Frau findet ihn furchtbar. Sie vergisst ständig, dass es ihn gibt, und erschrickt halb zu Tode, wenn er ihr plötzlich über den Weg läuft.«

Yvain seufzte.

»Sie sind übrigens in Windsor. Isabella und ihr Haushalt«, eröffnete Baldwin ihm.

Yvain wusste, es konnte nur einen Grund geben, warum der König seine Gemahlin nicht wie sonst üblich mit von einer Burg zur nächsten schleifte. »Die Königin ist guter Hoffnung?«

Seine Freunde nickten. »Und deine Frau auch, alter Junge«, fügte Baldwin zwinkernd hinzu.

Yvain verspürte das inzwischen vertraute Wechselbad aus unbändiger Freude und abgrundtiefer Furcht, das diese Nachricht ihm jedes Mal bescherte. Aber er wollte verdammt sein, wenn er sich das anmerken ließ, und beschränkte sich darauf, ihnen mit einem breiten Lächeln seinen Becher entgegenzuheben: »Auf die Königin und Lady Beatriz.«

Baldwin und Thomas hoben ebenfalls die Pokale. »Und das nächste Töchterchen«, sagten sie aus einem Munde und brachen in Gelächter aus.

»Ah, Yvain of Waringham.« Der König zeigte ein kleines Lächeln. »Endlich jemand, der mir etwas bringt, das ich wirklich haben will.«

Yvain sank auf ein Knie nieder. »Zwei Courser und zwei Schlachtrösser. Ihr müsst sie Euch anschauen, Sire. Ihr werdet Eure helle Freude haben.«

Mit einer eleganten Geste forderte der König ihn auf, sich zu erheben. »Bevor es dunkel wird«, stellte er in Aussicht.

Yvain kam auf die Füße und begrüßte die übrigen Männer, die sich in den behaglichen privaten Gemächern des Königs versammelt hatten. Die meisten waren vertraute Gesichter, darunter wie üblich Fulk de Cantilupe, Hubert de Burgh und William Longsword, der Yvains Glückwünsche zu seinem grandiosen Sieg über die französische Flotte bei Damme mit einem zufriedenen Lächeln entgegennahm.

Und dann stand Yvain vor dem einzigen Fremden im Raum und sank schon wieder auf ein Knie. »Mylord of Canterbury. Eine Ehre, Euer Gnaden.«

Der Erzbischof streckte ihm die Rechte entgegen, und Yvain küsste den Hirtenring. »Erhebt Euch, mein Sohn.«

Er hatte eine tiefe, volltönende Stimme, die perfekt zu seiner Erscheinung passte: Stephen Langton war ein großgewachsener Mann um die sechzig, dessen Statur knochig und doch kraftvoll wirkte, was vermutlich auf den asketischen Lebenswandel zurückzuführen war, den man ihm nachsagte. Das schwarze Haar unter der schlichten Bischofsmütze war gelockt und von Silberfäden durchzogen, das Kinn energisch, die Lippen schmal, die Nase gerade und streng. In den dunklen Augen las Yvain die Autorität, die ein hoher Kirchenfürst besitzen musste, aber was er dort vergeblich suchte, war Güte. Sein Herz sank. Dieser erste Blick reichte, um zu erkennen, dass es mit dem König und dem Erzbischof von Canterbury schwierig werden würde.

Letzterer schien ihn auf der Stelle wieder zu vergessen und wandte sich an den Lord Chamberlain: »Wie lange braucht Ihr, um die Zeremonie vorzubereiten, de Burgh?«

»Das hängt von Euren Wünschen und denen des Königs ab, Euer Gnaden«, gab der zurück. »Wenn Ihr möchtet, dass die englischen Barons in größerer Zahl zugegen sind, müssen wir warten, bis sie benachrichtigt und angereist sind und …«

»Ich will keine große Sache daraus machen«, stellte der König klar. »Wir haben auch keine Zeit, so lange zu warten.«

»Aber wäre es nicht ratsam, dass möglichst viele Lords anwesend sind, wenn Eure Sünden vergeben und Eure Exkommunizierung aufgehoben werden, Sire?«, gab Langton zu bedenken. »Es ist wichtig, dass sie die Neuigkeiten in die Grafschaften tragen und bezeugen, oder?«

John sah aus, als hätte er eine Wespe verschluckt, und Yvain konnte es ihm nicht verdenken. Eine solche Zeremonie konnte nicht vonstattengehen, ohne dass der König eine Geste der Demut zeigte, und die Vorstellung, dass der versammelte Hochadel ihm dabei zuschaute, war nicht gerade erhebend.

»Wir könnten die Sicherheit des Königs nicht gewährleisten, wenn es hier voll wird und jeder hergelaufene Lord Soundso mit einer kleinen Armee anrückt«, wandte Pentecôte ein. Yvain hatte gar nicht gemerkt, dass er eingetreten war. Dafür konnte es nur eine Erklärung geben: Pentecôte FitzHugh hatte das Privileg, unangemeldet vor dem König zu erscheinen.

Der bemühte sich nach Kräften, seine Erleichterung über dieses einleuchtende Argument zu verhehlen. »Sir Pentecôte hat recht«, befand er. »Im Übrigen interessiert es mich nicht, ob und wann die Nachricht die Landjunker in der Provinz erreicht. Mich interessiert, wer von meinen Lords mir die geschuldete Vasallentreue erweist und mir Geld und Männer schickt, um die Normandie zurückzuerobern. Unsere Verbündeten auf dem Kontinent stehen bereit, und wir sollten nicht warten, bis Philippe sich vom Verlust seiner Flotte erholt hat.«

»Aber mein König, denkt Ihr nicht, Eure Aussöhnung mit Gott ist von größerer Bedeutung als Eure irdischen Bestrebungen?«, fragte der Erzbischof. Er sprach respektvoll, und doch klang es wie eine Zurechtweisung. »Euch ist bewusst, dass der Papst sich wünscht, Ihr möget Euch mit König Philippe aussöhnen und gemeinsam mit ihm zu einem neuen Kreuzzug aufbrechen?«

»Ja, Mylord of Canterbury, das ist mir in der Tat bewusst«, erwiderte John mit einem honigsüßen Lächeln. »Schließlich ist der Papst mein Lehnsherr, weswegen er mir die Ehre erweist, mir seine Wünsche persönlich mitzuteilen. Aber er versteht auch, dass einer Versöhnung mit Philippe die Wiedergutmachung des von ihm begangenen Unrechts vorausgehen muss.«

»Und doch stünde es einem Vasallen des Heiligen Vaters gut zu Gesicht, den ersten Schritt zur Versöhnung zu machen, nicht wahr?«

Das Äderchen in der Schläfe begann zu pochen. John stahl seinem Bruder den Weinbecher aus der Hand, hob ihn dem Erzbischof entgegen und leerte ihn in einem Zug. Dann wandte er sich zur Tür. »Ich brauche frische Luft. Kommt, Yvain, zeigt mir meine neuen Pferde.«

Yvain hielt ihm die Tür auf und folgte ihm hinaus auf den dämmrigen Korridor, wo die Wandfackeln in der Zugluft fauchten und rußten wie eh und je. Pentecôte schloss sich ihnen unaufgefordert an und ging so dicht hinter Yvain, dass er ihm fast in die Hacken trat.

»Bei Gottes Zähnen«, knurrte der König. »Mit einem Mal habe ich größtes Verständnis dafür, dass mein alter Herr den Erzbischof von Canterbury aus der Welt schaffen ließ …«

Es wurde ein hartes Stück Arbeit für die Ratgeber des Königs, das nicht ohne Wutausbrüche und Rückschläge vonstattenging, und als William Longsword mit einer aufgeplatzten Lippe in der Halle erschien, glaubte niemand sein Märchen von dem kleinen Reitunfall, das er ihnen auftischte. Doch eine Woche später war es schließlich vollbracht: Am 20. Juli wurden der Hof und die Welt Zeugen, wie der stolze John von England sich auf dem Platz vor der Kathedrale zu Winchester vor Erzbischof Langton in den Staub warf und unter Tränen der Reue um Mitleid für sich und sein armes Königreich flehte. Langton – begleitet von einem Kometenschweif aus englischen Bischöfen, die gemeinsam mit ihm aus dem Exil zurückgekehrt waren – hob ihn auf und führte ihn vor das verschlossene Portal der großen Kirche, wo er gemeinsam mit den übrigen hohen Geistlichen fünfzehn Psalmen rezitierte, ehe er John von seinen Sünden lossprach und wieder in der kirchlichen Gemeinschaft der Gläubigen willkommen hieß. Im Gegenzug schwor der König auf die Heilige Schrift, die Kirche fortan zu lieben und mit all seiner Kraft zu verteidigen und die guten Gesetze seiner Vorgänger zu achten und zu bewahren. Kurzum, er erneuerte seinen Krönungseid. Dann sperrte der Erzbischof das Portal der altehrwürdigen Kathedrale auf und führte den König, den Hof und die Bewohner der Stadt in die Kirche, um eine feierliche Messe zu zelebrieren.

»Die erste seit fünf Jahren«, bemerkte Thomas während des anschließenden Banketts in der Halle. »Ich bin jetzt noch ganz ergriffen.« Zur Abwechslung war er einmal ernst.

»Ja«, stimmte Baldwin eine Spur verlegen zu. »Ich hatte eine richtige Gänsehaut, ob ihr's glaubt oder nicht.«

»Gewöhnt euch lieber nicht daran«, warnte Yvain. »Denn der Kirchenbann ist noch nicht aufgehoben. Das hier war eine Ausnahme.«

Die anderen nickten. Sie wussten: Bei aller Freundschaft und väterlichen Nachsicht für seinen Vasallen auf dem englischen Thron würde Papst Innozenz das Interdikt doch nicht aufheben, ehe John die märchenhaften Summen wenigstens teilweise erstattete, die er seit dessen Verhängung aus englischen Kircheneinnahmen eingestrichen hatte.

Baldwin nahm sich von dem saftigen Ochsenfleisch, das auf einer Platte vor ihnen stand, und sah zur hohen Tafel hinüber.

»Wie hat er es nur geschafft, so viele Tränen zu vergießen?«, murmelte er. »Sind wir doch mal ehrlich, *nichts* tut ihm in Wirklichkeit leid.«

Der König unterhielt sich angeregt mit Bischof de Gray, während er den Erzbischof an seiner anderen Seite geflissentlich ignorierte.

»Mit einer Zwiebel«, antwortete Yvain.

»Das hätten wir gesehen, oder?«, widersprach Thomas.

Yvain schüttelte den Kopf. »Du reibst dir mit einer aufgeschnittenen Zwiebel über die Fingerkuppen, und wenn es so weit ist, mit den Fingern über die Augen. Dann fließen die Tränen der Reue zuverlässig und in Strömen.«

»Du weißt die wunderlichsten Dinge«, bemerkte Baldwin verblüfft.

»Hm«, machte Yvain zustimmend. »Ich habe zufällig gehört, wie Pentecôte es dem König erklärt hat, als der ihn in dieser Angelegenheit um Rat fragte.«

»Natürlich. Neuerdings der vertrauteste Ratgeber in allen königlichen Lebenslagen«, murmelte Thomas angewidert. »Und der königliche Schatten obendrein.«

»Auf königlichen Befehl«, erinnerte Baldwin sie.

Alle drei blickten wieder zur hohen Tafel hinüber, wo Pentecôte gleich hinter dem Thronsessel auf Wache stand, flankiert von einem halben Dutzend seiner flämischen Finstermänner.

»Ich mache mir nur Sorgen, welchen Einfluss unser alter Freund mit dem sonnigen Gemüt auf unseren König hat, dessen Vertrauen und Zuversicht so leicht zu erschüttern sind«, stellte Thomas klar.

Yvain gab ihm recht. Die bewegende Zeremonie vor der Kathedrale lag noch keine zwei Stunden zurück, doch er entdeckte keinerlei Anzeichen von Aussöhnung oder auch nur von gutem Willen. Vielmehr war die Anspannung mit Händen greifbar. Erzbischof Langton saß stocksteif auf seinem Ehrenplatz an der Seite des Königs, seine Miene sturmumwölkt. Der Bischof von Exeter neben ihm, der ein Gesicht wie ein Frettchen hatte, redete unablässig auf ihn ein, wobei seine zierliche Linke ruckartige Auf- und Abbewegungen vollführte, als wolle er Köpfe damit abhacken. König John lachte scheinbar vergnügt über irgendetwas, das sein Freund de Gray gesagt hatte, aber kein Hauch von Frohsinn lag in seinem Blick, der unverwandt auf die beiden Männer gerichtet war, die sichtlich nervös und isoliert an der Mitte der linken Tafel saßen. Von dem Sumpf voller Kröten, die John hatte schlucken müssen, um eine Aussöhnung mit dem Papst zu erreichen, war diese vermutlich die fetteste: Robert FitzWalter und sein Mitverschwörer Eustache de Vesci, die nach ihrem aufgedeckten Komplott im vergangenen Jahr Hals über Kopf aus England hatten fliehen müssen, waren zurückgekehrt. Irgendwie hatten sie es geschafft, den Heiligen Vater zu überzeugen, sie seien doch nur deswegen in Ungnade gefallen, weil sie sich für die Belange der Kirche stark gemacht hätten. Und so hatte der Papst ihre Rückkehr nach England und Wiederaufnahme in die königliche Huld zur Bedingung für seine Absolution gemacht.

Baldwin war Yvains Blick gefolgt und murmelte: »Ich sag euch, Gott wird sich mächtig ins Zeug legen müssen, wenn das alles gut gehen soll.«

Waringham, Januar 1214

»Was sollen wir nur tun, Iselda?«, fragte Richard.

»Was *können* wir tun?«, entgegnete sie.

»Na ja, was schon?« Er zuckte ungeduldig die Schultern. »Durchbrennen natürlich.«

Die Vorstellung bescherte ihr einen herrlichen kleinen Rausch, der zu gleichen Teilen aus Verliebtheit und Verwegenheit bestand, aber sie gab scheinbar nüchtern zu bedenken: »Das würde meinen Eltern das Herz brechen.«

Ihr Cousin stieß die Luft aus. »Ja. Meinen auch.«

Unglücklich sahen sie sich an. Sie standen unter dem Feenbaum und hielten sich bei den Händen. So nah waren sie einander, dass die weißen Dampfwolken sich vermischten, die ihr Atem in der eisigen Winterluft bildete. Die Welt um sie herum war still, als hätte sie gespannt den Atem angehalten, und Waringham Heath war ein gleißendes Meer aus Schnee.

Iselda stellte sich auf die Zehenspitzen und hauchte einen Kuss auf Richards eiskalte Lippen. Er war ja so wunderschön, fand sie. Die kornblumenblauen Augen schienen in seinem ebenmäßigen, hellhäutigen Gesicht zu lodern wie die blauen Flammen an der heißesten Stelle im Feuer. Der kurze schwarze Bart war ganz dicht geworden und ließ ihn männlich wirken, genau wie seine breiten Schultern. Wirklich, man musste ihn nur anschauen, um zu begreifen, warum sie sich so rettungslos in ihn verliebt hatte.

Er befreite seine Linke aus ihrer Hand und legte den Arm um ihre Taille, während sein Mund sich auf den ihren presste. Sein Kuss war weit weniger unschuldig als ihrer, seine Zunge schob sich fordernd zwischen ihre Lippen, und Iselda schloss die Augen und gewährte ihr Einlass. Richards Küsse schmeckten immer nach Sommer – selbst jetzt –, nach sonnenwarmen Äpfeln und reifendem Korn. Bereitwillig überließ sie sich ihm, und als er sie enger an sich zog und sie die unmissverständliche Härte spürte, überkam sie wieder dieser herrliche kleine Schwindel.

Doch schließlich lösten sich ihre Lippen. Richard keuchte leise, brachte ein klein wenig Abstand zwischen sie und wandte den Kopf ab. »Jesus … vergib mir, Iselda …«

»Aber was denn nur?«, entgegnete sie beschwichtigend. »Ich will doch dasselbe wie du. Das weißt du doch.«

Er nickte. Aber sie sah an seinem Gesicht, dass es heute wieder nicht passieren würde. Sie kannte diesen entschlossenen Zug um den Mund: Sein Ehrgefühl lag im Widerstreit mit seinen Wünschen, seinen Sehnsüchten und seinen Träumen von einer gemeinsamen Zukunft, und wenn sie nicht achtgab, würde sein verfluchtes Ehrgefühl gewinnen.

»Wir dürfen es nicht tun.« Es klang beschwörend und als sage er es zum tausendsten Mal. So als wolle er vor allem sich selbst zur Ordnung rufen. »Nicht, bevor wir verheiratet sind.«

Sie lehnte die Stirn an seine Brust und nickte, ließ die Hand unter seinen Mantel gleiten und spürte das weiche, lockige Lammfell des Futters. Es war warm und tröstlich.

Weil sie nichts sagte, widersprach Richard sich selbst: »Aber sie werden uns niemals erlauben zu heiraten, weil wir Vetter und Cousine sind.«

»Es kommt vor«, konterte sie. »Manchmal erteilt die Kirche Dispens.«

»Ja.« Er schnaubte leise. »Für Prinzen und Prinzessinnen, die verheiratet werden sollen, um Frieden zwischen ihren Ländern zu stiften. Aber nicht für Iselda und Richard of Waringham.«

Sie schlang unter seinem Mantel beide Arme um ihn, damit sie mehr von ihm spüren und mehr von seiner Wärme erhaschen konnte, und zuckte die Achseln. Sie hatte viel länger bei Hofe gelebt als er, viel mehr gehört und gesehen. Darum wusste sie, dass nicht ganz zutreffend war, was er sagte. *Alles ist verhandelbar*, hatte sie König John ungezählte Male sagen hören, und ungezählte Male hatte er recht behalten. Es gab indes noch ein anderes Hindernis, das ihrer Zukunft im Weg stand, und es wog viel schwerer.

Doch Iselda hatte entschieden, ihm das vorerst zu verschweigen. »Lass uns abwarten, bis ihr aus dem Krieg zurückkommt«, sagte sie.

Sie spürte ihn nicken. »Ja, du hast recht. Es kann jetzt ohnehin jeden Tag so weit sein, dass wir uns dem König anschließen und den Kanal überqueren. Vielleicht sieht die Welt danach ja ganz anders aus. Wenn John die Normandie zurückerobert, könnten du und ich womöglich dorthin gehen und das Gut bekommen, woher unsere Familie stammt.«

Iselda erinnerte sich an den Namen. »Mélicourt.«

»Genau.«

»Aber du bist Lord Waringham, Richard«, erinnerte sie ihn beklommen. »Dem kannst du nicht einfach so den Rücken kehren. Eines Tages würdest du mich anschauen in unserem bescheidenen ländlichen Gutshaus in Mélicourt und würdest mich hassen, weil du einen viel zu hohen Preis bezahlt hast.«

Er lachte gleich an ihrem Ohr. »Ich glaube, du hast zu viele schwülstige Versromanzen gelesen, Lady Iselda …« Er nahm ihr Ohrläppchen zwischen die Zähne.

»Ja, mach dich nur lustig«, entgegnete sie ein wenig gekränkt. »Aber genau so würde es kommen.«

»Blödsinn«, widersprach Richard wegwerfend. »Waringham kann mir gestohlen bleiben. Ich will *dich*.«

Auf der Burg war von winterlicher Stille nichts zu merken. Wie üblich waren sie getrennt zurückgekehrt, und als Iselda durchs Torhaus in den Burghof ritt, entdeckte sie Richard mit Jean Fitz-

Edmond und dessen Knappen vor der Waffenkammer, wo sie im fahlen Wintersonnenschein ein paar Kettenpanzer begutachteten. Iseldas Vater und ihr kranker Onkel hatten entschieden, fünf voll ausgestattete Ritter zu König Johns großem Feldzug beizutragen – eine finanzielle Herausforderung für eine kleine Baronie wie Waringham, wusste sie –, und überall sah man geschäftige Vorbereitungen. Allein die Klause stand mit geschlossener Tür und verhangenem Fenster still inmitten all der Betriebsamkeit wie ein Fels in der tosenden See. Sie wirkte tot und verlassen, doch Iselda wusste es besser.

Sie brachte Boudicca zum Stall und gab sie in Robs Obhut, ging zum Bergfried hinüber und erklomm die Wendeltreppe ins Obergeschoss, und als sie am Gemach ihrer Eltern vorbeikam, hörte sie sie hinter der angelehnten Tür streiten. Verdattert blieb sie stehen. Bis heute hatte Iselda nicht gewusst, dass man mit ihrer Mutter streiten konnte.

»Beatriz, nimm Vernunft an«, sagte ihr Vater, und sie hörte, dass seine Geduld sich dem Ende zuneigte. »Du hattest eine Fehlgeburt und …«

»Aber das war vor drei Monaten, *mon amant*.« Das Kosewort klang heute nicht so liebevoll und zärtlich wie sonst, sondern wie von Frost durchhaucht. »Es ist längst vergessen.«

»Was daran liegen mag, dass du immer alles vergisst, gelegentlich auch die wesentlichen Dinge des Lebens«, gab er schroff zurück. »Darum helfe ich deinem Gedächtnis gern nach: Du wärest beinah verblutet und hattest tagelang hohes Fieber. Du bist immer noch blass und abgeschlagen, und ich lasse nicht zu, dass du in diesem Zustand mit auf einen Feldzug kommst, und damit Schluss!«

Er hatte die Stimme erhoben, und auch das war eher ungewöhnlich. Was ist denn nur passiert?, fragte Iselda sich fassungslos und lauschte ungeniert weiter, als ihre Mutter konterte: »Isabella hat gerade eine Tochter zur Welt gebracht und geht trotzdem mit auf den Feldzug. Ich gehöre ihrem Haushalt an, Yvain. Wenn du mich nicht mit ihr gehen lässt, wirst du ein Bußgeld zahlen müssen, und ich bin nicht sicher, ob wir uns das leisten können.«

»Lass unsere finanziellen Nöte gütigst meine Sorge sein«, knurrte er.

»Aber sie braucht mich!«

»Und was ist mit unseren Kindern hier in Waringham? Ich schätze, sie brauchen dich dringender, oder? Niemand kann sagen, wie lange wir fort sein werden und …«

»Iselda ist alt genug, um auf ihren Bruder und ihre Schwestern achtzugeben, und das weißt du ganz genau. Es ist meine erste Chance nach … Gott allein weiß wie vielen Jahren, meine Heimat wiederzusehen.«

»Vierzehn«, half er ihr aus, so wie er es immer tat.

»Also bitte. Wie kannst du mir das verwehren?«

»Das habe ich dir gerade erklärt, oder?«

»Aber das war nicht die Wahrheit, mein Gemahl«, entgegnete sie bedächtig. »Du willst aus ganz anderen Gründen, dass ich nicht mit dem Hof nach Frankreich segele, aber ich lasse mich nicht von dir in Waringham an die Kette legen.«

»Beatriz, hör zu …«

»Danke, ich habe für heute genug Lügen gehört. Ich habe noch allerlei zu packen. Falls du den Mut findest, die Wahrheit zu sagen – und zu hören –, weißt du ja, wo du mich findest.«

Mit jedem Wort hatte ihre Stimme sich weiter der Tür genähert, doch das war nicht der einzige Grund, warum Iselda die Flucht ergriff.

Sie verbrachte den Rest des Nachmittages in der Kinderstube. Normalerweise meldete sie sich nicht freiwillig, um der Amme zu helfen, ihre fürchterlichen kleinen Schwestern zu hüten, aber sie wollte ihren Eltern nicht begegnen, weil sie fürchtete, ihr Vater werde ihr auf den ersten Blick ansehen, dass sie ihren Streit belauscht hatte. Es war ihr einfach unmöglich, irgendetwas vor ihm zu verbergen. Richard war ihr einziges Geheimnis, das zu hüten ihr gelungen war – jedenfalls bis jetzt. Sie brachte Blanche die Grundzüge des Tables-Spiels bei, und die Neunjährige bewies eine rasche Auffassungsgabe, aber Iselda wünschte, ihr Bruder Gui wäre hier, denn er war ein lohnender Gegner. Doch

Gui war noch bei Hofe und kassierte ein Übermaß an Ohrfeigen vom Lord Chamberlain und dessen Unterkämmerern, weil er ein unaufmerksamer Page war. Gui, wusste Iselda, kam zu sehr auf ihre Mutter. Doch er würde nach Waringham kommen, wenn der König den Kanal überquerte, und nicht mit in den Krieg ziehen, und der Gedanke war ein Lichtblick.

Nach dem Essen in der großen Halle kehrte auf der Burg bald Ruhe ein, denn im Winter gingen die Leute früh schlafen. Als vielleicht eine Viertelstunde lang Stille geherrscht hatte, stand Iselda auf. Sie war vollständig bekleidet, und ihr warmer Mantel lag griffbereit am Fußende des breiten Bettes, das sie mit Marie und Eloise teilte. Auf Zehenspitzen schlich sie aus der Schlafkammer, huschte lautlos wie ein Schatten die Treppe hinab, entzündete ein Binsenlicht am ersterbenden Kaminfeuer in der Halle und trug es hinaus in die eisige Nacht und hinüber zur Klause.

»Onkel Guillaume?«

»Ah. Lady Iselda«, kam die raue Stimme aus dem Innern des windschiefen Häuschens. »Ich hatte gehofft, Euch heute noch empfangen zu dürfen.«

Sie musste lachen. Er sagte immer solche galanten Dinge zu ihr.

»Wie geht es dir heute? Sind die Schmerzen sehr schlimm?«

»Nein, heute nicht.«

»Wenn es kalt und trocken ist, sind sie immer am erträglichsten, nicht wahr?«

»Ist das so?«, fragte er erstaunt. »Das war mir noch gar nicht aufgefallen.«

Kopfschüttelnd betrachtete sie den dicken Fellvorhang, der innen vor der Fensteröffnung hing und hinter dem sie ihren Onkel vermutete. »Nun, mir schon.«

»Das wundert mich nicht, Mylady.«

Als ihr Vater sie zum ersten Mal mit zur Klause genommen hatte, um sie miteinander bekannt zu machen, hatte ihr ein wenig gegruselt. Sie hatte befürchtet, ein grauenvoll entstelltes

Gesicht zu sehen oder verfaulendes Fleisch zu riechen und sich nichts von ihrem Schrecken anmerken lassen zu dürfen – was nicht ihre starke Seite war. Aber keine ihrer Befürchtungen hatte sich erfüllt. Ihr Onkel trug morgenländische Gewänder, die alles verhüllten, was seine furchtbare Krankheit ihm äußerlich angetan haben mochte, und wenn überhaupt ein Geruch aus seiner Klause drang, dann war es der schwere, süße Duft von dem heidnischen Kraut, das er verbrannte, um mit dem Rauch die Schmerzen zu betäuben. Denn obwohl die vom Aussatz befallene Haut ganz gefühllos war, litten die Kranken doch oft Leib- oder Gliederschmerzen, hatte sie gelernt. So wie sie die faszinierendsten Dinge über das Heilige Land und den toten König Richard gelernt hatte. Denn nachdem sie einmal Bekanntschaft geschlossen hatten, waren Iselda und ihr Onkel sehr bald Freunde geworden, und manchmal hockte sie nachts stundenlang vor der Klause, und sie unterhielten sich. Er habe das Heranwachsen seiner eigenen Tochter verpasst, hatte er einmal zu ihr gesagt, und wenn sie so gut sein wolle, möge sie ihn doch an ihrem Leben teilhaben lassen, damit er das Versäumte nachholen könne.

»Und? Was gibt es Neues in Waringham?«, fragte er nun.

»Alle sind schwer beschäftigt. Nächste Woche brechen sie auf, und alle fürchten, dass die Zeit für die Vorbereitungen nicht ausreicht.«

»So ist es immer, wenn man zu einem Feldzug aufbricht.«

»Ja, wahrscheinlich.«

»Höre ich Niedergeschlagenheit in deiner Stimme? Bist du etwa traurig, weil sie dich nicht mit nach Frankreich nehmen?«

»Nein«, antwortete sie wahrheitsgemäß. »Ich will nicht nach Frankreich.«

»Tatsächlich? Und ich hätte geschworen, du bist neugierig und deshalb reiselustig.«

»Hm.« Sie fegte den Schnee von dem kleinen Schemel vor der Klause, wickelte den dicken Mantel fester um sich und setzte sich hin. »Aber Thomas Bigod wird mit nach Frankreich segeln, und ich will ihm nicht begegnen.«

»Warum denn nicht, in aller Welt?«

»Weil Vater sagt, ich muss ihn heiraten.«

»Verstehe. Und du … willst ihn nicht?«, fragte er behutsam.

Iselda schüttelte den Kopf, besann sich dann, dass er sie ja nicht sehen konnte, und antwortete: »Ich werde eher ins Kloster gehen, Onkel.«

»Aber warum? Er ist eine hervorragende Partie. Ist sein Vater nicht der Earl of Norfolk?«

»Doch.«

»Also bitte. Und dein Vater spricht nur in den höchsten Tönen von ihm. Für dich ist ihm ja auch nur das Beste so gerade eben gut genug. Also, wo liegt der Haken?«

Sie überlegte einen Moment, was sie antworten sollte. Auch wenn sie Freunde waren, durfte Onkel Guillaume natürlich nichts von ihr und Richard wissen. Aber anlügen wollte sie ihn auch nicht, also sagte sie: »Er ist mindestens hundert Jahre alt.«

»Ungefähr dreißig, schätze ich«, verbesserte er, und sie hörte ihn lächeln.

»Und ich liebe ihn nicht.«

»Oh, verstehe. Nun, in Herzensangelegenheiten bin ich nicht gerade sehr bewandert, fürchte ich. Aber lass dir von deinem alten Onkel sagen: Die Liebe kommt mit der Zeit. Es ist schon ganz richtig, dass Eltern mit ihrer größeren Lebenserfahrung den Mann für ihre Töchter oder die Frau für ihre Söhne aussuchen und man das dem jungen Gemüse nicht selbst überlässt, weißt du. Vor allem, wenn es ein Vater tut wie deiner, dem dein Wohlergehen über alles geht. Vertrau einfach darauf, dass er dir einen Mann ausgewählt hat, der dich nicht nur gut versorgt, sondern der auch gut zu dir passt.«

»Ja«, musste Iselda zugeben. »Das klingt alles sehr vernünftig.« Sie stellte die Fersen auf die Kante des Schemels und schlang die Arme darum. »Aber ich liebe einen anderen, verstehst du.«

»Ah«, machte er, als ginge ihm ein Licht auf. »Das tut mir leid, mein Kind. Und wer mag er sein, dieser Mann, der dein Herz erobert hat?«

Einen furchtbaren Moment fürchtete sie, der Name werde ihr einfach über die Lippen gleiten, so wie ein zappelnder Fisch einem aus der Hand springt, weil er um jeden Preis entkommen will. Ihr Herz war so randvoll mit ihrer Liebe und ihrem Kummer, dass die Versuchung, sich alles von der Seele zu reden, beinah übermächtig war. Aber sie nahm sich zusammen. Im letzten Moment fiel ihr ein, dass ihr Onkel todkrank war und oft Schmerzen litt und in seiner Kate gewiss manchmal einsam war – sie durfte ihm ihr Geheimnis nicht aufbürden, das ja auch sein Herz bleischwer machen würde.

»Ich kann dir seinen Namen nicht verraten«, sagte sie schließlich. »Aber für mich ist er der einzige Mann auf der Welt. Ich weiß, wie das klingt, aber ich meine das wortwörtlich, Onkel: Wenn alle anderen Männer, die auf Erden wandeln, sich morgen in Luft auflösten, würde ich es nicht einmal bemerken.«

Anders als erwartet erwiderte Onkel Guillaume nicht *Das wird vergehen* oder *Du musst deinem Vater gehorchen* oder eine dieser gängigen Vernunftantworten, von denen man sich nur noch elender fühlte. Was er stattdessen sagte, war: »Nun, wenn das so ist, musst du dich vielleicht ein klein wenig mehr anstrengen, um ihn zu bekommen, Lady Iselda.«

Portsmouth, Februar 1214

»Eure Pferde sind an Bord der *St. Pierre,* Sire«, meldete Yvain. »Sie stehen in ziemlich engen Verschlägen. Damit sie nicht stürzen können, sollte das Schiff schlingern, hat der Kapitän mir erklärt. Das gefällt den Schlachtrössern nicht besonders, aber als ich ging, waren sie ruhig, keines schwitzte, alle fraßen. Ich schaue trotzdem gleich noch einmal nach ihnen.«

Der König nickte. »Nehmt Euch einen Becher Ipogras, Yvain.« Einladend wies er auf den dampfenden Krug. »Das Einzige, was gegen diese verdammte Kälte hilft.«

»Nein, danke, Mylord.«

»Nein?«, fragte John verwundert. »Hat etwa die Fastenzeit begonnen, und niemand hat mir etwas davon gesagt?«

Ehe Yvain antworten konnte, trat Pentecôte durch den Zelteingang und erklärte: »Waringham isst und trinkt nichts, bevor er ein Schiff besteigt, weil er hofft, dann weniger zu kotzen. Es nützt zwar nie etwas, aber er zählt ja zu den unbelehrbar Zuversichtlichen.«

»Verstehe.« John lachte schadenfroh. »Nun, dann trinke ich meinen Ipogras eben selbst.« Er schenkte sich einen Schluck in den perlenbesetzten Goldpokal. »Was gibt es?«, fragte er Pentecôte.

»Ein Bote von Lord de Vesci aus Alnwick, Sire.«

»Ah ja?« John leerte den Becher in einem Zug und stellte ihn dann bedächtig auf dem Tisch ab. »Nun, dann herein mit ihm.«

Pentecôte nickte der Wache zu, und einer der Flamen schlug mit unnötigem Schwung die Plane des Zelteingangs zurück. »Der König lässt bitten!«

Ein hoch aufgeschossener junger Ritter trat ein, sank vor John auf ein Knie und ließ den Blick dabei verstohlen über die erlesene Einrichtung des Zeltes und die kostbaren Felle am Boden schweifen. »Gerald of Holystone, mein König. Ich bringe eine Nachricht meines Herrn, Eustache de Vesci.«

»Ich hatte eigentlich mit Lord de Vesci persönlich und seinen Truppen gerechnet«, gab John stirnrunzelnd zurück. »Erhebt Euch, Sir Gerald.«

Unverkennbar erleichtert kam der stolze junge Northumbrier auf die Füße, nahm die Schultern zurück und reckte das Kinn mit dem blondgelockten Bart vor. »Er wird nicht kommen, Sire«, erklärte er, den Blick auf die Standarte mit den drei Löwen zur Rechten des Königs gerichtet.

John setzte sich in den gepolsterten Sessel und schlug die Beine übereinander, ohne den Boten aus den Augen zu lassen. »Ja, das dachte ich mir. Einmal Verräter, immer Verräter.«

Das Blut schoss Sir Gerald in die Wangen, und er schüttelte entschieden den Kopf. »Ich bin gehalten, Euch Lord de Vescis tiefstes Bedauern zu übermitteln. Aber er sieht sich außerstande, Euch für diesen Feldzug in Frankreich Männer oder finanzielle Mittel zu stellen.«

John fuhr mit dem Finger über den Rand seines Weinpokals. »Und hat er auch einen Grund genannt?«

»Ja, Sire.« Der Adamsapfel glitt sichtlich auf und ab, als er schluckte. »Genau genommen sogar zwei.«

»Dann spannt uns nicht länger auf die Folter, Sir Gerald«, bat der König lächelnd.

Yvain spürte ob dieses Lächelns einen sachten Schauer, so als hätte ihm jemand eine Handvoll pulvrigen Schnee hinten in den Ausschnitt rieseln lassen. Doch der junge Ritter, der den König nicht kannte, sah ihn lächeln und fasste Zutrauen. »Mein Herr sagt, er könne keinen Beitrag zu Eurem Krieg in Frankreich leisten, da die Feldzüge der vergangenen Jahre gegen Waliser, Schotten und Iren ihn bereits an den Rand des Ruins getrieben haben.«

John schnaubte. »Gegen die Schotten? Ich habe niemals verlangt, dass de Vesci mit mir gegen die Schotten zieht, weil er der Schwager des schottischen Königs ist. Also richtet ihm aus, er soll mich wenigstens nicht anlügen, wenn er mir seine Ausreden auftischt, Ihr erbärmlicher Wicht!«

Gerald of Holystone fuhr sichtlich zusammen, und dieses Mal wurden seine Wangen fahl. Er richtete sich noch ein wenig gerader auf und fuhr mit versteinerter Miene fort: »Der zweite Grund ist, dass mein Herr überhaupt nicht *verpflichtet* ist, Euch Truppen oder Geld zu senden.«

»Ach nein?« John zog scheinbar verwundert die Brauen in die Höhe. »Und ich könnte schwören, ich hätte verfügt, dass jeder Baron in England mir pro Mannlehen einen vollständig gerüsteten Ritter oder ersatzweise zwei Pfund Schildgeld schuldet.«

»Aber das könnt Ihr gar nicht!«, konterte Sir Gerald triumphal, und Yvain war fassungslos, mit welchem Hochmut dieser Milchbart dem König begegnete. »Denn Ihr habt einen neuen Krönungseid geschworen, als Erzbischof Langton Euch wieder in die Kirche aufnahm, nicht wahr? Ihr habt gelobt, die guten Gesetze Eurer Vorfahren zu achten und zu bewahren. Und darum, sagt mein Herr – und der ehrwürdige Erzbischof sagt das Gleiche –, darum brauchen die Lords keinen Kriegsdienst außerhalb

Englands zu leisten und kein Schildgeld von mehr als einer Mark zu zahlen, denn so lautete das Gesetz zu Zeiten Eures Urgroßvaters, des guten Königs Henry, Gott schenke ihm den ewigen Frieden.«

Eine lange Stille folgte diesem schulmeisterlichen Vortrag. Die Glut in der Kohlenpfanne zischte leise, und von draußen hörte man ferne Stimmen, dumpfen Hufschlag im Schnee und das Klirren von Zaumzeugen, aber das war alles.

Der König strich sich mit dem kleinen Finger versonnen über die Augenbraue, als ließe er sich gründlich durch den Kopf gehen, was er gehört hatte. Schließlich ließ er die Hand sinken.

»Sir Pentecôte?«

Der trat einen Schritt vor, die Hand am Heft. »Mein König?«

John legte die Füße auf die Tischplatte, kreuzte die Knöchel und griff nach einem eng beschriebenen Pergamentbogen. Er begann zu lesen, als hätte er den unverschämten Boten völlig vergessen. Ohne aufzuschauen, sagte er: »Einer der Knappen soll meinen Bruder Lord Salisbury ausfindig machen und ihm ausrichten, dass ich heute mit ihm zu speisen wünsche. Dann schickt ein Dutzend Eurer Flamen, beim Verladen der schweren Ausrüstung zu helfen, denn bei der *Trinité* geht es nicht schnell genug voran.«

»Natürlich, Sire.«

»Und danach holt Ihr mir Terric den Teutonen her, damit wir mit ihm die Sicherheit der Königin, des Prinzen und meiner Nichte während der Überfahrt erörtern können. Aber bevor Ihr all das tut, schafft Ihr mir diesen aufgeblasenen Rotzlümmel aus den Augen, schlagt ihm den Kopf ab und schickt ihn mit einer Hasenpfote zwischen den Zähnen an Eustache de Vesci.«

»Wie Ihr wünscht, mein König.« Schwer fiel Pentecôtes Rechte auf die Schulter des Boten. Er trug einen Ring mit einem dunkelblauen Saphir am Zeigefinger, den der König ihm für seine treuen Leibwächterdienste geschenkt hatte, und obwohl der Goldreif breit und unverkennbar für eine Männerhand gearbeitet war, wirkte der Ring sonderbar unpassend an Pentecôtes schwieliger Pranke.

»Aber … aber …«, stammelte der junge Ritter aus Northumbria. »Aber das könnt Ihr nicht …«

Rüde stieß Pentecôte ihn vor sich her und ins Freie. »Nein?«, hörte Yvain ihn noch sagen, und es klang amüsiert. »Dann schlage ich vor, du passt jetzt genau auf, Bübchen …«

Gerald of Holystone fing an zu heulen und zu winseln, aber seine Stimme entfernte sich rasch.

»Wolltet Ihr nicht nachschauen, wie es meinen Rössern an Bord der *St. Pierre* ergeht?«, fragte John, ohne von dem Pergament in seiner Hand aufzublicken.

»Schon unterwegs.« Doch einen Moment zögerte Yvain noch. Alles in allem fand er nicht, dass es um Gerald of Holystone sonderlich schade wäre. Andererseits war es kein Verbrechen, ein tumber kleiner Aufschneider zu sein. War es wirklich angemessen, ihn mit dem Leben dafür zahlen zu lassen, dass er dem König die Unverschämtheiten seines Herrn übermittelt hatte? Und außerdem …

»Wisst Ihr, was ich an Pentecôte FitzHugh am allermeisten schätze, Sir Yvain?«

»Vermutlich ja, Sire.«

»Nun, ich sage es Euch trotzdem: Er tut einfach, was man ihm aufträgt. Ganz gleich, was es ist. Er sagt ›Ja, Sire‹ und geht und erledigt es. Ihr könnt Euch nicht vorstellen, wie sehr das mein Leben erleichtert. Versteht Ihr, was ich meine?«

Er hob plötzlich den Blick, und sie sahen sich einen Moment in die Augen.

Yvain nickte langsam. »Ich verstehe genau, was Ihr meint, mein König.«

Für einen Lidschlag verzog John die Mundwinkel nach oben. »Dann lasst Euch nicht aufhalten.«

Yvain verneigte sich stumm und trat hinaus in den schneidenden Wind, der ihm den eisigen Nieselregen geradewegs ins Gesicht blies. Der königliche Pavillon stand ein wenig abseits am Rand des wohlgeordneten Heerlagers, das auf der Ostseite des geschützten Hafens aufgeschlagen worden war. Yvain ließ den Blick über das Gewimmel aus Rittern, Knappen, Söldnern, Huren und

Marketendern schweifen, die die Gassen zwischen den Zelten bevölkerten, und wartete, bis er irgendwo in seinem Rücken das unverwechselbare Geräusch von Beil auf Knochen hörte und das jammervolle Heulen abrupt abgeschnitten wurde.

Ein Stück zur Rechten war eine handfeste Schlägerei zwischen je einem halben Dutzend der englischen Bogenschützen und der flämischen Söldner im Gange, umringt von einer Zuschauerschar. Yvain hätte eigentlich einschreiten müssen, doch sein Blick wanderte weiter zu dem Wald aus Masten, die mit den Wellen sacht hin und her schwankten wie winterlich kahle Bäume im Wind. *Fünfhundert* Schiffe.

Fünfhundert Schiffe, um den König und die Seinen nach Frankreich zu bringen und sich die Normandie, die Bretagne, das Anjou, das Maine und die Touraine von Philippe zurückzuholen. Dieses Mal, wusste Yvain, ging es um alles oder nichts. John hatte die Rückendeckung des Papstes und starke Verbündete: seinen kaiserlichen Neffen Otto, Boulogne, Flandern und die übrigen Grafschaften der Niederlande. Trotzdem brauchte er die vorbehaltlose Unterstützung des englischen Adels, und vorbehaltlose Unterstützung gewann man nicht, indem man den Boten seiner Barons die Köpfe abschlug, weil einem nicht gefiel, was sie zu sagen hatten.

Also warum hatte er geschwiegen?, fragte Yvain sich, während er ohne Eile zum Kai hinabschlenderte und einen weiten Bogen um die Keilerei machte.

Weil er nach über zwanzig Jahren endlich gelernt hatte, den Mund zu halten und einfach zu gehorchen, so wie Pentecôte?

Weil er in dem verdammten Kellerloch in Corfe Castle zerbrochen und ein Feigling geworden war, der es nicht mehr wagte, seinem zunehmend unberechenbaren König die Stirn zu bieten?

Oder weil er gar nicht *wollte*, dass der König die vorbehaltlose Unterstützung des englischen Adels besaß? William de Braose hätte alles getan, um sie ihm zu sichern, so viel stand fest. Aber William de Braose war tot …

»Du musst achtgeben, dass nicht jede Entscheidung, die du triffst, ein Mahnmal für deinen toten Freund wird, Yvain«, hatte Amabel ihn bei ihrem letzten Stelldichein in der Leinenkammer gewarnt.

Und natürlich hatte sie recht. Es war leicht, das einzusehen, solange er neben ihr auf dem buckligen Lager aus Tuchballen lag und das Flimmern der Goldhärchen auf ihrer Haut im Kerzenschein betrachten konnte.

Sie lag auf der Seite, die Wange auf die Linke gestützt, das Haar schwarz und glänzend wie ausgegossenes Pech auf dem strohfarbenen Leinenballen, der ihr Kissen war. »Du liefest Gefahr, die guten Dinge in deinem Leben aus dem Blick zu verlieren, und das wäre ein Jammer. Denn das bist überhaupt nicht du. Eigentlich ist es eine deiner schönsten Eigenschaften, dass du einfach annehmen kannst, was Gott dir schenkt, und zufrieden damit bist. Darum habe ich dich früher manches Mal beneidet.«

»Im Ernst?« Er musste lächeln, hob die Hand und legte sie auf ihre Wange, die immer noch zart und faltenlos war. »Und ich dachte immer, *du* bist die Meisterin der Kunst, das Beste aus allem zu machen. So wie du als Mädchen hierhergekommen bist, fremd und ein verlorenes Waisenkind, und doch haben sich nach zwei Wochen alle gefragt, wie wir je ohne dich zurechtgekommen sind.« Er ließ die Hand wieder sinken und schloss nüchtern: »Und was mich betrifft, hat sich daran nie viel geändert.«

Und doch waren ihre heimlichen Treffen selten und qualvoll geworden, seit Guillaume zurückgekehrt war. Ihn zu betrügen, solange er unvorstellbar weit fort war, im Heiligen Land oder in Ägypten oder sonst irgendwo am Ende der Welt, war schon schlimm genug gewesen. Ihn zu betrügen, während er auf der anderen Hofseite einsam in einer zugigen Klause hockte und mit der furchtbaren Krankheit rang, die ihn Stück um Stück auffraß, war unerträglich. Als sie sich in der Woche nach seiner Heimkehr im Frühling zum ersten Mal in der Leinenkammer trafen, hatten sie sich wie Ertrinkende aneinander geklammert und unablässig geflennt, während sie sich liebten, ehe sie schuldbewusst und todunglücklich zurück in ihre Kammern geschlichen waren. Danach hatten sie jeder für sich beschlossen, dass sie es nicht wieder tun durften, nur um dann doch wieder um Mitternacht vor der Leinenkammer aufeinanderzutreffen und das Elend von vorn zu beginnen.

Dann hatte Beatriz die Fehlgeburt gehabt – und er wusste genau, dass es seine Schuld war, dass Gott ihm damit eine allerletzte Warnung geschickt hatte. Yvain hatte seine Frau und die Kleinen nach Hause geholt, damit Beatriz sich fernab vom Hof erholen konnte. Vor ihrer Abreise hatte Aimery de Léoncel ihm unverblümt erklärt, dass Yvain sich in Enthaltsamkeit üben müsse, wenn er seine Frau behalten wolle, weil eine neuerliche Schwangerschaft innerhalb der nächsten zwei Jahre sie vermutlich umbringen werde.

Seine Ermahnung hatte Yvain erschüttert und geängstigt. Darum rührte er seine Frau nachts nur an, um sie in den Armen zu halten, so behutsam, als wäre sie aus venezianischem Glas. Beatriz konnte schlafen wie ihre Kinder: Sobald sie den Rücken an seine Brust schmiegte und seinen Arm zu ihrer Zufriedenheit um ihren Leib drapiert hatte und seine Hand auf ihrer rechten Brust lag, wurden ihre Atemzüge tief und gleichmäßig. Sie schlummerte friedvoll, während Yvain mit brennenden Augen wachlag und nicht wusste, wohin mit seiner gewissenlosen Gier.

Manchmal wuchs sein Kummer über diese erbärmliche *Ménage-à-quatre* in der Dunkelheit zu etwas Monströsem, das ihm die Luft abschnürte und ihn in die Verzweiflung treiben wollte, sodass er aufstehen und wie ein Wiedergänger durch Waringham Castle geistern musste, und jedes verdammte Mal endete seine rastlose Wanderung vor der Leinenkammer. Meistens fand er sie verschlossen. Aber nicht immer.

So war es weiß Gott kein Wunder, dass er erleichtert gewesen war, als der König seinen Master of the Horse wegen des bevorstehenden Feldzuges in Frankreich zurück an den Hof beordert hatte. Aber nun, da der lang ersehnte und minutiös vorbereitete Tag ihrer Überfahrt endlich gekommen war, ertappte Yvain sich bei dem Gedanken, dass er alles in allem vielleicht doch lieber in Waringham geblieben wäre, *Ménage-à-quatre* hin oder her.

»Eustache de Vesci ist nicht der einzige Lord aus dem Norden, der dem König eine Absage geschickt hat«, berichtete Baldwin, der mit eingezogenem Kopf im Frachtraum der *St. Pierre* am Mast lehnte und zusah, während Yvain und Richard die Pferde versorgten.

»Dann kann man nur hoffen, dass die Boten der übrigen Drückeberger mehr Glück hatten als Gerald of Holystone und Portsmouth lebend verlassen durften«, erwiderte Yvain, den linken Vorderhuf eines königlichen *Destriers* in beiden Händen. »Komm näher mit dem Licht, Richard.«

Sein Knappe leuchtete ihm, und mit einem zufriedenen Nicken stellte Yvain den Huf wieder ab und klopfte dem riesigen Pferd anerkennend die massige Schulter. »Tadellos verheilt …«

»Ich bin nicht sicher, ob sie Drückeberger sind«, bekannte Baldwin zögernd und hob dann abwehrend beide Hände. »Denkt ja nicht, ich entwickele plötzlich Sympathien für diese ungehobelten Halbwilden aus dem Norden, die es dem König gegenüber an Respekt mangeln lassen. Aber meine Cousine Margaret ist mit einem von ihnen verheiratet, mit Saer de Quincy, um genau zu sein, und sie hat mir kürzlich erzählt, wie hart die letzten Jahre für die Barons im Norden waren. Schlechte Ernten, ausbleibende Pachten, schottische Überfälle und so weiter.«

»Saer de Quincy?«, wiederholte Yvain ungläubig. »Etwa *der* Saer de Quincy, der damals zusammen mit Robert FitzWalter die Burg von Vaudreuil an Philippe *verschenkt* hat, als wir versuchten, die Normandie zu retten? Der Saer de Quincy, der zur Belohnung für seinen Heldenmut deine Cousine zur Frau bekam und Earl of Winchester wurde? Ist es dieser für seine Tapferkeit berühmte und von bitterer Armut bedrohte Gentleman, von dem wir sprechen?«

Baldwin musste selbst lachen. »Ja, ja, ich weiß. Sie sprach ja auch weniger von ihm als von den Barons im Norden allgemein. Und wenn es stimmt, was sie sagt, stehen viele von ihnen tatsächlich vor dem Ruin und können keine Truppen schicken.«

»Bedeutet das, wir werden nicht genügend Soldaten haben, um Philippe von Frankreich zu schlagen?«, fragte Richard.

»Ach was«, antwortete Baldwin mit einer wegwerfenden Geste. »Wir haben den Segen des Heiligen Vaters, den kriegswütigen und unvorstellbar reichen Kaiser Otto auf unserer Seite *und* die Grafen der Niederlande, die Philippe von Frankreich so leidenschaftlich hassen, dass sie ihn nicht einmal nasspinkeln würden, wenn er brennend vor ihnen auf der Straße läge. Sei nur ganz unbesorgt, Richard, mein Junge. Das hier kann einfach nicht schiefgehen.«

Angers, Juni 1214

König John erhob sich von seinem Thronsessel an der Mitte der hohen Tafel, und es wurde still in der großen Halle.

»Heute ist ein Tag des Triumphes!«, rief er mit seiner volltönenden Stimme. »Wir sind zurückgekehrt und feiern unseren Sieg auf dem Stammsitz meines Hauses, dieser wundervollen Burg, die einst von meinem Urahn Fulk erbaut wurde, den sie ›den Schwarzen‹ nannten. Wie die meisten von Euch wissen, sagt man mir nach, viele seiner Wesenszüge in mir zu tragen, die ihm seinen Beinamen eingebracht haben …«

Gelächter plätscherte durch die Halle. Es klang nachsichtig und aufgeräumt, und man konnte hören, dass die Lords und Ritter an den langen Tafeln eines Sinnes mit ihrem König waren. Zumindest für diesen Tag hatte John vollbracht, was ihm sonst so schwerfiel: Er hatte sie alle zu einer verschworenen Gemeinschaft zusammengeschmiedet.

Hoch aufgerichtet stand er unter dem prunkvollen Löwenbanner und wirkte nicht nur königlich in den erlesenen Gewändern und mit dem Goldreif um die Stirn, er wirkte wie ein Eroberer. Und als er den Becher hob, zeigte sein Gesicht ein Strahlen, wie Yvain es seit seiner Krönung nicht mehr gesehen hatte, ein Lächeln voller Seligkeit und Zuversicht.

»Viel bleibt noch zu tun, bis wir Philippe endgültig in die

Schranken gewiesen haben, aber heute wollen wir das Erreichte feiern. Und dies scheint mir eine gute Gelegenheit, Euch allen zu danken, die Ihr mit mir hierhergekommen seid, um zurückzuholen, was uns gehört. Gott segne Euch!«

Becher trommelten ohrenbetäubend auf die festlich gedeckten Tafeln mit den schimmernd weißen Laken.

Dann stand Fulk de Cantilupe von seinem Platz am oberen Ende des rechten Seitentisches auf und hob dem König seinen Pokal entgegen. »Ich denke, ich spreche für alle hier, wenn ich sage: Es ist eine Ehre, an Eurer Seite unsere Feinde niederzuwerfen, Sire. Lang lebe König John!«

Alle erhoben sich von ihren Plätzen, Becher in Händen, und donnerten: »Lang lebe König John!«, und im Schutz des Radaus raunte Thomas Bigod Yvain zu: »Und lang lebe seine unerhörte Glückssträhne …«

Yvain nickte.

Es war kaum zu fassen, was dem ewigen Pechvogel John alles gelungen war, seit sie vor vier Monaten über den Kanal gesegelt waren. Während John mit seinen Truppen den großen aquitanischen Hafen von La Rochelle angelaufen hatte, war sein Bruder Longsword mit den Seinen nach Brügge gesegelt, um sich mit ihren deutschen und niederländischen Verbündeten zu vereinen, sodass Philippe von Frankreich zwischen John und Longsword geraten war wie das Eisen zwischen Hammer und Amboss.

Mit atemberaubender Schnelligkeit war John vom Poitou durch Angoulême, La Marche und bis nach Limoges marschiert. Wer sich ihm in den Weg stellte, wurde einfach hinweggefegt, bis sogar die mächtigen und stolzen Lusignan sich ihm unterwerfen und einen neuen Lehnseid schwören mussten. Das war vielleicht der süßeste Sieg von allen gewesen. Doch der König hatte sich nicht darauf ausgeruht. Vielmehr hatte er sich nach Norden gewandt, nachdem er Aquitanien – das Erbe seiner Mutter – gesichert hatte, um auch die nordfranzösischen Territorien, die einst seinem Vater gehört hatten, zurückzugewinnen, und am achtzehnten Juni schließlich hatte Angers ihm die Tore geöffnet.

»Und wie die Menschen auf den Straßen ihm zugejubelt haben«, schwärmte die Königin noch am nächsten Morgen. »Nicht wahr, Richard?«

Ihr fünfjähriger Sohn hob beide Hände und winkte huldvoll nach links und rechts.

Die Damen lachten.

»Das machst du schon richtig gut, mein Prinz«, lobte Beatriz, hob den Knirps auf ihr Knie und überließ ihm den Rest ihres Ingwerhörnchens.

Es war ein wundervoller Frühsommertag, und die Königin hatte verkündet, sie wolle die Gunst des Augenblicks nutzen – da der König heute offenbar ausnahmsweise nicht dreißig oder vierzig Meilen weiter zur nächsten Burg zu ziehen beabsichtigte –, um ein paar Mußestunden im Freien zu verbringen. Die Burg von Angers am Ufer der Maine war eine weitläufige Festungsanlage, und zwischen der Südmauer und der Halle lag ein geschützter Garten, wo die Rosen in voller Blüte standen und die Hummeln im langen Gras von Blume zu Blume taumelten. Isabella hatte die flechtenbewachsenen Steinbänke mit Kissen und Decken auslegen lassen, und eine nicht enden wollende Karawane von Pagen brachte ihnen süßes Backwerk und kühlen Wein aus dem Médoc.

»Man könnte in Versuchung geraten, Euch zu beneiden, Mesdames«, bemerkte Yvain eine Spur verdrossen. »Während wir unsere Schwerter wetzen und die Belagerung von Chinon planen, lasst Ihr es Euch gutgehen.«

»*Chinon?*«, fragte Eleanor von der Bretagne ungläubig. »Ist das Euer Ernst?«

Yvain winkte ab. »Nein, nein. Ganz so weit sind wir noch nicht. Aber früher oder später wird es schon an die Reihe kommen, schätze ich.«

»Gott, lass es wahr werden«, murmelte die Prinzessin und hob ihre kleine lilienweiße Hand, um sich zu bekreuzigen.

Yvain betrachtete sie einen Augenblick und rätselte nicht zum ersten Mal, warum ausgerechnet diese Frau ihrem königlichen Onkel solche Loyalität entgegenbrachte. Zehn Jahre hatte sie in

Gefangenschaft gelebt, meist in Bristol Castle, aber zwischenzeitlich auch im Norden und in Worcester, sogar in Corfe – eingesperrt in einem goldenen Käfig nach dem anderen, obwohl ihr einziges Vergehen darin bestand, eine bretonische Prinzessin und Prinz Arthurs Schwester zu sein. Doch sie hatte bereitwillig zugestimmt, als sie hörte, dass sie mit auf diesen Feldzug kommen sollte, um vor den Augen der Welt Familienzusammenhalt zu demonstrieren und den Bretonen ihre rechtmäßige Herzogin vor die Nase zu halten wie dem Hund den Knochen.

Cecily, die wie meistens an ihrer Seite saß, verschränkte die Hände auf ihrem runden Bauch. »Von mir aus könnten wir lieber heute als morgen nach Chinon ziehen. Wenn der König es vor dem Herbst erobert, haben wir einen sicheren Ort zum Überwintern.«

»Angers wäre ebenso sicher«, widersprach die Königin. »Aber ich habe im Moment eher das Gefühl, der König beabsichtigt, in Paris zu überwintern.«

Der Gedanke war so ungeheuerlich, dass sie alle einen Moment schwiegen, um es sich vorzustellen.

»Habe ich unrecht?«, fragte Isabella Yvain.

Der setzte sich neben seine Frau auf die Bank. »Wer weiß, Madame. Alles scheint möglich, wenn unsere Verbündeten in Flandern ebenso siegreich sind wie wir.«

»Gibt es Neuigkeiten?«, fragte seine Schwester.

Er schüttelte den Kopf. »Jedenfalls keine, von denen ich wüsste.«

Richard kletterte von Beatriz' Knie auf seins. »Lasst Ihr mich auf Euren Schultern reiten, Sir Yvain?«, fragte er hoffnungsvoll.

Yvain strich ihm über die feinen hellblonden Locken. Der Prinz war ein aufgeweckter Junge mit den Augen des Onkels, nach dem er benannt war. »Gleich, Richard.« Über dessen Kopf hinweg sagte er zu seiner Frau: »Henry of Camberfield sagt mir, der Wein wird knapp, aber unsere Ritter haben die Tagwache. Darum reite ich zu einem Händler in der Stadt, und ich dachte mir, du möchtest mich vielleicht begleiten?«

Henry of Camberfield war einer der fünf Ritter, die Waringham für diesen Feldzug gestellt hatte, und sie mussten für ihren Proviant ebenso wie für ihre Ausrüstung selber sorgen.

Beatriz starrte ihn durchdringend an und antwortete nicht.

»Es ist *gruselig,* wenn sie das macht«, vertraute der kleine Prinz Yvain im Flüsterton an, die Augen furchtsam geweitet.

»Ach was«, entgegnete Yvain und zwinkerte ihm zu. »Es bedeutet nur, dass sie mit ihren Gedanken gerade anderswo ist. Lady Beatriz?«

Sie hob die Linke zu einer vagen und gleichzeitig graziösen Geste, die so viel sagte wie: Störe mich nicht.

Yvain tauschte einen ergebenen Blick mit der Königin und stellte verwundert fest, dass Isabella, Cecily und Eleanor seine Frau gespannt anschauten.

Dann atmete Beatriz mit einem Lächeln aus und verkündete triumphal: »Ysop.«

Yvain begann sich zu fragen, ob er eingeschlafen war und einen bizarren Traum hatte. »Ähm … wie beliebt?«

»Zeder«, antwortete seine Schwester prompt.

»Was ist hier los?«, verlangte er zu wissen.

Die Damen lachten verschmitzt. Dann erbarmte sich Eleanor und klärte ihn auf: »Wir spielen ›Blumengarten‹, Sir Yvain. Die Erste sagt einen Pflanzennamen, der mit A anfängt. Die Zweite muss einen mit B finden. Und so weiter. Beatriz hatte Pech und das Y erwischt.«

»Wir sind im Krieg, und ihr macht Buchstabenspiele?«, fragte er ungläubig.

Die Königin nahm einen mäusekleinen Biss von ihrem Honigküchlein, schluckte und antwortete mit einem gleichmütigen Schulterzucken: »Der Krieg besteht für die Damen hauptsächlich aus Warten, Sir Yvain. Wobei ihnen die ganze Zeit bewusst ist, dass sie vielleicht auf etwas Schreckliches warten. Trotzdem müssen sie liebreizend und zugewandt sein, wenn ihre Helden von einer Belagerung oder gar einer Schlacht heimkehren. *Falls* sie denn heimkehren. Was würdet Ihr tun?«

So hatte er die Sache noch nie betrachtet, musste Yvain zugeben. Er nickte versonnen. »Was ist Ysop?«, fragte er seine Frau, während er aufstand und den jauchzenden Richard auf seine Schultern hob.

»Ein anderer Name für Eisenkraut«, sagte sie. »Und ich begleite dich gern in die Stadt. Ich wollte ohnehin neues Pergament besorgen.«

Sie drückte für einen Augenblick seine Hand. Sie hatte ihren Kopf durchgesetzt und war mit über den Kanal gekommen. Anfangs hatte Yvain versucht, distanziert und kühl zu ihr zu sein, um sie seine Verärgerung spüren zu lassen. Doch als er feststellen musste, dass Beatriz seine frostige Zurückhaltung nicht einmal bemerkte, hatte er sich geschlagen gegeben.

»Aster«, sagte Cecily, um das Spiel von vorn zu beginnen.

»Hatten wir schon«, beanstandeten Isabella und Eleanor im Chor.

»Na gut, dann Akelei.« Cecily stieß die Luft aus und strich wieder mit beiden Händen über ihren Bauch. »Himmel, dieser kleine FitzHugh ist ungefähr so langmütig wie sein Vater. Er tritt heute immerzu.«

Yvain musste die Zähne zusammenbeißen. Er verneigte sich vor den Damen und legte dabei vorsichtshalber die Hände um Richards Füße, damit der Prinz nicht herunterpurzeln konnte. »Wenn Ihr uns entschuldigen würdet. Und falls Ihr einmal einen männlichen Vornamen mit Y sucht, hätte ich einen Vorschlag …«

Sie lachten, und Yvain erfreute sich an dem hellen, unbeschwerten Wohlklang ihrer Stimmen, während er sich abwandte. »Wo soll's hingehen, mein Prinz?«

»Da kommt Sir Baldwin«, antwortete der Junge.

Yvains Freund schaute sich suchend im Garten um und war unverkennbar erleichtert, als er ihn entdeckte. Mit langen Schritten kam er auf sie zu. »Tut mir leid, Gentlemen, die Mußestunde ist vorüber.«

Yvain sah an seiner Miene, dass er keine Freudenbotschaft brachte. Er hob Richard von den Schultern und stellte ihn auf die Füße. »Nun, dann auf ein andermal, mein Prinz. Geh zurück zu deiner Mutter.«

Enttäuscht, aber folgsam trollte sich der kleine Kerl.

Als er außer Hörweite war, fragte Yvain: »Was gibt es?«

»Botendienste.« Baldwin hielt einen versiegelten Pergamentbogen hoch. »Für William Longsword. Unsere Späher haben einen französischen Meldereiter abgefangen, und unser alter Freund Pentecôte hat ihm seine Nachrichten entlockt: Philippe führt seine Truppen nach Nordosten und überlässt es seinem Sohn, sich uns hier im Anjou entgegenzustellen. Du und ich sollen Longsword und die Verbündeten warnen, ehe sie Philippes Banner am Horizont auftauchen sehen, und darum müssen wir noch in dieser Stunde aufbrechen.«

Yvain nickte gleichmütig. Wer in König Johns Diensten stand, war an plötzliche Marschbefehle gewöhnt. Doch er fragte: »Über Land?« Es war ein weiter Weg durch feindliche Gebiete.

Baldwin schüttelte grinsend den Kopf. »Per Boot, alter Junge.«

»Gott*verflucht* …«

Valenciennes, Juli 1214

»Wenn Kaiser Otto nicht bald kommt, ist unser schöner Plan gescheitert, William«, sagte Ferrand, der Graf von Flandern. Er sprach mit starkem Akzent, denn er stammte aus Portugal. Yvain hatte ihn in den Tagen seit seiner Ankunft hier schätzen gelernt: Mit südländischer Leidenschaft hasste Ferrand Philippe von Frankreich, der Flandern in seiner unersättlichen Gier nach Macht seit zwanzig Jahren drangsalierte, und brannte darauf, ihm in der Schlacht zu begegnen, aber der junge Graf hatte einen kühlen Kopf und ließ sich von seinem Rachedurst nicht beherrschen.

»Ja, ich weiß«, antwortete Longsword. »Und Otto weiß es auch.« Er legte dem jüngeren Mann einen Moment freundschaftlich die Hand auf den Arm. »Er *wird* kommen, glaub mir.«

Der Herzog von Brabant und der Graf von Boulogne, die mit ihnen am Tisch in Longswords Zelt saßen, tauschten einen skeptischen Blick.

Yvain trat vor den Bruder des Königs und verneigte sich. »Die Wache richtete mir aus, ich solle mich gleich nach meiner Rückkehr melden, Mylord?«

»Ah, Sir Yvain.« Longsword lächelte flüchtig. Die Anspannung und Strapazen der letzten Monate waren ihm anzusehen. Seit seiner Landung im Winter war er mit seinen Truppen wieder und wieder in französische Gebiete vorgestoßen, hatte Burgen und Städte belagert und geplündert und keine Nacht in einem vernünftigen Bett geschlafen. Aber falls er erschöpft war oder allmählich die Nase voll davon hatte, auf Kaiser Otto zu warten, ließ er es sich nicht anmerken. William Longsword war gelassen, geradezu heiter, hielt mit seiner unerschütterlichen Ruhe seine Verbündeten auf Linie und versicherte sich mit seiner Freundlichkeit der Ergebenheit seiner Truppen – der Ritter genauso wie der der einfachen Soldaten. Yvain hatte sich bei dem Wunsch ertappt, der König könne so sein wie sein Bruder.

»Und? Was habt Ihr herausgefunden?«

»König Philippe steht in Tournai, Mylord«, berichtete Yvain. »Seine Armee ist in Marschbereitschaft, aber er wartet noch auf Verstärkung, genau wie wir. Besonders auf den Herzog von Burgund, heißt es.«

»Möge Burgund sich noch ein wenig Zeit lassen«, antwortete Longsword. »Wie stark ist Philippes Truppe?«

»Ungefähr tausendfünfhundert Ritter und fünftausend Fußsoldaten.«

Longsword nickte und verzichtete darauf, zu erwähnen, dass das etwa das Doppelte ihrer eigenen Truppenstärke war. Stattdessen sagte er: »Ihr müsst erschöpft sein. Henry, Wein für Sir Yvain.«

Der Knappe schenkte ihm aus dem Krug auf dem Tisch ein. Yvain nickte ihm dankbar zu und trank. Zwei Tage war er unterwegs gewesen – nur von Richard begleitet –, um die Truppenbewegungen der Franzosen auszukundschaften und ihre Absichten zu erraten. Es war ein gefährlicher Kundschafterritt gewesen und die Nacht schlaflos, obwohl sie Schutz in einem Wald unweit des französischen Heerlagers gefunden hatten.

Longsword erhob sich von seinem wackligen Scherenstuhl und nickte den Männern am Tisch zu. »Entschuldigt mich einen Moment, Freunde.« Er führte Yvain hinaus in die sengende Sonne. Seine Truppen lagerten auf einem Acker gleich am Ufer der Schelde. Hier hatten sie ausreichend Platz, aber weit und breit gab es keinen Baum, der Schatten hätte spenden können.

Sie schlenderten am Flussufer entlang, und als sie sich einen Steinwurf von den letzten Zelten entfernt hatten, fragte Longsword: »Habt Ihr gehört, dass das Interdikt in England aufgehoben ist?«

»Ja, Mylord. Ich schätze, wenn wir wirklich die Ohren spitzten, könnten wir das Freudengeläut der englischen Kirchenglocken bis hierher hören.«

»Ja, bestimmt.« Der Bruder des Königs sah einen Moment auf den Fluss hinaus und verengte die Augen gegen das Glitzern der Sonne auf den kleinen Wellen. »Meine Mutter liegt in ungeweihter Erde.«

»So wie die meine.«

Longsword schaute ihn wieder an. »Welch ein Segen, dass dieses Elend ein Ende hat und wir unsere Toten nun umbetten und wieder mit Anstand und Würde zur letzten Ruhe legen können.«

Yvain empfand genauso. Und er war selig, dass England nicht länger unter der furchtbaren Bürde des Kirchenbanns leiden musste. Er sah die Menschen von Waringham vor seinem geistigen Auge, wie sie zum ersten Mal nach sechs Jahren wieder das bescheidene Kirchlein im Dorf betraten und ungläubige, glückselige Blicke tauschten, so wie beim ersten wärmenden Sonnenstrahl nach einem besonders bitteren und dunklen Winter. Er bekam Heimweh von diesen Gedanken, musste er feststellen, und räusperte sich, um sich zur Ordnung zu rufen. »Aber ich schätze, es war nicht das, was Ihr unter vier Augen mit mir erörtern wolltet?« *Was hat der König angestellt?*, fragte er nicht, aber dass dessen Bruder ihn außerhalb der Hörweite ihrer Verbündeten zu sprechen wünschte, verhieß nichts Gutes.

Und so war er nicht überrascht, als Longsword ihm anvertraute: »Der König hat einen … nun, sagen wir, einen Rückschlag erlitten.«

»Rückschlag, Mylord?«, wiederholte Yvain und achtete darauf, dass seine Miene ausdruckslos blieb.

Longsword sah ihm kurz ins Gesicht und atmete dann tief durch. »Ach, verflucht. Vergebt mir, Yvain. Euch muss ich nun wirklich nichts vormachen, nicht wahr? Er belagerte La Roche-aux-Moines an der Loire, und die Burg war so gut wie sturmreif, als Philippes Sohn, Prinz Louis, mit seinen Männern anrückte. Sie waren nur ein kleiner Haufen, Johns Truppen waren überlegen. Bis einige seiner französischen Vasallen sich weigerten, gegen Louis zu kämpfen, und den König einfach im Stich ließen. Sie haben ihm gesagt, Louis sei der nächste König von Frankreich und ihr zukünftiger Lehnsherr, und sie dächten nicht daran, eine Schlacht gegen ihn zu schlagen. Sie …«

»Wer?«, fiel Yvain ihm rüde ins Wort, und seine Stimme klang rau.

Er sah die Antwort in Longswords Gesicht, ehe der sie aussprach: »Die Lusignan. Und als sie sich weigerten, mit John gegen Louis in die Schlacht zu ziehen, folgten etliche weitere ihrem Beispiel.«

»Oh Gott …« Yvain fuhr sich mit dem Handrücken über die Stirn. »Aber sie hatten ihm gerade erst einen neuen Lehnseid geleistet. Dieses verfluchte Verräterpack …«

Der Bruder des Königs nickte unglücklich. »Ihr habt recht, sie *sind* Verräter. Aber ihr Verrat wird vorerst ungesühnt bleiben, denn der König fand sich Prinz Louis plötzlich in hoffnungsloser Unterzahl gegenüber und …« Er brach ab und stieß hörbar die Luft aus.

»Er ist geflohen?« Yvain hielt den Atem an. *Bitte, Gott, lass ihn ›nein‹ sagen. Wir hatten so viel erreicht. Wir hatten das Anjou. Die Normandie war zum Greifen nahe. Bitte, lass ihn ›nein‹ sagen, ich flehe dich an …*

Aber er flehte vergebens. Longsword nickte. »Ihm blieb keine andere Wahl. Er ist … nun, wenn Ihr die Wahrheit hören wollt: Er ist um sein Leben gerannt. Und er musste alles zurücklassen, seine Belagerungsmaschinen, seine Schatullen, Ausrüstung – es ist alles verloren.«

»Was ist mit der Königin?« Was er natürlich eigentlich meinte, war: *Was ist mit meiner Frau? Und meiner Schwester?*

»Sie ist in Sicherheit. John und die Ritter seines Haushaltes brachten die Damen und natürlich den kleinen Prinzen Richard zurück nach La Rochelle. Aber seine Fußsoldaten … musste er zurücklassen. Die Männer versuchten, über die Loire zu entkommen, als Louis über sie herfiel, aber viele sind ertrunken.«

Yvain musste für einen Moment die Augen schließen. Die Überlebenden würden nach England zurückkehren und dort berichten, der König habe sie im Stich gelassen. Und es war nicht einmal gelogen.

»Das ist noch nicht alles«, warnte Longsword. Es klang gepresst. Man konnte hören, wie schwer es ihm fiel, diese Dinge zu berichten. Und Yvain erinnerte sich voller Bewunderung daran, wie scheinbar unbeschwert und zuversichtlich der Bruder des Königs eben noch mit seinen Verbündeten gesprochen hatte.

»Der König hat umgehend Boten nach England gesandt und die Barons im Norden, die ihm nicht auf den Kontinent folgen wollten, unmissverständlich aufgefordert, sich zu besinnen und ihm frische Truppen zu bringen. Aber sie haben sich wieder geweigert. Es wird keine Verstärkung aus England kommen, Yvain.«

Der nickte knapp. »Tja, nicht zu ändern, Mylord«, antwortete er brüsk. »Dann muss es eben ohne sie gehen. Wir sollten keine Zeit damit verschwenden, über den Treuebruch einer Handvoll englischer Feiglinge zu jammern. Wünscht Ihr, dass Baldwin Beaumont und ich zum König zurückkehren?«

Aber William Longsword schüttelte den Kopf. »Bleibt, Yvain. So wie die Dinge jetzt stehen, wird unser Kampf hier alles entscheiden. Philippes Wohl und Wehe ebenso wie Johns. Wir hier sind alles, was noch zwischen meinem Bruder und dem Abgrund steht. Aber das weiß natürlich auch Philippe. Er wird seinen härtesten Hammerschlag auf uns und unsere Verbündeten niederfahren lassen, und darum brauche ich jeden Mann, den ich kriegen kann.«

Yvain legte die Linke auf das Heft seines Schwertes und verneigte sich. »Dann rechnet auf mich. Ich …« Ein vielstimmiges Schmettern von Trompeten unterbrach ihn. Es klang noch fern, doch als Yvain den Blick nach Osten wandte, sah er eine beachtliche Staubwolke. Mit einem erleichterten Grinsen zeigte er in die Richtung. »Und da kommt der Mann, der geschworen hat, Philippe von Frankreich wie eine Spinne unter seinem Absatz zu zertreten, Mylord.«

Yvain war sich nicht ganz sicher, was genau er sich unter einem Kaiser vorgestellt hatte, doch Otto übertraf seine kühnsten Erwartungen: Über sechs Fuß groß, breitschultrig und blondgelockt, erinnerte er auf den ersten Blick an seinen Onkel, König Richard, in dessen Obhut er einen Gutteil seiner Jugend verbracht hatte. Doch die fesselnden, beinah schwarzen Augen musste er von seinem Vater geerbt haben, den die Welt »den Löwen« genannt hatte. Ihr Blick war durchdringend und unergründlich zugleich, und Yvain verspürte feige Erleichterung, dass es Longsword und nicht er selbst war, auf dem dieser Blick ruhte.

»Onkel!«, grüßte der Kaiser aufgeräumt. »Ich hoffe, Ihr habt noch keinen Rost angesetzt. Eine Familienangelegenheit hat mich länger als geplant in Aachen aufgehalten.« Sein Französisch war geschliffen und akzentfrei.

Longsword verneigte sich formvollendet. »Willkommen, Monseigneur. Ich hoffe, Ihr seid wohl?«

»Bestens.« Otto legte ihm lächelnd die beringte Hand auf die Schulter. »Ganz im Vertrauen: Es wird mir noch viel besser gehen, wenn wir getan haben, wozu wir uns hier eingefunden haben. Ich warte schon gar zu lange auf die Gelegenheit, mich bei Philippe für sein nachbarschaftliches Gebaren erkenntlich zu zeigen …«

Yvain ertappte sich dabei, dass er der Leutseligkeit des Kaisers misstraute, ohne dass er hätte sagen können, warum. Ein Kaiser hatte es nicht nötig, sich zu verstellen, oder?

Otto wandte sich an einen der drei graubärtigen Adligen, die mit ihm an der Spitze seiner staubumhüllten Armee geritten waren, und erteilte eine Reihe Befehle in seiner deutschen Muttersprache. Der Mann verneigte sich und ging mit den anderen davon, vermutlich um das Feldlager zu organisieren.

»Ich bringe sechstausend Mann, achthundert davon Ritter«, berichtete Otto, während Longsword ihn zu seinem Zelt führte.

»Das ist großartig«, erwiderte dieser mit unverhohlener Befriedigung. »Das bringt uns auf ungefähr fünfzehnhundert Ritter und siebentausendfünfhundert Fußtruppen. Damit unterliegt Philippe uns zwei zu drei.«

»Was wissen wir über seine Stärke?«, fragte der Kaiser, der mit sehr langen Schritten neben ihm einherging.

Longsword zeigte diskret mit dem Finger auf den Ritter seines Bruders. »Dies ist Sir Yvain of Waringham, der gerade von einem Kundschafterritt zurückgekehrt ist.«

Otto musterte Yvain interessiert. »Ich kannte einen Guillaume of Waringham. Wir dienten meinem Onkel Richard gemeinsam als Knappen. Ihr seht ihm ähnlich.«

Yvain nickte. »Er ist mein Bruder, Monseigneur.«

Otto strahlte ihn an. »Lebt er noch?«

Das ist eine Frage der Sichtweise, hätte Yvain antworten können, aber er nickte lediglich.

»Übermittelt ihm meine freundschaftlichen Grüße. Ich habe die besten Erinnerungen an ihn. Und nun sagt mir, wo Philippe steht und was Ihr über seine Truppenstärke wisst.«

Yvain wiederholte, was er zuvor Longsword berichtet hatte.

Der Kaiser lauschte ihm aufmerksam. Vor dem Zelteingang blieb er stehen und massierte sich einen Moment lang die Nasenwurzel, während er konzentriert nachdachte. Dann sagte er zu Longsword: »Wir rücken morgen beim ersten Tageslicht aus. Philippe ist sicher nicht entgangen, dass ich gekommen bin, und er wird versuchen, nach Westen auszuweichen, und auf Verstärkung warten. Wir müssen ihn stellen, ehe sie kommt.«

»Aber meint Ihr nicht …«

Otto hob abwehrend die Hand. »Keine Bedenken, Onkel, seid so gut. Vertraut mir, ich weiß, was ich tue. Ich warte seit Jahren auf diese Schlacht. Ich werde dankbar für Eure Unterstützung und die der niederländischen Grafen sein, aber eins wollen wir von vornherein klarstellen: Dies wird der Tag der Entscheidung zwischen *Philippe* und *mir*. Ihr und Eure Verbündeten und mein glückloser Onkel John, dieser arme Tropf, Ihr alle seid nur Beiwerk.«

Und damit ließ er sie stehen und betrat Longswords Zelt.

Yvain tauschte einen ungläubigen Blick mit dem Bruder des Königs und murmelte: »Hoffentlich ist er so großartig, wie er zu glauben scheint …«

Doch die Rechnung des Kaisers ging auf. Als er hörte, dass Philippe von Tournai aus nach Westen Richtung Lille aufgebrochen war, folgte er ihm wie ein Schatten. Er spielte Katz und Maus mit den Franzosen und wartete darauf, dass diese in ein Terrain gelangten, das ihm einen Vorteil verschaffte. Und seine Geduld wurde belohnt: Am Mittag des 27. Juli brachten die Späher die Nachricht, dass die Franzosen bei einem Dorf namens Bouvines die Marque überquerten und je eine Hälfte ihrer Armee am diesseitigen und am jenseitigen Ufer des Flusses stand.

»Ha!« Der Kaiser ließ die rechte Faust in die Linke klatschen. »Das ist es! Wir greifen an«, teilte er seinen Verbündeten mit.

»Ähm …« Der Graf von Holland räusperte sich diskret. »Es ist Sonntag, kaiserlicher Herr.«

Otto fegte den Einwand mit einer ungeduldigen Geste beiseite. »Ich weiß, ich weiß. Wir können die Sünde des Blutvergießens am Tag des Herrn ja beichten, nachdem sie begangen ist. Und nun beeilt Euch und bringt Eure Männer in Stellung! Philippes Truppe ist zweigeteilt und weit auseinandergezogen, wir müssen *jetzt* zuschlagen!« Das Kampfesfieber leuchtete in seinen dunklen Augen. »Ferrand, Ihr führt Eure Flamen an der linken Flanke. Longsword, Ihr und der Graf von Boulogne übernehmt die rechte. Ich werde mit meinen Truppen in der Mitte stehen. Na los, formiert Euch!« Er wendete sein nervöses Schlachtross und galoppierte zu seiner Ritterschaft, die sich hinter dem Banner mit dem Reichsadler sammelte.

Genau wie alle anderen Ritter waren Yvain und Baldwin längst gerüstet. Sie schickten ihre Knappen nach hinten zum

Tross und ritten dann mit Longsword und dessen Ritterschaft auf die rechte Seite.

»Wir müssen uns beeilen«, drängte Baldwin. »Der Kaiser rückt schon vor.«

»Ja, er ist seit jeher ein Heißsporn«, bemerkte Longsword trocken.

»Er tut sich keinen Gefallen, wenn er vorprescht, ehe die Flanken sich formiert haben«, gab Baldwin zurück.

Der Bruder des Königs nickte unverbindlich. »Ihr verstärkt meine Ritterschaft, Gentlemen«, teilte er ihnen mit. »Viel Glück und Gott schütze Euch.« Er setzte den Helm auf und zog die Klinge. »Für England und König John!«

»Für England und König John«, erwiderten Yvain und Baldwin und reihten sich neben ihm ein.

Es war ein mörderisch heißer Sommertag, und die Sonne stand hoch am erbarmungslos blauen Himmel, als Kaiser Otto und seine Verbündeten am Ostrand des Stoppelfelds am Ufer der Marque in dreigeteilter Schlachtordnung Stellung bezogen und sofort zum Angriff bliesen.

Yvain galoppierte zwischen Baldwin und einem Fremden in vorderster Reihe und erkannte, dass die französischen Späher ihren König doch gerade noch rechtzeitig hatten warnen können: Philippe hatte die Truppen zurückbeordert, die den Fluss schon überquert hatten. Doch die Franzosen standen ihnen in einer langgezogenen, dünnen Reihe gegenüber und hatten keine Zeit mehr, sich zu einer kompakteren Stellung zu formieren.

Yvain verspürte einen wilden, trotzigen Triumph, als er erkannte, welche Chance ihnen das bot. Er hob das Schwert, den Blick auf das Banner des Bischofs von Beauvais gerichtet, der ihnen gegenüberstand, und kreuzte die Klingen mit dem französischen Ritter, der sich ihm entgegenwarf.

Es war Yvains erste große Schlacht, und keine der vielen Belagerungen, die er erlebt hatte, auch nicht das kurze Scharmützel von Mirebeau, hatte ihn darauf vorbereitet. Er beförderte seinen

Gegner mit einem Tritt aus dem Sattel und fand sich gleich dem nächsten gegenüber, dessen Schwertspitze seiner Kehle gefährlich nahe kam. Im letzten Moment riss Yvain den Schild hoch, bog den Oberkörper nach hinten und dachte: *Ich muss ein bisschen schneller werden, wenn ich den Sonnenuntergang noch erleben will.*

Baldwin an seiner Seite schlug sich mit zwei Feinden gleichzeitig, aber ehe Yvain ihm zu Hilfe kommen konnte, hatte er den linken zu Fall gebracht und den rechten in die Flucht geschlagen. Und dann wallte von der ausgedörrten Erde eine braune Staubwolke auf und schob sich wie eine Mauer zwischen sie, sodass Yvain seinen Freund für einen Moment aus dem Blick verlor. Er kreuzte die Klingen mit einem kleinen, aber bärenstarken Rotbart, und sie lieferten sich einen rasanten Schwertkampf. Yvain lenkte Altair näher an das Pferd seines Widersachers, in der Hoffnung, ihn aus dem Sattel hebeln zu können wie seinen Vorgänger, als Rotbart plötzlich eine Länge vorzog und sein Schwert fast bis zum Heft in Altairs Kehle rammte.

Mit einem schrillen Wiehern brach der eben noch so agile große Rappe in der Vorderhand ein. Das Wiehern ging in ein grauenvolles Gurgeln über, das Yvain trotz des tosenden Schlachtenlärms überall um ihn herum ungeheuer laut erschien. Er sprang aus dem Sattel, ehe sein sterbendes Pferd ganz zu Boden gegangen war und ihn unter sich begraben konnte. Er wirbelte mit erhobener Klinge herum, aber Rotbart bekam keine Gelegenheit mehr, ihn aus luftiger Höhe abzuschlachten, weil Baldwin ihm mit einem gewaltigen Hieb seines Schilds den stählernen Nasenschutz nach innen trieb und offenbar die Knochen darunter zertrümmerte, denn Rotbart schlug schreiend die Hände vors Gesicht.

Keuchend beugte Yvain sich über Altairs Kopf, gerade noch rechtzeitig, um das letzte Fünkchen Leben in den dunklen Pferdeaugen verlöschen zu sehen. Er schrie seinen Schmerz über den Verlust seines vierbeinigen Freundes zum Himmel empor und wollte neben ihm auf die Knie sinken, als der nächste französische Ritter herandrängte und die Klinge gegen ihn hob.

Yvain taumelte einen Schritt zurück und stieß mit dem Rücken gegen einen warmen Pferdeleib, bekam einen Huftritt in die Nieren und ging zu Boden. Ein undurchschaubares Gewimmel herrschte um ihn herum. Er fand sich eingekeilt zwischen fechtenden Reitern und viel zu vielen Pferdebeinen, und plötzlich fürchtete er sich bis ins Mark. Er wusste genau, dass er unberitten leichte Beute war. Aber wenn Fulk de Cantilupe ihn eines gelehrt hatte, dann war es, seine Furcht zu beherrschen, denn sie war tödlich. Also münzte Yvain die nackte Todesangst um in Zorn. Er kam wieder auf die Füße. Das Schwert war ihm aus der Hand geglitten, aber den Schild hielt er noch in der Linken. Er hob ihn über den Kopf, während er sich nach seiner Waffe bückte, schlängelte die Klinge unter den Kettenpanzer des herandrängenden französischen Ritters zu seiner Rechten und rammte sie ihm in die Weichteile. Kreischend sackte der Getroffene nach links weg, und Yvain schwang sich in den Sattel des erbeuteten Pferdes. Er konnte nicht einmal sagen, welche Fellfarbe es hatte, denn es war mit klebrigem braunem Staub bedeckt, genau wie er selbst, genau wie der Rest der ganzen verdammten Welt.

Dichter als Schneetreiben waberten die Staubwolken über das Schlachtfeld, sodass er nie weiter als zwei, drei Ellen sehen konnte. Er hörte Schreie, Waffenklirren und panisches Wiehern, sah reglose Männer in blutverschmierter Rüstung und tote Pferde auf der Erde liegen und kreuzte die Klingen mit einer scheinbar endlosen Reihe von Feinden. Er führte Hiebe und Stiche, er drosch mit dem Schild um sich, er trat, um seinen Gegnern die Knochen zu brechen oder sie aus dem Sattel zu schleudern. Baldwin hatte er schon lange aus den Augen verloren, aber zweimal erhaschte er einen Blick auf William Longsword, dessen Schwert durch die französische Reiterei fuhr wie die Sense durchs Korn.

Gut für dich, Longsword, dachte Yvain stolz. Gut für dich … Und dann geriet er zwischen die johlenden Horden der französischen Fußsoldaten, ungerüstete Bauern mit rostigen Klingen ebenso wie professionelle Söldner mit ihren berüchtigten Sägemessern, und es war einer der Letzteren, der ihm die klaffende Wunde am Schildarm beibrachte, als Yvain sich seitlich zu ihm hinabgebeugt hatte, um ihm den Kopf abzuschlagen. Aber er spürte keinen Schmerz. Er spürte überhaupt nichts bis auf seinen unbändigen Zorn auf diese gesichtslosen Fremden, die ihm nach dem Leben trachteten, und er arbeitete sich mit grimmiger Beharrlichkeit durch die Reihen der unterlegenen Fußsoldaten weiter vor, immer weiter vor, das allein zählte. Bloß nicht zurückweichen. Denn wer zurückwich, verlor.

Irgendwann am Nachmittag begann der Staub sich zu legen, weil das viele Blut die Erde in roten Schlamm verwandelt hatte. Aber die Schlacht wurde nicht übersichtlicher, denn viel zu dicht waren die Fechtenden zusammengedrängt. Der Staub hatte die Wappenröcke der Ritter unkenntlich gemacht, und Yvain sah einen jungen Flamen am Boden knien, der einen Toten in den Armen hielt und schrie: »Oh mein Gott, Adam, das wollte ich nicht! Das wollte ich nicht, Cousin, ich hab dich nicht erkannt …« Und er heulte in jammervoller Verzweiflung, bis ein französischer Ritter von hinten herandrängte und ihn aus seinem Elend erlöste.

Das stupide Schlachten währte Stunde um Stunde, ohne dass Yvain die leiseste Ahnung hatte, wie es stand. Später hörte er davon, wie hundertfünfzig französische Reiter aus der Champagne die gesamte flämische Ritterschaft aus ihrer Formation lockten und niedermachten. Wie die Flamen trotzdem in großer Tapferkeit weiterkämpften und fast aufgerieben waren, als ihr Graf in Gefangenschaft geriet. Da waren die letzten geflohen.

Er hörte davon, wie König Philippe und Kaiser Otto im Zentrum der Schlacht voranstürmten, um einander zu finden und den Zweikampf zu führen, den auszutragen sie beide geschworen hatten. Keine zehn Pferdelängen trennten sie mehr, als ein kaiserlicher Infanterist den französischen König mit dem Haken seiner Pike aus dem Sattel holte. Ein französischer Ritter opferte sein Leben, als er seinem König sein Pferd überließ, doch in dem staubdurchwirbelten Durcheinander verloren König und Kaiser sich aus den Augen und fanden sich nie wieder.

Er hörte davon, dass die weit auseinandergezogene französische Linie sich allmählich zu einem Ring um die Truppen des

Kaisers und seiner Verbündeten schloss – was der Grund für die tödliche Enge auf dem Schlachtfeld war –, und wie Ottos Söldner die französischen Ritter abschlachteten, indem sie mit den Dolchen in die Augenschlitze ihrer geschlossenen Helme stachen.

Später hörte er von ruhmvollen Heldentaten und schändlichen Feigheiten, doch als die Sonne sich an diesem schwülen Sonntag im Juli dem Horizont zuneigte, wusste er von alldem nichts. Er kämpfte sich mit zunehmendem Stumpfsinn vorwärts, verlor Pferde und Schilde und erbeutete neue, er stolperte über Leichen und Sterbende und fing an, sie zu beneiden. Er sah an sich hinab und stellte fest, dass seine Arme und sein Leib mit blutigem Schlamm bedeckt waren, und da fragte er sich, ob er nicht vielleicht längst tot und in der Hölle war.

Und dann sah er, wie drei französische Ritter William Longsword einkesselten und gleichzeitig angriffen. Yvains Glieder waren inzwischen so bleischwer, dass er kaum noch die Arme heben konnte, aber er mobilisierte seine letzten Reserven, um sich zu Longsword durchzukämpfen. Doch ehe er ihn erreichte, hatte der Graf von Dreux – der Seite an Seite mit Guillaume in der Schlacht von Arsuf gekämpft hatte – Longswords Pferd gefällt. Longsword sprang aus dem Sattel des stürzenden Tieres und landete auf den Füßen, aber noch während er um Gleichgewicht rang, hatte der Bruder des Grafen – der hoch ehrwürdige Bischof von Beauvais – ihm den Helm vom Kopf gerissen und drosch ihm mit dem gewaltigen Eichenprügel auf den Kopf, den er mit beiden Händen führte.

Longsword ging zu Boden, und die Ritter des Bischofs stürzten sich auf ihn wie ein hungriges Wolfsrudel.

Yvain versuchte immer noch, ihn zu erreichen, als er plötzlich von einer Welle zurückweichender Engländer erfasst wurde, die ihn wie eine starke Strömung in entgegengesetzter Richtung mit sich zog, ganz gleich, wie wütend er dagegen ankämpfte. Und aus dem Getöse des Waffenklirrens, Trompetenschmetterns und der Schreie von verwundeten Männern und Pferden stieg ein Ruf empor, der lauter und immer lauter wurde, bis er selbst in Yvains vernebelten Verstand vordrang: »Der Kaiser ist geflohen! Wir sind geschlagen, und Kaiser Otto ist vom Schlachtfeld geflüchtet, Kameraden! Rettet euch, eh es zu spät ist …«

Und das war das Ende.

Die Armee der Verbündeten befand sich in Auflösung. Während die einen in Panik ihre Waffen wegwarfen und sich aus dem Staub machten, bildete der Graf von Boulogne mit siebenhundert Männern aus Brabant einen Schildwall, welcher der französischen Reiterei stundenlang standhielt, bis seine Brabanter schließlich aufgerieben waren und er selbst in Gefangenschaft geriet – Stunden, nachdem Kaiser Otto die Schlacht verloren gegeben und sich in Sicherheit gebracht hatte.

Yvain versuchte, sich seitlich aus dem Sog der zurückweichenden englischen Ritter zu kämpfen, auch wenn er keine Ahnung hatte, wozu eigentlich, als sein lahmendes, blutendes Pferd ohne Vorwarnung stürzte. Er wurde aus dem Sattel geschleudert wie ein Felsbrocken aus einer Trebuchet, landete auf dem behelmten Kopf, überschlug sich ein paarmal und blieb dann so still wie möglich liegen, bis das Donnern der Hufe um ihn herum verebbte. Er hatte ein paar Tritte kassiert, aber Glück gehabt, weil er am ausgedünnten äußeren Rand der fliehenden Reiterei gewesen war.

Er blieb einfach liegen, wo er ausgerollt war, und ganz allmählich wurde die Welt um ihn herum still, bis er schließlich das muntere Plätschern des nahen Flüsschens hören konnte. Es erschien ihm obszön, wie friedlich die Abenddämmerung auf einmal war, und er machte sich daran, auf die Füße zu kommen, um ihr zu entrinnen. Mit einem halb unterdrückten Stöhnen richtete er sich auf Hände und Knie auf und fand sich Auge in Auge mit einem Toten, dem ein französischer Armbrustbolzen in der Kehle steckte.

Es war Baldwin Beaumont.

Blinzelnd starrte Yvain auf seinen toten Freund hinab. Ein nasser roter Punkt landete unvermittelt auf dessen Kinn, gefolgt von einem zweiten, dann einem dritten, und als Yvain klar wurde, dass es sein Blut war, das Baldwins Gesicht besudelte, streifte er den Handschuh ab und wischte es mit der Handkante weg. »Entschuldige, Kumpel …«

Dann fiel er mit dem Gesicht in den Dreck. Einen Moment lag er reglos, wälzte sich schließlich auf den Rücken und streckte sich neben dem Toten aus. Er umschloss Baldwins kalte Hand mit seiner blutverschmierten, starrte in den tiefblauen Abendhimmel hinauf und weinte, bis er das Bewusstsein verlor.

Es war die hereinbrechende Dunkelheit, die ihn rettete, denn die siegreichen französischen Soldaten warteten bis zum nächsten Morgen, ehe sie das Schlachtfeld absuchten. Ihnen lebend in die Hände zu fallen, hätte Gefangenschaft oder aber einen Dolch zwischen die Rippen bedeutet, denn sie waren auf die kostbaren Rüstungen der gefallenen Ritter aus. Und auf ihre Ringe, die sie ihnen der Einfachheit halber meist mit den Fingern von den Händen schnitten.

Doch Richard hatte nicht bis Sonnenaufgang warten wollen, sondern war über das mondhelle nächtliche Schlachtfeld gewandert und hatte eine grässlich zugerichtete Leiche nach der anderen in Augenschein genommen, bis er seinen Onkel endlich fand.

Yvain schreckte auf, als er eine Hand an der Schulter spürte, und hörte einen lästerlichen, wenn auch gedämpften Fluch.

»Richard?«, fragte er ungläubig und schlug die Augen auf.

»Entschuldige.« Der junge Mann lachte atemlos. »Ich dachte, du bist tot.«

»Ja. Das dachte ich auch.« Yvain richtete sich auf, steif und langsam wie ein Greis, und augenblicklich wurde ihm schwarz vor Augen. Er hielt sich möglichst unauffällig an Richards Arm fest, bis das Summen in den Ohren und der Schwindel verebbten. Dann schalt er: »Was zum Henker hast du hier eigentlich verloren?«

»Oh, erspar mir das, sei so gut«, entgegnete der Knappe ungeduldig. »Der Tross hat sich aufgelöst und ist in Panik geflohen, genau wie alle anderen. Also habe ich mich in einer Mühle am Dorfrand versteckt, bis alles ruhig war.«

Yvain nickte. »Du bist ein Mordskerl wie dein Vater«, sagte

er. Es klang verwaschen, so als wäre er sternhagelvoll. »Aber das wusste ich eigentlich vorher schon.«

»Bist du verwundet?«, fragte der Knappe argwöhnisch.

Yvain nickte. »Nur ein Kratzer. Aber er hat … ziemlich munter geblutet, scheint es.«

Richard nahm seinen Arm, um das Malheur zu untersuchen, und entdeckte bei der Gelegenheit den Leichnam an Yvains Seite. »Ist das Sir Baldwin?«

»Ja. Wir sollten sofort von hier verschwinden, aber wir müssen ihn mitnehmen. Ich lasse ihn nicht für die Krähen hier liegen.«

Richard bekreuzigte sich. »Hier laufen überall noch herrenlose Pferde herum. Ich hole welche, und wir nehmen Sir Baldwin mit bis zum nächsten Kloster. Die Brüder werden ihn anständig bestatten.«

»Einverstanden.« Er war dankbar, dass sein Knappe so praktische Ideen hatte, denn sein eigener Kopf schien mit einem Mal nur noch Sägespäne zu enthalten. Er hatte fürchterlichen Durst, und er fror trotz der lauen Sommernacht.

Richard schob unter leisem Klirren den Ärmel des Kettenhemdes hoch. »Es hat dich ziemlich erwischt, Onkel«, bekundete er besorgt.

»Aber nicht so schlimm wie Baldwin.«

»Nein. Was ist mit Longsword?«

Yvain schüttelte den Kopf. »Gefangen. Vielleicht auch tot, ich bin nicht sicher.«

Richard zerriss den fadenscheinigen Kittel eines toten Bogenschützen, der in der Nähe lag, und verband mit den langen Leinenstreifen Yvains Wunde – sorgfältig und mit erstaunlichem Geschick. Vermutlich hatte er sich von seiner Mutter zeigen lassen, wie man so etwas machte. Erst als er fertig war, antwortete er: »Das wird den König hart treffen. Longsword war … ist sein starker Arm, richtig?«

Yvain nickte. Das grölende Gelächter, das von der Siegesfeier im französischen Heerlager über den Fluss scholl, wurde ausgelassener, und es erinnerte ihn daran, in welcher Gefahr sie hier schwebten. Er fuhr sich mit der Hand über die klamme Stirn und kam mit Richards Hilfe auf die Füße. »Eigentlich hat er selbst zwei starke Arme«, gab er zurück.

Richard schnaubte leise. »Zu dumm nur, dass er ewig die Hände in den Schoß legt.«

»Vorsicht, Bengel.«

Richard legte ihm stützend den Arm um die Taille. »Ich sage nur, was du denkst, Onkel.«

»Dann weißt du besser, was ich denke, als ich selbst. Was gerade heute … nicht ausgeschlossen scheint.« Ein großer, dunkler Schatten hob sich plötzlich genau vor ihnen in der bläulichen Nacht ab: eines der Pferde, die die Schlacht übriggelassen hatte. Sie hielten neben ihm an, und das verstörte und vermutlich vollkommen erschöpfte Tier stand geduldig still, während Richard seinem Dienstherrn in den Sattel half.

Yvain sah einen Moment auf seinen Knappen hinab. »Danke, Richard. Du hast mir wahrscheinlich das Leben gerettet und mehr für mich riskiert, als die Knappentreue gebietet. Das werde ich nicht vergessen. Und wenn ich irgendetwas tun kann, um mich erkenntlich zu zeigen, dann sag es mir.«

Im Mondschein erkannte er Richards untypisch flegelhaftes Grinsen, das ihn seinem Vater noch ähnlicher machte als sonst. Aber dann antwortete der junge Mann kopfschüttelnd: »Es gibt in der Tat etwas, das ich mir von dir wünsche, Onkel. Aber heute ist nicht der richtige Tag, es zu erbitten.«

La Rochelle, August 1214

Sonderbarerweise verschonte die Seekrankheit Yvain auf der tagelangen Rückfahrt die Küste hinab. Vielleicht lag es daran, dass sein Körper zu sehr damit beschäftigt war, den hohen Blutverlust zu bewältigen. Er bekam Fieber, weil die hässliche Wunde am Arm sich entzündete, aber wirklich schlimm wurde es nicht. Und so lag er an Bord des schlingernden Handelsseglers und dämmerte die meiste Zeit vor sich hin, schlief viel und trank alles, was man ihm brachte, während Richard mit einem Eimer in der dunkelsten Ecke des vollgestopften Frachtraums hockte und all die üblichen Qualen der Seekrankheit durchlitt.

Am sechsten August erreichten sie schließlich La Rochelle und machten sich vom Hafen aus zu Fuß auf den Weg zur Burg Vauclair am Nordrand der Stadt. Unterwegs führte Yvain seinen Neffen in eine Taverne und bestellte zwei Portionen von allem, was die Wirtin auf dem Feuer hatte. Ihr Lammeintopf mit Rosmarin und Thymian war so köstlich, dass Richard seine Proteste bald einstellte und mit ebensolchem Heißhunger aß wie Yvain.

Vortrefflich gestärkt, setzten sie ihren Weg schließlich fort. Trotz der anhaltenden Hitze herrschte geschäftige Betriebsamkeit in den Gassen. Manche der See- und Kaufleute hielten einen Moment inne, um den abgerissenen Ritter in der blutbesudelten Rüstung zu beäugen, der so aussah, als werde er den nächsten Tag nicht mehr erleben. Tatsächlich ging es Yvain indes schon viel besser, stellte er auf dem Fußmarsch durch die Stadt erleichtert fest. Und auch Richard war nicht mehr so grün um die Nase, als sie das Torhaus erreichten, das wie die ganze Burg aus dem schimmernden weißen Kalkstein der Gegend errichtet war und so gleißend in der aquitanischen Sonne funkelte, dass man die Augen zusammenkneifen musste.

»Ihr wünscht?«, fragte die flämische Torwache streng.

Hoffentlich braucht es nicht wieder Stunden, sie zu überreden, mich einzulassen, dachte Yvain.

»Sir Yvain of Waringham, Master of the Horse, für König John«, meldete Richard, dessen Stimme plötzlich wieder kräftig klang und der genau die goldene Mitte zwischen Höflichkeit und adliger Hochnäsigkeit traf, die den einfachen flämischen Söldner gleichzeitig beeindruckte und beruhigte.

Er verneigte sich vor Yvain. »Willkommen in Vauclair, Monseigneur. Ihr findet den König vermutlich im Ostturm.«

Yvain und Richard gelangten in den etwa quadratischen Innenhof der Burg, der verlassen und staubig in der Sonne brütete.

Yvain zog den Helm vom Kopf und drückte ihn seinem Knappen in die Finger. »Mach Lady Beatriz ausfindig und sag ihr, dass wir zurück sind«, trug er ihm auf. »Dann sieh zu, dass man ein Bad für mich bereitet.« Er fuhr sich mit der Hand über die Kringellocken, die noch hoffnungsloser zerzaust waren als üblich. »Und dann …«

Er brach ab, als die Tür zum Ostturm sich öffnete. König John trat lachend ins Freie, Arm in Arm mit seiner Gemahlin, gefolgt von de Burgh, Cantilupe und zwei aquitanischen Adligen, die Yvain nicht kannte. Pentecôte FitzHugh und Thomas Bigod bildeten mit einer sechsköpfigen Eskorte die Nachhut. Sie wandten sich nach rechts zu den Stallungen, wo die Hundeführer mit der Meute und Pagen mit gesattelten Rössern warteten, doch als der König Yvain entdeckte, blieb er so abrupt stehen, dass der Chamberlain ihn beinah angerempelt hätte.

»Bei Gottes Zähnen, Mann«, grollte John. »Ihr habt Euch Zeit gelassen. Was in aller Welt ist passiert?« Er musterte ihn abschätzig von Kopf bis Fuß. »Seid Ihr unter die Räuber gefallen?«

Yvain hörte Richard an seiner Seite hörbar die Luft einziehen. »Oh Jesus. Er weiß es noch nicht …«, wisperte der Knappe.

Yvain musste feststellen, dass er offenbar noch nicht ganz so weit wiederhergestellt war, wie er sich eingebildet hatte, denn plötzlich waren seine Knie butterweich. »Werde unsichtbar, Richard«, gab er ebenso tonlos zurück, trat mit scheinbar entschlossenen Schritten auf den König zu und sank vor ihm auf ein Knie. »Vergebt den unangemessenen Aufzug, Sire. Ich fürchte, ich bringe sehr schlechte Neuigkeiten.«

»Ah ja? Hat Otto es sich anders überlegt und Frieden mit Philippe geschlossen?«, fragte John höhnisch. Angetrunken, aber nicht abgefüllt, erkannte Yvain mit geübtem Blick.

Er schüttelte den Kopf. »Ich wäre dankbar, wenn ich Euch unter vier Augen berichten könnte.«

John verschränkte die Arme vor der Brust und sah mit verengten Augen auf ihn hinab. »Raus damit. Wagt es nicht, mich auf die Folter zu spannen, Sir.«

Yvain atmete tief durch und sammelte sich. Dann hob er den

Kopf und sah dem König ins Gesicht. »Die Schlacht ist geschlagen. Und verloren, Sire.«

Isabella an Johns Seite zog erschrocken die Luft ein und legte die Hand an die milchweiße Wange, aber ansonsten rief seine furchtbare Neuigkeit nichts als bleierne Stille hervor. John vollführte eine winzige auffordernde Geste mit Zeige- und Mittelfinger der Rechten.

Also fuhr Yvain fort: »Kaiser Otto kam wie versprochen und brachte eine große Armee. Am Namensfest des heiligen Pantaleon trafen wir am Ufer der Marque auf König Philippe und seine Verbündeten, bei einem Dorf namens Bouvines …«

Die Mienen seiner Zuhörer wurden immer starrer und grauer, während er berichtete. Nur das Gesicht des Königs blieb ausdruckslos. Die halb geschlossenen Lider blinzelten nicht, und Yvain fragte sich, ob John überhaupt noch atmete, so vollkommen reglos war er geworden.

»Ich kann Euch nicht sagen, wie hoch unsere Verluste sind, mein König«, bekannte Yvain, als er zum Ende gekommen war. »Denn die Nacht war hereingebrochen, und Richard und ich mussten schleunigst verschwinden. Der Herzog von Lothringen und die Grafen von Boulogne und Flandern sind in Gefangenschaft.« Er sah kurz zu Pentecôte und Thomas. »Baldwin Beaumont ist tot.«

Sie bekreuzigten sich, beide erschüttert.

Endlich regte sich auch der König, ließ die Arme sinken und hob das Kinn. »Und mein Bruder?«

Yvain schüttelte bedauernd den Kopf. »Ich bin nicht sicher, Mylord. Er war verwundet und blutete an der Schläfe, als er gefangen genommen wurde. Es geschah direkt vor meinen Augen …«

»Und Ihr habt *nichts* getan, um es zu verhindern«, fiel John ihm ins Wort und trat zu.

Es war ein unkoordinierter, wütender Tritt, der Yvain an der linken Schulter traf. So plötzlich, vor allem so unerwartet kam die Attacke, dass er auf die Seite geschleudert wurde und mit dem Gesicht im graubraunen Staub landete. Aus dem Kreis um den König hörte er einen mehrstimmigen gedämpften Aufschrei.

Er stützte die unverletzte Rechte auf, stemmte sich ein wenig ungeschickt hoch und stellte bei der Gelegenheit fest, dass sich hinter ihm ein Knäuel aus Zuschauern gebildet hatte: Ritter, Soldaten und ein paar Damen waren von Gott weiß woher zusammengeströmt, um seine Hiobsbotschaft zu hören und aus nächster Nähe zu verfolgen, wie König John sie aufnahm.

Yvain ignorierte sie und kam auf die Füße. »Ich bedaure zutiefst, Euch so schlechte Nachrichten zu bringen, mein König«, sagte er frostig und verneigte sich.

»Ihr verfluchter Hurensohn bedauert überhaupt nichts«, widersprach der König tonlos, machte einen Schritt auf ihn zu und hätte ihm die Faust ins Gesicht geschmettert, hätte Yvain den Oberkörper nicht zur Seite gerissen.

»Sire, ich bitte Euch *inständig* …«, begann de Burgh – wieder einmal der Einzige, der es wagte, den König in diesem Zustand zur Mäßigung zu mahnen.

Aber John hörte ihn nicht. Das Äderchen pochte, die Kiefermuskeln waren wie versteinert, die grauen Augen strahlten unnatürlich – es waren die altbekannten Warnzeichen, und doch hatte Yvain ihn noch niemals so erlebt.

»Ihr treuloser Lump habt Eure Haut gerettet, statt meinem Bruder zu Hilfe zu kommen. Sagt mir, seit wann steht Ihr in Philippes Sold, Waringham …«

Wieder schwang der König die massige Faust, und im Affekt hob Yvain die Hand und umschloss den sehnigen Unterarm.

Das leise Raunen der Gaffer verstummte. Die Person eines Königs war sakrosankt – niemand durfte sie unaufgefordert berühren. Aber jetzt, da es einmal geschehen war, gab Yvain Johns Arm nicht sofort wieder frei. Sie sahen sich einen Moment in die Augen, und Erinnerungen wirbelten durch Yvains Kopf wie Blätter im Herbstwind: die Spelunke und das Schankmädchen in Winchester. Das nächtliche Tablesspiel im belagerten Windsor. Johns Unterwerfung vor Richard in Lisieux, seine Krönung, sein Triumph in Mirebeau und die Mordnacht in Rouen. *So viele Jahre. So viele Schicksalsstunden. Alles vorbei – einfach so …*

Er ließ den König los und verneigte sich förmlich. »Da Euer Vertrauen in mich zerrüttet ist, bitte ich um Entlassung aus Euren Diensten und …«

»Gewährt«, fiel John ihm schneidend ins Wort, und wieder erinnerten seine Augen an nasse Kiesel, so leblos war ihr Blick. »Ich wünsche, dass Ihr meinen Hof noch in dieser Stunde verlasst. Nehmt Eure unnützen Ritter mit, die hier nichts weiter vollbracht haben, als mir auf der Tasche zu liegen. Auf die Gesellschaft Eurer Gemahlin und Eures Neffen hingegen wollen wir nicht verzichten. Sie sollen hierblieben, auf dass Ihr Euch auf der Heimreise nicht verirrt und doch noch in Paris landet.«

Er ließ ihn stehen und schien ihn augenblicklich zu vergessen. »Die Jagd wird warten müssen«, sagte er zu de Burgh. »Schickt Boten nach Poitiers, die Einzelheiten über die Schlacht in Erfahrung bringen sollen. Cantilupe, wir reiten zu Graf Robert. Falls mein Bruder noch lebt, soll er einen Austausch verhandeln. Isabella, begleite uns, sei so gut …« Er nahm ihren Arm und führte sie ohne erkennbare Eile zum Stall hinüber.

Hubert de Burgh und Fulk de Cantilupe nickten Yvain ernst zu, ihr Bedauern unmissverständlich, ehe sie dem König folgten.

Pentecôte und Yvain sahen sich an. »Nur du und ich sind übrig«, sagte Yvain.

»Ausgerechnet«, erwiderte sein Schwager bitter.

Yvain nickte. »Ausgerechnet.«

»Alsdann. Gute Heimreise, alter Knabe«, wünschte Pentecôte. »Mir wäre es lieber gewesen, Baldwin wäre zurückgekehrt und du gefallen …«

»Ja, ich weiß.«

»… aber das hier ist fast genauso gut.«

»Fahr zur Hölle, FitzHugh«, knurrte Thomas und zog einen Handschuh aus dem Gürtel, um ihn Pentecôte vor die Füße zu werfen und ihn zu fordern.

Doch Yvain hielt ihn mit einer Geste zurück. »Lass ihn schwafeln. Es kümmert mich nicht mehr als das Grunzen der Schweine drüben im Stall.« Er machte auf dem Absatz kehrt und ging eilig Richtung Halle.

Thomas holte ihn ein. »Was wirst du tun, Yvain?«

»Keine Ahnung. Aber ganz sicher werde ich meinen Neffen nicht hierlassen, auf dass es ihm irgendwann so ergeht wie William de Braose und den walisischen Jungen in Nottingham.«

»Ich komme mit dir.«

Yvain schüttelte den Kopf. »Wenn du mir helfen willst, überlass mir deinen Mantel.«

Kommentarlos nahm Thomas den leichten blauen Sommerumhang mit dem Wappen des Earl of Norfolk ab und drückte ihn Yvain in die Finger.

Der knüllte ihn achtlos zusammen und klemmte ihn unter den Arm. »Und jetzt geh und mach Jean FitzEdmond und die übrigen Ritter aus Waringham ausfindig, erzähl ihnen, was passiert ist, und richte ihnen aus, ich treffe sie in einer Stunde auf dem Friedhof der Bartholomäus-Kirche unten in der Stadt. Falls ich in zwei Stunden nicht aufgetaucht bin, sollen sie sich ohne mich auf die Heimreise machen und keinesfalls hierher zurückkommen.«

Der junge Bigod nickte. »Was ist mit Pferden? Du und Richard werdet welche brauchen, wenn ihr über Land reisen wollt.«

»Wir werden uns fürs Erste mit den Packmulis der Ritter begnügen müssen. Jetzt gilt es erst einmal, Abstand zwischen uns und König John zu bringen.«

»Du hast recht. Ich sehe trotzdem zu, was ich organisieren kann.« Er umarmte ihn hastig. »Wir sehen uns in England.«

»So Gott will«, gab Yvain zurück. »Und danke, Thomas.«

Er umrundete die Halle, die auf der Westseite des Hofes stand. Er wusste, dass Richard sich lieber unter freiem Himmel als in geschlossenen Räumen aufhielt – das hatte er von seiner Mutter geerbt –, und wie Yvain inständig gehofft hatte, war der Junge auch jetzt in den winzigen Kräutergarten hinter dem Küchenhaus gegangen, statt sich in der gegenüberliegenden Halle einen Becher Wein zu organisieren, um die letzten Überreste der Seekrankheit zu vertreiben, was viel vernünftiger gewesen wäre.

Er kniete im Gras, hatte eine blassgelbe Wiesenblume gepflückt und blickte entrückt darauf hinab, wie nur ein verliebter

Schwachkopf es konnte. Doch als er seinen Dienstherrn kommen sah, kam er eilig auf die Füße. »Was ist passiert?«

»Eine Katastrophe«, gab Yvain grimmig zurück und fasste zusammen, was vorgefallen war.

»Nicht das erste Mal, dass er dich unehrenhaft entlässt und mit einem Tritt davonjagt«, bemerkte Richard mit einem Achselzucken.

»Nur dieses Mal meint er es ernst.« Er streckte ihm den geborgten Mantel entgegen. »Hier, zieh ihn an. Warte, bis der König und seine Eskorte aus der Burg geritten sind. Dann überquerst du den Hof, als hättest du einen wichtigen Auftrag. Halte den Kopf gesenkt, dann sieht auf den ersten Blick niemand, dass du nicht Bigod bist.«

»Ich bin einen Fuß größer als er ...«, wandte der Knappe skeptisch ein.

Yvain schnitt ihm mit einer fahrigen Geste das Wort ab. »Wir müssen es riskieren, Richard. Der König will dich als Geisel, verstehst du.«

Richard nickte, warf sich den feinen Mantel über die Schultern und band die Kordel. »Keine Bange, ich mach das schon.«

»Ich hole Beatriz.«

»Gott sei mit dir, Onkel.«

»Und mit dir. Sei vorsichtig, hörst du. In einer Stunde an der Bartholomäus-Kirche.«

Die Tür zu den Gemächern der Königin im Ostturm war unbewacht. Mit einem erleichterten Aufatmen trat Yvain ein. Lady Ida of Preston saß mit einer Fremden auf dem breiten Fenstersitz, eine Partie Schach zwischen ihnen, und vor dem kalten Kamin stand mit verschränkten Armen ein Hüne von ungeheuerlichen Ausmaßen: Terric, der Teutone, Isabellas Leibwächter. »Was wollt Ihr hier?«, fragte er voller Argwohn. Er hatte eine beeindruckende Narbe, die diagonal über die linke Wange verlief. Das mausbraune Haar reichte ihm bis auf die Schultern, aber er war glattrasiert.

»Ich bin auf der Suche nach meiner Frau«, erklärte Yvain und bemühte sich um ein verbindliches, möglichst vertrauenerweckendes Lächeln.

»Sie ist nebenan und spielt mit dem Prinzen, Sir Yvain«, sagte Lady Ida und schob ihren Läufer über das wundervoll gearbeitete Marmorspielbrett.

»Danke, Madame.« Yvain nickte Terric zu und trat durch die Tür in den Nebenraum.

Beatriz saß auf dem ausladenden Bett der Königin, neben ihr der kleine Prinz Richard, der von einer ganzen Armee hölzerner Ritter und Pferde umringt war. Doch inmitten des Kampfes schien die Erschöpfung ihn übermannt zu haben, und er schlummerte selig.

Beatriz wandte den Kopf, als sie die Tür hörte. Ein Lächeln huschte über ihr Gesicht, als sie ihren Mann erkannte, doch es verblasste so schnell wie Wetterleuchten.

»Heilige Jungfrau …«, flüsterte sie und stand langsam auf. »Was ist passiert? Bitte sag, dass das nicht dein Blut ist …« Sie wies auf seinen besudelten Kettenpanzer.

»Nein, nein.« *Jedenfalls nicht alles.* Er trat zu ihr, aber er nahm Abstand davon, sie in die Arme zu schließen und ihr honigfarbenes Kleid zu verderben. Stattdessen ergriff er ihre Hand, sah die Wärme in den großen, mandelförmigen himmelblauen Augen, und das Gefühl, ins Bodenlose zu stürzen, verebbte allmählich. Als ihre schmale Hand sich auf seine Wange legte, schloss er die Augen, riss sie aber sogleich wieder auf und ließ Beatriz los.

»Schnell«, sagte er eindringlich. »Wir müssen verschwinden. Ich erkläre dir unterwegs, was passiert ist.«

Sie wirkte weder besonders beunruhigt, noch stellte sie ihm Fragen. Stattdessen beugte sie sich über den schlafenden Prinzen und küsste ihm die seidigen Locken. »Er erinnert mich immer an Gui in dem Alter …«, murmelte sie verträumt.

Yvain atmete hörbar durch. »Können wir dann? Wir haben's eilig.«

Beatriz richtete sich auf, wandte sich zu ihm um und breitete kurz die Hände aus. »Ich bin so weit. Das heißt, ich muss meinen Mantel und mein Buch mit den Liedern meiner Mutter holen.«

»Nein«, sagte er bedauernd, nahm ihren Arm und führte sie zur Tür.

»Aber …«

»Wir laufen um unser Leben, Beatriz«, fiel er ihr ins Wort, wispernd, aber eindringlich.

Sie wirkte weder schockiert noch überrascht. »Ich habe im Traum gesehen, wie Altair blutend unter dir zusammenbrach. Es war ein gläserner Traum. Nicht wahr?«

Yvain wandte den Blick ab und nickte. Ihm wurde immer noch hundeelend bei der Erinnerung.

Beatriz zog ein paar Schlüsse. »Die Schlacht ist verloren. Du hast die Nachricht gebracht, und der König lässt dich dafür büßen?«

Yvain nickte wiederum und zuckte gleichzeitig die Schultern.

Sie strich ihm kurz über den Arm – es war eine tröstende, vertrauliche Geste. »Dann lass uns gehen, *mon amant.*«

Sie kehrten in die behagliche kleine Halle der Königin zurück, und Beatriz' Schritt geriet für einen winzigen Moment ins Stocken, als sie den scheunentorgroßen Leibwächter am Kamin entdeckte, doch sie nickte ihm mit einem huldvollen Lächeln zu. »Nanu, Terric, Ihr begleitet die Königin nicht zur Jagd?«, fragte sie in ihrem besten höfischen Plauderton.

Er schüttelte den Kopf. »Mein Gaul ist schon wieder kreuzlahm«, brummte er verdrossen.

Dein Gaul kann einem leidtun, fuhr es Yvain durch den Kopf.

»Oh, wie ärgerlich, Ihr Ärmster«, sagte Beatriz mitfühlend.

Yvain verneigte sich vor den Damen auf dem Fenstersitz. »Wenn Ihr uns entschuldigt, Mesdames.«

Seine Hand lag schon am Türriegel, als eine Pranke schwer auf seine Schulter fiel. »Wo soll's denn hingehen?«, fragte Terric misstrauisch. »Und warum die Eile?«

Yvain wandte den Kopf, betrachtete die Finger, die ihm dicker vorkamen als die Ärmchen seiner Töchter, und sah dann in das narbige Gesicht. »Nimm gefälligst deine Griffel von mir. Ich wüsste nicht, dass ich dem Leibwächter der Königin Rechenschaft schulde, wenn ich eine Stunde mit meiner Gemahlin im Garten verbringen möchte.« Er schüttelte die Hand ab.

Doch im nächsten Moment hatte sie sich um seinen gepanzerten Oberarm gekrallt. »In diesem Aufzug?«, hakte Terric nach und wies auf den staubigen und blutverschmierten Kettenpanzer. »Hier stimmt doch irgendwas nicht. Ihr werdet nirgendwo hingehen.«

Yvain riss sich los, schob Beatriz mit dem verletzten Arm hinter sich und zückte mit der Rechten den Dolch. »Wenn du dich da nur nicht irrst …«

Terric stieß ein sonderbares keuchendes Lachen aus, machte einen gemächlichen Schritt auf ihn zu, wich dem zustoßenden Dolch mit verblüffendem Geschick aus und schmetterte Yvain die Faust ins Gesicht.

Yvain wurde gegen das Kaminsims geschleudert und dachte: *Warum hab ich den verdammten Helm nicht aufgelassen?* Aber wenigstens hatte er den Kopf schnell genug abgewandt, sodass die Faust sein Jochbein getroffen hatte, nicht die Nase, die geblutet und draußen Aufsehen erregt hätte.

Die Damen hatten kleine Schreckenslaute ausgestoßen, und Beatriz stellte sich todesmutig zwischen ihren benommenen Gemahl und den Goliath. »Terric, wie könnt Ihr es wagen …« Weiter kam sie nicht.

Terric schob sie beiseite – nachsichtig, wie man ein neugieriges Kätzchen verscheucht –, packte Yvain mit beiden Händen an den Oberarmen und schleuderte ihn krachend gegen die Tür. Der linke Arm bekam die ganze Wucht des Aufpralls ab, und Yvain fühlte die Wunde wieder aufbrechen.

Er duckte sich blitzschnell, sodass die zuschlagende Faust auf der massiven Holztür landete, und versuchte, dem Leibwächter die Füße wegzutreten, doch Terric stand wie ein Baum. Yvain musste sich ein wenig recken, um ihm die Faust vors Kinn zu schmettern, aber er traf gut, und der Hüne taumelte einen Schritt zur Seite. Doch lange bevor Yvain die Tür geöffnet hatte, packte Terric ihn von hinten, drückte ihm mit dem Unterarm die Luft ab und drosch ihm mit der anderen Faust in die Nieren.

Yvain wand sich und trat, doch dieser Kerl war stark wie ein Troll und unmöglich abzuschütteln. *Ich stecke in der Klemme*, wusste Yvain. Jeder Augenblick war kostbar, aber er fand kein Rezept gegen Terric. Er geriet in Panik, weil er solche Angst um Beatriz und Richard hatte – davor, sie im Stich zu lassen –, doch gerade als der Schwindel sich anschleichen wollte, ließ der Troll mit einem Mal von ihm ab.

Yvain fühlte den Druck des muskulösen Unterarms an seinem Hals nachlassen, befreite sich mit einem gewaltigen Ruck und fuhr zu Terric herum, der dümmlich blinzelnd vor ihm stand und dann wie ein gefällter Baum vornüberkippte. Yvain brachte sich mit einem Schritt zur Seite aus der Gefahrenzone, und sein Blick fiel auf die fremde Dame, die mit Lady Ida am Fenster gesessen hatte. Sie hielt das Marmorspielbrett in beiden Händen, und Schachfiguren lagen um sie herum in den Binsen verstreut.

»Ihr habt …« Yvain musste sich räuspern und schüttelte fassungslos den Kopf. »Ihr habt ihn mit dem Schachbrett niedergeschlagen, Madame?«

»Das war ziemlich gut, oder?«, erwiderte sie zufrieden, und ihr Lächeln hatte etwas Spitzbübisches.

»Aber … wieso? Und wer seid Ihr überhaupt?«, fragte Yvain reichlich ungalant.

Sie legte ihm vertraulich die Hand auf den Arm, stellte sich auf die Zehenspitzen und küsste ihm die Wange. »Ich bin deine Schwester, Yvain.«

»*Adelisa?*« Und in dem Moment, als er ihren Namen aussprach, erkannte er sie.

Sie nickte. »Der Lord Marshal hat seinen Neffen als Kommandanten seiner Ritter hergeschickt. Meinen Gemahl Anselm. Du warst leider schon fort, als wir in Angers zum König stießen.«

Er musste sie immerzu anschauen. Es war fast ein Vierteljahrhundert her, dass er sie zuletzt gesehen hatte, aber plötzlich erinnerte er sich an Adelisa am Stickrahmen in der Halle, Adelisa mit dem Arm in der Schlinge nach einem Reitunfall, Adelisa beim Lautespiel …

Doch ehe er sie fragen konnte, wie es ihr ging und ob das Leben halbwegs gut zu ihr gewesen sei, schob sie ihn zur Tür. »Ich schätze, Ihr solltet euch lieber beeilen. So Gott will, sehen wir uns ein andermal wieder und können Erinnerungen austauschen.«

Er lächelte auf sie hinab, legte ihr fast schüchtern die Hand auf die Schulter und küsste ihr die Stirn. »Danke, Schwester.«

»Leb wohl, Bruder. Gott schütze Euch.«

Waringham, November 1214

»Oswin, so geht es nicht weiter.«

»Aber, Sir Yvain, wo denkt Ihr hin, ich hab nicht geschlafen …«

»Du hast *geschnarcht,* Herrgott noch mal!«, widersprach Yvain, und er hatte Mühe, die strenge Miene aufrechtzuerhalten. Aber dies hier war nicht komisch. *Nichts* war mehr komisch, und Oswins Nickerchen konnten ihn und die Seinen das Leben, zumindest die Freiheit kosten. »Es tut mir leid, aber ich habe dich gewarnt. Du bist aus der Burgwache entlassen. Gib deine Livree und Waffen beim Steward ab und geh nach Hause.«

Oswin senkte den Kopf mit dem schütteren grauen Haar. »Ich weiß, ich werd zu alt dafür. Bloß, wir kommen ohne meinen Sold nicht über die Runden. Mein Sohn hat sechs Töchter und …«

Yvain schnitt ihm mit einer Geste das Wort ab. »Ich weiß, und ich habe größtes Mitgefühl für Männer mit sechs Töchtern, glaub mir. Aber ich muss für die Sicherheit der Burg Sorge tragen. Andererseits ist mir bewusst, dass du hier dreißig Jahre lang zuverlässig Wachdienst geleistet hast, und darum bekommst du deinen Sold bis Ostern.«

Oswin atmete verstohlen auf. »Das ist sehr großzügig, Sir Yvain, Gott segne Euch und …«

»Da kommen Reiter«, unterbrach Pete, der junge Bursche, der die Wache mit Oswin teilte. Er stand wie befohlen am diesseitigen Ende der Zugbrücke und spähte in den ungemütlichen Niesel hinaus. »Nur vier, wie's scheint«, fügte er nach einem Moment hinzu, ein Hauch von Erleichterung in der Stimme.

Der Burghügel wurde seit jeher von Baumbewuchs freigehalten, damit man Ankömmlinge frühzeitig entdecken und gegebenenfalls Schutzmaßnahmen ergreifen konnte. Darum waren die Torwachen angewiesen, von Tagesanbruch bis Sonnenuntergang Ausschau zu halten. Sobald es dunkelte, wurde die Zugbrücke geschlossen.

Wie im Krieg.

Yvain trat zu Pete und nahm die vier Reiter in Augenschein, die je zu zweit nebeneinander den Hügel hinaufgetrabt kamen. Er legte die Rechte ans Heft, um das Schwert in der Scheide zu lockern, doch als er ihr Wappen erkannte, ließ er die Hand wieder sinken.

»Der Earl of Norfolk«, sagte er.

»Ist das gut oder schlecht?«, fragte Pete.

»Das weiß man heutzutage nie so genau. Aber er reitet in Begleitung seines Sohnes, Sir Thomas, der mein Knappe war. Siehst du?« Er wies auf den rechten der vorderen Reiter, der die Standarte des Earl trug. »Darum bin ich zuversichtlich, dass sie in Freundschaft kommen.«

Er hatte sich nicht getäuscht. Am anderen Ende der Zugbrücke hielten die Reiter, und Thomas rief sonderbar förmlich: »Roger Bigod, Earl of Norfolk, bittet um Einlass!«

»Seid willkommen und reitet ein, Gentlemen«, antwortete Yvain, machte kehrt und ging vor seinen Besuchern einher zum Bergfried hinüber. Auf der unteren der drei Eingangsstufen hielt er an und wartete, bis sie abgesessen waren.

Höflich verneigte er sich vor Thomas' Vater. »Mylord of Norfolk. Eine Ehre.«

»Waringham.« Norfolk verneigte sich seinerseits und musterte Yvain dann ungeniert. Er war von eher kleinem Wuchs, genau wie Thomas, und hatte die gleichen dunklen Augen, aber sein Haar war schon eisgrau. Er musste um die sechzig sein, schätzte Yvain, denn Thomas war der Jüngste seiner Söhne. Der Älteste war ebenfalls mit nach Waringham gekommen, und er war aus der Art geschlagen, denn er überragte seinen Vater und Bruder um Haupteslänge. Er begrüßte Yvain mit Höflichkeit und Respekt. »Hugh Bigod, Sir Yvain«, stellte er sich vor. »Eine Ehre.«

»Meinerseits«, gab Yvain zurück. »Tretet ein.«

»Wir wären dankbar für eine vertrauliche Unterredung«, eröffnete Thomas' Bruder ihm.

Yvain nickte kommentarlos.

»Paul, bring die Pferde weg«, bat Thomas den vierten Reiter, der ein einfacher Soldat war. »Der Stall ist gleich dort neben dem Torhaus.«

»Anschließend geh in die Halle und lass dir etwas Heißes vorsetzen«, fügte Yvain hinzu und führte seine Gäste in das Hauptgebäude der Burg und durch die Vorhalle zur Treppe. Er brachte sie indessen nicht in die große Halle, sondern in sein Privatgemach im Geschoss darüber, wo Richard auf ihn wartete.

Yvain stellte ihn seinen Besuchern vor und bat ihn dann, heißen Ipogras und Erfrischungen heraufzuschicken.

»Ein stattlicher junger Gentleman«, bemerkte Norfolk, nachdem Richard hinausgegangen war.

»Das ist er«, bestätigte Yvain und hoffte, dass Richard sich beeilte, denn in der Kunst der belanglosen Konversation, die immer geführt wurde, während man auf den Wein wartete, war er nicht sehr versiert.

»Wird Zeit, dass er seinen Ritterschlag erhält und seine Pflichten als Lord Waringham übernimmt, oder?«, befand Hugh.

»Ja, ich glaube, er ist bald so weit«, antwortete Yvain. Was er nicht sagte, war: Aber wir müssten nach Schottland oder Frankreich reisen, um einen König zu finden, der meinen Neffen zum Ritter schlägt.

Das Gemach, welches er mit Beatriz teilte, war kleiner und bescheidener als das auf der Südseite, das traditionell Lord Waringham gehörte und jetzt von Amabel allein bewohnt wurde. Yvain hatte nur einen kleinen Tisch mit zwei knarrenden Schemeln. Diese bot er Lord Norfolk und dessen Ältestem an, während er und Thomas sich den Fenstersitz teilten und die eisige Kälte im Rücken spürten, die durch den Holzladen gekrochen kam.

»Ich bin unter anderem gekommen, um endlich meiner Braut meine Aufwartung zu machen, Yvain«, bemerkte sein einstiger Knappe lächelnd. »Ich hoffe doch, sie ist hier?«

»Natürlich. Möglicherweise ist sie ausgeritten, aber wir werden später nach ihr schicken.«

Richard führte Aldgyth mit einem ausladenden Tablett herein, übernahm das Einschenken und zog sich anschließend wieder zurück – diskret und unaufdringlich wie üblich.

»Vielleicht wäre es sinnvoller, er hört zu«, sagte Hugh und sah seinen Vater fragend an.

»Vergebt mir, aber ich würde es vorziehen, erst zu erfahren, was Euch herführt«, kam Yvain dessen Antwort zuvor. Er hob ihnen den dampfenden Ipogras entgegen. »Auf Eure Gesundheit.«

Sie tranken und wärmten sich dankbar die Hände an den heißen Bronzebechern.

»Thomas hat mich vorgewarnt, dass unser Ansinnen bei Euch möglicherweise auf wenig Gegenliebe stoßen könnte, Sir Yvain«, begann der alte Norfolk bedächtig. »Alles, worum ich Euch bitte, ist, dass Ihr mich bis zum Ende anhört und mir zubilligt, dass ich ein Mann von Ehre und Prinzipien bin.«

Das klingt überhaupt nicht gut, dachte Yvain unbehaglich, aber er nickte. »Natürlich, Mylord. Habt Ihr zufällig irgendetwas über William Longsword gehört?«

»Er hat überlebt und wird ausgetauscht«, wusste Hugh zu berichten. »Gegen König Philippes Cousin, den John im Frühjahr bei irgendeiner Belagerung gefangen genommen hatte. Es wird noch verhandelt, aber der Austausch ist beschlossene Sache, sagt mein Schwiegervater.«

Hugh Bigods Schwiegervater war William Marshal, wusste Yvain, und wenn der es sagte, musste es stimmen. »Dann sei Gott gepriesen. Longsword hat mit großer Tapferkeit gekämpft und nicht verdient, in irgendeinem französischen Verlies zu vermodern.«

»Nein«, stimmte Norfolk zu, schlug die Beine übereinander und sah Yvain ins Gesicht. »So wenig wie William de Braose verdient hatte, in Corfe Castle zu verhungern, nicht wahr?«

Yvain nickte wortlos und erwiderte seinen Blick scheinbar gelassen, aber sein Herzschlag hatte sich ein wenig beschleunigt.

Der Earl of Norfolk räusperte sich. »Sir Yvain. Ich spreche für eine Gruppe englischer Barons, die beschlossen hat, König Johns Unfähigkeit und Willkür nicht länger hinzunehmen.«

Yvain hatte mit einem Mal einen metallischen Geschmack im Mund. Es war Verrat, was er da hörte. Doch er musste feststellen, dass er die Entrüstung, mit der er die Worte seines Gastes hätte zurückweisen müssen, nicht zustande brachte.

Als Richard zum verabredeten Treffpunkt an der Bartholomäus-Kirche in La Rochelle gekommen war, hatte die Erleichterung Yvains Knie ganz wackelig gemacht, und erst das hatte ihm vor Augen geführt, wie er um das Leben des Jungen gebangt hatte.

Drei Tage hatten sie mit Beatriz, den fünf Rittern aus Waringham und deren Knappen über Land bis an die Mündung der Loire gebraucht, wo sie ein Schiff nach England bestiegen hatten. Drei Tage und Nächte auf der Flucht. Ständig die Angst vor Verfolgung im Nacken, weil er Richard und Beatriz gegen Johns ausdrücklichen Befehl mitgenommen hatte. Drei Tage bei sengender Hitze im Sattel, drei Nächte unter freiem Himmel, versteckt in einem Gebüsch oder einem Kornfeld und viel zu wenig Proviant. Die Männer und Jungen waren großartige Reisegefährten gewesen und hatten Beatriz wie eine Königin behandelt, aber trotzdem war es abscheulich für sie gewesen, allein mit zwölf Kerlen auf der Flucht. Beatriz hatte alles darangesetzt, sich ihren Schrecken nicht anmerken zu lassen, aber Yvain hatte gewusst, dass der plötzliche Verlust jedweder Geborgenheit, vor allem jedoch der unvermittelte Abschied von Isabella und der Welt, die sie kannte, ihr schwer zu schaffen machten. Beatriz war wie ein Schmetterling im Sturm, und Yvain schämte sich, weil er es nicht verstanden hatte, ihr dies zu ersparen.

Wie Vogelfreie waren sie sich vorgekommen, rechtlos und schutzlos. Dabei war das einzige Vergehen, dessen er sich schuldig gemacht hatte, das Überbringen einer schlechten Nachricht gewesen …

Als der Earl of Norfolk feststellte, dass Yvain an seinem beharrlichen Schweigen festhielt, fuhr er fort: »Der König ist nach England zurückgekehrt, wie Ihr vielleicht gehört habt. Ihm ist nichts anderes übrig geblieben, als einen schmählichen Waffenstillstand mit Philippe zu schließen, der den Status Quo festschreibt. Die Normandie, das Anjou und alle anderen Besitzungen in Nordfrankreich sind verloren, und nach Lage der Dinge darf er sich glücklich schätzen, wenn er Aquitanien halten kann.« Unverhohlene Verachtung schwang in seiner Stimme. »Aber er schmiedet schon wieder hochfliegende Pläne von einem neuen Feldzug im kommenden Jahr und fordert unerhörte Summen an Schildgeld von den Lords, die nicht mit ihm nach Frankreich gezogen sind. Er hat FitzWalter und de Vesci enteignet, weil sie sich geweigert haben zu zahlen und …«

»Augenblick«, unterbrach Yvain. »Robert FitzWalter und Eustache de Vesci? Ihr macht Euch gemein mit Männern, die ein Mordkomplott gegen den König geschmiedet haben?«

»Ja, ich weiß, sie sind fragwürdige Charaktere«, gab Norfolk ungerührt zurück. »Wir haben auch Erzbischof Langtons Unterstützung und die des Bischofs von Winchester, aber beide sind als Widersacher des Königs bekannt und könnten in Verdacht geraten, nur einen persönlichen Rachefeldzug zu führen. Umso wichtiger ist es, dass Männer wie Ihr sich uns anschließen, Sir Yvain. Männer mit Integrität. Denn das Anliegen der Barons ist gerecht. Wir dürfen es nur nicht Männern wie FitzWalter und de Vesci überlassen, die vor allem ihre eigenen kostbaren Interessen im Blick haben. Wenn diese Rebellion – und nichts anderes ist es – von Erfolg gekrönt sein soll, braucht sie Männer, die über jeden Zweifel erhaben sind und deren Anliegen die Wiederherstellung von Recht und das Ende der Tyrannei sind.«

Yvain hielt es nicht länger auf dem Fenstersitz. Er stand auf und trat mit dem Becher in der Hand an den Tisch. Sein Blick fiel auf das Buch mit den englischen Heiligenlegenden, und er musste an seinen Vater denken. Er wollte sich lieber gar nicht vorstellen, was Jocelyn of Waringham zu dieser Sache zu sagen gehabt hätte.

Er überlegte einen Moment und antwortete schließlich: »Nun, Mylord of Norfolk, wie Ihr zweifellos wisst, befinde ich mich schon in offener Rebellion gegen den König. Sie ist ein ungemütlicher Ort, und ich bin erleichtert, dass es dort nicht so einsam ist, wie ich angenommen hätte.«

Thomas und sein Bruder lachten leise in ihren Ipogras.

Aber Yvain war überhaupt nicht zum Scherzen zumute, und er fuhr an ihren Vater gewandt fort: »Nur sagt mir: Wohin soll sie führen, diese Rebellion? Zu König Johns Sturz?« Er hob die freie Hand zu einer ratlosen Geste. »Wer soll ihm auf den Thron folgen? Alle Rebellen der Vergangenheit – und es gab sie ja reichlich – hatten einen Thronanwärter im Angebot, um den angeblich schlechten König durch einen angeblich besseren zu ersetzen. Ihr nicht.«

»Nein. Die Prinzen sind noch zu jung, und Johns Brüder sind alle tot. Seine legitimen Brüder, meine ich.«

»Einige der Barons haben die Frage gestellt, was wohl wirklich mit Prinz Arthur geschehen ist«, warf Hugh ein. »Und es geht ein Gerücht, dass Ihr mehr über seinen Verbleib wisst als sonst irgendwer. Was, denkt Ihr, ist aus ihm geworden?«

Yvain sagte, was er seit zehn Jahren auf diese Frage antwortete: »Das kann ich nicht sagen.« Und er fügte hinzu: »Aber wenn Ihr einen *besseren* Mann als John auf Englands Thron wollt, müsst Ihr einen anderen Kandidaten aus dem Hut zaubern als Arthur.«

Er konnte kaum fassen, dass er das gesagt hatte. Dass er mit diesen Männern an einem unspektakulären, regnerischen Novembertag in Waringham bei einem Becher heißem Wein darüber sprach, den König vom Thron zu stoßen. Den König, dem er mehr als zwanzig Jahre gedient hatte, der so einen großen Teil seines Lebens bestimmt und beherrscht hatte. Aber genau das tat er, und weder bebte die Erde, noch schleuderte Gott Blitze vom Himmel hernieder.

»Nein, wir müssen Arthur vergessen«, sagte Norfolk entschieden. »Er wurde vor zehn Jahren zum letzten Mal gesehen, und da befand er sich als Gefangener in Johns Gewalt. Ich brauche keinen Hellseher, um mir zusammenzureimen, was aus ihm geworden ist. Und ich bin überzeugt, William de Braose musste nur deshalb sterben, weil seine Mutter die Wahrheit gesagt hatte, diese Furie, die ihre gehässige Zunge einfach nicht im Zaum halten konnte.« Die rechte Hand auf seinem Knie ballte sich zur Faust. Es war das erste Anzeichen von Gefühlen, das der Earl of Norfolk sich gestattete, und Yvain war erleichtert, es zu sehen.

»Falls es so ist, hat sie einen hohen Preis gezahlt, Mylord«, bemerkte er.

Komm an Mamas Brust, Willie …

Er nahm einen ordentlichen Zug aus seinem Becher.

»Ihr habt zweifellos recht«, räumte Norfolk ein. »Und nein, wir haben keinen Thronanwärter, um John zu ersetzen, und wir brauchen auch keinen. Ein König ist so schlecht wie der andere, wenn es nicht gute Gesetze sind, denen er verpflichtet ist. Bei seiner Wiederaufnahme in die Kirche hat John geschworen, die guten Gesetze seines Urgroßvaters wieder einzusetzen und zu befolgen. *Daran* müssen wir ihn erinnern. *Das* ist es, was er verbindlich zusichern muss. Wir treffen uns in den nächsten Wochen, um eine Liste mit Forderungen aufzustellen. Was wir anstreben, ist eine Urkunde, Waringham. Eine Charta mit einer Reihe von Rechtsgrundsätzen, zu deren Einhaltung der König sich verpflichten muss.«

Yvains Kopf ruckte hoch. »Das wäre … etwas völlig Neues.«

Kränze von Lachfalten bildeten sich um Norfolks dunkle Augen, in denen es plötzlich funkelte, sodass er um Jahre jünger wirkte. »So ist es, Sir Yvain. Und sollte es einen Punkt geben, den Ihr unbedingt in dieser Charta sehen wollt, schlage ich vor, Ihr schließt Euch uns an und diktiert ihn Erzbischof Langtons Schreibern.«

Kein Mann darf verhaftet, eingekerkert oder seiner Rechte beraubt werden, der nicht von einem Gericht aus Gleichgestellten oder nach geltendem Gesetz verurteilt wurde.

Yvain sah es beinah schon vor sich: mit bräunlicher Tinte auf Pergament geschrieben und besiegelt. Wenn es wirklich gelingen könnte, den König – und seine Nachfolger – auf solch einen

Grundsatz zu verpflichten, dann wäre Williams Tod nicht so völlig sinnlos gewesen.

Und sein Schicksal könnte sich niemals wiederholen.

»Aber wenn der König zurück in England ist, warum gehen wir dann nicht an den Hof, Mutter?«, fragte Gui, und es klang empört. »Wie soll ich je in die Knappenausbildung kommen, wenn ich meine Pagenzeit verpasse?«

Lady Beatriz legte ihm die Hand auf die Schulter und nickte ernst. »Ich verstehe deine Sorge, mein Sohn. Aber diese Entscheidung müssen wir deinem Vater überlassen, denkst du nicht?«

Er schnaubte wütend.

»Oh, jetzt plustere dich bloß nicht so auf«, wies Iselda ihren Bruder ungehalten zurecht. »Du bist noch nicht einmal elf. Noch reichlich Zeit, eh du in die Knappenausbildung kommst, oder? Und der Lord Chamberlain wird nicht in Nöte geraten, weil er auf deine exzellenten Pagendienste verzichten muss.«

Gui warf ihr einen Blick zu, tödlich beleidigt. »Was verstehst du schon davon«, stieß er hervor.

»Iselda«, sagte ihre Mutter mit leisem Vorwurf. »Es besteht kein Grund, deinen Bruder zu kränken, Liebling. Du solltest ihn bestärken – das ist es doch, was große Schwestern tun, oder?«

Seufzend hob Iselda die Hände zu einer Geste der Kapitulation. »Du hast ja recht. Ich hab's nicht so gemeint, Gui.«

Er nickte, immer noch ein wenig eingeschnappt.

Iselda wandte sich zum Fenster, weil sie wissen wollte, ob die Pferde der Besucher noch vor dem Stall standen – aber die Fenster der Halle waren natürlich längst mit Holzläden verschlossen worden, um Herbstkälte und -regen auszusperren, und es würden lange Monate vergehen, ehe die Läden im Frühling wieder abgenommen wurden. Das Herumhocken in der verräucherten Halle ohne Tageslicht machte sie rastlos. Die sonderbare Stimmung erst recht, die in Waringham herrschte, seit ihre Eltern, Richard und die Ritter aus Frankreich zurückgekehrt waren. Richard hatte ihr natürlich erzählt, dass ihr Vater sich mit dem König überworfen hatte – wieder einmal. Was ihr mehr Sorgen machte, war, dass diese überstürzte Heimkehr eine Flucht gewesen war und nachts die Zugbrücke geschlossen wurde, seit sie zurück waren. Sie fürchtete, dass das neue Zerwürfnis zwischen ihrem Vater und dem König viel schlimmer war als das letzte; und dass niemand ihr sagen konnte oder wollte, was eigentlich geschehen war, gab ihr das Gefühl, im Nebel durch ein unbekanntes Land zu irren, wo sich jeden Moment ein Abgrund vor ihren Füßen auftun mochte.

»Warum hat die Königin dir dieses Jahr keinen neuen Mantel geschickt wie sonst immer im Herbst?«, fragte sie ihre Mutter.

Die hob langsam die Schultern. »Ich bin sicher, er kommt noch. Oder womöglich hat sie es vergessen. Es spielt keine Rolle, der vom letzten Jahr ist noch tadellos.«

Iselda kehrte zu ihrem Sessel an der hohen Tafel zurück und griff nach ihrem Handstickrahmen. Sie arbeitete an einem grünen Kissenbezug, in den sie ein schwarzes Einhorn sticken wollte, und sie war ausgesprochen zufrieden mit ihren Fortschritten. Das Sticken hatte immer etwas Tröstliches, es machte sie auf sonderbare Weise abgeklärt. Noch besser funktionierte es mit Spindel und Rocken, aber ihre Mutter sah das nicht gern, denn Spinnen war eine Arbeit für Bauersfrauen.

Den Blick auf ihre Stickerei gerichtet, sagte Iselda leise: »Ich habe das Gefühl, dass ihr alle mir etwas verschweigt, *ma mère*.«

Gui schluckte den Kommentar herunter, der ihm anscheinend auf der Zunge lag, und sah ihre Mutter genauso furchtsam an, wie Iselda sich fühlte.

Beatriz ließ ihre eigene Stickerei in den Schoß sinken und schaute ins Leere. So lange, dass Iselda und ihr Bruder einen heimlichen Blick tauschten und die Augen verdrehten, weil sie dachten, ihre Mutter weile wieder einmal in entlegenen Gefilden. Doch dann sah sie ihre Tochter wieder an und riet: »Sprich mit deinem Vater.«

»Aber wieso ist er …« Iselda brach ab, als sie Richard die Halle betreten sah, und wie immer bei seinem Anblick machte ihr Herz einen kleinen Satz. Doch anders als sonst schmuggelte er kein Lächeln in ihre Richtung. Seine Miene war rätselhaft, irgendwie ausdruckslos. Und hinter ihm kam ihr Vater in Begleitung eines schmächtigen dunkelhaarigen Ritters, den sie erst auf den zweiten Blick erkannte.

Sie zog verstohlen die Luft ein und ließ den Stickrahmen in den Schoß sinken.

Richard verneigte sich vor Iseldas Mutter und trat dann beiseite, um dem Besucher den Platz vor der Mitte der hohen Tafel zu überlassen.

»Iselda.« Ihr Vater sah mit einem Lächeln auf sie hinab. »Natürlich weißt du, wer Sir Thomas Bigod ist, aber ich würde Euch gern offiziell bekannt machen. Thomas: meine Tochter, Iselda of Waringham.«

Der Gast legte galant die Hand auf die Brust und verneigte sich. »Lady Iselda. Eine Ehre.«

»Eine Ehre, Sir«, echote sie dümmlich, und sie musste sich zwingen, ihm in die Augen zu schauen. Braun und voller Schalk, erkannte sie.

Sie hatte ihn bei Hofe tausendmal gesehen, aber nur aus der Ferne. Denn damals war sie noch in der Kinderstube gefangen gewesen und hatte die Halle so gut wie nie betreten dürfen. Seit ihr Vater Iselda letztes Jahr eröffnet hatte, dass er sie mit Sir Thomas Bigod verlobt habe, hatte sie alles darangesetzt, ihrem zukünftigen Gemahl aus dem Wege zu gehen. Doch sie hatte immer gewusst, dass dieser Tag hier kommen würde.

»Ich hoffe, Ihr hattet keine zu scheußliche Reise nach Waringham, Sir?«

»Keineswegs. Nur ein bisschen Niesel.«

Damit war das Wetter als Gesprächsthema erschöpft, und er schien genauso verlegen wie sie.

Iselda sah ihre Eltern einen amüsierten Blick tauschen, während Richard am Fenster stand und sein Gesicht in etwa die Farbe der grauen Steinquader angenommen hatte.

Sie stand so abrupt auf, dass ihr Sessel mit einem unangenehmen Quietschen nach hinten rutschte. »Soll ich Euch den Garten zeigen, Sir? Er hat im November nicht viel zu bieten, aber …« *Aber was?*, fragte sie sich, einer Panik nahe.

Thomas Bigod erlöste sie. »Ich hätte ganz und gar nichts dagegen, mir ein wenig die Beine zu vertreten.«

Iselda umrundete die hohe Tafel, trat zu ihm und knickste, ehe sie den Arm nahm, den er ihr reichte.

»Judith, sei so gut und begleite Iselda«, trug ihr Vater Jean FitzEdmonds Tochter auf.

Aldgyth wurde nach den Mänteln geschickt, und kurz darauf führte Iselda ihren Verlobten um den Bergfried herum in den rückwärtigen Garten, während ihre Anstandsdame diskret mit ein paar Schritten Abstand folgte.

»Ich bedaure, Euch mit meinem Besuch so überfallen zu haben, Lady Iselda«, sagte Sir Thomas lächelnd. »Es wäre wohl angemessener gewesen, Euch zuvor einen Boten zu schicken.«

»Ach, woher denn«, widersprach sie und rang darum, unbeschwert zu klingen. »Wir halten hier nicht viel von Förmlichkeiten, wie Ihr vermutlich wisst, Sir. Und außerdem wart Ihr ja eigentlich hergekommen, um Ränke mit meinem Vater zu schmieden, nicht wahr?«

Er schlenderte neben ihr zwischen den winterlich kahlen Beeten einher und warf ihr von der Seite einen Blick zu. »Eine eigenartige Wortwahl.«

Iselda nickte. »Vermutlich. Vergebt mir. Niemand sagt mir, was eigentlich geschehen ist, und ich bin verwirrt.«

»Ja, das kann ich mir vorstellen«, räumte er ein. »Aber ich schätze, Ihr vertraut Eurem Vater, oder?«

»Voll und ganz, Sir. Aber das bedeutet nicht, dass er immer nur richtige Entscheidungen trifft.«

»Du meine Güte. Wie es scheint, seid Ihr mir in der Kunst der Rhetorik weit überlegen. Aber das ist ja auch kein Wunder bei einer so gebildeten Mutter. Sprecht Ihr viele Sprachen?«

»Französisch, Okzitanisch, Lateinisch und Englisch«, zählte sie auf. »Und Ihr?«

»Hm, lasst mich überlegen. Französisch, Französisch und Französisch«, konterte er. »Ach ja, und Französisch beherrsche ich ebenfalls.«

Sie musste lachen, auch wenn sie insgeheim ein wenig enttäuscht war.

»Ich hatte nie viel mit Bücherbildung im Sinn, fürchte ich«, bekannte Thomas. »Weder mein Vater noch der Eure legten großen Wert darauf. Aber sagt mir, wieso Lateinisch?«

»Aimery de Léoncel hat es mir beigebracht.«

»Wie kam das?«

Und so erzählte sie ihm von ihrer Kindheit bei Hofe und ihrer Freundschaft mit dem Leibarzt des Königs, und Sir Thomas erzählte ihr im Gegenzug, wie Aimery de Léoncel einst ihren Vater zusammengeflickt hatte, nachdem der grässliche Prinz Arthur ihn beinah umgebracht hatte. Thomas war ein begabter und geistreicher Geschichtenerzähler, und Iselda musste das eine oder andere Mal lachen, obwohl es eine ziemlich schaurige Anekdote war.

»Wann war das?«, fragte sie schließlich.

»Oh … ich weiß nicht mehr genau. Lange vor Eurer Geburt jedenfalls.« Er winkte mit der freien Rechten ab, und ihr fiel auf, dass er große, knochige Hände hatte, obwohl er nur einen knappen Kopf größer war als sie.

Er war sehr freundlich, musste sie zugeben. Und sein Blick war voller Wärme. Er war vielleicht nicht gebildet, aber gescheit, und es gab vieles, das sie verband, weil sie beide ihre Jugend bei Hofe verbracht hatten. Sie hatte ja auch gewusst, dass ihr Vater ihr einen guten Mann aussuchen würde. Doch bei dem Gedanken, Thomas Bigod heiraten zu müssen, schnürte sich ihre Kehle zu.

»Lass mich rein, Guillaume, komm schon. Mach eine Ausnahme«, bat Yvain.

»Tut mir leid«, drang die raue Stimme durch den Fellvorhang des kleinen Fensters. »Ich fürchte, ich hab nicht aufgeräumt …«

Yvain musste lachen, obwohl sein Herz ihm tonnenschwer vorkam. Doch dann protestierte er: »Es ist verflucht kalt hier draußen.«

»Hol dir die Lepra«, riet sein Bruder. »Dann spürst du keine Kälte mehr.«

»Ja«, knurrte Yvain. »Großartig. Ich suche deinen Rat, weil ich vor der schwersten Entscheidung meines Lebens stehe, aber ich kann es auch mit klappernden Zähnen und durch das verhängte Fenster tun, es spielt eigentlich keine Rolle.«

Nach einem Moment öffnete sich knarrend die Tür der Klause, und Guillaume trat in die Nacht hinaus. »Also, lass uns ein paar Schritte laufen«, schlug er vor.

Yvain nickte. Es hatte aufgeklart, und der halbvolle Mond spendete genug Licht, um Guillaumes wallenden schwarzen Mantel mit dem grünen Kreuz der Lazariten darauf zu erkennen, genau wie seinen hinkenden Gang. »Hast du Schmerzen beim Gehen?«, fragte der jüngere Bruder nüchtern.

Guillaume nickte. »Wilona schickt mir jeden Tag einen Sud aus Bilsenkraut und Gott weiß was sonst noch. Damit geht es.«

»Ein Wunder, dass sie die richtigen Kräuter hineingibt, blind, wie sie ist.«

»Sie erkennt sie mit der Nase, sagt sie. Und ihre Enkelin macht den Sud nach ihren Anweisungen. Berit.«

»Ein bildschönes Mädchen«, bemerkte Yvain. »Und das nächste Kräuterweib von Waringham, nehme ich an.«

Sie verstummten, während sie den Bergfried umrundeten und in den Garten gelangten. Es dauerte, denn Guillaume konnte nur noch langsam gehen. Trotzdem blieb er am Fuß der Mauer stehen, sah daran hoch und warf seinem Bruder einen fragenden Blick zu.

»Von mir aus«, gab Yvain zurück. Er ahnte, dass Guillaume sich eingesperrt fühlte, seit nachts die Zugbrücke geschlossen blieb und ihm seine rastlosen Wanderungen durch Waringham Heath im Schutz der Dunkelheit verwehrt waren.

Yvain holte die lange Leiter, die hinter den Weißdornbüschen lag, und richtete sie an der Mauer auf. »Nach dir, Mylord«, sagte er mit einer einladenden Geste.

Er konnte kaum mit ansehen, wie beschwerlich das Erklimmen der Leiter für seinen kranken Bruder war, aber er gab keinen Kommentar ab und wartete geduldig, bis Guillaume die Krone der Mauer erreicht hatte. Dann folgte er ihm, zog die Leiter herauf, ließ sie an der Außenseite der Mauer wieder herab, und sie gelangten ohne Missgeschicke hinab. Dann kam der schwierigste Teil: Yvain legte die Leiter als Steg über den Graben, und dieses Mal musste er die Augen schließen, als Guillaume einen unsicheren Schritt vor den anderen setzte, die Füße immer schräg gestellt, halb auf einer Sprosse, halb auf dem Seitenbalken der Leiter. Als der Kranke das andere Ufer sicher erreicht hatte, entließ Yvain einen zu lang angehaltenen Atem und folgte ihm dann, wie immer in solchen Momenten beschämt ob seiner Gesundheit und starken Glieder.

Guillaume schlug den Weg Richtung Mönchskopf ein. Der Boden unter ihren Stiefeln war weich und schlammig vom Regen der letzten Tage, und es roch nach Herbst. Er atmete tief durch. »Was für eine wundervolle Nacht, Yvain.«

»Ja.« Der Jüngere legte den Kopf in den Nacken. Der Himmel war von Sternen übersät, die trotz des Mondlichts funkelten wie Feenlichter.

»Immer wenn ich denke, ich sei jetzt endlich bereit zu sterben, schickt Gott mir eine Nacht wie diese, und ich kann mich doch nicht losreißen. Wie ist es gegangen mit Iselda und Thomas Bigod?«

Yvain war es gewöhnt, dass sein Bruder abrupt das Thema wechselte, wann immer er sein nahendes Ende erwähnte. »Schwer zu sagen«, bekannte er. »Er sagt, er sei bezaubert, und will sie heiraten, sobald sie vierzehn wird. Aber Iselda … sie hat mir erklärt, er sei ein perfekter Gentleman und sehr freundlich und so weiter. Aber sie war blass und unglücklich und wollte mir nicht in die Augen sehen. Ich fürchte, die Vorstellung zu heiraten erschreckt sie noch ein wenig.«

»Oder sie liebt einen anderen.«

»Blödsinn«, widersprach Yvain mit einem Schnauben. »Wer sollte das sein? Sie hat noch nicht viele Männer kennengelernt.«

»Hm«, machte Guillaume unbestimmt, und Yvain sah ihn von der Seite argwöhnisch an, um zu ergründen, ob sein Bruder ihm irgendetwas verheimlichte. Aber das war wegen des verhüllten Gesichts natürlich unmöglich zu ergründen.

»Gibt es etwas, das ich wissen sollte?«

Der ältere Bruder hob abwehrend die bandagierte Rechte. »Du wolltest mich um Rat fragen, sagtest du?«

»Guillaume«, protestierte Yvain. »Würdest du …«

»Befriedige meine Neugier, und dann werde ich die Gefälligkeit möglicherweise erwidern.«

»Meinst du nicht, wir werden allmählich zu alt für diese Machtspielchen?«

»Nein. Sie zählen zu den wenigen Freuden, die mir geblieben sind. Also raus damit.«

Yvain richtete den Blick auf das nasse Gras zu ihren Füßen, das im schwachen Mondlicht bräunlich schimmerte. Es fiel ihm schwer, ausgerechnet Guillaume anzuvertrauen, was ihm durch den Kopf ging, denn ganz gleich, wie es zwischen ihm und dem König stand, er war nicht erpicht darauf, Guillaumes verächtlichen Tiraden gegen John zu lauschen. Doch er war sich darüber im Klaren, dass der Entschluss, den er gefasst hatte, ganz Waringham betraf, und darum durfte er sich vor dieser Stunde der Wahrheit nicht drücken.

»Als der Lord Marshal mich nach William de Braoses Tod aufsuchte, sagte er, mir oder auch ihm stehe kein Urteil über Johns Taten zu, weil der König sich im Stande der göttlichen Gnade befinde. In dem Moment seiner Salbung werde ein König über uns gewöhnliche Sterbliche erhoben, sodass er nicht uns Rechenschaft schulde, sondern Gott allein. Und wenn ich an Gott und an Königtum glaube, bliebe mir daher gar keine andere Wahl, als dem König zu dienen.«

Guillaume nickte. »Aber ich höre dir an, dass dir Zweifel an der Richtigkeit dieser Sichtweise gekommen sind.«

Yvain atmete tief durch. »Schon lange. Und meine Zweifel erschüttern mich«, gestand er. »Ich habe sie mir lange verboten, weil ich mich davor gefürchtet habe, mehr als zwanzig Jahre meines Lebens einfach so … auf den Misthaufen zu werfen. Oder womöglich habe ich mich auch davor gefürchtet, das Fundament der göttlichen Ordnung zu untergraben. Also habe ich mich wieder in den Dienst des Königs gestellt – wie ich es ja auch einmal zu tun geschworen habe – und versucht, die Verantwortung für seine Taten Gott zu überlassen. Aber es geht nicht, Guillaume. Selbst wenn ich jetzt auf Knien zu ihm kriechen würde und er mich zurücknähme, ich kann das nicht mehr tun. Es ist nicht recht. Gott hat den König über uns gestellt, aber Gott hat uns auch Verstand und Mut und einen freien Willen gegeben, um Unrecht und Tyrannei zu erkennen und dagegen aufzubegehren. Der König, den Gott ausgewählt hat, soll über uns stehen und über uns herrschen, gewiss, aber nach geltendem Recht und nicht mit Willkür.« Er blieb stehen und wandte sich seinem Bruder zu. »Seit ich aus Frankreich zurückgekehrt bin, gehen mir diese Dinge durch den Kopf, und da kommt auf einmal der Earl of Norfolk und wirbt um meine Unterstützung für eine Gruppe von Rebellen, die genau das erreichen wollen. Notfalls erzwingen. Nicht alle Männer, die zu diesen Rebellen zählen, sind vertrauenswürdig. Trotzdem bin ich entschlossen, mich ihnen anzuschließen. Denn ihr Anliegen ist gerecht.« Er stellte fest, dass er die Fäuste geballt hatte. Mit einem bewussten Willensakt öffnete er sie und streckte die Hände zu einer halb ratlosen, halb flehenden Geste aus. Dann atmete er tief durch. »Was denkst du, Bruder? Bin ich ein Verräter?«

Guillaume schüttelte langsam den Kopf. »Du willst wissen, was ich denke? Dann sage ich es dir: Ich bin noch nie so stolz auf dich gewesen wie in diesem Moment, Yvain.«

Der stieß einen gedämpften Protestlaut aus, aber ehe er etwas einwenden konnte, fuhr Guillaume fort.

»Und das liegt nicht daran, dass ich John seit jeher verabscheut habe. Die Zweifel, die dich in den letzten Jahren gequält haben, begleiten mich seit der Ermordung der Gefangenen von Akkon. Jeder König – und sei er noch so ein strahlender Held –, jeder König ist nur so gut wie die Gesetze, die er befolgt. Aber kein König unterwirft sich dem Gesetz aus freiem Willen, denn das liegt nicht in der Natur der Mächtigen. Wenn du bereit bist, deinem König diese Beschränkung seiner Allmacht abzutrotzen, dann bist du mutiger, als ich es je war.«

Yvain betrachtete ihn kopfschüttelnd. »Jetzt redest du ziemlich wirres Zeug, Mylord«, bemerkte er trocken.

Guillaume verschränkte die Arme vor der Brust, als wolle er sich gegen solcherlei Respektlosigkeiten verwahren, aber was er sagte, war: »Im Übrigen: Nur Verlierer sind Verräter.«

»Und das bedeutet?«

Guillaume machte kehrt. »Dass ich in nächster Zeit ungewohnt beschäftigt sein werde.«

Yvain ging neben ihm her und stellte erstaunt fest, wie viel schneller Guillaume jetzt ausschritt als vorhin. »Ich habe keine Ahnung, wovon du redest«, bemängelte der Jüngere.

»Gräm dich nicht, Brüderchen.«

Yvain biss die Zähne zusammen ob dieser verhassten Anrede, aber er schwieg, bis sie beide wieder oben auf der Mauerkrone standen. Er zog die Leiter ein, und während er sie auf der Innenseite wieder hinabließ, fragte er über die Schulter: »Was war es denn nun, das du mir über meine Tochter erzählen wolltest?«

»›Möglicherweise‹ habe ich gesagt, wie du dich vielleicht erinnerst«, entgegnete Guillaume. »Und in Anbetracht der Bedeutungsschwere deiner Enthüllungen, schiebe ich die meinen lieber noch ein bisschen auf.«

London, Mai 1215

»Ein Glück, dass es nicht regnet«, sagte Thomas Bigod und blickte vielsagend nach oben, wo man den blauen Frühlingshimmel durch geschwärzte Deckenbalken sehen konnte.

»Aber wenigstens ist hier reichlich Platz«, erwiderte sein älterer Bruder Hugh. »Und so heruntergekommen Baynard Castle auch sein mag, bin ich doch viel lieber hier als bei dem traurigen königstreuen Häuflein im Tower …« Mit einem frechen Grinsen wies er über die Schulter Richtung Südosten. »Oder was denkst du, Yvain?«

Yvain lehnte mit verschränkten Armen und gekreuzten Knöcheln an der Mauer der ausgebrannten Halle und nickte. »Mir wäre allerdings wohler, wenn unser Hauptquartier in irgendeiner

Burg läge, die besser zu verteidigen ist als diese Ruine hier. Es ist zu still um den König geworden, das kann nichts Gutes zu bedeuten haben.«

Thomas winkte ab. »Die Stadtmauer von London ist ein sicheres Bollwerk, oder? Die ganze Stadt steht schließlich auf unserer Seite.«

»Auch wieder wahr«, musste Yvain einräumen.

Zwischen dem König und den Barons war eine bittere Fehde ausgebrochen.

Im Januar hatten die Anführer der Rebellen sich mit John zu Verhandlungen getroffen, die in höchst angespannter Atmosphäre verlaufen waren. Voller Argwohn und bis an die Zähne bewaffnet waren die beiden Seiten einander begegnet. Der König hatte schmallippig in Aussicht gestellt, die Beschwerden der Lords zu prüfen, aber Yvain hatte den Earl of Norfolk und die anderen Barons gewarnt, dass John nur auf Zeit spielte. Und er hatte sich nicht getäuscht: An Aschermittwoch hatte John aus heiterem Himmel ein Kreuzzugsgelübde abgelegt und gleichzeitig den Papst – seinen Lehnsherrn – um Unterstützung gegen seine aufsässigen Untertanen ersucht. Die Antwort aus Rom kam prompt und unmissverständlich: Die englischen Lords hätten ihrem König gefälligst Gehorsam zu leisten, schrieb der Heilige Vater, und Schildgeld müssten sie ihm auch zahlen. Schließlich ziehe der König in den Heiligen Krieg gegen die Ungläubigen. Und wer sich weigere, ihn bei diesem gottgefälligen Unterfangen zu unterstützen, der sei schlimmer als die heidnischen Kriegsscharen, dem drohe die ewige Verdammnis und so weiter und so weiter.

Im April hatten die aufständischen Lords des Nordens bei Stamford ihre Truppen versammelt, und auf dem Marsch nach Süden waren ihre Reihen angeschwollen, so als wäre ein Damm gebrochen. Große Lords und kleine Landadlige gleichermaßen waren es leid, dem König immer horrendere Summen für Feldzüge zu zahlen, die er dann doch nur verlor. Sie hatten genug von seiner Willkür und seiner Geldgier und seiner Lüsternheit. Einem strahlenden Sieger hätten sie die Phantasiesteuern und die begehrlichen Blicke auf ihre Töchter vielleicht verziehen. Aber nicht dem jämmerlichen Verlierer von Bouvines, John »Ohneland«.

Als der König zu den zugesagten Verhandlungen in Northampton Anfang Mai nicht erschien, hatten sie offiziell ihre Lehnseide aufgekündigt, und damit hatte der Krieg begonnen.

Ausgerechnet Robert FitzWalter hatten die aufständischen Barons zum Anführer ihrer Truppen erkoren, und am siebzehnten Mai waren sie in London einmarschiert. Es war ein großer Triumph, denn nur wenige Tage zuvor hatte der König der großen Handelsmetropole an der Themse weitgehende Rechte im Gegenzug für ihre Unterstützung eingeräumt.

Aber Robert FitzWalter hatte noch viele Freunde in London, die ihm und seiner Armee gegen den ausdrücklichen Befehl des Stadtrats die Tore geöffnet hatten. Und so war FitzWalter in seine Londoner Festung Baynard Castle zurückgekehrt, die der König nach dem gescheiterten Komplott vor drei Jahren hatte schleifen lassen. Die Ringmauer der einst so imposanten Burg im Mündungsdreieck von Fleet und Themse war weitgehend zerstört, viele Gebäude hatten schwere Schäden durch Feuer und den heiligen Zorn der königlichen Truppen erlitten, aber dennoch war Baynard Castle zum Sammelpunkt aller Rebellen geworden.

Inzwischen hatte sich ganz London zu ihrer Sache bekannt, und die Königstreuen im Tower fanden sich abgeschnitten und belagert.

»Gott, diese Warterei macht mich ganz mürbe«, beklagte sich Thomas. »Irgendetwas *muss* doch bald mal passieren.«

»Vermutlich braucht der König einfach noch ein Weilchen, bis er sich eingestehen kann, dass seine Sache verloren ist«, mutmaßte sein Bruder boshaft.

»Das glaub nur nicht«, warnte Yvain. »John wird seine Sache nicht verloren geben, ehe er sechs Fuß unter der Erde liegt.«

»Was vielleicht nicht die schlechteste Lösung wäre«, warf Hugh ein.

»Das hab ich nicht gehört, Mann«, knurrte Yvain.

»Oh, jetzt sei nicht so dünnhäutig, Waringham …«

»Ich bin nicht dünnhäutig.« Yvain drückte sich von der Mauer ab und machte einen Schritt auf ihn zu. »Ich bin aus guten Gründen ein Rebell geworden. Aber wenn du erlaubst, ich habe immer noch die Hoffnung, dass ich diese Rebellion bestehen kann, ohne ein Verräter zu werden, denn sie ist gerecht.«

»Mach dir doch nichts vor. Der König nennt dich längst einen Verräter. Uns alle«, konterte Hugh.

»Ja, aber der König wirft seit jeher gern mit Beschimpfungen und Beleidigungen um sich«, gab sein Bruder zu bedenken. »Ich habe so ein Gefühl, in dieser Sache muss jeder Mann selbst entscheiden, wo gerechte Rebellion endet und Verrat anfängt.«

»Darum beneide ich Euch nicht, Gentlemen«, mischte eine tiefe Stimme in Yvains Rücken sich ein.

Er wirbelte auf dem Absatz herum und fand sich Auge in Auge mit Stephen Langton.

Genau wie die Bigod-Brüder verneigte Yvain sich. »Mylord of Canterbury.«

Der Erzbischof betrachtete ihn geruhsam, die dunklen Augen gerötet, als leide er an Schlafmangel. »Sir Yvain.«

»Wünscht Ihr den Earl of Norfolk zu sprechen? Oder Fitz-Walter?«

Langton schüttelte den Kopf. »Tatsächlich war ich auf der Suche nach Euch. Wäret Ihr so gut, mich hinauszubegleiten?« Er nickte Hugh und Thomas zu und schlug das Kreuzeichen über ihnen.

Sie senkten brav die Köpfe und bekreuzigten sich ebenfalls. Beide waren fromme Männer, wusste Yvain, aber noch vor einem Vierteljahr hätten sie es vielleicht trotzdem nicht getan. Jeder im Lager der Rebellen war sich indes bewusst, dass sie keine Zweifel an ihrer Gottesfurcht und Kirchentreue aufkommen lassen durften.

Langton führte Yvain aus der geschwärzten Ruine der großen Halle, die etwa in der Mitte des rechteckigen Innenhofs stand, und zu einem zweiten Mann, der neben der leeren Türöffnung der weitgehend eingestürzten Kapelle wartete.

Yvain lächelte, als er ihn erkannte. »Mylord of Salisbury! Gott sei gepriesen, dass Eure Gefangenschaft vorüber ist.«

William Longsword nickte. Sein Lächeln war ebenso angespannt wie frostig. »Sir Yvain. Niemals hätte ich für möglich gehalten, dass wir uns unter diesen furchtbaren Umständen in England wiedersehen würden.«

Yvain wappnete sich für eine Strafpredigt, die es vermutlich in sich haben würde. Aber gleichzeitig ertappte er sich bei dem Gedanken, wie froh er darüber war, dass Longsword zu seinem Bruder stand. Die Erkenntnis machte ihn wütend und ratlos. Er wusste, er musste endlich damit aufhören, Sympathien für John zu hegen. Nicht nur, weil der König jedes Recht darauf verwirkt hatte, sondern weil er – Yvain – daran zerbrechen würde, wenn dieser Konflikt sich weiter zuspitzen sollte.

Der Erzbischof errettete ihn fürs Erste vor Longswords bitteren Vorhaltungen, als er diesen bat: »Darf ich Euch daran erinnern, wozu wir hergekommen sind, Mylord?«

Longsword verzog den Mund zu einer fast schmerzlichen Grimasse, aber er nickte. »Ihr habt ja recht.«

»Die Verhandlungen stehen auf Messers Schneide, Sir Yvain«, erklärte der Erzbischof mit seiner volltönenden Stimme. »Der König ist bereit, den Barons entgegenzukommen. Weiter, als ich je für möglich gehalten hätte.«

»Das sind gute Neuigkeiten, Mylord«, erwiderte Yvain. Es geriet ein wenig reserviert, denn er ahnte, dass es ein *Aber* gab.

Longsword fuhr sich nervös mit den Fingerknöcheln über die Stirn. »Er weiß, dass er Fehler gemacht hat, Yvain. Herrgott, Ihr kennt ihn doch, er hat die Beherrschung verloren, als Ihr ihm die Nachrichten von Bouvines brachtet und …«

»Augenblick«, unterbrach Yvain kopfschüttelnd. »Hier geht es *nicht* um den König und mich, Mylord.«

»Nein?«, konterte Longsword scharf. »Seid Ihr nicht unerlaubt aus La Rochelle verschwunden, weil er Euch einmal zu oft himmelschreiend ungerecht behandelt hat?«

Yvain schnaubte ungläubig. »Wer hat Euch das erzählt? Pentecôte FitzHugh?« Er sah an Longswords betretener Miene, dass er mitten ins Schwarze getroffen hatte. »Nun, Mylord of Salisbury, es war ein wenig anders, als mein teurer Schwager Euch glauben machen wollte. Ich bin aus La Rochelle verschwunden – geflohen, wenn Ihr es genau wissen wollt –, weil der König mich davonjagen und meinen Neffen und meine Frau als Geiseln behalten wollte. Aber ich konnte sie ihm nicht anvertrauen. Nicht nach der Hinrichtung der walisischen Geiseln. Nicht nach William de Braose.«

»Und so blieb Euch nur der Weg in die Rebellion«, sagte der Erzbischof bedächtig. »Ja, jetzt wird mir so einiges klar …«

»Oh, bei allem Respekt, Mylord«, fiel Longsword ihm aufgebracht ins Wort. »Ihr müsst doch wissen, dass John dem jungen Waringham oder Lady Beatriz niemals ein Haar krümmen würde.«

»Nein, ich weiß nichts dergleichen«, widersprach der Erzbischof unverblümt, hob aber beschwichtigend die große, knochige Linke, um einen weiteren Disput zu unterbinden. Dann eröffnete er Yvain: »Ich habe einen äußerst scharfen Brief von seiner Heiligkeit erhalten, wusstet Ihr das?«

»Nein«, antwortete Yvain verblüfft. »Wieso, in aller Welt?«

»Papst Innozenz macht mir bittere Vorwürfe, dass ich meine Autorität über den englischen Adel nicht hinreichend nutze, um die aufständischen Lords dem Willen ihres Königs zu unterwerfen, diesem Ausbund an Tugend und Frömmigkeit, der demnächst in den Heiligen Krieg zu ziehen gedenkt.«

Yvain schüttelte fassungslos den Kopf. »Ich bin unschlüssig, ob ich lachen oder heulen soll«, bekannte er. »Ist es wirklich derselbe Papst, der England sechs Jahre unter dem Kirchenbann schmoren ließ und den König exkommuniziert hat, um *Eure* Ernennung zum Erzbischof von Canterbury durchzusetzen, der jetzt Eure Treue und Entschlossenheit anzweifelt?«

»Derselbe«, bestätigte Langton mit einem duldsamen kleinen Märtyrerlächeln. »Auch Päpste ändern gelegentlich ihre Meinung, wisst Ihr.«

»Tja, es sieht ganz danach aus …«

»Wenn der Papst den Erzbischof abberuft, ist jede Chance auf eine friedliche Einigung zwischen John und den Barons endgültig dahin, Yvain«, erklärte Longsword brüsk. »Darum muss diese Einigung *jetzt* herbeigeführt werden. Wie gesagt, der König ist bereit, euch Rebellen weiter entgegenzukommen, als ihr es verdient …«

»Mylord …«, mahnte Langton mit einem Seufzer überstrapazierter Geduld.

Der Halbbruder des Königs hob kurz beide Hände. »Ja, ja, ich weiß, ich wollte mich mäßigen. Na schön.« Er atmete tief durch und wandte sich wieder an Yvain: »Aber was wir ihm einfach nicht schmackhaft machen können, ist der Rat aus fünfundzwanzig Wachhunden, den ihr ihm vor die Nase setzen wollt.«

Yvain war nicht überrascht. Die Barons forderten von König John nicht nur eine Charta, die die Rechte und Pflichten von Krone und Adel verbindlich festschrieb, sondern diese Charta sollte auch bestimmen, dass ein Rat aus fünfundzwanzig Barons eingesetzt werde, der ihre Einhaltung überwachte. Die fünfundzwanzig Namen standen bereits fest. Vernünftige und ehrenwerte Männer wie Hugh Bigod und sein Vater, der Earl of Norfolk, fanden sich darunter. Aber ebenso fragwürdige Charaktere wie Eustache de Vesci, Robert FitzWalter und Saer de Quincy, denen es mehr darum ging, den König zu demütigen, als ihrem Land einen Dienst zu erweisen.

»Und wieso kommt Ihr damit ausgerechnet zu mir?«, fragte Yvain seine Besucher verständnislos. »Ich habe keinerlei Einfluss auf die Zusammensetzung dieses Rats, Mylords. Ich bin nur ein landloser Ritter aus Kent, wie kommt Ihr darauf, dass ich die Barons umstimmen könnte?«

Der Erzbischof und der Earl of Salisbury tauschten einen verstohlenen Blick, ehe Letzterer bekannte: »Wir hatten gehofft, Ihr könntet uns raten, wie wir den König umstimmen könnten.«

»Was?«, fragte Yvain dümmlich.

»Ihr habt es ungezählte Male bewerkstelligt«, gab Langton zurück.

»Oh, das ist völliger Blödsinn, Mylord, wenn Ihr meine Offenheit vergeben wollt.« Er zeigte unfein mit dem Finger auf Longsword. »Auf *ihn* hat er gelegentlich gehört. Nicht auf mich.«

»Ich glaube, Ihr täuscht Euch«, widersprach der Erzbischof. »Denkt nach, Sir Yvain. Was würdet Ihr tun, wenn Ihr an unserer Stelle wäret?«

»Gebt ihm, was er mehr will als alles andere«, hörte Yvain sich antworten. »Bringt den Papst dazu, Philippe von Frankreich zu zwingen, John die Normandie zurückzugeben. Dafür würde er seine Seele dem Satan verkaufen und ganz gewiss seine Herrschaftsrechte den Barons.«

Wieder tauschten der Erzbischof und der Earl stumme Botschaften, und ihre Mienen hatten sich merklich aufgehellt.

»Ja«, sagte Langton versonnen. »Das könnte einen Versuch wert sein.«

Longsword betrachtete Yvain kopfschüttelnd und stieß hörbar die Luft durch die Nase aus. »Ich wünschte, Ihr kämet zurück, wisst Ihr.«

Yvain lächelte unverbindlich. Es gab kein Zurück, wusste er, und es erschütterte ihn ein wenig, wie befreiend diese Erkenntnis war. »Ein Schluck Wein, ehe Ihr aufbrecht?«

»Nein, ich fürchte, dafür bleibt keine Zeit«, antwortete Langton, plötzlich sehr geschäftsmäßig. »Lasst uns zurückreiten, Mylord of Salisbury. Wir haben viel zu tun, und die Zeit drängt.«

Yvain brachte sie zurück zu den sechs Rittern ihrer Eskorte, die mit den Pferden am Haupttor warteten. Sie hielten dem ehrwürdigen Kirchenfürsten und dem Bruder des Königs höflich die Steigbügel, ehe sie sich in die Sättel schwangen.

Alle bis auf einen. Der trat vor Yvain, zog den Helm vom Kopf und verneigte sich höflich. »Ich würde gern bleiben, Sir Yvain.«

»Osbern!«, rief der überrascht. Selbst ohne Helm hätte er seinen einstigen Knappen kaum wiedererkannt. Fünf Jahre war es her, seit Fulk de Cantilupe seinen Sohn aus Yvains Diensten zurückbefohlen hatte, und aus dem schlaksigen Jüngling war ein ansehnlicher junger Ritter geworden.

»Oh, hört auf mit dem Unsinn, Cantilupe, und sitzt auf«, knurrte Longsword unwirsch.

Osbern wandte sich zu ihm um, sah einen Moment zu ihm auf und schüttelte dann den Kopf. »Tut mir leid, Mylord. Ich trage mich schon lange mit dem Gedanken, mich den Barons anzuschließen, und dies scheint die beste Gelegenheit.«

»Mein Sohn, Ihr brecht Eurem Vater das Herz«, ermahnte der Erzbischof den jungen Ritter streng.

»Ich glaube nicht, dass er eines besitzt«, entgegnete Osbern de Cantilupe. »Aber so oder so, mein Entschluss steht fest.«

Longsword schaute zu Yvain. »Da seht Ihr, was Ihr diesem Land antut, Ihr verfluchtes Rebellenpack ...«

Runnymede, Juni 1215

»John, von Gottes Gnaden König von England, Lord of Ireland, Herzog von Aquitanien und der Normandie, Graf von Anjou an die Erzbischöfe, Bischöfe, Äbte, Earls, Barons, Sheriffs, Stewards und all seine treuen Untertanen, Grüße!«, verlas der Lord Chancellor. »Wisset, dass Wir zum Ruhme und zur Ehre Gottes, zum Heil Unserer Seele und zur Reform Unseres Reiches und auf den väterlichen Rat Unserer hochverehrten Bischöfe das Folgende gewähren und bestätigen!«

Es geschah wirklich.

Yvain verspürte ein ungläubiges, seliges Staunen wie ein Kind, dessen sehnlichster Wunsch sich wider alle Wahrscheinlichkeit erfüllt hat. Er wollte jubeln und klatschen und die Arme in die Luft recken. Und so wie das beschenkte Kind nicht an den Tag denkt, da das neue Spielzeug unweigerlich zerbrechen muss, dachte Yvain in diesem Augenblick nicht an den schweren Weg, den England noch vor sich hatte, ehe der Gegenstand dieser Charta Wirklichkeit und der Frieden im Land wiederhergestellt wurden. Für den Augenblick war es genug, dass es sie *gab*.

»An erster Stelle gewährt und bestätigt diese Charta, dass die englische Kirche unabhängig sein soll, ihre Rechte vollumfänglich und ihre Freiheiten uneingeschränkt ...«

»... die Nachlasssteuer für den Erben eines Earl nicht mehr als einhundert Pfund betragen darf ...«

»… eine Witwe nach dem Tod ihres Gemahls ihren Witwenteil und ihr Erbe umgehend und ohne Erschwernisse erhalten soll …«

Auf einmal war alles viel schneller gegangen, als sie sich hätten träumen lassen. Yvain hatte keine Ahnung, was genau Erzbischof Langton mit dem König ausgehandelt hatte, aber selbst wenn er Yvains Rat befolgt hatte, konnte eine Antwort des Papstes noch nicht aus Rom eingetroffen sein, denn es war erst drei Wochen her, dass Langton und Longsword zu ihm nach London gekommen waren.

Offenbar hatte der König indessen eingesehen, dass die jämmerlich kleine Schar seiner Anhänger im Tower das strategisch entscheidende London nicht für ihn zurückerobern würde. Dass der Löwenanteil seiner englischen Truppen ins andere Lager gewechselt war – kurzum, dass er der Flut dieser Rebellion nicht standhalten konnte.

Und so hatte er die Verhandlungsführer der Rebellen nach Staines geladen, welches unweit von Windsor Castle lag, wo der König derzeit residierte. Und heute, am fünfzehnten Juni *Anno Domini* eintausendzweihundertundfünfzehn, hatten beide Parteien sich auf einer Weide namens Runnymede am Ufer der Themse eingefunden, um die ausgehandelte Charta zu besiegeln.

Sie war lang und obendrein auf Latein, aber Yvain hatte mit dem Earl of Norfolk und dessen Söhnen an jeder Unterredung der Rebellenführer teilgenommen, und darum reichten seine dürftigen Kenntnisse der Sprache, um die verlesenen Punkte zu erkennen. Viele befassten sich mit Steuern, Pachten und Bußgeldern, welche die Krone von den Barons erheben durfte und die John in den letzten Jahren immer weiter erhöht hatte, um seine Söldnerheere zu finanzieren. Nicht wenige seiner Vasallen hatte er damit an den Rand des Ruins getrieben, doch damit war nun Schluss, denn die Charta regelte die zulässige Höhe. Sie befasste sich mit Erbrecht und den allseits verhassten Jagd- und Forstgesetzen, sie gab dem Rechtsverhältnis zwischen der Krone und ihren freien Untertanen eine Verfassung, aber sie vollbrachte noch viel mehr.

Lange mussten die Rebellen warten, bis der Lord Chancellor endlich zum neununddreißigsten Artikel kam, der Yvains Handschrift trug:

»Kein freier Mann soll verhaftet oder eingekerkert oder enteignet oder für gesetzlos erklärt oder verbannt oder in anderer Weise geschädigt werden, noch werden Wir gegen ihn vorgehen oder vorgehen lassen, wenn er nicht von einem Gericht aus Gleichgestellten oder nach geltendem Gesetz verurteilt wurde.«

Verstohlen wischte Yvain sich mit dem Ärmel über die Augen, und er dachte: *Das hier ist dein Vermächtnis, William. Ich hoffe, du schaust heute vom Himmel auf Runnymede herab und weißt, was du vollbracht hast.*

Er sah sich um und stellte erstaunt fest, dass er nicht der Einzige war, dessen Augen feucht geworden waren. Und als der Lord Chancellor den nächsten Artikel verlas – »Niemandem werden Wir das Anrecht auf Gerechtigkeit verkaufen, vorenthalten oder verwehren« –, schlossen Hugh und Thomas Bigod sich für einen Moment in die Arme, überwältigt und sprachlos.

Der Verbleib ausländischer Söldner wurde in den folgenden Artikeln ebenso geregelt wie die Rechte von Walisern und Schotten, und es waren lange, komplizierte Paragraphen. Vielleicht war es deshalb verzeihlich, dass der König gähnte. Bislang hatte er regungslos und mit undurchschaubarer Miene auf dem Rücken seines Pferdes gesessen, doch bei Artikel neunundfünfzig hob er nachlässig die Hand vor den Mund und ließ die Schultern kreisen, als seien sie steif geworden.

»Sieh an«, knurrte Hugh Bigod. »Er findet das hier also ermüdend, ja?«

»Todsicher nicht«, gab Yvain gedämpft zurück. »Er tut es nur, weil er weiß, dass wir uns darüber ärgern.«

Hugh verzog spöttisch einen Mundwinkel und nickte. »Du hast vermutlich recht. Welch ein Gewinn, dich in unseren Reihen zu haben, Waringham. Niemand durchschaut ihn wie du. Niemand *kennt* ihn wie du.«

Yvain schüttelte den Kopf. »Bau lieber nicht darauf. Ich kann genauso wenig wie du vorhersagen, was er als Nächstes tun wird.«

Auch ein paar der jüngeren Bischöfe im Gefolge des Königs zeigten erste Anzeichen von Ungeduld, doch die Mehrheit der weltlichen und kirchlichen Lords, die den König nach Runnymede begleitet hatten, verfolgte die Verlesung der Charta mit voller Aufmerksamkeit und ernsten Mienen. Erzbischof Langton. William Longsword. Und der alte William Marshal. Dessen Erstgeborener hingegen, der ebenfalls William hieß, stand auf der Seite der Rebellen, und Yvain sah Vater und Sohn verstohlene, aber unverkennbar finstere Blicke tauschen.

Als der einundsechzigste Artikel an die Reihe kam, wurde es wieder mucksmäuschenstill auf der lieblichen, blumenbetupften Wiese: »Und da es Unser Wunsch ist, dass diese Regeln vollumfänglich und dauerhaft Bestand haben, geben wir die folgende Versicherung ab: dass nämlich die Barons fünfundzwanzig aus ihren Reihen frei wählen mögen, die mit all ihrer Kraft die Einhaltung der mit dieser Charta gewährten Rechte und Freiheiten gewährleisten und überwachen sollen. Und sollte ein Verstoß gegen diese Rechte und Freiheiten von den Barons festgestellt und von Uns oder Unserem Justiciar nicht binnen vierzig Tagen wiedergutgemacht werden, so sollen diese fünfundzwanzig Barons gemeinsam mit dem gesamten Land Uns heimsuchen, unsere Burgen, Ländereien und Besitzungen pfänden oder jedwede andere zu Gebote stehende Maßnahme ergreifen, solange sie nicht gegen Unsere Person, Unsere Königin oder Unsere Kinder geht.«

Es war eine unerhörte Erniedrigung. Kein König hatte sich je zuvor in solcher Weise der Kontrolle durch seine Vasallen unterwerfen, eine solche Beschränkung seiner Macht erdulden müssen. Doch John begutachtete während der Verlesung des Artikels seine Fingernägel erst der linken, dann der rechten Hand, rieb sie an seinem golddurchwirkten Ärmel und schaute nach, ob sie davon glänzender geworden waren, ehe er noch ein wenig weiterpolierte. Erst als der Chancellor zum Ende gekommen war, schaute der König auf und sah seinem einstigen Ritter direkt in die Augen.

Yvain war sich nicht einmal sicher gewesen, ob John ihn im Gewimmel auf der Seite der Barons überhaupt entdeckt hatte, doch der Blick des Königs schweifte nicht suchend umher, sondern richtete sich geradewegs auf ihn.

Yvain neigte den Kopf, um seinem König Ehre und Respekt zu erweisen.

John zog die Brauen in die Höhe und schenkte ihm dieses Lächeln, das Zorn und diebisches Vergnügen zu gleichen Teilen ausdrückte und von dem auch die Furchtlosesten unter seinen Rittern weiche Knie bekamen. Und Yvain verstand genau, was John ihm damit sagte: *Du glaubst nicht im Ernst, dass ich mir das bieten lasse, oder?*

Yvain nickte ihm zu und hob die Schultern: *Fragt sich nur, was du jetzt noch dagegen tun kannst …*

Die Sonne stand schon über den Bäumen am Westrand der Weide und glitzerte messingfarben auf den sachten Wellen der Themse, als der Lord Chancellor das große, eng beschriebene Pergament schließlich auf dem Tisch vor sich ablegte und den schweren Siegelstempel aus seiner Schatulle hob, welchen er für den König verwahrte. Es dauerte ein Weilchen, das Wachssiegel mit dem inthronisierten König darauf zu prägen und mit der prunkvollen Seidenkordel an der Charta zu befestigen.

Als die langwierige Prozedur endlich abgeschlossen war, löste die Versammlung von Runnymede sich allmählich auf. Viele der Lords hatten am Rand der großen Wiese Zelte aufschlagen lassen, denn dieser Hoftag der etwas anderen Art war noch lange nicht vorbei: Die Barons warteten auf Johns Zusage, bis wann genau er seine flämischen Söldner heimschicken werde, und der König seinerseits erwartete von den Barons eine Erneuerung ihrer Lehnseide.

»Aber für heute haben wir wohl alle genug getan«, bemerkte Thomas Bigod, während sie zu ihren Pferden zurückschlenderten, die sie im Schatten einer Linde angepflockt hatten. »Vermutlich werden wir einst unseren Enkeln von diesem Tag berichten.«

»Ja. Und unsere Enkel den ihren«, antwortete Yvain. Er fühlte sich immer noch ein wenig benommen von der Bedeutsamkeit der Ereignisse.

Osbern de Cantilupe zog den Pflock aus der Wiese und überreichte Yvain die Zügel seines unauffälligen Braunen. Es war das Pferd, auf dem sein Bruder nach Hause gekommen war, ein etwas schwerblütiger Wallach, der seine besten Jahre hinter sich hatte.

»Was ist eigentlich aus Altair geworden?«, fragte Osbern.

Yvain schüttelte den Kopf. »Bouvines«, erklärte er knapp. Er hasste es, daran zu denken. Darüber zu sprechen erst recht. Er saß auf und klopfte dem Braunen nachsichtig den Hals. »Du bist eine treue Seele, aber du kannst ihm nicht das Wasser reichen. Trotzdem muss ich vorlieb mit dir nehmen, da kaum davon auszugehen ist, dass ich dieses Jahr noch mein Salär als Master of the Horse bekomme. Oder der König mir nach dem heutigen Tag je wieder ein Pferd bezahlt …«

Seine Freunde lachten. »Bleibt immer noch die Chance, in der Schlacht oder beim Turnier eines zu erbeuten«, erwiderte Thomas tröstend.

»Nur leider haben die englischen Lords derzeit anderes im Sinn als Turniere«, entgegnete Yvain. »Und davon abgesehen …«

»Sir Yvain«, unterbrach eine Stimme hinter ihm barsch.

Er wandte den Kopf. Es war Engelram de Préaux, ein Ritter im Haushalt der Königin, den Yvain seit ihrer Knappenzeit kannte. Doch der verächtliche Blick warnte ihn, dass Engelram nicht gekommen war, um Jugenderinnerungen auszutauschen. »Sir Engelram«, erwiderte er höflich. »Was kann ich für Euch tun?«

»Die Königin wünscht Euch zu sehen.«

»Sie ist hier?« Erstaunt sah Yvain zu der kleinen Gruppe bunt gestreifter Pavillons hinüber, die für den König und sein Gefolge am Nordrand der Wiese aufgeschlagen worden waren.

Doch Engelram schüttelte den Kopf. »In Windsor. Sie bat mich, Euch auszurichten, dass sie Euch nach Beendigung der heutigen … Beratungen dort erwarte. Der König ist im Begriff, dorthin zurückzukehren, aber es ist vermutlich besser, Ihr reitet nicht mit seinem Gefolge, nicht wahr?«

Es bereitete Yvain keine sonderliche Mühe, Engelrams Geringschätzung von sich abperlen zu lassen. Als er seine Wahl traf, hatte er gewusst, dass viele ihn einen Verräter nennen würden. Doch das änderte nichts an seiner Überzeugung, dass seine Entscheidung die richtige gewesen war.

»Ich werde Euch in gebührlichem Abstand folgen, Sir«, versprach er mit einer spöttischen kleinen Verbeugung.

Osbern und Thomas tauschten einen Blick. Sie warteten, bis der Ritter der Königin sich entfernt hatte, dann sagte Thomas: »Das solltest du auf keinen Fall tun, Yvain.«

»Warum denn nicht? Es sind höchstens fünf Meilen.«

»Weil es eine Falle ist.«

Yvain winkte ab. »Ich denke nicht. Die Königin und meine Frau sind Freundinnen und haben sich fast ein Jahr nicht gesehen. Ich bin sicher, sie will mir einen Brief für Beatriz geben oder Ähnliches.«

»Ich werde dich begleiten«, verkündete Osbern de Cantilupe.

Doch Yvain schüttelte den Kopf. Er hatte keinen Knappen aus Waringham mitgenommen, denn nicht nur Richard, sondern auch die Söhne der Ritter hätten ihn erpressbar gemacht, wären sie der Gegenseite in die Hände gefallen. Stattdessen hatte er einen von FitzRoberts Knechten in Baynard Castle als Burschen engagiert und war wunderbar zurechtgekommen. Aber Osbern de Cantilupe ließ trotz seines Ritterschlags im vergangenen Jahr nichts unversucht, um seinen Platz als Yvains Knappe zurückzuerobern.

»Danke, Osbern. Es ist ein großzügiges Angebot. Doch wir wissen beide, dass dein Vater dich nicht wieder gehen lassen würde. Ich an seiner Stelle täte es vermutlich auch nicht.«

»Aber …«

»Yvain, um Himmels willen, du läufst ins offene Messer«, hielt Thomas ihm vor. Es klang beinah beschwörend. »Warum willst du das tun?«

»Weil er Feiglinge verachtet.«

»Hierzubleiben wäre nicht feige, sondern *klug*«, widersprach sein Freund. »Was zum Henker ist in dich gefahren?«

Yvain wendete sein Pferd. »Die Charta«, antwortete er wahrheitsgemäß. »Nach ihren Regeln darf der König mir kein Haar krümmen.«

»Herrgott noch mal, Waringham, du bist *besoffen* von dieser Charta …«, hielt Thomas ihm kopfschüttelnd vor.

Yvain wusste, sein Freund hatte recht. »Wenn ich heil zurückkomme, wissen wir, was sie wert ist«, sagte er achselzuckend. »Und wenn ich nicht zurückkomme, auch.«

Der untere Burghof von Windsor lag still und friedvoll in der Nachmittagssonne, der Staub nach der Rückkehr des Königs und seiner Entourage hatte sich gelegt. Vor dem großen Stallgebäude neben dem Haupttor standen noch ein paar verschwitzte Pferde, die darauf warteten, eingestellt und versorgt zu werden, und zwei Knappen waren dabei, sie abzusatteln. Yvain ließ den Wallach in ihrer Obhut und machte sich zu Fuß auf den Weg, schlenderte an der Kapelle vorbei und hinüber zu dem trutzigen alten Turm auf der Motte. Rosen blühten in dem gepflegten Garten, wo er der kleinen Joan zum ersten Mal begegnet war, damals während der Belagerung.

Er gelangte in den oberen Burghof, wo ihn noch viel mehr Erinnerungen überfielen. Dort der gedrungene Turm in der Ringmauer mit dem Knappenquartier oben und der Oubliette im Keller. Und da drüben der Sandplatz mit dem Eisernen Roland. Aber Yvain empfand keine Wehmut bei der Rückkehr an diesen Ort. Eher kam es ihm vor, als schließe sich ein Kreis: Was hier begonnen hatte, endete auch wieder hier. Es erschien ihm passend.

Vor dem Gebäude mit den königlichen Gemächern standen zwei Männer der Wache auf Posten.

»John, David«, grüßte Yvain. »Die Königin erwartet mich.«

John war höchstens fünfzehn gewesen, als er mit dem König nach Mirebeau gezogen war, und Yvain hatte dem blutjungen Soldaten auf dem legendären Gewaltritt eine der knappen Proviantrationen besorgt. Aber das war alles lange her. Jetzt starrte John stur an Yvain vorbei, genau wie sein Kamerad, streckte den linken Arm aus und schob die Tür auf. »Tretet ein, Sir.« Er sagte es, als hätte er einen Wildfremden vor sich.

Achselzuckend betrat Yvain die dämmrige Vorhalle des steinernen Gebäudes, erklomm die Treppe und wandte sich oben nicht wie früher nach links, wo Johns Gemächer lagen, sondern in die entgegengesetzte Richtung.

Vor der Tür zu Isabellas kleiner Halle stand Terric der Teutone mit verschränkten Armen und lächelte milde auf Yvain hinab. »So sieht man sich wieder …«

Yvain nickte. »Die Freude ist ganz auf meiner Seite.«

»Lasst Eure Waffen hier, dann könnt Ihr reingehen. Ich weiß, dass sie Euch erwartet.«

Yvain zögerte nur für die Dauer eines Herzschlags. Es spielte keine Rolle, wusste er, denn wenn der König befohlen hatte, ihn nicht wieder fortreiten zu lassen, dann würde eine einzelne Klinge nichts ausrichten. Es mochte demütigend sein, diesem Troll sein Schwert auszuhändigen, aber im Grunde war es gleichgültig.

Langsam zog er die Klinge aus der Scheide und lehnte die Waffe neben dem Leibwächter an die Wand.

»Dolch auch«, verlangte der und streckte die schaufelgroße Pranke aus.

Yvain schnitt eine kleine Grimasse, zog auch die kürzere Klinge und legte sie in die wartende Hand. Auf Terrics einladende Geste betrat er das Gemach der Königin.

Isabella saß auf dem Fenstersitz und schaute in den kleinen Obstgarten hinab, der sich zwischen dem Wohngebäude und der Ringmauer versteckte. Als sie die Tür hörte, wandte sie den Kopf. »Sir Yvain.«

Er trat drei Schritte auf sie zu und verneigte sich. »Madame.«

Sie war hochschwanger, was ihrer überwältigenden Schönheit indes keinen Abbruch tat – eher im Gegenteil. Isabella musste an die dreißig sein, und dieses war ihr fünftes Kind, doch sie schien Yvain kaum verändert zu dem zarten jungen Mädchen, das der König vor fünfzehn Jahren geheiratet hatte. Sie war immer noch zierlich, die Wölbung unter dem Rock hätte auch ein Kissen sein können, so wenig hatte die Schwangerschaft sich auf ihre übrige Figur ausgewirkt. Das Vergissmeinnichtblau ihres Kleides glich exakt der Farbe ihrer großen Augen, und das zarte Gesicht wirkte unverändert glatt und kühl. Wie aus Alabaster gemeißelt.

Sie legte die schmalen Hände auf ihren gerundeten Leib. »Ja, ich weiß. Kaum ein Jahr seit Isabellas Geburt. Es passiert.« Sie hob mit einem kleinen Lächeln die Schultern. »Beatriz hat mich in einem ihrer Träume einmal inmitten einer Kinderschar gesehen. Sie sagte, sie habe so schnell nicht alle zählen können, aber es seien mehr als ein Dutzend gewesen. Ich sollte mich also beeilen, damit ich nicht zu alt werde, ehe sie alle geboren sind. Lasst uns allein«, schloss sie an die beiden Damen gewandt, die am Tisch über einer Partie Schach saßen.

Es klang ziemlich schroff, und die beiden jungen Dinger – die Yvain nie zuvor gesehen hatte – erhoben sich hastig und flüchteten hinaus.

Isabella schaute ihnen nach und wartete, bis die Tür sich geschlossen hatte. »Da seht Ihr, wie weit es gekommen ist, Sir Yvain. Seit Ihr mir Beatriz gestohlen habt, habe ich niemanden mehr, dem ich trauen kann.«

»Das bedaure ich zu hören, Madame«, erwiderte er.

»Oh, seid nicht so steif und förmlich«, fuhr sie ihn an. »Wenn wir nicht aufrichtig miteinander sind, hättet Ihr Euch den Weg nach Windsor auch sparen können.«

Yvain verschränkte die Arme und sah auf sie hinab. »Alsdann. Ich bin ganz Ohr.«

»Ich verstehe, warum Ihr Beatriz vom Hof weggeholt habt«, räumte sie ein, wenn auch eine Spur unwillig. »Aber wie alle Männer habt Ihr dabei keinerlei Rücksicht auf ihre Wünsche genommen. Oder auf meine.«

»Nein, das ist wahr. Und meine Frau war ziemlich wütend auf mich deswegen, soweit das bei ihr möglich ist. Doch ihr Wohlergehen und ihre Sicherheit gingen vor.«

»Ihr Wohlergehen und ihre Sicherheit waren niemals in Gefahr, Sir.«

»Ich bin anderer Ansicht«, widersprach er brüsk.

Isabella sah ihm einen Augenblick forschend ins Gesicht, dann wies sie mit einer graziösen Geste zum Tisch. »Dort liegt das

Büchlein mit den Liedern ihrer Mutter. Seid so gut und bringt es ihr. Ich weiß, wie sehr sie daran hängt.«

Yvain trat an den Tisch und strich mit der Linken über den hellen Ledereinband des schmalen Bändchens. »Ist das Euer Ernst, Madame? *Dafür* habt Ihr mich herbestellt? Die gesammelten Werke der berühmten Asalais de Lagrave?« Er dachte einen Moment darüber nach und zuckte dann die Schultern. »Nun, vermutlich ist es nicht die unwürdigste *Queste*, für die ein Ritter Kopf und Kragen riskieren kann, aber …«

»Ich habe Euch hergebeten, weil ich Euch um etwas bitten wollte, Sir Yvain«, fiel sie ihm schneidend ins Wort und stand auf. Mühelos und anmutig, trotz der fortgeschrittenen Schwangerschaft. »Seid so gut und begleitet mich.«

Ohne sich nach ihm umzuschauen, ging sie zu der Tür, die ins Nachbargemach führte. Yvain folgte ihr. Der großzügige Raum war dämmrig, weil wollene Tücher vor die beiden Fenster gehängt worden waren, um das goldene Licht des langen Sommerabends auszusperren.

Eine Amme saß mit Spindel und Rocken auf dem Fenstersitz und erhob sich respektvoll, als die Königin hereinkam.

Isabella trat zu den beiden Betten, die an der Wand gegenüber den Fenstern standen. Zwei kleine Mädchen schlummerten selig im rechten, das mit hohen Seitenteilen versehen worden war, damit die einjährige Isabella nicht herausfallen konnte. Ihre fünfjährige Schwester Joan lag auf der Seite, den Daumen im Mund. Das Spitzenmützchen war ihr vom Kopf gerutscht und gab den Blick auf den goldenen Schopf frei, den sie von ihrer Mutter geerbt hatte. Die beiden Prinzen schliefen in dem Bett zur Linken: Richard, der im Winter sieben werden würde, lag in ein zerwühltes Laken gewickelt auf dem Rücken und drückte einen bemalten Holzritter an die Wange, der ihm offenbar so teuer war, dass er ihn nicht einmal zum Schlafengehen aus der Hand hatte legen wollen. Der knapp achtjährige Thronfolger schließlich lag neben seinem Bruder auf der Seite und schlief tief und friedvoll, den Kopf mit dem dunklen Schopf seinen Geschwistern zugewandt, eine langfingrige Hand entspannt vor seiner Brust.

Mit mehr mütterlicher Zärtlichkeit, als Yvain ihr zugetraut hätte, strich die Königin einem ihrer Kinder nach dem anderen über die Köpfe, zupfte hier eine Decke zurecht und hauchte dort einen Kuss auf schlafrote Wangen.

Vor Henry blieb sie stehen und wies auf ihn hinab. »Da, schaut ihn Euch an, Sir Yvain. Er schläft wie ein Engel. Und genau das ist er.«

»Mit Verlaub, kein Kind ist ein Engel«, widersprach Yvain trocken. »Jedenfalls kein Knabe.«

»Mag sein.« Sie strich dem Prinzen mit Zeige- und Mittelfinger eine verirrte Haarsträhne aus der Stirn. »Aber er ist ein sanftmütiges Geschöpf. Gott allein weiß, von wem er das hat, ganz gewiss nicht vom König oder von mir.«

»Lasst uns wieder nach nebenan gehen, ehe wir sie aufwecken«, riet er gedämpft.

Doch Isabella schüttelte den Kopf. »Ich will, dass Ihr ihn anschaut.«

Yvain folgte ihrem Wunsch, bemerkte aber: »Ich kenne Euren Sohn, Madame. Seine Züge ebenso wie seine Güte und Freundlichkeit.«

»Dann beschützt ihn. Sorgt dafür, dass ihm und seinen Geschwistern nichts zustößt, selbst wenn die Barons den König vom Thron stoßen.«

Yvains Kopf fuhr ruckartig zu ihr herum. »Um Himmels willen, was redet Ihr da?«

»Ihr wisst ganz genau, dass es dazu kommen könnte.«

»Was ich weiß, ist dies: Ich werde nicht weiter in Gegenwart der Kinder darüber sprechen.« Er hatte genau gesehen, dass Joan für einen winzigen Moment die Augen geöffnet hatte. Sie waren gleich wieder zugefallen, und womöglich war das Kind gar nicht aufgewacht, aber Yvain wusste aus Erfahrung: Gerade im Beisein vorgeblich schlafender Mädchen musste man aufpassen, was man sagte.

Isabella bedachte ihn mit einem ungnädigen Blick, machte auf dem Absatz kehrt und führte ihn zurück in den vorderen Raum.

»Ich wünschte, Ihr kämet zurück, Yvain«, bekannte sie seufzend und sank in einen der Sessel am Tisch. »Könnt Ihr nicht Frieden mit dem König schließen? Ich weiß, er hat Euch abscheulich behandelt, aber Ihr kennt ihn doch. Ich meine …« Sie schien nicht genau zu wissen, was sie meinte, denn sie brach unsicher ab.

Yvain sah auf sie hinab. Mit einem Mal wirkte die Königin erschöpft und mutlos, womöglich gar furchtsam. Er war erstaunt, dass sie ihm diesen Blick hinter die Fassade gewährte, aber er konnte sie nicht bedauern. Denn er wusste genau, dass sie es tat, um ihn zu manipulieren. Sie war eine kühle Rechnerin – ganz gleich, was Beatriz behauptete.

»Ich kann nicht zurückkehren, Madame. Auch wenn es mein sehnlichster Wunsch ist, Frieden mit dem König zu schließen. Es liegt allein bei ihm.«

Sie stieß hörbar die Luft durch die exquisite Nase aus. »Bleibt die Frage, wie groß die Friedenssehnsucht der Barons ist …«

Yvain hob kurz die Schultern. »Sie werden die Charta respektieren, wenn er es tut.« Er konnte nur beten, dass er die Wahrheit sagte.

»Und was, wenn nicht?«, beharrte Isabella. »Was werdet Ihr tun, wenn Ihr feststellen müsst, dass es ehrlose Schurken sind, mit denen Ihr Euch gemein gemacht habt, die über Kinderleichen gehen, um zu bekommen, was sie wollen?«

»Bislang war es indessen allein der König, der über Kinderleichen gegangen ist, um zu bekommen, was er wollte, nicht wahr?«, konterte Yvain bitter.

Isabellas himbeerrote Lippen wurden ein dünner Strich, und sie wandte angewidert den Kopf ab. »Heilige Jungfrau, ich habe meine Zeit verschwendet. Geht mir aus den Augen, Waringham. Ich wünschte, der König hätte Euch in Corfe Castle verhungern lassen wie die Braoses, die ebensolche Verräter waren wie Ihr.«

Es klang so eisig, dass die Worte sich anfühlten wie ein Schneeball mitten ins Gesicht. Aber Yvain fand seine Gelassenheit wieder, denn er wusste, dass auch ihre Beleidigung pure Berechnung war.

»Madame.« Mit einer sparsamen Verbeugung wandte er sich zur Tür. Als er die Hand nach dem Riegel ausstreckte, rutschte ein gefalteter Pergamentbogen aus den Seiten des Büchleins und segelte zu Boden. Yvain bückte sich und hob ihn auf. Es war ein versiegelter Brief.

»Ich vertraue darauf, dass Ihr zumindest noch einen Rest Anstand besitzt und ihn Eurer Gemahlin aushändigt«, sagte die Königin in seinem Rücken.

»Ich werde sehen, was sich an Anstand noch zusammenkratzen lässt«, knurrte er über die Schulter und ging hinaus. Draußen auf dem dämmrigen Korridor steckte er das Briefchen zurück zwischen die Seiten des Buches.

»Habt Ihr Euch gegenseitig Verse vorgelesen?«, erkundigte der hünenhafte Leibwächter sich amüsiert und streckte ihm seinen Dolch entgegen.

Yvain steckte die Waffe zurück in ihre Hülle und das ledergebundene Büchlein in seinen Ausschnitt. Dann nahm er sein Schwert von der Wand und atmete verstohlen auf, als es mit dem vertrauten metallischen Flüstern zurück in die Scheide glitt. »Sehr erbaulich«, erwiderte er. »Es verfeinert Herz und Verstand, heißt es.«

»Das muss ich unbedingt auch mal probieren«, gab Terric zurück und strich sich grinsend über die dünnen mausbraunen Haare.

Yvain nickte. »Pass gut auf sie auf, Terric«, sagte er impulsiv, wandte sich ab und eilte zur Treppe, ehe der Leibwächter etwas erwidern konnte.

Yvain kehrte in den unteren Burghof zurück, wo Höflinge, Damen, Bischöfe und Ritter in kleinen Gruppen zur Halle strömten. Er war dankbar für die fortgeschrittene Dämmerung, ging mit gesenktem Kopf und hoffte inständig, dass niemand ihn erkennen würde, denn für heute hatte er genug Vorhaltungen und Gehässigkeiten gehört, vielen Dank.

Tatsächlich gelangte er unbehelligt auf die Koppel neben dem Pferdestall, wo er den Wallach gelassen hatte, und blieb so abrupt stehen, als sei er vor eine unsichtbare Mauer gelaufen.

Vom Flaschenzug am Giebel der kleinen Futterscheune hing

ein Mann. Der dicke Knoten der Schlinge um seinen Hals hatte ihm den Kopf zur Seite gedrückt, und sein Gesicht war im Schatten. Aber Yvain erkannte ihn an der Statur und den krummen Beinen. Es war Wulfstan. Im Todeskampf hatte er einen Schuh verloren, aber jetzt waren die Füße still, und der Leib pendelte nur noch sacht.

Einen Schritt zur Rechten lehnte König John mit verschränkten Armen an der Bretterwand der Scheune und saugte an einem Strohhalm. »Ich habe auf Euch gewartet, Yvain«, sagte er mit einem Lächeln in der Stimme.

Yvain gab sich einen Ruck und trat vor ihn. »Warum?«

»Weil ich Euer Gesicht sehen wollte, wenn Ihr ihn findet.«

»Nein, ich meine, warum habt Ihr das getan?« Yvains Stimme klang rau und tief.

»Um den Tag Eures Triumphes bitter zu machen, natürlich, warum denn sonst?«

Yvain sah ihm einen Moment ins Gesicht. Wie so oft um diese Tageszeit bedeckte ein Bartschatten Johns Wangen. Heute ließ er sie eingefallen wirken. Das Äderchen in der Schläfe war still, und die Augen funkelten nicht. Das ganze Gesicht war so ausdruckslos wie eine Totenmaske, und Yvain konnte es überhaupt nicht deuten.

Rüde wandte er dem König den Rücken zu, löste den Knoten des Stricks von dem Eisenring in der Wand und ließ den Toten behutsam zu Boden. Wulfstan kam auf dem Rücken zu liegen, und jetzt sah Yvain, dass sie ihn geblendet hatten, bevor sie ihn aufhängten.

»Jesus, erbarme dich«, murmelte er und bekreuzigte sich.

»Jesus vielleicht. Pentecôte Fitzhugh eher nicht«, gab der König zurück, und es klang anerkennend.

Yvain wies mit einem Finger, der nicht ganz ruhig war, auf den verstümmelten Leichnam hinab. »Dieser Mann hat sich für Euch mit drei französischen Raufbolden gleichzeitig angelegt, weil sie Euch ›Weichschwert‹ genannt hatten. Er hat Eure Ehre verteidigt und sich dafür windelweich prügeln lassen, Sire, und Ihr foltert ihn und hängt ihn auf, nur um mir eins auszuwischen?«

Er war außer sich. Es war keine neue Erkenntnis, dass John zu großer Grausamkeit fähig war, wenn sein Gemüt sich verfinsterte, aber dies hier war ein neuer Tiefpunkt.

»Ja, rührend«, höhnte der König und spuckte ein Stückchen Stroh ins Gras vor Yvains Füßen. »Aber grämt Euch nicht, Waringham. Er war ja nur ein Knecht. Ein Höriger. Sie machen ungefähr drei Viertel meiner geliebten englischen Untertanen aus, aber in den Augen meiner Barons sind sie so belanglos, so *minderwertig*, dass ihr schlichtweg vergessen habt, sie in eure famose Charta mit aufzunehmen. Nicht wahr? Alle Zusicherungen, die ihr mir abgegaunert habt, gelten nur für freie Männer. Männer wie den *ehrenwerten* Robert FitzWalter, etwa. Oder den Earl of Norfolk. Oder eben auch Yvain of Waringham, der doch immer vorgab, für die Geknechteten und Unterdrückten einzutreten. Aber als es darauf ankam, habt auch Ihr Wulfstan, den wackeren Stallknecht, und seinesgleichen vergessen.« Er tippte den Toten im Gras mit der Fußspitze an und zuckte mit den Schultern. »Und um Euch dieses beklagenswerte Versäumnis vor Augen zu führen, habe ich ihn aufgehängt.«

Der Vorwurf traf Yvain umso härter, weil er vollkommen berechtigt war. Er *hatte* mit einigen der Barons über die Möglichkeit gesprochen, auch die Rechte der leibeigenen Landbevölkerung in der Charta zu regeln, aber er war gegen eine Mauer gerannt. Keiner der Lords war bereit gewesen, die weitgehende Rechtlosigkeit der unfreien Bauern anzutasten, von deren kostenloser Fronarbeit sie so vortrefflich lebten, auch gute Männer wie der Earl of Norfolk und der jüngere William Marshal nicht. Und im Verlauf der turbulenten und schwierigen Verhandlungen hatte Yvain das Thema aus den Augen verloren.

Sein Wallach stand nur ein paar Schritte entfernt vor dem Stall. Er schnaubte, und der Schweif fegte nervös hin und her, weil der Geruch von Blut und Tod ihn beunruhigte. Yvain trat zu ihm, klopfte ihm mit einem gemurmelten Wort den Hals und löste den Zügel von der hölzernen Reling. Er führte ihn zu Wulfstan zurück und blickte auf den Gehenkten hinab. »Kann ich ihn mitnehmen?«

»Bitte«, erwiderte der König mit einer einladenden Geste. »Man kann wohl sagen, er hat in jedem Sinne des Wortes ausgedient.«

Yvain beugte sich über den Toten, zückte den Dolch und durchschnitt den Strick. Der violett verfärbte Hals war ein ebenso schauerlicher Anblick wie die leeren, blutverschmierten Augenhöhlen. Yvain packte den Leichnam unter den Achseln und hievte ihn ohne große Mühe quer über den Sattel des Wallachs, denn Wulfstan war drahtig und eher klein.

Dann nahm er sein Pferd beim Zügel und sah dem König ins Gesicht. »Gott steh Euch bei, Sire.«

John schnaubte verächtlich. »Danke gleichfalls. Nicht ich bin derjenige, der sich heute in Runnymede versündigt und gegen göttliche Ordnung aufgelehnt hat.«

»Ich weiß, mein König. Ihr habt heute in Runnymede allein zum Ruhme und zur Ehre Gottes, zum Heil Eurer Seele und zur Reform Eures Reiches gehandelt. Hieß es nicht so am Beginn der Charta?«

»Das wisst Ihr vermutlich besser als ich. Schließlich habt Ihr sie mitverfasst, nicht ich. Jetzt geht mir aus den Augen. Und grüßt Eure hinreißende Gemahlin von mir«, schloss der König mit einem kleinen, hasserfüllten Lächeln, wandte sich ab und schlenderte Richtung Halle davon.

Waringham, Januar 1216

Mit ohrenbetäubendem Getöse schlug der Felsbrocken in die Aufbauten der Ostmauer, und das Dach des Wehrgangs verwandelte sich unter Bersten und Krachen in Kleinholz, während das Geschoss seinen Flug fortsetzte und mit einem dumpfen Aufprall auf dem Sandplatz einschlug. Dem gewaltigen Wurfgeschoss des Katapults folgte ein großer brennender Pfeil aus einer Balliste, der fast an derselben Stelle auftraf und die Strohschindeln des zerstörten Dachs in Brand steckte.

»Löscht das Feuer, Pete«, befahl Yvain. »Alle anderen kommen mit mir auf die Westmauer.«

Mit gefüllten Eimern folgte ein Dutzend Männer der Burgwache und aus dem Dorf Pete die steile Treppe zur Brustwehr hinauf. Sogleich bildeten die Mägde und Knechte der Burg hinter ihnen eine Kette bis zum Brunnen, um die geleerten Behälter rasch wieder aufzufüllen, genau wie sie es geübt hatten, beobachtete Yvain zufrieden, während er die Ritter und die restlichen Männer der Burgwache auf die gegenüberliegende Seite der Ringmauer führte.

Gefährlich wird es immer an der Stelle, die am weitesten von dem lauten Getöse entfernt liegt, hatte Guillaume ihm wieder und wieder vorgebetet, und auch dieses Mal sollte er recht behalten: Drei lange Leitern waren über den Graben geschafft und an die Mauer gelehnt worden, und das erste halbe Dutzend Flamen kämpfte sich bereits im dichten Schneetreiben die Sprossen empor. Gefolgt von Maurice de Clare und Richard rannte Yvain zu der am weitesten entfernten Leiter. Er packte den linken Balken, de Clare den rechten, und sein Neffe umfasste eine der Sprossen von vorn, ehe sie gleichzeitig zu stemmen begannen. Der steile Winkel war gegen sie, und sie mussten ihre gesamte Kraft aufbieten, aber schließlich löste die schwerer werdende Leiter sich von der Mauer, richtete sich auf, schien einen Herzschlag lang unentschlossen zu wanken, um dann endlich doch nach hinten zu kippen und die schreienden Flamen in den Graben oder auf die verharschte Erde zu befördern. Yvain sah nach rechts und erkannte, dass FitzEdmond, Henry of Camberfield und die Männer der Wache auch die anderen beiden Leitern umgestoßen hatten. Eine war nach hinten gefallen, eine nach rechts. So oder so, der Angriff auf die Mauer war abgewehrt. Fürs Erste.

Er rieb sich die geröteten, eiskalten Hände und sah ohne großes Mitgefühl auf die durchnässten Söldner hinab, die unter einiger Mühe aus dem Graben kletterten.

Richard wies auf die Eisschollen hinab, die auf der dunklen Wasseroberfläche trieben. »Heute Nacht wird der Graben zufrieren«, prophezeite er düster. »Dann können sie einfach herüberspazieren.«

Yvain gab ihm recht. »Wir müssen die Nachtwache verdoppeln. Kümmere dich darum.«

Der junge Mann nickte. »Natürlich.«

Einer der Flamen lag noch halb im Graben und schrie, und als seine Kameraden ihn herauszogen, sahen die Verteidiger oben auf dem Wehrgang seinen blutenden Unterschenkel, der widersinnig zur Seite abgeknickt war und aus dem ein abgebrochener Knochen ragte.

»Ja, schrei nur«, knurrte de Clare. »Oder noch besser, segle heim zu deiner Mama.«

Der nächste Einschlag krachte nieder, dieses Mal auf der Südseite.

Yvain wandte den Kopf in die Richtung, aber der Bergfried versperrte die Sicht. Sie eilten den Wehrgang entlang, um den Schaden in Augenschein zu nehmen: Eine der Zinnen war zur Hälfte weggerissen, der unförmige Felsbrocken unten im Kräuterbeet gelandet.

»Ach herrje.« De Clare schnalzte. »Das wird Lady Amabel aber gar nicht gefallen …«

Richard und Yvain tauschten ein Grinsen, und Letzterer sagte: »Ein Glück, dass Guillaume die Südmauer erhöht hat.«

Die Schwachstelle in der Ringmauer, wo Guillaume und Yvain früher gelegentlich unbemerkt aus der Burg hinaus und wieder hereingelangt waren und die dem kranken Lord Waringham seit seiner Heimkehr nächtliche Ausflüge ermöglicht hatte, war beseitigt, die Mauer ringsherum verstärkt und ausgebessert worden, denn seit Yvain in La Rochelle mit dem König gebrochen hatte und zurück nach England geflohen war, hatte Guillaume vorhergesagt, was nun eingetreten war: Waringham Castle stand unter Belagerung.

Der Frieden zwischen dem König und den Barons hatte nicht lange gehalten, und inzwischen war allen klar geworden: John hatte die Charta nur erlassen, um Zeit zu gewinnen. Das Siegelwachs war kaum getrocknet, als der König sich beim Papst bitterlich über seine aufsässigen Vasallen beschwert und neue Söldner aus Flandern angeworben hatte. Schon im September war die Antwort aus Rom gekommen: In deutlichen Worten hatte Papst Innozenz die Barons aufgefordert, in Reue und Gehorsam zu ihrem rechtmäßigen König zurückzukehren, auf dass der nun möglichst bald auf seinen Kreuzzug gehen könne. Und er hatte die Charta für null und nichtig erklärt. Doch die Barons waren nicht gewillt, die erfochtenen Rechte einfach so wieder aufzugeben und sich der Willkürherrschaft des Königs zu unterwerfen.

Und so hatte der Krieg aufs Neue begonnen.

Der zunehmende Schneefall und das frühe Hereinbrechen der Dunkelheit machten dem Beschuss durch die schweren Belagerungsmaschinen bald ein Ende, und die Verteidiger scharten sich im Innenhof um Yvain.

»Ælfgar, sammelt das nasse Holz auf der Ostmauer ein und bringt es zum Trocknen in die Halle.«

»Aber es ist nur ein Haufen Zahnstocher«, widersprach der alte Wheeler, dessen Kopf kahl und dessen Bartstoppeln weiß geworden waren. Nur den rebellischen Kampfgeist seiner jüngeren Jahre hatte er sich bewahrt.

Yvain nickte unverbindlich. »Auch auf Zahnstochern kann man Eintopf kochen, wenn man nur genug davon hat. Na los, tut, was ich sage. Das Holz könnte uns eher ausgehen als die Vorräte.«

Ælfgar schien noch auf weitere Einwände zu sinnen, aber seine Söhne nahmen ihn in die Mitte und dirigierten ihn zur Treppe. »Komm, Vater, Lord Yvain weiß schon, was er tut …«, sagte Jamie, sein Ältester, beschwichtigend, und Yvain war ihm dankbar, vor allem für den Vertrauensvorschuss. Denn in Wahrheit tastete Yvain sich von einem Problem zum anderen wie ein Blinder von Baum zu Baum. Er hatte jede Menge Erfahrung mit Belagerungen – aber dummerweise nur als Belagerer.

»Edgar, du und die Deinen füllt die Löscheimer und stellt sie wieder auf ihre Plätze an den Treppen.«

»Wird gemacht, Lord Yvain.« Edgar Einhand, wie die Leute von Waringham ihn nannten, war eine wirkliche Stütze. Er war findig und bärenstark und verblüffend geschickt mit der einen verbliebenen Hand. Aber das Beste an ihm war seine unverwüstliche Zuversicht, an der viele der Dorfbewohner, die hier auf der Burg gestrandet waren, sich ein Beispiel nahmen. Oder wenigstens versuchten sie es.

»Matthew, wo ist Elfhelm?«, fragte Yvain.

»Er heizt die Esse ein.« Der Schmied nickte zu der kleinen Schmiedewerkstatt hinüber, die es hier oben auf der Burg gab, damit die Waffen, Hufeisen und Werkzeuge der Burg gleich hier ausgebessert oder erneuert werden konnten und nicht mühsam ins Dorf hinabgeschafft werden mussten. »Lord Waringham sagt, wir sollen Pfeilspitzen gießen, wenn Ihr nichts anderes für uns zu tun habt.«

Yvain nickte. »Gute Idee.«

Es waren nicht mehr derselbe Matthew und derselbe Elfhelm wie vor zwanzig Jahren, denn die beiden verfeindeten Vettern waren längst begraben. Ihre Söhne hatten zum Verdruss ihrer Väter die Fehde beigelegt und betrieben die Schmiede im Dorf gemeinsam.

»Ich bin nur nicht sicher, wie weit wir mit dem Material kommen«, gestand Matthew. »Wir haben auf die Schnelle nicht genug Roheisen herschaffen können, fürchte ich.«

Die Bauern und kleinen Handwerker von Waringham hatten gewusst, dass die königlichen Truppen sie nicht verschonen würden, nur weil sie mit dem Krieg zwischen dem König und seinen Lords ja eigentlich nichts zu tun hatten. Als die Nachricht vom Anrücken der Belagerer kam, waren die Menschen längst vorbereitet: Einige waren zu Verwandten nach Hetfield, Camberfield oder einem der Fischerdörfer an der Themse geflüchtet, eine Schar junger Burschen hatte die Gelegenheit zu einer Fußwallfahrt nach Canterbury genutzt, und wer nicht wusste, wohin, war auf die Burg gekommen. Und in der ersten Nacht nach Beginn der Belagerung hatten sie auf dem Wehrgang gestanden und den Widerschein des Feuers am Himmel betrachtet, als ihr

Dorf in Flammen stand, manche weinend, manche stumm und alle schicksalsergeben.

Jeder half bei der Verteidigung, so gut er konnte, und alle hatten an Lebensmitteln mitgebracht, was sie zu tragen vermochten. Aber Yvain wusste, die rund fünfzig zusätzlichen Mäuler würden schwer sattzubekommen sein, wenn die Belagerung sich in die Länge zog.

»Mach dir keine Sorgen«, antwortete er dem Schmied. »Bevor wir uns nicht mehr verteidigen können, schmelzen wir notfalls die Kochtöpfe ein, aber vorerst gibt es hier auf der Burg sicher jede Menge unnützes Zeug, das ihr umschmieden könnt. Und vergesst die Spitzen der Ballistenpfeile nicht.«

Vater Cyneheard und der weißhaarige Vater Pierre kamen zusammen aus der Burgkapelle und hielten bei Yvain an. »Irgendetwas, das wir tun können?«, fragte der alte Hauskaplan, der keine Woche nach der Aufhebung des Interdikts nach Waringham zurückgekehrt war.

Yvain überlegte einen Augenblick. »Ich denke, es wäre gut, wenn Ihr heute Abend in der Halle eine Geschichte aus der Bibel erzählen würdet. Irgendetwas, das den Leuten Mut macht, vielleicht vom Triumph der Israeliten über die Philister. Macht es spannend, damit die Kinder ihre Furcht vergessen und niemand merkt, dass er nicht satt geworden ist.«

Vater Cyneheard lächelte. »Das übernehme ich.«

»Und ich besuche Lord Waringham und überrede ihn zu einer Partie Schach«, erbot sich Vater Pierre. Er hatte Guillaume erklärt, die langsam fortschreitende Lepra könne ihm gar nichts mehr anhaben, selbst wenn er sich anstecke, denn er sei so steinalt, dass er ohnehin sterben werde, ehe sie ihn dahinraffen könnte. Und seither gestattete Guillaume ihm Zutritt zur Klause.

Yvain nickte erleichtert. »Vielleicht könnt Ihr unauffällig feststellen, ob er genug Decken hat. Es muss eisig sein dort drinnen. Wir könnten bestimmt noch ein Lammfell für ihn finden, aber wenn ich ihm das vorschlage, wird er mir vorwerfen, ich wolle ihn bemuttern.«

»Ich werde diskret sein«, versprach Vater Pierre.

»Gott segne Euch. Alle beide«, sagte Yvain dankbar und eilte weiter.

In der Halle war es voll und laut. Zusätzlich zu den Waringham, den Rittern, ihren Familien und den Knappen, dem Gesinde und der Burgwache, welche die rund drei Dutzend Burgbewohner ausmachten, wurden hier nun auch die Leute aus dem Dorf beköstigt, und weil wenigstens einer der Kamine der Halle beheizt wurde und die schiere Menschenmenge schon für Wärme sorgte, hatte Yvain beschlossen, den Dörflern die Halle auch als Schlafplatz anzubieten, weil der Frost die Nächte in den unbeheizten Wirtschaftsgebäuden draußen im Burghof zur Prüfung machte.

Rowena hatte Eintopf in zwei gewaltigen Kesseln gekocht, die auf einem massiven Tisch an der Treppe zur Galerie standen. Die Leute bildeten eine halbwegs ordentliche Schlange, Schalen und Holzlöffel in Händen. Iselda und ihre zehnjährige Schwester Blanche halfen der Köchin beim Austeilen des Essens, und Amabel stand neben der Köchin und schnitt akkurate, wenn auch dünne Brotscheiben von den Roggenlaiben, die sie an die Wartenden verteilte. Yvain gönnte sich einen Moment, um sie zu beobachten: eine gestandene Frau von Mitte dreißig, immer noch eine Schönheit, auch wenn der Körper mit den Jahren ein wenig rundlicher geworden war und die Wechselfälle des Lebens ein paar Krähenfüße in ihre Augenwinkel gegraben hatte. Amabel strahlte Klugheit und Herzenswärme und Selbstsicherheit aus, und Yvain ertappte sich bei dem Wunsch, nur ein einziges Mal eine Nacht mit ihr in der Geborgenheit geschlossener Bettvorhänge zu verbringen, und für die kurzen Stunden bis zum Morgengrauen wollte er seine Last ablegen und nichts anderes tun, als Amabel zu lieben – mit Leib und mit Seele.

Als spüre sie seinen Blick – womöglich gar seine Gedanken –, schaute sie von ihrem Schneidebrett und dem mörderisch scharfen Messer auf und lächelte ihm zu. Aber sogleich wandte sie sich Rob, dem Stallknecht, zu, der vor ihr stand und geduldig auf seine Ration wartete. Er tunkte das Brot zum Einweichen in die Suppenschale, während er irgendetwas sagte, das Amabel zum

Lachen brachte. Sie legte für einen Moment die Linke auf seinen Arm und antwortete mit gesenkter Stimme. Rob nickte und trat dann beiseite, um dem Nächsten Platz zu machen. Amabel, wusste Yvain, würde die Menschen von Waringham noch zusammenhalten und an ihrer Kraft teilhaben lassen, selbst wenn Waringham Castle fallen sollte.

Er war ausgehungert und müde und hätte nichts dagegen gehabt, sich mit einer Schale dünner Suppe auf seinen gepolsterten Sessel an der hohen Tafel zu setzen, aber stattdessen erklomm er die Treppe ins Obergeschoss und betrat das Gemach auf der Südseite, wo Osbern de Cantilupe, Gui und Richard lustlos einen Würfelbecher kreisen ließen.

»Wo sind deine Mutter und deine Schwestern?«, fragte er seinen Sohn.

»In eurer Kammer«, antwortete der Zwölfjährige. »Mutter wollte ein altes Bettlaken suchen, das sie zerschneiden und zu Binden wickeln können oder irgendetwas in der Art.«

Yvain nickte kommentarlos und setzte sich auf den verbliebenen freien Schemel. Er war dankbar, dass Beatriz so erfinderisch darin war, die Kinder zu beschäftigen und von dem abzulenken, was auf dem Wehrgang der Burgmauer und vor allem jenseits davon geschah.

»Verbandszeug kann man nie genug haben«, bemerkte Osbern und wies mit einer Grimasse des Unwillens auf seinen bandagierten Arm, den er in einer Schlinge trug. »Schaut mich an.«

Gleich am zweiten Tag der Belagerung war er vom Wehrgang gestürzt, als er sich vor einer der Pfeilsalven duckte, die die Angreifer im hohen Bogen über die Mauer schickten, und hatte sich den Arm gebrochen. Amabel hatte ihn geschient, und es war keine große Sache, aber es war ihm unendlich peinlich, dass er nun ein nutzloser Esser war und nicht bei der Verteidigung helfen konnte.

»Hättet Ihr dem König nicht den Rücken gekehrt, wäre Euer Arm vermutlich heil geblieben, Sir«, sagte Yvains Sohn.

»Nimm dich in acht, Guillaume of Waringham«, wies Yvain ihn scharf zurecht.

»Wieso?«, konterte der Junge angriffslustig. »Ich sage doch nur, wie es ist!«

»Du wirst dich bei Sir Osbern entschuldigen. *Jetzt.*«

»Oh, lass gut sein, Yvain …«, begann der gutmütige junge Ritter.

Doch Yvain schnitt ihm mit einer Geste das Wort ab. »Nein. Ich habe allmählich genug von deiner üblen Laune und deinen Unverschämtheiten, Gui. Also sei klug und entschuldige dich.«

»Weil sonst was passiert?« Der Blick der blauen Augen war herausfordernd, aber Yvain sah die Tränen darin schimmern.

»Bist du sicher, dass du das herausfinden willst?« Es klang gefährlich. Das konnte er ziemlich gut, wusste Yvain, und auch wenn er – im Gegensatz zu seinem Vater – seinen Drohungen selten Taten folgen ließ, blieben seine Kinder doch nie unbeeindruckt davon.

Das galt auch dieses Mal. Gui rang noch einen Moment mit seinem Zorn, dann sanken seine Schultern herab, und er stieß die Luft aus. »Es tut mir leid, Sir Osbern«, brummte er.

»Akzeptiert«, erwiderte der mit einer kleinen Verbeugung und einem aufmunternden Zwinkern. Dabei war ihm sicher nicht so froh zumute, wie er vorgab.

Osbern de Cantilupe war mit Yvain nach Waringham gekommen, weil sein Vater und seine Brüder ihn verstoßen hatten. Er hatte einen hohen Preis dafür gezahlt, dass er sich auf die Seite der Barons und gegen den König gestellt hatte. Der Riss, der auf einmal das Land entzweit hatte, ging durch viele Familien: die Cantilupe, die Marshalls und die Waringham ebenso.

»Ich verstehe deine Verwirrung, Gui«, sagte Yvain ernst. »Und deine Königstreue ehrt dich. Aber ich habe mir die Entscheidung nicht leicht gemacht. Ich habe König John verehrt, genau wie du es tust, und ich bin ihm gefolgt, solange ich konnte. Doch es war der König, der uns und den übrigen Lords die Treue gebrochen hat. Genau wie das Gesetz. Du bist noch zu jung, um das zu verstehen, darum wird dir nichts anderes übrig bleiben, als mir zu vertrauen.«

Gui stierte in den Würfelbecher in seinen Händen, die Schultern wieder fast bis zu den Ohren hochgezogen. Aber wenigstens hatte er zugehört. Er stellte den Becher auf den Tisch, drehte ihn nervös zwischen den Handflächen und bekannte schließlich: »Ich will dir ja vertrauen. Aber es ist so … schwierig. Die Barons, mit denen du gemeinsame Sache machst, haben einem *französischen* Prinzen die englische Krone angeboten! Die Franzosen sind unsere Feinde, der König und König Richard vor ihm haben immer Krieg gegen sie geführt! Und ich soll glauben, dass es kein Verrat ist, ausgerechnet einem von ihnen König Johns Krone zu *schenken*?«

Yvain atmete tief durch und antwortete nicht sofort.

Richard sah ihm ins Gesicht, zögerte einen Moment und entschloss sich dann, seinem jungen Cousin zu antworten. »Du legst den Finger auf einen wunden Punkt, Gui. Dein Vater ist selbst nicht einverstanden mit dem Angebot an Prinz Louis.«

»Und er steht nicht allein«, stellte Osbern klar.

»Nein«, räumte Yvain ein. »Ich wünsche mir, dass die Charta wiedereingesetzt wird und König John sie respektiert und einhält. Und ich wünsche mir, dass Prinz Henry seinem Vater eines Tages auf den Thron folgt. Das wäre die beste, die einzig vernünftige und fruchtbare Lösung für diesen Zwist. Aber wenn ich mir wünschte, ich könnte fliegen, wüchsen mir dennoch keine Flügel, Gui. König John hat sein Wort gebrochen und die Charta widerrufen. Prinz Louis von Frankreich ist mit Blanca von Kastilien verheiratet, Johns Nichte. Das bedeutet, ihre Kinder haben ebenso viel königliches Plantagenet-Blut in den Adern wie Prinz Henry und seine Geschwister. Die Mehrheit der Barons hat sich für Louis entschieden, und es liegt nicht in meiner Macht, ihre Meinung zu ändern.«

»Aber wenn du den König gar nicht vom Thron stoßen willst, warum belagert er uns dann?«, fragte Gui verständnislos.

Yvain hob die Schultern. »Er fürchtet, dass die Rebellen Truppen in Waringham zusammenziehen könnten, die seine flämischen Söldner auf dem Marsch von der Küste durch Kent überfallen und zurückschlagen. Aus dem gleichen Grund hat er auch Rochester belagert.«

»Und Rochester ist gefallen«, erwiderte Gui und rang darum, nüchtern zu klingen. Es gelang ihm nicht ganz, seinen Schrecken zu verbergen, aber er war schließlich erst zwölf. Yvain war stolz, wie gut der Junge seine Furcht beherrschte.

»Ja, Rochester ist gefallen«, räumte er ein. »Der König selbst hat die Belagerung befehligt, und sie war eine seiner Sternstunden, das muss man ihm lassen, ob es uns nun gefällt oder nicht.« Er hob mit einem leisen Seufzen die Schultern. »Aber jetzt ist er nach Norden gezogen, um die Rebellen dort heimzusuchen, und wir können uns glücklich schätzen, dass wir seiner persönlichen Aufmerksamkeit nicht würdig sind.«

Versehentlich erwiderte Gui sein geisterhaftes Grinsen und fuhr sich hastig mit dem Handrücken über den Mund, als wolle er es wegwischen. »Und wer befehligt die Belagerung von Waringham?«

»Mein Vater«, antwortete Osbern de Cantilupe. »Fulk der Furchtbare …«

»Auf dem Sandplatz war er schlimmer«, entgegnete Yvain abschätzig und stand auf. Im Vorbeigehen legte er seinem Sohn einen Moment die Hand auf die Schulter. »Wenn all das hier vorbei ist, schicke ich dich in die Knappenausbildung zum Earl of Norfolk. Ich bin sicher, dass er deine Loyalität und Treue ebenso wecken kann wie König John und sie ebenso verdient.«

»Ja, Sir.« Gui nickte ohne große Überzeugung.

»Außerdem wird er der Schwiegervater deiner Schwester. Herrgott, Richard, pass doch auf. Wir haben nicht so viel Ale, dass wir uns leisten können, es zu verschütten.«

»Tut mir leid, Onkel«, entschuldigte der junge Mann sich, doch für einen Lidschlag war seine Miene rebellischer als Guis.

»Gott, ich bin erledigt«, gestand Yvain. Er sank auf die Kante des hohen Bettes und drückte verstohlen die Linke ins Kreuz.

Beatriz setzte sich neben ihn und reichte ihm einen Becher. »Hier. Davon wird dir warm.«

Nicht nur der Becher, sondern auch ihr Atem dampfte, denn ihre Kammer im Geschoss über der Halle war eisig kalt.

»Danke.« Der Ipogras verströmte einen würzigen Duft nach heißem Rotwein und Nelken. Yvain trank einen Schluck und gab Beatriz den Becher zurück.

»Trink ihn nur aus«, drängte sie.

Doch er schüttelte den Kopf. »Wir müssen jederzeit mit einem Nachtangriff rechnen. Ich sollte einen klaren Kopf behalten.«

Er sprach leise, denn auf der anderen Seite des Tisches schliefen ihre sechs Töchter auf einem Lager aus Schaffellen und Daunendecken am Boden. Alle Burgbewohner waren zusammengerückt. Gui war auf Richards Einladung in dessen Kammer gezogen, genau wie Osbern, Henry of Camberfield und die Knappen. Je drei von ihnen teilten nun das komfortable Bett des jungen Lord Waringham, während die anderen auf Nachtwache waren.

»Du hast sicher recht«, pflichtete Beatriz ihm bei, nahm einen kleinen Schluck und balancierte den Becher dann auf ihrem Knie, während sich unangenehmes Schweigen breitmachte.

Früher wäre uns etwas Besseres eingefallen als Ipogras, um die Winterkälte zu vertreiben, fuhr es Yvain durch den Kopf. Schlafende Kinder hin oder her – man konnte hinter geschlossenen Bettvorhängen auch lautlos die himmlischsten Wonnen finden. Darin hatten sie reichlich Übung, so wie alle Paare, die in der Enge und dem chronischen Durcheinander an König Johns ewig reisendem Hof lebten.

Früher wäre unser Schweigen einträchtig gewesen, kein Ausdruck von Sprachlosigkeit, und du hättest es mit einer gesummten Melodie versüßt.

Früher reichte ein Blick, um zu wissen, was der andere denkt, und heute schauen wir uns kaum noch an …

»Und du bist sicher, dass Gui nicht zu jung für die Nachtwache ist?«, fragte Beatriz, während sie Schapel und Gebende abnahm.

Yvain legte den rechten Fuß aufs linke Knie und schnürte den Schuh auf. »Du meinst, ist er alt genug, um sein Haus nicht zu verraten und die Belagerer aus trotziger Königstreue hereinzulassen? Ja, das ist er. Spätestens seit Maurice de Clare ihm in schauriger Detailtreue beschrieben hat, was siegreiche Belagerer mit den Bewohnern einer erstürmten Burg tun …«

»Oh, Yvain, wie kannst du nur denken, unser Sohn würde sich je mit solchen Gedanken tragen?«, schalt Beatriz gedämpft. »Ich bin nur besorgt wegen der langen Stunden in Kälte und Dunkelheit. Er ist doch erst zwölf …«

»Schon«, verbesserte Yvain. »Er ist *schon* zwölf, Madame.« Er streifte auch den zweiten Schuh ab und legte sich vollständig bekleidet aufs Bett. »Und es würde ihn beschämen, nicht die gleichen Pflichten zu erfüllen wie die anderen Knappen. Der Gesichtsverlust wäre schmerzhafter als kalte Ohren und Füße, glaub mir.«

Beatriz zog das Überkleid aus und breitete es sorgfältig über die Kommode, ehe sie zum Bett zurückkehrte. Wie eh und je hielt Yvain einladend die Decke für sie hoch, und so kam er nicht umhin, ihre Arme zu bewundern, die im gelblichen Licht wie poliertes Elfenbein schimmerten, den Schwanenhals und unter der eng anliegenden Kotte die Brüste, die mit den Jahren voller geworden, aber immer noch fest waren. Allein die Erinnerung an ihre warme Nachgiebigkeit reichte aus, dass Yvains Glied sich hoffnungsvoll zu regen begann.

Aber dann streckten sie sich nebeneinander auf dem Rücken aus und starrten in den durchhängenden Baldachin hinauf, ohne sich zu berühren.

»Es fällt mir schwer, mich daran zu gewöhnen, dass er kein Kind mehr ist«, gestand Beatriz. »Es ängstigt mich.«

»Ich weiß«, antwortete er. Es geriet unverbindlicher, als er gewollt hatte. »Aber das ist nun einmal der Lauf der Dinge. Ich wette, deine Mutter hat ein Lied darüber geschrieben …«

Beatriz lachte nicht. »Bestimmt. Gute Nacht, *mon amant*.«

»Möge es eine gute Nacht werden«, murmelte er und fragte sich fassungslos, wie man einander so nah sein konnte und doch so fern, als stünde jeder am anderen Ufer eines tosenden Meeres.

Natürlich wusste Yvain, dass er wie eine dressierte Maus nach Johns Pfeife tanzte. Er war eifersüchtig und verletzt, genau wie der König es beabsichtigt hatte, als er zum Abschied so beiläufig seinen kleinen Giftpfeil abschoss. Aber Yvain war unfähig, Beatriz zu fragen, was zwischen ihr und dem König vorgefallen war. Ob überhaupt irgendetwas vorgefallen war. Wohl hundertmal hatte er es versucht, seit er im Sommer aus Runnymede heimgekehrt war. Er hatte sich die Worte zurechtgelegt, und ein paarmal hatte er schon vor ihr gestanden, die Frage auf der Zunge.

Doch seine Furcht vor Beatriz' Antwort war zu groß. Dabei war ihm nur zu bewusst, dass er überhaupt kein Recht hatte, eifersüchtig zu sein – untreuer Lump, der er war. Trotzdem oder gerade deswegen blieb die Frage unausgesprochen, und darum konnte der Pfeil jeden Tag ein Stückchen mehr von ihm vergiften.

Er war bis in die Knochen erschöpft, und seine Augen brannten vor Müdigkeit, aber seine Dämonen hielten ihn wach. Während Beatriz an seiner Seite tiefer zu atmen begann und schließlich im Schlaf die Hand auf seine Brust legte, grübelte Yvain über sie und John nach und musste ihren Arm schließlich von sich schieben, weil er ihm die Luft abzuschnüren schien. Und er fragte sich, wie lange Waringham Castle würde standhalten können. Und was passieren würde, falls es fiel. Was er hätte anders machen müssen, um den Bruch mit dem König zu verhindern. Wo genau auf seinem Weg er den falschen Pfad eingeschlagen hatte, der hierhergeführt hatte. Er fragte sich, was er den Menschen sagen sollte, die hier mit ihm eingeschlossen waren, weil sie ihm vertraut hatten, wenn der Proviant und das Brennholz ausgingen. Und er fragte sich sogar, ob sein Vater aus dem Jenseits auf ihn herabblickte und ihn verfluchte, weil er Schande über sein Haus gebracht hatte. Und ob …

Ein verhaltenes Klopfen erlöste ihn von seinen endlos kreisenden Gedanken. Obwohl er wusste, dass es sich zu dieser späten Stunde nur um eine Hiobsbotschaft handeln konnte, verspürte Yvain beinah so etwas wie Erleichterung. Er schwang lautlos die Beine aus dem Bett, ging zur Tür und öffnete.

Richard stand draußen und strahlte trotz der eisigen Temperaturen in der Kammer spürbare Kälte aus. Er hielt einen einzelnen Pfeil in der Linken. »Entschuldige die Störung, Onkel.«

Yvain winkte beschwichtigend ab. »Was gibt es denn?«

»Das hier kam eben über die Mauer.« Er hielt den Pfeil hoch, und erst jetzt erkannte Yvain, dass ein Stück Pergament um den Schaft gewickelt war. »Sir Osbern und ich waren nicht sicher, was es zu bedeuten hat und was wir machen sollten, also …«

Yvain nahm ihm den Pfeil aus der Hand und hielt ihm die Tür auf. »Komm rein.«

Er führte seinen Neffen zum Tisch, schloss im Vorbeigehen den Bettvorhang, damit Beatriz nicht aufwachte, und schob dem jungen Mann den Becher mit dem abgekühlten Würzwein hin, ehe er mit dem Daumennagel vorsichtig das schmuddelige Siegelwachs löste, welches das Pergament nicht nur verschloss, sondern auch am hölzernen Pfeilschaft befestigt hatte. Schließlich rollte er den steifen, eng gewickelten Bogen langsam ab und hielt ihn nahe an das rußende, knisternde Binsenlicht.

»Es ist ein Brief«, wisperte er überrascht.

Richard stellte den Weinbecher zurück und schaute seinem Onkel über die Schulter. »Von wem?«

Yvain erkannte die verwegene, ausladende Handschrift auf einen Blick. »Von Thomas Bigod.« Er überflog das offenbar hastig verfasste Schreiben:

Ich schätze, ihr habt keinerlei Neuigkeiten gehört, seit ihr unter Belagerung steht. Es gibt gute und schlechte, und ich schicke sie dir zu nachtschlafender Zeit über die Mauer in der Hoffnung, dass Fulk der Furchtbare und seine tumben Tölpel mich nicht erwischen. Die gute zuerst: Prinz Louis hat einhundertvierzig hervorragend ausgerüstete französische Ritter und eine Armee von Fußsoldaten geschickt, um unsere Reihen zu verstärken und seine Landung in England vorzubereiten. Sie sind sicher in London eingetroffen, und die Stadt steht unerschütterlich auf unserer Seite. Die schlechte Nachricht ist, dass König John wie ein Racheengel über die Barons im Norden hergefallen ist. Viele sahen sich gezwungen, vor seinem Ansturm nach Schottland zu fliehen, und er hat sie bis über die Grenze verfolgt und Berwick in Schutt und Asche gelegt. Das ist bitter für unsere Verbündeten im Norden, aber ein Segen für uns: Der Süden ist entblößt, und

Louis' Landung steht nichts im Wege. Also haltet durch, Yvain. König Johns Tage sind gezählt.

Yvain trug den Brief in den Burghof hinunter und zur Klause. Die Neumondnacht war klar und eisig kalt, aber das unruhige Stampfen der Kühe im Stall zeigte ihm an, dass der Tagesanbruch nicht mehr fern war.

»Guillaume?«, rief Yvain gedämpft durch die Fellabdeckung des windschiefen kleinen Fensters.

»Yvain?« Es klang nicht verschlafen.

»Ich habe Nachricht von draußen. Thomas Bigod hat uns einen Brief über die Mauer geschossen, ist das zu fassen?«

Er musste nur ein paar Herzschläge lang warten, bis die Tür sich knarrend öffnete und die große Gestalt in den orientalischen Gewändern wie ein Schattenriss vor dem dämmrigen Lichtschein im Innern erschien. »Was schreibt er?«

Yvain streckte ihm die kleine Pergamentrolle entgegen. »Lies selbst.«

Guillaume nahm ihm den Brief ab, ohne Yvains Finger zu berühren, und trug ihn ins Innere.

Neugierig spähte Yvain in die Klause, deren Tür sonst immer sorgsam verschlossen blieb, und er war erstaunt, wie behaglich der Raum im Licht zweier Kerzenstummel auf dem Tisch wirkte: Ein Zinnkrug und -becher standen neben dem Kerzenhalter, ein aufgeschlagenes Buch lag rechts daneben. Reines Stroh bedeckte den Boden. Das schmale Bett an der hinteren Wand lag im Schatten, aber Yvain erahnte ein wahres Gebirge aus Fellen und Decken.

»Was liest du da?«, fragte er und schniefte unfein.

»Bigods Brief«, brummte Guillaume abwesend.

Yvain schnalzte. »Ich meine das Buch.«

»Die Heilige Schrift«, antwortete sein Bruder, ohne aufzusehen.

Yvain war verblüfft. »In welcher Sprache?«

»Latein. Das habe ich bei den Lazariten gelernt.« Guillaume ließ ein Ende des Briefs los, der sich daraufhin raschelnd einrollte, und hielt ihn hoch. »Was hältst du davon?«

Yvain steckte die Fäuste unter die Achseln. »Ich bin nicht sicher. Es beweist auf jeden Fall, dass John nicht in der Stimmung für Friedensverhandlungen ist. Aber das wusste ich eigentlich vorher schon.«

Guillaume nickte und legte den Brief neben seine Bibel. »Und Prinz Louis? Kennst du ihn?«

Yvain wiegte den Kopf hin und her. »Nicht persönlich. Aber wir haben im Sommer vor zwei Jahren im Anjou gegen ihn gekämpft. Ein paarmal ist er in Johns Fallen getappt, weil er jung und unerfahren war, aber erwischt haben wir ihn nie, und im entscheidenden Moment hat er es verstanden, den Adel des Anjou auf seine Seite zu ziehen.«

»Gerissen und intrigant wie sein alter Herr«, kommentierte Guillaume verächtlich.

Yvain wusste, sein Bruder neigte immer noch dazu, Philippe von Frankreich durch König Richards Augen zu sehen. Er selbst dachte indes, dass Philippe es verstanden hatte, erst den alten König Henry, dann Richard und schließlich John in Schach zu halten und Frankreich unter seiner Herrschaft zu vereinen, was seine Vorfahren vierhundert Jahre lang erfolglos versucht hatten. Dazu musste ein König mehr sein als »gerissen« und »intrigant«.

»Gott helfe England, wenn Prinz Louis ist wie sein Vater«, entgegnete er.

Guillaume nickte. »Auf jeden Fall wird John alles tun, um Kent wieder vollständig unter seine Kontrolle zu bringen. Nur wenn er die Häfen und die Straße nach London kontrolliert, kann er hoffen, Louis' Vormarsch aufzuhalten.«

»Das glaube ich auch«, bekannte Yvain, lehnte sich mit der Schulter an den Türrahmen und sah zu dem sagenhaften Sternenhimmel auf. »Aber solange Waringham aushält, wird Kent Johns offene Flanke und Louis' Einfallstor bleiben.«

»Und ich dachte, du willst nicht, dass Louis König von England wird«, verwunderte sich Guillaume.

»Nein«, räumte Yvain grimmig ein. »Aber ich werde anfangen, mich über einen französischen Prinzen auf dem englischen Thron zu grämen, wenn es so weit ist. Einstweilen ist Prinz Louis mir willkommen, um zu verhindern, dass John ganz England wieder seiner Tyrannei unterwirft, von der wir uns unter solchen Mühen befreit haben. Und darum, Mylord, muss Waringham standhalten.«

Sein Bruder nickte langsam. Der distanzierte Spott, mit dem der Todkranke die Welt meist betrachtete, war aus den blauen Augen verschwunden, und plötzlich hatten sie wieder Glanz. »Dann lass uns beten, dass wir genug Ritterlichkeit und Heldenmut hinter unseren Mauern versammelt haben. Denkst du, John wird selbst herkommen, um die Belagerung zu führen?«

Der Jüngere schüttelte langsam den Kopf. König John würde seinen Siegeszug im Norden nicht gefährden, indem er jetzt einfach kehrtmachte und nach Süden zurückeilte. »Ich denke etwas viel Schlimmeres«, bekannte Yvain.

Gründlich durchgefroren kehrte er wenig später in den Bergfried zurück. Am Eingang der Halle hielt er kurz an. In der völligen Dunkelheit glich der großzügige, hohe Saal einer riesigen Höhle. Der Schein von Yvains Licht reichte nur bis zur ersten Reihe der Schläfer, welche in Decken gerollt in den Binsen lagen. Die langen Tische wurden abends abgebaut, um Platz zu schaffen, und sobald das Feuer ausging, legten die Leute sich schlafen. Manchmal gab es Reibereien unter den Dörflern, denn die Schrecken der anhaltenden Belagerung und das Zusammenleben auf zu wenig Raum stimmten viele Gemüter reizbar. Aber jetzt war alles ruhig.

Gerade als Yvain sich abwenden wollte, trat ein Schatten in den Lichtfleck. »Alles in Ordnung, Lord Yvain?« Es war Edgar Einhand, der sich freiwillig zur Nachtwache gemeldet hatte.

Yvain nickte. »In ein, zwei Stunden wird es hell, schätze ich.«

»Und was mag der neue Tag bringen …«

»Viel Getöse und Mörtelstaub. Da fällt mir ein, Edgar …«

»Ja?«

»Ich möchte, dass du dir morgen ein paar brauchbare Männer suchst und ihr den hinteren Treppenaufgang zur Halle zumauert«, erklärte Yvain wispernd.

»Allmächtiger … Ihr denkt, sie werden stürmen?« Auch Edgar sprach leise, aber man hörte seine Furcht trotzdem.

»Nicht morgen, auch nicht übermorgen und vielleicht nie«, antwortete Yvain wahrheitsgemäß. »Es ist eine reine Vorsichtsmaßnahme. Aber falls der Bergfried angegriffen wird, will ich, dass es nur einen Zugang zur Halle gibt, den wir verteidigen müssen, verstehst du?«

»Natürlich. Ich kümmere mich darum, sobald es hell wird.«

Yvain legte ihm einen Moment die Hand auf den unversehrten Arm und nickte ihm dankbar zu, ehe er sich abwandte und die schmalen Stufen der Wendeltreppe weiter hinaufstieg.

Amabel stand in der offenen Tür zu ihrem Gemach. Es war nicht das erste Mal, dass dies passierte. Als hätte sie einen sechsten Sinn für Yvains schlaflose Streifzüge durch die nächtliche Burg.

Sie warf einen kurzen Blick den finsteren Korridor entlang, dann trat sie in ihre Kammer. Yvain folgte ihr und schloss die Tür so lautlos wie möglich.

»Gibt es etwas Neues?«, fragte Amabel und zog fröstelnd die Schultern hoch. Sie schlief vollständig bekleidet, genau wie er, aber auch ihre Kammer war eisig kalt.

Yvain trat einen Schritt näher auf sie zu und nahm sie mit unter seinen langen, pelzgefütterten Winterumhang. »Thomas Bigod hat uns einen Brief über die Mauer geschickt«, antwortete er und fasste den Inhalt zusammen. »Gut möglich, dass sie die Belagerung verschärfen werden.«

Amabel lehnte die Stirn an seine Schulter und nickte. »Die Vorräte reichen bis zum Frühling, wenn wir bescheiden sind.«

»Das ist großartig.« Aber er war nicht sicher, ob die Moral und Standhaftigkeit der Menschen von Waringham ebenfalls so lange reichen würden. Das galt auch für seine eigene. Er strich mit den Lippen über das glatte ebenholzschwarze Haar, das zu einem langen Zopf geflochten ihren kerzengeraden Rücken hinabhing, und Amabel verschränkte die Finger in seinem Nacken.

Sie war der einzige Mensch auf der Burg, der noch ein Gemach für sich allein hatte. Als Lady Waringham stand ihr das natürlich zu, aber Yvain wusste, sie hatte nur darauf bestanden, damit er herkommen konnte. Die Gefahr, dass sie ertappt würden, war eigentlich zu groß bei der Enge im Bergfried und den unruhigen Nächten. Aber Yvain kam trotzdem.

Ihre Lippen fanden sich, und ihr Kuss war gierig und fordernd. Yvain drängte Amabel zwei, drei Schritte zurück, umfasste ihre Taille und setzte sie auf die Tischkante – wie beim allerersten Mal. Sie raffte ihre Röcke mit der Linken und zog ihn mit der Rechten zwischen ihre Schenkel, ohne den Kuss zu unterbrechen. Fahrig nestelte Yvain an seinem Gürtel, und Amabel keuchte ungeduldig und zerrte an seinen Oberarmen, um ihm zu verstehen zu geben, dass sie ihn jetzt gleich in sich haben musste. Endlich gelang es ihm, sein pralles Glied zu befreien, und er glitt rasant in sie hinein. Sie hielt sich an seinen Schultern fest und erwiderte seine schnellen, harten Stöße mit einer hemmungslosen Hingabe, die Verzweiflung ebenso wie Liebe hätte sein können, er wusste es nicht. Er schloss die Lider, legte wieder die Hände um Amabels Taille und zog sie seinem hämmernden Rhythmus entgegen, schneller und immer schneller, bis sie beide mit einem stummen Erschauern kamen.

Eng umschlungen verharrten sie und lauschten dem rauen Atem des anderen. Yvain strich mit den Lippen über den Haaransatz an der glatten milchweißen Stirn, dann legte er die Hände auf ihr Gesicht und küsste erst das linke Augenlid, dann das rechte, schließlich die zwei Tränen von ihren Wangen.

Amabel rieb mit beiden Händen seine Oberarme auf und ab, vergrub die Finger in seinen hoffnungslos wirren Kringellocken, als sie oben ankam, ließ sie wieder los und fuhr abwärts bis zu seinen Ellbogen, ehe sie ihn behutsam ein Stückchen von sich schob und von der Tischplatte glitt.

Er ergriff ihre Hände, legte sie an seine Brust und bedeckte sie mit seinen so viel größeren, und dann schauten sie sich an. Aber sie sprachen nicht. Es war ja längst alles gesagt. Schon so viele Male.

Amabel zupfte spielerisch an dem Lederband um seinen Hals,

an welchem er ihr Amulett trug, und er lächelte. Dann küsste sie ihn zum Abschied auf den Mund, sittsam, geradezu schwesterlich. Er hielt ihre Hand noch einen Augenblick länger. Schließlich presste er die Lippen auf die Innenfläche, ließ sie los und ging.

Waringham, Februar 1216

»Ergib dich und öffne das Tor, Yvain!«, rief der neue Kommandant der Belagerungstruppen zur Brustwehr hinauf. »Selbst ein Narr wie du muss erkennen, dass ihr keinen Tag mehr durchhaltet und eure Mauern sturmreif sind!«

Wie ein riesenhafter Rabe wirkte er in seinem wallenden dunklen Mantel auf dem Rücken seines Rappen, der auf der tief verschneiten Wiese jenseits der Zugbrücke stand. Der Nasenschutz des Helms machte das Gesicht unkenntlich, aber Iselda hätte Sir Pentecôte auch in einer mondlosen Regennacht erkannt, denn seine Stimme war unverkennbar.

Als wolle es seinen Worten Nachdruck verleihen, landete das Katapult auf der Ostseite einen Treffer, und ein gutes Stück Mauer stürzte unter Bersten und Dröhnen in einer gewaltigen Staubwolke nach innen.

»Dann lass dich nicht aufhalten, FitzHugh!«, rief ihr Vater hinab. Er stand auf dem Dach des Torhauses, die Hände auf die Zinnen gestützt, und von der Verachtung in seiner Stimme konnte man eine Gänsehaut bekommen. »Stürme, wenn wir sturmreif sind, und lass die Finger von Frauen und Greisen!«

Ein Dutzend Soldaten in zusammengewürfelten Rüstungen hatte rechts von Sir Pentecôte Aufstellung genommen, und je zwei von ihnen hielten ihre gefesselten Gefangenen gepackt: vier Frauen und zwei grauhaarige, krummgearbeitete Bauern. Sie mussten aus Hetfield stammen, erkannte Iselda am aschegrauen Gesicht ihrer Tante Amabel, die gleich neben ihr an der Brustwehr stand, genau wie sie einen Bogen in der Hand.

»Du kennst sie?«, fragte Iselda leise.

Ihre Tante nickte wie ein Traumwandler, den Blick unverwandt auf die Szene dort unten jenseits des Burggrabens gerichtet. »Der Reeve, sein Weib, seine Schwester und …« Die Worte blieben ihr einfach im Halse stecken, als einer von Sir Pentecôtes Männern den Dolch zückte und dem Reeve von Hetfield die Kehle durchschnitt. Blut spritzte in einem weiten Bogen und malte einen roten Halbmond in den Schnee. Die Soldaten ließen den Sterbenden los, und er fiel vornüber und rührte sich nicht mehr.

Die Frauen aus Hetfield stimmten ein jammervolles Wehklagen an. Die Soldaten hatten sie alle geschändet, ehe sie sie hier vors Tor schleiften, wie die zerrissenen Kleider und das Grauen in den Gesichtern verrieten. Für einen Augenblick überlegte Iselda, ob ihre Augen auch so glasig und leblos aussehen würden, wenn die Belagerer mit ihr fertig waren, oder ob der König befohlen hatte, die Frauen der Burg zu schonen. Doch sie schob den Gedanken sogleich wieder fort.

Noch war Waringham Castle nicht gefallen.

Matthew der Schmied und Jean FitzEdmond führten einen Trupp Männer auf den Wehrgang an der Ostmauer, um den Schaden in Augenschein zu nehmen, die herausgebrochenen Steine einzusammeln und die Bresche auszubessern, wenn sie konnten.

Das taten sie nun seit drei Monaten, und allmählich glich die einst so trutzige Ringmauer von Waringham einem löchrigen Bettlergewand mit ihren Flicken aus Balken und Brettern und losen Mauersteinen. Zwei Katapulte hatte der König nach seiner erfolgreichen Belagerung von Rochester nach Waringham geschickt, aber solange Fulk de Cantilupe die Belagerung befehligte, hatten die Schäden sich in Grenzen gehalten, weil er anscheinend Mühe hatte, in Kent genügend Felsbrocken als Munition für seine Wurfmaschinen zu bekommen. Sir Pentecôte musste eine Lösung für dieses Nachschubproblem gefunden haben, und seit zwei Tagen schwiegen die Katapulte nicht einmal nachts. Er hatte auch mehr Männer mitgebracht, und im Gegensatz zu seinem Vorgänger hatte er sich nicht mit Dorf und Burg von Waringham begnügt, sondern hatte auch die umliegenden Dörfer und Güter heimgesucht, die zur Baronie gehörten. Wie beispielsweise Hetfield.

»Wenn ihr euch jetzt ergebt, muss niemand innerhalb der Burg sein Leben verlieren!«, stellte Pentecôte FitzHugh in Aussicht. »Du solltest lieber nicht zögern, Yvain, ich mache dieses Angebot genau ein Mal!«

»Wie großmütig«, gab Iseldas Vater zurück. »Da dein Wort aber nicht mehr wert ist als die Beteuerungen eines Reliquienhändlers, lautet die Antwort Nein.« Er riss den Kopf zur Seite, und der Armbrustbolzen, der wie aus dem Nichts herangesirrt kam, verfehlte ihn knapp. »Siehst du?« fügte er hinzu.

»Yvain, sie kommen hier drüben mit Leitern!«, brüllte Jean FitzEdmond von der Ostmauer herüber.

Ihr Vater kehrte dem Befehlshaber der Belagerung rüde den Rücken zu. »Richard, macht das Pech heiß.«

Sein Neffe, der unerschrocken an seiner Seite gestanden hatte, nickte und gab seinerseits ein paar Befehle an die Männer der Burgwache, und trotz ihrer Furcht verspürte Iselda Stolz, als sie ihren Liebsten anschaute: So unerschrocken und besonnen im Angesicht seiner Feinde.

An fünf Stellen entlang des Wehrgangs hingen Kessel mit Pech über Kohlebecken, die nun entzündet wurden, und sobald das Pech kochte, konnte man die Angreifer auf den Leitern damit übergießen.

Ihr Vater kam zu ihr und den anderen Damen entlang der Westmauer geeilt. »Habt Eure Pfeile bereit, Ladys. Schießt auf jeden, der den Graben überquert. Aber nicht früher, hört ihr, wir haben keine Pfeile zu verschwenden.«

Iselda, ihre Mutter und Tante und die Frauen der Ritter verteilten sich entlang der Mauer und spähten durch die Lücken zwischen den Zinnen nach unten. Seit Weihnachten hatte Maurice de Clare sie im Bogenschießen unterwiesen, wann immer das Wetter es zuließ und manchmal auch, wenn nicht, denn sie alle wussten: Bei einer Belagerung konnten die Eingeschlossenen früher oder später in eine Bedrängnis geraten, wo jedes Paar Hände gebraucht wurde, selbst zarte Damenhände.

Derweil setzten Sir Pentecôtes Männer ihr grausiges Werk fort, bis alle sechs Gefangenen tot im blutbespritzten Schnee lagen.

»Jesus, erbarme dich ihrer armen Seelen«, betete Amabel und bekreuzigte sich. »Ich werde wohl nie erfahren, warum sie nicht rechtzeitig fliehen konnten, aber gib, dass niemand sonst mehr in Hetfield war …«

»Vermutlich nicht«, sagte Iselda. »Sonst hätten sie sie mitgebracht. Auch die Toten, meine ich. Damit unsere Verzweiflung umso schlimmer ist und uns schwach macht.«

»Ja, ich schätze, du hast recht«, pflichtete Amabel ihr bei. »Und ich wünschte, du müsstest das nicht alles mit ansehen, mein Kind.«

Iselda schnaubte. Sie verspürte einen scheußlichen heißen Knoten in der Magengegend, wie ein Ball aus eng gewickeltem, glühendem Draht. Es war nur teilweise Angst, die ihr diesen Knoten bescherte, wusste sie. Womöglich schlimmer als die Angst waren ihre widerstreitenden Gefühle. Denn so verbittert sie auch über die Taten des Königs war, so änderte das doch nichts an der Loyalität, die sie ihm entgegenbrachte. Aber wie sollte sie das ihrer Tante erklären, die niemals bei Hofe gelebt hatte?

Unerwartet kam ihre Mutter ihr zu Hilfe. »Iselda hat ihre walisischen Freunde in Nottingham hängen sehen, Amabel«, sagte sie, den Blick auf Sir Pentecôtes Männer gerichtet, die ein Ochsengespann mit einem Rammbock umringten. »Das hat sie hart gemacht. Doch je mehr Blut fließt und je tiefer der Graben zwischen ihrem Vater und ihrem König wird, desto hoffnungsloser verirrt sie sich. Sie findet keinen Weg, das Richtige zu tun und gleichzeitig ihre Ehre zu bewahren.«

»Was du wieder redest, *ma mère* …« Scheinbar nachsichtig schüttelte Iselda den Kopf und wandte dann das Gesicht ab, damit sie unbemerkt die zwei verräterischen Tränen wegwischen konnte, die über ihre Wangen rannen.

Yvains schlimmste Befürchtungen hatten sich erfüllt: Seit Pentecôte FitzHugh das Kommando führte, war die Belagerung ein andauernder Schrecken ohne Atempause geworden. Doch so schlimm wie heute war es noch nie gewesen. Als er auf die Ostseite des Wehrgangs kam, sah er, dass nicht drei Belagerungsleitern über den Graben geschafft worden waren, sondern acht, und nicht zwei oder drei Soldaten kletterten auf jeder davon nach oben, sondern ein halbes Dutzend.

»Woher hat er all diese Männer?«, fragte Henry of Camberfield, folgte Yvains Beispiel, ließ den Bogen von der Schulter in die linke Hand gleiten, fischte einen Pfeil aus dem Köcher und nahm die Kletterer unter Beschuss.

»Der König scheut weder Kosten noch Mühen, um uns fertigzumachen, sei versichert«, gab Yvain zurück und sah mit grimmiger Befriedigung einen der Angreifer von der Leiter stürzen, seinen Pfeil in der Kehle. Osbern, sein gebrochener Arm längst verheilt, kam ihnen zu Hilfe, gefolgt von Jean FitzEdmond, der frische Pfeile mitbrachte. Sie waren alle gute Schützen und schlugen die verbliebenen Kletterer in die Flucht, aber ehe sie durchatmen konnten, dröhnte ein Katapulteinschlag an der Südmauer, und fast gleichzeitig brüllte Maurice de Clare vom Torhaus herüber: »Die Hurensöhne haben eine Brücke für ihren verfluchten Rammbock gebaut, Yvain! Es wäre nett, wenn du hier mal vorbeischauen könntest!«

»Um was genau zu tun?«, brummte Osbern vor sich hin. »Den Rammbock mit finsteren Blicken bannen?«

»Ach, das Tor und das Fallgitter werden schon halten«, erwiderte Henry zuversichtlich.

Fragt sich nur, wie lange, dachte Yvain. »Henry, bleib hier und hol dir Jamie Wheeler und seine Freunde zur Verstärkung, wenn der nächste Leiterangriff kommt, sie sind gute Schützen.«

»Wird gemacht.«

»Osbern, Jean, geht rüber auf die Südseite und seht euch den Schaden an. Tut, was immer zu tun euch einfällt, um die Mauer dort zu sichern. Wir haben kein Baumaterial mehr.«

Osbern de Cantilupe schien trotzdem unverzagt. »Dann werden wir es mit Beten versuchen müssen«, erwiderte er und hastete mit FitzEdmond davon.

Yvain lief die Treppe hinab und zurück zum Torhaus. Unterwegs gab er ein paar Befehle: »Aldgyth, schafft alle Lebensmittel aus dem Speicherhaus und den Vorratskammern in die Halle hinauf. Und so viel Wasser, wie ihr tragen könnt.«

Er ging weiter, ohne die angstvollen Fragen seiner einstigen Amme zu beantworten.

»Rob, schlachtet den Ochsen und die Sau, die noch im Stall stehen, und bringt das Fleisch in die Halle. Sammelt das Blut in Eimern, damit wir es unseren Gästen über die Köpfe schütten können.«

Der alte Stallknecht nickte stumm, als hätte das Entsetzen ihm die Stimme geraubt. Vermutlich war es so.

Auf dem Dach des Torhauses bot sich Yvain ein Bild des Schreckens: Eine Brücke aus vertäuten Baumstämmen war über den Burggraben gelegt worden, und Pentecôte FitzHughs Männer schoben den schweren Rammbock herüber. Zahlreich und flink wie Ameisen kamen sie ihm vor, und wann immer einer von einem Pfeil getroffen wurde und zu Boden sank, sprangen zwei andere herbei, um ihn zu ersetzen. Je sechs Mann brachten sich schließlich auf beiden Seiten des schweren Eichenbalkens mit der spitzen stählernen Ramme in Stellung und begannen, den Stamm in seiner Kettenaufhängung zu schwingen. Mit einem unheilvollen Dröhnen krachte er gegen die eingezogene Brücke.

»Jetzt!«, brüllte Richard, und die Männer der Burgwache schöpften flüssiges Pech mit großen Zinnkellen aus den Kesseln und ließen es auf die Rammbockschwinger niederregnen. Schmerzensschreie erschollen dort unten, aber das rhythmische Dröhnen verstummte nicht.

Richard riskierte einen Blick über die Mauer, duckte sich rechtzeitig vor dem Pfeilhagel, der herüberkam, und befahl: »Gleich noch einmal, Männer. Das war gut!«

Yvain verschoss seine restlichen Pfeile, fand aber Zeit, seinen Neffen aus dem Augenwinkel zu beobachten. Kaltblütig und mutig, erkannte er, und er hätte nicht stolzer sein können, wäre Richard sein eigener Sohn gewesen.

»Wann werden sie durchbrechen?«, fragte Beatriz, die plötzlich an seiner Seite stand.

Yvain nahm ihren Arm und zog sie zwei Schritte zurück. »Sie müssen durch die Brücke, das Tor und das Fallgitter. Das schaffen sie heute nicht mehr.« Aber er wollte ihr nichts vormachen. »Die Südmauer macht mir mehr Sorgen.«

»Sollen wir dort hinübergehen?«, bot sie an, und ihr höflicher Plauderton wäre ihm absonderlich erschienen, hätte er nicht gewusst, dass seine Frau ihn wie einen Schild benutzte und ihre Ängste und Befürchtungen dahinter versteckte.

Statt zu antworten, legte er den Arm um ihre Schultern und zwang sie in eine geduckte Haltung, gerade noch rechtzeitig, als ein neuerlicher Pfeilhagel über die Brustwehr kam, so dicht, dass er den weißgrauen Winterhimmel zu verdunkeln schien. Yvain bedeutete ihr mit einer Geste, unten zu bleiben. Er selbst richtete sich wieder auf und blickte zur Südmauer hinüber.

»Oh, Jesus, steh uns bei …«, murmelte er.

Jean und Osbern standen Rücken an Rücken auf dem halb zertrümmerten Wehrgang und schlugen sich mit fünf Angreifern.

Die Belagerer waren durchgebrochen.

»Beatriz, nimm Iselda und Amabel und die übrigen Damen und geht in die Halle.«

Sie sah ihm einen Augenblick ins Gesicht, schaute zur Südmauer hinüber und nickte.

Yvain wusste, sie würde umsichtig und besonnen sein, so wie immer, wenn es wirklich darauf ankam, und trat geduckt zu seinem Neffen. »Richard, wir müssen uns in den Bergfried zurückziehen.«

»Aber …«

»*Jetzt.*« Er packte ihn an der Schulter und drehte ihn mit dem Gesicht nach Süden.

»Gott verflucht!« Richard schüttelte seine Hand ab. »Wir müssen ihnen beistehen, worauf warten wir?«

Yvain rang um Ruhe. »*Ich* führe die Burgwache auf die Südmauer, und wir werden sie aufhalten, solange es geht«, versprach er. Über Richards Schulter sah er, dass auch die Verteidiger an der Ostseite unter schweren Beschuss mit brennenden Pfeilen geraten waren, in deren Schutz todsicher wieder die Belagerungsleitern bemannt wurden. »Aber du musst etwas anderes tun: Geh zur Klause und überrede deinen Vater, mit in die Halle zu kommen. Es wird ein hartes Stück Arbeit, du musst dir etwas einfallen lassen. Und beeil dich.«

Maurice de Clare hatte ihnen zugehört. Er ließ den Blick einmal entlang der an drei Seiten schwer bedrängten Burgmauer schweifen und zog genau die richtigen Schlüsse. »Ich begleite dich, Richard«, kam er den Einwänden des jungen Mannes zuvor, packte ihn kurzerhand am Ellbogen und führte ihn zur Treppe. »Ich will verdammt sein, wenn ich zulasse, dass mein ältester Freund ausgerechnet von Johns Schlächtern …«

Mehr hörte Yvain nicht, denn er rannte schon den Wehrgang entlang.

Während der Rammbock unaufhörlich gegen die geschlossene Zugbrücke donnerte, krabbelten Pentecôte FitzHughs Ameisen in beängstigender Zahl die Leitern empor und gelangten durch die Breschen in der schwer beschädigten Ringmauer auf den Wehrgang. Gerade als Yvain und das gute Dutzend Männer der Burgwache das Gefecht auf der Südmauer erreichten, stürzte Jean FitzEdmond zu Boden, und Blut quoll unter dem Helm hervor.

Yvain sprang leichtfüßig über ihn hinweg und kreuzte die Klingen mit einem gut gerüsteten, stämmigen Flamen.

»Schießt sie von den Leitern, Paul!«, befahl er über die Schulter, und die Hälfte der Wachen beugte sich mit gespannten Bögen über die Mauer, während der Rest sich den eingedrungenen Belagerern zum Kampf stellte.

Yvains Flame war trotz seiner Beleibtheit schnell und hartgesotten, aber Yvain brachte den Kampf unter seine Kontrolle und drängte den Gegner mit jedem Schwerthieb ein Stückchen weiter zurück. Er hob den Schild und riskierte einen blitzschnellen Blick zur Ostmauer. Henry of Camberfield und die Männer aus Waringham schlugen sich mit einer Übermacht von mindestens zwei zu eins und wurden allmählich zurückgedrängt, aber der junge Francis de Clare und die übrigen Knappen eilten ihnen mit den schweren Pechkesseln zu Hilfe.

Yvain duckte sich blitzartig unter einem Schwerthieb seines Gegners hinweg und rammte ihm den Schild seitlich gegen den Kopf, sodass der Flame schreiend von der Mauer stürzte. Aber Yvain blieb keine Zeit zum Durchatmen, denn zwei neue Angreifer stellten sich ihm gleichzeitig, und er zückte seinen Dolch. Der linke war ein ungeschulter Grünschnabel und ging jaulend zu Boden, als Yvain ihm mit einem gezielten Tritt das Schienbein brach, aber der andere war eine harte Nuss. Yvain geriet in die Defensive, und nach drei oder vier Streichen auf seinen mandelförmigen, soliden Eichenschild spürte er den Haltegurt auf der Innenseite nachgeben. Er bog den Oberkörper nach links und schleuderte den nutzlosen Schild seinem Widersacher entgegen. Um ein Haar hätte er das Gleichgewicht verloren und wäre vom schmalen, ungesicherten Wehrgang gestürzt, aber er fing sich rechtzeitig wieder, um die Klingen mit seinem Kontrahenten zu kreuzen.

»Yvain!«, hörte er Osberns warnenden Ruf und duckte sich instinktiv. Der Armbrustbolzen, der für ihn bestimmt gewesen war, traf seinen Gegner ins Auge, und der Mann fiel vornüber.

Yvain nickte Osbern dankbar zu.

Der junge Cantilupe beförderte einen ungerüsteten Flamen mit einem gut platzierten Tritt von der Mauer, rammte dem nächsten seinen Schild in die Weichteile und brüllte Yvain auf Englisch zu: »Wir können sie nicht aufhalten! Es sind zu viele und …« Der Rest ging im Dröhnen des Rammbocks unter.

»Ich weiß!«, brüllte Yvain zurück, rempelte einen Graubart mit der Schulter von der Mauer und bückte sich hastig nach dem Schild des Gefallenen mit dem Bolzen im Auge. »Aber wir müssen versuchen, sie so lange wie möglich aufzuhalten, damit die Leute sich im Bergfried in Sicherheit bringen können!«

Es wurde ein bitteres und blutreiches Rückzugsgefecht. Oswin, der früher bei der Nachtwache gern ein Nickerchen eingelegt hatte, fiel vor Yvains Augen, und seinen jungen Kameraden Pete traf nur einen Herzschlag später ein Pfeil in die ungeschützte Kehle.

Yvain verabschiedete sich von den Regeln des ritterlichen Zweikampfes und tat, was immer ihm einfiel, um der heranströmenden Flut der Feinde Herr zu werden. Er trat einem Gegner das Schwert aus der Hand, packte ihn dann bei den Oberarmen und schleuderte ihn dem nächsten Angreifer entgegen, sodass dessen Klinge ihn von hinten durchbohrte und beide nach rechts in den Burggraben kippten.

Kein neuer Feind stürzte sich auf ihn, und für einen Herzschlag schöpfte er Hoffnung, sie hätten die Eindringlinge vielleicht zurückgeschlagen. Aber dann hörte er Schreie und Waffenlärm auf der Ostmauer anschwellen. Yvain wandte den Kopf und wurde Zeuge, wie der alte Piers of Wingmore sich drei Feinden gleichzeitig entgegenwarf, um den Rückzug der jüngeren Verteidiger zu decken. Auf der Ostmauer wimmelte es nur so von eingedrungenen Flamen, und während Henry of Camberfield Jamie Wheeler und die anderen Männer aus Waringham schon die steile Treppe in den Burghof hinabführte, ging Sir Piers zu Boden. Die drei Flamen umringten ihn und hoben gleichzeitig die Schwerter.

»Yvain, wir werden überrannt!«, rief Roger de Lacy außer Atem.

Wieder traf der Rammbock draußen mit seinem dumpfen Poltern auf, und Yvain hörte Holz splittern. Doch er wusste, nicht der Rammbock würde Pentecôte FitzHugh das Burgtor von Waringham Castle öffnen, sondern seine Ameisen, die in immer größeren Scharen über die Mauer an der Ostseite kamen. Die ersten liefen schon die Stiege zum Burghof hinab, um das Tor zu öffnen und die übrigen Belagerer einzulassen.

»Rückzug in den Bergfried!«, befahl Yvain. »Na los, Männer, beeilt euch!«

Die verbliebenen Ritter, Knappen und Wachen gaben die Verteidigung des Wehrgangs auf und hasteten zur Treppe. Yvain wartete, bis alle den Burghof erreicht hatten, rammte einem Angreifer das Schwert in die Kehle und folgte seinen Männern dann als Letzter, während in seinem Rücken immer neue Eindringlinge auf den Wehrgang kletterten.

Yvain schaute sich nicht mehr um. Er rannte um sein Leben. Zwei Pfeile trafen ihn in den Rücken, aber sie konnten seinen Kettenpanzer nicht durchdringen. So erreichte er das Tor des Bergfrieds unversehrt, und auf der Schwelle hielt er für einen Moment inne und ließ einen letzten Blick durch den Innenhof der Burg schweifen. Er entdeckte niemanden der Burgbewohner oder Dörfler mehr. Die Tore der Ställe und Vorratsgebäude standen offen, nur die Tür der Klause war verschlossen wie üblich – Yvain hatte keine Ahnung, ob sein Bruder noch dort drin war. Aber es war zu spät, um es herauszufinden. Ein halbes Dutzend Soldaten rannte johlend und mit erhobenen Klingen auf den Eingang zum Bergfried zu, und weil Yvain sich immer noch nicht rührte, packten Osbern und Henry ihn an den Schultern, rissen ihn rückwärts ins Innere der Festung und schlugen den Belagerern die beiden mächtigen Torflügel vor der Nase zu.

»Gut so. Und jetzt sichert das Tor«, befahl eine raue, scheinbar körperlose Stimme im Halbdunkel der Vorhalle.

Yvain schloss für einen Moment erleichtert die Augen. »Guillaume …«

»Mein Sohn war der Auffassung, ich dürfe seiner Mutter nicht zumuten, von der Halle aus zusehen zu müssen, wie sie mich in kleine Stückchen schneiden.«

Gut gemacht, Richard, dachte Yvain dankbar, doch was er sagte, war: »Wenn die Rebellenarmee uns nicht bald zu Hilfe kommt, werden sie uns alle früher oder später in kleine Stückchen schneiden.«

»Hm«, machte Guillaume. »Aber nicht mehr heute.«

Nach Yvains Anweisungen verstärkten Cuthbert, der Zimmermann, und ein paar Männer der Wache das Tor mit den schweren Balken, die schon seit Wochen zu dem Zweck in der Vorhalle bereitgelegen hatten. Aber sie alle wussten, dass es nicht das Eingangstor des Bergfrieds sein würde, dass ihnen Sicherheit bot – oder wenigstens einen Aufschub –, sondern allein die Halle. Deren einziger verbliebener Zugang war gut zu verteidigen, denn er führte über die enge Wendeltreppe, sodass nie mehr als einer, höchsten zwei Angreifer gleichzeitig eindringen konnten.

»Das reicht, Cuthbert«, sagte Yvain schließlich. »Jetzt geht nach oben.«

Als die beiden Brüder allein in der Vorhalle waren, fragte Guillaume: »Welche Verluste haben wir?«

»Jean FitzEdmond und Piers of Wingmore …«

»Gott*verflucht*.«

»… Oswin, Pete und Ælfric von der Wache habe ich selbst fallen sehen. Ich weiß nicht, wen es auf der Ostseite erwischt hat. Aber vermutlich viele. Sie waren schwer bedrängt.«

»Wir werden es wissen, wenn wir sehen, wer in der Halle ist und wer nicht.«

Yvain nickte. »Ich bete, dass alle tot sind, die es nicht geschafft haben. Sonst wird Pentecôte FitzHugh irgendetwas Grässliches mit ihnen tun und dafür sorgen, dass wir es hören und sehen. Darauf versteht er sich vortrefflich.«

»Kennst du ihn gut?«, fragte Guillaume.

»Oh ja.«

»Und was denkst du, wie weit wird er gehen, um uns mürbe zu machen?«

»So weit er kann.«

»Obwohl er Cecilys Mann ist?«

Yvain stieß höhnisch die Luft aus. »Sei versichert. Er hat sie und ihre Söhne zu Prinzessin Eleanor nach Bristol geschickt.« Das hatte Thomas Bigod ihm kurz vor Beginn der Belagerung geschrieben. »Damit er sie in Sicherheit weiß, schätze ich, denn vermutlich ist keine Burg in England besser bewacht als die, wo König John seine Nichte verwahrt. Aber auch, damit Cecily von allen Nachrichten abgeschnitten ist und nicht erfährt, was ihr famoser Gemahl hier treibt. So hat er es immer schon gemacht, und darum hat sie keine Ahnung, wie er in Wirklichkeit ist.«

»Seltsam«, brummte Guillaume. »Ich habe immer geglaubt, unsere Schwester sei eine kluge Frau.«

»Das ist sie«, stimmte Yvain zu. »Aber Liebe macht blind, Bruder.«

»Oh, ich weiß. Vor allem jene, die freiwillig die Augen vor der Wahrheit verschließen. Komm, lass uns hinaufgehen. Es gibt noch viel zu tun, und ich schätze, bis Einbruch der Dunkelheit hat FitzHugh das Tor zum Bergfried genommen und klopft höflich an die Tür der Halle.«

»Ich kann's kaum erwarten …«

In der Halle herrschten Stimmengewirr und Durcheinander, doch als die Waringham-Brüder den langen Saal durchmaßen, machten die Menschen ihnen Platz. Ob aus Respekt oder aus Angst vor der Lepra, wusste Yvain nicht.

Er erklomm die einzelne Stufe zur Estrade und schaute sich um. Bogenschützen waren an allen Fenstern postiert, deren Holzläden entfernt worden waren, sodass man von hier oben die Angreifer im Auge behalten und unter Beschuss nehmen konnte. Dorf- und Burgbewohner standen in Gruppen zusammen und redeten leise. Andere saßen auf den Bänken an den langen Tafeln und stierten vor sich hin. Die blinde Wilona und Berit, ihre Enkelin, hatten auf einer Decke im Bodenstroh den Inhalt ihrer Weidenkiepen ausgebreitet und halfen Amabel, die Verwundeten zu behandeln. Lady Isobel und Jean FitzEdmonds Witwe saßen auf den Stufen zur Galerie, hielten einander eng umschlungen und beweinten ihre Männer.

Beatriz hatte ihre jüngeren Töchter und ein paar kleine Mädchen aus dem Dorf um sich geschart, sang ihnen ein Lied vor und zeigte ihnen, wie sie sich an den Händen fassen und dazu tanzen sollten. Die Schritte waren verworren und wirkten kompliziert, aber die Kinder hatten die Reihenfolge im Handumdrehen gelernt und drehten sich kichernd im Kreis. Beatriz hatte nie Gelegenheit gehabt, viel Englisch zu lernen, und folglich konnten die Bauernkinder sie nicht verstehen, aber das schien der Verständigung keinen Abbruch zu tun. Die kleine Schar um Yvains Frau war die einzige Insel des Frohsinns in der Halle von Waringham Castle.

Guillaume lehnte hinter der hohen Tafel an der Wand neben dem zweiten Kamin, in welchem ein kleines Feuer lustlos schwelte. Yvain gesellte sich zu ihm.

»Wie sieht es mit dem Proviant aus?«, fragte der Ältere.

»Gut, sagt deine Frau. Wenn wir sparsam sind, reicht er ein paar Wochen.«

»Und Wasser?«

»Ich habe die Mägde angewiesen, so viel wie möglich hierherzuschaffen, als der Sturm auf die Mauer begann, aber ich weiß nicht, was sie in der Kürze der Zeit bewerkstelligen konnten. Wir müssen eine Bestandsaufnahme machen. Und ein paar Regeln aufstellen.«

»*Du* musst das tun«, entgegnete Guillaume. »Die Leute sind daran gewöhnt, dir zu gehorchen. Vor mir gruseln sie sich. Das täte ich wahrscheinlich auch.«

Yvain waren die verstohlenen Blicke nicht entgangen, die der Kranke in seinen fremdländischen schwarzen Gewändern, mit seinem verhüllten Gesicht und den bandagierten Händen erntete. Da Guillaume die Klause nur im Schutz der Dunkelheit verließ, hatten die meisten der Leute ihn nie gesehen, seit er zurückgekommen war, und in manchen Gesichtern stand unverhohlene Furcht. Yvain musste feststellen, dass er stellvertretend für seinen Bruder gekränkt war, und rief sich zur Ordnung. *Das ist wirklich das Letzte, was wir jetzt gebrauchen können*, wusste er.

»Ich sag dir, was wir machen«, fuhr Guillaume fort. »Wir werden eine Ecke der Halle für mich mit Vorhängen abtrennen. Es ist zu voll und eng hier für Diskretion, aber je weniger die Leute von mir sehen, desto besser.«

»Wie du willst, Mylord.«

»Sie bringen den Rammbock in den Hof!«, rief eine der Wachen vom Fenster herüber. Die Stimme klang schrill, beinah hysterisch.

Yvain trat zu dem jungen Kerl und blickte in den verschneiten Burghof hinab. Das Haupttor stand weit offen, und auch wenn er es nicht sehen konnte, wusste er, dass das Fallgitter im Innern des Torhauses und die Zugbrücke geöffnet worden waren, denn die Ochsen waren wieder vor das Gestell des Rammbocks gespannt worden und zogen ihn vor den Bergfried. Flämische und englische Soldaten durchkämmten die Wirtschaftsgebäude der Burg nach vergessenen Vorräten oder sonstigen Schätzen, andere gingen vornübergebeugt die Brustwehr entlang, plünderten die Leichen oder suchten nach Überlebenden. Und inmitten all der Betriebsamkeit saß Pentecôte FitzHugh reglos auf seinem Pferd wie ein schwarzer Fels in der aufgewühlten See und blickte unverwandt zu den Fenstern der Halle empor.

Yvain wandte sich ab und ging zu seiner Frau. »Haben wir alles, was wir aus unserer Kammer brauchen?«, fragte er gedämpft. »Jetzt ist die letzte Gelegenheit.«

Beatriz wies auf einen unordentlichen Hügel aus Decken und Habseligkeiten an der Wand. »Ich habe unser Bettzeug, mein Buch und deines mit den englischen Heiligengeschichten. Und ich habe jedem der Mädchen erlaubt, ein Spielzeug mit in die Halle zu bringen.«

Yvain nickte. »Gut.« Es gab noch ein paar andere Kleinigkeiten in seiner Kammer, die er gerne gerettet hätte, aber auch Platz gehörte zu den Dingen, mit denen sie sparsam sein mussten, und er wollte mit gutem Beispiel vorangehen.

»Aber Vater, was machen wir, wenn wir kein Essen mehr haben?«, fragte Eloise, klammerte sich an sein Bein und sah zu ihm hoch.

Er hob sie auf seinen Arm und strich mit dem Zeigefinger über ihre Nasenspitze. »Das wird nicht passieren, denn vorher jagen wir die bösen Männer davon.«

Es gefiel ihm nicht, seine Tochter anzulügen. Aber sie war sein Nesthäkchen, das Abbild ihrer Mutter und noch nicht einmal sechs Jahre alt. Was sonst hätte er ihr sagen können?

Das strahlende Lächeln der Erleichterung, das sie ihm schenkte, war Strafe genug für seine Lüge. Er küsste ihr die Stirn und stellte sie wieder auf die Füße. »Versucht, halbwegs artig zu sein, und hört auf eure Mutter«, ermahnte er seine Brut. »Das hier wird für uns alle nicht einfach, und jeder muss Rücksicht auf den anderen nehmen, damit wir das durchstehen können, klar?«

Sie nickten, aber Blanche und Aliénor kniffen sich gegenseitig verstohlen in den Arm, weil sie wieder einmal zankten. Yvain sah erst der einen, dann der anderen vielsagend in die Augen und ging schließlich weiter, um mit Osbern, Henry und Richard die Nachtwache zu planen.

Am ersten Tag nach dem Fall der Burgmauer gelangten die Belagerer nicht in den Bergfried, denn wegen der drei Eingangsstufen vor dem Portal konnten sie ihren Rammbock nicht zum Einsatz bringen. Um ihrem Ärger Luft zu machen oder aus purem Mutwillen steckten sie in der Nacht alle Wirtschaftsgebäude im Hof in Brand.

Yvain stand an einem der Fenster und schaute auf die Brände hinab. Hinter ihm in der Halle war es still geworden. Erschöpft von dem harten Rückzugsgefecht und ihrer Furcht hatten die Menschen von Waringham sich schlafen gelegt – dicht gedrängt im dreckigen Bodenstroh, eine dürftige Decke der einzige Schutz gegen die eisige Kälte des alten Gemäuers, und nicht jeder hatte eine ergattert.

Unten im Hof krachte das Backhaus unter beträchtlichem Funkenflug zusammen, und als der Radau sich ein wenig legte, hörte Yvain ein angstvolles Wiehern. Im Schein des brennenden Vorratshauses sah er, dass auch der Pferdestall links neben dem Torhaus in Flammen stand. Feuer leckte an den Bretterwänden, und die nassen Strohschindeln qualmten. Eine Ecke des Daches stürzte nach innen, und das angstvolle Wiehern wurde lauter.

FitzHugh hatte den Stall in Brand stecken lassen, ohne die Tiere vorher herauszuholen.

»Du verfluchter Hurensohn«, stieß Yvain tonlos hervor. Seine Hände, die links und rechts des Fensters auf der Mauer lagen, wurden feucht, und trotz der eisigen Kälte brach ihm der Schweiß aus. Er wollte sich abwenden, aber er konnte nicht. Wie gebannt musste er auf die Feuersbrunst hinabstarren.

»Was ist denn mit den Pferden, Vater?«, fragte eine gedämpfte Stimme zu seiner Linken.

»Leg dich wieder schlafen, Gui«, riet Yvain, nahm sich zusammen und strich dem Jungen über den zerzausten Schopf.

»Aber warum wiehern sie und schlittern?«

Yvain wusste, sein Sohn war schon zu groß, um sich mit einer Lüge abspeisen zu lassen. Er legte ihm die Hände auf die Schultern und schob ihn vor sich. »Kein Laut«, warnte er. Die Belagerer konnten sie von unten vor dem dunklen Fenster nicht sehen, aber ihre Bogenschützen standen bereit und würden auf jedes Geräusch schießen.

Gui zog scharf die Luft ein, als er begriff, was er sah. Sein Oberkörper zuckte zurück, und er wirbelte zu seinem Vater herum. »Aber … aber wie kann er das tun? Unschuldige Tiere verbrennen, nur weil er weiß, dass es dich quält?«

Yvain hob hilflos die Schultern. »So ist der Krieg.«

»Er ist boshaft«, sagte der Junge leise. »Pentecôte FitzHugh, meine ich. Das war er immer schon. Boshaft und grausam. Genau wie der König.«

Yvain sah seinem Sohn ins Gesicht und nickte wortlos. Er wusste, er hätte froh und dankbar sein müssen, dass Gui endlich die Augen aufgegangen waren. Aber er wünschte bei Gott, der Junge hätte die Wahrheit auf anderem Wege erkannt.

Die eingesperrten Pferde wieherten nicht mehr, sie schrien. Mit einem unterdrückten Stöhnen presste Gui die Hände auf die Ohren, ließ sie aber gleich wieder sinken. Schwer atmend stand er vor seinem Vater, den Kopf gesenkt. Seine Schultern bebten, aber Yvain machte ihm keinen Vorwurf, denn er heulte selber. Als der widerwärtige Gestank von verbranntem Fell und Fleisch hereingeweht kam, legte er seinem Sohn einen Arm um die knochigen Schultern, Gui den seinen um die Taille seines Vaters. Schweigend starrten sie in die feuerhelle Nacht hinaus, bis der Todeskampf der eingesperrten Tiere ausgestanden und es still geworden war.

»Uns geht das Feuerholz aus«, berichtete Amabel brüsk. »Bis heute Abend wird es noch reichen, und dann ist Schluss.«

Sie stand mit Guillaume und Yvain in der winzigen Kammer,

die provisorisch mit ein paar Decken und leeren Säcken für Lord Waringham in einer Ecke der Halle abgeteilt worden war.

»Wir müssen uns etwas einfallen lassen«, sagte Guillaume grimmig. »Ehe der alte Wheeler und das feige Gesindel, das er um sich schart, uns im Schlaf die Kehle durchschneiden und Fitz-Hugh in die Halle bitten …«

Es war der Morgen des vierten Tages, seit sie sich in der Halle verbarrikadiert hatten. Am Abend zuvor hatten die Belagerer das Eingangstor zum Bergfried mit Äxten und Brecheisen zertrümmert und zum ersten Mal versucht, die Halle zu erstürmen. Ohne Erfolg, denn Yvain und Richard hatten Schulter an Schulter am Eingang gestanden und die ersten vier Flamen niedergemacht, die die Wendeltreppe heraufkamen. Daraufhin hatten die übrigen sich zurückgezogen, und bislang hatten sie sich nicht wieder heraufgewagt.

Aber es hatte die Menschen mit Schrecken erfüllt. Aldgyth war nicht die Einzige gewesen, die während des Scharmützels an der Tür ohne Unterlass geschrien hatte. Alle waren angespannt, und das Zusammenleben von zu vielen Menschen auf zu wenig Raum wurde schon zur Prüfung. Es gab nicht genug zu essen und nicht genug zu tun. Die Menschen schliefen auf dem kalten Boden. Der Abort in der gemauerten Kammer in der Nordwand war unbrauchbar geworden, weil der Fallschacht eingefroren war, und so verrichteten sie ihre Notdurft hinter einem Vorhang in einer weiteren abgeteilten Ecke und entleerten die Eimer aus einem der Fenster, aber allmählich verbreitete sich ein elender Gestank in der Halle.

Vater Cyneheard und Vater Pierre hatten heute früh gemeinsam eine Messe gehalten, um den Leuten Trost zu spenden, aber die Stimmung blieb gedrückt. Die Frauen weinten in ihre Schalen mit der viel zu dünnen Hafergrütze. Die Männer wurden schweigsam und grimmig, die Kinder unleidlich. Ælfgar Wheeler stand mit verschränkten Armen und finsterer Miene am unteren Ende der rechten Seitentafel und tuschelte mit seinem Schwager. Wenn jetzt auch noch das Feuer ausging, das den Menschen von Waringham ein Minimum an Trost und Wärme und eine gekochte Mahlzeit am Tag bescherte, würde es nicht lange dauern, bis sie am Ende waren.

»Uns bleibt keine andere Wahl. Wir müssen die Galerie abreißen«, sagte Yvain und hob beide Hände, um Guillaumes und Amabels entrüstetem Widerspruch zu begegnen.

Doch sie tauschten lediglich einen Blick und nickten.

»Ich habe nicht gewagt, es vorzuschlagen«, sagte sie, »aber es ist die einzige Möglichkeit.«

»Es tut mir in der Seele weh«, gestand Guillaume. Die Galerie mit ihrer kunstvoll geschnitzten Balustrade hatte der Halle seit jeher Charakter und einen Hauch von höfischer Eleganz verliehen. Doch für solcherlei Luxus hatten sie derzeit keine Verwendung.

»Ja, mir auch«, bekannte Yvain. »Aber es wird uns nicht nur Holz für zwei Wochen einbringen, sondern die Männer einen Tag lang sinnvoll beschäftigen, was mindestens genauso viel wert ist. Und irgendwann bauen wir sie wieder auf.«

Guillaumes Augen zeigten nachsichtigen Spott. »Du bist wahrhaftig mit einem Übermaß an Zuversicht geschlagen.«

»Ja, und als ich den Feenbaum gegossen habe, hast du das auch immer zu mir gesagt«, konterte Yvain hitzig.

»*Touché.*« Jetzt lächelten die blauen Augen. Aber gleich darauf wurde Guillaume wieder betont nüchtern. »Mach Cuthbert ausfindig und besprich mit ihm, wie wir es anstellen wollen. Die Galerie soll uns möglichst nicht auf die Köpfe fallen. Und schick mir Maurice de Clare und Richard her, sei so gut.«

In der überfüllten Halle war es nicht einfach, jemanden zu finden. Yvain entdeckte den Zimmermann schließlich bei der Wache an der Tür zur Halle.

»Wie steht es hier?«, fragte er die Männer.

»Alles ruhig«, berichtete Henry of Camberfield.

»Wir haben die vier toten Flamen die Treppe hinabgeworfen, so weit es ging«, fügte Francis de Clare hinzu. »Wenn FitzHugh einen neuen Angriff versucht, muss er sie vorher wegschaffen lassen. Das werden wir hören – auch nachts – und vorgewarnt sein.«

Yvain nickte. »Gut. Wisst Ihr zufällig, wo Lord Richard steckt?«

»Galerie«, sagten Henry und Francis im Chor.

Yvain unterdrückte ein Seufzen. »Vermutlich zum letzten Mal … Hör zu, Cuthbert: Wir müssen die Galerie abtragen, denn wir brauchen das Holz. Stell einen Trupp Männer zusammen und übernimm das Kommando, in Ordnung?«

»Natürlich, Lord Yvain«, willigte der Zimmermann ein, fügte aber seufzend hinzu: »Was für ein Jammer …«

Yvain wandte sich nach rechts, stieg über zwei Mägde hinweg, die mit Spindel und Rocken auf der Treppe saßen, und erklomm die Stufen der Galerie langsamer als sonst. Er ließ die Rechte über das reich geschnitzte Geländer gleiten und spürte die Glätte des Handlaufs, den ungezählte Hände in den rund achtzig Jahren seit dem Bau dieser Burg ganz blankpoliert hatten.

Oben war es dämmrig und still, und wie so oft war es ein eng umschlungenes Liebespaar, das Yvain aufschreckte.

Er räusperte sich vielsagend. »Entschuldige die Störung, Richard …«

Und als das junge Paar schuldbewusst auseinanderstob, blieb ihm fast das Herz stehen.

Reglos starrte Yvain sie an, als hätte ihn ein Fluch versteinert, hoffnungslos verwirrt, weil er einfach nicht glauben konnte, was er sah.

Iselda und Richard waren genauso erschrocken, aber sie fassten sich schneller.

»Vater, ehe du irgendetwas sagst …«, begann seine Tochter und machte einen zaghaften Schritt auf ihn zu.

Yvain rang seine Fassungslosigkeit nieder und sah seinem Neffen in die Augen. Anders als er erwartet hatte, schlug der junge Mann nicht beschämt den Blick nieder, sondern erwiderte den seinen unverwandt.

»Wir hatten schon lange vor, mit dir zu sprechen«, beteuerte Iselda, und es klang ein wenig atemlos.

Yvain brach den Blickkontakt mit Richard und sah sie wieder an. »Um mir was genau zu sagen?«

Sie blinzelte einmal kurz ob des ungewohnt eisigen Tonfalls, ergriff aber seine Linke. »Dass ich deinem Wunsch nicht entsprechen kann, liebster Vater. Mir graut davor, dich zu enttäuschen. Aber ich kann Thomas Bigod nicht heiraten.«

Er befreite seine Hand. »Nun, das bleibt abzuwarten. Aber wen du ganz sicher nicht heiraten kannst, ist dein Cousin Richard.«

»Es ist schon vorgekommen«, warf dieser ein. Er sprach respektvoll, aber Yvain argwöhnte, er höre einen impertinenten Unterton.

»Nicht in dieser Familie.«

»Ein Grund mehr, uns Hoffnungen zu machen, da außer dir und Vater keine unserer Eltern, Großeltern und so weiter verwandt waren. Das bedeutet …«

»Überhaupt nichts«, fiel Yvain ihm ins Wort. Er spürte ein Kribbeln in den Fingerspitzen, so groß war der Drang, die Faust zu ballen und seinem Neffen ins Gesicht zu schmettern. Denn so dämmrig das Licht hier oben auch sein mochte, hatte Yvain doch genau gesehen, wohin Richards Hand sich gestohlen hatte, ehe er sie aufscheuchte. »Geh hinunter, Richard. Dein Vater schickt nach dir. Womöglich ist es dir entgangen, aber wir kämpfen hier gerade ums nackte Überleben.«

»Das ist nicht gerecht«, sagte der junge Mann leise.

»Nein?« Yvain schnaubte verächtlich. »Aber einem unschuldigen Mädchen in Zeiten der Furcht und Ungewissheit, da Regeln plötzlich bedeutungslos scheinen, unter den Rock zu kriechen, das ist gerecht, ja?«

»Vater, bitte«, flehte Iselda. »Du darfst nicht schlecht von Richard denken, es war ja alles meine Idee. *Ich* habe ihn hier herauf gelockt und …«

»Hör auf, um Himmels willen, du machst alles nur schlimmer«, schalt Richard, aber es klang nachsichtig, auf hilflose Weise amüsiert, genau wie Yvain selbst mit Beatriz sprach, wenn er erfolglos versuchte, ihr Vorhaltungen zu machen.

Er konnte überhaupt nicht verstehen, warum, aber es nahm ihm den Wind aus den Segeln. Er hätte sich indes lieber unbewaffnet in Pentecôte FitzHughs Hände begeben, als sich das anmerken zu lassen. »Lass deinen Vater nicht warten, Richard«, sagte er. »Um seinet- und deiner Mutter willen werde ich ihnen nicht sagen, was hier vorgefallen ist, aber ich rate dir eindringlich, dich in Zukunft von Iselda fernzuhalten, hast du verstanden?«

»Ich habe verstanden, Sir«, antwortete der junge Mann mit einer formvollendeten Verbeugung, jedoch ohne eine Zusicherung abzugeben. Er tauschte einen beredten Blick mit Iselda, für den Yvain ihn schon wieder am liebsten ungespitzt in den Boden gerammt hätte, und wandte sich ab.

Yvain wartete, bis das Knarren der Holzstiege verstummt war – das er heute vermutlich zum letzten Mal hörte –, dann wandte er sich seiner Tochter zu. »Es tut mir leid, mein Kind. Aber du musst ihn dir aus dem Kopf schlagen.« Er sah das verräterische Schimmern in ihren Augen, und dann rannen zwei Tränen ihre Wangen hinab. Doch er fuhr kopfschüttelnd fort: »Ich meine es nur gut mir dir. Du stürzt dich ins Unglück, wenn du so leichtsinnig deine Ehre aufs Spiel setzt.«

Iselda presste den Handrücken vor den Mund, um sich zusammenzunehmen, aber die Tränen wollten nicht versiegen. Dann schlang sie plötzlich die Arme um seinen Hals und presste das Gesicht an seine Brust. »Ach, Vater. Du weißt ja nicht, wie es ist, wenn man jemanden liebt, den zu lieben verboten ist …«

Sie hatten so gut wie kein Werkzeug, aber dafür jede Menge Muskelkraft. Nach Cuthberts Anweisungen und mithilfe einiger Seile trugen die Männer von Waringham die schöne Galerie systematisch und ohne größere Missgeschicke ab. Das verursachte viel Staub und noch mehr Getöse, und Yvain verstärkte die Wachen an den Fenstern und vor allem am Eingang zur Halle, damit die Belagerer die Gunst der Stunde nicht für einen Überraschungsangriff nutzen konnten.

»Macht Feuer in beiden Kaminen«, wies er die Mägde schließlich an, als das Werk getan war. »Ordentliche Feuer. Und koch uns irgendetwas Gutes, Rowena. Heute wollen wir ausnahmsweise einmal nicht mit Feuerholz und Speck sparen.«

»Nur zu gern, Lord Yvain«, stimmte die Köchin zu und rieb

sich entschlossen die Hände. »Judith, sieh nach, wie viel Pökelfleisch noch da ist, und du machst dich an die Arbeit mit den Zwiebeln, Aldgyth …«

Yvain überließ die Frauen ihren Fässern und Kesseln und war zuversichtlich, dass jeder in der Halle heute Abend etwas Heißes und Gutes in den Magen bekommen würde.

Cuthbert und die Männer, die ihm geholfen hatten, schichteten das Holz entlang der südlichen Stirnwand auf. »Manche der Balken sind zu lang für die Kamine, und wir haben keine Säge«, berichtete der Zimmermann.

»Wir verwenden zuerst das Holz in brauchbarer Größe und zerbrechen uns die Köpfe über die Balken, wenn wir nichts anderes mehr übrig haben«, gab Yvain zurück und drückte ihm seinen halbvollen Alebecher in die Finger. »Wohl bekomm's, Cuthbert. Das war gute Arbeit.«

»Danke.« Der Zimmermann nahm einen langen Schluck, gab Yvain den Becher aber mit einem Anstandsrest zurück.

Dann standen sie Seite an Seite und blickten an der nackten Mauer empor, wo etwa auf halber Höhe die viereckigen Löcher klafften, in welchen die Balken der Galerie gesessen hatten.

»Die Halle wirkt mit einem Mal viel größer und heller«, befand der Zimmermann.

»Aber ebenso kahl und abweisend«, entgegnete Yvain.

»Vielleicht kommt es uns nur so vor, weil wir in der Klemme stecken und niedergedrückt sind. Ich verstehe ja nicht viel von vornehmen Hallen, aber ein paar hübsche Teppiche an den Wänden, und jede Wette, sie könnte wieder richtig herrschaftlich werden …«

»Hm«, machte Yvain und seufzte leise. »Im Augenblick ist sie leider alles andere als vornehm und herrschaftlich, sondern ein Saustall.«

Cuthbert hob gleichmütig die massigen Schultern. »Es war trotzdem gut von Euch und Lord Waringham, die Menschen aus dem Dorf hier aufzunehmen. Die Leute wissen, dass es nur einen Aufschub bedeutet und wir vermutlich trotzdem alle draufgehen, aber sie sind Euch wirklich dankbar.«

Yvain hob abwehrend die Linke. »Wir haben nur unsere Pflicht und Schuldigkeit getan. Die Bauern arbeiten für uns, und dafür beschützen wir sie. Na ja, so gut wir eben können«, schränkte er mit einer kleinen Grimasse ein. »So sind die Regeln, Cuthbert.«

Der Zimmermann tat, was ihm vor einem Monat vermutlich im Traum nicht eingefallen wäre: Er legte Yvain in einer beinah väterlichen Geste die Hand auf den Arm. »Trotzdem hätte es längst nicht jeder getan. Und seid guten Mutes, Lord Yvain. Hört Ihr das Tröpfeln von draußen? Wir bekommen Tauwetter. Das heißt, der Abort kann wieder benutzt werden.«

»Gepriesen sei der Herr für diese kleine Gnade«, knurrte Yvain.

Cuthbert lachte in seinen struppigen Bart.

Das Holz befreite sie fürs Erste von der drängendsten Sorge, und während der folgenden Tage verhielten die Belagerer sich ruhig, sodass den eingeschlossenen Menschen im Bergfried eine Atempause vergönnt war.

»Denkt Ihr, sie wollen einfach in Seelenruhe abwarten, bis wir ausgehungert sind?«, fragte Elfhelm, der an einem der Fenster Wache hielt, den Bogen in der Hand einsatzbereit, aber nicht gespannt.

Yvain stand neben ihm und blickte in den Burghof hinab. »Wäre möglich. Obwohl es FitzHugh nicht ähnlich sieht. Er gehört nicht gerade zu den Geduldigsten unter Gottes Kindern …«

Der Schmied sah ihn neugierig an. »Ihr kennt ihn?«

Yvain nickte. »Mein ältester und treuester Feind. Aber ein Dummkopf ist er nicht und weiß vermutlich, dass er die Halle nicht stürmen kann.« Bei den erfolglosen Versuchen, das zu bewerkstelligen, hatte Pentecôte auf der engen Treppe inzwischen schon ein Dutzend Männer verloren.

»Tja. Und nun sitzen sie da unten und saufen ab«, stellte Elfhelm schadenfroh fest.

Nicht nur das Tauwetter, sondern auch der Regen, der seit zwei Tagen unablässig fiel, hatten den Burghof in eine Schlammsuhle verwandelt. Die Zelte der Belagerer waren dreckig und durchweicht und todsicher undicht, und die Männer standen in missmutigen Gruppen um ihre qualmenden Feuerchen herum. Yvain ließ den Blick über den Hof mit den geschwärzten Gerippen der niedergebrannten Wirtschaftsgebäude schweifen, aber er konnte Pentecôte nirgends entdecken.

»FitzHugh hat sein Quartier in der Kapelle aufgeschlagen«, mutmaßte er.

»Da hat er's zumindest trocken. Ist ja wieder mal typisch, er macht es sich bequem, während seine Leute …« Elfhelm verstummte abrupt, torkelte einen Schritt nach hinten und fiel dann mit ausgebreiteten Armen auf den Rücken. Ein gefiederter Pfeil ragte aus seiner Brust.

»Vorsicht an den Fenstern!«, warnte Yvain die übrigen Wächter und beugte sich über den Schmied. Doch der Pfeil hatte das Herz getroffen – die Augen starrten blicklos zur hohen Decke empor.

Yvain richtete sich wieder auf, stellte sich seitlich neben die Fensteröffnung, genau wie die Wachen es jetzt taten, und spähte hinaus. Auf dem Wehrgang gegenüber standen drei Schützen und zielten auf die Halle. Während Yvain hinschaute, prallten zwei ihrer Pfeile von der Mauer ab, denn es war nicht einfach, die schmalen Öffnungen bei dem dichten Regen und böigen Wind zu treffen. Aber einer flog durch das Fenster an der Estrade und bohrte sich in die hohe Tafel, ohne irgendwen zu verletzen.

Yvain wandte sich um und entdeckte seinen Neffen. »Richard, sorg dafür, dass alle sich in der Raummitte sammeln und auf die Erde hocken. Dann schick mir Sir Osbern …« Er verstummte, als wieder ein Pfeil durch eines der Fenster drang und das Bodenstroh zu qualmen begann, wo er landete.

»Verflucht, sie schicken Brandpfeile.« Yvain eilte zu der Stelle und trat das Feuer aus. »Setzt in alle Fenster bis auf eines die Läden wieder ein!«, befahl er. »Los, beeilt euch! Amabel, füllt Eimer mit Löschwasser. Ich weiß, wir können es nicht entbehren«, kam er ihrem Einwand zuvor. »Aber wenn hier drin ein Feuer ausbricht, sind wir erledigt. Maurice, wir werden angegriffen. Geh zu Guillaume und sag ihm …«

Aber schon schlug sein Bruder hinten in der dämmrigen Ecke des Saals den Vorhang seines provisorischen Privatgemachs zurück und kam mit langen, entschlossenen Schritten in die Mitte der Halle. Er warf den schwarzen Lazaritenmantel über die rechte Schulter zurück und zog mit der bandagierten Linken ein Schwert, das Yvain nie zuvor gesehen hatte: eine kostbare Waffe, Heft und Scheide mit Edelsteinen besetzt. Guillaume war Rechtshänder und hatte seine Klinge früher auch mit der Rechten geführt. Aber offenbar war die Schwerthand von der Lepra zu verkrüppelt, um noch ein Heft umschließen zu können.

»Der Beschuss ist ein Ablenkungsmanöver«, sagte Guillaume – eindringlich, aber vollkommen gelassen. »Sichert die Tür.«

Während Cuthbert, Edgar Einhand und ein paar weitere Männer die Läden in die Fensteröffnungen einsetzten, eilten Yvain, Guillaume und die Ritter zum Eingang der Halle, und tatsächlich sahen sie Fackelschein auf der Wendeltreppe.

Auch Yvain zog die Klinge, stellte sich Schulter an Schulter mit seinem Bruder in die Türöffnung und rief: »Wirst du denn nie klüger, FitzHugh?«

»Doch, doch, mein furchtloser Löwenritter …«

Und ehe Yvain noch ganz begriffen hatte, dass die hallende, körperlose Stimme von oben kam, fand er sich in beißenden Staub gehüllt.

»Verfluchter Mist, es ist Kalk!«, brüllte Henry of Camberfield und starb, weil er anders als die übrigen Ritter seit dem Rückzug in die Halle die Rüstung abgelegt hatte. Yvain konnte so gut wie nichts sehen, aber er erhaschte einen Blick auf Henrys blutüberströmte Kehle und Brust, als er über ihn stolperte.

Pentecôte musste sich am Eingang der Halle vorbei auf die Treppe weiter oben geschlichen haben, als alle Wachen abgelenkt waren und zu den Fenstern geschaut hatten. Und von seiner erhöhten Position warf er nun Hand um Hand Kalkstaub in die Halle, sodass die Verteidiger in einen undurchdringlichen weißen Nebel gehüllt waren, während die Flamen die Treppe heraufdrängten, die Geblendeten mit ihren berüchtigten Sägemessern niedermachten oder in die Halle zurückdrängten.

Yvain blinzelte wütend, rieb sich die Augen mit der freien Linken, und als er ein bisschen Sicht zurückerlangt hatte, sah er Guillaume die Treppe nach oben erstürmen. Nur ein paar Herzschläge später zerschellte ein Tonkrug auf den Steinfliesen im Eingang der Halle, und eine neue Kalkwolke stob auf, während Pentecôte und Guillaume sich auf dem viel zu engen Treppenabsatz vor der Halle einen rasanten Schwertkampf lieferten und dann treppab aus seinem Blickfeld verschwanden.

Yvain wurde von zwei Flamen im Scheunentorformat abgedrängt, riss den Dolch mit der Linken aus der Scheide und betete: *Lass es schnell und halbwegs sauber sein, Jesus, denn meine Töchter schauen zu …*

Der linke Flame war langsam und schwerfällig. Yvain rammte ihm den Dolch in die Kehle, packte den Stürzenden dann am Ellbogen und schleuderte ihn dem zweiten, gefährlicheren Angreifer entgegen. Der geriet über seinen sterbenden Kameraden ins Straucheln, und Yvain konnte ihn mühelos erledigen.

Maurice, Osbern, Richard und der junge de Clare kämpften mit ihm an der Tür, um den massiven Angriff zurückzudrängen. Der Kalkstaub wurde vom Luftzug auf der Treppe und den Schritten der Fechtenden immer wieder aufgewirbelt, doch jetzt blendete er die Angreifer genauso. Richard stürzte sich mit einem wütenden Kampfschrei auf einen graugelockten Veteran mit narbigem Gesicht und blitzschneller Schwertführung. Yvain hatte mit seinen eigenen Gegnern eigentlich genug zu tun, aber er konnte nicht anders, als hin und wieder einen Blick auf den Kampf seines Neffen zu werfen. Richard focht unerschrocken, aber mit Bedacht, lockte den alten Haudegen mit einer eleganten Finte aus der Deckung und erledigte ihn, aber schon erschienen zwei weitere auf der Treppe.

Yvain warf sich ihnen entgegen, denn er wusste, sein Bruder war schon zu lange verschwunden, und falls er noch lebte, brauchte er Hilfe. Yvains Augen tränten vom beißenden Staub. Ein Hieb, den er nicht kommen sah, landete so hart auf seiner

Schulter, dass die Ringe seines Kettenpanzers knirschten, aber noch hielten sie. Er wirbelte herum, stieß die Schwertklinge blindlings in die Richtung, aus welcher der Hieb gekommen war, und wurde mit einem gellenden Schrei belohnt. Er befreite sein Schwert aus dem beinah unsichtbaren Gegner, wirbelte wieder herum, rammte dem nächsten Angreifer den Ellbogen vor die Kehle, hebelte einem anderen mit einem Tritt die Waffe aus der Faust und hatte endlich freie Bahn.

Doch kaum war er drei oder vier Stufen hinabgestiegen, kam Guillaume ihm entgegen, rückwärts, das Schwert in der Linken bis zum Heft voller Blut.

»Schnell, Yvain. Wir müssen es tun, jetzt oder nie«, keuchte er.

Yvain bahnte ihm mit der Klinge einen Weg durch das Gefecht zurück in die Halle. Fieberhaft vor Eile und nahezu beiläufig erledigte Guillaume einen englischen Söldner, der sich angeschickt hatte, seinen Sohn von hinten anzugreifen.

Endlich waren die Brüder durch die so hart umkämpfte Tür, und Yvain riss mit einem Ruck den hässlichen Teppich herunter, der gleich daneben vor der Mauer hing. Er enthüllte eine Wandnische mit einem langen hölzernen Hebelgriff.

Guillaume legte die Linke darum, und trotz ihrer verzweifelten Lage zögerte er für die Dauer eines Lidschlags. »Lass uns beten, dass es funktioniert.«

Dann zog er den Hebel abwärts, und als der sich nicht sogleich bewegte, legte er die nutzlose Rechte über der Linken an den Griff. Yvain sprang ihm zur Seite und schloss ebenfalls beide Hände um den Holzschaft. Sie sahen sich in die Augen, und bei der Gelegenheit erkannte Yvain, dass Guillaumes schwarzer Turban auf der linken Seite nass von Blut war. Sie nickten sich zu und zogen gleichzeitig mit vereinten Kräften. Der Hebel knarrte, blieb noch einen Augenblick störrisch und gab dann mit tückischer Plötzlichkeit nach.

Während die Brüder Seite an Seite auf den Knien landeten, ertönte von unten ein unheilvolles Bersten und Rumpeln, gefolgt von einem vielstimmigen Schrei des Entsetzens.

»Herzerfrischend«, knurrte Yvain.

Guillaume nickte, und sie tauschten ein boshaftes und seltsam unbekümmertes Grinsen.

»Wie es scheint, hat es tadellos funktioniert«, bemerkte der Jüngere mit Befriedigung.

Guillaume legte ihm kurz die Hand auf den Arm und hinterließ blutige Fingerabdrücke auf dem Ringelpanzer. »Geh nachsehen«, bat er. Er war außer Atem.

Yvain sprang auf die Füße. Das Gefecht an der Tür war vorüber. Alle Eindringlinge lagen tot oder stöhnend auf dem Boden. Yvain stieg über einen bartlosen, unbehelmten Jüngling hinweg, dessen Blut in Strömen die Stufen hinabrann, und lief die enge Treppe hinunter, das Schwert einsatzbereit in der Rechten. Aber niemand warf sich ihm entgegen, und als er am Fuß der Treppe ankam, blieb er wie angewurzelt stehen und starrte fasziniert auf den Anblick, der sich ihm bot: Der Fußboden der Eingangshalle war einfach verschwunden. Wo zuvor die grauen Steinfliesen gelegen hatten, klaffte ein rechteckiges Loch, aus dem hallende Schreie und Plätschern drangen. Vorsichtig trat Yvain an den Rand und spähte hinein.

Wie jeder Waringham hatte auch er gewusst, dass der verborgene Hebel in der Halle einen Seilzug betätigte, welcher die Deckenbalken im Keller unter der Eingangshalle aus ihrer Verankerung löste, sodass sie in die Tiefe stürzten und den scheinbar so massiven Fußboden in eine Fallgrube verwandelten. Aber er hatte es nie zuvor *gesehen*. Im einfallenden Licht des aufgebrochenen Portals erkannte er, dass das Loch viel tiefer war, als er sich vorgestellt hatte, und es war vielleicht zur Hälfte mit Wasser gefüllt. Ob es aufsteigendes Grundwasser war oder der geschmolzene Schnee seinen Weg in den Keller des Bergfrieds gefunden hatte, wusste er nicht, jedenfalls war es viel Wasser: Die Belagerer, die in das Loch gepurzelt waren, als ihnen buchstäblich der Boden unter den Füßen weggezogen wurde, konnten nicht darin stehen. Aber herausklettern konnten sie auch nicht, weil die Wände zu hoch waren, und sie ruderten verzweifelt mit den Armen, gingen unter, tauchten prustend wieder auf oder auch nicht, denn die Rüstungen zogen sie nach unten, und vermutlich konnte keiner von ihnen schwimmen. Ihre verzweifelten Hilferufe hallten gruselig aus der tiefen Grube, die ihnen zu einem nassen Grab zu werden drohte, und alle waren in Panik.

Alle bis auf Pentecôte FitzHugh.

Yvain hatte ihn auf den ersten Blick entdeckt. Pentecôte trieb zwischen zwei Soldaten an der rechten Wand der Grube und hatte die Finger der Linken in einen winzigen Spalt zwischen zwei Mauersteinen gekrallt, während er mit dem rechten Arm langsame Ruderbewegungen vollführte, um sich über Wasser zu halten. Seine Finger rutschten ab, und er ging unter, tauchte aber wenig später mit einigem Schwung wieder auf, als hätte er sich mit den Füßen abgestoßen, sobald er den Grund berührte. Er fand seine rettende Mauerfuge wieder und klammerte sich daran fest. Ein rothaariger Flame, der schreiend um sich schlug, packte den Arm seines Kommandanten, die Augen vor Entsetzen geweitet, doch ehe er ihn mit sich in die Tiefe ziehen konnte, hatte Pentecôte ihm die Faust ins Gesicht geschmettert. Die Hand rutschte von seinem Arm, der Flame ging unter und kam nicht wieder.

Rudernd schaute Pentecôte zu Yvain hoch. »Was wird es sein, Yvain? Bist du klug und ziehst mich raus, oder bleibst du dir treu und triffst die falsche Wahl?« Es klang herablassend, auf grimmige Weise belustigt und war meilenweit von einem Flehen entfernt.

Aber Yvain wusste, ehe Pentecôte FitzHugh ihn anflehte, würden sie beide zu Staub zerfallen. »Allein dafür hätte ich nicht übel Lust, dich ersaufen zu lassen«, gab er zurück und verschränkte die Arme. »Nie war dein Anblick erbaulicher als heute. Was glaubst du, wie lange du dich über Wasser halten kannst?«

Pentecôtes Blick wanderte unwillkürlich zu seinen Fingern, die sich in den zu kleinen Spalt krallten, doch er antwortete nicht.

Yvain hörte Schritte auf der Treppe und fuhr herum. Es war Osbern de Cantilupe. »Wie steht es hier? Wir … Allmächtiger! Eine Fallgrube voller Geschmeiß.« Sein freudloses Lächeln und die blutende Schramme auf der Stirn ließen ihn gefährlich wirken.

»Sei so gut, schick ein paar Männer mit Seilen herunter, damit wir unsere Gäste herausfischen können«, bat Yvain und richtete den Blick wieder auf Pentecôte, als er fortfuhr: »Und sag Maurice, wir brauchen die Schlüssel für die Ketten im Verlies.«

Yvain überließ es Osbern und Maurice, mit den Männern der Burgwache die Ertrinkenden zu bergen und gefangen zu nehmen.

Er selbst eilte in die Halle zurück. Auf beiden Seiten des Eingangs und auf der Treppe waren die Spuren des verzweifelten Kampfes überall sichtbar: Blutlachen, verlorene Waffen, ein unappetitlicher, schmieriger Belag am Boden aus Blut und Kalk und eine Unzahl roter Fußabdrücke. Aber die Toten und Verwundeten waren weggeschafft worden.

»Æthelstan, wo ist Lord Waringham?«, fragte Yvain eine der Wachen.

»Sie haben ihn in seine Kammer gebracht«, antwortete Æthelstan, und sein Blick ergriff vor Yvains die Flucht.

Yvain war nicht überrascht, aber sein Herz war dennoch bleischwer. Mit gesenktem Kopf ging er in die gewiesene Richtung und betrat das abgeteilte Gemach.

Guillaume lag auf einer dünnen Strohmatratze am Boden. Sein Gesicht war verhüllt wie üblich, aber der kleine sichtbare Ausschnitt mit der Nasenwurzel und Augenpartie reichte, um Yvain zu zeigen, wie todesbleich sein Bruder war. Die Augen waren geschlossen, die Lider flatterten dann und wann. Amabel und Richard knieten an seiner rechten Seite, und vermutlich war es Erstere gewesen, die seine Gewänder glattgestrichen hatte. Der schwarze Umhang mit dem grünen Kreuz darauf lag in so säuberlichen Falten, dass er an die Statue eines verstorbenen Kreuzfahrers auf seinem Sarkophag erinnerte.

Vater Pierre hatte je zwei Kerzen am Fuß- und Kopfende des Lagers aufgestellt und sich zum Beten in den dämmrigen Winkel an der Wand zurückgezogen, um die Familie trotz der Enge so wenig wie möglich zu stören.

Yvain kniete sich links von Guillaume auf den Boden und sah, dass Matratze und Bodenstroh um Guillaumes Kopfpartie herum blutgetränkt waren.

Er legte die Hand auf die bandagierte Linke.

Guillaume schlug die Augen auf.

»Sie sind wie Wölfe in die Grube gefallen, Bruder«, berichtete Yvain. »Auch Pentecôte FitzHugh. Die Belagerung von Waringham ist vorüber.«

»Wieso sollte John keine neuen Truppen schicken?« Die raue Stimme war nur mehr ein Flüstern.

Yvain schüttelte den Kopf. »Vertrau mir.«

»Das … habe ich seit jeher getan«, erwiderte der Verwundete. »Dann kann ich also beruhigt gehen, der Herr sei gepriesen.« Er kniff einen Moment die Augen zu, aber gleich darauf entspannte er sich und schlug die Lider wieder auf. Seine umwickelte Rechte tastete fahrig an seiner Seite. »Nimm mein Schwert, Richard.«

Der fuhr sich hastig mit dem Ärmel über die Augen, aber die Erschütterung war ihm nicht anzuhören, als er antwortete: »Wie du wünschst, Vater.« Er rückte näher und nahm die kostbare Waffe auf, die Guillaume im Kampf gegen Pentecôte geführt hatte.

»Es war ein Geschenk von … von Marie de Montferrat, der Königin von Jerusalem, der ich eine Gefälligkeit erweisen konnte, kurz bevor sie starb … armes Kind«, flüsterte Guillaume, und die Haut um die Augen furchte sich wieder bei der Erinnerung, die offenbar bitter und süß zugleich war. Dann kehrte der Blick in die Gegenwart und zu seinem Sohn zurück. »Es soll … ein Erbstück unseres Hauses werden. Ich weiß, du wirst es mit Ehre tragen, genau wie den Titel. Auch darin … war Gott mir gnädig.«

Richard nickte und schluckte mühsam. »Du hast mein Wort.«

Guillaumes Augen lächelten. »Alsdann. Leb wohl, mein Sohn. Leb wohl, meine geliebte Amabel. Trauert nicht um mich, denn … ich bin schon so lange tot.« Langsam und unverkennbar unter Schmerzen drehte er den Kopf, bis sein Gesicht Yvain zugewandt war. »Leb wohl, Bruder. Schwöre mir, dass ihr mich begrabt, wie ich bin, und niemand mein Gesicht anschaut.«

Yvain hob die Rechte. »Ich schwöre bei der Seele unserer Mutter.« Es war das Beste, was ihm einfiel. »Geh in Frieden, Guillaume.«

Sein Bruder atmete tief durch, es war wie ein Seufzer der Erleichterung. Dann schloss er die Lider und lag still. Yvain hielt immer noch seine Hand, spürte die Wärme durch die blutdurchtränkten Bandagen und wünschte, diese Hand müsste nicht erkalten. Die Heftigkeit seines Schmerzes erstaunte ihn, und als er Amabel in die Augen sah, erkannte er, dass es ihr ganz genauso erging. Sie hielt Guillaumes Rechte und strich zärtlich mit dem Daumen über den Handrücken, streckte die freie Hand nach ihrem Sohn aus und umschloss seine Linke. Und so verharrten sie und warteten, lauschten Vater Pierres leiser Stimme, die beruhigend und wohltuend wie das Murmeln eines Flüsschens an einem warmen Sommertag klang. Guillaumes Atemzüge wurden flacher, die Abstände länger. Kein Heben und Senken der Brust war erkennbar.

Als Vater Pierre schließlich verstummte, spürte Yvain die besondere Qualität der Stille und schob die freie Hand unter den schwarzen Mantel. Das Herz hatte aufgehört zu schlagen.

Er tauschte einen Blick mit Amabel und Richard und bekreuzigte sich. Die anderen folgten seinem Beispiel, und Amabel legte die bandagierten Hände des Toten übereinander auf die stille Brust.

»So starb Guillaume, Earl of Waringham«, sagte Yvain, »Kreuzfahrer, Lazarit, treuester Vasall und Freund des ruhmreichen Königs Richard, am Tag des heiligen Mauritius, welcher der Tag der Befreiung von Waringham war.«

»Er war von den Toten zurückgekehrt, um den Seinen in den Tagen der Bedrängnis beizustehen«, fuhr Richard fort, seine Stimme jetzt fest. »Mögen seine Taten auf immer unvergessen bleiben.«

Yvain war zuversichtlich, dass Richards Wunsch in Erfüllung gehen würde, denn niemand, der diesen nasskalten Februartag miterlebt hatte – welcher als der Tag der Schlacht von Waringham in die Annalen eingehen sollte –, würde ihn wohl jemals vergessen. Vermutlich würde jeder sich an etwas anderes erinnern, aber Lord Waringhams heldenhafter Schwertkampf mit dem Kommandanten der Belagerer auf der Treppe des Bergfrieds hatte gewiss gute Chancen, zur Legende zu werden – eine Geschichte für lange Winterabende am Herdfeuer.

Einstweilen gab es indes Dringlicheres zu tun.

Während Cuthbert und sein Sohn am Fuß der Treppe standen, sich die Haare rauften und rätselten, wie in aller Welt sie den Fußboden der Eingangshalle je wieder herrichten sollten, brachen Matthew und sein Lehrjunge den zugemauerten hinteren Zugang zur Halle auf, der über eine Wendeltreppe im nordöstlichen Eckturm ins Freie führte.

Yvain und die verbliebenen Ritter und Knappen verließen den Bergfried als Erste und durchkämmten systematisch den Hof und die Zelte der Belagerer. Doch wie Yvain vermutet hatte, waren alle geflohen, die nicht beim missglückten Sturm auf die Halle dabei gewesen waren. Alle bis auf den siebzehnjährigen Alberic Russel, der Pentecôtes Knappe, aber trotzdem ein anständiger Junge war. Yvain fand ihn in der eisigen Kapelle auf den Knien, schickte ihn zum Aufwärmen in die Halle hinauf und befahl ihm, sich nicht von der Stelle zu rühren.

Dann stieg er auf den Wehrgang und schaute auf die zertrümmerte Ringmauer und den verwüsteten Burghof hinab. Der Regen rann an den verkohlten Ruinen der Wirtschaftsgebäude hinab und sammelte sich auf der zertrampelten Wiese in rußigen Pfützen. Yvain musste sich zwingen, den Blick nach rechts auf die eingestürzten Überreste des Pferdestalls zu richten: Ein Hügel aus geschwärzten Trümmern und verkohlten Balken, unter dem sie halb verbrannte Pferdekadaver finden würden, wenn sie ihn räumten. Waringham Castle wirkte verwüstet und geschändet, seine Mauern geschleift. Aber der Schein trog, denn es hatte standgehalten, und Yvain verspürte unbändigen Stolz auf die trutzige Burg und die Unbeugsamkeit derer von Waringham. Entschlossen kehrte er dem Anblick der Verwüstung den Rücken und blickte über die zerschossene Brustwehr auf die Weiden hinaus bis zum Mönchskopf. Jenseits davon lag Waringham Heath, und er hätte nichts dagegen gehabt, sich für ein Weilchen in der Weite und Einsamkeit der Heide zu verlieren und im Schatten des Feenbaums seinen Bruder zu betrauern. Aber das musste warten. Jetzt galt es erst einmal, sich um die Lebenden zu kümmern, und Yvain wusste, er musste schnell handeln, um ihre Sicherheit zu gewährleisten. Und was er dafür als Erstes brauchte, war ein Finger.

Er hatte angeordnet, die Gefallenen in der Burgkapelle aufzubahren. Guillaume lag von dicken Wachskerzen umringt gleich vor dem Altar. Richard und Maurice hielten ihm die Totenwache. In zwei ordentlichen Reihen gleich vor dem Altarraum lagen Jean FitzEdmond, Piers of Wingmore, Henry of Camberfield, Oswin, Pete, Ælfric und die weiteren Gefallenen von Waringham, während die Toten der Belagerer am anderen Ende des kleinen Gotteshauses und mit weitaus weniger Feingefühl neben- und übereinandergelegt worden waren.

»Februar hin oder her, wir müssen zusehen, dass wir sie alle schnell unter die Erde bekommen«, sagte Osbern de Cantilupe, der Yvain auf seinem Rundgang begleitete.

Yvain nickte. »Sag Cuthbert, er soll uns mit den langen Balken von der Galerie eine provisorische Brücke über die Fallgrube im Bergfried bauen. Danach muss er erst die Särge zimmern. Das hat Vorrang.«

»Ist gut.«

Langsam schritten sie die Reihen der Toten ab, und Yvain beugte sich schließlich über einen großen Flamen nahe der Kirchentür. »Na bitte. Du bist doch genau richtig.« Er hockte sich neben den Leichnam, legte dessen rechte Hand auf die Erde, zückte das Fleischerbeil aus dem Gürtel, das er von Rowena geborgt hatte, und trennte dem Toten mit einem sicher geführten Streich den rechten Zeigefinger von der Hand.

»Um Himmels willen, was tust du da?«, fragte Osbern verwirrt.

Yvain wickelte den Finger in ein Stück Sackleinen, das er ebenfalls mitgebracht hatte. »Ich schicke König John eine Nachricht«, antwortete er mit einem grimmigen kleinen Lächeln. »Und zwar eine, die nicht einmal er missverstehen kann.«

Pentecôte FitzHugh hockte allein im kleineren der beiden Kerker im Keller des Bergfrieds und schlotterte vor Kälte. Als das Knarren der Tür und der Lichtschein der Fackel ihm seinen Besucher ankündigten, kniff er die Augen gegen den plötzlichen Lichtschein zusammen, wandte den Kopf ab und versuchte, das Zähneklappern und Zittern zu unterdrücken, aber mit sehr mäßigem Erfolg.

Yvain trat über die Schwelle, zog die Tür hinter sich zu, hielt die Fackel ein wenig höher, damit ihr Schein weiter fallen konnte, und genoss den Anblick, der sich ihm bot: Pentecôte kniete auf einer feuchten Strohschicht, die so dünn und dreckig war, dass man meinen konnte, sie sei noch zu König Richards Zeiten ausgebracht worden. Eine Kette von ungefähr einem Schritt Länge fesselte seinen Fußknöchel an einen rostigen Eisenring in der Mauer, und seine Handgelenke steckten ebenfalls in eisernen Schellen. Die Männer, die ihn aus der Fallgrube gefischt hatten, waren nicht zimperlich gewesen, als sie ihm die Rüstung abnahmen; das linke Auge war zugeschwollen, die Nase blutig, die durchnässten Kleider eingerissen. Und irgendwer hatte offenbar Verwendung für seine Stiefel gefunden.

»Hier.« Yvain warf die trockenen Kleider und die Decke, die er mitgebracht hatte, vor seinem Gefangenen auf die Erde. »Nicht, dass du dir den Tod holst, Herzblatt.«

Pentecôte blickte für einen Moment auf die guten Gaben hinab, seine Miene undurchschaubar. Dann sah er zu Yvain hoch. »Wenn du weißt, was gut für dich ist, lässt du mich laufen.«

Yvain schenkte ihm ein müdes Lächeln. »Ich denke nicht. Gib mir deinen Ring.« Er streckte die Hand aus.

»Was?«, fragte Pentecôte verdattert.

»Den Ring«, wiederholte Yvain im Tonfall überstrapazierter Geduld, als hätte er einen Trottel vor sich. »Du kannst ihn freiwillig herausrücken, oder ich bin dir behilflich. Ganz, wie du willst.«

Pentecôte blickte auf den Goldreif an seiner Rechten hinab – dessen wundervoller Saphir selbst im matten Fackelschein funkeln konnte – und zögerte.

»Jetzt mach endlich«, knurrte Yvain.

Sein Gefangener gab sich einen sichtlichen Ruck. Die Ketten der Handfesseln klirrten, als er mit den Fingern der Linken unter einiger Mühe den Ring vom rechten Zeigefinger drehte. Am lang ausgestreckten Arm hielt er ihn Yvain hin.

Der steckte die Fackel in eine Wandhalterung, nahm Pentecôte den dargebotenen Ring ab und fischte mit der freien Linken das kleine Päckchen unter dem Mantel hervor. Er schüttelte das Sackleinen ab und steckte Pentecôtes Ring auf den Finger des toten Flamen. »Na bitte. Passt wie angegossen.«

Pentecôte hatte mit verengten Augen verfolgt, was Yvain tat, rang sichtlich um den Anschein von Gleichgültigkeit, kam dann aber doch nicht umhin zu fragen: »Was zum Henker machst du da?«

»Ich gewährleiste Waringhams Sicherheit. Dein Knappe Alberic wird dem König einen Brief überbringen, in welchem ich ihn ersuche, Waringham fortan zufriedenzulassen, weil ich mich andernfalls genötigt sähe, dich zu blenden, zu kastrieren und in weitere handliche Stückchen zu zerlegen, die ich ihm nach und nach zukommen lassen würde.« Er hielt den schaurigen abgetrennten Finger mit dem Ring hoch. »Das hier soll dem König vor Augen führen, wie bitter ernst es mir mit meiner Drohung ist. Und er wird sie beherzigen.«

Pentecôte lachte. Er hatte nicht viel Übung darin, und sein Lachen klang wie das Keuchen eines alten Blasebalgs. »Oh, was bist du nur für ein Narr, Yvain«, brachte er schließlich kurzatmig hervor, als er sich wieder beruhigt hatte. »Wie kommst du nur darauf, dass der König mit meinem Leben erpressbar sein könnte?«

»Weil er dein Vater ist«, gab Yvain leise zurück, und er ließ Pentecôte nicht aus den Augen.

Dessen Körper wurde eigentümlich still – als spüre er plötzlich keine Kälte mehr –, und die Miene war so ausdruckslos wie eine Tonmaske. »Was redest du da?«, knurrte er wegwerfend.

»Du kannst es leugnen, bis dir die Luft ausgeht«, gab Yvain zurück. »Ich *weiß*, dass es so ist.«

»Ah ja? Und woher, wenn die Frage erlaubt ist?«

Yvain hörte einen Hauch von Furcht hinter dem Hohn und verspürte ein wütendes Frohlocken.

Er hätte nicht einmal sagen können, seit wann genau er es wusste. Es war bei Hof natürlich allgemein bekannt, dass John über ein Dutzend Bastarde hatte, von denen einige vor, einige nach seiner Heirat mit Isabella zur Welt gekommen waren, und zum ersten Mal Vater geworden sei der König mit dreizehn, wurde gemunkelt. Irgendwann war Yvain aufgegangen, dass dieses Gerücht der Wahrheit entsprach und der fragliche Bastard Pentecôte war. Um das Malheur aus der Welt zu schaffen, war der Säugling in die Obhut von Hugh de Puiset, dem Bischof von Durham, gegeben worden, wo er zwischen all den bischöflichen Bastarden so wenig auffiel wie ein einzelnes Eichenblatt im Wald. Doch von dem Tag an, da Pentecôte mit dem Karren voller Silber für Richards Lösegeld aus Durham nach Nottingham gekommen war, hatte ihn und John ein besonderes Verhältnis verbunden, und natürlich war es auch kein Zufall, dass ausgerechnet Pentecôte Kommandant der königlichen Leibwache geworden war. Zu einer Zeit, da der König immer argwöhnischer wurde – ganz besonders gegen jene, die ihm am nächsten standen.

Was Yvain sich schließlich zu antworten entschloss, war: »Weil er dir *traut*.«

Pentecôte fuhr sich unfein mit dem Ärmel über die blutige Nase. »Dir hat er auch getraut, bis du ihn verraten hast.«

Yvain schüttelte langsam den Kopf. »Mir hat er an guten Tagen getraut. Genau wie William, Baldwin und all den anderen. Doch wenn er mit dem falschen Fuß aufgestanden war oder einer von uns ihn beim Tables geschlagen hatte, war das Vertrauen schnell erschüttert. Bei dir war es anders. Er … er liebt dich, du verfluchter Hurensohn, weil du genauso grausam und erbarmungslos bist wie er, genauso rachsüchtig, und wenn du wirklich wütend bist, pocht ein Äderchen in deiner Schläfe genau wie in seiner.«

Pentecôte nickte langsam, schien einen Moment nachzudenken, angelte dann die Wolldecke vom Boden und warf sie sich ungeschickt um die Schultern. »Nun, du kannst glauben, was dir

Spaß macht. Und wie lange, glaubst du, werde ich deine Gastfreundschaft in diesem anheimelnden Quartier genießen dürfen?«

Yvain nahm die Fackel aus dem Haltering und wandte sich zur Tür. »Keine Ahnung. Bis der König die Charta wieder einsetzt und befolgt.«

»Dann werde ich hier drin an Altersschwäche krepieren, schätze ich.«

»Ist recht«, gab Yvain desinteressiert zurück.

»Warum hast du nicht meinen Finger samt Ring genommen?«, fragte Pentecôte mit einem verständnislosen Kopfschütteln. »Ich meine, ich habe deine Pferde verbrannt, deine Burg geschleift, deinen Bruder getötet ... Was zur Hölle muss ich denn noch tun, damit du mich endlich genauso hasst wie ich dich?«

Mit einem Achselzucken stieß Yvain die Tür auf. »Bring dich nicht um den Schlaf, FitzHugh. Ich hasse dich genug, sei versichert. Aber ich will nicht so sein wie du.«

Waringham, Oktober 1216

»Eine Fuhre Sandsteinquader aus Tovil, Mylady«, verkündete der stiernackige Glatzkopf und wies auf den Karren, der durchs Torhaus gerumpelt kam.

»Oh?«, antwortete Beatriz vage und sah sich ein wenig ratlos im Burghof um.

Iselda kam mit eiligen Schritten vom neuen Backhaus herüber, um ihr aus der Klemme zu helfen. »Schon gut, *ma mère*, ich kümmere mich darum.«

»Danke, mein Engel«, erwiderte ihre Mutter und setzte ihren Weg zur Kapelle fort – wie üblich ohne all der geschäftigen Betriebsamkeit um sie herum die geringste Beachtung zu schenken.

»Ladet die Steine drüben an der Ostmauer ab, Master Garvin, dort werden sie gebraucht«, bat Iselda den Glatzkopf auf Englisch. »Aber nicht zu nah, hört Ihr? Achtet darauf, dass die Maurer noch Platz für ihre Leitern haben.«

»Wird gemacht, Mylady«, versprach er und lächelte gönnerhaft auf sie hinab, aber beim letzten Mal hatten sie die Fuhre tatsächlich direkt an der Mauer abgeladen, sodass die Arbeiter all die schweren Quader erst einmal hatten umschichten müssen, ehe sie sie verarbeiten konnten. Iseldas Vater war nicht gerade entzückt gewesen, denn der Wiederaufbau der Burg ging ihm nie schnell genug voran.

»Alles gut gegangen unterwegs?«, fragte sie.

»Dieses Mal ja, der Herr sei gepriesen«, gab er zurück. Die Quader kamen aus dem einzigen Steinbruch in Kent unweit von Maidstone mit Lastkähnen über den Medway und den Tain und wurden erst unten im Dorf auf Ochsenkarren umgeladen. Iselda hatte gelernt, dass selten ein Transport ohne Missgeschicke wie verletzte Treidelpferde oder gekenterte Boote abging.

»Kurz vor Rochester ist einer der Knechte über Bord gefallen, weil er wieder mal besoffen war, wenn Ihr die Wahrheit wissen wollt. Wir haben ihn nicht rausgefischt, denn ohne ihn sind wir besser dran.« Er fuhr sich mit dem Ärmel über das schweißnasse Gesicht. Es war warm für Oktober.

Iselda verstand, was Master Garvin ihr zu sagen versuchte, und versprach: »Ich schicke euch einen Krug Ale hinüber.«

»Vergelt's Gott«, antwortete er grinsend und führte die langmütigen Ochsen mit ihrer schweren Last über den Burghof. Drei weitere Karren folgten dem ersten, und Master Jenkins, der Baumeister, kam vom Bergfried herüber, um das neue Material in Empfang zu nehmen.

Überall auf der Burg wurde gehämmert, gesägt und gebaut. Die Luft war erfüllt von Mörtelstaub und dem Duft nach frischem Holz. Die neuen Wirtschaftsgebäude waren fast fertig, und die teuren Steine aus Tovil schlossen nach und nach die Wunden, die in der Ringmauer klafften.

»Aldgyth, bring den Männern vom Steinbruch einen Krug Ale«, bat sie die Magd, die mit der leeren Futterschale vom Hühnerhaus zurückkam.

»Aber Sir Maurice hat gesagt, die Arbeiter müssen selbst für ihre Verpflegung sorgen«, widersprach sie. Aldgyth widersprach ihr immer, egal, was Iselda ihr auftrug. »Sie verdienen schließlich genug hier, hat er gesagt.«

»Tu's trotzdem«, bat Richards Stimme plötzlich hinter Iseldas rechter Schulter. Sie klang wohlwollend wie so oft, geradezu nachsichtig, aber dennoch strahlte der junge Lord Waringham eine solche Autorität aus, dass kaum jemand auch nur auf die Idee kam, seine Anordnungen anzuzweifeln. Das war etwas, worum Iselda ihn oft beneidete. Sie wandte den Kopf, und als sie sein Gesicht sah, wurde ihr schwindelig. Das konnte immer noch passieren, auch nach all der Zeit. Ihr wurde buchstäblich schwindelig vor Liebe, wenn Richard ihr unter die Augen kam, und das vertraute Wechselbad aus Glück und Hoffnungslosigkeit ließ ihr Herz einmal stolpern.

»Wir machen eine kleine Ausnahme«, raunte er der Magd zu, und Aldgyth erwiderte sein verschwörerisches Lächeln und eilte davon.

»Ich wusste bis heute nicht, dass sie lächeln kann«, bemerkte Iselda verdrossen.

»Ach, sei nicht so hart zu der guten alten Aldgyth«, entgegnete ihr Cousin, »sie hat es nicht gerade leicht im Leben.«

»Warum nicht?«, fragte Iselda stirnrunzelnd.

»Hm«, machte er. »Ich fürchte, es wäre unschicklich, dir das zu offenbaren.«

»Du willst nur meine Neugier wecken, du Schuft«, hielt sie ihm vor.

»Ich würde sagen, deine Neugier muss man nicht wecken, denn sie schläft *niemals*.«

Und als er den Kopf ein wenig zur Seite neigte, um Iselda zu betrachten, fiel ihm eine schwarze Haarsträhne über die Augen. Iselda hob die Hand, um sie zurückzustreichen, ließ sie aber sofort wieder sinken. Wenn ihr Vater sah, dass sie und Richard vertrauliche Gesten tauschten, würde die Hölle losbrechen. Tatsächlich rechnete sie jeden Moment damit, dass er plötzlich wie aus dem Boden gestampft neben ihnen auftauchen und jedem eine Aufgabe zuteilen würde, die sie an möglichst entlegene Enden von Waringham führte …

Den ganzen Sommer über hatte er sie belauert, und Iselda argwöhnte, ihr Vater hätte sie ins Kloster oder Richard an einen fremden Hof geschickt, wären die Dinge anders gewesen. Doch sie waren nach wie vor praktisch in Waringham eingesperrt. Niemand konnte mit Gewissheit sagen, was der König mit ihnen vorhatte oder wo genau er sich aufhielt. Pentecôte FitzHugh mochte eine wertvolle Geisel sein, die Waringham Schutz gewährleistete, aber bei König John musste man stets mit Überraschungen rechnen. Die Ausbesserung der äußeren Verteidigungsanlagen hatte deswegen oberste Priorität, hatten Richard und Iseldas Vater einmütig beschlossen, die Burgwache war verstärkt worden, und nachts wurde die Zugbrücke geschlossen.

»Wie steht es im Dorf?«, fragte Iselda, während sie zum Brunnen hinüberschlenderten, wo Richard sich einen Eimer Wasser heraufzog.

»Ziemlich gut, denke ich.« Er füllte das Wasser aus dem Schöpfeimer in einen zweiten, der auf der Brunneneinfassung stand, tauchte die Kelle ein und trank einen langen Zug. »Die Mühle ist fast fertig, und am Sonnabend wird sich das ganze Dorf versammeln, um den Stein zu setzen. Sie feiern ein Fest zu dem Anlass, und die Müllerin hat uns alle eingeladen.«

Der Wiederaufbau des niedergebrannten Dorfes war zügiger vonstatten gegangen, als Iselda sich hätte träumen lassen, und sie war froh. Die Bauern von Waringham hatten während der Belagerung genug gelitten.

Roger de Lacy kam mit zwei Wachen vom Bergfried herüber. Vor der Klause hielten sie an, und Sir Roger steckte den Schlüssel in das Vorhängeschloss, das neuerdings die Tür versperrte. Die Wachen verschwanden in dem kleinen Häuschen und kamen kurz darauf mit Pentecôte FitzHugh wieder ins Freie. Er trug Hand- und Fußketten, aber Iselda wusste, dass sie ihm die Handschellen abnahmen und nur einen Fuß an einen Ring in der Mauer ketteten, wenn er in der Klause war. Lediglich für die täglichen Ausflüge in den Kräutergarten, die ihr Vater irgendwann im Frühling verfügt hatte, ergriffen die Wachen lieber alle erdenklichen Vorsichtsmaßnahmen, nachdem Sir Pentecôte sie zweimal überwältigt und zu fliehen versucht hatte. Trotzdem ließ ihr Vater ihn einmal am Tag für eine Stunde ins Freie und hatte ihn auch nicht zurück in das schaurige Verlies gesperrt.

Als Sir Pentecôte von seinen Wachen flankiert am Brunnen vorbeikam, blieb er stehen. »Nun, Einhörnchen? Ist dein Bräutigam immer noch nicht aufgekreuzt, um dich endlich heimzuführen? Wenn du des Wartens auf die große Nacht müde wirst, weißt du ja, wo du mich findest.«

Richard warf die Kelle in den Wassereimer und machte einen Schritt auf den Gefangenen zu. »Ihr solltet lieber Euer verfluchtes Schandmaul halten, FitzHugh«, knurrte er.

Der lachte in sich hinein. »Weil sonst was passiert? Welch ein jämmerliches Haus von feigen Zauderern ihr Waringham doch seid: Ihr habt euch von eurem rechtmäßigen König losgesagt und könnt euch doch nicht durchringen, seinem französischen Widersacher in London die Treue zu schwören. Und darum wirst du armer Tropf vermutlich alt und grau werden, eh du deinen Ritterschlag und deinen Grafentitel bekommst.«

»Sir Roger, seid so gut und geleitet Sir Pentecôte zurück in sein Quartier«, bat Richard ausgesucht höflich. »Er möchte heute offenbar nicht in den Garten.«

Roger de Lacy nickte grimmig und bedeutete den Wachen mit einer Geste, den Gefangenen wieder einzusperren.

Sir Pentecôte blieb freilich unbeeindruckt, machte kehrt, ehe sie seine Arme packen und ihn umdrehen konnten, und sagte zum Abschied über die Schulter: »Wie schade. Ich hätte zu gern mit deiner Mutter getändelt, die mich so auffallend häufig im Garten erwartet.«

Richard stieß angewidert die Luft aus und konterte: »Bleibt die Frage, mit wem Eure Gemahlin tändelt, während ihr hier versauert. Unsere Tante Cecily ist ja bedauerlicherweise nicht gerade für ihre übergroße Keuschheit bekannt …«

»*Richard*«, zischte Iselda erschrocken.

Pentecôte FitzHugh wandte den Kopf und warf dem jungen Waringham einen Blick purer Mordgier zu.

Richard schenkte ihm ein strahlendes Lächeln.

»Ich würde sagen, der Punkt ging an dich, Mylord«, befand Roger de Lacy mit Befriedigung. »Und apropos: Ist deine Mutter schon aus Hetfield zurück?«

Richard schüttelte den Kopf. »Wahrscheinlich morgen.«

Hetfield hatte im vergangenen Winter genauso unter der Heimsuchung durch die Belagerer gelitten wie Waringham. Natürlich war der Wiederaufbau Richards Mutter eine große Herzensangelegenheit, und sie war in den vergangenen Monaten regelmäßig hingeritten, um sich von den Fortschritten zu überzeugen. Oft hatte Iseldas Vater sie begleitet, aber nicht dieses Mal.

»Hm. Zu dumm«, brummte Sir Roger. »Sie hat mir eine Tinktur gegen meine verdammten Zahnschmerzen versprochen.«

»Ich kann dir den Zahn ausschlagen, wenn du willst«, erbot sich Richard.

Iselda lachte, aber Roger bedachte Richard mit einem vorwurfsvollen Blick. »Wenn du wüsstest, wie …«

»Da kommen Reiter!«, unterbrach der Ruf der Torwache seine Klage.

Iselda und Richard tauschten einen Blick, und dann eilten sie zusammen mit Roger über den Burghof und die Treppe zum Wehrgang hinauf. Ihr Vater kam aus dem beinah fertigen Pferdestall und folgte ihnen. Zufall oder Absicht – er stellte sich zwischen seine Tochter und seinen Neffen an die Brustwehr und blickte auf den Burghügel hinaus.

Ein Dutzend Reiter näherte sich dem Burgtor im Kanter: ein Edelmann mit einer Eskorte aus Rittern und livrierten Knappen.

»Sechs steigende Löwen auf blau«, murmelte Richard, als er das Wappen erkennen konnte.

Iselda wusste, wem es gehörte. »William Longsword, der Earl of Salisbury …« Sie sah unsicher zu ihrem Vater.

Der legte ihr beruhigend die Hand auf die Schulter. »Weißt du, wo deine Mutter steckt?«

»In der Kapelle.«

Er nickte. »Lauf hinunter und sag ihr Bescheid. Anschließend Sir Maurice und Rowena, in dieser Reihenfolge. Und mach kein so besorgtes Gesicht, Engel. William Longsword ist ein Ehrenmann, du hast keine Veranlassung, dich vor ihm zu fürchten.«

»Ich fürchte mich auch nicht«, stellte sie klar. Die Wahrheit war: Sie war so wütend auf William Longsword und so bitter enttäuscht von ihm, dass ihr davor graute, ihm gegenüberzutreten. Denn er hatte seinen Bruder, den König, im Sommer im Stich gelassen und ihm den Rücken gekehrt. Genau betrachtet, hatte Longsword das Gleiche getan wie ihr Vater, aber sie wusste, ihr Vater hatte schwerwiegende Gründe für seine Entscheidung gehabt. Und ihr Vater war auch nicht Johns Bruder. Der Gedanke, wie enttäuscht und verbittert der König über Longswords Abfall sein musste, lag ihr wie ein Wackerstein auf der Seele.

»Gräm dich nicht. Sie haben sich ausgesöhnt, der König und sein Bruder«, berichtete ihr Geoffrey de Burgh, der Sohn des Lord Chamberlain. Genau wie Iselda war Geoffrey bei Hofe aufgewachsen, und auch wenn die Erziehung von Mädchen und Knaben meist getrennt vonstatten ging, waren sie doch lebenslange Freunde. Geoffrey war genauso alt wie sie und zählte zu Longswords Knappen. Iselda hatte ihn abgepasst, als er aus dem Pferdestall kam, und ihn mit einem rasch zusammengeklaubten Imbiss aus Wein und Fleischpastete auf den sonnenbeschienenen Wehrgang gelockt. Denn sie wollte die Neuigkeiten lieber von ihm erfahren – vollständig und ungeschönt –, als sich mit der Version abspeisen zu lassen, die ihr Vater ihr offerieren würde.

»Und der König hat ihn zurückgenommen?«, fragte sie erstaunt. »Einfach so?«

Sie saßen mit dem Rücken an die Brustwehr gelehnt auf dem Boden, der Zinnteller mit den Pasteten und der Weinbecher zwischen ihnen.

»Na ja«, erwiderte Geoffrey mit vollem Mund, besann sich und schluckte den unbescheidenen Bissen herunter, ehe er erklärte: »John kann sich nicht leisten, so nachtragend zu sein wie sonst, denn seine Verbündeten stehen nicht gerade Schlange. Aber jetzt heizt er den Lords in den Midlands ganz schön ein, das muss man ihm lassen.«

»Erzähl der Reihe nach«, bat Iselda.

Geoffrey trank einen Schluck, sah für einen Moment zu den fleißigen Maurern auf der gegenüberliegenden Seite des Wehrgangs hinüber und sagte dann: »Ganz ehrlich, Iselda? Als Prinz Louis in London Hof hielt und die Barons über die eigenen Füße stolperten in ihrer Hast, ihm Gefolgschaft zu schwören, dachte ich, König John ist erledigt. Aber ich habe mich getäuscht, genau wie Longsword.«

Im Mai war der französische Kronprinz in England gelandet, um auf Einladung der aufständischen Barons Anspruch auf die englische Krone zu erheben. König John hatte sich zu dem Zeitpunkt in Winchester aufgehalten, doch als die Nachricht kam, dass Louis auf Winchester marschierte, hatte er es in Schutt und Asche gelegt und war nach Nordwesten ausgewichen. Der König hatte Geoffreys Vater, Hubert de Burgh, nach Dover geschickt, um es gegen Louis zu halten, und seit dem Sommer rannten sich Louis' Truppen die Schädel an der mächtigen Burg ein, denn ohne den Hafen von Dover hatte Louis keine zuverlässige Transportroute für Verstärkung aus Frankreich. Der französische Prinz selbst saß in London und ließ sich von den Barons und den Bürgern der großen Stadt hofieren. Sogar König Alexander von Schottland hatte sich auf den weiten Weg nach Süden gemacht, um Louis zu huldigen, und etwa zu der Zeit hatte William Longsword dem König den Rücken gekehrt.

»Aber … warum?«, fragte Iselda fassungslos. »In der Stunde seiner größten Not lässt sein eigener Bruder ihn im Stich?«

»Hm.« Es war ein höhnischer Laut. »Du kannst dir einfach nicht vorstellen, wie er war. Der König, meine ich. *Immer* besoffen. Immerzu. Und so gefährlich, dass selbst mein alter Herr sich nicht ohne Not in seine Nähe begab. Und als er das arme Winchester niederbrennen ließ, nur damit Louis es nicht in seine gierigen Finger bekommen konnte, hat es gekracht zwischen dem König und Longsword. Ich dachte, einer von beiden endet mit einer Klinge in der Kehle in einer Blutlache. Aber der König ist keiner, der sich irgendwo verkriecht und sein Leid beklagt. Er hat einfach immer weiter gekämpft, und er hatte ja auch noch mächtige Verbündete, allen voran den alten William Marshal. Und meinen Vater, natürlich. Dann hatte er zur Abwechslung mal ein bisschen Glück und zwei seiner erbittertsten Feinde bissen ins Gras: Eustache de Vesci fiel bei der Belagerung von Durham, und Geoffrey de Mandeville erwischte es bei einem Turnierunfall.«

Er nahm noch einen großen Bissen, kaute kurz und spülte ihn mit einem Schluck Wein herunter, ehe er mit seinem Bericht fortfuhr: »Der König zog nach Oxford und forderte alle Vasallen, die ihm die Treue hielten, auf, sich ihm dort anzuschließen. Da hat Longsword es nicht länger ausgehalten, und wir sind nach Oxford geritten, als seien alle Teufel der Hölle hinter uns her. Sie söhnten sich aus, kratzten an Truppen zusammen, was sie kriegen konnten, und machten den Rebellen die Hölle heiß. Der König fegte über Cambridgeshire, Huntingdonshire und Lincolnshire hinweg wie … wie eine Feuerwalze.« Geoffrey vollführte mit leuchtenden Augen eine weit ausholende Geste. »Es war unglaublich, Iselda.« Dann fuhr er nüchterner fort: »Na ja. Er legte eine Schneise mitten durch England und schnitt seine Feinde im Süden und Norden voneinander ab. Aber damit ist die Rebellion der Barons noch nicht niedergeschlagen, dieser verfluchte Prinz Louis noch nicht aus dem Land gejagt.«

»Wo ist der König jetzt?«

»Gute Frage. Er ist ständig in Bewegung. Aber als wir aufbrachen, war er auf dem Weg nach Bishop's Lynn.«

Das war in Norfolk, unweit der Küste, wusste Iselda. Sie nickte versonnen. »Und wozu ist Longsword nun hergekommen?«, fragte sie schließlich.

»Um zu verhandeln«, antwortete dessen Knappe mit einem Schulterzucken. »Er will deinen alten Herrn überreden, Frieden mit dem König zu schließen, und morgen kommen die Bigods hierher, hab ich gehört, um sich ebenfalls anzuhören, was Longsword ihnen im Namen des Königs anzubieten hat. Thomas und Hugh Bigod sind schließlich seine Halbbrüder. Ich schätze, sie werden ihn zumindest anhören.«

Iselda kaute nervös auf ihrer Unterlippe und hörte sogleich wieder damit auf, als sie es merkte. Es war eine abscheuliche

Angewohnheit. »Mein Vater wird nur Frieden mit dem König schließen, wenn John die Charta wieder einsetzt«, prophezeite sie.

»Schande«, gab Geoffrey mit einem höhnischen Seufzer zurück. »Dein Vater prügelt auf einen toten Gaul ein, fürchte ich.«

Iselda war nicht so sicher. »Der König ist immer für eine Überraschung gut, wenn er mit dem Rücken zur Wand steht.«

»Hm. Aber selten für eine nette Überraschung. Außerdem … Da kommt Lord Waringham.« Er kam eilig auf die Füße und klopfte Pastetenkrümel von seinem Bliaut. Als Richard bei ihnen anhielt, verneigte Geoffrey sich höflich. »Mylord.«

»Geoffrey.« Richard nickte ihm zu. »Lord Salisbury und mein Onkel wollen ausreiten, du wirst gebraucht.«

»Ach du Schreck.« Er wandte sich zur Treppe und lief schon eilig die Stufen hinab, als er über die Schulter zurückrief: »Danke für die Pastete und den Wein, Iselda.«

»Gern geschehen.« Sie winkte ihm scheinbar unbekümmert nach, aber sobald er außer Hörweite war, stieß sie hervor: »Ich weiß, wo der König ist. Ungefähr, jedenfalls.«

»Und zwar?«

»Norfolk.«

Richard nickte. »Und morgen kommt Thomas Bigod her. Wir dürfen nicht länger warten, Iselda.« Er klang vollkommen ruhig. Aber das war er nicht. Dieser Treuebruch war für ihn womöglich noch schwerer als für sie.

Daran durfte sie jetzt indes nicht denken. »Also heute Nacht?«

»Heute Nacht.« Er atmete tief durch. »Bleib unsichtbar, bis dein Vater und Longsword aus der Burg geritten sind. Dann gehst du zum Stall, holst unsere Pferde und bringst sie nach Waringham Heath. Bei dem Trubel mit all den fremden Pferden wird Rob ihr Fehlen hoffentlich nicht bemerken.«

»Wenn er fragt, sage ich ihm, ich hätte sie auf die Weide gestellt.«

»Gut. Wir treffen uns um Mitternacht am Feenbaum.«

Newark, Oktober 1216

»Richard of Waringham. Ich habe Nachrichten für den König. Ist er hier?«

Die Wachen nickten, ließen ihre Piken aber gekreuzt, bis der Linke die junge Frau auf der völlig erschöpften Stute erkannte. »Lady Iselda? Seid Ihr das, Kindchen?«

»John. Edric. Lasst uns ein, um der Liebe Christi willen. Wir sind seit Tagen auf der Suche nach ihm, und unsere Nachrichten dulden keinen Aufschub.« *Außerdem haben wir keinen Proviant mehr und seit einer Woche kaum geschlafen*, sagte sie nicht, aber sie waren vollkommen erledigt – Pferde und Reiter gleichermaßen. Ihre Suche nach dem König hatte sie nicht nur kreuz und quer durch East Anglia geführt, sondern sie hatten genau gewusst, dass ihr Vater ihnen dicht auf den Fersen war und vermutlich mit jedem Tag, der verging, aufholte.

Die beiden altgedienten Wachen richteten ihre Waffen auf und winkten sie durch. »Na, dann mal rein mit Euch«, sagte Edric gutmütig. »Ich hoffe, Ihr bringt ihm gute Neuigkeiten? Schlechte hatten wir in den letzten Tagen nämlich genug.«

Ehe Iselda ihn fragen konnte, was geschehen sei, legte John eine Hand auf ihren Steigbügel und sah mit bangem Blick zu ihr auf. »Stimmt es, dass Euer Vater unseren Kommandanten gefangen hält und ihm jeden Freitag einen Finger abschneidet?«

Iselda schüttelte den Kopf. »Ersteres ja, Letzeres nein. Du kennst meinen Vater doch, John …«

Sie ritt wieder an, und Richard folgte ihr schweigend durch das mächtige Torhaus in die trutzige Festung am Ufer des Trent. »Und was nun?«, raunte er.

Iselda sah sich um. Sie war nie zuvor in Newark gewesen, denn die Burg gehörte eigentlich nicht dem König, sondern dem Bischof von Lincoln, und hatte deswegen nicht auf der üblichen Route des rastlosen, ewig umherreisenden Königs gelegen. Aber im trüben Licht des regnerischen Herbsttages erkannten sie beide, dass fast alle Fenster des dreigeschossigen Bergfrieds erleuchtet waren.

Iselda zeigte mit dem Finger darauf. »Dort muss er sein.«

Der Innenhof lag verlassen. Die Blätter der einzelnen Linde neben dem Pferdestall flüsterten im Wind, und bei jeder Bö segelten ein paar Dutzend zu Boden. An einem der Wirtschaftsgebäude schlug ein Fensterladen. Mit jedem Tag ihrer Flucht war das Wetter ungemütlicher geworden. Regen hatte die Straßen schlammig und das Fortkommen mühsam gemacht, und wann immer sie nachts für eine kurze Rast anhielten, hatten sie jämmerlich gefroren in ihren viel zu dünnen Sommermänteln. Auch jetzt jagten dunkle Wolken über den Himmel und schienen sich im Osten über der See zu sammeln wie eine Armee.

»Wo ist der Hof?«, fragte Richard argwöhnisch, als sie vor dem erhellten Gebäude absaßen und die erschöpften Pferde an eine Reling vor dem Eingang banden.

»Keine Ahnung. Komm, lass uns hineingehen«, drängte Iselda.

Sie betraten den Bergfried mit raschen, entschlossenen Schritten, denn sie wussten, je selbstsicherer sie auftraten, desto geringer die Gefahr, dass ihre Anwesenheit Argwohn erregte.

Zu ihrer Linken fiel Lichtschein aus einer halb geöffneten Tür, und sie hörten verhaltenes Stimmengewirr und das Scheppern von Zinngeschirr. Die Halle, schloss Iselda, aber keine sehr große, und es schienen auch nicht mehr als zwei, drei Dutzend Männer zu sein, die sich dort versammelt hatten.

Richard ergriff Iseldas eiskalte Rechte und nickte wortlos zur Treppe, die ins Obergeschoss führte. Fackeln in Wandhaltern erhellten den Aufgang und hatten fächerförmige Rußflecken auf die nackten Mauern gemalt. Oben erstreckten sich Korridore nach rechts und links, und ehe die Ankömmlinge entschieden hatten, wohin sie sich wenden sollten, öffnete sich knarrend eine Tür auf der rechten Seite, und ein dunkel gekleideter Mönch trat heraus.

»Vater Aimery?«, fragte Iselda unsicher und machte einen Schritt auf ihn zu. Als er den Kopf hob und der Schein seines Kerzenleuchters sein Gesicht erhellte, sah sie, dass sie sich nicht getäuscht hatte.

»Iselda und Richard of Waringham?«, erwiderte der Leibarzt des Königs ungläubig. »Was in aller Welt führt euch hierher?«

»Das ist eine lange Geschichte, Vater«, antwortete Richard mit einer respektvollen Verbeugung. »An deren Ende ich dem König einen Lehnseid für Waringham schwöre und das Zerwürfnis zwischen meinem Haus und der Krone beende. Das heißt, wenn sie gut ausgeht.«

Aimery de Léoncel musterte erst den jungen Edelmann vor sich und dann Iselda, die so viele Regentage ihrer Kindheit zwischen Büchern und Tinkturen in seinem Quartier verbracht hatte, und er seufzte tief. »Liegt es im Bereich des Möglichen, dass eure Geschichte mit einer verbotenen Liebe beginnt, mein Sohn?«

»So ist es, Vater.«

»Und schämt ihr selbstsüchtigen Kinder euch denn überhaupt nicht, euren Vater und Onkel so schändlich zu verraten?«

»Doch«, antworteten sie wie aus einem Munde. »Aber nicht genug, um uns zu besinnen«, fügte Iselda hinzu. Es geriet ein wenig kleinlaut, und das ärgerte sie, denn sie mussten diesen Punkt eindeutig klarstellen, um keine Zeit zu verschwenden. Jeden Moment konnte ihr Vater Newark Castle erreichen, und vermutlich war sein Zorn groß genug, um es mit bloßen Händen einzureißen. »Ich bitte Euch inständig, ehrwürdiger Vater, lasst uns zum König.«

Aimery schüttelte den Kopf. »Er ruht, und wir dürfen ihn jetzt nicht stören. Er ist krank, Iselda.«

»Krank?«, wiederholte sie erstaunt. Sie kannte den König nicht anders als kraftstrotzend und tatkräftig. »Was fehlt ihm denn?«

»Schwer zu sagen. Er ist … erschöpft. Seit dem Sommer hat er kaum zwei Nächte im selben Bett geschlafen. Nie gerastet, nur gekämpft, keinen Tag weniger als dreißig Meilen im Sattel zurückgelegt. Aber er ist nicht mehr so jung, wie er einst war, auch wenn er es nicht gern hört. Vor einer Woche in Bishop's Lynn bekam er plötzlich Fieber und …« Der Arzt unterbrach sich und winkte mit einem leisen Seufzer ab. »Er war sehr unwohl. Aber trotzdem ist er gleich wieder ausgerückt. Und als er vor drei Tagen den Welstream überquerte, zog plötzlich dichter Nebel auf, der Tross verirrte sich im sumpfigen Mündungsgebiet, dann kam die Flut und verschlang sämtliche Wagen mitsamt Männern und Pferden. Der König hat seine Kriegskasse verloren, all seine Juwelen und … seine Krone.«

Iselda zog erschrocken die Luft ein und legte die Hand vor den Mund. »Oh, heilige Jungfrau, erbarme dich. Was für ein schreckliches Omen.«

»Aber zum Glück glaube ich ja nicht an Omen«, spöttelte eine vertraute Stimme in ihrem Rücken.

Iselda und Richard wirbelten herum.

Der König stand mit verschränkten Armen auf der Schwelle der gegenüberliegenden Tür, lässig mit einer Schulter an die Zarge gelehnt, und betrachtete seine unerwarteten Besucher scheinbar geruhsam.

»Sire!« Eine eigentümliche Gefühlsmischung durchzuckte Iselda – Wiedersehensfreude und Schrecken zu gleichen Teilen. Sie sank vor ihm auf die Knie, ergriff seine schwielige Pranke und drückte sie einen Moment an die Stirn, wenngleich es ungehörig war. *Jesus, er ist magerer als Vater,* dachte sie. Seine Hand war trocken und heiß.

Richard war an Iseldas Seite auf ein Knie gesunken und hatte ehrerbietig den Kopf gesenkt. »Mein König.«

»Waringham.« Es klang kühl, aber nicht abweisend. Dann schaute John wieder zu Iselda, und er zog sie mit einem kleinen Ruck auf die Füße. »Kommt herein. Ich ahne, was immer Ihr mir zu sagen habt, wird meine Melancholie vertreiben. Das konntest du immer schon, Einhörnchen. Begleitet uns, Vater Aimery, und bringt einen Krug eurer burgundischen Medizin mit …«

Er führte sie in ein großzügiges Gemach mit einem Kamin, in dem ein munteres Feuer knisterte. John sank in einen gepolsterten Sessel am Fenster – ein wenig schneller als beabsichtigt, argwöhnte Iselda, und er schloss für einen Moment die Lider. Dann nahm er den Becher, den Aimery ihm mit einem unglücklichen Kopfschütteln reichte, trank einen ordentlichen Schluck und sah von Iselda zu Richard und wieder zurück. »Also? Ich höre.«

Iselda verknotete die Zeigefinger ineinander. »Sire, wir …«

»Ich erbitte Eure Einwilligung für meine Heirat mit meiner Cousine Iselda of Waringham, Sire«, fiel Richard ihr ins Wort. »Mir ist bewusst, dass unsere Verbindung gegen das Gesetz der Kirche verstößt, und da Iseldas Vater strikt dagegen ist, können wir nur auf eine päpstliche Dispens hoffen, wenn wir Eure Erlaubnis haben.«

John nickte versonnen und lehnte den Kopf zurück gegen die hohe Rückenlehne. »Oh, Yvain, mein armer Löwenritter. Wie diese Rebellion dich grämen muss ...«

Iselda biss sich auf die Unterlippe und tauschte einen Blick mit Richard, aber sie schwiegen beide und warteten.

Draußen ging der kurze Herbstnachmittag zur Neige. Die tiefstehende Sonne blinzelte für ein paar Herzschläge zwischen den dahinjagenden Wolken durchs Fenster, und in ihrem Licht erkannte Iselda, dass die fahle Blässe auf Johns Gesicht eine gelbliche Tönung hatte, genau wie seine fiebrigen Augen.

Doch krank oder nicht, als der König den Blick auf Richard richtete, wirkten die Augen so scharf und erbarmungslos wie die eines Falken. »Was bietet Ihr mir im Gegenzug?«

»Waringham, Sire.«

John nickte kommentarlos, blickte in seinen Becher hinab und dachte einen Moment nach. Dann erhob er sich und befahl: »Iselda, bring mir mein Schwert. Kniet nieder, Waringham.«

Iselda fand das königliche Schwert unter einem zusammengeknüllten Mantel auf dem Bett, trug es ehrfürchtig zu John hinüber und hielt die silberbeschlagene Scheide so, dass er die Hand um das Heft legen konnte. Langsam, doch scheinbar mit unverminderter Kraft zog der König die Klinge und berührte den knienden jungen Mann vor sich damit auf der linken Schulter.

Seine Stimme klang ernst und feierlich, als er sagte: »Ich bin bereit, Euren Eid zu empfangen, Sir Richard of Waringham.«

Während der König seine Klinge zurück in die Scheide steckte, legte Richard die linke Hand auf das kleine Reliquiar, das Abt Aimery ihm wortlos hinhielt, hob die Rechte zum Schwur, sah dem König in die Augen und erklärte: »Von heute an bin ich der Eure mit Leib und Leben, mit all meiner weltlichen Ehre und allen, die mir angehören, und gelobe Euch Gehorsam und Vasallentreue, so wahr mir Gott helfe.«

Er legte die Handflächen zusammen, und John umschloss sie für einen langen Moment mit den seinen, ehe er sagte: »Erhebt Euch, Lord Waringham.«

Iselda spürte das Herz in der Kehle flattern wie einen gefangenen Vogel. Sie kannte ihren König ganz genau, und ihr war nur zu bewusst, dass Richard ihm Vasallentreue geschworen hatte, ohne dass John die erbetene Gunst auch nur in Aussicht gestellt hatte.

Für ein paar Atemzüge stand der König reglos vor seinem Lehnsmann, den Blick auf einen Punkt irgendwo links von Richards Schulter gerichtet. Iselda war sich unschlüssig, ob er nachdachte oder sie nur ein wenig zappeln lassen wollte.

Dann schloss er Richard brüsk in die Arme, ließ ihn wieder los und trat einen halben Schritt zurück. »Vater Aimery, schickt nach einem Schreiber. Ich werde ihm einen Brief an den päpstlichen Legaten diktieren und um eine Dispens für Lord Waringham und seine Cousine zur Legitimierung ihrer Eheschließung ersuchen.« Er sah zu Iselda. »Sei beruhigt, Einhörnchen. Kardinal Guala ist ein guter Freund und wird mir diese kleine Gefälligkeit nicht verweigern. Aber ihr solltet lieber nicht warten, bis die Dispens kommt, sondern …« Er zeigte den Schatten seines mutwilligen Lächelns. »Fakten schaffen. Vater Aimery wird euch trauen.«

»Ah ja?«, fragte der alte Leibarzt verdrossen.

»*Jetzt*, ehrwürdiger Vater«, knurrte John.

Aimery sah zu Iselda. »Ihr wisst, warum er das tut, oder?«

Sie nickte. »Um meinen Vater zu treffen. Aber ich kann nicht wählerisch sein, so wie die Dinge liegen.« Sie blickte wieder zum König. »Der Zweck heiligt die Mittel, das sagt Ihr doch gern, Sire, richtig?«

Er schenkte ihr ein untypisch mildes Lächeln und brach dann ohne einen Laut zusammen.

Ein Sturm zog auf, als Yvain Newark Castle am neunzehnten Oktober erreichte. Auf der ganzen einwöchigen Jagd nach dem durchgebrannten Liebespaar war das Wetter abscheulich gewesen, und in den Fens hatten sie die Spur und kostbare Zeit verloren, während sie einen halben Tag bei Dauerregen durch die sumpfige Ödnis irrten. Doch in Sleaford Castle hatte er endlich Glück: Der Kastellan berichtete ihm, der junge Lord Waringham habe ihn erst tags zuvor aufgesucht und nach dem Aufenthaltsort des Königs gefragt, und er – der Kastellan – habe ihn weiter ins zwanzig Meilen entfernte Newark geschickt, wohin John keine drei Tage vorher aufgebrochen sei.

»Er ist hier«, bemerkte William Longsword mit unverhohlener Erleichterung und wies auf die Standarte mit den drei goldenen Löwen, die über dem Torhaus im zunehmenden Wind tanzte.

»Der Earl of Salisbury für den König!«, schnauzte einer seiner Ritter die Wachen an, die sie schleunigst einließen. Der Regen rann in Sturzbächen von ihren Helmen, doch ihre grimmigen Mienen hellten sich auf, als sie den Reiter hinter Yvain erkannten.

»Captain!«, grüßte der graubärtige Eldred, der schon König Richards Tore gehütet hatte. »Ihr seid wieder da, St. Wulfstan sei gepriesen!«

Pentecôte nickte ihnen knapp zu. »Eldred. Matthew. Ich komme zu euch, sobald ich kann.«

»Willkommen zurück, Captain«, sagte der junge Matthew mit unverkennbarer Heldenverehrung und versetzte Pentecôtes Gaul einen freundschaftlichen Klaps auf die Schulter.

Was finden sie nur an ihm?, fragte Yvain sich verdrossen. Er hatte Pentecôte mit auf seine Verfolgungsjagd genommen, um ihn dem König im Austausch gegen Iselda und Richard anzubieten, falls es zum Äußersten kam, und in der Woche seit ihrem Aufbruch von Waringham hatte er wieder aufs Neue gelernt, Pentecôte FitzHugh aus tiefster Seele zu verabscheuen, der aus seiner Schadenfreude über Yvains Verzweiflung und Bitterkeit keinen Hehl gemacht hatte. Wäre Longsword nicht mit ihnen geritten, hätte Yvain seiner kostbaren Geisel vermutlich irgendwo in den Sümpfen East Anglias die Kehle durchgeschnitten …

Vor dem Bergfried saßen sie ab. Yvain drückte die Zügel seinem neuen Knappen Francis de Clare in die Finger und stürmte ins Innere, ohne auf die anderen zu warten. Aber Pentecôte und Longsword folgten ihm dicht auf den Fersen.

»Wo ist der König«, fragte Letzterer die Wache in der Vorhalle.

»Wo ist meine Tochter?«, fragte Yvain im selben Moment.

»Er … er ist oben, Mylord«, stammelte die Wache verwirrt, und während Longsword die Treppe hinaufeilte – immer zwei Stufen auf einmal –, kam Iselda durch die Tür zur angrenzenden Halle. »Ich bin hier, Vater.«

»Gott vergib mir«, murmelte Yvain heiser. »Ich komme zu spät.«

Es war nicht einmal die Tatsache, dass sie Hand in Hand mit Richard ging, auch nicht das von Gebende und Schapel bedeckte Haar, das ihm Gewissheit brachte, sondern ihr Blick.

Als sie vor ihm standen, begann sie: »Vater, wir …« und geriet gleich wieder ins Stocken. Yvain sah den Kummer und die Zerrissenheit in ihren Augen.

Richard legte ihr den Arm um die Schultern und sah Yvain ins Gesicht. »Ich bitte dich um Verzeihung dafür, dass wir uns deinen Wünschen widersetzt haben, Onkel«, sagte er schlicht.

Richard hatte seit jeher ein Talent besessen, sich auf das Wesentliche zu beschränken. Yvain musterte ihn von Kopf bis Fuß, sah die Sporen und das kostbare Schwert, das der junge Mann jetzt offen trug, und zog ein paar Schlüsse.

»Glückwunsch, *Mylord* of Waringham.«

Richard ging nicht darauf ein. »Wir waren anmaßend und ungehörig«, gestand er freimütig. »Aber wir konnten nicht anders.«

»Diese Ehe wird annulliert«, erklärte Yvain.

»Nein, Sir, diese Ehe wird *nicht* annulliert«, widersprach Richard mit Nachdruck. »Denn wir haben die Einwilligung des Königs, und wir erhalten eine päpstliche Dispens.«

Yvain krallte die Linke vorn in seinen feinen Bliaut und ballte die Rechte.

»Vater!« Iselda beschwor ihn. »Du warst auch ungehorsam

und hast dich deinem Vater widersetzt, als er einen Templer aus dir machen wollte. Weil du einfach nicht anders konntest. War's nicht so?«

Yvain ignorierte sie und sah Richard unverwandt ins Gesicht. »Was fällt dir ein, du aufgeblasener Milchbart? Noch keine zwanzig Jahre alt, und du glaubst, du kannst mich vor vollendete Tatsachen stellen? Mich, dessen gottverfluchter *Knappe* du bis zu deinem ergaunerten Ritterschlag warst? Du stehst da mit geschwollenem Kamm wie ein dreistes Hähnchen, mit Guillaumes Schwert und Guillaumes Titel und ...« Er brach abrupt ab, senkte die geballte Faust und ließ Richards Gewand mit einem eher harmlosen Stoß vor die Brust los.

Der junge Lord Waringham machte einen halben Schritt nach hinten, um das Gleichgewicht zu halten, und Iselda schmiegte sich an ihn und legte den Arm um seine Taille, ohne ihren Vater aus den Augen zu lassen.

Yvain stand vor ihnen und rang mit dem abscheulichen Verdacht, dass er sich aufführte wie ein alternder Platzhirsch. Dass er so wütend auf Richard war, weil der den Titel bekommen hatte. Kein Mann sah es gern, wenn die nachfolgende Generation plötzlich heranwuchs, ihm Konkurrenz machte und die Stirn bot, und mit der einzigartigen Klarheit, die ein Schock einem manchmal bescherte, erkannte Yvain, dass John Arthur aus genau diesem Grund erschlagen hatte: Sich seinem Bruder unterzuordnen war schon schrecklich genug gewesen, aber die bloße Vorstellung, sein *Neffe* könnte die Krone erringen und sich über den Onkel erheben, war unerträglich gewesen. Zum ersten Mal begriff Yvain diese schlimmste aller Freveltaten, die John begangen hatte, und er konnte nachempfinden, wie es dazu gekommen war.

Aber er wollte diesem Weg nicht folgen.

Mit einem tiefen Seufzer knurrte er: »Zur Hölle damit. Du hast recht, Engel. Wie kann ich von euch verlangen, dass ihr gehorsamer seid als ich?« Er breitete die Arme aus. »Komm her, Lady Waringham. Gott segne euch, alle beide ...«

Iselda fiel ihm mit einem gedämpften Jubellaut um den Hals, und die strahlende Erleichterung in ihrem Gesicht war fast eine ausreichende Entschädigung für die ausgestandene Angst und den Zorn.

Yvain ließ seine Tochter los und legte Richard die Hand auf die Schulter. »Dein Vater wäre stolz auf dich.«

»Ich fürchte auch«, gab der junge Mann mit einem geisterhaften Lächeln zurück.

»Und jetzt, da wir dieses Rührstück hinter uns gebracht haben, darf man vielleicht erfahren, wo der König ist?«, fragte Pentecôte FitzHugh.

Ehe irgendwer antworten konnte, erschien Longsword oben an der Treppe. »Yvain, Pentecôte. Schnell.«

Abt Aimery de Léoncel, Abt Adam of Croxton und Vater Laurence, der Kaplan des Königs, knieten in den Binsen am Kamin und beteten. Das Gemach war dämmrig, der Fensterladen gegen den Sturm geschlossen worden. Die zwei Kerzen in der Fensternische zuckten und knisterten in der Zugluft, die heulend durch die Ritzen drang. Vier weitere Kerzen standen auf dem Tisch, der nicht mit Johns üblicher Unordnung übersät war. Ein einzelner Wasserkrug stand darauf, daneben eine aufgeklappte Schatulle mit einem kleinen Ölkrug und einem Weihwassergefäß darin. *Sterbesakramente*, erkannte Yvain fassungslos und trat zusammen mit Pentecôte an das breite Bett mit den geöffneten grünen Brokatvorhängen.

Der König lag auf dem Rücken, die Decke unordentlich bis zur Hüfte hinabgeschoben – vermutlich machte die Fieberhitze ihn unruhig. Er trug ein sauberes, perlenbesticktes Hemd, und das Kinn war glattrasiert.

Johns Blick suchte und fand Yvains. »Ich schätze … jetzt sind wir quitt. Du … hast mir die verfluchte Charta abgegaunert, Yvain … ich dir deine Tochter.«

Nicht auf die Weise, wie ich immer befürchtet habe, dachte Yvain flüchtig, aber er nickte. »Wir sind quitt, Sire.«

»Es gibt nicht viel … das ich bereue. Aber unten in der Halle wartet … wartet seit drei Tagen William de Braoses Schwester auf meine Einwilligung, ein Kloster … ein Kloster zum Andenken an ihre Mutter und ihren Bruder gründen zu dürfen. Sag ihr … ihre Bitte ist gewährt.«

Yvain nickte und blinzelte wütend gegen die Tränen an, die ihm plötzlich in die Augen schossen. Er wollte verdammt sein, wenn er John beweinte.

Pentecôte und Longsword, die nebeneinander auf der anderen Seite des Bettes standen, hatten diesbezüglich offenbar weniger Bedenken. Beiden rannen Tränen über die Wangen, und wie auf ein geheimes Zeichen setzten sie sich auf die Bettkante. Longsword ergriff die magere Hand des Sterbenden.

»Die See hat meine Krone verschlungen«, flüsterte der. »Was Richard wohl dazu zu sagen haben wird, wenn wir uns wiedersehen …« Die Mundwinkel verzogen sich für einen Moment nach oben. »Trotzdem müsst ihr … ihr müsst Henry so schnell wie möglich krönen. Ehe die Rebellen Louis auf den Thron setzen, hört ihr?« Stirnrunzelnd sah er zu ihnen auf, und die gelbe Haut seines Gesichts wirkte brüchig und trocken wie uraltes Pergament.

»Wir sorgen dafür«, versprach Pentecôte. Es klang erstickt, und er räusperte sich entschlossen, ehe er fortfuhr: »Und wir jagen Louis zurück übers Meer.«

»Ich habe nach der Königin geschickt, Sire«, sagte Longsword.

»Aber sie wird nicht kommen«, entgegnete sein Bruder. Es klang weder zornig noch bekümmert. Vielleicht war er schon zu schwach für solche Regungen. Oder er wusste, dass er sich die Entfremdung von seiner Gemahlin ganz allein zuzuschreiben hatte. »Es spielt keine Rolle. Sie … wäre ohnehin zu spät. Ich bin bereit zu gehen. Mein Testament ist diktiert, und ich … ich bin von meinen Sünden losgesprochen, falls … so etwas denn wirklich möglich sein sollte.«

Die Augen fielen zu, und das Gemach war still bis auf das gemurmelte *Paternoster* der drei Geistlichen.

Ganz allmählich öffneten die Lider sich noch einmal, und John sah Yvain direkt an, der Blick klarer als zuvor. »Macht … einen besseren König aus Henry, als ich es war«, sagte er. Dann drehte er den Kopf auf dem Kissen, bis er Longsword und Pentecôte anschauen konnte. »Hütet ihn gut und führt seine Kriege mit Entschlossenheit, bis er … alt genug ist, es selbst zu tun. Und nun hört auf zu flennen, ihr Bastarde«, schloss er unwirsch und starb.

Gloucester, Oktober 1216

Nur neun Tage nach dem Tod des Königs wurde der neunjährige Thronfolger in der Kathedrale von Gloucester zu König Henry III. von England gekrönt, und es war eine hastige, improvisierte Zeremonie.

William Marshal, den Johns Testament zum Regenten und zum Erzieher des kleinen Königs bestimmte, hatte darauf gedrungen, Fakten zu schaffen, ehe die aufständischen Barons in London den französischen Prinzen Louis krönen konnten. Er selbst hatte Henry am Abend zuvor zum Ritter geschlagen, denn kein König war zur Hand, der es hätte tun können. Peter des Roches, der Bischof von Winchester, krönte den blassen, ernsten Knaben, denn Stephen Langton, dem dieses Privileg als Erzbischof von Canterbury eigentlich zugestanden hätte, befand sich auf dem Kontinent im Exil. Und die Krone, die der Bischof dem kleinen König aufsetzte, war nur Isabellas Perlendiadem, denn die wahre Krone der Könige von England hatte ja die See verschlungen.

Genau wie seine Tochter fürchtete Yvain, der Verlust der Krone könne ein böses Omen sein, und er dachte: *Gott steh uns bei mit einem Kind auf dem Thron in Zeiten wie diesen …*

»Ich beneide den alten Marshal wahrhaftig nicht«, vertraute er Beatriz an, als sie nach dem Krönungsbankett – das ebenfalls eine überschaubare und bescheidene Angelegenheit gewesen war – allein in ihrem Quartier in Gloucester Castle waren. »Er muss den Krieg gegen Prinz Louis und seine Anhänger führen und aus einem Knäblein einen König machen. Jede Aufgabe für sich ist schon schwierig genug, und Marshal ist über siebzig.«

Beatriz setzte sich auf die Bettkante und streifte die hübschen

Seidenschuhe von den Füßen. »Aber er wird ja nicht alles allein tun müssen, oder?«

Yvain schüttelte den Kopf. »Und ich schätze, jetzt, da John tot ist, werden viele der aufständischen Barons auf die Seite der Krone zurückkehren – auch ohne Charta. Es war König John, gegen den sie sich erhoben haben. Viele werden bereit sein, mit Henry einen Neuanfang zu machen.«

»Und was ist mit dir?«, fragte sie, schaute zu ihm auf und neigte den Kopf ein wenig zur Seite. »Du wolltest die Charta mehr als alles andere, keinen neuen König.«

»Aber einen neuen König habe ich bekommen«, gab er mit einem ratlosen Achselzucken zurück. Er setzte sich ihr gegenüber an den kleinen Tisch neben dem Bett. Eine Schale mit rotwangigen Äpfeln stand darauf, und Yvain ergriff eine der Früchte und drehte sie nachdenklich zwischen den Händen. »Ich glaube immer noch an die Charta«, sagte er. »Und ich glaube, dass eine Idee, die so gut und so richtig ist, nicht einfach sang- und klanglos wieder aus der Welt verschwindet. Aber jetzt müssen wir erst einmal den Krieg in England beenden und Henrys Thron sichern, darin stimme ich Marshal zu. Er wünscht übrigens, dass ich wieder Master of the Horse werde und Henrys Reit- und Fechtausbildung übernehme.«

»Und? Wirst du?«

»Ich nehme an, mir bleibt nicht viel anderes übrig. Was denkst du?«

Beatriz löste ihr Haar, ließ das moosgrüne Seidenband, das ihre Flechten gehalten hatte, durch die Finger gleiten und blickte darauf hinab – so lange, dass man argwöhnen konnte, sie habe ihre Unterhaltung vergessen und sei in Gedanken wieder einmal in andere Gefilde entschwunden. Aber dann antwortete sie: »Tu es. Es wäre gut für Henry und gut für dich.«

»Hm«, machte er, immer noch unschlüssig. »Obendrein werde ich in Waringham nicht mehr gebraucht. Richard ist erwachsen geworden und will sicher keinen weisen alten Oheim, der ihm unentwegt über die Schulter blickt und zuflüstert, was er tun oder lassen soll.«

»Das ist wahr, *mon amant*«, stimmte Beatriz zu, und er hörte das Lächeln in ihrer Stimme, auch wenn er ihr nicht in die Augen sehen konnte, denn das offene blonde Haar war ihr vors Gesicht geglitten, und sie hatte den Blick nach wie vor auf ihre Haarschleife gesenkt.

Beatriz war weit weniger erschüttert über Iseldas und Richards Flucht aus Waringham gewesen als Yvain. Zuerst hatte er gar geargwöhnt, sie sei eingeweiht. Aber er hatte sie nicht mit seinem Verdacht konfrontiert, weil er in solcher Hast gewesen war, die Verfolgung aufzunehmen. Heute war er heilfroh, dass er den Mund gehalten hatte, denn Iselda hatte ihm geschworen, dass es nur einen Menschen gegeben habe, der ihr Geheimnis kannte. Und Yvain hätte beinah der Schlag getroffen, als er erfuhr, dass das sein Bruder Guillaume gewesen war. Doch all das war jetzt bedeutungslos. Kardinal Guala, der päpstliche Legat, hatte das junge Paar gesegnet und versprochen, dass sie die nachträgliche Genehmigung ihrer Eheschließung noch vor dem Frühling bekommen würden. Yvain wusste, er musste lernen zu akzeptieren, was er für verwerflich und falsch hielt. Und natürlich würde er das. Aber Beatriz, ahnte er, maß den Gesetzen der Kirche in dieser Frage keine große Bedeutung bei und war einfach nur froh darüber, dass ihre Tochter glücklich war.

»Das Hofleben scheint also auch weiterhin unser Schicksal zu sein«, sagte er und hob ergeben die Hand mit dem Apfel. »Wenigstens wird Henrys Hof nicht jede Woche umziehen.«

»Bestimmt nicht. Ich hörte Pentecôte vorhin zu Longsword sagen, Windsor wäre der sicherste Ort für den König, bis die Lage sich geklärt hat.«

»Pentecôte …«, knurrte Yvain. »Auch seine ständige Gesellschaft bleibt uns erhalten, wie es aussieht.«

Beatriz hatte begonnen, die grüne Haarschleife um zwei ihrer schlanken Finger aufzurollen. »Dir«, sagte sie. »Mir nicht.«

»Wie meinst du das?«, fragte Yvain verwirrt und biss herzhaft in seinen Apfel.

»Ich werde nicht hier sein, Yvain.« Sie legte das aufgerollte Haarband beiseite und schaute ihn endlich an. »Die Königin …

Königinmutter, heißt es jetzt wohl, wird sich in Portsmouth einschiffen, sobald das Wetter es zulässt, und nach Aquitanien segeln, um Henrys Vasallen dort in seinem Namen den Eid abzunehmen. Und sie wünscht, dass ich sie begleite. Du hast doch sicher nichts dagegen? Und ich nehme unsere drei Kleinen mit, denn sie …«

»Augenblick«, unterbrach Yvain und schluckte den Bissen hastig herunter. »Was fällt ihr ein? Sie kann dich nicht einfach auf den Kontinent verschleppen, ohne mich zu fragen!«

»Doch, Yvain, sie kann«, entgegnete Beatriz leichthin und griff nach der Haarbürste. »Denn sie ist die Königin. Es ist ihr Wunsch und der meine ebenso.«

»Aber …«

»Und ich möchte Eloise, Marie und Agnes mitnehmen. Du wirst mir gewiss zustimmen, dass Mädchen von sechs, sieben und acht ihre Mutter dringender brauchen als …«

»Das kommt nicht infrage«, teilte er ihr kategorisch mit.

»Nein?« Beatriz legte die Bürste in den Schoß, blickte ein paar Herzschläge lang auf den geschnitzten Elfenbeinrücken hinab und sah ihrem Mann dann wieder in die Augen. »Denkst du nicht, dass du mir *irgendetwas* lassen musst, Yvain? Ich habe dich jahrelang mit einer anderen geteilt. Es hat mir nicht einmal viel ausgemacht«, räumte sie mit einem resignierten kleinen Schulterzucken ein. »Weil du mir trotzdem alles gegeben hast, was eine Frau sich von ihrem Mann nur wünschen kann: deine Wertschätzung und unsere Kinder. Bis du letzten Sommer aus Runnymede zurückgekommen bist. Seither hast du mich kaum mehr angeschaut, geschweige denn angerührt. Natürlich weiß ich, warum. Er hat dir gesagt, was du eigentlich längst wusstest. Denn nicht einmal du bist so naiv zu glauben, dass er mich als Einzige auslassen würde. Aber als er es gesagt hat, war euer absonderlicher Männerehrenkodex verletzt, und *mir* hast du die kalte Schulter dafür gezeigt, obwohl du genau weißt, dass ich keine Wahl hatte. Das habe ich nicht verdient. Also lass mich gehen. Es ist ja nur für ein Weilchen. Und du kannst in Wahrheit doch gut auf mich verzichten.«

Yvain hatte ihr mit gesenktem Kopf zugehört, und er saß auf dem Schemel mit dem angenagten Apfel in der Hand, so als wäre er zur Salzsäule erstarrt. Ihm war, als könne er sich nicht rühren, als seien es Bleigewichte, nicht Worte, die auf ihn eingeprasselt waren, und ihre Last drohte ihn zu erdrücken. *Nein*, erkannte er, *ich kann nicht auf dich verzichten.* Allein die Vorstellung verursachte ihm ein bohrendes Gefühl der Verlorenheit. Beinah wie Schwindel, so als sei er plötzlich ins Leere getreten und befinde sich im freien Fall.

Aber schließlich nahm er sich zusammen, und als er aufstand, konnte er auch wieder atmen. »Du hast recht«, bekannte er, und seine Stimme klang ihm selbst fremd in den Ohren, rau und heiser. Er konnte Beatriz mit einem Mal nicht länger in die Augen sehen, und er richtete den Blick auf die Tür, als er fortfuhr: »Ich habe dich ungerecht behandelt, und das tut mir leid. Natürlich hast du meine Erlaubnis, mit Isabella nach Aquitanien zu segeln und unsere Kleinen mitzunehmen.«

Er wandte sich ab.

Beatriz ergriff seine Hand. »Danke, *mon amant*.« Es geriet tonlos.

Yvain hielt nicht an, und ihre kühlen Finger entglitten den seinen, aber nicht ehe eine einzelne Träne auf seiner Hand gelandet war. Er öffnete die Tür, und ohne sich noch einmal umzuschauen, sagte er: »Leb wohl, Beatriz. Gott behüte euch.«

Waringham, November 1216

»Ich habe mit dem Lord Marshal vereinbart, dass du zu Weihnachten mit an den Hof kommst«, eröffnete Yvain seinem Sohn.

»*Wirklich?*« Guis Augen leuchteten auf. »Und … heißt das, er nimmt mich als Page?«

Yvain legte ihm die Hände auf die Schultern und schüttelte den Kopf. »Du bist dreizehn Jahre alt, mein Junge. Du wirst Knappe im Haushalt des Königs.« *Und das ganz ohne Oubliette*, fügte er in Gedanken hinzu.

Gui atmete so tief durch, als drohe ihm vor Glückseligkeit die Brust zu zerspringen. »Ich kann's kaum erwarten«, gestand er mit einem breiten Grinsen.

Yvain nickte. »So ging es mir damals auch. Komm mit, ich will dir etwas zeigen.«

Sie verließen die Halle und stiegen die Treppe hinunter. Die grauen Steinfliesen der Eingangshalle wirkten trügerisch harmlos, so als wären sie der festeste Boden, den man sich nur unter den Füßen wünschen konnte. Und das waren sie auch wieder, seit Master Jenkins, der Burgenbaumeister aus Canterbury, diese knifflige Aufgabe gelöst hatte, die die Handwerker von Waringham schlichtweg überfordert hatte.

Der Tag draußen war sonnig und ungewöhnlich warm für die Jahreszeit.

»Wo gehen wir hin?«, fragte Gui und sah zu seinem Vater hoch, während sie den Burghof überquerten. Das Gras war noch nass vom Regen der vergangenen Tage, und ihre Stiefel wurden feucht.

Yvain hüllte sich in geheimnisvolles Schweigen, führte Gui in den neuen Pferdestall neben dem Torhaus und zur letzten Box auf der rechten Seite. »Da«, sagte er mit einer scheinbar beiläufigen Geste auf den prächtigen Braunen. »Das ist Oberon.«

»Dein neuer Courser?«, fragte Gui ehrfürchtig.

Yvain sah lächelnd auf seinen Sohn hinab. »Nein, Gui. Deiner.«

»*Was?* Aber das ist … Ich meine …« Gui war sprachlos. Er warf seinem Vater einen fassungslosen Blick zu, trat in die Box und legte seinem neuen Gefährten eine Hand auf den Hals. »Ho, Oberon, mein Junge«, murmelte er, und der Braune hörte auf zu fressen und stellte die Ohren auf.

»Aber wieso bekomme ich so ein kostbares Pferd?«, fragte Gui. »Ich meine, können wir uns das denn leisten?«

»Oberon ist ein Geschenk des Königs«, erklärte Yvain.

Das war nicht ganz richtig, aber fast. Der ausdauernde Courser war eines der letzten Pferde gewesen, die Yvain für König John gekauft hatte – kurz bevor sie zu dem verhängnisvollen

Feldzug nach Frankreich gesegelt waren und bei der Niederlage von Bouvines alle Hoffnungen auf eine Rückeroberung der Normandie hatten begraben müssen. Nach Henrys Krönung vor wenigen Tagen, als William Marshal Yvain wieder in sein Amt einsetzte, hatte er beiläufig erwähnt, es sei der Wunsch des neuen Königs, dass Sir Yvain für sich selbst und für seinen Sohn ein Pferd aus den königlichen Stallungen auswähle – als kleine Anerkennung für jahrelange und hervorragende Dienste als Master of the Horse.

Yvain hatte die Geste sehr wohl verstanden: Der kleine König Henry – oder vermutlich eher sein Regent – wollten ihm damit sagen, dass sie zu einem Neubeginn bereit seien. Und weil Yvain es auch war, hatte er angenommen.

Er wies auf den Dunkelfuchs mit der gleichmäßigen schmalen Blesse in der Nachbarbox. »Hier, das ist meiner. Sein Name ist Yde. Oberons Halbbruder, auch wenn man es ihnen nicht ansieht.«

Gui riss sich lang genug von Oberons Anblick los, um einmal über die schulterhohe Trennwand zu schauen. »Prachtvoll«, urteilte er, schenkte seine Aufmerksamkeit aber sogleich wieder Oberon und schien versucht, ihn Haar für Haar zu begutachten.

Yvain erkannte sich selbst wieder in dem Jungen. Er erinnerte sich so genau an den Tag, da John ihm Vellantif geschickt hatte, an den unbändigen Stolz auf sein erstklassiges Pferd und die Auszeichnung, an das Gefühl, auf einen Schlag ein gutes Stück erwachsener und ritterlicher geworden zu sein. Auch ohne das schaurige Aufnahmeritual in der Oubliette würde Gui in seiner Knappenzeit bittere Tage erleben und Blut und Tränen vergießen, so viel war gewiss. Pentecôte FitzHugh beispielsweise, den John in seinem Testament seinen Sohn genannt, mit einem ansehnlichen Rittergut bedacht und zum Kommandanten der Leibwache des kleinen Königs ernannt hatte, würde in Zukunft mehr Macht bei Hofe ausüben als zuvor und vermutlich wie ein düsterer Racheengel hinter Gui her sein. Aber all das spielte in diesem Augenblick keine Rolle. Heute war der Tag, da Guis Zukunft anfing, und Yvain war froh, dass sein Sohn ihr voller Zuversicht entgegenfieberte.

»Muss ich wirklich bis Weihnachten warten?«, fragte der Junge, während er Oberon den Sattel auflegte.

Yvain verbiss sich ein Lächeln und nickte. »Ich fürchte. Aber es sind ja nur ein paar Wochen, und wenn du meinen Rat willst: Bitte Sir Osbern, dir bis dahin Fechtunterricht zu geben. Er ist einer der besten Techniker, die ich kenne. Wenn du beharrlich bei der Sache bleibst, wirst du gut vorbereitet zum Nutricius bei Hofe kommen, wer immer das sein wird.«

Gui nickte. »Ja, ich weiß, meine Schwertkunst ist noch ziemlich dürftig. Kann ich ausreiten?«

»Natürlich.« Yvain vollführte eine einladende Geste. »Oberon gehört dir, und du kannst ihn reiten, wann immer du willst.« Er legte Yde ebenfalls den Sattel auf. »Bis zum Mönchskopf begleite ich dich.«

»Ah ja?« Übermut funkelte in Guis Augen. »Dann beeil dich lieber mit dem Satteln, sonst wird Oberons Schweif das Einzige sein, was du auf dem Weg zum Mönchskopf von uns siehst …«

Yvain ritt nach Waringham Heath, kaum weniger entzückt von seinem neuen Ross, als Gui es war.

Amabel erwartete ihn unter dem Feenbaum. Er hielt bei ihr an, saß ab und band Yde an einen der nackten Äste. Im Frühling würden es sechs Jahre sein, seit der Feenbaum wiedererwacht war, und er hatte eine neue Krone bekommen. Sie war weder gleichmäßig gewachsen noch besonders hübsch, die Äste bucklig und vom ewigen Wind wie verbogen. Aber das störte ihn nicht. Von all den scheinbar aussichtslosen Unterfangen seines Lebens war der Feenbaum das Einzige, das von Erfolg gekrönt gewesen war, und bis auf den heutigen Tag war dieses Wunder ihm ein Trost und ein Ansporn.

Es war ein herrlicher Herbstmorgen, sonnig und frisch, und die Heide verströmte einen würzigen, erdigen Duft. Der Wind bauschte Amabels eichenlaubgrünen Mantel hinter ihr auf und ließ das Haar, das unter dem Gebende ihren Rücken herabwallte, wie eine Standarte flattern. Ein paar silberne Strähnen hatten sich in die schwarze Pracht gemogelt. Nicht länger das Mädchen aus Schnee und Ebenholz. Eine Frau von Mitte dreißig, deren Gesicht die Spuren ihres bewegten Lebens zeigte und deren stolze Haltung von Selbstvertrauen und Unbeugsamkeit sprach. Yvain hätte stundenlang einfach hier stehen und sie anschauen können.

Aber sie nahm ihn bei den Händen und zog ihn mit sich auf den flachen Findling neben dem Feenbaum hinab. »Richard sagt, du hast deinen Frieden mit König John gemacht, ehe er starb?«

Darüber musste Yvain einen Augenblick nachdenken. »Ich denke, das ist übertrieben. Es blieb auch nicht genug Zeit dafür. Er war schon sehr schwach, als wir hinkamen. Aber er hat mir zum Abschied etwas gegeben, womit ich niemals gerechnet hätte. Und er ist dem Tod furchtlos begegnet. Seinen Mut habe ich immer bewundert. Er gehörte zu seinen besten Eigenschaften, von denen er nicht besonders viele besaß.«

»Und trotzdem trauerst du?«

Yvain erwiderte ihren Blick ein wenig unbehaglich und antwortete: »Sein Tod macht nicht ungeschehen, was er getan hat. Aber es gab auch einen John, um den ich trauere, ich hoffnungsloser Tor.«

Sie schüttelte mit einem kleinen Achselzucken den Kopf. »Es scheint die menschliche Natur zu sein, sich eher an die guten Dinge zu erinnern, wenn ein Mensch gestorben ist, und ich denke, das ist eine göttliche Gnade.«

»Ja, vielleicht.« Er schlug die Beine übereinander und wandte sich ihr weiter zu. »Und was ist mit dir? Wie ist es dir ergangen und was hast du getan, seit unsere fürchterlichen Kinder durchgebrannt sind?«

»Ich habe nachgedacht und Pläne gemacht«, eröffnete sie ihm.

»Und zwar?«

»Ich will eine Pilgerfahrt machen, Yvain.«

»Ah ja?«, fragte er eine Spur verblüfft. Amabel war eine gute Christin, aber er hätte nicht gedacht, dass sie zu den Gläubigen gehörte, die es zur Wallfahrt drängte. Ihre Frömmigkeit war eher die der tätigen Nächstenliebe. »Nach Walsingham?«

Der Wallfahrtsort in Norfolk galt als eine der heiligsten Stätten in England, und sein berühmter Marienschrein zog vor allem weibliche Pilger an.

Doch Amabel schüttelte mit einem beinah mitleidigen Lächeln den Kopf. »Nein, Yvain, nicht nach Walsingham, sondern nach Jerusalem.«

Yvain stockte der Atem. Unverwandt erwiderte er den Blick der dunklen Augen, der gleichzeitig so voller Zärtlichkeit und Unerbittlichkeit war, und er wusste, dass er auch Amabel verloren hatte.

»Ich will ins Heilige Land, um die Orte zu sehen, die von so großer Bedeutung für Guillaume waren. Ich will … nachempfinden, falls das möglich ist, was ihn bewegt hat.« Sie brach ab und sah ihn ein wenig verlegen an. »Kannst du verstehen, was ich meine, oder denkst du, ich rede Unsinn?«

Yvain schüttelte langsam den Kopf. »Ich würde gern behaupten, es sei Unsinn, aber ich verstehe ganz genau, was du meinst.« Er legte die Hände auf ihre Wangen und küsste ihr die Stirn. Und weil sie sein Gesicht dabei nicht sehen konnte, gestattete er sich, die Augen zuzukneifen und sich für einen Herzschlag der Verzweiflung hinzugeben, weil er einen so furchtbaren Fehler gemacht hatte. Doch als er sich wieder aufrichtete, zeigte seine Miene nichts als Gleichmut.

Trotzdem waren Amabels Augen mit einem Mal kummervoll, und sie ergriff nach einem winzigen Zögern wieder seine Hand. »Wie ich sagte, Yvain. Ich habe nachgedacht. Und mir sind ein paar Dinge klargeworden.«

Er nickte.

»Ich liebe dich«, fuhr sie fort. »Ich habe dich von Anfang an geliebt. Aber wir sind nicht füreinander bestimmt. Das … weißt du, oder?«

Er musste sich räuspern, aber er bekannte: »Ja, ich weiß.«

»Mir ist das klargeworden, als die Kinder durchgebrannt sind. Mein erster Gedanke war: Oh Gott, jetzt kann ich Yvain niemals heiraten, denn es würde Richard und Iselda vor dem Gesetz zu Geschwistern machen, und ihre Ehe wäre Inzest. Aber dann habe ich gemerkt, dass es mir gar nichts ausmachte.« Sie hob ratlos die Schultern. »Ich habe plötzlich begriffen, dass wir nicht mehr die Amabel und der Yvain sind, die in romantischer Schwärmerei füreinander entbrannt waren. Und im selben Moment wurde mir auch klar, dass es Beatriz ist, die du willst. Obwohl du es selbst vielleicht nicht weißt.«

Er schüttelte mit einem traurigen kleinen Lachen den Kopf. Doch, er wusste es. Er hatte es in dem Moment gewusst, als Beatriz ihm eröffnete, dass sie fortgehen würde. Aber da hatte er noch geglaubt, er müsse sie gehen lassen und sich für Amabel entscheiden, die er schließlich sein halbes Leben angeschmachtet hatte. Die Liebe eines Ritters durfte doch nicht wanken wie ein Schilfrohr im Wind. Und das hatte er nun von seiner Beständigkeit: Er blieb einsam und allein zurück, während seine Frauen ihn verließen und in die Welt hinauszogen – alle beide.

»Aber ist eine Wallfahrt ins Heilige Land nicht viel zu gefährlich für eine Frau?«

Amabel schüttelte den Kopf. »Ich schließe mich einer Pilgergemeinschaft an, die sich im Kloster von St. Thomas zusammenfindet.«

»Wann?«, fragte er und achtete sorgsam darauf, dass es unbeschwert und bewundernd klang, nicht so unglücklich und niedergedrückt, wie er sich fühlte.

»In ein paar Tagen. Eine Gruppe junger Templer wird uns als Eskorte begleiten, und sobald sie Nachricht von ihrem Orden erhalten, dass der Moment günstig ist, brechen wir auf. Zu dieser Jahreszeit ist es natürlich nicht immer möglich, erst die ganze letzte Woche hat ein Sturm über dem Kanal gewütet, hat uns einer der Templer berichtet, und kein einziges Schiff konnte die englische Küste verlassen. Aber …«

Yvain stand unvermittelt auf. »Weißt du das genau?«

»Weiß ich was genau?«, erwiderte sie verwirrt.

»Kein Schiff konnte segeln?«

»Nein, und selbst diese Woche liegen sie noch alle in den Häfen, weil die See noch so aufgewühlt ist. Es war ein fürchterlicher Südweststurm, verstehst du, und …«

Yvain nahm ihre Hände, zog Amabel auf die Füße und küsste

sie. Lang und innig und liebevoll, aber ohne Sehnsucht. Als ihre Lippen sich voneinander lösten, sah er ihr lächelnd in die Augen. »Geh auf deine Pilgerfahrt, meine geliebte Amabel, und komm heil und gesund zurück. Ich muss aufbrechen. Leb wohl.«

Er ließ sie los, löste Ydes Zügel vom Feenbaum und schwang sich in den Sattel.

»Wohin reitest du, um Himmels willen?«, fragte Amabel – amüsiert und verständnislos zugleich.

»Portsmouth.«

»Aber das sind hundert Meilen!«

Yvain war schon angaloppiert. Über die Schulter rief er zurück: »Das macht nichts! Denn *ich* habe dieses Pferd ausgewählt, und es läuft schneller, als ein Falke fliegt!«

»Aufschneider!«, rief sie ihm lachend hinterher, und als er ein letztes Mal zurückschaute, sah er sie winken.

ENDE

König John – vermutlich nicht zufällig der Einzige dieses Namens, weswegen er keine Ordnungszahl hat – war und ist bis heute einer der umstrittensten Herrscher des englischen Mittelalters: »So abscheulich die Hölle auch sei, wird sie doch besudelt durch Johns noch abscheulichere Gegenwart«, schrieb der Chronist Matthæus Parisiensis rund dreißig Jahre nach Johns Tod, während der Verfasser des *Barnwell Chronicle* urteilte: »John war ein großer Herrscher.« Ebenso uneinig sind die Historiker jüngerer Zeit in ihrer Einschätzung dieses Königs.

Wenn man versuchen will, zu einem fairen Urteil über John zu kommen, muss man berücksichtigen, dass alle Chronisten, die über ihn und seine Taten schrieben, Kirchenmänner waren. Die Ärmsten müssen sich in einem Zustand chronischer Empörung über diesen König befunden haben, der am Freitag Fleisch aß, am Sonntag zur Jagd ritt, ein promiskuitives Sexualleben führte (wir zählen ein rundes Dutzend unehelicher Kinder von ebenso vielen Müttern, und das war nur die Spitze des Eisbergs) und der das gefürchtete Interdikt über England brachte. In ihrem Zorn über all diese Regelverstöße vergaßen einige von ihnen, auf Johns positivere Eigenschaften und seine Erfolge hinzuweisen, auf sein militärisches Geschick etwa, seinen persönlichen Mut, sein Interesse an Rechtsprechung und seine ungewöhnlich detaillierten juristischen Kenntnisse.

Der Verlust der Normandie und der übrigen englischen Besitzungen in Nordfrankreich hat natürlich auch entscheidend zu Johns schlechtem Ruf beigetragen. Bei nüchterner Betrachtung muss man allerdings erkennen, dass Richard Löwenherz diese Gebiete auf Dauer auch nicht hätte halten können. Die Normannen waren die Herrschaft der Plantagenet satt, und dank der klugen Politik Philippes II. fühlten sie sich zunehmend als Franzosen, »neigten den Reizen von Paris weit mehr zu als denen von London«, wie Johns Biograf Maurice Ashley es ausdrückt. Aber Tatsache bleibt: John hatte im Frühjahr 1200 den Krieg gegen Philippe von Frankreich gewonnen und mit dem Abkommen von Le Goulet einen äußerst günstigen Friedensvertrag ausgehandelt, nur um dann durch seine Heirat mit Isabella d'Angoulême und die völlig überflüssige und fortgesetzte Brüskierung der Lusignan alles einfach wieder wegzuwerfen.

Aber der wohl schwärzeste Fleck auf Johns Weste ist der gewaltsame Tod seines Neffen Arthur. Ganz anders als im Fall seines Nachfahren Richard III., wo Historiker bis heute darüber streiten, ob er seine Neffen, die »Prinzen im Tower« denn nun auf dem Gewissen hat oder nicht, ist unstrittig, dass John für die Ermordung des jungen Herzogs der Bretagne verantwortlich war. Und vieles spricht dafür, dass er den Jungen von eigener Hand erschlug, »nach dem Essen am Donnerstag vor Ostern, betrunken und vom Teufel besessen, den Leichnam dann mit Steinen beschwerte und in die Seine warf«, wie es in den Annalen der Abtei von Margam zu lesen ist.

Johns größte Leistung, ohne die wir ihn heute vielleicht kaum noch in Erinnerung hätten, war ironischerweise eine unfreiwillige: Die *Magna Carta Libertatum* – zu deutsch »die große Urkunde der Freiheiten« – gilt vielen als die Geburtsstunde der modernen Demokratie und Rechtsstaatlichkeit. Obwohl sie nur wenige Wochen in Kraft blieb, war der 15. Juni 1215 einer dieser Tage in der Geschichte der Menschheit, wo nachher nichts mehr ganz so war wie zuvor. Der Gedanke, dass ein niedergeschriebenes Gesetz – eine Verfassung – die Macht des Königs einzuschränken und seinen Untertanen Rechtssicherheit zu gewährleisten vermochte, war nicht mehr aus der Welt zu schaffen und führte zur endgültigen Fassung der Charta 1225 und den Grundzügen des Parlaments in den Jahrzehnten danach.

Der 39. Artikel der Magna Charta, der den Untertanen Schutz vor willkürlicher Verfolgung garantiert, zählt zu ihren berühmtesten. Er wurde zwar nicht von Yvain of Waringham erdacht, aber vieles spricht dafür, dass es das Schicksal von William de Braose und seiner Mutter war, das die Barons bewog, diesen Paragraphen einzubringen.

Eines der vier erhaltenen Originale der Urkunde von 1215 kann man heute in der »Treasures Gallery« der British Library in London sehen, und obwohl dort eine große Vielzahl von Meilensteinen der Geschichte und Literatur versammelt ist, weckt kein anderes Dokument bei den Besuchern solches Interesse oder auch solche Ehrfurcht wie die Magna Charta. In Runnymede erinnert ein Denkmal an ihre Unterzeichnung. Einen Steinwurf von diesem Denkmal entfernt steht ein zweites, das John F. Kennedy Memorial, auf einem Fleckchen Land, das Großbritannien den Vereinigten Staaten von Amerika für diesen Zweck geschenkt hat, und der Gedenkstein trägt ein Zitat aus Kennedys Antrittsrede:

»Wir werden jeden Preis zahlen, jede Last schultern, jede Mühsal auf uns nehmen, jeden Freund unterstützen und jedem Widersacher entgegentreten, um den Fortbestand und das Gelingen der Freiheit zu gewährleisten.«

Diese Ansage galt 1961 natürlich den Kalten Kriegern in Moskau – und womöglich auch denen in Washington –, aber wenn wir uns heute in der Welt umschauen, erscheint sie aktueller denn je. Und ich finde, es ist ein bemerkenswerter Gedanke, dass wir mit dem Eintreten für freiheitlich-demokratische Werte das fortsetzen, was am 15. Juni 1215 in Runnymede begann.

König Johns Sohn Henry III. wurde mit 56 Dienstjahren einer der am längsten regierenden Monarchen Englands, was natürlich auch der Tatsache geschuldet war, dass er bereits mit neun Jahren gekrönt wurde. Ein Kind auf dem Thron war im Mittelalter immer eine missliche Lage, doch für ein Land im Bürgerkrieg mit einem potenziellen Thronanwärter in Gestalt eines französischen Prinzen in London war es eine Katastrophe. Der inzwischen uralte William Marshal und Johns vertrauter Chamberlain Hubert de Burgh vollbrachten das scheinbar Unmögliche, schickten Prinz

Louis nach Hause und besiegten oder befriedeten die Barons. Doch kaum war der junge König alt genug, die Regierungsverantwortung selbst in die Hand zu nehmen, liefen die Dinge bald wieder schief. Aber das ist eine andere Geschichte …

Es stimmt übrigens, dass Henry mit einem Stirnreif, Diadem oder Ähnlichem seiner Mutter gekrönt und die ganze Zeremonie eine improvisierte und etwas unwürdige Angelegenheit wurde. Kurz darauf segelte Isabella d'Angoulême tatsächlich in ihre südfranzösische Heimat und kehrte nie wieder nach England zurück. Sie heiratete zu guter Letzt doch noch Hugo de Lusignan – allerdings nicht ihren einstigen Verlobten, sondern dessen Sohn. Die beiden bekamen neun Kinder und führten ein turbulentes und ereignisreiches Leben. Natürlich war Isabella in den Augen der Engländer eine Rabenmutter, die den kleinen König und seine Geschwister so kurz nach dem Verlust ihres Vaters und in so ungewissen Zeiten einfach im Stich ließ. Aber wir wissen nicht, was Isabella zu dieser Entscheidung bewogen hat, und Henry pflegte in späteren Jahren ein herzliches Verhältnis mit ihr und vor allem mit seinen Lusignan-Geschwistern – sehr zum Verdruss der englischen Barons.

Apropos Barons: Ich habe mich mit dem Begriff schwergetan, aber er war im 12. und 13. Jahrhundert allgegenwärtig, und es wäre eine Verfälschung der Fakten – oder der »rekonstruierbaren Realität« – gewesen, ihn nicht zu verwenden. Ein Baron war ein Kronvasall, also ein Angehöriger des Hochadels, der sein Lehen (Landbesitz) unmittelbar von der Krone verliehen bekam (und nicht von einem anderen Adligen, einem Bischof oder Kloster). Die Barons bildeten also die mächtigste Gruppe des Adels. Alle Barons waren Lords, und oft werden die Begriffe synonym verwendet, aber nicht alle Lords waren Barons.

Und das bringt uns zur Rubrik »wahr oder erfunden?«, die vielen von Ihnen an dieser Stelle ja schon vertraut ist. Während der Entstehung eines Romanmanuskripts, die bei mir in der Regel zwei Jahre dauert, mache ich mir Notizen, welche Begebenheiten ich an dieser Stelle erwähnen will, aber vermutlich vergesse ich trotzdem wieder die Hälfte. Grundsätzlich gilt auch dieses Mal: Die unglaubwürdigsten Episoden sind wahr – wobei »wahr« ein relativer Begriff ist, denn er besagt lediglich, dass die geschilderten Ereignisse auf Berichten von Chronisten beruhen, deren Zuverlässigkeit aber oft nur schwer oder auch gar nicht zu überprüfen ist.

Überliefert sind die Einzelheiten von König Richards Gefangennahme in Erdberg bei Wien, wonach der König nach seinem Schiffbruch als armer Pilger verkleidet über Land reiste, aber dummerweise vergaß, den kostbaren Ring abzunehmen, und so erkannt wurde. Ebenso die Geschichte, wonach der Spielmann Blondel de Nesle den gefangenen König fand, weil er an der Donau von Burg zu Burg zog und das Lied sang, welches er gemeinsam mit Richard geschrieben hatte, und in Dürnstein hörte er schließlich die gesungene Antwort des gefangenen Königs. Die Glaubwürdigkeit dieser Anekdote wird vielfach angezweifelt, aber sie war zu schön, um sie nicht zu erzählen. Überliefert ist der Wortlaut der Nachricht von Philippe von Frankreich an Prinz John: *»Nehmt Euch in Acht. Der Teufel ist losgelassen«* kurz vor Richards Freilassung, und wahr ist auch, dass der Kastellan von St. Michael's Mount in Cornwall vor Schreck tot umfiel, als er von Richards Rückkehr nach England erfuhr. Überliefert ist leider auch das grauenvolle Ende des Armbrustschützen, der sich bei der Belagerung von Châlus-Chabrol mit einer Bratpfanne verteidigte und Richard dann die tödliche Schusswunde beibrachte. Sein Name bleibt hingegen im Dunkeln, denn jeder Chronist nennt ihn anders.

Überliefert ist auch die Legende von Guillaume IX. von Aquitanien – Königin Aliénors Großvater –, seiner Geliebten Dangereuse und dem Fluch, den die beiden dem Haus Plantagenet einbrachten. Solche Geschichten gab es allerdings über viele Adels- und Herrschergeschlechter des Mittelalters, weil auch deren Söhne unablässig Krieg gegeneinander führten oder ihren Eltern anderweitig Verdruss bereiteten.

Keine Legende, sondern durch belastbare Zahlen des königlichen Schatzmeisters belegt sind König Johns exzessive Badegewohnheiten: Etwa alle zwei Wochen ließ der König sich ein Bad bereiten, und wenigstens in dieser Hinsicht gilt er als Rekordhalter unter den englischen Königen des Mittelalters. Überliefert ist auch, dass »Bei Gottes Zähnen« sein bevorzugter Fluch war.

Als wahr oder äußerst wahrscheinlich dürfen wir das Ausmaß seines Alkoholkonsums ansehen, das selbst für seine trinkfreudige Epoche übermäßig und womöglich für sein Scheitern mitverantwortlich war. John ermordete seinen Neffen Arthur im Vollrausch, und als er wenige Tage vor seinem Tod schon schwer krank in King's Lynn (damals noch Bishops's Lynn) haltmachte, versetzte er seine Ärzte in Angst und Schrecken mit den Unmengen an Cider, die er in sich hineinschüttete. Es gibt andere Gelegenheiten, wo von Kontrollverlust unter Alkoholeinfluss berichtet wird. Viele Indizien deuten darauf hin, dass John alkoholkrank war.

Belegt ist auch, dass Arthur und seine Mutter Constance im September 1199 zu Verhandlungen mit John nach Le Mans anreisten, nur um dann Hals über Kopf wieder zu fliehen. Die genauen Hintergründe sind unklar, und wie immer bei solchen »weißen Flecken« in der Historie habe ich mir erlaubt, besagte Hintergründe zu erfinden. Wahr ist leider ebenso, dass Arthurs Schwester Eleonore de Bretagne nie wieder freikam, weil sie als Bedrohung für Johns Thronanspruch und den seiner Nachkommen angesehen wurde. Sie wurde stets zuvorkommend behandelt, und ihre Gefängnisse waren allesamt goldene Käfige, aber sie durfte niemals heiraten, niemals in die Bretagne zurückkehren oder ein selbstbestimmtes Leben führen, starb 1241 und hält mit 39 Haftjahren den traurigen Rekord des am längsten in Gefangenschaft gehaltenen Mitglieds der königlichen Familie.

Überliefert ist auch das Schicksal der Nonne und des Mönchs des Gilbertiner-Klosters von Watton.

Die gruseligen Söldnerführer Mercadier und Brandin hat es ebenso gegeben wie Terric, den Teutonen, den Kaiser Otto IV. seinem Onkel John als Leibwächter für die Königin geschickt hatte. Apropos Otto: Viele Details der großen Schlacht von Bouvines haben sich genau so zugetragen, wie im Roman geschildert. Der aufgewirbelte Staub war so dicht, dass die gegnerischen Parteien sich kaum einen Überblick über das Schlachtgeschehen verschaffen konnten, und als dieser Staub die Wappenröcke der Ritter bedeckte – die ja quasi ihre Visitenkarten waren –, kam es zu tragischen Unglücksfällen, wo Kämpfende derselben Seite und sogar Verwandte sich gegenseitig erschlugen, weil sie nicht erkannten, wen sie vor sich hatten. Graf Renaud de Boulogne, der mit seinem Schildwall aus siebenhundert Brabantern so lange standhielt, als Kaiser Otto das Schlachtfeld schon längst verlassen hatte, wurde für seine Tapferkeit nicht belohnt. Philippe von Frankreich behielt ihn in Ketten in Gefangenschaft, bis Renaud sich 1227 – dreizehn Jahre später – das Leben nahm.

Wahr ist auch, dass John die walisischen Geiseln in Nottingham aufhängen ließ, von denen die jüngste vermutlich acht Jahre alt war, und auch der grauenvolle Hungertod von William de Braose und seiner Mutter ist belegt. William de Braoses Schwester Margaret kam tatsächlich kurz vor König Johns Tod zu ihm und bat, ein Kloster zum Andenken an ihre Mutter und ihren Bruder gründen zu dürfen, und die Erlaubnis wurde gewährt. Na toll, denken wir heute, aber im von Religiosität durchdrungenen Mittelalter war es für Margaret vermutlich ein großer Trost – und für John eine bemerkenswerte und untypisch versöhnliche Geste.

Es ist eine schöne Tradition, an dieser Stelle einige Menschen zu erwähnen, die mich bei der Entstehung dieses Romans unterstützt haben. Mein herzlichster und innigster Dank gilt wie immer meinem Mann Michael, der die Entwicklung der Handlung und der Figuren mit so viel Kreativität und Ideenreichtum befördert hat. Ein besonderer Dank geht an Sylvia Lingen, die mit Engagement und Organisationstalent so viele Jahre lang zuverlässig den Buchverkauf über meine Website abgewickelt und Scharen von Leserinnen und Lesern nicht nur mit meinen Romanen, sondern ebenso mit Gummibärchen versorgt hat. Und ich danke meinen Testlesern der ersten Stunde, Frank Rose und meiner Schwester Sabine Rose, die den mehr oder weniger kundigen Heilern im Manuskript manchmal einen lebensrettenden Stups in die richtige Richtung gibt. Meiner Schwester Regina Hütter für zuverlässigen Rat in schwierigen Zweifelsfällen und die Hilfe bei der Zitatsuche, meiner Mutter Hildegard Krane für wunderbare Buchleihgaben und vieles mehr, meinem Agenten Michael Meller, meiner Lektorin Karin Schmidt und Jürgen Speh, der nun schon seit so vielen Jahren meine Romane mit seinen wundervollen Illustrationen bereichert. Ein herzlicher Dank geht an meine beiden neuen Testleserinnen, Sabine Behrens und Cindy Mudersbach, die mich mit ihrer Leseleidenschaft inspiriert, mit ihrer fundierten Kenntnis des Waringham-Kosmos' vor Irrtümern bewahrt und mir mit ihren aufrichtigen und klugen Kommentaren verblüffende Einsichten über meinen eigenen Roman beschert haben.

Mein letzter Dank gilt meinem Vater Wolfgang Krane, der mir die Liebe zur Literatur und zum Erzählen vererbt und mich als Ratgeber, Förderer und Leser von den ersten Schreibversuchen an begleitet und unterstützt hat. *Mögest du auf deinem Weg Freunde finden, die Führung der Engel und das Geleit der Heiligen.*

R.G., März 2017 – Januar 2019